"十三五"国家重点出版物出版规划项目

外国小说发展史系列丛书

西班牙语小说发展史

陈众议 ——— 著

浙江工商大学出版社

ZHEJIANG GONGSHANG UNIVERSITY PRESS

·杭州·

图书在版编目（CIP）数据

西班牙语小说发展史 / 陈众议著 . — 杭州 ： 浙江
工商大学出版社， 2022.5

ISBN 978-7-5178-4813-4

Ⅰ . ①西… Ⅱ . ①陈… Ⅲ . ①西班牙语－小说史
Ⅳ . ① I106.4

中国版本图书馆 CIP 数据核字 (2022) 第 010058 号

西班牙语小说发展史
XIBANYA YU XIAOSHUO FAZHAN SHI

陈众议 著

出 品 人	鲍观明	
丛书策划	钟仲南	
责任编辑	何小玲	
责任校对	张春琴	
封面设计	观止堂 _ 未 氓	
责任印制	包建辉	
出版发行	浙江工商大学出版社	
	（杭州市教工路 198 号 邮政编码 310012 ）	
	（ E-mail：zjgsupress@163.com ）	
	（网址：http：//www.zjgsupress.com ）	
	电话：0571-88904980，88831806(传真)	
排 版	杭州朝曦图文设计有限公司	
印 刷	杭州高腾印务有限公司	
开 本	710 mm×1000 mm 1/16	
印 张	41.75	
字 数	795 千	
版 印 次	2022 年 5 月第 1 版 2022 年 5 月第 1 次印刷	
书 号	ISBN 978-7-5178-4813-4	
定 价	198.00 元	

陈众议

作者简介

陈众议，曾任中国社会科学院外国文学研究所所长、中国外国文学学会会长、中国翻译协会副会长、中国作家协会全委会委员，现任中国社会科学院学部委员、湖南师范大学特聘教授、全国政协委员、西班牙皇家学院外籍院士。主要研究方向为西语文学与文艺学，累计发表学术专著和文集十余种，如《拉美当代小说流派》《加西亚·马尔克斯评传》《博尔赫斯》《西班牙文学——黄金世纪研究》《塞万提斯学术史研究》《西班牙与西班牙语美洲文学通史》《堂吉诃德的长矛》《亲爱的母语》《想象的边际》《说不尽的经典》等，发表论文和文学评论二百余篇，主要奖项有中央国家机关优秀论文奖、第十四届香港青年文学奖、中国社会科学院优秀成果奖和归国留学人员成就奖。

总　序

陆建德[*]

英国小说家简·奥斯丁说过，在小说里，心智最伟大的力量得以显现，"有关人性最透彻深刻的思想，对人性各种形态最精妙的描述，最生动丰富的机智和幽默，通过最恰当的语言向世人传达"。20世纪以来，小说在文学中的地位比奥斯丁所处的时代更突出，它确实是"一部生活的闪光之书"（戴·赫·劳伦斯语），为一种广义上的道德关怀所照亮。英国批评家弗兰克·克莫德在20世纪末指出："即使是在当今的状况下，小说仍然可能是伦理探究的最佳工具。"但是这一说未必适用于中国古代小说。

"小说"一词在中文里历史久远，《汉书·艺文志》将"小说家"列为九流十家之末，他们的记录与历史相通，但不同于官方的正史，系"街谈巷语，道听途说者之所造也"。《殷芸小说》据说产生于南北朝时期的梁代，是我国最早以"小说"命名的著作，多为不经之谈。唐传奇的出现带来新气象，如鲁迅在《中国小说史略》中所说："小说亦如诗，至唐代而一变，虽尚不离于搜奇记逸，然叙述宛转，文辞华艳，与六朝之粗陈梗概者较，演进之迹甚明，而尤显者乃在是时则始有意为小说。"

但是中国现代小说的产生有特殊的时代背景，离不开外来的影响。我国近现代文学的奠基人和杰出代表，往往也是翻译家。这种现象在世界文学史上是不多见的。晚清之前，传统文人重诗文，小说作为一种文学创作形式，地位不高，

---

[*]　陆建德：籍贯浙江海宁，生于杭州。中国社会科学院文学研究所研究员，博士生导师。研究方向为英美文学。曾任中国社会科学院外国文学研究所副所长、党委书记，研究生院外文系系主任、研究生院学位委员会副主席和教授委员会执行委员，中国社会科学院文学研究所所长兼文学系主任，《文学评论》主编，《中国文学年鉴》主编，《外国文学动态》主编（2002—2009），《外国文学评论》主编（2010）。出版专著有《麻雀啁啾》《破碎思想的残编》《思想背后的利益》《潜行乌贼》等。

主要是供人消遣的。到了20世纪20年代中期，小说受重视的程度已不可同日而语。1899年初《巴黎茶花女遗事》出版，大受读书人欢迎，有严复诗句为证："可怜一卷《茶花女》，断尽支那游子肠。"1924年10月9日，近代文学家、翻译家林纾在京病逝。一个月后，郑振铎在商务印书馆的《小说月报》上发表《林琴南先生》一文，从三方面总结这位福建先贤对中国文坛的贡献。首先，林译小说填平了中西文化之间的深沟，读者近距离观察西方社会，"了然地明白了他们的家庭情形，他们的社会的内部的情形，以及他们的国民性。且明白了'中'与'西'原不是两个截然相异的名词"。总之，"他们"与"我们"同样是人。其次，中国读书人以为中国传统文学至高无上，林译小说风行后，方知欧美不仅有物质文明上的成就，欧美作家也可与太史公比肩。再者，小说的翻译创作深受林纾译作影响，文人心目中小说的地位由此改观，自林纾以后，才有以小说家自命的文人。郑振铎这番话实际上暗含了这样一个结论：中国现代小说的发达，有赖于域外小说的引进。鲁迅也是在接触了外国文学之后，才不再相信小说的功能就是消磨时间。他在作于1933年春的《我怎么做起小说来》一文中写道："说到'为什么'做小说罢，我仍抱着十多年前的'启蒙主义'，以为必须是'为人生'，而且要改良这人生。"

各国小说的演进史背后是不是存在"为人生"或"救世"的动机？这个问题不容易回答。浙江工商大学出版社的"外国小说发展史系列丛书"充分展示了小说发展的多元性和复杂性。丛书共9册，主要分国别成书，如法国、英国、美国、俄罗斯（含苏联）、日本、德国、澳大利亚和伊朗。西班牙在拉丁美洲有漫长的殖民史，被殖民国家独立后依然使用西班牙语，在文学创作上也是互相影响，因此将西班牙语小说统一处理也是非常合理的。各卷执笔者多年浸淫于相关国别、语种文学的研究，卓然成家。丛书的最大特点，就在于此。我以为只有把这9册小说史比照阅读，才会收到最大的成效。当然，如何把各国小说发展史的故事讲得更好，还有待于读者的积极参与。我在阅读书稿的时候，也有很多想法，在此略说一二。首先是如何看待文学中的宗教因素。中国学者也容易忽略文学中隐性的宗教呈现。其次，《美国小说发展史》最后部分（第十二章第八节）介绍的是"华裔小说"，反映了中国学者的族裔关怀。国内图书市场和美国文学研究界特别关注华裔作家在美国取得的成就，学术期刊往往也乐意发表相关的论文。其实有的华裔作家完全融入了美国的主流文化，族裔背景对他们而言未必如我们想象中那么重要，美国华裔小说家任碧莲（Gish Jen）来华访问时就对笔者这样说过。再者，美国自从 20 世纪六七十年代以来，作家队伍中的少数族裔尤其是拉丁美洲人（即所谓的 Latinos）越来越多，他们中间不少人还从未进入过我们的视野。我特意提到这一点，是想借此机会追思《美国小说发展史》作者毛信德教授。

再回到克莫德"小说是伦理探究的最佳工具"一说。读者在阅读小说的时候总是参与其间的，如果幸运的话，也能收到痛苦的自我反思的功效。能激发读者思考的书总是好书，希望后辈学者多多关注这套丛书，写出比较小说史的大文章来。

2018 年 6 月 17 日

前　言

　　"我只是忠实地记录生活，每一句话都有案可稽。"这是加西亚·马尔克斯的口头禅，而现实主义所自也，美洲魔幻所由也。是以，人不可能拽着自己的小辫离开地面，马克思关于意识的来源的观点也明确地论证了这一点。由此推论，作为特殊的意识形态，文学，自然也不能脱离历史的和现实的存在。也正因为如此，文学规律并非羚羊挂角，无迹可寻。童年的神话、少年的史诗、青年的戏剧（或律诗）、成年的小说、老年的传记（或回忆）是一种规律；由高走低、由外而内、从宽到窄、从强到弱、从大到小等等，也不失为是一种趋势。但是，缘何同一时期、同一地区每每产生不同的作家，甚至完全相左的文学作品呢？这就牵涉到了文学的复杂性，同时它也是作为人的作家的复杂性。辩证地接近文学与现实关系量子纠缠般的复杂真谛，也便成了文学研究的重要方法和目的之一。同时，作为一切社会关系总和的文学主体如何能动地接受和运用生活素材，使之成为历史的和审美的对象，决定了作品的高度、艺术的向度。

　　西班牙语文学的历史并不悠久，但她具有古希腊罗马基因，中世纪时又融汇了日耳曼和阿拉伯民族的血脉。公元 15、16 世纪，随着美洲的发现，西班牙语文学再经与古代印第安文学的碰撞、化合，催生出更加绚烂的景观，成就了第一个"黄金世纪"。但是，西班牙语文学对西方乃至世界文学的影响远未得到应有的阐发。这与西班牙帝国的急速衰落有关。文学固然不直接受制于社会生产力和经济基础，但必然反映经济基础和生产力的发展方向，其传播方式和影响力更与后者密切相关。19 世纪的法国文学、英国文学，以及目下美国文学的流行，当可更好地说明这一点。作为反证，西班牙语美洲的"文学爆炸"固然取决于这一文学本身所呈现的繁复绮丽，但其在全世界引发这般关注，却明显得益于"冷战"，即拉丁美洲作为东西方两大阵营的缓冲地带而使其文学同时受到美、苏的推重。从这个意义上说，文学其实也很势利，盖因文学所来所往皆非真空。

　　西班牙语小说是西班牙语文学的重要组成部分。这一点毋庸置疑。需要说明的是，西班牙语小说在其发轫阶段并未得到充分重视。诗歌占据中古时期，甚至文艺复兴运动时期西方文坛的制高点，其次是戏剧，而小说这个新生事物尚未登临大雅之堂。即使不是"稗官邪说""街谈巷议"，西班牙语小说也明显

1

因其阿拉伯玛卡梅和《卡里来和笛木乃》等东方基因而受到疏虞，甚至轻视。因此，《小癞子》必得以匿名形式发表，并多次遭到禁毁。《堂吉诃德》虽然甫一问世便受到了读者的青睐，却被文坛泰斗洛佩·德·维加无情地讥嘲和唾弃，谓："没有比塞万提斯更糟的诗人，也没有比《堂吉诃德》更蠢的作品。"

作为一种文学体裁，小说一直要到19世纪浪漫主义时期方才被定于一尊。用海涅的话说，"塞万提斯、莎士比亚、歌德成了个三头统治，在记事、戏剧、抒情这三类创作里个个登峰造极"。小说从此登堂入室，并后来居上，成为西方传播思想、宣扬价值和审美趣味的首要体裁。受此影响，梁启超于1902年发表了檄文《论小说与群治之关系》。

且说西班牙语小说一路走来，有过笑傲文坛的独领风骚，也有过追随法英美等亦步亦趋的尴尬时代，但从不乏闪亮的明星。这是文学不完全受制于生产力和社会发展水平的又一佐证，并在20世纪西班牙语美洲小说的崛起过程中被一再印证。很大程度上，拉丁美洲"文学爆炸"也即小说爆炸。由是，紧随19世纪欧洲文坛，20世纪西班牙语美洲小说可谓盛况空前，其作者数量之多、作品体量之大令人咋舌。反观我国当代小说，没有哪个外国作家像加西亚·马尔克斯或博尔赫斯那样产生过如此大的影响。前者的《百年孤独》几乎成为"寻根派"的"《圣经》"，后者的一系列玄之又玄的篇什则始终是"先锋派"作家津津乐道的话题。

作为这个简短前言的结语，我不妨援引博尔赫斯在《双梦记》中的演绎：一个开罗人梦见有人对他说，他的宝藏在波斯的伊斯法罕。于是他启程前往遥远的伊斯法罕，历尽千难万险后却被当作窃贼逮捕。在审讯过程中，伊斯法罕的巡警队长得知这人来自开罗，而且是因为一个梦而来，哈哈大笑，说："傻瓜呀傻瓜，你怎么能相信一个梦呢？我经常梦见开罗有个宝藏，却从未想过要去寻找……"他决定放了这个开罗人，还给了他一些盘缠。开罗人回到老家后，根据伊斯法罕队长的梦境，真的在自家后院找到了宝藏。一如唐僧西天取经，重要的是那个过程、那些镜鉴，欣赏和研读外国文学何尝不是如此？

陈众议

2021年8月

目　　录

绪　论

精神文明的进程是缓慢的，而且极易倒退返祖。罗马帝国坍塌后的西方文化即是佐证：各小王国几乎回到了蛮荒时代。因此，西班牙语文学的历史并不悠久。

然而，西班牙语文学终究具有古希腊罗马基因，中世纪时又融汇了日耳曼和阿拉伯民族的血脉，到15、16世纪，随着美洲的发现，西班牙语文学再经与古代印第安文学的碰撞、化合，便催生出更加绚烂的景观。

仅就古典西班牙文学而言，从《真爱之书》《卢卡诺尔伯爵》《塞莱斯蒂娜》《小癞子》，到塞万提斯、贡戈拉、洛佩·德·维加、克维多、卡尔德隆，① 可谓群星璀璨、名家辈出。

但是，西班牙文学对西方乃至世界文学的影响远未得到应有的阐发。这与西班牙作为罗马帝国之后的第一个帝国甚至是"日不落帝国"的短命有关，以至于经济凋敝、文坛萧瑟，文学让位于意识形态属性更不明显的美术。

诚然，西班牙语文学并不缺乏后劲。西班牙和西班牙语美洲现当代文学的强劲崛起，当可为此留下浓重的注脚。作为特殊的意识形态，文学的生产，固然不直接受制于社会生产力和经济基础，但其传播方式和影响力，却与后者密切相关。19世纪的法、英文学和目下美国文学的流行，当可更好地说明这一点。作为反证，西班牙语美洲的"文学爆炸"，固然取决于这一文学本身所呈现的繁复、迤逦和奇妙，但其在全世界引发的高度关注，却明显得益于"冷战"：拉丁美洲作为东西方两大阵营的缓冲地带，其文学同时受到美、苏的推重。从这个意义上说，文学其实也很势利，所来所去皆非真空。而小说与生俱来的世俗倾向，更为突出地决定了，它与社会意识形态及其经济基础和社会生产力的关系。

为免于重复，本著不妨从头说起。

在西班牙这方水土上，历史的源头照例可以追溯至公元前数千年，甚至更为遥远的旧石器时代，如阿尔塔米拉（Altamira）岩画时期；但相形之下，其文学的历史却并没有那么悠久，这大抵与种族、民族、语言的变迁和更迭，以及形

---

① 本著中西班牙及西班牙语美洲重要作家、作品的外文名，可见"附录二　索引"。

形色色的战乱、劫难有关。同样，世事变迁，先于文学的音乐、舞蹈，也未能幸免于天灾人祸。

就目前可以查考的资料看，远的不说，伊比利亚（Iberia）人至少早在印欧人到来之前（公元前4000年左右）就已在这里繁衍生息。公元前1200年左右，来自中北欧的凯尔特人（Celtas，英文作Celtics）开始从北部进入伊比利亚半岛。金发凯尔特人和肤色稍深的伊比利亚人通婚，并在整个半岛繁衍生息。伊比利亚半岛历史上唯一未被任何外来势力侵入的是北部山区的巴斯克①地区。

自公元前2000多年至罗马人侵入，这一带便出现了青铜时代文化，如阿尔加尔（Argar）文化。虽然准确时间难以查考，但一般认为，公元前12世纪至公元前9世纪，来自北方的凯尔特人进入并统治半岛，公元前10世纪至公元前6世纪，来自东方的腓尼基人（Fenicios，英文作Phoenician）占领了半岛的大部分地区，及至公元前3世纪前后，同样来自东方的迦太基人（Cartagenos，英文作Carthages）入主半岛，至此，这里的人种已然非常混杂。中间还夹杂着一个希腊占领期及其与迦太基人的拉锯战。

这仅仅是粗线条勾勒的结果，有关史料汗牛充栋，缠绕着至今鲜有定论的诸多问题，在此恕不赘述。需要特别说明的是，鉴于有关地名、人名、种族、民族的称谓在不同语言中有所区别，本著除非必要，大体遵循西班牙语的习惯拼法。②

"饥者歌其食，劳者歌其事。"③"凡音者，生人心者也。情动于中，故形于声；声成文，谓之音。"④料西方也是如此，尽管彼人缺乏像我国先民这样明确的"志"，以及如《礼》《乐》《诗》《书》这样的分门别类。因此，除了希腊时期的伊比利亚、腓尼基时期的伊斯帕尼亚（Hispania）⑤和罗马时期的有关行省⑥曾有明确记载外，真正的西班牙历史，或可从西哥特（Reino Visigodo，英文作Visigothie Kingdom）

---

① 关于巴斯克人的起源，历史学界至今尚无定论。但人们普遍认为，她是一个十分古老的民族，却和任何邻近民族之间基本上没有亲缘关系。巴斯克族分明是最少受到外来影响的伊比利亚原住民，巴斯克语也几乎未曾受到印欧语言的浸染，故而更多地保存了早期伊比利亚语言的特征。

② 参见陈众议：《西班牙文学——黄金世纪研究》，译林出版社，2007年，第19页注①。

③ 《春秋公羊传·宣公十五年解诂》，《十三经注疏》，中华书局，1980年，第31页。

④ 《礼记·乐记》，《十三经注疏》，中华书局，1980年，第4页。

⑤ 此为希腊人对伊比利亚半岛的统称，今"西班牙"这个称谓便源于斯。转引自陈众议：《西班牙文学——黄金世纪研究》，译林出版社，2007年，第19页。

⑥ 称谓和区域划分在不同时期有所区别，如奥古斯都时期为三大行省，公元3世纪被划为五个行省，最多时达到七个。转引自陈众议：《西班牙文学——黄金世纪研究》，译林出版社，2007年，第19页。

时期算起，而伊比利亚则是古希腊以来人们对半岛的统称[①]。

西哥特王国是由西哥特人与其他日耳曼部族，于战胜西罗马帝国之后，在伊比利亚半岛及今法国南部建立的封建王朝。它保留了罗马时期的许多理政方式：王国以骑兵为主要军事力量，并由西哥特贵族领导，其他国家机器和专政工具也主要由西哥特人掌控，政治上与被征服的罗马人和平共处，甚至接受了拉丁文和天主教，废黜了同罗马人通婚的禁忌。史学界普遍认为，西哥特时期的西班牙遵从的是"神权政治的原则"[②]。

然而，西哥特王朝始终没有创立王位继承程序，以致内讧不断、政变频仍，直至711年穆斯林长驱直入。在这一过程中，教会似乎只是纯粹的精神存在[③]，即并未像后来的"天主教双王"，以及卡斯蒂利亚女王伊萨贝尔和阿拉贡的费尔南多[④]联姻后那样，形成政教合一的有效秩序。

奇怪的是，这一时期的文学却是极端宗教化的，几乎完全游离于西哥特人或苏维汇人的宫廷争斗和普通民众的日常生活。这种情况一直要到穆斯林占领时期，乃至"光复战争"后期才有所改变。

然而，卡斯蒂利亚语（即后来的西班牙语或西班牙语的主体）、加泰罗尼亚语、加利西亚-葡萄牙语等"俗语"，主要由拉丁文演变而来。因此，拉丁文及其文学，及至广义的书写，对于西班牙语大有影响：说源头亦可，谓血脉也罢，无论如何，其亲缘关系毋庸置疑。但是，除了语言上的承袭关系外，后来的西班牙文学与拉丁文学相去甚远。这里既有时代社会变迁的原因，更有伊斯兰文化加入之故。

问题是，迄今为止，鲜有西班牙文学史家将西哥特-拉丁文学和阿拉伯安达卢斯文学纳入视野。究其原因，语言障碍是其一；西方中心主义是其二；而因西方中心主义一不做二不休地将拉丁文学弃之不顾是其三。因此，纵贯近千年的西哥特-西班牙拉丁文学，被波德隆和迪亚斯·伊·迪亚斯等浓缩在了一两万字的小册子里，而这些小册子与其说是简史，毋宁说是人名作品目录（其中大多数作品已经散佚）。至于阿拉伯安达卢斯文学，则同样乏人问津。

[①]　Antonio García Bellido: *Los más remotos nombres de España*, Madrid: Editorial Arbor, 1947, pp.5-28. 转引自陈众议：《西班牙文学 —— 黄金世纪研究》，译林出版社，2007年，第19页。

[②]　基佐：《欧洲文明史》，程洪逵、沅芷译，商务印书馆，2005年，第62页。

[③]　杰克逊·J. 斯皮瓦格尔：《西方文明简史》（第四版），董仲瑜、施展、韩炯译，北京大学出版社，2010年，第165—166页。

[④]　史称斐迪南二世（1452—1516），任王储期间与卡斯蒂利亚女王伊萨贝尔（1474—1504）结婚，后继任阿拉贡国王，夫妻联合完成"光复战争"的"临门一脚"。

第一节　西班牙小说概述

公元 476 年[①]，在强悍的日耳曼各部族和大批起义奴隶的夹击下，西罗马帝国彻底坍塌。西哥特人、苏维汇人在西班牙（包括今葡萄牙和法国南部）建立了西哥特王国，定都托莱多。为便于统治，西哥特人不得不沿用拉丁文并承认天主教的合法性。这为拉丁文化在这一地区的遗存与延续创造了条件。

然而，这时的拉丁文学，充其量只能算作一种广义的文学，完全失去了古罗马文学极盛时期的辉煌，更无维吉尔、贺拉斯、奥维德、卢克莱修，乃至出生于西班牙境内的老塞内加、小塞内加那样的大师现身。

这一点，在大批神学家身上表现为明确的去世俗化倾向，从而巩固了西哥特人的统治地位。同时，西哥特王室投桃报李，赐予前者以话语权，以致基督教神学得以发扬光大并走向极端：文艺复兴运动的世俗学者称之为"黑暗"。[②]同理，罗素在《西方哲学史》中称公元 5 世纪是破坏性世纪，随着蛮族的入侵和西罗马帝国的衰亡，哲学和文学荡然无存。但他同时认为，这恰恰反过来决定了欧洲此后的发展方向：英吉利人入侵不列颠，使它变为英格兰；法兰克人入侵高卢，使后者变成法兰克；旺达尔人入侵西班牙，将其族名镌刻在伊比利亚……粗野的日耳曼人继承了罗马帝国的官僚政治，却各自为政，频仍的战争使道路荒芜、商业废止。[③]与此同时，罗马教廷不断诏告教士、修女，禁止其染指世俗生活、世俗文学。

需要说明的是，后来流行于西方的哥特式小说与东、西哥特王国实质上并无直接关联，但从文学发生学的角度看，短暂而充满宗教色彩的哥特王国又确为后世文学创作提供了某些想象的空间。尤其是在遥远的英国，18 世纪以来就有大量哥特式小说问世，尽管这些作品即便与哥特人关系密切，也大抵只是假托哥特王国的古堡、道院说事。

西班牙学者塞萨尔·富恩特斯经过多年探究，对哥特式小说与哥特王国的关系进行了梳理，认为前者只是在初始阶段伪托过后者的神秘：一是故事每每

---

①　史学界对这一时间的看法并不一致。爱德华·吉本在《罗马帝国衰亡史》（黄宜思、黄雨石译，商务印书馆，1997 年）中将其描述为一个渐进的过程，大多数史家则将帝国灭亡的时间定格于 476 年罗慕卢斯·奥古斯都卢斯被废黜。

②　关于中世纪是否黑暗，学术界有许多争议，本著遵从马克思的观点。至于后来西班牙天主教双王的政教合一，则与西哥特王国时期教会势力的不断增强大有关系。

③　罗素：《西方哲学史 —— 及其与从古代到现代的政治、社会情况的联系》，何兆武、李约瑟译，商务印书馆，1996 年，第 511 页。

发生在神秘的古堡或修道院；二是故事及个中人物、灵异事物使悬念丛生；三是古老的预言或箴言和灵异人物、怪诞事物使描写充满玄虚和恐怖；四是故事在超现实语境中衍生新的故事；五是人物情感往往受非理性驱使，或狂热，或盲目，或病态；六是受非理性或神秘力量驱使，情节往往具有反伦理色彩、反传统倾向；等等。①

蒙田说："强劲的想象可以产生事实。"②哥特式小说似乎是对中世纪的否定性想象或幻想，或谓新教国家对天主教极端时期的戏说、夸张和反讽，一定程度上也是后世对中世纪神学所鄙弃的原始巫术的否定之否定，一如骑士小说是一种致使"美梦成真"、发思古之幽情的强劲的玄想。从某种意义上说，一方面，地理和文化的距离，使英国有了比南欧更为自如的、对中世纪神学和哥特式修道院生活③的否定性想象空间，而诸如此类的否定，多少蕴含着"欢天喜地"的新教徒对"自作自受"的老天主教徒的有意无意的嘲讽与鄙夷；另一方面，英国历久不衰的巫文化又不可避免地斜刺里为哥特式小说插上了翅膀。在《魔幻与现实：莎士比亚戏剧中的超自然因素研究》一书中，作者撷取莎士比亚《仲夏夜之梦》《麦克白》《暴风雨》等作品，对英国由来已久、百折不挠的巫文化进行了梳理和点评，从而验证了其在莎士比亚及英国文学中春风野火般的生命力。④关于这一点，"惧鬼甚于惧神"的我们当不难想见。

但是，随着社会生产力的发展，尤其是阿拉伯人的侵入，中世纪初南欧地区相对完整、稳定或死板、沉闷的政治格局被打破，从而出现了群雄并举、纷争不断的所谓"传奇时代"。宗教文化、骑士文化、市井文化，种族矛盾、民族矛盾、阶级矛盾，在碰撞中化合，在化合中迸裂。及至中世纪后期，坊间出现了不少稀奇古怪的"显圣"传说和灵异传说。它们夸大了东、西哥特王国时期的精神因素，催生了各种寓言故事和骑士小说，及至 15 世纪末至 17 世纪末，西班牙文学进入繁荣时期。

"黄金世纪"这个概念是从古希腊搬来的，借以指称这一时期西班牙文学

①　*Mundo Gótico*, Barcelona: Llinars del Valles, 2007, pp.17-18.

②　蒙田：《蒙田随笔》，梁宗岱等译，人民文学出版社，2005 年，第 69 页。

③　德国学者格茨在《欧洲中世纪生活》中指出："对中世纪文化起源的任何研究，都不可避免地要给西方修道院制度的历史以重要地位，因为，从古典文明的衰落到 12 世纪欧洲各大学的兴起这一长达七百年的整个时期内，修道院是贯穿其中的最为典型的文化组织。"修道院在哥特王国也许是唯一的文化组织。（汉斯-维尔纳·格茨：《欧洲中世纪生活》，王亚平译，东方出版社，2002 年，第 62 页。）

④　汤平：《魔幻与现实：莎士比亚戏剧中的超自然因素研究》，四川大学出版社，2015 年。

的辉煌灿烂。虽然西班牙和国际文学史家对西班牙（甚或葡萄牙）"黄金世纪"的起讫时间和内涵外延的界定很不一致，但一般趋向于认为，它从 1492 年阿拉伯人被赶出其在欧洲的最后一个堡垒格拉纳达、西班牙完成大一统和哥伦布发现新大陆开始，至 1681 年伟大的戏剧家卡尔德隆去世而终结，历时近两个世纪。在这两个世纪中，西班牙文坛名家辈出、群星璀璨。

本著倾向于把"黄金世纪"视作一个渐进的发展过程，不主张给它以过分确切的时间界定，因此，对有关作家作品的排列，与一般文学史的断代方式有所不同。

以体裁为例，这一时期西班牙产生了神秘主义诗潮、巴洛克诗潮、新谣曲、田园牧歌等等；形式上则受到了阿拉伯诗歌和更为复杂的十四行诗、亚历山大体等外来诗体的冲击和影响。

小说方面，这一时期涌现了更多类型或子体裁，如流浪汉小说、现代小说、骑士小说、牧歌体小说、拜占庭式小说等等。其中，流浪汉小说是西班牙对世界文学的一大贡献，产生于 16 世纪中叶。《小癞子》（佚名）是它的开山之作，初版于 1554 年，其笔触自下而上，用极具震撼力和穿透力的现实主义风格展示了西班牙社会的全面衰落。现代小说是除流浪汉小说之外"黄金世纪"西班牙文坛涌现的人文主义小说，而塞万提斯被认为是"现代小说之父"，其代表作《堂吉诃德》和一系列中短篇小说，奠定了西班牙文学在西方乃至世界文坛的崇高地位。我国自林纾、周氏兄弟以来，围绕堂吉诃德和哈姆雷特的争论与思考今犹未竟。

戏剧方面，真正划时代的作品一直要到 15 世纪末才出现。它便是悲喜剧（或谓戏剧体小说）《塞莱斯蒂娜》。作为首创，这部作品以鲜明的人文主义精神和"爱情至上"观反击了封建禁欲主义，同时利用"拉纤女"这个来自下层社会的角色大胆革新了脱离实际的文学语言。这部作品对包括西班牙文学在内的欧洲文学的影响仅次于《堂吉诃德》，且不逊于《小癞子》。它之后是一大批喜剧、悲剧和闹剧，其中就有作品塑造了后来闻名世界的唐璜。

然而，西班牙戏剧真正的骄傲是天才洛佩·德·维加。他创作了上千个剧本（虽然流传的只有三四百种），并将文学题材拓宽到了几乎所有领域，包括长篇小说。他在当时的影响远远超过塞万提斯，因而颇受塞万提斯本人及其他同代作家的推崇，被称为"自然界的怪物""天才中的凤凰"。

从某种意义上说，维加和贡戈拉是当时西班牙文坛两座并峙的高峰。前者的"门徒"（主要有瓦伦西亚派、马德里派和安达卢西亚派）中产生了胡安·鲁伊斯·德·阿拉尔孔、纪廉·德·卡斯特罗（二者对高乃依的影响可能超过任何一个法国作家）等一大批剧作家；后者则改变了西班牙诗歌的走向乃至整个西班牙语文学的话语方式。之后出现的蒂尔索·德·莫利纳和卡尔德隆·德·拉·巴尔卡等无不受惠于维加和贡戈拉。蒂尔索·德·莫利纳的作品散佚殆尽，但流传的《塞维利亚的嘲弄者》（1630）等少数剧作至今仍在上演，表现出恒久的艺术魅力。

然而，随着西班牙帝国的盛极而衰，西班牙文坛，尤其是小说，见证了第一个"日不落帝国"国运衰落之后的凋敝。说文学作为特殊的意识形态不受制于生产力，这显然不是普遍现象。文学体裁的更迭与生产力的关系证明了这一点，发达国家的文学影响力同样证明了这一点。当然，这并不否定一个事实，即文学并不完全受制于生产力的发展程度，它与其姐妹艺术一样，可以自立逻辑。我们的任务是，既要揭示文学发展的一般规律，也不能遗漏某些可证文学特殊性的重要作家作品所呈现的偶然性。

概而言之，18 世纪以降，西班牙丧失了引领风气的先机，开始亦步亦趋地追随法、英、德等发达国家，文坛困顿，作家乏力。本著仍将以时间为线，串联起 18、19、20 世纪西班牙文学。

其中，18、19 世纪对于西班牙来说，是两个充满了失败和屈辱的世纪。西班牙极盛时期，领土多达一千多万平方公里，超过古罗马帝国两倍，横跨欧、亚、非、美四大洲，是人类历史上第一个真正的"日不落帝国"。然而，长期的穷兵黩武和偏商经济，使西班牙迅速没落。刚刚跨入 18 世纪，西班牙就经历了十三年的王位继承战。此外，对美洲殖民地治理不善，也是导致西班牙帝国坍塌的一个重要因素。与此同时，资本主义在欧洲全面崛起，邻国法兰西的启蒙运动更是轰轰烈烈。面对崛起的资本主义欧洲，西班牙开始闭关锁国；面对纷纷独立的美洲殖民地，西班牙徒呼奈何。

在文学方面，西班牙全面陷入低谷，直至浪漫主义的兴起。然而，无论是浪漫主义还是稍后的现实主义，既非西班牙原创，也没有完全改变西班牙文坛的萧瑟凋敝和二流地位。

西班牙真正走出困境是在 19 世纪和 20 世纪之交，因为失去了包括古巴和菲律宾在内的最后几块殖民地，老牌帝国终于放下架子，开始面对现实。随着"98年[①]一代"（"Generación del 98"）、"27年[②]一代"（"Generación del 27"）的先后出现，西班牙文坛逐渐找回了自信。尽管佛朗哥时期的西班牙再一次闭关锁国，但文学的火焰并未熄灭，在开放后重归欧洲大家庭，并迅速呈现出炫目的光彩。

[①]　指 1898 年。
[②]　指 1927 年。

第二节　西班牙语美洲小说概述

西班牙语美洲小说至19世纪初才产生，这是因为宗主国西班牙曾明令禁止小说进入美洲殖民地。及至美国独立运动、法国大革命波及西属美洲，殖民地作家才以敏锐的触角掀开了启蒙主义的帷幕。独立革命的号角南北交响，奥尔梅多、贝略、费尔南德斯·德·利萨尔迪等纷纷为西班牙殖民统治敲响丧钟。

西班牙语美洲小说的发展历程，昭示了近二十个西班牙语美洲独立国家的文学从步履蹒跚到繁荣昌盛，直至轰然"爆炸"的艰难历程。独立革命后，西班牙语美洲一片狼藉、哀鸿遍野。然而，百废待兴的新生国家并未顺利进入发展轨道，文明与野蛮、民主与寡头的斗争从未停息，以至于整个19世纪，西班牙语美洲几乎是在"反独裁文学"的旗帜下踽踽行进的。

文学的繁盛固然取决于诸多因素，但是，正如人不能拽着自己的辫子离开地面，更不能无视"人是一切社会关系的总和"这个事实，除"内部规律"及偶然性外，政治经济、社会文化等"外部环境"，均不可避免地会对文学产生这样那样的影响，而"寻根运动"无疑是在时代社会的复杂关系中衍生的，它进而成了西班牙语美洲文学崛起的重要原动力。

20世纪二三十年代，面对汹涌而至的世界主义或宇宙主义等先锋思潮，墨西哥左翼作家在抵抗中首次将文学复兴的立足点置于印第安文化，认为它才是美洲文化的根脉，也是拉丁美洲作家摆脱西方中心主义的不二法门。因此，大批左翼知识分子开始致力于发掘古老文明的丰饶遗产，大量印第安文学开始重见天日。"寻根运动"因此得名。

这场文学文化运动旷日持久，而印第安文学，尤其是印第安神话传说的再发现，催化了西班牙语美洲文学崭新的机理，激活了西班牙语美洲作家古老的基因。魔幻现实主义等标志性流派随之形成，衍生出了以加西亚·马尔克斯为代表的一代文学巨匠。

与此同时，基于语言与政治经济、历史文化的千丝万缕的关系，西方文学思潮依然对前殖民地国家产生了巨大的"后殖民"作用（或用卡彭铁尔的话说是"反作用"），它们迫使美洲作家在借鉴和扬弃中确立了自己。于是，在魔幻现实主义和形形色色的先锋思潮的裹挟下，结构现实主义、心理现实主义、社会现实主义等带有鲜明现实主义色彩的流派思潮应运而生，同时它们又明显有别于19世纪的批判现实主义，其作品在西班牙语美洲文坛如雨后春笋般大量涌现，一时间令世人眼花缭乱。人们遂冠之以"文学爆炸"这一响亮的称谓。

然而，这些五花八门的现实主义，并未淹没以博尔赫斯为代表的保守主义和幻想文学。面壁虚设、天马行空,或可给人以某种"邪恶的快感"（巴尔加斯·略萨语）。

总之，在一个欠发达地区产生如此辉煌的文学成就，这不能不说是个奇迹，它固然部分且偶然地印证了文学的特殊性，但个中缘由之复杂，值得我们深入探讨。

如今，"文学爆炸"已尘埃落定，但西班牙语美洲文坛依然活跃，其国际影响力依然不可小觑，尽管同时也面临着资本的压迫和市场的冲击。至于网络文学，则尚需假以时日才能评判，但其与古往今来各种畅销文学乃至口传文学的近似性，可谓有目共睹。

为方便起见，本著"花开两朵，各表一枝"，先梳理西班牙小说，再议西班牙语美洲小说。不当之处，敬请读者和方家批评指正。

第一章　西班牙语小说的起源

公元 13 世纪，卡斯蒂利亚国王阿尔丰索十世在首都托莱多创办翻译学院，延续了阿拉伯人的"百年翻译运动"。这也是西方科学和理性精神复苏的最初标志，是亚里士多德主义消解和取代柏拉图主义，世俗文化慢慢浸染和颠覆宗教神学的过程。这无疑是文艺复兴运动的前奏之一。

所有这些，在穆斯林安达卢斯文学及文化中一直存在，而西班牙人可谓"近水楼台先得月"，几乎是踩在西班牙穆斯林和犹太人的肩膀上"回到"古希腊文化和科学理性的。

正如人不能拽着自己的小辫离开地面，任何文化思想的生成和发展，都是有其物质、经济基础的。因此，无论是"托古"，还是"图新"，都只是时代在文艺领域的反映，而真正缔造这个时代的，却始终是它赖以存在的物质、经济基础。当然，文艺反映其赖以产生的物质、经济基础，并不总是消极的和滞后的。这一点，在西班牙早期市民文学宫廷艺术中表现得十分明显。除却犹太文化、阿拉伯文化和吉卜赛文化，以及西班牙本身的物质、经济基础之外，同意大利的特殊关系，显然也是推动西班牙文艺复兴运动的重要因素。15、16 世纪，西班牙不仅与罗马教廷过从甚密，而且拥有西西里、撒丁岛和意大利本土的不少领土，并先后与威尼斯等一些城邦结盟。

随着商业的兴盛，造纸术、印刷术、指南针和火药的应用，新大陆的发现，以及封建制度的衰落，精神领域才真正开始了回归古希腊罗马文化的律动。由于西罗马帝国早已瓦解，神圣罗马帝国徒有虚名，罗马天主教会也越来越无力提供一个稳定、统一的精神支柱，各行省纷纷独立，一些开明教士和世俗学人在构筑本王国或本民族文化基石的过程中，将目光投向了古典文艺和传统价值。

1453 年，君士坦丁堡的陷落，宣告了东罗马帝国（拜占庭）的终结。于是，许多东方学者逃至意大利，并随之带来了古典研究，尤其是古希腊文化研究的学术传统（盖因希腊语一直是东罗马帝国的官方语言），从而推动了意大利的人文主义思想文化运动。

人文主义视人性及其成就为研究对象，强调人的尊严，以及哲学与神学体系的统一性和兼容性（也称混合性），从而否定了中世纪关于神权和赎罪的一系列压迫人性（尤其是创造性和征服自然的积极性）的消极传统。与此同时，人文主义积极借鉴古希腊罗马时期的精神资源，尤其重视古希腊罗马时期的文艺作品，并以此提升人们的思想境界。因此，文艺复兴时期的最大成就，是那些具有古典底蕴，突出人性美、自然美和创造性精神价值的文艺作品。15 世纪末至 16 世纪，文艺复兴运动达到了第一个高峰，催生了达·芬奇、米开朗琪罗、拉斐尔等一代巨匠。

以上所述，几乎是学术界的共识。然而，文艺复兴的另一个源头却少有学人提及。这个源头便是西班牙。这是因为，西班牙曾是东方人聚居的地方。西罗马帝国时期，西班牙是犹太人的主要聚居地之一；公元 8 世纪之后，西班牙又因为阿拉伯人的入侵而成为东西方文化的中转站。如果说意大利人文主义的最初表现是 13 世纪末 14 世纪初方济各教派的"激进主义"[①]，那么西班牙的早期人文主义，应该说是由卡斯蒂利亚宫廷的东方人推动的，而且也是在 13 世纪。

从这个意义上说，文艺复兴运动几乎同时发轫于意大利和西班牙，而且西班牙对古典文艺的重视程度，比同时期的意大利更高，回归力度更大，尽管其高峰期足足晚到了半个世纪。个中原因既涉及历史地理，也涉及政治经济。

历史地理方面的原因，首先是西班牙与古希腊罗马较之意大利有天然的距离，其次是西班牙长期处于抗击穆斯林统治的战争状态。当然，阿拉伯人的影响已经发挥了积极的作用：为西班牙文化的多元与繁复奠定了基础。一如君士坦丁堡的陷落，使许多东方学者逃至意大利，从而带去了古典研究的学术传统，西班牙安达卢斯王国培养了大批东方学者，他们在引进东方文明的同时，翻译介绍了大量古希腊经典，并直接催生了早期西班牙文学。

政治经济方面的原因，主要还是"光复战争"。战争曾经使西班牙长期处于落后状态；但之后也恰恰是因为战争的胜利，西班牙建立了强盛、统一的帝国，从而在一定意义上延长了西班牙的封建制度和"神圣罗马帝国"的寿命。

无论如何，西班牙最早回归古希腊罗马文化是事实。前面说过，没有拜占庭东方学者的西迁，意大利的文艺复兴运动就难以兴盛；无独有偶，少了东方人的参与，西班牙回归古希腊罗马文化的律动也无从谈起。

当然，其中有一位国王发挥了举足轻重的作用。他便是史称"智者"的阿尔丰索十世。

阿尔丰索十世于 1252 年即位，统治西班牙重要王国卡斯蒂利亚达三十二年。在这漫长的三十二年中，他一直致力于卡斯蒂利亚的文化建设。不少文史学者

---

① 它放弃形式主义的经院神学，要求教士到百姓中去，到自然中去。这激发了一些诗人和艺术家在现实世界中寻找表现对象的乐趣。诗人但丁和画家乔托都是这方面的先行者，尽管他们的作品还没有完全摆脱宗教神学的影响。

认为阿尔丰索十世是中世纪后期欧洲最伟大的人文学者。[①] 他毕生致力于发展和规范卡斯蒂利亚语，并使它提升为整个西班牙地区的通用语言，即西班牙语；同时"博览兼听，谋及疏贱"，将一大批阿拉伯人和犹太人召集到宫中，指挥他们从阿拉伯文和希伯来文中翻译了大量古希腊罗马经典[②]，并对当时的几乎所有的知识进行了百科全书式的整理。

当时完成的主要作品有：西班牙第一部国别史《西班牙编年通史》（1252—1264），第一部古代世界史《世界大通史》（1252—1284），第一部法学文献《法典七章》（1252），第一部天文学专著《天文地理知识》（1252—1280），第一部珠宝鉴赏著作《宝石鉴》（1258），第一本棋谱《博弈集》（1283），第一本语言学著作《第八范畴》（1266），以及第一本"诗经"《蛮歌集》[③]（1253—1279），等等。[④]

第一节　晨光熹微

语言是文学的载体，二者的关系犹如钱币的两面。而西班牙语无疑是西班牙语小说产生的前提；反之，西班牙语小说促进和保证了西班牙语的发展和成熟。

朱光潜先生曾高度评价但丁的《论俗语》（1302—1305），认为它"是但丁最重要的理论著作"。他甚至用超过谈论《神曲》的篇幅来谈论这部著作，谓：

> 语言的问题是中世纪末期和文艺复兴时期欧洲各民族开始用近代地方语言写文学作品时所面临的一个普遍的重要的问题。当时创作家和理论家们都对这个问题特别关心。在《论俗语》出版（1529 但丁死后）之后二十年（1549），法国近代文学奠基人之一，约瓦辛·杜·伯勒（Joachin du belly），也许在但丁的影响之下，写成了他的《法兰西语言的维护和光辉化》……[⑤]

[①]　Raymond Carr: *Historia de España*, Barcelona: Editorial Península, 2001, pp.100-105.

[②]　J. L. Alborg: *Historia de la literatura española*, Madrid: Editorial Gredos, 1975, pp.155-158.

[③]　这是安达鲁西亚地区歌谣，绝大部分在穆斯林之间传诵。其他有关玛丽亚等天主教歌谣从略。

[④]　H. Beinart: *Los judios en España*, Madrid: Editorial Mapfre, 1993, pp.92-101. 其中部分作品的起始时间不详，出版时间也不甚确切。

[⑤]　朱光潜：《西方美学史》上卷，商务印书馆，2017 年，第 157 页。

约瓦辛·杜·伯勒（又译杜培雷）是否受但丁的影响，我们不得而知，但将自己的语言发扬光大，其实是中世纪后期或文艺复兴初期欧洲各国（各民族）的当务之急，也是使文学从内容（宗教、神学）到载体（拉丁文）走向广大民众的一件大事。然而，和《神曲》不同，《论俗语》并非用俗语写就，但丁用的是拉丁文。

在这方面，阿尔丰索十世做得更加彻底。阿尔丰索十世时期出版的许多文本，都采用了卡斯蒂利亚王国的"俗语"——卡斯蒂利亚语，其中包括语言学著作《第八范畴》。

卡斯蒂利亚语也是拉丁语的一种变体，长期以来，受到诸多因素的浸染。它与一般僧侣和贵族的官方语言——拉丁语相对立，是卡斯蒂利亚地区的通俗语言。在漫长的西罗马时期，卡斯蒂利亚语只是南欧众多罗曼司语的一种。倘使把拉丁语比作"文言文"，那么卡斯蒂利亚语就是"白话文"了。它与拉丁语并存，是卡斯蒂利亚地区广大劳动人民的语言。卡斯蒂利亚地区最初的史诗（Gestas）或叙事诗（Epopeyas），正是通过这种语言由行吟诗人（Juglar，Trovador）口口相传的。

自阿尔丰索十世时期至15世纪末，经过两个世纪的阐扬和发展，卡斯蒂利亚语日臻完善。1492年，学者内布里哈出版了《卡斯蒂利亚语语法》，从而奠定了卡斯蒂利亚语在整个西班牙帝国的强势地位。作为第一部完整的罗曼司语法专著，《卡斯蒂利亚语语法》被认为是西班牙文艺复兴运动的重要象征之一。[①]它标志着卡斯蒂利亚语已经作为西班牙帝国的通用语言正式取代拉丁语的地位，并从此"与帝国同在"。[②]

16世纪，随着美洲殖民地的扩张，卡斯蒂利亚语开始"遍地开花"："无论你是英国人，还是法国人；无论你来自德国，还是来自弗拉门戈[③]，都必须掌握卡斯蒂利亚语。"[④]而在文艺复兴时期的意大利礼仪权威卡斯蒂利奥内[⑤]伯爵看

---

① V. García de la Concha: *Nebrija y el Renacimiento español*, Salamanca: Editorial de la Universidad de Salamanca, 1983.

② Menéndez Peláez y Arellano Ayuso: *Historia de la literatura española*, t.Ⅱ, Madrid: Editorial Evireste, 1993, pp.50-51.

③ 指西班牙南部犹太人、阿拉伯人、吉卜赛人聚居的安达卢西亚地区。

④ Menéndez Peláez y Arellano Ayuso: *Historia de la literatura española*, t.Ⅱ, Madrid: Editorial Evireste, 1993, p.51.

⑤ 卡斯蒂利奥内（Baldassare Castiglione，1478—1529），意大利贵族，著有《侍臣论》（*Il cortegiano*，1528）。

来，掌握卡斯蒂利亚语，意味着掌握宫廷礼仪、皇家风范。

然而，卡斯蒂利亚语地位的确立并非一帆风顺。以罗马教皇为首的天主教高级僧侣，曾竭力阻挡西欧各国的"俗语化"浪潮，以至于到了 16 世纪，罗马教廷仍明确规定，教会和高级僧侣不得使用罗曼司语言。不过，这种无视现实的做法，不仅不能阻止"俗语"的蔓延，反而使它们取得了长足的发展。[①]

14、15 世纪是西班牙语的成熟期，也是西班牙人文主义从晨光熹微走向阳光普照的重要过渡期。在这一时期，卡斯蒂利亚王国克服重重困难，进一步走向繁荣和强大。

1295 年，年仅十岁的费尔南多四世登上了卡斯蒂利亚和莱昂王国的王位。时值东北部的阿拉贡王国觊觎卡斯蒂利亚领土，又逢南方的摩尔人虎视眈眈、伺机反扑，宫廷内部更是钩心斗角、党争不断。费尔南多四世根本无力承受这等内忧外患，一年后，卡斯蒂利亚已是四面楚歌。多亏费尔南多的母亲玛利亚·德·莫利纳关键时刻力挽狂澜，不仅保住了儿子的王位，而且维护了领土安全。1309 年，长大成人的费尔南多四世不负众望，挥师南下，一举占领了直布罗陀，阻断了北非至格拉纳达的交通要道。

1312 年，费尔南多四世英年早逝，阿尔丰索十一世继位。阿尔丰索十一世联合周边基督徒王国，终于在 1344 年夺取了阿尔赫西拉斯，从而彻底切断了摩尔人与摩洛哥等北非伊斯兰势力的联系，并为卡斯蒂利亚王国带来了第一个太平盛世。

太平的结果是人文主义的发展。

首先是《真爱之书》的诞生。作者胡安·鲁伊斯（1283—1350）是伊塔大司铎，他在宗教"真爱"的幌子下大谈男女私情。史学家卡尔称《真爱之书》对阿尔丰索十一世与其情妇莱昂诺尔·德·古斯曼的私情多有隐射。[②]原来阿尔丰索十一世曾与堂兄胡安·马努埃尔之女订有婚约，最终却娶了葡萄牙公主为妻。大婚以后，阿尔丰索十一世对王后毫无兴趣，便有了与莱昂诺尔的那段风流韵事。

与此同时，胡安·马努埃尔从拉丁文化、阿拉伯文化和犹太希伯来文化中汲取养分，并在宫廷斗争的间隙，"无心插柳"地创作了流芳千古的《卢卡诺尔伯爵》。这是宗教文化与世俗文化较量的结果之一。

---

① Germán Bleiberg: *Antología de los elogios de la lengua eapañola*, Madrid: Editorial del Instituto de Cultura Hispánica, 1951; Menéndez Pidal: *La lengua de Colón*, Madrid: Editorial Espasa-Calpe, 1942.

② Raymond Carr: *Historia de España*, Barcelona: Editorial Península, 2001, p.109.

第二节 《真爱之书》

如果早期的谣曲和英雄史诗可以忽略不计，那么，将《真爱之书》[①]视作西班牙语长篇小说的雏形当毋庸置疑。该作品尽管部分沿用了英雄史诗的诗体或韵文风格，骨子里却是一部地道的世俗小说或诗体寓言故事，一如稍后出现的乔叟的《坎特伯雷故事集》。

一 圣爱乎？俗爱乎？

《真爱之书》素有欧洲"第二《爱经》"之称。一般认为，它是由胡安·鲁伊斯（大抵因他在瓜达拉哈拉的伊塔担任过大司铎，故史称"伊塔大司铎"）在 1330—1343 年间独立完成的。只可惜作者的有关资料已经散佚殆尽，现存信息大都来自作品本身和少量书简。

据作者自述，他出生在阿尔卡拉城（两个半世纪后，塞万提斯也将在这里降生），青年时代就读于犹太人和阿拉伯人聚居的历史文化名城托莱多，受到东方文化的浸染。由于托莱多主教的赏识，鲁伊斯一度担任托莱多地区的教皇信使，后来因为涉嫌泄露教会秘密而被宗教法庭革职，并被判处有期徒刑十三年。《真爱之书》据称就是他在狱中创作的（事有凑巧：两个半世纪后，《堂吉诃德》也是在狱中构思的）。他一生写过许多谣曲、情诗，曾为犹太人、摩尔人、盲人和学生创作歌词，但流传至今的只有《真爱之书》。

《真爱之书》包括十二篇相互关联的诗篇和三十二则寓言故事，凡一千七百二十八节、七千余行。《真爱之书》以训诫的名义表现爱情，以真爱的名义掩饰肉欲。换言之，《真爱之书》虽没有忘记颂扬精神恋爱，但津津乐道的却是男欢女爱的世俗形态；虽不乏高情远致的空谷幽兰，但细节毕露的却是男女爱情和世俗欲念。

《真爱之书》经过一番冠冕堂皇的祷告和说教之后切入正题：主人公的爱情冒险。经人穿针引线，主人公勾搭上了一个其名不详的夫人，但很快遭到了拒绝。之后，他又结识了面包店女老板，并且证实自己命犯金星座，天性风流。于是，他变本加厉，把目标锁定在一位品貌兼优的夫人身上，但结果仍未如愿。初涉爱河就无功而返，主人公沮丧万分。

这时，作品安插了他与爱情先生（Don Amor）的一次邂逅。作品假借这一插曲对爱情先生大加鞭笞，谓它是万恶之源。然而，爱情先生反唇相讥，末了又

[①] 现有屠孟超译本，昆仑出版社，2000 年。

面授机宜。主人公听信爱情先生之言，很快找了一个虔婆。在虔婆的撺掇下，主人公轻松赢得了寡妇堂娜恩德里娜的信任。两人结婚后，主人公（大司铎）隐退，或谓摇身一变成了堂梅隆。之后，同样是在虔婆的安排下，主人公又猎取了一个夫人，只不过后者不久就溘然病逝了。

为了"品尝一切"，主人公离开城市，来到瓜达拉马山区。他先后"遭遇"了四次爱情。头两次是纯肉欲的，对方是两个剽悍的村妇。第三个村妇得到了结婚的允诺，但很快又没有后话了。第四个最为凶悍，她见主人公囊中羞涩，就一脚将他踢开了。

旅行结束后，适值四旬斋，他收到了堂娜四旬斋写给所有失恋司铎、僧侣的信。堂娜四旬斋在信中广而告之的是她与堂肉欲的一场决斗。双方互派荤腥军和素食军对垒鏖战，结果堂肉欲占了上风，堂娜四旬斋退居耶路撒冷。在堂肉欲的陪同下，爱情先生招摇过市，僧侣、市民迎逦犹恐不及。大司铎腾出寓所来款待两人，但爱情先生却自己搭起了帐篷。

未几，主人公开始了新的冒险。他恳请虔婆替自己说服了一个新寡。但是，他时运不佳，接连遭到尤物的拒绝。在虔婆的怂恿下，他决定引诱一个修女，之后是一个摩尔女人，但结果都是徒然，"只听得歌谣些许"。

再之后，虔婆死了。主人公悲痛之中想起了人生七大罪孽、三大敌人（世俗、魔鬼和肉体），以及战胜这些敌人的神圣武器。

最后，作者重申了他的善良意愿，并希望他的作品得以传播。

可以说，《真爱之书》的主要内容就是主人公的十余次求欢遭遇。而围绕这一内容的，既有肉欲先生和守节太太的寓言，也有展示东西方文明的各种价值观的民间传说。这种多元倾向，反映了西班牙文化的混杂，也为西班牙文学奠定了某种基调。尤其是作品中对拉皮条者虔婆（又称"薛婆""串寺婆""拉纤女"）的描述，被认为是《塞莱斯蒂娜》的先声。而主人公的名字"Trotaconvento"一词却来自阿拉伯语，是安达卢斯穆斯林文学中经常出现的。

《真爱之书》基本采用古典谣曲的形式写成，韵律上比较自由。作品所附的大量歌谣，其中不乏世俗色彩浓重者，对世俗生活中的拜金主义和僧侣阶层的某些虚伪行径，进行了揶揄和批判，字里行间充满了幽默感。比如，有关金钱的一段描写可谓入木三分：

> 金钱有威力，怎不讨人爱：笨伯变伶俐，谁个不崇拜；
> 跛子迈步走，哑巴金口开；即便缺双手，见钱搂进怀。
>
> 莫看痴呆呆，村夫愚鲁相，有钱身份变，位高学问长。
> 只须钱袋满，立即增声望；家中空无物，命贱随风荡。

金钱握掌心，便是有福人，欢愉乐融融，教皇来赐恩；
乐土买一方，天国享安稳。所至有金钱，处处均可心。

我曾去罗马，教廷本神圣，却见亦拜金，个个颇虔诚：
折腰又屈膝，衮衮齐供奉，何人不顶礼，如将帝王迎。①

凡此种种，无不表达了作者充满理性和睿智的批判态度，既洋溢着浓浓的人文精神，又对人性保持了清醒的认知。这种清醒的人文思想，在后来的西班牙和欧洲作家的作品中，将逐渐与人性的张扬并驾齐驱，并越来越辩证，比如一个多世纪后的《塞莱斯蒂娜》和两个世纪后的莎士比亚戏剧。②

关于《真爱之书》是否出自鲁伊斯之手，目前尚有争论；有关作品内容的各种诠释，也难有定论。③

首先，《真爱之书》现存的三个主要版本，分别为14世纪的加约索本（简称G本）、14世纪的托莱多本（简称T本）和15世纪的萨拉曼卡本（简称S本）。④这几个版本都曾被岁月的尘埃掩埋，直到18世纪末才重新面世，并由托马斯·安东尼奥·桑切斯整理出版。在漫长的四个多世纪当中，它只不过是偶尔被人提及而已。此外，多数文学史家认为，《真爱之书》原本就有两个版本。第一个完成于1330年，第二个是十三年后于1343年完成的；换言之，胡安·鲁伊斯曾于1343年对《真爱之书》进行了修改校订。

其次，现存的三个手抄本都没有书名。18世纪付梓出版后，此书一度被称作《伊塔大司铎之歌》。《真爱之书》是1898年由西班牙学者拉蒙·梅嫩德斯·皮达尔命名的，依据是以下几行诗句：

上帝吾主，创造人物；今有司铎，求你佑助，

---

① 转引自董燕生：《西班牙文学》，外语教学与研究出版社，1998年，第18页。

② 《莎士比亚全集》第五卷，朱生豪等译，人民文学出版社，1997年，第423—552页。有诗为证：老父衣百结，儿女不相识；老父满囊金，儿女尽孝心。命运如娼妓，贫贱遭遗弃。

③ S. Kirby: "La crítica en torno al Libro de buen amor: logros y perspectivas", *Actas del X Congreso de la Asociación Internacional de Hispanistas*, Barcelona: PPU, 1992, pp.241-247.

④ G本由贝尼托·马丁内斯·加约索抄录，它是三个版本中最残缺不全的一个，现存西班牙皇家语言学院图书馆。T本较之G本更为完整，但抄写者佚名。T本原存托莱多大教堂，现存西班牙国家图书馆。S本是在萨拉曼卡发现的，由阿尔丰索·德·佩拉蒂纳斯抄录，现存萨拉曼卡大学。这个手抄本最为完整。

助他完成，真爱之书，净人之魂，乐人之躯。①

"先知大卫以圣灵的名义对众生说：'我将使你知……'"三个版本《真爱之书》均以此拉开序幕；然后是一系列正经的说教；最终又笔锋一转，把人引进模棱两可的境地："诚然，罪孽无非人事，倘使有人心欲降（我劝无可劝），屈从狂爱，此书不乏其例。""因此，无论是男是女，首肯与否，我书既奉知善、从善、爱上帝、得赎救之人，亦奉迷途不返、一心向狂之人：'我将使你知……'"

《真爱之书》首尾呼应，内容煞是含混。主体部分以古希腊罗马"大战"开始，使人类色欲得以彰显。而后是主人公以第一人称叙述自己的风流韵事（有关作者生平的假定大都由此推演而来）。接下来是堂梅隆和堂娜恩德里娜的爱情纠葛。这部分普遍被认为是对12世纪拉丁喜剧的戏仿。再往后是作为佐证的一组寓言故事，一系列贬斥金钱和教会弊端的讽喻，一些隐晦的寓言和直接的说教。最后是堂肉欲和堂娜四旬斋的战斗故事。主体之后附有一则导读和一系列圣母颂。但圣母颂过后，又是一些充满矛盾和世俗欲念的歌谣，有些歌谣甚至颇为放荡不羁。

梅嫩德斯·皮达尔在《伊塔大司铎诗作之名》中称，《真爱之书》是伊塔大司铎的"自传"，盖因整部作品仿佛产生于他生命历程的不同时期，从内容到形式都不尽相同。②

利达·德·马尔基埃尔则认为，贯穿《真爱之书》始终的，唯有胡安·鲁伊斯的人文品格及其所从出的文学土壤。③

由于《真爱之书》一直处在"临界"状态，即"出世"的布道和"入世"的狂欢之间，各路评家众说纷纭、莫衷一是。有评论家认为《真爱之书》是一部劝喻诗，其中的爱情描写无非是一些反面教材。④但多数人认为伊塔大司铎"以儆效尤"是假，纵欲狂欢是真。⑤此外，莱奥·斯皮瑟尔经过对中世纪阅读习惯的考察，认为《真爱之书》承袭了时人在"字里行间寻找深层含义的习

---

① Juan Ruiz: *El libro de buen amor*, Madrid: Ediciones Cátedra, 1992, p.13.

② Menéndez Pidal: *Poesía árabe y poesía europea*, Madrid: Editorial Espasa-Calpe, 1941, pp.139-145.

③ María Rosa Lida de Malkiel: "Notas para la interpretación, influencia, fuentes y texto del Libro de buen amor", *Revista de Filología Hispánica*, Madrid: 1940, II, pp.105-151.

④ James Burke: " The Libro de buen amor and the medieval meditative sermon tradition", *La Crónica*, Estremadura: 1980-1981, IX, pp.122-127.

⑤ Peter Burke: *La cultura popular en la Europa moderna*, Antonio Feros（tr.）, Madrid: Alianza Editorial, 1981.

惯"①，何况胡安·鲁伊斯有言在先："没有无谓之言，唯有理解之谬。"

《真爱之书》大肆表现世俗生活，甚至毫不避讳粗俗俚语。虽然卡斯蒂利亚语早在阿尔丰索十世时期就得到了宫廷的认可与推广，但惯性使然，并碍于罗马天主教教规，多数僧侣，尤其是高级僧侣，仍以拉丁文为首选书写文字。而胡安·鲁伊斯却大胆使用"俗语"，并将笔触伸向世俗生活的各个层面，反映中世纪末年西班牙僧侣阶层的矛盾心态。正因为其中的矛盾心态，《真爱之书》难免具有"瞻前顾后"、徘徊于明暗之间的含混效果。

至于《真爱之书》的文学渊源，西班牙语文学界提供了大量线索。从中，西班牙文化的多元形态可见一斑。

首先，拉丁诗人奥维德对它的影响几乎是个不争的事实。奥维德《爱的艺术》中的诸多理念，不仅由爱情先生之口给出，而且通过堂梅隆和堂娜恩德里娜的缱绻和纠葛形象地体现出来。

其次，12世纪拉丁作家卡佩拉努斯的雅典爱情大全《论爱》，显然对胡安·鲁伊斯也产生了影响。后者所谓"狂爱"（"Loco amor"）和"真爱"（"Buen amor"），显然是前者所谓"崇高之爱"或"纯粹之爱"（"Amor purus"），以及"鄙俗之爱"或"混沌之爱"（"Amor mixtus"）的翻版。

再次，其中的大量故事或寓言，或多或少受到了荷马、伊索等古希腊作家的影响。从形式的角度看，作品基本上由四行一节的亚历山大诗体和八音节谣曲体组成。

同样，西班牙-阿拉伯文学无疑进入了胡安·鲁伊斯的视域。《鸽子项圈》等脍炙人口的"摩尔作品"，早已在卡斯蒂利亚地区广为流传。卡斯特罗认为，《真爱之书》同伊本·哈兹姆的爱情自传形式和亦歌亦叙形式如出一辙。② 奥利维尔·阿辛则通过姓名比较，发现修女加罗萨（Garoza）之名源自阿拉伯文情人或未婚妻（Alaroza）一词。此外，达马索·阿隆索经过比照过，也曾断言胡安·鲁伊斯的理想爱人，并非出于欧洲传统，而是来自阿拉伯文学。在《真爱之书》中，伊塔大司铎自诩为"占星家"或"占星术痴迷者"。他虚构了一个占星家——"摩尔国王"阿尔卡洛斯，以证明这门学问的确凿性和可信性。"叙述者/主人公（即阿尔卡洛斯）饶有兴致地为我们描绘了他自己创建的天宫图：他本人所属的星座恰恰是那颗充满爱欲的金星。事实上，大司铎对情爱的渴望，一次又一次地印证了这一点——星运使然。"

---

① Leo Spitzer: "Note on the poetic and the empirical 'I'in medieval authors", *Estilo y estructura en la literatura española*, Barcelona: Editorial Crítica, 1979.

② 详见伊本·哈兹姆的《鸽子项圈》第一章的自传性内容。

事实确乎如此，对"女性"或"女主人"（dueñas）的爱恋，耗费了大司铎的所有时间和精力；但反过来，倘使没有这些爱情冒险，《真爱之书》也不会出现。维纳斯似乎的确赋予了这个因爱情而神志恍惚的大司铎以非凡的能力："精力充沛""巧舌如簧"。尽管在爱情面前，他总是运气不佳，但在寻找爱情的过程中，他却从不气馁。[①]

此外，犹太-希伯来文学及文化的影响在《真爱之书》中也比比皆是。主人公和书中不少人物对《圣经》及各种传说如数家珍。

当然，卡斯蒂利亚"俗语"文学的影响，更是不言而喻的事实。从作品形式与古典谣曲的关系，到作品内容与12、13世纪卡斯蒂利亚语佚名诗如《灵魂与肉体之争》《爱的理由》等的关系，可见本土资源和现实生活，都是《真爱之书》重要的源头活水。

再则，胡安·鲁伊斯以寓言性"事例"引出意义或教训的写法，源自《卡里来和迪木乃》，后者是《一千零一夜》的重要组成部分，为西班牙早期作家所广泛采用。《真爱之书》也使用了这种方法，《卢卡诺尔伯爵》自然也不避讳。而《真爱之书》中对女人如"拉纤女"等的描写，后来进入了费尔南多·德·罗哈斯等人的作品。此外，一如《辛迪巴德》中关于星象的描写（预言的危机必须根除），伊塔大司铎胡安·鲁伊斯在《真爱之书》中以自己的方式、自己的故事让国王对王子（男人对女人）"痛下杀手"。

二 《真爱之书》与《鸽子项圈》[②]

阿拉伯散文与诗歌一样，具有悠久的历史。它始现于蒙昧时期，但早期发展速度却远不如诗歌，其内容则多为演讲词、卜辞等。及至阿拔斯时期，诗歌日渐繁盛，散文随势跟上，有了长足的发展；内容大为丰富，押韵方式日趋自由，以至于最终放弃押韵成为散文。许多文人以散文敷衍故事，或指点江山，或言情抒怀，甚或品诗评文、杂议闲谈，皆成旨趣。

形式上，这一时期的阿拉伯散文大抵遵从"亦文亦诗"的特点，从而与诗歌如影随形，不能截然区分。散文作者兴之所至，在叙述中不断插入诗词，做"有诗为证"云云。即使是散文部分，也讲究骈偶对仗，追求韵律优美，颇似我国魏晋时期的骈体文，故称散文。其诗歌部分更是风格绮丽、格律考究，充分体现了阿拉伯诗歌的华美。这也是散文作者借以炫示文采的方式。

---

① 参见路丝·洛佩斯-巴拉尔特：《西班牙文学中的伊斯兰元素：自中世纪至当代》，宗笑飞译，中国社会科学出版社，2014年。

② 参见宗笑飞：《阿拉伯安达卢斯文学与西班牙文学之初》，当代中国出版社，2017年。

阿拉伯人入侵伊比利亚后，安达卢斯的散文也承袭了东部衣钵，并在此基础上继续发展。伊本·哈兹姆的《鸽子项圈》、伊本·拉比的《罕世璎珞》、伊本·舒海德的《精灵与魔鬼》等等，均是安达卢斯散文杰作，从而对西班牙本土文学的发展产生了影响。

（一）《鸽子项圈》

伊本·哈兹姆堪称安达卢斯最重要的文人。他的世俗化倾向，集成和发展了安达卢斯的世俗文学，不少意象、思想和比喻完全游离于伊斯兰教教义。

《鸽子项圈》是其著名的散文代表作，亦诗亦叙，语言清新典雅，内容却十分通俗。它主要具备以下一些特点：

首先，它具有独特的爱情观、浓厚的世俗情怀。哈兹姆歌颂世俗爱恋，甚至认为爱情可以超越时间、空间，摆脱宗教的桎梏；他不仅重视现世生活中肉体层面的男欢女爱，而且强调精神层面的灵性之爱，并且认为，只基于外在条件的爱恋是单薄而又脆弱的，必得有灵魂的吸引方能长久。哈兹姆还认为，爱情具有排他性，没有人能同时爱上两个人，除非他（她）的爱不够深、不够纯。

其次，哈兹姆在《鸽子项圈》中，常以女性的口吻进行创作，善于描摹女性的内心，并为女性辩护，体现了诗人细腻、敏感的一面。据传这和他失去挚爱的妻子努阿姆有关。《鸽子项圈》便是他在思念之余创作的，因而其中充满了对女性的理解和尊重。

总之，《鸽子项圈》是一部充满世俗情怀的韵散文集，它所体现的思想甚至与《古兰经》相悖。这虽与当时的诗歌主流创作背道而驰，却也反映了安达卢斯地区兼容并包的开放的文化氛围，且对后来的西班牙早期世俗文学产生了深远影响。

早在1919年，西班牙学者阿辛·帕拉西奥斯就在其著作中雄辩地阐释了但丁曾如何借鉴西班牙阿拉伯作家伊本·阿拉比（1165—1240）。但遗憾的是，西方中心主义并未使其产生应有的效应，有关成果几乎被封存于极少数研究者的书阁。和伊本·阿拉比一样，伊本·哈兹姆出生在西班牙，却并未像前者那样怀着朝圣的心灵游历祖先的东方，并最终定居麦加，殁于大马士革。哈兹姆走的是另一条路，他热爱生于斯、长于斯的安达卢斯，其世俗化影响，为沉闷的中世纪打开了一扇面向生活之真、艺术之真的清新之窗。

《鸽子项圈》创作于1023年。如果我们对西班牙伊塔大司铎胡安·鲁伊斯的《真爱之书》有所关注，就会自然而然地想到二者的关联。

《鸽子项圈》中，诗人认为，爱的本质或真谛只可意会，不可言传，同时认为，爱不能只是单向的和单薄的。所谓单向是指单恋；单薄"则是吸引一方或双方的优点"过于褊狭，一旦某个"优点"并不存在，或时过境迁其不再成为优点，那么爱也就随之荡然无存了。后者常见于单纯的外貌吸引。

　　《鸽子项圈》的问世并非偶然。伊斯兰苏非神秘主义兴起之后，许多苏非文人借描述世俗之爱来隐喻或宣扬对真主的精神之恋。从伊本·哈兹姆在《鸽子项圈》序言中所表述的内容来看，《鸽子项圈》似乎也套用了这一模式。但无论就作品的内涵，还是当时安达卢斯开放的文风而言，作者的用心更像是借宗教真爱之名，写人间爱恋之实。这种复杂性是由他生活的环境造成的。

　　首先，哈兹姆生活优渥，家中有婢女，往来有名媛，这使得他从小看惯放浪形骸、声色犬马的世俗生活。同时，乃父对他的教育十分严格，他自幼就能背诵《古兰经》，熟知伊斯兰教教义并耳濡目染。也许这正是他内心矛盾的原因之一。

　　其次，就社会环境而言，当时他生活的科尔多瓦是后伍麦叶王朝的经济、政治、文化中心，可谓美女如云、繁花似锦。当局对各种宗教、习俗持宽容态度；即或偶有倾轧，也大都取法刚柔并济，这使安达卢斯地区无论在政治上还是在文化上都形成了相当开放包容的格局。

　　再次，哈兹姆生活的时期，适值安达卢斯彩诗日臻成熟，并走向鼎盛。稍后出现的俚谣，也逐渐流行于当时的诗坛。这两种诗歌形式，都带有浓厚的民间世俗色彩，语言质朴，内容大胆、放浪，有些甚至近乎色情。这些都对哈兹姆的创作产生了深刻影响。所以，诗人一方面宣称爱需要信仰，即对真主的虔诚；但另一方面，又继承了阿拉伯和安达卢斯世俗文学的某些传统，着重列举的却是安达卢斯历史上诸多的男欢女爱，甚至道听途说的世俗恋情。譬如，钟情痴心的例子有：某某王子爱上花匠的女儿，某某国王爱上他的女奴，并谓遥远的埃及也是如此。当然，也有相反的例证：穆斯林达官贵人拈花惹草、娶妻纳妾，外加情人无数，等等。

　　正因为他详尽、细致、声情并茂地描写世俗之爱，他的作品完全可以被视为对中世纪拉丁文学的"反动"。前面说过，中世纪的拉丁文学基本上是宗教文学，偶有传奇出现，也大都指向天主教历史、教义或意象，譬如圣杯，譬如东方三博士，譬如十字军东征，等等。唯有少数后期抒情诗（或谣曲）开始摆脱禁欲主义的束缚，关注世俗情感。这些谣曲恰好是从安达卢斯世俗文学中派生的，即作为彩诗缀诗的哈尔恰或俚谣。

　　当然，因天时、地利、人和，西班牙叙事文学同样受到了阿拉伯和安达卢斯文学的影响，开始较早地摆脱天主教拉丁文学的禁欲主义传统。对此，哈兹姆及其所代表的安达卢斯世俗文学功不可没。

　　先说中世纪拉丁文学。如今的中世纪欧洲文学史淡化了宗教色彩，因此所记述的大都为传奇、谣曲及其所结合或演绎的英雄史诗之类。事实上，宗教文学才是中世纪的主流文学。就西班牙而言，罗马帝国坍塌后建立的西哥特王国就曾致力于传承天主教文化，却对罗马古典时期的文学传统视而不见。因此，公元 6 世纪时伊比利亚半岛最重要的"诗人"非圣伊西多尔（560—636）莫属。而这位号称时代泰斗的西哥特文人，本质上只不过是圣奥古斯丁的传人。

公元 8 世纪初，随着阿拉伯人的入侵，伊比利亚半岛基本沦陷，但残存的西哥特王国依然奉行天主教精神，尤其是在法兰克王国施行政教合一之后。随后的几个世纪，无论在逐渐崛起的卡斯蒂利亚、阿拉贡王国，还是在阿拉伯占领的安达卢斯基督教居民中，占主导地位的依然是天主教文学（对于后者，阿拉伯统治者给予了相当大的宽容）。譬如西哥特拉丁诗歌，用学者波德隆的话说，它除了宗教颂歌，几乎乏善可陈。[①] 又譬如《东方三博士》，它大抵是中世纪伊比利亚半岛最脍炙人口的一出宗教剧。其产生年代难以查考，内容却为天主教徒们耳熟能详：取材于《圣经》。之所以是"东方三博士"而非别的《新约》故事，则多少与阿拉伯人对伊比利亚的占领有关。在相当长一个时期，西班牙各天主教王国同阿拉伯人保持着亦敌亦友的关系。这在英雄史诗《熙德之歌》和许多"边境谣曲""摩尔谣"中表现得十分清晰。后者虽属"抵抗文学"，但其世俗情怀又明显受到了阿拉伯和安达卢斯文学的影响。

再说西班牙骑士传奇。恩格斯在说到《罗兰之歌》等中世纪骑士传奇时说过："那种中世纪的骑士之爱，就根本不是夫妇之爱。恰好相反……"[②] 但中世纪的西班牙骑士传奇却明显富于世俗情怀。这不能不说是拜阿拉伯人所赐。首先是阿拉伯人在伊比利亚半岛的长期存在，是西班牙旷日持久的"光复战争"的因由，故而也是天主教徒们的关注焦点，而这本身所给出的现实维度不可能不成为文学的土壤。其次是受阿拉伯文学和安达卢斯文学的影响，譬如形形色色的传奇故事。前面说过，阿拉伯文学不全是伊斯兰神秘主义，它同时孕育了以哈兹姆为代表的世俗文人。后者的《鸽子项圈》直接影响到了西班牙文学鼻祖伊塔大司铎胡安·鲁伊斯。这位伊塔大司铎的《真爱之书》素有欧洲"第二《爱经》"[③] 之称，本质上却是对《鸽子项圈》的一次大胆模仿，并且奠定了西班牙世俗文学的一个向度。有关这一点，下文将会有进一步论述。

（二）《真爱之书》对《鸽子项圈》的其他借鉴

《真爱之书》不仅在主题与构思模式上与《鸽子项圈》相仿，在语言风格及内容细节上，也与后者有诸多相似之处。

《鸽子项圈》采取亦叙亦诗的形式，将诗歌融入散文，在叙述中穿插诗歌。其叙述部分，语言骈俪；诗歌部分，韵律灵活。《真爱之书》也是如此，堪称一

---

① 　Serafín Bodelón: *Literatura latina de la Edad Media en España*, Madrid: Akal, 1989, pp.51-56.

② 　《马克思恩格斯选集》第四卷，人民出版社，1995 年，第 68 页。

③ 　"第一《爱经》"为古罗马诗人奥维德的《爱的艺术》（*Ars Amatoria*, 02 A.C.）。

篇朗朗上口的诗散文，其语言风格与前者相仿，押韵形式也呈一定规律的变化。

而在主题和内容上，二者的相似之处就更为明显。我们不妨拿《鸽子项圈》和《真爱之书》稍做比较：

鸽子项链	真爱之书 [①]
阿布尔说过："要让灵魂适当保持童真，以便抵达真理。"	卡同说过，而且在理："不能忘却白发的人，就无法成为圣人。"
爱情使人盲信，即使对方妄言，你必信以为真。（第2章）	无论对方说啥，你皆信以为真。（第164页）
爱情使吝啬鬼慷慨，抑郁者展眉，怯懦者勇敢，粗鄙者温柔，愚钝者聪颖，邋遢者洁净，苍老者年轻，禁欲者享受……（第2章）	爱情使粗鄙者变得温柔，使沉默者开口，使懦弱者勇敢，使懒惰者勤劳，使苍老者年轻……（第156—157页）
最好找一个机敏强干、忠诚可靠的中间人……他们可以是你的仆人，或者令人信赖的老妪：手执拐杖，脖系念珠……哦，口若悬河，无恶不作！（第11章）	找一位能言善辩、机敏过人的拉纤女……她若是你的亲戚，那便是最佳人选，不然就叫那些老妪：天天祷告，脖系念珠……哦，她无恶不作！（第436—439页）

通过比照可以看出，二者对爱情本质的描述惊人相似，均认为爱情使怯懦者勇敢，粗鄙者温柔，苍老者年轻，同时，对于拉皮条者的描述和譬喻也大同小异。书中诸如此类的相似还有多处。

此外，《真爱之书》中还穿插了大量寓言，这恰恰又是阿拉伯作家的拿手好戏。这些寓言大都指向贪婪、嫉妒、虚伪、懒惰等。其中有一则写了两个懒汉的故事。话说两个懒汉同时看中了一个姑娘，姑娘为了摆脱他们的纠缠，便机智地谎称自己喜欢懒惰的男人，让他们比谁更懒。甲因腿有伤，故称自己比乙懒惰，理由是有一天他在河边偷懒，口渴了想喝水，宁可渴得嗓子冒烟说不出话，也不愿低下头去喝口河水。这还不算，他连走路都懒得挪两只脚，所以一只脚上楼，从楼梯上摔了下来，成了跛子。乙摇摇头，说自己才是世上最懒的人。有一天，他感冒了，鼻涕流下来都懒得去擦一下；另一天，下着大雨，屋漏了，雨水正好

---

① 胡安·鲁伊斯：《真爱之书》，屠孟超译，昆仑出版社，2000年。

滴到床上，他眼看着那水不断滴在眼睛上，结果眼睛受伤成了"独眼龙"。

从时间上看，《鸽子项圈》问世于 11 世纪初，并在安达卢斯地区广为流传。大约三个世纪之后，《真爱之书》问世。后者问世之时，阿拉伯人在安达卢斯地区的统治虽然已经日渐式微，但仍对南部格拉纳达等地保持控制权。此时，阿拉伯人在伊比利亚半岛上已经生活了六个多世纪，其生活方式、语言、文化等方方面面的影响与融合，已润物无声地化入地区文化的血脉之中。诗歌、散文、寓言，以及玛卡梅等叙事文学，不能不对西班牙本土文学产生巨大影响。诚如西班牙学者阿美里科·卡斯特罗所说的那样："欲了解伊比利亚文学，必先了解西班牙-阿拉伯文学。"[1]

再说彼时鲁伊斯作为博览群书的教皇信使，很难想象他从未读过阿拉伯文学作品，从未接触过《鸽子项圈》。在中世纪的漫长岁月里，由于文学作品大多没有署名习惯，著者常常将所阅文学作品据为己有，采取"拿来主义"的态度，且从不标明出处，甚至以原创者、首创者自居。这种情形可谓司空见惯，因而给文学作品的影响研究带来了诸多困难。即便如此，通过比照作品的结构、内容、语言，以及作品的问世时间，并结合当时阿拉伯安达卢斯文学的兴盛与流布情况，我们仍不难看出《鸽子项圈》和《真爱之书》之间的种种关联。

何况，在《真爱之书》之前，西班牙本土鲜有描述世俗之爱的作品问世。虽说奥维德的《爱的艺术》也是关于爱情的，却与前二者有质的不同。《爱的艺术》侧重于技巧（即男人追求女人的"艺术"，故一度被罗马当局斥为"诲淫"），而《鸽子项圈》和《真爱之书》才是真正描写爱情的：既有对爱情本质的探究，也有对爱情形态的刻画。

至于来自《鸽子项圈》的幽默，卡斯特罗认为它多少帮助大司铎化解了原罪说和世俗之爱水火不容的矛盾冲突。[2]而大司铎赖以解嘲和嘲讽的老虔婆形象，则是阿拉伯文学中经常出现的。这个老虔婆最终进入了《塞莱斯蒂娜》，从而为世界文学长廊平添了喜剧色彩。

第三节　《卢卡诺尔伯爵》

和胡安·鲁伊斯同时代的另一位巨匠是胡安·马努埃尔（1282—1348）。

胡安·马努埃尔是智者阿尔丰索十世的侄子。作为皇亲国戚，胡安·马努

---

[1]　Américo Castro: *España en su historia*; *cristianos*, *moros y judíos*, Buenos Aires: Ed. Espasa, 1948, p.417.

[2]　Américo Castro: *España en su historia*; *cristianos*, *moros y judíos*, Buenos Aires: Ed. Espasa, 1948, pp.387-392.

埃尔常常被尊称为堂胡安·马努埃尔。他自幼习文练武,接受良好的教育。据说他十二岁就开始金戈铁马,参加"光复战争"。长大成人后,又不可避免地卷入残酷的宫廷争斗,却总能逢凶化吉。他当过卡斯蒂利亚和莱昂联合王国的摄政王,同时与固守东南一隅格拉纳达的摩尔人首领保持了令人费解的似友非友、似敌非敌的奇异关系。后来,他又奇怪地退避三舍,在世袭领地上建造了一座修道院,并从此专心写作,不问世事。

《卢卡诺尔伯爵》(全名《卢卡诺尔伯爵和帕特罗尼奥的故事》)是他的代表作。它不仅是西班牙短篇小说的第一个里程碑,也是罗曼司欧洲的第一部短篇小说集,成书于1335年,比薄伽丘的《十日谈》(1348)早十多年,比乔叟的《坎特伯雷故事集》早五十多年。

巧合的是,这三部作品,尤其是《卢卡诺尔伯爵》和《十日谈》,无论形式还是意境,都十分相似。《十日谈》是十个青年男女在十天中讲述的一百个故事,《坎特伯雷故事集》是三十一名香客讲述的一系列故事,而《卢卡诺尔伯爵》则是由谋士帕特罗尼奥讲述的五十一个故事。这些故事作为谋士进言的"例证",几乎独立成篇。只不过引出这些故事("例证")的是卢卡诺尔伯爵有关世道人心的一系列问题。这些问题起到了贯穿始终的线绳作用。

除了《卢卡诺尔伯爵》,胡安·马努埃尔还著有《骑士与盾矛手》(1326)、《国家书》(1330)、《编年简史》(1319?)、《武器书》(1327?)、《教子书》(1325)、《狩猎书》(1320?)、《歌集》(1327)、《行吟规则》(1328?)等等。部分作品散佚。

一 《卢卡诺尔伯爵》[①]

自从卡斯蒂利亚用自己的语言编撰了《西班牙编年通史》《世界大通史》《卡斯蒂利亚语语法》之后,卡斯蒂利亚语开始由民间转向官方。但据伊里索统计,《卢卡诺尔伯爵》之前,只有少数民间故事和短篇小说使用了卡斯蒂利亚语,如阿尔丰索十世的《聪敏的悔过者》(1257?)、《长梦》(1257)、《勇敢的主教》(1257),[②]贝尔塞奥的《无耻的司事》(1240?),以及些许佚名之作《猫之书》(13 A.C.)、《训诫故事书》(13 A.C.)残编等。

胡安·马努埃尔虽然不是第一位用卡斯蒂利亚语创作叙事作品的作家,却是"有意将卡斯蒂利亚语变成典雅的叙事文学语言的第一人"[③]。不仅如此,

---

① 现有刘玉树译本,昆仑出版社,2000年;申宝楼译本,黑龙江人民出版社,1996年。

② 收入《歌集》(*Cántigas de Santa María*, 1257?)。

③ A. Valbuena Prat: *La literatura castellana*, I, Barcelona: Editorial Juventud, 1974, pp.87-95.

他还是第一位具有明确"版本意识"的西班牙作家。他在《卢卡诺尔伯爵》的序言中说："堂胡安深谙并亲眼看见作品在传抄过程中出现的错误。这些错误不仅会改变作品本意、引起误解，而且每每归罪到编著者头上。堂胡安深恐发生此类情况，因而敬请读者注意……"他甚至恳请读者只读他藏于某修道院内的原著。至于原著中的"疏漏与谬误，则请读者谅他并非故意为之，而是天生愚笨所致……"如此云云，至今读来，亦无陈旧之感。

《卢卡诺尔伯爵》中既有寓言故事，也有历史传说，可谓虚构与写实并重。

《卢卡诺尔伯爵》既是一部短篇小说集，又是一部处世良方录，可谓寓教于乐、开卷有益。比如：

"故事一"教人如何驱凶避祸；

"故事二"是一则有名的寓言，讲父子二人听从路人的议论，不知该让父亲还是儿子骑牲口；

"故事五"也是一则有名的寓言，写虚荣的乌鸦经不住狐狸的吹捧，丢了到嘴的奶酪；

"故事六"劝人未雨绸缪；

"故事七"写农妇梦想拿头顶的一罐蜂蜜发大财，结果一高兴打碎了蜜罐；

"故事十二"教人怎样遇事不慌；

"故事十四"是个不折不扣的苦肉计；

"故事十八"是一段劝慰，类似于我们的"失之东隅，收之桑榆"或者"塞翁失马，焉知非福"之说；

"故事三十二"是"皇帝的新装"的前身（"看不见皇帝新衣的是私生子"）；

"故事五十"写一女子向苏丹提出一个问题（"什么是人的最佳品德和众善之母？"），倘使他答不出来，她就决不委身于他。苏丹周游列国，找到了答案，却不得不放弃初衷，因为他找到的答案是"廉耻"。

这些故事大都采撷于民间，其中不少篇什明显受到阿拉伯文学（如《卡里来和笛木乃》《天方夜谭》等寓言和传奇故事）的影响，又直接受惠于伊索寓言和伊比利亚及欧洲的民间传说，尤其是卢利的《动物之书》。可以说，和《动物之书》《真爱之书》一样，《卢卡诺尔伯爵》也是西班牙文化混杂的见证。

巴尔布埃纳·普拉特几乎逐篇分析了《卢卡诺尔伯爵》的源头与影响，认为狐狸装死的故事与伊塔大司铎胡安·鲁伊斯的寓言有明显的继承关系。[①] 但若再往前推，则其源必然抵达卢利。但遗憾的是，卢利的改宗身份，使其完全丧

---

① A. Valbuena Prat: *La literatura castellana*, I, Barcelona: Editorial Juventud, 1974, pp.87-95.

失了进入西班牙文学史的权利。关于这一点,"98年一代"作家阿索林在重新演绎那个故事时为两个胡安留下了"借条",同时又为二者的由来留下了问号。

另有一则寓言故事《一个猎鸡者的眼泪》,颇似"鳄鱼的眼泪",可能与《猫之书》有关,但表现方式更接近《动物之书》。

而马儿同仇敌忾对付狮子的故事,据称是阿尔丰索十世时期的一个传说,至于这一传说的原始版本却付之阙如、无从查考了。

吃扁豆充饥的穷人的故事倒应该是胡安·马努埃尔虚构的,后来进入了卡尔德隆的《人生如梦》。

一些比较抽象的故事,如"谎言树""善之树""恶之树"等等,可能均来自东方,但经《卢卡诺尔伯爵》转而对格拉西安及其《古斯曼·德·阿尔法拉切》产生了影响。

乌鸦和猫头鹰的故事肯定源自东方,在《五卷书》和《卡里来和笛木乃》中都有表现。同样,狮子和公牛的故事也有东方文学的渊源,尽管最近的源头是《动物之书》。

至于圣地亚哥教长与托莱多大魔法师的故事,则分明有阿拉伯文学(如《四十晨与四十夜》)的背景。但胡安·马努埃尔对这篇小说颇为用心,其中对高级僧侣阶层的讽刺挖苦可谓入木三分。而后人如胡安·鲁易斯·德·阿拉尔孔、里瓦斯侯爵、卡尼萨雷斯又对这个故事进行了新的诠释和演绎。

"看不见皇帝新衣的是私生子"这个故事来源不详,却是迄今为止《皇帝的新装》的最早版本。巴尔布埃纳·普拉特根据作品曾提到"摩尔人"这点推断它同样来自阿拉伯多少有些牵强,但至少证明它确与安达卢斯有关。无论如何,这是《卢卡诺尔伯爵》中最耀眼的一颗明珠。

话说三个骗子自告奋勇,要替国王织布,并称他们织出的布匹只有光荣的婚生子可以看见,而私生子是断然看不见的。而且,为了打消国王的疑虑,他们主动要求在完成工作之前受到监管。布匹织好后,国王为慎重起见,先命侍从前去打探。侍从听了三个骗子如此这般一番蛊惑,只能回说那布是如何的精美。当国王亲自驾临织坊时,那三个人只顾摆弄。国王当然什么也没有看见,但慑于私生子一说,生怕自己血统不纯而丢了王位,只好硬着头皮赞扬一番。大臣们听到国王的赞许,哪敢直言。他们一个个明哲保身,赞美之情更是溢于言表。节日临近,三个骗子替国王量身定做的新装制成了。适值盛夏酷暑,国王"穿"上新装,骑马上街,好不惬意。市民早就听说看不见新装的是私生子,自然不敢乱开口。他们生怕别人看得见,只有自己看不见,一旦说出来就会名誉扫地,便个个噤若寒蝉。于是,必得有一个一无所有、傻里傻气的"黑人"(或"摩尔人"?)对国王实话实说:"陛下,您是光着身子哪……"这一说不要紧,周围的人也七嘴八舌地说开了。国王这才知道上当受骗,急着要拿骗子问罪,可哪里还有他们的影子，骗子们早就带着国王的赏赐远走高飞了。

在安徒生那里，戳穿戏法的变成了孩子。正所谓童言无忌，童心之真显然更具有普遍意义。这是安徒生的点睛之笔，提升了寓言的高度。由此可见，创新并不一定要"无中生有"，有所推进、有所提升、有所改变、有所推广都不无价值；即便是有所反动，如图尼埃对笛福（《礼拜五》对《鲁滨孙漂流记》）的颠覆亦未尝不可。

文学的优质种子一旦发芽，便会开花结果，像蒲公英一样，将自己播撒到四面八方。通过《卢卡诺尔伯爵》，不仅《卡里来和笛木乃》得到了传承，而且必将使卢利得到复活。同时，它以它的故事回馈了其所从出的文化土壤，不仅影响了塞万提斯、洛佩·德·维加、蒂尔索·德·莫利纳、卡尔德隆等后来的西班牙作家，而且在安徒生的《皇帝的新装》、莎士比亚的《驯悍记》、拉封丹的《寓言诗》等作品中留下了鲜明的印记。

宗笑飞在《阿拉伯安达卢斯文学与西班牙文学之初》中对《卢卡诺尔伯爵》的阿拉伯渊源进行了细致的分析比较，认为《卢卡诺尔伯爵》至少有四个故事直接移植自《卡里来和笛木乃》。这四个故事分别是"故事七"《堂娜特鲁阿娜的空欢喜》（原型为《修士与蜜罐》）、"故事十九"《乌鸦的苦肉计》（原型为《猫头鹰与乌鸦》）、"故事二十二"《狮子与公牛》（原型为《狮子与公牛》）、"故事二十四"《一位国王考验三个儿子》（原型为《老人与三个儿子》）。这四个故事与其原型内容上完全一致，叙述形式也如出一辙，只不过《卢卡诺尔伯爵》中的故事更为简约，其所撷取的大抵是《卡里来和笛木乃》的故事精髓。

本节不妨择其一二，以为例证：

《乌鸦的苦肉计》讲了这样一个故事：一群受猫头鹰欺诈的乌鸦决定实施反间计，于是拔掉了一只乌鸦的大部分羽毛，使其仅可勉强飞行。他们借此迷惑猫头鹰，让后者失去警觉，误以为脱毛乌鸦是来投靠它们的。然而，一只足智多谋的猫头鹰识破了乌鸦的诡计，遗憾的是其他同类不仅不听从它的忠告，反而引发了内讧。最终，猫头鹰被歼灭，乌鸦大获全胜。这个故事与《卡里来和笛木乃》中的《猫头鹰与乌鸦》完全相同，只是在《卢卡诺尔伯爵》中叙述更加简明，全文不过六百字。而在《卡里来和笛木乃》中，这个故事前后嵌入了九个小故事，全文洋洋洒洒达两万三千余字，仅主干就多达五千余字。

再看《狮子与公牛》。它同样照搬《卡里来和笛木乃》，讲述狮子与公牛如何反目成仇。受狐狸（在《卡里来和笛木乃》中，狐狸即笛木乃）的挑拨，狮子与公牛渐生罅隙，并最终兵戎相见、两败俱伤。《卢卡诺尔伯爵》中的故事比较简练，全文不过一千二百字，其规模较之《卡里来和笛木乃》相去甚远。后者嵌套的十八个故事使主干内容大为扩展，节奏明显延宕。

除内容模仿之外，《卢卡诺尔伯爵》的叙事架构和文学灵感同样受惠于《卡里来和笛木乃》。美国俄勒冈大学罗曼司语系教授大卫·A.威克斯在《伊比利亚框架叙事——中世纪西班牙玛卡梅和框架叙事》中用"框架叙事"这个概念指称受阿拉伯叙事影响的早期伊比利亚叙事方式，认为框架叙事自14世纪初始现于安达卢斯，并迅速影响了当地的叙事文学。[①]英国作家、诺贝尔文学奖获得者多丽丝·莱辛在谈到《卡里来和笛木乃》时也曾断言：这类"故事以其独特的方式——故事套故事，环环相扣——展开。在此之前，西方并没有这种叙事方式，薄伽丘和乔叟等几位正是受到了来自东方的影响，才创作出了相关作品"。她甚至认为《伊索寓言》也是受到了作为《卡里来和笛木乃》故事原型的《五卷书》的影响。[②]然而，胡安·马努埃尔是最早受到阿拉伯安达卢斯叙事方法影响的西方文人，他的名字理应在框架叙事中占有一席之地，而《卡里来和笛木乃》正是其作品所从出的主要源泉。[③]

此外，《卢卡诺尔伯爵》还附有一百多条谚语和警句。这些谚语和警句与其说是上述故事的补充或说明，毋宁说是当时普遍存在于文人作家之中的急于整理民间文化遗产的表征。前面说过，罗曼司作家重视民族文化遗产，本身就是对中世纪拉丁文化和经院哲学的挑战，而民间文化，以及上述故事所蕴含的人本思想和来自东方的文化信息又强化了这种挑战。这或可称为欧洲人文主义时期文学一枚硬币的两面，互为因果、相反相成、相辅相成。

随着《卢卡诺尔伯爵》的流行，早期市民小说（或谓故事）逐步发展起来。其中塔拉维拉大司铎的《鞭子》是少数得以流传至今的准小说之一。

顾名思义，《鞭子》是对世俗的鞭笞，但又对某些世俗习惯津津乐道。它明显受惠于伊塔大司铎，或可说是《真爱之书》的散文版。同时，它又是加泰罗尼亚和阿拉贡文化的一个缩影，其中的不少风土人情透着浓浓的加泰罗尼亚和阿拉贡味。《鞭子》由四部分组成：第一部分写世俗对十戒的悖逆和七大罪孽的产生；第二部分写坏女人和好女人的区别；第三、第四部分是关于男人的，显得有些单薄。作品好像一幅充满揶揄的风俗画，各色丑恶被作家犀利的笔触刻画得淋漓尽致。

最夺人眼球的当数爱情小说，如迭戈·德·圣佩德罗的《爱情牢笼》。该作品发表于1492年，叙述一对恋人的爱情悲剧。男主人公莱里亚诺爱上了高卢公主拉乌雷奥拉。作者（或谓叙述者）被莱里亚诺诚挚的爱情感动，出面游说。

---

① David A. Wacks: *Framing Iberia-Maqámát and Framtale Narratives in Medieval Spain*, Leiden & Boston: Brill, 2007, p.41.

② 多丽丝·莱辛：《时光噬痕：观点与评论》，龙飞译，作家出版社，2010年，第54、58页。

③ 宗笑飞：《阿拉伯安达卢斯文学与西班牙文学之初》，当代中国出版社，2017年，第204—206页。

于是，两个年轻人相爱了。诗人佩尔西乌斯①被描写成"与人为恶"的无耻小人：他非但从中作梗，竭尽挑拨离间之能事，还在高卢国王面前中伤莱里亚诺。高卢国王听信佩尔西乌斯的谗言，将公主关入大牢。奈何公主对莱里亚诺痴心不渝。莱里亚诺为救公主竟不惜发动武装起义，高卢国王恼羞成怒，将公主判处死刑。行刑前，莱里亚诺率部赶到，不仅解救了公主，还一剑杀死了佩尔西乌斯。但公主这时已经心灰意冷，断然拒绝了莱里亚诺的爱情。从此，可怜的莱里亚诺除了吞噬拉乌雷奥拉的绝情信，便再也没有进食。临终，他撑着奄奄一息的躯体，用生命的最后热忱反驳友人对女性的不屑和对爱情的怀疑。

作品波澜迭起，且极其煽情。先是欲爱不能的相思之苦，峰回路转后公主又突然变卦了。这种处理方式固然奇崛怪谲，但避免了一般故事大团圆式的喜剧结局。圣佩德罗的另一部作品《阿纳尔特和卢森达的爱情故事》则逊色得多。

二　《骑士与盾矛手》

《骑士与盾矛手》创作于1326年前后，是胡安·马努埃尔的原创作品。此作品既具有早期骑士小说的韵味，又不失为一部劝世之作。作品由五十一个部分组成，其中包括一个序言和一个引子，但第四至第十六章散佚。

《骑士与盾矛手》以骑士小说的形式展开，讲述一名青年盾矛手受王国利益感召，来到一个类似于"圆桌会议"的骑士团，最后被封为骑士的故事。骑士团由一位理想的国王担任首领。故事在此中断（后人对其中的散佚部分进行了颇具想象力的"续补"）②，再往后便到了第十七章。这时，一位老骑士正在回答问题。这些问题显然是有人在前面几章中提出来的，关涉骑士道、国家、社会，以及人生最大的悲苦和快乐。老骑士希望对方继续在军团服务，直至出人头地。多年以后，年轻人不负所望，成长为一名优秀的骑士。为了报答老骑士并继续聆听他的教诲，年轻的骑士来到后者隐修的处所。老骑士没有答应年轻骑士的归隐请求，于是年轻的骑士只好回到自己的王国。未几，年轻的骑士实在无法抗拒求知的欲望，再一次找到老骑士隐修的地方。老骑士被他不懈的精神感动，终于对他进行了百科全书式的教导。后来，老骑士寿终正寝，年轻的骑士也已不再年轻，但他已经接受了全方位的教育。最后，骑士重返故里。他此后的所作所为受到人们的称赞。作品至此结束。

骑士作为中世纪后期西班牙各王国抗击摩尔人入侵的主力军，留下了许多

① 佩尔西乌斯（Persius，34—62），古罗马斯多葛派诗人，以讽刺见长，曾被一些学者认为是《塞莱斯蒂娜》或该作第一幕的原作者。

② B. Taylor: "Los capítulos perdidos del Libro del cavallero et del escudero y el Libro de la cavallería", *Incipit*, México, 1984, IV, pp.51-69.

可歌可泣的英雄事迹。因此，在西班牙，骑士阶层并没有像在法国或英国那样迅速衰微，变成单靠封地剥削农民的末等贵族。

胡安·马努埃尔作为皇亲国戚，从小跟随父亲马努埃尔亲王转战南北，有过辉煌的戎马生涯，只不过后来因为厌倦政治斗争而选择了隐修和写作。因此，他笔下的骑士道更多的是治国安邦之道，以及对人生、国家和社会的哲学思考，与塞万提斯竭力讥嘲的骑士道不可同日而语。作品中的老骑士相当程度上是"夫子自道"。而作者对于权力、金钱的淡漠，对于知识、德行的渴求，则充分表现了他卓尔不群的人文主义精神。但在创作形式方面，却不由得让人联想到卢利的《骑士团之书》。

由于散佚和续补，《骑士与盾矛手》版本较多，目前比较权威的是布莱瓜根据西班牙国家图书馆 6376 号手稿编纂的格雷多斯（1981）校订本。

三　《国家书》

《国家书》是一部高扬人性大旗的哲理小说或哲学散文。作品对中世纪神学，尤其是宗教神秘主义采取了怀疑的态度，尽管这种怀疑态度只是以若隐若现的方式表露出来。此外，对人及人类的乐观姿态，使作品具有明显的人文主义色彩。

全书以对话的形式展开。异教徒国家摩拉般王国大臣图林和王子约阿斯从死亡话题切入，就国家制度和人性教育等问题进行了一次促膝长谈。长谈不仅没有质疑基督教的一般教义，而且从根本上揭示了通过信奉上帝达到灵魂救赎的奥秘。

约阿斯是摩拉般王国的唯一继承人。国王为了把约阿斯培养成无忧无虑的快乐之人，派遣心腹大臣图林对其实施骑士道教育。然而，一如释迦牟尼，约阿斯一出门便遭遇了"生老病死"中最后的也是最关键的一环：一次葬礼。于是，图林不得不对王子讲述有关死亡和人生、肉体和灵魂的道理。然而，约阿斯不满足于图林的讲解。为了彻底了解肉体和灵魂的关系，约阿斯无视王国的法律，擅自聘请了一个名叫胡利奥的基督徒任教师。胡利奥倾其所知，为王子讲述了灵魂救赎的关键及途径。他滔滔不绝，从人性到法律，从欲望到信仰，对不同的宗教进行"客观"的比较，最终引导王子认识了基督教的真理，并劝说王子约阿斯、大臣图林以及国王和全体臣民接受了洗礼。

之后是有关国家制度和法的一系列谈话，胡安·马努埃尔借此倾诉自己的政治抱负和建国理念。其中的不少篇幅规定了国王和教皇、大臣和僧侣及普通市民的职责及行为规范，颇具指点江山、激扬文字的理想主义色彩。

第二章　西班牙小说：“黄金世纪”

　　“黄金世纪”并非西班牙文学所独有。俄罗斯文学有自己的“黄金世纪”，法国、英国、德国文学等，也可用它指代其某个繁盛时期。若问何朝何代是我国文学的“黄金世纪”或“黄金时期”，答案必定更是五花八门。可见，用“黄金世纪”界定一国文学的某个时期，其实并不科学。这一点必须先行说明。

第一节　如日中天

　　学术界对“黄金世纪”的时空界定并不一致。时间上，“黄金世纪”颇具伸缩性；而空间上，西班牙和葡萄牙也是各有各的说法，在卡洛斯时期，葡萄牙曾经“回归”西班牙，其代表性作家如希尔·维森特，还曾用西班牙语写作。因此，“黄金世纪”仅仅是个约定俗成的称谓。

　　15、16世纪，西班牙人文主义者崇尚古希腊罗马文化，曾一视同仁地把伯里克利[①]时期（公元前5世纪）和奥古斯都[②]时期（公元前1世纪）都称作“黄金世纪”（“Siglo de Oro”或“Edad de Oro”[③]），以反衬“黑暗的”中世纪。1736年，托雷帕尔玛伯爵第一次把自加尔西拉索至贡戈拉和蒂尔索时期称作“诗歌的黄金世纪”。[④] 此后，“黄金世纪”“黄金时期”“黄金时代”（“Epoca

---

　　① 伯里克利（Pericles，约前495—前429），古代雅典伟人，对雅典民主体制的建立和雅典帝国的强盛做出了重大贡献，使雅典在公元前5世纪擢升为希腊的政治文化中心。

　　② 奥古斯都（Augustus，前63—14），本名屋大维，后称恺撒·奥古斯都，是古罗马帝国的第一代皇帝，为罗马帝国的持久和平与繁荣奠定了基础。

　　③ Luwig Pfandl: *Historia de la literatura nacional española de la Edad de Oro*, Barcelona: Ed. Gustavo Gili, 1929. 此外，马德里自治大学文哲系和豪梅第一大学各有一份以《黄金世纪》（*Edad de Oro*）命名的杂志。需要说明的是，由于“中世纪”用的是“Edad”（拉丁文“Medium Aevum”，西班牙文“Edad Media”）这个词，当人们再用“Edad”来指涉时间的时候，其维度也就大大超过了一个世纪。

　　④ Marín López: *Estudios literarios del Siglo de Oro*, Granada: Universidad de Granada, 1949, p.12.

de Oro"或"Epoca Aurea")之类的说法便频繁出现，并逐渐成为西班牙文学的断代概念和专有名词。[①]

然而，这些专有名词不但词语稍有差别，所指也不尽相同。比如，德国学者普凡德尔从历史事件和相关人物出发，把1556年费利佩二世[②]即位至1681年戏剧家卡尔德隆故世称作"黄金时期"。[③]而西班牙学者里科则倾向于用复数的"黄金世纪"（"Siglos de Oro"），指涉16、17世纪西班牙文艺复兴运动时期和巴洛克时期文学。[④]

此外，时代的变迁和文学的演化，又对这些概念做出了自己的诠释。例如，古典主义否定巴洛克文学，谓"16世纪是我们的黄金世纪"[⑤]。但是，受法国启蒙思想的影响，西班牙的整个文艺复兴运动受到关注，并被一些文学史家称作"黄金时期"。然而，用马克思的话说，文艺复兴也只是借古希腊罗马人的"名字、战斗口号和衣服，以便穿着这种久受崇敬的服装，用这种借来的语言，演出世界历史的新场面"[⑥]。恩格斯在论述文艺复兴运动时则认为，无论是德国人的"宗教改革"，还是法国人的"文艺复兴"，或意大利人的"五百年代"（即16世纪），都无法充分表达这个伟大的时代。盖因文艺复兴仅仅是这个时代的表象，而真正缔造这个时代的，却是它赖以存在的物质的、经济的事实。[⑦]换言之，复兴不仅仅是文艺，而且是一场从意识形态到经济基础的伟大的创造性的革命。因此，"黄金世纪"似乎比德国人的"宗教改革"、法国人的"文艺复兴"和意大利人的"五百年代"更能表现这个伟大时代的不同凡响。

如今，中世纪业已成为学术界的一个热门话题，不少学者正致力于将其剥离简单而笼统的"黑暗"说。马克思、恩格斯对中世纪的界定，是相对于古希腊罗马和文艺复兴运动时期而言的，秉承了几个世纪的人文主义精神，且并不

---

① J. L. Alborg: *Historia de la literatura española*, I, Madrid: Editorial Gredos, 1975, p.616.

② 费利佩二世（腓力二世，1527—1598）1554年同英国女王玛丽一世结婚。1556年继任西班牙国王，领有西班牙本土、美洲殖民地、尼德兰、南意大利、西西里、撒丁岛等；但不久即陷入危机，先是丢失尼德兰，后是"无敌舰队"覆没。

③ Luwig Pfandl: *Historia de la literatura nacional española de la Edad de Oro*, Barcelona: Ed. Gustavo Gili, 1929, pp.2-17.

④ Francisco Rico (ed.) : *Historia y crítica de la literatura española*, Barcelona: Editorial Crítica, 1981-1992.

⑤ Cadalso: *Cartas de Marrueco*, XXI, Marín López: Estudios literarios del Siglo de Oro, p.14.

⑥ 马克思:《路易·波拿巴的雾月十八日》,《马克思恩格斯选集》第一卷,人民出版社,1972年,第603页。

⑦ 恩格斯:《〈自然辩证法〉导言》,《马克思恩格斯选集》第三卷,人民出版社,1972年,第444—446页。

否定中世纪不仅使众多民族接二连三地形成（或谓民族意识的觉醒），使欧洲诸多近代国家接二连三地诞生，而且经阿拉伯人、西班牙犹太人引进了许多先进技术，如磁针的使用、活字印刷、亚麻纸制造等等。

众所周知，从 5 世纪初日耳曼人强行进入西南欧，结束西罗马帝国，开始群龙无首的中世纪，到 13、14 世纪意大利城邦的强盛，西班牙、法国、英国国家君主制的出现，西南欧经历了近千年的文化衰败（加洛林王朝鼎盛时期只是一个短暂的间隙）。在此期间，已经从民间与自发变成官方与强制的天主教，成了维系西南欧"文化统一"的唯一重要力量，并最终不同程度地在西南欧完成了政教合一。于是，天主教作为西罗马帝国之后的权力场，不仅遏止了古典文化"回归"的脉动，而且导致了教会内外各种权力斗争的加剧和日益残酷。文艺复兴运动初期的宗教改革浪潮和天主教内部众多派别的产生，除了反映生产力和市民文化发展的要求，也是对这种斗争和斗争形式的艺术呈现或再现。有关情况也可参见马克·布洛赫的《封建社会》（张绪山译，商务印书馆，2014 年）和吉尔松的《中世纪哲学精神》（沈清松译，台北商务印书馆，2001 年）。

但是，随着浪漫主义的崛起，巴洛克艺术得到了肯定，于是，17 世纪（巴洛克主义）后来居上，在某些文学史家眼中成了货真价实的"黄金时期"。同时，18 世纪偏好 16 世纪诗歌，19 世纪则对 17 世纪戏剧颇为青睐；"98 年一代"相对垂青于 17 世纪小说，而"27 年一代"却又明显钟情于 17 世纪诗歌。

鉴于西班牙和葡萄牙两国的文学、历史渊源，不少文学史家甚至把西班牙和葡萄牙混为一谈，并统称其 16、17 世纪为"黄金时代"。[①]

诸如此类，不一而足。

而今，一般文学史家愈来愈趋于大而化之，把这个众说纷纭、莫衷一是的"黄金世纪"，框定在 1492 年摩尔人被赶出他们在欧洲的最后一个堡垒格拉纳达，西班牙完成大一统，哥伦布发现新大陆，至 1681 年伟大的戏剧家卡尔德隆去世这段时间，历时近两个世纪。

需要说明的是，1492 年显然只是一个历史纪年，而不是一个文学纪年。具体说来，是年，西班牙基督徒攻克格拉纳达，哥伦布发现新大陆，内布里哈出版《卡斯蒂利亚语语法》，但文坛并未发生重大事件。《塞莱斯蒂娜》发表于数年之后的 1499 年，加尔西拉索出生于 1501 年……

由此可见，"黄金世纪"（或"黄金时期""黄金时代"）是一个没有明确时间（起讫）界限的笼统能指。倘使把"黄金世纪"一劈为二，则或可把文艺

---

① 　J. L. Alborg: *Historia de la literatura española*, I, Madrid: Editorial Gredos, 1975, pp.616-617.

复兴运动时期视为上段，巴洛克时期视为下段。但无论如何，"黄金世纪"文学这个称谓容易留下歧义，因为它既可指涉西班牙文学的黄金时期，也可理解为西班牙帝国黄金时期的文学。倘使特指西班牙帝国的极盛时期，那么"黄金世纪"当随着"无敌舰队"的覆没（1588 年）而宣告终结，而不应该延续到 17 世纪末。问题是，塞万提斯的《堂吉诃德》又恰恰问世于 17 世纪。故此，本章名为"西班牙小说：'黄金世纪'"完全是权宜之计。

本著致力于把"黄金世纪"视作西班牙民族文学之生发和兴盛的一个渐进过程。在这个过程中，西班牙文坛人才辈出、群星闪烁，对欧洲乃至世界文学产生了巨大的影响。

前面说过，"黄金世纪"是 16 世纪西班牙人文主义者对古希腊罗马太平盛世的称颂，而"黄金世纪"文学，则首先是后人对西班牙文学繁盛景象的肯定。从这个意义上说，西班牙文学的"黄金世纪"分明是西班牙人文主义文学的别称，很大程度上也即文艺复兴运动的产物。因而，追溯西班牙文学的"黄金世纪"当首先着眼于文艺复兴运动。

文艺复兴运动，顾名思义是重新发现和阐扬古希腊罗马文艺及其所蕴含的人类与神及自然的共处和否定或否定之否定精神。而这种精神，除了继承和发展古希腊罗马文艺及其从出和蕴含的（相对于中世纪的）某些原始精神之外，还应当包括西欧民族（世俗）文化，尤其是摆脱西罗马帝国而逐渐独立的罗曼司"俗语"及其文学的苏醒与生长、传承与反思。

从这个意义上说，梅嫩德斯·佩拉埃斯和阿雷亚诺·阿尤索在西班牙文学史论中用"文艺复兴运动"和"巴洛克文艺"等取代西班牙"黄金世纪"的做法虽然不无道理，[①] 但囿于所指含混，类似概念又明显不能涵括西班牙"黄金世纪"文学的繁复与多姿。

有鉴于此，里科关于"文艺复兴运动时期"和"巴洛克文学时期"的说法显然更为准确；尽管他偏重的是后者，而非"双雄并立"，尽管事实上这两个时期（或谓两种现象）相互关联、纵横交错，不能割裂。

此外，"黄金世纪"没有宣言，没有定论，也无法以特定作品、人物、流派或事件为标志，本章将有意避免给出明确的时间界限。如此，即使不能踵事增华，至少可以包容众见。

故此，本章将从 15 世纪末西班牙文学的复杂局面切入，分节梳理左右逢源又多少有些纷乱无序的西班牙民族文学，同时着重评析 15 世纪末至 17 世纪西

---

① Menéndez Peláez y Arellano Ayuso: *Historia de la literatura española*, t. II, Madrid: Editorial Evireste, 1993, p.338.

班牙文坛的流派与思潮、作家与作品，以期尽可能全面地探讨西班牙文学"黄金世纪"或"黄金时期"文学由生发至盛衰的繁杂景象与重要流变。

最后，"黄金世纪"固然关涉西班牙古典文学极盛时期的几乎所有重要作家与作品、流派与思潮，但我们不可能穷尽之，如同"莎士比亚是说不尽的"或"一百个读者就有一百个哈姆雷特"。这里所做的，只是提纲挈领、择要而言，努力既见森林，又见树木。

第二节　《塞莱斯蒂娜》

《塞莱斯蒂娜》（原名《卡利斯托和梅利贝娅的悲喜剧》，1499）是西班牙文学史上一座高耸的里程碑。它的"横空出世"[①]，标志着西班牙文学的成熟和人文主义的中兴。正因如此，学者梅嫩德斯·伊·佩拉约认为《塞莱斯蒂娜》几乎是与《堂吉诃德》齐名的西班牙文学名著，其同名女主人公和堂吉诃德、桑丘·潘沙、小癞子、唐璜一样，是世界文学长廊中的不朽典型。[②]

作品写拉纤女塞莱斯蒂娜和一对青年恋人的故事。

一天，贵族青年卡利斯托因寻找猎鹰而误入一座私人花园，与美女梅利贝娅邂逅，顿时为之倾倒并向她表白爱慕之情，结果遭到了姑娘的严词斥责。回家后，卡利斯托不禁食不甘味、寝不安席，害起相思病来。其情其状，令人想起《西厢记》中张生的"一万声长吁短叹，五千遍捣枕捶床"。工于心计的仆人森普罗尼奥看出了主人的心病，出面请老虔婆塞莱斯蒂娜从中撮合。塞莱斯蒂娜年逾古稀，老奸巨猾，是个有名的拉皮条高手。卡利斯托的另一个仆人帕尔梅诺知情后力劝主人远离老虔婆，无奈卡利斯托已经坠入情网，根本顾不得许多。他重金聘请塞莱斯蒂娜玉成他和梅利贝娅的好事。与此同时，塞莱斯蒂娜百般拉拢帕尔梅诺并诱以女色，很快将他拖下水去，变成她和森普罗尼奥的同谋。

一切妥帖之后，塞莱斯蒂娜以兜售女红用品为名接近梅利贝娅，巧言令色，撩拨芳心。梅利贝娅表示自己当恪守闺范，不敢对卡利斯托有半点沾染，但在塞莱斯蒂娜的百般挑逗、怂恿下，情窦初开的她忍不住吐露了真情，竟也似"系春心情短柳丝长，隔花阴人远天涯近"（《西厢记》），害起了相思病。塞莱斯蒂娜乘机安排卡利斯托与她幽会，于是，一对恋人终于在花前月下互诉衷情。

事成之后，卡利斯托重赏了塞莱斯蒂娜。森普罗尼奥和帕尔梅诺见她轻易

[①]　之所以谓之"横空出世"，是因为西班牙的世俗剧产生较晚，有名的早期世俗剧作家几乎都要到 16 世纪初才渐成气候。

[②]　Menéndez y Pelayo: *Orígenes de la novela*, t.3, Madrid: Biblioteca de Autores Españoles, 1910, pp.16-19.

得了这许多好处，不禁心生妒意。塞莱斯蒂娜爱钱如命，一口拒绝了两个同谋的分赃要求。盛怒之下，森普罗尼奥拔剑刺死了塞莱斯蒂娜。她的使女见状大呼救命，警察闻声赶来。森普罗尼奥和帕尔梅诺企图越窗逃跑，双双摔伤被擒。

此时，卡利斯托和梅利贝娅夜夜幽会，早已爱得难舍难分。塞莱斯蒂娜的两个使女听说其主人之死皆因卡利斯托，决定伺机报复。她们买通了几个无赖埋伏在花园四周，待卡利斯托架起梯子进入梅利贝娅闺房后抽去梯子，大呼捉贼。卡利斯托慌忙之中跌下楼来，顿时命赴黄泉。梅利贝娅痛不欲生，向父亲坦白了自己的恋情，并恳请父亲将她和卡利斯托葬在一起，然后毅然坠楼殉情。

一　版本与体裁

《塞莱斯蒂娜》是一个荡气回肠的爱情故事。但有关这一作品的一系列问题至今仍悬而未决。

首先，作品现存两个祖本：一个是由十六幕组成的《卡利斯托和梅利贝娅的喜剧》，另一个是由二十一幕组成的《卡利斯托和梅利贝娅的悲喜剧》。第一个祖本是1499年在西班牙布尔戈斯问世的，十六幕，封面和封底缺失，故而既没有书名，也不知有无署名。此后，又有两个版本分别于1500年和1501年在托莱多和塞维利亚出现，且均为十六幕，称作《卡利斯托和梅利贝娅的喜剧》。第二个祖本是1502年的萨拉曼卡本，变成了二十一幕，并易名为《卡利斯托和梅利贝娅的悲喜剧》。另有一个托莱多本为二十二幕，但其中第二十二幕被多数文学史家认为是"狗尾续貂"。《塞莱斯蒂娜》问世后不久即流传到欧洲各国。最早的译本有1506年的意大利文本、1520年的德文本、1527年的法文本和1530年的英文本等。最早使用《塞莱斯蒂娜》这个名称的是1519年的威尼斯译本。更名的意义在于，真正的主角塞莱斯蒂娜被推到了"前台"。

其次，关于作品归属的争论，一直持续至今。这是因为，最先的1499年本既没封面，也没封底，导致"署名的缺失"。但1502年的萨拉曼卡本有一首关于作者的"藏头诗"，称作者是一个名叫费尔南多·德·罗哈斯的人，生于1465年，卒于1541年。[①]支持这一观点的最大证据是塞拉诺·伊·桑切斯于20世纪初发现的有关罗哈斯生平的一份材料。它是在1525年的一份宗教裁判所档案中找到的，该材料称罗哈斯是犹太人阿尔瓦罗·德·蒙塔尔班的女婿。

此外，梅嫩德斯·皮达尔根据有关语文学研究成果，于1950年论证了由来已久的"双作者"说，认为作品第一幕与后二十幕风格相左，故而作者除罗

---

① "藏头诗"中还有胡安·德·梅纳和罗德里戈·德·科塔的名字，但一般认为那只是伪托而已。

哈斯外另有其人。他甚至查证说，第一幕是在 1497 年之前完成的，而后二十幕都是在 1497 年之后创作的。[①] 加西亚·瓦尔德卡萨斯、米切莱纳等支持梅嫩德斯·皮达尔的这一观点，并进而认为罗哈斯并非原作者。[②]

与此同时，也有学者坚持认为作者远不止两个。[③] 但无论如何，视罗哈斯为主要作者，几乎已经成为共识，尽管有关争论并没有终止。如今，多数版本上都有罗哈斯关于第一幕并非己出的说明。

沿着这个话题，不少研究家有了新的发现。比如，学者卡斯特罗·基萨索拉认为《塞莱斯蒂娜》第一幕明显具有彼特拉克的影子，而后则是受亚里士多德、塞内加和波伊提乌的影响。[④] 然而，考虑到"藏头诗"中还有胡安·德·梅纳和罗德里戈·德·科塔两个名字，考虑到时人在作品归属（署名）方面有这样那样的假托（这在当时几乎是一种时尚，如塞万提斯伪托《堂吉诃德》系阿拉伯人未竟之作），我们又何尝不可以把罗哈斯对作品第一幕的归属申明当作某种有意的伪托或善意的游戏？[⑤]

再次，故事发生的时间、地点及作品体裁，也一直是众说纷纭的几个话题。

各路学者曾经千方百计考证故事发生的时间和地点。尤其是关于地点，相当一部分学者认为，故事当发生在 15 世纪的阿拉贡王国。但加西亚·瓦尔德卡萨斯却认为，既然作者无意道明故事发生的时间、地点，就无须在这个问题上挖空心思，何况何时何地发生其实并不重要，因为作品纯属虚构。[⑥]

---

① Menéndez Pidal: "La lengua en tiempos de los Reyes Católicos", *Cuadernos Hispanoamericanos*, Madrid: 1950, XV, pp.9-24.

② García Valdecasas: *La adulteración de "LaCelestina"*, Madrid: Editorial Gredos, 2000, pp.230-304; Michelena: *Dos "Clestinas" y una ficción*, Vasco: Universidad del País Vasco, 1999, pp.17-59.

③ Lida de Malkiel: *La originalidad de La Celestina*, Buenos Aires: EUDEBA, 1962, p.19.

④ Castro Guisasola: "Observaciones sobre las fuentes literarias de La Celestina", *RFE.*, Madrid, 1924, V.

⑤ 虽然早在贝尔塞奥时期，西班牙作家的署名意识已经形成，但直到 17 世纪，仍有作者出于种种原因而伪托他者。正因为如此，从罗哈斯时期流传至今的西班牙爱情剧也不是每一部都是署名的。据佩德罗·卡特德拉统计，当时流行的爱情剧（或爱情故事）有阿尔丰索·德·马德里加尔的《爱情与友谊》，胡安·德·梅纳的《爱情》，路易斯·德·卢塞纳的《人为什么需要爱》《爱情种种》《爱情循环》，皮科罗米尼的《恋人正传》，洛佩斯·德·维亚罗沃的《爱的审判》，佚名的《其他情书情歌》，等等。参见 Cátedra: *Tratados de amor La Celestina*, Madrid: El Nuevo Siglo de España, 2001.

⑥ García Valdecasas: *La adulteración de "La Celestina"*, Madrid: Editorial Gredos, 2000, pp.275-276.

有关体裁的话题，起初集中在"戏剧"和"小说"之争上，因为作品虽然以剧本形式写成，分为二十一幕，但其中的大量独白又明显不适合舞台演出；后来演化成了"戏剧体小说"与"对话体小说"之争。

最先提出"戏剧体小说"的是莫拉廷·德·里盖尔[1]，但这种说法很快引起了梅嫩德斯·伊·佩拉约、利达·德·马尔基埃尔等同行的反诘。与此同时，斯蒂芬·吉尔曼认为，给《塞莱斯蒂娜》这样一部复杂的文学作品进行体裁界定是徒劳的，因为它原本就是"消解体裁的"。[2]这显然是受了后现代批评的影响。因为，与其说《塞莱斯蒂娜》作者（何况不止一个）是有意栽花，倒不如说他是无心插柳。

在这个问题上，梅嫩德斯·佩拉埃斯的观点似乎更值得重视。他认为，当时悲喜剧作为新生事物，还没有先例可循，因此它可能"身兼两职"，既是脚本，也是读本。[3]这是很有道理的。如果由此联想到我国的文学体裁，那么《塞莱斯蒂娜》倒更像是一部章回小说。

总之，在西班牙，14、15世纪几乎是所有重要体裁的生发期，小说从短篇到长篇，戏剧从脚本到读本，诗歌更是波澜不惊地从谣曲走向了多元。

需要说明的是，有关争论都是从18世纪开始的。在这之前，《塞莱斯蒂娜》一直被作为经典戏剧流传于世。因此，所谓"学术＝把简单的事情复杂化"的说法，在有关《塞莱斯蒂娜》的讨论中多少得到了印证。但反过来说，没有诸如此类的复杂化过程，人类的认知水平和大脑进化恐怕就要大打折扣了。在此，并鉴于《塞莱斯蒂娜》在西班牙语文学和小说发展史上的显著地位，我们姑且将它视作"戏剧体小说"。

二　意蕴与人物

《塞莱斯蒂娜》是在15世纪末诞生的。当时，资本主义的萌芽已经在欧洲出现。刚刚完成统一大业的西班牙正沉浸在对外扩张的狂欢之中。玩世不恭和享乐主义，不仅普遍存在于市井生活，而且是一般作家都采取的创作态度。

但《塞莱斯蒂娜》的人文主义带有明显的批判精神。它洞识时代的目光敏锐而辩证：一方面，新的世界观和生活方式，正彻底改变人们的行为规范和价值标准；另一方面，旧的思想体系（包括天主教思想和封建等级制度）依然根深蒂固。而在这对矛盾的背后，涌动着另一对同样不可调和的矛盾，即：新的社

---

[1]　Riquer: "Orígenes del teatro español", *RFE.*, 1957, I, p.275.

[2]　Gilman: *The Art of the Celestina*, Madison: Wisconsin University Press, 1956, pp.194-206.

[3]　Menéndez Peláez y Arellano Ayuso: *Historia de la literatura española*, t. II, Madrid: Editorial Evireste, 1993, p.69.

会形态带来的人性解放和人性解放蕴含的拜金主义、享乐主义。因此，很难说这部作品仅仅是歌颂个性解放和世俗精神的。它一方面热情赞扬卡利斯托和梅利贝娅的爱情，另一方面又把围绕（促成）这一爱情的老虔婆和仆人们的贪婪刻画得淋漓尽致。虽然卡利斯托和梅利贝娅的爱情是纯洁的，体现了伟大的人文主义精神，但世俗的丑恶与混沌，恰恰又容不得这种纯洁爱情的存在。从这个意义上说，爱情的纯与世俗的浊所形成的强烈反差，早就远远超过了作者反对封建主义和宗教禁锢的意图。也就是说，梅利贝娅和卡利斯托与其说是封建主义的牺牲品，毋宁说是资本主义时代金钱关系的受害者。

与此同时，老虔婆塞莱斯蒂娜作为世界文学中的一个经典人物，不仅是资本主义世界观的载体，而且象征着古来人性中丑恶的一面。她狡黠贪婪、背信弃义、寡廉鲜耻，加上赤裸裸的享乐主义和利己主义，种种负面色彩使她成了人类丑恶品性和未来资本主义社会的化身。这无疑使《塞莱斯蒂娜》变得复杂并具备了前瞻性：某种批判现实主义精神。套用恩格斯言及巴尔扎克时的话说，这也许称得上是"现实主义的胜利"。从这个意义上说，它比后来莎士比亚的《罗密欧和朱丽叶》要超前和复杂得多。当然，莎士比亚用《威尼斯商人》等展示了他人文主义的另一种现实主义眼光。

《塞莱斯蒂娜》的重要和成功，还在于它创造了一组经典人物。

首先是老虔婆塞莱斯蒂娜。她出身卑微，职业也不光彩。但她的存在，既反映了人类的某种根性，也是新社会、新时代利益关系和价值标准的鲜活表征。她聪敏、能干、世故、狡黠、迷信、贪婪，既是达官贵人和老爷绅士们骄奢淫逸、蝇营狗苟的帮手，也是新时代享乐主义和利己主义的化身。她从本能出发，全然不顾伦理道德和宗教禁锢。她当然不是成人之美的红娘，而是金钱的奴隶。她的性格决定了她的悲剧。

除塞莱斯蒂娜外，卡利斯托和梅利贝娅是一对可以大书几笔的新青年。

卡利斯托对爱情的认知，与塞莱斯蒂娜的功利思想形成了强烈反差。其中既有新时代青年爱情至上的理想，又不乏骑士文化的遗风。他甚至有点像古典行吟诗人那样，觉得与心爱之人梅利贝娅在花园邂逅有些突兀，称教堂才是比较合理的地点。此外，他伪托梅利贝娅为"上帝"，因为他在梅利贝娅身上看到了上帝的存在。梅利贝娅听之愕然，卡利斯托便乘机把她无与伦比的美貌赞颂了一番。他还自称"梅利贝奥"，谓："我是梅利贝奥，深爱着梅利贝娅；只相信梅利贝娅，也只爱梅利贝娅。"[①]瓦尔布埃纳·普拉特由此揣测原作者对基督教文化怀有某种不屑。

---

① Valbuena Prat: *La literatura castellana*, Barcelona: Editorial Juventud, 1974, p.173.

和卡利斯托不同，梅利贝娅是深沉的。面对卡利斯托，她既没有一味地推脱，也没有大胆地表白。她是新柏拉图主义的化身，又不同于但丁笔下的贝亚特丽齐或薄伽丘笔下的菲亚美达①。她是个有血有肉的现实的人，集中体现了文艺复兴运动时期的审美特征："上扬的眼梢，又长又密的睫毛，细细弯弯的眉毛，不大不小的鼻子，玲珑娇小的嘴巴，又细又白的牙齿，长圆形的脸蛋，红红的嘴唇，高耸的胸脯……以及让白雪黯淡的肌肤。"②活脱脱一幅文艺复兴运动时期的美人图。但美人是矜持的，她与追求者保持了一定的距离。于是，故事必得由老虔婆塞莱斯蒂娜和卡利斯托的仆人来推进了。

两个仆人森普罗尼奥和帕尔梅诺，在作品中竟毫无木偶相。他们像后来塞万提斯笔下的桑丘·潘沙，既有作为仆人的忠心和职分，也有作为仆人的狡黠和贪婪。森普罗尼奥比较圆滑，帕尔梅诺相对单纯。前者具有流浪汉气质，并为钱所累；后者固然单纯（或者正因为单纯），却经不起女色的诱惑。

两个使女埃莉西娅和阿蕾乌莎，也各具特点。她们一个柔弱，一个泼辣，令人过目不忘。

作品起初将他们和老虔婆的交易（或者还有埃莉西娅和阿蕾乌莎）作为一条明线，铺设在卡利斯托和梅利贝娅的神交（相思）之上，但在梅利贝娅向塞莱斯蒂娜坦白心境后倒转了过来，成为可怕的暗流。人物的行为和心理随着情节的变化呈现出符合逻辑的发展。

此外，作品自始至终采用人物对白或独白，从而使一切作为过门的描写和作为旁白的议论得以省略。尤其是不同人物具有不同的语言特点，不仅有利于对人物性格的塑造，而且极大地丰富了西班牙文学及其语言范式。

其中，塞莱斯蒂娜和几个仆人的话语之妙，几可借明代徐渭《南词叙录》一用，即"常言俗语，扭作曲子，点铁成金，信是妙手"。就卡利斯托和梅利贝娅的对白而言，有些段落较之浪漫主义文学也毫不逊色，如第十九幕中的一节：

　　卡利斯托：你的歌声温柔甜蜜，将我征服；让你等待，我于心何忍？我的小姐啊，我的一切！你使世界黯然失色。迷人的旋律！欢乐的时刻！我的心哦……

　　梅利贝娅：快乐的假象！甜蜜的惊讶！这不是我灵魂的主人吗？真的是他吗？我简直不能相信。我的太阳，你在哪里？你把光辉藏在何处？……

①　此译名取自《十日谈》，方平、王科一译，上海译文出版社，1989年。

②　Rojas: *La Celestina*, acto I, Barcelona: Editorial Planeta, 1980.

卡利斯托：我的小姐，我的荣耀，如果你怜惜我的生命，请不要停止你的歌唱……

梅利贝娅：我的爱，你想听什么呢？是思念引领着我的歌喉，使它发出悦耳的声音……[1]

第三节　骑士小说

蒙田说："强劲的想象可以产生事实。"[2]骑士小说恰恰是一种能使"美梦成真"的"强劲的想象"。它的想象或幻想，一定程度上是对中世纪真实生活的否定，一如哥特式小说是对中世纪神学的否定。而塞万提斯则是否定之否定，并以子之矛，攻子之盾。其中的想象或幻想基于骑士小说，又超乎骑士小说，其中多少掺杂了阿拉伯及东方文学想象和类哥特式小说的某些元素。

骑士小说或传奇是在罗马帝国坍塌之后的欧洲逐渐产生的。亚瑟王和圆桌骑士的故事，被认为是欧洲最早的骑士传说，大抵始现于公元12世纪。这显然与不列颠的战争和统一有关，或可说是不列颠民族的史诗。稍后发生的高卢骑士传奇，则围绕特里斯坦（又作"特里斯当"）和查理大帝及其麾下战将罗兰展开，与之并行的有来自不列颠的亚瑟王、兰斯洛特、圣杯等传奇故事。同时期或稍晚的德国骑士传说，也大致与这些故事有关，其中影响最为广泛的是兰斯洛特和特里斯坦传奇。

用中世纪文学史家乔治·狄克诺尔的话说，这些骑士传说的来源是战争，但真正成型却必得在战事消歇、社会安定时期。"和平时期，人们需要消遣，于是先辈的事迹成了传奇的元素，骑士小说也便随之产生了。"[3]

也许正因为西班牙一直处于针对阿拉伯人的"光复战争"中，西班牙的骑士文学才姗姗来迟。但是，它后来居上，成了名副其实的骑士文学重镇，不仅产生了大量骑士传说，而且催生了反骑士小说《堂吉诃德》。

阿拉伯人虽于公元8世纪占领了大半个伊比利亚，但卡斯蒂利亚、阿拉贡、莱昂等西哥特王国的"光复战争"一直没有停息。于是，大量"边境谣"应运而生，它们大都来源于真人真事，形式上借鉴了阿拉伯安达卢斯彩诗。

其中影响最大的要数《熙德之歌》。它讲述了卡斯蒂利亚人民反击阿拉伯人侵者的英雄事迹，而熙德（阿拉伯语的音译，意谓"主人"或"老爷"）本人，

---

①　Rojas: *La Celestina*, acto XIX, Barcelona: Editorial Planeta, 1980.

②　蒙田：《蒙田随笔》，梁宗岱等译，人民文学出版社，2005年，第69页。

③　George Ticknor: *Historia de la literatura*, Vol. Ⅱ, Pascual Gayangos(tr.), Madrid: Publicidad, 1851, pp.229-231.

在瓦伦西亚过着"摩尔人"式的生活，并且十分痴迷穆斯林文学。

此外，脍炙人口的《女兵谣》的部分变体和《夫记谣》《摩尔王之歌》等，无不是从充满传奇色彩的"光复战争"中衍生的。

另一方面，阿拉伯人在后伍麦叶和阿拔斯王朝的运筹下，适时地用东方文明和古希腊文化填补了罗马帝国覆灭后留下的文化真空。以阿威罗伊为首的安达卢斯思想家、哲学家，在这方面起了关键作用。阿威罗伊曾仔细研究并解读了亚里士多德等古希腊哲学家的著作，而他的解读，自13世纪起便被陆续移译成拉丁文，成为中世纪欧洲研究亚里士多德思想的钥匙。有了这些大思想家，安达卢斯一跃成为欧洲学术中心，并为欧洲各王国吸纳古希腊文明铺路搭桥。[①]

此外，原生于伊比利亚半岛的阿拉伯文学，如彩诗及俚谣（后者反过来影响了阿拉伯本土文学），对西班牙文学更是产生了深刻的影响：说催化剂固可，谓源头也不为过。这些彩诗和俚谣，兼容了叙事与抒情，十分契合史诗或传奇主题，当然也适用于爱情和其他主题。大量伊比利亚谣曲，与阿拉伯俚谣和彩诗的亲缘关系自不待言，而其与骑士传说（英雄史诗）的关系同样不言而喻。

因此，西班牙骑士文学的时间跨度相当长。不仅歌颂骑士的谣曲可以追溯到遥远的过去，即便是骑士小说，也横跨了两三个世纪。

最早的一部骑士小说叫作《西法尔骑士之书》，原名《上帝的骑士——西法尔骑士之书》，其最初生成时间应为13世纪末14世纪初。顾名思义，《西法尔骑士之书》写西法尔从一个普通骑士擢升为门顿国王的事迹。作品除西法尔营救妻子格里玛，勇敢骑士在魔塘冒险，以及西法尔之子罗伯安在神岛登陆等少数几个神奇段落外，基本上是现实主义的。20世纪60年代以前，一般文学史家并不重视《西法尔骑士之书》，直至1965年罗杰·沃克发表《〈西法尔骑士之书〉的有机构成》。罗杰·沃克在肯定小说的文学价值时认为，《西法尔骑士之书》的作者不仅开了西班牙骑士小说的先河，而且具有很高的艺术造诣。

另一部颇有争议的早期骑士小说是《大征服》，其中穿插了查理大帝的故事和天鹅骑士的传说。

15世纪末16世纪初是骑士小说的繁荣时期。我们或可视骑士小说为西班牙文学对某些审美传统的一次回馈，它集中地体现了文艺复兴运动初期西班牙中小贵族的审美理想。那些惩恶扬善的骑士非但相貌英俊，而且勇武盖世。与此同时，骑士小说跌宕起伏的情节，在展现主人公伟大的性格、超群的智慧和非凡的武功的同时，给予一般读者以极大的快感。

但随着人文主义的发展和文艺复兴运动的日益高涨，骑士小说的那一套认

---

① Jawdat Rikābī: *Fi al-Adab al-Andalusí*, Cario: Dar al-Ma'arif, 1960, p.36.

知方式和价值观很快难以为继。一般文学史家甚至不屑于探究骑士小说，仿佛有了《堂吉诃德》，骑士小说就理所当然地被扫进了历史的垃圾堆。

但实际情况并非如此。除了骑士小说继续流行了很长一段时间，以及每一个阶段的文学自有其合理性和不可取代性之外，骑士小说在拓展文学想象力和表现力，尤其是情节的复杂性方面，为后人留下了一笔丰富的遗产。没有骑士小说，不仅《堂吉诃德》是不可设想的，就连整个西方小说，也会在故事性方面大打折扣。当然，历史是不容假设的。

需要指出的是，在西班牙语中，小说用"Novela"指称，骑士小说则直接与骑士"Caballero"关联，称"Novelas de caballería"。而在法语中，小说多以"Roman"通称，骑士小说也便理所当然地被称为"Romans de chevalerie"。

都说浪漫主义是文艺的基本创作方法之一，与现实主义相对应。作为创作方法，浪漫主义在表现客观世界时侧重于主观感悟，具有较为鲜明的理想主义倾向。同时，作为近代西方文学的一个流派，浪漫主义在不少学者看来是对启蒙运动的反弹，即通过强调直觉、想象力和个人感觉否定唯理主义。而耽于夸张和幻想的"Roman"传统，无疑是浪漫主义的一个重要资源。西班牙小说虽然不乏这种传统，但"Roman"本身带有的"浪漫"被搁置在了早期谣曲"Romance"上，尽管谣曲中充满了骑士传说。西班牙骑士小说由于名称本身剥离了"Roman"，多少有些另起炉灶的色彩。加之罗马教廷和塞万提斯对骑士小说的"夹击"，一度兴盛的西班牙骑士小说逐渐寿终正寝。虽然三个世纪后，德国浪漫派发现了塞万提斯的"真实意图"，但西班牙浪漫派似乎并未从中获益。这又同资产阶级尚未在西班牙登上历史舞台，西班牙尚未遭遇技术理性不无关系。

一　西班牙骑士小说的兴盛

西班牙是骑士小说的一片沃土。15 世纪末，西班牙赢得了"光复战争"的胜利，成为不可一世的新兴帝国。捍卫各小王国利益，并在"光复战争"中立下汗马功劳的骑士阶层，实际上已经完成了历史使命。

但是，一方面，由于骑士阶层是西班牙"光复战争"的中坚力量，在长达八个世纪的抗击摩尔人统治的战斗中，谱写了无数可歌可泣的篇章，骑士仍是许多西班牙人心目中的英雄；另一方面，历史开启了新的篇章，骑士传奇为艺术提供了想象的余地。

"大江东去，浪淘尽、千古风流人物……"历史赋予后人以诗的情怀、诗的空间。骑士小说则是这种情况的反映。一般文学史家都认为，它受到过英、法两国骑士故事（或骑士故事诗）的影响，但正宗的源头，似乎应该是西班牙本土的史诗、传说与谣曲，如《熙德之歌》《西法尔骑士之书》和许许多多有关"光复战争"的"边境谣"。另一方面，火枪①的发明和应用，使战争和军队改变了形式。同时，大部分骑士都已被封王封侯，远离了金戈铁马，开始文明的贵族生活。于是，过去的骑士生活被逐渐艺术化。比如，多数骑士小说的主人公是浪漫的冒险家：为了信仰、荣誉或某个意中人，他们不惜赴汤蹈火；他们往往孤军奋战，具有鲜明的个人英雄主义倾向。

从这个意义上说，骑士小说多少具有早期人文主义的价值取向；而且骑士小说文体自由，为作家的想象力提供了驰骋的天地。

塞万提斯看到了这一点，借他笔下教长的话说：

> 自己虽然列举了这种小说的种种弊病，却发现有一个好处。它的题材众多，有才情的人可以借题发挥，放笔写去，海阔天空，一无拘束。譬如船只失事呀，海上风暴呀，大大小小的战事呀，他都可以描写。他可以把勇将应有的才能一一刻画，比如说：有识见，能预料敌人的狡猾；有口才，能鼓励也能劝阻军士；既能深思熟虑，又能当机立断；无论待时出击，或临阵冲锋，都英勇无匹。他可以一会儿描述沉痛的惨事，一会儿叙说轻松的异遇。他可以描摹德貌兼备的绝世美人，或文武双全的基督教绅士，或蛮横狠毒的匪徒，或慈祥英明的国君。他可以写出臣民的善良忠诚，君王的伟大慷慨。他可以卖弄自己是天文学家，或出色的宇宙学家，或音乐家，或熟悉国家大事的政论家，假如他要充魔术家也无不可……如果文笔生动，思想新鲜，描摹逼真，那部著作一定是完美无疵的锦绣文章……没有韵律的拘束，作者可以大显身手，用散文来写他的史诗、抒情诗、悲喜剧……②

也就是说，从创作方法和审美取向的角度看，骑士小说有其不可多得的长处——自由和"有趣"③。不消说，在人文主义批判现实、宗教和经院哲学，提升教化功能的同时，骑士小说给出的却是另一番景象。而这番景象，客观上推动了欧洲小说的发展，又确与我国的志怪小说和武侠小说可有一比。

《骑士帝郎》（又译《白骑士帝郎》，1490）、《阿马迪斯》（全称《高卢的阿马迪斯》，1508）、《埃斯普兰迪安的英雄业绩》（1510）、《帕尔梅林·德·奥利瓦》（1511）、《西法尔骑士之书》（1512）和《希腊人堂利苏阿尔特》（1514），

---

① 早期火枪为线膛枪，出现于 15 世纪，并很快在战争中取代冷兵器，发挥强大的威力。

② 《堂吉诃德》，杨绛译，人民文学出版社，1991 年，第一卷，第 441 页。

③ 《堂吉诃德》，杨绛译，人民文学出版社，1991 年，第一卷，第 441 页。

是当时最为流行的骑士小说。它们的共同特点是：主人公具有崇高的理想和精湛的武功，他们为爱情、信仰和荣誉，不惜冒险甚至牺牲生命；他们除暴安良、见义勇为，而且总是单枪匹马。

在这些作品中，最著名的无疑是《骑士帝郎》和《阿马迪斯》。

（一）《骑士帝郎》

《骑士帝郎》是塞万提斯在《堂吉诃德》中多次提到的骑士小说。它最初在西班牙的瓦伦西亚出版，而且用的是卡塔罗尼亚语（卡塔兰语）。在献词中，作者称该小说系由英语至葡萄牙语再至卡塔兰语翻译而成。这也曾引起对作者及初版时间的不少争论。

一般认为，它的作者是西班牙人苏亚诺·马托雷尔和马蒂·苏安·德·加尔巴。前者于1468年去世，留下了未竟之作；后者用十几年时间续完了小说，却依然没能看到全书的出版。

小说由三部分组成。

第一部分写瓦洛亚克伯爵受命于英国国王，率领军队击溃了摩尔人。大功告成后，瓦洛亚克归隐山林。与此同时，年轻骑士帝郎赴英国参加英国国王和法国公主的大婚典礼，路遇瓦洛亚克并得到后者的真传。因此，帝郎在一系列骑士比武中胜出，被英王封为"骑士之花"。

第二部分写帝郎还乡后效命于法国国王，率领军队赴罗得岛抗击摩尔人。和他并肩而行的是法国王子菲力普，他们一路奔去，不久就到了西西里岛，受到了西西里人的热烈欢迎。在促成了菲力普和西西里公主的好事之后，帝郎抵达罗得岛并设计攻破敌阵，解救了被围的骑士。把摩尔人赶出罗得岛以后，帝郎重返西西里岛，参加了菲力普和公主的婚礼。

第三部分写帝郎受命于君士坦丁堡皇帝，挥师抗击土耳其军队，并和储君卡梅西娜公主产生了爱情。

第四部分是苏安续写部分，写帝郎在非洲海岸遇险后沦为俘虏，结果又因英勇善战而得到突尼斯国王赏识。最后，帝郎准备与卡梅西娜公主完婚并继承皇位，却途中染病，不治而亡。卡梅西娜见到帝郎的遗体后殉情。

（二）《阿马迪斯》

《阿马迪斯》曾在全欧洲广为流传，对此后的骑士小说产生了巨大影响。正因如此，塞万提斯的《堂吉诃德》几乎是对它的一种反讽。

《阿马迪斯》的作者和初版时间，一直是文学史家争论不休的话题。曾有人称，作者是葡萄牙人儒安·瓦斯科·洛佩拉，但不久即遭西班牙学者否定。根据西班牙学者的考证，作品由巴利亚多利德的一名地方长官加尔西·罗德里格斯·德·蒙塔尔沃于1508年定稿，同年在萨拉戈萨出版。但罗德里格斯在序言中又自称是续写者。尽管伪托译本或续写在当时可谓风气使然，但种种迹象表明，续写之说不一定是伪托之词。首先，续写"名著"在当时的确甚为风行。《阿马迪斯》流行后不久，即有多种续写本问世，其中的一个版本，竟从最初的四卷扩展到后来的十余卷。其次，主人公是在苏格兰长大成人的。盖因他是佩里翁·德·高卢的私生子，出生后即被抛入大海，后被人救起，送入苏格兰宫廷。

无论如何，《阿马迪斯》对西班牙文学所产生的影响是独一无二的。除了使骑士小说在西班牙风靡之外，它还直接影响了塞万提斯：《堂吉诃德》几乎是对《阿马迪斯》的讽刺性模拟。

许多文学史家认为阿马迪斯是欧洲骑士理想的典型形象。弱冠之年，已经擢升为骑士的阿马迪斯来到英国王宫，不久便爱上了奥里阿娜公主。为了爱情，阿马迪斯开始了无数次惊心动魄的冒险。当他无意中得知自己的身世后，便正式表白了爱意。这时，佞臣阿尔卡劳斯暗中破坏，并挑唆国王将他逐出宫门。然而，公主对阿马迪斯痴情不渝；国王恼羞成怒，将她遣送至罗马。途中，落难公主为阿马迪斯所救。最终，阿马迪斯粉碎了佞臣的篡位阴谋，国王对他大为赞赏，不仅亲自为他和公主主婚，而且主动退位让贤，把王位交给了他。全书情节曲折，悬念丛生，极大地拓展了叙事和想象的空间。

二　骑士小说的形式与内容

骑士小说迎合了一般读者的消遣心理，曾经风靡一时。[1]它们处理人物和情节的方式虽然不尽相同，但总体上是程式化的，内容更是游离于社会现实，不能反映文艺复兴运动鼎盛时期高昂的人文主义精神。[2]因此，它们基本上是前文艺复兴运动时期的文学遗产，体现了封建时代中小贵族阶层的审美理想。

正因为如此，进入16世纪30年代以后，骑士小说开始两面受敌：一边是人文主义，另一边是天主教会。而塞万提斯对骑士小说的批判，与其说反映了"教权意志"，毋宁说弘扬了人文主义精神。

但是，为了追求可信度，骑士小说往往十分重视逼真。《阿马迪斯》的作者

---

① 仅路易萨·梅希亚斯的《卡斯蒂利亚骑士小说选》（萨拉曼卡，塞万提斯研究中心，2001年）就列出了七十一种骑士小说。鉴于当时的印刷技术，其风靡程度可见一斑。

② 塞万提斯在《堂吉诃德》第一卷第四十七章中借教长之口说："我实在觉得所谓骑士小说对国家是有害的。我有时是无聊，有时是上当，几乎把这种小说每本都看过一个开头，可是总看不下去，因为千篇一律，没多大出入。我认为这种作品是所谓米雷西亚故事之类，都荒诞不经，只供消遣，对身心没有好处，和那种既有趣又有益的故事大不相同。尽管这种书的宗旨是解闷消闲，可是连篇的胡说八道，我不懂能有什么趣味。人要从实际或想象的事物上看到或体味到完美、和谐，才会心赏神怡；一切丑陋、畸形的东西不会引起快感。"（《堂吉诃德》，杨绛译，人民文学出版社，1991年，第一卷，第439页。）

加尔西·罗德里格斯·德·蒙塔尔沃在序言中写道：

> 　　较之那些伟大的战争场面，古来智者即使亲历，其笔墨也总是那么吝啬。我们也是如此，目睹并见证了时代的战斗，企望记录某些基于真实的奇妙信息，不仅为逝者留下永恒的英名，而且为来者提供阅览和崇敬的对象，一如那些记录希腊人、特洛伊人和古来征战的英勇事迹。
>
> 　　……在我们神圣的光复战争中，我们英勇的天主教国王堂菲迪南光复了格拉纳达王国，并使它鲜花烂漫、玫瑰似锦。而辅佐他的，正是那些不畏艰险、勇往直前的骑士。①

由此，作者将自己的宗旨释为"本人不揣浅陋，只望留下一片记忆的影子。本人不敢将雕虫小技与智者的杰作相提并论……"但是，这位作者对其幻想的"真实性"却充满自信。

《阿马迪斯》是这样开场的：

> 　　救苦救难的吾主基督献身后不久，在小小岛国不列颠出现了一位十分虔诚的基督教国王，叫作加林特尔（Garinter）。他行为端方，信奉真理，与高贵的王后生下二女：一个嫁给了苏格兰王朗基尼斯（Lauguines）……另一个，爱莉塞娜（Elisena），和父亲的客人高卢国王佩里翁（Perión）有了私情……

阿马迪斯便是爱莉塞娜和佩里翁的私生子，被母亲放在橡木凿制的摇篮里送入大海，后被苏格兰骑士甘达尔斯（Gandales）所救。甘达尔斯把孩子带回家里，和自己的孩子甘达林（Gandalin）一同抚养，后来两个孩子成了莫逆之交。阿玛迪斯被称为"海之子"，大家都知道他身世不凡，盖因他被救起时颈上有一羊皮纸书卷，说他是国王的儿子，摇篮里还有许多珍贵物品。苏格兰王不知道这"海之子"就是自己妻子的外甥，却视若己出，把他带到宫里去养育。

这一段描写不仅逼真，而且非常写实。但随着情节的展开，夸张和想象占据了主要地位。从阿马迪斯的爱情到三兄弟的冒险经历，英雄们逐渐被神化。而且由于最后是以大团圆结束的，便为后来的许多"续编"和仿作提供了空间。

《骑士帝郎》同样以写实开始，故事也更追求逼真。诚如作者在序言中宣称

---

① 　Garci Rodriguez de Montalvo: *Amadis de Gaula*, Madrid: Editorial Planeta, 1998, p.1.

的那样，"经验证明，人们的记性相当薄弱，不仅容易将遥远的过去遗忘，而且眼前的事情也经常难以记住。因此，用文字记叙古来英雄好汉的丰功伟绩是十分必要的……罗马著名演说家塔利奥就是这样说的"。作者于是历数古来英雄好汉，并说骑士帝郎是"其中最为出众"的一个。①

可见，逼真是骑士小说赖以风靡的重要因素。这是亚里士多德主义取代柏拉图主义的结果。

而《堂吉诃德》从一开始就打破了小说的逼真性，自始至终都在"模仿之模仿"和"否定之否定"间徘徊、游离。

首先，《堂吉诃德》的序言否定了骑士小说的真实性，开篇也充满了不确定性："不久以前，有位绅士住在拉曼恰的一个村上，村名我不想提了。"人物的真实姓名，也忽而吉哈诺，忽而吉哈达，一味地似是而非。至于那个"真正的作者"，即阿拉伯历史学家，则充满了元文学意味和反逼真游戏。盖因经过长达八个世纪的入侵与"光复战争"，阿拉伯人的话，在一般西班牙人眼里，几乎可以和"天方夜谭"画等号。明证之一是 16 世纪西班牙全国对改教摩尔人的歧视与迫害。而叙述者或我或他，更是意味深长。《堂吉诃德》第九章这样写道：

> 依我看，这个超级有趣的故事大部分是散佚了。这使我非常沮丧。一想到散佚部分无从寻觅，而我只读了一小部分，才觉得格外心痒难耐。那样一位好骑士，却没有博学的人来将他的丰功伟绩记录下来，我认为于情于理都说不过去。凡是游侠骑士，行侠冒险者，从来都少不了文人墨客为其树碑立传呢。他们好像总有一两个御用文豪似的，不仅能把他们的功勋记载下来，而且连他们无论多么隐秘琐碎的无聊心思，也从不落掉……②

于是，第三人称叙述者退隐了。"我"终于在一个集市上发现了阿拉伯历史学家的手稿，而它正是"踏破铁鞋无觅处"的《堂吉诃德》。试想，面对一部由阿拉伯人撰写的卡斯蒂利亚骑士小说，其可信度如何尚且不论，时人恐怕马上会联想到《一千零一夜》《卡里来和笛木乃》之类的作品。

其次，骑士形象之美，美在风流倜傥、英武盖世，而堂吉诃德却自始至终都是个反英雄、反骑士形象。五十多岁的老绅士，无所事事、想入非非暂且不论，单说他那穷困潦倒、骨瘦如柴的样子，就足以解构此骑士故事的真实性了。况

---

①   Joanot Martorell: *Tirante el Blanco*, Madrid: Editorial Planeta, 2005, pp.3-4.

②   Miguel de Cervantes: *Don Quijote*, Madrid: Real Academia de la Lengua, 2004, p.84.

且塞万提斯在序言中说得明白：

> 这部奇情异想的故事，无须确凿的证据，也不用天文学般的观测，或几何学般的论证、修辞学般的雄辩，更不必向谁说教以神信服，只消将文学和神学杂糅一下就足够了……描写的时候模仿真实；模仿得愈亲切，作品就愈好。

塞万提斯甚至借"友人"之口极而言之，说即使有人"证明你写的是谎言，也不能剁掉你的手啊"。

凡此种种，无疑道出了塞万提斯的虚构观。而这一虚构观，即他的真实观。

这不是恰好与锡德尼爵士的辩护殊途同归、不谋而合吗？二者之和，或可成为文艺复兴运动鼎盛时期柏拉图让位于亚里士多德的一个明证。

塞万提斯之所以在四百年前便拥有诸如此类的虚构观（也即真实观，因为二者就像是一枚硬币的两面），多少是受了东方文学及文化的影响。他在《训诫小说集》的序言里写道：人不能待在神殿里，也不能总守着教堂或从事崇高的事业；人也要有娱乐的时间，使忧心得以消释，心绪得以平静。这样的理念不可谓不超前。也许正是基于这样的理念，他在《堂吉诃德》中不时地游走于严肃与诙谐、真实与虚构之间。前者使他得以在载道和游戏之间徘徊，后者则分明将他带到了现代与后现代。

且说堂吉诃德把自己最疯狂、最不切实际的梦想付诸行动，最后却开始怀疑起自己和书本的真实性来了。借用陀思妥耶夫斯基的话说，他突然有了一种"真实的怀想"。[①] 而那个真实，恰恰是他此前否定并努力破坏的。这是很多混同于堂吉诃德的浪漫主义者最不希望看到的（小说）结局。因为这与其说是他发现了自己的疯狂与荒唐，毋宁说是恢复了世俗的理智，放弃了英雄的理想。

问题是，骑士小说固然荒诞不经，那么真实又是什么？是阿拉伯史学家的著作呢，还是堂吉诃德和桑丘·潘沙的所见所闻？前者虽说是文学家惯用的追求逼真法，相当于谓予不信转而引经据典，但问题是，那个阿拉伯人就一定可信吗？这里的潜台词显然是双重的，即它极易使人想起山鲁佐德及其《一千零一夜》和形形色色的他者（摩尔人）的故事。《一千零一夜》的虚构性自不必说，作为他者的摩尔人，在西班牙时人的眼里，几乎也是不稂不莠、形同鬼魅。

既然如此，塞万提斯在《堂吉诃德》第九章中就对其真实性进行了自我解

---

① Gonzalo Admero (ed.): *Cuatrocientos años de Don Quijote por el mundo*, Madrid: Poesía, 2004, p.216.

构。至于堂吉诃德和桑丘的所见所闻,即便是"真实",那"真实"就不会骗人了吗?塞万提斯的回答显然是"会"。从囚徒的故事到海岛总督,《堂吉诃德》中充满了真实的谎言、谎言的真实,用塞万提斯的话说,那叫"障眼法",用堂吉诃德的话说,那叫"魔法"。如此,真真假假,假假真真,不正对应了曹雪芹"假作真时真亦假,无为有处有还无"的意境吗?

三　骑士小说与阿拉伯传奇[①]

阿拉伯文学对骑士道的奇思妙想,首先在《安塔拉传奇》中得到集中的体现。

《安塔拉传奇》是一部经过长期流传、整理而成的民间文学作品,其故事原型,最早在阿拉伯贾希利叶时期就开始流传。安塔拉取名自贾希利叶时期一位悬诗诗人,此人能诗能战、文武双全,并深爱堂妹阿卜莱。这些都在《安塔拉传奇》中经过渲染,得以生动地再现。少年时代的他,虽还是奴隶身份,但已勇武有谋,爱锄强扶弱,对部落忠心耿耿,为其南征北战。在征战过程中,他既要面对部族奸佞的嫉恨与陷害,还要面对敌人的凶残和杀戮。但最终他以智谋、勇敢化险为夷,并以骁勇善战为自己赢得了自由之身。为了赢得阿卜莱的爱,面对叔父的刁难,他再次出征希拉和加萨尼王国,并屡建奇功,终于抱得美人归,与阿卜莱喜结良缘。后来,在一次征战途中,他不慎遭人暗算,在临死之际仍然坚持护送所爱之人返乡。在他死后,其后人继承了他的事业,并最终为他报仇。

《安塔拉传奇》类似于我国的《三国演义》《西游记》《封神榜》[②],当然还可以加上诸多演义,盖因它并非神幻志怪小说之类彻头彻尾的虚构和想象,其基石终究还是社会现实。因而,在对自然场景、社会情态和战争场景的描述上,《安塔拉传奇》都在某种程度上反映了贾希利叶时期的阿拉伯部落与毗邻国家的现实,并传达了阿拉伯人强烈的民族感情。

但《安塔拉传奇》中的情节推进主要借助于虚构和想象,其夸张的人物描写、奇诡的情节与现实相去甚远,不过每每令人拍案惊奇。例如,描写还在襁褓之中的安塔拉时,作者如是写道:

> 每当泽比白(安塔拉的祖母 —— 引者注)不让儿子吃奶时,儿子便哼哼唧唧,高声喊叫,怒容满面,甚至像雄狮一样怒吼,两只眼睛

---

① 参见宗笑飞:《阿拉伯安达卢斯文学与西班牙文学之初》,当代中国出版社,2017年。

② 参见仲跻昆:《阿拉伯文学通史》上卷,译林出版社,2010年,第540页。

变得像火炭那样红。①

而两岁的安塔拉已经可以：

> 在帐篷之间玩耍，每每抓住帐篷桩，便能将之拔起。他常与狗斗着玩，抓住狗的尾巴，能把小狗掐死。……②

成年后，安塔拉的勇武更是无人能敌，作者甚至几乎将其塑造成了超人，于千军万马之中如入无人之境，于百万军中取上将首级如同探囊取物。他就是一头身穿甲胄的雄狮。

这样的英雄描写，显然影响了西班牙骑士小说的发展走向，并最终使之成为骑士小说的定式。由《安塔拉传奇》的故事脉络和描写手法来看，它已经具备了后来西班牙骑士小说最重要的几个要素：勇猛的骑士征战四方；为所爱之人视死如归；尊严高于生命；血债血偿，坚持复仇。

这些都被西班牙骑士小说很好地继承并加以发展。如《骑士团之书》中的许多情景就与《安塔拉传奇》中的描写相仿。骑士必须经过艰苦卓绝、千锤百炼、百折不挠的努力才能完成伟业，成为真正的骑士。这些怀想显然具有安塔拉的影子。无论是《骑士团之书》中的无名氏老者，还是《阿马迪斯》中的高卢人，均是西班牙骑士小说从"理论"到"实践"的过程和升华。它们不仅成就了西班牙骑士小说，而且催生了《堂吉诃德》，并在一定程度上通过后者使自己获得了再生。在这些西班牙骑士小说中，骑士的"现实目的"（譬如爱情，甚至王位）明显让位于精神追求。因此，欧洲其他骑士小说中的光复领土、寻找圣杯等"实际"行为，被西班牙骑士小说的那些相对空灵的精神目标所取代，爱情和冒险则扮演了重要介质。

如前所述，西班牙骑士小说大都以"光复战争"为大背景。因此，抗击摩尔人或保卫基督教神圣教义的宗旨，是西班牙骑士小说的重要内容，但阿拉伯"异教"文化（尤其是阿拉伯传奇），却润物无声地浸入了它们的字里行间和艺术想象。这就又在无意识中构成了对"真实性"的无情颠覆。骑士小说作者挖空心思营造的逼真情景，被各种非基督教神秘意境笼罩，从而为西班牙骑士小说的"异想天开"或"天真烂漫"平添了多元性或多义性。

首先，阿拉伯语的"futuwwat"（意为青年或血气方刚），被西方史学家直

---

① 艾绥迈伊：《安塔拉传奇》第一卷，李唯中译，湖南文艺出版社，2009年，第8页。
② 艾绥迈伊：《安塔拉传奇》第一卷，李唯中译，湖南文艺出版社，2009年，第8页。

接翻译成"骑士"或"精神骑士"。[①] 但是，在阿拉伯语中，这个词具有鲜明的伊斯兰神秘色彩。

具体说来，伊斯兰文化并不赋予"骑士"以超越本分的任何社会性，遑论现实色彩与工具理性。从某种意义上说，它是一种类似于阿威罗伊所谓"纯粹形而上学"的精神之道，有时是"不可道之道"。法国伊斯兰文化学者亨利·科宾在《人与天使：骑士道的开端》一书中指出：在伊斯兰文化中，骑士这个词意味着一种生存方式。

> 它和波斯语中"yavani"（意为青春）的含义相近：一方面等同于拉丁语系的"青年"，指纯粹的生理年龄；另一方面，它又明显具有精神内涵，指涉无关乎生理年龄的心灵状态。而这种状态可以战胜生理局限。因此，"futuwwat"指涉特殊而年轻的精神状态。它常见于从普通青年"sâlik"（意为行动者）到骑士的升华阶段。

而"sâlik"这个词，几可完全等同于拉丁语系的"朝圣者"或汉语中的"行者"。他在完成了一系列考验之后，逐渐从外部转向内心，从而得以升华，成为精神的人、真正的人"fatâ"（青年）。此时，虽然人在生理上已不再年轻，但留下了心理、精神的永恒青春。然而，在此之前，无论是出于本能还是世俗目的，这个年轻人只知桀骜不驯地横冲直撞，甚至出言不逊，成为"亚伯拉罕"。而真正的"骑士"，意味着心灵的无上崇高和精神的无比纯粹。他必须追求无上的荣光，成为"sâlik"和"fatâ"之和。他需要勇敢、忠诚、坚毅和虔诚地向着真主，为伊斯兰教义和理想而战。其中自然既包括行侠仗义、锄强扶弱，也包括诵经祷告、潜心修炼。

这在卢利的《骑士团之书》及后来的诸多西班牙骑士小说中表现出来，有时甚至非常明显。同时，这些精神一定程度上通过苏非思想在伊朗、叙利亚等伊斯兰国家传承下来，譬如至今活跃于伊朗的青年运动社团（力量之家"zorjaneh"），便是这一传统的延续或变体。

其次，西班牙-阿拉伯文学研究家洛佩斯-巴拉尔特断言，西班牙的卡拉特拉瓦、圣地亚哥、阿尔康塔拉等骑士团，便是伊斯兰骑士思想与西方骑士精神的完美融合。[②] 法国的东方学者古斯塔夫·勒邦也曾说："是阿拉伯人首创了骑士小说。"从这个意义上说，也许同时代的"萨拉丁传说"较之《安塔拉传奇》

---

① Al-Sulami: *Futuwah. Tratado de caballería sufí*, Barcelona: Paidós Orientalia, 1991.

② López-Baralt: *Huellas del Islam en la literatura española*, Madrid: Ed. Hiperión, 1985, p.30.

更具影响力。萨拉丁英勇抗击十字军的事迹，经由阿拉伯人和十字军传至西方，在西方国家，尤其是在阿拉伯统治地区，引起巨大轰动，[①] 以至于到了 19 世纪仍有西方作家对之念念不忘。[②]

此外，玛利亚·维盖拉·莫林斯在其《阿拉伯安达卢斯与马》中诠释了骑士与马的关系。这一点连同伊斯兰意义上的骑士道，在《阿马迪斯》中得到了明确体现。[③]

其第一个层面前面已经提到，那便是所谓逼真。这个层面是所有充满玄想的西班牙骑士小说必须有所关注的。

但第二个层面就未必是西班牙骑士小说的共性了，唯有《阿马迪斯》《骑士帝郎》等极少数作品中有所呈现。尤其是在《阿马迪斯》中，我们可以清楚地窥见骑士道的精神层面。

与《骑士帝郎》相比，《阿马迪斯》的精神升华更符合逻辑，盖因阿马迪斯与生俱来的不幸身世和坚忍不拔的英雄本质，使其成了真正的骑士，用我国古人的话说就是"艰难困苦，玉汝于成"。于是，和英勇抗击十字军的萨拉丁一样，阿马迪斯在艰难困苦中逐渐找到了自我，然后因为信仰的力量逐渐赢得了尊严。

这里隐约出现了一个类似于"图兰多"或阿拉伯-波斯"圆形建筑"的多重门迷宫。作品借助于情节，使骑士道与精神、骑士道与爱情等一系列"心灵的罗盘"快速运转。这个过程也是灵战胜肉、真爱战胜俗爱的过程。之后骑士才成为真正的骑士，即在不畏艰险、屡建奇功的同时，逐渐摒弃现实诉求。这样一来，他的战斗便不再是为了攻城略地，其爱情也不再是为了嫁娶和拥有。他也便摆脱了世俗的羁绊，使身心提升到了理想的境界。

与此同时，小说中还出现了大量动物。这又会使人联想到安达卢斯寓言，当然还有《伊索寓言》。它们为小说奠定了寓言基础。由于狼、蛇、鹿、牛、狮子等诸多动物的现身，小说拥有了寓言的功能，从而在一定意义上丰富了西班牙骑士小说，甚至在一定程度上改变了西班牙骑士小说的发展方向。

众所周知，在大多数骑士小说中，格斗、阴谋、冒险、建功立业和世俗爱情是主要内容。《阿马迪斯》却时不时回到寓言的传统。从某种意义上说，它的精

---

① Maalouf: *Las cruzadas vistas por los árabes*, Madrid: Alianza Editorial, 1989, pp.233-234; Sinclair: *Jerusalen: la lucha religiosa por la Ciudad Sagrada*, Madrid: Edaf, 1997, pp.113-120.

② 参见司各特的《艾凡赫》，又称《狮心王查理》（*Richard: The Lionheart*）。

③ 和骑士帝郎等诸多骑士一样，阿马迪斯对君士坦丁堡及耶路撒冷耿耿于怀。只不过骑士帝郎"实际"参与了东征，并立下了赫赫战功，而阿马迪斯却在东征途中陷入了一系列类似于尤利西斯或辛巴达的冒险中。

神至上倾向，是向着传统（包括伊斯兰文化传统）的一次回归，并借以反抗文艺复兴运动时期以轻喜剧为主要表现方式的市民文化。而这种反抗，被塞万提斯有意无意地继承并升华、放大。

洛佩斯-巴拉尔特在《西班牙文学中的伊斯兰元素：自中世纪至当代》中明确指出，塞万提斯具有伊斯兰倾向。此观点是否正确姑且不论，但《堂吉诃德》确实亦步亦趋地模仿（并借此反讽）了《阿马迪斯》，从而将骑士的精神之爱提升到了空前的高度。

第四节　流浪汉小说

流浪汉小说是西班牙对世界文学的一大贡献，产生于 16 世纪中叶。佚名小说《小癞子》是它的开山之作，出版于 1554 年。

《小癞子》的笔触从社会底层伸出，从小流浪汉的视角，用极具震撼力和穿透力的现实主义风格，展示了西班牙社会的全面衰落。《小癞子》大获成功后，一系列仿作相继涌现。

有关流浪汉小说的研究资料汗牛充栋，但归纳起来，大都属于社会历史批评。它们视社会环境为流浪汉小说的主要成因，[①] 同时就作者、版本、人物、时间地点、情节内容与表现形式等诸多问题，进行了旷日持久的甄别与讨论。

众所周知，16 世纪中叶，穷兵黩武的西班牙，一方面继续向美洲派遣大批军队，肆意掠夺印第安人，以满足上流社会的骄奢淫逸；另一方面，全国各地金融和商业的盛行，在消耗黄金白银的同时，阻碍了人们曾经引以为荣的农业和手工业的发展。[②] 此外，社会风气的衰败、劳动力的匮乏以及残疾军人队伍的扩大，也是农业和手工业破败的重要原因。这些因素导致了流浪汉阶层的产生。

在中国历史上，自汉盛极而衰至魏晋，也曾产生大量记录社会动荡、战争频仍、民不聊生的作品。这些作品所反映的社会离乱、弃儿悲泣，和流浪汉小说所描写的生活如出一辙。至于杜甫所吟"朱门酒肉臭，路有冻死骨"，则是迄今

---

① 仲跻昆先生在《阿拉伯现代文学史》"第一章　阿拉伯古代文学简介"（昆仑出版社，2004 年，第 33 页）中提到了阿拔斯朝的流浪者故事 —— 玛卡梅对流浪汉小说的影响。宗笑飞女士则通过平行比较和翔实的资料论证了流浪汉小说与玛卡梅体故事的关系（见《阿拉伯安达卢斯文学与西班牙文学之初》，当代中国出版社，2017 年，第 225—241 页）。

② 人们常把中世纪欧洲基督徒的重农轻商传统视作欧洲排犹主义的重要原因之一。其他重要原因牵涉到文化（包括宗教、政治信仰）传统和生活习俗等诸多方面，可谓错综复杂，但归根结底是经济方面的。一般认为，基督徒仇视犹太人，首先是由于犹太人的祖先出卖并杀害了基督。这显然也是简单化的说法，难以令人信服，因为基督本人终究也是犹太人。

为止天下所有不公社会的共同景象。

从另一个角度看，文学的批判传统几乎与生俱来，可谓源远流长，流浪汉小说只不过是其中的一类。它之所以值得夸耀，是因为其矛头是从社会底层指向社会上层的，而且篇幅空前。

但也有人认为，骑士小说被禁和一个英雄时代的结束，造成了大众读物的阙如，从而为新文学体裁的诞生提供了空间。学者阿美里科·卡斯特罗在分析流浪汉小说成因时就曾指出："流浪汉是反英雄。流浪汉小说显然是一种反英雄冲动，随着骑士小说和神话史诗的终结而产生。"①

一 《小癞子》②

《小癞子》（又译《托尔梅斯河上的小拉撒路》③）是继《塞莱斯蒂娜》之

---

① Castro: "Perspectiva de la novela picaresca", *Hacia Cervantes*, Madrid: Editorial Taurus, 1967, pp.83-105.

② 现有杨绛译本，人民文学出版社，1985 年；盛力译本，昆仑出版社，2000 年。

③ 杨绛先生之所以把《托尔梅斯河上的小拉撒路》译作《小癞子》，是因为《新约全书·路加福音》中有个叫拉撒路的癞皮化子，而且"因为癞子是传说里的人物"。笔者把杨先生的考证摘录于斯，以飨读者："早在欧洲 13 世纪的趣剧里就有个瞎眼化子的领路孩子；14 世纪的欧洲文献里，那个领路孩子有了名字，叫小拉撒路……我们这本小说里，小癞子偷吃了主人的香肠，英国传说里他偷吃了主人的鹅，德国传说里他偷吃了主人的鸡，另一个西班牙故事里他偷吃了一块腌肉。伦敦不列颠博物馆藏有一部 14 世纪早期的手抄稿 *Descretales de Gregorio IX*，上有七幅速写，画的是瞎子和小癞子的故事。我最近有机缘到那里去阅览，看到了那部羊皮纸上用红紫蓝黄赭等颜色染写的大本子，字句的第一个字母还涂金。书页下部边缘上有速写的彩色画，每页一幅，约一寸多高，九寸来宽。全本书页下缘一组组的画里好像都是当时流行的故事，抄写者画来作为装饰。从那七幅速写里，可以知道故事的梗概。第一幅瞎子坐在石凳上，旁边有树，瞎子一手拿杖，一手端碗。小癞子拿一根长麦秆儿伸入碗里，大约是要吸碗里的酒，眼睛偷看着主人。画面不大，却很传神。第二幅在教堂前，瞎子一手拄杖，一手揪住孩子的后领，孩子好像在转念头，衣袋里装的不知是大香肠还是面包，看不清。第三幅也在教堂前，一个女人拿着个圆面包，大概打算施舍给瞎子。孩子站在中间，伸一手去接面包，另一手做出道谢的姿态。第四幅里瞎子坐在教堂前，旁边倚杖，杖旁有个酒壶，壶旁有一盘东西，好像是鸡。瞎子正把东西往嘴里送，孩子在旁一手拿着不知什么东西，像剪子，一手伸向那盘鸡，两眼机灵，表情刁猾。第五幅是瞎子揪住孩子毒打，孩子苦着脸好像在忍痛，有两人在旁看热闹，一个在拍手，一个摊开两手好像在议论。第六幅大概是第五幅的继续。孩子一手捉住瞎子的手，一手做出解释的姿态。左边一个女人双手叉腰旁观，右边两个男人都伸出一手好像向瞎子求情或劝解。第七幅也在教堂前，瞎子拄杖，孩子在前领路，背后有人伸手做出召唤的样儿，大约是找瞎子干甚事。"（《杨绛文集》第八卷，人民文学出版社，2004 年，第 226—227 页。）

后西班牙文坛最富原创精神的文学作品之一。它的出现宣告了近代小说，尤其是长篇小说的诞生，尽管它本身的篇幅并不长。

《小癞子》用第一人称叙述，主人公是个流浪儿，因为替人领路或跑腿，耳濡目染，惯看世态炎凉，饱尝人间悲苦。这种以流浪儿为主人公的小说，由于其情节可以随着人物的经历不断延伸，并因此"轻而易举"地发时代之先声，开了近代长篇小说之先河。

小癞子出生在托尔梅斯河上，父亲死于战场，母亲守寡后因生活所迫，又跟别人生了一个儿子。由于家庭屡遭不幸，小癞子不得不离开母亲，成了一个瞎子的领路人，从此开始了流浪生涯。瞎子是个狡黠虚伪的世故老人，他经常虐待小癞子。小癞子忍无可忍，便设计报复，然后扬长而去。

他随后又给一个极其吝啬的教士当用人，天天忍饥挨饿。一日，教士外出办事，小癞子伪托不慎丢了钥匙，就请修锁匠打开了柜子。柜子打开了，里面全是面包和奶酪。小癞子给了修锁匠一个大面包，然后接过钥匙，从此没了饿肚子问题。精明的教士很快发现柜子里的食品少了，好在柜子上的小洞帮了忙，教士以为是老鼠惹的祸。然而小癞子最终还是露了马脚，他把钥匙衔在嘴里睡觉，结果被教士逮个正着。小癞子挨了一顿毒打并被逐出门去。

后来他又去侍候一个道貌岸然的绅士，却不料此翁竟是个穷困潦倒的伪君子，正等着他去乞讨供养呢。再后来他还给一个修士当侍从，给一个推销免罪符的人当跟班，目睹了这些坑蒙拐骗者的嘴脸和伎俩。最后，他投靠了一个正直的神父，赚了一些小钱，随即又跟了一个公差，当了叫喊消息的报子，还娶了神父的女佣，从此时来运转。

作者在"前言"中开宗明义，要请那些公子哥儿想想，自己何德何能，无非命运对他们比较偏心，使他们生来富有；而苦命的穷人，尽管时运不济，却全凭自己努力，其成就却远非前者可比。小癞子便是后者的代表。他在那个"黄金遍地""老爷充斥"的世界里苦苦挣扎，靠一点近乎狡黠的智慧和许多实为忍耐的努力，顽强地争取着生存的权利。相比之下，那些衣冠楚楚的上等人，往往不是吝啬得毫无人性，就是死要面子活受罪的蠢货。作者透过这个毫无社会地位的底层人物把西班牙的没落和上流社会的伪善刻画得入木三分。

此外，《小癞子》为流浪汉小说奠定了基本的叙事方式：主人公是个流浪汉，并用第一人称叙述；由于出身低贱、地位卑微，主人公始终直面现实并明显具有自嘲的勇气；语言朴素平直、生动幽默，与上流社会的矫揉造作之风、充斥着帝王将相才子佳人的贵族写作，以及苦思冥想故弄玄虚的宗教文学适成对照。

前面说过，有关《小癞子》的评论汗牛充栋，但评论的焦点始终不外乎两类：一是有关作者和版本的讨论；二是有关内容和形式的解析。

由于祖本的缺失，第一类讨论至今未有定论。一般认为，作者必是一位人文主义者，并且多少受到了伊拉斯谟的影响。这样一来，有可能创作《小癞子》的作家数不胜数。经过几个世纪的筛选，16 世纪作家胡安·德·奥尔特加、乌尔塔多·德·门多萨、塞巴斯蒂安·奥罗斯科、洛佩·德·鲁埃达、巴尔德斯兄弟，被认为是最有可能创作《小癞子》的人选。

与此同时，1554 年分别印制于阿尔卡拉、布尔戈斯和安贝雷斯的三种版本均被排斥在祖本之外。这样一来，有关祖本的争论就始终没有停止。文学史家大多认布尔戈斯版本为善本，认为它最有可能直接来自已然散佚的祖本"甲"；而阿尔卡拉和安贝雷斯两个版本，则可能间接来自祖本"甲"，其所以间接，是因为它们与祖本"甲"之间很可能横亘着一个祖本"乙"。由此推论，里科和布莱瓜都曾把祖本的产生时间界定在 1552 年左右。[①] 但是，卡索·贡萨莱斯从时人的某些习惯，如先有手抄本的做法，做出了不同于里科和布莱瓜的推论，认为 1554 年的三个版本与其说是版本，毋宁说是抄本。[②]

围绕作品内容和形式所展开的第二类讨论，同样莫衷一是。

《小癞子》共七章。前三章比较丰满，后四章稍有欠缺。正因为如此，有评论家认为，前三章是完全章，后四章则是未竟章。因为未竟，后四章更像是梗概或框架。但也有评论家认为，后四章的某些细节的阙如，很可能是宗教裁判所的"杰作"。

同时，也有评论视章节之间的不平衡为正常现象，所谓前无古人，乏规可循，兴之所至，繁简由己。[③] 这其实是很有道理的。昆德拉说过，在塞万提斯时代，写小说是件惬意之事：因为无所羁绊，可以随心所欲。当然，这是相对于巴尔扎克和现代小说而言的。梅嫩德斯·佩拉埃斯另有说法，他认为《小癞子》的原作者所遵循的，或许是一种类似于古代谣曲的方法，他甚至援引伊塔大司铎在《真爱之书》里的说法（"谁都能拿去，只要他会念；/谁都可以续，只要他愿意……"），以证明此乃传统使然、风气使然。[④]

《小癞子》采用第一人称，而且出发点是"现在"。"过去"只不过是用来说明"现在"的。作者在他的"前言"里写道：

---

① Francisco Rico: *La novela picaresca Española*, Barcelona: Editorial Planeta, 1967; José Manuel Blecua: "Prólogo a Lazarilo de Tormes", Madrid: Editorial Castalia, 1974.

② José Miguel Caso González: *La genesis de Lazarillo de Tormes* ("Prólogo a Lazarillo de Tormes", Edición Bruguera), Barcelona: Editorial Bruguera, 1982, pp.1-69.

③ Caso González: *La genesis de Lazarillo de Tormes* ("Prólogo a Lazarillo de Tormes", Edición Bruguera), Barcelona: Editorial Bruguera, 1982, pp.1-69.

④ Menéndez Peláez y Arellano Ayuso: *Historia de la literatura española*, Madrid: Editorial Evireste, 1993, p.287.

> 我请求您大人接受我这点小意思；只恨力不从心，不能写得再好。
> 您叫我把自己的事仔细向您叙述，所以我认为不从半中间起，最好从
> 头讲来，让您能看到我的全貌……①

这就是说，作者虽然已经出人头地，却要把过去的经历写成书，留给世人。因此，作者、叙述者和主人公之间当是可以画等号的。而且《小癞子》以它夹叙夹议的第一人称叙述方式证明了这一点。

然而，无论是所谓"您大人"（西班牙语原文为"Vuestra Merced"），还是所谓亲身经历，也许都是虚构的，是作者为了"取信于人"而设计的文学程序而已。

换言之，它们很可能只是时人惯用的伪托之词。明证之一是杨绛先生在伦敦不列颠博物馆里的发现（见前注）；之二是这位"大人"竟和作者一样无名无姓，而这在当时是绝无仅有的。按照时人的习惯，作品必得献给达官贵人，以求庇佑；即便不是为了庇佑，也是风气使然，不得不为之。比如，塞万提斯对时人的这套做法颇有微词，但囿于世风，竟也不得不在其作品前恭恭敬敬地写上献词。这样，《堂吉诃德》就被献给了贝哈尔公爵和诸如此类的一帮达官贵人。

当然，鉴于《小癞子》曾于1559年被宗教法庭打入另册，1571年解禁时又是以删节作为前提的，因此"您大人"的姓名被有意隐去也不是不可能。

前面说过，《小癞子》的产生除了有作为土壤的西班牙社会历史环境因素，还受当时流行的伊拉斯谟思想的影响。这早已得到诸多文学史家的肯定。然而，新近的研究成果似乎更倾向于把中世纪晚期和早期人文主义思潮的反僧侣的世俗主义思潮视作《小癞子》一类作品的催生剂。

阿美里科·卡斯特罗和法国学者马塞尔·巴塔永分别于20世纪中叶对伊拉斯谟影响说提出疑问。②而后，卡索·贡萨莱斯发展了他们的学说，认为用伊拉斯谟的折中主义很难解释《小癞子》丰富的内涵和鲜明的倾向。

里科从发生学角度探讨当时西班牙文学在传统与借鉴、继承与借鉴方面的各种可能，推演《小癞子》"发生"或"生发"的诸多缘由。其中有关影响，里科列举了：（1）西班牙民间传说；（2）《金驴记》；（3）《塞莱斯蒂娜》；（4）《教皇格列高利九世诏令》（也即杨绛先生在伦敦看到的那本带插图的手抄稿）；（5）

---

① 《杨绛文集》第八卷，人民文学出版社，2004年，第234页。

② Castro: "Perspectiva de la novela picaresca", *Hacia Cervantes*, Madrid: Editorial Taurus, pp.55-75; Bataillon: *Novedad y fecundidad del lazarillo de Tormes*, de Luis Cortés(tr.), Salamanca: Editorial Anaya, 1968.

希尔·维森特的谐趣剧；（6）弗朗西斯科·德利卡多的《安达鲁西亚女郎》[①]；等等。可见《小癞子》并非无源之水、无本之木。但所有这些都不能影响《小癞子》的"原创性和（小癞子）作为经典人物横空出世的文学意义"[②]，里科如是说。

与此同时，《小癞子》充满了关于正义、诚实、荣誉和道德的"新见"，这些来自小癞子的"新见"，不能不让人想起《塞莱斯蒂娜》中的老虔婆塞莱斯蒂娜。和塞莱斯蒂娜一样，在小癞子看来，有利便是理，一切道德、荣誉、诚实和正义，无不服从于生命存在，服从于切身利益。比如谈到父亲时，他不无讥嘲地说：

> 在我八岁那年，来磨房磨面的人控告我父亲在口袋上开口子揩油，因此他给抓走了。他供认不讳，吃了"正义"的苦头。我希望上帝保佑他升天堂，因为他是《福音书》里叫作有福的那种人。[③]

《小癞子》的现实主义精神也为众多评论家所关注。多数评论家认为，《小癞子》以前所未有的现实主义精神，反映了 16 世纪的西班牙社会，不仅直接开了流浪汉小说之先河，而且对后来的风俗主义文学产生了巨大影响。

20 世纪中叶以降，相关研究趋于深广。巴塔永反对将《小癞子》同一般现实主义尤其是 19 世纪的批判现实主义相提并论，认为《小癞子》所撷取的只不过是现实背景，却并不刻意对之进行入木三分的揭露与批判，相反，它似乎更倾向于"借此逗笑"。这样一来，巴塔永基本上把《小癞子》定位为具有现实批判精神的谐趣文学。[④]里科则不同，他从典型论入手，置不同人物于不同的范畴：第一范畴是客观的照相式再现，主人公小癞子当在此范畴；第二范畴是

---

① 这是一部对话体小说，叙述一个叫作阿尔多莎的风尘女子在罗马的经历。特殊的生存方式使她有了不同凡响的生活感受和认知方式。正是基于这些不同，作品对圣城罗马进行了前所未有的颠覆。

② Francisco Rico: *La novela picaresca Española*, Barcelona: Editorial Planeta, 1967, p.127.

③ 《托尔美斯河的拉撒路》，盛力译，载克维多等：《西班牙流浪汉小说选》，昆仑出版社，2000 年，第 5 页。有趣的是译者对这段话的注释："引自《福音书》第五章第十节，原话是：'为正义受逼迫的人有福了，因为天堂是他们的。'此处是对圣经的戏谑的引用，因为西语中'正义'与'司法机构'为同一个词，圣经中用的是第一个词义，而本书叙述者用的却是第二个词义，所以这句话的另一层意思是：'被司法当局所迫害。'"一语双关的解释也许更符合原作的精神。

④ Bataillon: *Novedad y fecundidad del lazarillo de Tormes*, de Luis Cortés(tr.), Salamanca: Editorial Anaya, p.122.

具有典型意义的文学表现，瞎子、绅士、教士等均在此列。[①]

然而，《小癞子》所体现的又何尝不是人类普遍的生存问题和生存法则。我国早期市民小说不乏类似之作。比如《金瓶梅》，倘使我们略过它淫亵猥琐的一面，而去看它对人情世故的描写，我们就会感佩于它的洞识。它剥去冠冕堂皇，把社会的另一面真实地揭示出来，不仅写出了纨绔子弟、流氓市侩的内心本质和皮相丑态，而且写出了生活在底层的各种"怨妇""下人"的不同忍受方式和心理状态；不仅写出了上流社会如何在钩心斗角中鱼肉百姓，而且写出了百姓如何倾家荡产、卖儿卖女。《金瓶梅》中的"士"与《小癞子》中的"僧"可有一比。只不过前者在诸多方面是骂过了头，而后者则显然骂得不够。

当然，较之《十日谈》前后的意大利城邦，西班牙的宗教裁判所堪比明代的东厂、西厂，其残酷程度和诸多禁忌也可能是《小癞子》避重就轻的主要原因。

毫无疑问，《小癞子》在瞎子身上倒是做足了文章（而这可能与业已存在的瞎子-乞丐的传说有关），而在原本最能骂得酣畅、骂出水准的诸色教士身上却流于"人心自古刁钻"一类的笼而统之。由于中世纪以来西班牙及西欧各国常常是政教不分（是谓政教合一），在教士身份上原本很可以大做文章，用鲁迅的话说，即可"交通权贵，即士类亦与周旋，著此一家，即骂尽诸色"。和《金瓶梅》一样，顺史而下，清末谴责小说竟也是丰富有余而节制不足。于是鲁迅又说："臆说颇多，难云实录……况所搜罗，又仅'话柄'，联缀此等，以成类书；官场伎俩，本小异大同，汇为长编，即千篇一律。"[②]可见，事例太多容易繁芜，而太少又难免流于概括。《小癞子》一类作品，以流浪汉一人为线，本可以串联起许多人、许多事，倘若放手写去，稍有不慎，便会陷入冗长芜杂。

事实上，后来的流浪汉小说就多因芜杂而效果稍逊。奇怪的是《小癞子》却匆匆收场，其中第四章根本就是一个梗概、一个过场，总共只有二百来字。何故？历来文学史家众说纷纭。

就人物性格的描写和形象的塑造而言，小癞子倒是够丰满的了，所言所行确实令人过目不忘。叙述者也是不偏不倚，并写两面，而且庄中有谐、俗中有雅。于是，不仅小癞子敦厚中有狡黠，既嘲人也自嘲，被人作弄也作弄别人，而且瞎

---

① Francisco Rico: *La novela picaresca Española*, Barcelona: Editorial Planeta, 1967, p.61. 此外，随着 20 世纪批评范式的拓展，不少评论家采用符号学、叙事学和文化学原理对《小癞子》中的人甚至物如"碗""杖""酒""面包""肉"等进行了令人眼花缭乱的解构与重构、消解与诠释。Criado de Val (ed.): *La picaresca*：*orígenes, textos y estructura*：*actas del I Congreso Internacional sobre la Picaresca*, Madrid: Fundación Universitaria Española, 1979.

② 《鲁迅全集》第九卷，人民文学出版社，2005 年，第 292—293 页。

子、教士等也大都形象丰满,人性的共通和复杂往往在点墨之中得以昭示。如此,篇幅的长短也便无关紧要。也许正是基于诸如此类的理解,古今中外不少作家不屑于长篇大论。中国作家如鲁迅,外国作家如博尔赫斯,就有此类感应或认知。博尔赫斯甚至极而言之,谓所有长篇小说都不外乎是短篇小说的敷衍和铺张。

西方有关学人还从以上讨论扩展至接受范畴,概而言之,其基本倾向有三:一是《小癞子》获得巨大成功并广为流传,依据是有关仿作的大量出现,持此观点的有里科、塞哈多尔等;二是《小癞子》在当时的影响并不像人们想象的那样大,理由是版本不多,持此种观点的主要有法国学者吕莫等;三是比较折中的观点,即《小癞子》固然影响巨大,但因故事相对简单而对出版界缺乏推动力,持此类观点的有梅嫩德斯·佩拉埃斯和法国学者舍瓦利耶等。[①]

二 其他流浪汉小说

《小癞子》大获成功后,一系列仿作相继出现。其中比较著名的有阿莱曼(1547—1609?)的《古斯曼·德·阿尔法拉切的一生》(第一部 1599,第二部 1602)、克维多的《骗子外传》(1604)、洛佩斯·德·乌贝塔的《流浪妇胡斯蒂娜》(1605)、阿隆索·赫罗尼莫·德·萨拉斯·巴尔巴蒂略的《虔婆之女或奇情异想的埃莱娜》(1612—1614)、维森特·埃斯皮内尔的《马尔科斯·德·奥夫雷贡》(1618)等等。塞万提斯也曾尝试流浪汉小说的写作,著有《林孔内特和科尔塔迪略》(1613)等篇。根据学者塞维利亚·阿罗约开列的清单,西班牙流浪汉小说当有十余种之多,即:

> 1554:佚名,《小癞子》;
>
> 1555:佚名,《小癞子》第二部;
>
> 1599:阿莱曼,《古斯曼·德·阿尔法拉切的一生》第一部;
>
> 1602:阿莱曼,《古斯曼·德·阿尔法拉切的一生》第二部;
>
> 1604:贡萨莱斯,《流浪者荷诺弗雷》第一部;
>
> 1604:克维多,《骗子外传》;
>
> 1605:洛佩斯·德·乌贝塔,《流浪妇胡斯蒂娜》;
>
> 1612—1614:萨拉斯,《虔婆之女或奇情异想的埃莱娜》;

---

① Francisco Rico: *La novela picaresca Española*, Barcelona: Editorial Planeta, 1967; Cejador y Frauca (ed.): *La vida de Lazarillo deTormes*, Madrid: Editorial Espasa-Calpe, 1914; Chevalier: *El problema del éxito de Lazarillo, lectura y lectores en la España del siglos* XVI *y* XVII, Madrid: Editorial Turner, 1976. 吕莫和梅嫩德斯·佩拉埃斯的有关观点出现在后者所著《西班牙文学史》(*Historia de la literatura española*)第 292 页。

　　　　1613：塞万提斯，《双狗对话录》（又译《西皮翁与贝尔甘萨对话录》）；

　　　　1618：维森特·埃斯皮内尔，《马尔科斯·德·奥夫雷贡》；

　　　　1619：卡洛斯·加西亚，《贪如饕餮》；

　　　　1620：卢纳，《小癞子》第二部；

　　　　1620：科尔特斯·德·托罗萨，《曼萨纳雷斯的小癞子及其他小说五篇》；

　　　　1624：阿尔卡拉·亚涅斯，《众人之仆阿隆索》；

　　　　1626：阿尔卡拉·亚涅斯，《众人之仆阿隆索》第二部；

　　　　1632：卡斯蒂略·索罗尔萨诺，《小骗子特雷莎·德·曼萨纳雷斯》；

　　　　1644：恩里盖斯·戈梅斯，《堂格雷戈里奥·瓜达尼亚的一生》；

　　　　1646：佚名，《小埃斯特万·贡萨莱斯的生平事迹》；

　　　　1668：桑托斯，《鸡窝里的鹦鹉》。①

　　在这些作品中，可与《小癞子》媲美的也许只有克维多的《骗子外传》、阿莱曼的《古斯曼·德·阿尔法拉切的一生》。

　　（一）《骗子外传》

　　克维多的这部小说虽然完成于 1604 年左右，却一直要到二十二年以后才得以面世。由于它的问世，流浪汉小说再次受到关注。

　　《骗子外传》比《小癞子》更逗笑、更夸张。主人公开篇便公开自己的卑贱身世，而且其身上几乎囊括了流浪汉身上的所有缺点，但这并不妨碍他一心要出人头地。为此，他四处招摇撞骗，结果非但未能跻身上流社会，反而落得个身败名裂的下场。

　　主人公堂巴勃罗斯·德·塞戈维亚以第一人称讲述自己的流浪生涯，但讲述对象并不清楚（也许是一位时人惯于倚仗的大人物，也许是一位故人、一位普通朋友或读者）。而作者在序言中却明明白白说是写给读者的：

　　　　亲爱的读者或听众（后者因为眼瞎不能看书），我想你一定很想知道流浪汉王子堂巴勃罗斯的奇闻逸事。你会从中了解流浪汉生活的方方面面（而这些我想谁都有兴趣知道），如偷盗啦，撒谎啦，造谣啦，

---

　　①　流浪汉小说，如路易斯·贝莱斯·德·格瓦拉的《瘸腿魔鬼》（1641），并不在塞维利亚·阿罗约（*La novela picaresca Española*, Madrid: Editorial Castalia, 2001）的清单当中。此外，还有一些类似作品，它们从主人公到创作风格都迥异于《小癞子》，因而大多被归入了"风俗主义"等更为宽泛的文学流派。

诈骗啦。它们的温床便是懒惰和自私。你若能视为教训，则必定获益匪浅；倘使你本无心效仿，那也会从中受益……[1]

　　作者的教化意图十分明显。这也是风气使然。中国有"文以载道"之说。西方虽然历来重视文学的教育功能（尤以人文主义现实主义为甚），但似乎更重视文学的审美功能。在古希腊时代，柏拉图和亚里士多德都曾提到过审美教育。亚里士多德的名言是："在教育中起首要作用的应该是美好事物，而不是野生动物。"在近代，康德、谢林、黑格尔、席勒等也都强调审美教育问题。只有到了19世纪俄国革命民主主义者车尔尼雪夫斯基等人那里，审美教育才同认知、伦理和政治等联系在一起。唯其如此，文学的教化功能才与"载道"功能趋于一致。[2] 因此，在文艺复兴运动之前，西方作家很少直截了当地把文学的劝善和训诫作用上升至首要地位。

　　《骗子外传》之所以重要，也在于它的训诫功能，而且是以反正（即反英雄）方法完成的。恰恰因为是以反正方法完成，它才能更好地起到训诫的作用。这也是所有流浪汉小说的共同特征。它彻底改变了古来帝王将相、才子佳人统领文学形象，施行正面教育的传统。

　　然而，克维多的"教育"宗旨并非不容置疑。和《堂吉诃德》一样，《骗子外传》是一部复杂的小说，其所以如此，原因不仅在于人物是复杂的，而且更在于作品的风格也是复杂的。

　　作品以第一人称叙述堂巴勃罗斯的"光荣史"。他出身一个毫无体面可言的家庭。父亲表面上是理发师，实际上却是个小偷。母亲则"里外不是人"，不仅做过娼妓，而且是女巫和虔婆。堂巴勃罗斯从小"志向高远"，一心要出人头地，做个不劳而获的"上等人"。为此，他不择手段，并最终买了个贵族身份；加上生来血统纯净（没有犹太人和摩尔人的血液），便有了免于赋税和轻视商人、

------

　　① Quevedo: *El Buscón*, Madrid: Castalia, 1990, p.1. 中译本有吴健恒译，重庆出版社，1990 年。吴先生在"译本序"中就译名阐释如下："《骗子外传》的全名是《流浪汉的典型，狡诈鬼的镜子，骗子堂巴勃罗斯的生平事迹》(*Historia de la vida del Buscón, llamado don Pablos; ejemplo de vagamundos y espejo de tacaños*)。后人喜欢简洁，把这一大溜简化成各式各样的书名，最简单的只剩下'骗子'（El Buscón）一个词。中译本取名《骗子外传》，含有流浪汉的生平逸事为正史所不屑记载，只有靠主人公现身说法进行自述的意思，并不一定恰合辞典上的'外传'原义。所谓'传'也并非一生行状，而是像许多流浪汉小说一样，只记载了主人公堂巴勃罗斯从童年到青年那一段事迹。"（《骗子外传》，重庆出版社，1990 年，译本序第 14—15 页。）

　　②《简明美学辞典》，知识出版社，1981 年，第 189 页。

手艺人的资格。然而，他身后终究留下了两行很不光彩的足迹：早在求学时期，他就巴结官宦子弟并做了堂迭戈的伴读，同时开始学着用无赖的手段超越无赖。他坑蒙拐骗，臭名远扬，被堂迭戈的父亲老迭戈辞退了。这时，他自己的父亲抱病去世了，而他却否极泰来，莫名其妙地继承了一笔遗产。他靠这笔遗产来到马德里，而且很快加入了盗窃团伙，学到了许多行骗的伎俩，结果不慎被擒。获释后，他改名换姓，假扮商贾欺骗意志薄弱的名媛贵妇。一次，他好不容易骗取了一位贵族小姐的信任，岂料时运不济，撞上了少年时期的主人堂迭戈。后者正是那位小姐的至亲。堂巴勃罗斯被痛打了一顿，脸上还留下了一道难看的伤疤。他穷困潦倒，只好与乞丐为伍。后来，他侥幸被一个戏班子看中，开始了"演艺生涯"，结果一发而不可收，成了有名的"戏剧家"。然而，他偷鸡摸狗的恶习始终未改。一次，他勾搭上了一个修女，大捞一笔钱后逃之夭夭。他来到繁华的塞维利亚，出没于花街柳巷，很快又成了穷光蛋。为了改变命运，他决定带着相好到西印度去碰碰运气。

在整个过程中，堂巴勃罗斯接触了教士、官吏、职员、兵痞、赌棍、娼妓、乞丐、学生各色人等。他们各有所坏，因此并不比主人公正派和高贵。为了说明这一点，作者竭尽讥诮之能事，把血统、阶级、财富、司法、宗教等的欺骗性和肮脏程度写得入木三分。比如他父亲关于职业的说辞就非常深刻：

> 孩子，做贼这一行可不是什么一般二般的手艺，那是自由职业。……世界上谁不偷，谁就没法过日子。你想警官和法官为什么这样讨厌我们呢？有时他们把我们发配远方，有时鞭打我们，有时把我们吊死，匆忙得不得了……那是因为他们不乐意看到，世界上除了他们和他们的大臣们之外，竟还有其他的贼。[1]

同时，作者的警句主义风格已现端倪，遣词造句、谋篇布局之讲究，体现了克维多的艺术追求：用高超的比喻揭露对象的本质。正因为如此，文学史家在作品周围形成了主风格和主意义两大派别。前者以拉萨罗·卡雷特尔[2]为代表，后者以赫纳罗·塔伦斯[3]为主帅。

有关作品的版本，也一直存在着不小的争议。文学史家的估计时间差距甚

---

[1]　此译文参考《骗子外传》吴健恒译本（重庆出版社，1990年，第3—4页），有改动。

[2]　Lázaro Carreter: *Estilo barroco y personalidad creadora*, Madrid: Editorial Cátedra, 1992, pp.77-98.

[3]　Jenaro Talens: "La vida del Buscón, novela política", *Novela picaresca y práctica de la transgresión*, Madrid: Júcar, 1975.

大，一般在 1603 年至 1626 年之间。早在克维多正式出版《骗子外传》之前，就已有手抄本流传于世，而1626年的萨拉戈萨本被认为是未经作者认可的盗本。此外，1619 年另有一个萨拉斯"S"本，被指为萨拉斯出版。但目前公认的善本是布埃诺"B"本，因曾为何塞·布埃诺所有而得名，现存于马德里拉萨罗加尔迪亚诺博物馆。

除了大量警句，作品的显著特点是不加掩饰的悲观主义。尽管克维多创作《骗子外传》时还相当年轻，而且奉行"肖像师般忠诚"的文学观。[①] 然而，正是这种忠于事实的文学观把克维多引向了悲观。

前面说过，17 世纪的西班牙早已是民生凋敝、乞丐遍地，文坛更是充斥着绮丽之色、靡靡之音。除了竭尽所能展现才华，克维多能做的便是反复的说教和无情的鞭挞。因此，整个 17 世纪，在嘲弄时弊、讨伐恶习方面，也许只有格拉西安可与之媲美。有鉴于此，德国学者莱奥·斯皮策在流浪汉堂巴勃罗斯和克维多之间画了一个等号。[②] 当然，这个等号是象征性的，因为真正可以二而一、一而二的唯有人物-作者的悲观心境。这心境分别来自生活和精神的灰暗，跳动其中的无疑是克维多不二的现实主义之魂，这在其对夸饰主义诗人贡戈拉的批评和讥嘲中体现得尤为明显。

于是，小说中出现了大量二元对立：现实与想象、绝望与希望、主动与被动、结果与初衷、丑陋的内涵与华美的表象等等。在卡雷特尔看来，这些乃是构成克维多巴洛克风格的主要因素。

巴尔布埃纳·普拉特在评论克维多和格拉西安时，曾对二者的巴洛克风格进行了精辟的鉴别，谓前者的警句主义具有世界眼光，是从世界看自我的典范，而后者恰好相反，是自己熬出来的。此外，克维多涉猎广泛，不仅其作品涵盖几乎所有体裁，而且文风机智而多变；格拉西安则把一切奉献给了小说，小说几乎是他的全部。克维多借讽刺排解悲观和失望；格拉西安借悲愤以泄悲愤。克维多用灰色预见了戈雅；格拉西安把黑暗藏进了戈雅的颜色（虽然颜色相似，但克维多散发的是政治气味，而格拉西安却充斥着宗教气息）。克维多把西班牙的灾难比作自己的痛苦；格拉西安把自己的痛苦延伸为人类的痛苦。凡此种种，不仅意味着巴洛克主义的复杂，而且意味着警句主义的复杂。

如果说克维多的诗歌集中体现了他层见叠出的警句和掩饰不住的讥诮，那么他的小说或可说是另一张面孔：近乎黑色的夸张。《骗子外传》被认为是西

① *Obras completas de Francisco de Quevedo · Prosa · Prólogo a la Vida de corte y oficios entretenidos en ella*, Madrid: Editorial Aguilar, 1945, p.46.

② Carreter: *El estilo barroco y la personalidad creadora*, Madrid: Editorial Cátedra, 1992, p.81.

班牙社会的灰色画廊，涵盖了几乎所有鄙陋的人物和事件。

比如堂巴勃罗斯的第一个主人，长得竟是这副嘴脸，其漫画式的夸张由此可见一斑：豆芽菜似的少爷长着一双叉子似的手，干巴巴的，"瘦高得像甘蔗秆似的，小脑袋瓜儿，头发橙黄……一双眼睛深陷得贴近后脑勺了，眼光好似从背篓里射出来似的，眼窝那么深，那么黑，里面是商贩开店子的好地方；鼻子扁塌生脓，像是为梅毒所损……；嘴巴……像是想要吃掉生在近旁的胡子，胡子因而吓得失了颜色，变成灰白的了。牙齿不知道缺了多少颗，我想用不着的间牙都被除掉了；脖子长得像鸵鸟似的，喉结鼓凸得那么突出，就好像饿慌了要离开身子去找吃的一般……"[1]

又如那张谴责蹩脚诗人的"布告"，上书条款如下：

> 一、鉴于伏天酷热，而吟诵太阳的诗人却仍在日夜加温 —— 尽管自己已经被太阳烤成了葡萄干 —— 特令他们对有关天空的一切永远缄默，并像禁渔、禁猎一样，禁止他们在几个月内提及缪斯；
>
> 二、鉴于概念害人，许多妇女已被传染，特令那些滥用概念、铺张辞藻的诗人给予赔偿；鉴于日子困顿，金子银子尽被挥霍，特令满纸金银的诗人（他们动辄用金银塑造意中人）焚烧诗稿，将金银还给世人……
>
> 三、鉴于他们尽说谎话，应该把他们扔进圣水池中清洗一番；
>
> …………

诸如此类，不一而足。

和贡戈拉一样，克维多也有不少追随者，他们的存在显示了巴洛克艺术的另一张面孔：立场和角度的不同、风格和技巧的差异。然而，和贡戈拉的追随者不同，推崇克维多的诗人、作家，如格拉西安，大都以现实为轴、为现实所动，因此各有各的痛苦，各有各的文风，很难分门别类。

（二）《古斯曼·德·阿尔法拉切的一生》

与《骗子外传》相仿，《古斯曼·德·阿尔法拉切的一生》被认为是一部仅次于《小癞子》的流浪汉小说。而且，在某些研究家看来，其主人公古斯曼才是真正意义上的流浪汉。[2]

----

[1] 《骗子外传》，吴健恒译，载克维多等：《西班牙流浪汉小说选》，昆仑出版社，2000年，第78—79页。

[2] Miguel Herrero García: "Nueva interpretación de la novela picaresca", *RFE*, XXIV, 1937, pp.343-362.

作者马特奥·阿莱曼于 1547 年出生于塞维利亚。父亲是位医生，可能有犹太血统，母亲来自佛罗伦萨的一个商贾之家。阿莱曼曾在耶稣会学校接受教育，修过艺术和神学，后转修医学和法律。1568 年辍学经商，不久即债台高筑。为了还债，他不得不与卡塔利娜结婚，但之后还是因为债务问题锒铛入狱。出狱后决定去美洲冒险，未果。后来担任过税务官吏、会计等公职，并因账目和债务问题再度入狱。1593 年起出任巡查法官，亲眼看见了下层百姓的疾苦，在此期间开始构思《古斯曼·德·阿尔法拉切的一生》。小说的第一部完成于 1597 年，但实际出版时间是 1599 年。未几，又因债务问题身陷囹圄。获释后创作《古斯曼·德·阿尔法拉切的一生》第二部。

其他重要作品有《帕杜阿的圣安东尼奥传》（1604）、《加西亚·格拉教士的事迹》（1613）、《卡斯蒂利亚语拼写规则》（1609）和已经散佚的《塞维利亚史》等。

《古斯曼·德·阿尔法拉切的一生》和《骗子外传》一样，也是从主人公家世说起。古斯曼是个私生子，而且父亲早逝。因生活所迫，他从塞维利亚起程到意大利投亲，一路上饱受屈辱和欺骗，从而慢慢改变了性格。一天，他偶遇一个同路的教士，从后者口中听到了不少故事。到了马德里，身无分文的古斯曼终于从旅行者变成了流浪汉，开始扮演厨房伙计、小偷、侍从等各种角色。到了日内瓦，他侥幸碰到一个亲戚，结果横遭白眼和奚落。他不禁心凉了半截，产生了报复心理。他好不容易来到罗马，却因为投亲不成而流落街头。他心灰意冷，开始行乞。不久，一个红衣主教看中了他，让他当了侍从。但他早已懒散成性，不思进取。

第二部中，古斯曼继续流浪，并伺机对冷落他的亲戚施行报复，坑蒙拐骗，无恶不作。为了逃避亲戚的反报复，他不得不离开意大利回国。他先后在萨拉戈萨、托莱多、阿尔卡拉、马德里等地流浪。他结婚，鳏居，而后决定在阿尔卡拉进修神学。后来又娶了一个妻子，但终因经济拮据而将妻子卖给了妓院。他妻子不堪凌辱，只好和一个老相识远走高飞。最后，他因偷窃罪身陷囹圄，后又因越狱而罪上加罪，被判服苦役。于是，他终于有机会反省自己，并将自己的罪孽记录下来，以儆来者。

作品在处理人物与环境的关系方面多有独到之处。为了提升作品的教化作用，作者旁征博引，但遗憾的是结尾处削弱了社会意义：古斯曼决定重新做人，告发了意欲逃跑的苦役犯，从而获得了当局的赦免奖赏。

和《小癞子》《堂吉诃德》一样，《古斯曼·德·阿尔法拉切的一生》也曾横遭盗名。当第一部出版并大获成功后，有人化名马特奥·卢汉于 1602 年抢先推出了第二部。阿莱曼义愤填膺，但又无可奈何。他不得不加快速度赶写第二部并改变了原先的构思。尤其是在结尾处，他不仅大量借鉴了圣奥古斯丁的忏悔方式，而且留下了画蛇添足的一笔。

此外，作品被认为是警句主义的典范。作品一反《小癞子》的简洁明快，用相当复杂的结构和语言形式（包括叙述、议论、例证三部分）展示了一个复杂而矛盾的世界和一颗同样复杂而矛盾的心灵。为此，作者选择了一个落魄的文化人做主人公，并使他在环境、性格和命运的作弄下三起三落。同时，作者穿插了大量可独立成章的短篇小说、寓言故事、神话传说和历史事件，既增加了作品的厚度，也体现了在教化的同时追求戏剧效果和巴洛克风格的多重意图。

（三）《流浪妇胡斯蒂娜》

《流浪妇胡斯蒂娜》是流浪汉小说的诸多翻版之一。《小癞子》走俏之后，各种流浪汉小说如雨后春笋般涌现。但多数作品或因内容雷同，或因构思粗陋而遭岁月淘汰，以至于永被后人遗忘；有些虽然侥幸流传下来，也因为类似原因而乏人问津。《流浪者荷诺弗雷》第一部便属于后一类，它曾以手稿的形式保存下来，直到现代才有幸面世。《流浪妇胡斯蒂娜》却因为塑造了第一个流浪女性而始终受到世人的关注。

《流浪妇胡斯蒂娜》发表于 1605 年。小说由四部分组成，由胡斯蒂娜用第一人称叙述她的流浪生涯。第一部分讲述她的家世和童年。第二部分是她的冒险经历：她从故乡曼西利亚出发，一路走去，所见所闻皆是道德的败坏、人性的扭曲。好在她机敏过人，终得全身而返。第三部分继续讲述她为维护自己的权利所进行的抗争。第四部分是大结局：胡斯蒂娜时来运转，在众多的追求者中选择了自己的归宿：和流浪汉古斯曼结为夫妻。

作品每一章都有一个小标题、几行诗句和几句道德说教。因此颇有些中国章回小说的味道。然而，一如小说的全称有戏说、消遣的意思，作品自始至终充满了游戏色彩。作为题词的小诗是文字游戏，作为内容的故事则洋溢着戏说成分。有评论家认为洛佩斯的这种写法非常适合流浪汉题材：在戏谑中抨击社会、批评政治。[①]

作者在序言《致读者》中称小说是在闲暇中完成的"玩具"：

> 当我准备将我的这一玩具公之于世时（它是我在阿尔卡拉念书的闲暇中完成的），闻名退迩的流浪汉古斯曼出世了，于是我对我的玩具做了些许增改……[②]

---

① José Miguel Oltra Tomás: *La parodia como referente en La pícara Justina*, León: CSIC, 1985.

② López de Ubeda: *Libro de entretenimiento de la pícara Justina*, Madri: Editorial Nacional, 1977, p.3.

由此可见,作者是深受阿莱曼影响的,这种影响还不时地通过人物胡斯蒂娜之口流露出来。胡斯蒂娜把古斯曼视为榜样,并最终以身相许。这表明西班牙文学已经开始从模仿和写实走向了戏仿。不久,塞万提斯在《堂吉诃德》中把这种戏仿推向了极致。

（四）《虔婆之女或奇情异想的埃莱娜》

阿隆索·赫罗尼莫·德·萨拉斯·巴尔巴蒂略的《虔婆之女或奇情异想的埃莱娜》运用了类似于《流浪妇胡斯蒂娜》的戏仿。尽管此虔婆（埃莱娜）非彼虔婆（塞莱斯蒂娜）,但其叙述形式却是对此前流浪汉小说的戏仿和革命。

埃莱娜的母亲有一个诨号——塞莱斯蒂娜,她本人则十四岁踏入红尘,却几次冒充处女行骗。因此,有评论家质疑小说的"流浪汉性质",认为萨拉斯没有一部作品堪称流浪汉小说。[①] 然而,萨拉斯似乎颇具先见之明,他在埃莱娜"流浪生涯"的基础上居然插了不折不扣的流浪汉故事（"审慎的追求者"）。作者不仅第一人称和第三人称自由转换,而且以此戏仿此前的流浪汉小说,同时把流浪汉小说演绎得既生动又复杂——用横向扩展方法弥补了流浪汉小说纵向叙述的不足。类似做法,同样可以在塞万提斯等人的作品中找到呼应。

（五）《马尔科斯·德·奥夫雷贡》

维森特·埃斯皮内尔的《马尔科斯·德·奥夫雷贡》（全名《盾矛手马尔科斯·德·奥夫雷贡生平逸事》）是唯一被认为有自传性质的流浪汉小说。[②] 当然,评论界的所谓"自传性质",实际上只是某些时间、地点的对应。比如,和作者一样,马尔科斯出生在安达鲁西亚,曾就读于萨拉曼卡,到过意大利,等等。

小说的深层意义在于它改变了流浪汉小说人物由好变坏再由坏变好的模式,创造了一位好好先生——马尔科斯·德·奥夫雷贡。此翁是个破落乡绅,一生恪守规矩,谨慎行事。唯一称得上"出格"的事儿是骂骂贪官污吏和市井小人。正因为如此,《马尔科斯·德·奥夫雷贡》似乎更像我国的《二十年目睹之怪现状》,尽管叙述者的目光保留了流浪汉小说"自下而上"而非"居高临下"的特点。

此外,埃斯皮内尔善于处理人物关系和故事结构。作品通过主人公与隐修者的对话（这也是流浪汉小说的传统手法）逐渐铺展开来,并串联各色人物。其中最富有戏剧性的无疑是萨格雷哥夫妇的故事。这个故事几可独立成篇,而

---

① Monte: *Itinerario de la novela picaresca española*, de Espariola(tr.), Barcelona: Lumen, 1071.

② Haley: *Vicente Espinel and Marcos de Obregón. A Life and its Literary Representation*, Providence: Brown University Press, 1959.

主人公之所以有幸听说是因为萨格雷哥曾是他的狱中难友。

流浪汉小说可谓反响巨大，除了在西班牙本土大量繁衍之外，还对法国作家斯卡龙、勒萨日和莫里哀，德国作家格里美豪森，英国作家笛福、斯摩莱特等产生了重要影响，并逐渐流传到新大陆和全世界。流浪汉形象"小癞子"，和塞莱斯蒂娜、堂吉诃德、桑丘·潘沙、唐璜一起，构成了西班牙文学的独特风景；也和塞莱斯蒂娜、堂吉诃德、桑丘·潘沙、唐璜一样，成为世界文学宝库中极其耀眼的明星和经典形象。

三　流浪汉小说与阿拉伯玛卡梅[①]

玛卡梅是阿拉伯文学体裁，形式为韵文故事。"玛卡梅"意为"集会"。每逢集会便有艺人说唱故事，主人公多为富于机智和口才的落魄文人，说唱时所用的韵文即称"玛卡梅"。玛卡梅盛行于 10 世纪，代表作家是赫迈扎尼和哈里里。

（一）流浪汉小说与阿拉伯玛卡梅中主人公的相似之处[②]

1.出身卑微，浪迹天涯

（1）背井离乡。

阿拉伯作家哈里里《玛卡梅集》的主人公和小癞子一样是孤儿，即从小没有父亲。而他们的母亲在谈到他们的父亲时，大都说后者的离世与战争有关。在《小癞子》中，战争还被明确定性为"捍卫正教"的正义行动，而且时间地点明确（就在赫尔韦斯）。赫尔韦斯隶属于安达卢斯，是西班牙"光复战争"的最后堡垒之一。关键在于，小癞子的继父被叙述者（而非母亲）描绘成一个"黑人"。其中自有针对阿拉伯人（摩尔人）的寓意。此外，两位母亲虽时隔数个世纪，却几乎以同样的口吻告诫即将远去的幼小的孩子：靠你自己！[③]

所谓流浪汉，固然都是指背井离乡、乞讨为生的人，但《小癞子》与哈里里《玛卡梅集》的上述巧合不限于此。值得关注的是，作为先决条件，《古斯曼·德·阿尔法拉切的一生》的主人公小时候同样只有母亲没有父亲，而他离

---

① 参见宗笑飞：《阿拉伯安达卢斯文学与西班牙文学之初》，当代中国出版社，2017 年。

② 其中第 1 点和第 2 点是在阿卡赖平行比较的基础上敷衍而成的，特此说明。阿卡赖的最大贡献是对大量西班牙流浪汉小说和阿拉伯玛卡梅的平行研究，最大的缺憾是对后者进入西班牙的历史因由关注不够，甚至基本不予置评。

③ 转引自 Akalay: *Las Maqamat y la Picaresca*, Tanger: Ed. Tanger, 1998, pp.169-170；《小癞子》，《杨绛译文集》第三卷，译林出版社，1994 年，第 1613 页。

开母亲,也是因为家里太穷。但话又说回来,不是孤儿、没有贫穷,何至于流浪?

(2) 居无定所。

之所以流浪,必定是因为居无定所;但缘何背井离乡,原因却各不相同。赫迈扎尼在《玛卡梅集》第四十一篇中写道:

> 亚历山大是我老家,
> 正因为如此我必须流浪。
> 我晚上在萨那,
> 白天就到了伊拉克。[1]

哈里里《玛卡梅集》在第五十篇《巴士拉篇》中也有过类似的叙述,却是因为流浪汉"长在马背上":

> 我生在萨鲁伊,
> 长在马背上,
> 年纪轻轻就历尽坎坷。
> 我到处流浪,
> 惯看人间沧桑……[2]

此外,哈里里笔下的主人公出生的地方在巴格达附近,那儿有一条河。如果这也是巧合,那就真的是无巧不成书了。

《小癞子》的主人公自述道:

> 我名叫托美思河的癞子……有一晚,我妈偶然在磨房里,她肚里正怀着我,忽然阵痛,当下就生产了,所以我说自己生在那条河里是千真万确的。
> 我八岁那年……有个住店的瞎子看中我可以领他走路,问我妈要我。她就把我交托给瞎子……她求瞎子顾念我是孤儿,好好看待我。[3]

小癞子从此跟随瞎子浪迹天涯,后来又几易主人,历尽人间苦寒,但也习

---

[1] Akalay: *Las Maqamat y la Picaresca*, Tanger: Ed. Tanger, 1998, p.166.

[2] *Yúsuf Bagá 'I, al-Magámáh-Sharah Magámáh al-Harírí*, Berut: Metz, 1998, p.417.

[3] 《小癞子》,《杨绛译文集》第三卷,译林出版社,1994年,第1611—1613页。

得了生存的本领。

另一部西班牙流浪汉小说《古斯曼·德·阿尔法拉切的一生》中的主人公流离失所是因为出身贫寒,故而不得不四处流浪乞讨:"我一路流浪,今天在这里,明天在那里,四处乞讨,任凭人们随意施舍。不瞒您说,意大利人最为慷慨,将我变得非常贪吃,以至于不忍放弃这乞讨的营生……"[1]

(3)饥肠辘辘。

无论是赫迈扎尼的《玛卡梅集》还是哈里里的《玛卡梅集》,都有大量篇幅用来描写流浪者的窘境。其中最让人过目难忘的是他们饥肠辘辘的样子。当然,既为乞丐,饥寒交迫是免不了的。问题是,无论是阿拉伯玛卡梅,还是西班牙流浪汉小说,表现饥饿的方法如出一辙。

赫迈扎尼《玛卡梅集》在第二十二篇中有这么一段:一天,有个"好心人"请流浪汉吃饭。"好心人"滔滔不绝,直说得天花乱坠,而且越说越起劲,饿得流浪汉两眼发黑。最后不仅饭没吃成,还害得流浪汉两天不想吃东西。

同样,《小癞子》的描写也入木三分:

快两点了,我瞧他像死人似的没一点要吃饭的意思,立刻觉得征象不妙。我随后又注意到大门已经上锁……他坐了一会儿问我说:"孩子,你吃饭了吗?"

我说:"没有呢,先生,我碰到您的时候,还没打八点。"

"那时候还早,可是我已经吃过早点。我告诉你,我早上吃了点儿东西就整天不吃了……"

您大人可以料想,我听了这话差点儿晕倒,不仅因为肚里空虚,实在是看到自己运气坏尽坏绝了……

可是我尽力克制,脸上不露,只说:

"先生,我谢天照应,不是个贪嘴孩子。我不是吹牛,我在年岁相仿的孩子里胃口最秀气,从前几个主人至今还为这个夸我呢。"

他说:"你有这美德,我就更喜欢你了。敞着肚子吃的是猪,上等人吃东西都有节制。"

我暗想:"我还看不透你吗?我投奔的主子都把挨饿当作良药或美德,真是活见鬼!"[2]

---

[1] Alemán: *Guzmán de Alfarache* (T.I), Madrid: Ediciones Cátedra, 1984, p.376.

[2] 《小癞子》,《杨绛译文集》第三卷,译林出版社,1994年,第1631—1632页。

2.愤世嫉俗,冷嘲热讽

赫迈扎尼的《玛卡梅集》愤世嫉俗,有诗为证:

> 这时代是小人横行霸道,
> 穷成了君子的象征符号,
> 君子要向小人乞求哀告,
> 这标志着世界末日来到。

或者:

> 这个时代多灾难,
> 处处不公真凶残,
> 愚昧为美受称赞,
> 理智成丑被责难,
> 金钱好似幽灵般,
> 但总围着小人转。[①]

哈里里的《玛卡梅集》没有如此直白的社会批判言论,但对上流社会的批判也可谓一针见血。譬如第九篇《亚历山大篇》,讲述了一个法官及其女儿的贪婪和愚蠢,简直令人捧腹。主人公(即海马姆口中的鲁赛基)以三寸不烂之舌说服了大法官,让他相信自己有点石成金的本事,于是法官把女儿嫁给了他,却得知女婿的所谓点石成金其实是读书(而且是文学)和耍嘴皮子。这颇有几分古时中国书生的旨趣,所谓"书中自有黄金屋,书中自有颜如玉"是也。

另有第十篇《欢迎篇》,说的是市长大人有断袖之癖,主人公鲁赛基为了骗取钱财,不惜"以身相许",最后当然是"坏人"丢了"夫人"又折兵。其中的滑稽可想而知。

《小癞子》对社会的批判鞭辟入里。贫穷的瞎子是那个社会的边缘人物。都说当时的西班牙遍地黄金,但赤贫却瘟疫似的在城乡蔓延。但就是瞎子这么一个边缘得再不能边缘的小人物,居然导演了让小癞子哭笑不得的一出出"好戏"。其中最令人难忘的要数"吃葡萄"一节,令人既觉心酸,又不禁捧腹。

(瞎子——引者注)已经用膝盖顶了我好几下,又揍了我好几拳

---

① 转引自仲跻昆:《阿拉伯文学通史》上卷,译林出版社,2010年,第449—450页。

了。我们坐在一围栏上，他说："这回我让你放量吃。这串葡萄咱们俩各吃一半。你摘一颗，我摘一颗，这样平分。不过你得答应我，每次只摘一颗，不许多摘；我也一样。咱们就这么直吃到完，谁也不能作弊。"我们讲定就吃。可是那奸贼第二次摘的时候改变了主意，两颗一摘，料想我也那样。我瞧他说了话不当话，不甘落后，还要胜他一着；我只要吃得及，每次摘两颗、三颗，或者还不止。那串葡萄吃完，他还拿着光杆儿不放手，摇头说："癞子，你作弊了。我可以对天发誓，你是三颗三颗吃的。"我说："没的事啊，干吗疑心我三颗三颗吃的？"那乖觉透顶的瞎子答道："你知道我怎么瞧透你是三颗三颗吃的？我两颗两颗吃，你始终没嘀咕一声呀。"[1]

结果自然不妙，以至于小癞子后来不得不离开瞎子，另择主人。

小癞子后来的主人中居然有一个侍从，他出身卑微，却活得比绅士（或者骑士）还要虚荣。他身为别人的侍从，吃了上顿没下顿，却要雇个廉价的小侍从（小癞子）陪他装模作样。有一天，他饥肠辘辘回到家里，但见孩子拿着乞来的面包，问："哪儿来的？是干净手揉的面吗？"说罢，他就取过面包迫不及待地啃了起来。

3.劣迹斑斑，只为生存

小偷小摸、坑蒙拐骗是流浪汉的生存法则。赫迈扎尼在《玛卡梅集》第三篇中描述了主人公行骗的方式：他有时扮成瞎子，有时举着写满痛苦和不幸的字牌在市场上博取同情。他在字牌上说自己有一群嗷嗷待哺的孩子，或者再将自己装扮成失去劳动能力的重度残疾者。哈里里《玛卡梅集》的主人公则能偷即偷，能骗即骗。这颇似古斯曼的作为。

小癞子的做法是"监守自盗"。他趁新主人不在家，请修锁匠复制了食品柜的钥匙。从此以后，"我等他一出门，马上开了我的面包乐园，捧起一个面包就咬，不到两遍信经的工夫，早把它消灭得无影无踪，也没忘了重把箱子锁上"。但好景不长，"他屈指计算着日子，点数了好半天，说道：'这箱子要不是好好儿锁着，就该说面包有人偷了。以后我得记个数，免得不清不楚。这里还有九个面包和一块零头。'"[2]这样一来，"我的肠胃预料又得照旧守斋，立刻又感到饥饿的抽搐……前两天养粗了胃口，饿来越发难熬……上帝保佑苦人，瞧我这样困苦，就启示我一个不无小补的办法。我想：'这只箱子旧了，又很大，还有些

---

① 《小癞子》，杨绛译，人民文学出版社，1986年，第12—13页。

② 《小癞子》，杨绛译，《杨绛译文集》第三卷，译林出版社，1994年，第1624页。

小小的窟窿，说不定老鼠钻进去吃残了面包。……'……我主人回来吃饭，开箱看见面包破破残残……他把箱子周身细看，找到些窟窿，疑心钻进了老鼠去……又找些小木片儿，把旧箱子上的窟窿一一修补”。主人刚补好窟窿，小癞子就用小刀在别的地方凿了洞。于是，主人只好买了老鼠夹和奶酪来捉老鼠，结果奶酪没了，老鼠没夹着。小癞子假惺惺地说，那可能不是老鼠惹的祸，而是因为家里有蛇。主人最怕这玩意儿，就嘱人请了捉蛇的。那天夜里，忙了一天，又没正经进食的小癞子饿得实在顶不住了，又故技重演，结果被捉蛇的一棒下去打晕了，嘴里还衔着那把复制的钥匙。这下主人终于恍然大悟，将小癞子赶出门去。

4. 良心发现，弃旧图新

哈里里《玛卡梅集》在第五十篇讲述了流浪汉的悔恨。为了生存，流浪者被迫留下不少劣迹。但是，他最后良心发现，追悔莫及。小癞子固然因为时来运转（且不知何故，小说必得匆匆结束），没有说出后悔的话来，倒是《古斯曼·德·阿尔法拉切的一生》中有一番“推心置腹”的忠告留给世人：

> 你想健康快乐、平安富有、无怨无悔地生活吗？请记住我的忠告：你必须像临终忏悔那样好好反省，同时遵守法律的规定……靠你勤劳生活，而不是游手好闲、贪念别人……

（二）阿拉伯玛卡梅对流浪汉小说的影响

虽然存在着诸多相似性，但学术界终因缺乏西班牙作家现身说法的“铁证”，而未能就阿拉伯玛卡梅对流浪汉小说的影响做出明确界定。然而，作家的话能全信吗？对文学资源三缄其口者有之，声东击西者也不乏其人。此外，塞万提斯曾自诩鼻祖，谓之前的小说不是模仿（别人），便是翻译。

文学体裁的演变或消长，证明不同民族在类似生产力、社会发展状态下完全可能产生某些相似性。因此，倘使西班牙流浪汉小说是在与阿拉伯玛卡梅完全隔绝的情况下产生的，那么我们也许只能感喟“人同此心，心同此理”了。但是，阿拉伯玛卡梅确实早在《小癞子》产生之前就已进入西班牙并且引起了不小的关注。问题是，不仅《小癞子》及之后涌现的流浪汉小说只字不提阿拉伯玛卡梅，就连对阿拉伯文学的一般肯定，在16、17世纪的西班牙文学中也是阙如的。[①]再则，《小癞子》的佚名显然是作者有意为之。这使他与阿拉伯玛卡梅的关系因此变得更加难以查考。

---

① 塞万提斯也许是个例外，但他（《堂吉诃德》）对阿拉伯文学历史的指称（调笑）在时人看来并非出于敬意，而是恰好相反。

退一步说，即使《小癞子》是署名作品，作者也会撇清他与阿拉伯玛卡梅及任何阿拉伯文学的关系，盖因当时正值西班牙反宗教改革运动高潮，西班牙天主教对一切异教采取零容忍态度。16世纪初至17世纪中，所有穆斯林或犹太人不是被强制改教，便是被驱逐出境。在这样的情势下，阿拉伯文学及整个伊斯兰世界成了反面教材、讥嘲对象，所有基督徒对之不是噤若寒蝉，便是撇清关系犹恐不及。

不可否认的是，西班牙严峻的社会问题是《小癞子》赖以产生的土壤。16世纪中叶，穷兵黩武的西班牙一方面继续向美洲派遣大量军队，肆意掠夺印第安人，以满足上流社会的骄奢淫逸；另一方面，全国各地金融和商业的盛行，在消耗黄金白银的同时，阻碍了人们曾经引以为荣的农业和手工业的发展。同时，社会风气的败坏和劳动力的匮乏，以及残疾军人队伍的扩大，也是农业和手工业破败的重要原因。而这些都是产生流浪汉阶层的重要原因。

同时，骑士小说被禁和一个英雄时代的结束，造成了大众读物的阙如，从而为新文学体裁的诞生提供了空间。学者阿美里科·卡斯特罗在分析流浪汉小说的成因时就曾指出："流浪汉是反英雄。流浪汉小说显然是一种反英雄冲动，随着骑士小说和神话史诗的终结而产生。"[①]之后，著名学者里科又从发生学的角度提出了六大渊源。

因此，我们或可引申出比较文学所面临的一大难题，即不同作家作品之间的某些相似性在缺乏作家、作品明确证说的情况下，如何给出影响学意义上的界定和结论。

首先，无论如何，《小癞子》及西班牙流浪汉小说与阿拉伯玛卡梅的关系，是必须探讨的。《小癞子》被禁的原因，或许不完全是它对西班牙的"不恭"，极可能还在于它延续了阿拉伯玛卡梅传统，是西班牙的玛卡梅。

其次，尽管目前缺乏直接的"铁证"，但两者的关系之所以必须探讨，是因为：第一，赫迈扎尼和哈里里的阿拉伯玛卡梅早在几个世纪前就已进入西班牙读者的视域；第二，阿拉伯文学对同时期和之前、之后西班牙其他文学体裁（如谣曲、骑士小说等）的影响，也作为旁证印证了两者的亲缘关系。

最后要说明的是，大卫·A.威克斯将阿拉伯玛卡梅和《卡里来和笛木乃》归为一类，认为它对西班牙文学的影响在于其框架式的叙事模式。但笔者认为，阿拉伯玛卡梅对流浪汉小说最主要的影响并非在于框架叙事，而是在于诙谐、幽默，极具讽刺意味的情节，以及对人间百态、世态炎凉的精彩刻画。

---

① 阿美里科·卡斯特罗：《流浪汉小说探源》，转引自陈众议：《西班牙文学 —— 黄金世纪研究》，译林出版社，2007年，第130页。

至于以“哈里斯·本·海马姆说”（以哈里里《玛卡梅集》为例）为开场，再由他以第一人称来讲述故事的叙述模式，虽然俨然已成为阿拉伯散文体故事的一种惯例（比如伊本·古太白的《故事源》、哈兹姆的《鸽子项圈》等等，每章均以“某某某人说”开篇），但在这一方面，西班牙流浪汉小说有所不同：它去掉了讲述者这个中介，多直接以第一人称为叙述主角，陈述自己的所见所感。正如陈平原在《中国小说叙事模式的转变》中所述，“第三人称叙事者主要不是一个思考者和行动者，而是一个观察者和记录者”[①]，他将其称为第三人称限制性叙事模式。这种模式更客观、更冷静，也更容易引起读者心中的间离感。他甚至认为，中国小说从传统单一的第三人称叙事（例如明清小说）向第一人称叙事的转变，是小说叙事方式的一种推进，增强了叙事者的主观、主体意识，更具有内倾型，更利于主体情感的表达，也更容易引起读者的情感认同。

这一点，同样适用于阿拉伯玛卡梅与流浪汉小说的差异。流浪汉小说采用第一人称叙事模式，使得读者对他们的生活经历和所见所闻更感同身受，减少了客观间离的距离和环节，因而读起来感受也更生动、刻骨。

当然，这并非意味着第一人称叙事一定优于第三人称或是间接叙事，它当然会因小说取材、主旨的不同而有所差异。只是在西班牙小说形成初期，流浪汉小说采用单一的第一人称叙事方式，确乎给读者带来了不同于阿拉伯玛卡梅“间接第一人称”叙事方式的感受，使得读者仿佛从“听说书”“读话本”，又向舞台走近了一步，置身于小说的场景事件中，增强了诙谐、嬉笑的心理反差。

在语言上，流浪汉小说显然没有秉承阿拉伯玛卡梅的文风，其叙事风格通俗流畅，绝不采用骈体文对仗的方式，而是采用更符合人物性格的通俗语言，用洗练、浅白的口语，塑造出了一个个活灵活现的流浪汉形象。这也是流浪汉小说的一种改进：效法玛卡梅体的形式与内容主旨，而在语言上则摒弃骈旅雕琢的文风，形成自己独特、鲜明，与人物形象更为贴近的语言，从而为西班牙文学增添了灵动的一笔。这在上文的文本对比中可见一二。

当然，无论是影响还是借鉴，都不能也不说明往者与来者孰高孰低。《小癞子》作为西方流浪汉小说的奠基之作，自有其不可磨灭、不可或缺的历史地位。无论其佚名作者是基督徒还是穆斯林改宗者，它对西班牙乃至世界文学的贡献都是毋庸置疑的。这就好比有学者探赜我国古人早在商殷时代就曾到达美洲一样，历史常常不以先后论英雄，而往往以成败论是非。西班牙古典文学的影响力也不仅仅是由文学本身奠定的，它必得加上西班牙帝国强盛时期的综合实力，一如 19 世纪的法、英帝国，或者 20 世纪的美国。世事如此，亘古不变。

---

① 陈平原：《中国小说叙事模式的转变》，北京大学出版社，2003 年，第 92 页。

此外,《小癞子》所呈现的生活情景充满了鲜活的细节,这些如数家珍又娓娓道来的细节,无不体现了作者的洞察力和审美高度。比如小癞子和其盲人主子吃葡萄一节,其讥诮方式绝非一般文学机巧可以媲美,其美学价值亦非一般文学想象可以比肩。再比如小癞子偷配吝啬主人食品柜钥匙一节,其所给予读者的审美享受,堪称奇绝,但又完全符合生活逻辑,谁都能设身处地、如临其境。这些都是《小癞子》得以成为世界名著的重要元素,何况它产生于西班牙帝国外强中干、宗教裁判所不可一世的非常时期,其价值自然不同凡响。而作品屡次被禁,则反过来强化了它的影响力。

第五节　文学新大陆及其他

对西班牙而言,新大陆的发现,无疑是一件开天辟地的大事。在哥伦布发现美洲以前,葡萄牙几乎是当时所知的世界最西端。"一直向西航行,就能到达东方。"这是佛罗伦萨地理学家托斯卡内利的思想。哥伦布就是循着这种思想,在西班牙天主教国王的支持下,开始了划时代的航行。

史料记载,哥伦布的第一次航行于1492年8月3日从帕洛斯港出发,经过两个多月的希望与绝望的交织,终于在10月12日凌晨2时看见了地平线。黎明时分,哥伦布率领一行探险家及随从人等,举着西班牙皇家旗帜阴差阳错地登陆"印度"。他开始在瓜纳哈尼、巴哈马、古巴和海地岛游荡,盼望上帝通过"印度人"向他示意黄金的产地。

一　文学新大陆

哥伦布开辟了通往"印度"(后称西印度、新大陆、美洲)的新航道载誉而归,所到之处,万人空巷,官员迎逐。哥伦布的《航海日记》和《信札、奏呈》更是人人传阅,几使欧洲纸贵。它们再一次唤醒了欧罗巴人的想象力和冒险精神,使新大陆成为时人的第一话题,并使无数英雄好汉神摇意夺、神魂颠倒。用约翰逊博士的话说,哥伦布"苏醒了欧洲人的好奇心"[1]。

哥伦布在其《信札、奏呈》中写道:

> 所有地方都很丰饶,而且气候宜人,尤其是这座伊斯帕尼亚[2]岛。

---

[1]　Henríquez Ureña: *Las corrientes literarias de la América Hispánica*, México: Fondo de Cultura Económica, 1949, p.10.

[2]　即西班牙。伊斯帕尼亚是古希腊时期对伊比利亚半岛的统称。

> 这里港口环绕,河流交叉,简直令人称奇。内陆高山入云,连绵不绝……它们是那么的俊美,那么的多姿,披着万千植物和参天大树。所有的植物都四季常青,如沐西班牙五月之风。它们郁郁葱葱,硕果满枝……夜莺在丛林里歌唱,万千小鸟如沐春风……绝对令人流连忘返。[1]

没到过美洲的人以为哥伦布夸大事实,甚至无中生有。比如他慨叹那里的树木非同寻常,一棵树上竟然长出几种枝叶,"有的多达五六种。别以为那是嫁接的结果"。那当然不是嫁接的结果,而是美洲热带丛林各种寄生植物互为依存的缘故。他还说:"这里的鱼儿如此不同,简直堪称奇迹。有的比世上最最漂亮的公鸡还要鲜艳,蓝色的,黄色的,红色的,简直是五彩缤纷;有的色彩斑驳,可谓千奇百怪、难以名状。"

至于那里的"印度人",他描绘说:"无论男人女人,全都赤身露体,一丝不挂。""他们没有钢铁,也不用火器。然而,他们一个个身材适中,体态匀称,面目清秀,肤色红润……""他们古道热肠,毫不吝啬。虽然胆怯,但一旦取信,他们便热情似火……他们不懂得敬神,只相信上天乃威力和福祉所在。他们以为我和我的船队来自天庭。于是,随着恐惧的消释,他们就心无旁骛地将我们奉若神明了。"他甚至向西班牙国王保证:"全世界没有比他们更好的人。"

为了吸引世人的视听,哥伦布确也常有夸大事实、哗众取宠的时候。比如,哥伦布把美洲写成了遍地流金的"黄金国":"这里的河流中黄金俯拾皆是,随手就能捞起一把。发现这一情景的人个个欣喜若狂。他们纷纷跑来报告,说得神乎其神,以至于连我也不敢相信,更不敢向陛下您如实禀报……"总之,哥伦布俨然把美洲描绘成了人间仙境。

1493年,哥伦布的日记和信札出版后不久,就有人将它们译成了拉丁语。于是,全欧洲的人以史无前例的速度传诵了哥伦布的日记和信札。人们在哥伦布的文字中看到了柏拉图的亚特兰蒂斯、马可·波罗的东方神话和骑士小说的种种玄想,甚至验证了《圣经》中先知先觉们关于福地的预言。

西班牙人无不欣喜若狂,从国王到平民,从塞万提斯到贡戈拉,没人能抵御哥伦布带来的这一历史性狂热。全欧洲沸腾了。未几,莫尔在《乌托邦》中描绘了类似的岛屿,之后又出现了多尼的《世界》、培根的《新大西岛》、康帕内拉的《太阳城》等等。无数哲人甚至为哥伦布的文字所倾倒。洪堡认为哥伦布的文字清新脱俗。梅嫩德斯·伊·佩拉约则感叹"伟大的时间创造伟大的语

---

[1] Menéendez Pidal (ed.): *Cómo hablaba Colón Revista Cubana*, Habana: 1940, XIV, pp.5-10.

言"①。

与此同时，美洲的发现和征服为西班牙带来了巨大的财富。随着黄金、白银被源源不断地运抵西班牙，美洲成了名副其实的"黄金国"。但隐藏在金银背后的却是惨绝人寰的种族灭绝。据统计，西班牙人抵达前，墨西哥有两千五百万人，1580年降至一百九十万，总降幅在整个16世纪高达百分之九十以上；而秘鲁的人口则从1530年的一千万锐减至1590年的一百五十万，1625年又降至七十万。这中间有天花的因素，但因灭绝人性的种族屠杀和虐待致死的印第安人也绝对不在少数。②正因为如此，一些有良知的西班牙人发出了呼吁与哀叹。

最先站出来为印第安人说话的是多明我会传教士巴尔托洛梅·德·拉斯·卡萨斯（1474—1566）。

拉斯·卡萨斯出生在塞维利亚，曾在塞维利亚神学院学习。1502年抵达美洲，因参加征服行动而获得领地，不久开始向印第安人传教。1512年晋升为司铎，后任新西班牙（即今墨西哥）恰帕斯州主教。翌年虽因参加征讨古巴有功获得一批印第安奴隶，却为奴隶的悲惨遭遇深感不安。1515年返回西班牙，呼吁改善印第安人待遇，未果。1517年重返西班牙，提出招募农民前往美洲以实现和平殖民的构想。1519年继续在西班牙建议改善印第安人的待遇，得到卡洛斯国王的重视。国王同意成立自由印第安人村寨并选定委内瑞拉一带为试验地。不久，拉斯·卡萨斯即率领一批农民前往美洲，但因其他西班牙殖民者的反对，试验未获成功。

1523年，心灰意冷的拉斯·卡萨斯加入多明我会并开始撰写《西印度毁灭述略》。作品揭露了西班牙殖民者虐杀印第安人的罪行。他说：

> 西班牙人所到之处，印第安老幼妇孺就成了牺牲品。他们甚至连孕妇也不放过。他们用标枪或利剑剖开她们的肚子。他们把印第安人当作羊群赶入围栏，然后尽情杀戮，看谁的剑更锋利，可以把印第安人一劈为二或灵巧地剜出他们的内脏。他们夺下怀抱的婴儿，抓住小脚就往石头上摔或者扔进河里……他们把印第安首领钉在木桩上，然后用文火将其烧烤……

---

①　Henríquez Ureña: *Las corrientes literarias de la América Hispánica*, México: Fondo de Cultura Económica, 1949, p.14.

②　莱斯利·贝瑟尔主编：《剑桥拉丁美洲史》第一卷，经济管理出版社，1995年，第205—206页。恩格斯在《自然辩证法》中尖锐地指出："当哥伦布发现美洲的时候，他也不知道，他因此复活了在欧洲久已绝迹的奴隶制度，并奠定了贩卖黑奴的基础。"（《马克思恩格斯选集》第三卷，人民出版社，1972年，第518页。）

拉斯·卡萨斯认为，世界上没有哪种语言可以书写殖民者的罪行。[①]类似描写在其他西班牙人的笔下颇为少见，因为多数西班牙殖民者并不把印第安人当作同类。佩德罗·德·奥尼亚就曾在《被征服的阿劳加纳》中口口声声称印第安人为"野蛮人"。

另一位对西班牙产生重要影响的"战地作家"是贝尔纳尔·迪亚斯·德尔·卡斯蒂略（1490—1584）。

迪亚斯随殖民者埃尔南·科尔特斯参加了阿兹特克战役，晚年在危地马拉度过。《征服新西班牙信史》（1568）是一部富有文学价值的历史著作，作品客观地叙述了西班牙殖民者的军事行动和阿兹特克人的顽强抵抗。此外，作品还以清新的笔调描绘了墨西哥的自然风光和人文景观，同时穿插了大量印第安神话传说和奇闻逸事：如西班牙人被印第安人俘虏后如何因祸得福，娶了印第安姑娘为妻；又如印第安姑娘玛林奇如何配合西班牙人，当起了科尔特斯的翻译和情人；诸如此类，不一而足。

随着殖民地的开发和土生白人的增多，两个大陆间的距离迅速缩短。货物往来、人员交流的向度完全以几何级态势发展。文学的表现只占其中很小一个层面。而以上提到的作家作品又只不过是这个层面中的少数代表。

总而言之，新大陆的发现和征服，以及由此衍生的各种政治、经济、军事和文化现象，对西班牙及世界的影响如此巨大，以至于使此前人类关乎人世间的一切想象黯然失色。而这些对西班牙文学的影响更是史无前例。或可说，在西班牙古典文学这个被称为"黄金世纪"的全盛时期，几乎没有一个作家可以逃避新世界的诱惑，而且这种影响一直持续至今。

二 其他

与新大陆的发现和表征并存的是牧歌体小说、摩尔小说、拜占庭小说、宫廷小说等等。它们大都只是昙花一现，很快退出了历史舞台。

（一）牧歌体小说

牧歌体小说又称田园牧歌体小说，其实只是传统田园牧歌的一种变体，兴盛于16世纪。牧歌是一种田园诗，通常以牧人之间的对话展开，题材大多为牧人生活和田园风光，是对牧人生活和田园风光的理想化表现。牧人们自由自在，享受田园风光，既没有城市生活的烦恼，也无须为权谋和利益钩心斗角。

---

① Las Casas: *Brevísima relación de la destrucción de las Indias*, Madrid: Editorial Cátedra, 1987.

牧歌的历史可以追溯到古希腊时代。诗人忒奥克里托斯因其《田园诗》而被认为是这种体裁的创始人。罗马诗人维吉尔也曾采用类似诗体，创作了十首《牧歌》。后来，但丁、彼特拉克、薄伽丘等使牧歌再度流行。

葡萄牙作家蒙特马约尔的西班牙语小说《狄亚娜》（1558？）开了西班牙（和葡萄牙）牧歌小说的先河。小说发表后得到了相当一部分作家的呼应，如阿隆索·佩雷斯（《续狄亚娜》，1563）、希尔·坡罗（《恋爱中的狄亚娜》，1564）、加尔维斯·德·蒙塔尔沃（《菲利达》，1582）、特哈达（《狄亚娜》，1596）等等。

洛佩·德·维加和塞万提斯也曾涉足这一体裁，前者著有《阿卡迪亚》，后者著有《伽拉苔娅》。

蒙特马约尔的《狄亚娜》既是牧歌体小说的开山之作，也是它的代表作。后来的同类作品（包括洛佩·德·维加和塞万提斯的作品）皆无出其右者。

蒙特马约尔 1520 年出生于葡萄牙旧蒙特莫尔，16 世纪 40 年代来到西班牙，当过宫廷乐师，也曾陪同西班牙国王费利佩二世访问英国。1561 年在皮埃蒙特遭暗杀身亡。他的牧歌体小说《狄亚娜》借鉴了桑纳扎罗的田园传奇《阿卡迪亚》，但影响远远超过后者，从而在 16 世纪的法国、英国、德国、荷兰等欧洲国家成为一种风尚。莎士比亚根据《狄亚娜》英译本创作了《维洛那二绅士》。

《狄亚娜》开篇，按照当时的习惯，把作品题献给了达官贵人。然后是故事梗概（这也是方便读者的一种习惯做法）。正文虽以对话展开，却夹诗夹议、夹议夹叙（后来的牧歌体小说多采用这种形式）。故事发生在莱昂。在美丽的埃斯拉河畔，一个牧羊少女（狄亚娜），爱上了一个牧羊少年。少年叫西雷诺，才貌双全，也深深地爱着狄亚娜。可是，另有一人也对狄亚娜十分钟情，那人叫西尔瓦诺。然而狄亚娜只爱西雷诺一个。有一天，西雷诺被迫离开了莱昂。几年以后，当西雷诺返回故乡的时候，心上人已经名花有主，嫁给了德利奥。然而，狄亚娜很不幸福。与此平行的是费利克斯和费利斯梅娜以及其他众多牧人的爱情。最后，西雷诺漫无目的地在原野上徘徊，随其他失恋的牧人阴差阳错地踏进了女巫费利西娅的领地。后者略施法术，使他们摆脱了痛苦。小说就此打住。

按照作者最初的构想，《狄亚娜》将有续集，无奈岁月蹉跎，加上作者英年遇害，续写的构想终不免付之阙如。正因为如此，在后来产生的牧歌体小说中，《狄亚娜》续本几乎占了一半。编校者莫雷诺·巴埃斯在 1981 年版"序言"中指出，《狄亚娜》就像是一盘没有中心的散沙，无数爱情纠葛围绕在狄亚娜和西雷诺身边。为了把这些散沙集合起来，作者只好求助于女巫费利西娅。[①]

---

① Moreno Báez: *Prólogo a los siete libros de Diana*, Madrid: Editorial Nacional, 1981, pp.16-22.

与当时流行的流浪汉小说、骑士小说、塞万提斯式现代小说及少数哥特式小说不同，牧歌体小说节奏缓慢，而且字里行间充满了诗情画意。这一方面体现了牧人生活的宁静与和谐，另一方面则契合了文艺复兴时期的审美追求和西班牙贵族粉饰现实的诉求。

此外，作品中的自然风光几乎是桑纳扎罗（《阿卡迪亚》）的翻版。对此，梅嫩德斯·伊·佩拉约曾颇有微词，而巴埃斯却认为这是由牧歌体小说这种特殊的品种（体裁）决定的：无论是在《狄亚娜》还是在后来者当中，田园风光的描写如出一辙，其中的新柏拉图主义倾向也十分明显。

爱情是纯洁和感性的，婚姻则被认为是爱情的归宿。这种爱情婚姻观当时正流行于上流社会（至少表面上是如此）；失恋问题也不以决斗解决，而是通过"眼泪交响曲"[①]。

其他牧歌体小说都没有达到《狄亚娜》的高度。尽管加斯帕尔·希尔·坡罗的《恋爱中的狄亚娜》得到了蒙特马约尔的真传（两人在瓦伦西亚有过交往），但诚如作者自己曾经表示的那样，它只不过是"《狄亚娜》的续篇"。

无论如何，《狄亚娜》是成功的。而《狄亚娜》的成功使牧歌体小说风行一时。究其原因，梅嫩德斯·佩拉埃斯总结了两条：第一，骑士小说的衰落为其提供了市场空间；第二，生活是《狄亚娜》爱情故事的原型，换言之，《狄亚娜》是某些贵族爱情、婚姻的写照，故而颇受西班牙贵族的欢迎。[②]

然而，牧歌体小说又何尝不是对小说这种新生事物的拥抱，尽管它因为先天不足（与生俱来的套路）而注定会夭折。此外，经过半个多世纪的征服与掠夺，美洲这块土地在相当一部分人的眼里非但不再是"黄金遍地""莺歌燕舞"的人间仙境，而且愈来愈呈现出残酷的一面，回到传统的文学想象也是在所难免。

（二）摩尔小说

前面说过，西班牙文学的起源与摩尔人[③]即阿拉伯人的入侵密切相关。从某种意义上说，是摩尔人用变异的阿拉伯语夹杂着西班牙语催生了西班牙抒情诗。大量古典谣曲和英雄史诗也大多取材于旷日持久的"光复战争"。

而所谓摩尔小说其实是一种以阿拉伯人为主要表现对象的历史小说。阿拉伯人近八个世纪的存在，为这种小说提供了无穷的资源。因此，摩尔小说源远流长。早在15世纪，一些有关摩尔人的传说就已经开始通过小说这种形式流传

---

① Menéndez Peláez y Arellano Ayuso: *Historia de la literatura española*, Madrid: Editorial Evireste, 1993, p.310.

② López Estrada: *Abencerraje y la hermosa Jarifa*, Madrid: Editorial Cátedra, 1980, pp.19-20.

③ 摩尔人是西方对阿拉伯人和北非人的统称，含贬义；但因摩尔小说并非阿拉伯人创作，且已经成为西班牙文学史的专有名词，故暂且沿用。

下来；到了 16、17 世纪，摩尔小说有了新的发展，这里既有怀旧的成分，也有逃避现实的因素。浪漫主义时期摩尔小说的小小高峰，则显然是对历史及不同文化的一种猎奇与美化。

洛佩斯·埃斯特拉达认为真正的摩尔小说几乎和流浪汉小说同时产生，也就是说在 16 世纪 60 年代。[①] 其中最著名的一部——《阿本塞拉赫和美女哈里发的故事》（1560）恰恰也是这类小说的开山之作。

故事发生在"光复战争"时期。话说西班牙安特盖拉的基督徒阿罗拉总督罗德里戈·纳瓦埃斯在一次出击中俘获了摩尔人阿本塞拉赫。然后，他们获悉后者当时正在迎亲途中，而且新娘是美丽的哈里发。为了追寻未婚夫的下落，哈里发不惜离家出走，义无反顾地来到安特盖拉。罗德里戈·纳瓦埃斯深受感动，他不仅释放了这对有情人，而且主动在两个摩尔家族间斡旋以撮合他们的亲事。新郎新娘感激涕零，给罗德里戈送来了厚礼。

这是一个充满了人道主义精神的美丽故事，但作品没有署名。后来，这种人道主义精神几乎成了所有摩尔小说的基调。基督徒宽待摩尔人，摩尔人优待基督徒。诸如此类，即使有史实依据，也断乎不是历史的主体。但风气使然，《阿本塞拉赫和美女哈里发的故事》成了这类小说的典范，人们言必称人道和博爱。

只可惜文学的理想终究无法改变历史的真实。且不说过去了的战争如何使生灵涂炭，且不说战后的岁月如何黑暗恐怖（比如不同时期对摩尔人和犹太基督徒的迫害），1609 年西班牙帝国彻底驱赶摩尔改宗者（新基督徒）的日子其实正在悄悄逼近。

《阿本塞拉赫和美女哈里发的故事》曾大获成功，以至于万人传诵，仿者络绎不绝。其中希内斯·佩雷斯·德·伊塔（1544—1619）的《塞格里埃斯和阿本塞拉赫家族的故事》（1595）被认为是比较成功的一部。

虽然作者一发而不可收，但后来的作品相对都逊色了许多，唯有历史小说《格拉纳达内战》（1660）值得一提。这部小说的显著特点是较少理想化色彩。作品以"光复战争"初期摩尔两大家族在格拉纳达的生活为背景，惟妙惟肖地展示了摩尔人的生活习俗。为了增强可信度，佩雷斯也和其他摩尔小说的作者一样，假托作品出自某个阿拉伯人之手。

摩尔小说一度广为流传，影响居高不下，以至洛佩·德·维加和塞万提斯也不能免俗：前者在其剧作中模仿了《阿本塞拉赫和美女哈里发的故事》，后者则竭尽戏仿之能事。

---

① López Estrada: *Abencerraje y la hermosa Jarifa*, Madrid: Editorial Cátedra, 1980, p.20.

（三）拜占庭小说

拜占庭的陷落可能是拜占庭小说诞生的直接原因。

拜占庭原是希腊的一个城邦，公元 4 世纪，罗马皇帝君士坦丁在此兴建"新罗马"，并易名君士坦丁堡。公元 6 世纪以前，罗马帝国东部诸省通称东罗马；6 世纪以后，这一地区的社会发展已大大不同于西罗马，故史称"拜占庭帝国"。拜占庭是一个多民族聚居的地方，战争和外族（尤其是阿拉伯人）入侵几乎贯穿于拜占庭的全部历史。希腊语几乎一直是其官方语言。10 世纪后拜占庭日益衰落。11 至 13 世纪，经过四次十字军东侵，拉丁国家的封建领主在拜占庭建立了拉丁帝国，但不久即被驱逐。14 世纪末，奥斯曼土耳其人占领了拜占庭除希腊之外的几乎全部领土，并最终于 1453 年攻克君士坦丁堡。

在长达十一个世纪的历史中，拜占庭发展了具有浓厚宗教色彩的文学艺术。在造型艺术中，人物基本上都是极其典型的标准化设计。由金色背景烘托的线条和画面都给人以超脱肉体的感觉，尤其是巨大的眼睛和锐利的眼神被赋予了非凡的精神力量。文学方面流行结构复杂的诗体小说。这些小说据传是在希腊传奇作家赫利奥多罗斯（因出生在叙利亚的埃美萨，又名赫利奥多罗斯·德·埃美萨）和阿喀琉斯·塔提奥斯等人的作品的基础上发展起来的，代表作为《阿波罗尼乌斯》。

这部佚名传奇作品可能产生于公元 3 至 4 世纪，说的是阿波罗尼乌斯与其妻女的分离及几经周折后终于重逢的故事。作品曾在拜占庭广为流传。拉丁语最早可考史料中提到这部作品是在公元 6 世纪，之后（公元 9 至 10 世纪）许多拉丁语手抄本开始在西欧诸国流传。最早的西班牙语译本产生于 13 世纪。

拜占庭小说虽然数量有限，但影响巨大。

1552 年，第一部西班牙语拜占庭小说诞生。它是佚名作家的《克拉雷奥和弗罗里莎的爱情故事》，几乎逐字逐句地移译了阿喀琉斯·塔提奥斯的《琉基佩和克勒托丰》。不久，阿隆索·努涅斯部分地照搬了这一作品。无独有偶，就连塞万提斯也多少对它进行了借鉴，如《贝雪莱斯和西吉斯蒙达历险记》。

1565 年，赫罗尼莫·德·孔特雷拉斯的《冒险丛林》问世。小说借鉴了赫利奥多罗斯的《埃塞俄比亚传奇》。爱情和宗教是作品的主要精神内涵，而贯穿其中的战斗和冒险则是其主要载体。有情人（路斯曼和阿尔波莱娅）历尽千辛万苦，终于参破"禅机"，双双遁入"空门"，在修道院终老一生。这部小说同样反响巨大，以至于在洛佩·德·维加的作品中留下了印记。

（四）宫廷小说及其他

和拜占庭小说不同，宫廷小说可谓数量众多。然而，由于宫廷小说大都描写才子佳人、风花雪月，不仅内容平庸，而且构思浅薄，几乎乏善可陈。但是个别作品仍被胡安·德·蒂莫内达收进了《饭后读本，又名行者消遣》（1563）

和《劝善书和故事会》（1569），另有一些则分别进入了梅尔乔·德·圣克鲁斯的《故事集锦》（1574）。

随着时间的推移，哼哼唧唧的桃色故事逐渐褪去了颜色，反倒是那些机智而风趣的小品流传了下来。比如《两个修士的故事》[①]，今天读来，仍然饶有趣味。

话说一个多明我会修士和一个圣方济各会修士同行，不料被寒冷的河水挡住了去路。多明我会修士见圣方济各会修士赤着双脚，便灵机一动，说："既然你没有穿鞋，就行行好背我过河吧。"圣方济各会修士同意后背起同伴朝河中央走去。到了河心，他停下来问多明我会修士："你带钱没？"后者回说带了两枚。圣方济各会修士顿时将多明我会修士放了下来，说："本会禁止修士带钱。既然你身上有钱，我怎么能背你呢？"诸如此类，不一而足。

再如《用膳时间》，说的是一个饱食终日的富翁，不知道何时用膳比较健康，就去向医生咨询。医生们有的说9点，有的说10点，莫衷一是。最后，他找到一位德高望重的老医生。老医生对他说："对有钱人来说，用膳的最佳时间是他想用之时；而对穷人而言，却是什么时候有吃的就是最佳时间。"

类似篇什颇似我国古代《笑林广记》中的一些小品，有的则更像《太平广记》中的传奇故事。它们既是西方文化历史的反映，也是中世纪以后西班牙风土人情的表征。

第六节　塞万提斯

在已知的人类历史上，每一次重大的社会变迁必然伴随着一次或多次经典重估，每一次经典重估也必然顺应、推动或阻挠社会的变迁。就近现代西方而言，文艺复兴运动是一次经典重估，浪漫主义思潮亦然。前者凭借阿拉伯"百年翻译运动"和新柏拉图主义对喜剧的拥抱，颠覆了在古希腊-罗马占主导地位的亚里士多德主义。于是，酒神精神使喜剧成为文艺复兴运动的首要体裁，而宗教神学的广厦在成千上万喜剧观众的嘎嘎笑声中轰然坍塌。

但19世纪浪漫主义对悲剧和亚里士多德主义的青睐，再一次改变了文学的发展向度，悲剧精神被再次唤醒，塞万提斯小说、莎士比亚悲剧被重新发现并定于一尊。

[①]　故事标题系笔者所加，下同。

作为与莎士比亚和歌德并峙的文学高峰[①]，塞万提斯成全了塞学和无数塞学家（反之亦然）。由于长期徘徊在塞万提斯的字里行间，很多塞学家丧失了起码的距离和公允。因此，塞万提斯被赋予了无数光环。但是，塞万提斯并不是神，他既有凡人的弱点，也常常受制于时代社会的种种矛盾与偏见。

一　生平

塞万提斯主要生活在费利佩二世（1556—1598，又称腓力二世）时期。这使他有机会目睹西班牙盛极而衰的过程。在他年轻的时候，西班牙拥有辽阔的领土和强大的军队，可谓不可一世；但好景不长，转眼之间，帝国便盛极而衰。费利佩二世即位伊始，虽仍有金银财宝从新大陆滚滚而来，却未能发挥应有的作用，倒是给愈来愈庞大的贵族阶层提供了养尊处优和轻视工商的条件。同时，对新大陆的征服早已尘埃落定，殖民地开始成为一群贪婪总督的囊中之物。为了限制他们的权力，费利佩二世颁布了无数法令，并成立了"西印度事务委员会"。但正所谓山高皇帝远，费利佩二世对他的总督们根本鞭长莫及。加之后来实行了长子继承法，美洲实际上成了总督们的美洲 —— 另一个庞大而遥远的西班牙。

此外，费利佩二世在欧洲总是祸福相依，而且每每祸比福大。1580 年，费利佩二世刚刚兼并葡萄牙及其殖民地，1581 年就失去了尼德兰；1571 年好不容易战胜了土耳其海军，夺得了突尼斯，1588 年就在英吉利海峡丧失了"无敌舰队"。不断因福致祸的费利佩二世逐渐转向保守。明证之一是他利用宗教裁判所对内加强了专制统治，残酷迫害异端，同时加重工商赋税，从而导致了两极分化和摩尔基督徒起义；对外则采取绥靖政策，不断向法、英妥协。至 1598 年，当费利佩二世被迫离开王位时，西班牙已然经济凋敝、国力衰微。

塞万提斯（1547—1616）全名米盖尔·德·塞万提斯·萨维德拉，有关他的家世和生平少有记载，盖因他并非出身名门望族，姓氏的贵族头衔也几乎是最低的一等，类似于我国古代的乡绅；至于他的文名，则是后世的事情。

塞万提斯的父亲罗德里戈·德·塞万提斯，是胡安·德·塞万提斯的第三个儿子。胡安出生在科尔多瓦南部的一个布商之家，曾就读于萨拉曼卡大学，

[①] "塞万提斯、莎士比亚、歌德成了个三头统治，在记事、戏剧、抒情这三类创作里个个登峰造极……我说这伟大的三头统治在戏剧、小说和抒情诗里有最高的成就，并非对其他大诗人的作品有什么挑剔……他们的创作里流露出一种类似的精神：运行着永久不灭的仁慈，就像上帝的呼吸；发扬了不自矜炫的谦德，仿佛是大自然。"（《精印本〈堂吉诃德〉引言》，钱锺书译，《海涅文集·批评卷》，张玉书选编，人民文学出版社，2002 年，第 413—433 页。）为统一起见，个别译名稍有改动。

毕业后出任过公职。也许正是因为这个缘故，胡安于 1530 年携一家老小迁至马德里附近的阿尔卡拉·德·埃纳雷斯。这是一座历史文化名城，其同名大学创建于 1499 年，是马德里一带最古老的大学之一。胡安有三个儿子，塞万提斯的父亲罗德里戈排行老三。所谓"荒年不饿手艺人"，胡安大概也是出于诸如此类的考虑，遂让三个儿子选择了不同的"手艺"。当然，这个"手艺"是需要加引号的，因为当时西班牙帝国正在巅峰路上走得惬意，一般贵族当不屑于手艺、商贸之类。但塞万提斯一家原本门第不高，加之已经没落，是断乎不能不考虑生计的。罗德里戈于是被送进了医学院。但可能还是因为生计问题，他大学尚未毕业就当起了外科医生，并跟随父亲或独自四处出诊。不久，罗德里戈娶了莱昂诺尔·德·科尔蒂纳斯（对于她，人们知之甚少，大概出身相当于员外一类的富裕人家），并与她生下七个孩子。塞万提斯排行老四，前面还有两个哥哥和一个姐姐。长兄很小就夭折了，连名字都没有留下。二哥叫安德列斯，姐姐叫路易莎。

塞万提斯是在阿尔卡拉的圣母大教堂接受洗礼的，时间是 1547 年 10 月 9 日，但教堂的有关文件上没记载孩子的出生时间。[1] 有学者推测塞万提斯的出生时间应该距洗礼时间不远，因为当时婴儿的死亡率很高，而当时的风俗认为洗礼可以"化险为夷"。

塞万提斯的童年生活很不稳定。父亲生意不好，决定迁往首都巴利亚多利德。但这次举家迁徙并没有给罗德里戈带来好运。不久，他便典当所有，而且债台高筑了。因为无力偿还利息，债主们将罗德里戈投进了监狱。后来几经周折，虽侥幸获释，但罗德里戈的处境却仍未得到丝毫的改善，于是只好携家眷离开巴利亚多利德，到故乡科尔多瓦定居。为让孩子们上学读书，罗德里戈绞尽了脑汁。塞万提斯被送进了新建不久的耶稣会学校。后来，还是因为生计问题，父亲又转至塞维利亚。

塞维利亚是当时西班牙的商业中心，也是当时欧洲的三大商业名城之一（另外两座是法国巴黎和西属那不勒斯）。作为欧洲与新大陆的贸易中转站，塞维利亚可谓寸土寸金，因此并没有罗德里戈的立足之地，倒使塞万提斯从洛佩·德·鲁埃达的戏剧中获得了灵感，并立志成为诗人。这多少应了四百年以后美国作家海明威的著名论断："作家的最大不幸是童年的幸福。"（换言之，"童年的不幸是作家的最大幸福"。）

---

[1]　阿萨斯认为塞万提斯的生辰可能是 1547 年 9 月 29 日，因为这一天正是"圣米格尔日"。（Antonio Rey Hazas: *Miguel de Cervantes: literatura y vida*, Madrid: Editorial Alianza, 2005.）

一年以后，罗德里戈不得不离开"遍地黄金"的塞维利亚，以便到新都马德里碰碰运气。这时，罗德里戈从刚刚故世的岳母那里继承了一笔遗产，但他不慎把钱借给了朋友，结果当然是肉包子打狗——有去无回。

在马德里，塞万提斯开始了最初的文学创作。他效仿诗人的做法，不仅把自己的习作献给王后陛下，而且创作内容也大都是些随波逐流、阿谀奉承的颂歌。即便如此，贫困还是剥夺了他的爱好。他不得不另谋生计，去充当红衣主教胡利奥·阿克夸维瓦的侍从。由于缺乏历史记载，除了几首歌颂王后的诗作，塞万提斯在马德里的生活一直是个空白。这既为后来的研究者留下了诸多遗憾，也为之提供了牵强附会和想象的余地。

比如，曾有学者钩沉索隐，发现当局曾于 1569 年发布命令逮捕一名叫米盖尔·德·塞万提斯的年轻人。罪名是伤害无辜（被害者是一个叫安东尼奥·德·塞古拉的青年）。该米盖尔被判砍去一只胳膊并逐出首都十年。于是，有人便顺理成章把彼塞万提斯当成了此塞万提斯。

有人走得更远，称塞万提斯是同性恋者或犹太异教徒，东窗事发后被宗教裁判所剁掉了一只胳膊；甚至认为塞万提斯根本没有参加过勒班托海战。[1]

诸如此类，不一而足。

然而，多数学者仍依据塞万提斯有关作品，称他自 1571 年起在意大利当红衣主教阿克夸维瓦的随从，不久又因勒班托海战逼近而毅然从军。

前面说过，费利佩二世时期的西班牙可谓"大有大的难处"。其中最大的麻烦有两个。一个来自北边，即英国的崛起和尼德兰的分裂；另一个来自东边，即强大的土耳其海军。这两股势力不仅对西班牙及整个天主教阵营形成了合围之势，而且对西班牙的霸主地位构成了威胁。为了各个击破，费利佩二世任命其弟——奥地利总督堂胡安亲王为总指挥，并联合威尼斯和罗马教廷的力量，于 1571 年在希腊勒班托海域与奥斯曼土耳其海军决战。联合舰队大获全胜，并从此阻断了奥斯曼帝国对威尼斯等西方领土的觊觎。据称塞万提斯参加了这次战役并光荣负伤、失去左臂，人称"勒班托独臂"。

战斗结束后，西班牙军队奉命在西属西西里岛休整。可能是因为有伤在身，塞万提斯离开部队，到西属那不勒斯与弟弟会合后准备起程回国。这时，一个女子闯入了他的生活。有研究者认为那女子便是塞万提斯在牧歌体小说《伽拉苔娅》中写到的雷希娜。

---

[1]　Fernando Arrabal: *Un esclavo llamado Cervantes*, Madrid: Editorial Espasa-Calpe, 1996, pp.17-33. 而巴尔布埃纳·普拉特在其主编的《塞万提斯全集·〈西班牙俊男〉序言》中称行凶者为"塞万提斯的一个同名兄弟"。（Angel Valbuena Prat (ed.): *Obras completas de Cervantes*, Madrid: Editorial Aguilar, 1991.）

1575年9月，塞万提斯带着亲王和塞萨侯爵的推荐信，与弟弟一道登上"太阳号"离开那不勒斯。途中，"太阳号"遭海盗袭击，船长遇难，塞万提斯和弟弟及其他人成了俘虏。他们被当作奴隶运至阿尔及尔。阿尔及尔是奥斯曼帝国最繁华的地区之一，奴隶买卖和各种贸易都十分兴旺。海盗用俘虏换物品，而买主则盼望用俘虏换取巨额赎金。塞万提斯本想用两位贵人的推荐信换取一个好差事，哪知反而成了阿尔及尔人索要高额赎金的理由。他们认为塞万提斯既然带着两位要人的亲笔信，一定不是等闲之辈。为赎救亲人，罗德里戈四处求告，不遗余力，但终究未能筹集到足够的赎金。1577年3月，西班牙教会派员赴阿尔及尔解救囚徒，罗德里戈倾其所有，托教士们赎回两个儿子。由于阿尔及尔人断定塞万提斯是个重要人物，赎金只够救回塞万提斯的弟弟。这样，弟弟和其他一百多名西班牙人回到了祖国，而塞万提斯却留在了阿尔及尔。他多次逃跑未果，直至1580年9月西班牙教会再次派遣使者前往阿尔及尔才侥幸获释。这次，罗德里戈的赎金虽然有限，但教士们携带的部分赎金因找不到赎救对象而成了塞万提斯的救命稻草。塞万提斯在不少作品中写到过这段经历。

然而，获救的欣喜很快被无端的诽谤冲淡。难友帕斯居然指责塞万提斯的人品，说他在阿尔及尔行为不端。为了保护自己的名誉，塞万提斯进行了旷日持久的取证和辩解。挽回名誉后，他又一次次品尝了就业的艰辛。塞万提斯时年三十有余。他当过信差，还可能为一些附庸风雅的人捉刀、赶写诗文之类。在此期间，他与有夫之妇安娜发生恋情并有了一个私生女（伊萨贝尔）。

1584年对于塞万提斯来说年景不错，他的牧歌体小说《伽拉苔娅》（1585）不仅顺利通过出版审查，而且稿酬不菲：一千三百三十六个雷亚尔。此外，他终于结婚了，但新娘不是安娜，而是比他小十八岁的卡塔林娜。然而，他的婚姻并不美满，新郎新娘几乎一直分居。这给阿拉巴尔等人提供了（"同性恋"）依据。

除了《伽拉苔娅》那笔稿酬，塞万提斯当时基本没有收入。为了尽快在文坛站稳脚跟，他经常去看戏并为某剧团写了两个剧本。后来他又接连写了二十多个剧本，但它们大都已经散佚。戏剧是最受时人欢迎的文化活动，上至达官贵人，下到平民百姓，无不对洛佩·德·维加津津乐道。塞万提斯却对后者颇有微词，而后者则干脆对塞万提斯来了个全盘否定。

1585年，父亲罗德里戈去世了。塞万提斯的负担有增无减。适逢费利佩二世倾西班牙和葡萄牙之力筹建"无敌舰队"，塞万提斯便自告奋勇，谋了个军需职位。"无敌舰队"是费利佩二世用来对付崛起中的英国的。1588年，"无敌舰队"仓促起航，百余艘战船浩浩荡荡地驶向英吉利海峡，结果途遇风暴，不战而败。可笑的是，不仅总指挥梅迪纳·希多尼亚公爵有晕船的毛病，就连普通士兵也十有八九不通水性。

"无敌舰队"出师之前，塞万提斯曾热情讴歌这支号称世界第一的庞大舰队。但为数万将士提供粮饷可不是件容易的事情。因此，军需官必须强征强收，这难免要得罪一些地方豪绅。"无敌舰队"败北后，塞万提斯几次申请去美洲殖民地效力未果。与此同时，有人诬陷他任军需官时犯了贪污罪，塞万提斯面临指控。法院判他偿还粮款，塞万提斯不服并上诉。获保释后，塞万提斯又为洗刷冤情而进行了旷日持久的调查取证。1594 年，塞万提斯终于以令人信服的证据证明了自己的清白。

　　同年，母亲去世了，塞万提斯在马德里谋得一个税收员的职位。收税是件苦差事。适值资本主义原始积累时期，要从新生资本家手里收取税金，谈何容易！登宁在批判资本的时候说："为了百分之一百的利润，它就敢践踏一切人间法律；有百分之三百的利润，它就敢犯任何罪行，甚至冒绞首的危险。"[①] 塞万提斯兢兢业业，终于在商业相对发达的安达卢西亚地区收到了一笔税款。为保险起见，塞万提斯将税款存入塞维利亚商人弗雷伊雷的钱庄，准备用钱庄的银票到马德里换取税款。然而，命运又一次捉弄了他。当他回到马德里时，弗雷伊雷的钱庄竟然已经倒闭。塞万提斯拿着空头支票到处追索弗雷伊雷，后者却人间蒸发一般，早就消失得无影无踪。于是，塞万提斯身陷囹圄，与各色罪犯为伍达半年之久。后来，当局查清了事情原委，塞万提斯无罪获释。

　　牢狱之灾赋予塞万提斯以极大的创作灵感与冲动。多年以后，他在《堂吉诃德》的前言中写道：

> 　　悠闲自得的读者：不用我发誓赌咒，你想必也能理解，我多么希望这本书，作为头脑的产儿，尽可能出息得又漂亮、又优雅、又聪颖。然而，我却无力违背物生其类的自然法则。像我这个才疏学浅之辈的头脑孕育出的，只能是干瘪瘪、皱巴巴、刁钻古怪、满脑子别人始料莫及的胡思乱想，而且又是在牢房里。在那地方，诸事不遂心意，恶声盈耳不绝……[②]

　　有关《堂吉诃德》究竟是不是受胎狱中，评论界说法不一，但多数人倾向于肯定。正所谓天无绝人之路，出狱后，塞万提斯的经济状况得到了改善，因为太太卡塔林娜从娘家得到了一笔遗产。虽算不得富裕，但塞万提斯毕竟可以潜

---

　　① 正是基于其残酷的性质，马克思说："资本来到世间，从头到脚，每个毛孔都滴着血和肮脏的东西。"（《马克思恩格斯选集》第二卷，人民出版社，1972 年，第 265 页。）登宁语出《工联和罢工》，转引自《马克思恩格斯选集》第二卷，人民出版社，1972 年，第 265 页注。

　　② 此译文参考了董燕生译本（《堂吉诃德》，浙江文艺出版社，1995 年，第 4 页）。

心写作了。

这时，西班牙却走到了多事之秋。先是 1597 年公主去世，导致全国禁演；紧接着是 1598 年费利佩二世退位并很快驾崩，全国又禁演一年。之后便是致使数百万人丧命的世纪末大瘟疫。年轻的费利佩三世软弱无力，大权旁落，西班牙迅速衰败。

除了自己的作品可以证明他当时的处境之外，史料上几乎找不到任何有关塞万提斯的景况。"我总是夜以继日地劳作，自以为具有诗人的才学。"塞万提斯曾经这样慨叹。楼下是酒吧，楼上是妓院，塞万提斯在极其恶劣的环境中创作了《堂吉诃德》第一部。1604 年，小说通过书检并顺利地交到了出版商手中。翌年，《堂吉诃德》[①] 问世并获得巨大成功，人们竞相阅读。一时间，只要有人放声大笑，必定被认为是在读《堂吉诃德》。

但是，塞万提斯的生活并未得到改观，他继续含辛茹苦、呕心沥血地从事创作。1613 年，他的短篇小说集《训诫小说集》出版。翌年，长诗《帕尔纳索斯山之旅》发表。

这时，有人觊觎塞万提斯的巨大成功，抢先发表了署名阿隆索·费尔南德斯·德·阿维利亚内达的《堂吉诃德》续集。该续集不仅严重歪曲堂吉诃德的形象，而且对塞万提斯出言不逊。塞万提斯义愤填膺，加快了创作节奏。1615 年，《堂吉诃德》第二部问世，几乎同时问世的还有他的戏剧集《喜剧和幕间短剧各八种》（1615）。

1616 年，自知将不久于人世的塞万提斯在病榻上写完了长篇小说《贝雪莱斯和西吉斯蒙达历险记》。是年 4 月 19 日，他在"前言"里安然地向世人道别："永别了，谢谢各位！永别了，快乐的朋友们！我正在死去，却希望地下有知，对你们的快乐生活感同身受……"四天后，一代巨匠塞万提斯满怀感恩地在贫病交加中与世长辞。

那天恰巧也是英国作家莎士比亚撒手人寰的日子。两位巨人仿佛有约：未能同年同月同日生，却得同年同月同日死。然而，他们的境遇又似乎恰好相反：一个命途多舛，枉费了贵族姓氏；另一个春风得意，获得了尊贵的封号。

二 短篇小说

对道统而言，起源于稗官野史的小说无异于街谈巷议，是断乎上不了台面、登不了大雅之堂的。因此，我国对小说的重视乃是近现代的事情。真正对中国

---

① 全名为 *El ingenioso hidalgo don Quijote de la Mancha*。据不完全统计，迄今为止，《堂吉诃德》在我国已有三十多个译本，其中最早为林纾和陈家麟合译的《魔侠传》（1922）。

小说做客观梳理和系统评价却必得到鲁迅时期。

在西方，情况虽非如此，但小说作为市民文化的载体，其体裁地位的奠定也是17世纪以后的事情。比如塞万提斯时代如洛佩、贡戈拉等一流文豪泰斗，无不以诗人或戏剧家自居；二流作家也概莫能外。胡安·马努埃尔的《卢卡诺尔伯爵》只不过是一个开端。薄伽丘却正在接受正统（尤其是宗教界）的严厉批判，土生土长的流浪汉小说从头到脚都透着下里巴人的气息。

然而塞万提斯不拘泥于世俗，他是当时极少数把主要精力投入小说创作的作家之一。正因为他的投入，小说得到了长足的发展；也正因为他对小说的巨大贡献，海涅称之为“现代小说之父”。

即使没有《堂吉诃德》，塞万提斯也完全可以凭借其短篇小说高高屹立于世界文学之林。他的《训诫小说集》，不仅是继《卢卡诺尔伯爵》《十日谈》《坎特伯雷故事集》之后最具影响力的短篇小说集，而且一举完成了小说从古典到现代的转变。用高度概括的话说，塞万提斯小说的“现代性”特点如下：（1）将小说明确区分为短、中、长篇，而且身体力行；（2）以现实主义精神取代古典理想主义；（3）反讽和戏仿成为重要手法；（4）题材和形式不拘一格；（5）主题和情节相得益彰。

《训诫小说集》虽然是塞万提斯唯一的短篇小说集，但题材之广泛、形式之丰富，均非同时代其他作品可以比肩，其中鲜明的倾向性和强烈的现实主义精神，更令同时代作家望尘莫及。

这个小说集包括十二个篇什，即《吉卜赛女郎》《慷慨的情人》《英格兰的西班牙女郎》《林孔内特和科尔塔迪略》《玻璃硕士》《血的力量》《大名鼎鼎的洗碗女》《两姑娘》《科尔奈丽小姐》《骗婚记》《双狗对话录》《埃斯特拉马都拉妒翁》。另有一些被后人推测为塞万提斯遗作者，不在本著评析之列。

对喜欢塞万提斯的读者而言，《训诫小说集》还提供了一个重要信息：他的自画像。这也许是他留给世人的唯一自画像。他在作品自序中写道，一位名叫塞萨尔·卡波拉利·佩鲁西诺的画家给他画了一幅肖像（这可能也是塞万提斯的唯一肖像，后来见诸几乎所有塞万提斯著作）。塞万提斯援引此翁的话说：

> 瘦长脸，褐色的头发，宽平的前额，微笑的眼睛，长长的鹰钩鼻显得比例失调，还有花白的胡子（二十年前是金色），浓密的髭须，小小的嘴巴，硕果仅存、东倒西歪的六粒牙齿；他中等个子，肤色黝黑、健康，有点驼背，腿脚也不灵便……①

---

① Cervantes: *Novelas ejemplares*, Prólogo, Madrid: Editorial Castalia, 1985, pp.3-4.

倘使描写还算逼真，那么这副模样和他笔下的堂吉诃德可就相当酷肖了。事实上，后人大多也是从堂吉诃德的形象推想塞万提斯其人的。

此外，塞万提斯借自序自我评价并阐述了他的小说观，他把小说比作"社会的台球桌"，"每一个玩球的人都可以从中得到乐趣"。

> 人不能永远待在神殿里，不能永远守在教堂中，不能始终从事崇高的事业。人需要娱乐，使忧愁的心获得安宁。为了这个目的，人们栽种白杨，寻找甘泉，平整陡坡，精心修整花园里的草木。我斗胆告诉你一件事情：如果这些作品的故事因为诸如此类的关系使读者产生邪念，那就砍掉我的这只书写的手，也不要出版它们……我已将自己的才华悉数奉献……此外，我还明白，我是第一个用西班牙语创作小说的人。此前人们见到的小说多为译作。[①] 而这些小说却是我的杰作，它们既非模仿，更非剽窃。我用我的才智孕育这些小说，我以我的妙笔写下这些小说，经验和素养使它们茁壮成长。[②]

凡此种种，把小说的愉悦功能、教育功能和创作方法阐释得明明白白。然而，这里面既有塞万提斯作为巨匠的智慧和敏锐，也有他作为凡人的矛盾和偏见。

(一)《吉卜赛女郎》

《吉卜赛女郎》开宗明义，称：

> 吉卜赛人不论男女老幼，来到世上似乎专为做贼。生养他们的是贼，和他们一起厮混长大的是贼，末了自己也自然而然地成了惯贼……

话说吉卜赛老妪收养了一个姑娘做孙女，并给她取名普类希奥莎，意思是既珍贵又聪慧。小说写普类希奥莎和贵族青年的爱情故事。贵族青年为普类希奥莎的美貌所打动，化名安德列斯来到吉卜赛人中间。在经历种种艰难险阻之后，小伙子发现了普类希奥莎的身世：原来她出身名门，是被吉卜赛人领养的贵族小姐。

---

① 12世纪以降，西班牙在移译古希腊罗马文学经典的同时，还出版了不少意大利，甚至印度和阿拉伯的文学作品，其中堪称小说的多为神话传说和寓言故事。需要说明的是，塞万提斯虽然颇受流浪汉小说的影响，却并未把它当作真正意义上的原创小说来看待。究其原因，大抵有二：一是阿拉伯玛卡梅中已有流浪汉这类人物存在；二是流浪汉小说更像传记。

② Cervantes: *Novelas ejemplares*, Prólogo, Madrid: Editorial Castalia, 1985, pp.4-5.

　　这个故事曾被许多作家演绎，直至20世纪，墨西哥作家以长篇小说《叶塞尼娅》和同名影视剧将它发扬光大。

　　众所周知，吉卜赛人是一个流浪的民族。他们来自印度北部，属于类高加索人，11世纪迁至波斯，14、15世纪经西班牙格拉纳达抵达西南欧诸国，不久即在当地所有国家遭到歧视和驱逐，因而长期以来居无定所，足迹遍及世界各地。在西班牙，吉卜赛人人口众多，据不完全统计，15世纪最多时曾达数十万。后来，由于宗族压迫和宗教迫害，相当一部分去了美洲，但仍有一些继续在西班牙及西南欧各国流浪，以卜筮、卖艺为生。在雨果的《巴黎圣母院》中，那个可爱的吉卜赛女郎——拉·埃斯梅拉达（意为祖母绿），不仅有着典型的西班牙人名，而且用的也是西班牙巴斯克小鼓。在阿拉伯人占领伊比利亚半岛时期，大批吉卜赛人来到西班牙，与西班牙的渊源自然非同寻常。

　　然而吉卜赛人在西班牙并未因为人数众多而免受歧视。塞万提斯也不能免俗，他首先把吉卜赛人描写成惯偷，尽管后来笔锋一转，亮出了普类希奥莎的动人形象，但结果依然令人遗憾（盖因她出身名门，且原非吉卜赛人）。普类希奥莎不仅善良美丽，而且能歌善舞，一支小曲拨动了所有人的心弦：

> 树木无论多么珍贵，如果不能开花结果，
> 年复一年虚度光阴，也会感到无比哀伤；
> 情人无论多么真挚，相爱的心多么纯洁，
> 命运一旦予以作弄，灾难便会接踵而至；
> …………①

　　见她亦歌亦舞，人们无不啧啧称羡。有人说："上帝保佑你，姑娘！"又有人说："可惜是个吉卜赛人！不然，做个大家闺秀也绰绰有余。"还有一些人粗鲁地说："这小姐再出落几年，倒是蛮不错的料儿，准一个勾魂摄魄的主。"另一些人见她舞步轻盈，便毫无绅士风度地指指点点："孩子，步子要小一点，跳得更快一点……"

　　塞万提斯通过诸如此类的议论，道出了人们对吉卜赛人的不同看法。这些看法虽有不同，但本质上却是万变不离其宗：透着歧视。塞万提斯虽然对吉卜赛人表示同情，对普类希奥莎更是褒奖有加，但本质上仍未能摆脱宗族偏见。在塞万提斯看来，普类希奥莎之所以出色，归根结底乃是因为她出身名门，血管里流着西方上等人的血液。

---

① Cervantes: *Novelas ejemplares*, Prólogo, Madrid: Editorial Castalia, 1985, p.8.

（二）《慷慨的情人》

《慷慨的情人》是一篇典型的塞万提斯风格的爱情小说，不仅故事发生在塞万提斯时代，而且人物的经历也颇似塞万提斯：

西班牙青年里卡多和莱奥尼莎被土耳其海盗掳至塞浦路斯。在此之前，里卡多便已钟情于莱奥尼莎，而莱奥尼莎却爱上了纨绔子弟科尔涅奥。如今他们身在异乡，前途未卜。里卡多不计前嫌，千方百计地呵护莱奥尼莎。然而，楚楚动人的莱奥尼莎，使塞浦路斯总督哈桑和有关官员大为震惊。他们各自找出种种借口，欲将其占为己有。最后，他们争执不下，只得把她送给苏丹。但是，在押送莱奥尼莎的路上，各怀鬼胎的官员们从钩心斗角到互相残杀，最终给船上被迫为奴的基督徒提供了机会。基督徒揭竿而起，夺船回到了祖国。共过患难以后，里卡多更加珍惜莱奥尼莎。为了她的幸福，他毅然决定把莱奥尼莎送还给科尔涅奥。但是，经过一番生死考验，莱奥尼莎懂得了何谓爱情，她终于放弃虚荣，投入了里卡多的怀抱。

这篇小说除了描写爱情，还刻意揭示了命运的无常。其中的许多描写令人联想到《阿尔及尔的交易》（又译《阿尔及尔的囚徒》）。患难见真情一类的表演，无疑浓缩了塞万提斯的爱情观、价值观和人生观。

（三）《英格兰的西班牙女郎》

《英格兰的西班牙女郎》也是一篇爱情小说。

16世纪末，英国军队洗劫加的斯，舰队司令在当地掳走一名年仅七岁的西班牙姑娘伊萨贝尔并将她带回伦敦家中。司令太太和儿子里卡雷多是天主教徒，伊萨贝尔在他们的照拂下渐渐长大。不久，伊萨贝尔出落成了人见人爱的西班牙女郎，里卡雷多悄悄地爱上了她。然而，由于他从小与苏格兰的一位富家姑娘订有婚约，又担心父母反对他和伊萨贝尔相爱，竟害起相思病来。父母了解他的病情后，同意了他的选择。

这时，女王伊丽莎白一世听说伊萨贝尔聪敏美丽，决定招她进宫。里卡雷多向女王表达了他的心意，女王放弃了自己的要求并答应为年轻人指婚，条件是里卡雷多必须率领队伍剿灭海盗。里卡雷多毅然领兵出海，经过一番厮杀，不仅打败了海盗，而且救回了一对西班牙夫妇。巧合的是，他们居然是伊萨贝尔的生身父母。里卡雷多把从海盗手中缴获的财宝献给了女王，把伊萨贝尔献给了她日思夜想的生身父母。转眼即是婚期，一对新人沉浸在欢乐和憧憬之中。

然而，宫廷女官的儿子疯狂地爱上了伊萨贝尔。为了阻止婚礼并最终得到佳人的青睐，他要求同里卡雷多决斗。女王下令将他监禁起来，但女官为了儿子，竟在伊萨贝尔的食物中下了毒。经过抢救，伊萨贝尔虽然逃过一死，却面目全非，成了丑八怪。

里卡雷多不仅没有嫌弃她，而且更加疼爱她了，无奈他的父母改变了态度，强烈反对儿子同伊萨贝尔结婚。经过一番周折，伊萨贝尔及其父母回到了西班牙。里卡雷多发誓非伊萨贝尔不娶，并只身离开了英国。然而，伊萨贝尔音信全无。里卡雷多只好苦苦地等待，痴痴地寻找。最后，他终于找到了准备出家的伊萨贝尔。原来，伊萨贝尔曾接到里卡雷多父母的来信，信中他们谎称儿子已一命呜呼；姑娘于是万念俱灰，决意遁世绝俗。

这是塞万提斯小说中最牵强的一篇，有关巧合和一而再再而三的变故实难令人信服。而且用这种方式刻意淡化英西两国的宿怨，多少说明塞万提斯偶尔也会放弃现实主义精神而去拥抱浪漫主义式的理想主义。

（四）《林孔内特和科尔塔迪略》

《林孔内特和科尔塔迪略》属于流浪汉小说。在此，塞万提斯又回到了他熟谙的现实主义方法。

小流浪汉林孔内特和科尔塔迪略在一家客栈不期而遇。二人经历相同，意气相投，很快成了莫逆之交。原来，科尔塔迪略因不堪忍受继母虐待而离家出走，从此流浪在外、行窃为生。林孔内特则因偷了别人的一袋珠宝而被判流放，从此四海为家、卜筮行骗。既然走到了一起，二人便合伙做起了营生。他们在商贸繁盛、富贾成群的塞维利亚游荡，伺机做些偷鸡摸狗的勾当，结果一不小心掉进了大贼窝。那可是个训练有素的盗窃团伙，山头大，规矩多，而且匪警一家。更有甚者，这个团伙居然也有积德行善的时候，应了"盗亦有道"之说。

塞万提斯通过两个少不更事的小流浪汉，把 16 世纪末叶的西班牙社会的阴暗面写了个透彻。

（五）《玻璃硕士》

《玻璃硕士》写一个宗教狂式的纯粹疯子。

此翁叫托马斯，他出身贫寒，以至于流落街头。一天，就读于萨拉曼卡大学的两位年轻绅士收留了他。从此，他一边服侍两位主人，一边在学校读书。后来，他跟随主人去了安达卢西亚，认识了一位名叫巴尔迪维亚的军官，并随军官去了意大利，然后经佛兰德返回萨拉曼卡，直至攻下硕士学位，成为律师。

这时，城里来了个坏女人。她专门勾引那些意志薄弱的纨绔子弟，使他们纷纷自甘堕落、为她所用。但是，她对托马斯却是一见钟情。为了得到他的爱情，那女子竭尽所能，使出浑身解数，无奈托马斯一门心思拴在学问上，对财色毫无兴趣。于是，那女子便在吉卜赛女巫的指导下，在托马斯的食物里下药，结果不仅没能使他言听计从，反而险些要了他的小命，使他变成了一个彻底纯洁、透明的玻璃人。

玻璃人为了保护自己，必须远离芸芸众生。然而，他所到之处，人们无不将其视若神怪。有一次，人们问及诗人穷困的原因，他回答说："那是他们的意愿使然，倘使他们有意伺机勾搭名媛命妇，发财致富简直易如反掌。因为那些名媛命妇一个个富得流油，而且金发碧眼、银额朱齿，还有珊瑚似的嘴唇和水晶般的喉咙。她们的泪水像珍珠，呼吸赛过麝香琥珀，脚下踩的是茉莉花和玫瑰花……她们可以把诗人捧上天去，哪怕他们多么蹩脚。"[1]最后，一位高僧解救了他，使他恢复了本来面目。

借疯子之口说出常人所不言，是塞万提斯的惯用手法。作品令人联想到《堂吉诃德》：通过疯子之口，多少道出了作者对不同职业和人群的看法，其中既有诸如妓女、小偷、赌徒、仆人、囚犯等下层人，也有海员、医生、诗人、法官、演员及各色体面人物。作者的矛盾和偏见在有关议论中一览无遗。比如，托马斯反感保姆，甚至对手艺人多有不屑；当然他更加鄙视法官和警察，认为他们是在以公正之名行不公正之事。

（六）《血的力量》

《血的力量》是一个富有戏剧性的爱情故事。故事从强奸案开始，以美满婚姻结束。

一天，妙龄少女莱奥卡迪娅在回家途中遇到贵族青年罗多尔福，后者觊觎少女美貌，竟兽性大发将她强暴了。莱奥卡迪娅忍辱离开时，顺手拿了一尊圣像做证物。几天后，罗多尔福去了意大利，而莱奥卡迪娅却不幸怀孕。为了掩人耳目，她不得不躲进乡野生下孩子。很快，孩子七岁了，被带回家中抚养。在一次节日庆典中，孩子不慎被马车撞伤，一个陌生骑士将他救起并带回家中医治。所谓无巧不成书，那骑士不是别人，正是孩子的生父罗多尔福。莱奥卡迪娅为了探望儿子，不得不重返那曾经剥夺她贞操的地方。为了挽回名誉并让无辜的孩子不再远离亲生父亲，她毅然将那尊圣像交还给罗多尔福的父母，并把事情经过说明白。老人们感念莱奥卡迪娅的牺牲，决定立即召回刚刚重返意大利的儿子。面对莱奥卡迪娅，罗多尔福悲喜交集。时间证明，他一直深爱着莱奥卡迪娅。于是，一桩荒唐事成就了一桩美满的婚姻。

类似故事在洛佩·德·维加和卡尔德隆等"黄金世纪"作家笔下都依稀可见。盖因荣誉、尊严和贞操一直是人文主义和文艺复兴运动以降西方主流社会价值观中不可或缺的美德。对于男性，荣誉和尊严至为重要，而且密不可分。蒙田说过，仙女们引诱尤利西斯的第一手就是："来啊，尤利西斯，全希腊最光荣的人。"对于女性，则往往贞操等于荣誉和尊严，尽管蒙田呼吁正直的人们宁可失去自己的荣誉，也不要违背自己的良心[2]。然而，事实上，无论荣誉、尊严、贞操还是别的"美德"或"良心"都是相对的，不能一概而论。因为任何正确

---

① Cervantes: *Novelas ejemplares*, Prólogo, Madrid: Editorial Castalia, 1985, pp.112-131.
② 《蒙田随笔全集》中卷，潘丽珍等译，译林出版社，1996年，第330页。

的观念或理论必须结合具体情况并根据现存条件加以阐明和发挥。

（七）《大名鼎鼎的洗碗女》

《大名鼎鼎的洗碗女》也是一篇具有冒险精神和理想主义色彩的爱情小说，虽然情节和内容比较简单，却昭示着塞万提斯的爱情观。

贵族青年胡安和迭戈为了冒险，双双放弃舒适的家庭，开始流浪，结果各得其所：获得了纯正的爱情。

（八）《两姑娘》

《两姑娘》同样是一篇爱情小说。

特奥多西娅和莱奥卡迪娅两位少女互不相识，却同时爱上了纨绔子弟安东尼奥。安东尼奥利用她们的单纯，先后欺骗并占有了她们。为了捍卫名誉，特奥多西娅女扮男装，邀兄长拉法埃尔外出游历，伺机寻找负心人。路上，特奥多西娅住进了一个房间。是夜，她在梦中叙说自己的心事，并对兄长可能无法理解她的处境而万分忧虑。兄长这才得知她的心事。之后，他们巧遇女扮男装的莱奥卡迪娅。原来她也是为了寻找安东尼奥才女扮男装、背井离乡的。于是两位少女同病相怜，惺惺相惜，拉法埃尔却因为对莱奥卡迪娅一见钟情而迅速踏入爱河。于是三个人相伴而行，却各怀心事。最后，他们在巴塞罗那找到了安东尼奥，当时后者正与人争斗并身负重伤。安东尼奥表达了他对特奥多西娅的爱情，而莱奥卡迪娅则接受了“情敌”的哥哥。两对恋人喜结良缘后回到故里，适逢安东尼奥的父亲被迫接受两家长辈的挑战——挽回名誉的决斗。幸亏两对新人及时赶到，长辈们遂化干戈为玉帛，携手开始了幸福的生活。

中国读者很容易在这样的情节面前联想到《女驸马》之类的传奇故事，所不同的是中国传奇但凡出现女扮男装，几乎必有阴差阳错的机缘巧合，乃至牵强出许多附会。比如不是拉法埃尔爱上莱奥卡迪娅，而是相反，因为她的化装如此逼真，以至于他人难以看出破绽；或者两位少女因为彼此素不相识而相互产生爱慕之情；或者拉法埃尔虽然明知道莱奥卡迪娅是“男性”，却无法抑制“莫名其妙的爱情”并为自己的“断袖之癖”感到羞愧难当。诸如此类，不一而足。个中原因显然与民族文化传统有关。文艺复兴运动伊始，新兴的西方戏剧一直是男女同台演出，因此舞台上不存在女扮男装或男扮女装的做法。塞万提斯描写女扮男装的癖好，既是艺术想象的结果，也有传统的影响，如西班牙古典谣曲《女兵谣》[①]中类似于对花木兰的描写，继而又影响了不少欧洲作家。

（九）《科尔奈丽小姐》

《科尔奈丽小姐》的故事发生在意大利。

---

① 大致生成于 12—13 世纪“光复战争”时期。

巴斯克青年安东尼奥和胡安放弃就读萨拉曼卡大学去参加保卫佛兰德的战争。战争结束后，他们准备途经意大利回国。到了博洛尼亚后，两位年轻人乐而忘返。原来，那儿不仅有一流的大学，还有闻名遐迩的美女科尔奈丽。

一天，胡安外出散步，有人突然往他怀里塞了个包袱。打开一看，却是个新生婴儿。他把婴儿抱回家，托付给女仆照看。不久，他又路遇不平，出手救了一名女子，而那女子正是他朝思暮想、无缘得见的科尔奈丽小姐。原来科尔奈丽小姐早已和费拉拉公爵私订终身并为他生了一个孩子。不料东窗事发，费拉拉决定带科尔奈丽私奔。为方便起见，他们将孩子托付给仆人收养。但科尔奈丽的兄长决意向费拉拉讨回妹妹的名誉，以致发生了孩子被弃的悲剧。胡安知情后和安东尼奥一道去见公爵。经过一番斡旋，科尔奈丽家人捐弃前嫌，使有情人终成眷属。

（十）《骗婚记》

《骗婚记》顾名思义，是一个有关虚荣和欺骗的故事。

主人公阚布萨诺少尉爱慕虚荣，决定娶贵族女子堂娜埃斯特法尼娅为妻。而堂娜埃斯特法尼娅表示自己虽有家财，却罪孽深重。事实上她早已穷困潦倒，只是临时替女友照看宅第而已。两人完婚后，女友回来了。堂娜埃斯特法尼娅自知事情败露，便溜之大吉了。正所谓偷鸡不成蚀把米，阚布萨诺为自己的自欺欺人付出了代价：堂娜埃斯特法尼娅卷走了他仅有的家当——些许装点门面的赝品和廉价首饰。

（十一）《双狗对话录》

《双狗对话录》可以看作是《骗婚记》的续篇：阚布萨诺受骗后向老朋友叙述经过，并顺便讲起了两只狗的对话。那两只狗分别叫作贝尔甘萨和西皮翁。前者述说他在不同主人家的遭遇，后者则捧哏似的发表议论。通过狗的对话，作者对塞维利亚等地的屠夫、教士、商人、警察、军人、巫婆、诗人、学者、炼金术士和吉卜赛人的所作所为进行了鞭辟入里的描画。

作品基本沿用了流浪汉小说的写法，只不过塞万提斯别出心裁地放弃了流浪汉，起用了"流浪狗"，并以狗的忠诚反衬人的伪善。

（十二）《埃斯特拉马都拉妒翁》

《埃斯特拉马都拉妒翁》无疑是《训诫小说集》中最具影响，也最能代表塞万提斯思想及风格的一篇作品，幕间短剧《妒夫》是其前身。小说的创作时间是1606年前后，1613年收入《训诫小说集》时做了修改。

作品写一个埃斯特拉马都拉妒翁。此人年事已高，却娶了个如花似玉的年轻姑娘做太太。为安全起见，他送给太太一座形同监狱的住宅做新房，并买了众多女奴早晚看护。太太明白丈夫的用意，便也足不出户，检点度日。即便如此，丈夫还是放心不下，他下令赶走了最后一只雄性小动物。然而，世上没有不透风的墙。一天，一个浪荡公子装扮成裁缝混进住宅并买通侍女麻醉了妒翁⋯⋯

笔者不妨从《埃斯特拉马都拉妒翁》切入，对塞万提斯的创作思想和风格做一番考量。在此之前，则或可对他的爱情观稍做梳理。

显而易见，塞万提斯是西班牙文艺复兴运动鼎盛时期一位典型的现实主义作家，具有鲜明的人文主义精神。前面说过，人文主义的重要特点在于以人为本，用意大利人文主义思想家阿尔贝蒂的话说，即人是宇宙的中心。唯其如此，人文主义者强调人的尊严，并以人性及其成就和潜能为主要研究对象，认为可想即可为。文学作为人性表征的最佳途径之一，是无数人文主义者致力的优先领域。而爱情作为人类生活的一个永恒的话题，又理所当然地成为人文主义作家描写和宣达的重要对象及主题。尽管早在古希腊时代，不同社会、不同阶级、不同民族和个人，已为我们留下了无数动人的爱情故事，但人文主义作家首次从现实出发，对爱情进行了有褒有贬的诠释，从而把爱情主题提升到了一个崭新的高度。

就塞万提斯小说而言，体面的（即有尊严的）爱情、纯洁的（即非金钱交易的）爱情和忠贞的（即不为条件变化所动摇的）爱情，成为主要表现对象，而虚伪、欺骗和极端的门第之见则受到了不同程度的讥嘲和批判。

同时，除了惯用的女扮男装和机缘巧合，塞万提斯还尽可能拓展了爱情的形式：有公开的，也有隐秘的，但最终必得是公开的；有合法、体面的，也有非法、肮脏的，但最终必得是合法、体面的；有高尚、和谐、门当户对的，也有卑贱、强扭、门第悬殊的，但最终必得是高尚、和谐、门当户对的；有幸福、持久、忠贞不渝的，也有悲惨、露水、昙花一现的，但最终必得是幸福、持久、忠贞不渝的；有一见钟情的，也有日久生情的，但更多的是一见钟情的；等等。荣誉和贞操必须维护，欺骗和嫉妒必遭报应。金钱、地位和夸夸其谈不是爱情的标志，外貌的吸引、知趣的投合和意志的坚强才是真爱的基础：

> 谁能赢得爱的幸福？是沉默寡言的人。
> 谁能登上爱的巅峰？是意志坚定的人。
>
> ——《大名鼎鼎的洗碗女》

然而，塞万提斯是复杂、矛盾的，其作品亦然。因此，塞万提斯也是说不尽的。

一如《堂吉诃德》首先在英、法、德国受到重视，传统塞学的所谓"定音之锤"，也是由18、19世纪的英、法、德等国读者而非本土的西班牙人敲响的。数百年来，西班牙人对此一直耿耿于怀。然而，就像当初不可一世的帝国盛极而衰使"无敌舰队"全军覆没、"帝国辉煌"转瞬即逝，《堂吉诃德》等墙内之树花香墙外的奇特的文化现象，还是不可避免地产生了；元气大伤、一蹶不振却又不甘纡尊降贵而从此一直闭关自守的西班牙，又不可避免地使困扰着一代又一代西班牙文人的复兴梦想成为泡影。

直至 19 世纪末，由于殖民地丧失殆尽[①]、国内经济濒临崩溃、专制统治难以为继，老牌帝国威风一扫而光的西班牙才不得不略开门户，以迎接将临的、前途未卜的 20 世纪；而门户开放的结果之一，便是使塞学得以在本土拓展半个多世纪（因内战而告终）的思想解放和文化繁荣（史称"半个黄金世纪"或"白银时代"）。如果说罗德里盖斯·马林、梅嫩德斯·伊·佩拉约和梅嫩德斯·皮达尔等跨世纪学者于 19 世纪末借助语言等现代方法极大地丰富了塞学，为塞学的"现代化"奠定了基础；那么，到了 20 世纪中晚期，随着更多原始资料、最早版本或手稿的"出土"，塞学中心便明显西移（向西班牙）。于是，天时、地利、人和之下，西班牙学者率先质疑问难，对一系列传统见解"施以非礼"。

海涅于 1837 年撰写的德文版《〈堂吉诃德〉序言》[②]无疑是诗人独具慧眼的有力见证，也是塞学史上一块高耸的里程碑。它不愧为 19 世纪塞学的经典之作，许多观点直到今天仍经得起推敲。然而，受时代社会和主观原因的局限，海涅关于塞万提斯的评说也不是十全十美、无懈可击。譬如，他断言塞万提斯是"罗马教会的忠诚儿子"[③]，就有失之偏颇之嫌。

从 1925 年（《塞万提斯思想》）到 1957 年（《塞万提斯再探》）以至更晚的一段时间里，西班牙塞学家阿美里科连篇累牍、不厌其烦地阐述塞万提斯的"伪善"。[④]他认为塞翁并非虔诚的天主教徒，而是一个"善于伪装"的、"地地道道的人文主义作家"。[⑤]阿美里科的立论基础是有关文（版）本的比较研究。

在《塞万提斯思想》一书中，阿美里科对罗德里盖斯·马林于 1901 年校勘的短篇小说《埃斯特拉马都拉妒翁》的两个不同文本进行了深入细致的分析比较，发现并断定二者有本质的区别（括号内文字系笔者所注）：

---

① 1898 年美西战争后，西班牙丧失了古巴、波多黎各、菲律宾等最后几块殖民地，并由此催生了"98 年一代"。

② 转引自中译本《精印〈堂吉诃德〉引言》，钱锺书译，《文学研究集刊》第二册，中国科学院文学研究所，1956 年；后载《海涅文集·批评卷》，张玉书选编，人民文学出版社，2002 年，第 413—433 页。

③ 海涅称塞万提斯是"天主教作家""罗马教会的忠诚儿子"（钱锺书译作"罗马教会的忠心孩子"）。见《海涅文集·批评卷》，张玉书选编，人民文学出版社，2002 年，第 419 页。

④ Castro: *El pensamiento de Cervantes*, Madrid: Editorial Taurus, 1957, pp.223-266.

⑤ Castro: *El pensamiento de Cervantes*, Madrid: Editorial Taurus, 1957, pp.267-288.

《埃斯特拉马都拉妒翁》两个文本的比较

1606 年（?）手稿	1613 年版本
……伊萨贝拉（年轻的夫人）流着泪，半推半就，进了罗阿依萨（浪荡公子）的房间……	（同左，除人物之外）
卡里萨雷斯（爱吃醋的丈夫）抹了麻醉药，正睡得死沉……	（同左）
伊萨贝拉不再落泪。她在罗阿依萨怀里比抹了麻醉药的丈夫睡得还香……	莱奥诺拉（即 1613 年版中的伊萨贝拉）竭尽全力反抗狡诈的骗子。罗阿伊萨（即罗阿依萨）使出浑身的解数和力气也没能使她就范，终于，他们疲乏了，睡着了……
黎明时分，卡里萨雷斯发现了"奸夫淫妇"……	老天作巧，卡里萨斯（即老版本中的卡里萨雷斯）过早地醒来了……
他看到伊萨贝拉依偎在罗阿依萨怀里酣睡不醒……	（基本同左）

　　二者的不同是显而易见的。在手稿中，通奸是既成事实，且基本上是两相情愿的；而 1613 年版本却对此做了更改。[①] 阿美里科认为，当时正值反（路德）改革运动高潮，宗教法庭气势汹汹，[②] 塞万提斯进行这样的改动"完全是为了掩人耳目"，是不得已之举。而它恰恰舍去了文艺复兴运动以来普遍崇尚的性爱描写，掩盖了塞万提斯的真实面目。[③] 他还一再举例《堂吉诃德》及其他作品的有关情况或类似描写，以说明其大胆推断。他甚至说塞翁的"伪善"还在于字面上是一个塞万提斯，字里行间（包括删节和修改）是另一个塞万提斯。[④]

---

　　① 　小说结尾大致相同：老丈夫悲愤成疾，一病不起。临终，他后悔当初太忌妒、太自私，以致险些儿毁了别人的青春，把遗产全部留给了莱奥诺拉（伊萨贝拉）并立下遗嘱，从而成全了两个年轻人。然而，莱奥诺拉不堪舆论的压力，出家当了修女。罗阿伊萨闻讯后在绝望中与人发生争执，并死于非命（罗阿依萨则被流放到了美洲）。（Cervantes: *El celoso extremeño*, Rodríguez Marín (ed.), Sevilla: Edición Diaz, 1901, pp.81-83.）

　　② 　出于种种原因，西班牙与罗马教廷的关系非常密切，路德、伊拉斯谟等改革派在西班牙一直受到打击。著名诗人如胡安·德·梅纳、路易斯·德·莱昂、克维多等均因莫须有的"新教倾向"而受到不同程度的谴责。1612 年，西班牙还颁布了《禁书总目》（*Index librorum prohibitorum*），从而使许多作家受到了制裁。

　　③ 　Castro: *El pensamiento de Cervantes*, Madrid: Editorial Taurus, 1957, pp.245-266.

　　④ 　Castro: *El pensamiento de Cervantes*, Madrid: Editorial Taurus, 1957, pp.245-266.

论据之一是塞翁既可将堂吉诃德打扮成虔诚的天主教徒，亦可"借堂吉诃德以亵渎上帝"：

> 我知道，他（指阿马迪斯——笔者注）干的事多半是念经和祷告上帝保佑，我没有念珠，可怎么办呢？

这时他想出一个办法。他把拖在背后的衬衫后襟撕下一大片（阿美里科想象那定是块腐朽不堪、臭不可闻的破布），挽了十一个结子，其中一个挽得特别大些。他在那里一直就把这几个结子当念珠用，念了几百遍《圣母颂》。

的确，这段描写在再版时（1606 年）被删去大半[①]，变成了：

> "我知道他干的事多半是念经和祈祷。我也要祈求上帝保佑。"他于是用一种植物的果实即栓皮槠子做了一串念珠。[②]

同样，在阿美里科看来，描写市民生活的《训诫小说集》中也有诸如此类的"出格"表现。此外，对于通奸等教会视为有罪的行为，塞万提斯更是态度暧昧。不消说，对所有因性爱"犯罪"的"羔羊"，塞翁从来都手下留情，从轻发落。

阿美里科的上述观点激起了塞学界大半个世纪的骚动，最初的反响是令他绝望的一片嘘声，而后是愈来愈冷静的探讨。比如美国学者派克认为，阿美里科的《塞万提斯思想》是迄今为止发表的最重要的塞学著作。

> 然而，正如多位批评家所指出的，该作也有不少地方值得商榷。其中一点……笔者以为颇有讨论的必要……他竭力将塞万提斯定位为"现代"思想家和抵抗反路德宗教改革运动的斗士，从而使其哲学和神学思想超越了所处的时代……这未免有些言过其实。[③]

---

① 《堂吉诃德》，杨绛译本第 216 页。杨绛先生选择的罗德里盖斯·马林版恰好是未经删改的最早版本之一。而其他许多版本所从出的"祖本"其实是后来的那个修订本。据说真正的祖本已经散佚。17 世纪的葡萄牙文版也对有关章节做了删改。（Aguirre: *La obra narrativa de Cervantes*, La Habana: Editorial Arte y Literatura, 1971, p.48.）

② Castro: *El pensamiento de Cervantes*, Madrid: Editorial Taurus, 1957, p.262.

③ 西语国家的同行在这个问题上反应比较迟钝，很久以后才有人愤然指责阿美里科的说法近乎"诽谤"（如 González de Amezúa y Mayo: *Cervantes, creador de la novela corta Española*, I, Madrid: Consejo Superior de Investigaciones Científicas, 1956）。

同时，有学者怀疑"强奸未遂"（指《埃斯特拉马都拉妒翁》中罗阿伊萨对莱奥诺拉）的可信度和任意性，进而质疑 1613 年版本的权威性。

怀疑和质疑由此生发开来，以致阿美里科不得不于 1967 年做出如下解释：强奸未遂可能是因为浪荡公子在女人美丽的胴体前发生了性功能障碍。这种说法虽然有些牵强和主观，但多少可以自圆其说。况且小说人物因为强迫和反强迫而进入梦乡，本身也许只能算是差强人意，但多少可以作为塞万提斯"伪装"的证据。总之，阿美里科由此进一步证明了《埃斯特拉马都拉妒翁》1613 年版本的可信性和权威性，以及塞万提斯的"变化"，理由是塞翁的性爱描写由外向内、由明向暗的明显"降格"。[①]

20 世纪 70 年代以来，阿吉雷[②]、卡萨尔杜埃罗[③]等愈来愈趋于折中而视塞万提斯为受人文主义思想影响的天主教作家。另一方面，以莫洛为代表的心理学派却认为，通奸是不是既成事实无关紧要，重要的是嫉妒所引发的心理疾病。这样一来，两个版本的"本质区别"即使不是"无稽之谈"，至少也是一种"牵强附会"。[④]

孰是孰非，姑且不论，这番旷日持久的争论却为当代塞学拓宽了视野，活跃了思路。

然而，塞万提斯究竟是人文主义者还是官方作家？

显然，塞万提斯一直被视为"官方作家""教权意志的代言人"。这种看法的主要依据是，19 世纪海涅等欧洲经典作家及西班牙学者梅嫩德斯·伊·佩拉约等有关观点所指出的塞万提斯同罗马教会、西班牙当局的关系。

1905 年，梅嫩德斯·伊·佩拉约引经据典，大做文章，论证塞万提斯与西班牙当局及宗教法庭的"特殊关系"，从而得出结论，认为塞翁确系"官方作家"，他所接受和宣达的也"主要是官方意识"。[⑤]为此，梅嫩德斯·伊·佩拉约考证

① Castro: *Hacia Cervantes* (*Edición renovada*), Madrid: Editorial Taurus, 1967, pp.112-231.

② Mirta Aguirre: *La obra narrativa de Cervantes*, La Habana: Editorial Arte y Literatura, 1971.

③ Joaquín Casalduero: *Sentido y forma de las Novelas ejemplares*, Madrid: Editorial Gerdos, 1974.

④ Maurice Morou: *Monografía de Cervantes*, México: El Colegio de México, pp.23-31.

⑤ Miguel de los Santos Oliver: *Vida y semblanza de Cervantes*, Barcelona: Editorial Montaner, 1946; Francisco Olmos: *Cervantes en su época*, Madrid: Ricardo Aguilera Editor, 1968; etc.

并罗列了特兰托教务会议后产生的大量反骑士道作品[1]，其数之众确实令人惊叹。何况，塞万提斯的《堂吉诃德》恰恰是此时经当局（书检机关）审查批准后出版的第一部"反骑士"小说。难怪塞万提斯难脱"官方作家"之嫌。

然而，也正是在此时，一发而不可收的骑士小说照样出，照样流行，而且其数量较之特兰托教务会议之前竟毫不逊色。毋庸讳言，统治阶级对骑士文化的态度意在正本清源，扫除异端邪说，但客观上，骑士文化作为中世纪的重要遗产，确实对16、17世纪的西班牙及其文化发展产生了消极影响。对这样一种"贻害无穷"的、背时的文化现象进行讨伐，也未必是为了执行官方或教权旨意。

这个问题于是一直困扰着塞学界。直到阿美里科出现，争鸣才得以真正开始。阿美里科固执己见，极力否定前人的说法。即便是为了自圆其说，他也无论如何不能视塞翁为"官方作家"；只是苦于没有找到更多令人心悦诚服的论据而始终未能真正展开这个论题。但是他的对手从未停止对他的讨伐，他们严词声讨他的"伪装"或"伪善"说。

例如，莫雷诺·巴埃兹等人在《塞学荟萃》中极力褒扬梅嫩德斯·伊·佩拉约，对阿美里科的《塞万提斯思想》和《塞万提斯再探》则大加贬斥。巴埃兹认为：（1）塞翁"为上帝及国王陛下"曾远征勒班多等地并身负重伤（左手致残，是年二十四岁），后又不幸被俘，却忠贞不渝，视死如归。（2）战后，塞翁多次表示愿到政府机构供职并一度渴望去新大陆效命。（3）他的作品同样体现了他贬抑时弊、报效上帝和国君的坚定信念：《堂吉诃德》执行了特兰托教务会议精神；《训诫小说集》顾名思义也是以教会和官方意识为取向的；他在贫病交加中以坚忍的意志完成的《贝雪莱斯和西吉斯蒙达历险记》，更是他虔信上帝的最好见证。[2]

诸如此类，必然要牵涉到另一个至关重要的问题 —— 作者、作品、读者三者的关系。不同时代的读者对同一作者、作品会有不同的理解和阐释。这是接受美学赖以产生和发展的前提和理由。近四个世纪以来，作为主体之一的读者对于塞万提斯及其《堂吉诃德》的接受，也恰恰说明了这一点。

然而，塞万提斯既然可以"伪装"自己以"掩人耳目"，那么他在《〈堂吉诃德〉前言》中开宗明义要"把骑士小说的那一套扫除干净"的"宗旨"也便不能令人相信了。尤其是在今天，作品的客观效果（意义）远远超出了作者的创作意图，"说不尽的经典"也早已成为一个共识、一种阅读定式。因此，反思

---

[1] Menéndez y Pelayo: *Historia de las ideas estéticas en España*, I, Madrid: Editorial Espasa-Calpe, 1941, p.319.

[2] Avalle-Arce y E.C.Riley (ed.): *Suma cervantina*, London: Tamesis Books, 1973.

阿美里科的挑战，塞万提斯自诩的"宗旨"恐怕就更值得怀疑了。

再说，塞万提斯的"宗旨"果然只是"扫除骑士小说"吗？

愈来愈多的塞学家以为不然。比如古巴女诗人兼教授阿吉雷认为，反骑士道只是塞万提斯迫于情势而使用的一个幌子，深藏其后的是，他对骑士道及骑士文化赖以产生、生存并继续繁衍、风靡的土壤，即封建势力根深蒂固的西班牙现实社会的深恶痛绝。当然，更多学者，如法国教授莫里斯·莫洛，对诸如此类的观点不敢苟同。他们强调文本，认为一切文本外的假设、设想、想象和阐释，都是对作品的"强奸"，是有害的，不能成立的。[①]

诚然，无论是从作家意图说，还是从纯文本分析或接受美学的角度看，塞万提斯的丰富性和复杂性，首先都应当归因于他的政治思想和宗教理念同他的创作思想和创作实践之间的巨大矛盾。从单纯的接受角度看，这种矛盾在17、18、19世纪主要表现为滑稽和崇高的对立。随着阿美里科的出现，新的矛盾出现了。阿美里科不甘率由旧章，向传统塞学提出了挑战，精神可嘉且不乏令人叹服的见解。但是，他立论偏激，且不乏矫枉过正之嫌；而且他采用的战术常常顾此失彼，其形而上学倾向也是比较明显的。

首先，阿美里科提出"伪装"说甚而"伪善"说的主要依据，是《埃斯特拉马都拉妒翁》《堂吉诃德》等不同文本（和版本）的区别，却全然没有意识到，如果换一个角度看，这些区别又未尝不是别具匠心的技术性删改。譬如，《埃斯特拉马都拉妒翁》1613年版本虽然删去了作为既成事实的"通奸"，却使小说的性爱描写达到更高的层次（也可以说是美学价值），因为人物（罗阿伊萨）的"性功能发生障碍""强奸未遂"后又被流放到新大陆，不正巧步了妒翁卡里萨斯（卡里萨雷斯）的后尘吗？卡里萨斯（卡里萨雷斯）年轻时到过美洲，发迹后回到西班牙，娶了莱奥诺拉（伊萨贝拉）。他被视作"不称职的丈夫"，他同年轻美貌的妻子的关系是"近乎父女的关系"，"未曾发生什么的关系"。凡此种种，无不暗示着一种特殊的（也许是病态的）文化或文化心理。而删改之后周而复始、循环往复的象征性结构，更不失为是对西班牙病态社会的一种生动表现。

其次，从塞万提斯的宗教观、政治观和他的创作思想、创作实践的关系看，阿美里科的"伪善"说或"伪装"说[②]，也不是完全没有纰漏。虽然爱情和性爱描写，在塞万提斯的作品中占有相当大的比重和相当重要的位置，这或可说

①　Morou: *Monografía de Cervantes*, México: El Colegio de México, p.56.

②　早在阿美里科之前，奥尔特加·伊·加塞特就曾对此有过暗示；海涅也认为"智者的笔比智者本人更伟大"；用恩格斯的话说则是"现实主义的最伟大的胜利之一"。

是他师承古希腊罗马作家、投身文艺复兴运动的最好见证：且不说《训诫小说集》纯粹是以市民的性爱、情爱、婚姻和家庭为题材的言情小说，即便是他的《阿尔及尔的交易》《流氓鳏夫》《妒夫》（情节与《埃斯特拉马都拉妒翁》相似）等剧作，以及牧歌体小说《伽拉苔娅》、长篇小说《贝雪莱斯和西吉斯蒙达历险记》，也无不是以男女之情为主线的。《堂吉诃德》固然是写堂吉诃德的，诸如他的游历、他的奇情异想以至他的爱情，却也免不了插入美人多若泰那样的风流韵事和荒唐、好奇的安塞尔莫那样的爱情悲剧。必须看到，除却堂吉诃德和杜尔西内娅，其他人物的情爱、性爱或婚变，又都是以写实的笔法表现出来的。必须强调，在塞万提斯笔下，性并不神秘。恰恰相反，它是自然的。更须强调的是，所有涉及通奸、强奸或强奸未遂的人物，都没有在他的作品中受到"应有的"制裁。同时，塞万提斯被指在十四行诗《梅迪纳公爵上任纪》等作品中影射、抨击过西班牙军界的腐败无能和僧侣阶层的骄奢淫逸。此外，他的作品又分明是文艺复兴运动转折时期柏拉图让位于亚里士多德、理想让位于理性、幻想让位于真实的最好见证，而且血脉中涌动着从荷马到薄伽丘等西方古典艺术思想的潜流，[①] 许多方面都迥异于正统的天主教思想。从这个意义上说，把《训诫小说集》译作《典范小说集》似乎更为确切，盖因"训诫"明显指向"道德"，而"典范"却侧重于"技巧"。

但是，塞万提斯又明明反复强调过，他对罗马教会和西班牙帝国的忠诚，并且用鲜血证明了这一点。何况，他的作品又大都是经过严格审查后获准于非常时期出版的。[②]

所以，塞万提斯虽非"官方作家""教权意志的代言人"，却也不是"善于伪装"的、"地地道道的人文主义作家"，而是一个有着明显矛盾的时代的儿子。其矛盾，既体现在他的众多作品前言和作品本身，即作家意图（即便是真心实意的）同文本之间、主观愿望同客观效果之间的距离，也表现在版本与版本、手稿与面世之作、作品与政教意志之间的差别，而且突现于他用十四行诗赞美的上帝及国王陛下的英名（包括他们统辖的帝国）同他实际描写的市民生活的琐俗的迥异上。不消说，作品一旦成为作品，便再也不以作者的意志为转移了。

---

① 阿吉雷教授在《塞万提斯小说》（Aguirre: *La obra narrativa de Cervantes*）中综述了洛斯里约斯、费尔南德斯·德·纳瓦雷特、克莱门辛、罗德里盖斯·马林等都曾逐字逐句地考察过塞万提斯的不同作品与相关古典作家的关系。

② 如果说特兰托教务会议和以反宗教改革运动为宗旨的宗教裁判所曾经使西班牙有过一个灰暗的 16 世纪，那么，到了 17 世纪，随着官方《禁书总目》（1612）的颁布，西班牙文坛绝对是一片黑暗的白色恐怖。许多诗人深受其害，就连声名卓著的大诗人克维多也惊恐万状，以致连《骗子外传》那样优秀的作品都成了没人认领的"弃儿"。

任何前言(说穿了多半是后记),都不可能同作品(文本)画等号。同样,塞万提斯的作品,就其实际效果而言,是断乎不同于他的前言的,甚至常常同他的政治观、宗教观大相径庭、背道而驰。这便是伟人之笔高于伟人,也或可称作是“现实主义的胜利”吧。

显然,19 世纪以降,塞万提斯一直被认为是伟大的现实主义作家。既然是现实主义作家,就必定要反映时代社会的本质特点。而塞万提斯时代的本质特点,恰恰是没落的封建主义(包括骑士文化)同新兴的资本主义(及其赖以滋生、发展的市民阶级)的矛盾。而这对矛盾恰恰是以矛盾的形式反映出来的。既然是现实主义作家,也必定崇尚真实,有倾向性。而塞万提斯正是这样一位崇尚真实、有倾向性的作家。他的作品常常流露出他对真实的虔诚。他甚至建议对撒谎的作家处以极刑。

当然,塞万提斯在描写市民生活的同时,集中表现了超宗教的市民道德意识。这种新道德观体现了新兴资产阶级的人生观、世界观。在《〈训诫小说集〉前言》里,塞万提斯声称:“如果这些作品的故事通过诸如此类的方式使读者产生邪念,那就砍掉我的这只书写的手。”[①] 至于何谓不道德的邪念,他并没有细说。然而,他的作品对道德做出的界定却是明确的:符合自然即为道德,否则便是不道德。

这一界定蕴含于作者对人物的态度中:在《埃斯特拉马都拉妒翁》中,卡里萨雷斯(卡里萨斯)已是个不能尽丈夫义务的老头儿,而伊萨贝拉(莱奥诺拉)却是个风华正茂的年轻姑娘,他们的结合是金钱在那里起决定性作用,违反了自然规律。因此,卡里萨雷斯(卡里萨斯)受到了实际的惩罚;相反,通奸或强奸未遂的青年受到了实际的宽恕,而且被作者寄予同情的女主人公实质上是社会的无谓牺牲品。同样,在《堂吉诃德》第 33、34、35 章中,因自然的爱情遭到非自然因素的破坏,好奇的(骨子里是嫉妒的)丈夫罪有应得,失去了爱人和朋友。

可见,塞万提斯遵循的自然规律,实际上是新兴资产阶级的道德标准,而不是天主教教义,亦非正统的西班牙皇家法规。

三 《堂吉诃德》

作为代表作,《堂吉诃德》无疑是最能反映塞万提斯心志的。但是,由于它的丰富和复杂,有关争论迄今未止。

---

① Angel Valbuena Prat (ed.): "Prólogo a Las novelas ejemplares", *Obras completas de Cervantes · Las novelas ejemplares*, Madrid: Editorial Aguilar, 1991, p.5;《堂吉诃德》第二部第三章。

这一点已在上篇有了反映，接下来要做的只是归纳和总结，偏颇与疏漏在所难免；如能有所发现，有所前进，则笔者幸甚。

（一）关于版本

《堂吉诃德》的版本研究可谓旷日持久，有关它的首版时间更是众说纷纭。时至今日，比较一致的看法是，首版由胡安·德·拉·库埃斯塔印制于 1605 年初。尽管仍有一些学者坚持认为最早版本的产生时间应为 1604 年，理由是洛佩·德·维加等人曾于这个时间提到了《堂吉诃德》。[①] 然而，库埃斯塔版因排字工人的失误，存有大量错字及标点符号问题。这为后来的不少"祖本"或"足本"的出现提供了依据。

此外，早在《堂吉诃德》传到国外之前，它便已经在西班牙产生了巨大的影响，尽管洛佩·德·维加意气用事，称："没有比塞万提斯更糟的诗人，也没有比《堂吉诃德》更蠢的作品……"仅 1605 年，《堂吉诃德》就再版了五次：马德里一次（库埃斯塔版也是在马德里出品的），里斯本两次，瓦伦西亚两次……巴尔布埃纳·普拉特认为，洛佩之所以如此贬抑塞万提斯，是因为他很可能早在《堂吉诃德》出版以前就已经浏览过手稿，看到了塞万提斯对他的揶揄。[②] 巴尔布埃纳·普拉特的话并非没有道理。洛佩作为当时西班牙文坛的泰斗，接受出版商或官方机构的咨询也在情理之中。洛佩在 1604 年 8 月 14 日致友人的信中提到了塞万提斯及其《堂吉诃德》，说："明年会有不少诗人发表新作；然而，没有比塞万提斯更糟的诗人，也没有比《堂吉诃德》更蠢的作品。"可见洛佩确实是在"有的放矢"。此外，塞万提斯的书稿是在 1604 年 9 月 26 日便获得出版许可的。在这前后，洛佩确实是有可能读到塞万提斯手稿的。有关人等对手稿进行删改也是情理中事。

总之，由于手稿的缺失，版本问题远未解决。而目前学界比较认可的版本大都建立在罗德里格斯·马林等人于 20 世纪初的校勘上。2005 年，西班牙皇家学院会同其他西班牙语国家语言学院于首版诞生四百周年之际，推出了新校注版《堂吉诃德》。

（二）关于形象

尽管堂吉诃德模仿骑士行侠冒险的行为颇为可笑，但他同情弱者、疾恶如仇、追求真理、不畏艰难的品格，却十分崇高伟大。鲁迅说过："吉诃德的立志去打不平，是不能说他错误的。因为胡涂的思想，引出了错误的打法。"而堂吉

---

① 加奥斯甚至认为最初的版本由四部分组成。（Vicente Gaos: *Don Quijote*, III, Madrid: Editorial Gredos, 1987, pp.8-11.）

② A. Valbuena Prat: *La literatura castellana*, I, Barcelona: Editorial Juventud, 1974, p.419.

诃德的悲剧恰恰在于目的和方法、主观和客观、意愿和效果的矛盾对立。塞万提斯十分清楚这些矛盾的悲剧因素，他说："两种愿望一样痴愚：或者要当前再回到过去，或者未来马上在目前实现。"塞万提斯的高明之处在于将堂吉诃德性格中内在的矛盾和悲剧因素用喜剧形式表现出来，使情理之中的悲剧结果在意料之外的喜剧状态中逐步完成。这种悲剧的喜剧效应是塞万提斯创作的一个重要特征。

正因为喜剧和悲剧、滑稽和崇高、可笑和可爱，存在于同一个人物身上，他所引发的笑遂令人回味，成就了一种"含泪的笑"、发人深省的笑。人们把"含泪的笑"看作近现代喜剧的审美特征，这是因为在古代，喜剧主体始终是安然自得、无忧无虑、和谐自由的（即人物本身不是悲剧型的）。《诗·国风·淇奥》有"善戏谑兮，不为虐兮"之说，意思是喜剧主体所揭露的丑、所引发的笑，不影响主体形象。正如黑格尔所说的那样，古代喜剧是"喜剧人物自己逗自己笑"。因此，遭到戏弄的总是别人或小节，自由的主体在嘲弄或自嘲中得到肯定、高扬，从而生发出自由爽朗的笑。但是到了近现代，主体与自我、主体与客体（即个人与自然及社会）的相对的朴素统一关系被打破了，出现了愈来愈尖锐的分裂和冲突。这样，当主体的崇高受到主体的滑稽的冲击和否定时，喜剧中就不可避免地掺入了悲剧因素，导致了"含泪的笑"。不消说，塞万提斯是最早使喜剧（也可以说是悲剧）主体具有这种高度双重特征的欧洲作家。这使他在反映现实的深度、塑造人物的力度方面，都比前人前进了一大步。

同样，桑丘·潘沙不仅仅是个陪衬。他好比中国相声艺术中的捧哏，是一个不可或缺的角色。他与堂吉诃德一胖一瘦、一矮一高，组成了世界文学长廊上不可多得的一对绝配。虽然他最初只是个傻乎乎的农夫，有点狡黠，有点贪婪，但是随着故事的发展，他的形象逐渐丰满、复杂起来。他黠中有憨、粗中有细，尽管私心不小，对堂吉诃德却是忠心耿耿。

总之，世界文学史上没有第二个人能像塞万提斯那样如此生动地表现文艺复兴运动和巴洛克时期的艺术思想，更没有第二个人能像他那样将一系列永恒的光明与黑暗、崇高与滑稽、理想与现实等二元因素统一在一对活灵活现的人物身上。而这一切，都离不开桑丘。从某种意义上说，桑丘是堂吉诃德的第一读者。少了他，堂吉诃德只有可悲，没有可笑；只有可怜，没有可爱。[①]

此外，《堂吉诃德》在叙事方法上潇洒自由、不拘一格。它借人物之口，在不少地方穿插了可以独立成章的中短篇小说，而且不断转换叙事人称。

---

①　José María Arbizu Pérez: *Sancho, primer intérprete de Quijote*, Salamanca: Universidad de Salamanca, 2001.

譬如,首卷第八章突然中断故事并用第三人称叙述说:

> 可是偏偏在这个紧要关头,作者把一场厮杀截断了,讲说堂吉诃德生平事迹的记载只有这么一点。当然,这部故事的第二位作者决不相信这样一部奇书会被人遗忘,也不相信拉曼恰的文人对这位著名骑士的文献会漠不关心,让它散失。因此他并不死心,还想找到这部趣史的结局……

而后,作品又变换人称,说:

> 依我看,这个趣味无穷的故事大部分是散失了。我想到散失的大部分无从寻觅,才读了那一小段反惹得心痒难搔。那样一位好骑士,却没个博学者负责把他的丰功伟绩记录下来,我认为事理和情理上都说不过去……

有一天,"我"正在托雷都的阿尔伽那市场。有个孩子跑来,拿着些旧抄本和旧书稿向一个丝绸商人兜售。而那些书稿正是原著阿拉伯文的《堂吉诃德》。于是,《堂吉诃德》成了阿拉伯史学家熙德·哈梅特·贝南赫利的著作。于是,第三人称变成了第一人称:"我"花了一个子儿买下书稿并请人翻译成了西班牙文。于是,中断的故事终于被接上了,叙述者继续夹叙夹议。而这种被称为"元小说"的方法一直要到现代主义和后现代主义时期才得到重视。

(三) 时代的儿童

海明威说过,童年的不幸是作家的幸福。我们大可以不相信这种说法,却不能否认文学与童年或童心的关系。神话与童年的关系毋庸讳言,马克思关于神话是人类孩童时期的艺术创作的说法众所周知;此外,我们不要忘记马克思在谈到希腊神话时还说它是西方艺术创造的武库。

后来的神话-原型批评与这一说法如出一辙。在原型批评家弗莱看来,文学叙述是"一种重复出现的象征交际活动",或者说是"一种仪式"。这种文学等于仪式的观念来自人类学家弗雷泽的《金枝》。用荣格的话说则是原型在"集体无意识"中的转换生成。总之,神话被认为是一切文学作品的典范楷模,是一切伟大作品的基本故事。

作为老百姓的心理经验,民间传说很大程度上保存了神话的鲜活基因。正因为如此,神话、传说和童心有着天然的联系。或者说,童心是人类经验的原始宝鉴,因而也更符合作为具有形象思维特征的艺术创造。

当然,这里所说的童年或童心,是广义的、艺术的。它不那么世故,也不会事事抽象。但是，相对功利的儒文化，历来不太重视一般意义上的童心和艺术的童心。而这二者也许本来就是相辅相成的。

在西方，无论有意无意，这种艺术的童心处处受到保护。即便是在现实主义风行的 19 世纪，当巴尔扎克们为把文学变成社会历史的忠实记录（或因追求逼真），而热衷于建筑师般设计写作蓝图的时候，人们也没有忘记肯定塞万提斯那种孩童般的随心所欲。

瘦的骑士与胖的农民之间的理想主义与功利主义的斗争，难道不是塞万提斯对时代的一种诘问与怀疑？他寄予瘦的骑士以所有的同情与怜悯，而瘦的骑士又何尝不是一个时代的儿童？

我们或可由此联想到曹雪芹的《红楼梦》。所有人几乎都在为它的缺损而遗憾，高鹗们更是补来补去，乐此不疲。但我们何尝不可以反过来想一想，曹雪芹既然批阅十载、增删五次，那么故意删掉一些章回，使之圆而未圆，也是完全可能的。事实上，那个关于石头的神话、关于人物命运的梦，不是已经太圆、太理性、太完满了吗？神话已经预言了宝玉的命运，太虚幻境又给出了每一个女性的生命轨迹。与神话和梦幻相对应的恰恰是宝玉的童心，或者换一种角度说，童心是宝玉生命轨迹的完美体现。宝玉从"无材可去补苍天"的顽石，到被一僧一道点化为"枉入红尘若许年"的蠢物，是命中注定不能"世事洞明皆学问，人情练达即文章"的。他这个蠢，或可对应堂吉诃德的疯，总之是不合时宜。这种不合时宜，仿佛童心之于充满智慧的市侩和功利、高明的欺骗和虚伪的世界那么不合时宜。而这种不合时宜在《红楼梦》中又恰好与空灵、无为的释道思想相吻合，进而对抗强大的、无处不在的皇皇儒教。和《堂吉诃德》这么一比，我们就会发现，蠢、呆、疯、癫、梦、幻之类的词，其实自始至终伴随着宝玉。何况，一如浮士德与魔鬼，宝玉与释道早有契约；而"满纸荒唐言，一把辛酸泪；都云作者痴，谁解其中味"中的那个"痴"字，更是意味深长。无论有意无意，假如曹雪芹是要为宝玉羁留童心（在一定程度上与梦、幻、疯、癫、释、道相对应），那么我们关于《红楼梦》也许并非缺损的假设，也就完全有可能成立。

此外，值得一提的是，和《堂吉诃德》一样，《红楼梦》开篇用的也是民间传说的叙事方式：时间、地点皆隐。《堂吉诃德》所谓"不久以前，有位绅士住在拉曼恰的一个村上，村名我不想提了……据称他姓吉哈达，又称他是吉沙达，说法不一，推考起来，大概是吉哈那"，恰好与《红楼梦》从女娲补天遗下顽石到后来又不知过了几世几劫"只取其情理"而"不拘于朝代年纪"，并"将真事隐去"的说法如出一辙。

这不能不令人联想起李贽的一番妙论。温陵居士李贽视童心为本真之源，谓童心失，则本真失。盖因"童心者，心之初也"。"然童心胡然而遽失也。盖方其始也，有闻见从耳目而入，而以为主于其内，而童心失。其长也，有道理从闻见而入，而以为主其内，而童心失。其久也，道理闻见，日以益多，则所知所觉，日以益广，于是焉又知美名之可好也，而务欲以扬之，而童心失。知不美之名之可丑也，而务欲以掩之，而童心失。夫道理闻见，皆自多读书识义理而来也……"[1] "夫心之初，曷可失也？"但古今圣贤又有哪个不是读书识理的呢？这不同样是一对矛盾、一种悖论吗？于是李贽的劝诫是"纵多读书，亦以护此童心而使之勿失焉耳"。

美则美矣，然而它实在只是李贽的一厢情愿、想入非非罢了。因为人是无论如何都不能留住自己、留住童年的。这的确是一种遗憾。

好在童心之真未必等于世界之真，人道（无论是非）也未必等于天道（自然之道）。由于认识观和价值观的差异，真假是非的相对性无所不在，其情其状，犹如人各其面。倒是李贽那"天下之至文，未有不出于童心焉者也"的感叹，常使人自然而然地联想到文艺家什克洛夫斯基的"陌生说"。

施克洛夫斯基说："艺术之所以存在，就是为使人恢复对生活的感觉，就是为使人感受事物，使石头显出石头的质感。艺术的目的是要人感觉到事物，而不是仅仅知道事物。艺术的技巧就是使对象陌生，使形式变得困难，增加感觉的难度和时间长度，因为感觉过程本身就是审美目的，必须设法延长。艺术是体验对象的艺术构成的一种方式，而对象本身并不重要。"[2] 施克洛夫斯基突出了"感觉"在艺术中的位置，由此衍生出关于陌生化或奇异化的一段经典论述。

其实所谓陌生化，指的就是我们对事物的第一感觉。而这种感觉的最佳来源，或许就是童心。它能使见多不怪的成人恢复特殊的敏感，从而"少见多怪"地使熟悉的对象陌生化，并富有艺术的魅力和激情。援引博尔赫斯曾援引的一句话，即"天下并无新奇"，或者"一切新奇只是因为忘却"。这是所罗门的一句话的两种说法，是博尔赫斯从培根那里借来暗示童心的可贵和易忘的。[3]

然而，随着岁月的流逝、年轮的增长，童年的记忆、童年的感觉，总要逐渐远去，直至消失。于是，我们无可奈何，更确切地说，是无知无觉地实现了拉康所启示的悲剧性悖论：任由语言、文化、社会的秩序抹去人（孩子？）的本色，阻断人（孩子？）的自由发展，并最终使自己成为"非人"。但反过来看，假如没有语言、文化、社会的秩序，人也就不成其为人了。这显然是一对矛盾，一个怪圈。一方面，人需要在这个环境中长大，但长大成人后，他（她）又会失去很

---

① 《童心说》，《焚书》卷三。

② 施克洛夫斯基：《作为技巧的艺术》，转引自张隆溪：《二十世纪西方文论述评》，生活·读书·新知三联书店，1986 年，第 75—76 页。

③ 博尔赫斯：《阿莱夫·永生》，《博尔赫斯文集·小说卷》，海南国际新闻出版中心，1996 年，第 209—224 页。

多东西，其中就有对故事的热衷；另一方面，人需要语言、文化、社会的规范，但这些规范及规范所派生的为父为子、为夫为妻，以及公私君臣、道德伦理和形形色色的难违之约、难却之情，又往往使人丧失自由发展的可能。

因此，人无论如何都不能留住自己、留住童年。这的确是一种遗憾。但庆幸的是，人创造了文学艺术。文学艺术可以留住童心，用艺术的天真、艺术的幻想。换言之，正因为人类无法回到自己的童年、恢复童年的敏感，作家、艺术家才不得不通过想象使人使已感受事物，"使石头显出石头的质感"。

然而，李贽只说对了一半。童心不尽是真，它也有幻的一面。如果说曹雪芹写的是童心之真，那么塞万提斯显然倾向于表现童心之幻。当然，所谓童心，本来就是真中有幻，幻中有真，或者真即是幻，幻即是真。

且说堂吉诃德带着桑丘在拉曼恰平原上走着，忽然刮起一阵风来，巨大的风车开始转动。堂吉诃德见了便说："哪怕你们挥动的胳膊比巨人布里亚柔斯还多，我也要叫你们乖乖地服输。"说罢他便在心里将自己托付给了杜尔西内娅，然后横枪跃马冲将上去。桑丘在一边大喊大叫，提醒主人那不是巨人，而是风车。堂吉诃德哪里听得进去，他一枪刺中正在旋转的风车巨翼，连人带马被甩了出去。堂吉诃德摔在地上，落得个鼻青脸肿。这何其形象地给出了幻的第一感觉，而这种感觉又令人服膺地给出了疯的质感。

诸如此类，在伟大的作家、艺术家手下屡试不爽。但在现当代文学中堪与比肩的，也许只有加西亚·马尔克斯笔下的马孔多人。

显然，并非所有作家、艺术家都敬惜童年、珍视童心。唯有那些具有洞察力的人，才明白艺术与童年、与童心的原始关系：借助想象挽留、恢复、弹拨读者也许早已麻木沉睡的"第一感觉"。这种"第一感觉"，当然不是真正意义上的童年记忆，而是一种艺术再造。比如，我们成年人无法忆起孩提时代第一次遭遇事物的感觉，但是我们可以通过想象或实验，看到幼儿第一次看见镜子、冰雪或者任何事物时的激动。

也许，对文学的崇敬或眷恋，使我们从小便无意识地有一种留住童年的本能（有时甚至是朦胧的）。这种童年，既包括遥远的恶作剧与或真或假的恶作剧念头，当然也包括善良而真诚的憧憬与抱负。但童年稍纵即逝，我们使童年留驻或留住童年的目的，也就多半随着生活的变迁永远地付之阙如了。

从这个意义上说，作家、艺术家是幸运的，以文学艺术为欣赏对象、研究对象的我们也是幸运的。

这里所谓童心之幻，是对李贽童心说的一个补充。也就是说，童心之真和童心之幻，构成了人类童心这枚铜钱的正反两面。它们相辅相成。童心可以戳穿"皇帝的新装"；但同时童心也可以让风车变成巨人，而且让头上的云彩变成天使、地下的动物变成妖怪。进而言之，在特定条件下，童心之幻也即童心之真。童心说：皇帝没穿衣服。童心又说：风车就是巨人。于是，幻即是真，真即是幻。这就是童心的矛盾、童心的奇妙。从某种意义上说，这也是艺术的矛盾、艺术的奇妙，人性的矛盾、人性的奇妙。

四　其他小说

除上述作品外，塞万提斯还著有牧歌体小说《伽拉苔娅》和长篇小说《贝雪莱斯和西吉斯蒙达历险记》。

（一）《伽拉苔娅》

《伽拉苔娅》发表于 1585 年，原名《伽拉苔娅第一部》。这是塞万提斯的前期作品，写得比较传统。牧歌体小说又称田园牧歌体小说，它其实只是传统田园牧歌的一种变体，兴盛于 16 世纪。牧歌是一种田园诗，通常以牧人之间的对话展开，题材大多为牧人生活和田园风光，是文艺复兴运动时期欧洲作家对牧人生活和田园风光的理想化表达。牧人们自由自在，享受田园风光，既没有城市生活的烦恼，也无须为权谋和利益钩心斗角。

《伽拉苔娅》写牧人的爱情与友谊：年轻的牧人埃利西奥和埃拉斯特罗深深地爱上了美丽的伽拉苔娅。与此同时，一桩以世仇为背景的爱情悲剧正在上演：利桑德罗杀害了卡利诺。之后，爱情故事接连出现，有浪漫、冒险的，也有忧伤、曲折的，甚至不乏青年恋人逃出宫廷，到大自然中寻求真爱的插曲。伽拉苔娅崇尚纯真、自然的爱情，父亲却要把她嫁给卢济塔尼亚（葡萄牙）牧人。如此等等。最后，诗人借帕尔纳索斯山上的仙女卡利俄珀追怀往昔、指点文坛。小说以埃利西奥的警告为尾声：倘使伽拉苔娅的父亲决意将女儿嫁给葡萄牙人，那么在他们迎娶新娘时，他将不惜诉诸武力，阻止这桩违背爱情的婚姻。

和当时的其他牧歌体小说一样，《伽拉苔娅》也采取抒情和叙事、诗歌和散文间杂的写法。全书分六章。塞万提斯在《致好奇的读者》中以序言的形式说出了三层含义：（1）人们总是错误地认为，只有蹩脚的诗人，才从事田园牧歌写作。（2）这部作品是矛盾的产物，盖因他无法在二者之间做出选择："轻率地传播从上帝那里获取的才智"和"因为怀疑及懒散而不敢对自己负责——将作品公之于世"。（3）"不担心有人指责把哲学和爱情混淆起来，因为那些牧人本来就很少处理牧场的事情"；"许多牧人只是乔装打扮、披着牧人的外衣而已"。此外，塞万提斯还一再表示他写《伽拉苔娅》只是为了练笔，"将来一定奉献给读者一些技巧高超、情节动人的作品"。

在这部作品中，塞万提斯的现实主义精神和反讽风格尚未形成，以致人物和场景都清汤寡水、缺乏生气。即便是那些有意强化戏剧冲突的爱情纠葛和加尔西拉索式诗句，也大都由于人物本身的干瘪和处理方式的突兀而多少显得有点功力不逮，甚至还有点牵强拙劣。巴尔布埃纳在总结前人评说塞万提斯借《伽拉苔娅》指涉和影射张三李四的同时，认为小说在方法上"缺乏活力"，人物也显得"暗淡无光、十分乏味；既没有激情，也没有现实意义和塞万提斯擅长的笑骂风格"。总之，在巴尔布埃纳和许多批评家看来，塞万提斯的这部作品是随波逐流和缺乏真知灼见的。[①]

（二）《贝雪莱斯和西吉斯蒙达历险记》

和《伽拉苔娅》不同，长篇小说《贝雪莱斯和西吉斯蒙达历险记》是塞万提斯的遗作，完成于1616年，发表于1617年。鉴于塞万提斯曾在《训诫小说集》序言中提到过它，又鉴于其前两部和后两部在节奏、结构上多有不同，有评论家如阿瓦耶-阿尔塞、梅嫩德斯·佩拉埃斯等认为，它是在1605年（《堂吉诃德》第一部发表）之前和1615年（《堂吉诃德》第二部发表）之后分别完成的。[②]

话说骑士贝雪莱斯，化名贝利昂德罗，被某岛的土著俘虏后扔进大海。他在海上漂流时被一群船员救起，这些船员全都是丹麦王子阿纳尔多的部下。阿纳尔多王子为了寻找心上人奥丽丝苔拉（西吉斯蒙达的化名），派遣陶丽莎前往某岛做卧底。奥丽丝苔拉是世间少有的美人儿，即使是才智高超的画家也无法表现她的美貌。王子一心想娶她为妻子，国王也服膺于她的才貌。然而，奥丽丝苔拉却始终不予首肯，因为她的心已有所属。

自从奥丽丝苔拉被海盗掳走后，王子便寝食难安，最终决定扮成海盗，四处寻找奥丽丝苔拉的下落。王子见贝雪莱斯仪表堂堂、谈吐不凡，遂向他吐露隐情。贝雪莱斯自称是奥丽丝苔拉的兄长，表示愿意接替陶丽莎，替王子寻找妹妹。就这样，贝雪莱斯顺理成章地加入了王子的冒险行动。他男扮女装，被王子卖给了岛上的土著。岛上的土著为了让岛上最勇敢的男子和世间最美丽的女子结婚生子，然后登基为王，高价从海盗手中买下了许多美女。然而，岛上的土著人从未见过如此美丽的"姑娘"，便不惜本钱买下了贝雪莱斯。

土著中有个叫布拉达米罗的，好勇斗狠，目中无人。自从他见到了男扮女装的贝雪莱斯，便对他一见钟情并暗下决心，非他莫娶。土著们准备按照自己的习俗牺牲一名俘虏。那俘虏不是别人，正是女扮男装的奥丽丝苔拉。她的奶娘冲上前去，准备揭开奥丽丝苔拉的伪装。

说时迟那时快，贝雪莱斯箭步来到奥丽丝苔拉身边，及时阻止了屠夫。二人相见，悲喜交集。宁死不屈的奥丽丝苔拉几乎来不及惊愕，就和心上人拥在了一起。贝雪莱斯趁机在她耳边交代了几句，便开始兄妹相称。见二人抱作一团、

---

① Angel Valbuena Prat (ed.): *Obras completas de Cervantes · Galatea*, Madrid: Editorial Aguilar, 1991, pp.1-5.

② Menéndez Peláez y Arellano Ayuso: *Historia de la literatura española*, t.I, Madrid: Editorial Evireste, 1993, p.695.

泣不成声，布拉达米罗跳将出来，不准任何人碰二人一个指头。这时，土著头领一箭射中了布拉达米罗的咽喉，使其当场毙命。但紧接着头领自己也倒下了，因为有人将一把锋利的石刀刺进了他的胸膛。土著们开始互相残杀，乱作一团。

这时，一名年轻的土著突然蹿上来用不那么流利的卡斯蒂利亚语示意贝雪莱斯一行随他逃之夭夭。一并逃走的除了奥丽丝苔拉，还有奶娘科洛埃丽娅。他们跌跌撞撞，来到一个山洞。接应他们的是一位老者和两个女子。原来那位老者是西班牙人，叫安东尼奥，多年前曾随卡洛斯五世转战南北，后因与人斗殴遭人追杀，最终漂泊至此。土著少女莉可拉救了他并和他生下了一儿一女。那个带领众人逃离血腥场面的正是安东尼奥夫妇的儿子。

鉴于岛上的土著大都死的死、散的散，被囚禁在附近小岛上的基督徒集合在一起并用莉可拉的金子换了四条小船。小船在大海上漂泊，一个意大利人讲起了他的冒险经历。

他原是一名舞蹈老师，因为工作关系结识了一个富家千金，二人私订终身后离家出走。但女方的家长对他心怀仇恨，将他当作诱骗犯缉拿归案。在死囚室中，一个女巫用魔法解救了他并用飞毯把他送到了挪威。挪威人对他的故事毫不惊诧。因为那里的女巫能把人变成狼。后来他被一个意大利商人收留，此人专和海岛土著做生意。一次，他和主人的船队载着货物向海岛驶去，结果途中遇险，唯他一人逃过一劫，落入土著之手。他听说岛上土著为了试验什么预言是否灵验，每隔一段时间就会牺牲一名男俘。

继而，一个葡萄牙人开始讲述他不幸的经历。他原是葡萄牙贵族，青春年少之际，适逢邻家有女初长成。他被女孩的美貌吸引，和其他公子王孙一样痴迷她、追求她。然而，对方却一直以年少不思嫁搪塞并敷衍众人。两年以后，他终于得到了女方父母的青睐。然而，就在他准备大礼迎娶的那一天，女孩竟出家成了修女。

说话之间，船抵达一座岛屿，贝雪莱斯一行受到了岛上居民的热烈欢迎。不久，阿纳尔多也来到这个岛上。贝雪莱斯和西吉斯蒙达不得不小心周旋。后来，贝雪莱斯和西吉斯蒙达上了阿纳尔多的大船，继续向陆地航行。途中，阿纳尔多的手下叛变主人，大船进水并迅速下沉。阿纳尔多只好让众人分别坐上两艘救生艇逃命。贝雪莱斯和西吉斯蒙达又一次失散了。

且说阿纳尔多、西吉斯蒙达和西班牙老汉一家来到一座小岛，恰巧遇见两名骑士正在为一位奄奄一息的姑娘挥剑决斗。那姑娘不是别人，她正是西吉斯蒙达的侍女陶丽莎。陶丽莎没做新娘就一命呜呼了。人们在西班牙老汉的指挥下将她入殓下葬，然后搭乘海盗船继续航行。

船长向众人讲述波利卡波国王的故事，说国王为使自己的臣民健康快乐，经常举办奥运会。冠军是所有人崇拜的偶像，最近一届的得主叫贝利昂德罗，公主辛弗罗莎亲自为他戴上了桂冠并对他产生了爱慕之情。西吉斯蒙达顿时妒火中烧。

正所谓祸福难料，就在西吉斯蒙达焦灼痛苦之时，船被风暴掀翻了。翻船随风漂至波利卡波国王的领地。国王和公主都来观望，有人凿开船底，发现了里面的阿纳尔多和西吉斯蒙达。贝雪莱斯见到西吉斯蒙达顿时喜出望外。而西吉斯蒙达却被辛弗罗莎的名字蒙住了心志。好在他们一直以兄妹相称，旁人并不知道他们另有隐情。险情和爱情使西吉斯蒙达病倒了，却得到了辛弗罗莎的悉心照料。在这期间，辛弗罗莎说出了她对贝雪莱斯的一片真情。西吉斯蒙达听后心绪繁杂，几乎不能自持。

但是，麻烦接踵而来。先是国王爱上了她，意欲立她为后。与此同时，一个叫克洛迪奥的小伙子也看上了西吉斯蒙达并交给她一封情书。而国王的巫师塞诺蒂亚却爱上了西班牙老汉的儿子小安东尼奥，结果遭到了拒绝。小伙子情窦未开，拿起弓箭向塞诺蒂亚射去，却阴差阳错杀死了克洛迪奥。情况愈来愈复杂，贝雪莱斯和西吉斯蒙达决定尽快离开，但表面上却装得若无其事。他们给辛弗罗莎等人讲了许多离奇的故事。

这时，西吉斯蒙达突然失踪了，贝雪莱斯心急如焚。原来，国王听信塞诺蒂亚的谗言，背信弃义，决定扣留西吉斯蒙达等人。岛国众臣原本不满塞诺蒂亚弄权，正好趁机谋反。众人离开多事的岛国，抵达隐修岛。贝雪莱斯等人继续讲述神奇的故事。

随后，阿纳尔多等人乘船前往法国，贝雪莱斯、西吉斯蒙达和安东尼奥父子等人则搭乘另一条船去西班牙。另有一些人则留在岛上做了隐修士。阿纳尔多临行时嘱托贝雪莱斯好好照拂西吉斯蒙达，并请他登基之时封她为后。

贝雪莱斯一行抵达葡萄牙，并根据西吉斯蒙达的请求一律换上朝圣服，以便徒步到罗马还愿。一路上，他们又遇到了许多稀奇古怪的事情。譬如一个森林少女的奇遇、一名朝圣老妪和一个波兰人的离奇身世等等。在此期间，他们还路遇剪径大盗、一群刚刚获释的囚徒和许多艰难险阻。

在西班牙境内，老安东尼奥找到了健在的父母，并决定留下来尽孝，而小安东尼奥和妹妹孔丝坦莎继续陪伴西吉斯蒙达和贝雪莱斯前往罗马。他们穿越摩尔人居住地，途经瓦伦西亚，取道巴塞罗那，然后进入法国。途中不断有信徒加入他们的队伍，并讲述各自的故事。朝圣队伍经米兰抵达罗马附近，在那里遇见决斗负伤的阿纳尔多。众人进入罗马，下榻在犹太人经营的客栈。阿纳尔多讲述他离开众人之后的传奇经历。

西吉斯蒙达、贝雪莱斯的美丽和英俊震撼了罗马。贝雪莱斯遭妓女陷害，险些送命。西吉斯蒙达中了犹太人的妖术，一病不起。西吉斯蒙达病愈后拒绝了贝雪莱斯的求婚。贝雪莱斯含悲离去。众人万分诧异。西吉斯蒙达道出真情，原来他们既非兄妹，也非恋人，而是一对相互尊重爱慕的王子和公主。

贝雪莱斯独自来到一个地方，侧耳听到恩师塞拉菲多正在讲述他的故事：格陵兰女王欧塞碧娅因为遭受异邦入侵，遂把女儿西吉斯蒙达送到了冰岛，以便许配给贝雪莱斯的兄长马克西米诺王子。然而，贝雪莱斯和西吉斯蒙达彼此相爱，一个非她不娶，一个非他不嫁，因而决定在马克西米诺回国之前双双离开。他们九死一生的冒险经历从此拉开序幕。

最后，马克西米诺染病去世，西吉斯蒙达和贝雪莱斯有情人终成眷属。阿纳尔多则接受了西吉斯蒙达的提议，决定娶西吉斯蒙达的妹妹为妻。

这是一个典型的拜占庭风格的冒险故事，即既有拜占庭式的爱情历险，也有骑士小说的行侠冒险。作品发表后获得巨大成功，当年即有巴塞罗那、瓦伦西亚、潘普罗纳、里斯本、马德里、巴黎等地印制的不同版本问世，并被迅速翻译成多种欧洲文字。

塞万提斯何以在《堂吉诃德》之后续写这样一部小说呢？这恰恰也说明了塞万提斯的矛盾。一如我国的魏晋时期，塞万提斯后期适值文艺复兴运动完成历史使命，西班牙文学由复古转向变革与创新，文学的自觉意识迅速形成。在这样的历史环境和文学氛围中，塞万提斯左右逢源，并自我作古。这不仅在《堂吉诃德》《训诫小说集》和他的喜剧中表现得清晰明了，在《贝雪莱斯和西吉斯蒙达历险记》中也可见一斑。

正因为如此，批评界对《贝雪莱斯和西吉斯蒙达历险记》褒贬不一。梅嫩德斯·佩拉埃斯援引阿瓦耶-阿尔塞的话说，《贝雪莱斯和西吉斯蒙达历险记》前后明显不同。的确，《堂吉诃德》第二部发表之后，塞万提斯更加注重故事的可信度。他对技巧、场景（即故事背景）等进行了重大的调整。但总体说来，无论阿瓦耶-阿尔塞，还是梅嫩德斯·佩拉埃斯，对《贝雪莱斯和西吉斯蒙达历险记》的评价都不是很高。

与此相反，巴尔布埃纳·普拉特却认为《贝雪莱斯和西吉斯蒙达历险记》是了解塞万提斯其人的最佳途径。因为"《堂吉诃德》使我们认识了塞万提斯的创作方法，而《贝雪莱斯和西吉斯蒙达历险记》却是塞万提斯其人的真实写照"。换言之，塞万提斯在这部小说的前两部当中，"除了展示了童年时期的梦想和信仰，还有他英姿勃勃的少年时期的浪漫与幻想"；第三、四部"则是他作为一位久经磨砺的老人对人生、命运的仁慈、宽厚的心境"。[1]"因此，《贝雪莱斯和西吉斯蒙达历险记》表现了塞万提斯的完整的一生。就作者的生平和著

---

[1]　Angel Valbuena Prat (ed.): *Obras completas de Cervantes · Los trabajos de Persiles y Sigismunda*, Madrid: Editorial Aguilar, 1991, p.2.

作而言，如果说《堂吉诃德》苦涩地道出了塞万提斯的理想和现实的矛盾，那么《贝雪莱斯和西吉斯蒙达历险记》则是他返老还童的表征，是一次美梦成真的理想主义冒险。"[①]堂吉诃德和意中人杜尔西内娅的漫画式的可笑爱情，在贝雪莱斯和西吉斯蒙达身上转化为令人信服的美满婚姻；堂吉诃德身上的那些引人发笑的行为，"在贝雪莱斯身上令人感叹地变成了英雄事迹"[②]。如此等等，无不证明了小说的意义和价值。

然而，最能说明《贝雪莱斯和西吉斯蒙达历险记》存在理由的，也许是它那包罗万象、竭尽雕琢之能事的巴洛克风格。16、17世纪之交，西班牙帝国虽然已经从巅峰滑落，但浮华烦琐的西班牙宫廷礼仪和贵族阶层的奢靡之风，已然形成并一发而不可收。风气使然，16世纪末至17世纪末叶，西班牙文学全面巴洛克化。之前相对单纯的人文主义思潮，向纷繁淆杂的巴洛克主义过渡，并迅速形成了以贡戈拉为代表的"语不惊人死不休"的夸饰文风。塞万提斯是最早发现、欣赏贡戈拉诗才的作家，他对方兴未艾的巴洛克文风自然不能置之度外。正因为如此，他在《训诫小说集》《堂吉诃德》等作品中早就有意无意地透出了对流浪汉小说的不屑。

总之，塞万提斯在《贝雪莱斯和西吉斯蒙达历险记》中身体力行，上演了一出出神入化的塞万提斯式巴洛克大戏。

首先，被许多《堂吉诃德》的读者认为多余和累赘的"何必追根究底"一类的故事，在《贝雪莱斯和西吉斯蒙达历险记》这部作品中，成了名副其实的主要内容。通过男女主人公的情感波折和冒险经历，牵引出了连篇累牍的奇幻故事和历史场景。塞万提斯简直要把所有离奇的故事和当时欧洲社会的方方面面一网打尽。于是，上演了各式各样人物的各式各样爱情和传奇，人物及人物的足迹遍及整个欧洲，从而展示了一幅中世纪以后欧洲的全景观式的画卷。既有犹太人和摩尔人，也有文明人和野蛮人；既有北欧诸国的风土，也有南欧诸国的习俗；既有飞毯、人狼之类的神奇与怪诞，也有忠义与背信、良善与丑恶之类的人情与世故；既有宗教裁判所如何迫害塞诺蒂亚之流以致其背井离乡，也有贝雪莱斯一路上如何行侠仗义、除暴安良；等等。内容之丰富、情节之复杂，均可谓绝无仅有。

其次，小说饱含诗情画意，既有想入非非的理想主义宣达，也有栩栩如生的现实主义描绘；既写到了托莱多圣女、牧童的天真无忧和幽默风趣，也写到

---

① Angel Valbuena Prat (ed.): *Obras completas de Cervantes · Los trabajos de Persiles y Sigismunda*, Madrid: Editorial Aguilar, 1991, p.3.

② Angel Valbuena Prat (ed.): *Obras completas de Cervantes · Los trabajos de Persiles y Sigismunda*, Madrid: Editorial Aguilar, 1991, p.5.

了巫师、商人的处心积虑和兴风作浪（他对犹太人的偏见可见一斑）；既有贡戈拉式旁征博引、一泻千里的磅礴与气势，也有克维多式鞭辟入里、字字珠玑的夸饰和箴言（这曾在《玻璃硕士》中初露端倪）；既有拜占庭小说的险峻与哀艳，也有骑士小说的雍容与华美。因此，它是一部完全意义上的巴洛克小说。有诗为证：

> 行人啊，这里没有巍峨的寝冢，
> 唯有小小的骨灰盒于碑下安葬；
> 任时光流逝，记忆也随之淡漠，
> 一代天骄的名字呵，闪烁华光。
>
> 浩荡的塔霍，黄沙在两旁流动，
> 怎比他语言丰富呵，洒洒洋洋；
> 他的妙语连珠，人们津津乐道，
> 他的英名是西班牙头上的桂冠。
>
> 他的皇皇巨著，部部妙趣横生，
> 字字精雕细琢，篇篇品格端方；
> 谁人不惊叹呵，他那高人雅致。
>
> 他才华横溢呵，人人敬佩不已，
> 从西班牙到全世界，人所共知，
> 面对他的坟冢，唯有热泪如注。[1]

第七节　其他小说家

一　洛佩·德·维加

洛佩·德·维加（1562—1635）被塞万提斯戏称为"大自然的怪物"，其作品涵盖当时的所有文学体裁，但使他彪炳于世的主要是戏剧。然而，他不仅

---

[1]　Calderón: *Soneto al Ingenioso Cervantes, Obras completas de Cervantes · Los trabajos de Persiles y Sigismunda*, Madrid: Editorial Aguilar, 1991, p.3.

是著名的戏剧家，也是一名小说家。

洛佩·德·维加全名费利克斯·洛佩·德·维加·伊·卡尔皮奥（也称洛佩·费利克斯·德·维加·伊·卡尔皮奥），于1562年11月25日出生在马德里。父亲费利克斯·德·维加是刺绣匠，一生风流倜傥，因而常使家庭处于风雨飘摇之中。洛佩·德·维加从小受到这种不安定因素的影响，颠沛流离，先后在多所学校就读，同时开始对文学表现出浓厚的兴趣。青年时代曾师从阿维拉大主教赫罗尼莫·曼里克，后进入阿尔卡拉德埃纳雷斯大学，又转至萨拉曼卡大学。父亲去世后，青年洛佩不得不辍学从军。起先投在圣塔克鲁斯侯爵门下，并随之远征海外。回国后狂热地爱上了女演员埃莱娜·奥索里奥，并由此诞生了大量抒情诗篇。但不久东窗事发，年轻的洛佩被逐出首都。流放期间，他又疯狂地爱上了后来的妻子伊萨贝尔·德·乌尔比纳。1588年参加"无敌舰队"征讨英国，遭到英国海军和大西洋风暴的袭击，险些丧命。之后和伊萨贝尔结婚，两人在瓦伦西亚度过了两年幸福、和谐的婚姻生活。1590年被任命为公爵秘书，随阿尔瓦公爵到托莱多工作。1594年，妻子因难产去世，婴儿也未能幸免，洛佩受到沉重打击。翌年，洛佩回到马德里，先后投入安冬尼娅、胡安娜和女演员米卡埃拉等人的怀抱。1596年洛佩与胡安娜结婚，却似乎并非出于爱情。多年以后，洛佩拜在塞萨公爵门下，历任公爵秘书、顾问，兼任宗教裁判所检察官等；同时声名鹊起，被誉为"天才中的凤凰"，塞万提斯则称其为"自然界的怪才"。到了晚年，无情的厄运再次降临。在遭遇了妻子、儿子、情人的相继永诀之后，洛佩终于心灰意冷，决定皈依宗教。两年后正式接受神职，从此放弃了世俗题材。1627年，因叙事诗《悲恸的王朝》而被罗马教皇乌尔班八世授予马耳他勋章。晚年境遇凄惨，于1635年8月27日带着悔悟离开了人世。

洛佩与塞万提斯的矛盾一直为世人所津津乐道。人们从诸如此类的关系看到了伟人的平凡。然而，笔者以为，两人创作理念的不同，可能是导致他们不和与相轻的关键因素。据有关学者考证，两位文坛巨擘有生之年曾为邻居，住在弗朗科斯街（今塞万提斯街），一个在今11号的位置，另一个在今18号的位置。更巧的是，塞万提斯一家的墓地所在地坎塔拉纳街，如今却成了洛佩·德·维加街。此外，两人曾两次在相近的时间参加相同的教团，还曾先后或同时服务于莱莫斯伯爵和"无敌舰队"。至于两人的创作道路，则更是出奇地雷同：涉足所有的体裁，尽管效果大不一样。可怜的塞万提斯生前从未享受到大作家应有的荣耀，并且可能至死也没有真正弄清楚为什么洛佩可以轻而易举地"占领"文坛，缔造并统治戏剧王国；反过来，洛佩似乎也很不理解《堂吉诃德》的轰动缘由。但是，两人有一点不同：一个相对求全，另一个却相对求新。前者比较现实，因而主要选择的是立足时代、取法经典；后者则充满幻想，因而主要选择的是面向未来、不拘成规。

洛佩·德·维加一生著述甚丰。[①] 根据 1636 年一位传记作者的统计，洛佩一生创作了一千八百部剧作，外加四百则短剧或幕间短剧。洛佩本人也曾于 1632 年统计出一千五百部剧作，他甚至自诩一天可以完成百部剧作。然而，他的多数作品已随时间散失。目前保存下来的仅有剧作四百二十六部，宗教短剧四十二则。除此之外，他还创作了大量诗文，其中有田园诗、抒情诗、叙事诗、自传体小说和评论。

洛佩·德·维加作为西班牙古典戏剧的集大成者，创作题材包罗万象：既有宗教故事和神话传说，也有历史故事和英雄事迹，还有幻想故事和奇闻逸事，等等。小说一直被认为是他用以点缀的一个体裁。这一方面可能是因为他的求全，另一方面也许是受了塞万提斯的刺激（后者于 1585 年率先发表了牧歌体小说《伽拉苔娅》）。而已然同塞万提斯反目成仇的洛佩一直要到十多年以后的 1598 年才挤出时间来出版《阿卡迪亚》。这部田园小说甫一问世就引起轰动，仅 17 世纪就重印了二十余次。

《阿卡迪亚》问世后不久，塞万提斯的《堂吉诃德》后来居上，风靡一时。唯洛佩对其嗤之以鼻，说："没有比塞万提斯更糟的诗人"，"没有比《堂吉诃德》更蠢的作品"。有诗为证：

> 堂吉诃德何足挂齿，光着腚子到处乱跑，
> 只会兜售姜黄笑料，唯有粪坑是其归宿。[②]

塞万提斯以牙还牙，嘲讽洛佩日造百剧。但无论如何，这是大师之间的笔墨官司，并不影响他们的文学贡献。塞万提斯固然有生之年未及享受大师荣耀，但 19 世纪以来早已"咸鱼翻身"，成了世界级文豪。倒是洛佩有生之年被定于一尊，如今却远不及塞万提斯这般声名显赫。

近年来，随着戏剧的再度升温，洛佩的作品重新受到重视。有评论家认为后人低估了他的成就，其中包括对《阿卡迪亚》的误读和疏虞。譬如评论家坡泰罗认为作品远非"牧歌小说"那么简单：

> 《阿卡迪亚》并没有沿袭早已约定俗成的田园牧歌风格，遑论小说。

---

① 目前中国翻译的作品仅有《羊泉村》和《最好的父母官是国王》等少数几个剧本。见《洛佩·德·维加剧作选》（段若川译，春风文艺出版社，1996 年）和《维加戏剧选》（段若川、胡真才译，昆仑出版社，2000 年）。

② Gonzalo de Armero: *Poesía*: *Cuatrocientos cientos años de Don Quijote por el mundo*, Madrid: Poesía, 2005, p.26.

当洛佩着手创作《阿卡迪亚》时,真正的长篇田园小说尚未降生。而洛佩的贡献正在于兹:用散文创作田园小说。①

也就是说,此前的所谓田园牧歌小说都是诗体的。因此,它们与其说是小说,毋宁说是抒情诗。此外,《阿卡迪亚》同样秉承洛佩的风格,可谓包罗万象:既有神话传说,也有宫廷逸事;既有乔装打扮,也有机缘巧合。如此等等,不一而足。当然,作品的主线和主题依然是青年男女的浪漫爱情。但重要的是,其中的主要人物均有原型:阿尔瓦公爵和洛佩本人。正是为了掩饰个中奥妙,洛佩广征博引,将读者的视线引向田园牧歌。

二　克维多

前文提到过克维多的流浪汉小说《骗子外传》,但未涉及他的其他小说或类小说。

首先,克维多的散文常常亦叙亦议,很难同小说截然分离。它们竭尽讽刺讥嘲之能事,铺张扬厉了一个时代的不和谐之声。其中的许多篇什似已散佚。但《获救的西班牙》(1635)、《上帝的政治》(1617?)、《梦幻集》(1627)、《所有魔鬼之声》(1619)、《众生之机》(1699)等力作被完整地保存了下来。

《获救的西班牙》创作于1609年。克维多视创作为战斗武器。这一思想除了受西班牙政治环境和文学思潮的影响,②还多少与佛兰芒人文主义者利普修斯有关。后者关于塞内加和塔西佗的著述,随同其政治伦理思想,对他产生了明显的作用。尤其是他与时推移的作风(从天主教徒到斯多葛主义者,到路德主义者,再回到天主教徒)对克维多启发颇多。

《获救的西班牙》被认为是16世纪末17世纪初西班牙社会的百科全书,关涉历史、政治、哲学、宗教、文学、语言、东方学等诸多领域。"回报我的祖国,我的时代。"克维多如是说,"西班牙的儿子,我歌颂你的伟大……我知道我经常自相矛盾,也知道我树敌颇多、遭人嫉恨;但倘使我明哲保身,便不是西班牙人;我藐视危险,而后将它们战胜。我把这些记录下来,前无古人地坦示我所爱戴我所敬畏……"③

---

① A. M. Porteiro Chouciño: *Estudio y edición de La Arcadia de Lope de Vega (Tesis doctoral)*, Coruña: Universidade da Coruña, 2014, p.6.

② 利亚·施瓦茨(Lia Schwartz Lerner)和安东尼奥·卡雷伊拉(Antonio Carreira)在《克维多与新思想:创作与政治》(*Quevedo a nueva luz: escritura y política*, pp.15-44)中辑录了有关学者的影响学研究,其中对来自坎特伯雷和法兰西的影响关注较多。

③ *Obras completas de Francisco de Quevedo · Prosa*, Madrid: Editorial Aguilar, 1945. 下同。

作品以抨击蒙田的老师开始，以慨叹时人（对驱逐摩尔基督徒）的冷漠结束，纵横捭阖，不拘一格，全面反映了青年克维多的政治倾向和文学主张。他赞美西班牙语，以拥有加尔西拉索、曼里克等诗人为荣，并将他们与贺拉斯、毕达哥拉斯等相提并论。在克维多眼里，西班牙只要上帝，别无所求。这是克维多的心声，也是时代的心声。克维多赶上了西班牙帝国的最后辉煌（费利佩二世完成伊比利亚统一，西班牙成为欧洲无可争辩的霸主）。但好景不长，随着"无敌舰队"的败北，西班牙犹如它的国王，陷入了了无终期的衰老。时人所谓"国王不亡，王国必亡"[①]的说法，对年轻的克维多必定产生了影响。

《上帝的政治》亦真亦幻，创作于政治上发生重大变故之际。费利佩三世去世后，其子费利佩四世继位。奥利瓦雷斯伯爵受到重用，刚被逐出宫廷的克维多便迫不及待地把《上帝的政治》献给了他。他在这一作品中明目张胆、满怀希望地为费利佩四世和奥利瓦雷斯出谋划策，并拿《圣经》和圣人故事描述"上帝的仁慈"和"撒旦的专横"。但克维多并未因此而得到奥利瓦雷斯的信任。为了靠拢并影响国王和奥利瓦雷斯伯爵，克维多甚至不惜以喜剧《怎样做一个私人秘书》讨好之。作品虽然以那不勒斯为背景，但一切场景、人物皆不出西班牙宫廷。然而，岁月沧桑，物是人非，克维多终于未能再次驾驭政治的变迁，被悻悻然逐出了马德里。从此，克维多心灰意冷，开始冷眼看世界，并写下了一系列诸如《宫廷生活及其趣事》《诸事之书及其他》等"反动作品"，对宫廷及宫廷生活进行了十分淋漓的冷嘲热讽。

他的《梦幻集》由若干讽刺小品组成。其中，《最后的审判之梦》写于1605年。它从"世界末日"说起，抨击了各类恶人恶习（从犹大到路德，众多历史人物均在"受审"之列）。《恶吏》写于1608年，是叙述者和恶吏在圣彼得教堂的一次谈话，内容涉及地狱中各色恶贯满盈的幽魂。同样写于1608年的《地狱之梦》，或可视作《恶吏》的续篇，描写叙述者亲眼看见了那些选择地狱之路的各色人等的所作所为。写于1612年的《人间大道》谓人物得到上帝的垂青，得知人生有两条路可以选择，一条通向天堂，一条指向地狱。叙述者讲述清醒老人怎样看着人们在标有伪善二字的"人间大道"上循环往返。最后一篇是《死亡之梦》，写于1622年。《梦幻集》集中表现了克维多的宗教观、道德观、价值观，一如《众生之机》，反映了他的政治抱负。

《众生之机》由四十个场景组成，每一个场景仿佛一个小品，或幽默，或沉重，揭示时人的伪善嘴脸，其中相当一部分颇具漫画色彩。它们既是散文，也是小说，

---

① 而后，王室一代不如一代的衰微必然一而再再而三地令耳濡目染的年轻诗人无比失望。（*Quevedo a nueva luz: escritura y política*, p.134.）

如庸医如何躲到驴子腹下，屠夫如何与犯人换位，有权有势者如何面对哗啦啦大厦坍塌，等等。不少场景和人物就在克维多身边，几乎可以对号入座，像第五场里的饶舌者，第九场里的大诗人，第八场里的多嘴媒婆，第十四场里的春心老妪，等等。此外，不少场景直面时世政治，关涉西班牙的内政外交。其中的不少篇什具有幕间短剧的神韵。然而，贯穿始终的是作者的怀旧心态。他怀念查理五世时代，怀念西班牙和神圣罗马帝国的理想皇帝：既是皇帝，也是战士。

第三章　西班牙小说：浪漫主义与现实主义

18、19 世纪对于西班牙来说，是两个充满了失败和屈辱的世纪。

西班牙极盛时期，领土多达一千多万平方公里，超过古罗马帝国两倍。然而，长期的穷兵黩武和偏商经济使西班牙迅速没落。刚刚跨入 18 世纪，西班牙就经历了十三年的王位继承战。

此外，对美洲殖民地的治理不善，也是西班牙帝国坍塌的一个重要因素。首先，西班牙殖民者不同于英国殖民者：前者的主体是冒险家和掠夺者，而后者却基本上是移民和清教徒。其次，西班牙在美洲殖民地实行监护制，这是殖民者强加于印第安人的一种剥削制度。殖民者（征服者）实际上享有土地权，其中约五分之一的收入归西班牙王室。而且，这种监护制（或委托监护制）逐渐演变成了世袭制。虽然它曾一度被西班牙王室废黜，但事实上一直延续到了18 世纪。监护制不可避免地导致了大地产制，从而造成了社会分配的严重失衡，损害了一般土生白人和混血儿的利益，印第安人的处境更不待言。这无疑为西班牙美洲独立运动的爆发埋下了最初的导火线。

与此同时，资本主义在欧洲全面崛起，邻国法兰西的启蒙运动更是轰轰烈烈。

面对崛起的资本主义欧洲，西班牙开始闭关锁国；面对纷纷独立的美洲殖民地，西班牙徒叹奈何。

但是，正所谓祸福相依，失却了昔日风光的西班牙在 20 世纪迎来了新的机遇。在经历了战争的浩劫和重建的艰难之后，西班牙重新融入欧洲和世界大家庭。而文学在社会思潮的激荡中或高歌或低吟，催生了"98 年一代""27 年一代"和形形色色的主义。

第一节　日薄西山

整个 18 世纪是西班牙最黯淡的历史时期之一。1700 年，卡洛斯二世（史称查理二世）去世，他姐姐和法国国王路易十四之孙费利佩继位（史称腓力五世），从此西班牙王位继承权由哈布斯堡王朝转至法国波旁王朝。为争夺西班牙王位及其主导权，哈布斯堡王朝（以奥地利、英国、荷兰为首）与波旁王朝（以法国为首）开始了旷日持久的明争暗斗，最后以西班牙失去众多属地告终：奥地利得到了佛兰德、米兰、撒丁岛和那不勒斯，英国得到了直布罗陀等地，荷兰得到了佛兰德及其周边的许多要塞，西班牙被生生地"剃了光头"（只剩下了本土和渐行渐远的美洲殖民地），换取的是各国对腓力五世的所谓承认。

西班牙全面衰败，文学同样陷入了低谷。用梅嫩德斯·伊·佩拉约的话说，几乎所有西班牙人都认为 18 世纪是个毫无光彩的百年。[①] 整整一个世纪，除了萨马涅戈和梅伦德斯·巴尔德斯等少数几位被文学史家拿去聊作谈资，西班牙几乎没有涌现像样的诗人。散文和戏剧受法国新古典主义的影响，倒是分别产生了卡达尔索、霍维亚诺斯和莫拉廷父子等以文辞优美见长的作家。小说方面则完全乏善可陈。聊可一提的是个别诗体寓言和书信体小说。

其中萨马涅戈几乎是 18 世纪西班牙文坛唯一流传下来的诗人。他生于里奥哈。年轻时代在法国求学，推崇新古典主义思想和百科全书作家。回国后致力于教育和文学创作。他的诗体寓言固然既朴素又生动，一度颇受少年儿童的欢迎，却非原创。它们大都取材于《卢卡诺尔伯爵》，甚或《拉封丹寓言》。

这样的作品其实并无新意，但西班牙文学史家又不得不提及它。而同时代的所谓"小说家"则大抵是要加引号的，譬如贝尼托·费霍·伊·蒙特内格罗。他虽热衷于以"小说"形式介绍和普及人文科学知识，并以此鼓吹理性和进步，反对迷信和愚昧，但鲜有真正的小说传世，尽管留下了"小说"和散文八卷、学术和猎奇五卷。

同样，何塞·卡达尔索基本靠模仿度日。他曾在巴黎求学，精通法文、英文、德文和葡萄牙文，并深受孟德斯鸠影响。后随军驻防直布罗陀等地。他模仿孟德斯鸠的《波斯人信札》，创作了《摩洛哥人信札》《紫色学究》等。其中《紫色学究》又称"科学完校，共七讲，一日一讲"，用以嘲讽那些自命不凡却毫无真才实学的所谓知识精英。他在"周日第七讲混合科学"中写道："一如河流抵达大海时变得宽阔、深沉、雄浑和必定包含更多的鱼、负载更多船，博学的先生们，本讲，即鄙人的最后一讲，将更加丰富、多彩并更具科学性、综合性，从而对愚昧无知产生更强的杀伤力……"

真正的小说一直要到 1812 年弗朗西斯科·德·马丁内斯（1787—1862）的《帕蒂利亚寡妇》"横空出世"。这部小说本身并不出彩，既不属于新古典主义，也距浪漫主义甚远，但可以说是开了西班牙风俗主义的先河。小说标题颇具讽刺意味，用来指涉没落的西班牙最恰当不过，尽管实际上它仅仅是个传说。

---

① Marcelino Menéndez y Pelayo: *Orígenes de la novela*, Madrid: Revista de Archivos-Bibliotecas y Museos, 1905.

恩里克·希尔·伊·卡拉斯科（1815—1846）也是位历史小说家。他的长篇历史小说《本比夫雷先生》（1844）也明显具有雨果和司各特的风范。

稍后产生的历史小说基本取法逃避姿态，即躲进历史。譬如安东尼奥·特鲁埃瓦（1821—1889）的《鸽子和游隼》（1865），纳瓦罗·维利奥斯拉达（1818—1895）的《阿玛雅，或18世纪巴斯科风俗》（1877），等等。

第二节　浪漫主义

1808年，拿破仑进军西班牙，囚禁了国王费尔南多七世（史称斐迪南七世），并使其兄约瑟夫·波拿巴登上了西班牙王位。西班牙人民奋起反抗。资产阶级因势利导，联合各方，成立了中央议会，并在加的斯通过了《1812年宪法》。但1814年费尔南多复辟后，《宪法》被废止，西班牙第一次资产阶级革命失败，致使大批民主人士流亡海外。在此后的半个多世纪里，西班牙接连爆发了四次资产阶级革命。

同时，抗击法国侵略者的斗争推动了西班牙浪漫主义文学的发展，形成了第一个浪漫主义浪潮；尽管真正的浪漫主义高潮是在19世纪30年代出现的，其时大批流亡海外的民主人士趁大赦之机回到了西班牙。1837年，伊莎贝尔二世在通过君主立宪的法案之后决定结束传统邦联制，并正式用西班牙"España"作为王国称谓[①]，同时脱离了与哈布斯堡王朝和波旁王朝的共主关系。然而，西班牙浪漫主义由于专制主义的复辟和资产阶级自身的弱点迅速失去光泽，走向消极。于是，批判现实主义悄悄来临，并取而代之。

一　早期浪漫主义

前面说过，由于西班牙过早地斩断了骑士小说传统，加之资本主义、唯理主义发展迟缓，其浪漫主义可谓先天不足。

早在18世纪末，随着资产阶级革命和美洲独立运动的兴起，浪漫主义作为一种意识形态，开始在西方社会的各个领域产生影响。然而，作为文艺思潮，浪漫主义运动主要流行于19世纪上半叶。它得益于笛卡儿及18世纪的个人主义哲学，同时受到以卢梭为代表的某些感伤主义因素的影响。当然，百科全书派在宣扬唯理主义的同时，其学术自由思想，也对后来的浪漫主义起到了催化剂

---

①　西班牙由卡斯蒂利亚、阿拉贡、莱昂、加泰罗尼亚、加利西亚、巴斯克等多个小王国组成，加之其与哈布斯堡王朝和波旁王朝有千丝万缕的联系，一直没有统一的国名。卡斯蒂利亚固然最为强大，卡斯蒂利亚语也是这些小王国的通用语言，但终究需要一个共同的名称。而西班牙是古希腊时期对伊比利亚半岛的一个称谓，源自腓尼基语。

的作用。这是事物的两面性。此外，反抗拿破仑侵略，一直被认为是欧洲整个浪漫主义运动的历史动因之一。但是，由于各国情况不同，人们对浪漫主义的理解也不尽相同。雨果是一种浪漫主义，夏多布里昂是另一种浪漫主义，还有席勒、司各特、拜伦、普希金等等，都各有各的特色。西班牙的浪漫主义也是如此。

也许是新古典主义曾经使戏剧繁荣一时的缘故，西班牙浪漫主义首先在舞台上获得成功。19 世纪初，随着法、英、德等国浪漫主义作家作品在西班牙登陆，西班牙剧作家们纷纷打破"三一律"的禁锢和悲喜剧的严格区分，使四幕、五幕、七幕剧和各种形式的悲喜剧充斥剧场。追求自由、崇尚自然之风迅速形成。戏剧之后（或者同时）是诗歌，其后才是小说。

受拜伦影响，唐璜的故事开始四处流传。唐璜最早是由西班牙"黄金世纪"剧作家蒂尔索·德·莫利纳（1579—1648）于 17 世纪在《塞维利亚的嘲弄者》（1630）中创造的人物。后经拜伦的演绎，重新回到西班牙，在何塞·索里亚（1817—1893）笔下梅开二度，生成了《唐璜·特诺里奥》（1844）。虽然索里亚因袭了莫利纳的框架，而且同样用戏剧的形式将唐璜"请回"西班牙，但无论是创作语境还是作品意境都有了很大变化。于是，唐璜的故事从剧本到舞台，再从舞台到观众，开始了前所未有的口传时代。人们口口相传，使唐璜变成了"自由的象征""解放的象征"。

话说 1545 年狂欢节伊始，唐璜和堂路易斯两人按照预先约定来到一家客栈。他们一年前彼此夸下开口，要在爱情冒险方面战胜对方。结果，唐璜以平均每月玩弄六名女性的"业绩"获得胜利。不仅如此，他还暗下决心，要在最短的时间内把自己的未婚妻堂娜伊内斯和对手的未婚妻堂娜安娜勾引到手。事实果真如此。受到侮辱的堂路易斯和唐璜的岳父堂贡萨罗终于忍无可忍，纷纷要求与唐璜决斗。然而，唐璜剑术高超，堂路易斯和堂贡萨罗双双成了他的剑下之鬼。

五年后的一个夜晚，唐璜携友人前去赴宴，途经堂贡萨罗的墓地。唐璜指着堂贡萨罗的石像，再次亵渎了这位已故的岳父。这时，堂贡萨罗告诉唐璜说，"明天就是你的死期"；同时问他，第二天是否有胆量到墓穴赴宴。唐璜接受了邀请。翌日，唐璜与友人发生争执，被对方一剑刺死。他的阴魂应邀来到堂贡萨罗和堂娜伊内斯的墓穴。在堂娜伊内斯的感召下，唐璜决定痛改前非，弃恶从善。最后，唐璜得到上帝的宽恕，和堂娜伊内斯双双升入天堂。

这是继拜伦版《唐璜》之后，"唐璜"（堂胡安）的又一个浪漫主义版本。从这个版本中，我们可以明确地窥见索里亚浪漫主义风格的缺陷。这也是西班牙早期浪漫主义的保守性或不彻底性的表征。在拜伦那里，唐璜已经从一个纨绔子弟升华为一个为理想而英勇奋斗的热血青年。诗人把自己的理想全部倾注到唐璜的身上，因此，拜伦与唐璜合二为一，其影响远远超越了文字的力量。"其力如巨涛，直薄旧社会之柱石。余波流衍，入俄则起国民诗人普式庚[①]，至波阑则作报复诗人密克威支[②]，入匈加利[③]则觉爱国诗人裴象飞[④]；其他宗徒，不胜具道。"[⑤]而索里亚则基本沿袭了莫利纳的思路，并未使唐璜的人格有多少改变，因此，他的浪漫主义几乎是需要加引号的浪漫主义。

同时期浪漫主义作家也许看到了这一点。因此，在何塞·德·埃斯普隆塞达（1808—1842）的作品中，唐璜的面貌似曾有所改变，是谓《萨拉曼卡的学生》（1837），但它所表现的也不是一个真正意义上的革命的、浪漫主义的唐璜。主人公费利克斯·蒙特马尔基本上是一个古典主义或人文主义的唐璜，与拜伦笔下的英雄人物相去甚远。这或许是西班牙文学在精神上失去重心的一个明证。

同样一个唐璜，同样一个19世纪，在英国作家和西班牙作家笔下竟有如此大的差异。这种差异不是简单的风格之别，而完全是境界不同。

然而，风气使然，上流社会的案头早已被法、英、德等国的作家作品占领，西班牙作家即便再有才华，也只能徒叹奈何了。何况，18、19世纪的西班牙文学较之前面的"黄金世纪"，确实已经"此时此地难为情"了。

曾几何时，《真爱之书》《卢卡诺尔伯爵》《塞莱斯蒂娜》《小癞子》《堂吉诃德》等一部部闪烁着人文主义光辉的巨著，无论形式、方法，还是内涵、境界，都令同时期甚至后起的英、法、德等国人文主义作家赞叹不已。可以说，他们引领了西方文学的一个时代。然而，到了18、19世纪，西班牙文坛基本上失去了光焰。且不说新古典主义时期，即便是在以"革命和创新"为己任的浪漫主义时期，除了少数几个拜伦或夏多布里昂的保守的追随者，西班牙文坛基本上乏善可陈。

由此可见，生产力和社会发展水平对文学艺术的产生具有重要作用，尽管不是决定性作用。从大处着眼，从神话传说到英雄史诗，到悲剧，或者一般意义上的戏剧，再到抒情诗和小说，重要文学体裁或现象的产生，无不取决于人类社会的重大变迁和生产力的发展；尽管在某些特定时期，文艺作为一种特殊的意识形态，又不同于政治经济，不一定直接反映社会及生产力的发展水平。从另一个角度看，一个国家的综合实力决定了它在世界的话语权，而话语即意识形态，即价值观，也即审美取向。文坛自然不能例外。

---

① 即普希金。
② 即密茨凯维奇。
③ 即匈牙利。
④ 即裴多菲。
⑤ 《鲁迅全集》第一卷，人民文学出版社，1973年，第102页。

二　中期浪漫主义

一批浪漫主义小说的产生并不意味着西班牙浪漫主义的成熟。虽然受司各特、乔治·桑、雨果等人影响，19世纪上半叶的西班牙小说主潮也是浪漫主义。但西班牙浪漫主义小说的成就甚至还远不如戏剧和诗歌。今天，人们能够想起的浪漫主义小说家似乎没有几个了。

特莱斯弗罗·德·特鲁埃尔（1797—1835）可算一个。他晚年侨居英伦，创作了传记小说（又称传奇）《托莱多的犹太女人》（1821）等，受到了司各特的好评。

另一位是拉蒙·洛佩斯·索莱尔（1806—1836）。他擅长写历史小说，创作了《塞维利亚教堂》（1830）等长篇小说。《塞维利亚教堂》明显是对雨果《巴黎圣母院》的模仿。

其他浪漫主义小说家如安东尼奥·卡诺瓦斯·德尔·卡斯蒂略（1828—1897）、阿莫斯·德·斯卡兰特（1831—1902）、维克托·巴拉格尔（1824—1901）、尼科梅德斯·帕斯托·迪亚斯（1811—1863）、塞瓦斯蒂安·米尼亚诺（1779—1845）、拉蒙·德·梅索内罗·罗马诺斯（1803—1882）、费尔南德斯·伊·贡萨莱斯（1821—1888）、安东尼奥·弗洛雷斯（821—1866）等，也创作了一些令时人感叹的作品。其中相当一部分还是以连载形式发表的。

安东尼奥·卡诺瓦斯·德尔·卡斯蒂略一度出任内阁首相，并且效仿英国宪章，制定了《1876年宪法》。他年轻时写过一部传记小说《12世纪纪事》（1851），但并不成功。1897年因政治原因遭意大利无政府主义者刺杀。

斯卡兰特创作过一些游记，但除却胡安·瓦莱拉曾对其有所褒奖，基本乏人问津。

巴拉格尔作为加泰罗尼亚作家，表现出了相当鲜明的地方主义色彩，他的作品大多用加泰罗尼亚语发表，其中如小说《塞拉雍加的唐璜》（1856）是写作之写作、模仿之模仿。

较之上述作家，迪亚斯的作品更倾向于悲观和写实，主要小说有《约会》（1837）、《闹剧》（1839）等。

罗马诺斯的创作具有较为明显的风俗主义倾向，其作品大多聚焦于马德里，计有《马德里手册》（1835）、《马德里情景》（1838）、《马德里旧事》（1839）等。

贡萨莱斯早期致力于历史小说写作，有《拉腊七王子》（1855）等；后期转向风俗主义，创作了《边缘人》（1858）、《败家子》（1863）、《大盗纪事》（1865）等。

马里亚诺·何塞·德·拉腊（1809—1837）也许是19世纪西班牙文坛最富有浪漫主义特征的作家。然而，他与其说是小说家，毋宁说是散文家。盖因其长篇小说《病夫堂恩里克的侍从》（1834）其实并不出色，充其量是对卡斯蒂利亚和巴斯科地区的风俗主义描写。倒是他的散文题材广泛，影响也深远得多。他的风俗小品还有《早婚及其危害》《明天来吧》《性格种种》《老卡斯蒂利亚人》《世态》等等，载于《饶舌小可怜》（1832），矛头直指社会风气、政治弊端和民族劣根性。其文学评论对文坛"八股"和文人迂腐进行了尖锐的批判，可谓嬉笑怒骂皆成文章，很容易让我们想起鲁迅的辛辣和深刻。他也曾是个豪情万丈的热血青年，但终究无法承受现实——国事家事情感事的压迫，最后对着镜子开枪自杀了，年仅二十八岁。

第三节　现实主义

由于西班牙帝国的盛极而衰和美洲殖民地的纷纷独立，19世纪末叶的西班牙社会危机四伏、矛盾重重。

时值资本主义在欧洲全面登上历史舞台，工业革命蓬蓬勃勃。冥顽不化的西班牙封建王朝为了维系自己的专制统治，采取了闭关锁国政策。女王伊莎贝拉二世竭力排斥和打击自由党人和民主势力，引起新兴资产阶级和自由化地主的强烈不满，从而导致海军起义，最终使战火蔓延全国。女王被迫逃离西班牙。自由党人组成临时政府，但很快陷入封建势力的南北夹击之中。不久，封建将领乘机发动军事政变，建立独裁政权，对自由党人及其武装起义实行血腥镇压，并于1874年底将伊莎贝拉二世之子阿尔丰索十二立为国王。封建王朝的复辟带来了政治上的暂时稳定，却严重阻碍了西班牙的资本主义发展，使西班牙在政治、经济、文化等各个领域愈来愈落后于其他欧洲国家。

与此同时，西班牙在美洲的最后几个殖民地战乱不止。1895年，古巴起义军宣布脱离西班牙。西班牙王朝迅速派遣"屠夫"将军增援古巴殖民政府。殖民政府采取了"打到最后一个士兵、最后一枚比索"的穷兵黩武政策，几乎耗尽了王国的最后一点资源。殖民政府还在岛上建立集中营，使将近三分之一的居民死于非命。1898年，早已对古巴垂涎三尺的美国政府趁火打劫，以援助古巴为名，派"缅因号"战舰驶抵哈瓦那港口。战舰发生爆炸，美军死伤过半。美西战争爆发。强弩之末的西班牙派遣了几乎所有军舰（其实是老式木制船队）与强大的美国海军对垒，结果全军覆没。西班牙被迫放弃古巴、波多黎各和菲律宾等最后殖民地，从而丧失了它在海外的所有领地。西班牙一蹶不振，封建王朝摇摇欲坠、难以为继。

环境使然，世纪之交的西班牙文学明显滞后。这本身就反映了西班牙的衰败和落后。

当其他欧洲作家已然以过来人的身份对资本主义及其形形色色的社会现象

进行猛烈抨击的时候，西班牙文人尚在为摆脱前资本主义的社会形态——封建主义的束缚而苦苦挣扎。因此，在西班牙文学史上，批判现实主义姗姗来迟，它几乎是自然主义的"孪生兄弟"。西班牙作家大都对它们采取了兼容并包的态度；文学史家则通常合二为一，把它们统称为现实主义。

在小说方面，佩雷斯·加尔多斯、克拉林、佩德罗·安东尼奥·德·阿拉尔孔、巴莱拉、何塞·玛利亚·德·佩雷达、布拉斯科·伊巴涅斯、帕拉西奥·巴尔德斯、帕尔多·巴桑等，被认为是 19 世纪末西班牙文坛最重要的现实主义作家。

一　佩雷斯·加尔多斯

毫无疑问，贝尼托·佩雷斯·加尔多斯（1843—1920）是世纪之交西班牙文坛最有影响的小说家。

他出生在卡纳利群岛的拉斯帕尔马斯。童年和少年在故乡度过。十九岁考入马德里大学法学系。毕业后进入报界，在《国家报》供职并开始文学创作。最初的作品多为剧作，有明显的浪漫主义色彩。19 世纪 70 年代开始涉足小说，同时创办《西班牙杂志》。1873 年开始写作《民族轶事》。1889 年入选西班牙王家语言学院，但实际的入院时间却因故整整推迟了八年。1907 年和 1910 年两次当选国会议员。晚年双目失明，生活凄惨。

佩雷斯·加尔多斯一生著述颇丰，但主要成就在小说方面。按内容划分，他的小说有以下三类：（1）民族逸事；（2）19 世纪早期西班牙历史事件和历史人物；（3）西班牙现实生活。

第一类作品在"民族逸事"这个总标题下延续了近四十年，包括五个系列，凡四十六卷，可谓卷帙浩繁。第一、第二系列完成于 1873 年至 1879 年，各十卷。此后，《民族轶事》中断近二十年。1898 年至 1912 年，完成了余下三个系列。其中第三、第四系列各十卷，第五系列仅六卷。

《民族轶事》涵盖了自法国入侵到西班牙第一共和国失败近七十年的西班牙历史，每一系列表现其中一段历史，由一个中心人物贯穿始终；而每一卷又是一部相对独立的小说，既有史实背景，也有细节虚构。

从创作方法看，前两个系列尚有浪漫主义遗风，其内容分别为西班牙人民的反法独立战争以及独立战争以后复辟君主对自由党人的无情镇压。作者讴歌了西班牙人民的民族气节，凸显了 19 世纪初西班牙知识阶层对自由、民主的向往。作家的政治态度和创作方法在后三个系列中明显改变。作品主题也由侵略和反侵略、封建和反封建转向资本主义原始积累时期触目惊心的社会现实，从而笔调愈来愈冷峻、悲观，显示了佩雷斯·加尔多斯对资本主义的严重失望。晚年笔耕佺偬，常常饥不及餐、足不及履。

显而易见，佩雷斯·加尔多斯创作《民族轶事》是受了法国作家巴尔扎克和艾克曼-夏特良的启发,具有巴尔扎克的博大精深和艾克曼-夏特良的纪实性、系统性。

第二类作品没有明确的历史涵盖意图,短小精悍,所体现的也只是一般意义上的风俗主义思想。

风俗主义源于风俗(costumbre)一词,是 19 世纪中叶西班牙文坛出现的一种介于浪漫主义和现实主义之间的反映人们日常生活的文学流派。风俗主义作品通常流于景物和人物描写,不注重故事情节。它的渊源可以追溯到遥远的流浪汉小说。倘使去除流浪汉小说的惩恶扬善和社会讽喻成分,那么它们同样或可称为风俗主义画卷。此外,流浪汉小说的锋芒往往从底层伸出,直指上流社会,但风俗主义小说却不一定如此。

就佩雷斯·加尔多斯而言,其作品显然已由风俗主义转向现实主义。就其作品的接受情况而论,他这类小说的影响也远远超过了《民族轶事》。像广为流传的《裴翡达夫人》(又译《堂娜裴翡达》,1876)、《格罗丽娅》(1877)和《玛利亚内拉》(1878)等,均属此类。这些作品不仅大都表现封建主义等传统势力与新生的资本主义文明的较量,而且其创作时间也都在 19 世纪 80 年代之前。

第三类作品起始于 1881 年的《被剥夺遗产的女人》,包括《两个女人的命运》(1887)、《阿尔玛》(1895)等重要篇目在内的四部小说。它们当中既有浪漫主义遗风相当明显的《安赫尔盖拉》(1891)、《纳萨林》(1895)、《阿尔玛》和《慈悲》(1897)等;也有现实主义作品,如《托尔格马达》四部曲(1889—1895);甚至有具鲜明自然主义倾向的《被剥夺遗产的女人》(1881)、《曼索朋友》(1882)、《两个女人的命运》(1887)和《隐情》(1889)等,反映了佩雷斯·加尔多斯创作的复杂和丰富多彩。

《裴翡达夫人》是佩雷斯·加尔多斯的代表作之一。"裴翡达"(Perfecta)即"十全十美";"夫人"即"堂娜"(Doña)[①],是一种尊称。

《裴翡达夫人》写裴翡达同侄子彼贝的矛盾冲突。彼贝是一名信奉自由、平等、博爱的青年工程师,从马德里来到姑妈裴翡达家,准备迎娶表妹罗莎里奥,同时为某工程做实地考察。那是一个春寒料峭的清晨,他在管家的陪同下抵达偏僻小镇沃芭霍萨。彼贝出身名门,父亲是大律师;姑母也曾富甲一方,但姑父却是个地道的纨绔子弟,早年暴死于酒色之中。因此,彼贝目睹姑母已经家道中落。她和整个沃芭霍萨一样,处处散发着腐朽的气味。无论他怎样刻意表现,都不能得到姑妈和神父的青睐。尤其是在他们得知他信奉无神论之后,更是反感到了极点。唯一的安慰是表妹罗莎里奥。她钦佩表哥的胆识,欣赏表哥的风度;

---

① 西班牙语中对应的阳性尊称为"堂"(Don)。《堂吉诃德》的"堂"即源于此。

而他则有感于表妹的纯洁、善良，对她爱怜有加。然而，有损彼贝形象的流言蜚语如空穴来风不断滋生蔓延。有人说他是个异教徒；也有人说他放荡不羁，专与下流女人苟合。裴翡达夫人和神父趁机向彼贝步步紧逼。他们先是不让罗莎里奥和他见面，然后便是解除婚约。同时，他们蒙骗民众，对他进行围攻并借主教之名宣布他为不受欢迎之人。这时，好友宾松少校碰巧赶到，他巧妙周旋，准备让有情人远走高飞，但是老谋深算的裴翡达夫人未雨绸缪，抢先杀害了彼贝并将他暴尸荒野。善良的罗莎里奥经不起打击，从此神经错乱，被送进了精神病院。

　　对于《裴翡达夫人》，批评界历来赞赏有加。归类一下，大致有以下几点值得关注：（1）这是一部具有批判现实主义倾向的小说；（2）这也是一部19世纪西班牙文坛比较少见的既有思想性，又具可读性的小说；（3）作品塑造了一个非常西班牙的典型形象——裴翡达夫人，她是几可与塞莱斯蒂娜并肩而立的鲜活人物。[①]

　　《两个女人的命运》（又译《福尔图娜塔和哈辛塔》）是佩雷斯·加尔多斯的另一部重要作品。

　　作品写两姐妹的不同命运。表姐妹福尔图娜塔和哈辛塔虽然双双貌若天仙，却出身两个截然不同的家庭。前者家境贫寒，而且父母早逝，只得在姨妈家过寄人篱下的生活；后者从小接受良好的教育，知书达理，女红出众。为了给自己寻找一座靠山，福尔图娜塔早早地爱上了富家公子胡安尼托，岂知胡安尼托是个有名的花花公子。可怜福尔图娜塔真心实意，一心想做个贤妻良母，却换来了胡安尼托一而再再而三的背信弃义，以致沦落红尘，受尽蹂躏。药剂师马克西米利亚诺看在眼里，痛在心里，倾其所有将福尔图娜塔娶到家里。怎知她也是个痴心的人儿，对胡安尼托始终念念不忘。后来，胡安尼托和门当户对的哈辛塔结为夫妻。但胡安尼托恶习难改，暗中仍与福尔图娜塔往来不绝。未几，福尔图娜塔怀孕了。在她因为难产而不久于人世之际，表妹哈辛塔领养了她的孩子。与此同时，胡安尼托继续寻花问柳。

　　显然，佩雷斯·加尔多斯有意把胡安尼托描写成"现代唐璜"，以表现资产阶级小开的荒淫无耻和西班牙社会的道德沦丧。而且，作为小说的男主角，胡安尼托多少继承了"古典唐璜"的基因，表面上道貌岸然、风度翩翩，内心却丑陋无比、肮脏不堪。正因为好好得出奇，坏坏得可以，《两个女人的命运》

　　①　Geoffrey Ribbans, et al.: *Dos novelas de Galdós*: *Doña Perfecta y Fortunata y Jacinta*, Madrid: Castalia, 1988; Casalduero: *Vida y obra de Galdós*, Madrid: Gredos, 1974; Gullón: *Galdós, novelista moderno*, Madrid: Taurus, 1987.

更像是一部浪漫主义小说。况且胡安尼托（唐璜的小化词或昵称）并没有超越前述西班牙浪漫主义作家的高度。

《格罗丽娅》写一对恋人因信仰不同而酿成的悲剧。信奉天主教的格罗丽娅和犹太小伙子丹尼尔真诚相爱并生下一子，但宗教信仰的冲突和双方父母的阻挠最终使一对鸳鸯备受煎熬。最后，姑娘在丹尼尔怀中含恨死去；未几，丹尼尔也忧郁成疾，随她而去。小说平铺直叙，结构和故事都比较简单，却仍有浪漫主义遗风。这且不论，遗憾的是这样的悲剧亘古有之，却今犹未绝。

此外，《托尔格马达》四部曲被认为是波旁王朝复辟时期西班牙社会的一幅"史诗般"[1]的宏大画卷。

其中第一部写高利贷者托尔格马达中年丧偶，独自拉扯一儿一女。有一次，儿子病重垂危，托尔格马达以为是上帝对他的又一次惩罚，便"良心发现"，对借贷者略施小惠。儿子死后，托尔格马达在绝望中原形毕露。

第二部写托尔格马达和没落贵族小姐菲德拉完婚后开始步入金融界。这时，他的资本急剧增长，但菲德拉姐妹的大肆挥霍又使他很快陷入了困境。

第三部写菲德拉的姐姐如何以金钱开道，把托尔格马达送入上流社会。已然是国会议员和侯爵大人的托尔格马达好事连连，并喜得贵子。

第四部是高潮和尾声。正在托尔格马达事业兴旺、官运亨通之际，菲德拉突然染病死去。不久他又发现儿子是个天生的畸形儿。于是面对金山银海，托尔格马达更加百无聊赖。临终时，他唯有大声呼唤主的名字。

这个四部曲多少借鉴了巴尔扎克的风格，只不过在揭露资本原始积累和资产者性格方面稍显单薄。

除众多长篇小说之外，佩雷斯·加尔多斯还创作了不少剧本。总之，和 19 世纪的几乎所有重要作家一样，佩雷斯·加尔多斯既多产又多才。

作家弗朗西斯科·阿亚拉将他和塞万提斯相提并论，称他们是西班牙文学史上"一对并峙的高山"。然而，综观佩雷斯·加尔多斯的创作，人们又不难看出他一直徘徊于浪漫主义、风俗主义和现实主义之间，尽管晚年越来越接近巴尔扎克，诚如他本人在当选西班牙皇家语言学院院士时所强调的那样："小说是生活的形象表现，其艺术性皆在于再现人物性格，他们的激情、他们的弱点、他们的伟大、他们的渺小，他们的内心、他们的外表，即一切成就我们的身心、环境和语言……"[2]

---

[1] Joaquín Casalduero: *Vida y obra de Galdós*, Madrid: Gredos, 1974, pp.141-144.

[2] Pérez Galdós: "La sociedad presente como materia novelable", Discurso de entrada en la Real Academia Española, Madrid，1897. 转引自 Diez Echarri y Roca Franquesa: *Historia de la literatura Española e hispanoamericana*, Madrid: Editorial Aguilar, 1982, p.1069.

二 克拉林

克拉林[①]（1852—1901），原名莱奥波尔多·阿拉斯，生于萨莫拉。1859年随家迁居奥维埃多。大学毕业后在萨拉戈萨大学和奥维埃多大学执教，写过两部长篇小说——《市长夫人》（1884）和《独生子》（1890）以及若干短篇小说。

《市长夫人》（又译《女当家的》《庭长夫人》）是他的代表作。小说以古城贝图斯塔为背景，通过主人公安娜的爱情悲剧，对这一悲剧的社会环境进行了广泛、细致的描写，从而真实地反映了19世纪西班牙社会的政治、经济和文化状态。

毫无疑问，19世纪的西班牙盛行"崇洋媚外"之风。当时的作家大都对以法国文学为代表的外国作家作品如数家珍。因此，从巴尔扎克到左拉，几乎所有19世纪法国名著都在西班牙作家的案头枕边。克拉林是学者出身，尤喜旁征博引，而后混纺出新。

风气使然，到了19世纪后半叶，已经不再有人替浪漫主义这朵明日黄花说一句话。一方面，科学技术突飞猛进，"让牛顿说众神的语言"不但已经成为事实，而且矫枉过正，在文学中也大有让牛顿代替众神说话的势头。总之，浪漫主义的"主观臆造"和"无病呻吟"被追求客观、崇尚科学的现实主义打得落花流水。人们言必称巴尔扎克，言必称左拉。对现实极为不满的西班牙作家更是口诛笔伐，如风卷残云"把浪漫主义那一套扫除干净"。克拉林一言以蔽之："人人都在说夏多布里昂的坏话。"（《市长夫人》第四章）

但另一方面，毕竟文学不是科学，人心也难得客观。只有矛盾和相对是绝对的。克拉林不仅看到了这一层面，而且努力矫枉，辨析抽髓，使浪漫主义的"冬扇夏炉"与现实主义的衔华佩实互为盈缺、相得益彰。

《市长夫人》开篇有词：

> 英雄的城市正在午休。天上，热烘烘、懒洋洋的南风推动灰白色的云朵，撕扯着向北奔去。街头，尘土、破布、碎草和纸屑混杂在一起，宛如被无形的气流逼得四下乱飞的蝴蝶，打着旋儿沿着一条条马路、一条条便道和一个个拐角逃遁着。到处是刺耳的声音。这些垃圾的残渣有如一群顽童，聚成一堆，仿佛睡着了似的，停了片刻，又突然跳起，四散开去。有些顺着墙根爬上颤抖的街灯；有些跳到拐角处胡乱张贴的广告上。还有飞到四层楼上的羽毛和钻入橱窗附在窗框上经久不落

[①] 意为号角。

的沙粒。①

这是贝图斯塔城市的形象。与此同时，农村却是一派胜景：

> 已是初秋时节。9月的最后几场雨下过，青草长势喜人，透着一
> 股清新；草地获得了新生。宽广的山谷，起伏中遍布着栗树、橡树和苹
> 果树，它们生长在色调深暗的草地和玉米田中，十分显眼。万绿丛中
> 的麦穗开始疏疏朗朗变黄……泛着金光银彩的绿色渐渐消失在山边，
> 仿佛有一片无形的云彩遮住了山腰和峰巅……北面，在完美的穹隆下，
> 大海隐约可见；海上的天空非常晴朗，一朵朵金色的云彩浮游着，宛
> 如船舰在破浪前进。有一片最轻盈的花朵，似一钩残月在飘浮。②

这种恬静、和谐的优美与前面的城市惨境适成对照。这是一种戏仿，但也
是对风光不再而记忆犹新的夏多布里昂们的真诚怀念。类似表演（本身就是浪
漫主义的，而且是双重的浪漫主义）不断出现，以至于当过庭长（其实是市长）
的金塔纳尔有了参透禅机的慨叹（唾弃城市，艳羡农村）："他们在那个荒无人
烟的地方。他们是幸福的。"或者："他们一定是相亲相爱的。至少她对他是忠
诚的。"

不过，以为《市长夫人》这是在大发浪漫主义之幽情，无疑等于指鹿为马。
作为学者，克拉林有明显的整合情结。此外，克拉林的浪漫情绪不仅发之有常，
而且目的明确：契合女主人公 —— 市长夫人安娜的心路历程，并使之与丈夫金
塔纳尔的生命轨迹啮合、相反相成。

安娜的一生和安娜·卡列尼娜的悲剧相似，是从现实和对现实的反叛走向
浪漫主义的美梦的，但结果却转向了包法利夫人的悲剧：循着幻想走到它的反
面 —— 现实。所以，悲剧的意义是双重的，即走出现实和回归现实同样不堪，
同样残酷。

小说营造现实的篇幅绝不少于二十章，且手段特别。

前十五章基本上是铺垫，客观时间只有三天。精神领袖德帕斯神父和他的
贝图斯塔城无处不在，颇有些"喧宾夺主"的味道。政治的肮脏，宗教的虚伪，
社会的腐败，人心的叵测……许多地方会使人联想到巴尔扎克的描写、左拉的
议论。但小安娜的沉鱼落雁、羞花闭月之貌和其不幸命运会形成强烈反差，一直

---

① 克拉林：《庭长夫人》，唐民权等译，昆仑出版社，2000年，第1页。
② 克拉林：《庭长夫人》，唐民权等译，昆仑出版社，2000年，第5页。

吸引读者。读者会看到她逃离现实的天真烂漫和现实的无情报复，还会看到夏多布里昂们给予的诸多安慰。后来，当"少不更事"的她被迫与年长二十多岁的市长先生结为夫妻时，她似乎已经认命，但奇怪的是夏多布里昂们并没有从她的内心深处消失。多少年过去了，安娜痴心依旧。于是，她变成了"乔治·桑"。这就是安娜的非常之处。

后十五章依然是博陈繁喻，四面出击，但客观时间陡增至三年。几个线索平行、交叉，在安娜周围编织着恢恢天网。最后悲剧的高潮像熟透的石榴在很短的篇幅中戏剧性地爆裂。所有线索止当所止，缩聚汇集。克拉林带着古典戏剧大师的风采抖开包裹，女仆 —— 精神领袖 —— 在野党议员 —— 市长 ——安娜之间的"多角恋爱"水落石出。安娜走投无路，一心皈依宗教，却遭到了神父的白眼和一个二尾子辅祭的玷污：

> 安娜撕扯开让她恶心的昏云迷雾，苏醒了过来。
> 她觉得自己的嘴唇刚才碰到了癞蛤蟆那黏湿冰凉的肚皮。

然而，与其说《市长夫人》是写现实的，倒不如说它是写文学的：文学的特殊，文学的不幸。因为现实永远比文学强大。此外，小说诉诸的是个案，是非常，是悲剧：不幸家庭的特殊不幸。

三　阿拉尔孔

阿拉尔孔（1833—1891），全名佩德罗·安东尼奥·德·阿拉尔孔，生于格拉纳达。曾在神学院就读，后在格拉纳达大学进修法律。1853 年辍学到马德里从事文学创作。不久跟随一个吉卜赛艺术团周游全国。几个月后，西班牙革命[①]爆发，艺术团被迫解散。阿拉尔孔回到格拉纳达参加革命。革命失败后，阿拉尔孔悲观失望，政治上明显趋于保守。同时，他重操旧业，创作了情绪颓唐、玩世不恭的《浪荡公子》（1857）。剧本受到社会各界的猛烈批评，同时使得他声名大噪。此后，他曾从军远征非洲并创作了《非洲战事目击记》（1859）。1860 年，阿拉尔孔游历意大利，记有《从马德里到那不勒斯》（1861），回国后定居马德里，历任众议员、驻瑞典大使、西班牙皇家语言学院院士和政府顾问等职，同时创作了中篇小说《三角帽》（1874）和长篇小说《丑闻》（1875）、《孩子》（1880）、《荡妇》（1882）等。

---

① 指1854年至1856年的资产阶级革命。1808年至1874年，西班牙接连爆发六次革命。这些革命大多旨在建立资产阶级共和，反对王朝复辟。

《三角帽》取材于民间传说。故事发生在一座磨坊。头戴三角帽的市长埃乌赫尼奥虽然已经五十多岁，却依然风流倜傥。他疯狂地爱上了磨坊主人卢卡斯的太太弗拉丝吉塔。一天夜里，村长把卢卡斯叫到村公所并千方百计让他住在村里。卢卡斯觉得事情蹊跷，就连夜赶回家去。结果，他发现市长正躺在床上酣睡。他本想当场杀死奸夫淫妇，却又恐死无对证。于是，他趁机取了市长的衣冠，然后直奔市长官邸。他躲进市长太太的卧房，以便冒名顶替，不料被市长太太察觉。市长太太听罢卢卡斯的诉说，决定原谅他。与此同时，卢卡斯的太太救起失足落入河里的市长后，断然拒绝了他的要求。她用土枪逼迫市长乖乖地举手投降，自己则逃出门来寻找丈夫。惊魂未定的市长本想待衣服晾干后迅速离开磨坊，岂知梦神袭来，让他躺在床上酣然睡去。最后真相大白，市长当众出丑，成为笑柄。这是一个历史悠久的民间传说，最早可以追溯到 15 世纪的谣曲。

《丑闻》是一部颇具争议的作品，写浪荡公子孔德在姑娘加夫列拉的感化下痛改前非的故事。孔德出身名门望族，生性放荡不羁。然而，纯洁的姑娘加夫列拉用爱情感化了他，使他下决心痛改前非、重新做人。这时，有人对他恶意中伤，从而使他陷入了巨大的经济危机和信仰危机。最后，在爱人和神父的双重感召下，孔德终于化险为夷。

《孩子》是一个典型的复仇故事。主人公曼努埃尔自幼失去双亲，由神父抚养成人。他的家产悉数被高利贷者埃利亚斯霸占。曼努埃尔长大成人后，爱上了埃利亚斯的女儿索莱达。年轻人的爱情遭到了埃利亚斯的坚决反对。不仅如此，埃利亚斯还要求曼努埃尔父债子还，限期交出一百万。曼努埃尔当众保证替父还债，并说他还债之日也是和索莱达大婚之时。他从此背井离乡，而且一走就是八年。当他满载而归，决定还债娶妻的时候，索莱达早已名花有主。曼努埃尔不禁妒火中烧。在索莱达的婚礼上，曼努埃尔花四十万买了头舞。暮色中，他把新娘紧紧地抱在怀里，直至她窒息而死。

阿拉尔孔的创作虽然技巧娴熟，故事动人，但总体上缺乏 19 世纪一般现实主义作家的批判精神。这和他保守的政治态度及宗教信仰应当不无关系。除此之外，他的短篇小说题材广泛，结构新颖，似乎更有历史洞察力和现实穿透力。

同时，他还是个游记高手，延续并激活了西班牙的游记写作传统。他的《西班牙之旅》（1883）至今仍是畅销读物。

四　巴莱拉

胡安·巴莱拉（1824—1905）生于科尔多瓦的一个贵族家庭。少年时期在神学院学习，后到格拉纳达和马德里进修法律，获法学硕士学位。曾在那不勒斯、里斯本、里约热内卢、德累斯顿和俄罗斯任外交官。之后历任西班牙皇家语言学院院士、众议员、副首相等职。同时笔耕不辍，发表了一系列文学作品，其中有长篇小说《佩比塔·希梅内斯》（1874）、《小浮士德博士的幻想》（1875）和《卢斯夫人》（1879）等。

《佩比塔·希梅内斯》是他的处女作，也是他的代表作。小说写神学院学生路易斯·德·巴尔加斯从宗教狂热到世俗爱情的转变过程。为了传教，路易斯四方游历，结果却为俗念所困，爱上了年轻貌美的寡妇佩比塔·希梅内斯。爱情冲破重重阻力，使有情人终成眷属。类似的主题19世纪颇为常见，而巴莱拉带有明显狂欢色彩的喜剧结尾，多少强化了小说的世俗精神。

《小浮士德博士的幻想》写一个其貌不扬且尚空谈的年轻人。他同时追求三个姑娘，她们分别代表自私自利、水性杨花和忠诚无私三种不同的品格。如果说浮士德把灵魂卖给魔鬼所换来的幸福是一个美梦的话，小浮士德面对的却自始至终都是一个噩梦。最后，当小浮士德与忠诚无私的玛利亚结婚时，身体的缺陷又使他无法品尝到手的幸福。终于，他"看破红尘"，自杀身亡。

《卢斯夫人》也是一部以世俗战胜宗教信仰为主题的长篇小说。出身名门的卢斯小姐在父亲去世后和忠诚的管家相依为命。这时，恩里克神父从亚洲传教回来。当时他年过不惑，对已在而立之年的卢斯小姐一见钟情。之后，恩里克因脑外伤神秘地死去。卢斯同海梅结婚，却无意中发现了恩里克的日记。她发现恩里克神父生前的挚爱一直是她，而且为了她不惜与海梅决斗。他的脑外伤便是那次决斗留下的致命伤。为了表示对恩里克的怀念，她给儿子起名叫恩里克。

除此之外，巴莱拉还是位出色的文学评论家、剧作家、诗人和短篇小说家。他的文艺思想可以归纳为：（1）仿真与可信，即模仿的向度在于可信和非确实存在；（2）艺术即美；（3）美即永恒；（4）美无国界；等等。[①]

五 佩雷达

佩雷达（1833—1906），全名何塞·玛利亚·德·佩雷达·伊·桑切斯·德·波鲁阿，出生于桑坦德山区。他出身贫寒，曾在炮兵学校就读，后到马德里进修数学，同时开始文学创作。1868年西班牙革命爆发后前往巴黎，翌年和雷维丽亚小姐结婚。之后进入政界，历任议员、西班牙皇家语言学院院士等职，同时发表小说《桑坦德山区印象》（1882）、《索蒂莱莎》（1884）、《杂烩》（1889）、《石山行》（1895）等。

① Luis López Jiménez: *Juan Valera: la vida y la obra en Madrid*, Madrid: Ayuntamiento de Madrid, 1996; García Jurado y Hualde Pascual: *Juan Valera*, Madrid: Ediciones Clásicas, 1998; Cuevas (ed.): *Juan Valera.Creación y crítica*, Córdoba: Publicaciones del Congreso de Literatura Española Contemporánea, 1995.

《桑坦德山区印象》是一幅壮美的风俗画。小说在浓墨重彩的景物渲染中描写了一对好友的人生轨迹。他们一个叫佩德罗，另一个叫胡安。两人的性格迥然不同。前者高贵、善良，后者却生性多疑、工于心计。最后，他们终因政见不同而分道扬镳。在大自然的观照下，人生的聚散离合显得格外正常，又格外无可奈何。

《索蒂莱莎》是一个爱情故事。主人公索蒂莱莎是个孤女，由渔民抚养成人。当她出落成亭亭玉立的少女时，便有三个年轻小伙子向她表达了爱意。他们是渔民的儿子克莱托，富家子弟安德列斯，其貌不扬但心地善良的穆埃戈。后来，穆埃戈在一次海难中丧生，索蒂莱莎就义无反顾地嫁给了克莱托。作品具有鲜明的理想主义色彩。

同样，《石山行》也是一幅富有理想主义色彩的风俗画。主人公从城市来到乡村，逐渐被乡村的美景吸引。与此同时，他真诚地爱上了村长的孙女。她叫丽达，是个纯洁无瑕的女孩。

《杂烩》则不同。它可以说是一部真正的现实主义小说，写高利贷者巴尔塔萨的吝啬与贪婪。此翁早年丧妻，和女儿伊内斯及其奶妈生活在一起。奶妈为使自己不至于老来无靠，设计让亲侄儿当了伊内斯的辅导老师，并指望两个年轻人日久生情，将来配成一对。然而，人算不如天算，巴尔塔萨这时正不择手段倾轧一个叫金卡内斯的商场对手，而后者则以正当的方式赢得了伊内斯的芳心。于是，伊内斯嫁给了金卡内斯，巴尔塔萨却在一次寻宝探险中不慎命丧大海。正因为这部小说，巴莱拉被认为是 19 世纪末叶西班牙文坛仅次于佩雷斯·加尔多斯的作家。[①]

六　布拉斯科·伊巴涅斯

维森特·布拉斯科·伊巴涅斯（1867—1928）生于巴伦西亚。父亲是商人，对他苛求多于理解。他未及弱冠即离家谋生，先在一家出版社当抄写员，同时积极参加政治活动并开始文学创作。不久因撰写反对君主制的诗歌而遭到逮捕，获释后又因政治牵连而被迫流亡法国。1891 年回国创办《人民报》，继续宣扬民主思想。1895 年又因出言不逊而遭到政府通缉。后多次被捕，多次流亡。在这期间，他除了奋发写作，曾多次当选国会议员，同时在南美创办乌托邦式的塞万提斯农场，在法国接受骑士勋章，在美国获得名誉博士学位。

布拉斯科·伊巴涅斯在致友人的信中将自己的作品分成了四类 —— 长篇

---

① Andrés Amorós, et al.: *Antología comentada de la Literatura española.Siglo*, XIX, Madrid: Editorial Castalia, 1999, p.398.

小说、中篇小说、短篇小说和游记，又将其长篇小说分门别类：一谓风俗类；二谓历史类；三谓现实类；四谓幻想类；五谓心理类；六谓世界主义类；等等。显然，这是就内容而论。

然而，从风格演变的角度看，他的创作或可分为以下四个时期：

第一时期（1894—1902）的作品大都属于风俗主义范畴，主要描写故乡巴伦西亚的风土人情，地方气息浓重且不乏浪漫主义色彩。这类作品包括长篇小说《米及单桅船》（1894）、《五月花》（1895 ）、《茅屋》（1898 ）、《橘树间》（1901）、《芦苇和泥淖》（1902）及短篇小说集《巴伦西亚的故事》（1893）等。

第二时期（1903—1905）为现实主义和自然主义时期。这一时期，作家大量借鉴法国批判现实主义和自然主义作品，创作出了《大教堂》（1903）、《闯入者》（1904）、《酿造厂》（1905）、《游民》（1905）等再现社会黑暗，反映劳动人民疾苦，抨击统治阶级和反动教会腐朽势力的力作。这些作品振聋发聩、气势磅礴，被认为是布拉斯科·伊巴涅斯的巅峰之作。

第三时期（1906—1909），作家由客观转向主观，以表现世纪初西班牙各阶层人物的内心世界。这一时期的主要作品有小说《裸美人》（1906）、《血与沙》（1908）、《死人主宰》（1908）、《月亮》（1909）等，明显融合自然主义和象征主义手法，塑造了一批相当成功的人物形象，如《裸美人》中的画家，《血与沙》中的斗牛士，《月亮》中的年轻领事，等等。

第四时期（1910—1928），作家颠沛流离的生活导致了他创作上的"不定性"。无论就题材还是形式而言，他这一时期的作品都称得上是"世界主义"的，而思想则趋于保守。他创作了表现美洲生活的《亚尔古号的英雄们》（1914），关于第一次世界大战的《四骑士启示录》（1916），充满幻想色彩的《女人的天堂》（1922）以及历史小说《在维纳斯的脚下》（1926），并且依据法国马德鲁斯本翻译了《一千零一夜》（1916），等等。

上述仅仅是布拉斯科·伊巴涅斯的部分作品，其丰产程度由此可见一斑。

《血与沙》又译《碧血黄沙》，在我国有若干个译本。它无疑是布拉斯科·伊巴涅斯的代表作之一。作品通过西班牙"国粹"斗牛，真实地给出了19世纪末西班牙社会的广阔画面。

小说写斗牛士的故事。西班牙名城塞维利亚住着一个寡妇，她含辛茹苦，将一男一女两个孩子拉扯成人。儿子叫胡安，女儿叫恩卡拉辛。胡安本应子承父业，到鞋厂学做皮鞋，却一心想做斗牛士，以至于离家出走，准备到遥远的毕尔巴鄂从事斗牛营生。为了赚些盘缠，他和朋友冒充塞维利亚斗牛士参加沿途遭遇的斗牛表演。结果，朋友被猛牛挑破肚子，当场毙命。胡安不得不返回故里，但他暗下决心，这辈子非做斗牛士不可，一半为了出名，一半为了替死去的朋友报仇。胡安勤学苦练、百折不挠，终于成了赫赫有名的职业斗牛士。胡安既成明星，让他应接不暇的就不只是斗牛合同和日进斗金了，少女的鲜花和姑娘的爱意也随之向他袭来。他在众多姑娘的艳羡中，把橄榄枝投给了纯洁迷人的卡门小姐，从此婚姻美满，事业更是如日中天。但正所谓天有不测风云，人有旦夕祸福，胡安的春风得意招来了交际花的青睐。一个人称堂娜索尔的交际花来到了胡安身边，她花枝招展，体态迷人，把个胡安弄得神魂颠倒。而她，一旦得到，也便不再珍惜。她只把他当作一件玩物，或者一头"散发着膻腥味儿的小公牛"，一个可以陪她寻欢作乐的"小宠物"。最后，胡安沉迷交际，斗技急转直下，昔日将他奉若神明的粉丝们顿时不知去向。终于，他在众人的嘘声中倒下了，而且身负重伤。弥留之际，他听到人们在为斗牛场上某个新星高声喝彩。

这部小说有意嵌入了一个意味深长的背景：弱肉强食的社会。在这个社会里，大多数人只有被"剪羊毛的命"。学校、公司、银行的大门永远只对有钱人敞开。对穷人而言，唯一的出路就是斗牛这玩命的营生。而交际花堂娜索尔的舅舅摩拉依玛侯爵为前赴后继的穷小子们饲养了一批又一批凶猛的斗牛。贵族老爷公子、太太小姐用廉价的眼泪和欢呼为追逐发财梦、明星梦的斗牛士们宣泄富裕的精神。与此同时，另一个人物"小羽毛"却从小认清了这个世道，认为整个世界只有两种人：剪羊毛的和被剪羊毛的。既然如此，他索性豁出命去做江洋大盗，从而因劫富济贫成了"另一种明星"，却是军警们难以入眠的噩梦。当然，他最终没能拯救自己，更没能拯救普天下千千万万的穷人，而无声无息地被消灭了。

《四骑士启示录》是伊巴涅斯的另一部重要小说，写第一次世界大战对世界的重大影响。小说通过描写银行家、艺术家、教师、学生等人的生活，反映战争的反人类本质，以及它在人们心灵深处留下的一道道难以愈合的伤痕，故而令人联想到德国作家雷马克的《西线无战事》（1929）。

布拉斯科·伊巴涅斯的贡献，除了他政治上锋芒毕露的民主主义和自由主义倾向，还在于他文学创作中兼收并蓄、博采众长的探索和包容精神，既汲取了法国现实主义和自然主义笔法，同时依然保持着西班牙特有的保守浪漫主义和风俗主义倾向。鲁迅曾给予高度评价，称他是"现代西班牙文坛的健将"[1]。

七　帕拉西奥·巴尔德斯

阿尔曼多·帕拉西奥·巴尔德斯（1853—1938）出生在阿斯图里亚斯农村的一个富裕家庭。在奥维埃多读中学时结识了著名小说家克拉林，从而产生了当个小说家的志向。但迫于父母的压力，不得不到马德里报考法律专业。大学

---

[1]　《鲁迅全集》第十卷，人民文学出版社，2005年，第427页。

毕业后到佩雷斯·加尔多斯创办的刊物供职，同时开始文学创作。

帕拉西奥·巴尔德斯一生共创作长篇小说二十余部，按生活背景，可划分为：（1）阿斯图里亚斯小说；（2）马德里小说；（3）巴伦西亚小说；（4）安达卢西亚小说。但无论生活背景和题材如何随着他的足迹不断演变，他的创作方法并没有脱离当时多数文人遵循的浪漫主义和现实主义两种倾向。

然而，与同时代一般小说家不同的是，帕拉西奥·巴尔德斯的创作道路恰恰倒了个个儿，即先有现实主义，后有浪漫主义。

前者包括《奥克塔维奥公子》（1881）、《玛尔塔和玛利亚》（1883）、《一个病人的胡思乱想》（1884）、《里维里塔》（1886）、《马克西米纳》（1887）、《第四权力》（1888）、《泡沫》（1891）、《信仰》（1892）、《马术俱乐部会员》（1893）等等。这部分作品从内容到形式都明显地受到巴尔扎克、福楼拜和左拉的影响，叙事细腻，注重环境和人物性格描写，而且具有强烈的社会批判意识。发表于1896年的《卡迪斯的小市民》是作家由现实主义向浪漫主义转化的标志，

此后的作品如《船长的快乐》（1899）、《遗失的村庄》（1903）、《特里斯当》（1906）、《神医笔记》（1911）、《纳塔里亚的女儿》（1924）、《罗赫里亚修女》（1926）、《格拉纳达的圣衣会》（1927）、《牧童交响曲》（1931），以及短篇小说集《雪中鸟和其他故事》（1925）等，批判色彩大大减弱，理想主义成分和宗教色彩逐渐增加；描写也由客观趋向主观，并关注女性人物心理状态的表现。

帕拉西奥·巴尔德斯十分注意情节，因此，他的作品在世纪之交的西班牙和西班牙语美洲拥有广泛的读者。此外，和布拉斯科·伊巴涅斯一样，他的创作方法相当混杂，但晚期作品越来越具有左拉风格。

八　帕尔多·巴桑

埃米利娅·帕尔多·巴桑（1852—1921）是世纪之交西班牙文坛唯一声名卓著的女作家，出生于拉科尼亚的一个贵族家庭。她的经历并不丰富，和当时西班牙上流社会的一般女性一样，她尊重父母之命，早早地结了婚，然后嫁鸡随鸡，跟着丈夫周游了大半个欧洲，同时学习写诗，以作消遣，结果歪打正着，成了作家并一发而不可收。

她的第一部小说《帕斯瓜尔·罗佩斯》（1879）得到了文坛泰斗佩雷斯·加尔多斯的青睐，发表在后者创办的《西班牙杂志》上，获得巨大成功。小说在传统的浪漫主义氛围下展开，表现了主人公为爱情放弃名誉地位的崇高品德。

此后她开始转向现实主义和自然主义，并信誓旦旦地决定抛弃理想主义的风花雪月。于是有了《法庭》（1883）、《天鹅》（1884）、《侯爵府》（1886）、《本能》（1887）、《中暑》（1889）、《转角石》（1891），以及效仿佩雷斯·加尔多斯系列小说的《亚当和夏娃》。但是，《亚当和夏娃》实际上仅仅只有一个开头

和一个结尾，即《堂娜米拉格罗斯》和《光棍的回忆》。

19世纪90年代以后，她再次转向，创作回到了浪漫主义的传统路数，推出了《梦想》（1905）、《黑色美人鱼》（1908）和《甜美的主人》（1911）等。

《侯爵府》（又译《侯爵府纪事》）描写西班牙贵族的没落，同时用细腻的笔调再现了西班牙社会的面貌。作品明显借鉴左拉风格，具有自然主义色彩。主要情节是年轻、单纯的神父胡利安·阿尔瓦雷斯被派往位于加利西亚乡村的乌约阿侯爵家协助管理庄园，同时担任教堂神父一职。进入侯爵府后，他很快感受到莫名的暴力氛围，发现了侯爵府的种种丑行。年轻的主人堂佩德罗侯爵与女仆萨维尔通奸，育有一子，名叫佩卢乔。萨维尔的父亲普里米狄沃奸诈、凶狠，他利用女儿与侯爵府的这层关系，控制了侯爵府上下。胡利安鼓动侯爵到圣地亚哥亲戚家暂住，以免遭不测。堂佩德罗到圣地亚哥后不久，便爱上了一个叫努恰的姑娘。他们两情相悦，很快便结为夫妻。几个月后，堂佩德罗偕亲娘返回乌约阿侯爵府。努恰不久生下一女，堂佩德罗心有不快，从此对难产后久病不愈的努恰不管不顾。努恰觉察到丈夫与萨维尔的不正当关系，并看出佩卢乔是堂佩德罗与萨维尔的儿子，难免郁郁寡欢，身体状况不断恶化。与此同时，萨维尔的父亲普里米狄沃虎视眈眈，随时准备加害努恰母女。努恰求助于胡利安神父，请求帮忙逃离乌约阿侯爵府。结果计划败露，普里米狄沃恶人先告状，怂恿侯爵严惩不贷。侯爵控告胡利安神父引诱努恰，并将其逐出领地。努恰在胡利安神父走后走投无路，终于半年后去世。普里米狄沃也因参与地方竞选遭人暗杀。十年后，胡利安神父再次返回乌约阿侯爵府，令他既欣慰又难过的是，努恰的女儿正和佩卢乔一起在努恰墓前开心地玩耍。

与《侯爵府》不同的是，《本能》写果，前者写因。由于乌约阿侯爵生活荒淫，导致佩卢乔和同父异母的妹妹发生乱伦。此等悲剧在易卜生和曹禺的笔下均有表现，或可视为腐朽社会的一种特殊怪象。

帕尔多·巴桑除了创作上述小说之外，还是位出色的学者。她于1883年发表的论著《跳动的问题》（后有《法国现代文学：自然主义》，1911），首次系统地将自然主义介绍到西班牙，一时传为美谈。她的其他学术著作，如《革命与俄国小说》（1887）、《新戏剧批评》（1893）等，也在西班牙文学界、读书界产生了巨大反响。

第四章　西班牙现当代小说

第一节　又见曙光

1898 年，由于美西战争，西班牙失去了古巴、波多黎各、菲律宾等最后几个殖民地，帝国的余晖彻底消失，致使社稷崩溃、民怨沸腾，文坛自然也失去了重心。这反倒使后来的作家放下包袱走出了谷底。他们被统称为"98 年一代"。

与此同时，现代主义传入西班牙文坛。它不同于 20 世纪初流行于西方的那个涵盖面相当宽泛的同名文学思潮，而是一个发轫于西班牙语美洲前殖民地的彻头彻尾的唯美主义流派。西班牙作家不仅从美洲现代主义中找到了合适的"药方"——逃避主义，而且第一次真真切切地感悟到了美洲诗人的伟大。于是，他们开始丢掉傲慢，学会正视过去的"臣民"。

马努埃尔·雷纳（1856—1905）和里卡多·希尔（1855—1908）是最早接受现代主义洗礼的西班牙作家。他们虽然作品不多，而且东鳞西爪，不成体系，却处处闪烁着太阳、白银和彩云的光华，在诗歌格律、音韵方面也进行了大胆的模仿。

然而，真正使现代主义在西班牙文坛享有一席之地的是马查多兄弟（1874—1947；1875—1939）、鲁埃达（1857—1933）和弗朗西斯科·维亚埃斯佩萨（1877—1936）。

马查多兄弟年轻时十分推崇现代主义，不但全心鼓吹之，而且身体力行，创作了不少诗篇，但后来他们摇身一变，开辟了各自的创作道路，成为"98 年一代"中卓有建树的诗人、作家。

鲁埃达是位多产诗人，成名于 19 世纪 80 年代。早期诗作多少带有浪漫主义痕迹，90 年代起改变诗路，并定尼加拉瓜诗人卢文·达里奥于一尊，推出了一系列现代主义诗集。

弗朗西斯科虽然也是位多产诗人，但严格地说，他的多数诗作不属于现代主义。譬如早期作品大都属于典型的浪漫主义，唯有中期的一些作品才具有鲜明的现代主义色彩。

其他现代主义诗人有克里斯托巴尔·德·索托（1879—?）、贡萨莱斯·布兰科(1886—1924)、拉法埃尔·坎西诺斯-阿森斯(1883—1964)以及恩里克·迪埃斯-卡内多（1879—1944）等等。

总的说来，上述诗人并未给现代主义增添多少光彩，但他们的创作对西班牙小说的发展起到了推动作用，并催生出变体——极端主义，从而反过来影响西班牙语美洲文学。这么一来一回，西班牙和西班牙语美洲开始了真正意义上的交流：互文。这样的互文自然而然地影响了西班牙小说的发展向度。这在"98年一代"作家的小说创作中可见一斑。

鲁迅钟爱这一时期的西班牙文学，从日文转译过巴罗哈和贝纳文特的作品。他们一个是小说家，另一个是戏剧家。

第二节 "98年一代"

前面说过，1898年西班牙在与美国的太平洋战争中败北，西班牙帝国彻底崩溃并从此一蹶不振。统治阶级乃至一般市民的心态都严重失衡，悲观主义、保守主义大行其道。

这时，一个青年作家群脱颖而出。他们年龄相仿，家庭情况和所受教育也相似，又同处于国家危难之际，政治观点和美学追求都比较接近。血气方刚和强烈的社会责任感使他们对振兴国家、民族充满信心。他们反对闭关自守，竭力鼓动政府和人民面对现实，走西欧邻国式"健康""民主"的道路。但统治阶级的冥顽不化和西班牙帝国"无可奈何花落去"的现实，又很快使他们痛感希望之渺茫。适逢种种现代主义思潮在欧美蓬勃兴起，这些年轻的西班牙作家与那些主张"新""奇""怪"的文学流派、作家一拍即合。政治热情逐渐消退，虚无主义开始抬头。

这些作家、诗人大都于1898年前后开始发表作品，并以群体的形象登上文坛，使西班牙文坛再度充满活力，因此文学史上称之为"98年一代"。主要成员有阿索林、巴罗哈、乌纳穆诺、巴列-因克兰、马查多兄弟[1]以及贝纳文特、马埃斯图、布埃诺等等。1913年，阿索林首先使用了"98年一代"这个名称。[2]阿索林甚至把尼加拉瓜诗人达里奥也纳入了"98年一代"。可见它也是一种断代概念。

必须强调的是，这个作家群虽轻装上阵，却流淌着西班牙历史的浓稠血液；虽标新立异，却大多不乏艰难时世所赋予的现实厚重。他们是介于现实主义和

---

① 由于马查多兄弟是比较纯粹的诗人，在此从略。

② Jean Canavaggio: *Historia de la literatura Española*, I, Barcelona: Editorial Ariel, 1995, p.1.

现代主义间的一代作家，相互之间及每个作家本身都充满了张力。

遗憾的是，由于西班牙早已沦为三流国家，昨日辉煌已黯淡，他们的作品远未得到国际文坛的应有重视。除却西班牙语美洲，我们可能是最重视这代西班牙作家的外国读者。这自然首先要归功于鲁迅等新文学运动的主将们不遗余力的推介，其次也受惠于 1949 年以降，尤其是改革开放以来，我国西班牙语文学界同仁的辛勤工作。

然而，由于这代作家出道后不久，西班牙剧作家何塞·埃切加赖就摘得了 1904 年度的诺贝尔文学奖，这极大地鼓舞了西班牙作家的戏剧创作热情，因此，"98 年一代"中涉足戏剧者较多。

此外，西班牙语美洲的现代主义诗潮着实震撼了西班牙诗坛，使马查多兄弟等义无反顾地拥抱唯美主义，言必称现代主义。这些都是世纪之交西班牙小说创作未能发出应有光芒的客观原因。

一　阿索林

阿索林（1874—1967）原名何塞·马丁内斯·鲁伊斯，生于阿利坎特，曾在巴伦西亚和马德里学习法律。大学毕业后从事新闻工作和文学创作，初时倡导民主主义，后转向无政府主义。在他看来，文学无政府主义者古来有之，从苏格拉底到柏拉图、洛佩·德·维加到莫拉廷，已经形成一个庞大的家族。1897 年，他创作了第一部短篇小说集《放荡生活》，引起不小的争论。此后，他冲冲杀杀、风风火火，不断昭示自己的政治倾向和文学观点，激起一次又一次的争鸣。与此同时，他接连发表了短篇小说集《孤寂》（1898）、《政客佩斯切特》（1898）和《患者日记》（1901）。1902 年，他的创作路数乃至人生道路发生重大转折，他终于停止"吵架"，潜心投入文学创作并从此放弃无政府主义，摇身一变，成了阿索林。因此，对他而言，阿索林不仅仅是一个笔名。

《意志》（1902）是他的第一部长篇小说，和稍后发表的《安东尼奥·阿索林》（1903）、《小哲学家的忏悔》（1904）几乎构成了一个三部曲或三重奏。用维纳尔·穆莱特的话说，《意志》是一首诗，一首极浪漫却极不可信的诗；《安东尼奥·阿索林》虽然可信，但毫无诗意；只有《小哲学家》值得称道，它不但可信而且充满了诗情画意。[①]

的确，《意志》可以说是世纪之交西班牙年轻一代的写照。在一种类似于颓废主义的悲鸣中，世纪末情绪和整一代人的精神危机被凸显出来。较之《意

---

① Werner Mulertt: *Azorín (José Martínez Ruiz): contribución al estudio de la literatura española a fines del siglo*, ⅩⅨ , Madrid: Biblioteca Nueva, 1930, p.60.

志》,《安东尼奥·阿索林》要理性得多,因而年轻的人物面对日下世风所试图表现的叛逆和无奈,印证着作家的两难心境。《小哲学家》似乎回到了童年,多少带有自传色彩。儿童的顽皮与孤独以及令人难忘的故乡风情,在阿索林以后的作品里反复出现,颇能激发读者的乡思。

此后,和几乎所有伟大的西班牙作家一样,阿索林写起了游记。不知是因为游侠骑士文化使西班牙具有了悠久的游记传统还是相反,综观世界文坛,还真是少有国家像西班牙这样重视游记、偏爱游记。从塞万提斯到佩雷斯·加尔多斯,直至今天,所到之处,西班牙作家都有用笔杆子大肆铺张、尽情喧哗的习惯,一如不太文明的游客的乱画乱写或文明游客的"立此存照"。

总之,阿索林写了无数游记,但最有影响的两部均非一般意义上的游记,而是两次别具匠心的"探险"手记:一部是《堂吉诃德之路》(1905),另一部是《玻璃硕士》。前者沿着塞万提斯在《堂吉诃德》中描绘的"路线",穿越了整个拉曼恰。如今,"堂吉诃德之路"在西班牙家喻户晓,成为西班牙旅游线路上不可或缺的人文和自然景观。后者同样有感于塞翁的作品,进行了一次类似于"堂吉诃德之路"的文学和现实的双重旅行。

从 1915 年到 1921 年,阿索林沉寂了整整六年,直到 1922 年他的长篇小说《唐璜》发表,才再度回到西班牙文坛。按作者本人的说法,《唐璜》是一部真正意义上的小说,写一个独身男人的风流人生。在文学史上,作为反对禁欲主义的人文主义和浪漫主义形象,唐璜从最早的《塞维利亚的嘲弄者》到《唐璜·特诺里奥》,尤其是经过拜伦的生花妙笔,早已广为人知。阿索林在这个时候老调重弹,曾令许多同行、读者费解,因而作品并未达到作者期望的效果,但它表达了作家对世纪之初西班牙保守主义的愤慨。

此外,他还发表了长篇小说《堂娜伊内斯》(1925)、《作家》(1942)、《病人》(1943)等,短篇小说集《蓝中之白》(1929),剧本《老西班牙》(1926)、《白兰地,白兰地》(1927)、《无形》(1927)和《安赫利娜》(1930)等。

除却一些赶潮的探索性作品,如《超现实主义或前小说》(1929)、《人民》(1930)等,阿索林后期作品的惊人之处(也许还是"98 年一代"的共同特点),是对现代生活充满古典精神的描写。换言之,他是要拿现代生活去验证那些古典哲学命题,如人生如梦。他经常援引"黄金世纪"诗人卡尔德隆的名句:

> 一天复一天,一日还一日,
> 日子连日子,痛苦接痛苦。①

---

① Pedro Calderón de la Barca: *La vida es sueño*, Madrid: Editorial Castalia, 2003.

与卡尔德隆一脉相承，阿索林后期作品中的人物大都平庸苦闷，仿佛福楼拜笔下的生命，既可怜又可悲。不少人物都面临着三种价值体系的摧残：宗教——拒绝欢乐，科学——拒绝幻想，现实——拒绝精神。

阿索林进入中国是在 20 世纪 30 年代，戴望舒、徐霞村[①]、卞之琳等都不同程度地翻译或介绍过他。卞之琳于 1934 年写过一篇叫作《译阿左林[②]小品之夜》的散文，谈到秉烛翻译阿索林最是适合。沈从文也在其小诗《卞之琳的浮雕》中提到过阿索林。后来，沈从文先生的高足汪曾祺或许还因此"爱"上了阿索林。他在文集《文论卷》中收录了一篇关于阿索林的随笔，叫作《阿索林是古怪的》。

同样，南星、傅雷、唐弢、金克木等也都与阿索林有过神交。其中，金克木于 1990 年创作的一篇杂忆中称赞阿索林的小说"像散文，又像小说……不着褒贬，自然见意，有些像阮籍、陶潜的诗"，"词少意多，文短情长，淡得出奇，又有余味"。[③]

此外，提到或受到阿索林影响的也许还有何其芳、李广田、曾卓、芦焚（师陀）等不少作家。由此可见，阿索林在现代中国文坛的地位几可与塞万提斯比肩。

二　巴罗哈

皮奥·巴罗哈（1872—1956）出生在滨海小城圣塞巴斯蒂安。父亲是工程师，母亲是家庭妇女。七岁时随父母迁至马德里。生平第一次与作家或者文学打交道，是在父亲的带领下认识当时的二流小说家曼努埃尔·费尔南德斯·伊·贡萨莱斯。此人给他留下了很深的印象，不仅因为此人五大三粗、举止笨拙，还因为父亲对他非常崇拜。但是巴罗哈并未因此而选择文学。他考取了巴伦西亚医学院，毕业后又回马德里深造，获得医学博士学位。然而，若干年以后，他突然感到自己对医学毫无兴趣，并于 1896 年辞职回家，先在兄弟的一家面包店当经理，嗣后在友人的撺掇下进入股票圈。两年后，美西太平洋战争爆发，西班牙惨败。于是，经济凋敝，人们的生活一落千丈，股票和其他生意更是一塌糊涂。百无聊赖的巴罗哈不知何去何从。在这关键时刻，他遇到了阿索林，从此走上了文学之路。他在当时的日记中这样写道："我当过医生，做过老板，玩过股票，最终却爱上了文学。我知道文学不可能提供富裕的生活，但也不至于让人饿死。

---

①　1930 年，徐霞村和戴望舒以"塞万提斯的未婚妻"为题翻译了阿索林的作品《西班牙小景》。

②　即阿索林。

③　金克木：《小人物·小文章》，《读书》1990 年第 10 期。

然而,文学给人以幻想和希望。"[①]

在阿索林的帮助下,巴罗哈先后到几家报刊社当编辑,同时开始文学创作,累计发表小说六十余部。

1900年,他的第一部长篇小说《阿依斯戈里一家》发表。作品写巴斯克农村,由七部分和一个尾声组成,每一部分有一个小小的高潮。诚如作家本人所说的那样,这部小说的优点是对话"逼真",缺点是情节"太假"。[②]

但是两年以后,巴罗哈在颇具游记特色的《完美之路》(1901)中矫枉过正,表现出了过分的真实,结果歪打正着,被方兴未艾的西班牙自然主义文人定于一尊。

此后,巴罗哈又回到了农村题材,创作了与第一部小说截然不同的《拉布拉兹的总管》(1903)。作品色调灰暗,像一曲挽歌,唱出了西班牙农村和西班牙传统家庭的衰败。

1904年对于巴罗哈来说是丰收的一年,他接连发表了三部作品:《寻找》《莠草》和《红霞》。它们不但实际上构成了一个三部曲,[③]而且初版时有一个共同的标题:《为生活而奋斗》。它们既有流浪汉小说的特点,又充满了心理描写,称得上是巴罗哈的代表作,在西班牙文学史上享有很高的地位。

《寻找》写主人公曼努埃尔少年时期的生活经历。由于父亲早亡,曼努埃尔不得不跟随做厨娘的母亲在一家廉价饭馆当招待。有一次,他和一个无理取闹的顾客发生争执,老板不分青红皂白,叫他卷铺盖走人。离开饭馆之后,主人公走投无路,只好去投靠他的一个贫困潦倒的叔叔。在叔叔家,他结识了被文明社会遗忘的另一个马德里:除却他那慵慵懒懒、脏不可耐的叔叔,脾气暴躁、嗜酒如命的婶婶,衣衫褴褛、目不识丁的堂兄,就是浮头肿脸、傻里傻气的邻居。他们整天为鸡毛蒜皮的事情吵吵闹闹,直至有一天堂兄野性发作,用匕首杀死了女友,然后放血自尽。主人公忍无可忍,逃到了另一个叔叔——"脚丫子"家里。"脚丫子"做点小生意,让曼努埃尔留下来当了伙计,使他的生活渐趋正常。然而,好景不长,曼努埃尔发现婶婶跟堂兄有染。虽说婶婶是堂兄的继母,但他们的不正当关系还是很快地暴露了。为了掩人耳目,把事情摆平,婶婶请来自己的妹妹,用美人计对付老公,结果果然奏效。曼努埃尔不堪忍受如此肮脏的环境,决定离开他们,到另一家店铺谋生。未几,他和老板的侄女偷偷相爱并发

---

① Antonio Camboy: *Pío Baroja*, Madrid: CBE, 1963, p.16.

② Francisco Flores Arroyuelo: *Pío Baroja*, Madrid: Editorial Publicaciones Españolas, 1973, p.29.

③ 有人以主题或题材将巴罗哈的作品分为二十几个三部曲。除上述三部曲外,有"幻想三部曲""种族三部曲""城市三部曲""海洋三部曲""黑林三部曲"等等。

生关系。不久东窗事发，老板勃然大怒，曼努埃尔只得逃之夭夭。从此，他开始了漫无目标的流浪。

《莠草》写曼努埃尔被一个雕塑家看中，当了模特儿。这时，他与初恋情人别后重逢，并发现后者早已沦落风尘。小说的情节比较简单，但人物性格渐趋丰满。

《红霞》对叙事方式做了调整。变化的契机来自主人公弟弟的出现。弟弟是个无政府主义者，成天与满嘴革命的文人骚客为伍。于是，一个苦尽甘来，当了小老板，只想安安稳稳地生活；另一个却要推翻一切秩序。截然不同的两种人物性格的矛盾就不可避免地展现出来。作者寄予主人公曼努埃尔的同情是一目了然的。用阿罗约洛的话说，巴罗哈的理论是生存的理论，个人利益是人们面对现实的唯一准则。它既适用于人物曼努埃尔，也适用于他弟弟。

此后，巴罗哈又写了一个"过去"三部曲，包括《慎者的集市》（1905）、《冒险家萨拉卡因》（1908）和《桑蒂·安迪亚的担忧》（1911）。第一部写一个叫金廷的历史人物，后两部则是发生在巴斯克地区的传奇故事。批评界对这三部小说的评价不是很高，但它们所表现的那种传统冒险家和尼采式悲剧性格的冲突还是值得注意的。

紧接着这三部曲的是《塞萨尔或虚无》（1910）和《科学之树》（1911）。这两部小说的共同特点都是借古喻今。

最后，巴罗哈推出了长篇系列小说《行动者的记忆》（1913—1935），凡二十二卷。作品以家族历史为蓝本，表现了自独立革命到19世纪中叶西班牙社会的动荡与变迁。

此外，他还著有长篇回忆录《从回归说起》（1944—1949）和以《海》为总标题的大量游记。

西班牙内战爆发后，巴罗哈流亡法国。其回忆录大都是在这一时期写下的。

总的说来，巴罗哈的作品大都情节简单、文体自由，却部部针对西班牙现实，尤其是西班牙的国民性。而这也许正是鲁迅所看重的。鲁迅对巴罗哈颇为赞赏，称他是"具有哲人底风格的最为独创底的作家"[1]，"……诙谐而阴郁，虽在译文上，也还可以看出作者的非凡的手段来"[2]。自1928年至1934年，鲁迅先后翻译了巴罗哈的八篇作品，并在《〈面包店时代〉译者附记》中说："巴罗哈同伊本涅支[3]一样，也是西班牙现代的伟大的作家，但他的不为中国人所知，我

---

[1] 《鲁迅全集》第十卷，人民文学出版社，2005年，第427页。

[2] 《鲁迅全集》第十卷，人民文学出版社，2005年，第425页。

[3] 即伊巴涅斯。

相信，大半是由于他的著作没有被美国商人‘化美金一百万元’，制成影片到上海开演。”[①]鲁迅对巴罗哈的认同，也许不仅在于他看到后者所表现的哲人风格和独创精神，还在于他在后者那里看到了东西方两个民族的悲哀。巴罗哈时代的西班牙犹如鲁迅时代的中国，正惨遭列强的欺压且毫无还手的能力。即使写出好的作品，那也必得花百万美元、通过美国电影方能得到国际认可。

三　乌纳穆诺

“我不记得我是怎样出生的。出生是自己的过去，一如死亡是自己的未来，完全应该是我的生命体验，但我却必须依靠别人去相信它的存在。好在死亡如同出生，将不能留下记忆。尽管我不知道我何时降生，但出生证和别人都使我明明白白地懂得：我是在 1864 年 9 月 29 日来到这个世上的。”[②]

米格尔·德·乌纳穆诺（1864—1936）是“98 年一代”的老大，出生在比尔巴鄂一个传统的天主教徒家庭。父亲早逝，加之社会动荡，乌纳穆诺从小被寄养在乡下亲戚家里，因此，他的儿童年代是在一所类似于中国私塾的学校里度过的。学校只有一名教师以及他的棍棒和糖豆。平静的生活和单纯的人际关系，成了日后乌纳穆诺取之不尽的创作源泉。在乌纳穆诺的记忆中，儿时的他沉默寡言，像个哑巴，却满脑子的哲学命题。他用沉默构筑了一道围墙，又用思考填补了时间的空白。他不到十四岁就通读了康德和黑格尔，为后来二十二岁获得哲学博士学位奠定了基础。1886 年至 1898 年在多所大学任教，同时开始写小说。1897 年发表《战争中的和平》，这是一部类似于编年史的著作，而 1902 年的《爱情与教育》则几乎是一篇散文，议论多于叙述。

青年时期的乌纳穆诺对未来充满了信心。他把先进和落后比作赛跑，认为二者的差别无非是早一步晚一步到达终点的问题。“晚到一步又有什么关系？”他说，“关键是不要停止，不要回头。要面向前面的现实，而不是背后的过去。”[③]

乌纳穆诺热衷散文创作，发表了有关文学的《堂吉诃德及桑丘集》（1905），有关社会生活的《生命的悲剧意识》（1913），有关宗教信仰的《基督教的没落》（1925），以及大量游记，如《风景》（1902）、《我的祖国》（1903）、《西葡的土地》（1911）和《西班牙：边走边想》（1922）。

也是在这一时期，乌纳穆诺写下了不少诗篇，如《诗集》（1907）、《十四

---

① 《鲁迅全集》第十卷，人民文学出版社，2005 年，第 495 页。《〈面包店时代〉译者附记》最早于 1929 年刊登于《朝花》第 17 期，后收入《鲁迅全集》。

② 转引自 René Marill Alberes: *Miguel de Unamuno*, Buenos Aires: Editorial La Mandrágora, 1952, p.18.

③ Unamuno: *Ensayos*, Madrid: Editorial Aguilar, 1898, p.215.

行抒情诗》（1911）、《委拉斯凯兹的基督》（1920）、《内心的韵律》（1923）
和《特蕾莎》（1923）。

此外，他还创作了不少剧作。其中影响较大的有《女尸》（1909）、《往事不往》
（1910）、《孤独》（1921）、《梦之影》（1926）和《另一个》（1926）等。

与此同时，他继续创作小说，接二连三地推出了短篇小说集《死亡的镜子》
（1913），以及中长篇小说《迷雾》（1914）、《阿贝尔·桑切斯》（1917）、《经
典三小说》（1920）、《图利奥·蒙塔尔班》（1920）和《图拉姨妈》（1921）等。

晚年致力于政治，历任共和国议员、公共教育委员会主席等职，成为西班
牙民主运动的一面旗帜。1936年西班牙内战全面爆发，乌纳穆诺心力交瘁，含
恨去世。

《迷雾》被认为是他的代表作。小说篇幅有限，但内容厚重。它写一个叫佩
雷斯的年轻人的存在危机。小说一开始就亮出了主题："他终于撑起雨伞，但却
没有迈步。他想了想说：'等一条狗吧，它去哪儿，我就去哪儿。'"作品从头到
尾充斥着内心独白，从一条狗到一只蚂蚁或者任何一样东西联想到生命的盲目
与虚无。人物常常发出这样的感慨："无聊是生命的真实意义。正因为无聊，人
们才发明了游戏、小说和爱情……"这种对存在意义的怀疑，最终发展到了对
生命本质的怀疑（其时，人物的未婚妻因破产而自杀）："她存在过吗？如果说
她存在过，那么她又怎么会消失得无影无踪？难道她是我幻想的产物？……然而
我是谁？"存在还是虚无？他亮出了典型的虚无主义问号。

相形之下，《阿贝尔·桑切斯》更写实。尽管小说具有寓言风格，内容又是
《圣经》故事，故而常常被当作神话传说：由神话母题演绎的现代该隐与亚伯。
小说有情节有细节，写得从从容容、洋洋洒洒。作者惯常的哲学家的口吻被尽
量地隐藏了起来。因此，也有人认为这是乌纳穆诺最成功的小说。[1] 但是，跳动
于故事背后的，仍然是那个萨特式的存在主义命题："他人是敌人。"

实际上，乌纳穆诺创作的小说中，数《图拉姨妈》最像小说。它取材于现
实原型，"写一位年轻女子。她拒绝了所有追求者，果敢地替死去的姐姐承担母
亲的责任，抚养幼小的外甥。虽然她和姐夫朝夕相处，却保持了男女别途。为了
维护家庭的纯洁，她拒绝了姐夫的爱情。然而她付出了母爱，而且心满意足"[2]。

老实说，乌纳穆诺的小说没多少值得称道的，除却他从中引入的存在主义
思想。这些思想并不完全属于舶来品，而是同尼采等德国哲学家的互文。海德

---

[1] Hugo Lijerón Alberti: *Unamuno y la novela existencialista*, La Paz: Editorial Los Amigos del Libro, 1970, p.101.

[2] Carlos Blanco Aguinaga: *Unamuno contemplativo*, México: El Colegio de México, 1959, p.123.

格尔则是在乌纳穆诺之后，尽管影响要大得多。所谓"人同此心，心同此理"，特定条件下，人们心理攸同。[1]正因为纠结于生存意义的终极思考，乌纳穆诺一生都在为信仰问题、自我身份问题和人格危机问题而挣扎、呐喊。这种心路历程又成了乌纳穆诺创作的基本内容和主题，并使他成为人们讨论西班牙早期现代主义和存在主义时很难逾越的存在。借用鲁迅的话说，因为乌纳穆诺没有花一百万美元求好莱坞把他的作品拍成电影，所以他进入中国很晚。而他的作品一定程度上堪称萨特存在主义作品的前奏，即哲学化的文学，或谓借文学以表现哲学问题。唯一的例外也许是《图拉姨妈》。这个令他也令许多读者感动的故事在现实生活中的存在概率固然不高，却成了《百年孤独》中阿玛兰妲姨妈的原型。

如今，乌纳穆诺的不少作品已被翻译成中文，其中有《迷雾》《图拉姨妈》《生命的悲剧意识》等。

四　巴列-因克兰

如果说乌纳穆诺是"98年一代"中最具哲学底蕴的作家，那么，拉蒙·德尔·巴列-因克兰（1866—1936）无疑是他们当中最具艺术天分的才子，一生充满了传奇色彩。他出生在加利西亚的里亚德阿罗萨河上，当时他母亲正准备过河分娩。这似乎注定了他一生漂泊的命运。

> 那是个十月的夜晚，
> 月色清明，有风有浪。
> 在星星的伴随下我来到这个世界，
> 浪花和风儿对我表示欢迎。[2]

巴列-因克兰用这首小诗记述了他的降生。

然而，也有人说巴列-因克兰降生在一位已故老人的屋子里。和那位老人一样，他一落地就带着满脸的黄毛。随着岁月的增长，这些黄毛变成了棕褐色络腮胡子。[3]

巴列-因克兰少年时代充满了幻想，而且拥有贵族姓氏和一匹类似于堂吉

---

[1]　钱锺书在《谈艺录》序言中借南宋陆九渊之意，谓："东海西海，心理攸同；南学北学，道术未裂。"（此言常被讹传为"东学西学，道术未裂；南海北海，心理攸同"。）（《谈艺录·序》，中华书局，1984年，第5页。）

[2]　Ricardo Domenech: *Ramón del Valle-Inclán*, Madrid: Editorial Taurus, 1988, pp.14-15.

[3]　Ricardo Domenech: *Ramón del Valle-Inclán*, Madrid: Editorial Taurus, 1988, pp.14-15.

诃德坐骑的瘦马。但是，父亲的早逝，使他不得不放弃堂吉诃德式徒有虚名的贵族架子，到马德里打工谋生。起初，他以为靠他在大学获得的法律知识，可以找到一份体面的差事，殊不知没有律师资格，学历毫无用处。于是，摆在他面前的只有一条路：不需要文凭就走得通的文学之路。在他看来，文学和冒险一样，不怕"邪乎"，只要敢想敢做。适值欧陆文坛风起云涌，现代主义方兴未艾。于是，他提着一只黑皮箱，毛遂自荐，到《环球报》当了见习记者，然后只身闯到墨西哥，替《西班牙人邮报》和《宇宙报》当撰稿人。他夜以继日地工作，为了提神，抽起了大麻，结果染上毒瘾，瘦得皮包骨头，仍然不能自拔。这时，他又毅然决然地离开墨西哥，回到久别的祖国。为了战胜毒瘾，他做出了身心所能承受的最大努力。经过近一年时间坚持不懈的奋斗，他终于重新恢复了活力，并着手创作短篇小说集《女性，爱情故事六则》（1895），但几乎没有激起任何反响。正在绝望之际，他遇到了阿索林和巴罗哈，从而结识了诗人卢文·达里奥、剧作家贝纳文特以及"98年一代"的其他成员，如乌纳穆诺、马埃斯图和马查多兄弟。巴列-因克兰口才极佳，常常妙语连珠，语惊四座，给咖啡馆里的聚会增色不少。"一战"期间，他担任国际反战委员会委员，因反对独裁者普里莫·德·里维拉锒铛入狱。出狱后，他常常单枪匹马到荒郊野岭寻找金矿，并在一次类似于堂吉诃德式的冒险中变成了瘸腿，还险些送了小命。此后，他又因一件鸡毛蒜皮的小事与"98年一代"的另一位作家布埃诺发生争执。决斗中，巴列-因克兰左臂中弹负伤。仿佛命中注定，他成了西班牙文坛的又一位独臂巨人。"鄙人既像塞万提斯，又像拜伦，只差有朝一日瞎了双眼：像个古老的荷马。"他常常这么自嘲。[①] 也许是潜意识作祟，巴列-因克兰一度热衷于描写盲人生活，创作了表现盲人的《英雄之声》（1912）和《放荡之光》（1924）。

由于他的雄辩、人格魅力和传奇色彩，巴列-因克兰影响了不少青年艺术家，其中不乏渐成大器者，如西班牙的毕加索和墨西哥的里维拉。

巴列-因克兰的作品和他的经历一样丰富多彩。1899年，他完成了第一部剧作《灰》，并用稿酬买了一只假肢。著名剧作家贝纳文特曾给予这部剧作以高度评价，使得巴列-因克兰深受鼓舞。此后他全面出击，创作了十四部（集）小说、二十余个剧本和六部诗集。

1902年至1905年，他的系列小说"季节四重奏"，即《秋天奏鸣曲》《夏天奏鸣曲》《春天奏鸣曲》《冬天奏鸣曲》获得巨大成功。他的剧作《狼曲》(1908)、《四月的故事》（1910）和小说"战争三部曲"也受到了普遍好评。

---

① Robert Lima: "Hombre, máscara, artista: síntesis vital de Valle-Inclán", Clara Luisa Barbeito (ed.): *Valle-Inclán*, Barcelona: PPU, 1988, p.32.

从此,他的经济状况大为改观。他买了房子,结了婚,创办了"破罐子"剧团,并创作了不少剧作,其中被他称作荒诞剧或闹剧的系列作品(《卡斯蒂莎女王》《国王的情人》《龙头》)手法极为怪诞、夸张。然而,由于他不善经营,剧团很快陷入困境,在风雨飘摇中捉襟见肘地惨淡经营了几年后宣告倒闭。其时他已经重病在身,加上因言辞过激招来的种种麻烦,生活缺氧似的令他窒息。然而,就在这一时期,他仍以顽强的毅力创作了反独裁小说《暴君班德拉斯》(1926)和系列历史小说《伊比利亚之环》(1927—1932)。

《暴君班德拉斯》被认为是巴列-因克兰的小说代表作,开了拉丁美洲现代反独裁小说的先河。作家的笔触像电影镜头似的从拉美某国的一次政变切入,人物和事件围绕着这次政变依次展开。作品时间跨度极小(严格地说故事发生在三天时间之内)。全部赌注都下在了横向的拓展和长镜头展示上,故而具有很强的视觉效果。奇妙的是,短短的三天展示了几乎整个拉丁美洲历史。他在谈及此作时曾经这样说:"这才是真正的演奏。在此之前,我的所有作品都只是调音准备。"[1]

《伊比利亚之环》写19世纪西班牙女王伊萨贝尔及其王朝无可奈何的衰落。小说共九篇,每一篇都相对独立,且人物众多、关系复杂,有的人物出现一次后即告消失;有的人物呼之即来,挥之即去,如行云流水。

"季节四重奏"以布拉多明侯爵为主要描写对象,通过其唐璜式的人生轨迹,确立了作者在文体上标新立异的先锋地位。作品采用自传体,夹杂了大量内心独白和意识流,堪称西班牙语文坛的第一部篇幅冗长的现代主义小说,一定程度上与普鲁斯特形成了"隔空对弈"。

其他重要作品有散文《神灯》(1916)等。

五 贝纳文特

哈辛托·贝纳文特·马丁内斯(1866—1954)出生在马德里一个著名的儿科医生家庭。儿时在马德里度过。和许多顽皮的孩子一样,小时候的贝纳文特并不是个好学生。他粗心大意、吊儿郎当,还不爱读书。据他回忆,假如没有插图,哪怕是最好的文学作品,也不在他的涉猎范围之内。他读《堂吉诃德》,也完全是因为那里有滑稽的插图。[2]

贝纳文特的语言天赋极高,未满十五岁就已经熟练地掌握了英文、法文和

---

[1] Francisco Madrid: *La vida altiva de Valle-Inclán*, Buenos Aires: Editorial Poseidón, 1943, p.337.

[2] Angel Lázaro: *Jacinto Benavente: de su vida y su obra*, Madrid: Agencia Mundial de Librería, 1925, p.11.

意大利文。1885年,父亲的病逝使他一夜之间成了大人。他放弃了大学学业,白天外出打工,晚上潜心阅读各类文学作品,指望有朝一日一鸣惊人当个作家。弱冠之年,他认识了一个马戏团的老板娘并深深地爱上了她。在她的奖掖下,他开始了戏剧创作。然而,他并没有一鸣惊人,和老板娘的感情也产生了裂痕。创作和爱情的失败使他非常沮丧。这时,朋友劝他到法国学习戏剧。在法国期间,他潜心研究易卜生等人的作品并与法国象征派诗人过从甚密。两年后,他重操旧业,创作了《别人的巢》(1894)。《别人的巢》终于被马德里喜剧团采纳并搬上舞台,但是演出很不成功。有人提醒他说,戏剧的关键是戏剧性,而不是标新立异,希望他抛弃"过多的"独白和"过分的"象征。然而,他认为"西班牙观众像孩子……必须让他们适应新玩意儿",故我行我素,继续走自己的路。幸好他的创作很快受到了阿索林等新一代文人的赏识。由于他们的支持和鼓吹,贝纳文特热情高涨,接连写出了三个剧本。1899年,这三个剧本同时上演并获得成功。此后,贝纳文特的戏剧创作日臻完美。

1903年,轻喜剧《周末之夜》完成。它被认为是西班牙有史以来最成功的剧作之一。作品以夸张的喜剧形式,把一个女人的野心表现得入木三分。诚如贝纳文特所说的那样,"她有顽强的意志、毒辣的手段……这是她成功的唯一途径。然而,天知道这种成功是否值得"[①]。

1907年,贝纳文特的另一部重要作品——《人为利益》被搬上舞台。他使古老的闹剧焕发出新的生命力。虽然故事发生在17世纪,但试图表现的却是每况愈下的西班牙现实社会。

自1909年起,贝纳文特开始致力于儿童剧的创作并亲自创办了一家儿童剧院。但美好的愿望被日益恶化的经济粉碎。

与此同时,他遭到了一连串意想不到的打击。先是经纪人的背叛,然后是母亲的亡故,再后来便是第一次世界大战以及险些使他丧命的一场大病。为了休养生息,他终于决定离开西班牙到美洲生活。1922年,当瑞典人决定把当年的诺贝尔文学奖授予他时,他几乎没有理会。

据不完全统计,贝纳文特一生创作的剧作达百余种之多。受易卜生、萧伯纳、梅特林克等人的影响,他的作品大都简洁明快,很少追求象征意义以外的戏剧效果。正因为如此,它们多数没有被搬上舞台,而是被当作小说阅读,这或许也算是一种创新或继承[②],故此略加言说。

---

① Angel Lázaro: *Jacinto Benavente*: *de su vida y su obra*, Madrid: Agencia Mundial de Librería, 1925, pp.23-36.

② 譬如对戏剧体小说或小说体戏剧《塞莱斯蒂娜》的继承,所不同的是贝纳文特的剧作大都短小精悍,有点像我们的小品,尽管风格更加冷峻。

当然，更为重要的是贝纳文特对当代西班牙乃至拉丁美洲文坛产生了深刻影响。他的座右铭——"把精神变成可感事物，把可感事物变成精神"被认为是现代艺术的秘诀。鲁迅曾高度评价贝纳文特，称他是"西班牙剧坛的将星"[1]。

六 其他作家

属于"98年一代"的其他作家还有不少，但他们大都因侧重于诗歌或戏剧创作，而难以在这里占有一席之地。当然，即使像布埃诺（1874—1936）、马埃斯图（1875—1936）、维利亚埃斯佩萨（1877—1936）这样偶有小说发表的作家，也因其主要成就并不在兹而只能从略。

其中，曼努埃尔·布埃诺出生在法国，1894年随父母迁回西班牙。早年从事新闻工作并活跃于政治舞台。西班牙内战爆发后被枪杀。他信奉现实主义，认为现实主义是优秀文学的一切过去、现在和未来。他一生执着地以法国批判现实主义大师巴尔扎克为典范，主要作品有短篇小说集《活着》（1897）、《灵魂与风景》（1900），长篇小说《内心》（1906）、《在人生的门槛》（1918）、《生活的痛苦》（1924）、《面对面》（1925）、《甜蜜的谎言》（1926）、《最后的爱情》（1930）、《罪孽的滋味》（1935）等。布埃诺青年时期接触了马克思主义，后又对社会主义苏联心向往之。其鲜明的左翼倾向在"98年一代"中唯有马埃斯图可以比肩。也许正因为如此，他的作品一直没有引起西班牙文坛的足够重视。

马埃斯图出生在维多利亚市。父亲是古巴人，母亲是英国人。1898年，随西班牙军队参加抵抗美国的太平洋海战。西班牙败北后离开军队，从事新闻和外交工作。创办过《西班牙行动》等刊物，并受命于西班牙政府出任驻阿根廷大使。西班牙内战爆发后被枪杀。同为"98年一代"作家，他的贡献与其说是文学的，倒不如说是政治的。他的文学成就也远不如他的杂文和政论。他的《人文主义危机》（1916）英文版在先，西班牙文版在后。它和作者的《西班牙精神》（1934）一起被认为是"西班牙人的良心"。尤其是在西班牙内战时期，这些作品曾广为流传。在这些作品中，马埃斯图以亲身经历为依据，叙说西班牙的没落和人文精神的衰竭。文学创作方面建树不多。小说方面主要有长篇历史纪事《特兰萨瓦尔之战》（1900）。

维利亚埃斯佩萨较上述两位更具感性色彩和现代主义精神。他毕业于格拉纳达大学法律系，1898年前后开始写诗，一生发表诗集三十余部。小说方面有《玫瑰的奇迹》（1907）、《温柔的奇迹》（1911）、《爱莎的报复》（1911）、《奇

---

① 《西班牙剧坛的将星》，最初作为译文后记发表于1925年1月《小说月报》第16卷第1号，后收入《鲁迅全集》第十六卷。

迹骑士》（1916）等。这些作品大抵游离于西班牙现实，故而后世品评不多。

第三节　"27 年一代"

由于 1914 年开始的第一次世界大战使大半个欧洲陷入了火海，更由于发达国家悉数卷入了战争，落魄的西班牙终于有了喘息的机会。大战期间，由于闭关自守而保持"中立"的西班牙左右逢源，国民经济随着外需的增长迅速增长，从而为社会文化事业的发展奠定了物质基础。

与此同时，不少拉丁美洲诗人纷纷逃离法、英、德、意等国，会聚到西班牙，以致现代主义诗潮继续拍打西班牙文坛。在诗歌方面，首先出现的是以胡安·拉蒙·希梅内斯为代表的"第二代"现代主义诗人。他们比"第一代"（主要指"98年一代"中的马查多兄弟等）现代主义诗人更年轻、更富有朝气，也更"纯粹"、更"极端"。

希梅内斯深受拉美现代主义诗歌的影响，给西班牙诗坛注入了崭新的色彩。西班牙的"无可奈何花落去"、父亲的英年早逝、马查多兄弟的影响和史无前例的第一次世界大战，决定了他的悲观厌世的思想与逃避现实的拉美现代主义一拍即合。他以特有的哀婉与深沉，同西班牙传统诗歌的浪漫与激越形成了鲜明的对照。

同时进入西班牙诗坛的流派如象征主义、表现主义、达达主义和超现实主义等，也在新生代诗人中引起反响。极端主义便是一个由上述流派直接催生的先锋派诗潮，它脱胎于达达主义，又融入了象征主义和表现主义手法，虽说并未在西班牙本土产生多大的冲击波，却推动了西班牙语美洲文学的发展，对以博尔赫斯为代表的新大陆作家产生了影响。

与此同时，新一代作家悄然来临。他们与"98 年一代"虽然隔着西班牙文坛未来的第三枚诺贝尔文学奖[①]，但在避免了第一次世界大战、享受了"休憩期"后，新一代作家显得信心十足。

1927 年是西班牙"诗仙"贡戈拉仙逝三百周年。是年，以佩德罗·萨利纳斯、豪尔赫·纪廉、费德里科·加西亚·洛尔卡、达马索·阿隆索、维森特·阿莱克桑德雷、赫拉尔多·迪埃戈、拉法埃尔·阿尔维蒂等为代表的年轻诗人举行了狂热的纪念活动，使崇尚夸饰、注重形式的贡戈拉之风再次席卷伊比利亚半岛。而这非常契合西班牙语美洲的现代主义诗潮。虽然他们的政治立场和思

---

① 继贝纳文特于 1922 年获得诺贝尔文学奖后，希梅内斯迅速跻身诺贝尔奖候选人行列，并最终于 1956 年摘得桂冠。

想倾向各异，却具有追求形式完美的共同特质。他们继承和发扬了"为艺术而艺术"的唯美主义风尚，创作内容或淳朴或隐晦，形式或简洁或怪诞，都追求卓越，追求与众不同。到了 20 世纪 30 年代，由于这一代诗人的迅速崛起，评论家们才从积满烟尘的日历中翻出了历史，并统称所有参与和没有参与纪念活动的年轻诗人为"27 年一代"。

由此可见，"27 年一代"诗人之间并没有艺术上的本质的联系，而更多的是一个断代概念。正因为如此，稍后又有其他诗人作家如米格尔·埃尔南德斯、路易斯·塞尔努达、埃米利奥·普拉多斯等被归入了"27 年一代"行列。

这一时期，西班牙出现了不少重要的思想家和文艺评论家，如何塞·奥尔特加·伊·加塞特、埃乌赫尼奥·德·奥尔斯、何塞·贝尔加明·古铁雷斯、吉列尔莫·德·托雷、埃尔内斯托·希梅内斯·卡巴耶罗等等。其中最孚众望的是何塞·奥尔特加·伊·加塞特（1883—1955）、吉列尔莫·德·托雷（1900—1971）。

奥尔特加的主要贡献在于他的文艺思想。他主张文艺无禁区，但他又痛感现代文艺的形式主义倾向，发表了《艺术的去人性化》（1925）、《大众的反叛》（1930）等重要著述，引起了西方文艺思想家的持续关注。由他创办的《西方杂志》被认为是当时欧洲最有影响的人文类刊物之一。此外，他还是西班牙社会工党的创始人。

托雷不仅早在 20 世纪 20 年代初就系统地评价和肯定了方兴未艾的欧洲先锋派思潮，而且和博尔赫斯一道，并作为博尔赫斯的妹婿，把极端主义带到了拉丁美洲。

这一时期西班牙小说几乎可以说是乏善可陈。虽然老作家伊巴涅斯等不遗余力，年轻作家拉蒙·戈麦斯·德·拉·塞尔纳、拉蒙·佩雷斯·德·阿亚拉、加夫列尔·米罗·费雷尔等笔耕不辍，却始终没有重大的突破，至少是难以与诗坛的繁荣 [①] 等量齐观。

戏剧方面也是开始变得雷声大雨点小。即使加西亚·洛尔卡、阿尔维蒂等人曾不遗余力，西班牙剧坛终究没能延续传统的气势，真正精彩的作品更是寥寥无几。

鉴于这一时期小说乏善可陈，又鉴于奥尔特加·伊·加塞特值得关注，在此不妨稍加逗留，以便对奥尔特加的代表作略加评述。

首先，奥尔特加在《堂吉诃德沉思录》（1914）中对小说的产生进行了纵向梳理，认为《堂吉诃德》这样的小说只能在悲喜剧臻于完善之后才可能产生，

---

① 标志之一是诗人阿莱桑德雷于 1977 年为西班牙文坛摘得第四枚诺贝尔文学奖。

并且认为《堂吉诃德》就是一部悲喜剧。①

其次，他最早提出了"大众文化"概念。他在《艺术的去人性化》一书中写道：

> 19世纪的艺术创作太不纯粹。他们将纯艺术因素减少到最低限度，盖因他们的作品几乎完全建立在人类现实生活的基础之上。从这个意义上说，上个世纪的所有艺术均可谓现实主义作品，程度不同而已。贝多芬和瓦格纳是现实主义者。夏多布里昂和左拉也是现实主义者。在今天看来，浪漫主义与自然主义差别不大，因为它们都有现实主义的根基。

在奥尔特加眼里，现实主义"作品算不得艺术品。它们无须鉴赏水平，因为它们只是现实的影子，没有虚构，只有镜像：它们远离艺术。这些作品旨在表现人性，并让观众与之同悲同喜、产生共鸣。这样一来，19世纪的艺术之所以如此受大众欢迎也就可以理解了：它就是为大众而生，是大众艺术。但是，它们算不上真正的艺术，只是对生活的撷取或提炼。请记住，每当有两种不同的艺术类型同时存在时，总有一种适合小众，另一种适合大众，而后者大抵是现实主义艺术"②。

在稍后发表的《大众的反叛》中，奥尔特加提出了"大众社会"的概念，并对"大众社会"及其文化进行了批判，认为20世纪欧洲出现了一个极端严重的问题：

> 那就是大众开始占据最高的社会权力。就"大众"一词的含义而言，大众既不应该亦无能力把握他们自己的个人生活，更不用说统治整个社会了。因此，这一崭新的现象实际上就意味着欧洲正面临着巨大的危机，这一危机将导致生灵涂炭，国运衰微，乃至文明没落。③

他进而指出，这一事实就是，如今到处人满为患：城镇居民众多，住宅没有

---

①　参见陈众议编选：《塞万提斯研究文集》，王军等译，译林出版社，2014年。

②　奥尔特加·伊·加塞特：《艺术的去人性化》，莫娅妮译，译林出版社，2010年，第9—10页。此处引者参照了原著（*La deshumanización del arte y otros ensayos de estética*, Madrid: Editorial Espasa-Calpe, 1987）有所改动。

③　奥尔特加·加塞特：《大众的反叛》，刘训练、佟德志译，吉林人民出版社，2004年，第3页。

空房,旅店住满客人,列车拥挤不堪,餐馆与咖啡店顾客云集,公园里也到处是人,名医诊所则排起了长队,剧院座无虚席,海滩上人头攒动。[①]

他由此提出了两个惊人的观点:一是反对将大众简单地理解为劳动阶级,认为在所有阶级和阶层中都存在着小众与群体的对立统一。说穿了,他的所谓小众就是精英,而大众则是少数精英之外的芸芸众生。用奥尔特加自己的话说,精英是那些能够并且随时对自己提出要求、赋予自己以责任和使命的人,而大众则是那些随波逐流、游移盲从的群体。

二是批判大众文化,他认为"大众文化"或"大众社会"的形成与"现代化"有关,甚至是"现代化"的结果:首先,"现代化"使欧洲人口急剧增长。从公元6世纪到18世纪,欧洲的人口总数从未超过一点八亿;然而从1800年到第一次世界大战前的1914年,欧洲人口急剧增长,并迅速超过了四点六亿。而且,绝大多数人向城市聚集,于是不论好坏,当前的欧洲公共生活出现了这样一个极其重要的现象,即大众已全面获取社会权力。他甚至因此认为欧洲正在或必将变成一个国家。其次,在奥尔特加看来,大众文化是集体暴力,大众民主也即大众暴政:"大众把一切与众不同的、优秀的、个人的、合格的以及精华的事物打翻在地,踩在脚下;任何一个与其他人不相像的人……都面临着被淘汰出局的危险。"[②] 由此,他惊悚地认为,世界正在目睹一场"野蛮人的垂直入侵",如果他们继续主宰西方社会,那么不出三十年,欧洲将会退化三百年!盖因大众民主说穿了是一种没有限度的"超级民主"。

他还说:"传统的民主政治由于自由主义和对法律的习惯性遵从这两味药剂的作用而得到缓解,由于这些原则的存在,个人把自己限制在严格的法律范围之内。少数人能够在自由主义原则与法治的蔽护之下行动自如,民主与法律 —— 法律之下的共同生活 —— 的含义是一致的。"这就是说,自由与平等,民主与法制,互为因果,缺一不可。然而,在大众社会,民主正在超越法制:"大众无视一切法律,直接采取行动,借助物质上的力量把自己的欲望和喜好强加给社会。"[③]

奥尔特加的观点既偏颇又偏激。首先,造成大众文化现象的并非大众本身,而是资本及资本逻辑和技术理性。其次,奥尔特加在否定阶级理论的同时,无

---

① 奥尔特加·加塞特:《大众的反叛》,刘训练、佟德志译,吉林人民出版社,2004年,第4页。

② 奥尔特加·加塞特:《大众的反叛》,刘训练、佟德志译,吉林人民出版社,2004年,第10页。

③ 奥尔特加·加塞特:《大众的反叛》,刘训练、佟德志译,吉林人民出版社,2004年,第9页。

视普罗大众始终是被剥削的一方。而资产者和少数精英恰恰是由普罗大众用汗水和剩余价值养活的极少数人。从这个角度看，奥尔特加的所谓"时代危机"，其罪魁祸首应该是资本和资本家。

奥尔特加的观点多少对后来的法兰克福学派产生了影响。用法兰克福学派主将之一赫伯特·马尔库塞的话说，"发达工业文明的奴隶是受到抬举的奴隶，但他们毕竟还是奴隶。因为是否奴隶'既不是由服从，也不是由工作难度，而是由人作为一种单纯的工具、人沦为物的状况'来决定的。作为一种工具、一种物而存在，是奴役状态的纯粹形式"。在他看来，现代资本主义的消费文化正在淡化和瓦解无产阶级的阶级意识："一种舒舒服服、平平稳稳、合理而又民主的不自由在发达的工业文明中流行。"资本主义为了特定的阶级利益"从外部强加在个人身上的那些需要，使坚信、侵略、痛苦和非正义永恒化的需要……诸如休闲、娱乐、按广告来处世和消费、爱和恨别人之所爱和所恨，都属于虚假的需要"。[1]而真正的需要——人的自由却被扼杀、窒息了。长此以往，他们会变成鲁迅所说的不知道自己是奴隶的真正奴隶——"万劫不复的奴才"吗？这正是马尔库塞所担心的。于是，他批判大众文化，认为真正的艺术是拒绝的艺术、抗议的艺术，即对现存事物的拒绝和抗议。换言之，艺术即超越：艺术之所以成为艺术，或艺术之所以有存在的价值，是因为它提供了另一个世界即可能的世界，另一种向度即诗性的向度。前者在庸常中追寻或发现意义并使之成为"陌生化"的精神世界，后者在人文关怀和终极思考中展示反庸俗、反功利的深层次的精神追求。[2]

马尔库塞同样有点本末倒置，他批评的这种"民主化和大众化"[3]趋势并非民主化和大众化的结果，而是资本基于利润追求的刺激消费的结果。

第四节　内战时期

1929 年的世界经济危机对没落的西班牙来说无疑是雪上加霜。空前的商业凋敝和大规模的工人罢工，首先在城市引起骚乱，而后殃及全国。

1930 年，独裁者米格尔·普里莫·德·里维拉将军面对分崩离析的西班牙

---

① 　赫伯特·马尔库塞：《单向度的人：发达工业社会意识形态研究》，刘继译，上海译文出版社，2006 年，第 3、32 页。

② 　赫伯特·马尔库塞：《单向度的人：发达工业社会意识形态研究》，刘继译，上海译文出版社，2006 年，第 56—59 页。

③ 　赫伯特·马尔库塞：《单向度的人：发达工业社会意识形态研究》，刘继译，上海译文出版社，2006 年，第 59 页。

社会，再也无力回天。他心灰意冷，决定通过全民表决恢复君主立宪。结果，西班牙中间势力以压倒多数的选票否决了君主立宪，并一鼓作气，于翌年建立了第二共和国。

适值希特勒在德国推行法西斯政治，其他欧洲国家大都明哲保身，采取绥靖政策。步履维艰的西班牙政府当然也是如此。

但是，以西班牙共产党为核心的左翼政党，在"要民主、不要法西斯"的旗号下，于 1936 年 1 月 15 日结成了统一战线 —— 西班牙人民阵线。这一联盟立即得到西班牙全国人民的广泛支持，并最终迫使政府解散议会，举行大选。2 月 16 日，人民阵线中的共产党、共和党左派和共和同盟在选举中获胜，并组成联合政府。

这立即引起了西班牙极右势力和德、意法西斯政权的警觉。西班牙君主派、大地主、大资本家、高级僧侣和长枪党徒纠集反动军官组成民族阵线，伺机叛乱。同年 7 月 18 日，西班牙驻摩洛哥军团司令佛朗哥以保皇分子何塞·卡尔沃·索特洛遇害为借口在摩洛哥发动武装起义。战事迅速蔓延至西班牙本土。德、意法西斯积极干预，帮助佛朗哥调兵遣将，不久又派出精锐部队（德军五万人，意军十五万人）到西班牙参战。英、法等国以"不干涉西班牙内政"为名，禁止共和国军队利用其领土、领海运送枪支弹药。苏联向德国妥协，美国政府也申明保守中立并禁止向西班牙输出武器。

国际进步人士对欧美国家的"中立"姿态和绥靖政策极为不满，他们积极支持西班牙人民政府，组织志愿军于 1936 年 10 月正式开赴西班牙，与西班牙人民并肩作战。这支志愿军来自五十四个国家，最盛时达两万人，按第十一至十五分编为五个纵队，统称国际纵队。其中，第十一纵队主要为德、意流亡者，第十二纵队主要为意大利共产党人，第十三纵队主要为波兰人，第十四纵队主要为法国和比利时人，第十五纵队主要为美国、加拿大和拉丁美洲青年。白求恩及著名作家海明威、聂鲁达、帕斯等都在第十五纵队。中国作家萧乾也曾作为战地记者见证了国际纵队的英雄事迹。

但是，由于英、法、美、苏等国以中立、不干涉为名纵容德、意、西法西斯并对西班牙共和国政府实行封锁，国际纵队终于寡不敌众，于 1938 年 9 月被迫撤出西班牙。翌年 3 月，佛朗哥在强大的德、意法西斯军队的直接干预下打败了西班牙人民阵线，开始了长达三十六年的闭关锁国和独裁统治。

内战前后的文坛，虽然小说并不突出，但从诗坛的角度看，1936 年之前的西班牙显然充满了生机。这主要是因为"27 年一代"依然活跃，并逐步成了文坛主力。他们中的不少人，如加西亚·洛尔卡、阿尔贝蒂、阿莱克桑德雷等，已经具备了大家风范。后起作家如米格尔·埃尔南德斯、戈麦斯·德·拉·塞尔纳、松苏内吉等，也已崭露头角。因此，许多文学史家把 1936 年以前的近半个世纪称作西班牙文学的"白银时期"或"半个黄金世纪"。

但战争使一切溃灭。内战之初声势浩大的世界作家大会根本无济于事；内战期间更不必说；后来则由于"二战"期间佛朗哥表面上采取不参战政策而实际上却与德、意法西斯沆瀣一气，大批仁人志士亡命海外，其中有不少是成名诗人和作家，西班牙本土文学（尤其是小说）的式微和荒芜就愈加不可避免了。更有甚者，法西斯主义者还以"赤化"和"性变态"等罪名秘密处死了正处在创作旺盛期的加西亚·洛尔卡，以几乎同样的罪名监禁了血气方刚的埃尔南德斯。至于那些流亡作家的创作活动，则必须依头缕当、分别部居。

一　反法西斯战歌在炮火中唱响

20 世纪 30 年代初期的西班牙诗坛依然是"27 年一代"诗人独领风骚。尽管当时的西班牙动荡不安，世界大战一触即发，但"27 年一代"诗人似乎并没有预感到灾难的临近。他们大都对第二共和国充满了信心。然而，内战伊始，加西亚·洛尔卡即惨遭法西斯分子杀害；阿尔维蒂投笔从戎，去了前线；其余的"27 年一代"诗人几乎悉数亡命他乡。

正因为如此，不少文学史家认为这时的西班牙文坛出现了"真空状态"。[①]但事实不然。盖因年轻一代迅速崛起，他们鲜血作墨、生命作纸，唱响了一支支令人回肠荡气的反法西斯战歌。

"江山代有才人出"，正当米格尔·埃尔南德斯在狱中低吟博爱的时候，更年轻的一代已经脱颖而出。他们中的绝大多数是参加内战的共和国年轻战士。

战争改变了文学的传播方式。内战伊始，西班牙的出版社就因为图书出版周期较长而纷纷关门，各种刊物（包括战地小报）却从内战之前的近二百种迅速增加到战争期间的一千余种。这些刊物需要大量稿源，尤其是来自前线的声音，这客观上为文学青年提供了创作园地。

此外，由于德、意、西法西斯采取的是不动声色的进攻；而西班牙共和国及其国际支持者除了迫不得已的反击，更多的是在反法西斯旗号下开展政治攻势。因此，在相当长的一段时间内（至少是在国际纵队撤离之前），舆论上占绝对优势的反法西斯呼声，使西班牙共和国的抵抗沉浸在一派无以复加的浪漫气氛当中。这在一定意义上给共和国年轻战士的创作注入了催化剂。遗憾的是，这些创作大都随战争的硝烟飘零、散佚了。

战地小报无疑是西班牙内战时期最奇特，也最富有朝气的文学园地。它是

---

① "真空状态"是拉伊蒙多·利达等西班牙流亡作家、学者的一种流行说法。（Raymundo Lida: *Ensayos sobre la literatura española*, México: Casa de España, 1949, p.27.）

战争的产物,在战争中应运而生。最早的战地小报,如共和国第五纵队的《人民联队》于 1936 年 7 月 26 日诞生,是西班牙内战初期最浪漫、最进步的出版物之一。后来的西班牙人民军就是以它为旗帜而在第五纵队外围组建的。初创时期的《人民联队》基本是一份文学色彩很浓的报纸,刊载的主要是年轻战士的作品,因此反映的也主要是共和国文学青年的浪漫主义和理想主义精神,其中绝大部分为诗作。

与战地小报不同,后方刊物大都侧重于新闻报道,但也刊登或转载鼓舞士气的散文、诗作和报告文学。

二 小说的复苏

20 世纪初,甚嚣尘上的现代派思潮的反传统倾向,摧毁了小说赖以生存的某些基础,如故事的生动性、人物的典型性等。小说普遍内倾,形式千变万化。与此同时,电影迅猛崛起,与小说争夺受众。在这样的大背景下,世纪初成长的西班牙作家大都转向了"短、平、快"的诗歌和戏剧(或诗剧)创作。到了二三十年代,由于"98 年一代"已经凋零(硕果仅存的巴列-因克兰和乌纳穆诺也是廉颇老矣),"27 年一代"则基本上是清一色的诗人,再加上战火的洗劫(导致大批作家亡命他乡),西班牙小说更是无可奈何地衰落了。

从某种意义上说,伴随着新世纪曙光成长起来的新一代小说家,如加夫列尔·米罗·费雷尔、拉蒙·佩雷斯·德·阿亚拉、拉蒙·戈麦斯·德·拉·塞尔纳、安东尼奥·德·松苏内吉、拉蒙·森德尔等等,肩负着承上启下的重任。他们虽势单力薄、回天乏术,却不同程度地影响了后来者,故而颇受文学史家的重视。

(一) 米罗·费雷尔

加夫列尔·米罗·费雷尔(1879—1930)出生在地中海沿岸的阿利坎特。由于父母是虔诚的天主教徒,他的童年和少年都在教会学校度过。1896 年,米罗·费雷尔考入历史悠久的巴伦西亚大学,攻读法律。毕业后又转至同样历史悠久的格拉纳达大学继续深造,三年后获法学硕士学位。但在当时的西班牙,要想从事与法律相关的职业是很不容易的,无论是律师还是法官。米罗·费雷尔多次谋求法官之职未果,终于在友人的撺掇和鼓励下进入报界,同时开始文学创作。第一次世界大战前夕,米罗·费雷尔应邀参加《神圣百科全书》的编纂工作。但这项准备超过世界上规模最大的《西班牙大百科》的工程,因为世界大战和宗教的没落而永远地搁浅了。假如这项庞大的计划得以实施,那么米罗·费雷尔恐怕也就永远成不了作家了。

尽管米罗·费雷尔出道较早(有文学史家甚至将他视为"98 年一代"作家),但成名较晚。这与他的三心二意不无关系。1910 年前,他几乎一直处在悬浮状态,以至于根本没有创作出像样的东西。[1]他在西班牙文坛的地位几乎是在他去世之后才逐步奠定的。

多数文学史家认为米罗·费雷尔的成名作是 1910 年出版的《墓地樱桃》。这部小说写一个青年工程师和一名有夫之妇的爱情悲剧。它否定了米罗前期作品的犹豫不决，以比较明晰的风格，为他以后的创作奠定了基础。作品强调感官效果，尤其是视觉、嗅觉和味觉效果，并配以紧凑的故事和华美的文字。当然，另一个值得注意的特点是米罗在这部小说中表现出来的美学追求：他几乎不厌其烦地描写人物对无助的小动物的迫害和虐杀，以反衬具有高度审美价值的爱情和语言。这也许就是 20 世纪四五十年代西班牙审丑主义小说的先声，故而在当时并没有引起人们的关注。

此外，他的审丑主义倾向多少影响了教会对他的看法；几年以后，当他以《耶稣受难图》（1916）为题推出一系列"《圣经》故事"的时候，更是引起了教会势力的强烈不满。这反而激发了米罗的叛逆心理。此后，他接连发表了一半是散文一半是小说的《西衮萨之书》（1917）和同样杂乱的《时间与距离》（1928），长篇小说《我们的圣达尼埃尔神父》（1931）和《麻风主教》（1936）等。

《西衮萨之书》具有明显的自传色彩，米罗·费雷尔假借西衮萨表述人们的审美追求是如何使人们戴上有色眼镜的。但是，他的审丑主义倾向不时地将西衮萨拉回现实，使之同各种理想主义形成反差。比如有一天，西衮萨来到伊甸园一般的海边，并且在撒满碎金的沙滩上看到了一群天真烂漫的孩子，然而余下的却是一幕惨不忍睹的丑剧：他们在虐杀一只小狗。"我们把它绑起来，扔进海里，看它怎么死去。"游戏结束时，"他们望着下午靓丽的静晴，仿佛有一种馨香渗入心扉……"

审丑美学鼻祖、德国美学家罗森克兰兹在《丑的美学》（又译《审丑》，1853）中认为，表现丑是为了反衬美而不是为了丑。丑只能揭示人性的阴暗面，是与美相对立的生活形态，是人的本质力量的扭曲与异化。作家应当具有精神明辨力和责任感去审视和表现丑。只有当丑与恶成为人们厌恶和唾弃的对象，才能唤起对美与善的渴望与追求。于是，丑也便反过来具有了审美价值。

从某种意义上说，西班牙的战时及战后小说揭示了战争及战后很长一个时期社会与人性的丑与恶，从而激发了人们对战争的厌恶、对人性异化的批判。因此，在西班牙，审丑主义又被称作"丑恶主义"。当然，米罗的做法是美中有丑、丑中有美，美丑并存，相生相克，从而形成巨大的艺术张力。

---

[1]　Jean Canavaggio: *Historia de la literatura española*, Ⅵ, Barcelona: Editorial Ariel, 1995, p.217.

不少评论家认为米罗的最后两部小说有点意气用事。因为，无论《我们的圣达尼埃尔神父》还是《麻风主教》，都很像 19 世纪的批判现实主义作品。这可能与他同教会势力的宿怨有关，在一定程度上影响了读者对这些作品的解读。

至 1930 年病逝，米罗的小说都没能得到读者应有的重视，而且不少是在他去世以后出版的。其实，除去那些多少有点迫害狂倾向的人物，米罗笔下的奥莱莎城的自然和人文景观简直唯美得无以复加。正因为如此，奥尔特加·伊·加塞特认为米罗是典型的形式主义作家。[①]

（二）拉蒙·佩雷斯·德·阿亚拉

拉蒙·佩雷斯·德·阿亚拉（1881—1962）出生在历史文化名城奥维多。他和米罗青少年时代的经历惊人地相似：在当地的教会学校接受了基础教育，并系统地进修了神学，却叛逆地走向了宗教的反面。此外，和米罗一样，他的作品基本上也是在 20 世纪 30 年代才开始受到重视的。

1898 年，十七岁的佩雷斯·德·阿亚拉离开教会学校，考入奥维多大学理工学院，但翌年放弃理科，转至法学院。其间受克拉林等人的影响，开始大量阅读文学作品。大学毕业后，佩雷斯·德·阿亚拉带着满满一箱子文学作品和对文学创作的无限憧憬进入马德里大学，同时与"98 年一代"频繁往来。1902年开始文学创作，诗集《小路恬静》（1903）是他的处女作。此后他赴法国和英国求学。1907 年，父亲破产自尽，佩雷斯·德·阿亚拉从伦敦返回西班牙。经过一段时间的艰难调整，佩雷斯·德·阿亚拉正式投身文学。这时，坚实的古希腊文、拉丁文基础和神学知识为他从事文学创作开启了希望之门。

1910 年，他以教会学校的生活为题材，创作了《为了上帝的光荣》。此作因披露耶稣会学校的种种不近人情的规定而受到宗教界的抗议。

1913 年发表以马德里文人生活为题材的小说《疾风和舞蹈》。

第一次世界大战期间进入报界，并以记者身份奔波于欧洲和南美洲，同时完成了"西班牙生活三部曲"（1916）：《普罗米修斯》《周日之光》《柠檬落》。

第一次世界大战结束后，佩雷斯·德·阿亚拉又接连发表了长篇小说《贝拉米诺和阿波罗尼奥》（1921）、《乌巴诺和西莫娜历险记》（1923）、《老虎胡安》（1936）、《名誉创伤医疗师》（1936）和短篇小说集《世界之脐》（1924）等。

佩雷斯·德·阿亚拉 20 世纪 30 年代初曾一度从政，历任州议员、驻英国大使等职。1939 年流亡至阿根廷，并继续从事文学创作，但再无小说发表。

---

① G. G. Brown: *Historia de la literatura Española del siglo*, XX, Barcelona: Editorial Ariel, 1981, p.83.

他发表于 1916 年的三部曲实际上是个中篇小说系列。其中《普罗米修斯》明显含有乌纳穆诺的影子（比如后者对婚姻的看法），写某大学教授无视优生法则而遭到自然报应的故事。故事的结尾多少有点惨烈：教授的儿子是个怪物，并且最终因为性早熟而负疚自尽。其余两篇都写犯罪和受害的关系。

他的短篇小说并不出色，但长篇小说几乎每一部都相当成功。尤其是《贝拉米诺和阿波罗尼奥》，可以看作是佩雷斯·德·阿亚拉的代表作。小说假借两个鞋匠的不同性格，展示内向的、冥思苦想的哲学家和外向的、表演欲极强的戏剧家之间的冲突，也即认知与表现的冲突。将二者不同的性格串联在一起的是他们的儿女之间的爱情纠葛。

《乌巴诺和西莫娜历险记》是一部实验性较强的小说。迪埃斯-埃恰里和罗卡·弗郎盖萨认为，佩雷斯·德·阿亚拉正是在这部小说中率先运用了意识流手法。[1]小说的主题是社会禁忌：性。作品通过人物无论婚前婚后对性的可笑的无知，衍生出许多潜台词，譬如西班牙的保守、封闭和落后。

《老虎胡安》和《名誉创伤医疗师》是姊妹篇，它们既是古老的爱情主题的演绎，也是对西班牙传统的"唐璜神话"的一种解构。小说的主人公胡安[2]生性多疑。他一直以为妻子有不轨行为，故而对她心怀不满。后来，妻子不幸英年早逝，使胡安背上了许多嫌疑。为此，他更加记恨她，以至于怨恨所有女人，把她们统统当作祸水，唯恐躲之不及。人们于是给他起了个"老虎"的绰号。然而，多事的拉纤女千方百计地撮合胡安和外貌酷似胡安前妻的埃尔米尼娅，并使他最终放弃成见，坠入爱河。不想埃尔米尼娅倒真是个水性杨花的女子，经不住情场老手（唐璜式的人物）维斯帕西亚诺的花言巧语和小恩小惠，无情地背叛了胡安。胡安一方面心灰意冷，百无聊赖，决定对自己做个了断；另一方面又坚信所爱的人早晚会回到自己的身边，竟置别人的冷嘲热讽于不顾。后来，埃尔米尼娅遭冷酷的维斯帕西亚诺抛弃，胡安不但没有鄙视她，反而更加怜惜她、钟爱她。这使受伤的埃尔米尼娅大为感动。最后，有情人终成眷属。两部小说一波三折，主要人物又都有来历，充分显示了佩雷斯·德·阿亚拉对西班牙古典文学的重构意图。但这种意图一直要到半个世纪后才受到重视。

（三）拉蒙·戈麦斯·德·拉·塞尔纳

拉蒙·戈麦斯·德·拉·塞尔纳（1888—1963，另说 1891—1963）出生在马德里一个知识分子家庭。年轻时学过法律，而后转向文学，与吉列尔莫等极

---

① Diez-Echarri y Roca Franquesa: *Historia de la literatura española e hispanoamericana*, Madrid: Editorial Aguilar, p.1381.

② 此胡安（Juan）与彼唐璜（Don Juan）同名，只不过少了个尊称"唐"（"Don"，又译"堂"）。

端主义作家有过接触。由于他一生淡泊名利,疏远政治,经历十分简单。除了偶尔到巴黎和罗马一游,他几乎从未离开故乡,直至 1936 年内战爆发后流亡至阿根廷。

戈麦斯·德·拉·塞尔纳一生著述颇丰,计有小说二十余部,如《黑白寡妇》(1909)、《不可信的大夫》(1912)、《秘密渠道》(1922)、《大饭店》(1922)、《自相矛盾者》(1922)、《帕尔米拉的庄园》(1923)、《小说家》(1923)、《玫瑰衫》(1926)、《影城》(1927)、《斗牛士卡拉乔》(1927)、《琥珀女》(1927)、《蘑菇骑士》(1928)、《波利塞发罗和夫人》(1932)、《娜尔多》(1934)、《蕾贝卡》(1936)、《浪子》(1944)、《三种天资》(1949)、《底层》(1957)等,传记十余册,剧作和散文集多种。

虽然作者在《不可信的大夫》的再版前言(1941)中披露,他是将弗洛伊德学说引进小说的第一人;但实际上这部小说并没有太多的潜意识描写。倒是有评论家指出了它的格雷盖里亚(Greguería)倾向。

所谓"格雷盖里亚",其实是一种多少带有先锋色彩的文字游戏,它会说"秋天应该书页纷纷""黎明用世纪的尘埃浇灌街道""彩虹是大自然梳洗后扎在脑袋上的缎带"等等。这种文字游戏在《秘密渠道》中达到了极端。

在自传色彩比较浓重的《小说家》中,作者假借小说家的特殊视角(随着居住地的变化),进行了一系列创作实验。但是,由于小说并没有展开,因此这些实验完全是提纲性的。

戈麦斯·德·拉·塞尔纳最富有生活气息的作品要数《斗牛士卡拉乔》。这部作品借斗牛以象征艺术创作,写出了作家的审美感受和文艺思想,认为一切艺术活动归根结底只是想获得一种生命的安慰。

此后,戈麦斯·德·拉·塞尔纳明显转向虚无,有关作品颇使人联想到海德格尔的存在主义哲学。其中《影城》是一部幻想色彩很浓的小说,《波利塞发罗和夫人》《蕾贝卡》及《浪子》则自称是表现生命无常的"虚无缥缈"。至于《三种天资》和《底层》,除了大量带有怀旧色彩的回忆,已经完全看不到希望的暖色。"……人逃不出走向死亡的括号。"《底层》如是说。

戈麦斯·德·拉·塞尔纳的小说鲜有动人的情节,但他似乎也不是那种刻意追求创新的先锋派作家。他的作品,除了文字游戏,更多的是随心所欲地宣扬生命的虚妄。博尔赫斯称之为"误入歧途者的形式游戏"[1]。它与后来的黑色幽默只有一步之遥。

---

① 转引自 A. Valbuena Prat: *La literatura castellana*, Ⅱ, Barcelona: Editorial Juventud, 1974, p.1319.

（四）其他小说家

除上述小说家外，还有一些年轻人正致力于实验小说。他们以《西方杂志》和尤利西斯出版社为基地，先后推出了两套丛书（1926—1930、1930—1931）。但遗憾的是，几乎所有的作品都由于主题先行或过于浅显而未能引起关注或留下明确印记。

倒是一些比较传统的社会小说家，如华金·安德留斯（1890—1969）、安东尼奥·埃斯皮纳（1891—1972）、胡利安·苏加萨戈蒂亚（1890—1940）、何塞·迪亚斯·费尔南德斯（1898—1940）等，以不变应万变，在新浪漫主义旗帜下，为动荡不安的20世纪30年代提供了不少可读性较强的"社会小说"，故而拥有相当数量的读者。

其中，安德留斯、埃斯皮纳和迪亚斯·费尔南德斯还曾联合创办文学刊物《新西班牙》（1930—1931），对西班牙小说"回归"或者说接续浪漫主义和现实主义传统产生了一定的影响。

第五节　战后小说

第二次世界大战的结束并未给西班牙带来光明。劫后余生的盟国政府在欢庆胜利的同时，开始对西班牙和葡萄牙这两个"准法西斯国家"实行全面封锁。这客观上加剧了佛朗哥和萨拉查①的闭关锁国。

在西班牙，政治腐败、经济凋敝使移民潮成为一大景观。一方面，大批民主人士携家带口翻越比利牛斯山或横渡直布罗陀海峡逃往邻国，然后飞往南美洲，导致了自第二次世界大战以来最大规模的移民浪潮；另一方面，受赤贫威胁的农村人口纷纷向城镇涌动，把包括马德里在内的各大城市围个水泄不通。与此同时，由于佛朗哥的高压政策逐步切断了国民与外界的联系，加强了国内的新闻管制，硕果仅存的留守作家不得不转入地下，开始了艰苦卓绝的文学反抗。

这种形势一直持续到20世纪50年代中期。由于美国推行的冷战政策改变了战争期间的国际政治格局，西班牙的战略地位日益凸显出来；出于战略考虑，50年代初美国就开始对西班牙实行"解冻"，条件是它必须在这个南欧国家建立军事基地。佛朗哥接受了美国的要求，西、美关系步入正常。1955年，在美国

---

① 萨拉查（António de Salazar），葡萄牙独裁者，1930年7月建立法西斯政党国民同盟，任党领袖，1932年8月就任总理。1933年2月萨拉查政府通过了一部墨索里尼式的宪法。西班牙内战时期追随德、意法西斯支持佛朗哥。在他执政的三十多年中，对内推行独裁统治，对外残酷地剥削和掠夺殖民地。他于1970年7月27日去世，而他建立的法西斯独裁统治也在1974年的"四二五康乃馨革命"中宣告终结。

及其北约联盟的推动下，联合国正式接纳西班牙为成员国。从此，西班牙逐步恢复了与西欧及美洲各国的外交关系。即便如此，西班牙社会依然处在佛朗哥的铁腕统治之下。隐晦曲折地表现现实，依然是多数作家选择的基本路数。

从社会层面看，战后是西班牙最黑暗的时期；但从文学体裁的角度看，小说却是这一时期西班牙文学的主要表现形式，而且在表现沉闷和沉闷的表现中使人窥见了曙光的来临。1942年，欧洲大陆战事正酣，因与德、意法西斯沆瀣一气而得以保持"中立"的西班牙却是死气沉沉。

就在这时，卡米洛·何塞·塞拉（1916—2002）登上了文坛。

（一）卡米洛·何塞·塞拉

塞拉出生在西班牙加利西亚的一个偏僻小镇——伊里亚弗拉维亚。父亲是地道的加利西亚人，母亲则兼有英国和意大利血统。父亲不苟言笑，年轻时心血来潮，想当作家并出资创办了一本名不见经传的杂志。那是一份带有游戏色彩的综艺刊物，不定期出版。杂志很快夭折，父亲的文学梦也就此告终。但是，父亲终究将他的诗人气质传给了儿子。此外，塞拉的母亲虽然文化水平不高，却是位崇尚创造性劳动的浪漫女性。她并不像别的母亲那样一门心思指望儿子拿权力或金钱出人头地，而是希望孩子当个手艺人或艺术家，凭本事吃饭。

塞拉年轻时性情孤僻且玩世不恭。他在马德里求学期间先后尝试过医学、法律等多门专业，但结果都只是半途而废。他向来我行我素，不是光顾咖啡馆，就是出没于毫不相干的各种文艺沙龙。然而，正是在这些毫不相干的文艺沙龙里，他结识了文学大师加西亚·洛尔卡、南美诗圣聂鲁达等，并最终走上了通往诺贝尔文学奖的道路。

塞拉的处女作是一首爱情诗《无尽的爱》，发表于内战前夕。同时完成的还有其他一些诗作，后被编入《脚踏游移的日光》（1945）结集出版。

战争爆发后，塞拉度过了他一生中最为恐惧的一段日子。也许是被逼无奈，也许只是为了让战争早一天结束，塞拉于1937年10月应征入伍，参加了佛朗哥的军队。这为他日后的成功罩上了一层拂不去的阴影。每当他有所收获，总有人要揭他的伤疤，教人回忆他这不光彩的一页。事实上，他自始至终都算不得一名坚定的、合格的战士。因为入伍不到半年，他就提出了退伍申请，要求到马德里去当一名警察。其时前线战事正酣，上级当然没有批准他的要求。之后不久，他又负伤住进了医院，直到战争结束。

1940年，西班牙大局已定，塞拉回到马德里。开始在长枪党主办的刊物上发表作品，同时做一些力所能及的工作以填饱肚子；后来在纺织工会谋了个抄写员的差事，使他有机会接触更多的人、更多的刊物。经济条件稍有改善后，他便义无反顾地成了希虹咖啡馆的一个常客。这家咖啡馆位于马德里市中心，历来是文人骚客聚会的场所。毕加索、海明威、达里奥等都曾在此留下足迹。

塞拉正是怀着对前人的崇敬、对时人的失望，借着咖啡的魔力，酝酿了他的成名作（也有人说是代表作）《帕斯瓜尔·杜阿尔特一家》（1942）。这是一部不同寻常的小说，虽然篇幅有限（约合中文六七万字），却积蓄着巨大的能量。

《帕斯瓜尔·杜阿尔特一家》写战后西班牙农村的颓败与野蛮，淋漓地展示了法西斯独裁统治时期西班牙社会的病态与畸形。小说像一枚重磅炸弹，在文坛及整个西班牙社会引起震动。这一方面给塞拉带来了不小的麻烦，因为政府很快就将它明令禁止了；另一方面则使作者因此而声名鹊起，成了西班牙战后小说的开山之人。

小说采用回忆录形式，巧妙地奉行审丑主义，把西班牙现实写得触目惊心。

> ……我来到这个世界上，至少已有五十五个年头。故乡在巴达霍斯的一个鲜为人知的村庄……它坐落在一条漫长、平坦的公路旁。这条公路就像死囚打发饥肠辘辘的时日一样，漫无尽头。先生，这种度日如年的日子，您是很难想象得到的。

小说开篇如是说。继而，第一人称叙述者即以不加掩饰的直白风格追忆那些充满暴力和丑恶的往事。其中，母亲的死尤其令人震悚：

> 她拼命挣扎，一次又一次地摆脱我的手腕，并翻身掐住了我的脖子……这正是一场你死我活的搏斗。我们像猛兽一样狂呼乱叫……我妻子闻声赶来，她呆呆地站在门口，脸色煞白。通过妻子手上的油灯，我看见了母亲那张猪血般难看的脸……我们继续搏斗。她撕烂了我的衣服，抓破了我的胸脯……这个女人力气很大，简直是魔鬼附体。我竭尽全力……左边的乳头已经被她咬下……不知在什么时候，我的折刀捅进了她的咽喉……鲜血像涌泉一样喷出，溅到了我的脸上。那血热乎乎的，跟羊血一个味道。

类似的情形还发生在主人公对未来妻子的强暴上：

> 接着是一场肉搏，我把她摁在地上，使她不能动弹。她显得比以往任何时候都美……胸脯起伏得更厉害。我抓住她的头发，把她按住。她拼命挣扎……我竭尽全力吻她，嘴唇咬出了血泡……[①]

---

① Cela: *La familia de Pascual Duarte*, Burgos: Aldecoa, 1942.

　　诸如此类，在当时的西班牙社会算不得什么；但一旦白纸黑字地呈现在公众面前便是大逆不道，是煽动，是恐怖。统治者历来不喜欢这样的文字，于是它们被禁毁了，它们的作者也难逃厄运。小说出版后不久，塞拉便被纺织工会解雇，失去了生活来源。

　　然而，纵观西班牙文学，类似的文字恰恰又是最具生命力的，它们的历史可以追溯到四百年前的流浪汉小说。顾名思义，流浪汉小说以处于社会最底层的流氓无产者为表现对象，而他们的生活通常就是这么丑陋、这么惨苦、这么残暴，以至于不需要任何修饰。塞拉正是抓住了流浪汉小说的基本特征，以人物的命运以及人物对现实的消极反抗，实现了人生及文学实践的重大转变。

　　此后，他用了将近六年的时间构制长篇小说《蜂房》（1951），后因无法通过书刊检查而不得不在阿根廷出版。在此期间，塞拉奇迹般地逃过当局的眼睛，发表了两篇小说《静心阁》（1944）和《小癞子新传》（1944）。前一篇首先在报刊上连载，而后经友人编辑加工成小说并以单行本的形式出版；它以一群肺结核病人为对象，表现西班牙社会的病态，但侧重点似乎在形式而非内容。后者则是一篇名副其实的流浪汉小说，只不过人物和场景从农村移到了城市。

　　《蜂房》一直被不少文学史家认为是塞拉最厚重的小说。它的出版过程却和《帕斯瓜尔·杜阿尔特一家》一样艰难。在经过了无数次难堪的送稿和退稿之后，塞拉终于绝望了。他想起了当初多数出版商的"好言相劝"："您写了一本最糟糕的小说"，或者"小说怎么能这么写"。于是，有一天，他把《蜂房》的手稿扔进了壁炉。幸亏妻子及时将稿纸救出火坑，否则塞拉将不成其为塞拉。

　　小说把西班牙城市比作蜂房，并以尽量客观的笔触描写蜂房中蜜蜂似的忙碌着的各色人等。小说开篇第一章的场景很像意大利新现实主义中的"生活流"：咖啡馆里，各色顾客来去匆匆。一方面是挑唆咖啡馆老板娘赶走小提琴手的法庭书记员堂何塞、以放高利贷为生的剥削者堂特里尼达、嘴里叼着雪茄的印刷厂老板堂马里奥、养尊处优的房产主堂娜亚松森和马蒂尔德等一连串寄生虫，另一方面是与之相对应的饥肠辘辘的穷诗人、任人宰割的小提琴手、寻找就业机会的年轻人等。咖啡馆老板娘和手下伙计的关系像一面镜子照应着顾客之间的各种不平等关系，她大腹便便，像抱着一个皮囊，对伙计总是恶言恶语。

　　第二章，人们忙碌而又庸常的生活由咖啡馆拓展到所在的城市。街道及街道两边的住宅、店铺等渐次映入叙述者或者小提琴手马丁的眼帘。马丁穷困落魄，负债累累，从姐姐那里要了两个子儿和一个鸡蛋，抽了几口姐夫剩下的烟蒂。为逃避债主的追逼，他连夜躲进了朋友的衣柜。与此类似的是沿街卖唱的吉卜赛女孩、讨夜生活的妓女、受印刷厂老板剥削的年轻人等在这个蜂房中的悲惨景遇。

第三章，也即第二天下午，百无聊赖的寄生虫们聚集在咖啡馆里闲聊、下棋、玩多米诺骨牌，打发多余的时间；拉皮条的女人从中周旋，无所事事的"孤男""寡女"尽情地逢场作戏。与此同时，有人因为难以支付不菲的医药费而不得不出卖自己，有人因为不堪债主追逼而只好贱行辱身。

第四章，折回到第一天晚上的各色人等，在了无爱情的性中沉沦。贱行辱身者承受身心的折磨，逢场作戏者买乐卖乐，人老珠黄、饥肠辘辘的妓女独守空房、噩梦缠身，同床异梦的夫妻例行公事地完成爱的仪式，小提琴手阴差阳错地闯入妓院……

第五章，也即第二天夜晚，与第三章衔接。人们在冠冕堂皇中竭力掩盖丑行与贫困。

第六章，回到第二天凌晨的人们从睡眼惺忪中开始新一天的生活。于是一切周而复始："曙光像一条爬虫，蠕蠕地爬上城市男女的心房，轻轻地扒开人们惺忪的眼帘……清晨，这永远重复的清晨，在一成不变中缓慢地改变着这座城市，这个墓地，这个剧场，这个蜂房……"

塞拉试图用这座蜂房般喧闹的城市反衬《帕斯瓜尔·杜阿尔特一家》描绘的死寂的农村，但写作手法已完全不同。它简直就像一盘散沙：人物进出自如，时空前后跳跃，结构耗散无序。不少评论家将它与多斯·帕索斯的《曼哈顿中转站》（1925）相提并论。

手法上的突破在战后西班牙文坛具有普遍意义，它在很大程度上反映了战后西班牙小说的形态：手法的相对复杂和内容的相对单调。而内容的单调多半是因为作家的创作自由受到了限制。

关于这一点，贡萨罗·托伦特·巴耶斯特尔（1910—1999）于1977年出版的《全集》是最好的证据。他的处女作《哈维埃尔·马里诺》发表于1943年，但很快被扼杀在襁褓之中。因此，迄今为止，人们论及西班牙战后小说时很少谈到它。作品的内容接近于《无》，怀疑主义的渲染却远胜于《无》。虽然作者刻意用乔伊斯式的跳跃（马里诺与埃涅阿斯、西班牙与特洛伊）掩盖小说的批判色彩，但还是未能逃过书刊检查官们的眼睛。

类似的情况还不同程度地发生在路易斯·罗梅洛（1916—2009）、伊格纳西奥·阿尔德科阿（1925—1969）、阿尔曼多·洛佩斯·萨利纳斯（1925—2014）、安东尼奥·费雷斯（1924—2020）、赫苏斯·费尔南德斯·桑托斯（1926—1988）等人身上。

路易斯·罗梅洛的《水车》（1951）虽然获得了纳达尔奖，而且大量电影技巧的运用淡化了内容的刺激性，但官方的态度还是限制了它的传播。它把巴塞罗那描绘成一架机械转动的水车，而人物则是车上的齿斗。这种思路显然与《蜂房》有着异曲同工之妙。此后，他的另两部小说《别人》（1956）和《潮流》

（1962）同样受制于官方态度。前者表现个人的无谓挣扎，后者则基本上是《水车》的续篇。

伊格纳西奥·阿尔德科阿的小说把生活写得如此逼真，以至于所有人物均可与其原型对号入座。但他的人物谱被严格限制在边缘和下层，如《光与血》（1954）中的下级宪警、《随东风而去》（1956）中的吉卜赛人、《大太阳》（1957）中的农民、《历史片段》（1969）中的渔民等等。他的小说尽管没有刻意的渲染，但终究还是因为取消了议论并把形容词减少到了最低限度而多少显得有些"直白"和"刺眼"。也许正因为如此，阿尔德科阿常常被有意忽略。

洛佩斯·萨利纳斯信奉马克思主义，他的小说《矿山》（1959）写矿工的赤贫并由此展示西班牙农村的灾变：势不可挡的移民潮。这些移民（实际上早就沦为难民）如洪水猛兽横扫西班牙社会，连暗无天日的矿洞也未能幸免。小说受到不公正对待，尽管斩获了纳达尔奖。洛佩斯·萨利纳斯不得不公开做"自我批评"，却并未因此而放弃揭露。两年以后，他的第二部小说《年复一年》（1962）发表。只不过当时他身在巴黎，自由得可以公开煽动西班牙学生支持工人阶级以推翻佛朗哥的独裁统治。

安东尼奥·费雷斯和洛佩斯·萨利纳斯过从甚密，二人曾联名发表游记。奇怪的是费雷斯与洛佩斯·萨利纳斯的创作手法截然不同，他更擅长心理描写。《镝》（1959）是他的第一部小说，表现西班牙人的盲目和迷糊。作品的心理描写在一种类似梦呓的内心独白中展开，从而模糊了思想（同时也削弱了情节）。第二部小说《两手空空》（1964）是历史小说，因此也没有引起当局的注意。发表于巴黎的第三部小说《失败者》（1965）却是部相当尖锐的现实主义作品，写西班牙共和国的覆灭和长枪党徒的战后生活。由于其中的不少篇幅事关"胜利者"的"良心发现"，因此它完全没有可能在西班牙发表。

然而，政治气候和书刊检查并不能扼杀文学。战后西班牙小说虽然受制于官方态度，但毕竟一直缓慢地发展着。这或可在塞拉、拉福雷特、德利维斯、桑切斯·费尔罗西奥、马图特、桑托斯、胡安·戈伊蒂索洛等作家身上得到印证。有时，政府的态度甚至产生了可喜的反作用：使一些原本少有可读性的作品在地下悄悄流传，从而客观上推动了它们的传播。塞拉的作品是这方面的明证。官方的明令禁止，反而使《帕斯瓜尔·杜阿尔特一家》和《蜂房》炙手可热。这无疑奠定了作者在西班牙文坛的地位。1957年，西班牙皇家语言学院无视政府的态度，毅然决然地推举塞拉为该院院士。

另一方面，政治终究得以在一定程度上影响作家的创作、作家的生活。洛佩斯·萨利纳斯、安东尼奥·费雷斯、阿方索·格罗索（1928—1995）等在忍无可忍的情况下纷纷背井离乡，到国外寻求发展，从而加入了流亡或准流亡作家的队伍。

从某种意义上说，塞拉是幸运的，不仅有缪斯的青睐，同时得到了命运女神的庇护。遗憾的是，塞拉后来的小说没有一部可以与《蜂房》或《帕斯瓜尔·杜阿尔特一家》分庭抗礼。

历史小说《金发女郎》（1955）是篇命题文章，写他陌生的美洲，结果可想而知。

《1936 年圣卡米罗节》（1969）是一部描写西班牙内战的长篇小说，虽然反响不小，但艺术上并无实质性的突破，而且内容隐晦、观点暧昧。假如不是因为塞拉的名气，像这样的小说绝对会在内战题材小说的汪洋大海里淹没得无影无踪。

此后，塞拉相继完成了《复活节早祷式 5》（1973）、《为两个死者演奏的玛祖卡舞曲》（1983）和《基督摈弃亚利桑那》（1988）。

1989 年，因为"其富有节制的同情和强烈多彩的叙事作品勾画了孤独无助者的令人心颤的形象"，塞拉被授予诺贝尔文学奖。获奖之后，他依然坚持写作，发表了《对堕落者的谋杀》（1994）、《圣安德烈十字架》和《黄杨木》（1999）等长篇小说及大量随笔、游记与短篇小说。他无疑是战后乃至佛朗哥后西班牙小说家的杰出代表。

《复活节早祷式 5》除了塞拉固有的创新精神，还有他另一方面的奇特展示：他对诗歌的热情。小说像一部回肠荡气的散文诗，用作者自己的话说是"一次灵魂的洗涤"。据说他在写作这部小说时，亲自动手制作了一口巨大的黑箱，并把自己关在黑箱里感受黑暗、死亡和孤独。作品既没有标点符号，也没有章节之分。用空白断开的千余个"单元"，像重复、冗长的悼词，围绕着一个主题敷衍开来。这个主题便是永恒的死亡。在塞拉的小说中，《复活节早祷式 5》被认为是最不堪卒读的作品，但奇怪的是它三个月之内重印了四次。

《为两个死者演奏的玛祖卡舞曲》虽然也是一部没有章节、不分段落、一气呵成的实验小说，但本质上仍可解读为具有相当风俗主义倾向的现实主义杰作。小说写一个复仇的故事。故事发生在塞拉的故乡加利西亚。一天，歹徒法比央杀害了古兴德家族的阿夫托，激起民愤。古兴德家族决计报仇。经过一番周折，古兴德家族的人放狼狗咬死了仇人法比央，为阿夫托报了仇。穿插其间的是盲人乐手两次用手风琴演奏的玛祖卡舞曲。第一次是在阿夫托被杀的那天，第二次则是献给法比央的挽歌。

小说的另一重要层面是对内战的思考。不同人物从各自的角度反思内战的前因后果，而情节又恰好与杀人偿命的古老乡俗吻合。小说获得了 1983 年的西班牙国家文学奖。这是塞拉第一次获得西班牙官方文学奖。

之后，塞拉在《基督摈弃亚利桑那》中叙述了一个"无辜罪人"的一连串骇人听闻的故事。小说只用一种标点符号 —— 逗号，而且夹杂了大量圣母玛利亚祷经。

从帕斯瓜尔·杜阿尔特到亚利桑那的"忏悔",塞拉正好给自己的文学生涯画上了一个圆满的句号。1987年,他被授予久负盛名的阿斯图里亚斯亲王奖。该奖与塞万提斯奖齐名,是西班牙文坛最负盛名的文学奖项。不同的是,塞万提斯奖只授予用西班牙语写作的作家,而阿斯图里亚斯亲王奖(费利佩[①]登基后改为阿斯图里亚斯公主奖)则瞄准所有用西班牙语写作或被译成西班牙语的作家。

在此之前,他甚至公开发表讲话,认为自己的文学生涯已经到头。然而命运之神总爱锦上添花:1989年塞拉居然获得了诺贝尔文学奖,这恐怕连他自己都不曾料想,于是,他的文学生命被再次激活。1994年,他几乎同时推出了两部作品:《对堕落者的谋杀》和《圣安德烈十字架》,之后又发表了长篇小说《黄杨木》。

与作者旺盛的生命力适成反差,后来的这些小说多围绕死亡主题展开,人物不是自杀,即是被杀。诚如塞拉援引著名作家乌纳穆诺名言所说,"文学即死亡"。这个"死亡"既意味着作为创作对象的悲剧色彩,也暗含着作为创作主体的悲剧性格。但愿无畏者无恙。

与此同时,作为负面材料,在此不妨重提塞拉剽窃案。在断断续续的十一年间,塞拉接受巴塞罗那一家法庭的质询,并于2009年4月被判剽窃成立。是年距离塞拉逝世已经过去了整整七个年头。法官根据双方举证、研读,以及两份专家报告裁定塞拉生前小说《圣安德烈十字架》有多个段落"改写"自女作家玛丽亚·德尔·卡门·福尔莫索的小说《卡门,卡麦拉,卡米尼亚》。两书手稿曾同时竞争1994年的行星奖,但塞拉的小说最终胜出,同时赢得五千万比塞塔(相当于五十万美元)的巨额奖金。此前,西班牙媒体广泛报道,塞拉自获得诺贝尔奖后多年秘密聘用枪手,替他创作小说初稿,他再以自己的风格加以润饰。而《圣安德烈十字架》明显以《卡门,卡麦拉,卡米尼亚》为底本,进行了改头换面的"再创造"。

然而,人无完人。他的代表作《帕斯瓜尔·杜阿尔特一家》曾经像一枚重磅炸弹打破了西班牙文坛的沉寂。由于其掩饰不住的审丑主义倾向激怒了西班牙佛朗哥政府,这部作品很快便遭到封杀。只不过塞拉并未因此而感到气馁,他笔耕不辍,接连推出了《小癞子新传》《蜂房》等多部作品,这些作品被文学

---

① 全名费利佩·胡安·巴勃罗·阿尔丰索·德·托多斯·洛斯·桑托斯·德·波旁·伊·德·希腊(Felipe Juan Pablo Alfonso de Todos los Santos de Borbón y de Grecia),意思是他乃受波旁和希腊所有至圣护佑的费利佩。

史家公认为战后西班牙小说的杰作，其对西班牙文学的贡献毋庸置疑。他后来虽然发表了多部小说，如《考德威尔太太与儿子的对话》《金发女人》《1936年圣卡米罗节》《为两个死者演奏的玛祖卡舞曲》《圣安德烈十字架》等，但始终没有超越《帕斯瓜尔·杜阿尔特一家》《蜂房》。

（二）其他战后小说家

塞拉的第一部小说发表两年之后，女作家卡门·拉福雷特（1921—2004）发表长篇小说《无》（又译《一无所获》，1944），以不同的风格把西班牙社会描绘得如一潭死水。小说写一名女青年的巴塞罗那之旅，整个过程充满了无谓的琐碎和琐碎的无谓，可以说是什么也没有发生。这样一部把西班牙描写得了无生趣的作品居然夺得了是年设立的西班牙小说大奖"纳达尔奖"。

随后获得该奖的是何塞·玛利亚·希隆内利亚（1917—2003）的长篇小说《一个人》（1947）和米格尔·德利维斯（1920—2010）的《柏影长长》（1947）。

前者实际上是部通俗小说，它为希隆内利亚以后名噪一时的"阿尔维阿尔家族"三部曲《柏树信神》（1953）、《死人百万》（1961）和《和平爆发》（1966）定下了基调；三部曲是现代心理小说，主人公"我"是个心灵受到创伤的精神流浪汉。

德利维斯后来接连发表了《猎人日记》（1955）、《侨民日记》（1958）、《红叶》（1959）、《溺水者寓言》（1960）、《鼠》（1962）和《与马里奥在一起的五个小时》（1965）。其中，《与马里奥在一起的五个小时》被认为是他的代表作。小说写中学教师马里奥死后，遗孀在他的灵柩旁度过的最后五个小时。作品通篇都是未亡人的内心独白，交织着回忆、联想和似梦非梦的意识流。西班牙近半个世纪的历史在这些连绵不绝的内心独白中逐渐浮现。

与此同时，拉法埃尔·桑切斯·费尔罗西奥（1927—）以长篇小说《哈拉马河》（1956）一举成名。小说除获得纳达尔奖外，给作者带来了包括国家文学批评奖在内的一系列荣誉和实惠。但平心而论，作品运用的手法、展示的图景并没有超越塞拉的《蜂房》和拉福雷特的《无》，它更像是意大利新现实主义电影所追求的客观和平实：一群年轻人在哈拉马河边度过的一个平淡无奇的暑假。最后，其中一个年轻人不慎溺死，其他同行者唯一能做的就是设法以最委婉、合理的言辞把噩耗告诉死者家人。《哈拉马河》手法上明显借鉴电影技巧，屡屡采用"分镜头"式的"客观"组合，让人联想到意大利新现实主义影片。这客观上符合文学表现现实沉闷无趣的要求。2004年，桑切斯·费尔罗西奥荣获塞万提斯奖。

比桑切斯·费尔罗西奥早一年出生的安娜·玛利亚·马图特（1926—2014）在当时是位多产作家。她出生在巴塞罗那的一个小企业主家庭，可谓天生丽质，自幼聪慧过人。虽因身体欠佳，没有受过高等教育，但她创办的儿童刊物却有声有色。青年时期开始发表文学作品并很快受到关注。她和另一位女作家卡门·拉福雷特一样，选择的是一条相对内倾的路数。其中，长篇小说《初忆》（1959）被认为是她的代表作。此书写一名十四岁女孩并以她对内战的朦胧意识和独特视角赢得了读者的好评，获得了当年的纳达尔奖。

此后，她笔耕不辍，发表了《夜间哭泣的士兵》（1963）、《一些少年》（1964）、《陷阱》（1969）、《维希亚塔》（1971）、《河流》（1975）和有关中世纪的幻想小说《被遗忘的古都王》（1996）等。此外，她还创作了多部短篇小说集。2010年，她获得塞万提斯奖，从而跻身于西班牙经典作家的行列。

20世纪60年代，随着国际和周边环境的好转，其他欧美国家的文学开始涌入西班牙。这时，西班牙小说从观念到形式都发生了深刻的变化。其中一个显著的特点是作家个性的进一步张扬。所有作家都充分发挥各自的探索、创新本领，有时甚至把形式上升到了至高无上的地位。

首先令人耳目一新的是路易斯·马丁·桑托斯（1924—1964）的《沉默的年代》（1962）。小说从人物佩德罗对白鼠的一系列医学实验切入，给读者以强烈的感官刺激；稍后，对象由白鼠转向人类，于是"实验"变得更加惨不忍睹。有一天，佩德罗接待了一名因乱伦而身心受到创伤以致生命垂危的姑娘，他竭尽全力给予救治，但终究没能将她救活，结果罹祸上身，遭到诬陷。后来，虽然真相大白，佩德罗获释，但死者的未婚夫鬼迷心窍，对他不依不饶，非置他于死地不可。最后，灾难落到佩德罗的未婚妻身上。

但是，这个残酷的故事实际上只占全书很小一部分篇幅。小说以"怪"取胜，写得相当晦涩和灰暗。其所以晦涩，是因为它将西班牙社会描绘成了实验场，而且通过实习医生佩德罗的工作，将大量医学概念、医学术语引入了作品，同时不断加塞议论，把话题延伸、转移至其他学术领域；其所以灰暗，则是因为它营造的氛围十分沉闷，通篇没有亮色，更缺乏可读性。唯一令主人公愉快的一个场景（他和未婚妻在游乐场玩耍）倒给了凶手可乘之机。

桑托斯是一名学业有成的医学博士，曾赴德国深造，20世纪50年代初即任圣塞巴斯蒂安精神病院院长。《沉默的年代》是他生前发表的唯一作品，而且看上去还很像是一部未竟之作，因为它的许多议论有始无终，令人难识所以。1964年，桑托斯因车祸英年早逝。以后不断有人续写《沉默的年代》，但结果都是狗尾续貂，至今没有一个成功的。

和桑托斯几乎同时成名的胡安·戈伊蒂索洛（1931—2017）出身资产阶级家庭，但他"数典忘祖"，铮铮反骨令不少读者感到惊讶。他的兄长何塞·戈伊蒂索洛（1928—1999）、弟弟路易斯·戈伊蒂索洛（1935—）也不约而同地选择了文学之路，只不过并不总像胡安·戈伊蒂索洛那么有名。

胡安·戈伊蒂索洛的第一部作品《戏法》（1954）便具有强烈的反现实倾

向。小说以纨绔子弟为对象，矛头直指上流社会。此后相继发表的《天堂决斗》（1955）、《未来三部曲》（1956—1958）、《岛屿》（1961）和《个性标记》（1966）等，也具有同样的反叛精神。

其中，《个性标记》被认为是他的代表作。这是一部典型的巴洛克小说，富有自传色彩。小说从末代门迪奥拉子孙的精神状态切入，把一个显赫家族的没落写得活灵活现。

他的其他小说有《堂胡利安伯爵的救赎》（1970）、《没有土地的胡安》（1975）、《玛克巴拉》（1980）、《战后风景》（1982）、《孤鸟的美德》（1988）、《徐娘半老》（1991）等等。其中《玛克巴拉》被认为具有明显的伊斯兰色彩。著名学者洛佩斯-巴拉尔特曾用大量篇幅论证戈伊蒂索洛的伊斯兰情结，譬如她说：

> 以同样的勇敢，胡安·戈伊蒂索洛清晰而细腻地显示了他对阿拉伯世界的矛盾姿态。它完全无法用理性解释："我内心的秘密必须通过我的奇异人物和遥远的地理方能展示。而这也许注定了我的失败，因为它们远离我的身份、我的认同。"[①]这两句话雄辩地证明了我们的分析：这位"摩尔控"作家似乎背叛了他自己。尤其是在《玛克巴拉》中，他对阿拉伯世界的热爱变成展示内心深处那令人震惊的否定，而这种否定恰好与西方的反阿拉伯传统，即作为他者的遥远而丑陋的阿拉伯相吻合。必须强调，戈伊蒂索洛强迫我们再次面对西方主义的真实，无论他怎样用迦玛·艾尔法纳广场的暖色和文学想象来加以掩饰。我们说过，迦玛·艾尔法纳广场[②]不足以掩饰臭气熏天的皮革作坊和人物在墓地的亲热场面。也许戈伊蒂索洛在作品中效法拉伯雷，并试图以狂欢化的描写淡化阿拉伯世界的丑陋，但实际效果却不尽如人意，当然也在他的"初衷"之外。我们记得，巴赫金重构了《巨人传》，并将其中有关屎啊尿的描写提到"艺术的高度"，从而改变了这些历来被评论界所不齿的细节的命运。这些细节与人体下半身被艺术地比喻成了大地——母亲。[③]

---

① 戈伊蒂索洛：《旧鞋：20 年之后》（"La chanca: 20 años después"），《胡安·戈伊蒂索洛——声音》，第 12 页，原注。转引自洛佩斯-巴拉尔特：《西班牙文学中的伊斯兰元素：自中世纪至当代》，宗笑飞译，中国社会科学出版社，2014 年，第 251 页。

② 又称摩洛哥马拉喀什不眠广场。

③ 巴赫金：《拉伯雷及其世界》，第 51 页，原注。转引自洛佩斯-巴拉尔特：《西班牙文学中的伊斯兰元素：自中世纪至当代》，宗笑飞译，中国社会科学出版社，2014 年，第 251 页。

戈伊蒂索洛于 2014 年获得塞万提斯奖。

戈伊蒂索洛的《个性标记》可以说是一个时期的终结，而几乎同时出版的胡安·马尔塞（1933—2020）的长篇小说《与特雷莎在一起的最后几个傍晚》（1966）则被认为是另一个时期的开始。后者的主要特点是大量对话和议论，在依然讲究形式的同时，比较注意阅读趣味，从而使情节这个小说的传统要素得到了相应的复活，因此可读性较《个性标记》及此前的西班牙小说明显加强。

与此同时，西班牙开始大量出版拉美作家的小说。其中巴塞罗那的塞伊克斯-巴拉尔出版社相继推出了秘鲁作家巴尔加斯·略萨的成名作《城市与狗》（1963）和代表作《绿房子》（1965），古巴作家卡彭铁尔的《启蒙世纪》（1962），等等。博尔赫斯、加西亚·马尔克斯等人的作品也被大量引进。

总之，战后西班牙文学的一个显著特点是小说的相对繁盛。因此，文学史家一般都给予这一时期的西班牙小说以大量笔墨，以至于不少百科全书也把西班牙战后小说当作一个相对独立的文学现象来加以叙说和诠释。这客观上扩大了战后西班牙小说及其代表作家塞拉的影响。

（三）流亡文学

流亡文学是 20 世纪西班牙语文学的一道独特的风景。西班牙内战的悲剧性结局，导致大批仁人志士背井离乡。其中相当一部分是文人骚客。他们随着史无前例的移民潮、难民潮，或翻越比利牛斯山，逃往欧洲非法西斯国家，或横渡大西洋，涌入西班牙语美洲。他们所到之处，"西班牙之家"便雨后春笋般地涌现。一大批旨在传承和弘扬西班牙文化的出版社和文化中心也相继诞生。像墨西哥的西班牙之家（后来逐渐演变成了素有拉美第一学院之称的墨西哥学院）、阿根廷的南美出版社、墨西哥的经济文化基金会等等，都是西班牙流亡者创立的赫赫有名的文化机构，它们不仅为所在国的文学和文化增添了异彩，而且在一定程度上肩负起了传承西班牙文学及文化传统的重任。

与此同时，受战争以及战后西班牙经济等诸多因素的影响，一些本来对政治淡漠的作家也纷纷移居国外。他们虽然不是严格意义上的流亡作家，但鉴于区分的困难，一般文学史家也一概将其作品归入流亡文学之列。因此，这里所谓流亡文学，只是个相对宽泛、笼统的概念。

此外，作家与作家的境遇也大不相同。塞萨尔·阿尔孔纳达在苏联发表的作品几乎全部石沉大海，拉蒙·森德尔却因为其流亡小说而几乎名满全球。应当说，后者是幸运的，前者是正常的。

不错，流亡可以保全自由，但它同时也使作家脱离了文化根基和原有的读者群体。他们中的大多数很快陷入了两难境地：既不能为越来越遥远的西班牙写作，也不能轻而易举地融入异国文化。即便是在西班牙语美洲国家，他们的矛盾也很快暴露了出来：循名责实地当个西班牙作家，无异于痴人说梦；改弦易辙，面对另一个全然不同的读者群体，则多少意味着离经叛道。

这种矛盾在多数作家的笔下由创作内容或题材的变化无奈地表现出来：从20世纪四五十年代的战争记忆和逐渐淡出的西班牙社会生活，转向60年代或60年代以后的有关所在国的社会文化状况。

当然，每个作家由于个性和所处的环境不同，在作品中的表现也截然不同。无论是前面已经提到的小说家洛佩斯·萨利纳斯、安东尼奥·费雷斯还是阿方索·格罗索，因为都是很晚才离开西班牙本土的，所以基本上遵循了原先的路数。而一些功成名就的大诗人，如希梅内斯、阿尔维蒂、豪尔赫·纪廉和路易斯·塞尔努达，也基本上沿着各自的诗路信马由缰、我行我素。

希梅内斯支持过共和国，1936年8月受共和国派遣出任西班牙驻美国大使馆特别文化参赞。之后侨居美国、古巴、阿根廷和波多黎各等国，发表了大量诗集和游记（或谓报告文学）。但他恪守自己超凡脱俗的创作理念，即"不让时代玷污文学的清白"。即便如此，西班牙内战及内战之后的西班牙现实多少还是润物无声地影响并渗透到了作家诗人的创作。

阿尔维蒂在国外发表了三部诗集和一些杂忆，它们基本保持了诗人的豪迈与爱憎。正如前面所说的那样，他的足迹遍及社会主义国家，写下了无数讴歌社会主义、讴歌社会主义中国的美丽诗句。

和阿尔维蒂一样，豪尔赫·纪廉是个坚定的反法西斯斗士。他历尽艰辛逃离西班牙后，辗转至新大陆。在新大陆期间，他发表了三部诗集和一些散作。作品除了旗帜鲜明地谴责德、意、西法西斯暴行，还对60年代美国悍然出兵越南提出了强烈的抗议。

塞尔努达早先流亡到英国，而后从英国取道美国，1952年至墨西哥直至1963年去世。在此期间，他创作了六部诗集，作品除了具有鲜明的政治色彩，还表现了这位流亡者的双重孤独：没有祖国的躯壳、没有家园的灵魂。

除上述作家外，比较有影响的流亡作家还有弗朗西斯科·阿亚拉、拉蒙·森德尔、马克斯·奥普、罗莎·查塞尔、曼努埃尔·安杜哈尔、阿尔图罗·巴雷阿、莱昂·费利佩、阿莱汉德罗·卡索纳等。此外，名声稍逊的还有阿尔贝托·因苏亚、本哈明·哈尔内斯、科尔普斯·巴尔加、佩德罗·德·雷皮德、萨尔瓦多·马达里亚加、拉蒙·阿拉纳等。他们也经常被文学史家提起，但其背景和倾向各不相同。

如上所说，流亡文学作家是一支人数众多的流动大军，情况非常复杂。其中不乏极端反面的例子，如萨尔瓦多·马达里亚加（1886—1977）。此人受西方"冷战"思维的影响，把共产主义和法西斯主义混为一谈，写出了《安娜同志》（1954）等颇有争议的小说。

弗朗西斯科·阿亚拉（1906—2009）曾在马德里大学讲授政法，内战爆发后流亡到阿根廷、巴西和波多黎各。1955 年定居美国,并在多所大学讲授西班牙文学。在佛朗哥去世后回到西班牙。

内战之前,文学只是其业余爱好,1939 年离开西班牙后却几乎成了他安身立命的本钱。抵达阿根廷后不久,阿亚拉即在布宜诺斯艾利斯的《南方》杂志上发表作品《逝去者的对话,西班牙的挽歌》,继而是《魔法附身》(1944)。

《魔法附身》借 17 世纪的一次莫名其妙的大屠杀以说明西班牙内战的不可避免,被认为是阿亚拉的杰作,1949 年编入小说集《强取豪夺者》。

同于 1949 年发表的另一部中短篇小说集《羊头》,也是描写西班牙内战的,但叙事风格发生了较大的变化。其中的许多篇什并不直接指向西班牙内战,而是引发内战的所谓人性弱点。其中的同名短篇小说,写一名生意人在费斯城的遭遇:他孤身一人来到这个陌生的地方,却受到了意想不到的礼遇。原来,一个穆斯林家庭知道他来自遥远的故乡后,即把他视为至亲。他们宰羊设宴,以上宾相待。可是,就在那天晚上,宴毕回来的生意人却在旅馆里辗转反侧夜不能寐,因为穆斯林人家的那个对半劈开的血淋淋的羊头使他想起了内战。于是,他恶心难耐,狂吐不止。有评论家认为,那个劈开的羊头象征着西班牙或西班牙一分为二的内战双方。

1954 年,他的又一部中短篇小说集《马尾猴的故事》写毕,并在西班牙本土发表。这是一部寓言小说集,内容空灵,语言幽默,但发行情况并不理想。翌年,此集在阿根廷重版,受到了评论界的关注。

三年以后,他的第一部长篇小说《狗之死》(1958)出版。在此,小说背景已由西班牙移至拉丁美洲。

和《狗之死》一样,他的第二部长篇小说《杯底》(1962)也是写独裁的,背景仍是拉丁美洲。

再后来,他的作品日益游离于西班牙政治。1963 年的《巴斯托斯的阿斯》和 1966 年的《绑架》是两部内容庞杂的短篇小说集,充斥着性、暴力和其他社会问题。

回到西班牙以后,阿亚拉又相继发表了两部短篇小说集:《珍稀花园》(1971)和《丑恶花园》(1988)。

1979 年,鉴于其在西班牙语文坛的地位,阿亚拉被授予塞万提斯奖。

拉蒙·森德尔(1901—1982)是位坚定的反法西斯战士。1936 年西班牙内战爆发之际,森德尔正和家人在瓜达拉马山避暑。当时,他完全可以待在山上过相对安稳的日子,但强烈的正义感使他义无反顾地穿越佛朗哥的封锁线,毅然决然地回到马德里并投身到保卫共和国的战斗之中。同年 10 月,他留在萨莫拉的妻子被佛朗哥军队杀害。这更坚定了他与法西斯血战到底的决心。然而,由于希特勒和墨索里尼的干涉以及国际社会的妥协,西班牙共和国被扼杀在血泊之中。1939 年，森德尔被迫携儿女逃亡至墨西哥，三年后又从墨西哥移居美国。

他的第一部流亡小说《一个人的位置》发表于 1939 年。小说一改作者一贯的介入品格，把一个人的生存状态写得如诗如梦。

第二部作品《星球》（1947）更是一部云里雾里地探讨形而上学的哲理小说，从中根本看不出一个共和国战士的英雄气概。

在之后的一系列作品中，森德尔沉溺于象征主义和表现主义手法。无论是《国王和王后》（1949）还是《和蔼的刽子手》（1952），或者《沉默寡言的人》（1963）、《幸存者》（1978）等，都表现出了令人费解的逃避主义倾向。即便是在那些以内战为题材的小说中，森德尔也总是尽力避免袒露自己的政治倾向。比如，在 1953 年的小说《为一个西班牙农民所作的安魂弥撒》中，叙述从西班牙内战切入，不仅渲染了山雨欲来风满楼的气氛，就连战争的缘起和残酷也渲染得十分到位，但关键时刻作者却笔锋一抖，混淆了左派和右派、共和国战士和法西斯分子的界线，甚至把农民英雄帕科·德尔·莫利诺描写成了为西班牙牺牲的现代基督。在系列小说《黎明记事》（1965—1966）中，作者故伎重演，在历史的紧要关头插入如梦非梦的超现实成分，从而大大地冲淡了作品的社会意义。

此外，森德尔还著有长篇历史小说《洛佩·德·阿吉雷的昼夜冒险》（1964）、《拜占庭》（1968）等。这些作品大都充满了历史虚无主义腔调，与森德尔的其他小说构成了一个完整的逃避主义体系。

诚如森德尔在《阿里阿德纳五书》（1957）中明确表示的那样，"重要的不是作为阶级的人，而是作为普通男人的存在"[1]。正是基于这样的一种理念，森德尔的小说大都游离于西班牙现实，从而获得了冷战时期西方读者的普遍认同。

罗莎·查塞尔（1898—1994）是位典型的现代主义作家。她曾师从奥尔特加·伊·加塞特，为《西方杂志》撰稿并开始从事文学创作。内战伊始，她离开西班牙，移居阿根廷。但她从未把这次出走看成是有国难投、有家难归的流亡，而是十分从容地接受了这一现实，只当是命运使然。她说："流亡并没有对我造成影响。真正对我造成影响的倒是居住国的社会生活……但我从不把自己当作流亡者。"[2] 这种安之若素的心态，使查塞尔保持了反现实主义的超然。她始终

---

[1]　Jean Canavaggio: *Historia de la literatura española*, Vol.6, Barcelona: Editorial Ariel, 1995, pp.293-294.

[2]　Delgado: "Rosa Chacel: la necesidad del retorno", *Insula*, Madrid: 1975 (346), p.4.

认为现实主义是文学最可怕的敌人，认为文学缺少的并非观察和描述，而是想象和激情。

她的主要作品有小说《莱蒂西娅·巴列的回忆》（1945）、《非理性》（1960）、小说集《献给一位疯狂的圣女》（1961）和传记三部曲《奇迹街区》（1976）、《卫城》（1984）和《自然科学》（1988）等。其中《莱蒂西娅·巴列的回忆》写儿童心理，《非理性》表现人在特殊环境下的特殊情感活动，《献给一位疯狂的圣女》则有法国新小说的味道，三部传记就更加脱离现实。

总之，查塞尔并不认为反映社会现实是作家的职责，因而无论战火熊熊还是洪水滔滔，都不能影响她注重内心、崇尚想象的创作路数。这固然可以成就她的超然，但也使她失去了读者。在很长一段时期，查塞尔是一位不为人知的边缘作家。直至20世纪70年代后期，由于佛朗哥的去世和国际局势的变化（意识形态被西方主流文化有意淡化），她才被一些评论家和读者发现。80年代以后，随着苏联、东欧社会主义阵营的瓦解和冷战的全面结束，查塞尔受到愈来愈多的关注和重视，以至于有评论家认为：查塞尔的影响之所以比别的介入作家久远，乃是因为她始终不渝地守望着文学之道。"她最终超越时间，获得了惊人的现代性。"[1]

曼努埃尔·安杜哈尔（1913—1994）内战前任共和国公务员，逃经法国时被关入纳粹集中营。1939年获释后移居墨西哥。在墨西哥期间，安杜哈尔积极筹措并创办了《复数西班牙》杂志，同时开始文学创作。因此，他的作家生涯始自流亡。他因为有自己的刊物，一开始就全面出击，小说、诗歌、戏剧和散文几乎齐头并进。早期作品充满了时代精神，具有鲜明的介入意识和反法西斯色彩。短篇小说集《集中营》（1942）、《神秘预兆，缘起沮丧》（1944）等，大都以"二战"或西班牙内战为题材，表现了多数西班牙流亡者的共同心态。但自长篇小说《受损的水晶》（1945）起，他改变了创作方向，推出了一系列描写战前西班牙社会的风俗小说，如《前夕》三部曲（1947—1959），包括描写农村生活的《原野》（1947）、表现矿工生活的《被战胜者》（1949）和反映城市小资产阶级的《拉萨罗的命运》（1959）。这些充满怀旧感的小说大大地淡化了政治色彩，从而满足了一些人的思乡情怀。此外，安杜哈尔信守19世纪现实主义方法，因而作品中充溢着社会批评和道德议论。

20世纪60年代回到西班牙后，他又折身回到了初始的题材——西班牙内战，在《故事的故事》（1973）等作品中对内战进行了认真的反思，同时开始明

---

[1]　Jean Canavaggio: *Historia de la literatura española*, Vol.6, Barcelona: Editorial Ariel, 1995, p.294.

显地致力于手法的更新。他继承"98 年一代"作家的某些传统，并以"家园与烦恼"统称他的小说，认为重要的是把西班牙当作一个问题，然后用外科医生的手术刀进行细致的解剖。80 年代，安杜哈尔几乎同时发表了两部小说：《声音与血》（1984）、《幽灵之约》（1984）。这些作品真正回到了流亡主题，并对战争和小说技巧进行了反思。

马克斯·奥普（1903—1972）的母亲是法国人，父亲是德国人，因而很晚才学会西班牙语。内战时期积极参与共和国的文化活动，曾与法国作家安德烈·马尔罗合作拍摄了反映战争的纪录影片。之后被纳粹俘获，关入集中营。1942 年侥幸逃出集中营，流亡至墨西哥。

他的文学生涯起始于 20 世纪 30 年代初期，但走上"正道"却是在西班牙内战之后。他以一系列真正意义上的流亡小说奠定了自己在 20 世纪西班牙语文坛的地位。这些小说被冠以"魔幻迷宫"，包括十余部小说和大量回忆录。

小说部分主要由早期的"营地系列"，如《禁闭营》（1943）、《开放营》（1951）、《鲜血营》（1963）、《法国营》（1965）、《摩尔营》（1966）、《扁桃营》（1968）等等，以及后期的"反思系列"组成。它们记录了作者及其难友在法西斯集中营的非人生活。

奥普以坚定的社会主义者自居，在上述作品中借大量对话和思考讨论政治和道德问题。虽然受时间和环境的制约，他的某些观点显得比较幼稚，但总体上反映了作者当时的真实思想，不少观点和美好遐想至今令人感动。

之后，他相继创作了带有明显反思精神的短篇小说集《并非故事》（1944）和《真实的故事》（1955），以及长篇小说《美好意愿》（1954）、《巴尔维尔德大街》（1961）等。这些作品不仅反思了西班牙内战的历史原因和失败教训，而且较为深刻地描写了西班牙流亡者的生存状况。

与此同时，奥普还是位了不起的剧作家，早期尝试过带有实验色彩的先锋派戏剧，内战时期从事即景剧和宣传剧的创作，流亡到墨西哥后开始比较全面地探讨戏剧真谛，写出了不少风格各异的优秀剧目，如以"心中的西班牙"为题材的作品、以"欧洲史诗"为题材的纪实作品及一系列短小精悍的独幕剧。

此外，奥普还写过一部传记小说《约塞普·托雷斯·坎帕兰斯》（1958）。作品伪托一名西班牙画家的历史，讲述了西班牙社会的变迁。

阿尔图罗·巴雷阿（1897—1957）是极少数自学成才的流亡作家之一，内战初期参与共和国阵营的宣传鼓动工作，不久逃亡至英国。他的文学创作基本都是在伦敦完成的，包括一部中短篇小说集《勇气与恐惧》（1938）、一个长篇小说三部曲《叛逆者的成长》（1941—1944）和另外一部长篇小说《根断》（1955）。

《叛逆者的成长》包括《成长》《道路》《烈火》，被认为是巴雷阿的代表作，也是影响较大的流亡小说之一。小说具有自传色彩，第一部写童年和少年，被认为是巴雷阿最成功的作品。《道路》和《烈火》分别写摩洛哥战争和西班牙内战。三部小说的主人公一概以巴雷阿的真实姓名命名，所述时间也大都与作者的亲身经历吻合。

《根断》是一部想象主人公一旦回国的幻想小说，展示了作者对祖国的眷恋和怀念。这些作品固然缺乏娴熟的技巧，但字里行间无不洋溢着高昂的反法西斯斗志，因此一度受到了伦敦读者的热烈欢迎。

莱昂·费利佩（1884—1968），原名费利佩·卡米诺·加利西亚，内战时期坚定不移地站在共和国的旗帜下从事文学活动，后流亡到墨西哥。他的主要作品都发表在墨西哥，其中主要为诗集，尽管有些是诗体传记。

阿莱汉德罗·卡索纳（1903—1965），原名阿莱汉德罗·罗德里格斯·阿尔瓦雷斯，内战前任共和国教育督察员和人民剧团团长，曾创作小说《传奇之花》（1932），1937年逃离西班牙，1939年抵达布宜诺斯艾利斯。在阿根廷期间，卡索纳相继创作了二十余个剧本，同时他还将阿拉尔孔的小说《三角帽》搬上了舞台。1962年返回西班牙后，他又改编了克维多的作品。他的作品大都一波三折，情节生动，充满了浪漫情调和幻想色彩，但很少能够使人联想到已经发生和正在发生的世界性悲剧。因而，他被认为是唯一给予流亡以虚幻形态并将堂吉诃德精神贯穿始终的流亡作家。

第六节　世纪末小说

世纪末，对于多数西方国家来说，是一个时代的终结；但是，对于西班牙而言，却意味着一次新的开始。

20世纪70年代，先是邻国葡萄牙的独裁者萨拉查被推翻，继而便是佛朗哥的寿终正寝。这两个统治伊比利亚半岛达三十余年之久的独裁者都是在德、意法西斯的支持下登上历史舞台的。上台以后，他们采取的所谓"中立"政策，虽然客观上使这两个欧洲国家避免了战争浩劫，但同时也导致了它们长时期的闭关自守。在第二次世界大战以后的漫长岁月里，西班牙和葡萄牙一样，实行的是专制统治。佛朗哥和萨拉查就像封建时代的君王，生杀予夺，掌握着人民的命运。

在这样的情势下，崇尚自由的作家不是流亡国外，便是自杀或者被杀，不然就封笔缄默或者身陷囹圄。所谓"战后文学"（这里特指西班牙内战之后），在西班牙实际上是一种半地下文学。即便是像《帕斯瓜尔·杜阿尔特一家》这样的作品，也是一问世便遭查封的"非法读物"。当然，文学是最不能受到压制同时也是最难被压制的。公开的暴露被禁止了，但隐晦的批判却始终没有消失。

因此，佛朗哥时期的西班牙文学，几乎都是对社会现实的隐晦的批判。

1975年，佛朗哥寿终正寝，历史翻开了崭新的一页。由于历史、文化、语言等方面的渊源，经济、贸易、旅游等方面的联系，西班牙迅速融入欧洲大家庭并全方位地与世界接轨。因此，西班牙几乎一夜之间走向了"未来"。

相形之下，葡萄牙却显得步履维艰。明证之一是萨拉马戈因其文学作品和政治信仰而受到葡萄牙政府及天主教会的非难，结果却在西班牙受到了保护。

进入20世纪80年代以后，西班牙在经济高速发展的同时，文化事业也蓬蓬勃勃。适值其他欧美国家的文学趋于疲软，拉美的"文学爆炸"也已尘埃落定，西班牙文学便自然而然地成了关注的焦点。

从断代的角度看，世纪末的西班牙文学可以粗分为三个时期。第一个时期为"解禁"时期，创作主体为70年代末至80年代末"复出的一代"和"崛起的一代"。第二个时期是接轨时期，"崛起的一代"迅速与国际接轨。第三个时期是多元发散时期，老中青三代多元共存。

所谓"复出的一代"，是指成名于佛朗哥时代或前佛朗哥时代的作家、诗人，他们不同程度地受到过独裁政权的迫害。

首先发力的是诗人。像老诗人卡洛斯·阿尔瓦雷斯，几乎在监狱里度过了大半生。他的主要作品也几乎都是在狱中创作的，故而其作品是带着"伤痕"的。像他这样的诗人为数不少，比较著名的有何塞·耶罗、弗朗西斯科·布里内斯、胡安·安东尼奥·波纳尔德、希尔·德·比埃德马、安赫尔·贡萨莱斯、费里克斯·格兰德、卡洛斯·萨阿贡、克拉乌迪奥·罗德里格斯、安赫尔·巴伦特等。他们大都出生于20世纪二三十年代，亲身经历了西班牙共和国时代及西班牙内战的峥嵘岁月。比他们出生更早、受害更深的是"27年一代"。除洛尔卡等被佛朗哥分子杀害外，一些诗人逃到了国外。另一些如共产党人阿尔维蒂则转入了地下。这代诗人成就卓著，先后有五位获得了西班牙语文学的最高奖塞万提斯奖，有的还获得了诺贝尔文学奖，如阿莱克桑德雷[①]。

"崛起的一代"也称"年轻的一代"，主要出生在20世纪四五十年代。佛朗哥去世时，他们恰好风华正茂，可以轻装上阵，因此从一开始便表达了"走向世界""与世界接轨"的诉求。

其中，"新诗群"是诗歌领域的年轻一代的杰出代表。这个诗群包括巴斯克斯·蒙塔尔万、佩雷·吉姆费雷尔、何塞·玛利亚·阿尔瓦雷斯、吉列尔莫·卡尔内罗、安娜·玛利亚·莫伊克斯、费利克斯·德·阿苏亚、莱奥波尔多·玛

---

① 1977年，由于"他那些具有创造性的诗作继承了西班牙抒情诗的传统并汲取了现代流派的风格，描述了人在宇宙和当今社会中的状况"，阿莱克桑德雷被授予诺贝尔文学奖。

利亚·帕内罗、维森特·莫利纳·弗伊克斯、马丁内斯·萨里昂等等。他们的显著特点是兼容并包、视野开阔。他们中的不少人崇尚形而上学,从而与"复出的一代"形成了强烈的对比,尤其深得年轻读者的喜爱。

其中,巴斯克斯·蒙塔尔万、安娜·玛利亚·莫伊斯、维森特·莫利纳·弗伊克斯、费利克斯·德·阿苏亚等虽以诗歌登上文坛,却在小说方面取得了更大的成就,这样的情况委实不少,且容稍后再述。

这里之所以要对后佛朗哥时期的诗坛稍加回顾,一是为了显示20世纪70年代末80年代初,西班牙诗歌与我国同时期"伤痕文学"的相似性,二是为了说明,早在佛朗哥时期已经曲尽其妙地表现出揭露和抵抗精神的小说家,在新时期选择了与诗人不尽相同的创作路数,三是前面说到的一些诗人稍后在小说创作中取得了更大的成就。

这一时期的小说家虽然也被划分为"复出的一代""年轻的一代"("新生代")和"后新生代",但他们的创作思想曾高度一致,及至世纪末和世纪之交实现了多元发散。

前者的代表人物有塞拉(1989年获诺贝尔文学奖)、德利维斯(1993年获塞万提斯奖)、托伦特·巴耶斯特尔(1985年获得塞万提斯奖)和巴斯克斯·蒙塔尔万。此外,流亡归来的圣德尔、弗朗西斯科·阿亚拉、恰塞尔、圣普隆、费尔南德斯·桑托斯和希罗内利亚等迅速加入了他们的行列。这些作家的特点是生活积累丰厚,有很强的参与意识。与"复出的一代"诗人不同的是,这些小说家很快把矛头对准了当下的社会现实,也即后佛朗哥时期的西班牙艰难时世。尤其是那些出生于20世纪四五十年代年富力强的小说家,如戈伊蒂索洛、马尔塞等,无论在创作手法还是题材方面,都很有张力,从而起到了承上启下的作用。戈伊蒂索洛同时大张旗鼓地把笔触伸向了(佛朗哥时代的)两个禁区:性和同性恋问题。贝内特则用侦探小说的形式及普鲁斯特式的长句子表现西班牙社会的混乱与复杂。马尔塞几乎是前两位的有意无意的综合,即把性和敏感的政治问题捏在了一起,而且相对重视小说情节。

"年轻的一代"(或"新生代")小说家可谓人数众多,而且其经典化过程相对漫长。对于不少作家,学术界至今难有定论,盖因他们实力相当且大都多产而富有个性,因此国内国外声誉极隆。他们的作品几乎部部畅销,而且很快有法、英、德、意、葡译本问世。作为一个群体,他们创作题材广泛,风格各异,其中比较著名的有胡安·何塞·米利亚斯、何塞·玛利亚·梅里诺、马努埃尔·阿尔瓦罗·蓬波、哈维埃尔·马里亚斯、埃德华多·门多萨、莫利纳·弗伊克斯、巴斯克斯·蒙塔尔万、赫苏斯·费雷罗、莫伊克斯、穆纽斯·莫利纳、胡安·马德里、恩里克·维拉-马塔斯、佩雷斯-雷韦尔特、哈维埃尔·塞尔卡斯、拉蒙·阿耶拉、阿尔丰斯·塞尔维亚等等。

这一时期还涌现出了一批颇具实力的女作家，如埃斯特尔·图斯盖茨、莫伊克斯、玛利亚·德·阿尔姆德纳、玛蒂尔德·阿森西、费尔南德斯·古巴斯、阿德拉伊达·加西亚·莫拉雷斯、罗莎·蒙特罗……

再加上"后新生代"，西班牙文坛可谓花开满园。此外，文学的繁荣还促进了西班牙影视的发展。一如我国第五代导演的成功当首先归功于寻根文学，20世纪八九十年代西班牙电影之所以成功，首先是因为它拥有一片丰饶的文学土壤。像90年代在欧美获得盛赞的《神经濒临崩溃的女人》《睁开眼睛》《来日无多》《关于我母亲的一切》《老鼠》《完美的一对》《奇迹都会》《剑师》《弗兰德棋局》等，都是根据同时期的有关小说改编的。

凡此种种，除了极个别作家作品，对于中国读者来说，尚犹如"无何有之乡"。为详加介绍，本著不得不各表一枝。

一 "复出的一代"

同诗人相比，"复出"的小说家似乎因为亲历战争而更具有干预精神。除了前面说到的塞拉、胡安·戈伊蒂索洛和德利维斯等，托伦特·巴耶斯特尔（1910—1999）、胡安·贝内特（1927—1993）、路易斯·戈伊蒂索洛（1935—）、弗朗西斯科·翁布拉尔（1935—2007）、何塞·玛利亚·希隆内达（1917—2003）、卡门·马丁·盖特（1925—2000），以及流亡归来的一大批老作家，同样激情飞扬，其创作热情比之年轻的一代毫不逊色。

（一）托伦特·巴耶斯特尔

托伦特·巴耶斯特尔曾经是个剧作家，20世纪五六十年代因《欢乐和阴影》三部曲而成名。进入70年代以后才全力投向实验小说。

他的第一部有影响的实验小说是1972年发表的《J.B.萨迦——逃遁》。作品发生在一个伪托的地方：喀斯特罗福尔特。那是个与世隔绝的小镇，人们过着近乎刀耕火种的原始生活。在那里，神话（萨迦）的力量依然强盛。那里的印第安人被称作塞尔塔人，统治他们的人是哥特人。一如黑格尔，托伦特·巴耶斯特尔试图通过先知式的人物解读历史，同时像加西亚·马尔克斯（《百年孤独》）那样明显含有重构人类历史的意图。正因为如此，其中的男性人物和女性人物被赋予了群体化和象征性色彩。唯有J.B.与众不同，他们可比《百年孤独》里的吉卜赛人梅尔加德斯，预先参透"禅机"，发现了喀斯特罗福尔特的秘密。最后J.B.只有两种选择：要么死亡，要么拯救喀斯特罗福尔特。但拯救喀斯特罗福尔特的代价是他必须变成凡人。小说的概念化程度超过了博尔赫斯的《特隆，乌克巴尔，奥尔比斯·特蒂乌斯》。

1980年，托伦特·巴耶斯特尔的另一部小说《风信子被折的小岛》获得巨大成功。作品一改《J.B.萨迦——逃遁》的抽象和艰涩，绘声绘色地描述了一个富有现代意识的爱情故事。故事发生在美国哈佛，前往访学的西班牙老教授不慎坠入爱河，与一个名叫阿里阿德涅的女生形影不离、难舍难分。然而，阿里阿德涅却另有所爱，早已和一个历史教授两情相悦。而这个历史教授正潜心于创立一种即将改变人类历史的学说：否定拿破仑的存在。最后，西班牙教授邀请阿里阿德涅到一座小岛度假。小岛明显暗喻克里特岛。于是，老教授得以一饱眼福：领略姑娘的美丽，但真正得到的也许只有阿里阿德涅的"线团"。

托伦特·巴耶斯特尔的其他重要作品有《末日碎片》（1977）、《复活的阴影》（1979）、《达佛涅与梦境》（1983）、《也许被风带往无边无际》（1984）、《风玫瑰》（1985）、《我自然非我》（1987）、《费洛梅诺，我可怜的》（1988）、《神奇岛屿》（1991）、《系主任之死》（1992）、《善神酒店》（1993）、《贝贝安苏雷斯的小说》（1994）、《犹疑岁月》（1997）等等。

由于其突出的文学成就，佛朗哥时代结束以后他便入驻西班牙皇家学院，成为 28 位院士之一。[①] 不久获得阿斯图里亚斯亲王奖和塞万提斯文学奖，从而奠定了他在西班牙文坛的显赫地位。

1997 年，托伦特·巴耶斯特尔以八十几岁的高龄，顽强地创作了长篇小说《犹疑岁月》。小说以西班牙内战前夕的共和国时期为背景，表现了青年主人公在人生、理想面前的迟疑与失落。葡萄牙作家萨拉马戈在接受记者采访时多次表示，如果他在瑞典学院，那么他会毫不犹豫地把他的诺贝尔文学奖授予托伦特·巴耶斯特尔。

（二）德利维斯

德利维斯的主要文学成就建立在 20 世纪五六十年代。但当时的隐晦和非情节化倾向，使他的作品始终未能产生轰动效应。倒是 70 年代以后，随着创作思路的改变和情节的强化，他的作品开始为更加广泛的读者群体所接受，以至于进入了畅销书的行列。

1981 年，他的长篇小说《无辜的圣人》采用卢梭式的社会寓言，塑造了一个典型的西班牙农民形象。作品除了"自然人"那自然流露的、不动声色的幽默和淳朴，还刻意注入了明显的现代音乐节奏。二者产生的反差，一定程度上强化了"自然人"的品格和"过景"。这是一种具有鲜明怀旧色彩的矛盾情感，或可引起不少人的共鸣。

之后，德利维斯又以《377A 英雄之木》（1987）等作品显示了自己高涨的创作热情。小说富有自传色彩，但其中人物对西班牙内战的反思却证明德利

---

① 西班牙皇家学院共设二十八位院士，每位院士对应西班牙语二十八个字母中的一个。去世一个，增补一个。其余皆为通讯院士，截至 2016 年全球共有七十余位。

维斯已经远远超越了主观情感。主人公是位年仅十八岁的青年水手,其惊讶程度当不亚于滑铁卢之于司汤达。作品正是用他的目光审视了战争的残酷与非理性。

20世纪90年代,德利维斯仍笔耕不辍,并终于以无可非议的成就赢得了晚到的荣誉——塞万提斯奖(1993)。此后又发表了《退休者日记》(1995)、《老鼠》(1997)、《完美的一对》(1997)和《异教徒》(1998)等长篇小说。

(三)胡安·戈伊蒂索洛

胡安·戈伊蒂索洛是少数与西班牙保持正常联系的流亡作家之一。他的作品之所以获得独裁政府的"认可",完全是因为它们晦涩难懂。

1975年以后,戈伊蒂索洛很自然地融入了西班牙文坛。1980年和1982年,他接连发表了两部富有东方神秘色彩的小说:《玛克巴拉》和《战后风景》。这些作品和伤痕文学所形成的反差,使一些读者对他感到失望。

但事过境迁,到了20世纪80年代中期,随着西方文坛意识形态色彩的明显淡化,他的一些作品再次受到了读者的欢迎。《禁区》(1985)和《派系王国》(1986)是他根据自己在西班牙和法国的亲身经历写成的两部小说,也是札记、信件、照片等生活记录汇成的两盘令人目眩的大杂烩。

但1988年的《孤鸟的美德》又回到了神秘。小说写西班牙宗教诗人胡安·德·拉·克鲁斯修士和伊斯兰神秘主义,但着眼点却是现代人类面临的两大灾难:核战争和艾滋病。

此外,戈伊蒂索洛还创作了《初为人父》(1991)、《公园之周》(1997)、《嘴帘》(2003)、《四处流亡》(2008)等等。

(四)胡安·马尔塞

胡安·马尔塞于20世纪七八十年代发表了两部重要小说《穿金色短裤的姑娘》(1978)和《吉纳尔多巡逻队》(1984)。前者写佛朗哥时期的社会状态,通过一个前长枪党人与其侄女的对话,表达了胜利者痛苦的内心和心有余悸的忏悔。作品获得了普拉内塔奖。另一部小说同样以佛朗哥时代为背景,构成了《巴塞罗那》三部曲的最后一部。

其他作品有《双语情人》(1990)、《上海巫师》(1993)、《蜥蜴的尾巴》(2000)、《洛丽塔俱乐部的情歌》(2005)。

2009年,马尔塞获得塞万提斯奖。最后的几部作品有《梦幻书法》(2011)、《纸质飞机的幸福信息》(2014)和《出色妓女》(2016)等等。

(五)胡安·贝内特

胡安·贝内特从1975年起改变了创作风格。他的前期作品比较晦涩,有福克纳遗风。

1980年发表的《罪犯的气息》由于吸取了侦探小说的某些特点而具有明

显的通俗化倾向。

1983 年，另一部小说《生锈的长矛》出版。小说以西班牙内战为背景，写小镇雷希纳的历史变迁。奥尔特加、毕加索、阿拉巴尔等文化名人成了有关地名，并被赋予了更为明朗的现实意义色彩。

《罪犯的气息》获行星奖，《生锈的长矛》获西班牙文学批评奖。

（六）路易斯·戈伊蒂索洛

1975 年，路易斯·戈伊蒂索洛终于可以将封存多年的小说三部曲公之于世。经过修订，构成三部曲的《五月绿色到海边》（1976）、《阿喀琉斯的愤怒》（1979）和《认知理论》（1981）相继出版，它们意味着路易斯摆脱兄长胡安·戈伊蒂索洛的影子，开启了属于自己的文学天地。

1984 年，他战胜众多竞争者获得西班牙文学批评奖。同年，他的又一部小说《火墙远去》出版。这是一部富有自传色彩的小说，其中的一些细节如监狱生活等，与作者的亲身经历相吻合。

1985 年，他以调侃的口吻创作了《候鸟的悖论》，获得意外好评。

世纪之交，他又相继推出了《通天梯》（1999）、《360 度日记》（2000）、《解放》（2003）、《倾听小鸟啁啾》（2006）、《时过境迁》（2009）等。

进入新世纪后，他的作品有《明眸如水》（2012）、《交通堵塞及其他寓言》（2016）和《巧合》（2017）。

（七）弗朗西斯科·翁布拉尔

弗朗西斯科·翁布拉尔的主要作品算不得严格意义上的虚构小说。他的小说大多类似于我国的传记或报告文学，但后来在西班牙文坛赢得了普遍的喝彩。早期作品包括《爱在马德里》（1972）、《马德里之脾》（1972）、《丑陋的国家博物馆》（1974）、《西班牙倦人的日记》（1975）、《西班牙的叹息》（1975）、《疯疯的脑袋，红红的嘴巴，孤寂的心儿》（1975）、《体面的右翼》（1975）、《后佛朗哥纪事》（1976）等。

20 世纪 70 年代末期以来，他的小说风格有所变化，虚构的成分有所增加，但依然保持着纪实风格。其中比较著名的有《政客》（1976）、《谦谦淑女》（1976）、《我去买面包》（1976）、《马德里原理》（1980）等等。

1979 年，他夺得了西班牙国家文学奖。之后好事连连，直至摘取阿斯图里亚斯亲王奖和塞万提斯奖的桂冠。

他的主要作品有《马德里三部曲》（1984）、《我可爱的魔鬼》（1985）、《世纪之子回忆》（1987）、《体面人纪事》（1991）、《从 98 年到胡安·卡洛斯》（1992）、《我的欢乐，我的日子》（1994）、《右派大妈》（1997）、《莱昂的地窖》（2004），以及遗作《可逆的时间》（2015）、《梦游者日志》（2015）、《我可爱的政客》（2017）等。

（八）卡门·马丁·盖特

卡门·马丁·盖特于 1988 年获阿斯图里亚斯亲王奖。

她的第一部小说是《浴场》（1955），写得十分含蓄、沉闷，一如佛朗哥时期的西班牙社会。此后，她接连出版了小说《星火丛中》（1957）、《捆绑》（1959）、《慢节奏》（1963）、《系列》（1974）、《内心片段》（1976）、《后面的房间》（1978）、《三面墙城堡》（1981）、《魔鬼的蛋糕》（1985）、《两则幻想故事》（1986）、《西比尔·瓦内》（1989）、《曼哈顿的尖顶》（1990）、《变化的多云》（1992）、《白雪王后》（1994）、《怪异人生》（1997）、《离家出走》（1998）、《亲戚》（2000）、《多罗那美女》（2001）、《发烧书》（2007）等等。

其中《离家出走》的中译本，让我国读者对这位西班牙女作家的叙事风格多少有了一些了解。这部小说延续了盖特的叙事风格：貌似漫不经心的舒缓和浸淫着些许挥之不去的乡愁。小说借女主人公——一名离家出走的女孩，完成了作家对久别故乡萨拉曼卡的观察和回忆。物是人非，乡愁在淡淡的忧伤中蔓延，却并不肆虐。作者既不厚今薄古，也不厚古薄今，而是采取了相对客观冷静的姿态。因此，映入读者视域的景物、钻进读者听域的故事，明显有真有假、似是而非，但叙事者的口吻却极其认真。

这样的淡然写法在文学史上并不多见。我们耳熟能详、充斥脑海的往往是哀伤的怀旧。从契诃夫的《樱桃园》到沈从文的《边城》，殇古之叹东西南北、源远流长。尤其是 20 世纪中晚期以降，科学技术一日千里，世界日新月异，人人时间不够用，难免要怀念"慢节奏"呢！

二 "新生代"

与此同时，世纪末的西班牙年轻小说家灿若群星。其中，在国内外引起较大关注的中青年作家人数众多，难以尽述。

（一）巴斯克斯·蒙塔尔万

巴斯克斯·蒙塔尔万（1939—2003）生于巴塞罗那。早年参加过西共组织，后脱离。2003 年，因心脏病突发逝于曼谷国际机场。

他创造了西班牙福尔摩斯——佩佩·卡尔瓦罗。他的众多小说都围绕着这位神探展开。《总经理的孤独》（1977）、《南方的海》（1979）、《委员会总部谋杀案》（1981）和《曼谷的鸟》（1983）[①]等都活跃着神探佩佩的身影。其中《委员会总部谋杀案》明显影射西共，因而遭到一些西共领导人的批评。

---

① 具有讽刺意味的是，曼谷居然成了蒙塔尔万生命的归宿。2003 年 10 月 18 日，他从悉尼经曼谷回马德里，不想灵魂鸟儿似的被永远地留在了这片神奇的东方土地上。

他的另一些小说如《亚历山大的玫瑰》（1984）、《钢琴家》（1985）等也大都以侦探小说的形式展开，从而赢得了一般读者的欢迎。

十年以后，他以《布宜诺斯艾利斯五重唱》（1997）结束了佩佩的侦探生涯。小说写阿根廷军事独裁时期的一宗扑朔迷离的失踪案。为了寻找失踪青年，主人公经历了探险般的调查，从而反映了白色恐怖下阿根廷人民的悲惨境遇。

此后又发表了《要么做恺撒，要么什么也不是》（1998）、《盆景先生》（1999）等长篇小说。

晚年又回到了佩佩侦探系列，有《生命中的男人》（2000）、《千年佩佩·卡尔瓦罗之一》（2004）、《千年佩佩·卡尔瓦罗之二》（2004）等。后两部皆为西班牙奖金丰厚的行星奖获奖作品。

长篇小说《南方的海》是西班牙当代文学的翘楚。它发表于1979年，是年即获得两项大奖：西班牙小说奖行星奖和国际侦探小说奖。

然而，受主流批评界的所谓"纯文学"理念的影响，无论巴斯克斯·蒙塔尔万，还是他以侦探佩佩前后贯串的一系列小说，一时间均未得到应有的重视；直至世纪之交，由于世界文学在一片楚歌声中开始向现实主义和情节回归，巴斯克斯·蒙塔尔万等一批侦探小说作家才开始受到关注。

众所周知，严格意义上的侦探小说发轫较晚，从爱伦·坡、柯南·道尔等人算起，也没有多少年的历史；但其基因（比如其故事性、悬疑性、刺激性等等）却几乎与文学一样久远。比较明显的印记是大乘宗有关佛陀的传说和古埃及-希腊有关斯芬克司的传说等等，而中国古代演义中大量有关王朝更迭、帝王驾崩的释谜性描写及后来的包公案、狄公案等等，更是充满了侦探小说的原生因素，或者本身就是侦探小说。从另一个角度看，侦探小说较之心理小说更具有现实主义精神。惯以幻想家自居的博尔赫斯也曾在其少有的几篇理性洋溢的著述中，谓侦探小说具有缜密而严谨的内在结构，而典型的心理小说却往往因耽于任意而显得紊乱。后者，"譬如普鲁斯特的某些章节，简直令人难以忍受。看到这些，就好比回味平日里无所事事的困顿与无聊"。侦探小说则不同，它通常因为追求逼真、需要可信而必得拥抱现实主义，同时为了出人意料而必须挖空心思，即既不能随心所欲，也不能拾人牙慧。有关侦探小说的载道功能和艺术手法，刘半农、徐念慈、觚庵等都有过精辟的论述，谓其在揭露时政、揭示人性等方面大有一般小说所不及之处，而且每每"布局之曲折，探事之离奇，于章法上占长，于形式上占优"。

现代小说的相当一部分西方读者（如不武断地说大部分读者），便是靠侦探小说挽留下来的，尽管侦探小说一直被精英们人为地置于"通俗"的范畴。而侦探小说与情节的关系，则好比鱼和水的关系。情理之中，意料之外，几乎是侦探小说的取胜法宝。

当然，诚如桑塔亚那所说，经典的本质力量在于喜欢者的喜欢程度，而不是读者数量或别的尺度。《南方的海》便是一部让喜欢者爱不释手的小说。

作品描写一名叫佩佩·卡尔瓦罗的私家侦探，他受命为一个显赫的家族企业调查其总裁失踪并死于非命的全过程。请注意，是过程，而非简单的凶手那么简单，这就不同于一般意义上的侦探小说了。于是，读者跟随卡尔瓦罗逐一走访曾经与死者保持着各种关系的各色人等。其中有商贾巨头，也有街头混混和落魄妓女。当代巴塞罗那乃至20世纪70年代末叶的整个西班牙社会，随着卡尔瓦罗的足迹和访谈，呈现出具有马赛克风格的斑驳景象。党派斗争、社会矛盾、人际关系，在特殊的社会转型时期，以几何级升沉的形式展现出来。若非卡尔瓦罗私家侦探的身份及其使命一直在提醒读者，恐怕很少有人会认为这是一部侦探小说。而这恰恰是现代侦探小说的复杂所在，也是巴斯克斯·蒙塔尔万成功的秘诀所在。

从一桩疑案切入，顺藤摸瓜、丝丝入扣地将读者引向凶手或诸如此类的始作俑者，是传统或一般侦探小说的套路。但《南方的海》不是。从某种意义上说，巴斯克斯·蒙塔尔万的作品与其说是侦探小说，毋宁说是借侦探小说之形以图现实主义之实。也就是说，作者醉翁之意不全在酒，他的叙事策略至少成全了情节和现实主义的双重回归。于是，他在继承侦探小说引人入胜的叙事形式的同时，极大地拓展了小说的内涵，使之具备了所有伟大现实主义作品的广度与深度。这至少是小说家重整旗鼓的一种尝试，并且已经得到了西班牙文坛内外愈来愈多的读者的认同。

（二）阿尔瓦罗·蓬博

阿尔瓦罗·蓬博（1939—）以短篇小说集《关于缺乏内涵的故事》（1977）而一举成名。而后，他改写长篇小说，1979年发表《相似者》。

1983年出版《曼萨尔德楼上的好汉》，获得先锋小说奖。它是一部幽默小说，写一个有钱人家的少爷，长大成人后依然被当作"孩子"，奉养在高贵的"楼上"。他的用人的用人、亲戚的亲戚整天围着他转。

《韵律》（1990）是蓬博的另一部长篇小说，获得西班牙文学批评奖。此作写一个同样"古怪"的人物：玛利亚。玛利亚是已婚女子，但生活对她总是不太公平，以至于迫使她最终成为丈夫、兄弟、朋友的情感奴隶。作品同样深刻幽默，只不过令人发笑的背后是玛利亚的酸楚的眼泪。

此后的主要作品有《国王陛下讲述永恒的女性》（1993）、《塞西莉娅的网愁》（1995）、《圣方济各生平》（1996）、《妇人所在》（1996）、《故事新编》（1997）、《方形圈子》（1999）、《光天化日》（2001）、《朝北的窗户》（2004）、《反自然》（2005）、《马蒂尔达的运气》（2006）等等。其中《马蒂尔达的运气》还获得了行星奖。

新世纪后，他的作品气势不减，有《维吉尼亚或内心世界》（2009）、《阿鲁夫代理的英年早逝》（2009）、《好汉的战栗》（2012）、《先生，太晚了，留在我们这儿吧》（2013）、《乔安娜的蜕变》（2014）、《大世界》（2015）和《钟表店》（2016）。其中，《好汉的战栗》曾荣获纳达尔奖。

（三）何塞·玛利亚·梅里诺

何塞·玛利亚·梅里诺（1941—）的成名作《安德列斯·乔斯的小说》（1976）将多个故事重叠在一起，并竭力使它们产生因果关系。小说结构复杂，但情节并不动人。他的另一部长篇小说《黑暗的岸》（1986）也是一部套盒式实验性作品，其中不少地方使人联想到博尔赫斯的迷宫。

进入 20 世纪八九十年代以后，梅里诺曾担任西班牙文化部文艺司司长。90 年代辞去公职，开始全力投入文学创作，发表了《空气中心》（1991）、《卢克莱西亚的偏见》（1996）、《看不见的人》（2000）、《继承人》（2003）、《深渊》（2009）、《伊甸园之河》（2012）、《第十缪斯》（2016）等长篇小说，曾获得西班牙文学批评奖和小说奖。

（四）埃德华多·门多萨

埃德华多·门多萨（1943—）以巴塞罗那为对象，创作了一系列令人捧腹的讽刺小说。《魔鬼地下室的奥秘》（1979）、《油橄榄迷宫》（1983）和《奇迹都会》（1987）均以巴塞罗那为背景，而且每一部都富有侦探小说的神秘与曲折。

其中《奇迹都会》写 1888 年至 1929 年的巴塞罗那。小说的主人公是一个带有流浪汉色彩的人物。但不同于传统流浪汉小说的是，主人公后来摇身一变成了大资本家。这也许是只有在巴塞罗那或者纽约之类的"梦都"才可能发生的奇迹。

此外，他的《神秘岛》（1989）、《古博音信全无》（1990）、《洪荒岁月》（1992）等，也由于情节复杂、可读性强而颇受一般读者的青睐。值得一提的是，《神秘岛》终于放弃了巴塞罗那，而改用威尼斯为舞台。但此威尼斯非彼威尼斯。它是一个神秘、恐怖的小岛。在那里，什么可怕的事情都可能发生。

进入新世纪后，他又出版了十余部小说。《猥亵者的冒险经历》（2001），塑造了一位爱打抱不平的匿名侦探。《贺拉斯第二的最后计划》（2002）以连载的形式发表。此后又有《毛乌里西奥或初选竞争》（2006）、《彭博尼奥的恐怖旅行》（2008）、《猫斗》（2010）、《口袋与生活的纠缠》（2012）、《迷路模特的秘密》（2015）、《国王接见》（2018）等等。其中，《猫斗》获得了行星奖。

他的作品文风简洁，叙事直截，颇受西班牙语读者的欢迎。2016 年获得塞万提斯奖。

（五）费利克斯·德·阿苏亚

费利克斯·德·阿苏亚（1944—）既是小说家，也是文学翻译家，1972 年开始发表小说。1978 年发表中篇小说《事实的报复》。1984 年，长篇小说《忍耐》获得好评。小说写年轻一代在佛朗哥时期的失望与压抑。他翻译并推崇贝克特的作品。受此影响，他被认为是西班牙的贝克特。他先后于 1986 和 1987 年创作的《傻瓜自传或傻人有傻福》和《卑贱者日记》，描写了边缘人物的不幸。此后有《易帜》(1991)、《邮差的长途跋涉》(1991)、《问题太多》(1994)、《关键时刻》(2000) 等长篇小说。

（六）何塞·玛利亚·盖尔本苏

何塞·玛利亚·盖尔本苏（1944—）的早期作品倾向于表现知识分子的"边缘化"问题，这是继奥尔特加·伊·加塞特之后西班牙文坛再一次提出知识分子与大众文化之间的矛盾关系。

20 世纪 80 年代，盖尔本苏转向幻想小说。一如科塔萨尔，他在《月亮河》(1981)、《目光》(1987) 等作品中将现实和幻想糅在一起，而且夹叙夹议，从而消解了传统意义上的小说模式，被认为是西班牙元小说的重要实验者。

20 世纪 90 年代以后，盖尔本苏创作了数量可观的长篇小说，如《福地》(1991)、《感情》(1995)、《世上一块钱》(1999)、《熟睡的大脑》(2003)、《冰墙》(2005)、《真爱》(2010)、《被接受的谎言》(2013)、《贪婪的权力》(2016) 等。

另有一部分属于"马里亚娜系列"。该系列围绕马里亚娜这个主要人物展开，有《别惹杀人犯》(2001)、《死亡从远处走来》(2004)、《后悔的尸体》(2007)、《善意的谋杀》(2008)、《小弟弟》(2011)、《一级死亡》(2011)、《千万别帮陌生女人》(2014) 和《绝望的杀手》(2017)。

（七）胡安·何塞·米亚斯

胡安·何塞·米亚斯（1946—）善于将不同的时间、地点甚至人物重叠起来，并以此展示事物的复杂性与多重性。他的长篇小说《溺死者的视角》(1977) 由两个交叠的层面组成：现时和过去。现实层面的解读依赖于回忆，而回忆本身又具有一定的欺骗性。同样，在另一部小说《空寂的花园》(1981) 中，记忆与死亡交织在一起，使儿时的花园具有镜子般神秘的折射功能。

1987 年的《你错乱的名字》被认为是他的代表作。小说写错乱的情仇：主人公丧偶后爱上了心理医生的妻子，这个女人的外貌竟酷似他的亡妻。最终，心理医生的妻子杀死了自己的丈夫。而这一切皆因名字错乱所致。

相比之下，《死符》(1984) 是一部致力于诠释真实的心理现实主义小说。作品写一个白痴的自我认知过程。他十六岁知道自己奇丑无比，十八岁懂得自己一贫如洗，三十岁终于明白：原来自己愚蠢透顶。小说最终以悲剧告终，但整个过程充满了米亚斯一贯的神秘与恐怖。

1990 年发表《孤独如斯》，并斩获纳达尔奖。同年还出版了长篇小说《回家》。此后，经过一段时间的休整和积累，又接连创作了十余部作品：1998 年的

《字母顺序》、1999年的《别看床下》、2002年的《布拉格的两个女人》、2005年的《城市》、2006年的《对镜成三人》、2007年的《世界》、2010年的《关于小人》、2014年的《疯女人》、2016年的《从暗处窥视》、2017年的《我的正史》、2018年的《谁也别睡》等等。

其中《对镜成三人》一改米亚斯的元小说风格，几乎可以说是现代版《包法利夫人》，所不同的是米亚斯以"虚拟"取代了福楼拜的"写实"，并殊途同归，演绎了人性的复杂、情感的代价。

《对镜成三人》被誉为"披着婚外恋外衣的哲学故事"，写胡里奥和劳拉夫妇俩的婚姻生活。囿于夫妻俩结婚多年没有孩子，新来的邻居小伙曼努埃尔俨然成了他们生活的调味剂。某天曼努埃尔突遭车祸，在医院卧床不醒，夫妻俩的婚姻就此陷入危机。被劳拉赶出家门的胡里奥偷偷住进了一墙之隔的曼努埃尔家。某天，他出于好奇打开了曼努埃尔未及关闭的电脑，惊讶地发现妻子和曼努埃尔之间的惊人秘密；随后他又发现，原来还有一个更惊人的秘密隐藏在他和这个男人之间。正所谓"假作真时真亦假，无为有处有还无"，如此精妙绝伦而富有时代特色的作品绝对难能可贵。其中主人公既可怜又可敬、既平实又狡黠的双重性格透过幻景似的真实展现出来，达到了事半功倍、振聋发聩的功效。作为现代社会细胞的现代西班牙家庭，简直被作者写活了。婚姻的"围城"效应和脆弱状态在米亚斯辛酸与诙谐、虚拟与逼真交相辉映的笔调中不动声色却又丝丝入扣地呈现出来。这幅前无古人的图景，绝对让人回味无穷。米亚斯斩获了除却终身成就奖——阿斯图里亚斯亲王奖和塞万提斯奖之外的几乎所有西班牙重要文学奖项。《对镜成三人》译成中文后也颇受我国读者的欢迎。

（八）胡安·马德里

胡安·马德里（1947—）曾在马德里和萨拉曼卡大学攻读历史，毕业后成为新闻记者，20世纪80年代开始致力于小说创作。成名作是《朋友之吻》（1980），之后一发而不可收，接连发表了《表象不假》（1982）、《家庭礼物》（986）。这三部小说被赋予了同一主人公：托尼·罗马诺。

长篇小说《来日无多》（1993）被认为是他的代表作。小说情节曲折，富有批判精神。它围绕一个叫安东尼的摄影家的工作，逐步进入一个饱受凌辱的世界：妓女的生活。安东尼第一次接触这样的生活，原以为只要真实地摄录她们的生活，就可以名利双收。结果他愈陷愈深，成了黑帮追杀的对象。小说由喜转悲，丝丝入扣，因而出版后不久即被搬上银幕，受到广泛好评。小说里的时间只有短短一周，地点就在马德里中心广场。正如书名暗示的那样，人物就像市中心的老区一样"来日无多"。他们是这个时代的多余者和牺牲品，生活在最边缘、最底层。当全世界都沉溺在"娱乐至死"中，这些"社会的渣滓"却怀揣着童年的梦想无谓地挣扎。作品在描述人物颓废生活的同时，不断穿插他们儿时的回忆和曾经的憧憬。他们顽强地活着，但距离梦想已然越来越远，远得甚至来不及回眸便倒在血泊之中。安东尼被动地进入他们的生活，却慢慢地不由得良心发现："这就是生活，真正的生活，是眼下马德里最真实的生活。""佛朗哥归天之后，民主运动留下的就是这些玩意儿。瘾君子为了白面不是卖身就是抢劫，还有那些失去工作、满脑子幻想的人……这些人很快就会消失，他们可是这个时代的终极见证。"

这是一部黑色题材小说，作者的人文关怀在琐碎的人物对话和情节片段中自然流露，并且随着安东尼的镜头步步推演，直击读者的心灵。作者的过人之处在于冷峻。他摄影师般的"客观"令人联想到久违了的真实主义。但这种真实主义并未妨碍悲悯色彩的流露。从男主人公同女主人公不期然而然的遭遇到一步步陷入危境，小说呈现出了不可多得的真实性和可读性，其逼真程度甚至达到了无以复加的地步。在此，笔者不妨援引所罗门的名言："你要看，而且要看见。"《来日无多》就是这样一部让你看，而且让你看见的当代经典。正因为如此，它不是写给评论家的，它让所有读者过目不忘。小说被译成中文后也广受我国读者的欢迎。

胡安·马德里还是位相当多产的作家。除了上述作品，还创作了两个畅销系列——"托尼系列""纵队系列"，凡二十余部。其他小说尚有《旧情》（1993）、《坏时光》（1995）、《丹吉尔，阿森托，马德里》（1997）、《胭脂残迹》（1999）、《怪人》（2001）、《手中鸟》（2007）、《光脚的不怕湿》（2013）、《沉睡的狗》（2017）等等。

（九）恩里克·维拉-马塔斯

恩里克·维拉-马塔斯（1948—）出生在巴塞罗那，大学期间修的是法律专业，但兴趣在新闻和写作。毕业后赴巴黎深造，当过记者和二流作家的枪手。后应征入伍，在部队继续文学创作。退役后曾在北非和美洲生活过一段时间，与拉美作家塞尔西奥·皮托尔、罗贝托·波拉尼奥等人过从甚密。

维拉-马塔斯创作了二十余部长篇小说和近十部短篇小说集。长篇小说有《借镜子观赏风景的女人》（1973）、《高雅女杀手》（1977）、《向着南方眨眼》（1980）、《中伤》（1984）、《便携式文学简史——虚构与写实》（1985）、《远离委拉克鲁斯》（1995）、《奇怪的生活》（1997）、《垂直之旅》（1999）、《巴托比症候群》（1999）、《蒙塔诺的问题》（2002）、《没完没了的巴黎》（2002）、《帕萨温托博士》（2005）、《纷杂流水账》（2008）、《都柏林女人》（2010）、《在一个寂寞的地方》（2011）、《一个作家的错误记忆》（2012）、《凯瑟尔》（2014）、《马克及其反时间》（2017）等等。

其中，《垂直之旅》是维拉-马塔斯的代表作，出版于 2000 年，获得拉丁美洲最高文学奖——罗慕洛·加拉戈斯奖。小说讲述了一个男子晚年被妻子抛弃后开始一段寻找真我的旅行。故事情节简单，大部分内容是人物的心理独白，从老年人的视角看待世界、人生和死亡，既有启发性，又有象征意义：功成身退的马约尔年过七旬，某天一向懦弱的妻子突然以"寻找自我"为由，坚决地将他"扫地出门"；三个子女的生活也是乱麻一团，无从依靠。无奈之下，马约尔从巴塞罗那出发，被迫独自开始了一段由北向南的返老还童式的"垂直之旅"。换言之，马约尔的生活急转直下，忽然事业、家庭、面子、里子都没有了。此外，精神和肉体的双重压力使马约尔的情绪直线下滑。他离开陆地，去了一个海岛。这就极具象征意义，即由高处走向海平面，走向孤独，当然也多少意味着走向远古，因为生物是从海洋开始的。用他儿子的话说，人类的理想王国在海底——亚特兰蒂斯。旅途中，马约尔发现自己越来越孤独，越来越空虚，也越来越体力不支。身体和精神的衰老使他梦想变成别人。维拉-马塔斯笔下的老人完全不像海明威笔下的圣地亚哥，他不再做梦，不再"自强不息"。

世界，尤其是欧洲正在以加速度进入老龄社会。我国也面临老龄化问题。一如马约尔的儿女们，少生、不生所导致的社会问题尚且不易解决，精神问题又接踵而至。比如晚年离异正在加剧业已产生的空巢危险，而大多数老人明显缺乏心理准备。维拉-马塔斯所展示的或许正是摆在许多老人面前的一个问题：是继续下滑、回到"远古"，还是让自己重新开始？对于这两种可能，蒙田说过，人类学习、思考，最终是为了面对死亡。笔者想，人类得以与老龄、孤独及死亡签订和约的最好方法始终是学习：不断学习，以便适应新的生活，直至死亡。

此外，他还有写实验小说的冲动。他的《巴托比症候群》由一系列注释构成，糅合了大量真实事例和虚构故事。书中揭露了一些作家的"封笔"之谜：他们酷爱写作，却又不敢落笔。于是构思和创作之间形成了巨大的反差和强大的张力，以至于迫使一些作家不得不放弃写作，仿佛那些在生与死之间徘徊的抑郁症患者。因此，小说不仅是对创作的思考，也是对生命和存在的思考，而用注释这样一种形式呈现出来，的确具有将内容形式化或者形式内容化的奇妙效果，让人回想起现代主义时期的某些实验作品。

（十）赫苏斯·费雷罗

赫苏斯·费雷罗（1952—）被圈里人称为"中国通"，这是因为他的成名作《阴差阳错》（又译《贝尔韦尔·阴》，1981）写的是1949年前的中国。孪生兄妹贝尔维尔阴和尼特娅阳的命运在一系列阴谋、追杀和罪恶中阴差阳错，险象环生。历史、爱情、军阀、黑社会组织和各色谍报人员在阴和阳身边织成一张张神秘的网，使他们最终无可回避地陷入了乱伦。小说在没有任何确凿史实依据的情况下任意想象，为西方读者提供了一个神奇而又恐怖的旧中国图景。他的第二部小说《鸦片》（1986）同样以古老的中国为背景，但演绎和诠释的对象是古老的中国哲学。他的第三部小说《佩帕夫人》（1988）把注意力移到了西方，但第四部小说《春秋战国》（1993）又回到了中国。小说以《周易》六十四卦象为标题，分六十四部分，伪托古代中国某逃犯的多舛命途，演绎作者心目中的东方王国。

其他小说有《爱在柏林》（1990）、《多普勒效应》（1990）、《雾霾时代》（1990）、《野人阿利斯》（1991）、《神的秘密》（1993）、《爱神或幸运者自述》（1996）、《最后的宴会》（1997）、《眼中的魔鬼》（1998）、《华内罗或新人》（2000）、《无边的森林》（2001）、《净土高速公路》（2003）、《十三支玫瑰》（2003）、《深渊里的天使》（2005）、《太平洋之泉》（2008）、《黑美人鱼之吻》（2009）、《狂欢夜叙事曲》（2010）、《布莱恩·琼斯之子》（2012）、《奥拉亚之夜》（2013）、《兹贝留斯博士》（2014）、《雪与氛》（2015）等等。

《阴差阳错》既是他的成名作，也是他的代表作，甫一出版便好评如潮，还斩获了当年的巴塞罗那城市奖。费雷罗的父辈和祖辈中均不乏涉华人士。他从小耳濡目染，对中国心向往之：青少年时代阅读了所能读到的西译中国经典，同时对17世纪以降的东学西渐和欧洲东方主义多有涉猎；弱冠之年便萌发了创作"中国小说"的念头。为此，他遍索所有，开始了针对中国的一次次精神之旅。这些精神之旅的意义在于：首先，他让我们看到了一个外国作家眼里的旧中国。当然，那是个风雨飘摇、灾难深重、饱受凌辱、不堪回首的中国。小说通过阴和阳这对孪生兄妹的命运，昭示了陈腐的、扭曲的社会以及这个社会中的各色人等。鸦片、淫乱、战争、暴力……可谓腥风血雨、昏天黑地。但重要的是作者牢牢抓住了情节这个要素，使作品明显具有中国古典小说的韵味：情节跌宕起伏、层层递进，却又哀而不伤、怒而不谤。其次，作者的东方主义情愫又明显指向西方传统。众所周知，经过现代主义和后现代主义的洗礼，西方传统小说或小说传统中的某些要素如故事情节、人物性格等被消解殆尽。而费雷罗的小说却在尽力激活19世纪西方小说传统以及诸如框架结构之类与西班牙剪不断理还乱的阿拉伯文学传统。他并没有沉溺于异国情调，倒更像一个西班牙版的现代小说：凭实虚构，托诗以怨，在烟花粉黛气息中展示人性的诡异和荒诞、世态的炎凉和沧桑、命运的多舛和巧合。总之，这是一部不可多得的关于中国的外国小说，足可以用"回肠荡气"四个字来加以概括。

与《阴差阳错》相比，《春秋战国》等涉华小说就显得粗糙了一些。情节和想象也没有那么入情入理。毕竟，有关中国古代历史的文献和记载都很有限，更没有西方冒险家、传教士的亲身经历和现身说法。

（十一）阿尔图罗·佩雷斯-雷韦尔特

阿尔图罗·佩雷斯-雷韦尔特（1951—）毕业于马德里康普顿斯大学新闻系，当过记者和编辑，20世纪80年代开始发表小说，被公认为是当代西班牙文坛最具想象力的作家之一。他的每一部作品都不同凡响，无论是象棋还是电脑，都能成为神奇的小说作料。截至 2020 年，他已经发表小说二十余部，而且部部畅销，计有《轻骑兵》（1986）、《剑师》（1988）、《佛兰德棋局》（1990）、《大仲马俱乐部》（1992）、《鹰影》（1993）、《科曼恰领地》（1994）、《鼓皮》（1995）、《血统纯洁》（1997）、《布雷达的太阳》（1998）、《国王的金子》（2000）、《球面信》（2000）、《南方的王后》（又译《南方女王》，2002）等。

其中《鼓皮》一版再版，创下了近年西班牙文坛的纪录。小说用时髦的黑客侵入梵蒂冈网络系统为开端，把一系列错综复杂的线索集中在塞维利亚的一座年久失修的小教堂里。作品具有一切畅销小说的要素，因而一问世即受到市场的欢迎。《血统纯洁》以一个孩子的视角演绎宫廷斗争的凶险场景。作品悬念丛生，从贵妇人的神秘死亡，到剑客的寻衅格斗，到宗教裁判所的严刑逼供，可谓振聋发聩、动人心魄。《南方的王后》写一个墨西哥姑娘移民到西班牙的遭遇。她从一个单纯的女孩慢慢蜕化成为贩毒集团的棋子。小说被改编成同名电视连续剧后在西班牙和拉丁美洲引起轰动，不久又被好莱坞搬上银幕。

佩雷斯-雷韦尔特近年的小说有《战争画师》（2006）、《愤懑的一天》（2007）、《蓝眼睛》（2009）、《围困》（2010）、《杀手的桥》（2011）、《老兵探戈》（2012）、《耐心的枪手》（2013）、《好人》（2015）、《不叫的狗咬人》（2018）等等。

《战争画师》无疑是佩雷斯-雷韦尔特迄今为止最厚重、最具影响力的一部作品，而且已经被翻译成中文。它是一幅企图描绘所有战争的壁画。小说借一张无名士兵照片，引发对人性、救赎、爱情、艺术的思考。

《战争画师》或许不是最后一部战争题材的文学经典，但肯定是后战争时代的第一部经典。它的超前不在于对未然的新奇瞻望和推测，而是关乎已然的独特思考和叙述。它不乏细节毕露的描画，但更大程度上是对现代的战争与和平、死亡与生命的大写意：法格斯躲在哨塔上作画，那是一幅高三米、周长二十五米的战争画卷。浩荡的景象既没有时间，也没有标题。古老的盾牌半截入土，生锈的钢盔又染上了血迹……当画卷、窗外的游人和游人之外的静海渐渐退出视野，迎面扑来如诉的回忆。

《战争画师》主人公法格斯曾是战地记者，在三十年的记者生涯中，他到过越南、黎巴嫩、萨尔瓦多、伊拉克、巴尔干半岛等地，像士兵一样出没于枪林弹雨，其作品也因第一时间摄录那些惨不忍睹的杀戮场面而屡屡获奖。但是，情人奥薇朵（有"忘却"之意）的不幸罹难，使他万念俱灰，最终他买下了西班牙某地的一座滨海哨塔，开始创作他的战争画卷。奥薇朵出身名门，俊俏无比，"看破红尘"后，成了战地记者。她聪颖过人，只是对生命的认知恰好与我们孔老夫子"未知生焉知死"的观点相反，她是真正的"向死而生"。她关注和捕捉的永远是硝烟过后的寂寥，即其折射出的历史记忆和逃逸。但她的价值似乎只为爱上法格斯。她在南斯拉夫触雷而亡，结束了这段悱恻的爱情，彻底改变了法格斯的生命轨迹。与此同时，克罗地亚退役士兵马克维奇不期而至。此故事之所以夺人眼球，是因为它一下子拉近了历史的焦距。曾几何时，南斯拉夫解体，民族矛盾激化，克罗地亚人和塞尔维亚人相互杀戮，美国乘人之危。

在一次战斗中，人物马克维奇所在的部队被塞尔维亚军队击溃，他也成了俘虏，而他恰巧进入了法格斯的镜头。于是他上了报纸，成了名人，并得以提前获释还乡。然而，他满心欢喜地回到家里，却发现一家老小已然成了敌人的泄愤对象，家破人亡，因而迁怒于法格斯，决计让这个"罪魁祸首"受到应有的惩罚。所幸的是法格斯"觉悟"了，他放弃了血腥的场面，并从相机转至画笔，从写实转向虚构。这是一种典型的后现代转型。因此，当马克维奇最终找到法格斯时，复仇的可能性被完全消解了。马克维奇发现法格斯已经"死"了："法格斯先生，我来找您的时候，我以为我要杀的是一个活人。"

正是在这样的层面上，西班牙作家佩雷斯-雷韦尔特彻底颠覆了我们的战争认知。在其笔下，无论是直接记录战事的战地记者，还是间接了解战争的观众或读者，都无一例外地成了杀戮的帮凶。这无疑是佩雷斯-雷韦尔特最大的冒险，也是本书最大的看点和最具争议的地方。他把远至希腊制陶艺人，近到毕加索和里维拉等战争画师，以及他们的观众或读者（即我们所有人），置于同一历史审判台，从而惊世骇俗地认为艺术是最真实的，但它绝无可能表现宇宙的慵懒和矛盾。

我们记得杰弗里·帕克的《剑桥插图战争史》曾详尽地记述西方视域中的几乎所有战争，而且提出了一个颇有争议的论点，即战争以其独特的方式为西方在全球的优势地位奠定了基础。

无论如何，战争都是残酷的，是人类兽性的残酷见证，通常也是人类兽性与人性的最为残酷的搏斗方式。重要的是，由于以往人类的历史几乎就是一部战争史，战争因而也成了文学艺术的永恒主题。

然而，《战争画师》力图昭示的似乎远不止战争。它以前所未有的终极描写，预示着自然界的不变真理："萤火虫吃的是活蜗牛的内脏……客观的残酷事实，萤火虫、虎鲸、人类，这几百万年以来，事情并没有改变多少。"当然，这是很悲观的，但事实如此，自然法则如是。现在的问题是，除了人类有能力毁灭自己（包括自然界的报复），还有什么异己力量可以做到这一点呢？于是《战争画师》援引美国学者洛伦兹的"蝴蝶效应"说，一箭双雕地给出了这样一部作品：一方面，战地记者的一幅简单的摄影作品残酷地毁灭了一个家庭，也毁灭了他自己；另一方面，同样微不足道的任何一件事情，都有可能导致一场局部战争，尽管总体上说世界已经进入了后战争时代。

众所周知，随着人类大规模的族群或民族迁徙、扩张等传统侵略方式的结束和一批核大国的崛起，传统战争方式已然随着第二次世界大战的结束而宣告终结。作为政治的终极目的或国家的最高利益的一种体现方式，战争也已经从实际的地盘和物质争夺发展到了资本的较量。也就是说，在完成了地区垄断和国家垄断之后，资本正以迅雷不及掩耳之势在全球蔓延。这就是"人权高于主权"等时鲜谬论从出的社会基础、时代土壤。

遗憾的是，作者并没有从资本主义这个必然王国的利益诉求出发，来反思眼前的战争与和平。当然，除了资本，还有诸多引发局部战争和人类自相残杀的因由。以局部利益为驱动力的恐怖主义和民族矛盾、宗教矛盾、区域矛盾、贫富矛盾，不但没有终结，反而显得尤为突出。这也是《战争画师》赖以存在和成功的理由和原因之一。但无论有意无意，作家在《战争画师》中给出的结论是：残酷只是战争的表象，它所蕴藏的是更为残酷，也更为复杂的人性。

《战争画师》是后现代之后西班牙乃至西方文学中最具颠覆色彩和解构意义的战争小说，是极端相对主义的艺术表征。因此，它的解构是双重的：既指向战争，也指向自我。

（十二）哈维埃尔·马里亚斯

哈维埃尔·马里亚斯（1951—）在《世纪》（1983）和《时代王国》（1978）等小说中表现出了浓厚的实验兴趣。层次的重叠，语言的交织，以及有意无意的元小说写作，使他的作品艰涩难懂。《情感男人》（1986）明显增加了情节因素。《所有灵魂》（1989）以牛津为背景，写一个静止的去处。这是他在牛津大学做讲席教授时的生活积累。小说的开头一句和最后一句都是"自从离开牛津，三个人当中已经有两个去世了"。作品有一种类似入定的神秘与静寂，从而打消了阳界与冥界的界线。没有人见过他，没有人认识他，主人公因而产生了强烈的写作欲望。终于，悲剧发生了，故事和牛津合二为一。

马里亚斯是西班牙文坛最具争议的作家之一。他曾公开炮轰素有西班牙语文学出版第一大社之称的阿尔法瓜拉公司，说其总编是一个只有"皮条客"水平的书贩子，等等，从而进行了旷日持久的应诉与诉讼。同时，与他惹上官司的还有一些刊物和出版人。其中，《所有灵魂》因被改动太多而使他毅然拒绝署名，并将有关出版社告上法庭。此外，他的同性恋倾向也曾使他饱受争议，尽管西班牙很快成了继荷兰之后承认同性恋婚姻的第二个西方国家。

当然，这些并没有影响他早早地成为西班牙皇家学院院士（R 席）和诺贝尔文学奖候选人。

他的其他重要小说有《如此苍白的心》（1992）、《来日上战场别忘了想我》（1994）、《时间的黑色背影》（1998）、《明天的脸庞》（2009）、《狂热与长矛》（2002）、《舞蹈与梦想》（2004）、《毒、影、别》（2007）、《恋爱》（2011）、《坏事这样开始》（2014）、《贝尔塔·伊斯拉》（2017）等等。

其中，《如此苍白的心》写一名刚蜜月旅行回来的国际会议专业口译人员迫切想要找到多年前那颗在枪口下失去的心。这中间究竟隐藏了什么秘密？刚度完蜜月，她何以如此冷绝地结束自己的生命？他想解开谜团，因为死去的是他的"阿姨"，他父亲的前妻……这段看似可以被淡忘的陈年旧事，其实一直埋藏在人物的内心。本书就像一排排棱镜，映射出了多少有些变形的人生风景，或许你会在其中窥见自己的过去。

（十三）安东尼奥·穆纽斯·莫利纳

安东尼奥·穆纽斯·莫利纳（1956—）被认为是最幸运的西班牙当代作家之一，创作、生活皆顺风顺水。他毕业于格拉纳达大学艺术系，1986 年发表第一部小说《福地》。小说写某大学文学系博士研究生回故乡寻访已故作家生平逸事的故事。人物在采访过程中寄宿亲戚家，并与亲戚家的女佣相爱，过去的一系列纠葛逐渐复活。原来，亲戚之妻在新婚大喜之日神秘地死去，而已故作家正是她的情人。这一扑朔迷离案情是小说唯一吸引主人公和读者的地方。当然，故事发生在内战前夕，而主人公所处的却是 20 世纪 70 年代，不少所指充满了硝烟味儿。

1987 年，《里斯本的冬天》发表。它被认为是一部雅俗共赏的杰作，同时获得了西班牙国家文学奖和批评奖。小说以一起凶杀案为线索，写黑人爵士乐手比拉尔波的爱情故事。作品用第一人称叙述，乍看颇似科塔萨尔的《追求者》。所不同的是，这里的叙述者始终保持了"客观"口吻，从而使比拉尔波的爱情故事占据了显要位置。

此后，他又接连推出了《另一些生命》（1988）、《波兰骑士》（1991）、《神秘马德里》（1992）、《秘密主人》（1994）、《武士的疯狂》（1995）、《满月》（1997）、《卡洛塔·费因博格》（1999）、《在布兰卡离别的日子里》（2001）、《西法底①》（2001）、《月亮风》（2006）、《时间之夜》（2009）、《像影子一样消失》（2014）、《在人间孤独走一遭》（2018）等等。

其中，《卡洛塔·费因博格》以一个迷人的艳情故事为开端，以寻找艳情的始作俑者卡洛塔·费因博格而告终。小说的关键不在于艳遇，因为艳遇只不过是个噱头，重要的是卡洛塔·费因博格的凄惨人生：一方面是寻花问柳者在占有了卡洛塔之后如何把她当作谈资，另一方面是卡洛塔残行辱身的生不如死。世界的残酷就在于斯。

《西法底》以纳粹迫害犹太人为轴心，但真实用意却在不同人物（如作家、记者、亲历者等）对事件的不同看法和说法上。此外，小说暗指大量后现代叙

---

① 西法底（Sefarad，也作 Sefardí），指西班牙犹太人文化，也泛指犹太人在整个西欧的文化传承。

事范式，因此它也可以说是一部关于小说的小说，一部元小说。

（十四）哈维埃尔·塞尔卡斯

哈维埃尔·塞尔卡斯（1962—）是个非常奇特的个案。他生于西班牙西部的卡塞雷斯省，在法国（巴黎）人看来算是外省人，却成为当代西班牙文坛炙手可热的作家，出道不到三十年，就获得了西班牙萨朗波奖、西班牙小说奖、西班牙文学批评奖等等。

新世纪伊始，他凭借《萨拉米纳的士兵》（又译《萨拉米士兵》，2001）成为西班牙严肃文学中的畅销作家。

小说写一个叫拉法埃尔的作家，他年轻时加入了长枪党。内战期间，共和国军队和国际纵队在德、意、西法西斯联盟的进攻下节节败退。和拉法埃尔一起被俘的长枪党人被关押在巴塞罗那的一座军营里。在一次枪决中，拉法埃尔侥幸逃脱。为了追寻他的踪迹，共和军派出了整整一个分队。但是，当一个共和军士兵发现他的踪迹时，居然将他放走了。拉法埃尔从此隐姓埋名，并在内战结束后努力帮助共和党人。小说采用第一人称，而作家本人则以记者的身份对人物进行了长期的跟踪采访。同时，作家的另一个自设人物是找到那个放走拉法埃尔的共和军士兵。正在线索交织、纷乱无序的焦虑之际，作家波拉尼奥出现了。他鼓励作者继续寻找，并向他提供了一条可能的新线索：一个叫米拉耶斯的老人。此人生活在法国，参加过西班牙内战，而且亲历了共和军枪决长枪党徒。于是，记者兼作家的塞尔卡斯认为这个人极有可能是放走拉法埃尔的士兵。

小说没有明确的结尾，但历史和想象、真实和虚构的交杂，已经使小说扑朔迷离、不同凡响。我们很难将其归入历史小说或纪实文学，但也很难将其与一般虚构作品相提并论。盖因拉法埃尔确有其人，而作家本人的跟踪采访也是实实在在的真实事件。同名电影先后获戛纳电影节特别奖和奥斯卡最佳外语片提名，而小说雄踞2006年布鲁塞尔"世界文学节"十大畅销书榜首。

此后，塞尔卡斯在另一部小说《骗子》（2014）中故伎重演，同样写真人真事，讲述主人公恩里克·马尔科经历了西班牙内战、第二次世界大战、佛朗哥独裁统治等重要历史时期，并且通过伪造历史，以纳粹暴行的见证人、纳粹集中营的幸存者和反抗佛朗哥独裁统治的斗争者等，变成万众瞩目的英雄。然而，正当他准备在西班牙2005年初纪念纳粹集中营解放六十周年大会上代表集中营幸存者协会发言的前一刻，谎言被揭穿了。于是，这位英雄瞬间沦为人人唾弃的骗子。小说已被译成中文，并于2015年获得由中国外国文学学会和人民文学出版社联合举办的"21世纪年度最佳外国小说奖"。

作者的其他小说还有《手机》（1987）、《房客》（1989）、《鲸腹》（1997）、《光速》（2005）、《时间解剖》（2009）、《边疆法》（2012）、《影子王国》（2017）等等。这些作品常常从某个历史片段切入，转而进入较为任意的想象和文体间性写作。

（十五）拉蒙·阿耶拉

拉蒙·阿耶拉（1937—2010）是位相当多产的作家，几可谓作品等身，可惜幸运女神没有垂青于他，使他几次与行星奖等重要奖项擦肩而过。他的第一部作品《西班牙帝国》（1977）属于比较正统的历史小说。第二部《和塞西莉亚一起快乐熬夜》（1978）则是较为传统的爱情小说。第三部小说《彩色老鼠》（1979）则转向了幻想。

进入20世纪80年代之后，他开始在现实和幻想两个维度同时发力，著有《悲催事件纪实》（1980）、《晨光熹微》（1980）、《恐怖分子》（1981）、《万国花园》（1981）、《都市》（1982）、《荷兰思维》（1982）、《无谓之争》（1984）、《关于老师的注疏》（1984）、《遥远的旅途》（1988）、《倒霉的日子》（1990）、《哈瓦那滨海大道上的罪恶》（1991）、《葡萄牙人》（1992）、《有教养的骑士》（1998）、《尼尔森公园》（2003）、《上尉与荣耀》（2004）、《生与死》（2008）等等。这些作品大都具有在日常生活中发现神奇的魅力。如《恐怖分子》描写的不是可怜的人儿如何被杀戮，而是他们的语言。那些街谈巷议从人物口中源源不断地流露出来，进而把读者带到现场，带入他们的生活。此外，他还创作了不少诗歌。

（十六）阿尔丰斯·塞尔维亚

阿尔丰斯·塞尔维亚（1947—）也是个丰产作家，迄今发表了二十余部长篇小说和多部诗集。其中，长篇小说有《吸血鬼和其他爱情故事》（1984）、《四月碎片》（1985）、《黑暗的城市》（1987）、《从未见识如此孤独的心》（1987）、《驯狮人》（1989）、《我们在巴黎见》（1993）、《黄昏的颜色》（1995）、《虚幻的天堂》（1995）、《马基斯》（1997）、《静夜》（1999）、《傻瓜的笑》（2000）、《死人》（2001）、《天影》（2003）、《那个冬天》（2005）、《间谍的耐性》（2007）、《这些人生》（2009）、《从此泪如泉涌》（2012）、《飘忽的噪音》（2013）、《一切都在远去》（2014）、《甲壳虫乐队抵达巴塞罗那的那个夜晚》（2018）等等。

这些小说大多聚焦于佛朗哥时代。仿佛为了忘却记忆，它们将业已远去的一幕幕重现给人看。《那个冬天》写的便是佛朗哥战胜共和军之后的一段时光。寒冷裹着创伤在每个人物的内心深处埋下难以忍受的疼痛。与之前的平铺直叙不同，从这部小说开始，阿尔丰斯·塞尔维亚的笔调更加淡定、深邃。

（十七）鲁伊斯·萨丰

这里不能不提及卡洛斯·鲁伊斯·萨丰（1962—2020），尽管批评界对他不乏微词。笔者想说的是，无论如何，鲁伊斯·萨丰是西班牙当代文坛的一个奇迹。他的《风之影》（2001）几乎被译成了所有重要语言，当然包括中文。据2009年有关数据统计，该书当时在全球的销量已经超过一千五百万册。

《风之影》是一部融惊悚、推理、爱情与存在主义思想于一体的玄幻小说。

主人公达涅尔十一岁生日那天，父亲带他前往"古书之墓"，这是一座专门收罗遭世人遗忘的各种书籍的图书馆。在父亲的怂恿下，达涅尔挑了一本胡利安的小说《风之影》，并且为之着迷。于是他开始寻找同一作者的其他作品，却惊讶地发现：一名自称"谷柏"的畸形人也在到处寻找胡利安的著作，并欲将其彻底焚毁。而达涅尔手中的《风之影》很可能是最后一本。于是，一场单纯的文学探幽之旅意外地开启了通往巴塞罗那阴暗过去的冒险之门。当神秘作者胡利安的轮廓逐渐浮现时，达涅尔的人生却神奇地开始与之重叠，若不尽快找出真相，他身边的亲人都会沦为魔法与疯狂杀戮的牺牲品。

这样一部类似于我国网络小说的作品居然博取了千万读者的好奇心，并使其风靡一时。当然，随着时间的推移，喧嚣趋于沉寂，但作者作品留给文坛的思考却历久弥新。

鲁伊斯·萨丰的其他小说有《天使的游戏》(2008)、《天庭囚徒》(2011)、《灵魂迷宫》(2016)以及若干少儿小说。说到少儿小说，我们难免要将他与 J.K. 罗琳相提并论。

受时间和篇幅所限，本著将不再对"新生代"作家做更多介绍。事实上，即或再罗列几十位，那也是杯水车薪、挂一漏万。

三　女作家群

相形之下，同时期的西班牙女作家似乎同样热闹。她们不仅人数众多，而且表现出了极强的问题意识和想象力。无论是"50后"罗莎·蒙特罗还是年长或者年少一些的西班牙当代女作家，普遍不再满足于家长里短。她们纵横捭阖，大有抢占西班牙文坛星空的雄心壮志，其中的女权主义色彩自不待言。

(一) 埃斯特尔·图斯盖茨

埃斯特尔·图斯盖茨(1936—2012)堪称这个女作家群的前辈，她出道较晚，但创作生涯一直延续到 21 世纪初。

她的第一部小说《年年夏日那片海》(1978)就奠定了她在西班牙文坛的地位，堪称西班牙后佛朗哥时期的"迎春花"。

小说写战后西班牙社会的矛盾与困顿。主人公"她"生长在一个极不稳定、毫无爱心的家庭，长大后又遭遇新的危机：情人的自杀、丈夫的冷漠和女儿的孤僻。为了摆脱这种命定般的困境，"她"爱上了自己的女学生克拉拉。后者就像"她"的一面镜子，使"她"在洞察自己的同时，洞察了生活的"本质"：永远的矛盾和无休止的争斗。最后，"她"离开了克拉拉，回到家庭。

这颇似拉康所揭示的那个悖论——话语和社会环境使人变成非人；但反

过来笔者要说的是，假如没有话语和社会环境，那么人更加是非人。于是，图斯盖茨实现了西班牙小说题材和方法的双重突破。从此，同性恋题材犹抱琵琶半遮面的状态一去不复返了。很明显，图斯盖茨笔下的这个家是佛朗哥时期西班牙的象征，独裁（父权）秩序下隐藏着危机。而颠覆"正常伦理"是暗流涌动的西班牙社会的一种无奈的抗争。

图斯盖茨的第二部小说《爱情是孤独的游戏》（1979）获得了巴塞罗那城市奖，这使她名利双收，从而使她毅然决然地走上了职业写作的道路。

她的第三部小说《为了不再回来》（1985）聚焦上流社会的腐朽生活及所谓的体面爱情。然而，这些生活场景和情感故事在她细节毕露的描写中悄然变形。

她的其他作品还有《游戏或画蝶的男人》（1979）、《小兔子马塞拉》（1979）、《最后一次海难以后的搁浅》（1980）、《萨福①的记忆》（1982）、《摩西之书》（1987）、《摩西之后》（1989）、《猫王后》（1993）、《嘴上涂蜜》（1997）、《对!》（2007）等等。

此外，她还发表了一系列短篇小说集。

（二）克里斯蒂娜·费尔南德斯·库巴斯

克里斯蒂娜·费尔南德斯·库巴斯（1945—）虽然多次拒绝"女权主义"标签，但事实上她的头两部小说——《我的姐妹埃尔瓦》（1980）和《布鲁马尔的山丘》（1983）从人物到事件都充满了女人味儿。不过，《天赐之年》（1985）改变了方向。

《天赐之年》是一部极富想象力的"男性小说"，它成功地塑造了一个现代鲁滨孙。此人在一次旅行中不幸遇难后，遭遇了类似于《侏罗纪公园》中的食人山羊的袭击。主人公是一名不谙世事的古希腊拉丁学者，曾长期在修道院工作。而这位仁兄竟被其姐姐送上了一艘明显有去无回的破旧海轮。其潜台词是他们的父母留下了一笔巨额遗产。终于，海轮在风暴中解体，主人公落海后漂流至一座荒岛，成了现代鲁滨孙。当然，他是一个毫无野外生存能力的鲁滨孙，就像无数粟麦不分的现代孩子。在此之前，他几乎只知道读书，可以说是两耳不闻窗外事，因此，受苦受难是免不了的。作品集结了古典冒险和现代悬念小说的主要元素，因此或可被视作反笛福小说，当然不是图尼埃的那种反法。这里没有礼拜五，倒是有一个回归野蛮的"文明人"，就像主人公是个回归古典的"现代人"。

费尔南德斯·库巴斯的其他作品有《兜售影子的人》（1988）、《秋千》（1995），

---

①　萨福（前612—前580？），古希腊女诗人。

以及短篇小说集《恐怖的角度》(1990)、《和阿加莎在伊斯坦布尔》(1994)、《魔鬼的穷亲戚》(2006)、《诺娜的房间》(2015)等。

（三）阿德拉伊达·加西亚·莫拉雷斯

阿德拉伊达·加西亚·莫拉雷斯（1945—2014）因其小说《南方》(1985)被改编成电影而一举成名。同年出版的《塞壬的沉默》(1985)和卡夫卡的同名小说一样，是一部表现女性内心世界的心理小说，曾获得年度先锋文学奖。

《塞壬的沉默》的女主人公爱上了一个想象中的男人。只因这个男人始终没有露面，她的爱情便益发炽热。这与其说是一个绵长哀婉的春梦，毋宁说是一段有声有色的爱情故事：女主人公埃尔莎因为爱上了梦中情人，决定退避三舍，逃到一个偏僻小镇，并以满腔的真情终了一生。而那个梦中情人（阿古斯丁）始终没有现形。因此，他是否实际存在成了一个未解之谜。但是，对于埃尔莎，阿古斯丁是否真实存在并不重要。重要的是她爱他爱得痴狂，而且为了守护美好的念想——纯洁的柏拉图之恋，她宁肯他永远都不要出现。于是，她选择了逃逸和躲避。这显然是对柏拉图式爱情观的一种演绎。事实上，作家对柏拉图、黑格尔和卡夫卡情有独钟，对普鲁斯特更是心领神会，只不过她的笔避免了意识流的芜杂和冗长，以及卡夫卡的变形和抽象。小说写得生动细腻，因而尤显自然逼真。它似乎印证了一种说法：女人喜欢幻想。

阿德拉伊达·加西亚·莫拉雷斯的其他小说有《吸血鬼的逻辑》(1990)、《埃克托的情妇们》(1994)、《阿格达姨妈》(1995)、《纳斯米亚》(1996)、《飞来横祸》(1997)、《梅迪纳小姐》(1997)、《埃丽莎的秘密》(1999)、《邪恶的故事》(2000)、《雷希娜的遗嘱》(2001)等等。

她去世后不久，"70 后"女作家埃尔维拉·纳瓦洛出版了"纯属虚构"的传记小说《阿德拉伊达·加西亚·莫拉雷斯的最后时光》(2016)。

（四）罗莎·蒙特罗

罗莎·蒙特罗（1951—）自 1979 年开始发表小说，同时在《国家报》任《文学副刊》记者、主编，至 2020 年累计发表小说十余部、《女性小传》(1995)等人物传记多种。其中较有影响的小说有《失恋记事》(1979)、《德尔塔功能》(1981)、《我会把你当王后》(1983)、《爱之所爱》(1986)、《震荡》(1990)、《美女和黑丫头》(1993)、《食人者的女儿》(1994)、《地狱中心》(2001)、《家有疯女》(2003)、《透明王外传》(2005)、《拯救世界之方》(2008)、《泪雨》(2011)、《不再见你的荒唐念头》(2013)、《心灵的分量》(2015)、《肉》(2016)等，曾获得国家文学奖、文学评论奖等重要奖项。

《我会把你当王后》写下层人的生活。主人公是个徐娘半老的女招待，半辈子受人使唤；而"我会把你当王后"却是她常听的一句歌词。《震荡》和《美女和黑丫头》也都是以下层居民为表现对象的长篇小说。这些作品在意识形态明显淡化的 20 世纪 90 年代显然不能讨好太多的评论家，但长时间的记者生涯也许已经使蒙特罗养成了为普通百姓代言的习惯，她注定要为弱者呐喊。

《女性小传》塑造了历史上十六位女性形象，她们不仅自强不息，而且为争取女性权利不懈努力，甚至不惜付出生命代价。这是一部触摸灵魂的女性精神传记。其中人物有英国侦探小说家阿加莎·克里斯蒂、英国女作家玛丽·沃斯通克拉夫特、西班牙诗人胡安·拉蒙·希梅内斯之妻塞诺维亚·坎普鲁维、法国学者西蒙娜·德·波伏娃、奥托兰·莫雷尔夫人、奥地利名媛阿尔玛·马勒、美国女诗人劳拉·赖丁、法国女作家乔治·桑、瑞士女作家伊莎贝尔·埃伯哈特、墨西哥女画家弗里达·卡洛、勃朗特三姐妹等等。作品发表后反响强烈，但也引发了一些争议，譬如有舆论认为蒙特罗将希梅内斯的成就归功于其妻塞诺维亚·坎普鲁维有失公允，尽管对希梅内斯的此类指摘在文学圈内早有传闻。

蒙特罗还创作了极富想象力的《地狱中心》。小说写一名出版家黄夜接到一个电话，对方是一个男人。他充满敌意地对她说："我终于找到你了！"这多少会让人想起恐怖片《午夜凶铃》。于是，她开始在脑海里遍索所有，试图回想一生中可能有过的冤家对头，却怎么也想不起来。与此同时，齐头并进的另一条线索是她正在审读的一部关于 12 世纪的历史著作。著作写一对夫妇的两个同父异母的孩子正面临一系列矛盾。于是，历史和现实开始发生重叠，她怀疑自己会不会也有一个同父异母的兄弟。

与此等悬疑小说相近的，还有科幻小说《泪雨》。作品写一百年后的马德里，其时自然人和克隆人因各自的利益发生矛盾、误解，甚至战争。受命调查问题起因的女侦探布鲁娜陷入了层层谜团和重重危机中。与一般悬疑或科幻小说不同的是，蒙特罗常常以开放形式结束叙事，从而给读者留下了想象的空间。

（五）马鲁哈·托雷斯

马鲁哈·托雷斯（1943—）出身贫寒，连小学都没有读完，却凭着坚韧不拔的毅力成就了自己的文学事业，先后摘取了西班牙小说界颇负盛名的行星奖和纳达尔奖。

主要作品有长篇小说《哦，是他！奔向胡里奥·伊格莱西亚斯》（1986）、《爱之盲》（1991）、《融融暖意》（1998）、《当我们还活着》（2000）、《雨人》（2004）、《战争中的情侣》（2007）、《在天堂等着我》（2009）、《杀戮》（2011）、《没心没肝》（2012）、《十次七》（2014）等等。

《融融暖意》颇具自传色彩。小说写女记者玛努埃拉的故乡之行。都说时间荏苒，如白驹过隙，一晃三十年过去，玛努埃拉回到了魂牵梦萦的故乡。但是，故乡已经不是她记忆中的模样，人是物非，物是人非，一切都被她抹上了淡淡的忧伤，尽管这忧伤是暖色的，一如林海音的《城南旧事》。于是，像小英子一样，玛努埃拉回到了童年时光，小女孩站在人生的阳台上眺望未来、审察世界和一幕幕的酸甜苦辣。奇怪的是过去不管如何艰辛，较之现在却永远是暖色的。这或许就是故乡的魅力，也是记忆的友善。

（六）杜尔塞·恰孔

杜尔塞·恰孔（1954—2003）作品不多，但部部精彩。这与她投身女权运动和加入国际反战协会的经历不无关系。她的早期小说固然以反男权主义为主要指向，但后期小说多描写重要人物、事件。

她的第一部小说《有某种爱你不能灭》发表于1996年，萨拉马戈曾给予高度评价。这部作品的主人公是一位受家暴折磨的女性。翌年，她的第二部小说《布兰卡明天飞》出炉。1998年，她发表了长篇纪实作品《女斗牛士》，表现西班牙第一位女斗牛士克丽斯蒂娜·桑切斯的顽强性格，受到读者的好评并被搬上舞台。她的第三部小说《缪斯啊，跟我说说那个男人》（1998）依然以家暴为题材，揭露了西班牙社会由来已久、根深蒂固的大男子主义。1999年，小说《土做的天》出版。这是一部反映战后西班牙政治生态的社会批判小说，获得2000年阿索林小说奖。

她的最后一部小说《沉睡的声音》发表于2002年，内容依然是佛朗哥时期的西班牙政治生态。"沉默的声音"让人联想到王小波《沉默的大多数》。当然，恰孔的小说明显多了一份哀艳。她关心的不仅是沉默者的心声，而且有同样重要的表现方式。女主人公佩帕为了爱情守身如玉，而她的情人海梅是西班牙共产党人，为了信仰在狱中饱受煎熬。十七年后，海梅出狱了，有情人终成眷属。后来，海梅去世了，佩帕继承他的事业，并说要在大选中投已故丈夫一票。小说也很像我国20世纪50年代的红色经典，含英咀华，动情处让你落泪。

（七）贝伦·科佩吉

贝伦·科佩吉（1963—）自1993年发表第一部小说以来，一直受评论界推崇，获得了众多奖项，其作品还多次被搬上银幕。她的作品具有鲜明的意识形态色彩，是当代西班牙文坛最具左翼倾向的作家之一。

第一部小说《地图的比例》（1993），写柏拉图式爱情一旦变成现实所造成的恐惧：主人公是一位地理学家，他对女主人公布拉索的柏拉图式爱情被后者的真实回应击碎，以至于他陷入了爱的恐惧。所谓"失之毫厘，谬以千里"，小说以象征的方式给出了人际交往的永恒难题：有效的距离和尺度。

第二部小说《碰脸》（1995），写被当作实验品的四个学生可以为所欲为。但是，当他们习惯了特权和任性后，实验结束了，他们被迫回到那已然无法面对的现实。作品具有一般心理小说的内核，但通过人物的行为艺术展现出来，既充满幻想，又富有哲理。

第三部小说《抓住空气》（1998），同样是一部哲理小说，写了两个人物因倾其所有帮助朋友渡过难关而自己却陷入危机的故事。于是，他们一不做二不休，索性放弃社会法则，埋葬所谓的友谊、诚信、法律等等，我行我素，结果当然不妙：除了"抓住空气"，他们几乎一事无成。作品于 2000 年被搬上银幕，易名《朋友的道理》。

她的其他作品有《真实》（2001）、《清冷枕畔》（2004）、《白雪公主的父亲》（2007）、《球击》（2008）、《好想成为朋克》（2009）、《未经允许的介入》（2011）、《来自旧电脑的朋友》（2012）、《委员会之夜》（2014）、《泡沫之外》（2017）、《今日今夜请你和我在一起》（2017）等等。

其中《清冷枕畔》被译成了中文。小说具有明显的意识形态倾向，对古巴革命充满了同情。但小说并不耽于说教，倒更像一部好莱坞大片，展现了美国外交官和古巴女间谍之间的道义矛盾和情感纠葛。然而，正因为矛盾和不可能，这情感才显得格外浪漫。小说采用倒叙形式，回忆古巴女孩劳拉在马德里街头被乱枪打死，而罪魁祸首据称是一群来历不明的"匪徒"。他们的"火拼"导致了劳拉的牺牲。但这只是媒体的说法。劳拉的九封情书披露了真相：原来，她真心爱上了美国外交官菲力普，从而招来了有关方面的跟踪和威胁。两颗无辜的灵魂经受了种种考验，上演了现代版《阴谋与爱情》，同时彰显了菲力普的情怀与劳拉的忠诚。作者的倾向不言而喻。

（八）罗莎·雷加斯

罗莎·雷加斯（1933—）因西班牙内战举家移居法国，长大后成为职业翻译家，曾在联合国担任译员，同时创作小说。2004 年至 2007 年任西班牙国家图书馆馆长。

她的主要作品有《日内瓦》（1987）、《阿尔玛托尔回忆录》（1991）、《蓝色》（1994）、《爱情与战争之歌》（1995）、《可怜的心》（1996）、《来自大海》（1997）、《血之血：孩子们的冒险》（1998）、《影子而已》（1998）、《月之月》（1999）、《多罗泰娅之歌》（2001）、《一个姥姥的夏日志：时光流逝》（2004）、《抗议的价值：生活的承诺》（2004）、《沉睡的火山：中美洲之旅》（2005）、《布拉瓦海滩纪事》（2006）、《反金元专制》（2012）、《管风琴曲》（2013）、《漫长的少年》（2015）等等。其中三分之一是报告文学，但也有《多罗泰娅之歌》这样的侦探小说。

《多罗泰娅之歌》在悬念上做足了文章：大学教授奥雷利娅的父亲需要一名护理，阿德利塔于是应聘来到家里。父亲死后，奥雷利娅决定在父亲的寓所居住一段时间，结果引来了一系列令人毛骨悚然的怪事：有人不断来电询问一个叫多罗泰娅的人；一个头戴黑色草帽的男人在房子周围出没而且行踪诡秘……奥雷利娅不得不求助于警方，却始终没有得到应有的结果。这可能是雷加斯最具争议的作品。作者一门心思系在悬念上，成为当年评论界和读书界的一个重要话题，结果轻而易举地摘得 2002 年行星奖，奖金高达五十万欧元。当然，早在 1994 年，雷加斯就凭借《蓝色》获得了纳达尔奖。

（九）玛丽娜·马约拉尔

玛丽娜·马约拉尔（1942—）也是位多产作家。自 1979 年发表第一部小说《又一次纯真》以来，已经出版了近二十部长篇小说和十余种文集。

作品《隐秘的和谐》（1994）于 2007 年被译成中文，引起了读书界的不少议论。这部"同志小说"恰好与同时期我国的网络文学如女同志小说和耽美小说合流，成为一道颇具争议的别样风景。

小说写两位西班牙女性的爱情，她们一个叫埃莱娜，一个叫布兰卡。两人之所以走到一起是因为她们的不同：埃莱娜金发碧眼，出身名门；而布兰卡不仅家境贫寒，而且黑头发黑眼睛，像个东方姑娘。然而，她们相反相成，突破了各自的藩篱，引出了一系列故事。当然，这些故事是附带的，一直从战前延伸到战后，展示了各种各样食色男女的生活画面。此外，所谓"和谐"明显具有反讽色彩，盖因她们的生活并不和谐。她们个个"红杏出墙"，其真正的和谐是在"另一半"——埃莱娜离开人世之后，布兰卡怀揣着美好的回忆继续生活。

马约拉尔是位叙事高手。她的作品几乎部部出彩，尽管西班牙最重要的几大文学奖项迄今没有落到她的头上。也许，幸运女神尚未眷顾到她，也许她的故事并未达到评论界希冀的深度。

她的其他作品有《另一边》（1980）、《种一棵树及其他故事》（1981）、《唯一的自由》（1982）、《防范死亡与爱情》（1985）、《塔钟》（1988）、《死在他的怀里及其他》（1989）、《鲨鱼、天使及其他》（1991）、《亲爱的朋友》（1995）、《他曾经叫路易斯》（1995）、《我只想着你》（1995）、《从早到晚》（1995）、《付出身心》（1996）、《请记住，身体》（1998）、《天使的影子》（2000）、《悲苦的武器》（2001）、《木兰之下》（2004）、《女人上路》（2005）、《谁杀死了无辜的西尔维亚？》（2009）等等。

（十）埃尔维拉·林多

埃尔维拉·林多（1962—）20 世纪 90 年代出道，累计发表少儿小说近二十种，其他作品十余部。其中，少儿小说有"马诺利托系列"和"奥利维娅系列"。前者有《可怜的马诺利托》（1995）、《太坏了！》（1996）等等，几乎每年一部，雷打不动；后者有《奥利维娅致东方三博士》（1996）、《奥利维娅丢了外婆》（1997）等等。

与此同时，她推出了若干部"成人小说"和几乎同等数量的电视剧本。"成人小说"主要有《另一个街区》（1998）、《不期而至》（2002）、《你的一句话》（2005）、《我未来的日子》（2010）、《不想与人分享的私密处所》（2011）等等。她的最新一部作品为日记体小说《无眠之夜》（2015）。

《你的一句话》是她迄今为止被译成中文的唯一作品。小说曾斩获以创新为主要导向的简明图书奖，故而并不简单。作品写两个生活在社会底层的清洁工。她们既是发小，也是同事，但除了出身贫寒，性格和生活理念截然不同。她们一个叫罗莎里奥，另一个叫米拉格罗斯。小说以罗莎里奥的口吻用第一人称叙述她们的遭际，尤其是她自己的不幸，譬如久病不愈的母亲、游手好闲的父亲、离家出走的姐妹，以及同她忽远忽近、难以相处的各色人等。当然，诸事皆在情理之中。罗莎里奥因此百无聊赖，整天望着天空发呆，生活在痛苦之中。米拉格罗斯虽然面临几乎同样的问题，却养成了收藏物件的嗜好。她"玩物丧志"，卧室里堆满了各种廉价的玩意儿。由于亲人之间形同陌路，两个姑娘便自然而然地走到了一起。于是，小说从单数的第一人称，变成了复数的第一人称。她们的生活和对话固然波澜不惊，却让无数读者感到了心酸，禁不住落泪。

（十一）阿尔姆德纳·格兰德斯

阿尔姆德纳·格兰德斯（1960—2021）是获奖大户，将十几个奖项收入囊中，但真正重要的只有一项：西班牙文学批评奖。当然，写作不是为了获奖，而是让喜欢你的读者真正喜欢，并终身受益。阿尔姆德纳·格兰德斯大抵有这样的雄心，因此每部作品都精心打磨，以期尽善尽美。

《冰心》（2007）堪称其代表作，由三部分组成：《心》《冰》《冰心》。小说聚焦西班牙内战，但主线却是一个一见钟情的爱情故事。男主人公阿尔瓦罗在父亲的葬礼上与一个奇怪的女人不期而遇。那是个不速之客。阿尔瓦罗远远地望见她，第一眼就被她迷住了。此后，围绕着他们的爱情故事，演绎了西班牙内战至佛朗哥统治时期两个家族的诸多悲欢离合。小说甫一问世便吸引了无数读者，成为表现西班牙内战和佛朗哥时期的集大成之作。整部作品篇幅宏大，构思缜密，张弛有度。

阿尔姆德纳·格兰德斯的其他作品有《露露的年龄》（1989）、《我周五给你打电话》（1991）、《马莱娜是探戈曲名》（1994）、《人类地理手册》（1998）、《紧张空气》（2002）、《纸板城堡》（2004）、《伊内斯和愉悦》（2010）、《凡尔纳的读者》（2012）、《马诺丽塔的三次婚礼》（2014）、《亲吻面包》（2015）、《加西亚医生的病人》（2017）等等。此外，她还发表了若干短篇小说集。

（十二）卡门·德·波萨达斯

卡门·德·波萨达斯（1953—）出生于乌拉圭，毕业于牛津大学，后加入西班牙国籍。她于20世纪80年代开始发表作品。也许是因为这些作品多属于儿童文学，因此并未引起评论界的足够关注。1993年，她的第一部长篇小说《天窗》出版，同样反响平平。但是，稍后发表的《五只蓝色苍蝇》（1996）和《名厨之死》（1998），在西班牙文坛引发了不小的轰动。尤其是后者，不仅摘得行星奖，而且一时间好评如潮。

《名厨之死》讲述了一个知道了他人肮脏秘密的名厨因巧合死亡的故事。在小说中，卡门·德·波萨达斯把人性的弱点描绘得非常具体、形象。这些小小的弱点犹如名厨手下的各色甜点充满诱惑，但一不小心就会使你长膘发胖、血糖升高，乃至命丧黄泉。作品中各色人等，无论死者还是活人，其悲剧或心魔皆始于小小的弱点：不是贪财，便是好色，结果却一失足成千古恨。小说的美妙之处正在于如何让人性中小小的弱点慢慢放大，然后一发而不可收拾地演化为罪恶。

其他主要小说还有《美丽的奥赛罗夫人》（2001）、《好仆人》（2003）、《儿童游戏》（2006）、《红带》（2008）、《邀请谋杀》（2010）、《隐形证人》（2013）、《卡耶塔娜的女儿》（2016）等等。

2016年至2017年，笔者应胡真才先生之邀，替人民文学出版社策划西班牙"她世纪丛书"，遴选了十几位当代西班牙文坛最负盛名的女作家，现将序言《她世纪的一抹风景》开头部分辑录于斯，供读者方家讨论：

"唯女子与小人为难养也，近之则不孙，远之则怨。"（《论语·阳货》）孔子此言，谓女子和小人难交：你亲近他们，他们就对你不逊；你疏远他们，他们就心生怨艾。同样，尼采有过诸如此类的大不敬。他说男人生而为战，女人则当生而为娱：为前者娱。他还说哲学让女人走开。他甚至借笔下人物之口说："你去女人那儿吗？别忘带你的鞭子！"这些无疑是东西方男权思想的极端表现。然而，令人惊讶的是，在希腊神话中，最聪慧的是女神，最美丽的还是女神，就连司文艺的也是女神。相形之下，古代中国虽有象征孕育的补天女娲和救苦救难的送子观音（其实是非男非女），但更多的是令人不堪的记载。"三纲五常"不必说，最能反映民族心性的文学作品里也大多视女性为祸水，每每竭尽贬损之能事。除了个别诗坛女杰和红楼梦中人等，女性在中国古典文学中竟少有与智慧和善类相关联者。

再说西方，尽管早在古希腊时代，尤其是文艺复兴运动以降，女性形象便开始大放异彩，但其地位的真正改观却也是晚近之事。首先，知是一回事，行是另一回事。17世纪新西班牙（墨西哥）女诗人伊内斯·德·拉·克鲁斯（Juana Inés de la Cruz）因才貌出众而素有"第十缪斯"之称。但伊人在其短短的四十四年生命历程中，多半时间并非用以创作、科研和修行，而是回击男性（包括异性僧侣）的各种侵扰和诋毁。稍后，浪漫主义对女性复又赞美有加。席勒写过一首诗，叫作《秀美与尊严》（Über Anmuth und Würde），是恭维女性的。拜伦在他的题为《撒达纳巴勒斯》（Sardanapalus）的剧作里，也有几句感人的表白：

人类的生命

在女人腹腔孕育，

她的朱唇教你咿呀学语，

她用温柔拭去你幼稚的泪滴；

当你的生命拜托羁绊，

或者弥留尘世之际，

也总是她在面前，

倾听你吐露临终叹息。

——第一场第二幕

因此，一种广为人知的共识（其实也是最简单的常识）出现了：若无女人，我们的出生将无法想象，至少在克隆技术形成之前；中年将失去欢乐，暮年将没有慰藉。但这不是真正意义上的赞美。这只是男人对女人的需要。即便如此，男人对女人的不屑与压迫从未间歇；即便如此，女性一直没有放弃用自己的勤劳和智慧证明自己。

同理，法律是一回事，现实是另一回事。"人人生而平等"；尽管不少西方国家的法律早在 19 世纪就已承认妇女在社会和家庭生活中的平等地位，但她们第二性的实际状况却一直要到第二次世界大战，甚至 20 世纪 60 年代以后才得到改变。即便如此，妇女在很多方面依然处于从属位置。波伏娃的《第二性》（Le deuxième sexe）发表于 1949 年。她借生物学、心理学和社会历史考察，断言"女人并非天生，而是后天变成"。社会环境和文化传统将女性铸造成男人的他者，即"第二性"。贝蒂·弗里丹（Betty Friedan）的《女性的奥秘》（The Feminine Mystique）则是 20 世纪 60 年代的产物，被称为女权主义的"宣言"。弗里丹呼唤妇女"提高自我意识"，并认为妇女意识到自身不幸不只是女性自身的问题，而是社会问题，因而也是政治问题。

然而，沧海横流，时移世易，现在的女权主义或后现代主义的女权主义已经不是单纯的社会问题和政治问题，而是越来越倾向于成为形而上学大合唱中的一个声部。其中的矫枉过正显而易见。客观说来，相对于几千年男权制度对女性的倾轧和塑造，现代女性仅用了几十年时间就完成了两大历史使命：一是政治经济上的平等独立；二是自我意识的觉醒和自我塑造的开始。后者在文学层面上表现得尤其酣畅淋漓。她们扬弃了简·奥斯丁、勃朗特姐妹和乔治·桑们朦胧的、矛盾的、孤立的抗争，并正与男性作家分庭抗礼，其人数之众、分贝之高，大有压倒之势、燎原之态。中国当代文坛也是如此，巾帼不让须眉，从冰心、杨沫、丁玲、庐隐、苏青、萧红、杨绛、凌叔华、冯沅君、张爱玲到张洁、谌容、张抗抗、王安忆、毕淑敏、徐小斌、铁凝、残雪、方方、池莉、林白、虹影、陈染、徐坤、海南再到"80后"及"80后"之后，前赴后继，势不可挡。于是，我们看到了女性的智慧和力量，看到了女性文学的喧哗与多彩。于是，我的问题是：难道缪斯们找回了自己？难道她世纪、她世界真的已经来临？①

四 "后新生代"

"后新生代"，人数众多，难以尽述。他们出生于 20 世纪六七十年代乃至后佛朗哥时代的三十余年间，其人数之众，即便择其至要述之，也难免失之偏颇、谬于主观。盖因这些作家正值创作旺盛期，有的甚至刚刚步入文坛，盖棺论定尚需假以时日。在此，笔者只能任意罗列一些作家，作为尾声。

首先是哈维埃尔·谢拉（1971—）、胡安·戈麦斯-胡拉多（1977—）等"天之骄子"，他们不鸣则已，一鸣惊人，出手便是超级畅销小说。

谢拉的《神秘晚餐》（2004）出版后风靡一时，成为西班牙文学的超级畅销书之一。小说的背景是遥远的中世纪末叶，主人公是一名罗马教廷的间谍。他的任务是跟踪达·芬奇。是年，达·芬奇奉命创作《最后的晚餐》，并将"谋反的密码"巧妙隐藏在画作当中。此后，谢拉一发而不可收，接连创作了多部悬疑小说，某些机巧不由得让人想起丹·布朗。主要作品有《拿破仑的埃及秘密》（2000）、《消失的天使》（2011）、《普拉多的大师》（2013）、《不朽的金字塔》（2014）、《无形之火》（2017）等等。其中《无形之火》荣获 2017 年行星奖。

和谢拉一样，戈麦斯-胡拉多也是位超级畅销作家。迄今推出了十余部小说，有《上帝的密探》（2006）、《和上帝签约》（2007）、《大盗传奇》（2012）、《病人》（2014）、《疤痕》（2015）、《红色王后》（2018）等。《上帝的密探》于 2014 年被好莱坞搬上银幕，小说也被译成数十种文字，畅销全球许多国家和地区。作品由一系列人物和事件交织而成，他们中有职业杀手，有犯罪心理疏导师，有冒充神父的中央情报局特工，等等。他们被冥冥之中的某种力量驱使，并联系在一起。于是，神秘和杀戮循环不止，现实与幻想难分难解。从某种意义上说，戈麦斯-胡拉多似乎消解了现代小说与古希腊悲剧的界限。人物仿佛是生活的木偶，被命运之神捉弄却毫无反抗之力。

---

① 陈众议：《〈她世纪丛书〉序》，人民文学出版社，2007 年，第 1—3 页。

此外，按出生时间划分，"60后"小说家中可圈可点的，至少还有贝卡丽娅（1963—）、迪亚斯·孔德（1966—）、阿尔姆德纳·贡萨莱斯（1967—）、格兰德斯（1967—）、阿尔伯尔（1968—）、阿斯特因萨（1966—）、加西亚·加西亚（1965—）、帕斯（1969—）、费尔南德斯（1968—）、帕乌（1966—）、佩雷斯·多明格斯（1969—）、桑斯·帕斯托尔（1967—）、桑丘（1968—）等等。囿于西方评价体系等原因，这些"60后"小说家大多尚未被经典化，尽管有些已经取得了不菲的成就，像女作家桑斯·帕斯托尔甚至获得过纳达尔奖（2006）。

"70后"小说家更是人数众多，他们大都生长在后佛朗哥时期，不仅视野开阔，风格多变，而且起步高、作品多。但年轻有时是资本，有时则不然，其经典化过程尚需时日。为慎重起见，在此仅罗列部分作家，如桑托斯（1970—）、阿吉拉尔德（1978—）、桑斯（1973—）、阿尔瓦雷斯（1978—）、阿尼奥（1973—）、布埃科（1974—）、克莱莫特（1970—）、孔德（1973—）、苏梅尔（1976—）、瓜尔（1976—）、海卡（1975—）、胡安-坎塔维利亚（1976—）、拉多（1979—）、洛佩斯（1976—）、洛佩斯·鲁维奥（1978—）、马查多（1974—）、马尔斯（1976—）、桑切斯（1977—）、梅嫩德斯·亚马萨雷斯（1973—）、梅萨（1976—）、莫雷纳（1975—）、莫雷诺（1978—）、穆纽斯·伦海尔（1974—）、奥尔莫斯（1975—）、奥尔蒂斯（1978—）、佩利塞尔（1978—）、潘（1979—）、普里埃托（1977—）、委拉兹盖斯（1977—）、桑切斯·普拉多斯（1979—）。

"80后"作家崭露头角的目前还比较少。也许小说原本就是个成熟者的体裁，也许西班牙读者比较苛刻。但是，正所谓"江山代有才人出"，"80后"小说家将很快成为主力。当然，一如我国文坛"70后"相对稀少，"80后"倒是人才济济。这种情形在西班牙似乎恰好推后了十年。这里只能点到为止，如波拉多（1980—）、达贡（1981—）、加西亚·马尔多纳多（1981—）、加西亚-罗哈（1984—）、加尔索（1984—）、索托（1985—）、熙德（1985—）、佩雷斯·加西亚（1986—）等等。

第五章　西班牙语美洲小说：
殖民地至独立建国时期

我们习惯于说拉美文学，盖因它曾以"爆炸"轰动全球。其实，真正"爆炸"的是西班牙语美洲文学，尤其是西班牙语美洲小说。为方便起见，并考虑到接受的习惯和彼此难以截然分割的事实，本著将不会刻意区分西班牙语美洲与拉丁美洲，除非必要，尽管实际评骘的是西班牙语美洲小说，何况拉丁美洲绝大多数是西班牙语国家。

首先，西班牙语美洲小说充满了神奇。它最早可以追溯到西班牙古典文学和美洲古代文学（即印第安文学），但后一个源头被殖民者生生阻断，及至20世纪三四十年代，随着"寻根运动"的兴起和魔幻现实主义的应运而生，古印第安文学这一根脉才得到了应有的重视和接续。

其次，或者往远处说，又有人直言是哥伦布成就了魔幻现实主义，譬如加西亚·马尔克斯一直视哥伦布为美洲魔幻文学的鼻祖。他用巨大的篇幅描写哥伦布，并转述哥伦布的描写，说"新大陆"是一个"美丽的错误"，因为哥伦布相信，一直向西航行，遇到顺风，几天之内即可抵达中国或日本。为保险起见，他又尽量将距离估计得更远一些，认为日本和里斯本的最大航距为三千海里。然而，他的航行持续了两个多月，因此他几乎是在水尽粮绝、完全绝望的情况下抵达"印度"的。在加西亚·马尔克斯看来，这就够魔幻的了，而他的"夸夸其谈"只不过是个开始，是美洲"神奇或魔幻现实"的最初的一鳞半爪。[1]

用约翰逊博士的话说，哥伦布"苏醒了欧洲人的好奇心"[2]。哥伦布在其《信札与奏呈》中大肆夸耀美洲的丰饶和富有，[3]以至于给冒险家和淘金者注入了鸡血。一时间，以新大陆为主要指涉的一系列作品相继问世，它们空前地唤醒了人们的想象力和冒险精神，新大陆成了时人的第一话题。

---

[1]　García Márquez: "Creaciones artísticas del Caribe y América Latina", *Suplemento de Uno más uno*, México: 4 de agosto de 1984, p.1.

[2]　Henríquez Ureña: *Las corrientes literarias de la América Hispánica*, México: Fondo de Cultura Económica, 1949, p.10.

[3]　Menéendez Pidal (ed.): "Cómo hablaba Colón", *Revista Cubana*, Habana, 1940, XIV, pp.5-10.

所谓众议成林，无翼而飞，在西班牙和葡萄牙，这种情况更是令人唏嘘慨叹。而且表现是双向的。除了介绍对象国的政治、经济、历史、地理，还通过文学等多种渠道传播、推销自己的文化和价值。

第一节　筚路蓝缕

美洲曾经是印第安人的家园。而印第安人是哥伦布对美洲古老土著居民的讹称。当后来的殖民者发现美洲不是印度，而是"新大陆"，便又改称其为西印度，于是美洲土著又成了"西印度人"或印第安人。

早在哥伦布到达美洲之前，从白令海峡迁徙至美洲的蒙古人种——玛雅人、印加人、奥尔梅克人、托尔台克人、米斯台克人、阿兹台克人等就已经拥有上千年，乃至数千年的文明史。这些文明的某些方面甚至可以媲美欧亚大陆。

譬如玛雅文明，它发祥于尤卡坦半岛，曾在农业、天文、历法、数学、建筑等方面取得辉煌成就。他们的太阳历为每年 365.2420 日，精确率远远超过当时的世界水平，其"0"的数学概念可能稍晚于印度，却比欧洲至少早出八百年。他们创造了类似于古埃及和中国的象形文字，其中既有表意词，也有表音词。

又譬如 15 世纪的墨西哥城——特诺奇蒂特兰，是一座拥有十五万余居民的大城市，比同时期的马德里、里斯本、伦敦和巴黎还要大。

再譬如印加帝国，它是世界农业文明的摇篮之一。和玛雅人或者我国的河姆渡人相仿，早在公元前 4000 年左右，印加人就开始进入了农耕社会。随着农业的发展，他们先后培植了约四十种农作物，仅番薯、土豆等薯类就有好几种，还有木瓜、南瓜、菜豆、番茄、辣椒、可可、菠萝、剑麻、龙舌兰、玉米、花生、滨藜稻等粮食作物和经济作物。这些作物大多是其他大陆所没有的，这是印加文明对人类社会的重大贡献。印加人在采矿、冶金方面也达到了较高的水平。他们能开采金、银、铜、锡等多种矿石并进行冶炼，但还没有像玛雅人那样掌握炼铁技术。

而阿兹台克、印加和玛雅及其先民[①]创造的辉煌文化，如宏伟的神庙、金字塔、宫殿等，不是被殖民者夷为平地，就是被彻底遗弃，成为自然蛮荒的点缀。美洲古代文学更是被当作异端邪说而弃若敝屣。殖民者要的是黄金、白银和一切"有价值"的物品，当然还有作为生产资料的劳动力。问题是，印第安人因欧洲"文明人"的杀戮和他们带去的天花死伤过半，剩下的不是躲进深山老林，就是沦

---

① 有关考据认为阿兹台克文明很可能继承了奥尔梅克、托尔台克、特奥蒂华坎，甚至更为广泛的文明成果。

为奴隶。无论是广义的美洲文明，还是狭义的美洲文化，从此都戛然而止，取而代之的是西班牙、葡萄牙、英国、法国殖民者的野蛮掠夺和疯狂杀戮。

为了施行愚民政策，西班牙和葡萄牙都曾于16世纪初颁布法令，严格禁止小说，尤其是方兴未艾的骑士小说，传入其美洲殖民地。其中，西班牙当局于1531年4月4日颁布的有关法律条文最为严厉。在这些条文中，西班牙皇家法院和宗教法庭（又称宗教裁判所）明令禁止任何小说及消遣性故事，如《阿马迪斯》等作品传入西印度，以免给印第安人造成不良影响。为了令行禁止，西班牙皇家法院又于1543年再次颁布法令，严格禁止小说进入美洲殖民地，以免印第安人把《圣经》及其他正经读物和小说混为一谈。诸如此类，不一而足。

这时，金银财宝从新大陆滚滚而来，却未能在宗主国发挥应有的作用，倒是给愈来愈庞大、贪婪的贵族阶层提供了养尊处优和轻视农工的条件。同时，对新大陆的征服早已尘埃落定，殖民地开始成为一群更加贪婪、奢侈的总督和冒险家的囊中之物。为了限制他们的权力，费利佩二世颁布了无数法令并成立了"西印度事务委员会"。但正所谓山高皇帝远，国王对他的总督们早已鞭长莫及。加之后来美洲实行了长子继承法，殖民地实际上成了总督们的法外之地。此外，西班牙帝国盛极而衰。面对强势崛起的新教和新教徒占统治地位的英国、荷兰等，西班牙开始显得左支右绌、无能为力。

与此同时，西班牙殖民者不管三七二十一，将所能抓到的印第安人几乎全部施加洗礼了。蜂拥而至的神父整天忙于向印第安人，尤其是儿童，传授语言和教义，以至于最初的教堂和修道院，都成了语言学院。然而，小说还是悄无声息地在美洲复活了。

最初的小说是一些纪事，自然均出自殖民者之手。它们继承了西班牙"光复战争"时期的文学传统，采取的大抵是文史不分家式的英雄传奇。

其中，追随埃尔南·科尔特斯的贝尔纳尔·迪亚斯·德尔·卡斯蒂略（1490—1584）创作了一部史诗般的作品——《征服新西班牙信史》（1568）。

该作是迪亚斯根据亲身经历书写的纪实作品。作者以生动的语言，描绘了科尔特斯率远征军征服墨西哥的一波三折，同时讲述了阿兹特克国王蒙特苏玛的英勇抵抗。全书特别记述了一些重大事件，如西班牙人两次远征墨西哥未果，科尔特斯舰队焚船沉舟、置己于死地而后生，阿兹台克内奸玛琳奇成为科尔特斯情妇并辅佐之，科尔特斯以诡计取胜并对阿兹台克人大开杀戒，最后特诺奇蒂特兰陷落、蒙特苏玛牺牲。整部作品脉络清晰，场面壮阔，详略得当，细节毕露。

除了基本史实的可靠性，该书非常注意情节的生动性和丰富性。作者并未承袭一般历史著作的写法，而是十分注重作品的可读性。某些方面颇使人联想起太史公的做法，即在史料中不失时机地插入一些奇闻逸事，如第一个被印第安人俘虏的西班牙人贡萨洛·盖雷洛的故事，阿兹台克姑娘玛琳奇（也称马丽娜）的故事，科尔特斯第一次进攻败北后仓皇逃命的"黑色夜晚"，等等。这些故事娓娓道来，风格清新脱俗、生动具体，表明作者对富有戏剧性的事物观察细致、敏锐，叙事方法则明显受到"黄金世纪"作家的影响，文字十分讲究。

总之，《征服新西班牙信史》具有明显的西班牙文学特征；但作品的内容，尤其是印第安人的生活和墨西哥的自然风光，又使得该书具有浓烈的美洲地方色彩。因此，长久以来，它不仅是美洲历史的教科书，而且是美洲文学的重要读本。

同样，阿隆索·德·埃尔西利亚·伊·苏尼加（1533—1594）在史诗《阿劳加纳》中记录了南美的旖旎风光和印第安人的英勇无畏。

《阿劳加纳》共三部分（分别于 1569 年、1578 年和 1589 年面世），凡三十七章。作者开宗明义，谓作品"绝非文学想象，而是对真实事件的忠实记录"。作品一方面讴歌西班牙殖民者如何英勇善战，另一方面又为印第安人不屈不挠的精神所感动。印第安人虽然没有坚固的城堡和精良的武器，却硬是凭着一股为自由拼命的勇气，让每一寸土地浸染两军将士的鲜血。他们父亡子续、前赴后继，连妇幼也拿起了武器。

洛佩·德·维加高度赞扬《阿劳加纳》：

> 堂阿隆索·德·埃尔西利亚，
> 你的灵感带着西印度，
> 从智利迢迢而来，
> 装点卡斯蒂利亚的缪斯。

伏尔泰也曾盛赞这部作品，并称其中的一些形象堪与荷马史诗人物相媲美。

与此同时，以贝尔纳尔迪诺·德·萨阿贡（1500—1593）为代表的西班牙传教士搜集、整理了大量印第安文化遗产。在卷帙浩繁的《新西班牙物志》（1577）中，萨阿贡记录了印第安人的宗教、历史、天文、地理、语言、伦理、政治、经济、动植物和矿山资源等等。由于作者大多是西班牙殖民者和印加人的儿子，从小生活在印加贵族之中，写作时又用了大量印第安语词，西印度事务委员会曾下令将其作品禁毁。幸好萨阿贡有先见之明，悄悄地将一些手稿保存了下来。

在第一代混血儿中，比较著名的是印加·加尔西拉索·德·拉·维加（1539—1616）。他曾随父亲回到西班牙，后从军。晚年退避三舍，在修道院从事写作，代表作为《王家述评》（1609—1617）。

《王家述评》凡两大部分，第一部分发表于 1609 年；第二部分为遗作，是在 1617 年问世的。第一部分的副标题是"叙述秘鲁诸王和印加人的起源，他们的信仰和法律，和平及战争时期的政治体制，生活状况和战斗方式，以及西班牙人到来之前的一切"，第二部分的副标题为"秘鲁的过去，它的发展过程，西班牙人的进入，皮萨罗和阿尔马格罗为争夺领地发生的内讧，暴君的产生和他们得到的惩罚，等等"。它们与其说是副标题，倒不如说是题词。作品包罗万象，内容包括西班牙入侵前后印加帝国的历史、政治、宗教、建筑、风俗、传说等等，字里行间流露出作者的矛盾心态。因此，《王家述评》难以归入历史著作范畴，倒更像是一部感情充沛、词语凄艳的长篇散文。

和印加·加尔西拉索·德·拉·维加不同，胡安·鲁伊斯·德·阿拉尔孔（1580—1636）标志着第一代土生白人的诞生。

胡安·鲁伊斯·德·阿拉尔孔出生在墨西哥，父母都是西班牙人。他的童年和少年时代都是在墨西哥度过的，而且毕业于墨西哥大学（今墨西哥国立自治大学）。1600 年随父亲去西班牙，并在萨拉曼卡大学进修法学，同时受到方兴未艾的巴洛克艺术的熏陶。之后回到墨西哥，但出于生计等方面的原因于1615 年折回西班牙，从此一边写作，一边供职于西印度事务委员会等机构。

在这之前，另一个西班牙人从不同的角度叙述了征服的过程。他就是大名鼎鼎的巴尔托洛梅·德·拉斯·卡萨斯修士（1474—1566）。

这个多明我会修士本身就是一个传奇。他出生在塞维利亚的一个显赫家庭，叔父阿隆索·德·拉斯·卡萨斯在西班牙双王入驻塞维利亚时是八个骑士卫之一，即相当于我国古代的御前带刀卫士或明朝的锦衣卫。另一位叔父则直接参与了哥伦布的第一次冒险。出发前哥伦布就住在拉斯·卡萨斯表哥就读的那座教会学校。拉斯·卡萨斯亲眼看见了哥伦布返回西班牙的盛况。于是，拉斯·卡萨斯的父亲和舅舅迅速成了哥伦布的麾下，准备第二次航行。1493 年 9 月，哥伦布的第二次冒险从加的斯顺利起航。不久，冒险家们带着六百名印第安人凯旋。作为礼物，父亲送给拉斯·卡萨斯一个印第安奴隶。由于当时拉斯·卡萨斯正在学习拉丁文和语文学，就很快开始琢磨印第安人的语言，并与印第安人展开了简单的交流。这时，印第安奴隶市场悄然产生。伊萨贝尔女王获悉后立即下旨，昭告天下：凡西班牙皇家旗帜所到之处，地皆皇土（让人想起"普天之下，莫非皇土"之说）；人皆臣民，故不得以奴隶视之。[①]1502 年，拉斯·卡萨斯追随父辈的足迹，并受多明我会派遣，启程前往新大陆。到达新大陆后，拉斯·卡

---

① Isacio Pérez Fernández: "La Construcción de América frente a la Destruccción de la Indias: Lo positivo marginado por Las Casas en su Brevísima", *Revista de filosofía y teología*, 1996, 36(2), pp.235-257.

萨斯也不是一开始就关心印第安人，对其施以援手的，而是在亲眼看见了殖民者对印第安人的多次血腥屠杀之后才良心发现。他以上帝的名义站出来维护印第安人，并顺势给他们洗礼。

对拉斯·卡萨斯的历史功过暂且不论，他在此过程中写下的不少著作，却弥足珍贵。其中有《西印度史》（1517）、《让所有人信教的唯一方式》（1537）、《西印度毁灭述略》（1552）等等。

其中最负盛名的《西印度毁灭述略》叙述了从圣多明各到古巴，再到墨西哥、哥伦比亚、委内瑞拉、秘鲁、南锥体国家的毁灭。有的是他亲眼所见，有的则是亲耳所闻。众所周知，为将征服西印度合法化，西班牙天主教双王得到了罗马教皇亚历山大六世的诏书。诏书中阐明了西班牙在西印度传播福音的权利。而拉斯·卡萨斯正是循着这一诏令向西班牙女王揭发了西班牙殖民者灭绝人性的罪恶。他说："西班牙人像穷凶极恶的豺狼闯进了驯顺的羊群，尽管他们明明知道这群羔羊有着造物主赋予的种种美德。""四十年间，由于西班牙人极其残酷的血腥统治，已有一千二百万无辜的印第安人惨遭杀害，而实际上，我认为死亡人数达到了一千五百万。""基督徒们之所以如此疯狂地屠杀，仅仅是为了一个目的：撷取黄金。"他细节毕露地描写印第安人如何被迫为淘金者卖命，如何赤身露体，如何食不果腹，遭受殖民者的杀戮、淘金者的虐待。[①]他的指责引起了殖民当局的强烈不满，但宗主国上下人等出于经济和传教的需要，也曾昭告或吁请殖民者手下留情。

诚然，这些并非严格意义上的小说，尽管小说作为社会生活的镜像，其实很难被完全禁绝。但无论如何，从墨西哥到南锥体国家，类似作品不多，流传至今的更少。换言之，殖民地时期叙事作品比较少见，遑论长篇小说。因此，这里可以呈现的非常有限。

事实上，随着西班牙帝国的盛极而衰，辉煌一时的骑士小说和"反骑士小说"，乃至流浪汉小说也迅速衰微。从这个意义上说，叙事作品或广义小说的盛衰表现出一种奇妙的反规律的规律：文艺复兴运动以降，经济繁荣、社会安定，可以使这一体裁像春天的植被一样蓬勃生长；但经济凋敝、社会动荡时，同样可以催生旷世小说。

后者往往更具整合优势，甚或强大的穿透力，当然这也取决于作家个人的遭际与心志。所谓愤怒出诗人，悲悯生大家，《堂吉诃德》和《红楼梦》当是社会历史的风云际会、沧海桑田和作家个人的家道中落、"满径蓬蒿"所催生的

---

① 巴托洛梅·德拉斯·卡萨斯：《西印度毁灭述略》，孙家堃译，商务印书馆，1988年，第18—21、25—50页。

鸿篇巨制，《百年孤独》也是在作者的颠沛流离中诞生的。而前者则每每由品种的纷杂营造出某种繁华。

当然，文学可以自成逻辑，故而情况十分复杂。这里的所谓盛世或颓势只能是相对而言，而且不同民族、不同时期多有变化，实难一概而论。

且说西班牙在美洲建立殖民地后，殖民者踌躇满志，经过烧杀掳掠，"百废待兴"。除了早期的一些"信史"和"纪事"，逐渐出现了一些数量有限、篇幅不大的小说或类小说。这是历史的必然，山高皇帝远，西班牙的道统和律法固然在新世界得到了承袭，但凡事皆有例外。面对"新世界"，殖民者和纷至沓来的各色人等"有话要说"，从而弥补了西班牙本土小说，尤其是 17 世纪二三十年代以降，西班牙小说没落或沉寂时期的一个阙如。

需要说明的是，当时的作家大多从历史切入，在纪实中夹带文学元素，如抒情和一定程度的虚构。这样的做法颇似我们的古人，是谓文史不分家；但用文学批评家桑切斯的说法，"美洲是一部没有小说家的小说"①。

最早在新世界从事类小说创作的"职业作家"是弗朗西斯科·塞万提斯·德·萨拉萨尔（1513 ?—1575）。他确切的出生时间和地点均难以查考，但根据其在作品中的描述，我们知道青少年时代他曾在托莱多和萨拉曼卡上学，接受过良好的教育和人文熏陶。塞万提斯是他的母姓，至于他母亲与塞万提斯的亲缘关系则同样无从查考。好在这个塞万提斯同样钟情于写作，尤其是纪实文学创作。从 1550 年抵达新西班牙（墨西哥），到 1575 年谢世，他创作了十余部纪实作品，但大都散佚。其中流传至今的主要有《墨西哥 1554 与帝国喧嚷》（1560）、《新西班牙纪事》（1560）等。这些纪事具体创作实践不详，它们既有一般纪实文学的基本特征，但同时明显浸淫着"黄金世纪"西班牙文人的文学情怀。加之作者与墨西哥大学（现墨西哥国立自治大学）过从甚密②，故而较一般冒险家多了一份人文关怀。他对被殖民者毁于一旦的墨西哥城进行了浓墨重彩的追怀，认为它是一个喧嚷的帝国，人口众多，市场繁荣，君王英明，百姓安宁……③

---

① Luis Alberto Sánchez: "América, la novela sin novelistas", *Obras escogidas*, Madrid: Aguilar, 1951.

② 据有关学者考证，他曾在该大学讲授修辞学。Agustín Millares Carlo: *Cuatro estudios bibliográficos mexicanos: Francisco Cervantes de Salazar, Fray Agustín Dávila Padilla, Juan José de Eguiara y Eguren, José Mariano Beristáin de Souza. Sección de obras de historia*, México: Fondo de Cultura Económica, 1986, p.44.

③ Francisco Cervantes de Salazar: *México en 1554 y Túmulo Imperial*, *Sepan Cuántos*, Edmundo O'Gorman (ed.), México: Porrúa Editorial, 1963, pp.1-77.

　　和塞万提斯·德·萨拉萨尔几乎同时期的作家有奥斯丁修士（1562—1604）。他是多明我会修士，创作过一些纪事和史作，包括史作《新西班牙教团史》（1596）和若干零星纪实散文，如今大都已散佚。

　　一个世纪后，埃吉亚拉（1696—1763）在墨西哥城降生，因此他属于土生白人。他曾用他的生花妙笔写下了大量信札书笺，其目的在于尽可能包罗万象，以一己之力编一部既写实又抒情的《墨西哥文库》。尽管他的作品几乎没有流传下来，但当时在欧、美两洲拥有不少读者。

　　较埃吉亚拉晚一代的贝里斯泰因（1756—1817）同样属于土生白人。他毕一生之功完成了《西班牙语北美洲文库》，其中绝大多数作品出自他本人之手。由于他是个坚定的反独分子，美洲独立运动后便很少为人提及，直至 20 世纪中晚期才有学者开始从史学的角度钩沉他的作品。与上述几位作家相仿，贝里斯泰因大抵也是个史学家兼散文家。他的作品虽不乏虚构，乃至神话传奇色彩，但基本上属于史学和纪实文学范畴。

　　在南美洲，新格拉纳达① 作家奥维埃多（1671—1738）同样以历史和纪实方式创作了《委内瑞拉征服史及其他》（1705 ？）。奥维埃多的父亲是 1660 年才举家来到南美洲的，时任波哥达神圣法院检察官。而奥维埃多作为土生白人，除了接受来自家庭的“正统教育”（乃父在出任检察官前曾是萨拉曼卡大学的法学教授），还受到了殖民地文化的浸染。他对这方“新天地”具有天然的亲近感，乃至认同感，故而在作品中流露出令人叹为观止的自然与人文关怀。除了《委内瑞拉征服史及其他》，他还创作了《加拉加斯风物志》（1735 ？）。这两部作品皆得益于他出任加拉加斯市长期间的广采博收的浏览与收藏。当然，前面说过，土人白人对这方水土的眷恋洋溢在他的字里行间，从而使他的作品超越了一般时政纪实。②

　　与此同时，岛国古巴的土生白人阿拉特（1701—1765）创作了《新大陆之钥》，但该书一直要到一个世纪后即 19 世纪中叶才得以出版。作品详尽地描写了古巴的风土人情，被认为是殖民地古巴的第一部历史和文学著作。除此之外，作者还留下了一些诗抄和剧本。1763 年，他曾以个人的名义上疏西班牙国王，状告古巴当局将哈瓦那转让给英国殖民者。该奏疏就是《就哈瓦那归属问题致国王书》，它对哈瓦那进行了充满诗情画意的描述。

　　同样，出生于厄瓜多尔的贝拉斯科（1727—1792）是位神职人员，青少年

---

　　① 西班牙总督区，其领土涵盖了巴西之外的几乎整个南美洲大陆。

　　② María Elena Parra Pardi: "Oviedo y Baños, José de", *Diccionario Multimedia de Historia de Venezuela*, Caracas: Fundación Polar, 1995, p.20.

时代在基多等地学习神学和哲学,直至获得博士学位。1753 年被任命为神父。但是,贝拉斯科倾向于认同耶稣教会,并身体力行,结果受到正统天主教会的驱逐。因此,他晚年漂泊无依,最后终老于意大利。正是在逆境中,他以顽强的毅力写下了充满感情的《基多王国史》(1788),从而被认为是基多历史和文学之父。著作除了梳理基多的历史,还有意插入了不少民间传说,后者既装点了历史,也彰显了乡愁。

说到这里,笔者必须承认,西班牙语美洲的第一部真真正正的小说,其实一直要到 19 世纪方才出现,尽管前面说到的种种纪事或多或少为它埋下了伏笔。它便是姗姗来迟的流浪汉小说《癞皮鹦鹉》(1815—1816)。

这部小说先以分册(小册子)和在报刊上连载的形式发表,作者为费尔南德斯·德·利萨尔迪(1776—1827)。

费尔南德斯·德·利萨尔迪生于墨西哥城的一个医生之家,自幼接受良好的教育,认同资产阶级启蒙思想。大学在读期间父亲去世,导致他不得不辍学谋生。墨西哥独立运动领袖伊达尔戈就义后,费尔南德斯·德·利萨尔迪曾参加莫雷洛斯领导的独立运动,后遭当局羁押。1812 年,他创办了一份报纸,取名《墨西哥思想家》,以"墨西哥思想家"为名发表文章、针砭时弊,不久即遭逮捕,报社也被迫于 1814 年停业。但是,他笔耕不辍,写了大量诗歌、散文和小说,揭露各种社会弊端,谴责教会的伪善,抨击特权阶级的贪赃枉法,戏弄政客和商贾的欺骗伎俩;尤其值得称道的是,他主张维护妇女权利,反对奴役印第安人和黑人。他的言论使殖民当局和天主教会大为不满,他因此两次被捕入狱。其他主要作品有自传体小说《悲伤的夜晚与欢乐的白天》(1818),长篇小说《吉诃德姑娘及其表妹》(1818)、《著名骑士堂卡特林·德·拉·法饮达的生平事迹》(1832)等,但影响均不及《癞皮鹦鹉》。

《癞皮鹦鹉》契合了墨西哥独立革命,故而被认为是墨西哥乃至整个西班牙语美洲文学的"独立宣言"。

1810 年 9 月 16 日,墨西哥多洛雷斯镇德高望重的老神父伊达尔戈以钟声为号,号召人们拿起武器,摆脱宗主国统治。适值拿破仑进军西班牙,囚禁了国王费尔南多七世(史称斐迪南七世),并让其兄约瑟夫·波拿巴出任西班牙国王。伊达尔戈熟悉法国革命的启蒙思想,曾积极宣传人权理念。他对印第安人寄予同情,关心本教区工农业生产,故而深受当地居民爱戴。1810 年初,他参加了一个秘密组织,该组织准备于 1810 年 12 月同时在墨西哥多地举行起义,以宣布墨西哥独立;但因组织遭到破坏,许多战友被捕,伊达尔戈决定提前起义。9月 16 日凌晨,他以教堂钟声召集当地群众,号召大家为自由和土地而斗争。顿时应者如云,独立革命席卷全国。

后来,墨西哥人民把这一天定为墨西哥独立日。由于墨西哥独立革命一开始就具有鲜明的反殖民和反封建性质，起义部队所向披靡，但是，伊达尔戈缺乏军事斗争经验，本可乘胜一举攻下墨西哥城，却错误地下令停止前进，从而丧失了良机。一年后，起义部队遭到敌人的反击，伊达尔戈和几名主要领导人都被俘牺牲。伊达尔戈牺牲后，他的学生和战友莫雷洛斯继承了他的事业。经过两年的浴血奋战，起义军控制了墨西哥南部的大部分地区。1813 年 11 月，起义军和社会各界通过了《独立宣言》，宣布墨西哥独立。

1814 年，依靠西班牙人民的不懈战斗，斐迪南七世终于回到西班牙并恢复王位，进而开始对美洲殖民地的独立革命实施疯狂反扑。1815 年，莫雷洛斯被捕，并壮烈牺牲。此后，独立与反独立的斗争处于胶着状态，直至 1824 年墨西哥大部分地区被起义军占领，并颁布联邦共和国宪法。

与此同时，南美洲的独立战争，在玻利瓦尔等人的领导下风起云涌。从 1811 年到 1824 年，南美洲的独立运动跌宕起伏，几经沉浮，最终取得决定性的胜利。这些基本都是人所共知的史实，本著从略。

费尔南德斯·德·利萨尔迪正是在这样的背景下创作《癞皮鹦鹉》的。小说用第一人称。"我"出生在墨西哥城一个血统高贵但家道中落的土生白人家庭。因童年时期没有接受良好的教育，"我"在精神和肉体上都受过创伤。小时候，"我"穿着绿上衣、黄裤子，活像只大鹦鹉，加上"我"姓萨尼恩托，读音近似"癞子"，所以小朋友便给"我"取了个"癞皮鹦鹉"的外号。勉强等到小学毕业，"我"不得不辍学，并开始涉足社会。起初在修道院实习，但因无法忍受清规戒律的束缚和艰苦的生活，便逃出了修道院。"我"先后当过地痞流氓、小偷，并因此身陷囹圄。获释出狱后，"我"又伪装成江湖郎中四处行骗。因为"我"一文不名，但又必须吃饭，只能到处招摇撞骗。不久，瘟疫四起，为保小命，"我"便弃医从文，将自己装扮成绅士。这时，"我"遇到一个女人，她不知"我"的底细，与"我"厮混了一段时间。后来，"我"又骗取了一位正派小姐的青睐，并最终与她结婚。婚后，"我"仍不思悔改，终于导致家庭破裂，妻子亡故。"我"再一次无家可归，只好外出流浪。因为贼心不改，"我"又一次被捕入狱，被判八年徒刑，并充军到远在天边的马尼拉。在那里，"我"给一个上校当勤务兵。在这位上校的熏陶和帮助下，"我"开始改过自新，并积攒了八千比索，准备回国后做正当营生。归国途中，"我"不幸遭遇海难，不仅钱财丢光，还差点儿没了小命。好不容易回到国内，却又为生计所迫，加入了一个盗窃团伙，重操旧业。不久，团伙头子哈努里亚奥被政府逮捕并处死了，这使"我"极为震撼。于是，"我"开始反躬自省，并决意改邪归正、安度余生。作者自称其小说由一千零一个故事构成。这足以证明他读到了 18 世纪的伽朗版《一千零一夜》。

小说像一道彩虹，从一个时代伸向另一个时代。其中的人物也相当复杂和多面。癞皮鹦鹉既有一般流浪汉的共性，比如出身贫寒、无依无靠，为了生存要个小聪明、占个小便宜；又有鲜明的个性，几可谓坑蒙拐骗，无所不用其极。自然，这当中有社会环境的影响。作者有意将独立革命前夕的墨西哥描写成一座炼狱：世道浇漓，人心不古，政治腐败，经济凋敝。作者肆意夸大鹦鹉身上的缺点，同时渲染其变坏的客观原因，说他本性良善，只因意志薄弱、少不更事，才养成恶习，变得狡黠油滑。即或如此，他也经常徘徊在善恶之间，纠结于所作所为。

小说的一些细节让人联想到《小癞子》。其中癞皮鹦鹉冒充江湖郎中行骗时的三寸不烂之舌，简直令人捧腹。而他假扮绅士博取小姐芳心时的言谈举止，又实在让人啼笑皆非。最后，癞皮鹦鹉果然良心发现，成了好人。一如堂吉诃德在经历了无数次荒诞冒险之后，幡然悔悟，认为自己原本只是个善人吉哈诺。作为文学人物，癞皮鹦鹉远比小癞子来得复杂，却缺乏后者"吃葡萄""偷面包"之类的经典细节。

与此同时，以贝略（1781—1865）为代表的新古典主义作家产生了巨大的影响，他们在传播启蒙思想、宣扬法国大革命和讴歌美洲风情方面功不可没。鉴于这些作家多以诗人的面目出现，此处从略。

第二节　浪漫主义

诚如恩格斯所说，"黄金一词是驱使西班牙人横渡大西洋到美洲去的咒语；黄金是白人刚踏上一个新发现的海岸时就要的第一件东西"[1]。为获取黄金白银，统治者对当地人民进行了灭绝人性的残害。据记载，在墨西哥和秘鲁矿井的周围终年尸骨如山。虐待、天花和对起义者的大规模屠杀，很快使西印度群岛上的原住民濒临灭绝。殖民者为了补充劳动力，又开始从非洲输入大量黑人。据不完全统计，三百多年间，被贩运至拉丁美洲的黑人奴隶超过一千万；同时，仅西班牙，就从美洲掠去了二百多万公斤的黄金和一亿多公斤的白银。

殖民地时期，西班牙下设四个总督辖区和四个督军辖区[2]。这些殖民地的土生白人与宗主国离心离德、渐行渐远，受压迫的底层混血人种、印第安人、黑人对宗主国更是仇深似海。同时，百科全书派的理性主义思想、美国独立战争、法国大革命和拿破仑占领西班牙葡萄牙，是拉丁美洲独立运动最重要的外部因素。正是这些内因外因的叠加，导致了独立运动，独立战争硝烟弥漫。自 1810 年 9 月 16 日墨西哥独立战争爆发，到 1826 年 1 月 23 日西班牙国旗在秘鲁卡

---

[1]　恩格斯：《论封建制度的瓦解和民族国家的产生》，《马克思恩格斯文集》第四卷，人民出版社，2009 年，第 217 页。

[2]　总督辖区为新西班牙区、新格兰纳达区、秘鲁区和拉普拉塔区；督军辖区为危地马拉区、委内瑞拉区、智利区和古巴区。

亚俄港黯然降下，包括巴西在内的拉丁美洲（除古巴等少数岛屿外）全面独立。

　　然而，三百年的掠夺和战乱，使独立后的拉丁美洲成为一片废墟。百废待兴成为独立国家的首要现实。但是，各种势力的相互倾轧和大小国家的分分合合一直没有停止。及至 19 世纪中后叶，美洲的西班牙语国家增加至近二十个，它们是墨西哥、危地马拉、洪都拉斯、萨尔瓦多、尼加拉瓜、哥斯达黎加、巴拿马、古巴、多米尼加、波多黎各、委内瑞拉、哥伦比亚、厄瓜多尔、秘鲁、玻利维亚、智利、巴拉圭、乌拉圭和阿根廷。玻利瓦尔的美洲大帝国梦想化为泡影。

　　此外，独立战争终究是由土生白人领导的一场脱离宗主国的革命。革命成功后，西班牙语美洲除了遍地哀鸿、满目疮痍，还有持续不断的文明与野蛮、民主与寡头的斗争。印第安人、黑人和混血人种的生存状态没有得到任何改变。适逢欧洲浪漫主义兴起，西班牙语美洲文学在土生白人主导的独立国家中应运而生，浪漫主义小说破茧而出。

　　（一）早期浪漫主义

　　西班牙语美洲的早期浪漫主义直接借鉴了欧洲早期浪漫主义思想，它高扬战斗精神，对考迪略[①]口诛笔伐。同时，亲切拥抱美洲的自然风光和风土人情的也不乏其人。

　　阿根廷作家先声夺人，产生了以埃切维里亚（1805—1851）、福斯蒂诺·萨米恩托（1811—1888）和马莫尔（1817—1871）为代表的一代浪漫主义作家。

　　1. 埃切维里亚

　　埃斯特万·埃切维里亚作为阿根廷作家兼社会活动家，青年时代即致力于反独裁斗争。为逃避迫害，他一度留学法国，在此期间曾深受法国浪漫主义文学运动的影响，并接受了圣西门和傅立叶的空想社会主义思想。1830 年回国后，一边从事文学创作，一边参与反独裁斗争，并于 1838 年组织秘密团体"五月协会"，以反对罗萨斯的独裁统治。结果当然不妙，以至于他不得不长期流亡乌拉圭，最后在贫病交加中含恨死去，年仅四十六岁。

　　埃切维里亚的代表作品为中篇小说《屠场》（1840）。由于作品矛头直指独裁政权，小说一直到 1871 年才获得出版（载于《拉普拉塔河杂志》）。"屠场"，顾名思义，是罗萨斯统治下阿根廷社会的象征。罗萨斯为了巩固政权，对所有异己分子进行血腥镇压，致使白色恐怖笼罩了整个社会，其惨烈程度较殖民时期西班牙侵略者对印第安人的屠杀有过之而无不及。这一过程持续了二十三年之久，大批志士仁人惨遭杀戮或监禁，幸免于难的也不得不亡命海外。虽然有学者认为《屠场》属于风俗小说，但它鲜明的政治倾向和黑白分明的浪漫情怀，

---

　　① 西班牙语"Caudillo"的音译，意为军阀。

与后来的风俗小说相差甚远。无论如何,《屠场》是阿根廷文坛第一部政治小说。而其中大量情景描写并不意在情景本身。即或有些许风俗,那也不是主要内容。上流社会和宗教僧侣悉数成了罗萨斯的帮凶,却言必称"联邦"。于是,追求民族和谐统一的意志被强奸。小说剑指一代知识精英的理想或浪漫情怀在血淋淋的现实中化为乌有。

小说是这样描写屠场的:四旬斋期间,当局照例禁止宰杀牲口,屠场充斥着兀鹫和苍蝇。但不久天降大雨,洪水泛滥,罗萨斯开恩解禁,屠场顿时又热闹起来。五十头牛犊被运抵屠场,四十九头成了案板上的肥肉,仅有一头受惊的牯牛挣脱绳索狂奔而去。绳索迸裂的瞬间割断了一个小孩的脖子。当时他正骑坐在矮墙上;头颅被切断后,身躯依然骑墙坐着。屠夫们乱成一团,说逃跑的牛犊是无法无天的"统一派"。这时,恰好有个"统一派"青年路过屠场,被当作替罪羊押进污水横流、满是蚊蝇的屠场。青年被打得头破血流。

受时代局限,作家同时透露出某些偏见。譬如对穷人,尤其是对黑人的歧视,认为后者因愚昧而追随独裁者,成了独裁者的社会基础。诸如此类的场景,不仅在后来的西班牙(佛朗哥时期)和智利(皮诺切特时期)重演,而且在当下美国一定程度上同样存在,故而不能用简单的二元对立进行界说。这是现实复杂的佐证,但浪漫主义作家的特征之一是非此即彼、黑白分明。

2. 马莫尔

较上述作品更具代表性的是何塞·马莫尔的长篇小说《阿玛利亚》(1851)。作品以 19 世纪 40 年代为背景,适值罗萨斯专制统治在阿根廷施行白色恐怖,反对派不得不转入地下,或者被迫亡命海外。

在某年 5 月一个风高月黑的夜晚,"统一派"青年爱德华多·贝尔格拉诺带领五个青年在逃往乌拉圭的途中遭到"联邦"警察的伏击。经过一番激烈的搏斗,五个青年相继倒下,爱德华多身负重伤、陷入重围。这时,有个身影仿佛自天而降,把爱德华多从刽子手的屠刀下抢救出来。此人叫丹尼尔·贝略,是爱德华多的好友。丹尼尔出身名门,仪表堂堂,而且心地善良。乃父是南方大庄园主安东尼奥·贝略的私生子。安东尼奥和独裁者罗萨斯是亲戚,而且政治上支持"联邦"政府,因此在上流社会颇具声望。此时,丹尼尔是大学法律系的一名学生,但已经好几个月没去上课了。凭借父亲的声望和人脉,他悄悄潜入"联邦"政府,伺机保护寻求祖国民主统一的志士仁人。为此,他已然将自己的前途乃至生命置之度外。这天夜里,他听说有六名"统一派"成员遭警察伏击,便急忙赶去,可惜晚到一步,只救下了奄奄一息的爱德华多。他把后者藏匿在表妹阿玛利亚家里,旋即投入了新的战斗。阿玛利亚同样出身名门,但命途多舛。她幼年丧父,十六岁那年嫁给了亡父的托孤好友,结果后者命薄,婚后不久便一病归天了。三个月后,母亲也不幸亡故,孀居的阿玛利亚孤苦伶仃,只有表哥丹尼尔可以依靠。他关心她，爱护她，但与政治相关的一切却对她守口如瓶。这天夜里，当丹尼尔把血淋淋的爱德华多背到她家时，阿玛利亚正在灯下读书。她显然受到了刺激，一时间脸色煞白、惶惶然不知所措。然而，这并不妨碍浪漫主义作家的浪漫笔触：他使昏昏沉沉的丹尼尔一眼看到了阿玛利亚优美的体态、深邃的媚眼、俊俏的脸庞。且说阿玛利亚向来敬仰表哥，对表哥言听计从。她很快从惊愕和恐慌中缓过神来，投入照料伤员的工作。这时，她端详起爱德华多来，看到他苍白的面孔和痛苦的表情背后那不凡的气度。在她的悉心照料下，爱德华多的伤一天天痊愈。阿玛利亚的生活则因他这个不速之客而变得空前充实。于是，爱神降临了。

与此同时，独裁者罗萨斯听说六个逃犯只留下了五具尸体，不禁大发雷霆，立刻下令全城搜捕，同时委派姨妹埃斯库拉领导的秘密警察暗中侦破。埃斯库拉是个极其阴险毒辣的女人。她身材矮小、形容枯槁，却有蛇蝎一般的心肠，充满了政治狂热。迫害普通百姓是警察的事，而她则常常通过逼迫大户人家的仆人达到搜集情报的目的。这天，她命人传唤阿玛利亚家的车夫和女仆，得知有个来历不明的年轻人住在家里。她怀疑那人就是逃犯爱德华多。于是，老奸巨猾、诡计多端的埃斯库拉秘密带着警察突然造访阿玛利亚。当时，阿玛利亚和爱德华多正在专心致志地听丹尼尔介绍情况，并未觉察有人进门。这样，爱德华多来不及像往常那样一有动静就躲进密室。埃斯库拉仔细打量着爱德华多，并且故意坐到他身边，装作关心的样子。丹尼尔和阿玛利亚竭尽全力顾左右而言他。这时，埃斯库拉佯装起身，将瘦骨嶙峋的爪子按在爱德华多肩上。后者疼痛难熬，忍不住哼了一声。一切尽在不言中。待秘密警察一离开，丹尼尔就带着爱德华多离开了阿玛利亚家。果然，他们刚离开，警察局长就率部赶来了；幸好阿玛利亚早有防备，她沉着应付，让警察无功而返。罗萨斯对"统一派"青年的失踪大为恼怒，因为布宜诺斯艾利斯还没有人能逃出他的魔爪。他下令不惜一切代价搜捕逃犯。与此同时，起义队伍对布宜诺斯艾利斯发起了进攻。为了维护独裁统治，罗萨斯孤注一掷，对布宜诺斯艾利斯实行前所未有的白色恐怖。爱德华多的安全受到了更加严重的威胁。因此，阿玛利亚决定尽早与心上人举办婚礼。然而，就在新郎新娘进入洞房之际，警察包围了阿玛利亚家。丹尼尔和新郎新娘被迫拿起武器反抗，但终因寡不敌众，全部壮烈牺牲。

19世纪建立的拉丁美洲国家生产力低下，社会问题错综复杂。用玻利瓦尔的话说，"宪法如同废纸，选举即是格斗，自由等于无政府主义"。这是极权主义赖以滋生的土壤。新生的拉丁美洲国家风雨飘摇，专制制度肆虐。

和《屠场》一样，《阿玛利亚》便是罗萨斯专制时期阿根廷社会的写照。小说聚焦于1840年5月至10月期间"统一派"（民主派）与"联邦派"（集权派）的殊死搏斗。而民主派青年爱德华多的爱情故事增强了小说的悲剧色彩，同时也是小说浪漫主义倾向的重要特征。显而易见，爱德华多和阿玛利亚的爱情故事固然具有鲜明的浪漫主义色彩，令人联想到大仲马和雨果的作品，同时具有巴尔扎克的影子。用作者的话说，"小说中的人物大部分还活在人间"，"我要不偏不倚地记述他们……写成一部历史教科书"。[1]为此，作者不仅让许多历史人物粉墨登场，而且大量采用当时的文献资料，如报纸、公告等。

然而，浪漫主义作家终究难以避免主题先行，并利用人物作为其政治和艺术思想的传声筒。在《阿玛利亚》中，阿根廷社会依然是个屠场，而人物丹尼尔无疑是作者的化身。两者不仅身世、经历相仿，就连外貌、气质都如出一辙。丹尼尔的两大口号或志向是"除掉独裁""学习西方"，因此，他不赞同"统一派"明枪明刀的对抗，也不同意萨米恩托的改良主张，而是希望堡垒从内部突破。

3. 萨米恩托

多明戈·福斯蒂诺·萨米恩托的重要贡献在于明确提出了"文明与野蛮"的概念，他在类小说《法昆多：文明与野蛮》（1845）中对阿根廷社会进行了全面梳理，可谓纵横捭阖。其中既有历史事件分析，也有人物生平传略。

同时，他塑造了一个极具阿根廷色彩的人物：法昆多。这个人物既是阿根廷社会的象征，又活生生地体现了军阀混战时期胜者为王的历史逻辑。他通过征战和杀戮停止了军阀割据，控制了大局，却不幸遭遇暗杀，胜利成果落入他人之手。

与此并行的一条线索却是全书的关键：代表文明的城市和象征野蛮的农村。两者水火不容，却又矛盾地并存。而独裁者是一切寡头、军阀的集中体现，因此是野蛮的最高象征。

作者坚信只有文明战胜了野蛮，阿根廷和整个拉丁美洲才能真正独立，并获得新生。作者的偏颇显而易见，但他对拉丁美洲现实的判断并非完全没有道理。20世纪拉丁美洲"大地小说"很大程度上继承了他的思想，尽管表现方式发生了改变。

4. 其他作家

维森特·菲德尔·洛佩斯（1815—1903）是和埃切维里亚同时代的浪漫主义作家。他的长篇小说《异教徒的新娘》创作于19世纪30年代，发表于1854年。这是一部历史小说，但充斥着作家的现实观照；其中涉及种族关系、国家关系、政教关系、教派关系，以及殖民地时期秘鲁的重要历史事件等。虽然主要人物及其情感纠葛纯属虚构，但小说的主要背景材料大都有案可稽。

如果说阿根廷是拉美或西班牙语美洲浪漫主义小说家比较集中的国度，那

---

① Mármol: *Amalia, palabras del autor*, Montevideo: Imp.Uruguayana, 1851, p.1.

么岛国古巴同样充满浪漫主义气息。由于仍在西班牙殖民者的统治之下，古巴作家大都更为直接地举起批判的武器。因此，在大量诗作遮蔽的间隙出现了苏亚雷斯·伊·罗梅罗（1818—1878）这样的小说家。他的长篇小说《弗朗西斯科》（1838）以反对奴隶制，揭露西班牙殖民者为主要内容，同时描绘了岛国的风土人情。由于作品具有明确的政治倾向性，其中的风俗描写也就被冲淡了许多。

（二）后期浪漫主义或感伤主义

囿于独立战争结束后长时期的军阀混战和专制统治，拉丁美洲文坛在接受欧洲文学时产生了一定的时间差。而正是这一时间差，让浪漫主义、感伤主义、现实主义（或批判现实主义）和自然主义在拉丁美洲得以一定程度地重叠和交叉。因此，当阿根廷浪漫派尚在如火如荼的反独裁斗争中前赴后继时，哥伦比亚作家豪尔赫·伊萨克斯（1837—1895）却在哥伦比亚高原构思其哀婉动人、一步三叹的感伤主义小说《玛丽亚》（1867）了。

哥伦比亚青年埃弗拉因少小离家，到波哥大攻读医学。六年后，他学成回来，发现表妹玛丽亚已经出落成亭亭玉立、楚楚动人的美丽姑娘。埃弗拉因的父亲是位和蔼可亲的大庄园主，母亲慈祥善良。他们为儿子感到骄傲，同时视玛丽亚为己出。两个年轻人更是形影不离，谁见了都觉得是天生的一对。

然而，"天有不测风云，人有旦夕祸福"，正当这对情投意合的青年坠入爱河时，玛丽亚病倒了。原来，她遗传了母亲的疾病——癫痫。埃弗拉因痛心疾首，他的父母也是忧心忡忡。他们一方面替玛丽亚担心，另一方面又不免为儿子捏一把汗：毕竟玛丽亚的母亲便是因为癫痫病发作早早离开人世的，如今玛丽亚花样年华竟也遗传了这种疾病。为了让儿子暂时离开玛丽亚，埃弗拉因的父母决定将儿子送往伦敦继续深造。这正中埃弗拉因下怀，他想遍访伦敦名医，待医术精进后亲自为玛丽亚治病。两天后，玛丽亚病情好转。一对恋人仍然依依不舍。为了治好玛丽亚的疾病，埃弗拉因毅然决然地启程前往伦敦。到达伦敦后，埃弗拉因天天盼着父母和心上人的来信。

如此鸿雁往来，日子一天天过去，玛丽亚的病情日渐加重。但是，为了不影响恋人的学业，玛丽亚始终忍痛隐瞒、报喜不报忧。眼看玛丽亚将不久于人世，埃弗拉因的父母发急信给儿子，请他火速赶回。埃弗拉因深知大事不妙，便急匆匆踏上了回程。而恋人将归的消息使玛丽亚回光返照般精神起来，她期待着埃弗拉因回到身边。然而，天不假时，玛丽亚终究没能等到恋人的归来，生命垂危之际不停地呼唤着恋人的名字："埃弗拉因……埃弗拉因……"埃弗拉因万万没有想到等待他的竟是玛丽亚的丧事。他信誓旦旦说好了要亲自治愈玛丽亚，如今却是天人相隔。埃弗拉因顿时昏了过去。他清醒后，姐姐按照玛丽亚的嘱托，将后者最后的思念描述了一番，端的是如诉如泣、令人泪奔。

作为西班牙语美洲感伤主义的杰作，《玛丽亚》无与伦比。它不但进入了哥伦比亚的中学教科书，而且被好莱坞搬上银幕，成为19世纪拉美文坛的神话。长期以来，作品以规范的语言、典雅的辞藻成为现代西班牙语的范本，就连加西亚·马尔克斯也称其为拉丁美洲最伟大的小说。

小说为了烘托爱情悲剧，把环境描写得美轮美奂。庄园主——埃弗拉因的父亲对属地居民（实际上是半农奴性质的雇农）和蔼可亲，见了人家的孩子会夸奖一番，知道哪家有红白喜事也会第一时间送上一份礼金。于是，人们安居乐业，社会和谐幸福，俨然一个世外桃源。所有这一切都是为了衬托俊男美女的爱情悲剧，而且这一悲剧实乃命运使然、造化弄人。

作家在表现人物内心方面倾注了大量笔墨，渲染恋爱中的姑娘如何度日如年，铺陈恋人们天各一方如何睹物思人、悱恻缠绵，并配以百合的纯洁、花朵的凋零、溪水的低吟、寒鸦的聒噪等象征的辅助。世界文学史上，除了我国的《梁山伯与祝英台》，莎士比亚的《罗密欧与朱丽叶》等极少数爱情悲剧，几可谓再无作品堪与媲美。

第三节　风俗主义

与浪漫主义不能截然割裂的是风俗主义。由于特殊的社会历史情境和文学文化因素，西班牙语美洲的浪漫主义和风俗主义常常被混为一谈。本著无意于对此进行分门别类、不相杂厕的厘清，而是大致将那些侧重于风俗描写的作品归入风俗主义。

这就得从拉丁美洲的另一端——墨西哥说起。在墨西哥，我们没有见到阿根廷那样具有鲜明浪漫主义特征的小说，却看到了另一种以描写风俗见长的作品，譬如伊格纳西奥·马努埃尔·阿尔塔米拉诺（1834—1893）的《克莱门西娅》（1869）和《蓝眼盗》（1886[①]），马努埃尔·帕依诺（又译曼努埃尔·派诺，1810—1894）的《魔鬼的别针》（1845）、《情景中人》（1861）和《寒水岭大盗》（又译《寒水岭匪帮》，1889），等等。

当然，我们也不能忘了智利作家布莱斯特·加纳（1830—1920）的《马丁·里瓦斯》（1862）以及南锥体国家的高乔传说等。

（一）阿尔塔米拉诺

阿尔塔米拉诺的《克莱门西娅》写克莱门西娅的爱情悲剧。故事以19世纪60年代法国入侵墨西哥为背景。女主人公克莱门西娅出生在墨西哥第二大城市瓜达拉哈拉的绅士家庭，长大后在闺蜜伊莎白尔家中结识了两位驻扎在本

---

① 实际首版时间为1901年，系遗作。

城的共和军青年军官。在与这两位军官的接触中，她和女友同时爱上了其中的一名军官——弗罗雷斯，而后者中意的却是伊莎白尔。爱情上落败的克莱门西娅恼羞成怒，开始设计报复，最后当然是两败俱伤，以至于她良心发现，怀着歉疚进了修道院。小说情节生动，却并未摆脱一般言情小说的套路。

　　同样，阿尔塔米拉诺的另一部小说《蓝眼盗》也没能跳出通俗小说的窠臼，尽管小说的副标题是"1861 至 1863 年墨西哥生活逸事"。作品描写了四个人物的爱情故事：在一个叫亚乌特贝克的墨西哥山区，出身印第安人家庭的华雷斯当选总统。铁匠尼古拉是镇上的一个小作坊主，他爱上了漂亮的姑娘玛蕾拉，却遭到了后者的拒绝。与此同时，一个叫蓓拉的女孩一直暗恋着尼古拉，尽管尼古拉对此一无所知。这时，山区来了一个土匪团伙，他们经常明火执仗地打家劫舍。为首的人称"蓝眼盗"，他生性残暴，是个杀人不眨眼的混世魔王。一天，"蓝眼盗"来到小镇，对玛蕾拉一见钟情，便经常送给她一些珠宝首饰。玛蕾拉爱慕虚荣，终与"蓝眼盗"私奔而去。这使尼古拉深感绝望。这时，善良的蓓拉终于鼓起勇气向他表露了爱情，于是二人结婚生子，过上了幸福生活。另一方面，"蓝眼盗"被官兵捕获，并送上了绞刑架。刑场上，玛蕾拉因惊恐而发疯，并很快一命呜呼了。玛蕾拉和"蓝眼盗"的情感悲剧具有浪漫特征，但骨子里却是情节取胜法。作者对印第安人（包括总统）的褒奖固然印证了作者自身的印第安血统，但描写多少有些牵强，甚至不乏标签化色彩。华雷斯当选有一定的偶然性，其直接原因是反独裁斗争的胜利，而印第安人和印欧混血儿正是华雷斯战胜大地主、大资本家，赢得胜利的社会基础。

　　（二）帕依诺

　　从 1845 年到 1889 年，帕依诺的三部小说时隔四十余年。其中，《情景中人》是一部典型的风俗小说，背景为殖民时期，但有关人物及其风俗却是相对恒定的：父子关系、西班牙人和土生白人关系、西班牙人及其后人与印第安人关系和墨西哥的风土人情，是小说着力表现的内容。非此即彼、黑白分明的浪漫情怀和爱情描写淡出了作者的笔触。

　　与之不同的是带有喜剧色彩的《魔鬼的别针》和情节跌宕起伏的《寒水岭大盗》。后者被认为是一部通俗小说。作品取材于 19 世纪上半叶发生在墨西哥的政治丑闻：总统助理亚涅斯竟是隐藏在总统府的强盗头子。司法部门费尽周折，才将其捉拿归案。因此，早在 19 世纪 50 年代，便有人以此事件为题材进行文学创作。时隔多年，帕依诺应出版商之邀，重新演绎了这个故事。小说从一则震惊朝野的新闻报道写起，倒叙了江洋大盗的神秘经历。小说人物众多，情节复杂，却无意间展现了 19 世纪墨西哥复杂的社会关系和丰富的风土人情。

　　与帕依诺大同小异的有路易斯·英格兰（1816—1875）等作家。英格兰的长篇小说《长伯林纪事》（1860）和《机灵鬼》（1865）等，大都撷取农村生活作为主要题材，故而被称为墨西哥农村生活的风俗画。

（三）布莱斯特·加纳

智利作家布莱斯特·加纳的代表作《马丁·里瓦斯》，吸收了批判现实主义方法，塑造了两个典型人物——马丁·里瓦斯和丽奥娜。他们是智利乃至拉丁美洲新兴力量的代表。

马丁·里瓦斯是一个贫穷的外省青年。父亲为了让他完成大学学业，不得不将他托付给暴发户达马索。从此，马丁·里瓦斯在首都开始了寄人篱下的生活。达马索的儿子奥古斯丁是个花花公子；女儿丽奥娜美丽聪慧，但骄傲得像个公主。马丁·里瓦斯凭借聪明勤奋，成为达马索的得力助手。正是由于马丁·里瓦斯的帮助，奥古斯丁在一起具有诈骗性质的美人计中逃过一劫。同时，马丁·里瓦斯还搭救了一个叫作埃德米拉的女孩。此后，他勇敢地投身旨在民主革新的政治斗争，并被捕入狱，却以自己的优秀品格和出众才智获得了丽奥娜的爱情。其实马丁·里瓦斯也一直深爱着丽奥娜，但碍于门第之见未有半点表露。起义前夕，他鼓足勇气，给心上人写了一封求爱信。战斗中，他再次被捕，并沦为死囚犯。在这危急时刻，丽奥娜向他表达了纯洁无私的爱情。她放下架子，冒着身败名裂的危险，千方百计营救心上人。最后，她收买了看守，帮助马丁·里瓦斯成功越狱。随后，两人一起离开智利，逃往秘鲁。

小说刻画了一个自强不息、敢作敢为的新青年形象。他出身卑微，却无奴颜媚骨；积极向上，对理想充满憧憬，且身体力行，甚至不惜以身殉国。相形之下，奥古斯丁却是个十足的公子哥儿，既没有理想，也缺乏担当。而丽奥娜象征着希望，她可以改变自己，也可以给他人带来改变，一如但丁《神曲》中的贝亚特丽齐。因此，《马丁·里瓦斯》是这一时期西班牙语美洲小说中最为复杂的一部。它很难被简单归类，说浪漫小说固可，谓写实小说亦非不能。但正因为它兼容并包，而且对智利风俗多有独到表现，这里姑且视它为风俗小说。

（四）托马斯·卡拉斯基亚

托马斯·卡拉斯基亚（1858—1940）是哥伦比亚风俗主义作家，其《芒果西蒙》（1890）、《家乡的果子》（1896）、《孤魂》（1896）、《月隆坡侯爵夫人》（1926）等长篇小说，展示了百余年间哥伦比亚的风土人情和社会形态。这些小说犹如哥伦比亚的风物志，竭尽铺张地展示了哥伦比亚的物产和人文历史风貌。

《月隆坡侯爵夫人》写一个叫芭芭拉的姑娘的故事。十六岁主持家务，并开矿炼金，逐渐成为巨富，被西班牙国王册封为侯爵夫人。然而，她嫁了个无赖丈夫，结果财产被席卷一空。芭芭拉不堪打击，导致神经错乱。待她晚年恢复神志时，哥伦比亚已经独立，并进入了共和国时代。

（五）其他

除却上述小说，长篇叙事诗《浮士德》（1866）、《马丁·菲耶罗》（1872—

1879）和《塔巴雷》（1886）等，皆可算作广义的风俗小说。

（六）高乔小说

至于高乔小说，则是典型的风俗主义小说。所谓风俗主义，很大程度就是高乔小说的一个代名词。

顾名思义，高乔小说是以高乔人的生活为题材的。高乔人大多分布在南美洲潘帕斯草原，属印欧混血人种，讲西班牙语，信天主教，却保留了较多印第安文化传统。他们主要从事畜牧业，习惯于马上生活，生性彪悍勇武，曾在19世纪初叶的拉丁美洲独立战争中发挥了重要作用。

《马丁·菲耶罗》是一部知名度颇高的高乔史诗；有关高乔人生活、斗争的小说虽然数量不少，但影响却逊色得多。

第一部以高乔人为题材的小说是阿根廷作家爱德华多·古铁雷斯（1853—1890）的《胡安·莫雷拉》（1879）。作品以真人真事为蓝本，写一个为军阀效力的高乔骑士。此人在警察追捕、险象环生的逆境中如入无人之境。小说不仅夸大了高乔人的武艺，而且改变了高乔人的话语方式。值得肯定的是，小说对高乔人生活和风土人情的描写如新闻报道般逼真。

同样，爱德华多·迪亚斯（1851—1921）作为乌拉圭的第一位小说家，义无反顾地将笔触伸向了高乔人，创作了《伊斯迈尔》（1888）、《光荣呼声》（1893）、《孤独》（1894）等小说。其中前两部写乌拉圭独立战争，后一部写高乔人。在《孤独》中，高乔人的生活充满野性，他们用本能抵抗蛮荒，用骁勇铸造生活。

另一位高乔小说家哈维尔·德·比亚纳（1868—1926）先后发表了一系列有关高乔人生活的小说，如《原野》（1896）、《高乔姑娘》（1899）、《干柴》（1911）、《玉月》（1912）等等。这些作品显然更为客观，除了描写草原风俗，笔触直抵高乔人的生存困境，流露出左拉式自然主义倾向。

后期还有一些南锥体国家作家如贝尼托·林奇（1885—1951）等，以不同方式表现高乔人及其生活状态，但鲜有成就突出的，直至后者的《掘骨头英国佬》（1924）和吉拉尔德斯（1886—1927）的《堂塞贡多·松布拉》（1926）[1]"横空出世"。

《掘骨头英国佬》写一名年轻的英国科考人员与高乔姑娘的凄美的爱情故事：英国科考青年来潘帕斯大草原挖掘古印第安人遗骸，与所雇帮工的女儿产生了感情。但是，科考工作结束后，英国青年决绝地离开了草原，致使高乔姑娘痛不欲生，遂以身殉情、悬梁自尽。作者假借科考队员的眼睛，目睹了潘帕斯草原的奇特风景和高乔人的独特生活。

---

[1]　详见第六章"第三节　先锋小说与大地小说"。

第六章　西班牙语美洲现代主义

19 世纪末 20 世纪初的西班牙语美洲现代主义，指以卢文·达里奥为代表的唯美主义诗派。受此影响且惯性使然，西班牙语美洲小说掀开了新的一页，其间流派更迭、思潮纷涌。

首先是世纪之交的骚动，而后是土著主义和世界主义之争。这为后来的"文学爆炸"奠定了基础。

第一节　世纪之交

除了是滋生现代主义诗潮的土壤，西班牙语美洲还于 19 世纪末几乎同时迎来了批判现实主义和自然主义。其时，许多小说家尚未从浪漫主义和感伤主义中摆脱出来，故而大抵对它们采取了兼收并蓄、不加区分的态度。

墨西哥小说家何塞·洛佩斯·波利略（1850—1923）、德尔加多（1853—1914）和拉巴萨（1856—1930）等，就曾无视自然主义与批判现实主义的差异，非但将巴尔扎克和左拉相提并论，而且既想成为"书记"又不放弃"实验"。

当然，例外并非没有，竭力鉴别两大流派，虔心推崇自然主义的亦不乏其人。费德里科·甘博亚（1864—1936）便是其中一个。他定左拉为一尊，而且"从一而终"，无怨无悔，坚信自然主义能独步天下，冠乎始终。

无奈浪漫主义尚未寿终正寝，现代主义已悄然崛起，整个拉丁美洲文坛的焦点集中在浪漫与现实、传统与创新的较量上，加之在多数小说家笔下批判现实主义和自然主义并行不悖，相得益彰，因此，无论个别自然主义作家如何摇旗呐喊，自然主义都难以一统文坛、独擅胜场。

一　何塞·洛佩斯·波利略

何塞·洛佩斯·波利略生于墨西哥第二大城市瓜达拉哈拉，是该城的世家子弟，其同名曾孙后来还当上了墨西哥总统。

洛佩斯·波利略青年时期在墨西哥城攻读法律，但未及毕业便放弃了学业，投身于文学创作。为寻求"文学真谛"，遍游英、法、意、西等欧洲国家，得到狄更斯、巴尔扎克、左拉、加尔多斯、佩雷达等批判现实主义和自然主义作家的"真传"。回国后获得律师资格并跻身政界,先后出任州长、外交部部长等职,同时坚持文学创作,以此针砭时弊、鞭笞世风。主要作品有长篇小说《土地》(1898),短篇小说集《六则传说》(1883)、《短篇小说集》(1900)等。

《土地》被认为是其代表作。小说注重人物描写,事件和环境也勾画得细致入微,颇具大家风范。尤其难能可贵的是,作家"吃透了"巴尔扎克,认为客观是小说的关键,"只要把周围生活原原本本、仔仔细细地记录下来就可以了"[①]。

二 拉法埃尔·德尔加多

拉法埃尔·德尔加多出生在威拉克鲁斯的科尔多瓦城,父母笃信天主教。他自己进过教会学校,大学毕业后一直在奥里萨巴从事教育工作。一生清心寡欲,淡泊安宁。

从他发表第一部小说《我孤独的人生》(1879)起,就表现出不厌其烦的细针密缕,并俨然以"社会医生"的姿态对时世痛下针砭。他的其他长篇小说有《云雀》(1891)、《安赫利娜》(1895)等,此外,还有短篇小说集《富亲戚》(1903)和中篇小说《庸俗故事》(1904),但总体上反响平平。同时,他还发表过诗集、剧本和散文集等。

三 埃米利奥·拉巴萨

埃米利奥·拉巴萨,和洛佩斯·波利略、拉法埃尔·德尔加多齐名,被认为是墨西哥现实主义小说的三巨头之一。

他当过律师、记者和议员,主要写过四部小说:1887年的《球》和《大学问》,1888年的《第四权力》和《假币》。这四部小说又被统称为"墨西哥小说"。在第一部小说中,拉巴萨以真实事件为蓝本,描写了一次农民起义。第二部小说是写政界的,作品对墨西哥政客的所谓从政之道进行了大胆揭露,使政界不安、读者震惊。《第四权力》和《假币》又回到了最初的题材,但笔触更加老辣,叙述更加精细。与此同时,拉巴萨在《宇宙报》上连载了一部小说,历时数载,直到他去世尚未结束。

四 费德里科·甘博亚

费德里科·甘博亚自称是西班牙语美洲"最纯粹"的自然主义作家。由于出身贫寒,从小便知生活艰难、世态炎凉,决计依靠自学获得文化知识与社会地位,后来果然出人头地,历任外交文秘、大使、部长等职。

---

① Emmanuel Carballo: *Novelas de López Portillo*, México: UNAM, 1956, p.3.

文学创作方面，甘博亚效法左拉和龚古尔兄弟，先后写出了短篇小说集《本性》（1888），长篇小说《外表》（1892）、《最高法则》（1895）、《变形记》（1899）、《圣女》（1903）、《征服》（1908）和《溃疡》（1910）。此外还著有剧本、日记等多种。

《圣女》是他的代表作，与《娜娜》如出一辙。甘博亚把墨西哥当作一个实验室，以钻研性和遗传的"学问"，从而把那些历来为正人君子避之藏之、讳莫如深的事实一一搬到了显微镜下。在这些事实中，首要的是令人谈之色变却又无处不在、无时不有的纵欲与卖淫。

《圣女》写一个天真纯朴的农村少女进城后沦为娼妓的故事。女主人公离开家乡，独自到墨城谋生。可是偌大都市、茫茫人海，竟没有一人向她伸出救援之手。善者对她漠然相向，更多的则是拿她寻欢作乐。因生活所迫，她堕落了，但良知未泯，几次欲逃离火坑、摆脱泥淖。然而，一只只无形的手拖住了她。数年后，她身心交瘁体力衰竭、人老珠黄风韵无存，被老鸨一脚踢出娼门。她贫病交加，孤立无援，弥留之际，只有一个双目失明的乞丐在她身边，替她演奏那支令人心碎的安魂曲。

主人公之所以落到这步田地，原因之一是："在她的血脉里涌动着她曾祖父的那注肮脏的潜流。"虽然甘博亚囿于当时的时尚和认知，用当时的眼光，从遗传学和生理决定论的角度指出了卖淫现象得以存在的一个潜流，但从不否定这个潜流得以迸发并畅通无阻的根本原因是社会的腐化。为了真实地再现社会的腐化或腐化的社会，甘博亚对墨西哥城进行了深入细致的调查研究，发现在这个号称拉美文化中心的大都市不仅妓院多于教堂，妓女多于修士，而且连教会本身也早已被那些只知道偷鸡摸狗的神父和不干不净的修女玷污。

《圣女》的故事就是在这样一个腐朽没落的社会环境中展开的。读者固然可以认为女主人公的一生并不光彩，却不能不同情她，为她流泪。因为她是腐朽社会的牺牲品，是墨西哥这个庞大的妓院中唯一试图自救的"圣女"。墨西哥有句俗语："知耻是神圣的。"因此，"圣女"这名字恐怕不完全像通常所理解的那样是对女主人公的讽刺。它寄托了作者对她的同情、怜悯甚至于敬意。

此外，黑暗构成了小说的主要布景。夜幕下，墨西哥城揭去了面纱，露出了真相。作者对市民的夜生活做了细致入微的记录。在这个黑暗世界里，唯一的明眼人是盲人伊波利托。

诚然，自然主义的通病是表现丑与恶、性与色的过度，甘博亚也不例外。[①]

---

① 他的另一部小说《变形记》就因为描写一个耽于肉欲的修女的荒淫生活而遭到教会的强烈抗议。

五　其他作家

同一时期，重要的现实主义或自然主义作家，还应当包括安赫尔·德·坎波（1868—1908）、维克托里亚诺·阿尔瓦雷斯（1867—1931）。前者笔名嘀克嗒克（或米克罗斯），作品繁多，被甘博亚称为"墨西哥的狄更斯"；后者擅长捕捉奇闻逸事，是当时最受欢迎的小说家之一。

其他现实主义或自然主义作家还有：曼·桑切斯·马莫尔（1839—1912）、拉法埃尔·塞尼塞罗斯（1855—1933）、波菲里奥·帕拉（1856—1912）、萨尔瓦多·科尔德罗（1876—1951）、罗德里格斯·贝尔特兰（1866—1939）、胡安·马特奥斯（1831—1913）、伊雷内奥·帕斯（1836—1924）、赫里贝托·弗里亚斯（1870—1928）、曼努埃尔·圣胡安（1864—1917）、萨尔瓦多·克维多（1859—1935）等等。

当时，浪漫主义固然已经盛极而衰，但浪漫主义小说还时有出现，譬如胡斯托·西埃拉（1884—1912）、佩德罗·卡斯特拉（1838—1906）的某些作品。

同时，现代主义诗人中虽然也有写小说的，但绝大多数是诗作。少数诗人如古铁雷斯·纳赫拉（1859—1895）、阿马多·内尔沃（1870—1919）等写过小说，有的甚至主攻小说，如卡洛斯·迪亚斯·杜弗（1861—1941），但总体上没有留下值得称道的作品。即便如此，他们或受他们影响的作家如阿尔贝托·勒杜克（1867—1908）、何塞·贝纳尔多·科乌托（1880—1901）和西罗·塞巴略斯（1873—1938）等，在形式创新和心理描写方面，对后来的小说产生了一定的影响。

第二节　革命小说

1910年至1917年的墨西哥革命，是在这个国家资本主义的发展受到迪亚斯独裁统治严重阻碍的历史条件下爆发的。它是阶级矛盾和民族矛盾激化的产物。迪亚斯在墨西哥实行了长达三十余年的独裁统治，并逐步以"贵族政治"取代了华雷斯总统的"贫民政治"，使该国的两极分化达到了无以复加的地步。由于政策上的严重倾斜，曾遭"土改运动"重创的封建庄园制体系迅速恢复；天主教极端势力也猖獗起来，他们一方面和大庄园主沆瀣一气，肆无忌惮地掠夺土地资源，另一方面又以其惯用伎俩，对城乡民众实行精神奴役。

与此同时，法、英等国在墨西哥的投资大幅度递增。而外国资本主义国家的参与，并不意味着墨西哥城乡封建主义生产方式的终结。恰恰相反，外国资本家和封建大庄园主相互勾结，竭力保持墨西哥的落后状态。在一些外国资本家开设的工厂或种植园里，名义上的雇佣工实际上与封建大庄园里的奴隶毫无差别。对于寻找廉价原料和劳动力的外国投资者来说，迪亚斯时期确实是一个"黄金时代"。迪亚斯依靠"洋务派"（又称"科学家派"）和"贵族"政客，对外资大开方便之门，全然不顾民族利益。这样，到 20 世纪初，法、英、美等国几乎控制了墨西哥的全部轻重工业和交通运输业。

在迪亚斯独裁统治的庇护下，国内外反动势力气焰日盛、不可一世。于是，1910 年墨西哥革命爆发前夕，全国百分之九十以上的农民失去了土地。然而，物极必反，墨西哥人民终于拿起了武器。

在这场惊天地泣鬼神的人民革命中，民族资产阶级由于过分弱小而未能始终处于领导地位，农工（主要是无地农民）由于阶级局限（盲动性、狭隘性等等）也只能充当炮灰，代表大庄园主利益的反动军阀后发制人，并最终独擅胜场。

墨西哥革命小说，顾名思义，是这场性质复杂、鱼龙混淆的八年内战（其实还有美国的干涉）的一面镜子。在墨西哥革命小说中，历史第一次以其自身的力量存活于艺术世界。墨西哥作家从此不再需要假借或模仿欧洲的文人、主义，以证明自己的文学价值或给自己的文学作品定位。从这个意义上说，墨西哥革命小说是对墨西哥小说传统的决裂。

前面说过，现代主义，乃至先锋派诗潮盛行之际，墨西哥小说几乎还沉浸在浪漫主义的风花雪月之中。浪漫主义小说家帕依诺充满理想主义色彩和风俗主义表演的《寒水岭大盗》以几近每年重印一次的巨大能量吸引着墨西哥读者。至 1910 年墨西哥革命爆发，《寒水岭大盗》累计发行了百余万册。这在当时是个天文数字，开创了墨西哥出版史上的新纪元。

所以，墨西哥革命伊始，包括浪漫主义遗风在内的几乎所有文学模式，不是不屑于，便是惶惶然不知所措。且不说一贯超然物外的现代主义诗人，就连代表新文学思潮的现实主义和自然主义作家，也纷纷扮演起了秩序的卫道士，而视革命为洪水猛兽。

不过，随着形势的发展、独裁者的垮台，相当多的作家、诗人卷入了纷争。于是，作家队伍迅速分化。以前浪漫主义作家胡斯托·西埃拉为代表的"贵族派"文人引导"青年诗会"，进行所谓"墨西哥精神"的形而上学探索。虽然"青年诗会"并非清一色地都站在人民革命的反面，但至少在革命初期，它是完全采取逃避主义态度的。与此相反，多数作家声援革命，有的甚至投笔从戎、奔赴前线。

一　马里亚诺·阿苏埃拉

马里亚诺·阿苏埃拉（1875—1952）无疑是墨西哥革命时期最具影响的小说家之一。他生于哈利斯科州的一个商人家庭，曾在故乡瓜达拉哈拉医学院学习，毕业后成为乡村医生并开始文学创作。他穿村走寨，目睹了百姓的疾苦。

1907 年，他的第一部小说《马丽亚·路易莎》问世。此后他又接二连三地发表了《失败者》（1908）、《莠草》（1909）和《无情》（1910）等。在这些早期作品中，阿苏埃拉以鲜明的自然主义色调描绘了哈利斯科农村的颓败，表现了他对现实的强烈不满和对穷苦农民的深切同情。应该说，左拉在他的这些作品中留下了深刻的印记。

革命爆发后，阿苏埃拉积极参加资产阶级民主革命领袖马德罗领导的反独裁斗争，写下了《马德罗主义者安德列斯·佩雷斯》（1911）等立场坚定、旗帜鲜明的革命小说。

马德罗执政后，阿苏埃拉任哈利斯科州公共教育局局长。但好景不长。两年后，韦尔塔发动政变，马德罗下台并被暗杀，形势急转直下。面对新的独裁统治，各种民主力量奋起反抗。阿苏埃拉参加北方农民革命领袖潘乔·维亚领导的农民革命军，任主任军医。其时，各工农武装群龙无首，加上军阀林立，墨西哥开始了旷日持久的内战、混战。阿苏埃拉对此深感失望，遂创作了《卡西克》（1914）和《在底层的人们》（1916）。

《卡西克》常被解读为《在底层的人们》的一个序曲，因为它写战前和战乱之初墨西哥农民的悲惨生活，从而揭示了战争的不可避免。在这部作品中，阿苏埃拉放弃了对自然主义的效仿，笔触变得十分娴熟淋漓。他尽可能地排除了议论，而让大量对话使人物鲜活起来。地主和农民的矛盾是作品的唯一"情节"，而最终地主的残酷和农民的忍无可忍又使武装斗争顺理成章、不可逆转。

《在底层的人们》被认为是墨西哥革命小说的代表作，阿苏埃拉也因此而深孚众望。但作品发表时并未引起普遍的关注，直至战争结束，社会趋于安定，人们回过头来重新审视这场革命时，才发现这是一部难得的叙事佳作，加之它篇幅不大（约合中文十万字），很快被译成英、法、德、俄等欧洲文字，并被搬上银幕，在世界上流传开来。

小说写农民革命领袖德梅德里奥·马西亚斯的戎马生涯。在阿苏埃拉的笔下，战争显得异常残酷和混乱。革命军四处征战，伤亡惨重，但始终不清楚为谁而战、为何而战。最后，主人公假借一块从山顶隆隆滚下的巨石以象征革命的盲目和不可阻挡。

小说几乎是在照相般的客观观照中铺展开来的。德梅德里奥的原型是弗朗西斯科·维亚（即潘乔·维亚）和追随维亚的农民军。战争时期，阿苏埃拉与一些农民军领袖过从甚密。通过后者，同时也是基于作者的切身感受，人物才有了关于这场革命、战争的了悟。

对德梅德里奥而言，革命首先意味着自由自在、为所欲为的无政府主义：骑上快马，任它们自由奔腾，仿佛马蹄所及的这一片辽阔的土地已经属于他们。谁还能记得凶恶的警官？谁还会想起自己曾经是饥寒交迫的奴隶：天不亮就得扛着铁锹、背着箩筐下地干活以求用稀粥、豆糊填充肚皮？他们尽情地歌唱，放声地大笑、狂叫，在阳光、空气和无拘无束的生活中陶醉……作品基本上建立在人物对白的基础上，叙述者的介入被尽量地隐蔽起来。但无论如何，作者对墨西哥革命的悲观失望已然暴露无遗。用人物索利斯的话说，"革命就是狂飙飓风。革命者不是别的，而是随风飘荡的落叶……"革命推翻了独裁者，建立了新政府，但战争没有停息，人们仍在流血。

毫无疑问，《在底层的人们》是所有革命小说中对革命及战争描绘得最全面、最冷静的作品之一。作者虽然亲临其境，却以一个"局外人"的口吻，客观地展示了错综复杂、迅疾多变的战争场面。从形式的角度看，他的"客观主义"手法具有点彩主义成分：用松散、跳跃的架构表现对象紊乱、无序的特点。

和《在底层的人们》中的人物索利斯所表现的情绪一样，阿苏埃拉于1916年离开农民武装，退避三舍。他的另一部关于墨西哥革命的小说《苍蝇》（1918）便是此后发表的。作品具有奥罗斯科式壁画的狂放，浓墨重彩地渲染了战争的残酷与力量。第一部分写某州首府在战争初期的混乱与恐慌，笔法概括而富有涵盖力；接下来是对农民革命军一辆军用列车的近镜头观照；最后又是包容性极强的农民军兵败溃逃的情景。如果没有军用列车把开始的车站（出发）和后来的车站（败北）联系起来，小说简直是一盘散沙。

与《苍蝇》同期发表的中短篇小说，如《多米蒂洛想当议员》（1918）、《一个体面人家的苦恼》（1918），则不再具有以上作品的包容企图。《多米蒂洛想当议员》叙述多米蒂洛父子借军阀征税大发国难财，写得十分紧凑；而《一个体面人家的苦恼》似乎已经放弃了客观口吻，转而用相当主观的历史唯心主义假设政权很可能落到土匪手中。在后一篇作品中，作者的形式探索是显而易见的。作品有两个叙述者，前半部分用的是一种较为简洁明快的叙述方法，后半部分因人物叙述者塞萨尔亡故而改用相对舒缓的第三人称。有一种明显的空白横亘在两个叙述者中间，这可以说是一种突破，也可以说是败笔。

进入20世纪20年代以后，阿苏埃拉的作品逐渐与战争拉开距离，进入了创作的另一个阶段：形式探索阶段。这一阶段的主要作品有《恶时辰》（1923）、《萤火虫》（1932）等，表现出明显的先锋色彩。

二 古斯曼、罗梅洛和富恩特斯

与阿苏埃拉齐名的革命小说作家马丁·路易斯·古斯曼（1887—1976）、何塞·卢文·罗梅洛（1890—1952）、格雷戈里奥·洛佩斯·伊·富恩特斯（1897—1967）等，也从不同的角度创作了不少战争题材的文学作品。

和阿苏埃拉一样，古斯曼在潘乔·维亚领导的农民革命队伍里当过兵，打过仗，有着非凡的经历和积累。他的作品发表时间较晚，其中《鹰与蛇》发表于 1928 年,《考迪略的影子》发表于 1929 年,而有关潘乔·维亚的传记体小说则一直到 1951 年才公之于世。也许是因为时间的关系,古斯曼的作品被认为是第二阶段墨西哥革命小说的杰出代表。但是从形式的角度看,他的作品却是滞后的。无论是表现墨西哥革命的《鹰与蛇》,还是写奥夫雷贡或卡列斯的《考迪略的影子》,都没有多少先锋色彩。这与当时墨西哥方兴未艾的先锋派思潮和壁画运动的走势极不相符。当然,古斯曼的作品反映了墨西哥人民对战争的深刻反思,表现了一代文人的普遍心情:对革命的不彻底性以及革命所付出的高昂代价的深深惋惜。因此,他的作品文辞哀婉、情绪低落。

罗梅洛和格雷戈里奥·洛佩斯·伊·富恩特斯的作品就更晚。前者同样表现了对革命的失望心情,尤其充满了对最下层的人们 —— 印第安人的同情:他们浴血奋战,充当炮灰,但到头来一无所获。说到对下层百姓的同情,他的代表作《皮托·佩雷斯的无用的一生》(1938)就表现得尤为明显。作品采用传统的流浪汉小说的形式,叙述一个叫皮托·佩雷斯的人在战争时期阴差阳错的种种带有明显喜剧甚至闹剧色彩的经历。

格雷戈里奥·洛佩斯·伊·富恩特斯的主要贡献在于较早地塑造了另一位农民领袖萨帕塔的形象。富恩特斯也参加过革命,但所追随的并非潘乔·维亚和萨帕塔,而是老谋深算的卡兰萨。也许是受了萨帕塔"人格力量"的影响,也许是出于对无地农民的同情,富恩特斯几乎是站在卡兰萨的对立面来叙述农民革命者的战斗与梦想的。他的代表作《土地》(1933),讴歌了萨帕塔领导的农民武装,认为除了农民武装,其他势力都只是为了夺取政权,包括"冠冕堂皇的马德罗"。他的另一部重要作品《印第安人》(1934),则更为明确地揭示了无地农民的痛苦和他们参加革命的目的。作者的其他小说如《军营》(1931)和《我的将军》(1934)等,大都是对具体战争场面的描写,较之前面提到的革命小说没有多大的突破与不同。

三　其他作家

作为一种文学品种(题材是主要界线),墨西哥革命小说将一直延续到 20 世纪 40 年代。在长达三十余年的创作过程中,墨西哥作家几乎始终充当着不属于同一阶层的印第安人和广大贫苦农民的代言人。从这个意义上说,他们超越了自己的阶级和种族局限,充满了人道主义精神,无论对墨西哥社会还是文学艺术都产生了极其深远的影响。

革命小说的其他重要作家作品有:拉法埃尔·穆纽斯的《追随潘乔·维亚》(1931)、特奥多罗·托雷斯的《潘乔·维亚的风流与悲哀》(1924)、马乌里西奥·马格达莱纳的《马皮米 37》(1927)、哈维埃尔·伊卡萨的《潘奇托小黑子》(1928)、巴西利奥·巴迪略的《钟楼》(1929)、迪埃戈·阿雷纳斯·古斯曼的

《众议员先生》（1931）、内利埃·坎波贝略的《妈妈的手》（1937）、何塞·巴斯康塞洛斯的《风暴》（1936）和《灾难》（1937）、阿古斯丁·亚涅斯的《山雨欲来》（1947）等等。

除此之外，后来仍有不少作品是以墨西哥革命为题材或背景的。信手拈来，胡安·鲁尔福的《佩德罗·巴拉莫》（1955）、卡洛斯·富恩特斯的《阿尔特米奥·克鲁斯之死》（1962）当在此列。对于其中的一些重要作家作品，本书将在其他章节予以详释。

第三节　先锋小说与大地小说

小说与诗歌的情况有所不同。就先锋色彩而论，同时期小说未免相形见绌。虽然早在 20 世纪 20 年代，小说的先锋思潮已见端倪，但色彩较淡、力度较弱，以至于在很长一段时间之内不为世人所瞩目。何况，诗坛流派更迭，主义繁多；而小说之林却相对冷清得多。

一　先锋小说

马里亚诺·阿苏埃拉的《恶时辰》（1923）和《萤火虫》（1932）已然是两部先锋小说。它们一反墨西哥革命小说的创作思路，将叙事退到了次要地位，将"形式和情绪摆到了首要位置"[1]。

《恶时辰》通过大量"闪回"和时空交叉，打乱了事件的因果关系，使混乱的局面更加混乱，压抑的气氛显得更加压抑。小说以四个互不关联却又交叉重叠的片段，写一个叫马尔奥拉（意为恶时辰）的妓女的一生，展示了墨西哥革命前后底层人们梦魇般的生活。

《萤火虫》写两个不同人物的内心活动。开始，时空转换，场景变换，循序渐进，有声有色，但不久读者就会发现这一切都发生在丢尼西奥和何塞哥儿俩的内心世界。他俩一个在都市，一个在乡村，生活方式和思想方式迥异，但所受的冲击和压力却是相似的。作者试图通过人物心态的矛盾、病态与乖张，衬托出 20 世纪初叶墨西哥社会的腐化与颓败。

相比之下，来自诗坛的阿尔盖莱斯·维拉（1899—1974）和奥文（1904—1952）的小说要偏激许多。

维拉在与马布莱斯共同支撑怪谲主义（Estridentismo）大厦的同时，创作了

---

[1]　Luis Real: "Azuela y su obra, novela de la Revolución Mexicana", *Casa de las Américas*, La Habana: 1975, p.179.

一些不像小说的"小说",如《无主咖啡》(1926)。

而奥文则用他擅长的散文,编织了一部《云状小说》(1928)。《云状小说》,顾名思义,势如浮云,形若乱麻,既有蒙太奇式的闪回与堆砌,也有弗洛伊德式的独白与解析,是部令人费解的作品。

时至今日,仍有人怀疑维拉、奥文等怪谲主义或当代派诗人的小说,是否小说。

在先锋派思潮的裹挟下,一些出生于20世纪之初的小说家毅然决然地加入了"形式探险者"的行列。

阿古斯丁·亚涅斯(1904—1980)被认为是墨西哥小说由"古典"走向"现代"的明证。他出生于墨西哥第二大城市瓜达拉哈拉,二十二岁考入墨西哥国立自治大学文哲系研究生部,先后获文学硕士和博士学位。他虽然成名较晚,1941年才发表第一部作品,但厚积薄发、大器晚成。

他的第一部长篇小说《女人岛》(1943),含英咀华地体味墨西哥革命前后的社会生活,表现出一种非凡的超脱和冷峻,从而开创了后发制人的"亚涅斯式学院派风格"。这种风格具有明显的散文化特色,讽、比、叙、叹皆宜。

他的代表作《山雨欲来》(1947),把背景移到了墨西哥革命之前的农村,虽然写的是革命之前,却被认为是墨西哥革命小说的盖棺之作。作品没有完整的故事情节,时序被有意识打乱,笔触主要指向不同人物的内心,因此展现在读者面前的是一幅陀思妥耶夫斯基式的众生相。

雷布埃尔塔斯(1914—1976)是20世纪三四十年代墨西哥左翼组织的中坚分子,曾与壁画大师西盖罗斯等从事反政府活动并因此而多次被捕入狱。他的成名作《水墙》(1941)便是在狱中完成的。此作受苏联文艺,特别是高尔基及苏联电影艺术家爱森斯坦的影响,给墨西哥城市小说注入了新的内涵。由于作品糅进了蒙太奇等电影手法,它的描写具有明显的立体感。

他的代表作《人祭》(1943)在结构技巧方面又有了新的进展。除了重视对墨西哥社会的宏观把握以外,作品巧妙地借鉴西方意识流小说的某些惯用技巧,以展示墨西哥资产者叛变革命、卖国求荣的丑恶嘴脸。

雷布埃尔塔斯的其他作品如《上帝在人间》(1944)、《尘世》(1949),也多少具有赶潮的特点。

但是,总体上看,这些小说家的反叛是温和的,创新的力度也远不如他们的诗人同胞。倒是取法传统的大地小说,取得了不同凡响的成功。它们既传承了某些风俗主义的基因,又明显具有先锋思潮的彻底性。

二 大地小说

大地小说可谓20世纪初拉美文坛最有代表性也最为重要的小说类型。

顾名思义，大地小说是以美洲农村为其表现对象的，19世纪末已见端倪。"大地"同"城市"相对，是野蛮的象征，因此，大地小说多少传承了19世纪"文明与野蛮"这个宏大话题，却已没有浪漫主义作家怀念和向往的那种充满自然美和母爱的景物。从亚马孙河流域到潘帕斯草原，辽阔的拉丁美洲农村还是一片原始、落后、野蛮的未开发地区，同迅速发展的城市建设很不协调。大地小说作家看到了拉丁美洲社会的这种畸形发展趋势，并对它进行了真实的反映。①

大地小说作家直面拉美社会最广泛，也最复杂的社会问题，同时也更注重文学作品的社会效应，希望通过文学作品唤起人们的良知，促使有关方面改变拉丁美洲农村的落后状况。他们的作品明显地带着自然主义和先锋思潮的双重印迹，用自然主义的客观主义将他们观察到的拉丁美洲农村生活中野蛮、贫穷、落后的一面原封不动、细致入微地搬进小说，其悲剧色彩、审丑美学或极限表征，较之19世纪末的现实主义或自然主义小说更有过之而无不及。

（一）何塞·埃乌斯塔西奥·里维拉

何塞·埃乌斯塔西奥·里维拉（1888—1982）是最杰出的大地小说作家之一。他用毕生精力观察、描绘野蛮、罪恶、吃人的美洲热带丛林，自己却在世界最繁华、最"文明"的大都市纽约过早地丧命。生活和他开了个莫大的玩笑。

里维拉生长在哥伦比亚农村。大学毕业后，负责石油资源的勘测工作，嗣后又在奥里诺科森林处理哥伦比亚与委内瑞拉的边界纠纷，对哥伦比亚热带丛林有深刻的了解。他曾向有关方面反映那里的落后状况，希望它尽快得到解决和改观。但是他的呼声一直没有引起当局的重视。这勾起了他的创作欲望，决

---

① 当然，20世纪初叶，西班牙语美洲城市题材同样发展迅速，尽管其作品数量和反响远逊于农村题材。有文学史家相对"大地小说"，就曾启用"城市小说"这一称谓，谓其起源于19世纪80年代。它的创始人，据称有甘博亚、加尔维斯等。在这些现实主义和自然主义作者的作品里，城市即贫民窟，即妓院，即赌场，即丑恶；市民的形象不是淫棍便是荡妇，不是醉鬼便是赌徒，不是小偷便是乞丐，不是流氓便是骗子，不是杀人犯便是伪君子。因此，这些作品对时代和社会的攻击是猛烈的，情调是悲观的。

20世纪20年代后，资本主义制度已经确立，资产阶级由上升走向没落，拉丁美洲城市社会的阶级矛盾发生了变化，城市小说因此也有了新的发展。其重要标志是上层社会代替了贫民窟，资产者代替了乞丐。因此，揭露资产阶级投机家和冒险家的丑恶嘴脸，成了拉丁美洲城市小说的必然取向。它们把这城市描绘成庞大的交易所，在那里，银行家、企业家、矿山主钩心斗角、尔虞我诈。此外，中小资产阶级形象也开始进入小说。他们有性格，有思想，但这并不能改变他们的悲惨命运和内心痛苦，他们是被生活任意摆布的"小人物"。

这一时期城市小说的代表，如阿根廷作家罗伯托·阿特（1900—1942）的《七个疯子》（1929）、《小驼子》（1933）等，对西班牙语美洲文学的发展有一定的影响，但它并非当时西班牙语美洲文坛最引人注目的小说类型。

心把所见所闻及有关拉丁美洲热带丛林的生活体验写成文学作品，以便让更多的人认识这个被文明遗忘的角落。于是著名的《旋涡》（1924）诞生了。

《旋涡》写青年诗人高瓦在哥伦比亚-委内瑞拉热带丛林的惊险遭遇。高瓦和情妇阿丽西亚私奔，来到卡桑那雷草原。后来高瓦为奴隶贩子巴雷拉所骗，进入热带丛林，与阿丽西亚失去联系。为寻找阿丽西亚、追踪巴雷拉，高瓦历尽艰险，在林莽中愈陷愈深。最后情妇找到了，仇人杀死了，他也被林莽吞食了。

小说开始写得从从容容，故事情节和哥伦比亚草原在人物足下徐徐展开。里维拉好整以暇地描写了草原的黎明与风暴、暮色与牛群……突然他笔锋一转，把读者引入可怕的热带丛林。那里瘴气弥漫，腐臭冲天，豺狼出没，强人横行；那里藤蔓用触须缠住树木，将它们扭曲；蚁冢喷吐出亿万只蚂蚁，任它们吞食一切、摧毁一切：

> "老天爷啊！食肉蚁！"
>
> 于是他们只想逃走。他们宁可让水蛭咬，都跳到池沼里，让止水淹过了他们的肩膀。
>
> 他们在那儿瞅着第一批食肉蚁成群结队地飞过。好像是远处大火里撒出来的灰烬，逃跑的蟑螂和甲虫蔚为云霾，疾卷到水面之上，而岸边上的蜘蛛和爬虫也越聚越密，迫使人们泼着臭水，阻止虫豸向他们跑来。一阵继续不断的震颤激荡着大地，好像林莽里的草木正在沸腾。从树干和树根下面袭来了嚣张的侵略者：一团黑污在树木上铺张开来，像流动的外壳似的裹住树干，毫不容情地爬上去折磨树枝，蹂躏鸟巢，塞满隙缝。一只睁大眼睛的鼬鼠，一只磨磨蹭蹭的蜥蜴，一只新生的老鼠——这些个都是那蚂蚁大军所垂涎的活点心。蚂蚁发出尖锐的磨牙切齿的声音，从骨头上剥下肉来，就像溶解的酸素一般迅速。
>
> 这些人的苦难要延续多久呢？下巴以下的身体都埋在黏糊糊的水里，他们用诚惶诚恐的眼睛，望着一群群的敌人纷纷飞过，飞过，又飞过。可怕的时刻啊，他们在这样的时刻里把慢性折磨的苦水吮之又吮，尝尽了此中的苦味！当他们认为最后一群蚂蚁终于疾卷着远去了的时候，他们挣扎着要从水里走出来；可是他们四肢麻木，衰弱无力，无法从泥泞中挣脱出来。泥泞已经把他们活埋了。[1]

然而，这些并非里维拉要向读者叙述的一切，他更要告诉人们的是，在这

---

[1]　里维拉：《旋涡》，吴岩译，上海译文出版社，1981年，第240页。

个自然背景上建立起来的人间地狱：橡胶园主对工人残酷的压迫、奴役和摧残。作家通过高瓦追踪巴雷拉这一线索，展示了橡胶工人备受剥削者和大自然蹂躏折磨而哀告无门的悲惨命运。橡胶工人大都是印第安人和被骗来的雇工。由于橡胶园主把工钱定得很低，他们辛劳一天，还不够支付他们在园主的赊账商店取得的工具和食物。所以，他们几乎毫无例外地沦为债役制奴隶，被终身监禁在这绿色的地狱。本人死了，债务由子女承担。园主、监工任意克扣工人的工资，霸占工人的妻女，生杀予夺。茫茫林海，工人插翅难逃，有的便心一横喝下胶乳，以死抗议吃人的世界，活着的则面对死神默默挣扎：

> ……我们用牙齿和砍刀互相厮杀，大家争夺的橡浆里溅上了鲜红的血。但，我们的血液给树液增加了分量，那又有什么不好呢？监工要求每天交十公升的橡浆，何况鞭子又是永不饶人的重利盘剥者！
>
> 在我邻区干活的人死于热病，那又有什么呢？我看见他摊开四肢躺在堆满落叶的地上，摇动着身体，竭力想赶走那不让他安静地死去的苍蝇。明天我就要离开这里了，被那臭气赶到别处去了。可是我要偷走他所采集的橡浆，这样我的活儿就可以轻松一点儿。我死的时候，他们也会这样对待我的。我这个从来不偷窃的人，哪怕为了赡养双亲也不偷窃的人，却决定为了压迫我的人而尽可能偷窃！
>
> 当我把卡拉纳的空心茎绕在那湿淋淋的树干上，让树木的苦泪流进杯子里去的时候，保护树木的、密如乌云的蚊蚋都来吸我的血，而森林里的瘴气又使我两眼蒙眬。树木和我，就是这样受着不同的痛苦，面临死亡而眼泪涟涟；树木和我也都在挣扎奋斗，直到灭亡为止！ [①]

残酷的现实扭曲了人性。工人们为了完成任务而相互攘夺、厮杀，就连文弱的主人公也渐渐地变得粗暴、冷酷。他学会了斗殴、复仇和杀人。他的神经受到很大的刺激，常常为噩梦所缠。最后他甚至不再热爱生活，吟起死亡的颂歌。

这里只有弱肉强食的森林法则，哪儿有什么离群索居的诗篇！

同是热带丛林，同是奥里诺科，在另一位哥伦比亚作家桑-佩雷斯·特里亚纳笔下却全然是另一番景象。早在19世纪，特里亚纳就对这一地区做过描写，他是这样说的：

> 这一带给人的印象首先是它那令人陶醉的景物：阳光透过茂密的

---

① 里维拉：《旋涡》，吴岩译，上海译文出版社，1981年，第216—217页。

枝叶，显得格外妩媚温柔。置身这个世界，就像置身装上了五彩缤纷的圆花窗的大教堂——参天大树令人想起她那轩昂的石柱；萦纡的青藤仿佛就是它琳琅满目的花彩装饰；一丛丛兰花犹如一尊尊香炉，散发着迷人的芬芳……[①]

自然景色美丽，野兽也很驯服，它们从不轻易伤人。所以，对特里亚纳而言，大自然并不可怕，可怕的是大自然有破坏者——文明人。他拿印第安人同自己比较，认为印第安人远比他幸福、安全，他们遇到的四足动物，也远比他身边的两足动物驯顺、友善。显然，特里亚纳是戴着有色眼镜来看热带森林的，表现出典型的浪漫主义情调。

此外，豪尔赫·伊萨克斯的《玛丽亚》和英国作家 W.H. 赫德森的《绿色寓所》（1904）对这一地区的描写也充满了诗情画意，尽管《绿色寓所》的情节结构和人物处理同《旋涡》不无相似之处。

相形之下，《旋涡》的图画是多么丑恶，但又丑恶得那么真实，诚如著名评论家阿尔图罗·托雷斯·里奥塞科所说的那样，它真实得像一部日记。[②]

这便是里维拉从自然主义作家那里借来的客观主义。它的逼真不仅在于它对奥里诺科热带森林的照相式描写——这森林是现实存在的，移至小说后既是背景又是有灵魂、有性格的真正的主人公，而且在于它的人物大都是真实的历史人物的"移植"。阿尔图罗·高瓦是小说的叙述者，他同作者一样是诗人，因为某种原因来到热带丛林，记录了那里所发生的一切。小说便是由他"起草"的。

但是高瓦与作者的这些雷同，并不说明小说具有自传性质，因为高瓦的真正蓝本是弗朗科·萨帕塔。弗朗科·萨帕塔年轻时与情妇阿丽西亚·埃尔南德斯·卡朗萨私奔后陷入热带森林，辗转三十余年，历尽千辛万苦。里维拉曾同他多次接触，从他那里得到了高瓦和阿丽西亚的原型和大量素材：森林的传说、人迹罕至的险境、各种猛兽和毒虫的习性等等。这些都不是作者亲自体察、了解得到的。

除却高瓦和阿丽西亚，小说的另一重要人物巴雷拉也是真实历史人物"移植"的结果。那人叫胡利奥·巴雷拉，是个有名的骗子，对奥里诺科犯下了滔天罪行。最后他玩火自焚，落得个碎尸万段的下场。著名里维拉研究家尼尔-西

---

①　Santiago Triana: *De Bogotá Al Atlántico Por La vía de Los Ríos Meta, Vichada y Orinoco*, Leipzig: Nabu Press, 2013, p.24.

②　Arturo Torres-Rioseco: *Novelistas de la América Hispana*, Berkeley: University of California Press, 1949, p.266.

尔瓦曾对此人做过专门调查,结果发现他与小说的人物相差甚微。[①]

另外,小说安排了一个十分有趣的人物出场,作为高瓦"日记"的补充和佐证。他就是"法国先生"罗布崇。现实中也确有其人,是巴黎地理学会会员,叫埃乌赫尼奥·罗布崇。他于1904—1912年对哥伦比亚-委内瑞拉热带丛林进行了考察,拍摄了大量"自然主义作品"。这些作品有血肉模糊的脸庞,有遍体鳞伤的躯干和被猛兽咀嚼、被蚂蚁吞食的尸体,展示了弱肉强食的森林法则。而在小说中,罗布崇是自然科学家兼摄影师。

这种记录式和镜子式描写、"移植"的特点,同时也见诸其他大地小说。委内瑞拉作家罗慕洛·加列戈斯于1927年在阿普雷草原耳闻目睹了一个名叫弗朗西斯卡·巴斯克斯,绰号"堂娜磐石"的女牧主。她狡诈、残暴,善于驾驭烈马壮牛,枪法和巫术也很厉害。罗慕洛·加列戈斯在她身上看到了草原的性格,产生了创作的灵感。它就是蜚声文坛的《堂娜芭芭拉》(1929),同名女主人公即传说中的女恶霸"堂娜磐石"的化身。

另一大地小说代表作家、阿根廷的里卡多·吉拉尔德斯的杰作《堂塞贡多·松布拉》(1926),则直接来自作者的生活经历。吉拉尔德斯出生在潘帕斯草原,从小拜高乔牧民堂塞贡多·拉米雷斯为师,学习赶牛驯马绝技,亲眼看见了潘帕斯草原的原始和高乔牧民的苦难。耳濡目染下,吉拉尔德斯对草原、对高乔人、对堂塞贡多有了深刻的了解,积累了丰富的资料。堂塞贡多·松布拉便是由堂塞贡多·拉米雷斯点化而成。鉴于本著前面对高乔小说已有较多评述,在此从略。

即便是在大地小说之后,这种自然主义的客观主义也还有所发展。这是因为,在许多拉丁美洲作家看来,新大陆本身就是一部最好的小说,传奇人物所在皆是,离奇故事侧耳可得。所以,拉丁美洲作家的任务是原封不动地将这部"大小说"分割、移植到"小小说"中去,无须挖空心思地幻想、杜撰。[②]

然而,诚如前面所述,《旋涡》的客观主义的重要特点,是有选择、有取舍地记录和移植:它摘取了现实中丑恶的一面。这恰恰是重要的,以至本质的一面。自从自然主义传入美洲以后,审丑美学[③]奇迹般地贯穿了拉丁美洲小说。且不说

①　Eduardo Neale-Silva: "Horizonte Humano: Vida de Jose Eustasio Rivera", *Hispania*, 1960, 44(1), p.150.

②　Carpentier:*El reino de este mundo*, México: Fondo de Cultura Económica, 1949; García Márquez y Mendoza: *El olor de la guayaba*, Buenos Aires: Editorial Sudamericana, 1982; etc.

③　审丑美学是由德国哲学家罗森克兰兹(Karl Rosenkranz)于1853年在其《丑的美学》(*Aesthetics of Ugliness*)中最先提出的,认为既然丑是美的对应,那么研究丑不仅是需要的,而且是重要的。

地域主义作家如何描写龌龊、恶心、污秽的事物，就是享誉世界文坛的当代作家也声称写丑不是为了哗众取宠，而是出于无奈，即无法将现象的丑恶变成美丽的神话。墨西哥革命、恰各战争、帝国主义侵略不能成为美丽的图景，专制统治、白色恐怖更不能构成美丽的画面，从浪漫主义到魔幻现实主义，拉丁美洲文坛流派更迭，但专制统治却始终是一个"屠场"。因此，审丑美学不仅仅是埃斯特万·埃切维里亚的《屠场》所特有的，它在米格尔·安赫尔·阿斯图里亚斯（1899—1974）的《总统先生》（1946）和加西亚·马尔克斯（1927—2014）的《族长的没落》（1975）中也均有不同程度的体现。

说到这些，不免要提到早期的反独裁小说。

众所周知，拉丁美洲没有经历过类似于欧洲的启蒙运动的社会变革，产业革命尚未完成，资本主义制度虽然在拉美许多国家建立起来，但资本主义以前的剥削方式——债役制、行会制、封建租佃制依然存在，政治生活中也保留着军阀和僧侣的等级特权。所以，独立战争后，许多拉美国家的命运控制在军阀和僧侣手中。军阀利用手中的武器攫取政权；教会则以神权和财产两大法宝，掌握着拉丁美洲的经济命脉。[①] 这些都严重阻碍着拉丁美洲社会的发展。

为了清除这些障碍，拉丁美洲资产阶级和中小资产阶级自由派进行了艰苦卓绝的斗争。现实主义小说顺应这一斗争的需要，对专制军阀和反动教会展开了猛烈的攻势。反独裁小说就是这样产生并发展起来的。

阿尔西德斯·阿格达斯（1879—1946）的《青铜种族》（1919）和《野蛮考迪略》（1929），以及里维拉、加列戈斯、阿苏埃拉等现实主义、自然主义作家的一些作品，无情地鞭笞了这些军阀的反动，大肆铺陈地描写独裁、军阀魔爪下的病态社会：恐怖、落后、野蛮、贫穷等残酷的丑恶。丰博纳有这样一段名言："我的周围没有美，没有欢乐，我的精神备受折磨。我不能在虚无中杜撰美和欢乐……倘若有人认为我的作品不够美，这没有关系，因为我的作品描绘了人间地狱。"[②]

这些反独裁小说在时代的进步心灵中激起了强烈的共鸣和反响，推动了拉美社会民主革命的浪潮。

与这些反独裁小说同时产生的反宗教小说，是对反动教会的一次清算。它戳穿了宗教的虚妄、僧侣的伪善，从而得出摒弃宗教、提倡科学才能解救社会的结论。

---

① 以墨西哥为例，天主教到 19 世纪中叶已拥有全国百分之七十以上的不动产和不受国家权力管辖的特权。

② Rufino Blanco Fombona: *La bella y la bestia*, Madrid: Editorial América, 1939, p.5.

反宗教小说从阿·阿泽维多的《莫拉托》（1881）到曼努埃尔·加尔维斯的《修道院的阴影》（1917），历时三十余年，产生作品二十多部。其中，《莫拉托》《没有窝的鸟》（1889）和《修道院的阴影》反响强烈。

《莫拉托》谴责教会是种族主义的堡垒，是杀害莫拉托的元凶，并指出所谓上帝"旨意"纯属骗局。

《没有窝的鸟》写一个神父为了维护上帝的"尊严"抛弃私生子，导致私生子与同母妹妹相爱后双双自尽的悲剧。

《修道院的阴影》则以雄辩的事实揭露教权主义的罪恶。

总而言之，反宗教小说从不同角度抨击了宗教的虚妄和神职人员的伪善，在舆论上动摇了教会的威信，为资产阶级和拉丁美洲人民的反教权斗争创造了条件。

回到《旋涡》。它不但表现了寡头统治下拉美社会的畸形发展，而且体现了对自然的野蛮和丑恶的总体渲染，譬如对一些令人作呕的细枝末节的描写：

> 我听到了弯弯的牛角喀喇一声碰上脑袋，一直戳到另一面的太阳穴；而带子还扣住下巴的帽子，却在空中滴溜溜转动。公牛把脑袋从颈子上扭下来，又把它像个披头散发的足球似的抛起来，当时我是看见的。……
>
> ……人们把尸体扔在马上……虽然我厌恶得浑身起鸡皮疙瘩，可是我仍看着尸体。给横扔在马鞍子上，肚子对着太阳的，是那没有脑袋的尸体，僵硬的手指在青草地上拖曳而过，仿佛是最后一次握一握青草。马扎子叮叮作响地挂在赤裸的脚跟上，谁也不曾想到把它取下来；在另一边，在下垂的臂弯里，是一段颈子，滴着血水，充满了像是刚从泥土里拔出来的树根似的、黄澄澄的筋脉。头盖骨以及突出来的上颚是不见了；只有下颚还在，但扭在一边，仿佛挖苦我们似的狞笑着。[①]

当然，更可怕的还是人间悲剧、人间丑恶：

> 这家伙是身强力壮的，虽然我的身材比他高大，他却把我打倒了。……后来我快要晕过去了，便使出非凡的力量，用牙齿咬破他那带伤痕的脸，把伤口咬得更大，流出了血，然后，一时性起，把他揿在水里，要把他像只小鸽子一样淹死。

---

① 里维拉：《旋涡》，吴岩译，上海译文出版社，1981年，第108页。

接着，我疲乏不堪，好像浑身骨节都散开了，我亲眼看到了一幅最可怕、最吓人、最讨厌的景象。成千条卡里维[①]向那受伤的人游拢来，虽然他连连挥动胳膊来保护自己，但鱼翅一扑，亮光一闪，顷刻之间就啃掉了他的肉，每咬一口都在把肉撕去，动作之神速，正像一窝饥饿的小鸡啄光一根玉蜀黍一样。河流以但丁式的狂热奔腾着，血红，湍急，悲壮；仿佛在 X 光底片上可以看见的人体骨架一样，在那活动的铜板上慢慢地冒出了干净的、白色的骨骼，由于头颅的重量，一头沉下去了一部分；它搁在那儿，靠着河岸的灯心草抖动着，好像一边儿咽气一边儿还在乞求怜悯哩！[②]

这样的描写多么近似左拉的娜娜之死！

林莽在里维拉笔下被写活了，成了反浪漫主义神话。它是作品真正的主人公，在其硕大无比的怀抱里，人显得多么渺小。高瓦本是自信的诗人，对大自然充满了憧憬。然而，林莽这个恶毒的女神将他的浪漫情调一扫而光。它以邪恶的阴霾笼罩一切，到处弥漫着死亡的气息。这固然是南美洲热带雨林的真实写照，但更是弱肉强食的社会现实的象征。林莽像但丁笔下的地狱，一圈又一圈，一圈比一圈恐怖。身陷林莽的一切人等，不是沦为橡胶园主的奴隶，就是成为毒蛇、瘴气和食人鱼的俘虏。林莽和橡胶园主生杀予夺，随意霸占奴隶妻儿、榨干奴隶血泪，最后眼睁睁地看着他们形容枯槁，被食人蚁和水蛭啃个精光。高瓦之所以深入林莽，并非出于好奇，而是为了寻找被人贩子拐骗的恋人。即或浪漫主义小说曾赋予森林美好的遐想，但当他一步步进入这绿色地狱，噩梦也就开始了。他步步惊恐，在这人间渊薮中越陷越深。

（二）罗慕洛·加列戈斯

罗慕洛·加列戈斯（1884—1069）的《堂娜芭芭拉》（1929）不仅是大地小说的杰出代表，也是现代西班牙语美洲小说的杰出代表。从好莱坞到阿根廷，鲜有拉丁美洲的文学作品受到如此青睐。

加列戈斯多多少少因此步入政坛，并于 1948 年成为"二战"后委内瑞拉第一位民选总统，尽管在职时间只有短短九个多月（1948 年 2 月 17 日—1948 年 11 月 24 日），就被军事政变推翻，从此流亡墨西哥，直至 1958 年军政权垮台。

话说芭芭拉[③]出身贫寒，且自幼失去双亲，流落在一艘游轮上当帮厨。当她

---

①　锯齿鱼的一种。

②　里维拉：《旋涡》，吴岩译，上海译文出版社，1981 年，第 317 页。

③　西班牙语人名 Bárbara，原义为野蛮人。

出落成迷人的美少女时，有个人贩子打算以二十盎司白银的价格将她卖给麻风病人。这个人靠采集野生橡胶发了财（这难免让人想起《旋涡》中的橡胶园主），结果感染了麻风病，从而变得面目狰狞、奇丑无比。他躲在热带雨林中，专事糟蹋漂亮姑娘。这些姑娘都是他托人贩子不择手段高价"收购"的。他不惜重金购买漂亮处女，只为发泄情欲、报复社会：把病毒传染给她们后再倒手卖出。

这时，船上来了一个叫作阿斯特鲁巴的青年乘客。他一表人才，而且热情刚正，因此朝霞般撩动了芭芭拉的芳心。一个年少美丽、情窦初开，一个仪表堂堂、善良正直，二人很快迸出了爱情的火花。他得知人贩子的阴谋后，决定携芭芭拉逃离游轮。结果计划败露，人贩子杀害了阿斯特鲁巴，蹂躏了芭芭拉。芭芭拉心中刚刚燃起的希望之火熄灭了，从此走上了报复男人、报复社会的不归路。

后来，一个年迈的印第安人侥幸救出了芭芭拉，把她带到印第安部落。印第安巫师把毁灭男人的"法术"教给了她。从此，她用"魔法"和仇恨报复男人，包括印第安部落的男人。老人见她越来越迷人的美貌搅扰了部落的安宁，不得不带她背井离乡，过流浪生活。

一天，老人和芭芭拉路过一个庄园，年轻的庄园主洛伦索·巴克罗对芭芭拉一见钟情，执意收留了芭芭拉和印第安老人。很快，洛伦索·巴克罗对芭芭拉言听计从，入魔了一般。不久，芭芭拉怀孕并生下了一个女孩，取名玛丽塞拉。如此一来，芭芭拉将洛伦索·巴克罗玩弄于股掌之间，轻而易举地霸占了他的庄园，而后又无情地将他和女儿抛在一边。从此，她摇身一变，成了远近闻名的堂娜芭芭拉。

庄园不断扩大，并易名为"迷哀多"（意为恐怖）。她雇用了一批心狠手辣、对她唯命是从的打手。打手们坑、蒙、拐、骗、抢，无所不用其极。而她，利用姿色和权势继续勾引和虐杀所有上钩的男人。

不久，庄园继续扩大，渐渐临近了大庄园阿尔塔觅拉（意为高瞻远瞩）。后者的主人桑托斯·炉萨多（意为光明圣人）是个博学多才、品行端方的青年，从首都学成还乡。一路上，他听到了关于芭芭拉的许多令人惊恐的传奇故事，回到故里又亲眼看见了她的暴行。身为律师的桑托斯试图通过谈判和法律程序阻止芭芭拉的倒行逆施，结果却是对牛弹琴。芭芭拉继续胡作非为，而且矛头直指桑托斯。她胸有成竹，认为桑托斯这么一个文弱书生，很快就会成为自己的囊中之物。然而，无论芭芭拉怎么威逼利诱，桑托斯根本不为所动，姿色更没能让他屈从。这反倒使芭芭拉成了热锅上的蚂蚁，惶惶不可终日。为了应对芭芭拉的野蛮行径，桑托斯也拿起了武器。穷凶极恶的芭芭拉派亲信潜入阿尔塔觅拉庄园，欲对桑托斯下手，结果被后者一枪击毙。芭芭拉偷鸡不成蚀把米，吃了个哑巴亏。

与此同时，桑托斯以攻为守，悄悄将芭芭拉抛弃的女儿玛丽塞拉接到府中，施以仁爱，还教她读书识字，把一个衣衫褴褛的弃儿培养得彬彬有礼。得知被自己遗弃的女儿出落成了亭亭玉立的少女，芭芭拉顿时炉火中烧，准备明火执仗杀进阿尔塔觅猡，除掉桑托斯。然而，关键时刻，她无意中想起了初恋情人阿斯特鲁巴，并觉得桑托斯与他似有几分相像。渐渐地，她的一腔仇恨化作了对亲生女儿的满腔炉火。这时，她又听说桑托斯准备和玛丽塞拉结婚，竟不顾一切地赶到阿尔塔觅猡庄园，试图阻止这桩婚事。但是，当她看见相亲相爱的一对有情人，不禁动了恻隐之心，对初恋情人的思念也油然而生，于是持枪的手软了下来。眼看着自己的命运已经无可挽回，多年的复仇也没有给她带来幸福，堂娜芭芭拉终于悄悄地离开了草原，把全部财产留给了女儿女婿，从此销声匿迹。

《堂娜芭芭拉》作为大地小说的代表作品，具有鲜明的地方色彩。它以委内瑞拉农村生活为题材，并用以对应理想化的城市文明，在艺术形式上则一反浪漫主义和现代主义，展现了拉丁美洲贫穷、落后、愚昧和野蛮的一面。

堂娜芭芭拉原是委内瑞拉草原广泛流传的一个传说。传说中的主人公原名弗朗西斯卡·巴斯克斯，是个出身贫寒、性格倔强的孤儿，在人生道路上苦苦挣扎、饱受欺凌，最后巧取豪夺，终于变成了令人胆寒的草原霸主。

加列戈斯曾多次深入委内瑞拉草原调查研究，对那里的生存法则十分了解：残忍的庄园主、狡黠的冒险家、愚昧的农牧民、肆无忌惮的盗匪横行乡里。作家的良知和政治家的抱负，使他对滋生这些丑恶现象的社会根源深恶痛绝。多年以后，在他短暂的执政时期，加列戈斯为谋求一个公平合理的社会环境不遗余力，这自然触碰了寡头利益，以至于发生军事政变。

加列戈斯创作《堂娜芭芭拉》时，拉丁美洲文学正处在十字路口。一方面是方兴未艾、风起云涌的现代主义和先锋思潮，另一方面是实实在在的社会矛盾和源远流长的现实主义。前者求新求异、波谲云诡，后者求真求实、字字血泪。

好在小说与诗歌不同。拉丁美洲，尤其是这一时期的西班牙语美洲小说，大抵以拥抱现实主义传统为主。加列戈斯的创作固然受到了先锋思潮的影响，但其观察现实、关注细节的特点充满了现实主义精神，甚至在人物刻画方面不乏浪漫主义遗风，如其对善与恶、文明与野蛮的表征具有极限倾向，而且最后以文明战胜野蛮的大结局完美收笔。

因此，《堂娜芭芭拉》或可被视为不同流派的集成之作。作者运用了鲜明的象征和强烈的对比，代表野蛮的芭芭拉和象征恐怖的迷哀多，与代表文明进步的桑托斯和阿尔塔觅猡相反相成，共同构成了野蛮与文明、现实与希冀的二重变奏。

此外，由于人物来自现实，作品在呈现生动性和丰富性的同时，构思了合乎逻辑的情节和戏剧性悬念。主要人物，尤其是对堂娜芭芭拉的描写，更是细节毕露，丝毫没有脸谱化倾向。而与之对应的桑托斯，倒是个充满浪漫色彩的角儿。好在作者的象征是多层次、多维度的。堂娜芭芭拉不仅是个变化的、复杂的形象，从少不更事的无辜弱女演变成骑术高超、百发百中的神枪手和草原霸主，经历了受辱、反叛、辱人、良心发现的过程；她也是拉丁美洲现实的象征、大庄园主的典型和野蛮的化身。与此同时，她又是一个美丽的女性，有迷人的外表和诡异的内心。一定程度上，她还是魔幻现实主义的先声。

后面会说，魔幻现实主义是西班牙语美洲集体无意识的艺术呈现。其中充满了印欧，乃至印欧和非洲混血文化的基因，是文化混杂的产物。

囿于原始和落后，大地小说所面对的现实，充斥着巫不巫、傩不傩的文化表征。譬如，堂娜芭芭拉虽然心狠手辣，却笃信鬼神，打心眼里敬畏大草原的“精灵”。因此，她一面信奉印第安巫师，一面供奉着天主教圣物；一面是道友的秘符，一面是鳄鱼的牙齿。如此等等，不胜枚举。即便是桑托斯这样的文明人，在新建牧场时，也必得在畜栏门前活埋一头动物，以便其灵魂，即所谓“家妖”或者“畜神”，可以保佑这座庄园。

（三）吉拉尔德斯与基罗加

吉拉尔德斯（1886—1927）与奥拉西奥·基罗加（1878—1937）是两位非常接近里维拉的大地小说作家。

吉拉尔德斯的代表作《堂塞贡多·松布拉》不仅将大草原拟人化了，而且改变了传统的高乔人形象。在这部作品中，潘帕斯草原不再具有浪漫色彩。作者假借一个十多岁孩子的目光，观照高乔人堂塞贡多的形象。孩子被堂塞贡多的“神秘”吸引，追随他去了大草原，并在后者的带领下历尽艰辛。后来，孩子得到了一笔遗产，成了庄园主。他邀请堂塞贡多留在庄园里，但是，堂塞贡多自由不羁的性格终使他悄悄离开庄园，在草原中消失得无影无踪。大草原强大地存在着，魔术般吞没所有接近它的人。

奥拉西奥·基罗加的代表作品被认为是短篇小说集《森林故事》（1918）。该作品描写了人与自然、人与动物、人与自我的复杂关系，却因独具寓言性质的情节、原始和不乏神秘色彩的林莽氛围而颇受读者欢迎。他的其他重要作品还有短篇小说集《阿纳孔达》（1921）、《广漠》（1924）、《被砍头的母鸡及其他》（1925）、《流放者》（1926）等等。

第四节　土著主义与世界主义

最初的争论来自较为宽泛的价值取向及文化建构问题。围绕继承与借鉴、传统与创新、民族性与世界性等一系列重大课题，拉丁美洲文人的认识并不一致。

一　民族性与世界性

在关乎民族性与世界性等诸如此类的问题上，认知的不同和取法的差异一直存在。从现代主义到先锋时期，拉丁美洲文学的任何一次骚动，都伴随着对继承与借鉴、传统与创新、民族性与世界性等诸多复杂甚至矛盾关系的思考。

但是，第二次世界大战的爆发使处于文化前锋地位的欧洲艺术家失去了重心，世界文化的中心开始由欧洲大陆向相对稳定的美洲转移。也正是在这一时期，美国取得了它在经济、政治甚至文化上的霸主地位，拉丁美洲也由于盛产谷物和肉类经济开始腾飞。面对战火纷飞的欧洲，一些拉丁美洲文人甚至不无幸灾乐祸心态，认为"美洲文明的时代"已经来临。

然而，何谓美洲文明？在这个问题上，人们的看法不尽相同。

在理论上，墨西哥作家巴斯康塞洛斯（1882—1959）在《宇宙种族》（1925）中所阐释的观点，得到了相当一部分拉丁美洲文人的推崇。巴斯康塞洛斯声称：

> 墨西哥及拉丁美洲种族（宇宙种族 —— 引者注）的显著特点是她的多元性。这种多元性一方面决定了她的无比广阔的宇宙主义精神，她对荷马、柏拉图、维吉尔、莎士比亚或塞万提斯和歌德等的从善如流、如数家珍；另一方面也造成了她的松散性与离心力……[1]

巴斯康塞洛斯认为，扬长避短的唯一途径是文化教育，进而建立并强化民族意识。早在墨西哥革命时期，巴斯康塞洛斯便力谏马德罗重视文化教育。马德罗遇害后，他只好流亡国外，等待时机。卡兰萨执政时期，他应召回国，终于得以大展宏图。先是出任墨西哥国立自治大学校长，不久即被任命为公共教育部部长，而且得到了国家预算百分之十七的费用。

在作家马里亚诺·阿苏埃拉看来，巴斯康塞洛斯既是个革命者，又是位了不起的思想家和文人，更是一部不可多得的"小说"。巴斯康塞洛斯毕业于墨西哥国立自治大学法律系，但他的志向是当一名教育家和诗人。从荷马到卢那察尔斯基，从圣奥古斯丁到泰戈尔，从内查瓦科约特尔到马克思，他可谓学富五车。担任教育部长伊始，他便到各州游说，散布教育至上的思想，并帮助贫困地区兴办学校，改善偏远地区的办学条件。与此同时，他开始遍游拉美各国，邀请米斯特拉尔、阿斯图里亚斯、聂鲁达等访墨，以实现共同振兴"宇宙种族"的梦想。

---

[1]　Vasconcelos: *La raza cósmica*, México: Espasa Calpe SA, 1948, pp.47-51.

他力图创造一种民族心理，一种基于多种族、多民族融合的世界主义的"宇宙精神"，其具有开阔的视野、开阔的胸怀和无与伦比的创造力。在奥夫雷贡执政时期，巴斯康塞洛斯更是如鱼得水。教育部的预算继续得到增加，巴斯康塞洛斯着手实施中小学义务教育和大规模的成人扫盲运动。

巴斯康塞洛斯的教育计划包罗万象。在文学艺术方面，巴斯康塞洛斯主张艺术家们走出书斋、课堂与画室，到民众中去，为民众创造永恒的、具有世界主义精神的作品。在他的倡导下，壁画运动席卷全国，文化艺术刊物雨后春笋般地出现。以壁画大师里维拉、西盖罗斯、奥罗斯科等为首的墨西哥文学艺术家联合会，发表了具有明显的"普世主义"色彩和普罗精神的严正声明：

> 我们的艺术精神是最健康、最有希望的艺术精神，它植根于我们极其广泛的民族传统……我们力图抛弃阳春白雪和贵族心态、小布尔乔雅情调和逃避主义，颂扬集体主义和美洲主义，消灭少数人垄断并强加给大多数人的资产阶级美学观念，因为后者只会消解民族凝聚力、涣散民族意志……①

显而易见，巴斯康塞洛斯的"宇宙种族"说，包含着一种模糊的世界主义和"美洲中心主义"意念。对巴斯康塞洛斯而言，墨西哥的民族性与世界性是可以画等号的。由于她的种族构成，她的文化混杂和政治环境（对一切先进思潮兼收并蓄、来者不拒），墨西哥（扩而言之也是整个拉丁美洲）是一个名副其实的世界主义国家。所以，她的艺术表现最能得到世界的认同。

巴斯康塞洛斯常常拿墨西哥壁画的成功，以及它在全世界人民心灵中激起的震撼、引起的共鸣，来说明"宇宙种族"巨大的创作潜能。他认为激进的本土主义思潮不是真正的民族主义，某些土著主义作家对民族主义的理解有很大的片面性，因循守旧、抱残守缺、闭目塞听是懦弱的表现，认为一味地纠缠历史，沉湎过去，不敢正视未来，不愿向世界敞开胸襟，是极其危险的。

反之，本土主义（又称地域主义或地区主义）者（尽管和世界主义或宇宙主义者一样，他们之间同样存在着很大差异）更关注社会现实，试图通过文学艺术暴露社会不公、改变社会面貌。

其中如雷布埃尔塔斯、蒙西瓦伊斯等，批评巴斯康塞洛斯的"宇宙种族"是掩盖阶级矛盾的神话。"宇宙种族"只是有关人口构成的一种说法，并不能真正解释墨西哥及拉丁美洲错综复杂的民族特性。雷布埃尔塔斯坚信拉丁美洲

---

① Orozco: *An Autobiography*, Austin: University of Texas Press, 1962, pp.17-29.

的民族性即阶级性，因而并非一成不变。当拉丁美洲尚处在种族要翻身、人民要革命、国家要独立的关键时刻，当千百万印第安人、黑人和其他有色人种尚处在水深火热之中，当广大劳动人民尚在被压迫、被剥削的渊薮中挣扎之际（"没有自由，没有人格，没有一切"），何谈"宇宙种族"？①

在他们看来，巴斯康塞洛斯的所谓民族性即世界性，包含着很大的欺骗性，盖因在拉丁美洲，占统治地位的一直是西方文化；在他们看来，真正的民族性乃是印第安人的血泪、黑人奴隶的呐喊和广大劳苦大众的汗水；在他们看来，印第安人的草鞋、黑人奴隶的裸背、工人农民的麻布斗篷，远比哗众取宠的壁画和矫揉造作的形式主义更具民族性，因而也更能引起世界人民的关注与认同。

终于，巴斯康塞洛斯的不乏乌托邦色彩的"宇宙种族"论和世界主义思想，由于前卫艺术家们的支持而逐步演化成了美好的梦想。巴斯康塞洛斯从大处着眼，确有掩盖阶级矛盾、回避现实问题的倾向；而本土主义者恰恰抓住了这个薄弱环节，对他进行了讨伐和清算。

虽然20世纪三四十年代风行于拉丁美洲的宇宙主义思潮很大程度上受了巴斯康塞洛斯的影响；不过，当宇宙主义作为一种泛美思潮流行起来的时候，"美洲文明"的含义发生了变化。

民族主义在文学中表现为土著主义。它与愈来愈受先锋派惯性驱使的宇宙主义或世界主义分道扬镳：前者着眼于美洲印第安文化，把印第安文化当作"美洲文明"的主要基石；后者鉴于美洲文化的多元性而力主放眼世界、来者不拒地实行"拿来主义"。

二　土著主义与世界主义

土著主义无疑是拉丁美洲文化寻根运动的重要组成部分，标志着19世纪独立革命后拉丁美洲人民的又一次觉醒。

谁都知道，美洲曾经是美洲印第安人的世界。印第安人用他们的勤劳和智慧创造了辉煌灿烂、令同时代欧洲人折服的古代文明。然而，在西班牙、葡萄牙和英法殖民统治时期，这一古老文明惨遭蹂躏，几乎被完全淹没。

就文学而言，丰富的古印第安神话传说作为一个整体，不仅是古代美洲印第安人难以再造的艺术典范，而且表现了古代印第安人认识世界、征服自然的方式。正像马克思所说的那样，"任何神话都是用想象和借助想象以征服自然力、支配自然力，把自然力形象化；因而，随着这些自然力的实际上被征服，神也就

---

① Revueltas: "Cactus", *Los mexicanos*, México: 1938, Ⅲ, p.133.

消失了"。在今天，神话被看作是一种难以取代的文学遗产，有审美价值和艺术感发作用。马克思曾经强调，古代希腊神话"仍然能够给我们以艺术享受，而且就某方面说还是一种规范和高不可及的范本"，它们对于欧洲艺术不只是"武库"，而且还是它的"土壤"。[①] 所以，在欧洲，古希腊神话对后世文学、艺术甚至整个社会的意识形态领域的影响，都是极为深广、持久的。从荷马时代到乔伊斯的 20 世纪，无数艺术巨匠从神话中汲取营养，产生灵感。在我国，神话和古代文化对于后来的文学艺术，无论是诗歌、戏剧、小说还是造型艺术，也都有深远的、广泛的影响。

然而，在美洲，在长达数百年的殖民地统治时期，古印第安文化遭到了严重破坏；神话传说被当作"异端邪说"，受到普遍禁忌和摧残。后来的黑人文化更是如此。

从巴洛克主义到新古典主义和自然主义，拉丁美洲作家大都以继承西方文学遗产、追随西方文学流派和模仿西方文学技巧为荣，对古印第安文化和黑人文化则不屑一顾。

独立战争后，拉丁美洲虽然已经从欧洲宗主国的统治下解放出来，却仍然不能顺利地发展独立的政治、经济和文化。帝国主义对它的控制、掠夺和渗透从未停止。在 19 世纪乃至 20 世纪初叶的拉丁美洲，占统治地位的仍是西方文化。

第一次世界大战以后，尤其是第二次世界大战的爆发，使西方文化开始受到普遍怀疑。反对西方列强的民族解放运动汹涌澎湃。20 世纪三四十年代席卷拉丁美洲的文化寻根运动，便是新的民族独立运动在意识形态领域的一次革命。

于是，在许多人眼里，夸乌特莫克、图帕克·阿马鲁等土著英雄成了拉丁美洲民族精神的象征。他们的事迹，在强化拉丁美洲民族意识的爱国主义教育中产生了威力。

不言而喻，使拉丁美洲从根本上区别于西方世界的印第安文化，在现实斗争中具有特殊意义。这也是当时产生土著主义运动的主要原因。在印第安人聚居的墨西哥、秘鲁和中美洲，一些旨在维护土著利益、弘扬土著文化的协会、中心应运而生。1940 年，墨西哥民族民主运动的杰出领导人拉萨罗·卡德纳斯总统在实行石油国有化的同时，主持召开了第一届美洲土著主义大会，并创立了第一个国家级土著主义中心，以便协调和促进方兴未艾的土著主义运动。

在文学方面，围绕着土著主义问题，出现了两个令人瞩目的现象：一是古

---

① 马克思：《〈政治经济学批判〉序言、导言》，人民出版社，1971 年，第 34 页。

印第安文学的发掘整理，[①]二是土著主义小说的再度兴起。

前面说过，早在浪漫主义时期，就曾流行过风俗主义。其中就有关于印第安人的理想化表演，那是针对欧洲现代文明危机的美化了的原始与落后。而20世纪三四十年代（个别地区甚至更早）的土著主义，却是剥去了伪装的赤裸裸的真实。

厄瓜多尔作家豪尔赫·伊卡萨的《瓦西蓬戈》（1934）、秘鲁作家西罗·阿莱格里亚的《金蛇》（1935）和《广漠的世界》（1941），以及墨西哥女作家罗莎里奥·卡斯特利亚诺斯的集大成之作《巴龙·伽南》（1957）等，不仅是色彩暗淡、格调阴郁的印第安村社的风俗画，也是揭发帝国主义和统治阶级暴行的控诉状。这些作品没有跌宕起伏的故事情节，也很少有性格描写——它们的人物是类型化和群体化的，是整个印第安种族，以及与之相对立的外部世界。

由于它们把种族和阶级的双重压迫暴露得过分真实、直接，曾招来非议。不少人贬毁这些小说是不合格的小说，因为它们过分强调逼真、追求社会效应而忽视了审美价值。

然而，小说总还是小说。无论土著主义小说的价值取向如何，作为拉丁美洲特定的社会环境和历史时期的艺术表现，它们不但具有很高的认识意义，而且兼具审美价值。

宇宙主义作为先锋派思潮的集成与整合（同时开启了拉丁美洲文学多元化发展的闸门），并非有意轻视印第安文化，却仍把侧重点放在了借鉴西方及外来文化之上。

阿方索·雷耶斯那句名言的大意是："拉丁美洲是世界筵席的迟到者，但她必将成世界晚到的筵席。"20世纪三四十年代，拉丁美洲作家已经具备走向世界的自信与能力，而且找到了一条适合自己的发展道路：整合。

人们常说，文学的历史像河水，有低谷旋涡，也有高峰浪尖，有奔流直泻，也有迂回曲折。20世纪初叶无疑是世界文学的一个特殊时期，充满了火药味儿：思潮更迭，流派消长，可谓史无前例。

这也是一个探索的时代、创新的时代，可为的和不可为的、片面的和极端的，都一股脑儿地端了出来，的确有些令人眼花缭乱、无所适从。

但是，随着第二次世界大战的爆发，先锋派思潮迅速消退。这时，一直处于"边缘"和"近邻"地位的拉丁美洲作家的赶潮之心也随之冷却，他们开始审

---

① 绝大部分古印第安文学经典都是在20世纪三四十年代被陆续破译并整理出版的。其中最主要的有玛雅神话《波波尔·乌》（*Popol-Vuh*）、《契兰巴兰之书》（*Chilam Balam*）等等。

视和反省自己。于是,由巴斯康塞洛斯提出的"宇宙种族"思想迅速转换生成为一种包容性极强的整合精神。在这种整合精神的驱使下,拉美作家博采众长。于是,拉丁美洲文学由多源而走向多元的繁荣时代迅速来临,文学"爆炸"始现端倪。

的确,拉丁美洲文学"爆炸"时期的重要流派、思潮无不发轫于20世纪三四十年代。在墨西哥,阿方索·雷耶斯作为这个时期拉丁美洲"最完备的文人"和宇宙主义思想家,对墨西哥和整个西班牙语美洲的文学发展产生了重要作用,尽管他自己始终没有创作出鸿篇巨制。他的散文和诗作打破了地域主义和民族主义的禁锢,明确提出了"艺术无疆界"思想。

阿方索·雷耶斯(1889—1959)出生于墨西哥北方城市蒙特雷,十六岁开始文学创作。少年时代与安东尼奥·卡索、恩里盖斯·乌雷尼亚、巴斯康塞洛斯等人过从甚密,是墨西哥青年诗社"雅典诗社"的创始人之一。1914年至1924年赴马德里留学,其间与西班牙、法国、意大利诗人建立了广泛联系。回国后一度从事外交工作,并先后出使西班牙、巴西、阿根廷等国。20世纪30年代中期开始筹建墨西哥学院,1939年出任该院首任院长。

雷耶斯把毕生精力奉献给了拉丁美洲文化建设事业。作为宇宙主义的积极倡导者,他涉猎了几乎所有人文学科的经典作品。从荷马史诗到乔伊斯,经他翻译介绍的文学作品自是不计其数。在一篇回忆文章中,他援引恩里盖斯·乌雷尼亚的话说:

> 我们像饥婴一样扑向所有读物……甚至被(实证主义)认为是垃圾的东西,如柏拉图、康德、叔本华和尼采……我们还发现了柏格森、詹姆斯和克罗齐。在文学方面,我们不再满足于法兰西。我们满腔热情地重新认识古希腊诗人,煞有介事地对英语作家指手画脚,毫无顾忌地对西班牙文学传统品头论足……[①]

在文学创作方面,雷耶斯留下了大量散文、诗歌。他的散文涉及哲学、历史、文学、语言、人类学、政治经济学等多种学科,表现了他百科全书式的渊博;他的诗作别开生面,是兼收并包、广阔无垠的宇宙主义精神的有力见证。

在同样广采博收的博尔赫斯看来,雷耶斯是20世纪西班牙语世界"最了不起的诗人、学者",完全可以创作出《尤利西斯》那样的划时代巨制。然而,

---

① Pedro Henríquez Ureña: *Las corrientes literarias de América Hispánica*, México: Fondo de Cultura Económica, 1949, pp.1-48.

雷耶斯的作品大都短小精悍。

雷耶斯之所以没有能够创作出鸿篇巨制，完全是因为他充当了墨西哥与拉美各国、拉美与世界各国作家之间的桥梁。他以文会友，一方面尽可能多地把世界介绍给拉丁美洲；另一方面大肆宣传拉丁美洲作家，甘愿做拉丁美洲作家"走向世界"的铺路石。

一大批风华正茂的墨西哥作家、诗人接受了雷耶斯的宇宙主义思想。昔日门庭各异的先锋派诗人，如塔勃拉达、马布莱斯和"当代派"诗人，几乎全都不约而同地汇集到广阔无垠、几可包罗万象的宇宙主义的大旗之下。墨西哥文坛的多元化格局开始形成。

曾经参加过墨西哥青年诗社的胡利奥·托里（1889—？）不无自嘲地把宇宙主义作家比作"虔诚的蚂蚁"。在一首寓言中，托里又把宇宙主义作家比作无书不读、厚积薄发的谦卑文人：宇宙主义者们的确都是些广采博收的主，像蜜蜂一样。有人甚至认为他们读书读得太多。[①]总之，宇宙主义诗人纷纷"出走"，遨游于世界文化的广阔天地。奥克塔维奥·帕斯的"浪子回头"说便源于此。他说："出走是返回的前提，只有浪子才谈得上回头。"

与此同时，阿根廷的宇宙主义者继承现代主义、先锋派和后现代主义[②]狂热，呼吁人们走向世界，呼吸新鲜空气，"用新的目光、新的感觉审视一切"，这样，阳光下必将重新充满新鲜事物。宇宙主义在阿根廷的代表人物博尔赫斯，还自告奋勇地从诗坛过渡到地域主义、民族主义"负隅顽抗"的小说界，创作了短篇小说集《世界丑闻》（1935），信誓旦旦地要用想象的"大宇宙"取代现实的"小世界"。

博尔赫斯以书为命，在图书馆里终其一生。他的特别在于不断寻找和汲取人类文化中一切形而上学的因素，同时在《面前的月亮》（1925）、《小径分岔的花园》（1941）等诗歌、小说中加以表现。因此，他是对人类形而上认知的再认知，既有德国式的思辨，也有英国式的幽默，甚至还有东方的神秘。他对文学的看法，和歌德关于"世界文学"的乌托邦理想有异曲同工之妙，即世界是一本书，是由全世界的作家共同创作的一本书。

---

① 莱斯利·贝瑟尔主编：《剑桥拉丁美洲史》第5卷，胡毓鼎等译，社会科学文献出版社，1992年。

② 西班牙语美洲的后现代主义是反现代主义的一个诗潮，发轫于墨西哥，对以卢文·达里奥（因在诗中讴歌天鹅而被冠以"天鹅诗人"称号）为代表的唯美主义进行了猛烈的攻击。墨西哥诗人恩里克·贡萨莱斯·马丁内斯（1871—1952）的一首题为《拧断天鹅脖子》（1910）的十四行诗揭开了后现代主义的帷幕，呼吁作家回归现实。因此，此"后现代主义"非彼"后现代主义"，尽管同样是"Postmodernism"。

但是，新兴的无产阶级作家批评巴斯康塞洛斯的"宇宙种族"论是掩盖阶级矛盾和种族矛盾的神话。类似思想源出马克思。在马克思那里，"世界文学"乃是一种无奈的趋同，是资本主义"世界市场网"（类似于现在所说的"全球化"）的可怕的产物。

与此同时，土著主义文学蓬勃兴起。土著主义的最大成就似乎并非在于创作了那些真正描写了印第安人的悲惨遭遇的作品（土著主义作家笔下的拉丁美洲，无论是《瓦西蓬戈》还是《广漠的世界》，都充满了血腥），而在于重新发现古代印第安文化，并确立了它在美洲文化中至高无上的地位。

这场争论虽然早在20世纪中叶就已偃旗息鼓，但问题却远未解决。20世纪中叶，拉丁美洲文学全面炸开，魔幻现实主义轰动世界，而民族性和世界性、土著主义和宇宙主义犹如当代拉美文学的两大染色体，依然矛盾地交织在一起。

稍后，随着加勒比文学的兴起，后殖民批评成为显学。于是，围绕加勒比人的文化身份问题，土著主义和宇宙主义（世界主义）之争再度兴起。前者以布莱斯维特为代表，表现出一种有意与欧洲文学传统保持距离的强烈的本土意识；[1] 后者以沃尔科特为主帅，认为真正的美洲文学传统应该是"从惠特曼到聂鲁达的新世界所有伟大诗人"，而不是那种认为阳光下了无新鲜事物的犬儒主义或狭隘的民族主义。[2]

---

[1]　Alison Donnell, et al. (eds.): *The Routledge Reader in Caribbean Literature*, London and New York: Routledge Publishing Campany, 1996, p.283.

[2]　Derek Walcott: *What the Twilight Says*, New York: Farrarm Straus & Giroux, 1998, p.37.

第七章 "文学爆炸"或"第二黄金世纪"

20 世纪 40 年代伊始,阿根廷作家阿道夫·比奥伊·卡萨雷斯面对风俗主义小说的"不可逆转",以及欧美情节小说的"已然衰微"、心理小说的"悄然兴起",创作了"划时代"(博尔赫斯语)的《莫雷尔的发明》(1940)。此作品用"幻象性心理描写",将现实与幻想浑然"杂烩"了。然而,小说出版后并未激起多少涟漪。其原因固然是多方面的,但主要是因为它的大量"幻象性心理描写"消解了现实与幻想的界线,使情节太玄乎,形象太含混,太多义,太不合人们的生活逻辑与阅读定式。

唯有他的同胞博尔赫斯慧眼独具,写了篇热情洋溢的序言,盛赞《莫雷尔的发明》。他说,《莫雷尔的发明》巧妙地熔情节小说、心理小说、幻想小说和方兴未艾的科幻小说于一炉,幸运地超越了丹特·加布里耶尔·罗塞蒂[①]用令人难忘的诗句吟诵的诗意——"我曾经到过此地,/却不知何时、何如,/我只知门外有草地/有馨香/有叹息/有阳光普照的海岸……",给我们的大陆和我们的语言文学带来了希望。[②]

1941 年起,阿根廷作家马塞多尼奥·费尔南德斯的《一部开始的小说》(1941)、博尔赫斯的《小径分岔的花园》(1941)、埃德华多·马耶阿的《一切绿色终将枯萎》(1943),以及乌拉圭作家胡安·卡洛斯·奥内蒂的《无主的土地》(1942)等作品,以奇妙的想象、崭新的手法或独特的心理描写,打破了拉美小说中风俗主义一统天下的局面。

1941 年,除却秘鲁作家西罗·阿莱格里亚的《广漠的世界》,其余几部有影响的作品,如厄瓜多尔作家迪埃斯·坎塞科的《无时的人们》和墨西哥作家何塞·雷布埃尔塔斯的《水墙》等,在形式或题材上均颇有新意。

此后,西班牙语美洲小说开始了它的多元化发展道路。在幻想小说方面,博尔赫斯接二连三地发表了《杜撰集》(1944)、《阿莱夫》(1949)等短篇小说集,一步步走向他幻想的终极归宿——玄虚。同时,比奥伊·卡萨雷斯出版

---

① 罗塞蒂(Dante Gabriel Rossetti,1828—1882),英国诗人。

② Borges: *La invención de Morel*, Prólogo, Buenos Aires: Losada, 1940, p.3.

了《逃亡计划》（1945）、《英雄之梦》（1954）、《梦幻世界》（1956）等中、长篇小说。

此外，另一位阿根廷作家胡利奥·科塔萨尔的前期作品《动物寓言》(1951)、《游戏的结局》(1956)，以及墨西哥作家胡安·何塞·阿雷奥拉的短篇小说集《臆想种种》(1949)和《寓言集》(1952)等，也是颇具特色、脍炙人口的幻想小说。

这时，西班牙语美洲小说明显内倾，并向多元发散。阿根廷作家埃内斯托·萨瓦托的《地洞》(1948)、埃德华多·马耶阿的《灵魂的敌人》(1950)和《塔》(1951)、马丁内斯·埃斯特拉达的《玛尔塔·里盖尔梅》(1956)、智利作家玛尔塔·布鲁内特的《梦之根》(1949)、哥伦比亚作家埃德华多·卡巴耶罗·卡尔德隆的《背后的基督》(1952)、墨西哥作家何塞菲娜·维森斯的《空洞的书》(1958)等，都是当时较有影响的心理小说。

此外，通过美洲印第安人或黑人或混血农民的集体无意识，表现西班牙语美洲和拉丁美洲社会之落后与神奇的作品大量涌现（后来这些作品被统称为魔幻现实主义作品），并且在20世纪50年代取代了风俗主义的土著主义小说，成为西班牙语美洲或拉丁美洲小说走向世界的第一个独创性流派。它们主要包括古巴作家阿莱霍·卡彭铁尔的《这个世界的王国》(1949)和《消逝的脚步》(1953)、危地马拉作家米格尔·安赫尔·阿斯图里亚斯的《玉米人》(1949)、墨西哥作家胡安·鲁尔福的《佩德罗·巴拉莫》(1955)、秘鲁作家何塞·马里亚·阿格达斯的《深沉的河流》(1958)、墨西哥作家卡洛斯·富恩特斯的《戴假面具的日子》(1954)、巴西作家若昂·吉马朗埃斯·罗萨的《广阔的腹地：条条小路》(1956)等等。

与此同时，形式创新成为时尚。在日后被称为早期结构现实主义小说的作品中，米格尔·安赫尔·阿斯图里亚斯的《总统先生》(1946)、阿莱霍·卡彭铁尔的《回归种子》(1944)、卡洛斯·富恩特斯的《最明净的地区》(1958)、阿根廷作家马耶阿的《回归》(1946)、莱奥波尔多·马雷查尔的《亚当·布宜诺斯艾利斯》(1948)堪称先驱。

现实主义传统固然未消失，但它拓宽了题材，表现形式也由平铺直叙趋于变幻曲折。在这些作品中，种族、民族和阶级矛盾，社会、家庭和个人生活，都有精彩的表现。其中影响较大的有：

反帝、反殖民主题的作品，如阿斯图里亚斯《香蕉三部曲》(1950—1960)；

反映印第安土著生活的作品，如墨西哥作家罗莎里奥·卡斯特利亚诺斯的《巴龙-伽南》(1957)；

表现劳资矛盾的作品，如何塞·雷布埃尔塔斯的《人祭》(1943)；

表现妇女问题的作品，如阿根廷作家贝阿特丽斯·吉多的《天使之家》

（1954）；

反映青少年问题的作品，如阿根廷作家曼努埃尔·加尔维斯的《横死街头》（1949）；

描写工农生活的作品，如玻利维亚作家奥古斯托·塞斯佩德斯的《魔鬼的金属》（1940）、哥伦比亚作家奥索里奥·利萨拉索的《地下的人们》（1948）等；

表现现代人自我失却、人性异化、道德沦丧的作品，如乌拉圭作家奥内蒂的《短暂的生命》（1950）、阿根廷作家戴维·维尼亚斯的《日常琐事》（1957）、墨西哥作家塞尔西奥·皮托尔的《被困的时光》（1959）等等。

20世纪六七十年代，拉美小说全面"炸开"：它使创作题材进一步拓宽，内容进一步深化，形式创新蔚然成风。因此，有人冠以"爆炸"[①]这样响亮的词儿，也有人用"第二个黄金世纪"或"半个黄金世纪"命名之。

阿斯图里亚斯和卡彭铁尔比以前更加"介入"：前者发表了极具爆发力的《混血姑娘》（1963）、《马拉德龙》（1969）、《多洛雷斯的周五》（1972），反美情绪有增无已；后者出版了历史小说《启蒙世纪》（1962）和反独裁小说《方法的根源》（1974），批判精神溢于言表。

老博尔赫斯不遗余力，创作了《布罗迪的报告》（1970）、《沙之书》（1975）等，以他拿手的幻想和哲理编织新的人生 —— 艺术迷宫。

"魔术师"比奥伊·卡萨雷斯推出了"新游戏"《猪战日志》（1969）、《向阳而睡》（1973），其熟稔的幻想手法愈来愈空灵飘逸。

埃内斯托·萨瓦托继续向内心世界掘进，写出了长篇巨著《英雄与坟墓》（1961）、《屠夫阿巴顿》（1973）。

科塔萨尔以《跳房子》（1963）开创了崭新的小说形态 —— 形象结构。

卡洛斯·富恩特斯以《阿尔特米奥·克鲁斯之死》（1962）和《我们的土地》（1975），展示了他非凡的现实穿透力和圆熟的心理描写技艺。

哥伦比亚作家加夫列尔·加西亚·马尔克斯以登峰造极的魔幻现实主义手法，创作了惊世骇俗的《百年孤独》和《族长的没落》。

秘鲁作家巴尔加斯·略萨以炉火纯青的结构形式，再现了南美热带丛林的神奇 ——《城市与狗》（1963）、《绿房子》（1965）、《酒吧长谈》（1969）、《劳军女郎》（1973）和《胡利娅姨妈与作家》（1977）。

擅长思索的奥内蒂以《造船厂》（1961）、《收尸人》（1964）和《死亡与女孩》

[①] 最早启用"爆炸"一词的是批评家路易斯·哈斯。他于1966年发表了《我们的作家》，其中遴选了十位"当红"作家，并于同年启用了"爆炸"这一概念。这是学者哈维·阿彦在《爆炸的那些日子》中追根溯源的结果。（Xavi Ayén: *Aquellos años del Boom*, Barcelona: RBA. Libros S.A., 2014, p.525.）

（1973），潜入南美社会，表现出无与伦比的深沉与含混。

委内瑞拉作家阿尔图罗·乌斯拉尔·彼特里的《一张地图》（1962）、《戴假面具的季节》（1964）和《独裁者的葬礼》（1976），再次展示了他的形而上学和表现历史题材的娴熟。

何塞·马里亚·阿格达斯的《所有的血》（1964）和《山上山下的狐狸》（1971）等，以作者一贯的悲壮和深沉叙述人生命运的无数坎坷。

智利作家何塞·多诺索在《周末轶事》（1966）和《污秽的夜鸟》（1970）中，依然徘徊在入世和出世之间。

乌拉圭作家马里奥·贝内特蒂的《情断》（1960）和《感谢火》（1964）揭去了"南美巴黎"蒙得维的亚的面纱，对之进行了多角度的观照。

阿根廷作家曼努埃尔·普伊格在《红红的小嘴巴》（1969）、《蜘蛛女人之吻》（1970）、《天使的阴阜》（1979）中现身说法，大胆涉足同性恋题材。

阿根廷作家罗多尔福·沃尔什的《谁杀死了罗森多》（1969）、墨西哥作家拉法埃尔·贝内特的《蒙古阴谋》（1969）和皮托尔的《洞房花烛》（1970），开创了西班牙语美洲的新侦探小说和新怪诞文学。

同时，女权主义小说在西班牙语美洲兴起。虽然人数依然稀少，但以奥坎波姐妹、埃莱娜·加罗、埃莱娜·波尼亚托夫斯卡、西尔维娜·布丽奇等为代表的一批女作家展示了西班牙语美洲的另一个世界。

此外，古巴作家莱萨马·利马的《天堂》（1966）、加夫列拉·因方特的《三只悲虎》（1967）、塞维罗·萨尔图伊的《表情》（1963）和《眼镜蛇》（1972）等，向世界展示了具有加勒比风采的新巴洛克主义。它远承17世纪西班牙作家，近受超现实主义和卡彭铁尔的影响，浓墨重彩、细致入微地表现了加勒比地区不拘一格的自然形态和扑朔迷离的现实状态（光怪陆离的热带雨林和妙不可言的原始景物，连同其一切变形与共生）：它的结构与本原、历史与文化、黑人与印第安人……

墨西哥作家古斯塔沃·萨因斯、维森特·莱涅罗、何塞·阿古斯丁却返璞归真，把写实主义推向了极端。《加萨波》（1965）、《Q学》（1965）、《侧面》（1966）等"波段小说"[①]，以"摇滚青年"为描写对象，主张文学与现实趋同，追求"纯客观表达"，广泛采用"照相术""录音术"和"传真术"，以至于把现实场景原封不动地移植到小说中来，一定程度上同法国新小说殊途同归、不谋而合。

初露头角的姑且不论，20世纪六七十年代饮誉世界的西班牙语美洲小说，至少还应包括：

---

① 受电台摇滚乐波段影响，取"摇滚音乐控"之意。

阿根廷作家马尔塔·林奇的《红色地毯》（1962）；

波多黎各作家何塞·路易斯·贡萨莱斯的《画廊》（1972）；

古巴作家雷伊纳尔多·阿雷纳斯的《迷幻世界》（1969），利桑德罗·奥特罗的《状态》（1963）和《寻找越南》（1970）；

哥伦比亚作家阿尔瓦罗·穆蒂斯的《失去的工作》（1965）；

乌拉圭作家费里斯佩尔多·埃尔南德斯的《记忆的土地》（1967）；

厄瓜多尔作家德梅德里奥·阿吉莱拉·马尔塔的《七个月亮七条蛇》（1970）、《将军绑架案》（1973）；

墨西哥作家塞尔西奥·加林多的《龙套》（1964）、《结》（1970），何塞·埃米利奥·帕切科的《你将客死他乡》（1967）、《你将有去无回》（1973），加西亚·蓬塞的《稻草人》（1964）、《邀请》（1972），路易斯·思波塔的《往事》（1968）、《盒子》（1973），萨尔瓦多·埃利松多的《法拉比乌夫》（1965），费尔南多·德尔·帕索的《何塞·特里戈》（1966）、《墨西哥的帕里努罗》（1977），豪尔赫·伊巴尔古恩戈伊蒂亚的《废墟》（1978）；

尼加拉瓜作家塞尔西奥·拉米雷斯的《峥嵘岁月》（1970）；

秘鲁作家奥斯瓦尔多·雷伊诺索的《金龟子与人》（1970），古铁雷斯·科雷阿的《隐去的老蜥蜴》（1969）；

巴拉圭作家罗亚·巴斯托斯的《人子》（1960）、《我，至高无上者》（1974）；

委内瑞拉作家奥特罗·西尔瓦的《欲泣无泪》（1970），阿德里亚诺·贡萨莱斯·莱昂的《便携式国家》（1968）；

⋯⋯⋯⋯⋯

这个名单几可无限延伸。

他们表现了可表现的几乎一切内容，尝试了可尝试的几乎一切形式：从初民的神话传说到扑克牌小说，从动物寓言到自娱性游戏，从语言的净化、诗化到"淫化"或解构，从时间的滞留、平行到时序的逆转、时空的错乱，从万能的叙述者到"无能"的叙述者，从平铺直叙、有始有终到形式的"非形式化"，或"开放式结构""复合式结构""组合式结构""套盒式结构""形象结构""心理结构""音乐结构""耗散结构"等等。

第一节　约之以名

面对这繁荣昌盛，这百态千姿，人们不约而同地冠之以"爆炸"——"Boom"这般响亮的字眼儿。

我们知道，在西方，"Boom"常被用来比喻商品热。它使某些商品风靡一时，成为难以抗拒的诱惑。此类现象为当今消费社会所司空见惯。从第二次世界大战爆发到 20 世纪六七十年代，随着拉美资本主义的畸形发展，一些国家出现了"经济奇迹"，"钱多得花不完"。转眼间，到处是洋洋大观的现代化都市、美轮美奂的摩天大楼。城市与农村拉开距离，综合国力和消费水平比例失调。当时，在墨西哥城、加拉加斯、布宜诺斯艾利斯、圣保罗等地，先后出现了住房热、汽车热、家电热等等。

至于西班牙语美洲小说何以"热"起来，则与文学商品化不无关系。消费社会，一切都以消费为杠杆，作为精神商品的文学当然也不能例外。20 世纪中，拉美出版业兴旺发达，图书广告在几乎所有大众传播媒介中均占有一席之地。出版商多如牛毛，且都富得流油。文学商品化客观上推动了西班牙语美洲小说的发展。巴尔加斯·略萨说过："出版商在拉美小说爆炸中牟取暴利，但也扩大了拉美小说的影响。"60 年代，拉美小说打入超级市场，销量倍增，印数惊人。以科塔萨尔的《跳房子》和加西亚·马尔克斯的《百年孤独》为例：前者在 1968 年一年之内就由南美出版社一家再版三次；后者则十年之内（1967—1976）在阿根廷一国行印四十六次之多，更不用说西班牙和西班牙语美洲其他国家。不仅如此，文学商品化使许多作家走上了职业化创作道路。

同时，西班牙语美洲作家身价倍增。令他们至今引以为豪、颇多感慨的是：西班牙语美洲终于有了一字千金的小说家！不是吗？卡洛斯·富恩特斯、科塔萨尔、加西亚·马尔克斯，都曾以数千美元的高价为西方刊物题词。

无疑，拉丁美洲或西班牙语美洲小说的"爆炸"，与东西方读者的推崇是分不开的。卡洛斯·富恩特斯、科塔萨尔都曾表示：东西方读者的青睐大大激发了他们的创作热情。

自智利女诗人米斯特拉尔获得诺贝尔文学奖的 20 世纪 40 年代起，拉丁美洲文学这个后起之秀引起了东西方两个阵营的关注。许多作品一问世即被译成多种文字，在欧洲、北美、苏联、东欧和全世界广为流传。迄今为止，被译成英、法、德、俄、中等主要东西方文字的拉丁美洲小说早已不知其数。像《总统先生》《佩德罗·巴拉莫》《城市与狗》《阿莱夫》《绿房子》《百年孤独》《启蒙世纪》《族长的没落》等，以几十种文字在全世界流行的作品也不在少数。

随之而来的是各种奖励和荣誉。不时有拉美小说在欧洲成为"最畅销书"，或被闻名遐迩的西方导演搬上银幕。许多拉美作家被牛津、剑桥、哈佛、莫斯科等地的著名高等学府授予名誉博士学位，如同丑小鸭变成了白天鹅，灰姑娘摇身一变登上了大雅之堂。巴尔加斯·略萨当上了国际笔会主席，米斯特拉尔、阿斯图里亚斯、聂鲁达、加西亚·马尔克斯、奥克塔维奥·帕斯、德里克·沃尔科特、巴尔加斯·略萨等，接二连三地摘取了诺贝尔文学奖桂冠。"爆炸"震惊了世界文坛，就连我国都有了"寻根文学"，而且整一代作家言必称拉美文学，言必称"马尔克斯""博尔赫斯"。《百年孤独》被誉为"20 世纪的《堂吉诃德》"①；《跳房子》在法国就有好几个《跳房子》研究会。

相形之下，西方文学就逊色得多。这或许印证了法国智者蒙田的预言："新大陆辉煌升腾之日，旧世界黑暗沉沦之时。"②

拉丁美洲文学，尤其是小说的繁荣，与同时期欧洲文坛的萧条适成对照。难怪巴尔加斯·略萨声称：欧洲有普鲁斯特和乔伊斯时，他们自给有余。但如今欧洲只有罗伯-葛里耶和萨洛特，他们怎能不改变态度，去关注更有趣、更生动、更迷人的外部世界？"列位不妨找找，当今欧洲文坛有几位堪称大师？寥若晨星。又有哪部作品可与《启蒙世纪》或《百年孤独》媲美？没有。因为欧洲文学正经历着可怕的衰老和危机……"③

拉丁美洲当代文学在林林总总、浩如烟海的世界文坛如此光彩夺目，就连让-保尔·萨特也发出过类似慨叹："执当今世界文学之牛耳者，乃拉丁美洲作家。"④能不谓之神奇乎？

真可谓青出于蓝而胜于蓝。步欧洲作家后尘达数百年之久的拉美作家，居然赶上和超过了他们的老师。世界文学的中心第一次移到了美国以南的大陆。世人再不能对他们视而不见。多少人通过他们绚丽多彩的传神妙笔，领略了南美热带丛林那令人触目惊心、魂牵梦萦的奇风异俗和社会现实，从而对拉美文学更加"趋之若鹜"。⑤英国作家格雷厄姆·格林、西班牙作家胡安·戈伊蒂索洛、意大利作家伊·卡尔维诺等，都发表过类似布拉什伍德或萨特的观点。

诚然，拉美小说或西班牙语美洲小说的崛起，首先受惠于欧洲，乃至整个世界文学，只要我们对博尔赫斯这样的作家稍加留意。自20世纪30年代博尔赫斯翻译卡夫卡的作品，并将《聊斋志异》篇什收入《幻想文学集》（1940），到60年代《尤利西斯》的全译本在拉美发行，古今西方文学乃至许多东方文学，被一股脑儿地翻译介绍到拉丁美洲，造就了一大批集创作、翻译与评论于一身的学者型作家。此外，20世纪中叶崛起的西班牙语美洲和拉丁美洲新一代作家，大都直接经受了欧美文化的熏陶和当时欧洲文坛涌动的形形色色思潮、流派的

---

① Jean Franco: *Historia de la literatura hispanoamericana*: *a partir de la independencia*, Barcelona: Ariel, 1983, p.394.

② E. Nuñez: "La literatura latinoamericana en el mundo", *América Latina en su literatura*, César Fernández Moreno(ed.), México: Siglo Veintiuno Editores, 1978, p.120.

③ J. Coult Hard: *América Latina en su literatura*, César Fernández Moreno(ed.), México: Siglo Veintiuno Editores, 1978, p.71.

④ J. Bedoyan: "La magia del Nuevo Mundo", *Clarín*, 24, marzo, 1986.

⑤ Brushwood: *La novela hispanoamericana del siglo*, XX, Mexico: Fondo de Cultura Económica, 1984, p.9.

冲击和洗礼。其之所以如此，原因是拉丁美洲同欧洲、美国之间难以割舍的历史文化渊源和政治经济关系，当然还有西班牙语美洲和拉丁美洲国家形形色色的专制制度。

嘲弄历史者，终究要被历史嘲弄。独裁者的命运无不印证了这一规律。早在19世纪初叶，代表封建大地主阶级的"考迪略"政权，就曾使大批拉丁美洲或西班牙语美洲文人流亡欧洲。譬如，开拉美浪漫主义先河的埃斯特万·埃切维里亚和拉美反独裁小说鼻祖萨尔米恩托都体验过流亡生活。他们先后远涉重洋，到达法国和英国，受到欧洲浪漫主义运动的熏陶。不久，他们"浪子回头"，把浪漫主义精神带到了拉丁美洲，对拉丁美洲文学乃至社会发展产生了深远的影响。20世纪，从"考迪略"脱胎而来的"猩猩派"独裁统治继续蔓延滋长，使无数志士仁人背井离乡、亡命海外。像卡彭铁尔、阿斯图里亚斯、加西亚·马尔克斯、巴尔加斯·略萨、多诺索、奥内蒂、罗亚·巴斯托斯、科塔萨尔等当代拉丁美洲小说家，年轻时都曾流亡欧洲、美国，受到欧美文学的直接影响，但此后他们不仅勇气依然，而且比以往更加成熟，益发成了拉美人民反对专制制度的中坚力量。

不言而喻，拉美当代作家成功的秘诀是博采众长，也即我国五四作家所取法的拿来主义，这是正确处理民族性与世界性、继承与扬弃、借鉴与创新关系的办法。如加西亚·马尔克斯多次声明，他模仿过卡夫卡、海明威、乔伊斯和福克纳，最终却以登峰造极的魔幻现实主义手法闻名于世。科塔萨尔说爱伦·坡给了他想的尺度，伍尔夫给了他打开心灵奥秘的钥匙，然而他的作品却被欧美作家誉为"感觉和意识的百科全书"。博尔赫斯深受欧美幻想小说的影响，却后来居上，成了当代世界文坛冠绝一时的幻想小说大师。卡洛斯·富恩特斯和巴尔加斯·略萨也曾受惠于欧美作家，但最终都以炉火纯青的结构现实主义手法和南美风骨享誉全球。……

总之，拉丁美洲当代作家，无不是站在同时代外国作家的肩膀上跻身于世界文坛的。他们虽然大都在欧洲参加过各种文学团体，却具有一个共同的信念：他们的作品将表现拉美现实，具有浓厚的番石榴芳香和斑斓的美洲色彩。这种信念导致了影响深远的"寻根"运动。它始于20世纪40年代，是拉丁美洲作家在借鉴外来文化过程中产生的一种独立姿态。广义上说，"寻根"运动意在发扬光大玻利瓦尔的美洲大同思想；狭义上说，它重新发现了美洲印第安文化。

西班牙人征服美洲之前，印第安人在辽阔的美洲大地上创造了灿烂的玉米文化和丰富的神话传说。西班牙殖民者入侵时，这笔宝贵的遗产被毁灭殆尽。无文字记载的，逐渐被岁月的风尘淹没，有文字记载的，也难逃一劫，幸存下来的多已残缺不全，令人难以卒读。我们目前所能见到的古印第安文学，如诗歌、戏剧、神话传说等等，几乎都是20世纪40年代开始发掘、整理并翻译成西班牙语的。不消说，魔幻现实主义的产生，当首先归功于"寻根"运动，而非通常认为的土著主义小说。换言之，魔幻现实主义也即拉丁美洲的"寻根文学"。

当然，文化离不开经济。前面说过，20世纪中叶是拉丁美洲经济飞速发展时期（尽管这种发展有时是不平衡的，甚至是病态的）。许多国家通过外资、合资等各种渠道，开发自然资源，扩大对外贸易，振兴民族经济。拿墨西哥来说，30年代后经济政策一直比较开放、稳定，国民经济迅速、持续发展。1940年到1950年，其国内生产总值以年均百分之六点七的速度增长；1950年至1960年又继续以年均百分之六点二的增长率稳步上升。60年代，经济发展较快的阿根廷、巴西、委内瑞拉的国内生产总值的年增长率也都在百分之六以上。70年代初，这几个国家的国民人均收入达到了当时的中等发达国家水平。经济发展为社会文化事业奠定了基础。几十年来，拉丁美洲国家的文化教育事业迅速发展。50年代至60年代初，仅墨西哥就新建了三十余所大学，其中三分之二以上是公立的。

据1970年统计，墨西哥城拥有日报二百余种，周报九百余种，其他各种刊物一千七百余种。而最南边的布宜诺斯艾利斯则已然是一座"名副其实的世界性城市"[1]。它不仅对所有人种，而且对所有宗教信仰、哲学思想和文学观念都敞开大门，来者不拒。它发行的刊物不但种类繁多，而且采用不同语言，其中常见的有西班牙语、意大利语、德语、英语、法语、阿拉伯语、意第绪语、俄语等等。文化教育事业的发展提高了全民文化素质，扩大了知识分子队伍，为拉丁美洲的文学发展创造了良好的环境。

拉美小说崛起的另一个客观因素是古巴革命的胜利。它鼓舞了一大批进步作家并为他们提供了一个安全、可靠的后方。20世纪60年代，拉美文坛最活跃、最有生气的作家，如加西亚·马尔克斯、巴尔加斯·略萨、科塔萨尔、卡洛斯·富恩特斯、贝内特蒂、萨瓦托等，在古巴周围结成了无形的统一战线。

与此同时，拉美文坛第一次形成了一支专业化理论队伍，使拉丁美洲文学这艘"双桅船"能够急起直追、扬帆远航。这支队伍主要来自创作界，同时他们熟谙西方文论，具有开阔的视野、精良的武器。如以下这些深孚众望的作家兼评论家：

墨西哥的何塞·路易斯·马丁内斯、拉蒙·西拉乌、路易斯·莱阿尔；

智利的阿尔贝托·桑切斯、路易斯·哈斯、费尔南多·阿莱格里亚；

阿根廷的诺埃·吉特里克、阿道夫·普里埃托、恩里克·安德森·因贝特；

---

① Luis Sánchez: "Segura, el comediógrafo", *Historia y crítica de la literatura hispanoamericana*, Cedomil Goic (coord.), Madrid: Editorial Crítica, 1988, pp.680-684.

秘鲁的胡利奥·奥尔特加;

乌拉圭的安赫尔·拉马;

古巴的罗伯特·费尔南德斯·雷塔马尔;

哥斯达黎加的安赫尔·弗洛雷斯;

巴西的安东尼奥·埃迪多。

此外,拉美文坛积极、善意的批评与自我批评之风日盛。卡洛斯·富恩特斯的《西班牙语美洲新小说》(1969)对卡彭铁尔、博尔赫斯、科塔萨尔、加西亚·马尔克斯、巴尔加斯·略萨等拉美同行,都有恰如其分的评价。洋洋洒洒的《加夫列尔·加西亚·马尔克斯:弑神者的历史》(1971)是巴尔加斯·略萨的博士论文。卡彭铁尔的《一个巴洛克作家的简单忏悔》(1964),是拉美作家自我解剖的杰作,纵横捭阖,又细致入微。何塞·多诺索的《我与文学"爆炸"》(1972)则真实地再现了1962年康塞雷西翁大会之后拉美作家团结奋斗、赶超西方的熠熠光彩。此外,萨瓦托、科塔萨尔、博尔赫斯等,也都有类似的作品问世。从古巴式的马克思主义到美国式的形式主义,不同思潮、不同流派、不同方法,在拉美文论中均有一席之地。西班牙语文坛首次形成了健康的、善意的、富有建设性而又多样化的批评风格。人们尽可以不赞同博尔赫斯的虚无主义,却并不怀疑他过人的才华;反之,博尔赫斯也没有因为自己被幻想作家定于一尊,而无视或否定拉丁美洲的写实主义传统和其他作家的创作自由。

再说西班牙语美洲文化从塞万提斯、贡戈拉,到毕加索、达里或帕斯,产生过许多伟大的作家、艺术家,却从未孕育出一个世界级的大哲学家、文论家。这是明摆着的事实,是西班牙语文化和德、英、法文化的不同之处。这只能说明西班牙衰落后,生产力发展相对滞后。其中自然还有话语权的问题。从马克思主义的经济基础与上层建筑的关系看,这是因为思想理论较之文艺创作,同政治、法律、道德、宗教等其他上层建筑的关系更为密切,因而也更受经济基础的制约。所以,一个政治经济和科学技术相对落后的国家或地区,很难产生一流的哲学家、文论家,却能创作出一流的文学艺术作品。西班牙虽曾称雄世界,但那是在文艺复兴之初。当时,它不仅有过辉煌的神学和哲学,还有过令全欧洲服膺的博大精深的宫廷礼仪。如此差异,使西班牙语文学和其他欧洲文学,尤其是德、英、法文学形成了不同的发展向度:西班牙语文学常常先有作品后有主义,而德、英、法语文学则往往相反。人文主义、古典主义、浪漫主义、自然主义及形形色色的现代主义,都是明证。西班牙语文学即使是先有主义,那主义也常常是外来的。

20世纪,随着科学技术突飞猛进的发展和电子信息时代的来临,经济相对落后的国家和地区遂有了许多"跳跃式发展"的可能性。这时,西班牙语文学,尤其是西班牙语美洲文学的创新机制迅速形成。西班牙语文坛左右逢源,充满活力。

可见，西班牙语美洲当代小说也不是无本之木、无源之水。

综上所述，"爆炸"原指拉丁美洲文学，尤其是西班牙语美洲小说的突然崛起，及其在世界范围产生的轰动效应，其形象性、生动性自不待言。然而，"爆炸"毕竟过于宽泛，难以说明现象本身的内涵外延、来龙去脉。于是就有人分门别类，归类命名；名目通行既久，也便约定俗成了。

第二节　魔幻现实主义

目前西班牙语美洲小说常用的魔幻现实主义、结构现实主义、心理现实主义、社会现实主义及幻想派等名称、术语，大都定型于 20 世纪 70 年代，但产生时间、渊源由来和演变过程却各不相同。因此，用主义、流派概而括之的好处是将零散的、多维的作家作品结集起来，以利于介绍、评说和比较；坏处是容易将复杂的问题简单化。鉴于半个世纪以来，习惯成自然，本著姑且用上述主义或流派分门别类。

一般认为，"魔幻现实主义"一词最初见诸德国艺术批评家弗兰兹·罗的《后表现主义·魔幻现实主义·当前欧洲绘画的若干问题》（1925）。此外，意大利未来主义作家也曾偶尔用魔幻现实主义做未来主义的代名词。当然，他们与拉美小说的魔幻现实主义并无实质性、源流性瓜葛。未来主义和拉丁美洲魔幻现实主义的区别显而易见，毋庸赘述；而弗兰兹·罗赋予 20 世纪 20 年代欧洲绘画艺术的魔幻现实主义，也分明别有所指，与拉丁美洲小说的魔幻现实主义相去甚远。用他本人的话说，魔幻现实主义并无特殊含义：

> 鉴于"后表现主义"从字面上看（对于表现主义）只是一种时间上的承续关系而不含任何本质界定意义，所以在作品完稿许久之后，我加上了这个令人瞩目的名词。我想，它终究要比狭隘的"理想主义"或"现实主义"或"新古典主义"之类说明问题。"超现实主义"是个好词儿，但如今它已俨然他属了。对我而言，"魔幻"，不同于"神秘"，这就是说，神奇者既非外来之物，亦非客观存在，它隐藏、搏动于事物背后。①

除此之外，弗兰兹·罗没有对魔幻现实主义做更多的阐释，因此，魔幻现

---

① Franz Roo: *Post-expresionismo. Realismo mágico. Problemas de la nueva pintura europea*, Madrid: Revista de Occidente, 1925, pp.7-11.

实主义对于他，不外乎后表现主义的一个"令人瞩目"的别名。

第一个运用这一术语的西班牙语美洲作家是阿尔图罗·乌斯拉尔·彼特里。他在论述 20 世纪 40 年代委内瑞拉文学时说：

> ……占主导地位的是把人看作现实状态和生活细节的神奇之所在并使它具有永恒的魅力。它意味着对现实的诗化或否定。由于缺乏别的名字，姑且称之为魔幻现实主义。①

足见"魔幻现实主义"一词在拉丁美洲的出现，与弗兰兹·罗和意大利未来主义并无瓜葛。即使阿尔图罗·乌斯拉尔·彼特里知道弗兰兹·罗和意大利未来主义已偶用在先，一个"姑且称之"也早把它们的源流关系一笔勾销了，何况三者所指风马牛不相及。

和今天所说的魔幻现实主义有关的概念，产生于 1954 年在纽约召开的全美文学教授协会年会。其间，哥斯达黎加旅美学者安赫尔·弗洛雷斯教授做了题为"西班牙语美洲小说中的魔幻现实主义"的发言，认为按时代或题材界定拉美当代小说是一种缺乏想象力的表现，因而迫切需要用魔幻现实主义命名富有幻想色彩和现代意识的新人新作。翌年，美国《西班牙语文学》杂志全文刊登了弗洛雷斯教授的评论。② 从此，"魔幻现实主义"一词在拉丁美洲流行起来。

弗洛雷斯之所以迫不及待地启用魔幻现实主义这一术语，无非是想对当时已然"炸"开的拉美小说进行分门别类。他果敢地选择博尔赫斯做魔幻现实主义大师，以博尔赫斯和比奥伊·卡萨雷斯夫妇的《幻想文学集》（1940）做魔幻现实主义宣言，并为之配备了响当当的鼻祖——卡夫卡（理由之一是博尔赫斯翻译了卡夫卡的作品）。然而，他罗列的魔幻现实主义作家中居然没有卡彭铁尔和阿斯图里亚斯；而他们二人恰恰是后来普遍认为的魔幻现实主义鼻祖。这是弗洛雷斯不经意的疏漏？非也。其时，阿斯图里亚斯和卡彭铁尔都已成名，前者发表了两部长篇小说和一部短篇小说集——《总统先生》（1946）、《玉米人》（1949）和《危地马拉传说》（1930）；后者发表了三部长篇小说——《埃古·扬巴·奥》（1933）、《这个世界的王国》（1949）和《消逝的脚步》（1953）。

弗洛雷斯教授的初衷固然单纯，但他涉及的却是整个西班牙语美洲新小说的分类问题，关键论点不能自圆其说，术语的诠释、作家作品的划分，都有失之

---

① Uslar Pietri: *Letras y hombres de Venezuela*, México: Fondo de Cultura Económica, 1948, pp.11-19.

② Angel Flores: "El realismo mágico en la novela hispanoamericana", *Hispania*, 1955, 38(2), pp.187-192.

偏颇之嫌。为了填补漏洞,弗洛雷斯和他的美国同仁卡特不遗余力,在有关著述中谓"魔幻现实主义是现实与幻想的融合"。而事实上,他们的所谓"魔幻现实主义"是以博尔赫斯和比奥伊·卡萨雷斯夫妇的《幻想文学集》为依据的,所以是一般意义上的幻想小说。

然而弗洛雷斯歪打正着。在他挖空心思地兜售他的魔幻现实主义的同时,真正的魔幻现实主义小说悄然崛起。《这个世界的王国》《消逝的脚步》《玉米人》《佩德罗·巴拉莫》《深沉的河流》《最明净的地区》《一张地图》《百年孤独》等先后出版,并产生轰动效应。这些作品表现了与博氏幻想小说截然不同的价值取向和审美品格,具有极强的现实穿透力和干预精神。这些作品使一批拉美作家在题材和形式上形成了某种群体化倾向,在人数和影响上显示了博尔赫斯等幻想作家难以分庭抗礼的优势。

这个群体也即智利作家、评论家费尔南多·阿莱格里亚率先提出的魔幻现实主义作家群,包括卡彭铁尔、阿斯图里亚斯、鲁尔福、卡洛斯·富恩特斯、马里亚·阿格达斯和加西亚·马尔克斯等。费尔南多·阿莱格里亚从卡彭铁尔和阿斯图里亚斯切入,给弗洛雷斯的魔幻现实主义来了个一百八十度的转弯。[①]

20世纪20年代初,流亡巴黎的卡彭铁尔、阿斯图里亚斯与勃勒东过从甚密,还创办了第一份西班牙语超现实主义杂志《磁石》。他们尝试"自动写作法",探索梦的奥秘,参与超现实主义革命。但是,美洲的神奇、他们身上沉重的美洲包袱和他们试图表现美洲现实的强烈愿望,使他们最终摈弃超现实主义,开了魔幻现实主义的先河。

卡彭铁尔宣称:

> 我觉得为超现实主义效力是徒劳的。我不会给这个运动增添光彩。我产生了反叛情绪。我感到有一种要表现美洲大陆的强烈愿望,尽管还不清楚怎样去表现。这个任务的艰巨性激励着我。我除了阅读所能得到的一切关于美洲的材料之外没有做任何事。我眼前的美洲犹如一团云烟,我渴望了解它,因为我有一种信念:我的作品将以它为题材,将有浓郁的美洲色彩。[②]

1943年,卡彭铁尔离开法国,赴海地考察。

---

① Alegría: "Carpentier y el Realismo mágico", *Humanidades*, New York, 1960, I, pp.38-51.

② Carpentier: *Confesiones sencillas de un escritor barroco*, La Habana: Revista Cubana, 1964, XXIV, pp.22-25.

不禁从重新接触的神奇现实联想起构成近三十年来某些欧洲文艺作品的那种挖空心思臆造神奇的企图。那些作品在布罗塞利昂德森林、圆桌骑士、墨林魔法师、亚瑟传这样一些古老的模式里寻找神奇；从集市杂耍和畸形儿身上挖掘神奇……或者玩把戏似的拼凑互不相关的事物以制造神奇……然而神奇是现实突变的产物，是对现实的特殊表现，是对现实状态的非凡的、别出心裁的阐释和夸大。这种神奇的发现令人兴奋至极。不过，这种神奇的产生首先需要一种信仰。无神论者是不能用神的奇迹治病的，不是堂吉诃德也不会全心全意地进入《阿马迪斯》或《骑士帝郎》的世界。

在海地逗留期间，由于天天接触堪称神奇的现实，所以他深有感触。在这块土地上生活着成千上万渴望自由的人，他们相信德行能产生奇迹。在黑人领袖马康达尔被处以极刑的那一天，信仰果然产生了奇迹：人们相信马康达尔变了形，于是乎死里逃生，逢凶化吉，令法国殖民者无可奈何。奇迹还导致了一整套神话和由此派生的各种颂歌。这些颂歌至今保存在人们的记忆中，有的则已成为伏都教（又称"巫毒教"）仪式中不可缺少的一部分。"这是因为美洲的神话之源远未枯竭：它的原始与落后、历史与文化、结构与本原、黑人与印第安人，恰似缤纷的浮士德世界，给人以各种启示。"①

阿斯图里亚斯与卡彭铁尔不谋而合。因为，在反叛和回归中，阿斯图里亚斯发现了美洲现实的第三范畴：魔幻现实。他说：

简而言之，魔幻现实是这样的：一个印第安人或混血儿，居住在偏僻的山村，叙述他如何看见一朵彩云或一块巨石变成一个人或一个巨人……所有这些都不外是村人常有的幻觉，谁听了都觉得荒唐可笑、不能相信。但是，一旦生活在他们中间，你就会意识到这些故事的分量。在那里，尤其是在宗教迷信盛行的地方，譬如印第安部落，人们对周围事物的幻觉印象能逐渐转化为现实。当然那不是看得见摸得着的现实，但它是存在的，是某种信仰的产物……又如，一个女人在取水时掉进深渊，或者一个骑手坠马而死，或者任何别的事故，都可能染上魔幻色彩，因为对印第安人或混血儿来说，事情就不再是女人掉进深

---

① Carpentier: *El reino de este mundo*, Prólogo, México: Fondo de Cultura Económica, 1949, pp.1-3.

渊了，而是深渊带走了女人，它要把她变成蛇、温泉或者任何一件他们相信的东西；骑手也不会因为多喝了几杯才坠马摔死的，而是某块磕破他脑袋的石头在向他召唤，或者某条置他于死地的河流在向他召唤……①

同时，超现实主义对他们产生的影响又是无可否定的、至为重要的。它使他们发现了美洲神奇现实（也即魔幻现实）之所在。卡彭铁尔说："对我而言，超现实主义有着十分重要的意义。它启发我观察以前从未注意的美洲生活的结构与细节……帮助我发现了神奇的现实。"②阿斯图里亚斯说："超现实主义是一种反作用……它最终使我们回到了自身：美洲的印第安文化。谁叫它是一个耽于潜意识的弗洛伊德主义流派呢？我们的潜意识被深深埋藏在西方文明的阴影之下，因此一旦我们潜入内心的底层，就会发现川流不息的印第安血液。"③总而言之，卡彭铁尔和阿斯图里亚斯急流勇退，从欧洲回到美洲，为的就是这一方神奇（魔幻）现实。

阿莱格里亚正是通过卡彭铁尔和阿斯图里亚斯的现身说法，使原本几近矛盾的魔幻现实主义（既是现实主义，如何又曰魔幻）变得合情合理、无可挑剔。此后，魔幻现实主义便自然而然地和美洲的土著文化、黑人文化联系在一起了。

但是，围绕魔幻现实主义的争论远未结束。

首先，有人执意将魔幻现实主义和卡彭铁尔的神奇现实主义区别开来，认为前者的根是印第安文化，后者的源却是黑人文化。

其次，有关作家如加西亚·马尔克斯，对魔幻现实主义这个标签很不以为然。加西亚·马尔克斯声称，"现实是最伟大的作家"，他本人则是一名忠于现实的"记者"。他一再强调："在拉丁美洲五彩缤纷、光怪陆离、令唯美主义者费解的神奇现实面前，我等缺乏的常规武器恰恰不是幻想，而是表现这种近乎幻想的真实的勇气和技能。"

为此，他反复举证拉丁美洲的神奇。他说在他的祖国哥伦比亚的加勒比海岸遇到过这么个离奇的场面："有人在为一头母牛祈祷，以医治它所患的寄生虫病。"还有令他终生难忘的外祖母一家：在他童年的感觉知觉中，外祖母家充

① G. W. Lowrence: "Entrevista con Miguel Angel Asturias", *El Nuevo Mundo*, 1970, I, pp.77-78.

② Carpentier: *Confesiones sencillas de un escritor barroco*, La Habana: Revista Cubana, 1964, p.32.

③ Luis Alvarez: *Diálogos con Miguel Angel Asturias*, México: Fondo de Cultura Económica, 1974, p.81.

满了幽灵和鬼魂。他常听到外祖母同鬼魂交谈。当他问外祖母为什么这样做时，外祖母总是不动声色地回答，她之所以这样做，是因为不这样做，死去的人就会感到孤独难熬。为了表示对鬼魂的应有尊重和理解，外祖母还特地预备了两间空房，供他们歇脚。每当夜幕降临，外祖母便再也不许闲杂人等到那两间空屋去了。她嘱咐年幼的加西亚·马尔克斯早早上床安歇，以免不期然碰上闲散的幽灵、游荡的鬼魂。无独有偶。加西亚·马尔克斯的一位姨妈既不是行将就木，亦非病入膏肓，可有一天突然感到了死亡的降临，于是就关起门来织寿衣。当加西亚·马尔克斯问她干吗这样时，她笑着说："为了死亡。"虽然加西亚·马尔克斯当时还不谙世事，难以理解，但这件事本身却给他留下了不可磨灭的印象。惊世之作《百年孤独》中的许多细节便源于此。

同时，为解释《族长的没落》中那"玄之又玄"的描写，加西亚·马尔克斯又常常列举为消灭政敌而下令杀死所有黑狗（因为那政敌说他宁肯变成一条黑狗也不愿听任摆布）的暴君杜瓦列尔，为防止猩红热蔓延而活埋三万农民的独裁者马丁尼斯，等等。[①]

再次，有人不甘落后，又相继发明了结构现实主义、心理现实主义、社会现实主义和幻想派等等。[②]名目繁多，以示"不相杂厕"；纷纷扰扰，可谓旷日持久。

诚然，相当一部分作家和评论家依然故我，对由弗洛雷斯教授挑起的这场没完没了的论战熟视无睹。其之所以如此，也许是因为魔幻现实主义等西班牙语美洲当代小说流派不同寻常：它们既无刊物、宣言，又无领袖、团体，却个个在某一时期形成了数量相当多的具有相似的审美品质或取向、相近的表现形式或内容的作家作品。这些作家作品所体现的倾向虽难上升为传统意义上的流派，却分明具有 20 世纪中期文学流派的显著特点：既各具主导倾向，又你中有我，我中有你，错综复杂，纷杂多变。事实上，这也是时至今日有关魔幻现实主义等西班牙语美洲当代小说流派的商榷、甄别仍在继续的根本原因。

毫无疑问，理论上的商榷和有关名称的不胫而走，对西班牙语美洲当代小说的传播与发展起到了一定的推动作用，也为西班牙语美洲当代小说赤橙黄绿青蓝紫杂然纷呈的"爆炸"现象提供了可资借鉴的认知方式，尽管它们没有，也不可能有什么定论。

鉴于篇幅和西班牙语美洲小说的现状，以及魔幻现实主义、结构现实主义、心理现实主义、社会现实主义和幻想派，可基本涵盖当代西班牙语美洲小说繁

---

① García Márquez: "La soledad de América Latina", *Les Prix Nobel*, The Nobel Prizes 1982, Wilhelm Odelberg (ed.), Nobel Foundation, Stockholm.

② José Luis Martín: *La novela contemporánea hispanoamericana*, Puerto Rico: Universidad de Puerto Rico, 1973, pp.1-3.

盛时期的所有重要作家作品的主要创作题材和内容、方法和形式,本著将仅限于论述与评骘上述五种流派,而不得不割舍影响较小,或昙花一现、稍纵即逝的流派思潮,以及一些缺乏代表性的作家作品。

同时,鉴于上述主义、流派的特点,以及国内外同仁众说纷纭的现实,本著在涉及具体作家作品时,将根据具体情况有所甄选,偏颇和失当在所难免,敬希读者见谅和指正。

一 早期魔幻现实主义

如果说 20 世纪是神话复归的世纪,那么拉丁美洲的魔幻现实主义就是这一复归的毋庸置疑的高潮。前面说过,虽然魔幻现实主义不是传统意义上的文学流派,却不乏鲜明的群体化倾向。这个群体包括古巴作家阿莱霍·卡彭铁尔,危地马拉作家阿斯图里亚斯,墨西哥作家胡安·鲁尔福和卡洛斯·富恩特斯,秘鲁作家何塞·马里亚·阿格达斯,委内瑞拉作家阿尔图罗·乌斯拉尔·彼特里,巴西作家若昂·吉马朗埃斯·罗萨,哥伦比亚作家加夫列尔·加西亚·马尔克斯,智利女作家伊莎贝尔·阿连德,等等。他们不谋而合、殊途同归,出色地表现了拉丁美洲的魔幻(神奇)现实。

(一)魔幻现实主义与神奇现实

不消说,魔幻现实主义既非超现实主义的赓续和变体,也不是现实主义的简单延伸和拓展,但又同二者有着割舍不断的关联。且不说开魔幻现实主义先河的阿斯图里亚斯和卡彭铁尔如何双双脱胎于超现实主义(尽管当时他们都还是无名之辈,因而未被勃勒东列入"绝对超现实主义"诸君名单,尽管后来他们退出了这个欧洲文学运动并对它产生了反叛情绪),魔幻现实主义所表现的不正是超现实主义所孜孜以求的神奇吗?当然,魔幻现实主义的神奇最终又不同于超现实主义的神奇。就像勃勒东所说的那样,拉丁美洲是"天生的超现实主义乐土"。在那里,神奇俯拾即是,无须煞费苦心地凝思玄想。

那么,什么是魔幻现实主义的神奇呢?这个问题历来是争论的焦点,稍不慎就会进入误区。

无论是卡彭铁尔还是加西亚·马尔克斯(甚至还有勃勒东),都认为神奇是拉丁美洲现实的基本特征。尤其是加西亚·马尔克斯,虽然一直不屑于魔幻现实主义这种"标签",却一再强调拉丁美洲现实的神奇。他说:

> 我们的现实向文学提出了一个十分严肃的问题,那就是语言的贫乏。当我们谈起河流时,欧洲的读者也许会联想到多瑙河的涟漪,却很难想象出亚马孙河的波澜壮阔:从帕拉的巴伦极目望去,巨浪翻滚,烟波浩渺,水天相连,无边无际。在我们写暴风雨的时候,欧洲人想见

的至多是电闪雷鸣……然而，在安第斯山脉，暴风雨是一种世界末日。正如一个名叫雅维埃·马理米埃的法国人所说的那样，"没有亲眼见过这种暴风雨的人，怎么也不会对雷霆万钧之势形成概念。连续不断的闪电一道紧接着一道，犹如血红色的瀑布；隆隆的雷鸣在深山里久久回荡，直震得地动天摇"。这般描述远远称不上精彩，但它足以使最不轻信的欧洲人不寒而栗。

马尔克斯认为有必要创造一套新的话语系统，以适应拉丁美洲的现实生活。他说，20世纪初有位名叫厄普·德·格拉夫的荷兰探险家在亚马孙河流域见过一条沸腾的大河，鸡蛋放进去几分钟就能煮熟。此人还到过一个地方，在那儿不能大声说话，否则就会引起一场倾盆大雨。凡此种种，不胜枚举。然而真正神奇的并非拉丁美洲的自然现象，而是那里的人。他说：

> 仅墨西哥这一个国家，就得用浩繁的卷帙来叙述它那令人难以置信的现实。尽管我已经在那里生活了近二十年，但还时常会几小时几小时地望着盛放跳蹦豆的坛子出神。善于推理的好心人向我解释说，豆子之所以会跳舞是因为巫师在里面放了一条活虫。
>
> ……在加勒比地区，这类令人目瞪口呆的现象更是达到了登峰造极的地步。加勒比北起美国南邻巴西，地域辽阔，人种纷杂。……在这个世界文明的交叉路口，形成了一种无拘无束的自由、无法无天的生活。在这里，人人可以为所欲为。一夜之间，强盗变成了国王，逃犯变成了将军，妓女变成了总督；反之亦然。
>
> 我生长在加勒比海岸，熟悉这里的每一个国家、每一座岛屿。也许正因为这样，我才如此力不从心、自叹弗如，总感到无论怎么搜肠刮肚、苦思冥想，也写不出半点儿比现实更令人惊奇的东西。因此，我力所能及的只是用诗的蹩脚有意无意地移植现实而已。在我拼写的每一部作品中，每一处描述都有事实依据，每一句话都有案可稽。
>
> 我在《百年孤独》中写了使布恩迪亚一家祖祖辈辈忐忑不安的猪尾巴遗传症，便是这种移植的明证之一。我本来可以写任何一件事情，但我想来点儿别出心裁，于是写了个猪尾儿。我以为害怕生出个猪尾儿之类，是最不可能有偶合的。不料，小说刚开始为人所知，在美洲各地就有一些男人和妇女坦白承认自己也长有类似的多余物。在巴兰基利亚，一位青年向报界透露：他不但有一根与生俱来的猪尾巴，而且连经历也颇似我的人物。他说他一直瞒着别人，总觉得那是件十分丢脸的事情，直到读了《百年孤独》后才得以将秘密披露出来。他向报

界所作的说明简直令人喷饭。他说道："读了小说之后，我才知这是件很自然的事情。"

诚然，在我的作家生涯中最困难的创作经历莫过于构思《族长的没落》。几乎整整十年，我耗尽心血收集有关拉丁美洲独裁者的资料，唯一的愿望是使自己的作品尽可能少与现实相似、偶合。结果，我的想法一次次落空：胡安·维森特·戈麦斯①洞察一切的本领比真正的未卜先知还要胜过一筹。安东尼奥·洛佩斯·德桑塔纳②劳民伤财，为安葬自己的一条断腿，举行了旷世隆重的葬礼。洛佩·德·阿吉雷将他的一只断臂扔到河里，让国民为它举哀。断臂顺流而下，所到之处，都有官兵迎送。人们无不胆战心惊，生怕它还会挥舞屠刀。安纳斯塔西奥·索摩查·加西亚③在家里喂养猛兽，每个铁笼都分作两格，一格关猛兽，另一格关政敌……

他还说，在拉丁美洲，尤其是加勒比地区，最令人叹为观止的建筑，常常不是别的而是监狱。

1902 年 5 月 8 日，位于马提尼克岛上的倍雷火山突然爆发，在短短的几分钟内将圣皮埃尔港夷为平地。熔岩烧死并埋没了该地的全体三万居民，唯独一人幸免于难，此人叫吕德热·西尔瓦里斯，是个囚犯，被监禁在坚不可摧的牢房里……④

为此，加西亚·马尔克斯声称"现实是最伟大的作家"，"我们的任务，也许可以说是如何努力以谦卑的态度和尽可能完美的方法去贴近现实"。

然而，拉丁美洲的神奇是有历史原因的。

拉丁美洲之所以神奇（魔幻），首先是由于它的"新"。"新大陆"被发现本身便充满了神奇色彩：它是哥伦布判断失误的结果，具有历史偶然性。这是"导向人类历史上最大发现之一"的建设性错误。哥伦布是在粮断水尽、骑虎难下、完全绝望的情况下到达美洲——他心目中的"印度"的。

当哥伦布看到印第安人吸土烟抽大麻的时候好不惊奇，以为是什么宗教仪

---

① 委内瑞拉独裁者（Juan Vicente Gómez, 1857—1935）。

② 墨西哥独裁者（Antonio Pérez de Santa Ana, 1794—1876）。

③ 尼加拉瓜独裁者（Anastasio Somoza García, 1896—1956）。

④ García Márquez: "Creaciones artísticas de América Latina y el Caribe", *Uno más uno*, México: 4 de Agosto de 1984.

式，但因找不到贴切的表述方式，便想当然地对西班牙人说："印度人整天叼着燃烧的草叶木棒烟熏火燎。"而后，在纷至沓来的殖民者眼里，美洲成了名副其实的新大陆，一切都是那么扑朔迷离、难以名状。他们只能用手指指点点，或张冠李戴、牵强附会，拿毫不相干的事物比附一番。当他们在"新西班牙"即今墨西哥境内连续发现数条大河时，便想到了多瑙河与尼罗河，竟毫不犹豫地以"格兰得"（意为大河）、"拉尔戈"（意为长江）等分别命名。殊不知真正的大河、长江还大有其在。于是乎，巴西境内的亚马孙河便理所当然地成了巴伦的海。

与此同时，新大陆又因其"新"而给幻想提供了纵横驰骋、无所羁绊的广阔天地。真真假假，虚虚实实，无奇不有，无所不能。且不说女妖之类的玄想，亦不论龙蛇之类的传说，西班牙殖民者和形形色色的冒险家就有过多少令人惊叹的故事，做了多少异想天开的美梦。

其中，"黄金国"的传说是最具代表性的，它对新大陆乃至全世界都产生了极其深远的影响。为了寻找这个令人神往的"国度"，贡萨罗·西梅内斯·德·盖萨达率兵征服了哥伦比亚，并对它进行了旷日持久的疯狂洗劫。弗朗西斯科·德·奥雷亚纳发现了亚马孙河的源头，并自上而下进行了同样疯狂的漂流探险。后来，有人在卡塔赫纳出售的鸡胗里发现了大量金粒，又在旧金山和中南美发现了特大金矿，于是"黄金国"的神话再次不胫而走，风靡西班牙、葡萄牙，甚至整个世界，令亿万人废寝忘食、如痴如狂。

和"黄金国"的传说一脉相承的"瓜乌特莫克宝藏"，也一直使旧世界魂牵梦萦、欲忘不能。据说，印加帝国为了向阿兹台克国王瓜乌特莫克赎回被捕的阿塔瓦尔帕国王，派出了数十个驼队，共一万一千余头满载着金银珠宝的大羊驼，但它们从未抵达墨西哥山谷。

正是这种幻想与现实的交织、重叠，使"黄金国"的传说继续搅扰人心。直到20世纪末，还有人远涉重洋，去美洲探险寻宝，以致负责巴拿马地峡铁道工程的德国工程师不乏讽刺地说，只要铁轨不用当地的稀有金属铁而改用金子铸造，这项工程可望提前告成。

还有令更多英雄豪杰、凡夫俗子梦寐以求的"永葆青春泉"。传说此泉水不仅能驱邪治病、延年益寿，而且能解忧消愁、返老还童。为了寻找这口仙泉，西班牙殖民者阿尔瓦罗·努涅斯·卡贝萨·德·巴卡率部由墨西哥南下，在中南美辗转十余年，损兵折将不计其数。在一次神秘探险中，远征队伍断了炊，发生了人吃人的可怕事件，原来的六百多人一下死了大半，最后只有五人侥幸生还。

旧梦未圆，新梦又生。令人费解的是，至今仍有人相信"黄金国"的存在。

诚然，美洲本是一块古老神奇的土地，千百万印第安人在这里繁衍生息。他们以自己的勤劳和智慧创造了光辉灿烂的土著文化。早在公元前2500年，美洲就已产生了奥尔梅卡前古典时期文化。公元前1000年左右，发展了农业，开始种植玉米、土豆等作物。公元前 700 年至公元 1000 年，中南美洲的玛雅文化、萨波特克文化、托尔特克文化、米斯特克文化和南部美洲的印加文化，出现第一个鼎盛期，无论是天文还是建筑，数学还是农业等诸多方面，较之同时期欧洲大陆都毫不逊色。到了公元 15 世纪，也即哥伦布发现新大陆之际，阿兹台克建成了规模旷世的特诺奇蒂特兰城（即今墨西哥城前身）。它不仅拥有十五万居民（超过了当时欧洲最大的都市塞维利亚和伦敦），而且具有堪与马德里大教堂相媲美的蔚为大观的太阳神大庙等金字塔建筑群。

此外，与世隔绝使印第安文化传统、宗教信仰和风俗习惯，与"旧世界"大相径庭。因而，对于"旧世界"来说，美洲文化充满了神奇色彩。反之，对印第安人而言，欧洲文化更有其不可思议之处。他们的帆船、骑兵、火枪、盔甲等等，无不使印第安人望而生畏、不知所措。譬如西班牙骑兵，所到之处，不是被奉若神明，便是被当作妖魔，因为在印第安人看来，他们"可分可合"，法力无边。

当然，真正神奇的，还是印欧两种截然不同的文化的并存与混合。其代价是高昂的：印第安文化遭到了严重破坏，留下的只是许许多多残缺不全的记忆、难以卒读的碑铭和数不胜数的谜中之谜，如金字塔之谜、太阳门之谜、大沙鸟之谜等等，以及由此产生的种种神奇传说和冒险。所以，早在 16 世纪，一个神奇、疯狂、种族混杂的拉丁美洲已见端倪。

摆脱西、葡殖民统治而获得独立，也没有使拉丁美洲脱离癫狂状态。一方面，走马灯似的"轮回"的战争和此消彼长、纷至沓来的封建寡头，把拉丁美洲弄得乌烟瘴气。另一方面，一个文盲充斥的小国居然产生了开创西班牙语诗风的一代唯美主义大师卢文·达里奥，一个遍地乞丐的岛国竟然养育了令同时代所有正直文人崇敬的伟大思想家何塞·马蒂，后者的人生观、艺术观将和他的名字一起载入史册。而今，在这方土地上，现代和远古、科学和迷信、电子和神话、摩天大楼和史前状态交织在一起：一边是两千万人口的泱泱都市，一边是赤身露体的各色土著；一边是电视机，一边是护身符。

请不要以为这是地区主义的邪念。不是的。诚如前面所说，拉丁美洲现实发展到这步田地，有其鲜明的历史文化原因。加西亚·马尔克斯也曾声称拉丁美洲"受各方面的影响……是由全世界的渣滓汇集而成的"。当然这是激愤之词。

在许多人（包括国内学者）看来，这些（或者还有神鬼巫术）乃是拉丁美洲现实的神奇所在，是魔幻现实主义的表现对象。其实不然。因为综观魔幻现实主义作品，有关作家所浓墨重彩表现的，显然大都不是这类浅显的自然、现实现象。

当然，魔幻现实主义更不是弗洛雷斯教授所说的幻想小说，也不是所谓"幻想加现实"的折中文学。魔幻现实主义表现真实，这一点没有问题，就像一位访问过拉丁美洲的美国女作家所说的那样，"看上去神奇、虚幻，事实上却是拉丁美洲现实的基本特征"[①]。

真固然是美的关键，却并不等于美。黑格尔说过："从一方面看，美与真是一回事。这就是说，美本身必须是真的，但是，从另一方面看，说得更严格一点，真与美却是有分别的。"[②] 这是因为艺术的美具有两重性，"既是自然的，又是超然的"[③]。它不是罗列现象，对自然进行琐碎浅显的描写，而是去粗存精，对现实进行本质的、审美的把握和反映，既揭示现实的关系又具有细节的真实，也就是所谓的艺术源于生活又高于生活。正因为如此，写真实的美学原则才具有鲜明的历史具体性和超越性。

（二）魔幻现实主义的神奇的真实

那么，魔幻现实主义的神奇的真实究竟是什么？

它是拉丁美洲的集体无意识，是现实状态所蕴含潜藏的神话-原型及其所呈现的神奇：原始与落后、愚昧与畸形。

魔幻现实主义最早可以追溯到20世纪30年代。它起始于拉丁美洲作家对美洲本原中的支血脉——印第安文化和黑人文化的再发现、再审视。

危地马拉作家米格尔·安赫尔·阿斯图里亚斯的《危地马拉传说》（1930）堪称魔幻现实主义的开山之作。阿斯图里亚斯无疑是拉丁美洲作家中最先关注拉丁美洲文化特性和民族精神的一位。他生长在印第安人聚居的危地马拉，童年是在印第安村社度过的，会玛雅-基切语先于西班牙语。后来他回到了代表文明的都市，但依然与印第安人过从甚密。他的学士学位论文便是关于印第安村社问题的调研报告，那是1922年初。此后，阿斯图里亚斯赴法国深造，并求教于人类学家，不久翻译了玛雅-基切神话《波波尔·乌》。

《危地马拉传说》是阿斯图里亚斯的处女作。初出茅庐的阿斯图里亚斯一鸣惊人，向文明、安逸的欧洲人显示了一个沸腾的蛮荒世界，一种云谲波诡、五光十色的原始生活。小说集出版后不久即被译成法文，并获1932年西拉-蒙塞居尔奖。法国诗人保罗·瓦莱里在序言中对其赞赏有加。

《危地马拉传说》中的《火山传说》是写火山的。它以玛雅-基切对不可战胜的自然现象的神话想象为契机，写它的形成、爆发、死亡……

岸边，两座高山对峙着。一座叫卡布拉坎，它那巨大的臂膀环抱

---

① Angel Flores: "El realismo mágico en la novela hispanoamericana", *Hispania*, 1955, 38(2), pp.189-190.

② 黑格尔：《美学》第一卷，朱光潜译，商务印书馆，1979年，第142页。

③ 歌德：《歌德谈话录》，朱光潜译，人民文学出版社，1978年，第6页。

着崇山峻岭、荒滩原野，托举着城池庙宇、农庄村社。吐一口火焰，大地就会燃烧。大地燃烧了……另一座叫胡拉坎，是云雾之山。它从东方飞来，张开大嘴，吐一口烟雾，铺天盖地，笼罩了燃烧殆尽的卡布拉坎。天，黑沉沉的，失去了阳光；成群的小鸟离开巢穴，哀鸣着四处逃窜、躲藏……①

《火山传说》是一篇散文体小说，富有玛雅-基切神话的韵味。在玛雅-基切神话中，火山是山神显圣的结果，火山爆发是神对人类罪恶的惩罚。作者把《火山传说》写成两山之争，显然是为了揭示两种文化（印第安文化和西方文化）的矛盾冲突。印第安文化经历了产生、发展、兴盛、衰落，最后，一如寿终正寝的卡布拉坎，被西方文化（"胡拉坎"，与飓风谐音）的云雾湮没。

《危地马拉传说》的另一篇力作《库库尔坎》同样取材于玛雅-基切神话，但又并不拘泥于神话。在古老的玛雅神话中，库库尔坎（"Kukulcán"，即羽蛇）是主空气之神（或宇宙之神）。她用瑰丽多彩的蜂鸟羽毛做装饰，早晨呈红色，中午呈金色，晚上呈黑色；她秉性谦逊慈和，所以深受人们的爱戴。但后来她衰老了。这时，一个叫瓜卡马约（意曰鹦鹉）的骗子乘虚而入。他高视阔步，横行霸道，千方百计地诋毁和抹杀库库尔坎，喋喋不休地夸耀自己是救世主，是照亮世界万物的太阳。然而，无论怎样，信奉库库尔坎的人们依然信奉库库尔坎。他们祭祀她、怀念她、呼唤她，传唱着由此派生的不朽颂歌。

总之，揭示两个种族、两种文化的交锋和并存，以及由此产生的美洲现实生活的复杂的精神内容，是《危地马拉传说》的主旋律。由于阿斯图里亚斯的这个作品从头到尾都是表现深层问题的，富于象征性、寓言性和神话色彩，与当时西班牙语美洲文坛反映印第安人疾苦的土著主义小说形成了强烈的反差。

《危地马拉传说》出版后不久，阿斯图里亚斯便着手他的第一部长篇小说《总统先生》，并很快完成了初稿。但是出于政治方面的原因，这部不可多得的作品十数年之后才得以面世。1946年，《总统先生》在墨西哥出版后，立刻引起轰动。小说赋予人们熟悉的反独裁主题以奇妙的神话意境，一开始就把读者引入了梦魇般的氛围：

　　"……发光吧，鲁兹贝尔，发出你顽石的光芒！"敦促人们做晚祷的钟声不停地敲着，犹如喃喃的祈祷声在耳际回荡。在这白天和黑夜交替，阴暗与光明更迭的时刻，这声音听起来使人更加觉得压抑。"发

---

① Asturias: *Leyendas de Guatemala*, Buenos Aires: Editorial Losada S.A., 1968, p.1.

光吧，鲁兹贝尔，在腐朽的基础之上，发出你顽石的光芒！发光，发光……发出火光……火光，发光……发光，火光……"[①]

就这样，教堂的钟声拉开了作品的序幕，芸芸众生在它的回声中进入梦魇。总统先生是梦魇的中心，是主宰这个黑暗世界的托依尔（玛雅-基切神话中的魔鬼）。用阿斯图里亚斯本人的话来说，"总统先生是神，是超人（不论我们情愿与否）。他代替了原始社会部落酋长的职能，具有神力，甚至和神一样，凡胎肉眼是看不见的"；"在他背后支撑着他的则是一种古老的崇拜"。总统先生洞察一切，无所不知，无所不能，连街道的石头都怕听见他的名字。生活在这个世界的各色人等，无论将军士兵、富翁乞丐，一个个噩梦缠身：

> 把一切都踩在脚下，从一座火山跳到另一座火山，从一个星球跳到另一个星球，从这个天空跳到另一个天空，似醒非醒，似梦非梦，周围全是嘴巴，有大的，有小的……有牙齿的，没有牙齿的，有嘴唇的，没有嘴唇的，双嘴唇的，带胡子的，长两个舌头的，长三个舌头的，这些各色各样的嘴巴都在向他（佩莱莱——引者注）喊叫："妈妈！妈妈！妈妈！"

神话、幻觉、梦境和现实水乳交融，难分难解。譬如，在第三十七章总统召见安赫尔将军一节中，安赫尔将军面如土色，心中忐忑不安。他静静地聆听着，未知等待他的是福是祸。这时，"窗外传来了阵阵鼓声，咚咚咚，咚咚咚……四个祭司模样的人影，分别站在庭院的四角……鼓声敲得震天地响，篝火燃得愈来愈旺"。紧接着，一队印第安人踩着鼓点祈求托依尔神的宽恕。"托依尔神飘然降临，他要年富力强的活人……轰隆隆，轰隆隆！土著部落会把优秀的武士来祭祀……轰隆隆，轰隆隆……"最后，安赫尔将军果真像远古部落的武士那样，成了总统先生的牺牲品。

在阿斯图里亚斯看来，独裁者的世界也即神的世界。时至今日，在拉丁美洲，尤其是在危地马拉这么一个贫穷落后、文盲充斥的中美洲小国，主宰万物、阐释一切的，不是别的，依然是神话。酋长、总统、神明，在人们尤其是在印第安人眼里，是一回事。这就是拉丁美洲的原始与落后，也是拉丁美洲专制统治赖以生存的重要原因，具有深刻的文化内涵，决定了《总统先生》的与众不同。

---

① 米格尔·安赫尔·阿斯图里亚斯：《总统先生》，黄志良、刘静言译，外国文学出版社，1980年，第3页。以下出自本书的文字均引自此版本。

与此同时,古巴作家阿莱霍·卡彭铁尔从加勒比黑人文化切入,创作了《埃古·扬巴·奥》(古巴黑人语言,意为"神啊,拯救我们吧")。

卡彭铁尔生长在黑人聚居的加勒比岛国,这是他借以了解南美社会、历史和文化的本钱。早在20世纪40年代,他就对拉丁美洲做了区域划分。他把最南端的阿根廷、乌拉圭等国称作欧洲文化区,把中南部美洲和墨西哥称作印第安文化区,把加勒比地区和巴西称作黑人文化区,认为三者的最大区别在于"南边的相对理性","中部的相对神奇","加勒比的神奇加巴洛克主义"。

《埃古·扬巴·奥》是拉丁美洲作家表现美洲黑人文化的第一部文学作品。小说叙述姆拉托(黑白混血儿)梅内希尔多·埃古的一生。从情节的角度看,此作充其量是一杯清茶;但是,由于人物周围聚集着一个庞大的黑人群体,不知不觉中,作品被涂上了一层魔幻色彩,令人耳目一新。

小说第一部分《童年》由十一节组成,写梅内希尔多的童年时代,展示了黑人文化对主人公的最初影响:刚满三岁,梅内希尔多被爬进厨房的"硬足蟹"(蜥蜴)咬了一口。照料了四代人的家庭医生老贝鲁阿赶紧在茅屋里撒一把贝壳,然后用亲手调制的黏糊糊、臭烘烘的药膏在他肚皮上胡乱涂抹一番,末了坐在孩子的床头上向着"公正的法官"(神主)喃喃祷告:"……前面有一群狮子,后面有一群狮子;前面是雄狮,后面是母狮……噢,……有眼睛,看不见我;有爪子,抓不到我;有牙齿,吃不动我……噢,噢……"

第二部分是主人公的少年时代,写他如何从一个少不更事的"族外人"变成一个笃信宗教的"族内人"。

第三部分叙述他为了部族的利益,不惜以身试法。结果当然不妙;他不但身陷囹圄,受尽折磨,而且最终死于非命。与此同时,黑人无视当局的规定,在化装成魔鬼、秃子、摩尔人和光屁股荡妇的"先行者"的引导下,敲响了鲁古米、贡戈和阿拉拉,跳起了贡比亚和长蛇舞:

妈咪,妈咪,吨吨吨;
蛇要吃我,蛇要吃我。
妈咪,妈咪,吨吨吨;
蛇要吃我,蛇要吃我……
快跑,快跑,这是我们的自由。

在《一个巴洛克作家的简单忏悔》中,卡彭铁尔对《埃古·扬巴·奥》一书的创作思想进行了概括,他说:

当时我和我的同辈"发现"了古巴文化的重要根脉:黑人……于

是我写了这部小说，它的人物具有相当的真实性。坦白地说，我生长在古巴农村，从小和黑人农民在一起。久而久之，我对他们赖以生存的宗教仪式产生了浓厚的兴趣。我参加过无数次宗教仪式。它们后来成了小说的"素材"……我发现作品中最深刻、最真实、最具世界意义的，都不是我从书本里学来的，也不是我在以后二十年潜心研究中得出的。譬如黑人的泛灵论、黑人与自然的神秘关系以及我孩提时以惊人的模仿力学会的黑人祭司的种种程式化表演。从此往后，我愈来愈怀疑当时流行的那些东西会是真正的美洲文学。[①]

1949 年对于拉丁美洲魔幻现实主义小说至关重要。卡彭铁尔的《这个世界的王国》、阿斯图里亚斯的《玉米人》和委内瑞拉作家阿尔图罗·乌斯拉尔·彼特里的《三十个人及其影子》的同时出版，标志着魔幻现实主义（虽然当时还不用这个名称）已然鸣鼓开张。

《这个世界的王国》由四部分组成。

第一部分写海地黑人蒂·诺埃尔的内心世界，动因之一是 18 世纪末黑人领袖马康达尔发动的反对法国殖民统治的武装起义。蒂·诺埃尔是个老于世故的黑奴，是"海地民族意识"的象征。马康达尔的故事实际上只是蒂·诺埃尔迂回曲折的意识流长河中的一个旋涡、一段插曲。马康达尔立志将法国人赶出海地去，于是到处打家劫舍，焚烧庄园，带领黑奴造白人主子的反，最后甚至明火执仗地发动武装起义，向殖民当局公开宣战。可是起义遭到了镇压，马康达尔本人沦为俘虏并被活活烧死。火与剑最终未能使黑人屈服，相反更激发了他们的种族仇、民族恨。

第二部分写海地黑人的第二次武装起义。这次起义由另一位黑人领袖发动。成千上万不堪虐待的黑奴，用复仇的钢刀和长矛，击败了强大的法国军队。殖民政府土崩瓦解。胜利的黑人尽情享受翻身的自由，肆无忌惮地发泄阶级、种族的双重仇恨。但好景不长，法国殖民者的增援部队带着拿破仑胞妹宝利娜·波拿巴和大批警犬，在古巴的圣地亚哥登陆并很快收复了失地，重建了殖民政府。

第三部分写亨利·克里斯托夫的王国。布克曼牺牲后，蒂·诺埃尔随其白人主子梅西先生来到圣多明各。不久，姗姗来迟的法国大革命的福音终于传到了加勒比海，奴隶制被废除了，梅西在孤独和贫困中死去。蒂·诺埃尔开始了自由自在的生活。他兴高采烈地从圣多明各回到海地，沉浸在狂欢之中。正当

---

① Carpentier: *Confesiones sencillas de un escritor barroco*, La Habana: Revista Cubana, 1964, pp.33-34.

人们踌躇满志、憧憬美好未来的时候，前黑人领袖亨利·克里斯托夫大权在握，不可一世，成了"独夫民贼"。白色恐怖再次笼罩岛国。

第四部分写蒂·诺埃尔的觉醒。亨利·克里斯托夫仿效法国人，在岛国大兴土木，还为自己加了冕。他的劳民伤财、倒行逆施遭到了黑人同胞的强烈反对。最后，在全国人民的一片声讨声中，亨利·克里斯托夫在他的"凡尔赛宫"自戕。亨利·克里斯托夫的王国垮台后，自命不凡的姆拉托们（黑白混血儿）控制了局面。他们比以往任何一届政府更懂得怎样盘剥黑人。蒂·诺埃尔在苦难的深渊中愈陷愈深。最后，他终于忍无可忍，抛弃了一贯奉行的明哲保身的处世之道，毅然决然地投身于为同胞争取解放和自由的革命洪流。

小说虽然主要以人物内心独白的形式铺展开来，但所述内容仍具有鲜明的历史真实性。

众所周知，自 1697 年西班牙和法国缔结里斯维克条约——将海地岛的西半部划归法国起，大批黑人被廉价卖到这里，充当奴隶。1757 年，海地黑人发动了第一次武装起义。1790 年，黑人的第二次武装起义，要求执行法国国民议会的决定，一视同仁地给数以万计的海地黑人以平等自由。1791 年 8 月中旬，黑人举行第三次武装起义，对法国殖民者实施种族报复。同年 9 月，海地黑人第四次大规模武装起义，揭开了拉丁美洲独立革命的序幕。1794 年至 1799 年，起义军由西向东挺进，先后击溃了岛上的法国、英国和西班牙军队。1801 年，起义军召开会议，制定宪法，宣告奴隶解放、海地独立。1803 年，法国宣布放弃海地。海地颁布《独立宣言》，成为拉丁美洲第一个独立国家。翌年，海地政府成立，戴沙林独揽大权，自立为王。戴遇刺后，亨利·克里斯托夫重蹈覆辙……

可见小说依于史实，又不拘泥于史实，对历史细节做了重要取舍：写了 1757 年的马康达尔起义和 1791 年的布克曼起义，放弃了 1790 年的黑人暴动和世纪末的反西抗英战争；写了亨利·克里斯托夫，放弃了戴沙林。

这些取舍貌似偶然，其实乃作家匠心所在。因为他刻意依傍的并非海地历史。历史对于他只不过是一种必不可少的背景。他所要到达的是依存于历史但从某种意义上说又超乎历史的加勒比神奇。

诚如卡彭铁尔在"序言"中所说的那样，"神奇是现实突变的产物，是对现实的特殊表现，是对现实状态的非凡的、别出心裁的解释和夸大。这种神奇的发现令人兴奋至极。不过这种神奇的产生首先需要一种信仰"。也就是说，"神奇"的不是客观现实（历史），而是某种信仰，是信仰对现实的突变、表现、阐释或夸大。

在《这个世界的王国》中，海地现实（或者史实）毫无神奇可言，神奇的是黑人文化，是信仰。

马康达尔是个关键人物，在作品中着墨较多。他不仅是海地黑人领袖和两次武装起义的发动者，而且武艺高强、身怀绝技。为此，法国殖民者一直把他视作眼中钉、肉中刺。为了逃避敌人的追捕，马康达尔不得不常常隐姓埋名，远走他乡。这是作品的一个层面，是客观的，或基本客观的。作品的另一个层面是黑人同胞对他的非凡的、别出心裁的阐释和夸张，是信仰的产物。黑人同胞相信，马康达尔之所以成为他们的领袖，是因为他不同凡响：他会变形，能长出翅膀飞翔；他不食人间烟火，却富有人间真情。即使是在马康达尔被处以火刑、化为灰烬之后，海地黑人仍坚信他天长地久、永生不灭。他们既不悲伤也不胆怯，因为他们"看见"马康达尔挣脱枷锁，在烈火中自由地飞翔、升腾，然后神不知鬼不觉地回到这个世界，消失在黑人之中。"当天下午，黑人们兴高采烈地返回各自庄园。马康达尔的诺言再一次兑现，他重新回到了这个世界的王国。"

诚然，在这个问题上，白人的看法是截然不同的：

> 马康达尔牺牲那会儿，莱诺尔曼·德·梅西先生正戴着睡帽，同他的夫人，一位虔诚的天主教徒谈论黑人的麻木不仁并从此推论出关于种族优劣的哲学观点，准备旁征博引，做一次雄辩的拉丁文演说。

不少评论只注意到马康达尔的变形，并以此认为，卡彭铁尔的神奇是一种艺术虚构，是对卡夫卡的模仿。殊不知，神奇者不在于变形，而在于信仰。通观小说演进脉络，无论是马康达尔的变形，还是升天、复活，都是信仰的产物、偶像崇拜的产物，用今天神话-原型批评的话语说，是黑人集体无意识的宣达。梅西先生从理性主义者的角度看马康达尔的死亡，怎能不认为黑人"麻木不仁"？而黑人之所以"兴高采烈"，却是因为他们"看到了"马康达尔的"复活"。这两种世界观的对立愈明显、反差愈强烈，就愈显出黑人文化的"魔幻"和玄妙。

海地黑人笃信伏都教，作为他们的认知方式之一，神话具有明显的原始宗教色彩。故而，与其说卡彭铁尔（马康达尔）的变形术和卡夫卡衣钵相传，不如说它和塞万提斯（堂吉诃德）的"障眼法"一脉相承。堂吉诃德读骑士小说入了迷，得了骑士疯魔症，一看见草原上旋转的风车，就以为是罪恶的巨人在向他挑战，不能不横枪跃马，冲过去拼个高低。在一旁观看的桑丘对主人的行为煞是费解。他明明看到主人攻打的不是巨人而是风车。显然，堂吉诃德的"巨人"只是风车在他头脑中的反映，但它差点儿要了他的命。不消说，卡彭铁尔摆在读者面前的同样是"风车—巨人"两种现实：历史／客观现实和人物／主观现实。

客观现实之为客观现实（巴尔加斯·略萨称之为"真正的现实"），是因为它是不以人们的意志为转移的客观存在；而主观现实，则是前者在主体头脑里的折光反映，它既可能是逼真的，也可能是失真的和扭曲的。《这个世界的王国》

是一支由现实和意识（或集体无意识）谱写的交响曲，一开始就借黑人蒂·诺埃尔奇妙的内心独白对现实进行了"别出心裁的阐释"：

> 在非洲，国王是武士、猎人、法官和祭司。他的宝贵精液让成千上万善男信女孕育他强盛家族的英勇子孙。然而，在法国、在西班牙，国王只知道发号施令，由别人去替他打仗卖命，自己则无能解决争端，还要忍受修道士的责备。至于精力，他们只能生育一两个懦弱无能的王子……可是在那里，在伟大的非洲，王子们个个结实得像铁塔，像豹子……[①]

蒂·诺埃尔的思维是神奇的，因为它是反常的。

同样，黑奴索里曼对宝利娜雕像的异乎寻常的感觉，神奇得足以让最麻木、最不轻信的读者怦然心动：

> 索里曼摇摇晃晃地走过去，惊讶感使他如梦初醒。他认得那张脸，那个人。他不禁浮想联翩。突然，他贪婪地、全神贯注地抚摸了她，掂了掂那对丰满匀称的乳房……然后曲动腰杆儿，顺着她的腿肌、筋根给她做全身按摩。冷不防，大理石的阴冷刺疼了她的脉腕，他惊叫一声，本能地把身子缩了回来。血在他身上打滚……在淡黄色灯光的辉映下，这尊雕像变成了宝利娜·波拿巴的尸体，一具刚刚僵硬的美丽的尸体，也许还来得及使她苏醒。

这里没有"栩栩如生""惟妙惟肖"之类的词语，只有一个黑人的神奇感觉，它使宝利娜·波拿巴的雕像变成了"一具刚刚僵硬"，也许还来得及"苏醒"的"尸体"。

人们对客观事物的理解或多或少带有主观色彩。这种主观色彩的形成，决定于人们的生产生活方式和经济文化水平等诸多因素。在卡彭铁尔看来，海地黑人的感觉知觉和充满原始宗教色彩的伏都教思想（基本上是泛灵论的），固然不可避免地表现了海地黑人的原始与落后，但它们毕竟是事实，是美洲文化的重要组成部分，反映了殖民地时期海地社会的畸形与失调。

和《这个世界的王国》一样，阿斯图里亚斯的《玉米人》也由四部分构成。第一部分开宗明义地写道：土地在流泪，在悲鸣，在控诉玉米种植主的侵犯。

---

① Carpentier: *El reino de este mundo*, México: Fondo de Cultura Económica, 1949, pp.60-61.

酋长加斯巴尔·伊龙率领玛雅人英勇抗击玉米种植主的扩张。侵略者明抢不成，又施暗计。他们收买混血儿曼努埃拉，逼迫她丈夫加害加斯巴尔·伊龙。

第二部分写老酋长蒙难后玛雅部落的悲惨遭遇：抵抗失败，土地被玉米种植主糟蹋得面目全非。玛雅人忍无可忍，对加斯巴尔的敌人施行报复。

第三、四部分是作品的主体，由"苔贡传说""尼乔传说"等组成。

玉米人即玛雅人。"神用玉米创造了人类"——玛雅神话《波波尔·乌》如是说。玛雅人同玉米、土地、森林的关系非同寻常。这是由初级农业社会的特殊的生产生活方式造成的，是特定历史阶段人与大自然的关系的反映。

在玛雅人看来，土地是有生命的，当它失去森林、庄稼的时候，它会哭泣，会流泪：

> "加斯巴尔·伊龙，他们搅得伊龙大地没法睡觉，你怎么不管啊？"
>
> "加斯巴尔·伊龙，他们用斧子砍掉伊龙大地的眼皮，你怎么不管啊？……"
>
> "加斯巴尔·伊龙，他们用火烧毁伊龙大地密匝匝的睫毛，闹得日月无光，你怎么不管啊？……"[1]

玉米种植主的乱砍滥伐、大面积开垦播种，不仅扰乱了玛雅人的平静生活，而且破坏了生态环境，使伊龙大地"没法睡觉"，还失去了"眼皮"和"睫毛"，甚至"骨骼"。"没有先辈的骨骼，土地就贫瘠无力。"于是，玛雅人施展魔法，对敌人实行种族报复。他们集合了部落的术士，念起了古老的咒语。敌人陷入重围：第一重由成千上万的猫头鹰组成；第二重由铺天盖地的萤火虫组成；第三重由利如剑、密如林的玉米秆组成……敌人死的死，伤的伤，无一幸免。真可谓天网恢恢，疏而不漏。

然而这是幻想，是神话。高尔基说过，神话的基本意思是古代劳动者为了减轻劳动强度，防御两脚的和四脚的敌人，抵抗自然力的压迫所采取的"语言的力量，即用'咒文'和'咒语'的手段来影响自发的害人的自然现象"[2]。也就是说，现实是玛雅人反抗失败，土地被抢，森林被毁，却又回天乏力，不得不躲进深山，潜入内心，在幻想中编织新的神话：神奇的复仇及此后的"苔贡传说""尼乔传说"等等。

---

① 米盖尔·安赫尔·阿斯图里亚斯：《玉米人》，刘习良、笋季英译，上海译文出版社，2020年，第3页。

② 高尔基：《文学论文选》，孟昌、曹葆华译，人民文学出版社，1958年，第321页。

先说说苔贡传说。

苔贡本是盲人伊克之妻。有一天，苔贡突然失踪，从此杳无音信。可怜伊克四处寻找，历尽千辛万苦，后来终于在卖酒郎的帮助下找到了她。喜悦使伊克神奇地复明。然而伊克眼前唯有草木山峦。原来，他的妻子早已"脱胎换骨"，变成了高不可攀的苔贡山。绝望的伊克借酒浇愁，喝得酩酊大醉，最后和卖酒郎一起被控"贩酒害人"，锒铛入狱。

此后不久，玛雅青年伊拉里编了个爱情故事，大伙儿听了都说这个故事是实际存在的，就像苔贡和伊克一样。伊拉里感到莫名其妙，但转念一想，只当是人们无知，不懂得区别故事与真实。然而，当他第一次翻越苔贡山时，奇迹出现了。他突然发现这山果然不陌生，山上的动物也纷纷向他点头致意，仿佛神话一般。他终于恍然大悟：在这个世界的王国里，现实与幻想、人类与自然相互依存，不分彼此。

再来看尼乔传说。

尼乔是玛雅人重返森林后的第一位信使，肩负着消除孤独、打破封闭的神圣使命。然而当他带着部落的希望和嘱托离开森林的时候，一群野狗围住了他，仿佛对他说："别走啊，别走！"他有生以来第一次感到奇迹的真正含义，顿时进退两难，不知所措。经过一番彷徨犹豫，他终于撕毁了信件，变成了野狗（他的属相），回归自然。

玛雅人管属相叫纳瓦（nahual），它是命中注定的，就像我国古人用以代表十二地支而拿来记人出生年份的十二生肖，常常是他（她）生平遇到的第一种动物。

毫无疑问，苔贡失踪象征着玛雅人丧失了赖以生存的土地，她变成高不可攀的山脉象征着玛雅人对可望而不可即的古老土地的流连和渴望。此外，伊克和卖酒郎的被捕象征着玛雅人被完全排斥在现代经济生活之外，而尼乔的消失与变形则分明意味着玛雅人的孤独以及他们与现代社会的格格不入。

凡此种种，无不充满了古老神话的艺术魅力。

与《这个世界的王国》和《玉米人》同时发表的《三十个人及其影子》，是阿尔图罗·乌斯拉尔·彼特里的一本短篇小说集。集子中的大部分作品都由印第安神话传说点化而成。譬如，其中关于一座印第安村庄的故事，叙述一个叫贝尼塔的印第安妇女的不幸早逝。小说用冷静的笔调，展示了生活在委内瑞拉穷乡僻壤的印第安人的原始与无奈。贝尼塔突然腹痛难熬，生命垂危。她丈夫达米安和众乡亲心急如焚却束手无策。这时，村里的老人推论说，贝尼塔的病与"十二角鹿"的出现有关。因为在古老的苏尼神话中，鹿神司牺牲，所以鹿的出现是不祥之兆。小说结束时，贝尼塔在众人的祷告声中死去，"十二角鹿"被绝望的达米安击毙。

总之，早期魔幻现实主义作品多直接表现印第安人或黑人的神话传说及其赖以生发延续的社会现实和历史文化环境，反映了一代拉丁美洲作家对美洲黑人和印第安土著文化的浓厚兴趣，以及他们对美洲历史文化本原的深刻反思。

二 中期魔幻现实主义

20世纪五六十年代是魔幻现实主义的鼎盛时期。墨西哥作家胡安·鲁尔福、卡洛斯·富恩特斯，秘鲁作家马里亚·阿格达斯，巴西作家若昂·吉马朗埃斯·罗萨，哥伦比亚作家加西亚·马尔克斯等，纷纷加入魔幻现实主义作家的行列，为魔幻现实主义注入了新鲜血液。

在卡洛斯·富恩特斯笔下，古印第安神话仍具有强大的生命力。他的《戴假面具的日子》（1954）或借古喻今，或发思古之幽情，甚至厚古薄今地"玄而又玄"，使人不能不慑服于印第安诸神的"魔力"。

《戴假面具的日子》指阿兹台克王国的最后五日，源自墨西哥诗人何塞·胡安·塔夫拉达的诗章：

> 石的日历，
> 年月日谱写的无声赞歌；
> 古老的神话，
> 永恒的幽灵……
> 花的岁月中可怕的征兆；
> 苍白的夜色，
> 空洞的骷髅……
> 终于是最后的日子——
> "内蒙特米"；
> 戴假面具的日子。[1]

《戴假面具的日子》收有六则短篇小说，其中《恰克·莫尔》是最具代表性的一篇。小说写一个叫菲里佩尔的墨西哥公子哥儿因突然家道中落，沦为贫民，一时无所依托而颓废堕落的故事。然而就在他茫然失措、走投无路之际，恰克显圣了。恰克是古印第安神话中的风雨之神，他使菲里佩尔返本归源，皈依祖宗。菲里佩尔从此易名恰克·莫尔，成为雨神的化身。小说乍看荒诞不经，却

---

[1] Tablada: *De Coyoacán a la Quinta Avenida—Una antología general*, México: Fondo de Cultura Económica, 2007.

是《戴假面具的日子》中最具"事实依据"的一篇。据说，在1952年，也就是卡洛斯·富恩特斯写作《恰克·莫尔》的前夕，恰克的一尊雕像随墨西哥古代艺术珍品运往欧洲展出，结果所到之处无不大雨倾盆，狂风呼啸；就连那些数十年来滴雨未下的干旱地区也是暴雨成灾，水多为患。当雨神在西班牙展出时，慕名而至的人们在他身上放满了钞票，从而使许多远在千里之外的地区风调雨顺、五谷丰登……在理性主义者看来，这些统统是无稽之谈，抑或村人哗众取宠的夸张，充其量不过是现实的巧合。但是，在美洲，在印第安人和许多混血儿看来，久旱逢雨同恰克有直接关系，是雨神魔力未减的实例显证。

在卡洛斯·富恩特斯后来的作品中，神话的色彩有所减弱，但美洲古代文化和现代墨西哥人的血统混杂，仍是他小说创作的主要着眼点和"兴奋剂"。这一点在他的长篇小说《最明净的地区》中表现得十分清楚。

《最明净的地区》是三千年墨西哥不可多得的历史画卷，从内容到形式均非三言两语可以概括。在这部复杂甚至有点冗长的作品中，只有一个人物是贯穿始终的，他就是半人半神的伊斯卡·西恩富戈斯。他身在现代墨西哥，但记忆却留在了历史上：古代印第安美洲。所以有人说他是"应当用金笔大写"的墨西哥人，一个无处不在的混血儿：伊斯卡（印第安人名）＋西恩富戈斯（西班牙人名）。在小说前半部分，西恩富戈斯是个普普通通的混血儿，但随着画面的展开，他庸庸碌碌貌似平凡的背后，便逐步闪现出一颗极其丰富的内心。它是墨西哥混血文化的缩影，古代美洲和现实世界在这里矛盾地并存、戏剧性地汇合。他时而从现时跳到过去，时而从过去跳回现时；既不能完全摆脱过去，又不能完全摆脱现时。这不可避免地使他成为令人同情的悲喜剧人物，一个若即若离，又无处不在的影子。

正如著名诗人奥克塔维奥·帕斯所说的那样，"西恩富戈斯是古印第安美洲的幸存者，一个真正的墨西哥人"[①]。

和卡洛斯·富恩特斯一样，何塞·马里亚·阿格达斯的早期作品富有神话色彩，但在发表于1958年的代表作《深沉的河流》中，对混血文化的思考占了主导地位。阿格达斯是典型的印欧混血儿，生长在两个种族、两种文化的交叉路口：秘鲁农村。他从小耳濡目染，对拉丁美洲的混血文化有深切了解。

《深沉的河流》写一混血少年的心理活动，具有鲜明的自传色彩：埃内斯托的父亲是白人，母亲是印第安人。埃内斯托出生后不久，母亲离开了人世，父亲又弃他而去；他是在印第安养母的照拂下长大的，从小受印第安文化的熏陶，"满

---

① H. F. Giacoman: *Carlos Fuentes*: *Suma de estudios*, New York: Las Americas Publishing Co., 1971, p.16.

脑子尽是古老的传说"和"那些关于山峦、巨石、河流、湖泊的故事"。印第安人的血液像"深沉的河流"在埃内斯托身上涌动,"仿佛就要将身上的另一半血液排出血管"。当父亲强迫他离开印第安人到省城接受教育时,他才十四岁。他被带到了一所戒备森严的教会学校。教士们殚精竭虑,向他灌输西方文化,可他一心向往的却是被称为"异端邪说"的印第安神话世界:万能的蛇神、善良的河妖等等。作品结束时,埃内斯托已经具有明显的双重人格,两种文化分别统治着他的社会生活和内心世界。这是痛苦的合并、矛盾的结局,无数人为此付出了代价。其中,作者的自杀就与此不无关系。

顺便说一句,和何塞·马里亚·阿格达斯一样,巴西作家若昂·吉马朗埃斯·罗萨一半是基督徒,一半是印第安人,甚至还是个神秘主义者和佛教徒,颇有些仙风道骨。用路易斯·哈斯的话说,他是个直觉主义者,相信古老的万物有灵论;又是个理性主义者,受过正统的西方教育;虽是个学者,但"也会像巫师那样连连祈祷"[①]。没有第二个作家能像吉马朗埃斯那样了解巴西腹地居民文化的混杂性。他笔下的腹地居民仿佛徘徊在光明与黑暗间的候鸟,同时处于图腾制极盛时期的印第安文化和现代基督教文化的氛围之中。无论在《舞蹈团》(1956)还是在《广阔的腹地:条条小路》(1956)中,都存在着两种或多种时空的交叉重叠。就人物而言,芸芸众生中有印第安牧民、基督教神父、故弄玄虚的巫师、离群索居的隐士、能歌善舞的黑人、衣衫褴褛的文人、浪迹天涯的歌手……于是印第安方言俚语和异教徒歌谣比比皆是,拉丁文术语和《圣经》故事随处可闻。也许,除了足球和狂欢节,再也没有什么比若昂·吉马朗埃斯·罗萨的小说更神奇,更能表现巴西文化了。

在20世纪50年代的魔幻现实主义作品中,胡安·鲁尔福的《佩德罗·巴拉莫》(1955)堪称经典,它对墨西哥混血文化的表现达到了炉火纯青的地步。故事是这样的:

胡安·普雷西亚诺遵照母亲的遗嘱到一个叫科马拉的地方寻找其父佩德罗·巴拉莫。他像但丁似的被带到了地狱之门。在那里,几乎所有男性都是佩德罗的儿子或仇人,几乎所有女人都与佩德罗或佩德罗的儿子有染。老姑娘多罗脱阿是位维吉尔式的人物,为胡安母亲生前闺蜜,并在佩德罗娶他母亲时替她熬过了花烛之夜。当时佩德罗并不爱他母亲,而是看中了她家的财产,所以婚后不久,他就抛弃新娘另觅新欢了。佩德罗坑蒙拐骗,从一个身无分文的穷小子变成了科马拉首屈一指的大财主。于是他变本加厉,为所欲为。1910年墨西哥革命爆发后,佩德罗俨然以革命者自居,派亲信到处招摇撞骗。他的长子

---

① Luis Harss: *Los Nuestros*, Buenos Aires: Editorial Sudamericana, 1989, p.171.

米格尔也是个专横跋扈、好色贪婪之徒。有一天，米格尔不慎坠马身亡，村里的神父拒绝为他祷告，原因是他强奸了不少良家妇女，包括神父的侄女。佩德罗便威逼利诱，软硬兼施，强迫手头拮据、家无担石的"上帝使者"在上帝面前求情。佩德罗一生春风得意，唯独一件事令他耿耿于怀、寝食不安，那就是他对苏萨娜的单相思。他俩青梅竹马，在一起度过了肥皂泡似的童年，后来长大了，遂逐渐疏远。但是佩德罗对她的爱从来没有改变。最后，当恶贯满盈的佩德罗向她求婚并强行与她成亲时，她却装疯卖傻，千方百计拒绝他的爱情和欲望。苏萨娜死后，佩德罗众叛亲离，孑然一身，完全失去了生活的兴趣，结果被他的一个胡作非为的私生子送上了西天。

小说的开头平淡无奇，但情节很快展开，你会发现自己已经不知不觉进入了"魔幻境界"：胡安因母亲临终嘱咐，千里迢迢到科马拉寻找父亲。途中，他遇到了一个叫阿文迪奥的年轻人，打听的结果是"佩德罗已经死了好多年了"。来到科马拉后，有个叫爱杜薇海斯的老人对他说，阿文迪奥也是佩德罗的儿子，而且已经死了好多年了。胡安将信将疑，继续打听父亲的消息。不久，胡安又听说爱杜薇海斯也已经死了好多年了，真是活见鬼！最后，胡安找到了母亲生前好友多罗脱阿。这时胡安也已经去世了，和多罗脱阿埋在一起。于是，作品的原逻辑和原时序消失了，接下来是胡安与多罗脱阿的墓中长谈和各色幽灵游魂的低声细语。原来，这一切都发生在过去，科马拉早已不复存在。现在的科马拉满目疮痍，万户萧疏，遍地荒冢，幽灵出没。

多么荒诞离奇！然而，在成千上万的墨西哥农民看来，鬼魂是实实在在地存在着的。胡安·鲁尔福选择他们做人物，从而使作品打破了常规，消除了议论，改变了时空的含义……但这并不意味着它是一部幻想志怪小说。因为作品所表现的最终是实实在在的墨西哥人，只不过他们的魔幻意识被绝对地形象化了，一如好莱坞动画大片《寻梦环游记》（2017）中的亡灵世界。

胡安是个异邦亡灵。小说开篇第一句说："我到科马拉来，是因为有人说父亲在这里。他是个名叫佩德罗·巴拉莫的人。这还是我母亲对我说的呢。我答应她，待她百年之后，我立即来看他。"作者之所以选择胡安为主要叙述者，是因为他带来了母亲的回忆：一个弥漫着蜂蜜味和面包香的、充满生机的科马拉，它与胡安亲睹的完全衰落的、凄凉不堪的、死气沉沉的科马拉恰成强烈的对照。母亲说："过了洛斯科里莫脱斯港，就是一片美景；绿色的平原点缀着成熟了的玉米的金黄。从那里就可以看到科马拉。夜色把土地照得泛出银白。"在她的记忆中，科马拉是世上最美丽、最幸福的村子。"绿油油的平原，微风吹动麦秆，掀起层层麦浪。黄昏，雨丝蒙蒙，村庄沉浸在面包散发的蜂蜜芳香之中……""每天清晨，牛车一来，村庄就颤动起来。牛车来自四面八方，装着硝石、玉米和青草。车轮发出吱吱咯咯的声音，把人们从睡梦中叫醒。家家户户打开炉灶，新烤的面包发出了香味。这时，也可能会突然下起雨来，可能是春天来了……”但是胡安见到的是一个炼狱般的科马拉：除了断垣残壁和杂草丛生的坟墓，就是不绝于耳的低声细语，“一种窃窃私语，犹如某人经过时对我咿咿唔唔地议论着什么，又像是虫子在我耳边嘤嘤嗡嗡地叫个不停”。

总之，胡安的回忆勾勒出了科马拉的一头一尾，而多罗脱阿的记忆则只是她眼里的佩德罗·巴拉莫。作品的核心内容是游离聚散于二者之间的“窃窃私语”：众灵的记忆。

> 我听见了喃喃的声音。（胡安）
>
> 这声音是从远处传来的……这是男人的声音。问题是这些死了太久的人一受到潮气的侵袭就要翻身，就会醒来。（多罗脱阿）
>
> 我想念你，苏萨娜。也想念那绿色的山丘。在那刮风的季节，我们一起放风筝玩耍。山脚下传来喧哗的人声，这时我们在山上，俯视一切。突然，风把麻绳拽走了。“帮我一下，苏萨娜。”于是两只柔软的手握住了我的双手。“再把绳子松一松”……（根据内容推测，我们知道说话者是佩德罗·巴拉莫）
>
> 我等你已经等了30年了，苏萨娜。我希望为你得到一切……我希望取得所有的东西，这样，除了爱情，我们就别无他求了……（佩德罗·巴拉莫）

由于小说选择了时间和空间之外的鬼魂，叙述角度的转换、叙述者的变化便不再需要过门，也“不再是件令人头痛的事情”（鲁尔福语）。而从内容的角度看，阴魂亡灵强化了战后墨西哥农村万户萧疏鬼唱歌的悲凉气氛，同时深层次地揭示了墨西哥文化的印欧混杂、多元发展：一边是现代都市，一边是原始村寨；一边是基督教，一边是死人国……

死人国又称“米特兰”（Mitlan），与天庭相对应，但又不同于基督教文化的地狱。它没有黑暗，没有痛苦，是一种永久的“回归”、永久的存在，因此它并不可怕。然而，从人间到“米特兰”有一段漫长的路程，为使死者不至于挨饿，必须用大量食品陪葬、祭祀。这种信仰（或者说是传统）一直由阿兹台克王国延续至今。正如奥克塔维奥·帕斯所说的那样，“墨西哥人并不给生死画绝对界线。生命在死亡中延续……”[1]

---

[1] Octavio Paz: *El laberinto de la soledad*, México: Fondo de Cultura Económica, 1959, pp.1-59.

类似的作品还有很多，像巴拉圭的罗亚·巴斯托斯、多米尼加的胡安·包什等，都对拉美土著或混血文化有出色表现。

与此同时，卡彭铁尔和阿斯图里亚斯依然在这片神奇的土地上辛勤耕耘。

卡彭铁尔继续钩沉索隐，从加勒比（黑人文化）来到了南美洲（印第安土著文化），创作了《消逝的脚步》。《消逝的脚步》不再有太多的神话元素，人物对印欧两种文化的思考趋于深广。小说写一个厌倦西方文明的欧洲白人在南美印第安部落的探险旅行。主人公是位音乐家，同行的是他的情妇，一个自命不凡的星相学家和朦朦胧胧的存在主义者。他们从某发达国家出发，途经拉丁美洲某国首都，在那里目睹了一场惊心动魄的农民革命后，进入原始森林。这是作品前两章叙述的内容。

作品后两章，即第三、四章分别以玛雅神话"契伦·巴伦之书"和"波波尔·乌"为题词，通过人物独白、对白或潜对白切入主题：一方面，西方社会的高度商品化正在将艺术引入歧途；另一方面，土著文化数千年如一日，依然是那么原始落后，"印第安人远离当今世界的狂热，满足于自己的茅屋、陶壶、板凳、吊床和吉他，相信万物有灵论，拥有丰富的神话传说和图腾崇拜仪式"。

这是两种极端，都令人痛心，尽管人物（也许还有作者本人）的抉择是厚古薄今的。时间由近及远，随着主人公的足迹倒溯，最后到达源头：一方类似于《旧约·创世记》的土地。美洲印第安文化在此赓续、升华。在主人公眼里，它是人类远古文化的代表，具有"混沌的美"。生活在那里的人们，无论是刀耕火种，还是擂鼓狂舞，都使我们想起祖先的淳朴与欢乐。正因为如此，常有读者拿《消逝的脚步》与康拉德的《黑暗的中心》相提并论。然而，在康拉德看来，"黑暗的中心"是令人恐惧的野蛮世界，急需脱胎换骨；而卡彭铁尔分明是把"消逝的脚步"——远古的生活"当作伊甸园来描写"的（路易斯·哈斯语）。

阿斯图里亚斯在暴露社会黑暗的同时，仍不遗余力地表现美洲的神奇。在《混血姑娘》（1963）中，他重写了"扁桃树师傅的传说"这一把灵魂卖给魔鬼的古老的故事。魔鬼变成了美国人塔索尔，魔鬼的同伙是个爱财如命的混血姑娘，她引诱可怜的土著老人尤米出卖老伴尼尼罗赫。在这部作品中，除却魔鬼及其帮凶，人物多处于浑浑噩噩的蒙昧或懵懵懂懂的梦游状态。在另一部以20世纪为背景的作品《小阿拉哈多》（1961）中，主人公是个笃信鬼神的孤儿，许多人见了，都说他是"巫师投胎"。然而，《里达·莎尔的镜子》（1967）又回到了"危地马拉的传说"：既有戴羽毛的印第安酋长，也有17世纪西班牙传教士；两种文化在这里交叉融合成了今天这样一个疯狂、畸形、矛盾百出的拉丁美洲。

综上所述，20世纪50年代以后魔幻现实主义作品的显著特点是对拉丁美洲文化混杂性的总体把握，因此深层次的、全面的历史文化描写取代了单纯的神话表现。它是魔幻现实主义代表作、拉丁美洲小说的划时代巨制《百年孤独》

（1967）赖以产生的重要基础。

《百年孤独》无疑是魔幻现实主义的集大成之作。它的作者加夫列尔·加西亚·马尔克斯的笔触从故乡——位于加勒比海岸的哥伦比亚热带小镇阿拉卡塔卡伸出，对拉丁美洲乃至整个人类文化进行了全方位的扫描；既反映了拉丁美洲的百年兴衰，同时也是对整个人类文明的高度概括和艺术表现，可谓覆焘千容、包罗万象。

秘鲁著名作家巴尔加斯·略萨早在 20 世纪 70 年代就以其敏锐的艺术直觉体察到了《百年孤独》非凡的艺术概括力，认为它象征性地勾勒出了迄今为止人类历史的主要轨迹，从原始社会、奴隶社会、封建社会到资本主义和垄断资本主义社会。

在原始社会时期，随着氏族的解体，男子在一夫一妻制的家庭中占了统治地位。部落或公社内部实行族外婚，禁止同一血缘亲族集团内部通婚；实行生产资料公有制，共同劳动，平均分配，没有剥削，也没有阶级。所以这个时期又叫原始共产主义社会。原始部落经常进行大规模的迁徙，迁徙的原因很多，其中最常见的有战争和自然灾害等等，总之，是为了寻找更适合于生存的自然条件。如中国古代的周人迁徙（至周原），古希腊人迁徙（至巴尔干半岛），古代美洲的玛雅人、阿兹台克人等都有过大规模的部族迁徙。

在《百年孤独》的马孔多诞生之前，何·阿·布恩迪亚家和表妹乌尔苏拉家居住的地方，"几百年来两族的人都是杂配的"[①]，因为他们生怕两族的血缘关系会使两族联姻丢脸地生出有尾巴的后代。但是，何·阿·布恩迪亚和表妹乌尔苏拉因为比爱情更牢固的关系——"共同的良心责备"，打破了两族（其实是同族）不得通婚的约定俗成的禁忌，带着二十来户人家迁移到荒无人烟的马孔多。"何·阿·布恩迪亚好像一个年轻的族长，经常告诉大家如何播种，如何教养子女，如何饲养家禽；他跟大伙儿一起劳动，为全村造福……"总之他是村里最有权威和事业心的人，"他指挥建筑的房屋，每家的主人到河边取水都同样方便；他合理设计的街道，每座住房白天最热的时候都得到同样的阳光。建村之后没几年，马孔多已经变成一个最整洁的村子，这是跟全村三百多个居民过去生活的其他一切村庄都不同的。它是一个真正幸福的村子……"，体现了共同劳动、平均分配的原则。

"山中一日，世上千年。"马孔多创建后不久，神通广大、四海为家的吉卜赛人来到这里，驱散了马孔多的沉寂。他们带来了人类的"最新发明"，推动了

①　本著所引《百年孤独》文字主要出自吴健恒译本（云南人民出版社，1993 年）和范晔译本（南海出版公司，2011 年）。

马孔多社会生产力的发展。何·阿·布恩迪亚对吉卜赛人的金属产生了特别浓厚的兴趣。这种兴趣渐渐发展到狂热的地步。他对家人说："即使你不害怕上帝，你也会害怕金属。"

人类历史上，正是因为生产力的不断发展，特别是金属工具的使用，才出现了剩余产品，出现了生产个体化和私有制，劳动产品由公有转变为私有。私有制的产生和发展，使人剥削人成为可能，社会便因之分裂为奴隶主阶级、奴隶阶级和自由民。手工业作坊和商品交换也应运而生。

"这时，马孔多事业兴旺，布恩迪亚家中一片忙碌，对孩子们的照顾就降到次要地位。负责照拂他们的是古阿吉洛部族的一个印第安女人，她是和弟弟一块儿来到马孔多的……姐弟俩都是驯良、勤劳的人……"村庄很快变成了一个热闹的市镇，开设了手工业作坊，修建了永久性商道。新来的居民仍十分尊敬何·阿·布恩迪亚，"甚至请他划分土地，没有征得他的同意，就不放下一块基石，也不砌上一道墙垣"。马孔多出现了三个不同的社会阶层：以布恩迪亚家族为代表的"奴隶主"贵族阶层，这个阶层主要由参加马孔多初建的家庭组成；以阿拉伯人、吉卜赛人等新迁来的居民为主要成分的"自由民"阶层，这些"自由民"大都属于小手工业者、小店主或艺人；处于社会底层的"奴隶"阶层，属这个阶层的多为土著印第安人，因为他们在马孔多所扮演的基本上是奴仆的角色。

岁月流逝，光阴荏苒。何·阿·布恩迪亚的两个儿子相继长大成人；乌尔苏拉家大业大，不断翻修住宅；马孔多兴旺发达，美名远扬。其时，"朝廷"派来了第一位镇长，教会派来了第一位神父。他们一见到马孔多居民无所顾忌的样子就感到惊慌，"因为这里的人们虽然安居乐业，却生活在罪孽之中：他们仅仅服从自然规律，不给孩子们洗礼，不承认宗教节日"。为使马孔多人相信上帝的存在，尼康诺神父煞费了一番苦心："协助尼康诺神父做弥撒的一个孩子，端来一杯浓稠、冒气的巧克力茶。神父一下子就把整杯饮料喝光了。然后，他从长袍袖子里掏出一块手帕，擦干嘴唇，往前伸出双手，闭上眼睛，接着就在地上升高了六英寸。证据是十分令人信服的。"马孔多于是有了一座教堂。

与此同时，小镇的阶级关系发生了深刻的变化：出现了以地主占有土地、残酷剥削农民为基础的社会制度，封建主义从"奴隶制社会"脱胎而出。何·阿·布恩迪亚的长子何·阿尔卡蒂奥占有了周围最好的耕地。那些没有遭到他掠夺的农民（因为他不需要他们的土地），就被迫向他缴纳税款。

地主阶级就这样巧取豪夺、重利盘剥，依靠封建土地所有制和地租形式，占有了农民的剩余劳动。

然后便是自由党和保守党之间旷日持久的战争。自由党人"出于人道主义精神"，立志革命，为此，他们在何·阿·布恩迪亚的次子奥雷里亚诺上校的领导下，发动了三十二次武装起义；保守党人则"直接从上帝那儿接受权力"，为了维护社会稳定、公共道德和宗教信仰，"当仁不让"。这场惊天动地的战争，俨然是对充满戏剧性变化的英国资产阶级革命尤其是法国大革命的艺术夸张。

紧接着是兴建工厂和铺设铁路。马孔多居民被许多奇妙的发明弄得眼花缭乱，简直来不及表示惊讶。火车、汽车、轮船、电灯、电话、电影及洪水般涌来的各色人等，使马孔多人成天处于极度兴奋状态。不久，跨国公司及随之而来的法国艺妓、巴比伦舞女和西印度黑人等"枯枝败叶"席卷了马孔多。

马孔多发生了如此巨大的变化，所有老资格居民都蓦然觉得与生于斯长于斯的镇子格格不入了。外国人整天花天酒地，钱多得花不了；红灯区一天天扩大，世界一天天缩小，仿佛上帝有意试验马孔多人的惊愕限度。终于，马孔多爆炸了。马孔多人罢工罢市，向外国佬举起了拳头。结果当然可以想见：独裁政府毫不手软，对马孔多人实行了惨绝人寰的血腥镇压，数千名手无寸铁的工人、农民倒在血泊之中。这是资本主义和垄断资本主义时代触目惊心的社会现实。

同时，数百年来美洲的风雨沧桑在这里再现。

马孔多四面是一望无际的沼泽，再向外便是辽阔的海域。何·阿·布恩迪亚初到马孔多时，这里"还是新开辟的，许多东西都叫不出名字，不得不用手指指点点"，何·阿·布恩迪亚总以为这里布满了金子，他买了一块磁铁，异想天开地指望用它吸出地下的黄金白银。他拿着磁铁，念着吉卜赛人的咒语，"勘测了周围整个地区的一寸寸土地，甚至每一条河床"。

时过境迁，花西班牙古币里亚尔的马孔多居民成了这块土地的主人。他们"收养"土生土长的印第安人，款待远道而来的吉卜赛人，欢迎温文尔雅的意大利人，容纳精明强干的阿拉伯人……马孔多居民不断增多，法兰西艺妓、巴比伦女郎和成批舶来的西印度黑人以及腰缠万贯的香蕉大亨、衣衫褴褛的无业游民等纷至沓来的不速之客，使马孔多成为真正的多种族聚集、混杂的五彩缤纷的"世外桃源"。

拉丁美洲疯狂的历史在这里再现。旷日持久的内战，永无休止的党派争端，帝国主义的残酷掠夺，专制统治的白色恐怖，勾勒出了二十多个国家的百年兴衰。

哥伦比亚疯狂的历史在这里再现。狂暴的飓风、灼人的阳光，"自由党"和"保守党"，"香蕉热"和美国佬，大罢工和大屠杀，以及根深蒂固的孤独、落后，等等，像一排排无情的巨浪，击打着加勒比海岸上这个以哥伦布的名字命名的国度——哥伦比亚。

当然，《百年孤独》也不容置疑地是写阿拉卡塔卡的，蕴含着加西亚·马尔克斯童年的印象、少年的回忆、成年的思索。加西亚·马尔克斯说过："我记得，我们住在阿拉卡塔卡时，我年纪还小，外祖父常带我去马戏团看单峰骆驼。一天，他对我说,我还没有见过冰呢(听人说,冰是马戏团的一件怪物)。于是他带我去了香蕉公司的储藏室,让人打开一个冻鲜鱼的冰柜,并叫我把手伸进去。《百年孤独》全书就始于这个细节。"[1]

马孔多何其清晰地展示了阿拉卡塔卡的历史变迁和文化混杂:它的土地上有印第安人和黑人,西班牙人和意大利人,阿拉伯人和吉卜赛人,勤劳的华人和"撅屁股当街拉屎的印度难民",以及杂七杂八、弄不清自己的血液是红是白的各色混血儿。无论你来自东方还是西方,是白人还是黑人,都能在这里闻到本民族的气息,找到本民族的影子。

然而,顾名思义,《百年孤独》终究又是写"孤独"的。孤独,作为一种现象、一种心境、一种表现对象,在浩如烟海的文学史上算不得稀奇,尤其是在"上帝死亡""理性泯灭"的20世纪,它几乎成了无处不在的泛世界性题材。但是,把它当作一个民族、一个国家甚而一片包括二十多个国家的广袤土地的历史和现实来表述,恐怕就不再是常事了。而《百年孤独》展示在我们面前的,正是这后一种历史性、普遍性孤独。

大家知道,《百年孤独》中有一位"相信一切寓言"的叙述者。他是马孔多人的化身、魔幻的化身。他不同于全知全能的传统叙述者,因为他只有在叙述"寓言"(也即神奇或者魔幻)时才有声有色、有板有眼,反之则全然无能为力了。据说,这个叙述者是以作者的外祖母为蓝本的。外祖母擅长圆梦,镇里的人有什么神奇的见闻或突兀的梦境,都愿请她解释。她还是远近闻名的"故事大王",讲起印第安神话或者别的稀奇古怪的传说来,不动声色而且一概都用现在时,仿佛事情正在发生,人物就在眼前。

在叙述者眼里,马孔多是何·阿·布恩迪亚夫妇慑于"猪尾儿"的传说,背井离乡、历尽千辛万苦创建的一个与世隔绝的村庄。马孔多诞生之前,布恩迪亚和乌尔苏拉的婚事一再遭到双方父母的反对,但最后年轻人的冲动战胜了老年人的理智,表兄妹不顾一切地结合了。可是,传说的阴影笼罩着他们。因为可怕的传说得到过应验:乌尔苏拉的婶婶和叔叔也是表兄妹,两人无视预言的忠告结婚后,生下一个儿子。这个儿子一辈子都穿着肥大的灯笼裤,活到四十二岁还没结婚就流血而死,因为他生下来就长着一条螺旋形尾巴,尖端有一撮毛。这种名副其实的猪尾巴是他不愿让任何一个女人看见的,最终要了他的命。乌尔苏拉不想让悲剧重演。她知道丈夫是个有血性的男人,担心丈夫在她熟睡的时候强迫她,所以,她在上床之前都穿上母亲拿帆布缝制的衬裤,衬裤用交叉

---

[1] García Márquez y Mendoza: *El olor de la Guayaba*, Buenos Aires: Editorial Sudamericana, 1982, p.27.

的皮带做成，牢不可破。但时间长了，人们见乌尔苏拉总不怀孕，就奚落布恩迪亚。"也许只有公鸡能帮你的忙了。"一天，有个叫普鲁登希奥的年轻人挖苦说。布恩迪亚终于忍无可忍，拿标枪刺死了普鲁登希奥，然后气势汹汹地跑到家里，恰好碰见妻子在穿"防卫裤"，于是用标枪对准她，命令道："脱掉！"

为了避免预言一旦灵验带来的羞辱和普鲁登希奥阴魂的骚扰，布恩迪亚带着身怀六甲的妻子，背井离乡，探寻渺无人烟的去处。他们与同行的几个探险者在漫无边际的沼泽地流浪了无数个月，竟没有遇见一个人。有一天晚上，何·阿·布恩迪亚做了个梦，营地上仿佛耸立起一座热闹的城镇，房屋的墙壁都是用晶莹夺目的透明材料砌成的。他打听这是什么城市，得到的回答是一个陌生却异常响亮悦耳的声音："马孔多。"

于是，他们决定在这里落脚安家。

奥雷里亚诺上校是这块新天地里出生的第一个人。他在母亲的肚子里就哭哭啼啼，是睁着眼睛来到这个世上的。人家给他割掉脐带的时候，他把脑袋扭来扭去，仿佛探察屋里的东西，并且好奇地瞅着周围的人，一点也不害怕。

奥雷里亚诺的哥哥——阿尔卡蒂奥是在旅途中降生的。他是个身材超常的巨人。他那魁伟的体魄连一天天看着他长大的母亲都感到莫名其妙。她请村里的皮拉·苔列娜替他占卜，看看孩子是否生理反常。那女人把自己和阿尔卡蒂奥关在库房里，然后摊开纸牌，为他算命。忽然，她伸手摸了他的生殖器。"好家伙！"她真正吃惊地叫了一声，就再也说不出别的话了。

布恩迪亚见孩子们并未长猪尾巴，也就放下心来，打算同外界建立联系。他率领马孔多人进行了旷日持久的努力，结果却惊奇地发现，马孔多周围都是沼泽，向外就是浩瀚的大海。

然而，神奇的吉卜赛人突然来到这里。他们男男女女都很年轻。领头的叫梅尔加德斯，是位魔术师。他们带来了冰块、磁铁、放大镜等"世界最新发明"，使马孔多人大开眼界。布恩迪亚一心要用冰块建房，因为那样马孔多就会变成一个永远凉爽的村子。他还用全部积蓄换取了吉卜赛人的磁铁，以便吸出地下的金子。

与此同时，乌尔苏拉生了一个女儿：阿玛兰妲。小姑娘又轻又软，好像蜥蜴，但各种器官并无异常。她的两个兄长此时已经渐渐长大：大哥阿尔卡蒂奥身量魁梧，胃口惊人；二哥奥雷里亚诺虽然比较瘦弱，却机敏过人。阿玛兰妲和他们不一样，她是在印第安人的照看下长大的，会说古阿吉洛语并喝蜥蜴汤、吃蜘蛛蛋。这时乌尔苏拉又收养了一个四处流浪的小女孩，她叫雷贝卡，是个光彩照人的小美人儿。雷贝卡从不好好吃饭，谁也不明白她为什么没有饿死，直到料事如神的印第安人告诉乌尔苏拉，雷贝卡喜欢吃的只是院子里的泥土和她用指甲从墙壁上刨下的一块块熟石灰。不久，印第安人又在姑娘的眼睛里发现了一种古怪的症状,它的威胁曾使无数印第安人永远离弃了自己的古老王国。这种症状能诱发比瘟疫更为可怕的传染性失眠。果然,失眠病毒迅速蔓延,全镇的人都失眠了。乌尔苏拉按照母亲教她的草药知识,用草药熬汤,给全家人喝了,可仍不能入睡。所有的人都处在似睡非睡状态中,他们不但能够和自己梦中的形象在一起,而且能看到别人梦中的东西。起初,大伙儿并不担心,许多人甚至高兴,因为当时马孔多百业待兴,时间不够。然而,没过多久,失眠症变成了健忘症。这时,奥雷里亚诺发明了给每样东西贴标签的办法,并把自己的办法告诉了父亲。何·阿·布恩迪亚首先在自己家里采用,然后在全镇推广。他用小刷子蘸了墨水,给屋子里的每件东西都写上名称:"桌子""椅子""时钟""墙壁"……然后到畜栏和地里去,也给牲畜、家禽和植物标上名字:"牛""羊""猪""鸡""木薯""香蕉"……人们研究各标签的时候逐渐明白,他们即使按照标签记起了东西的名称,有朝一日也会忘了它们的用途。随后,他们把标签搞得愈来愈复杂了。一头乳牛的脖子上挂的牌子,清楚地说明了马孔多居民是如何跟健忘做斗争的:"这是一头乳牛。每天早上挤奶,就可以得到牛奶;把牛奶煮熟,掺上咖啡,就可以得到牛奶咖啡。"就这样,他们生活在匆匆滑过的现时中,借助文字把记忆暂时抓住,可是一旦忘了文字的意义,一切也就难免付诸脑后了。当时,奥雷里亚诺是多么渴望发明一种能储存记忆的机器啊。

这时,久别并且已经死亡的梅尔加德斯又回来了。他带来了能够轻而易举地把人像移到金属板上的机器。这回他失望了,因为马孔多人怕人像移到金属板上后,人就会消瘦甚至灵魂出窍。但另一方面,他们又用它否定了上帝存在的神话,说要是上帝无处不在,就该在金属板上留下标记。

过了几个月,那个两次战胜魔鬼的弗兰西斯科来到了马孔多。他是个老流浪汉,已经活了两个世纪了。与他同来的还有一个胖女人和一个小姑娘。胖女人带着小姑娘穿村走寨,让她每天按每人每次两毛钱的价格和七十个男人睡觉。奥雷里亚诺花了四毛钱,想和姑娘多待一会,但感到的只是怜悯和愤慨。他决定保护她,同她结婚。第二天一早,当他跑去找那姑娘时,胖女人早已带着她离开马孔多,消失得无影无踪了。

此后不久,一个满头白发、步履蹒跚的老头儿来找布恩迪亚。布恩迪亚费了老大劲才认出此人。他就是被布恩迪亚杀死的老冤家普鲁登希奥。原来,死者在死人国里十分孤独,而且愈来愈畏惧阴曹地府的另一种死亡的逼近,终于怀念起自己的仇人来了。他花了许多时间寻找布恩迪亚,但谁也不知道他的下落,直到遇见梅尔加德斯。

光阴似箭,何·阿·布恩迪亚也渐渐老了,而且精神失常。奥雷里亚诺怕他出事,只好请来二十个强壮汉子,将他捆在大栗树下。其时,阿尔卡蒂奥已经变成了一个野人,他文了身,吃过人肉,胃口好得能吞下一只猪崽、几十个鸡蛋。

他同母亲的养女雷贝卡结了婚，每夜吵醒整个街区八次，午睡时吵醒邻居三次，大家都祈求这种放荡的情欲不要破坏死人的安宁。

相反，娶了镇长的小女——一个还尿床的孩子做妻子的奥雷里亚诺出于人道主义精神，立志改变国家面貌，发动了三十二次武装起义。在残酷的战争年代里，奥雷里亚诺上校同十七个姑娘（许多人愿意将自己的闺女奉献给他，说这能改良品种）生了十七个儿子，遭到过十四次暗杀、七十三次埋伏和一次枪决，但都幸免于难。战争结束后，他拒绝了共和国总统授予的荣誉勋章，拒绝了联合政府给他的终生养老金和一切为他树碑立传的企图。

由于因果报应，这时的阿尔卡蒂奥突然在自己的房子里饮弹身亡。鲜血穿过客厅，流到街上，沿着凹凸不平的人行道左拐右拐，淌到布恩迪亚家。乌尔苏拉正在那儿打鸡蛋，做面包，见到血后吃了一惊。她顺着血迹来到儿子家里，这才知道他已经死了。阿尔卡蒂奥躺在地上，身上散发出一股强烈的火药味。为消除这种火药味，马孔多人费尽心机，伤透脑筋。多年以后阿尔卡蒂奥的坟墓仍然散发着浓烈的火药味儿。

这时候，阿玛兰妲正一门心思地抚养奥雷里亚诺的儿子奥雷里亚诺·何塞。其实他很早以前就是男子汉了，可她还故意把他当孩子，常常当着他的面脱衣服洗澡。而何塞则悄悄地观察她并逐渐发现了她最隐蔽、最迷人的地方。他每晚都偷偷溜到她的床上，贪婪地抚摸她，和她接吻。

阿尔卡蒂奥死后没几天，他父亲也寿终正寝了。出殡那天，黄色的花朵像无声的暴雨，从空中纷纷飘落，铺满了所有的屋顶，堵塞了街道，遮没了睡在户外的牲畜。

灾难不断降临马孔多和布恩迪亚家族。阿尔卡蒂奥的儿子阿尔卡蒂奥第二被枪决了，奥雷里亚诺·何塞被打死了，奥雷里亚诺上校的其他孩子（在战争中和十七个女人生下过十七个儿子）都在同一天夜里接二连三地被谋杀了，最大的还不满三十五岁。奥雷里亚诺上校陷入了绝望的深渊。政府公然背信弃义，而他党内的那些蠢货唯唯诺诺，只为保住在国会里的一个席位或者某种别的既得利益。他终于感到他是那样的孤独和可怜，他所做的一切都是那样的无意义：闹了半天，自由党和保守党的区别是"自由党人举行早祷，保守党人举行晚祷"。他拿起枪，对准私人医生在他胸口画好的圈子砰地开了一枪。在这同时，乌尔苏拉揭开炉子放上牛奶锅，发现牛奶里有许多奇怪的虫子。"他们把奥雷里亚诺给打死啦！"她叫了一声。然后，她服从孤独中养成的习惯，朝院子里瞥了一眼，便看见了何·阿·布恩迪亚；他在雨中淋得透湿，显得愁眉不展，比死的时候老多了。

但是上校没有成功。穿伤是那么清晰、笔直，医生毫不费劲就把一根浸过碘酒的细绳伸进他的胸脯，然后从脊背拉出。"这是我的杰作。"医生满意地说，

"这是子弹能够穿过而不会碰到任何要害的唯一部位。"此后,上校退避三舍,在马孔多孤独地度过了余生。他用鲜血和无数苦痛换来了一个普通但又很少有人理解的道理:做个凡人是多么幸福。

然而,马孔多一如既往。奥雷里亚诺第二(其实是第三)深信情妇佩特娜·柯特的情欲具有激发生物繁殖的功能。即使是在结婚之后,他也还是征得妻子菲兰妲的同意,继续跟情妇来往,以便保住他家六畜兴旺的红运。他用钞票把自己的房子里里外外裱糊起来,以便家人可以各取所需。他的孪生兄弟则正通过另一种方式大发其财,从外地收罗了大批花枝招展的法国艺妓,使马孔多陷入了疯狂。他们的胞妹雷梅黛丝,人称俏姑娘,到二十岁时还赤身裸体地在屋子里走来走去,并散发出一种难以驱散的令人不安的气息。她的美貌使许多人神魂颠倒甚至丧命。一个阳春三月的下午,她终于披着床单在闪光中随风飘上天去。

俏姑娘走后,几乎被人忘掉的老姑娘阿玛兰妲缝完了她的殓衣 —— "它是世界上最漂亮的殓衣"。然后,她泰然地说她晚上就要死去。果然,当天晚上,阿玛兰妲就安宁地躺进了棺材。她死了,却把孤独传给了奥雷里亚诺第二的女儿梅梅和阿玛兰妲·乌尔苏拉(阿玛兰妲第二)。梅梅尚未成人,就给马孔多带来了灾难:成千上万的黄蝴蝶。只要梅梅走到哪里,哪里就会出现蝴蝶鬼毛乌里西奥·巴比伦。梅梅因此怀孕,生下了奥雷里亚诺·巴比伦·布恩迪亚。后来,阿玛兰妲·乌尔苏拉和奥雷里亚诺·巴比伦乱伦,导致"猪尾儿"的降生 —— "他是百年间诞生的所有的布恩迪亚当中唯一由于爱情而受胎的婴儿",命中注定要使马孔多遭到毁灭。

先是香蕉热的枯枝败叶席卷了马孔多,使三千多人死于非命;而后是连续四年十一个月零两天的暴风骤雨,最终将马孔多夷为平地。

这就是叙述者心目中的马孔多。它无疑是神奇的化身。其之所以神奇,就是因为它孤独、落后。孤独使落后更落后,落后使孤独更孤独,这是一种恶性循环。"这一异乎寻常的现实中的各色人等,无论是诗人还是乞丐,乐师还是巫婆,战士还是宵小,都很少求助于想象。因为,对我们来说,最大的挑战是缺乏使生活变得令人可信的常规财富。朋友们,这就是我们孤独的症结所在。"加西亚·马尔克斯如是说。[1]

由于马孔多的孤独与落后,马孔多人对现实的感知产生了奇异的效果:现实发生突变。普鲁登希奥阴魂不散,梅尔加德斯几度复活,阿玛兰妲安达鬼

---

[1] García Márquez: "La soledad de América Latina", *Les Prix Nobel*, Stocolmo: The Nobel Prizes, 1982.

蜮……仿佛把我们带进了《聊斋志异》的天地。在当代，像加西亚·马尔克斯这样大肆铺陈地描写阴魂鬼蜮的，可谓绝无仅有。无怪乎常有人拿起批判的武器，给《百年孤独》扣上神秘主义的大帽子。

然而，如果说蒲松龄是借幻境和花妖鬼魅以隐喻现实，从而客观上反映了中国古人的阴阳生死观，那么，加西亚·马尔克斯无非是想拿马孔多的迷信，表现拉丁美洲的原始与落后、孤独与混杂。

马孔多人通鬼神、知天命，相信一切寓言、神话、奇迹及传说。基督教和佛教，西方的幻想和东方的神秘，吉卜赛人的魔术和印第安人的迷信，阿拉伯巫师和非洲原始宗教，等等，在这里兼收并蓄、交相辉映。

与此同时，马孔多人孤陋寡闻，少见多怪。吉卜赛人的磁铁使马孔多人大为震惊。他们被它的"非凡的魔力"所慑服，幻想用它吸出地下的金子。吉卜赛人的冰块使他们着迷，被称为"世界上最大的钻石"，并指望用这"凉得烫手的冰砖"建造房子。"当时马孔多热得像火炉，门闩和窗子都变了形；用冰砖盖房，可以使马孔多成为永远凉爽的城市。"吉卜赛人的照相机使马孔多人望而生畏。他们生怕人像移到金属板上，人就会逐渐消瘦。他们为意大利人的自动钢琴所倾倒，"恨不能打开来看一看究竟是什么魔鬼在里面歌唱"。美国人的火车被誉为旷世怪物，他们怎么也不能理解这个"安着轮子的厨房会拖着整整一座镇子到处流浪"。他们被可怕的汽笛声和噗哧噗哧的喷气声吓得不知所措。后来，随着香蕉热的蔓延，马孔多人被愈来愈多的奇异发明弄得眼花缭乱，"简直来不及表示惊讶"。他们望着明亮的电灯，整夜都不睡觉。还有电影，搞得马孔多人恼火至极，因为他们为之痛哭流泪的人物，在一部影片里死亡和埋葬了，却在另一部影片里活得挺好而且变成了阿拉伯人。"花了两分钱来跟人物共命运的观众，受不了这闻所未闻的欺骗，把电影院砸了个稀巴烂。"这是孤独的另一张面孔，与马孔多人的迷信相反相成。

正因为马孔多孤独、落后，它才腐朽、神奇。

孤独和落后使马孔多丧失了时间的概念。何·阿·布恩迪亚几乎是在不断的"发明"和"探索"中活活烂死的，就像他早先预言的那样。奥雷里亚诺上校身经百战，可到头来不知道为了什么，眼看一切依旧，暴君走了一个又来一个，他绝望地把自己关在作坊里制作小金鱼。他再不关心国内局势，只顾做小金鱼发财的消息传到乌尔苏拉耳里时，她却笑了。她那很讲实际的头脑，简直无法理解上校的生意有什么意义，因为他把金鱼换成金币，然后又把金币变成金鱼；卖得愈多，活儿就干得愈多……其实，奥雷里亚诺上校感兴趣的不是生意，而是工作。把鳞片连接起来，一对小红宝石嵌入眼眶，精雕细刻地制作鱼身，一丝不苟地安装鱼尾，这些事情需要全神贯注，他便没有一点空闲去回想战争及战争后的空虚了。首饰技术的精细程度要求他聚精会神，致使他在短时间内比整个战争年代还衰老得快。由于长时间坐着干活,他驼背了,由于注意力过于集中,他弱视了,但换来的是他灵魂的安宁。他明白,安度晚年的秘诀不是别的,而是跟孤独签订体面的协议。自从他决定不再去卖金鱼,就每天只做两条,达到二十五条时,再把它们在坩埚里熔化,然而重新开始。就这样,他做了又毁,毁了又做,以此消磨时光,最后像小鸡儿似的无声无息地在院子的犄角旮旯里死去。阿玛兰妲同奥雷里亚诺上校心有灵犀一点通,她懂得哥哥制作小金鱼的意义,并且学着他的样子跟死神签订了契约。"这死神没什么可怕,不过是个穿着蓝色衣服的女人,头发挺长,模样古板,有点儿像帮助乌尔苏拉干厨房杂活时的皮拉·苔列娜。"阿玛兰妲跟她一起缝寿衣,她日缝夜拆,就像荷马史诗中的佩涅罗佩。不过佩涅罗佩是为了拖延时间,等待丈夫,而阿玛兰妲却是为了打发日子,早点死亡。同样,雷贝卡也不可避免地染上了马孔多人的孤独症。阿尔卡蒂奥死后,她倒锁了房门,在完全与世隔绝的情况下度过了后半生。后来,奥雷里亚诺第二不断拆修门窗,他妻子忧心如焚,因为她知道丈夫准是接受了上校那反复营造的恶习的遗传。

一切都在周而复始、循环往复,以致最不在意世事变幻的乌尔苏拉也常常发出这样的慨叹:时间像是在画圈圈,又回到了开始的时候;或者世界像是在打转转,又回到了原来的地方。无论是马孔多还是布恩迪亚家族的历史,都像是部兜圈的玩具车,只要机器不遭毁坏,就将永远循环转圈。

孤独和落后还使马孔多人丧失了正常的情感交流,生活在赤裸裸而非隐而不彰的本能之中。早在马孔多诞生之前,何·阿·布恩迪亚和乌尔苏拉就不是一对因为爱情而结婚的恩爱夫妻。"实际上,把他和她终生连接在一起的是一种比爱情更牢固的关系:共同的良心责备。"由于马孔多的孤独和落后,爱情与马孔多人无缘。何·阿尔卡蒂奥一生有过不少女人却从未对谁产生爱情;奥雷里亚诺亦然,他想娶流浪小妓女是出于怜悯,同雷梅黛丝结婚是因为她还是个尿床的孩子,和许许多多连姓甚名谁都不清楚的姑娘同床共枕,是为了替她们改良品种。同样,当雷贝卡抛弃即将和她结婚的意大利商人皮埃特罗时,阿玛兰妲因为心存忌恨投入了他的怀抱,并在他正式向自己求婚时断然拒绝了他,报了因为他无视自己和雷贝卡争风吃醋而先爱了雷贝卡的一箭之仇。皮埃特罗不堪连续打击,愤而自尽。阿玛兰妲丝毫没有内疚和不安,转眼成了格林列尔的未婚妻。然而就在格林列尔准备同她结婚的时候,她却冷若冰霜地说:"我永远也不会嫁给你。"她俨然成了一个残忍的迫害狂。相反,俏姑娘雷梅黛丝是"爱情的天使",她的美貌和纯洁拥有置人死地的魔力。虽然有些喜欢吹牛的人说:"跟这样迷人的娘儿们睡一夜,不要命也是值得的。"但是谁也没有这么干。其实,要博得她的欢心又不致被伤害,只要有一种朴素的感情 —— 爱情就够了。"然而这一点正是谁也没有想到的。"

在马孔多这个孤独、落后的世界里，到处滋长着变态的情欲和动物的原始本能。通奸、强暴、妻不忠夫、夫不忠妻司空见惯，几近公开；上烝下报也屡有发生，如乌尔苏拉和她的两个儿子、皮拉·苔列娜和阿尔卡蒂奥第二（母子）、阿玛兰妲和奥雷里亚诺·何塞（姑侄）、阿玛兰妲·乌尔苏拉和奥雷里亚诺·巴比伦（姨侄）都发生过乱伦或怀有乱伦欲。最后，预言应验，"猪尾儿"诞生。然而，这个畸形儿、乱伦的结果居然是"百年间诞生的所有布恩迪亚当中唯一由于爱情而受胎的婴儿"。

与此同时，马孔多又不乏为了"圣洁"而终身不嫁和为了生一个教皇或神父而结婚的宗教狂。这是个多么矛盾而又神奇的腐朽世界。

三 后期魔幻现实主义

随着《佩德罗·巴拉莫》《百年孤独》等作品的出现，魔幻现实主义进入了它的鼎盛时期。此后，这个流派虽已盛极而衰，但是它某些创作方法却一直延续到 20 世纪 80 年代。

20 世纪 70 年代，魔幻现实主义的某些手法被拉丁美洲作家用于对拉丁美洲社会的痼疾 —— 独裁统治的再审视。这种审视与以前的反独裁小说有很大的不同，因为它是一种深层次的历史文化扫描，而非单纯的社会政治评判。在这里，细节的描写和影射退到了次要的位置，粗线条的勾勒和夸张成为首要特征。譬如卡彭铁尔的《方法的根源》三分之一篇幅是用来观照拉美独裁者赖以产生的历史文化环境的。在他的笔下，拉丁美洲是这样畸形与可悲：电灯取代了油灯，浴盆取代了葫芦瓢，可口可乐取代了果子露，轮盘赌取代了老色子，邮车取代了信驴，进口豪华轿车取代了披着红缨、挂着铃铛的马车……它们在古老的街道上缓缓地行进，不断地调速，好不容易才驶入那新建成的大道，于是在路边吃草的羊群四处逃窜，咩咩声压倒了汽车喇叭声……

如此形态还明确表现于独裁者的性格矛盾：他十分崇拜欧洲文化，向往奢侈生活；他长期居住在巴黎，足迹遍及整个法国……与此同时，他又是个"地地道道的美洲人"，只有在吊床上才能睡着。他迷信而且多疑，认为国内长期动荡不安跟他强迫倒霉的圣维森特·德保尔修女有关。

无独有偶，罗亚·巴斯托斯的"至高无上者"（《我，至高无上者》，1974）也是一个具有多重性格的"畸形儿"：他是个学识渊博的文人，精通法学和神学，推崇法国启蒙作家（尤其是卢梭和孟德斯鸠），重视自然科学，熟谙最新哲学思潮流派。他还特地命人从野外搬来一块陨石，摆在工作室里。但是，他禁止任何性质的民主，取缔了知识分子所从事的科研工作和高等教育，强迫他们参加义务劳动，实行愚民政策，并且中断了一切对外交往。同时，"至高无上者"笃信鬼神，是个不可知论者，不但对一切神秘事物感兴趣，而且以雷纳尔神父的忠实读者自居。

同上述形象相比，加西亚·马尔克斯的"族长"（《族长的没落》）更能反映拉丁美洲的矛盾与畸形、落后与混杂。传说族长没有父亲，是位其名不详的精灵使他母亲感应怀孕的产物。然而他母亲临终时却忽然惶惶不安地要把那一段隐私告诉他，无奈想起了许多偷偷摸摸的男人和稀奇古怪的传说，一时竟也忘了实情。族长是个畸形儿、早产子，孩提时代就机敏过人。有人替他算了命，说他将来必成大器。至于他后来如何独揽了拉丁美洲某国的军政大权，除了神乎其神的传说，根本无人知道实情。因为这世上没有人看见过族长，只听说他是个深居简出但又无处不在无所不知的老头儿。他每天都让钟楼在两点的时候敲十二点，以便使生命显得更长些。他妻妾成群，第一夫人是他从牙买加买来的修女。在他们刚举行完婚礼之后，那修女就生下一个男孩，族长立即宣布他为合法继承人并授予少将军衔。族长一百多岁时还第三次换了牙。他认为这一切都应归功于他母亲。因此，他母亲死后，他命令全国举哀百日并隆重追封她为圣母、国母和鸟仙，还把她的生日定为国庆节。

与此同时，族长是个杀人不眨眼的混世魔王。他打着寻求国泰民安的幌子，无情地镇压了所有"政变未遂"的、"图谋不轨"的和"形迹可疑"的危险分子；为防止他们的家属和朋友报复，他又命令杀掉他们的家属和朋友，然后依此类推。据说他老态龙钟、目不识丁，却老奸巨猾、诡计多端。他能在人群熙攘的舞厅里发现伪装得十分巧妙的刺客，在毫无线索的情况下捕获离经叛道的部下。为了维护自己的统治，他炸死了追随他多年的十几名战友，然后假惺惺地用国旗覆盖尸体，替他们举行隆重的葬礼。他还常常把可疑分子扔进河里喂鳄鱼，或者把他们的皮剥下来寄给其家属。为了证实周围的人是否忠心耿耿，他还假死过一次。他心狠手辣，从不放过一个可疑分子，就连亲信、他的国防部长也未能幸免："长长地躺在卤汁四溢的银托盘上，烤得焦黄，供战友享用。"

凡此种种，显然已经不同于20世纪60年代的魔幻现实主义作品。在这些作品中神话色彩明显减弱，表现手法趋于荒诞夸张。反映拉丁美洲孤独落后、体现拉丁美洲混血文化和混血人种"集体无意识"的群体化形象，被个性化形象（独裁者）所取代。人物本身的力度（比如独裁者的残暴）超过了作为文化表征的魔幻。

20世纪80年代，拉丁美洲国家的民主化进程迈出了坚实的步伐，专制统治难以为继。随着民主制度的建立和新自由主义的泛滥，经济建设和文化教育成为头等重要的大事。然而拉丁美洲的旧传统、旧势力仍根深蒂固，严重阻碍了拉丁美洲国家的健康发展。这时，又有一些魔幻现实主义作品问世。它们继续揭露野蛮，抨击腐朽，鞭挞落后。

加西亚·马尔克斯的《一桩事先张扬的凶杀案》（1981）是一部颇具魔幻

色彩的作品，小说以一起发生在作者故乡的凶杀案为契机，表现了拉丁美洲的野蛮与落后。作品中，梦、预感和命运的偶合交织在一起，给现实蒙上了一层厚厚的面纱。

同时，《一桩事先张扬的凶杀案》又是一部颇具特色的结构现实主义作品。作品的叙述形式完全改变了传统叙述者的地位。容笔者稍后评述。

智利女作家伊莎贝尔·阿连德师承加西亚·马尔克斯，在处女作《幽灵之家》（1982）中运用了魔幻现实主义手法。《幽灵之家》以埃斯特万·特鲁埃瓦家族的兴衰为中心，展示了拉丁美洲某国半个多世纪的风云变幻，表现了某些人物的孤独与魔幻。

埃斯特万·特鲁埃瓦原是个聪明好学的上进青年，后因家道中落，不得不辍学谋生。他先在一家公证处当书记员，和姐姐菲鲁拉一起供养年迈多病的母亲。一天，他和出身名门的罗莎·瓦列小姐邂逅，被姑娘的美貌深深吸引。为了能向瓦列家族的这位千金小姐体体面面地求婚，他决心抛下母亲和姐姐，只身一人去荒无人烟的北方金矿冒险。经过两年多时间的艰苦奋斗，他攒下了一大笔钱。然而，就在此时，罗莎不慎误饮毒酒而死。噩耗传来，埃斯特万当即万念俱灰。他专程赶回首都为罗莎送葬。末了，决定到父亲留下的庄园了却一生。

那是个寂寞偏僻的古老农庄，此时已衰败不堪。埃斯特万为了消磨时光、打发日子，不知不觉地投入了振兴庄园的工作。他在管家佩德罗·加西亚第二的帮助下，用了近十年时间，将惨淡经营的三星庄园变成了远近闻名的"模范庄园"。

事业愈来愈兴旺，埃斯特万也愈来愈专横、堕落。他强奸了管家的妹妹，还与妓女特兰希托·索托勾勾搭搭、狼狈为奸。后来，由于母亲病危，埃斯特万回到首都。母亲死后，他遵照遗嘱，娶了瓦列夫妇的小女儿克拉腊小姐为妻。克拉腊那年十九岁，是个异乎寻常的女孩。她具有特异功能，专与鬼魂交往，善卜凶吉祸福。埃斯特万和克拉腊结婚后，生下一个女儿，取名布兰卡。

有一次，埃斯特万携克拉腊母女到三星庄园度假。在那里，布兰卡和佩德罗·加西亚第三从相识到相爱，但遭到了埃斯特万的粗暴干涉。不久，埃斯特万和克拉腊又生了一对孪生子海梅和尼古拉斯。埃斯特万对孩子们动辄打骂，克拉腊因为对丈夫不满而痛心疾首。

此时，那一带发生强烈地震。埃斯特万被倒塌的房屋压了个半死。多亏老佩德罗·加西亚悉心照料，才逐渐好转。伤愈后，埃斯特万涉足政治，顽固地坚持保守立场。

与此同时，被赶出家门的佩德罗·加西亚第三继续以神父的身份与布兰卡暗中来往，并煽动三星庄园的雇工在选举中不投保守党的票。不料此事因人告发而败露。恼羞成怒的埃斯特万用斧头砍断了佩德罗·加西亚第三的三个指头，还将克拉腊母女痛打了一顿。克拉腊忍无可忍，带着怀孕的布兰卡离开庄园回到首都。不久，埃斯特万追到首都，强迫女儿嫁给骗子"法国伯爵"。此人不但从事走私贩毒勾当，而且是个性变态者。布兰卡终因无法忍受其变态行为，逃回母亲身边并很快生下了女儿阿尔芭。

这时，海梅和尼古拉斯已经长大成人。前者从医学院毕业后，从事救死扶伤的工作；后者饱食终日，无所事事，成了浪子。

阿尔芭七岁那年，克拉腊去世了。布兰卡和佩德罗·加西亚第三旧情未断，继续来往。

随着大选的临近，两种势力的较量达到了白热化的程度，海梅参加了社会党。最后，社会党在大选中获胜，佩德罗·加西亚第三入阁当了部长。但是极右势力不甘心失败，拼命抵制新政府的土地改革政策。埃斯特万因阻挠庄园变革，被雇工扣作人质。布兰卡请佩德罗·加西亚第三出面交涉，才救了埃斯特万一命。终于，极右势力策动了军事政变，推翻了民主政府，枪杀了奋力抵抗的共和国总统。海梅在保卫共和国的战斗中英勇牺牲，年方十八岁的阿尔芭也被军政府投进了秘密监狱。

埃斯特万如梦初醒，四处打听外孙女的下落。阿尔芭在狱中受尽折磨。一个名叫埃斯特万·加西亚的上校对她尤其狠毒。原来此人正是她外公在三星庄园胡作非为的私生子。他借政变之机，在阿尔芭身上公报私仇。最后，埃斯特万在名妓特兰希托·索托的帮助下救出了奄奄一息的阿尔芭。祖孙相见，悲喜交集。阿尔芭找出外祖母的日记，结合埃斯特万的回忆，写下了这部《幽灵之家》。

《幽灵之家》的魔幻现实主义特点，集中表现在克拉腊和老佩德罗·加西亚二人身上。除此之外，当然也就再无神奇可言。

克拉腊从小就不同凡响，她十岁时决定充当哑巴，结果一连几年谁也无法叫她开口。她擅长圆梦，而且这种本领是与生俱来的。她背着家人给许多人圆梦，知道身上长出一对翅膀在塔顶上飞翔是什么意思，小船上的人听见美人鱼用寡妇的声音唱歌是什么意思，一对双胞胎每人举着一把剑是什么意思……她不但能圆梦，而且有未卜先知的本领。她预报了教父的死期，提前感到了地震的信息，还向警察预告了杀人凶手的行踪。不仅如此，克拉腊还能凭感觉遥控物体，使物体自动移位。而且这种本领随着她年龄的增长而增长，待到后来，她可以站在远处，不掀开钢琴盖就弹奏自己喜欢的曲子。更为神奇的是她喜欢和鬼魂玩耍，整天整天地和他们闲聊。父亲不准她呼唤调皮的鬼魂，免得打扰家人。但越是限制她，她就越发疯癫。只有老奶奶懂得她的心思，给她讲古老的传说，把她当作宝贝。

和克拉腊一样，老佩德罗·加西亚也是个十分神奇的人物。他用咒语和谆谆劝诱赶走了给三星庄园造成灾难的蚁群，用身体测试地下有无水源，用魔法和草药治愈了奄奄一息的主人……诸如此类，不一而足。

诚然，真正神奇的并非人物的"心灵感应"或"未卜先知"或"呼神唤鬼"本领，而是人们信以为真的现实，是进步与守旧的反差，是文明与落后的较量，是迷信与希望的并存。伊莎贝尔·阿连德多次表示："有一个马孔多，也就会有第二个马孔多；有一个布恩迪亚家族，也就会有第二个布恩迪亚家族：我的家族。"

可见，上述作品表现的魔幻（神奇）现实实际上是一种心态，一种审视现实的方式，即一种或多种文化积淀在特定历史条件下和环境中体现的近乎幻想的真实。加西亚·马尔克斯对此做过明确阐述：他所孜孜以求的，事实上只是以新闻报道般的逼真展示拉丁美洲人尤其是加勒比人审视现实的奇特方式。

> 早在孩提时代，我外祖母就将这方式教给了我。对外祖母而言，神话、传说、预感以及迷信等各色信仰都是现实生活的有机组成部分。这就是拉丁美洲，这就是我们自己，也是我们试图表现的对象……①

四 魔幻现实主义的其他相关问题

关于魔幻现实主义，笔者还有以下几点补充评述。

（一）魔幻现实主义与神话-原型

难说魔幻现实主义与神话-原型批评有什么关联瓜葛，但魔幻现实主义所展示的种种现象又无不印证了神话原型批评家们的想象和推断。

众所周知，神话-原型批评实际上是一种文学人类学，在那里，文学不再是新批评派眼里的孤独的文本，而是整个人类文化创造的有机组成部分，它同古老的神话传说、宗教信仰、民间习俗乃至巫术迷信等有着密不可分的血缘关系。正因为如此，原型批评论者把文学叙述视为"一种重复出现的象征交际活动"，或者说是"一种仪式"。②文学仪式的观念源自人类学家弗雷泽的《金枝》（1890），指不同环境条件下神话母题的转换生成。用荣格的话说则是"集体无意识"中原型的不断显现。总之，在神话-原型论者看来，神话乃是一切文学作品的源头母题，是一切伟大作品的基本故事。

从某种意义上说，在几乎所有魔幻现实主义作品中，都存在着一种堪称基调的原型模式。如阿斯图里亚斯的《玉米人》所反复出现的是古代玛雅-基切

---

① García Márquez y Mendoza: *El olor de la guayaba*, Buenos Aires: Editorial Sudamericana, 1982, p.61.

② 诺思罗普·弗莱：《批评的解剖》，陈慧、袁宪军、吴伟仁译，百花文艺出版社，2006年。

神话《波波尔·乌》关于人类起源的叙述：那时，一片沉寂、静止，茫茫太空，什么也没有，唯有无垠的大海。后来，造物主创造了语言、大地和万物，又用泥土创造了人。但泥人懦弱呆板，不能动弹，不晓言语。于是造物主捣毁了泥人，改用木头做人。这些木偶较泥人灵活，而且能说会道。很快木头人在大地上繁衍起来。然而他们没有心肝，不懂得崇拜造物主，终于触怒神明，遭到了洪水的袭击。幸免于难的就是今天我们看到的猴子。最后，造物主找到了玉米并用它创造了人类。[1]

又如近乎巫术的原始仪式，如卡彭铁尔的《这个世界的王国》中的黑人伏都教仪式：在火炬光焰的照耀下，雷鸣般的鼓声一直响了两个多小时。妇女们扭动肩膀，不断重复着一个动作……突然，人们感到一阵战栗：马康达尔在鼓声中恢复了原型。妇女们扭得更欢了，她们踩着鼓点，在他身边扭来扭去……

> 马康达尔被绑在木柱上，总督以对着镜子反复练习过的姿势抽出利剑，下令执行判决。火苗升起来了，渐渐吞食了马康达尔……忽然马康达尔的身体从木柱上腾空而起，越过人墙，降落到奴隶们中间。这时，默默的祈祷变成了惊天动地的吼声："马康达尔得救了！"

变形、蒙难、牺牲、复活……这是艺术的偶合，还是人类原始心象本身的近似使然？

同样，胡安·鲁尔福在表现墨西哥村民时，把新旧大陆初民的宗教信仰包括宿命观、轮回观都一股脑儿、淋漓尽致地展示了出来。用列维-布留尔的话说，这是"集体表象"。譬如按照日落日出、冬凋夏荣等自然规律推想出来的人死后复生、虽死犹存观（其中既有基督教-希伯来神话，又有古印第安神话关于天国地府的传说），或者在强大的自然力量的重压下产生的生死由命、祸福在天观，受善良愿望支配的因果报应、贫富轮回观，等等，不但是《佩德罗·巴拉莫》的核心内容，而且反复出现于作者的其他作品中。

至于加西亚·马尔克斯的《百年孤独》，假如我们撇开神话-原型去谈其内容形式，无论从什么角度，都将是一桩捡芝麻丢西瓜的事。

前面说过，何·阿·布恩迪亚和表妹乌尔苏拉因为一时冲动，不顾预言的忠告，结果不得不远走他乡（失去伊甸园）。他们在荒无人烟的沼泽地里流浪跋涉了无数个月，结果连一个人影也没遇到。直到一天夜里，布恩迪亚做了个

---

[1] Adrián Recinos(ed.): *Popol Vuh: Las antiguas historias del Quiché*, Mexico: Fondo de Cultura Económica, 1947, pp.1-2.

梦，梦见他们所在的地方叫马孔多（福地）。布恩迪亚当即决定在这里建立家园，从此不分白天黑夜地辛勤劳作（男人的汗水）。不久，乌尔苏拉生下了两个健全的、并无异常的孩子（女人的痛苦）。布恩迪亚不再担心"猪尾儿"的传说了，打算同外界建立联系，结果却惊奇地发现，这个潮湿寂寞的境地犹如原罪以前的蛮荒世界，周围都是沼泽，再向外就是浩瀚的大海。鬼知道当初他们是怎样流落到这个地方的。他绝望地用大砍刀胡乱劈着血红色的百合和蝾螈，"远古的回忆使他们感到压抑"。布恩迪亚的一切幻想都破灭了。"'真见鬼！'何·阿·布恩迪亚叫道，'马孔多四面八方都给海水围住了！'"

这里既可以看到古希腊人的心理经验（比如俄狄浦斯的故事——逃避预言——最后预言应验），又有希伯来民族早先的"原始心象"的鲜明印迹（远古的回忆和原罪，迁徙和男人的汗水、女人的痛苦，直至世界末日……岂不是与令人惊心动魄、回肠荡气的《圣经·旧约》如出一辙）。

马孔多是一块"福地"。它四面是海，俨然是神力所致，遂兀自出现在布恩迪亚的梦境里；那梦境或许就是神谕，而布恩迪亚又何尝不是"原型"摩西显圣？

起初，马孔多可算是个安宁幸福的世外桃源，总共只有二十户人家，过着田园诗般的生活。一座座土房都盖在河岸上。河水清澈，沿着遍布石头的河床流去，河里的石头光滑洁白，活像史前的巨蛋。这块天地是新开辟的，许多东西都叫不出名，不得不用手指指点点。但好景不长，不同肤色的移民、居心叵测的洋人慕名而来，名目繁多的跨国公司接踵而至；马孔多人四分五裂，并开始外出争衡。布恩迪亚的孤僻子孙上烝下报，无奇不有，从此失去了神的庇佑，财富与他们无缘，爱情的天使披着床单飞上天去……最后，布恩迪亚的第六代子孙奥雷里亚诺·巴比伦发现他的情妇阿玛兰妲·乌尔苏拉并非他表姐，而是他姨妈，而且发现弗兰西斯·德拉克爵士围攻列奥阿察的结果只是搅乱这儿家族的血缘关系，直到这儿的家庭生出神话中的怪物——猪尾儿。这个怪物注定要使这个家族彻底毁灭，就像预言所提示的那样。果然，《圣经》所说的那种洪水变成了猛烈的飓风，将马孔多这个镜子似的城市从地面上一扫而光。

这是"世界末日"的神话，还是"世界末日"的预言？

此外，初民按照春华秋实、冬凋夏荣，或日月运行、昼夜交替的自然规律所产生的神话及神死而复生的意念和有关仪式，在《百年孤独》等魔幻现实主义作品中屡见不鲜。譬如吉卜赛人梅尔加德斯死后复生、生后复死；马孔多人为他祭祀，对他敬若神明。在他们看来，梅尔加德斯绝非普普通通占卜行骗的吉卜赛术士，他不但具有变形、复活那样的神的品性，而且对马孔多和布恩迪亚家族提前一百年做了预言。梅尔加德斯先用他本族的文字——梵文记下了这个家族的历史（同时也是未来），然后把这些梵文译成密码诗，诗的偶数行用的是奥古斯都皇帝的私人密码,奇数行用的是古斯巴达的军用密码。最后,在马孔多毁灭前的瞬间,被奥雷里亚诺·巴比伦尼亚全部破译。

这梅尔加德斯岂不是古希腊神话中半神半人的预言者,而布恩迪亚一家又何尝不是俄狄浦斯这个永远鲜活的原型的变体?而且,人物为逃避预言(神示)应验所做出的非凡努力,恰恰促成了预言应验的悲剧,分明也是重构的母题。

更有甚者,马孔多西边的辽阔水域里栖息着一种鱼状的生物,这类生物皮肤细嫩,头和躯干都像女子,宽大、迷人的胸脯能毁掉航海的人。而在马孔多的另一端,在远离大海的内陆,奥雷里亚诺上校发现了十多年前他父亲见到过的那堆船骸。那时他才相信,这整个故事并不是他父亲虚构的,于是向自己发问:"帆船怎会深入陆地这么远呢?"莫非它就是诺亚的方舟?

凡此种种,似乎足以证明《百年孤独》是一部神话。但它绝不是弗莱等原型批评家们断言的那种单纯的神话复归,也有别于悲观主义者的"世界末日"的预言。因为《百年孤独》不仅仅是神话和文学幻想,它更是历史,是活生生的拉丁美洲现实,具有强烈的弃旧图新愿望。

事实上,无论是乔伊斯的《尤利西斯》与荷马史诗的对应,还是卡夫卡的《变形记》和奥维德的《变形记》、福克纳的《喧哗与骚动》与基督教仪式(具体说是复活节)的关联,最终表现的都是现代人(此时此地)的悲剧。乔伊斯用英雄奥德修斯反衬懦夫布卢姆,使布卢姆更加懦弱可悲。奥维德的《变形记》则是赞美上帝和罗马,其人物的变形也常常是神性象征;而卡夫卡的《变形记》写的却是20世纪小人物的悲哀,其变形乃是无可奈何的异化。至于福克纳的《喧哗与骚动》四部分的四个日期与基督受难的四个主要日期相对应,所蕴含的美国南方社会现实生活的悲剧意义就更不待言。同样,加西亚·马尔克斯的《百年孤独》的原型模式和天启式终局结构对于马孔多也是十分合适的和富有表现力的。用神话这种终极形式表现拉丁美洲的原始落后,难道不正是所有魔幻现实主义作家的高明之举?它大大提高了现实题材悲剧内容的审美价值。

此外,魔幻现实主义作家对死亡、预兆、巫术等原型性主题的表现,同列维-布留尔、荣格、列维-施特劳斯等人类学家和原型批评家关于原始人思维与神话的论述十分相似。比如死亡,列维-布留尔说:

> 死的时刻的确定在我们这里和在他们那里是不相同的。我们认为,心脏停止跳动和呼吸完全停止,就是死了。但是,大多数低等民族认为,身体的寓居者(与我们叫作灵魂的那种东西有某些共同的特征)最后离开身体的时候就是死,即或这时身体的生命还没有完全终结。在原始人那里常见的匆忙埋葬的原因之一就在这里。在菲吉群岛,"入殓过程常常是在人实际上死了以前的几小时就开始了。我知道一个人入

殓之后还吃了食物，另一个人入殓以后还活了十八小时。但据菲吉人的看法，在这期间这些人是死人。他们说，吃饭、喝水、说话，都是身体——空壳子（他们的用语）的不随意的动作，但是灵魂已经离开了"。①

而且，他认为，死和生一样，"是由一种生命形态变成另一种生命形态"②。

也许正是类似的原因，南美的奇里瓜诺人和瓜拉尼人是这样互相问候的："你活着吗?"答："是的，我活着。"可见，在原始人那里，生和死首先不是一种生理现象，也没有明显的、绝对的界限。

联系到魔幻现实主义作品，且不说鲁尔福的《佩德罗·巴拉莫》，就是加西亚·马尔克斯的《百年孤独》中的阿玛兰妲去死人国送信一节也够精彩，够耐人寻味的了：阿玛兰妲缝完了"世间最漂亮的殓衣"，然后泰然自若地说她当晚就要死了。

> 阿玛兰妲傍晚就要起锚，带着信件航行到死人国去，这个消息还在晌午就传遍了整个马孔多；下午三点，客厅里已经立着一口装满了信件的箱子。不愿提笔的人就让阿玛兰妲传递口信，她把它们都记在笔记本里，并且写上收信人的姓名及其死亡的日期。"甭担心。"她安慰发信的人，"我到达那儿要做的第一件事就是找到他，把您的信转交给他，……"她像病人似的躺在枕上，把长发编成辫子，放在耳边——是死神要她这样躺进棺材的。

与死亡相关的是鬼魂或者来世。诚如列维-布留尔所说的那样，对于原始人而言，人死了或做鬼或再生，"其余的一切仍然不变"。关于这一点，前面已有大量评述，但需要说明的是加西亚·马尔克斯关于死亡、鬼魂和彼世的叙述并不千篇一律，即使是在《百年孤独》中，人物死后或变鬼，或复活，或升天，或腐烂，或赴死人国，可谓五花八门、因人而异。这或许是由马孔多的文化混杂所造成的。

又如预兆，荣格说：

> 由于我们早已把祖先对世界的看法忘得一干二净，就难怪我们把

---

① 列维-布留尔：《原始思维》，丁由译，商务印书馆，1981年，第383页。
② 列维-布留尔：《原始思维》，丁由译，商务印书馆，1981年，第330页。

这种情况看作是非常可笑的了。有一只小牛生下来就有两个头,五条腿;邻村的一只公鸡下了蛋;一位老婆婆做了个梦;天空中出现了一颗陨星;附近的城里起了一场大火;第二年就爆发了战争。从远古到近代的十八世纪的历史中,这类的记载屡见不鲜。对于我们,这些没有丝毫意义,可是对原始人来说,这些各种事实相交并列的现象却是非常重要的,让他信服的……我们由于只注意到事物的本身及其原因,因此认为那不过是由一堆毫无意义和完全偶然的巧合所组成的东西,原始人却认为是一种合乎逻辑秩序的预兆。[①]

在加西亚·马尔克斯笔下的世界里,预兆是至关重要的。在《没有人给他写信的上校》(1961)中,以期待一笔养老金而聊以自慰的退役上校有一天突然感到腹中长出了有毒的蘑菇和百合。对上校而言,它们预示着自己就要寿终正寝。他从此郁郁寡欢,百无聊赖。在《一桩事先张扬的凶杀案》中,圣地亚哥·纳赛尔梦见自己在树林里自由飞翔时身上落满了鸟粪,结果竟意味着杀身之祸。

诸如此类,在加西亚·马尔克斯及其他魔幻现实主义作家的作品中比比皆是。

至于巫术,无论列维-布留尔、列维-施特劳斯还是荣格,也都是从原始思维与神话的关系说开去的。比如荣格在论述非洲和美洲原始人的心理经验与神话的关系时说:

> 如果有三位妇女到河边取水,其中一位被鳄鱼拖到水中,我们的判断一般是,那位妇女被拖走是一种巧合而已。在我们看来,她被鳄鱼拖走,纯粹是极自然的事,因为鳄鱼确实常会吃人。可是原始人却认为,这种解释完全违背了事实的真相,不能对这个事件做全盘说明……原始人寻求另一种解说法。我们所说的意外,他们认为是一种绝对力。

他举例说:

> 有一次从一只被欧洲人射死的鳄鱼肚中发现了两个脚镯,当地的土人认出这两个脚镯是两位不久前被鳄鱼吞吃了的妇人的物品,于是大家就开始联想到巫术了……他们说,有位其名不详的巫师事先曾召

---

① 荣格:《探索心灵奥秘的现代人》,黄奇铭译,社会科学文献出版社,1987年,第127页。

唤那条鳄鱼到他面前，当面吩咐它去把那两位妇女抓来，于是鳄鱼遵命行事。可是在鳄鱼肚内取出的脚镯该怎么解释呢？土著们又说了，鳄鱼是从不食人的，除非接受了某人的命令。而脚镯就是鳄鱼从巫师那儿取得的报酬。[①]

这与阿斯图里亚斯关于魔幻现实主义的论述简直没有两样。

总之，在原始人那里，一切事物都染着人类精神的因素，或者用荣格的话说，是"染上了人类心灵中的集体无意识性"。而神话则是"集体无意识"的产物，或者说是"原始经验的遗迹"。[②]

问题是，当列维-布留尔、荣格、列维-施特劳斯潜心研究某些原始人的思维特征，或弗莱谈论神话复归时，都避而不谈，或者很少涉及神话之所以复归、这些"原始人"之所以"原始"的社会和历史原因；而魔幻现实主义通过复活神话所表现的，恰恰是振聋发聩的社会内容：他们笔下的"原始人"是如何在人类远离了"孩童时期"之后，仍处于原始状态的。而这，无疑又是魔幻现实主义作家区别于神话-原型论者的显证。

最后，大量原型也足以证明魔幻现实主义是借神话的重建复归于它的初始形态——艺术象征的。

比如水，它既是洁净的媒介，又是生命赖以存在的基本要素，因而常常象征着新生。美国原型批评家威尔赖特说过：

在基督教的洗礼仪式中这两种观念结合在一起了：洗礼用水一方面象征着洗去原罪的污浊，另一方面又象征着即将开始的精神上的新生。这后一个方面由耶稣在井边对撒玛利亚妇女讲道时所说的"活水"这一词组所特别地揭示了出来。在与基督教有别的希伯来人的信念中，圣灵不是以鸽子的形式降下的，而是作为一个水泉出现的[③]。

在《百年孤独》中，水的这种象征意义是借吉卜赛人梅尔加德斯表现出来的。一天早上，阿尔卡蒂奥带着发臭的梅尔加德斯去河里洗澡，梅尔加德斯对

[①] 荣格：《探索心灵奥秘的现代人》，黄奇铭译，社会科学文献出版社，1987年，第120、125页。

[②] 荣格：《探索心灵奥秘的现代人》，黄奇铭译，社会科学文献出版社，1987年，第137—165页。

[③] 威尔赖特：《隐喻和真实》，转引自叶舒宪选编：《神话—原型批评》，陕西师范大学出版社，1987年，第228—229页。

他说"我们都是从水里出来的",说罢就淹没在水里了。乌尔苏拉打算替他办丧事,但她丈夫何·阿·布恩迪亚阻止说,梅尔加德斯是不朽的,"知道复活的奥秘"。

还有血,用威尔赖特的话说,"具有一种不寻常的矛盾性质",即它既是生命的象征又是死亡的预兆。但是,作为原型性象征,它主要指后者,这也许是因为死亡常常与流血联系在一起,所以血成了死的象征。威尔赖特发现,在大多数原始社会中,血是一种禁忌。在《百年孤独》中,血分明也是一种禁忌,具有凶兆意义。最明显的例子是血与阿尔卡蒂奥之死的关系。当然,在加西亚·马尔克斯笔下,这种象征意义是经过夸张的,一如席卷马孔多的健忘症,堪比但丁笔下的神话——忘川。

同水一样,火这种原型象征也常与圣洁和生命相关联。其之所以如此,大概是因为火总是与光和热联系在一起,而二者的终极来源又都是太阳。在威尔赖特看来,在古代,火被普遍地赋予了神秘的"上"的色彩,同"下"即黑暗、堕落甚至邪恶的意念相悖。在《这个世界的王国》中,黑人领袖马康达尔在烈火中"永生"、变形,恐怕也是基于火的这种原型性象征意义的。

凡此种种,都是寓意比较明显的原型性象征。在魔幻现实主义作品中,还有一些原型性象征就不那么具有普遍意味了。比如猫头鹰、蛇、鹿、玉米以及某些色彩等,在美洲土著文化中具有特殊的象征意义,用一般神话-原型理论或古希腊 + 希伯来 + 基督教文化模式去审视就很难理解。由于它们直接源自美洲,反映了美洲土著特有的思维形态,因此常常也是更有张力和隐喻功能的文化信息和艺术象征,能提供关于拉丁美洲现实的独特暗示。

(二)魔幻现实主义的表现手法

不言而喻,神话-原型批评把母题的复现和变体绝对化了。例如,荣格是这样将神话-原型提到普遍、绝对的高度的,他说:"诗人为了确切地表达他的经验就非求助于神话不可。"[1]事实上,正如前面说过的那样,当代文学中神话复归现象说穿了是一种观照形式,一种为了丰富和深化现实主题而采取的借古喻今、声东击西的战术。魔幻现实主义作品的一些常见的表现手法从另一角度证明了这一点:

1.陌生化

魔幻现实主义表现拉丁美洲原始落后的手段不仅仅是神话母题复现或神话-原型显现的明证之一是陌生化。由于现实环境的变迁,何况神话-原型毕竟

① 荣格:《探索心灵奥秘的现代人》,黄奇铭译,社会科学文献出版社,1987年,第157页。

不能包容此时此地的现实现象，因此带有原始色彩的某些感觉知觉便通过陌生化惟妙惟肖地表现出来。例如《这个世界的王国》中的索里曼与雕像一节，还有《百年孤独》中马孔多人对冰块、电影、火车等等的感觉知觉……

什克洛夫斯基（又作施克洛夫斯基）说："艺术之所以存在，就是为使人恢复对生活的感觉，就是为使人感受事物，使石头显出石头的质感。艺术的目的是要人感觉到事物，而不是仅仅知道事物。艺术的技巧就是使对象陌生，使形式变得困难，增加感觉的难度和时间长度，因为感觉过程本身就是审美目的，必须设法延长。艺术是体验对象的艺术构成的一种方式，而对象本身并不重要。"[1] 我们固然可以不赞同什克洛夫斯基的形式主义观点，但是作为一种艺术手段，陌生化确乎为古今中外许多名家名作所采用。列·托尔斯泰的《战争与和平》用一个非军人的眼光描述战场，战争就显得格外残酷；曹雪芹的《红楼梦》从刘姥姥的角度来观察大观园、宁荣府，它们也就显得益发奢华……这也是现在常说的"距离感"。

魔幻现实主义作家以拉丁美洲黑人、印第安人或混血儿的感觉和知觉来审视生活，变习见为新知，化平凡为神奇。由于孤独、愚昧和落后，外界早已熟视不怪的事物，在这里无不成为"世界奇观"；相反那些早被文明和科学唾弃的陈规陋习却在原始的非理性状态中成了司空见惯的家常便饭。或惊讶，或怀疑，或平静，或气愤，无不给人以强烈的感官刺激。卡西尔称之为"先逻辑"。[2]

正因为这样，魔幻现实主义作品仿佛插上了神话的翅膀；一旦进入它的境界，我们似乎感到自己久已麻木的童心之弦被重重地弹拨了一下。我们从他们（如马孔多人）对冰块、对磁铁、对火车、对电灯或电影等曾经激荡过我们童心但早已淡忘的或惊讶或恐惧或兴奋或疑惑的情态中重新体味童年的感受（而不仅仅是理性认识）。然而，马孔多人毕竟不是小儿稚童。这又不禁使我们在愉悦和激动的审美感受中意识到他们的孤独和原始。这种强烈的感性形态和丰富的精神内容（并非直接的、浅尝辄止的，而是隐含的、需要回味的）恰恰是需要卡西尔所说的大诗人的"神话的洞识力量"才能达到的艺术表现，但它们并非母题或原型的复现。

与此相似的是观念对比法。由于魔幻现实主义常以拉丁美洲的文化特性为表现对象，不同文化传统、价值观念、宗教信仰的对比贯穿了许多作品。比如《这个世界的王国》中黑人的宗教信仰对白人的人生哲学、《玉米人》中的印第安

---

[1] 《作为技巧的艺术》，转引自张隆溪：《二十世纪西方文论述评》，生活·读书·新知三联书店，1986年，第75—76页。

[2] 卡西尔：《人论》，甘阳译，上海译文出版社，2013年。

人的原始思维对玉米商贾的现代意识等诸如此类的比照,无疑是表现拉丁美洲多种族文化、信仰和习俗并存混杂的历史与现状的最佳方式之一。

2. 象征结构

魔幻现实主义作品的结构形式一般都比较简单,唯有《百年孤独》是个例外。然而,《百年孤独》的结构形式是在构思马孔多世界的孤独中产生的,具有鲜明的象征性和象形性。而且,它恰好和它的载体——神话的环状形态相契合:预言(禁忌)→逃避预言(违反禁忌)→预言应验(受到惩罚)。

按传统的叙述方式,《百年孤独》的情节必然顺应自然时序,由马孔多的产生、兴盛到衰落、消亡,循序渐进,依次展开。然而,加西亚·马尔克斯并未这样做,他将情节分割成若干部分,并将分割的每一部分首尾衔接,使之既自成体系又不失与整体的联系。这些独立而又相互关联的情节片段,以某一"将来"做端点,再从将来折回到过去:

> 多年以后,奥雷里亚诺上校在行刑队面前,准会想起他父亲带他去参观冰块的那个遥远的下午……

这种既可以顾后又能够瞻前的循环往返的叙事形式,织成一个封闭的圆圈:

叙述者的着眼点从奥雷里亚诺上校面对行刑队陡然跳回他幼年时认识冰块的那个遥远的下午,以描述马孔多初建时的情景,然后又从马孔多跳回"史前状态",再从"史前状态"叙述马孔多的兴建、兴盛直至奥雷里亚诺上校站在行刑队面前回想起他父亲带他去见识冰块的那个遥远的下午,并由此派生出新的情节。这样,作品的每一个"故事"往往从终局开始,再由终局回到相应的过去和初始,然后再循序展开并最终构成首尾相连的封闭圆圈。而且"故事"里面套"故事",比如远在奥雷里亚诺上校站在行刑队面前之前,就已埋下几处伏笔:布恩迪亚将举行一个盛大的舞会,由此追溯到意大利人皮埃特罗同雷贝卡及阿玛兰妲的爱情纠葛直至舞会举行;梅尔加德斯将第二次死亡,再折回去叙述他在世界各地的冒险直至他真的"第二次死去";奥雷里亚诺将发动三十二次武装起义、同十七个女人生下十七个儿子,直至这一切一一发生……这种环连环、环套环的循环往返的叙事形式，构成一个个封闭的圆圈，从而强化了马孔多孤独的形态。

在《百年孤独》的特殊时序中，马孔多既是现实（对于人物），又是过去（对于叙述者），也是将来（对于预言者梅尔加德斯），因而是过去、现在和将来三个时空并存并最终合为一体的完全静止的、形而上的世界。最后，三个时态在小说终端打了个结，并把所有的连环合在了一起：

> 奥雷里亚诺·巴比伦一下呆住了，但不是由于惊讶和恐惧，而是因为在这个奇异的瞬间，他感觉到了最终破译梅尔加德斯密码的奥秘。他看到羊皮纸手稿的卷首上有那么一句题词，跟这个家族的兴衰完全相符："家族中的第一个人将被绑在树上，家族中的最后一个人将被蚂蚁吃掉。"……此时，《圣经》所说的那种飓风变成了猛烈的龙卷风，扬起尘土和垃圾，将马孔多团团围住。为了避免把时间浪费在他熟知的事情上，奥雷里亚诺·巴比伦赶紧把羊皮纸手稿翻过十一页去，开始翻译和他本人有关的那几首诗。就像望着一面会说话的镜子，他看到了自己的命运。他又跳过几页去，竭力想弄清楚自己的死亡日期和死亡情况。可是还没有译到最后一行，他就明白自己已经不能跨出房间半步了，因为按照羊皮纸手稿的预言，就在奥雷里亚诺·巴比伦破译羊皮纸手稿的最后瞬间，马孔多这个镜子似的（或者蜃景似的）城镇，将被飓风从地面上一扫而光，将从人们的记忆中彻底抹掉，羊皮纸手稿所记载的一切将永远不会重现，遭受百年孤独的家族，注定不会在大地上第二次出现了。

这样，小说从将来的预言到遥远的过去又回到将来的现实，构成封闭的总体结构（大圆圈），一切孤独的形态便都在其中了。

与这种静止的封闭（不是传统意义上的封闭）结构协调一致的是佩涅罗佩式的反复营造和时钟似的周而复始。就说后者吧，布恩迪亚的子孙接二连三地降生，统统被赋予了一成不变的名字，男性的是奥雷里亚诺和阿尔卡蒂奥，女性的是阿玛兰妲和雷梅黛丝。在漫长的家族史中，同样的名字不断重复，使得乌尔苏拉做出了她觉得确切的结论："所有奥雷里亚诺都很孤僻，但有敏锐的头脑；而所有阿尔卡蒂奥都有胆量，但冲动的结果必是毁灭。"有其父必有其子，父子、祖孙不仅名字相同、外貌相似，而且连秉性、命运、语言都如出一辙。这般始终轮回、前后呼应、周而复始、循环往复的局面，同不断变迁的外部世界适成多么强烈的反差。

而《百年孤独》的二十章（其实是自然分割的二十部分）难道不正与阿兹

台克太阳历和玛雅二十进位相对应,预示着拉丁美洲甚至世界这个大轮子将周而复始,抑或一个"与之抗衡的乌托邦"(新的一轮)的到来?然而无论如何,"命中注定一百年处于孤独的世家最终将会获得并永远享受出现在世上的第二次机会"①。

(三)魔幻现实主义与寻根运动

前面说过,拉丁美洲的寻根运动发生在20世纪三四十年代,它标志着19世纪独立革命后拉丁美洲人民的又一次觉醒。而在20世纪80年代,中国也产生了一种被称为"寻根"的思潮和一批像韩少功("寻根"这一概念,在中国,便是由韩少功最先提出的)、扎西达娃、莫言、郑义、夏明、张承志、叶蔚林、郑万隆、蔡测海等等那样的"魔幻现实主义"作家。

谁都知道,美洲曾经是美洲印第安人的世界。然而,在西班牙、葡萄牙和英法殖民统治时期,印第安人惨遭杀戮和压迫。就文学而言,丰富的古印第安神话传说毁灭殆尽,它所表现的古代印第安人认识世界、征服自然的记忆被人为地斩断。而在今天,神话仍被看作是一种难以取代的文学遗产。马克思曾经强调,古代希腊神话"仍然能够给我们以艺术享受,而且就某方面说还是一种规范和高不可及的范本",它们"不只是希腊艺术的武库,而且是它的土壤"。②然而,在美洲,在长达数百年的殖民统治时期,古印第安文化遭到了严重的破坏;神话传说被当作"异端邪说",受到普遍禁忌和摧残。后来的黑人文化就更是如此。从巴洛克主义到新古典主义和自然主义,拉丁美洲作家大都以继承西方文学遗产、追随西方文学流派和模仿西方文学技巧为荣,对古印第安文化和黑人文化则不屑一顾。独立战争后,拉丁美洲虽已被从欧洲宗主国的统治下解放出来,却仍然不能顺利地发展独立的政治、经济和文化。帝国主义对它的控制、掠夺和渗透从未停止。在19世纪乃至20世纪初叶的拉丁美洲,占统治地位的仍是西方文化。

20世纪初,美帝国主义加紧向拉丁美洲扩张,进行肆无忌惮的控制和掠夺,洗劫了整个拉丁美洲,给拉丁美洲人民带去深重的灾难。用至今流传的一句名言说,"可怜拉美,离上帝太远,离魔鬼太近!"

20世纪三四十年代席卷拉丁美洲的寻根运动,便是"拉丁美洲意识"觉醒的见证。当时,夸乌特莫克、图帕克·阿马鲁等土著英雄成了拉丁美洲民族精神的象征,他们的事迹在爱国主义教育中产生了巨大的威力。不言而喻,使拉

---

① 加西亚·马尔克斯在1982年诺贝尔文学奖受奖仪式上的演说:《拉丁美洲的孤独》("La soledad de América Latina")。

② 马克思:《〈政治经济学批判〉序言、导言》,人民出版社,1971年,第33、34页。

丁美洲文化根本上区别于西方文化的印第安人及其文化在现实斗争中具有特殊意义。在印第安人聚居的墨西哥、秘鲁和中美洲,一些旨在维护土著利益、弘扬土著文化的协会、中心相继成立。1940年,墨西哥民族民主运动的杰出领导人拉萨罗·卡德纳斯总统在实行石油国有化和限制外国资本的同时,主持召开了第一届美洲土著主义大会,并创立了第一个国家级土著主义中心。

除此以外,围绕土著主义问题,出现了两个令人瞩目的现象:一是土著主义文学的发生和发展,二是古印第安文学的发掘和整理。这使拉丁美洲民族特性中被忽视或轻视的土著成分第一次受到正视与重视。就连那些一贯自以为血统纯净的白人,也不得不承认这样一个严肃的、不可移易的事实:拉丁美洲的文化多元混杂。

这就是拉丁美洲魔幻现实主义赖以产生的文化历史渊源。也正是因为这一文化历史渊源,拉丁美洲魔幻现实主义才如此充满了对帝国主义、殖民主义的谴责,同时表现出封建专制制度重压下拉丁美洲各色人等的反抗情绪、批判精神甚而悲凉心境、绝望心理,并致力于暴露现实社会的愚昧、落后、贫穷和孤独,以及对土著文化的复杂心理。

中国是古老的文明之邦,是"四大发明"的故乡。以往我们有些人也曾为此沾沾自喜甚至故步自封、夜郎自大。久而久之,先人的创造成了包袱,并最终被拿来做闭关自守和停滞不前时解嘲的物事。可是,当从懵懵懂懂、浑浑噩噩中醒来,我们发现民族心理和现实的另一面 —— 愚昧、落后、贫穷时,人们便自然地感到了文化传统的重负,以及同西方的差距。这或许就是中国"寻根"作家们在沉痛反思民族历史、奋力开凿"文化岩层"时,何以如此痛感传统给民族带来的苦难,如此渴求用新的(主要是现代西方文明的)视角去重新审视传统的真正原因所在。因而,"寻根"作家们大多表现的是我们民族文化中带消极因素的传统,这与五四精神一脉相承。

> 这种基于现实的和文化的心理欲求同拉美魔幻现实主义一拍即合。我们甚至可以这样说:当作家们有了心理和现实的积累之后,魔幻现实主义在中国的介绍,成了"寻根"作家的创作突发口和契机。他们在魔幻现实主义那里看到了适于表现我们民族文化和心理的方法。1984年之后,带有魔幻现实主义特征的作品,在当代中国文坛上出现了。[①]

---

① 孟繁华:《魔幻现实主义在中国》,转引自吴亮、章平、宗仁发编:《魔幻现实主义小说》,时代文艺出版社,1988年,第4页。

　　与拉美魔幻现实主义的最大不同是，中国的魔幻现实主义（姑妄称之）在表现现实环境的愚昧、落后（充满原始神话色彩）时，大都对民族文化传统持批判态度（至少在作品中是如此）。这一点恰好说明了中华民族和拉丁美洲各民族之间的两种相反相成的心理：前者之所以落后是因为外来影响不足，传统负担太重；而后者之所以原始是由于外来影响太大，土著传统被殖民者消解殆尽。

　　毋庸讳言，我国是最晚感受到拉美魔幻现实主义"热"的国家，然而后来居上，对拉美魔幻现实主义的接受颇具特点并且结出了丰硕成果。[①]拉美作家的成功以及拉美魔幻现实主义在 20 世纪文学流变中的显著地位，增强了中国作家借鉴别人和最终"走向世界"的自信心，因为拉丁美洲作家的实践证明，经济相对落后的民族是可以攀登世界文学高峰的。

第三节　结构现实主义

　　你中有我，我中有你，交相辉映，纷杂多变，是 20 世纪中叶至后半叶世界文学的一个显著特点。因此，欧美文学中有了"后现代主义"这样一个不是流派的流派称谓。在拉美，由于人们把一些作品的一定的审美品质或取向同相应的表现形式或技巧所体现出来的某种倾向视为流派，所以也便有了形式各异的"现实主义"。

　　结构现实主义是其中的一个，而且是极重要的一个。如果说魔幻现实主义所包括的主要是与拉美集体无意识或神话-原型有关的作品，那么结构现实主义似可涵盖以结构和形式技巧见长的一切探索性小说。

一　形式是关键

　　"时运交移，质文代变。"时代的变迁导致文学内容、文学观念的变化，而文学内容、文学观念的变化又往往直接影响文学形式和创作方法的演化。虽然在文学作品中，内容和形式、观念和方法，互为因果、相辅相成，但是从以往文学作品的产生方式看，形式却常常取决于内容，方法取决于观念。因而，传统的说法是形式美的关键在于适应内容，为内容服务，与内容浑然一体。然而，到了20 世纪，特别是随着形式主义美学的兴起，传统的美学观念遭到了不同程度的

---

　　① 曾利君：《马尔克斯在中国》，中国社会科学出版社，2012 年；邱华栋：《大陆碰撞大陆：拉丁美洲小说与 20 世纪晚期以来的中国小说》，华文出版社，2015 年；等等。

否定。形式主义强调审美活动和艺术形式的独立性，不仅将"内容决定形式"翻了个个儿，使之头足倒置，即认为形式决定内容，甚至淡化或排斥内容，进行"非对象化"的纯形式表现。这显然是美学观念中的另一种极端，难免失之偏颇。

简而言之，人们对内容和形式通常是有所偏废的。但是必须承认：从某种意义上说，形式主义美学促进了艺术形式的发展和突变，为艺术更好地表现一定的内容开拓了多样化手段和思路。拉美，尤其是西班牙语美洲当代小说的形形色色的主义，就是在这样的背景下产生并繁盛起来的，换言之，西班牙语美洲小说的"爆炸"，归根结底即小说形式的"爆炸"，是艺术发展的产物。盖因在对象相似、客体雷同的情况下，使一个、一群或一国作家出类拔萃的关键往往是形式，是形式这把神秘的钥匙。当然，极端的形式主义不仅导致了读者的疏虞，也使小说本身走进了死胡同。关于这一点，我们后面再说。

二 突破口是时间

小说是语言的艺术，也是时间的艺术。这早已成为一个普遍的命题。大凡小说都有人物，有场景，有情节，有情绪，有氛围。人物有悲欢离合、生老病死，场景有自然和谐、扑朔迷离，情节有起伏跌宕、虚幻逼真，情绪有抑扬顿挫、疾徐升沉，气氛有严肃活泼、紧张松弛。这些都包含着时序、时值、时差的变化因素，直接影响着小说的形式和形态。

但是，最初的小说（以及小说出现之前的神话传说、英雄史诗和古典戏剧等等）几乎无一例外地遵循了一维时间的直线叙事形式，以致莱辛、黑格尔等艺术大师断言：同时发生的事情都必须以先后承续的序列来描述。中国古典作家则常说"花开两朵，各表一枝"，与莱辛、黑格尔等言意同。所以，时间的艺术性并没有得到真正的体现。写人从少年、成年到老年，写事由发生、发展到结局；顺时针和单线条是几乎所有古典小说的表现形式。由于时间尚未成为一个"问题"，因此"海阔凭鱼跃，天高任鸟飞"，洋洋洒洒、从从容容道来便是。

然而作为文学描写对象的人和自然是复杂的，事物并非都是循序渐进的。除了直线以外，存在着无数种事物运动形式。

人的心理活动就不全是遵循自然时序，按照先后程序进行的。首先，时间是客观的，但人们感受时间时却带着极强的主观色彩。同样一个小时，对于张三来说可以"瞬息而过"，而对李四却可能"度之如年"。即便是同一个人，对同样长短的客观时间也会有"时间飞逝"或"时间停滞"之感。这些感觉是人们受不同情景刺激所产生的心理现象。爱因斯坦在相对论中曾诙谐地比喻说，一对恋人交谈一小时，比一个心烦意乱的人独坐炉前被火烤十分钟，时间要"短"得多。其次，时间是客观的，但艺术时间却具有很大的可变性、可塑性。千里之遥、百年之隔，尽可一笔带过；区区小事、短短一瞬，写不尽洋洋万言。文学对时间的最初的艺术加工就是从这里入手的。因为无伸无缩，文学就成了生活本身，何况心理活动虽然发之有因，变之有常，但可以古往今来，天南海北，自由跑马；艺术想象亦如此，"文之思也，其神远矣"，浮想联翩，时空错乱，微尘中见大千，刹那间显始终。再次，时间是客观的，但速度可以改变时值。爱因斯坦的相对论科学地论证了时间与运动的关系。譬如，飞速行驶的列车之内的时间值不等于候车室里的时间值，尽管其差甚微；如以超光速运行，所导致的将是时间的倒流和因果的颠倒。

简而言之，事物本身的变幻运动特性导致了相对的"时空情景"，迫使艺术家对客观时间进行艺术处理。况且，大凡艺术，不但要逼肖自然，而且要高于自然。前面说过，小说的艺术时间要是被捆绑在只进不退、匀速前进的时针上，就成了生活本身（其实是自然的客观现象本身）。所以，把小说的叙事时序从自然状态中解放出来，是从世界第一位小说家起就必须面对的任务。最初的小说虽然都以时间顺序对种种事物做纵向的串联，把读者的一门心思拴系在"欲知后事如何，且听下回分解"上，但它们已不同于记账簿或编年史，对时间进行了"冷""热"处理，即时值处理，将时间任意"缩短"或"拉长"。用一个"不觉光阴似箭"，可以把从甲子年到壬戌年或更长的时间浓缩为短暂的一瞬，反之亦然。这些恰恰是艺术凝聚力和透视力的表现。后来的小说家出于表现内容和吸引读者的需要（也许是受了人的心理活动——回忆的启发）开始切割时间，换一换事物的先后关系、秩序。于是倒叙便应运而生了。倒装的叙事时序有利于强化效果、制造悬念，它使最初的小说结构和形式产生了一次革命性的变化，尽管它本质上仍是顺时序的：写人从死跳回到生，再从生写到死；叙事从结果跳回到起因，再从起因说到结果。

现代小说形式变化依然是从时序切入的，由于对传统小说时序的突破，遂有了故事结构和叙事程式的巨大变革。

20世纪，随着科学技术的突飞猛进、现代人生活节奏的加快和时间的不断升值，传统小说那种舒缓、平直的静态描写和单线、纵向的表现方式常常显得很不适宜。力图在尽可能短小的篇幅中表现尽可能广阔的生活画面、丰富的现实内容，已是许多现代小说家的共同愿望。这就迫使他们打破传统叙事模式，在艺术时间上做文章，以至将视线投向电影等典型的时间艺术，从中吸取养分，获得借鉴。此外，随着心理描写的加强和意识流小说的出现，西方文学明显内倾。内向的文学遵循人的意识、潜意识和无意识等不受三维空间和时间的一维性制约的特点，打破了传统小说的叙事性、纵向性。现在、将来、过去可以同时或颠倒出现，回忆、梦境、幻觉、想象任意交织。在现当代欧洲文学中，乔伊斯的《尤利西斯》（1922）和普鲁斯特的《追忆逝水年华》（1913—1927），称得上是率先在艺术时间上有重大突破并且影响深远的作品。

在拉丁美洲，除却阿根廷怪杰马塞多尼奥·费尔南德斯，最早致力于小说形式创新的仍是开魔幻现实主义先河的阿斯图里亚斯和卡彭铁尔。

《总统先生》是阿斯图里亚斯的成名作，也是他的第一部长篇小说。在这部作品中，时间的轮子呈"双向"运动态势：渐进——逆转——渐进……小说第一部分写的是某年 4 月 21 日晚至 23 日晚发生的事情，但叙事时间却并不是一直按时间的自然、客观走向循序渐进的。第一、二章从 21 日晚发展到 23 日晨；第三章却回到了 22 日晨；第四章又从 23 日晨进至 23 日晚；第五章则还在 23 日晨；第六章再从 23 日午起至 23 日晚讫；第七、八、九、十和十一章都发生在 23 日晚。这种"双向"梭动式时序的显著特点是拓宽了小说的横断面，使这部没有传统意义上的主人公的反独裁小说不再局限于主要人物、主要情节。因为在小说开始的短暂时间内，读者窥见的不只是个别人物的粉墨登场，而是白色恐怖笼罩下的芸芸众生，上至法官和将军，下到妓女和乞丐。也正是为了小说横切面的拓展，《总统先生》采用了大量内心独白和梦境。内心独白和梦境或展开想象的翅膀，使时间随意流逝或逆转或停止，以便任意"飞翔"，或对事物做细致入微的观照与透视。无论是"飞翔"还是"停滞"，内心独白和梦境均可使作品厚度陡增，并赋予似是而非、似非而是、虚虚实实、虚实相生的神秘气氛，同作者着力渲染的梦魇般的氛围和神话色彩浑然一体、相映成趣。

这也许是比较功利的看法。其实设身处地想想，对陷入"地区主义""土著主义"等风俗主义和传统叙事形式不能自拔的年轻的拉丁美洲作家来说，《总统先生》的这种时间处理的最大功绩，恐怕还是在于突破本身。由于《总统先生》同以往的拉美小说（包括当时的独裁小说）如此不同，人们便不能不对之刮目相看。《总统先生》获得了巨大成功，当人们问及它成功的秘诀时，阿斯图里亚斯总是说："形式是关键。"大意如此。

这是明摆着的。同样是写独裁，阿斯图里亚斯走向了世界，并于 1967 年获得了诺贝尔文学奖。同样是形式创新，拉法埃尔·阿雷瓦洛·马丁（危地马拉）、费尔南多·阿莱格里亚（智利）、豪尔赫·萨拉梅亚（哥伦比亚）、马丁·路易斯·古斯曼（墨西哥）等等（这样的名字至少可以举出数十个），却几乎很快被岁月的尘埃淹没。诚然，他们笔下的独裁者大都达到了总统先生的"高度"，令人发指，撼人心肺，稍逊的只是形式；然而形式势必要影响到内容，无论就文学描写生活的广度还是深度而言，何况风气使然，形式创新几乎是 20 世纪上半叶世界文坛的主流。

和阿斯图里亚斯一样，卡彭铁尔回到南美洲时也分明带着超现实主义的冲动，尽管他已立志不再替那个欧洲流派效命。他的突破也显然是从时序切入的，最初见诸短篇小说《回归种子》（1944）。

《回归种子》采用了逆时针时序。所谓"逆时针时序",实际上是一种新的倒叙形式,仍属于倒叙的时序处理范畴,而不是指事物的发展形态。它只是比传统倒叙少了一个中间环节。比方说,传统倒叙写人从死跳回生,再从生写到死。而逆时针时序则直接从死到生,倒载而入。《回归种子》写一个庄园主的一生,为了使倒装的情节更具"逆时针"特点,作为背景的一幢豪华住宅从使用、落成到奠基,被慢慢"拆除"。与此同时,人物的生死事件的始末关系也常常被有意识地倒转过来,例如:

> ……堂马尔西亚尔的尸体直挺挺地挺在床上,胸前别满了勋章,前后左右点着四支蜡烛,长长的烛泪煞似老人的胡子。
>
> 蜡烛恢复了原状,收回了泪花。修女灭掉蜡烛后带着火苗转身离去。烛芯发白了,火星消失了。奔丧的亲友纷纷离去,淹没在黑暗之中,空荡荡的住宅恢复了静寂。堂马尔西亚尔的脉搏开始搏动,他睁开眼睛。[①]

这种时序表现了人的某种思维方式,即思绪的倒流:从结果倒回原因,追根溯源,逆流而上。

当然,这种逆时针时序并不影响叙事的逻辑性和时间的一维性。何况从总体看,它与其说是让时间倒转,倒不如说是将故事尽量截断截碎,并倒装在作品中。因此,在每一"截"里,叙事时间仍然是顺时针的,这是由语言逻辑、思维逻辑本身决定的。所以情节剪截得越细越碎,剪辑倒装后,作品时序的逆时针感也就越强。

从读者方面看,事态的因缘、发展和结果,人物的出生、成长和死亡的颠倒对作品的理解无伤要旨。原因还是原因,结果还是结果,绝不会因为时间"逆转",而把原因误认为结果。然而,情节和时序的这种崭新而大胆的运用、剪辑、安装方法,冲击了小说的创作和阅读定式。

类似的突破和冲动终于使一批像卡彭铁尔和阿斯图里亚斯那样的西班牙语美洲青年作家摆脱了传统的束缚和困扰,并从此标新立异,一发而不可收。但追根溯源,这种冲动曾大大受惠于欧洲和美国文学。"他山之石,可以攻玉",借鉴欧美文学(这种借鉴归根结底是文学形式和观念的借鉴),对当时的西班牙语美洲小说创作产生了巨大的撞击作用。

[①]　Carpentier: *Viaje a la semilla*, *Guerra del tiempo*, Barcelona: Seix Barral, 1975, pp.59-60.

三　结构是骨骼

文学不但是语言和时间的艺术，而且是结构的艺术。虽然时间和结构密切相关（在传统小说中，时序和结构几乎是可以画等号的），却不能涵盖结构。20 世纪以来，尤其是随着西班牙语美洲小说的崛起，结构艺术已越来越成为一种艺术，具有相对的独立性，或可说是相对独立的审美价值，尽管在具体作品中，它（们）愈来愈同内容完美统一，"是内容的骨骼，而不仅仅是它的外衣"（科塔萨尔语）。

不言而喻，结构是小说内容和形式（指总的形式）最终达到完整统一的枢机，是小说形式的最重要的组成部分。换言之，小说的构思过程也即小说结构形式的设立过程。因此，结构不等于单纯的故事框架，它意味着作家对生活的审美把握，是从产生内容的构思中产生的，是具有实在内容的形式。

但是，传统的小说结构一般比较单一，经常被今天的作家冠以"封闭"的帽子。所谓"封闭式"结构，大致可分为三种，即以回顾往事为主的情节结构——"回顾式"或"内省式"；以高潮与结局为主、回顾或内省为辅的情节结构——"终局式"；具有开头、高潮、结尾的"三段式"。这些"封闭式"结构是传统小说观念的体现，是由传统小说的情节和内容决定的。

长期以来，人们习惯把小说与"故事"等同起来（把读者的一门心思拴在"欲知后事如何，且看下回分解"上），因而没有故事便不成其为小说。到 19 世纪末止，小说大都具有完整的故事情节，而且这个完整的故事情节，必定要有"圆满"的结构布局。由于这种"圆满"的结构布局，叙述者便显得无所不知、无所不能。同时，也正是由于这种"圆满"的结构布局，结构便没有多少艺术性可言，反正只要有声有色、有始有终地把故事给讲出来就行了，于是讲究"起、承、转、合"成了写好小说的关键。现当代作家已不再满足于"起、承、转、合"和有头有尾、有起伏高潮的"圆满"的情节结构了。他们认为生活并不全然如此，生活是多样的、开放的、纷杂的，人的大脑活动方式是流动的、跳跃的、繁复的，而"封闭式"结构在很大程度上雷同于戏剧的"三一律"，很难对生活进行整体的把握和准确的展示。所以，必须创造新的形式。这样，作为对"封闭式"结构形式的"逆反"和"反动"的产物——"开放体"小说、"开放式"结构便应运而生了。

一般认为，"开放式"结构不仅指作者在主体构思、程序设置、情节处理方面的自由，而且包含着读者有"再创作"的余地。但事实上，"开放式"结构本身并不能给作者和读者带来自由。相反，作为文学观念和技巧、创作主题和题材"开放"的"结果"，"开放式"结构需要作者下更大功夫去设置，读者也要花更大的气力去适应。还是那句老话，无论什么作品，如果不只是为了让评论家们去啃上三百年或进行纯形式表现,总要展示某种主题、塑造某种形象、渲染某种氛围,总有某种结构形态是作者认为最能表现主题、塑造形象、渲染氛围的结构形态;无论什么作品也总蕴含着作家对生活的审美把握,读者在那里所看到的也总还是作家根据自己的主观认识和意志撷取的生活素材 ——"消化"过的"素材",有着时代的、民族的、作者个人的烙印。

由于小说结构已普遍地被拉美作家视为小说艺术形式的关键所在,因此但凡好的作品,就会有独特的、令人赞赏的结构形态。这里要表述的只是其中最典型的几种:

(一)形象结构

它不同于具体的人物形象结构,而是凸显主题,使主题形象化、具体化的有意味的形式,在一定程度上具有与主题相适应的象征意义和"自在"的感性形态。正因为如此,我们姑且名之为形象结构。

形象结构的前身为 20 世纪三四十年代的具象诗,最早的则是阿波利奈尔的象形诗。阿波利奈尔从中国象形文字及中国古代的文字游戏如璇玑诗、宝塔诗、离合诗等中得到启发,把造型艺术的意念引入了诗歌,创造了"图画诗"等令人耳目一新的象形诗。这种象形诗若以心为题,便将诗句字母排列成心形;若以鸟为题,则将诗句字母排列为鸟形……依此类推,阿波利奈尔的许多作品既是诗也是画。20 世纪三四十年代勃兴(或者说是流行)于拉美诗坛的具象诗(又称具体诗)显然是受了阿波利奈尔的影响。墨西哥的胡安·何塞·塔夫拉达和智利诗人维多夫罗是拉美具象诗先驱。他俩师承阿波利奈尔,都或多或少地从汉字和我国古代诗词中吸取了养分。塔夫拉达在一首题为《李白》(1919)的长诗中,用诗句画了十几个诸如酒杯、月亮之类的图形。维多夫罗的许多具象诗,更是令人叫绝。比如他是这样描写乡村教堂的:

鸟儿

雍雍

鸣叫

委婉动听的歌声

越过平静的田野

伴着

忏悔

祈祷

从蔚蓝的天空

从赞美上帝的十字架

把上帝的福音传遍寥寥人间

用图像信息符号增强诗歌的形象性与表象性，使之产生视觉效果，引发想象与遐思：具象诗的这种形象性和表象性适应了现代社会的信息化要求，同样受到了小说界的重视。

形象结构便是诗歌表象化意念在小说中的体现，最早见诸科塔萨尔的《跳房子》（又译《掷币游戏》或《踢石游戏》）。小说写拉美知识分子奥里维拉的形而上的追求，其结构形态酷似跳房子游戏。小说中，到达"天堂"并不意味着获得胜利，接下来的是用一次比一次艰难的方法去攀登一次比一次遥远的"天堂"。因此，"天堂"永不可即，游戏永无止境。由于奥里维拉所向往的是超然的、绝对的自由王国，因此同样不可企及。

小说按人物的求索经历分"这里""那里"和"其他地方"三大部分（同跳房子游戏的"人间""天堂"和其他方格相对应），以象征主人公的形而上的追求：

小说第一部分"那里"（"天堂"）以奥里维拉的巴黎生活为主线，巧妙地串联了巴黎社会的不同阶层，反映了法国社会的美丽、进步与颓废；第二部分"这里"（"人间"）描述主人公回到拉美本土以后的遭遇；第三部分"其他地方"（2—9格）则是一系列插曲 —— 现代生活的"蒙太奇"。

小说为读者安排了两种读法，即"阴性读者"读法和"阳性读者"读法。[①]

"阴性读者"指传统读者，只知道消极地吞食作家业已消化好了的"食物"。这类读者关心的是情节，所以他们可以毫不吝惜地舍弃作品的第三部分（也称"可省略部分"），用简便省力的方式抵达"天堂" —— 小说的第一部分、高潮，然后合上书本。

"阳性读者"指现代读者，小说请他们抛弃习惯，使用全新的阅读方法：将第三部分自由插入第一、二部分之中，跳跃着阅读这部小说。这种高难度的、可变的"跳房子式"的阅读方法（也即小说的真正的结构方法），打破了小说的自然时序和固有形态，使之悬念陡增，头绪纷繁甚至紊乱不堪，且形象地勾勒出主人公的生活轨迹和心理矛盾，同他现实生活和形而上的精神追求融会贯通、

① 这样的说法招来了女权主义者的猛烈批判。

浑然一致。作者认为,读者一旦进入这种"游戏",也就"介入"了人物的探索,成了人物的同谋:在变化中、跳跃中、游戏中摒弃传统。

继《跳房子》之后,拉美作家的不少作品运用了形象结构,其中值得一提的有加西亚·马尔克斯的《百年孤独》。

由于这种结构具有与主题一致的可感形态和象征意味(无论是《跳房子》的"格子"形,还是《百年孤独》的"循环封闭"形),它不仅强化了主题、凸显了主题,而且一定程度上否定了自己。内容和形式互为因果,互相转化,相辅相成,不可分割。

在审美观照过程中,当美的内容得到强化,而美的形式被相对"否定"的时候(黑格尔所说的互相转化),[①] 美的形式便达到了它的理想境界:无形式境界。古今中外,许多严肃的艺术家都寻求这种境界。早在先秦时期,我国就有"得意而忘言"之说(《庄子·外物》),认为艺术的形式应该与其表现的内容和谐统一,融合为一个完整的美的形象。当艺术的感性形式把艺术内容恰当地、充分地、完美地、深刻地、形象地表现出来,从而使欣赏者为整个艺术形象(包括主题、氛围、人物、艺术形式等等)的美所吸引、所倾倒、所陶醉、所感奋,而不再单纯地去注意形式本身时,这才是真正的艺术形式美。简而言之,艺术形式只有否定自己,将自己转化为内容,才能实现自己;否定得愈彻底,实现得也就愈充分。所谓"大言希声""大象无形"其实都有这层含义。当然,反过来理解,那么《跳房子》这样的形式却未必可取。

(二)平行结构

为了使同时发生的事情不再以先后顺序出现,拉美当代作家做了大量的多方面的尝试。之一是巴尔加斯·略萨的《绿房子》。《绿房子》,又译《青楼》,是巴尔加斯·略萨的代表作。小说中,绿房子是妓院,同时也是秘鲁社会的象征。主人公博尼法西娅是无数个坠入绿房子的不幸女子中的一个。她出生于秘鲁热带森林的一个印第安部落,同许多印第安少女一样,被军队抓到修道院接受"驯养",而后经逃犯、恶霸之手,几遭蹂躏,最后沦落红尘。作者并没有局限于对主人公生平经历的单线条描写,而是用五条独立线索(军人、修女、逃犯、恶霸和老鸨)的平行铺展,显示秘鲁社会的广阔的生活画面,并借博尼法西娅与之关联纠葛的交叉点将各条线索串联起来。著名评论家何塞·路易斯·马丁曾以"曲线推进式"图展现《绿房子》的结构形态:

---

① 黑格尔:"内容非他,即形式之转化为内容;形式非他,即内容之转化为形式。"(黑格尔:《小逻辑》,贺麟译,商务印书馆,1980年,第278页。)

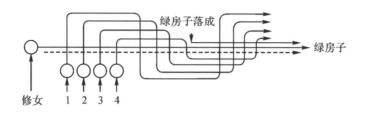

修女和四条曲线表示与博尼法西娅有关的重要人物，虚线表示其他次要人物，实线表示博尼法西娅的生活轨迹。

之二是恩里克·拉福卡德的《双声》（1965）。小说以两条线索平行发展（这两条线索其实也即两种生活方式：宗教的和世俗的），偶数章节为一条线索，奇数章节是另一条线索。因此，作家在序言中做了如下交代：

> 这部小说可以有两种以上读法，一是循序渐进，一是在第8章后将小说一分为二：奇数章第9至241章为第一单元，偶数章第10至242章为第二单元，最后在第243章合拢。还有一种读法是倒读。当然，跳着阅读——就像有人所取法的——亦无不可。

这在巴尔加斯·略萨那里变成了奇数页与偶数页两个不同的故事。类似的做法也出现在豪尔赫·古斯曼的《乔勃-波勃》（1968）中。小说中的两条线索齐头并进，一条用阿拉伯数字1、2、3……显示，另一条用罗马数字Ⅰ、Ⅱ、Ⅲ……标出。第一条线索多采用人物内心独白，第二条则几乎完全是外部描写。两条线索一明一暗，一喜一悲，给人以截然不同的感受。同样，阿尔贝托·杜盖·洛佩斯的《笛手马特奥》（1968）也采用了这种结构，所不同的是这里出现了两个叙述者，他们以几近矛盾的立场追忆一个名叫马特奥的同伴。

之三是古巴作家利桑德罗·奥特罗的《状态》（1963）。小说写古巴革命前夕山雨欲来风满楼的"状况"，分别以现在时和过去时两条线索平行展开。现在时写20世纪50年代初古巴社会的方方面面，以横向扩展为主；过去时是"状况"的由来，是对古巴历史的纵向开掘。两条线索或交叉或平行（有时以单数行和双数行排列），既自成体系又互相关联，构成一幅古巴社会的立体画卷。

之四是委内瑞拉作家米格尔·奥特罗·席尔瓦的《欲哭无泪》（1970）。这是一部生动有趣、可读性强的探索性小说，写三个同时生、同时死的维克多里亚诺：一个是富家子弟，一个出身贫寒，另一个属中等阶层。全书共十二章，截取了人物从出生到死亡的四个时间段。每个时间段都由人物辐射开来，对三个社会阶层做相应的扫描。为了使三个维克多里亚诺各具特性，作者煞费苦心，运用了三套话语。

这些结构的好处是显而易见的，但凡同时发生的事件，不必再"花开数朵，各表一枝"；然而它们给读者带来的阅读上的不便与艰难也是明摆着的。

（三）音乐结构

文学作品常常借助视听印象的描写来塑造人物、刻画环境、营造氛围。卡彭铁尔的中篇小说《追击》（1956）创造性地采用了音乐结构即《英雄交响曲》的结构形式，以叙述一个古巴学生叛变革命后被人追击并死于非命的故事。

小说第一部分——哈瓦那某剧场售票亭，主人公和追击者登场。他们的先后出现同贝多芬《英雄交响曲》开始的和声相对应。主人公潜入剧场，这时交响曲从 G 大调转为 E 降调。小说进入第一部分第二节，主人公像热锅上的蚂蚁，不知所措：

> ……脉搏撞击着躯壳；腹中在翻江倒海；心脏高高地悬起，一根冰冷的钢针刺穿我的胸膛；无声的铁锤，从胸中发出，击打着太阳穴，重重地落在胳膊上，砸在大腿上；我竭尽全力地呼吸，直至浑身痉挛；口腔和鼻孔已经不能提供足够的氧气；我胸闷气促，刚刚吸入的一小口空气在心头令人窒息地淤滞后迅速大口大口地吐出，经过这种入不敷出的恶性循环，我成了瘪塌塌的泄气皮球；于是骨架隆起，东摇西晃，吱嘎作响……[①]

这些心理和生理感觉同乐曲的"哀乐"复调相对应。

依此类推，小说的三部分十八节同《英雄交响曲》的三部分即一个呈示部和十七个变奏相对应，小说的主人公从潜入剧场到饮弹身亡，也恰好是剧场中交响曲的演奏过程。在此时间内，小说情节打破自然时序，遵循音乐结构和章法跌宕起伏，转换变化；人物的心绪突破思维（阅读）定式，在音乐旋律和节奏的感发下回忆、联想、反省；小说内容也随着音乐主题的变化而变化：死亡——胜利——欢乐——死亡……

从整体看，音乐同人物心理的配合是默契的，用意是深刻的。《英雄交响曲》不仅是对主人公这个"反英雄"的讽刺，而且是对本来单调的情节内容的一种自然、和谐的强化，对人物则具有刺激神经、激发记忆的效果，对小说的总体气氛也起着一定的烘托作用。

不论是交响曲还是变奏曲、奏鸣曲或回旋曲等，都有其严谨的结构形式和

[①]　Carpentier: *El acoso*, La Habana: Letras Cubanas, 1981, p.132.

章法。这些音乐形式之所以经久不衰,是因为它们反映了人们的某些审美特征,符合人们的审美情趣。既然诗能直接借助于它们,组成配乐诗,以增强效果——不但可以增强诗的音乐性,而且还能深化主题、美化意境、提高感染力——为什么小说就不能?实践证明是可以的。只要运用得当,它既能丰富小说的内容、深化小说的主题,又可更新小说的形态、强化小说的表现力。

在拉美小说中,除了《追击》,科塔萨尔的《护士柯拉》(1966)也是篇有意在音乐结构上做文章的小说。

《护士柯拉》采用的是变奏曲结构形式。这种音乐形式的关键在于各变奏必须清晰可辨,且不脱离主题(主旋律)。《护士柯拉》的主题是少年心理,事件相当简单:一个十三四岁的男孩因病住院,最后抢救无效去世。在此期间,他情窦初开,对护士柯拉产生了爱慕之情。作品通过病人、病人家属和护士柯拉的内心独白(主题的变奏),反映主人公的性格及他对生活、异性的态度。作品中的这些人物都用第一人称叙述:

> ……我做了一个梦,梦见我们在游泳池旁嬉闹,开心极了。当我醒来的时候,已经是下午四点半了,我想快到手术时间了。医生嘱咐不要紧张,可我总觉得心里塞滋滋的。麻药这玩意儿,让人丢了皮肉都没感觉。卡丘跟我说,最糟糕的是药性一过,伤口疼得厉害。我的宝贝,昨儿还活蹦乱跳,今儿就病成了这个样子。他怕是有点紧张,难怪他呀,还是个孩子嘛!这小病人,见我进来,就紧张地坐了起来,并慌忙把一本杂志塞到了枕头下。房间有些冷,我便打开了暖气开关,然后取出体温表。"会用吗?"他顿时满脸绯红,点点头接了过去并迅速钻进了被窝。当我再次回到他跟前取体温表时,他还是那个不自在劲儿。我差点儿笑出声来,这个年龄的男孩都这样腼腆。她微笑着,望着我的眼睛,真够呛。我心跳加速,脸上火辣辣的。说到底就因为她是个漂亮的妞……[①]

从文学描写的角度看,这种变奏曲式的结构形式既有利于人物的心理开掘和性格塑造,又能赋予作品以很强的立体感和真实感;从文学反映现实的角度看,这种变奏曲式的结构可伸可缩,缩者集不同目光于同一内容、同一事件、同一人物,伸者允许其他人物在不偏离主题的"变奏"过程中有各自的生活面和性格特征。这些不同的生活面和性格特征丰富了作品的表现内容。

---

① Cortázar: *Antología de relatos*, Barcelona: Seix Barral, 1983, p.243.

此外，由于《护士柯拉》取消了叙述者，人物都用第一人称，所以酷似一部没有解说词的广播剧。

（四）复合式结构

复合式结构与平行结构有许多相似之处，有时甚至难以区分，因为二者都是由两个或两个以上的层面、两条或两条以上的线索、两组或两组以上的人物组合而成的。如果说有什么不同的话，那就是平行结构中不同层面、线索或人物的排列组合具有同时性，而复合式结构则未必。

在拉丁美洲，卡洛斯·富恩特斯是最能自如运用复合式结构的作家。一如美国作家多斯·帕索斯的《美国》三部曲有三种方法（传记、新闻和特写），卡洛斯·富恩特斯的成名作《最明净的地区》主要写三组人物。这三组人物分别由三个象征性人物串联起来：一个是代表墨西哥上流社会的罗布莱斯，他和他夫人诺尔玛及周围人物所覆盖的社会生活画面是墨西哥的现实；另一个是诗人曼努埃尔·萨马柯纳，他代表着另一个墨西哥——一个虚幻却可能的理想王国；还有一个是半人半仙的神话人物伊斯卡·西恩富戈斯，他代表着墨西哥的过去，他念念不忘的是那个令人神往的、一去不复返的墨西哥。小说的共时性全靠三组人物间的联系来体现。

另一位墨西哥作家萨尔瓦多·埃利松多的《法拉比乌夫》（1965）也是部用复合式结构组合的艰涩难懂的作品。著名学者豪尔赫·鲁菲内利认为小说用"瞬间的感受"（性高潮）表现了时间的一维性、想象（感觉）的多重性。古巴作家塞维罗·萨尔图伊则坚持把小说同德里达和拉康的学说联系在一起，认为解释符号的表现和象征危机是《法拉比乌夫》的中心内容所在。墨西哥作家何塞·阿古斯丁从小说重复出现的表象切入，认为作品主要表现的是一种生命力的永恒回归与律动。孰是孰非，姑且不论。从结构形式看，《法拉比乌夫》由三个感觉组成（一个瞬间的三重组合）。一个是"你"和"我"（随着视角的转换，有时是"他"和"她"）在海滩散步后看到一张1901年发生在中国某地的体罚场面的照片并发生性交，另一个是外科医生兼摄影师法拉比乌夫和一修女目睹同一体罚场面。两个场景（其实是两种感觉）的结束语都是"你记得吗？"。第三个是法拉比乌夫的摄影作品和法拉比乌夫的外科手术（对象是一个目光凄恻的女人——受刑者）。与此同时，汉字"六"反复出现，它意味着轮回（与海滩散步、性交、体罚照相、外科手术等机械重复动作相对应）。

塞维罗·萨尔图伊的《歌手诞生的地方》（1967）也由三部分组成，每一部分有一个主要人物（或中国人或非洲人或西班牙人）。萨尔图伊称之为三则相互关联的"寓言故事"。因为是"寓言故事"，讽刺和训诫至关紧要，而细节真实就显得无足轻重。作品中的三个主要人物其实是大写的古巴人的三张面孔、三个变体，他们与两名不断变换面具和品格的女性之间的关系，象征着古巴人种和古巴文化的"转换生成"。然而小说总还是小说,何况寓言和小说原本没有明确的界限。用三个"寓言故事"表现"这一个"古巴人,正好与西班牙人—非洲人—中国人三位一体的古巴民族本原相对应。从这层意义上说,萨尔图伊和卡彭铁尔可谓殊途同归,因为无论是萨尔图伊的"寓言故事"还是卡彭铁尔的"神奇现实",所表现的最终都还是加勒比国家的文化特性。

具有类似结构且影响较大的作品至少还有亚马多的《弗洛尔太太和她的两个丈夫》(1966)、曼努埃尔·普伊格的《天使的阴阜》(1979)和费尔南多·德尔·帕索的《帝国轶闻》(1987)。

不必多说《弗洛尔太太和她的两个丈夫》,只消看看作家如何出人意料地用复合式结构展示了现实和幻想、外表和内心两组层面就可以了。它置爱情与情欲、道德与感情于矛盾之中,使读者领略到情的复杂、人的复杂。

曼努埃尔·普伊格的《天使的阴阜》(又译《天使的命运》)则有亦真亦幻两个层面。第一个层面即现实的层面,叙述一个名叫安娜的女人和丈夫离异后得了绝症,在墨西哥城的一家医院住院治疗。安娜孤身一人在异国他乡,又得了绝症,倍感寂寞、凄凉。这时,她的一个好友波齐前来看她,使她大感欣慰。此人是律师,政治上支持庇隆主义,反对执政的军界,平日里忙于为遭当局迫害的知识分子和民主人士辩护、奔波。这次,安娜在医院动完手术后,波齐即去探视(名义上是探视,实际上另有所图)。其间,波齐告诉安娜,他这次墨西哥之行还另有任务。原来,安娜的另一位朋友亚历山大系军政府要员,波齐想借安娜将亚历山大骗至墨西哥后加以绑架,以赎取被政府关押的同伴。安娜考虑自身的处境和与亚历山大之间的友谊,拒绝了波齐的要求。波齐相劝无果,不久动身回国,数日后被警方秘密处死。安娜闻讯,悔恨交集,病情加剧。加之第一次手术后肿瘤已经扩散,医生不得不进行第二次手术。据医生说这次手术十分成功,她很有希望康复。然而她本人却将信将疑,唯一的希望是见见远方的亲人 —— 她的母亲和女儿。与这个层面相对应的是梦幻。安娜接受第二次手术后,身体已经虚弱不堪,又因疼痛服用了大量镇静剂,便昏昏入睡,进入半休克状态。

昏睡中,安娜看到自己成了20世纪三四十年代中欧某国一巨商的妻子,美貌绝伦。出于对她的关心和爱慕,富商在地中海购买了一座小岛,还为她修建了豪华的住宅,配备了面貌与她相似的替身。新婚良宵未过,忙于商务的丈夫就被迫离开了这座防卫森严、闲人难以接近的海岛。于是孤独笼罩了她的心灵,再优裕的生活也难以将她安抚。她渴望自由,向往普通人的生活和真正的爱情。此时,与她形影不离的替身瑞奥突然宣称自己是个男子,是某一大国派来的间谍,还说他早已如醉如痴地爱上了她,撺掇她放弃这牢笼式的生活与他私奔。孤独的她果然为之心动,毅然决定弃岛而去。经过一场惊心动魄的搏斗,瑞奥杀死了巨商的手下,与女主人双双离开海岛,登上了一艘远洋海轮。途中,她发现瑞奥并不爱她,之所以带她离岛另有目的。可是,她佯装镇定,趁其不备,将安眠药放入他的杯中,使他蒙眬入睡、葬身海底。不久,同船的一个好莱坞制片商看中了她,并立即与她签约,让她去好莱坞拍片。到了好莱坞,她虽很快走红,成为明星,但同行者的嫉妒和制片人的苛刻使她难以忍受。她厌倦了,正欲离开这是非之地,不想竟被一女演员驱车碾死。

一梦既息,另一梦又起。此时,小说跨入了 21 世纪,科学技术有了长足的进步,却也给人类带来了严重的灾难。地球温度急剧上升,冰山融化,海平面上涨,最终陆地被淹没殆尽,只留下了南北两极。这时,人类进入了空前的计算机时代,连姓名也变成了代码。女主人公叫 W218,是一家医院的服务员。这家医院专门收治一些老年患者与残疾人。W218 年轻貌美,却甘愿用自己的身子去抚慰这些被社会遗忘的老弱病残的男性,对他们实施义务"爱情疗法"。后来,她与一个代码为 LKJS 的青年相爱。正当她准备去 LKJS 所属的国家成婚时,却突然发现他是个间谍,负有特殊使命。原来她有一种潜在的"特异功能"——几年后便能看出别人头脑中的思想。LKJS 所属国家决定将她骗至本国,服务于某军事项目。不料她的"特异功能"提前发生作用,看出了情人的秘密,一气之下在他背部捅了一刀。此后,她因故意伤害罪被判处无期徒刑。应她本人请求,法院同意她去一家与世隔绝的"传染病医院"服务。这是一家只有病人没有医生的医院,所有患者一旦进去,就再难生还。W218 去后不久便染上疾病,住进了病房。一个老病号对她说,此地犹如死牢,从未有人活着出去,多年前有一妇女因思念女儿心切,夜里冒死逃出医院,结果被空气溶化后成了天使。而她的女儿早已在一次战乱中丧生。作品既没有说穿安娜的命运如何,也没有表明 W218 的结果如何,但悲剧效果却没有因此有丝毫的削弱。作者将现实和幻想两个层面平直地端给读者,由读者自己去品味,去消化。

费尔南多·德尔·帕索的《帝国轶闻》其实也由两个层面组合而成:历史和幻想。历史部分严格地按时间顺序铺陈展开,主要叙述了法国人侵墨西哥期间在墨西哥建立第二帝国的历史经过。幻想部分系第二帝国皇帝、奥地利公爵马克西米利亚诺皇帝的夫人——卡洛塔皇后的独白。由于卡洛塔在帝国之梦将成泡影时精神失常,她的内心独白多半在疯癫状态下展开,具有极大的任意性和非理性色彩。加上历史的层面也是经过艺术加工的故事,《帝国轶闻》难免给人以虚虚实实、似是而非的模糊感。

总而言之,采用复合式结构的小说一般都比较艰涩。这同此类小说特有的多层次、多方位或模糊性、含混性有关。

(五)扇形结构

由一个端点出发形成全方位观照(如内心独白),是谓辐射式(心理)结构（见第七章第四节"一 辐射式心理"）；而由一个端点扩散为几个端点，再由几个端点覆盖几个生活面，是谓扇形结构。这种扇形结构，较之传统情节结构，明显优势是，它具有较大的覆盖能力，较之辐射式心理结构的长处是，它具有散而不乱的布局。

卡洛斯·富恩特斯的《换皮》便是一部具有扇形结构的长篇小说。它由一个引子和两部分组成：引子（叙述者粉墨登场）→第一部分（四个人物的爱情纠葛）→第二部分（四个人物的过去）。用图表示的话，小说的结构应该是这样的：

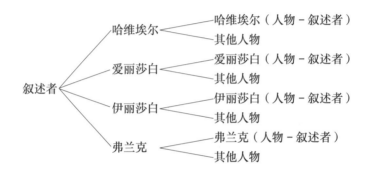

由于是扇形结构，小说有多种读法。之一是把它当作一个爱情故事：墨西哥诗人哈维埃尔偕夫人爱丽莎白、学生（几乎是养女）伊丽莎白和朋友弗兰克驱车赴海滨城市委拉克鲁斯，途中车子发生故障，在乔路拉古城抛锚。结果是四人在一家廉价旅馆里引出缠绵悱恻的爱情纠葛。弗兰克与爱丽莎白偷情，哈维埃尔则抱怨爱丽莎白高涨的性欲使自己的才思过早衰竭而钟情于伊丽莎白。

之二是把爱情故事当作钩沉索隐的契机，读出几段与人物有关的回肠荡气的过去：爱丽莎白的疯狂的纽约生活，哈维埃尔在希腊的蜜月旅行，弗兰克（前纳粹）在集中营里的所见所闻、所作所为，以及伊丽莎白所代表的年轻一代的轻狂生活，等等。

之三是个人生活和历史（古希腊、古印第安美洲、战争、嬉皮士潮等等）变成种种暗示、隐喻和伏笔，对后来（第一部）人物的性行为产生作用。爱丽莎白的纽约贫民窟的嬉皮士生活导致了她放荡的情欲，弗兰克将对犹太姑娘的歉疚和负罪感转移到了爱丽莎白身上，并生成为无限柔情，哈维埃尔的知识和气质、经历和现状使他终究脱离不了"可怕"的情结（同爱人的"恋母情结"、同伊丽莎白的"恋父情结"），等等。

之四是跟着四个"次述者"的视角依次读去……

正因为有多种读法，《换皮》被许多人认为是一部复杂得令人望而生畏的作品。

（六）耗散结构

大凡结构，总具有一定的缜密性、完整性。耗散结构不是。顾名思义，耗散结构是一种极松散、极反常的结构形态（因此又矛盾地称为无结构结构或马赛克结构），在拉美当代小说中时有出现。

耗散结构小说大致可分三类。第一类是可分可合式，即既是长篇小说，又是短篇小说集，如较早的《献给一位绝望的英国女人》（1926）和20世纪五六十年代的《人子》（1960）、《冰船》（1967）等等。

《献给一位绝望的英国女人》是马耶阿的早期作品，一直被认为是一部短篇小说集。作品由九个相互关联的故事构成，所有故事都以第一人称内心独白的形式铺陈开来。《冰船》也是马耶阿的作品，也以同样的方法描写了亲友、同事、邻里之间的冷漠与隔阂，充满了孤独和凄凉。

罗亚·巴斯托斯的《人子》则是九个既独立成篇又相互关联的章节，贯穿始终的除了叙述者"我"之外，是巴拉圭历史的不间断的延展：从殖民时期到20世纪30年代巴拉圭人民的艰难的生存状态。第一章"人子"主要叙述奴隶的儿子——马卡里奥老人的一生，中间穿插了老人讲述的两个故事。第二章"木头和肉体"以外国人阿列克塞·杜布洛夫斯基的故事为主线展开。第三章"车站"写叙述者"我"第一次去首都的所见所闻。第四章"迁徙"叙述某庄园主对雇工的残酷奴役和剥削。第五章"家"描写两个农奴逃离主子后颠沛流离的生活，同时回顾了1912年巴拉圭农民起义。第六章"联欢"叙述了当局对持不同政见者的迫害和追捕。第七章"流放者"叙述"我"因支持游击队而被捕入狱。不久，玻巴战争爆发，当局施行大赦，"我"被编入正规军，开赴前线。第八章"使命"通过前线战事揭露政府的腐败无能。第九章"从前的战士"写戈伊布鲁兄弟从前方回到家乡后的除暴故事。

此外，何塞·阿古斯丁的《就要晚了》（1973）、米格尔·布里盖特的《岸边的人们》（1968）和卡洛斯·富恩特斯的《烧焦的水》（1981），也具有类似结构。

第二类是以长篇为主、短篇为辅的长短混合式。这类小说的突出例子是阿斯图里亚斯的《玉米人》、曼努埃尔·普伊格的《蜘蛛女人之吻》和巴尔加斯·略萨的《胡利娅姨妈与作家》等。

《蜘蛛女人之吻》可说是曼努埃尔·普伊格的代表作。从内容看，小说至少由三大块组成：一是囚犯瓦伦第和莫利纳的故事（可视作长篇小说）；二是六个电影故事（可视作六则短篇小说）；三是大量脚注。

小说是这样展开的：

在布宜诺斯艾利斯某监狱的一间牢房里，同性恋者莫利纳和政治犯瓦伦第被关押着。这两个身份不同、性格迥异的犯人同住一室，自然就很难相处。莫利纳对瓦伦第从事的事业一无所知，对他的信仰更是难以理解；瓦伦第则对自命不凡、女里女气的莫利纳反感至极。然而，在那沉闷、漫长，不知何时是尽头的监狱生活中，为消磨时间，打发日子，莫利纳讲起了六个相对独立的电影故事。

随着时间的推移，莫利纳和瓦伦第的关系趋于融洽，以往的隔阂渐渐消失。瓦伦第向莫利纳讲述了自己的革命经历；莫利纳向瓦伦第描述了他与男友相爱的情景。

一天瓦伦第突然食物中毒，腹泻不止，多亏莫利纳悉心照料才转危为安。之后，他俩的关系更加亲密了。

瓦伦第大病初愈，身体十分虚弱。正在这时，软硬兼施、绞尽脑汁无法使瓦伦第开口的警方决定借助莫利纳以破获地下革命组织。他们带走了莫利纳；莫利纳将计就计，从典狱长那儿弄来了许多营养品，与瓦伦第分享。

由于莫利纳的敷衍和上司的催逼，警方一计不成又生一计。他们决定暂时释放莫利纳。这一消息使瓦伦第既喜且悲。是夜，一对难友辗转反侧，不能入眠。最后，莫利纳表尔愿意为瓦伦第及瓦伦第的组织效命。两颗心融到了一起，发生了"亲密的关系"。

后来，莫利纳在与地下革命组织联络时牺牲。瓦伦第又一次遭严刑拷打，昏迷中，他看到一个女人（也许是莫利纳）变成一只巨大的蜘蛛，在网中伸展四肢……

此外是篇幅几乎相等的脚注。

如果说正文和有关同性恋的大量心理学、病理学观点的注释还有某种必然联系的话（心理学和病理学者把同性恋现象说得神乎其神，作品的正文却以形象思维简明扼要地揭示了从异性恋到同性恋的"自然而然"的转化过程），而和六个电影故事就显得非常疏远了。虽然六个电影故事从不同的角度（通过人物的议论）充实并完善了人物形象，但它们毕竟是六个自成体系的电影故事。作为同性恋者，作者普伊格使出浑身解数说明这一切自然而然，故而使作为理论的注解显得极其苍白。因此，那些注脚与其说是作品的佐证，毋宁说是"一派胡言"。

巴尔加斯·略萨的《胡利娅姨妈与作家》早已为我国许多读者所熟知。小说共二十章，单数章叙述作家与其姨妈的爱情纠葛，双数章是一些自成系统的文本（或可视作短篇小说），与单数章可分可合。可分是因为它们与单数章的内容没有直接联系；可合是它们作为主人公 —— 作家和胡利娅姨妈生活的时代和社会背景，对主线起一定的烘托作用。

第三类是耗散结构中最松散、最"没有结构"的"马赛克"结构。这种结构借鉴了电影"蒙太奇"手法，将某地、某时、某人、某物的一个个侧面（或"零件"）"胡乱"地堆砌在一起，由读者自己去拼凑、组合。像墨西哥作家阿雷奥拉的《集市》(1963)、何塞·阿古斯丁的《杜撰梦境》(1968)、阿根廷作家科塔萨尔的《组合的第62章》(1968)及智利作家何塞·多诺索的《污秽的夜鸟》(1970)等,都是较有代表性的"耗散"作品。

《集市》是一幅由一个个碎片组成的墨西哥农村(作者的故乡萨波特兰)的风俗画——"集市"的含义也在于此。为了使作品具有一定的纵深感、立体感,《集市》的作者在现在时中穿插了过去时,作为底色与背景。

《杜撰梦境》给人的印象也是一个"散"字。小说铺陈了大量荒唐可笑的生活场景,彼此间可以说没有任何联系,不但人物不同,连地点、时间也不尽相同。所以使小说成其为小说的唯一因素,是作者的角度和场景(事件)的类似(荒唐可笑)。

《组合的第62章》所从出的是《跳房子》(见第七章第三节"三 结构是骨骼"中的"形象结构")第62章中评论家莫雷利关于形式任意性的议论。按莫雷利的说法,文学创作应该像爵士乐的萨克斯管演奏,有很大的随意性(但又不是超现实主义所倡导的"自动写作法")。基于这一观点,小说中的故事有很大的跳跃性,且并不发生在同一地点。人物有虚有实,事件似是而非。据说,科塔萨尔之所以如此表现,是为了说明现代社会的紊乱。

《污秽的夜鸟》相当复杂。首先,小说中叙述者不止一个:类似于巫婆的老太太,半神半仙、"不死不活"的小哑巴,等等。其次(也是问题的关键),众多叙述者所观照的目标并不完全一致。因此小说像"一盘散沙":包容了半个世纪的时间跨度,涉及一个心比天高、命比纸薄(他出身贫寒,先天不足,却想入非非)的小哑巴,一个患有面具癖的女人(只要见到戴面具的男人,她就会欲火难熬,以身相许),几个与世隔绝的老太婆(她们在无所事事中认定一位孤独中抚养着畸形儿的女人是玉身童贞),等等。

类似作品还有不少。它们的共同特点是碎片化的生活片段或人物事件,而"蒙太奇"式任意组合、堆砌成为其主要技巧和结构形式。

凡此种种,虽然难以涵盖整个西班牙语美洲当代小说的结构形态,却是其极具代表性的一斑。而拉美小说从封闭到开放到耗散,最后(在20世纪八九十年代)竟又"回归现实主义",几乎和传统趋同了。这岂不又印证了物极必反的原理?当然,任何"回归"都是要加引号的,盖因历史无法重演:"没有人能两次踏进同一条河流。"(赫拉克利特语)

与此同时,有多少个作家,就有多少种小说;有多少种小说,就有多少种结构形态。当然,我行我素,以不变应万变,拥抱传统小说形式的拉美作家也不是没有。

四　谁是叙述者

前面说过,传统小说大都具有圆满的情节结构,总是有头有尾、循序渐进的。与之相适应的叙述者则俨然是主宰万物的"上帝",无处不在,无所不知。正因如此,在传统小说中叙述者通常是作家的传声筒,是可以和作家画等号的。无论是在曹雪芹还是在托尔斯泰或巴尔扎克那里,叙述者或品头论足或说教议论,几乎没有一个不是凌驾于人物之上、宣达着作者爱憎褒贬的判官。

但是,20世纪的小说家普遍认为,作为文学描写和表现对象的人和自然千变万化,林林总总,客体的形态是无穷的,而作家主体的认识是有限的。此外,传统小说圆满的情节结构和叙述者的至高无上地位,忽视甚至无视读者的主观能动性、道德标准和审美个性等等,把一切都嚼烂、消化了再塞给读者。殊不知所有的文学作品,最终都是由"作者—文本—读者"三者共同完成的,过去是这样,现在和未来仍然如此。换言之,所有文学作品的价值都建立在三者的基础之上。不光是莎士比亚"说不尽",一百个读者就会有一百个塞万提斯、一百个狄更斯或曹雪芹。基于这种认知,20世纪产生了以读者为主体的接受美学,改变了延续了上千年的以揣摩作者意图、判断作品功能为目的的评读方式。于是,不但文本效应不能完全替代作者意图了,而且连作者和叙述者的关系也"破裂"了。叙述者的"万能"地位动摇了、崩溃了,取而代之的是"受权有限"甚或"无能为力"。叙述者成了人物-叙述者。用罗兰·巴特的话说:"作者死了。"

只需稍加留意,你就会发现,20世纪小说中第一人称叙述者较19世纪明显增多。之所以如此,其原因,除了心理描写的增强,还有叙述者的人物化倾向(甚至物化倾向,是谓"客观主义")。于是,过去的"他想"被现在的"我想"取而代之。可别小看了这一个"我想",它把叙述者(有时甚或还包括作家)、人物和读者的距离一下子拉近了,把叙述者、人物和读者摆在了同等重要的位置上。此外,叙述者的第一人称化,还有利于造成(其实是势必导致)多名叙述者(多个"我")并列的态势,以达到视角转换和多侧面(多角度)、全方位展现立体化生活模式的作用。

(一)一个叙述者:从万能到无能

加西亚·马尔克斯《一桩事先张扬的凶杀案》(1981)中的叙述者便是一个"无能"叙述者。由于他是人物,而不是上帝,他对众说纷纭的凶杀案的调查只能是"道听途说",得不出任何"自己的结论"。生活里的事不也是常常如此吗?

就像加西亚·马尔克斯常说的那样,小说以多年前发生在他故乡的一起凶杀案为契机,反映了拉丁美洲的落后和野蛮:

纨绔子弟巴亚多·圣·罗曼决意找一名美女为妻。他在一个海滨小镇游玩时，看到了美丽的安赫拉姑娘，便决定娶她。他用金钱赢得了安赫拉父母的青睐和信任，迫使安赫拉同他结婚。新婚之夜，罗曼发现安赫拉不是处女，顿时恼羞成怒，将她休了。安赫拉后悔莫及。因为在这之前，一些老于世故的人曾经劝她，不论是不是处女，新婚之夜最好带一瓶鸡血，乘新郎不备时洒在床上。可她没有这么做。安赫拉的母亲觉得无地自容，拼命抽打女儿，并将两个孪生儿子叫回来，威逼女儿交代侮辱她的人是谁。安赫拉无可奈何，说是同镇有钱有势的圣地亚哥·纳赛尔。孪生兄弟——维卡略兄弟于是怒气冲冲，逢人便说要杀死纳赛尔，以换回妹妹的名誉，并公然磨刀霍霍。虽然镇上包括镇长和神父在内有许多人知道此事，却出于种种原因，没有一个人站出来阻拦。结果，兄弟俩在众目睽睽之下杀死了纳赛尔，然后向神父投案自首。法庭经过调查，认为他们是为了挽回荣誉而作案杀人，便宣判他们无罪，将他们释放了。于是，镇里人把维卡略兄弟视为"好样的"。

叙述者"我"对发生在三十年以前的这起凶杀案一直耿耿于怀，想将它弄个水落石出。他原以为时过境迁，能解开凶杀案之谜，结果却大失所望：故乡一如既往，还是那么迷信，那么保守，那么落后和野蛮。而事实上这恰恰是凶杀案之谜的唯一的、真正的谜底。

首先，时至今日，小镇的多数居民仍认为纳赛尔遭此灾难，乃命中注定。

1. 梦的启示

> 圣地亚哥·纳赛尔在被杀的那天，清晨五点半就起床了，因为主教将乘船到来，他要前去迎候。夜里，他梦见自己冒着蒙蒙细雨，穿过一片榕树林，这短暂的梦境使他沉浸在幸福之中，但醒来时，仿佛觉得全身盖满了鸟粪。"他总是梦见树木。"二十七年之后，他的母亲普拉西达·里内罗回忆起那个不幸的礼拜一的细节时，这样对我说。"前一个礼拜，他就梦见自己单身一人乘坐锡纸做的飞机，在扁桃树丛中自由地飞来飞去。"她对我说。[1]

此外，被杀的那天，"圣地亚哥·纳赛尔和前天参加婚礼一样，穿的是未经浆过的白亚麻布的裤子和衬衫"。恰好同他梦中的锡纸飞机相吻合，而且他在众目睽睽之下被杀也"印证"了他乘着飞机在扁桃树林里自由飞翔的梦境。

诚如牛奶店老板娘克罗迪尔德·阿尔门塔对"我"说的那样，她在晨光熹

---

[1] 参见李德明、蒋宗曹等译本（《一桩事先张扬的凶杀案》，中央编译出版社，2004年）和魏然译本（《一桩事先张扬的凶杀案》，南海出版公司，2013年）。

微中第一个看到圣地亚哥·纳赛尔，仿佛觉得他穿的是银白色的夜服——"酷似丧服"。"'活像个幽灵。'她对我说。"

2. 不祥之兆

虽然从初民时代起，人们就相信预兆，相信天体的些微变化、动物的鸣声姿态等都意味着某种征兆，同人的生死祸福攸关，但随着科学的发展，人们不再相信这些。然而，加西亚·马尔克斯作品中的各色人等却依然如故。

圣地亚哥·纳赛尔前一天晚上"和衣而睡，睡得很少，很不好，醒来时感到头痛，嘴里有一股干渴苦涩的味道。……从他早晨六点零五分出门，直到一个钟头之后他像一头猪似的被宰掉，有许多人见到过他，他们记得，他当时稍带倦容，但情绪很好。凑巧，他遇到每个人时都说过这样一句话：今天真是美极了。可是，谁也不敢肯定他指的究竟是不是天气。……大多数人都说，那天天色阴沉，周围散发出一股死水般的浓重的气味；在那不幸的时刻，正飘着蒙蒙细雨，正像圣地亚哥·纳赛尔在梦境中看到的森林景色一样"。人们还回忆说，那天纳赛尔的一言一行似乎都跟死亡有关。他一心盘算着安赫拉的婚礼花了多少钱，结果失去的是自己的性命；他全身穿着白色衣服，它既可以是象征纯洁的礼服，亦可以作为故去的丧服。而且，那天早晨，他家的女佣将兔子的内脏扔给狗吃时，他表现出反常的惊恐。

> 维克托丽娅·库斯曼用了将近二十年的时间才明白过来，为什么一个习惯宰杀生灵的人突然会那么恐惧。"上帝啊，"她害怕地喊道，"难道这一切都是预兆？"

3. 命运的巧合

维卡略兄弟自从安赫拉说出圣地亚哥·纳赛尔的名字之后，逢人就说他们要杀死纳赛尔。"许多人声称维卡略兄弟俩讲的话他们全听到了，并且一致认为，他们说那些话的唯一目的便是让人听见。"克罗迪尔维·阿尔门塔甚至肯定地说，"与其说维卡略兄弟急于杀死圣地亚哥·纳赛尔，不如说他们是急于找到一个人去阻止他们杀人。"她相信，他们第一次看到他时，"几乎是用怜悯的目光放他远去的"。就像许多人相信的那样，他们根本不想在阒无一人的情况下杀死对手，而是千方百计地想叫人出面阻止他们，以便他们能够体面地收场——不必杀人，又能挽回面子。

然而，人们更相信命运的安排。

当维卡略兄弟操着屠刀，到肉市去磨的时候，所有人都以为他们喝醉了，甚至开玩笑地问他们："既然有那么多富人该死，为什么要杀圣地亚哥·纳赛尔？"镇长知道情况后，批评兄弟俩："如果主教看见你们这副样子，他该怎么说呀！"

镇长没收了他俩的屠刀,心想:"他们已没东西杀人了。"尽管这时弟弟佩德罗·维卡略"已经动摇"——巴布洛·维卡略对"我"说"让弟弟下定最后的决心实在不易",但维卡略兄弟要杀纳赛尔的消息不胫而走,继续传扬开来。神父也知道了,他说:"我首先想到的是,那不是我的事,而是民政当局的责任,但是,后来我决定顺路把事情告诉普拉西达·里内罗,不过在穿越广场时,已经把此事忘得一干二净,因为那天主教要来。"到了早晨六点多钟,除了少数几个人以外,全镇的人都得到了消息,而且知道行凶的详细地点。好心的人到处徒劳地寻找纳赛尔报信,理智的人根本不相信维卡略兄弟会突然无缘无故地杀人,更多的人则以为那是维卡略兄弟的酒后胡言,当他们看到若无其事的纳赛尔时,就更确信无疑了。

与此同时,纳赛尔那天恰好没带武器,因为主教要来,他准备去码头迎接。多年前,他的枪走火打碎了教堂的一座真人般大小的石膏圣像。那个倒霉的教训,他一直没有忘记。

纳赛尔家的前门通常是闩着的,而且大家都知道纳赛尔进进出出,走的总是后门。然而,维卡略兄弟却在前门等他。那天,他像往常一样,从后门出来后,过了一个多小时,回去时仍走了后门,但没有看到好心人塞在门缝里的条子。更神奇的是,当他再次出来时,忽然走了前门。"这一点谁也没有料到,就连法官也百思不得其解。"不仅如此,在维卡略兄弟叫喊着,举着屠刀扑向他的时候,他母亲赶忙关上了前门。"'我以为他们想闯进来。'她对我说,于是向前门跑去,一下子将它关死了。她正在拴门闩时,听到了儿子的喊声和门外拼命捶门的声音,可是她以为儿子在楼上,正从卧室的阳台上骂门外的维卡略兄弟呢……圣地亚哥·纳赛尔只消几秒钟就可以跑进家门了,但这时门却关上了。"在人们看来,世上再也没有比这更张扬、更富于命运巧合的凶杀案了。这是"天意"。

其次,时至今日,"对于绝大多数人来说,仍只有一个受害者,即巴亚多·圣·罗曼。悲剧的其他主要人物都尊严地乃至颇为杰出地完成了生活赋予他们的使命。圣地亚哥·纳赛尔受到了惩罚,维卡略兄弟俩表明了他们像个男子汉大丈夫,被愚弄了的妹妹重新获得了荣誉。唯一失去一切的人是巴亚多·圣·罗曼。'可怜的巴亚多。'人们多年来想他时都这样说。"基于这种信念,就连倔强的安赫拉也改变了先前的态度,给巴亚多写了一封又一封情深义重的信,"但都没有得到回答,不过她相信他会收到那信的……"

悲剧是必然的!

在这样一个迷信、落后、孤独和野蛮的世界里,无论是杀人的还是被杀的,无论是受害的还是害人的,归根结底,都是这出悲剧的牺牲品。

因为叙述者的"无能",作品遂具有多方位、多层次的特点。人物按照各自不同的方位和角度(或谓立场)向叙述者提供不同的线索(或谓证词),使这个仅有九十多页的中篇小说具有匪夷所思的容量和意蕴,且没有故弄玄虚和玩弄技巧的痕迹。为了说明这一点,我们不妨对作品做更加细致的诠释。

悲剧中的人物都是复杂的,有时甚至是含混的和模棱两可的,即:既是无辜者,又是罪人;既是社会的牺牲品,又是它的帮凶。

圣地亚哥·纳赛尔无疑是这出悲剧的关键人物。然而,他究竟是谁?叙述者的回答是极其含混的。

小说的题词写道:"猎取爱情,需要傲慢。"这是希尔·维森特的诗句。圣地亚哥·纳赛尔恰恰是个十分傲慢的人物。多年后,叙述者是这样回忆的:

"安赫拉·维卡略在四姐妹中长得最俊俏,我妈妈说她跟历史上有名的王后一样……但圣地亚哥·纳赛尔却对我说:'你的这个傻表妹瘦极啦。'"

"他们属于两个截然不同的社会。谁也没有看见过他们在一起,更不用说单独在一起了。圣地亚哥·纳赛尔过分高傲,不会把她放在眼里。'你表妹是个傻瓜。'当不得不提到她时,他总是这样对我说。"

然而,"正如我们当时所说的,他是一只专门捕捉小鸟的老鹰。他像父亲一样,总是只身行动,在那一带山区长大的漂亮而意志薄弱的少女,没有哪一个不在他的涉猎之内"。

此外,圣地亚哥·纳赛尔的女佣维克托丽娅·库斯曼毫无同情心地回忆说:她女儿迪维娜·弗洛尔当时还是个豆蔻年华的少女,那天早上,她去接空杯子时,圣地亚哥·纳赛尔抓住了她的手腕。"你到了该变成温顺的小羊羔的时候了。"他对她说。

这时维克托丽娅疾言厉色地命令道:"放开她,白人。只要我活着,你就别想吃这块天鹅肉。"维克托丽娅本人在青春时期曾经被圣地亚哥·纳赛尔的父亲欺骗过。几年后,圣地亚哥·纳赛尔玩够了,就把她带到家里当女佣。她常对女儿说,圣地亚哥·纳赛尔和他父亲一样,都是下流货。多年之后,迪维娜·弗洛尔对人说,那天早上,她母亲之所以不向圣地亚哥·纳赛尔报警,"是因为她巴不得有人将他杀死"。

然而,迪维娜·弗洛尔却并不这么看,相反,她说"再也没有比他更好的男人了"。她还承认,那天早上她本人之所以没有把消息告诉他,是因为她当时吓坏了,"没了主见"。再说,他紧紧抓住了她的手,"他的手冷得像石头,仿佛真有垂死者的阴冷"。当她拉开门闩放纳赛尔出去时,她"又没有逃脱那只猎鹰般的手"。"'他抓住了我的辫子。'迪维娜·弗洛尔对我说。"

与此同时,"我的妹妹把圣地亚哥·纳赛尔看成了天使。……'没有一个比他更理想的丈夫了。'她对我说"。有的人甚至断言:"安赫拉·维卡略为了保护她真正爱着的人,才说出了圣地亚哥·纳赛尔这个名字,因为她以为她的两个哥哥绝不敢把他怎么样。"

第三类说法是"圣地亚哥·纳赛尔有一种几乎是神奇的化装本领"。这样，圣地亚哥·纳赛尔对安赫拉与巴亚多婚礼的兴趣和他为新婚夫妇演唱小夜曲就成了他的表演，以掩饰他的高傲和嫉妒。

同样，巴亚多·圣·罗曼也是个难以捉摸的人物。他是个纨绔子弟，出身名门望族。他生活奢侈，沉湎女色。他几乎是用金钱收买了安赫拉父母，然后强迫安赫拉就范的。

> 安赫拉向我坦白说，巴亚多给他留下了深刻的印象，但不是由于爱，而是别的原因。"我讨厌高傲的男人，从未见过一个男人像他这样高傲。"她在回忆起那一天的情形时，对我说。

无独有偶，圣地西哥·纳赛尔相当了解巴亚多·圣·罗曼，"知道他除了世俗的傲慢之外，也同任何人一样，有着自己的偏见"。

除此二人外，人们大都不了解巴亚多。从他最初出现到最后对安赫拉说"你不是处女"愤然离去，一直是个"完美的形象"和"可怜的人"。

然而，更令叙述者不解的是，多年以后，他突然回到了安赫拉的身边：

> 8月的一天中午，她正在和女友们一起绣花，感到有人走到门前。她无须看一眼就知道那人是谁。"他胖了，头发开始脱落，看近的东西要戴眼镜了。"她对我说。"可是，那是他，妈的，是他！"她吃了一惊，因为她知道，她在他眼中已是十分憔悴，正如他在她眼中一样，而且，她不相信他心中的爱情会像她那样强烈。他身上的衬衣被汗水浸透了，恰如她在市场上第一次见到他时那样；系的还是那条皮带，肩上还是那个饰着银边的绽了线的皮褡裢。巴亚多·圣·罗曼向前走了一步，没有去理睬那些由于惊愕而变得呆若木鸡的绣花女人，他把褡裢放在缝纫机上。"好吧，"他说，"我到这儿来啦。"他带着衣箱准备留下来，另外一个大小相同的箱子里装着她写给他的近两千封信。那些信全部按日期排好，一包包地用彩带扎着，一封也没有打开过。

果然是"猎取爱情，需要傲慢"？这样的悲喜剧岂不令人啼笑皆非！

此外，种种迹象表明，维卡略兄弟似乎并非真要杀死圣地亚哥·纳赛尔，为妹妹的贞洁报仇，而显然是迫于世俗的压力，"不得已而为之"。所以他们"根本不想在无人在场的情况下立刻杀死圣地亚哥·纳赛尔，而是千方百计想叫人出面阻止他们，只不过没有如愿以偿罢了"。他们虽然最终"自豪地"杀死了圣地亚哥·纳赛尔，并且扬言这样"体面的事"再干一千次也行，却受到了良心的谴责。凶杀案发生后，他们要了很多水、土肥皂和丝瓜瓤，洗去了臂膀和脸上的血迹。另外，把衬衣也洗了，不过就是睡不着，持久不消的死者的气味折磨着他们。

> 佩德罗·维卡略感到日子越来越难熬了……腹股沟的疼痛一直影响到脖颈，尿闭了，他恐怖地断定这辈子再也难以睡觉了。"我十一个月没合眼。"他对我说。我对他相当了解，知道他的话是真的。……而巴布洛·维卡略呢，给他送去的东西每样只吃了几口，一刻钟后，就上吐下泻起来……

虽然如此，从被宣布无罪释放至今，他们一直被视为是"好样的"，他们自己则更是自鸣得意，扬言这样的体面事情"再干一千次也行"！

这就是加西亚·马尔克斯的故乡，这就是拉丁美洲！作者用尽量客观的笔触、简洁的语言——用了上百个××"说"，以新闻报道般的逼真展现了一个停滞不前的、封闭的、孤独的、野蛮的和腐朽的世界。

类似的"无能"叙述者还见于巴尔加斯·略萨的《城市与狗》和维森特·莱涅罗的《泥瓦匠》等。前者的事情真相被独裁政权抹杀了，后者在事实与利益发生冲突时，事实让位给了某些人的利益。

（二）两个叙述者：对话体小说

对话体小说自古有之，但像巴尔加斯·略萨的《酒吧长谈》（1969）那样的对话体小说却是20世纪的产物，也只能产生在20世纪。

《酒吧长谈》分四部分，每部分分若干章，有些章设若干场景。小说的第一部分是个纲，写秘鲁首都的《纪事报》记者圣地亚哥·萨瓦拉在追寻失犬过程中与父亲昔日的汽车司机安布罗修相遇，两人来到一家名叫"大教堂"的酒吧，饮酒长谈，回忆往事。整部小说就以两人的对话为主轴铺展开来，覆盖了1948年至1956年甚至更长的一段历史时期，列出了六七十个真实和虚构的人物。

（三）三个叙述者：你我他的转换

乌拉圭作家马里奥·贝内德蒂的小说《我们的关系》（1953）写的是一个永恒的题材：三角恋爱。因为是三角恋爱，作品出现了三个叙述者，他们从不同的角度叙述他们的爱情纠葛："被遗弃的丈夫"用日记的形式讲述了"悲剧"的经过，因为是日记，微观的剖析和宏观的阐述并重；也因为是日记，情感的肆意流露和愤怒的疯狂宣泄便在所难免。妻子所采用的是相对冷静、缜密的叙述方式——书信。信中，妻子对丈夫说明了事情的经过和分手的理由。情人的叙述又不同于妻子的叙述。他俨然是一个被爱情冲昏头脑的第三者，所以叙述中充满了虚构和幻想。况且，他所采用的是与前两个人物迥然不同的潜对话，因此语气的转换和"情节"的变化使他的"故事"具有似是而非、似非而是、难辨真假的特点。

加夫列拉·因方特的《三只悲虎》（1967）也有三个叙述者。"三只悲虎"源自流行于拉美西班牙语地区的一种绕口令，相当于我国的"吃葡萄不吐葡萄皮"。三个叙述者（有象征的成分，也有游戏的成分）从不同的角度叙述古巴革命前夕哈瓦那的夜生活。摄影师柯达捕捉的是瞬间的逼真，反映现实生活的方式是客观的，但同时又是静止的、机械的；演员阿尔塞尼奥·奎的表演，把生活中最典型的、奇特的、美的或丑的事物通过类似于明暗效果的矛盾冲突再现出来，既有事物必然的、内在的因素，也有偶然的、虚饰的成分；作家希尔维斯特雷是三者中最难定位的，既可与摄影师和演员类比，又有超越生活、自由飞翔的本能（用著名诗人奥克塔维奥·帕斯的话说，"诗人是榆树，但常能结出梨来"）。小说穿插的三组堪称例证的人物与事件恰好说明了以上推断。一组是一个病人和心理医生的对话，是用摄影师的"纯客观"镜头组合的，每个镜头是一段病人与医生的对话。另一组是女明星的故事，女明星为了表现自己的个性和天赋，很少求助于乐谱和伴奏（同演员阿尔塞尼奥·奎的随心所欲和不拘泥于脚本相对应）。第三组是对一些古巴作家的戏谑性模仿。这些作家的共同对象是托洛茨基之死。和《跳房子》一样，《三只悲虎》可以有多种读法（只不过作者没有明示而已）。一种读法是从头至尾的传统读法，这种读法的结果是似是而非、似非而是，一如王蒙在评说刘索拉时所说的"不像"。然而，刘索拉的小说之所以"不像"，是因为她所表现的那种"吃饱撑"的疯狂与神经质；而加夫列拉·因方特作品的似是而非、似非而是却是一种关于文学的没有结论的结论。作品给出的至少有三类作家：摄影师、演员和大写的作家。大写的作家又可细分为多种小写的作家，比如托洛茨基之死，就可以有多种表现与叙述方法。另一种读法是选择其中一个叙述者（或摄影师或演员或作家）。再有就是撇开所有叙述者，单读一组组插曲。

用现在的眼光看，《三只悲虎》是一部典型的元小说，即通过叙述者的转换变化，把小说乃至文学的主要功能、种类等形象而生动地展现出来。

（四）多个叙述者：多视角、多方位的交叉

一生二，二生三，三生无数。一如横向和纵向、内向和外向，叙述者的多少也是现代小说区别于传统小说的一个重要标志。在拉丁美洲当代小说中，具有多名叙述者的小说比比皆是。哥伦比亚作家阿尔瓦罗·塞佩达·萨姆迪奥的《大宅》（1962）和方妮·布伊特拉戈的《众神的恶夏》（1963）堪称典型。

《大宅》写太平洋沿岸某香蕉种植园的政治风云和军队的残酷镇压。作品第一章"战士"用第三人称描写"平暴"部队接到政府命令后整装待发的情景，过程中穿插了两个士兵的对白，叙述者是全知全能的。第二章"姐姐"用的是第二人称"你",叙述者是"弟弟"。第三章"父亲"用的又是第三人称,但叙述者摇身一变,变成了客观、冷静的旁观者。余下七章中,叙述者仍不断变换(从这个人物到那个人物,有时则只是叙述者立场、关系的变化)。凡此种种,使作品呈现出一种多方位立体图景。

《众神的恶夏》由多名叙述者从不同的角度叙述"垮掉的一代"如何无所事事、空虚度日。小说以某报女记者采访一"无名氏"作家为主线,每一章设一叙述者,各章除围绕主线进行扫描外,视线有所游离。这种写法,好处是使作品所表现的现实具有相当的广度和深度,缺憾是为强调各叙述者之间的差别而形成的不可避免的离心力 —— 紊乱是其必然结果。

此外,阿根廷作家曼努埃尔·普伊格的《丽塔·海沃思的背叛》(1968)也是一部很有特色、值得一提的多叙述者小说。作品写一名叫托托的少年在1933年至1948年间的生活经历。小说以块状形式出现,叙述者不断变换(托托自己、托托的朋友和家人)。第一章"在米塔父母家——1933年拉普拉塔"劈头便是一段对话,因为缺乏必要的提示,读者既不知道谁是米塔,也不清楚其中的人物关系,只知道米塔生了一个男孩,人们正忙于替新生儿准备应有物品。第二章"在贝托家——1933年巴列霍斯"是两个女佣的对话与调侃。这时,我们才知道托托就是那个新生儿,他父亲贝托对他并不关心。从第三章"托托——1939年"开始,标题不再是某地某时,而变成了某人某时。文中主人公六岁,仍年幼无知,但所见所闻、所思所虑已能反映家庭和周围环境、人物关系等等的错综复杂。此后各章多以内心独白为主,其中有两章是日记,一章是作文(题目是"一部我爱看的电影"),还有一章是一封没有寄出的信(写信人是托托的父亲,收信人是托托的叔叔)……也许是因为作品的主题是传统家庭关系的消失和人与人之间的冷漠,普伊格才安排了众多叙述者出场。

(五)无数个叙述者:无叙述者

无数个叙述者,即所有人物都是叙述者,因此也即无叙述者。没有了叙述者,当然也就没有了叙述。

20世纪60年代勃兴于墨西哥文坛的"波段小说",便是这样一种无叙述者小说。古斯塔沃·萨因斯的《加萨波》(1965)、维森特·莱涅罗的《Q学》(1965)和何塞·阿古斯丁的《侧面》(1966)等,都属于这类由于所有人物都是叙述者反而没了叙述者的作品。

《加萨波》以大量"录音"、对白、"电话对白"、日记、梦境和书信等等铺陈开来,不给读者任何解释性提示(这种提示即叙述,被20世纪60年代墨西哥"波段小说"作家群视为对生活真实的"干预"和"歪曲"),只进行"纯客观"的生活化描写。

《Q学》完全采用所谓"录音手法"。比如它展示一群年轻人在摄像过程中

产生的无主体（也即多主体）对白，令读者在完全摸不清谁是谁的情况下感觉
生活：

  ——停，停一下！

  ——行了。

  ——摄影，停！

  ——我的上帝！

  ——怎么啦？

  ——挺好。

  ——挺好？

  ——当然。

  ——真的？

  ——他妈的，太棒了。

  ——是吗？

  ——成。

  ——我看看。

  ——没问题。我看没问题。

  ——你说呢？行吗？

  ——绝了。

  ——当真？

  …………

  总之，在当代拉美小说中，已很难看到有谁（作者或叙述者）居高临下、赤裸裸地对人物进行道德的或其他性质的评判。叙述者再难和作者画等号，而常常是由某个或某些人物来担任，他（们）不代表作家，只代表某个或某些人物。如果他是诗人，他就用一个诗人的语言、眼光等等；倘若他是个乞丐，那他也就只好用乞丐的语言，按照乞丐的方式去表述、去审视生活；假如他是个局外人，那么他的责任是变成太阳或者月亮，送给每一个人物、每一桩事情以同样的光亮温寒，以便将作者的好恶尽量地掩盖起来；如若他是一样东西，如曼努埃尔·姆希卡·拉伊内斯《家》（1954）中的"家"，那么他更不可以凌驾于人物之上，而只能静静地做一个"见证"。诸如此类，不一而足。也就是说，无论叙述者是人是物，是局外人还是当事人，在当代拉美小说中大都具有客观、公正的特点。客观，即不直接流露作者的主观色彩，作者的政治观点、道德标准及其他个人好恶被尽量地掩盖起来。当然这并不排除作品具有强烈的倾向性。公正，即不偏向任何一个或一方人物，不论他、他们是真是假，是善是恶，是美是丑。

与此同时,波兰裔女作家埃莱娜·波尼亚托夫斯卡开创了"访谈体小说"。这使她的小说具有报告文学的逼真,同时又像新闻报道。由于记者出身,加之女性视角,她常常被对号入座,从而引发不少飞短流长。在描写劳动妇女方面,迄今为止,也许只有雷布埃尔塔斯能与其媲美:同样强烈的激情,同样鲜明的立场。不公平的是雷布埃尔塔斯成了有口皆碑的"无产阶级作家",而波尼亚托夫斯卡却被自以为是的批评家"誉为""丰乳肥臀的女强人"。在他们的眼里,她同她笔下的人物一样:上班工作,生儿育女,不知疲倦,不懂艺术。然而,她不屑于流言蜚语。她承认自己就是一名普普通通的劳动妇女,却和所有劳动妇女一起支撑起了这个男人的世界。1971年,波尼亚托夫斯卡含辛茹苦整三年之后,终于推出了她的代表作《特拉台洛尔科之夜》。小说以席卷西方世界的"68学潮"为背景,用"访谈体"展示了震惊世界的特拉台洛尔科血案。小说以大量原始资料和对当事人的采访为基础,力求"客观""准确",从而获得了文学、女人对于权力的一次历史性胜利。她的其他重要作品如《亲爱的迪埃戈》(1978)等,也大都采用了这种方法。

五 挑战读者

如上所述,传统小说(当然还有诗歌等其他文学体裁)是不把读者放在眼里的。因此,读者一直是文学交流中备受歧视、最受忽视的一方。这种状况直到20世纪方始有所改观。于是便有了接受美学,它把读者和作者、作品摆在了同等重要的位置上。于是还有了开放体小说,它邀请读者"介入"作家的创作活动。

事实上,即便是在过去,读者也一直都不是消极地接受文学文本对他们可能产生的影响的,而是在参与一种积极的、相互影响的活动。当然,"作家—作品—读者"的关系是一种极其复杂的关系,多年来文学界、批评界争论不休的"意图""文本"和"感受"问题便是明证。

在拉丁美洲,马塞多尼奥·费尔南德斯是最先正视、尊重读者的小说家之一。在1929年创作的《新人手稿》里,他第一次郑重其事地邀请读者介入他的创作活动。小说不长,只有五十多页。开头说的是新人到布宜诺斯艾利斯后不幸因车祸负伤。接下去是新人用第一人称记述的所见所闻,直至车祸发生。最后是"编者的话",罗列了许多和新人有关的材料。这与其说是一部小说,毋宁说是一堆素材,充其量是一部没有完成的手稿。然而作者愣是将它扔给了读者,以求后者的参与。

他的另一部小说——《一部开始的小说》(1941),顾名思义,具有同样的特点。作品的开头部分是叙述者就创作问题进行的一番"对话"。然后是有关两个女人的故事,但故事尚未展开,叙述者就因缺乏材料而卡了壳。最后,叙述者发现,要写好这部作品,必须同至少其中一个女人(此时也是他的读者)建立联系。小说便这样"不了了之"。

作为实验者,马塞多尼奥·费尔南德斯精神可嘉,但他的作品毕竟过于突兀,过于直捷。马雷查尔的《亚当·布宜诺斯艾利斯》就要自然、含蓄得多,尽管它也是一部在"作者—作品—读者"关系上做文章的实验小说。《亚当·布宜诺斯艾利斯》的创作过程长达十七年之久,也就是说最初的手稿(或腹稿)产生于 1931 年。小说由七部分组成,外加一个"必不可少的序"。前五部分是马雷查尔对已故朋友亚当·布宜诺斯艾利斯的追忆,第六、第七部分是亚当·布宜诺斯艾利斯的遗稿,其中第六部分写马雷查尔"自己",第七部分是他的地狱之行。"必不可少的序"则是他参加亚当·布宜诺斯艾利斯的葬礼后发现朋友遗稿并决定投入创作,为亚当·布宜诺斯艾利斯和其他朋友(如博尔赫斯、路易斯·佩雷达等读者的读者)树碑立传的全过程。可惜的是,出于政见不同等原因,博尔赫斯等人后来同作者马雷查尔分道扬镳了,并没有在他死后接过这个线头,接续这个游戏。由于在《亚当·布宜诺斯艾利斯》中"作者—叙述者—人物—读者"的界限消失了,现实和文学的界限也随之消失。[①]

20 世纪 50 年代起,随着接受美学的兴起,读者在拉丁美洲小说中受到了普遍的关注。有的作家还开始用激将法公开向读者挑战,以加强读者的参与意识和能动作用(如科塔萨尔的《跳房子》以及他的所谓"阳性读者"和"阴性读者"理论),有的甚至故意"诅咒"读者(如曼努埃尔·普伊格的《永远诅咒读本书的人》,1980)。当然这是另一种极端。

诚恳地邀请读者参与也罢,用激将法强迫读者参与也罢,都是文学创作观念和形态变革使然。由于文学创作需要改变或者否定传统、流行的模式,就势必要影响到固有的也就是说传统、习惯的阅读方式。从某种意义上说,传统小说是以牺牲读者的能动性而迎合其已有欣赏趣味和阅读定式为代价的(通俗文学也是如此),因此,就小说本身的发展而言,最大的阻力不是来自作者,而是来自读者。所以,一种新的创作方法或模式能否成功,关键就在于它能否被读者接受,被多少读者接受。从西方现代主义开始的当代小说是以牺牲一大部分传统读者为代价的,20 世纪兴起的通俗小说钻了这个空子,把这一大部分读者拉到了它的旗下。然而,在当代小说惨淡经营的过程中,"作者—作品—读者"的关系悄悄嬗变,一批新的读者被造就了,他们开始摆脱以往文学模式和传统

---

① 诗人帕斯曾多次在作品中提到读者,把读者置于同诗人平等的地位:"每一个读者是另一个诗人;/每一首诗,是另一首诗。"或者:"符号与符号之间/句子与句子之间/诗人与诗人之间/诗人与读者之间:诗。"

的惰性,正换一种眼光、换一种角度去观看原以为熟悉的世界,恢复被熟视无睹、见惯不惊所钝化了的锐气与感受力。

如上种种,都直接影响到小说的整体布局和形态,是拉美作家形式创新的重要标志。至于某些局部的突破,如语言的翻新、描写的内倾等等,就不在本章论述之列了。

必须强调的是,拉丁美洲作家在追求形式创新时,有成功也有失误,但他们大都有一个坚定的信念:作品必须有浓重的番石榴芳香和斑斓的美洲色彩。形式必须是有实在内容的形式(诚如科塔萨尔所说的那样,"形式应该成为内容的骨骼,而不仅仅是它的外衣")。笔者想,拉丁美洲文学之所以能崛起并打破"文学一体化"和"西方中心论",走在世界前列,恰恰是因为它是美的——思想性、艺术性并重,恰恰是因为它在追求形式美、进行结构创新的同时,并没有抛弃现实主义。当然,如上所列,为形式而形式的作品也时有出现。至于让作者"死去"、人物"说话"——用巴赫金指涉拉伯雷和陀思妥耶夫斯基的话说是"狂欢",是"复调"或"对话"——归根结底依然是作者的选择、作者的言说。

第四节　心理现实主义

众所周知,20世纪世界文学的基本特点是表现形式由简单直接趋于变幻曲折,细节描写由外部转向内心。它是文学的主要表现对象——人的存在与内心日益复杂和丰富、创作题材与主题不断拓宽和深化、文学观念与技巧迅速发展和裂变的必然结果。

拉丁美洲当代小说这股汇入并且推动20世纪世界文学主潮的雄浑强劲、多彩多姿的热带河流,也毋庸讳言地具有这一特点。

心理现实主义是汇入这一热带河流的一支潜流。其之所以谓之"潜",是因为它和上述"流派"一样,既无宣言领袖,亦无团体刊物,难以上升为传统意义上的流派。但同时它又拥有所有流派的内在特点,即同一时期相当数量的佳作所表现的题材(对象)和形式(手法)的相似性。

早在19世纪80年代,英国作家斯蒂文森(也作史蒂文森)就已断言,读者不屑于情节小说了。他所说的"情节小说"含义相当宽泛,实际上涵盖了包括传统现实主义小说和传统浪漫主义小说在内的几乎所有逼真的和虚幻的写法。

西班牙作家何塞·奥尔特加·伊·加塞特对此颇有同感,他在1925年的《艺术的非人性化》一书中,雄辩地阐释和论证了人们对小说情节的"漠然态度"。他甚至下结论说:"时至今日,令人感奋的故事已经掘尽。"他继而又说:"小说再也不可能以情节取胜。"[①]他还在别的地方,用大量篇幅阐述他的这一观点,说未来的小说只能是"心理小说",认为从今以后一切真实的或想象的情节都将是缺乏新意的,因而也将是索然无味的。这种观点风行一时。与此同时,欧洲产生了普鲁斯特、乔伊斯、伍尔夫,美国产生了福克纳⋯⋯

当然,奥尔特加·伊·加塞特所批判的是"大众社会"导致的艺术衰败。他的片面性在于问题的症结不在大众,而在资本及其推动的消费主义。固然并不是所有致力于形式创新的作家都有意识地用抛弃情节这种极端做法抵抗资本,但形式主义客观上演绎了这样一种很大程度上以牺牲读者和小说本身为代价的重大变革。显而易见,在许多作家看来,以往人们把文学的认知功能局限于外部世界了,连想象(比如最古老的神话传说或最现代的科幻小说)也大都是针对自然的;现在要回到人自身了,直抵灵魂深处最内在、最本真之处。因此观念上的偏激或形式上的矫枉过正都是可以理解的。

毫不例外,西班牙语美洲当代小说是情节让位于内心独白的积极实验者和推动者。

前面说过,西班牙语小说起步很晚。20世纪初,姗姗来迟的批判现实主义和自然主义尚且立足未稳,令人眼花缭乱的现代主义已对它们进行了清算和狂轰滥炸。西班牙语美洲当代小说的奠基者们便是在这种流派对流派、现在对过去的狂轰滥炸中,在迷惘中,在充满火药味儿的"战场"中诞生的。面对欧洲文坛形形色色的流派、思潮,他们的态度不尽相同。具体到如何面对心理小说或20世纪二三十年代的意识流小说,首先博尔赫斯并没有放手去学,而是保持了对其一定的距离,相形之下他更欣赏卡夫卡的表现,认为它比心理小说更能展示难以名状却又缠绵悱恻的内心活动,并且批评心理小说(如普鲁斯特的《追忆逝水年华》)枯燥无味、琐碎冗长,或者混乱不堪、难以卒读。所以,虽然他注重心理描写,许多评论家也曾将他归入心理小说家之列,但他最终目的是要把幻想推向极致,跨入"玄之又玄"的"众妙之门"。有些作家,如卡彭铁尔和阿斯图里亚斯,则是在面对拉美社会的原始、落后、野蛮而"不知所措"但又"如鲠在喉,不吐不快"的矛盾心态中,开始探索自己的表达方法,并开创魔幻现实主义的。于是欧洲心理小说的某些表现手法被用来展示拉美黑人或印第安人或原始村民的神奇:集体无意识。

不言而喻,博尔赫斯的幻想小说和魔幻现实主义虽则都具有明显的内倾性,心理描写的手法也多种多样,却都不是严格意义上的心理小说。

---

① Ortega y Gasset: *La deshumanización del arte*, Madrid: Revista de Occidente, 1925, pp.96-97.

开西班牙语美洲心理小说，也即心理现实主义小说先河的，当首推智利作家佩德罗·普拉多。他的长篇小说《阿尔西诺》（1920）写一个几乎人人有过的少年梦：长出翅膀来自由飞翔。但是，由于小说采用的是第三人称和万能叙述者，所以动作描写再少，心理描写再细，它也还是一部传统小说，或者说是一部传统心理小说，尽管在20世纪20年代的拉美文坛它是那么与众不同，犹如一朵迎春花，预示着拉美现代心理小说（心理现实主义）的蓬勃兴起。

如上所述，西班牙语美洲，或拉丁美洲心理现实主义小说与西方意识流小说不可分割。虽然由于文学传统的差别和现实环境的不同，许多心理现实主义作家最终另辟蹊径，与意识流小说分道扬镳，但从总体上说，意识流小说不仅是拉美心理现实主义的初始，而且是它的基石。

20世纪三四十年代，专制统治的阴霾在拉丁美洲瘟疫般地蔓延，以空前残酷的形式——"猩猩派"政权，梦魇般地笼罩了这些刚刚摆脱殖民主义枷锁的贫穷国家，大批作家亡命欧美。时值乔伊斯、普鲁斯特、伍尔夫、福克纳的作品得到承认并广为流传，拉丁美洲的流亡作家大都自觉地接受了他们的新观念、新方法。因为意识流小说所表现的人的内心世界，作为一种精神现象，归根结底是生活的反映；而把内心当作文学的重要表现对象，乃是人的精神世界不断丰富、人类对心理活动的深入了解所驱使的。此外，在"上帝死亡""理性泯灭"，被称为异化的、迷惘的、危机的20世纪，"孤独"不容置疑地成了世界性题材。对于拉丁美洲作家来说，它尤其是一个严肃的、至为重要的社会问题。诚如加西亚·马尔克斯所说的那样，孤独是拉丁美洲的痼疾，落后、野蛮及形形色色的专制制度则是其症结所在。落后和野蛮构成专制制度的土壤，而专制制度又加剧了落后与野蛮。这是一种恶性循环。生活在这种恶性循环中的各色人等，无论是统治者还是被统治者，是正人君子还是宵小之辈，都不可避免地染上了孤独症；而意识流的内心独白、幻觉、梦呓甚至癫狂等等，恰恰是表现灵魂孤独的有效形式。

乌拉圭作家胡安·卡洛斯·奥内蒂是较早采用意识流手法的拉美小说家之一。他在1939年出版的《井》，是掘向"自我"灵魂奥秘的一口"深井"。几乎所有阅读这部小说的人都会把主人公等同于作者本人。这是一般印象，也是心理小说中作者在某些时候（比如由于职业、年龄、性别、性格等方面同人物相似）所产生的某些外化现象的必然结果。然而，与其说书中的作家是奥内蒂，毋宁说是奥内蒂创作了"另一个"作家。作品用第一人称内心独白的形式展开：

> 我在房间里踱来踱去已经好长时间了，突然我看到一切都那么陌生，仿佛第一次来到这里……
> 我从中午一直躺在床上，厌倦了，就起来光着膀子在房间里踱步。

可恶的热风从房顶吹来,一如既往地熔化在每一个角落。我反剪着双手不停地走着……

在记忆闸门口的是那件无关紧要的事情——一个妓女袒着一只红得快要出血的肩膀对我说:"全是狗娘养的。一天来二十个,没有一个是刮了胡子的。"……

意识就这样从人物心灵流出,淌过一间因为太熟悉而变得陌生的闷热房间,经过妓女那肮脏的躯体,流向社会。流得越远,人物之"井"就开掘得越深,反之亦然。

作品所关心的除了意识流这种新的写作手法(其实也即内容)之外,主要还是当时人所面临的社会、生存问题,如信仰危机、专制统治及世界性经济危机对拉丁美洲这个"泄洪区"所生成的严重破坏,等等。作品的气氛沉闷之至。正因为如此,作品问世时并没有多少人关注它的意识流手法,倒是引起了政界和社会批评家们的兴趣。一如普拉多的《阿尔西诺》,《井》曾被多数读者解读为反独裁的"政治小说"。

为了使意识流"畅通无阻",弥留者、聋哑人、囚犯等丧失正常交流功能或条件的孤独者,以及惯于苦思冥想的作家、艺术家,成了拉美许多心理小说家的类型化人物。智利女作家玛丽亚·路易莎·邦巴尔的《丧事》(1938)和阿根廷作家尤利西斯·德·姆拉特的《伸向死亡的阳台》(1943)都是写弥留者的。

《丧事》写一个"死者"的内心独白。由于她事实上并未完全死亡且能感觉到亲友的悲恸与忙碌,积淀在内心深处的恩恩怨怨和求生的本能、死亡的恐惧等等,通过回忆、联想、潜对话和受外界刺激的种种条件反射狂泄不止。又由于她是个"死者","不必再有任何顾忌",20 世纪 30 年代智利社会的炎凉世态和政治气氛也便受到了最严厉、最尖刻的批判。

与《丧事》相似的《伸向死亡的阳台》,则是某医院重症室一个"向死亡握手的重病号"的内心独白。由于他患的是"不治之症",对于生存和死亡、人生和社会也便有了一番别样的感觉。

这两部作品都或多或少影响了后来的心理现实主义作家。比如卡洛斯·富恩特斯的《阿尔特米奥·克鲁斯之死》,与玛丽亚·路易莎·邦巴尔的《丧事》就不无相似之处。

此外,阿根廷作家埃德华多·马耶阿和墨西哥作家海梅·托雷斯·波德特笔下的形形色色的孤独者,对后来的心理小说也都产生了深刻的影响。埃德华多·马耶阿的几乎所有作品均可归入意识流或准意识流小说范畴。他的早期作品如《欧洲之夜》(1934)或《十一月节》(1938)等,虽然并不全是意识流,却无不是以心理描写和内心独白为主体的。至于稍后的《灵魂的敌人》（1950）和《查维斯》（1953）则显然是典型的意识流小说了。从《十一月节》到《查维斯》，马耶阿发表了六七部长篇，其中给人留下深刻印象的人物是"哑巴"查维斯。由于他默默无言，他的内心世界就格外复杂、神秘，他所表现的心灵图景也常能别开生面、引人入胜。

墨西哥作家托雷斯·波德特的《1月1日》（1934），是一个人物在一天时间内的所思所想。由于一切都发生在主人公冈萨罗·卡斯蒂略的意识和潜意识中，他想改变自身环境、重新塑造自我的种种努力，归根结底也只是一系列毫无意义的白日梦而已。现实生活中（至少是在这一天）一切都没有发生，他还是他，而且也许将永远是他。

类似的作品还有阿根廷作家马丁内斯·埃斯特拉达的《玛尔塔·里盖尔梅》（1956），智利作家玛尔塔·布鲁内特的《梦之根》（1949），哥斯达黎加作家约兰塔·奥雷阿姆诺的《潜逃之路》（1949），哥伦比亚作家埃德华多·卡巴耶罗·卡尔德隆的《背后的基督》（1952），墨西哥作家何塞菲娜·维森斯的《空洞的书》（1958）等。其中《潜逃之路》写了一个十足的精神囚犯。

弗洛伊德把人格结构建立在伊德、自我和超我间的相互关系上。伊德是"一种混沌状态，一锅沸腾的激情。我们设想，伊德是在某处与躯体过程产生直接接触的，从躯体过程中接受种种本能的需求，并使这些需求在心理上表现出来……这些本能使得伊德精力充沛，但是伊德既没有组织，也没有统一的意志，只有一种使本能需求按照快乐原则得到满足的冲动"。"对于伊德来说，自我是承担了复现外在世界以及因之保护伊德的任务，因为伊德盲目地奋力满足自己的本能，完全不顾外在力量的优势，如果没有自我的保护（其实也即抑制——引者注）它就难免于毁灭。"[①]

谁都知道，任何一种文化现象、文艺思潮或形态的出现都不是孤立的。意识流小说也是如此。它的产生、发展和流行有着多方面的原因。远的不说，20世纪强调人性、个性的西方哲学和社会伦理学，突出无意识、非理性的心理学（如弗洛伊德主义）和文学（如达达主义和超现实主义）等，都是它直接有关的文化历史条件。然而，凡此种种，又无不是20世纪西方社会生活，包括一定生产力、生产关系和科学技术状态的反映。

在拉丁美洲，特殊的现实环境、历史条件和文化前景使纯意识流作品始终未能形成大气候。而且从20世纪50年代开始，拉美心理小说的意识流"纯度"

---

① 柳鸣九主编：《西方文艺思潮论丛　意识流》，中国社会科学出版社，1989年，第358—359页。

明显降低，叙述比重有所回升，社会内容大大增加，批判色彩越来越浓。也许正因为如此，包括三四十年代意识流小说在内的拉美心理小说，遂被一概冠以"心理现实主义"。

阿根廷作家埃内斯托·萨瓦托不仅是拉美早期心理现实主义（即意识流）小说的杰出代表，而且还是20世纪50年代后该"流派"向其他类型（如结构现实主义、社会现实主义等）趋同的一个明证。

他的早期作品如成名作《地洞》（1948），可算是拉美早期心理小说的集大成之作。作品几乎是严格按照弗洛伊德的心理分析方法写成的。

"我就是杀死玛丽亚·伊丽巴尔内的胡安·巴勃罗·卡斯特尔……"这是小说劈头第一句。紧接着，作品完全构建于胡安·巴勃罗·卡斯特尔的内心独白。它确实像股滔滔不绝的水流，将生活中的各种印象、回忆、观感、联想以至幻觉混杂在一起。按常理，杀人犯是应该坐牢的，但胡安·巴勃罗·卡斯特尔并没有去他该去的地方，他被关进了精神病院。

然而，胡安·巴勃罗·卡斯特尔远非那种完全丧失理智的疯子，而是弗洛伊德的门生卡伦·霍尼博士所说的那种"由压抑和恐惧引起的神经机能病人"[1]。

首先，胡安·巴勃罗·卡斯特尔精神压抑，内心充满痛苦。卡伦·霍尼认为，这种压抑和痛苦往往始于少儿时期："我怕失去父母的宠爱。""我不能使父母生气。""我不能惹父母生气，否则就会挨打。"……随着年龄的增长，又会有许多社会的压力接踵而来。这一点萨瓦托的作品表现得更为明确。卡斯特尔常常提醒我们："这个世界太可恶……""人太坏……"在卡伦·霍尼看来，"对世界的敌对态度常常来自过分的压抑：要生存就必须适应社会环境，适应他人，而这种适应的前提与代价恰恰是抑制伊德的冲动"。卡伦·霍尼把长时间过分抑制伊德冲动的痛苦称作"神经机能病的基本病因"，把孤僻视为神经机能病的主要症状。她说，由于神经机能病患者长期处于压抑、恐惧和痛苦之中，就会设法寻找自我"避风港"。"这是一种本能的自我保护形式。"孤立自己以逃避与社会和他人相处（及由此形成的孤僻性格）是这种自我保护最为常见的形式（症状）之一："只要我躲得远一点，他们就不会把我怎么样。""只要我不和他们接触，他们就不会伤害我。"另外一种常见的自我保护形式（症状）是"只要他（她）爱我，他（她）就不会伤害我"。[2]这是两种相反相成、既对立又统

---

[1]　Karen Horney: *La personalidad neurótica de nuestro tiempo*, Buenos Aires: Truquel, 1951, pp.43-44.

[2]　Karen Horney: *La personalidad neurótica de nuestro tiempo*, Buenos Aires: Truquel, 1951, p.113.

一的自我保护机制。

　　三十六岁的胡安·巴勃罗·卡斯特尔首先选择的自我保护形式是孤立自己，因为我们知道他既憎恨他的家人，也憎恨所有周围的人，甚至（或者说尤其是）他的同行："家庭并不可信。""我看所有的人都很肮脏，很下流……总想利用别人获得好处……""我最恨画家。这可能是因为我最了解他们……"

　　然而孤独并没有给予卡斯特尔以足够的安全感。于是他又选择了别的自我保护形式。事实上，神经机能病患者必定"同时选择几种自我保护形式"[①]。这些自我保护形式反过来促进神经机能病不断加重：

> 　　因为怀疑和憎恨他人而孤立自己，因为孤立自己而加深痛苦，因为痛苦无法排遣而寻求他人的爱，因为得不到他人的爱而更加憎恨他人以至产生强烈的排他欲、权力欲（因为不能与他人相处而产生的一种凌驾于他人之上的个人意志 —— 引者注）和破坏欲……

　　胡安·巴勃罗·卡斯特尔已然经历了这种也许是初级阶段的恶性循环：

　　他选择了孤独，因为他"经历过这么多灾难，看到过这么多残酷奸邪的面孔……"；他寻求过异性帮助，末了却发现自己"命中注定不能和女人相处"；他寻求过同行的理解，但最终以互不理解而告终 —— "灾星"是他对同行的称呼。正因为如此，他的孤独也便更加孤独，痛苦也便更加痛苦。

　　恰恰就在这时，他遇到了另一个孤独的人 —— 玛丽亚·伊丽巴尔内。她对于卡斯特尔具有双重意义 —— 爱情和理解。

　　卡斯特尔是在一次画展中见到玛丽亚的。她"二十六岁左右"，"长得不算漂亮"。当时，她在他的画前驻足后把注意力集中在一个被所有人忽视的细节上。那是一扇向孤独的海滩微微敞开的小窗，象征着一颗孤独而又渴望摆脱孤独的心灵。然而对他人的怀疑、憎恨以及由此产生的恐惧，使卡斯特尔难以鼓起勇气来抓住这个机会。他眼睁睁地看着玛丽亚离去并消失在人群之中。他悻悻然回到家里，对自己的胆怯悔恨不已。经过一整夜的辗转反侧，他抱着一线希望回到了画展。从此是日复一日的等待。但是玛丽亚并没有再回来。他绝望了，发疯似的到处寻找这个"唯一的知己"。

　　诚然，当卡斯特尔在熙熙攘攘的人群中再一次见到玛丽亚的时候，盘算了多少天的托词忘得一干二净。他尾随着她，不知如何是好。眼看她拐过几个街

---

　　① Karen Horney: *La personalidad neurótica de nuestro tiempo*, Buenos Aires: Truquel, 1951, p.117.

角进了一幢大楼，他冲上去拦住她，支支吾吾地提了个愚蠢之至的问题。她满脸绯红，一面回答，一面匆匆逃离。于是痛苦再一次笼罩了他的整个心灵，他恨自己，恨自己的笨拙与无能。

卡斯特尔回到了那幢大楼前，等待再次相遇。这一次，他一反常态，表现出神经机能病人特有的冲动：玛丽亚刚一出门，就被他连拖带拉地拽过了几条马路。他说她是唯一理解那张画的人，是他生命的唯一寄托，并恳求她再不要从他身边消失。玛丽亚既不反抗也不兴奋，只一味地说："我会给周围的人带来灾难……"

第二天，卡斯特尔用玛丽亚留下的号码拨通了电话，和她进行了一次古怪的对话：

> "我一直在想您……"他说。
> "我也想了很多很多……"玛丽亚说。
> "想什么？"
> "什么都想。"
> "什么叫什么都想？"
> "……想您的画……想昨天的见面……想今天……叫我怎么说呢。"
> "可我满脑子想的只是您……可您始终没说想过我。"
> "我说我什么都想到了……"
> "可您还没有告诉我想知道的细节……"
> "这实在太突然了……我不知该怎么说……我当然想过您……"
> "怎么想的，怎么想的？"卡斯特尔急切地问。（他回忆说："令我激动的是细节而不是泛泛之说。"）
> "我想您的每一细节，每一举动，您的红棕色头发，您的坚毅而又温柔的目光，您的……"

电话被玛丽亚借故搁下了，但就凭她说想了自己，世界就变了颜色：

> 我觉得一切怪怪的：第一次用同情的目光看着周围的世界。我想我这么说是当时的真实情形。因为在此之前，坦率地说，我一直是憎恨这个世界的。所有人都让我恶心，尤其是人群。我拒绝去夏日的海滩、足球场、公路或广场……然而那天，至少是在那晚，我不再憎恨世界。

但是，当卡斯特尔再一次拿起话筒知道玛丽亚已经离开这个城市时，世界

又崩塌了。怀疑和憎恨又一次占据了他的心灵。他回忆着每一个细节，发现那晚搁电话时玛丽亚有些反常。（她说："这会儿人来人往的不方便。"还说："关上房门他们也来打搅……"）

神经机能健全的人会想，玛丽亚之所以不辞而别，肯定有紧迫重要的事情要办且来不及通知别人。但卡斯特尔不是。他对玛丽亚产生了怀疑，认为她和别的女人一样，是个惯于欺骗男人的角色。

由于接电话的人说玛丽亚临行时留下了一封信，卡斯特尔便急匆匆地赶到那幢大楼。他拆开来看时，里面只有四个字："我也想您。"

卡斯特尔疑惑不解地回到家里。他事先并不知道玛丽亚是个有夫之妇；而且，把这封堪称情书的信交给他的恰恰就是她的丈夫。

当晚卡斯特尔做了一个梦，梦见自己回到了久别的老家。

> 那是一幢既熟悉又陌生的老房子……记忆牵着我，四周一片漆黑，仿佛埋伏着无数敌人，他们交头接耳，窃窃私语，嗤笑我天真无知。他们是谁呢？想干什么？然而，尽管如此，童年那不无爱心的记忆激励着我。我颤抖着，一半是因为恐惧，一半是因为疯狂或许还有兴奋。

惊醒后，卡斯特尔发现这幢从孩童时期就一直向往的房子原来就是玛丽亚。

从此以后，卡斯特尔的思绪"在一片浓雾笼罩的森林里徘徊"。就在走投无路，行将绝望的时候，他接到了玛丽亚的来信。他把这时的玛丽亚比作"夜间的太阳"。玛丽亚的信充满了热情：

> ……愤怒的大海就在前边，浪花是我无谓的眼泪。我孤独的心灵充满了无望的期待……是你看到了我的心境，画出了我的思想（或者它也是你我同类的记忆）……而今你站到了我与大海之间，占领了我的灵魂。你静静地、失望地看着我，仿佛期待着我的帮助。

卡斯特尔的心又一次充满希望，向她回信倾诉衷肠。玛丽亚却来信说，她不会给他带来幸福。

信来信往，对玛丽亚的渴望使卡斯特尔发疯，他度日如年，恳求她马上回来。

玛丽亚果然又回到了卡斯特尔的身边，而且从此形影不离。这时卡斯特尔对玛丽亚的渴望变成了强烈的占有欲。他认为只有当两个人的肉体完全结合时，灵魂才能真正融合。于是他野蛮地"占有了她"。然而玛丽亚并没有反抗，末了还表现出惬意与满足。这又使卡斯特尔百思不得其解。他怀疑玛丽亚并不真心爱他，"种种迹象"表明她只是同情和可怜他。终于那个难听的名词脱口而出。玛丽亚默默地穿上衣服，泪水不停地流了下来。卡斯特尔见状后懊悔莫及。他痛哭流涕地请求玛丽亚原谅。然而当玛丽亚转怒为喜、破涕为笑时，他并没有像常人那样去感激对方的宽厚。

卡斯特尔一次又一次地从头回忆两人说过的话和在一起时的情景，越想越觉得玛丽亚可疑。于是便干起了那盯梢跟踪的事来。玛丽亚丈夫的存在先已使他感到了三分不悦，后来又发现她和她丈夫的表弟过从甚密，不禁妒火中烧。他想，既然玛丽亚能同时和他、她丈夫甚至她丈夫的表弟"相处"，说明她并不真正爱他。这时他想到了死。

正如卡伦·霍尼所说的那样，"因为痛苦而产生爱的渴望甚至无条件的占有欲，因为得不到爱而感到屈辱或憎恨，因为害怕失去爱而产生的嫉妒或恐惧等种种紧张和不安心态，只会使痛苦更痛苦"[①]。

痛苦日益加深，卡斯特尔的破坏欲也随之膨胀起来：

> 大海渐渐失去原有的形态，变成了漆黑的魔鬼。黑暗笼罩了一切，浪涛声声散发出邪恶的诱惑。思想是多么容易！她说人是何等的渺小和丑恶。我只知道我自己能走多远。令我宽慰的是我还晓得她能走多远。我晓得。然而我又如何晓得？我只晓得有一种冲动促使我扑过去卡住她的咽喉，再把她扔进我内心逐渐膨胀的海洋。

诚然，这时卡斯特尔并没有自杀，也没有杀人。他选择了酒精：借酒浇愁。与此同时，他给玛丽亚写了一封长信。信中说道，他万没想到像她这样一个女子，能同时和他、丈夫及丈夫的表弟同床共枕。当他把字斟句酌写好的信投进邮局时，悔恨再一次侵袭他的心灵。他跑去和邮局女职员大吵一架，试图强迫女职员把信退还。结果当然不妙，他不但没有要回那封信，反而遭到了应有的还击。于是他又生一计，决定焚烧那个邮箱；但转念一想这会给自己带来不少麻烦，只好作罢。最后，他安慰自己："玛丽亚罪有应得。"

但他又不愿从此失去玛丽亚，于是在悔恨的驱使下，给玛丽亚打电话赔礼道歉。问题是说着说着，无名火不知怎的就烧了起来。他在电话里大骂玛丽亚，并扬言要死给她看。玛丽亚拼命安慰他，答应马上去看他。卡斯特尔放下话筒

---

① Karen Horney: *La personalidad neurótica de nuestro tiempo*, Buenos Aires: Truquel, 1951, p.157.

来到一间酒吧，两杯酒一落肚，就迷迷糊糊地把一个正在和几名水手吵闹的妓女带到了家里，竟发现这个妓女和玛丽亚的做爱表情十分相似。为此，他推断道："玛丽亚和妓女表情相似。妓女是装的，玛丽亚也是装的。玛丽亚也是妓女。"

他顿时疯狂地跑到玛丽亚的一个熟人家里，直截了当地问他：

> "玛丽亚·伊丽巴尔内是什么时候开始和洪特尔[①]鬼混的？"
> "我什么也不知道。"那人回答说。

后来，玛丽亚知道了，一气之下去了洪特尔家。

从此，失去玛丽亚的念头折磨着卡斯特尔，使他的神经机能病严重恶化。他拿起刀子毁坏了所有作品，包括那张使他认识玛丽亚的油画。他无法面临孤独，决定"采取断然行动"。

他借了一辆车，以每小时一百三十公里的速度驶向洪特尔家，正好看着玛丽亚和洪特尔手挽手从楼上下来。卡斯特尔顿时感到"途经孤岛的唯一船只正鸣笛远去且并没有理会我的求救信号"。

他呆呆地站在树丛里，透过瓢泼大雨看着玛丽亚进了卧房。

> "你来干吗，胡安·巴勃罗？"当玛丽亚看到落汤鸡似的卡斯特尔从窗外爬进了卧室，惊讶地问。
> "我来杀你，玛丽亚。你抛弃了我，我太孤单了……"

说完，他流着泪，没等玛丽亚做出任何反应，就在她身上连戳了数刀。

这无疑是对一个变态社会的变态心理的精到剖析。

萨瓦托的第二部小说《英雄与坟墓》（1961），是在时隔十数年之后发表的。当时意识流小说业已成为传统，拉美心理小说出现了多元化发展倾向。这一点至少可有以下三类小说加以说明：一类是既有意识流又有叙述的叙流并重的心理小说，一类是把意识分门别类并在心理结构上做文章的心理小说，再一类则是《地洞》那样的纯意识流小说。

《英雄与坟墓》可以说是对这种多元化发展倾向的综合表现。小说是这样开篇的：

> 最初调查表明，古老的望楼即阿莱汉德拉的卧室是由她自己上了

---

① 玛丽亚丈夫的表弟。

锁的。她用 32 口径的手枪向她父亲开了四枪,然后倒上石脑油点燃了房子。这一发生在布市名门望族的悲剧可能是由一时的疯癫所导致的。然而新的发现——费尔南多·维达尔于当夜完成的《盲人的报告》手稿为这一奇怪的事件提供了新的线索。据说报告表明作者是个偏执狂⋯⋯假如这一推测成立,那么悲剧的因由可能更加骇人听闻,而且阿莱汉德拉为何不用剩下的两颗子弹结果自己却选择了自焚的原因也就昭然若揭了。

——《理由报》,1955 年 6 月 28 日,布宜诺斯艾利斯

在小说第一部分"龙与公主"中,四个主要人物粉墨登场。他们是阿莱汉德拉、马丁、费尔南多·维达尔(阿莱汉德拉的父亲)、布鲁诺。这一部分主要以第三人称的传统叙述方法展开:

马丁一直期待着与一位小八岁的妙龄美貌女子阿莱汉德拉的重逢。然而,在时隔将近两年后,他才得以重见芳容。在此期间,她神秘地消失了,无影无踪。

"当我再一次在这条小径上遇到她时,已经是 1955 年的 2 月份了⋯⋯"

然而阿莱汉德拉给他的唯一回答是:"我并没有说会马上与你再见呀。"

从此,两人开始了缠绵悱恻的爱情纠葛。阿莱汉德拉把马丁带到了她在巴拉卡斯的家,带到那个望楼——她的卧室,向他介绍了她的家史和她那异乎寻常的童年和少年,并留他在她的卧室度过了疯狂的一夜。第二天一早,她又神秘地消失了。

此后,马丁通过阿莱汉德拉认识了布鲁诺。布鲁诺是个生活在内心深处的孤独者,和阿莱汉德拉一家有不解之缘。他幼年丧母,在阿莱汉德拉祖母的关怀下长大;祖母死后,他又受到了阿莱汉德拉母亲的照拂;母亲死后,阿莱汉德拉就成了他唯一的依靠。布鲁诺把他那复杂的爱默默地给了祖母、母亲和阿莱汉德拉三个女人。

第二部分"无形的脸"几乎全部由费尔南多·维达尔的内心独白构成。从那些冗长而又含糊的内心独白中,我们可以推断出,他是个妄想狂,而且性心理严重变态。他一生"只有三次真正的恋爱",第一个对象是他母亲,第二个便是他的女儿阿莱汉德拉,第三个是一名半人半仙、疯疯癫癫的双目失明的女人。

第三部分"盲人的报告"是小说的核心。萨瓦托假借费尔南多研究盲人的"黑暗世界",表现了费尔南多的病态心理,道出了现当代形而上学的"真谛"。其中既可以看到尼采、叔本华的影子,也有弗洛伊德和荣格的深刻影响。

第四部分也即最后一部分"陌生的上帝"又回到了"马丁—阿莱汉德拉—费尔南多"三者的关系,并与引子首尾呼应。

　　1955年6月24日晚,马丁辗转反侧,难以入睡。他像第一次一样,在公园里重新见到了阿莱汉德拉。她慢慢走近他……他的脑海里一片混沌。他同时看到了她的温柔和可怕。他望着神奇而又新鲜的她远远走来。渐渐地,他被无法抑制的倦意控制,一切都变得模糊不清了。这时,他仿佛听到远处响起怜悯的钟声和模糊的叹息或召唤。那声音逐渐转化为绝望的哭泣。他感到有人在呼喊他的名字。钟声敲得更响了,最后终于成了悲鸣。天空,那噩梦中的天空被如血的火光映红了。这时,他看到阿莱汉德拉从黑暗如血的空中向他走来。她满脸煞白,双手绝望地向前伸展,口中不停地重复着他的名字。"阿莱汉德拉!"马丁大叫一声惊醒了。他颤抖着打开灯,发现四周空无一人。那是早晨3点……

　　悲剧发生了。马丁发疯似的跑到巴拉卡斯:阿莱汉德拉杀死了她父亲并放火自杀了。古老的望楼变成一片废墟。

　　以上是小说的一个层面。

　　小说的另一层面是布鲁诺的回忆,它几乎贯穿了整个作品,并从一个独特的角度剖析了费尔南多—阿莱汉德拉—马丁三者以及维达尔家族(英雄世家)的没落。

　　除此以外,小说还有第三个层面,即历史的层面,以第三人称万能叙述者的"客观"叙述为主。它展示了19世纪阿根廷的一个"英雄辈出"的时代。这一层面被巧妙地穿插在作品的主要事件中,对主要事件和主要人物心理起着背景烘托作用。

　　两个历史阶段具有惊人的相似之处:19世纪的罗萨斯独裁统治和20世纪的庇隆主义专权。两个历史时期的两个主要人物也有惊人的相似之处:

拉瓦列耶将军(过去)	费尔南多(现在)
性格:偏执狂	性格:妄想狂
爱情:变态	心理:变态
追求:自由王国	追求:极端自由
结果:失败、惨死	结果:失败、惨死

　　由此可见,萨瓦托在人物及作品的总体构造上比十年前迈进了一大步。他走出了纯意识流的"地洞",对心理小说的内容和形式进行了多方面的探索。

　　受西方形式主义美学及拉美其他小说类型的影响,心理活动的特殊方式、类型、层次等,在20世纪50年代及50年代以后的拉美心理小说中导致了一系列与之相适应的表现形式,如心理结构种种。

心理结构通常指心理活动的方式、类型和层次,不过这里所说的是拉丁美洲心理小说中与作为表现对象的心理结构相适应的结构形态。由于缺乏别的名字,我们姑且也称之为心理结构。这样心理结构就具有了两层意思,即作为小说表现对象 —— 内容 —— 的心理活动的方式、类型和层次,以及作为小说表现形式 —— 布局 —— 的艺术形态。事实上,在心理小说中,作为形式的心理结构的形成过程,也即作为内容的心理结构的显现过程,二者相辅相成,不可分割。

一 辐射式心理

随着伍尔夫的《墙上的斑点》、乔伊斯的《尤利西斯》、普鲁斯特的《追忆逝水年华》和福克纳的《喧哗与骚动》的相继出现,意识流小说在西方兴起并广为流传。意识流小说以人的意识 —— 流动的意识(包括内心独白、感官印象、昼梦、梦呓等)—— 为表现、描述对象,极大地丰富了文学的内容,增强了文学反映生活的深度和广度。

如上所述,拉丁美洲心理小说是在欧美意识流小说的基础上发展起来的,沿用了欧美意识流小说的某些结构形式,如最常见的辐射式心理结构。

鉴于人的意识海阔天空,古往今来无所不及,恰似放射性线条从人的心灵深处发出,纷纷杂杂,变幻莫测,辐射式心理结构不仅为 20 世纪 50 年代以前,也为 50 年代以后拉美心理小说所广泛采用。因此,辐射式心理结构这种形式在拉丁美洲当代小说之林俯拾即是。且不说 50 年代以前,50 年代以后的心理小说如《空洞的书》(1958)、《忆前途》(1966)、《迷幻世界》(1969)、《墨西哥的帕里努罗》(1977)、《竖琴和影子》(1979)等,都采用了这种结构形式。

拿卡彭铁尔的《竖琴和影子》为例:卧病在床的哥伦布生命垂危,但他回光返照,神志遽清,看到有人骑着毛驴去请忏悔牧师,于是浮想联翩,感慨万千。他想到了历史上一些名人的忏悔,从这些名人的罪过联想到自己的功绩。他暗暗思忖,他的形象是值得人们用大理石雕镌的。然而他又从雕像联想到德行,从德行联想到恶习、酒、大海和诺亚。他回想起他的游历,他的童年,他的幻想,他的野心,他的求知欲和冒险精神,联想到形形色色的冒险家和关于东方的神奇传说,联想到他航海生涯的细节、他发现的美洲大陆和印第安人,联想到西班牙及西班牙国王……忽然他听到"忏悔牧师来了",于是挣扎着欠了欠身,开始构思他的忏悔,以便他人用大理石铭刻下来留给后人。但这时死神已向他逼近,他神志恍惚,艰难地走向了永恒。小说通过人物在短短一个时辰内的心理活动 —— 既是连贯的,又是跳跃的、纷杂的 —— 折射出一个伟大时代的广阔生活画面,塑造了一个有血有肉、既伟大又渺小、既崇高又滑稽的活生生的哥伦布。

辐射式心理结构的突出优点是不受时间和空间的限制，任作者把笔触伸向过去和未来，国内和国外，无边无际，满天开花，既能反映生活的广度，又能深入心灵深处，却少有斧凿、雕琢痕迹。在审美效果方面，它能使读者在跟踪紊乱的意识流程的同时获得深刻的、如临其境的感受。

当然，意识流也不尽是迷蒙一片令人趔趄的混沌世界，它有它的规律。首先，无论它怎么流、怎么变，总还要表现某种心态，总还有一定的内容，总还要刻画性格或渲染氛围或发泄性情；其次，它的流程即便是无秩序的，也有其无秩序的规律，否则作品就会变成一盘散沙，令人望而却步。在《竖琴和影子》中，人物哥伦布的意识流主要属于自由联想，形式上表现为物象—意念—语词—所指的—未必必然的—奇特延伸（联想波）：伟人的忏悔→雕像→德行→恶习→酒→大海→诺亚→航海……

再看《忆前途》，它是埃莱娜·加罗以帕斯前妻的身份发表的第一部作品，证明自己是富有想象力的。[①] 乍看，作品像一部科幻小说，实际却指向过去：墨西哥历史上最神奇也最令人费解的一段——"基督徒战争"。"基督徒战争"爆发于1926年，起因是《1917年宪法》。该宪法意在削弱天主教势力，甫一颁布便遭到了天主教会的抗议。经过一段时间的喧哗与骚动，天主教徒们于1925年成立了"保卫宗教联盟"。1926年2月5日宪法颁布9周年之际，"保卫宗教联盟"策划了一系列抗议活动，国际宗教势力纷纷介入。卡列斯政府针锋相对，下令驱逐外国教士、修女，关闭教会学校和修道院，并于7月正式实施教士登记制度。"保卫宗教联盟"组织教徒罢工罢市，并开始在一些州县举行武装起义。起义队伍所向披靡，焚烧政府机关，关闭公立学校，杀害政府官员和无神论者。与此同时，卡列斯政府命令三军不惜一切代价进行反击。"基督徒战争"拉开序幕，直至1929年6月新政府在战争中获得绝对优势后做出妥协让步才告终结。小说的大背景通过几户普通人家的悲欢离合昭示出来。按作家的说法，小说的意图不在于描画历史本身，而在于展示被卷入历史旋涡的各色人物的复杂心态，因此，人物的内心独白贯穿始终，有虔诚者的疯狂、被害者的悲愤、一般人的困惑等等。作家的成功之处在于以一以贯之的冷静，保持了与人物事件的距离，使作品平添了立体感、层次性。正因如此，《忆前途》摘取了1963年度的墨西哥国家文学奖，这是该奖设立以来首次授予女性作家。

《空洞的书》（1958）是维森斯的第一部小说，却已然是一部典型的"元小说"，具有明显的后现代意识。作品完全是关于创作本身的，写一个作家因为找

---

① 因她与帕斯离婚时曾对后者出言不逊，并遭后者还击，导致舆论哗然。

不到"非同寻常的题材"而一筹莫展,以至于百无聊赖。叙述者用貌似冷静的笔触娓娓道来,使人在体察同情人物(作家)心态的同时,不知不觉地发现他的生活本身恰恰最不同寻常。但是当局者迷,旁观者清,人物(作家)始终没有觉察到这一点。这部小说问世后只受到少数圈里人的认可,它获得比亚乌鲁蒂亚奖则遭到了许多非议。因此,作品几乎没有在西班牙语美洲文坛激起涟漪,维森斯依然默默无闻。倒是一位法国学者发现了她,于1964年将《空洞的书》译成法文并以私人交情请奥克塔维奥·帕斯为译本作序。维森斯的第二部作品一直要到二十年之后才得以出版,其间她封笔静思,并浏览了大量欧美女作家的作品。1982年,《虚无的岁月》付梓。它与前一部小说完全不同,无论是人物还是语言,题材还是结构,都体现了一个全新的维森斯。小说写一个未成年男孩(十五岁)因为父亲早逝被迫担负起了"男人的职责"。作品的所有故事和噱头皆源于此。人物一方面是顽童,另一方面又必须肩负起家庭重担,学会使用权力。于是一系列矛盾在人物内心酿成并渐次展开。读者既可以在同情中感到欣慰,又能获得意想不到的、令人啼笑皆非的幽默启示。应当说,作品第一次用文学的形式揭示了大男子主义的一种由来,是部相当复杂也相当成功的青少年心理小说。

二 聚光式心理

唯物论的反映论认为,人的内心生活作为一种精神现象,归根结底是社会生活的反映,而当它成为文学描写和表现对象时,则具有客观存在的意义。如果说辐射式心理结构主要是鉴于人的意识活动特点,以某一心灵为端点,在很短的篇幅里折射出一个时代广阔的生活画面,那么,聚光式心理结构便是将那些从不同心灵发出的"射线"凝聚在同一终点,这个终点也即小说的表现对象、目的物。

在西班牙语美洲当代小说中,加西亚·马尔克斯的《族长的没落》是一部较有代表性的聚光式心理结构小说。它也是一部反独裁小说,所聚集的意识内容来自无数个不同的端点(甚至包括独裁者及其亲信)。这些意识内容是千百个心灵放射出来的千万条线索,行于所当行,止于所当止,快速变换,相互交叉,最终似千万条小溪汇入大海:族长和残酷的拉丁美洲的白色恐怖氛围正是在无数心灵的回忆、联想、幻觉、恐惧中逐步产生的,而它们的产生过程也即拉丁美洲民族心理和集体无意识的显现过程。

《族长的没落》共分六章,每章不分段落,也没有传统的情节。前五章只采用了两种标点符号——句号和逗号,最后一章索性取消了句号,一气呵成,一逗到底。整部小说都在"无人称"即第一人称复数"我们"(所有人)和单数"我"(每一个人)的内心独白中展开,就像生活(或"生活流")那样,没有叙述者这个媒介。来无影、去无踪的回忆、联想、幻觉、梦呓交叉缠绕，互为补充；过去的、现在的和将来的，不同角度，不同观点，真真假假，虚虚实实，行云流水，和盘托出。

小说是这样开场的：

> 周末，兀鹫钻进了总统府，啄烂了窗棂上的铁丝网，用扑棱的翅膀搅动了停滞的时间。星期一的清晨，城市在伟大的死者和腐朽的伟大散发出来的空气中结束了悠长的沉睡。唯独此时，我们才敢进入……

总统府的大门洞开着，"我们"心有余悸地向前走着。展现在"我们"面前的是摇摇欲坠的大厅、臭气熏天的卧室、破烂不堪的陈设……最后，"我们"找到了一具被兀鹫啄得面目全非的尸体。难道他就是不可一世的族长？

此后便是杂沓纷纭、无声无息的内心独白。

族长的形象在无数个"我"的内心独白中逐步显现、分离出来。他支离破碎，若即若离，需要读者进行一番捕捉、组合、整理和加工。

族长是权欲的化身、残忍的化身。在许多人看来，他俨然是个恶得令人怜悯的怪物。[1]作者似乎也压根儿没有打算把他当作人物（传统意义上的人物）来塑造。他用"无数心灵"折射的夸张线索表现了独裁者的兽性和孤独。因为权力的最终含义即孤独——孤家寡人嘛！

由于独裁者的孤独，由于白色恐怖下拉丁美洲人民的孤独，内心独白遂成为"一枝独秀的最佳形式"。

然而，由于小说以无数个"我"的内心独白构成，所以其中具有很大的任意性和跳跃性。但因这些内心独白的目的物相同，所以又不至于杂乱无章、难以卒读。

小说第二章（也即作品第二自然段）如是说：

> 这是第二次发现他的死亡，他躺在同一间办公室里，以同样的姿势，穿着同样的服装，脸上被兀鹫啄得千疮百孔，我们中间没有一个有资历记得他第一次死亡是什么样子，但我们知道，虽然他的死有目共睹，但谁也无法肯定死者准是他，而不是别人……因为他假死过一次。有人说，上帝因他说了污秽的话，早已夺去了他的说话能力，以致

---

[1]　Angel Rama: *Los dictadores de América Latina*, México: Fondo de Cultura Económica, 1976.

他自己不能吐一个词,只能张着嘴,而让躲在身后的能听懂腹语的人替他说话。也有人说,为了惩罚他的腐化堕落,他全身长满了鱼鳞,天气不好时他的疝气使他痛苦非常,而且胀得他大叫大嚷,还得把疝气安置在专用卡车上,以便能够对付着走动,这样看来,他确实是死到临头了……

然后又是大量"无人称"的内心独白。

就这样,小说的每一章都从族长之死开始,然后再回到他的出生,形成封闭的圆圈——或可说是"麦克白王冠"。莎士比亚的《麦克白》不正是表现了这样一种现象吗?麦克白权力愈大,他的人性也就愈少,他也就愈物化、异化和孤独了。最后他众叛亲离,成了名副其实的孤家寡人。因为对他而言,一切都不存在,唯有那顶王冠。在这个封闭的圆圈中,千万颗孤独的心灵放射出千万束"光柱",聚焦于族长,观照着族长,多侧面、多角度、多层次地曝光独裁者丑恶的魂灵,折射出独裁者可憎的形象,以及人们对独裁统治的刻骨仇恨。

同时,由于这些孤独心灵的"射线"(内心独白)的目的物相同,各章的结构形式相似,所以章与章可以移位,甚至连句与句也可以互换,却并不妨碍作品的完整性、统一性。此外,各章内容一致,氛围相仿,犹如六大自然段独立成篇,将作品内容重叠了起来,但又因作品表现的是许多个"我"的所思所想,所以不同的章节蕴含着不同的角度和信息:"每一个拉美读者都能在作品中看到自己和自己国家独裁者的影子。"[1]

三 复合式心理

单就心理结构形态而言,电影艺术早就做过大量探索。比如蒙太奇手法,它不仅具有省略议论、加速情节进度等功效,而且适合表现各种心理活动:叙述式、复现式、闪现式、累积式、对照式、分叉式、平行式等等。

拉美心理小说结构种种,和电影蒙太奇一样,取决于它们所表现的题材和内容。譬如卡洛斯·富恩特斯的《阿尔特米奥·克鲁斯之死》,采用复合式心理结构形式以表现人物弥留之际意识活动的三个不同层次。

阿尔特米奥·克鲁斯时而清醒,时而神志恍惚,希望与绝望、恐惧与自慰、过去与现在、现在与未来、想象与梦魇,通过不同"频道",即人物分裂的"你""我"和"他"展现出来。"我"是他临终时的痛苦、恐惧和对外界的感觉知觉,是基本理智的;"你"则是他的"自我"的外化,他的生存本能、潜意识、

---

[1] Angel Rama: *Los dictadores de América Latina*, México: Fondo de Cultura Económica, p.60.

半昏迷状态的心理活动，恰似一幕幕互不关联的蒙太奇镜头，在他"第二频道"的意识屏幕上层见叠出；"他"即他的过去——记忆，作品将他的一生切割成十二个记忆段，分别穿插在"你""我"两个意识层次之中：

> 我感觉到有人伸手扶住我的腋下，把我拉了起来，使我更舒服地靠在柔软的靠垫上。我又冷又热的身体碰到了新换的亚麻布，像是抹上了一层香油；我感到了这一点，但我睁开眼睛，面前看到的却是一份张开的报纸，它把读报人的脸遮挡住了，我觉得，《墨西哥生活报》就在那里，天天都在那里，天天都出版，没有什么人力阻止得了它。特蕾莎——是她在看报——吃惊地放下了报纸。
>
> "你怎么啦？不好受吗？"
>
> 我只好伸出一只手叫她安静些，她又把报纸拿了起来。没什么，我觉得很清楚，我想开一个大玩笑。也许巧妙的做法是留下一份个人遗嘱，让报纸发表，把我的廉洁的新闻自由事业的真相和盘托出……不行；肚子上的刺痛又来了，使我不得安宁。……又要打针吗？嗯？为什么？不，不，不。有别的事情，快点，有别的事情；这个很痛；唉，唉；这个很痛。这个睡着了……这个……
>
> 你闭上了眼睛，你知道你的眼皮不是密不透光的，你尽管把它闭上，亮光还是会透到视网膜上。这是太阳的亮光，它被打开的窗户框起来，停在你闭着的眼睛上。……你感到自己分开了，是个被动者又是个主动者，是个感受者又是个施行者，是个由种种器官组成的人。这些器官感觉着……
>
> ——1931 年 12 月 4 日
>
> 他感觉到了她的湿润的膝弯碰着他的腰。她总是这样轻轻地凉爽地冒汗。当他的胳膊离开雷希娜的腰时，他也感到一种液体水晶般的潮湿。他伸出手去慢慢地轻抚她整个背部。他觉得自己睡着了。……
>
> "我要跟你去。"
>
> "那你在哪里住呢？"
>
> "你们进攻每一个村镇，我都先溜进去。我就在那里等着你。"
>
> ……………

显然，把人物心理分裂成三个不同层次是受了弗洛伊德学说的影响。弗洛伊德认为人的心理有无意识、前意识和意识三个领域，只不过卡洛斯·富恩特斯取而代之以人的生理本能、社会意识和潜意识三个层次罢了。

阿尔特米奥·克鲁斯农民出身,秉性怯懦,却不无野心。大革命(1910—1917年墨西哥资产阶级民主革命)时期他眼看许多参战农民飞黄腾达,遂壮起胆子,参加革命。在战斗中他贪生怕死,当过逃兵,出卖过战友。革命结束后,他隐瞒历史,招摇撞骗,投机钻营,混入政界。从此他权欲熏心,踩着别人的肩膀不断攀缘,最后他倚仗权势,侵占他人财产,并乘国内经济危机之机,勾结外国资本家,出卖民族利益发国难财。直到临终仍表现出强烈的利己主义:他痛苦地诅咒死神,诅咒前去探望他的亲友,祈求上帝降灾于他们,让他们替他去死……

在《阿尔特米奥·克鲁斯之死》中,占人物心理活动主导地位的是意识,此外,"你""我""他"三个层次是密切相关的,而不是孤立的。而在弗洛伊德看来,心理活动以无意识、前意识等无意识的心理活动为主,一切有意识的心理过程,只不过是一些孤立的活动。以前面的引文为例,"我""你"和"他"是用"感觉"(既是内容也是形式)联系在一起的,也是因为"感觉"(当然是不同程度、不同层次的感觉)联系在一起的。首先是"我"感到剧痛,然后进入半昏迷状态;在半昏迷状态中,"你"感到了"自我"的分裂,而分裂的"自我"仍然"感觉"着、"非我"地感觉着、无意识地感觉着;最后是"他",那是他的过去、他过去的感受,与上述两个层次有着历史的、必然的联系,同时也是独立于上述两个层次的非"我""你"所能及的存在。卡洛斯·富恩特斯将三者有机地编织在一起,表现了一个投机家、利己主义者的丑恶灵魂,折射出一个时代的广阔画面。

复合式心理结构的长处是,它既合乎心理活动的层次性和跳荡、变幻的运动特点,又能保证作品内容完整、脉络清晰。人物的意识纵然头绪纷纭、转换神速,也不至于使整个作品杂乱无章。

四 交叉式心理

20世纪70年代末至80年代中叶,文学"爆炸"已近尾声,世界文学的萧条景象已见端倪。在一片"回归"声中,出现了这么一类小说:白描与心理活动呈"双向合流"或"多重复合"态势,也就是说,传统叙事方法与故事情节、历史事件同意识流和内心独白平分天下,使作品表现出一种既向内又向外的张力。

这类作品一方面使人看到小说正不可避免地回到它的出发点——现实主义;另一方面又多少蕴含着新的创作机制:小说不再受制于心理与白描间的种种界限,从形式到内容、从语言到体裁都表现出了巨大的任意性。这与同时期欧美文学中的大杂烩式的拼贴和蒙太奇式的闪现机制不无相似之处。因此,很难再用心理小说界定这类作品。

但是，从某种意义上说，合流式结构作品中的心理描写并没有削弱，相反，由于心理活动是在特定的情节和氛围中展开，它反而更显得顺理成章、合情合理。比如安娜（《天使的阴阜》）的梦、弗洛尔太太（《弗洛尔太太和她的两个丈夫》）的幻以及卡洛塔皇后（《帝国轶闻》，1987）的疯，既水到渠成，又入木三分。

此外，从文学最基本的认知和愉悦功能看，合流式小说也颇具优势，因为绝对的客观描写和绝对的主观描写都是不存在的，无论是主观还是客观，都是作者选择的结果，也总要有个度；而合流式小说中内外结合、情景交融的描写，恰恰使客观存在的两个不同的现实层面有了适当的、充分的展示，而且避免了纯意识流（心理）小说中普遍存在的冗长与紊乱的不可读性。

上述四种结构形态，在拉丁美洲心理现实主义小说中具有一定的代表性，它们在表现特定的心理状态和层次时都能各得其所，而且具体、感性、形象，大都不乏与内容（即人的心理结构和形态、类型和层次）和谐统一、浑然天成的艺术效果。可以说它们既是布局、形式，也是对象、内容。在一定意义上，将其归入结构现实主义形式范畴亦无不可。

也许是因为我们比以往任何时候都更了解世界，所以就比以往任何时候都更懂得世界的不易了解。这几乎构成了一种悖论，但它又是一个千真万确的事实，因为世界在以往任何时候也没有像20世纪这样被怀疑过。20世纪还是相对论的世纪，仿佛一切都在使世界变得扑朔迷离、变幻不居，多种潜在的因素交叉缠绕，相互交织。在这种飘忽不定、复杂多变的现实状态面前，追求客观真实、企图把握现实整体性的努力，风险越来越大，成功的可能性越来越小。相反，表现主观真实具有很大的合理性，它用"在我看来现实如此这般"的命题替代了19世纪现实主义作家的"现实如此这般"的命题，对读者说："这是我看到、我感知的世界。"

就像加洛蒂的"无边的现实主义"论的前提是现实没有终极一样[①]，"幻由心生"。西班牙语美洲心理现实主义小说的当然前提是现实有主客观之分。20世纪主观的"增值"导致了客观的"贬值"。何况，相形之下，主观较客观更符合艺术的本质指向。这就是说，艺术不同于科学，它更多的是指向个人的，它要诉诸不可替代的我，诉诸独特的我的感觉、知觉，所以它的创造发明更多地依赖于"偶然性"和"不可重复性"（雅斯贝尔斯语）。库恩有句名言："莎士

---

① 加洛蒂：《关于现实主义及其边界的感想》，《现代文艺理论译丛》1965年第1期，第117—128页。

比亚的出现并未使但丁黯然失色，陀思妥耶夫斯基的光辉不会掩盖普希金的异彩。"而在科学领域则不然，因为科学没有过去、不承认过去，科学的发展意味着后人不断地否定前人、超越前人。诚如美国学者阿瑞提所说的那样，"如果哥伦布没有诞生，迟早会有人发现美洲；如果伽利略、法布里修斯、谢纳尔和哈里奥特没有发现太阳黑子，以后也会有人发现。只是难以让人信服的是，如果没有诞生米开朗琪罗，有哪个人会提供给我们站在摩西雕像面前所能产生的那种感受。同样，也难以设想如果没有诞生贝多芬，会有哪位其他作曲家能赢得他的第九交响乐所获得的无与伦比的效果"①。

第五节　社会现实主义

拉丁美洲的社会现实主义，很显然是针对魔幻现实主义、结构现实主义和心理现实主义提出来的。顾名思义，评论界对它的界定也完全参照了上述流派。比如最早系统论述社会现实主义的何塞·路易斯·马丁就认为，与其把拉美当代小说分门别类（谓魔幻现实主义、结构现实主义和心理现实主义），不如细致一点，加上一个社会现实主义，或者干脆以社会现实主义取代结构现实主义的位置，因为在西班牙语美洲当代小说中，结构形式创新早已蔚然成风，不再是一种个别的、孤立的现象。②

此后，"社会现实主义"一词在拉丁美洲流行起来，但结构现实主义并没有因之而被人冷落。

但是，在进入具体作品之前，似有必要对另一个名称的问题稍加解释，那就是什么是"社会现实"。我想，它和"现实"一样，含义相当宽泛，几可包罗万象。大到国际关系，小到家庭纠纷，甚至个人情感，均可归入社会现实范畴，上升为社会问题。正因为如此，对社会现实主义究竟包括哪些作品的争论当永无休止。

既然难以在是与不是之间画界线，就让我们对肯定是的那一小部分做适当评述。有鉴于此，本著拟从题材出发，视第二次世界大战以来的反帝反独裁小说为拉美社会现实主义的基本内容。

一　反独裁小说

反独裁小说一直是西班牙语美洲文坛最令人瞩目的文学现象之一。它随着

---

① 阿瑞提：《创造的秘密》，辽宁人民出版社，1987年，第387页。

② José Luis Martín: *La novela hispanoamericana contemporánea*, Madrid: Taurus, 1972, p.135.

西班牙语美洲历史上众多的"考迪略"(原意为酋长)、"猩猩派"(原意为大猩猩)和军人政权的产生而产生,在西班牙语美洲文学中源远流长。

独立战争后,在动荡、兼并和分裂中诞生的西班牙语美洲国家的特点是:工业不发达,资产阶级还十分弱小,封建大地主阶级和反动教会却势力雄厚;保守派与自由派、统治阶级与被统治阶级的斗争十分激烈;"宪法如废纸,选举是格斗,自由即无政府主义"(玻利瓦尔语);地区与地区之间、国家与国家之间又纠纷频仍,战争连年。这就是 19 世纪大地主阶级专政形式 —— 考迪略政权产生的历史原因。在独立战争后的短短几十年中,"至高无上者""国父""族长"纷至沓来,以铁腕控制了新生的拉丁美洲国家,对其人民有生杀予夺的权力。阿根廷出了个臭名昭彰的胡安·曼努埃尔·罗萨斯,墨西哥出了个阿古斯丁·德·伊图维德,智利、秘鲁、巴拉圭、厄瓜多尔、委内瑞拉、哥伦比亚等几乎所有拉丁美洲国家,都有过它们各自的"罗萨斯"或"伊图维德"。

作为"时代的生活和情绪的历史"[①],19 世纪的西班牙语美洲文学理所当然而且不可避免地要将考迪略写进作品中去。在阿根廷,开反独裁小说先河的埃斯特万·埃切维里亚和多明戈·福斯蒂诺·萨米恩托,分别于 1840 年和 1845 年发表了《屠场》和《法恭多,又名文明与野蛮》(以下简称《法恭多》)。嗣后,其他作家也相继出版了一些反独裁小说,如胡安娜·保拉·曼索的《拉普拉塔河的奥秘》(1846)、何塞·马莫尔的《阿玛利亚》(1851)等等。这些作品表现了一代资产阶级政治家、思想家和文学家极其鲜明的阶级立场。它们借暗喻、影射等手法无情地鞭挞了罗萨斯暴政,尖刻地揭露了独裁者草菅人命、荼毒天下的罪行。它们同拉丁美洲其他国家的反独裁文学相呼应,在时代的进步心灵中产生了强烈的共鸣和反响,推动了资产阶级民主革命的浪潮。

20 世纪初,随着拉丁美洲资本主义的发展,资产阶级队伍日益壮大,在政治上、经济上逐渐具备了同封建地主阶级抗衡的实力。但当时正值英、美帝国主义向拉丁美洲扩张。为了便于渗透、掠夺和控制,帝国主义者肆意扶植和豢养了拉美"猩猩派"傀儡政权,支持垂死的封建大地主阶级,阻碍拉丁美洲民族资产阶级的发展。像委内瑞拉的戈麦斯、古巴的马查多、尼加拉瓜的索摩查、秘鲁的贝纳维德斯、危地马拉的埃斯特拉达·卡夫雷拉等,都是对外投靠帝国主义,对内残酷镇压人民和进步力量的暴君。所以,反独裁斗争依然是现代拉丁美洲人民的历史任务。

这一时期问世的反独裁小说继承了 19 世纪文学的倾向性,同时超越了《法恭多》等作品的通病——"政治说教"。无论是西班牙籍作家拉蒙·德尔·巴列-

---

① 高尔基:《论文学》,孟昌、曹葆华、戈宝权译,人民文学出版社,1978 年,第 15 页。

因克兰的《暴君班德拉斯》（1926），还是危地马拉作家米·安赫尔·阿斯图里亚斯的《总统先生》，以及其他同时代的反独裁小说，艺术形式上已都大为不同，尽管在这些作品中，独裁者常常还不是个性鲜明的主人公，其形象或虚如幻影，若即若离，或流于简单化、公式化和脸谱化。

第二次世界大战以后，拉丁美洲的形势发生了天翻地覆的变化，旧殖民体系已经瓦解，"国家要独立""民族要解放""人民要革命"（毛主席语）成为历史趋势。拉丁美洲争取主权独立和人民民主的斗争似澎湃的潮流激荡起伏。考迪略和猩猩派赖以存在的社会基础一去不复返了，然而从上述独裁形式脱胎而来的军人政权却应运而生，尽管它们比以往任何时候都惯于玩弄骗术以掩盖其倒行逆施的本质。与此同时，拉丁美洲作家的精神面貌、艺术修养和创作环境也已今非昔比，具备了重新审视拉丁美洲独裁者，对他们进行大胆声讨和给予公正褒贬的历史条件。20世纪六七十年代的拉丁美洲反独裁小说，就是在这样的形势下产生的。①

（一）《方法的根源》

卡彭铁尔是拉丁美洲现实神奇论的鼻祖。在卡彭铁尔看来，新世界好比浑金，犹如璞玉，悠悠多少世纪，一直期待着艺术家们去锤炼和雕琢。他认为拉丁美洲的一切都扑朔迷离、移人神思，拉丁美洲的作家无须挖空心思地幻想"一台缝纫机和一把雨伞在解剖台上偶遇"。卡彭铁尔本人的创作实践也正是在那

---

① 巴西作家埃里科·维利西莫的长篇小说《大使先生》（1965）是这一时期首部反独裁小说。小说从大使先生在华盛顿向美国总统递交国书那天写起，对包括共和国总统、独裁者卡雷拉在内的几十个人物进行了多角度的观照，并通过大使馆这个小小的舞台反映萨克拉门托共和国的风云变幻。除了大使先生和总统先生，大使馆一等秘书巴勃罗·奥尔特加是个着墨较多的人物。此人疾恶如仇、从善如流，是作品中难得的正面人物。由于反对国内的独裁政权、不满大使先生的为官为人之道，他最终辞去了一秘的职务，并几经周折后义无反顾地参加了萨克拉门托反政府武装——游击队。然而，革命尚未成功，革命队伍内部产生了分歧：眼看独裁政权在游击队越来越强大的攻势下、人民越来越愤怒的声讨声中岌岌可危了，革命队伍领导集团为权力发生内讧。巴勃罗·奥尔特加感到非常失望。革命成功后，准备急流勇退、离开政坛的巴勃罗·奥尔特加看到"革命"的新政府正强奸民意、滥用权力时，感到十分痛心。他发誓要迫使新政府履行自己的诺言：实现社会公正，组成民主政府，把权力还给人民。他甚至捐弃前嫌，亲自替自己的敌人——大使先生辩护以阻止对后者的死刑判决。结果，他的一切努力都属白费。在小说结束时，他受到了"革命"政府的指责，遭到了特务的监视。《大使先生》的意义在于它不仅从一个特别的角度展示了专制制度的兴衰（在拉美的反独裁小说中，以独裁者失败告终，这还是第一次），而且在于它提出了一个个令人不能不深思的问题：革命真的成功了吗？专制制度真的摧毁了吗？人民真的得到了民主和自由吗？……

取之不尽的拉丁美洲历史和现实生活中驰骋的过程。远至征服时期，近到古巴革命，作家跨越了几多世纪，塑造了不胜枚举的人物形象。

早在《这个世界的王国》（1949）中，卡彭铁尔就不吝笔墨，用巨大的篇幅塑造了亨利·克里斯托夫这个妄自称霸、凶残暴戾的独裁者形象。但由于亨利·克里斯托夫是个真实的历史人物，作者没有能够做更多的发挥。直至他创作《方法的根源》（1974），遂打破了真实历史人物的制约，对这个令人关注的题材进行了深邃的探究和成功的艺术表现。

《方法的根源》所描写的历史环境是 1913 年至 1927 年，也就是作家的青少年时代。小说开始部分主要采用了第一人称，也就是由主人公 —— 拉丁美洲某国的首席执政官介绍他在巴黎的生活、外交以及其他活动。不久，由于国内发生了武装叛乱，首席执政官被迫离开法国回到拉丁美洲，作者便改用第三人称叙述独裁者如何打着寻求国泰民安的幌子，按照其"竞争的法则""方法的根源"（权力），不择手段地镇压异己。

正如前面已经提到的那样，首席执政官是《方法的根源》的主人公，而独裁者作为主人公出现，在拉丁美洲文学史上还是破天荒。

清晨，旅居巴黎的拉丁美洲某国首席执政官（总统）在豪华的卧室里悠然醒来，侍者随即端来咖啡和早点。考究的丝绒窗帘被徐徐拉开，阳光透进金碧辉煌的寓所。首席执政官一边阅报，一边品尝法式早点。他精通法语，且嗜书好学，有很高的修养。他崇拜西方文明，曾广泛涉猎欧洲历代哲学、文学和历史著作。他拥有数不清的财产，终日出没于巴黎最高级社交场所，挥金如土。为了维系他的权贵与奢华，他豢养了一大批走狗 —— 六百五十六名将军和一支装备精良的队伍，借以控制远隔万水千山的祖国。至于那些将军如何为非作歹、互相倾轧、使人民备受煎熬，他全然置若罔闻，无动于衷。然而，好景不长，部下阿道夫·加尔万将军在国内发动了武装起义，要推翻他的统治。消息传来，他暴跳如雷，当即启程回国。

为了给叛乱者以致命打击，他神不知鬼不觉地在一个出人意料的海滩登陆，并用假护照瞒过海关。他用最秘密、迅捷的方式组织力量戡乱，居然很快击溃了叛军，活捉了加尔万，并将他扔进海里喂了鲨鱼。此后，他下令将一切图谋不轨、形迹可疑处以极刑。于是白色恐怖笼罩全国。一些散兵游勇被抓住后，有的当即被开膛示众，有的则被剥去衣服，拉到屠宰场用钩子倒挂起来。

大屠杀的消息传到国外，舆论为之哗然。欧洲报刊连篇累牍地报道了这次惨绝人寰的暴行，甚至发表了大量血腥的照片，谴责"杀人魔王"。在一片声讨声中，首席执政官无颜再回巴黎，他病倒了，被送往美国求医。然而他对美国人极不信任，因为在他看来，美国是个尚未开化的野蛮国家。

不久，第一次世界大战爆发。欧洲在战火中燃烧，却给首席执政官带来了意想不到的好运。蔗糖、咖啡、可可和香蕉,在国际市场上的价格扶摇直上,加上美国资本的大量涌入,首席执政官的国家空前地繁荣起来,钱多得花不完。面对从天而降的繁荣景象,首席执政官乐不可支。他误认为,所有这些都是自己英明统治的结果,况且,他的部长、将军们不断地对他歌功颂德,他便更加忘乎所以起来,竟以超人自居,并异想天开地要一展宏图,把全国的农村都变成花园城市。为此,他一一免去了碍手碍脚的各部部长,废除了本来就是摆设的议会。

谁知大战刚一结束,咖啡、蔗糖、可可和香蕉的价格就一落千丈,形势急转直下,国民经济一蹶不振,首席执政官的奢侈生活眼看就要难以为继;而且祸不单行,民主思想如潮水般涌动,人民觉醒了。终于,在全国上下一片声讨声中,首席执政官仓皇出逃,孑然一身回到巴黎,最后孤独地老死在吊床上。

《方法的根源》第一次使独裁者成为有血有肉的典型人物。这里的首席执政官再也不是19世纪文学中枯朽干瘪、不学无术的考迪略,而是一个"智者":过惯了奢侈生活,道貌岸然,风度翩翩,在古典音乐、歌剧、雕塑、绘画和近代科学、哲学、外交方面颇有造诣,并且能读懂英、法原文名著。他博学多才,是个极为复杂而矛盾的人物。他有聪明、能干、慷慨、大方和不乏理智的一面,也有野蛮、残忍、虚伪、愚蠢和原始的另一面。他既是个注重礼节、举止不凡的人物,又是个嗜血成性、武断专横的暴君。卡彭铁尔本人曾多次表示,首席执政官是典型的拉丁美洲独裁者,他集中了马查多①、古斯曼·布兰科②、西普里亚诺·卡斯特罗③、埃斯特拉达·卡夫雷拉④、特鲁希略·莫利纳⑤、波菲利奥·迪亚斯⑥、安纳斯塔西奥·索摩查⑦、胡安·维森特·戈麦斯⑧等人的主要特征。⑨

卡彭铁尔抓住了拉美独裁者的主要特征,用客观的笔触,让自己的感情在刻画人物形象的过程中自然地流露出来。为此,《方法的根源》不仅摒弃了19世纪作品的那种戾气(尽管作者在青年时代就参加了反对独裁者的斗争,并因此身陷囹圄),而且较20世纪前两部最重要的反独裁者小说《暴君班德拉斯》

---

① 马查多(Gerardo Machado, 1871—1939),古巴独裁者。
② 古斯曼·布兰科(Antonio Guzmán Blanco, 1829—1899),委内瑞拉独裁者。
③ 西普里亚诺·卡斯特罗(José Cipriano Castro Ruiz, 1858—1924),委内瑞拉独裁者。
④ 埃斯特拉达·卡夫雷拉(Manuel Estrada Cabrera, 1857—1924),危地马拉独裁者。
⑤ 特鲁希略·莫利纳(Rafael Trujillo Molina, 1891—1961),多米尼加独裁者。
⑥ 波菲利奥·迪亚斯(Porfilio Diaz, 1830—1915),墨西哥独裁者。
⑦ 安纳斯塔西奥·索摩查(Anastasio Somoza, 1896—1956),尼加拉瓜独裁者。
⑧ 胡安·维森特·戈麦斯(Juan Vicente Gómez, 1857—1935),委内瑞拉独裁者。
⑨ Carpentier: *Razón de ser*, Caracas: Universidad Central de Venezuela, 1976, pp.113-114.

和《总统先生》，也有了新的突破。

首先，在《方法的根源》的二十二章中，作者先后用了近三分之一的篇幅来渲染当时拉丁美洲独裁者赖以生存的社会历史环境。书中的描绘很具体，如意大利歌唱家卡鲁索在拉丁美洲各国巡回演出的时间、地点、场次和当时发生的一些真实事件的段落，同时也有高度的概括，比如以下这种点到为止的描述：

> 一切都是如此焦躁、匆忙、慌乱和性急。战争才打响几个月，电灯就取代了油灯，浴盆取代了葫芦瓢，可口可乐取代了果子露，轮盘赌取代了老骰子，葫蒜店变成了磷粉铺，信驴变成了邮车，挂着红缨和小铃铛的马车也变成了豪华的小轿车，它们在城市狭窄、弯曲的街道上不时地调速前进，许久才好不容易驶进那新命名的 Bpulevard①，于是成群的、在马路上吃草的山羊四处逃窜……

寥寥几笔，20世纪初叶拉丁美洲某城的面貌便跃然纸上。消费主义的开始、社会生活的欧化和与之并存的原始状态在作者简捷的笔下一目了然，令人回味不尽。

典型的环境为刻画典型的人物奠定了基础。卡彭铁尔正是在这个基础上竭力避免口号式的语言和宣言式的议论，力求客观、逼真，以便使人物成为既有个性又有拉丁美洲独裁者共性的典型形象。

小说常常通过首席执政官的内心独白和言谈举止，自然地向读者展示他的个性、他的残暴、他的统治法则：

首席执政官十分推崇法国古典哲学，熟谙欧洲历史，他的足迹遍及巴黎的展览馆、歌剧院和音乐厅。他非常崇拜那些"发达民族"，喜爱巴黎的艺术品、巴黎的女人和她们身上的豪华服饰。他沉醉于法国上流社会的奢侈生活，却并不习惯席梦思，而独独钟情于晃悠悠的吊床。他幽默风趣，活得自在而有规律，早上喝什么、中午吃什么都有讲究，洗澡的时间是每天晚上6点30分。他不理解为什么欧洲人不爱洗澡。他甚至还有点迷信，认为国内长期不宁以至发生武装叛乱，"跟倒霉的圣维森特·德保尔修女有关，还有她的头巾、她的披肩，以及自己在一家老古玩店购买的橡皮骷髅……"然而他最终是个迫害狂，是个权欲熏心的刽子手。面对四起的叛军，他幻想着科尔多瓦的女牧神会接受他的虔诚的忏悔，于是等待他的将又是顺利地、无情地镇压叛逆者，是勋章、盛会和"光明"。

---

① 法文：林荫道。

为了维护其反动统治,首席执政官原形毕露、判若两人。他枪毙了起义将领,然后将其尸体抛入大海。他残酷地屠杀了肇事的学生,并且禁止其家属为之恸哭哀伤。为了切身的利益,他甚至很不欢迎美国人的"帮助",说:"这些洋人到处都想捞一把。"

总之,《方法的根源》是一部难得的反独裁小说,它没有过多地在技巧和形式上雕琢,也没有拘泥于史实,却塑造了拉丁美洲文学史上最真实、最生动的艺术形象之一:首席执政官。作家的洞察力和远见卓识,人民的意志和力量,在这一作品中表现得淋漓尽致。

(二)《我,至高无上者》

《方法的根源》出版几周之后,《我,至高无上者》就问世了。顾名思义,它塑造的是巴拉圭"至高无上"的独裁者何塞·加斯帕尔·罗德里格斯·德·弗兰西亚博士的艺术形象。

在历史上,弗兰西亚是个极为复杂的人物。要对他进行全面评价,要准确、公正地再现他的一生,当然不能局限于他的个性,而应该注重和强调他所处的特定的历史环境。

弗兰西亚博士的一生标志着巴拉圭民族的建立和巩固。在这个问题上,不论是弗兰西亚的敌人还是朋友,意见并不相左。国际史学家们目前也普遍承认,为了巴拉圭民族的建立和巩固,弗兰西亚鞠躬尽瘁,死而后已。一定意义上说,至高无上者的孤立政策毁灭了巴拉圭的对外贸易,但是反过来又促进了民族经济的发展,增强了巴拉圭人的民族意识,坚定了他们的民族自尊心和自信心。胡利奥·塞萨尔·查维斯的《至高无上的独裁者》(1958)充分肯定了这一观点,认为弗兰西亚博士固然不是巴拉圭民族的解放者,却是该民族独立的化身和最忠实、最坚决的保卫者。[1]

可是,弗兰西亚一直是众矢之的,有人甚至诅咒他是个"魔鬼",一个无情的、残忍的、野蛮的和自私的暴君,连西蒙·玻利瓦尔也对他恨之入骨,几次试图举兵讨伐之。

为了辩证地、历史地、艺术地表现弗兰西亚及其功过是非,罗亚·巴斯托斯进行了深入细致的调查研究。用《我,至高无上者》中"编纂者"的话来说,作者翻阅了两万多份历史档案资料和几乎同样数目的杂志、书籍、报纸、信件……进行了近一万五千小时的专访。[2]

---

[1]　César Chaves: *El Supremo Dictador*, Asuncion: Editorial Tiempo de Historia, 1958, Vol. Ⅱ, pp.715-798.

[2]　Roa Bastos: *Yo el Supremo*, México: Siglo XXI Editores, 1974, pp.2-10.

《我，至高无上者》和《方法的根源》一样，既不是常见的历史小说，亦非一般的人物传记，而是一部方法特别、独具匠心的反独裁小说。它主要以主人公至高无上者的内心独白、笔记和他口授给秘书卡斯特罗·帕蒂尼奥的记录"组合而成"，偶尔穿插着"编纂者"的注释、议论和有关逸闻。小说没有情节，主人公的内心独白不受时空制约，却常常因为"岁月的磨损"而变得支离破碎。所以小说既紊乱又复杂，恰似一个迷宫，令读者弄不清什么是过去，什么是现在，什么是真实，什么是假象。但是这并不影响读者在素材的拼贴机制和人物内心独白中搜寻到一幅完整的历史画面和一个非常成功的艺术形象。

在《我，至高无上者》中，主人公的形象是辩证的、矛盾的。他既是个伟人，又是个暴君。的确，弗兰西亚博士是个文人，精通神学和法学，推崇法国启蒙作家（特别是卢梭和孟德斯鸠），重视自然科学，了解18世纪初的最新科学发现和发明。他还特地命人从野外搬来一块陨石，摆在自己的工作室里。与此同时，为确保统治，弗兰西亚禁止任何性质的民主，取缔了知识分子所从事的科研工作和高等教育，强迫国民参加义务劳动，中断一切对外往来……

弗兰西亚博士又是个不可知论者，对神秘的事物很感兴趣，并且是雷纳尔神父的忠实读者，但是他反对信仰自由，剥夺了罗马教皇对巴拉圭天主教会的领导地位。他一方面深信人民是伟大的、不朽的，另一方面却凌驾于人民之上，独断专行，目中无人。

弗兰西亚博士还是个诚实、勤劳而且严于律己的正人君子。他反对腐化、混乱，憎恨偷盗抢劫，在巴拉圭创造了无可比拟的安宁之邦；然而也正是这个弗兰西亚，把著名自然主义学者、法国的埃梅·邦普朗德流放到一个远离亚松森的小村，并且无视欧洲知识界和政界的多次呼吁与请求，甚至对西蒙·玻利瓦尔的保释请求也置之不理。

弗兰西亚更是个冷酷无情的暴君，对政敌毫不留情、从不手软。他不惜花费巨大的代价去追捕政敌和罪犯，并设有惩办异己分子的体罚工具、监狱和刑场。可是在他的邻国巴西遭到欧洲侵略者颠覆的时候，他却深明大义，仁慈地允诺了老对手阿蒂加斯的避难请求，赐给他抚恤金，供他终身享用。

综上所述，弗兰西亚是个为了保卫巴拉圭民族独立而奋斗的英勇斗士。他用来衡量自己行为的唯一准则是有利还是不利于民族的生存。罗亚·巴斯托斯在这一观点的基础上，全面地、生动地塑造了弗兰西亚博士的艺术形象，并以此反衬现代独裁者的卖国求荣，得到了拉丁美洲读者和各国史学家们的赞扬。

（三）《族长的没落》

加西亚·马尔克斯是20世纪50年代后西班牙语美洲文学"爆炸"时期首屈一指的著名作家。他的作品以魔幻现实主义风格著称，在世界文坛上享有很高的声誉。《族长的没落》一改他惯常的创作风格，使幻想与现实融会贯通，浑然一体。

鉴于几近荒诞的历史和现实，尤其是震惊世界的 1973 年智利政变的发生，马尔克斯以为上述所有反独裁小说，无论是写实的，还是虚构的，都未能充分展示拉丁美洲独裁者的野蛮、愚昧和凶残。他还是那句老话：面对荒诞的现实和现实的荒诞，最高明的作家也自叹弗如。他常常列举为自己的一条右腿举行隆重葬礼的桑塔纳，因笃信鬼神而发明消毒"魔锤"的马丁尼斯，为消灭政敌而下令杀尽黑狗（因为那人说为了自由他宁愿变成一条黑狗）的杜瓦列尔，等等，以说明现实的严峻和怪诞。

当代一位杰出的诗人、智利的巴勃罗·聂鲁达就此做了同样雄辩的阐述。[1]然而，拉丁美洲的独裁者丝毫没有因为他那充满人道主义精神的讲演而有所收敛。相反，疯狂的现实变得更加疯狂。智利合法总统阿连德在他的官邸，孤身一人，同整整一支军队奋战至死。一次次可疑的飞机失事断送了无数以恢复人民的尊严为己任的勇士的生命。在短短十年时间内，拉丁美洲发生了五次战争、十七次政变；一个恶魔般的独裁者以上帝的名义进行了一次空前的种族灭绝，其手段之残酷、技术之高超、行动之神速、手法之隐秘，足以使希特勒望尘莫及。与此同时，有两千万拉丁美洲儿童不满两岁便夭折，而这个数字比西欧自 1980 年至 1982 年这两年间所出生的人口总数还要多。被镇压致死的人口几乎有十二万之众，也就是说，等于瑞典乌普萨拉全城居民的总和。无以计数的孕妇在监狱里分娩，但是时至今日，她们的孩子仍下落不明。为了类似的事件不致继续发生，拉美大陆有将近二十万男女献出了自己的生命，其中半数是在尼加拉瓜、萨尔瓦多和危地马拉这三个中美洲极权主义横行的小国牺牲的。如果这一切发生在美利坚合众国，那么，按人口比例计算，被残害致死的人数，四年内可达百万余之多。而一向有"礼仪之邦"美称的智利，1973 年后竟有一百万人亡命国外。乌拉圭是一个只有二百五十万人口的小国，它一直被视为该大陆最文明的国家，但正是在这个国家里，每五个公民中就有一个被流放或失踪。从 1979 年起，萨尔瓦多的内战导致几乎每隔二十分钟便产生一个难民。拉丁美洲的流亡者和被迫迁居异国他乡的侨民足够组成一个中等国家，其人口会远远超过挪威。[2]

这纯属现实，但其荒诞程度较之《天方夜谭》竟毫不逊色。正因为这样，加西亚·马尔克斯认为《族长的没落》也未必能言尽其意，充分表达他心中的

---

[1]　1971 年聂鲁达在接受诺贝尔文学奖时的演说。

[2]　加西亚·马尔克斯：《拉丁美洲的孤独》，1982 年 12 月 8 日在诺贝尔文学奖授奖仪式上的演说。

愤懑。

《族长的没落》中的独裁者既非罗亚·巴斯托斯刻画的那种历史人物，也不是卡彭铁尔笔下的近代拉丁美洲独裁者的综合体，而是一个以现实为基础的神话形象。

族长没有父亲，据说是什么"精灵"使他母亲本迪松·阿尔巴拉多在某天晚上感应怀孕的，但是本迪松临终时却忽然惶惶不安：一心要把隐私告诉孩子，只恨一时想起了许多偷偷摸摸的男人，不知道究竟谁是"她的那个他"。族长没有姓氏，后人连他的名也渐渐淡忘了，只晓得管他叫族长。

族长是个畸形儿。孩提时代，有人替他算了命，说他手心无纹，长大必定有出息。至于他后来怎样独揽了拉丁美洲某国的军政大权，就无人知晓了。更没有谁亲眼看见过他，或者说得出他活了多久，因为他有许多年没出总统府了。人们只是从长辈那儿听说过，族长是个老不死的，一百多岁了还第三次换了牙。

他一生的工作似乎就是杀人。他打着寻求国泰民安的幌子，无情地处死了"政变未遂"的、"图谋不轨"的和"形迹可疑"的危险分子。为防止他们的家属和亲友报复，他就命令杀掉他们的亲友和家属，然后再依此类推。

除此以外，他每天要做的只是让人把这边的门卸下来安到那边去，然后再卸下来安回原处；或者让钟楼到两点的时候敲十二点，以便使生命显得更长一些；或者干脆钻到某个女人的房间里去发泄一通性欲。

族长是权欲的化身、残忍的化身。他有首席执政官和至高无上者的专横跋扈，却没有他们所具备的"人性"，或者说他的罪孽早已抹杀了他身上属于人性的一面（他是个孝敬母亲的人，也像鲁尔福笔下的佩德罗·巴拉莫爱苏萨娜那样热恋过美女曼努埃拉）。他集中地、夸张地反映了拉丁美洲内外和古今独裁者的兽性，显得比19世纪的考迪略更加野蛮无知，比胡安·维森特·戈麦斯更加奸邪好色，比希特勒更加凶残暴戾，比臭名昭著的索摩查、特鲁希略等更有过之而无不及。他目不识丁，却老奸巨猾、诡计多端。他能在人群熙攘的音乐厅中发现伪装得十分巧妙的刺客，在毫无线索的情况下找到叛逆者的踪迹。他从不轻饶自己的政敌。为了维护自己的反动统治，他炸死了所有"战友"——几十名忍无可忍的军政长官，然后假惺惺地用国旗覆盖了死者的躯体，为他们举行隆重的葬礼。他还经常将政敌处死后扔到河里喂鳄鱼，有时甚至把敌人的皮剥下来寄给受害者的家属。族长心狠手辣，嗜血成性。他一生残杀了无数胆敢谋反的冒险家和心怀不满的文武官员，就连为他竭尽犬马之力的罗德里戈·德·阿吉拉尔也没有放过：

> 母亲死后，他命令全国举哀百日并追封她为圣母、国母和鸟仙，还把她的生日定为国庆日。他夫人原是他从牙买加抢来的修女，在她

怀孕七个月时，两人举行了婚礼。当晚，第一夫人生下一个男孩，族长立即宣布他为合法继承人并授予少将军衔。

罗德里戈·德·阿吉拉尔将军阁下驾到，他身穿非隆重场合不穿的五星军礼服，臂系无价宝索，胸佩十四磅金质奖章，嘴衔一叶荷兰芹，长长地躺在卤汁四溢的银托盘上，烧得焦黄，供战友享用。我们屏息相望，粉碎官当着我们这些目瞪口呆的宴客，进行了彬彬有礼的切块分配仪式。当每个宴客的盘里都盛有一份国防部长和松仁馅拌香菜时，族长下达了进餐命令，好胃口，先生们。①

毋庸置疑，作者采用的是远古神话般的虚构、夸张和象征。在小说中，幻想与现实的界限消解了，外国侵略者可以把大海切成块块、把房子拆成碎片、把草原掀起来卷成卷儿，一并带走；人会烟云般地消失；牛能灵活地爬楼上床，在阳台上栖息……在小说中，族长的形象好比放大镜下的癞蛤蟆，又大又丑。如果说独裁者大都沉湎于女色，那么加西亚·马尔克斯就说族长纳妾一千有余，得七月早产子五千多个；如果说独裁者多凶残狂妄，那么族长就是阎罗再世，对人民拥有生杀予夺的权力；如果说独裁者无不草菅人命，荼毒天下，那么族长常以阻止根本不存在的瘟疫为名，大肆杀戮无辜百姓，弄得国家万户萧疏，尸横遍野，臭气熏天，瘟疫蔓延；如果说恶有恶报，那么族长终于众叛亲离，孤独地烂死在摇摇欲坠的总统府，被兀鹫啄得粉碎。

尽管如此，谁也不敢贸然相信那准是他而不是别人，因为他曾经假死过一次，人们不愿再上当受骗，招来杀身之祸。那还是很久以前发生的悲剧：族长有一个对他死心塌地的替身，名叫阿拉戈内斯，除了手掌上的寿纹不同以外，跟他长得一模一样，即使是他最贴身的情妇和卫兵也难辨真假。这家伙曾经帮助他逃脱六次谋杀，忠心耿耿；但他仍不放心。有一天，阿拉戈内斯中了暗箭，一命归阴。为了造成他自己寿终正寝的假象，族长亲自给替身穿上自己的衣服，摆成他平时睡觉的姿势。这样一来，人们真以为暴君呜呼哀哉了。消息不胫而走。教堂立即敲响丧钟，人们涌进总统府，打开棺材，拖出尸体，横陈街头。有人冲它啐唾沫，泼屎尿，有人烧肖像、焚"法典"；军队群龙无首，不知所措；他的侍妾们将总统府洗劫一空，纷纷溜之大吉；他的儿子们兴高采烈，欢呼"自由万岁"。结果当然不妙，人们遭到了空前残酷的报复。

可见，加西亚·马尔克斯所取法的是对现实的夸张描写。虽然人物的形象被扭曲了，犹如面对一面哈哈镜，但是读者不难从中找到拉丁美洲独裁者的本

---

① García Márquez: *El otoño del patriarca*, Buenos Aires: Editorial Sudamericana, 1975.

质特征,感受到拉丁美洲现实的畸形、荒诞和专制制度的残酷、黑暗。

不消说,《族长的没落》的最初动因是 1973 年的智利"9·11"政变。当时作者曾一度宣布"罢写"以示抗议。

小说出版后,立即在全世界激起了巨大的反响,拉美文学界则展开了激烈的争鸣。部分作家认为《百年孤独》的崇高声誉和广大读者的希望值俨然成了一个沉重的包袱,影响了加西亚·马尔克斯的创作。著名作家马里奥·贝内德蒂从人物形象着手对作品进行了"毫不留情"的批评。在《至高无上的族长的根源》一文中,他这样写道:《方法的根源》《我,至高无上者》和《族长的没落》"同是用 70 年代的目光审视拉丁美洲独裁者,然而无论是卡彭铁尔的首席执政官还是罗亚·巴斯托斯的至高无上者都是复杂的、残忍的但又不乏偶尔亲切感和慷慨之举的人物……唯独加西亚·马尔克斯的族长是个近乎野兽的、残忍到了无以复加的、令人怜悯的地步的怪物"。贝内德蒂认为卡彭铁尔和罗亚·巴斯托斯的人物(独裁者)尚有其人性的一面,而正是由于这一点,人物才不失为人物,才令人置信,也才有感染力。而加西亚·马尔克斯的族长恰恰缺乏人的特征,所以也就难免缺乏艺术感染力。[1]另一些作家如哥伦比亚的海梅·梅希亚也持同样观点,认为小说"过分夸大其词",有耸人听闻、哗众取宠之嫌。

与此相反,多数拉美作家、评论家对《族长的没落》赞不绝口,巴尔加斯·略萨说《族长的没落》像七级地震震撼了拉丁美洲。安赫尔·拉马等也纷纷撰文,予以高度的评价。他们认为加西亚·马尔克斯高明就高明在他的"像与不像之间"。

(四)《独裁者的葬礼》

委内瑞拉作家阿尔图罗·乌斯拉尔·彼特里的《独裁者的葬礼》(1976)从主人公——独裁者佩莱斯之死写起,展示了这个暴君对拉丁美洲某国近三十年的专制统治。

佩莱斯原是个小小的庄园主,因为偶然认识了一个军官,两人意气相投,利用当时的动乱局面,举兵崛起,出师不利后,又双双流亡国外。不久,机会再次来到,佩莱斯和战友东山再起,率"义军"进军首都。其时旧政府已四面楚歌,佩莱斯和战友的队伍由小到大,不断壮大,竟轻而易举地夺取了政权。夺取政权的佩莱斯和战友早已将战争年代收买人心的种种许诺抛置脑后。经过坐地分赃,"战友"普拉托就任总统,佩莱斯因实力稍逊屈就副总统。佩莱斯对此深感不满,于是处心积虑地拼命扩大自己的势力范围。这样,正副总统之间的摩擦、

---

[1]　Benedetti: "El Recurso del Supremo Patriarca", *Revista de Crítica Literaria Latinoamericana*, Año 2, 1976(3), pp.55-67.

倾轧便难以避免。不久,普拉托因重病缠身,不得不赴欧洲求医。临行前,对佩莱斯结党营私早有觉察的普拉托在代理总统佩莱斯身边安置了大量亲信、密探,暗中监视和钳制佩莱斯的活动。佩莱斯胸有成竹,表面上处处小心谨慎、尽心尽责,背地里招兵买马,加紧夺权阴谋,一俟条件成熟,便以迅雷不及掩耳之势,清除了一切障碍,登上了总统宝座。之后,佩莱斯大棒在手,无情地镇压了异己分子,清除了可疑分子,撤换了动摇分子,监禁了冒险分子。与此同时,为巩固自己的政权,他又笼络人心,任人唯亲,以便建立一个永恒的"佩莱斯王朝"。

与前几部反独裁小说不同的是,佩莱斯有一个有目共睹的原型——委内瑞拉历史上臭名昭著的维森特·戈麦斯。此人于1908年上台后,统治委内瑞拉达三十年之久。同时佩莱斯又不尽是维森特·戈麦斯的化身。他窃取政权后,仍不失庄园主的本色,像治理庄园那样统治着这个拥有一百多万平方公里土地和数百万人口的国家。在他看来,国家只不过是个大一点的庄园,部长们则是他雇用的"管家"。这就是说,佩莱斯当了总统,只是由小庄园主变成了"大庄园主",而镇压对手如叛乱分子就像是"割庄稼,割了一茬又一茬"。

然而,和所有独裁者一样,佩莱斯是一个孤独的人。虽然监狱里人满为患,可对他来说,"真正的囚犯"只有一个:他自己。"他活着时仿佛在不断地转着圈子,圈子越转越小,最后转到一条死胡同内,最后倒下去,死了……"①

无论是写实还是虚构,以上作品都深深地打上了20世纪六七十年代的烙印,是站在六七十年代的高度去重新审视拉丁美洲专制统治这个痼疾的,形式上不拘一格。不言而喻,反独裁小说的再次兴起又不无矛盾地标志着拉丁美洲社会的病态和人民的觉醒。只要有独裁者横行,有专制制度存在,反独裁小说就还会不断出现。巴尔加斯·略萨的《谁是杀人犯》(1986)和尼加拉瓜作家塞尔希奥·拉米雷斯的《天谴》(1988)②等都是明证。

和20世纪70年代的反独裁小说相比,80年代的反独裁小说表现形式上更具"回归"倾向。这种"回归"主要表现在叙事比重的增加、情节和可读性的加强上。就以《谁是杀人犯》和《天谴》为例,且不论总体结构形式如何,二者都采用了侦探小说的某些惯用技巧,如悬念、倒叙、层层剥笋、高潮迭起等。

《谁是杀人犯》描写了秘鲁军人政权的腐败堕落。作品以空军某部上校敏德劳与女儿阿莉西娅的乱伦为契机,揭露了军人政权草菅人命、道德沦丧的累

---

① 乌斯拉尔·彼特里:《独裁者的葬礼》,屠孟超译,云南人民出版社,1991年,第381页。

② 塞尔希奥·拉米雷斯:《天谴》,刘习良、笋季英译,上海译文出版社,2017年。

累罪行。事情是这样的：敏德劳上校强奸女儿之后，为了拆散女儿和士兵帕洛米诺·英雷罗，故意挑唆军中上尉杜弗和帕洛米诺·英雷罗争风吃醋，直至最后借杜弗之手除掉了英雷罗这个"心腹之患"。为了掩盖事实真相，军警双方狼狈为奸。但是，没有不透风的墙，敏德劳和女儿的"不正当关系"眼看就要败露。于是敏德劳狗急跳墙，残忍地杀死了女儿，然后开枪自尽。整个案件就这么不了了之。"既没有惊动最高统帅，也没有激起民愤。"

《天谴》也是由人命案切入的，但最终把矛头指向了危、尼两国的独裁统治。作品取材于多年前发生的一起真实命案。

危地马拉美丽的少妇玛尔塔·赫雷门、尼加拉瓜迷人的姑娘玛蒂尔德·孔德雷拉斯及父亲先后暴卒，尼加拉瓜当局以"杀人凶手嫌疑"逮捕了危地马拉年轻律师卡斯塔涅达。此人是玛尔塔的丈夫，又与孔德雷拉斯家过从甚密。案发之前，卡斯塔涅达偕夫人匆匆来到尼加拉瓜，客居在老朋友孔德雷拉斯家中。孔德雷拉斯有两个美丽动人的女儿，大女儿叫玛蒂尔德，小女儿叫玛丽娅。不久，卡斯塔涅达与孔家两小姐"有染"的流言蜚语就传开了，成了街谈巷议的中心。卡斯塔涅达和夫人被迫离开孔家。不料刚离开孔家，玛尔塔便猝然死去。于是社会上纷纷传说卡斯塔涅达喜新厌旧，杀害了自己的妻子。然而卡斯塔涅达对此充耳不闻。他悄悄潜回危地马拉，为他领导的地下组织"民主救国党"集资金、买武器。不久，卡斯塔涅达又一次被迫离开祖国，来到尼加拉瓜。孔德雷拉斯不顾社会舆论，再次邀请了卡斯塔涅达。然而悲剧很快重演：玛蒂尔德几天后突然死去。玛蒂尔德之死立即引起轩然大波。不明真相的人议论纷纷，各种离奇的猜测和传闻不胫而走。有人甚至断言：不逮捕卡斯塔涅达，还会有人丧命。没过多久，孔德雷拉斯当真也遇难身亡了。尼加拉瓜警方终于以阻止恶性事件继续发生为由逮捕了卡斯塔涅达。社会舆论顿时大哗……经过一个多月的侦查和审讯，尼加拉瓜法院宣判如下：为能和玛蒂尔德结合，卡斯塔涅达杀害了前妻玛尔塔；后因爱上了情妇玛蒂尔德之妹玛丽娅，"罪犯"又用同样的手段残害玛蒂尔德致死；为了继承遗产，他还毒死了未来的岳父、巨富孔德雷拉斯。然而，卡斯塔涅达在辩护中用大量事实揭露危地马拉和尼加拉瓜当局不择手段地镇压民主力量，并指控孔德雷拉斯夫人弗洛拉充当帮凶，强求与他通奸。他还当众高呼，如果他遇害，那将是一次政治谋杀。未几，警方以"罪犯企图逃跑"为由，开枪打死了卡斯塔涅达。"卡斯塔涅达案"就此不明不白地结束了。谁是真正的凶手？是卡斯塔涅达，还是……？读者是公正的法官。

同20世纪70年代的反独裁小说相比较，80年代的这两部小说对独裁者的批判更隐讳、更简洁，它们几乎回到了60年代和60年代以前的写法：独裁者不再是主人公，甚至不再作为人物登场亮相。

这一变化至少有两个原因：一是从现实的角度看，20世纪80年代拉丁美洲的民主化进程踏上了一个新台阶，大多数国家建立了资产阶级民主政府，议会制取代了专制制，个别尚未实行"民主过渡"的政府也变换了统治手法；二是从文学的角度看，独裁者的形象经过多年的探索尤其是 70 年代各大家的锤炼与雕琢，已难于有新的、重大的突破。因此，顺应形势、变换手法，将同样是反独裁小说发展的必然态势、必由之路。

二　反帝反殖民主义小说

"距上帝太远，离美国太近。"（又曰："距上帝太远，离魔鬼太近。"）一语道出了拉丁美洲的悲剧。远的不说，从 20 世纪初的巴拿马运河权到 20 世纪 80 年代的格林纳达之战，美国的的确确把拉丁美洲当成了"后院"和"狩猎场"。正因为如此，拉丁美洲人民的反美情绪始终十分高涨。

打开拉丁美洲文学史，这种情绪便无处不在。从名声显赫的《百年孤独》到鲜为人知的《白色玫瑰》，从世界级大师亚马多、阿斯图里亚斯到许多名不见经传的中南美中青年"民族主义"作家，无不直接或间接地涉及这一触目惊心的社会现实：美帝国主义的侵略和拉丁美洲人民的反侵略斗争。

令人费解的是直接描写美国武装干涉的作品并不多见。相形之下，从经济领域尤其是农村题材切入是这类作品较为流行的写法。就拿巴西作家亚马多的《无边的土地》（1943）、《黄金果的土地》（1944）、《饥饿的道路》（1946）三部曲和阿斯图里亚斯的《疾风》（1950）、《绿色教皇》（1954）、《被埋葬者的眼睛》（1960）三部曲为例，所揭露的都是美帝国主义对拉丁美洲的经济掠夺，其笔触也都由拉丁美洲农村伸出。[①]

《黄金果的土地》揭露美国可可公司 —— 徐德兄弟公司垄断巴西可可经济的罪行。徐德原是个浪荡公子，从他哥哥手中接过公司后，凭着他的狡黠和残酷，公司业务不断扩大，以至最终控制了巴西南部素有"皇后之地"美称的世界上最大的可可经济区。徐德迅速成功的秘诀，除了他的狡诈和残忍，还有他未来岳丈的支持。原来，徐德为了站稳脚跟，先在当地找了一个靠山，此人是个酒店老板，在巴伊亚一带颇有些声望。徐德是通过老板的掌上明珠朱丽叶塔和当地人"打成一片"的。朱丽叶塔当时还是个不懂事的姑娘，爱慕虚荣、喜欢交际，对精明能干的徐德不无好感。由于徐德等人控制和操纵了可可生意，可可价格大起大落，升降无常，弄得当地的可可种植主手足无措，苦不堪言。大庄

---

　　① 亚马多的三部曲都已译成中文，并一度被认为是了解拉丁美洲现实、认识美帝国主义侵略本性的好教材。其实，较全面和直接描写美帝国主义掠夺的，在三部曲中只有《黄金果的土地》，另两部则主要写"内部矛盾"，即巴西农村的阶级矛盾。

园主霍拉西奥原本是远近闻名的"可可王"，拥有"世界上最大的可可种植园，其每年的可可产量均高达五万阿罗瓦以上"。然而，就是这样的一个贵胄也没能抵挡住徐德的攻势，终于由力不从心到一病不起，最后含恨死去。霍拉西奥死后，这个"全世界最大的可可种植园"便很快落到了徐德等人手中。大种植主的命运尚且如此，小种植主又能如何。安东尼奥·维克多和他女人辛辛苦苦，巴望自己的可可有个好收成、能卖个好价钱，可每次把可可出售给徐德公司，手都要发抖，心都会滴血。他们年年盼望好收成，但收成好了，收入却越来越少，最后也难免家破人亡的悲惨结局。当然，最惨的还是那些一无所有的雇佣农工。由于他们累死累活地干活还不够养家糊口，多半沦为了债役制农奴。许多人不堪主人的压迫和繁重的劳动，纷纷冒险潜逃或参加秘密劳工组织。有一天，巴伊亚地区数百名农工集会游行，要求增加工资、驱逐外国垄断公司，却遭到了当局的血腥镇压。几十名手无寸铁的游行者被当场打死，许多人被捕入狱。政府的暴行激起了全国人民的愤慨，罢工浪潮此起彼伏。朱丽叶塔也终于觉醒，加入了"自己人"的队伍。

阿斯图里亚斯的作品尤其是《绿色教皇》，与《黄金果的土地》有许多相似之处。"绿色教皇"汤姆森原是个游手好闲的美国冒险家。来到盛产香蕉的中美洲某国后，决意留下来"一显身手"。他以推动"进步和文明"为由，竭尽坑、蒙、拐、骗之能事，吞并他人土地，将其香蕉园无限扩大。他的所作所为得到了当地权贵、香蕉种植园主的遗孀弗洛拉太太的支持，却遭到了未婚妻、弗洛拉太太的女儿玛丽亚的反对。玛丽亚以有汤姆森这样的男友感到羞耻，并规劝母亲不要为虎作伥，但毫无效果。最后，玛丽亚不堪母亲的逼迫和汤姆森的追求，愤然弃家出走，并于一个明月皎洁的夜晚投河自尽。

玛丽亚的死并没有使母亲和汤姆森回心转意，反而使他们变本加厉、狼狈为奸。汤姆森的巧取豪夺引起了越来越多人的反抗。他气急败坏，勾结弗洛拉太太，用极野蛮的手段镇压反抗群众，并很快在这片几经浩劫的异国土地上建立起"世界上最大的香蕉股份有限公司"，控制了这个国家的经济命脉。从此，汤姆森被称为"绿色教皇"。

玛丽亚死后不久，汤姆森和弗洛拉太太结了婚，他们生下一个女儿，取名奥莱丽亚。这时，一个来自美国的香蕉大亨慕名前来拜访。当他得知汤姆森的真实面目后，感到非常失望，劝他要"文明些"。汤姆森怕他回美后败坏自己的声誉，便用计将他杀死。

十年之后，从英国学成归来的单纯的奥莱丽亚和一个在父亲种植园里工作的"考古学家"偷偷相爱并怀了孕。与此同时，汤姆森踌躇满志地回到美国，准备以其雄厚的实力争夺全美香蕉公司协会董事长之职。不料正当他以为稳操胜券、董事长之位非他莫属之时，突然发现那个劝他"文明些"的大亨并没有在车祸中死去,而且早已占有了他的女儿,即将成为他的女婿。所谓全美香蕉公司协会董事长竞选,原来也是那个死里逃生的香蕉大亨一手策划的,因为那人即董事长,而"考古学家"只是他用来欺骗老对手的伪装。

汤姆森恼羞成怒,回到中美洲后以更加凶残的手段疯狂地扩大自己的产业,终于在一次次无情的较量中战胜了所有对手,如愿以偿,登上全美香蕉公司协会董事长的宝座,成为名副其实的"绿色教皇"。

《绿色教皇》和《黄金果的土地》从形式到内容的相似并不奇怪。试想,在拉丁美洲这个"世外桃源",美国冒险家和垄断资本不正是这样对拉丁美洲人民进行肆无忌惮的疯狂掠夺的吗?一个多世纪以来,他们一次又一次掀起了侵略浪潮——"香蕉热""可可热""咖啡热""石油热"等等,似洪水飓风洗劫了拉丁美洲国家。《黄金果的土地》和《绿色教皇》,便是以 20 世纪 30 年代、40 年代和 50 年代席卷拉丁美洲的侵略热潮为背景,真实地描写了形形色色侵略大亨的丑恶嘴脸。因此它们是美国冒险家的血腥发迹史,也是受掠夺的拉丁美洲人民的灾难史。无论是《黄金果的土地》中的可可大王还是《绿色教皇》中的香蕉大亨,都毫无例外地拿拉丁美洲的资源和人民的痛苦做赌注。与此同时,两部作品又都不约而同地展示了拉美社会的落后与贫穷,揭露了统治阶级的腐朽和昏庸,表现了拉美人民的觉醒与反抗。

诚然,对美帝国主义者的侵略行径,并不是所有人都看得一清二楚的。至少一开始,不少善良的人们是寄希望于美国的,希望美国人伸出手来拉小邻居们一把。就说阿斯图里亚斯吧,他的《香蕉三部曲》中的第一部《疾风》,即便没有看透美国垄断资本的本质,至少是表现了那种善良的期待。

《疾风》创作于 20 世纪 40 年代末。诚如加西亚·马尔克斯在《枯枝败叶》《百年孤独》中所描绘的那样,当时的中美洲和加勒比地区正处在"空前的繁荣"时期,"钱多得花不完",并没有多少人感觉到它正孕育着一场空前的浩劫,总有一天会秋风扫落叶般横扫一切。

《疾风》的故事是这样的:

正当美国"热带香蕉股份有限公司"在中美洲某国投资建立大面积香蕉种植园,试图垄断该国果品经济之际,来了一个自称科西的美国商人。此人串门走户,四处兜售"缝纫用品"。未几,他与当地老百姓打得火热,合计"共同"以"文明姿态"和"人道精神"开发种植园。他的主张不久便赢得了多数农民的拥护。很快便有人放弃了与"热带香蕉股份有限公司"的"合作",和科西办起了开发合作社。原来科西先生是纽约市最大的香蕉公司的大股东,因为对总部设在芝加哥的"热带香蕉股份有限公司"在中美洲以野蛮的开发擷取天文数字般的巨额利润既羡慕又气愤,遂悄然来到这里宣扬文明发展、扶植"印第安经济"。

科西的工作不仅得到了当地农民的拥护，还赢得了"热带香蕉股份有限公司"部分"有识之士"的同情和理解。该公司某经理的妻子利兰甚至不顾一切地投入了科西的怀抱，并决心长期留在种植园协助科西实现"合理开发、共同繁荣"的理想。

但先入为主、实力雄厚的"热带香蕉股份有限公司"几乎控制了该国乃至该地区的所有香蕉贸易。科西和他苦心经营的合作社很快危机四伏，濒临破产。为了使惨淡经营的合作社起死回生并最终击败对手，科西忍辱负重，孤身一人跑到芝加哥，企图说服"热带香蕉股份有限公司"网开一面。但该公司表示爱莫能助，拒绝了他的要求。不仅如此，还明确下令停止收购该公司以外的所有香蕉。

为了维护合作社社员的生计，科西又积极筹办了香蕉粉厂，还着手种植可可等其他行情看好的经济作物。在与对手抗争的过程中，科西逐渐意识到该国的警察乃至最高当局无不"有奶便是娘"，听命于外国垄断资本。真正主宰这个国家的人就是坐在芝加哥摩天大楼里的那个"绿色教皇"。

科西决计不放弃这个绿色王国，他要与对手抗争到底。有一天，他偕妻子利兰前往纽约做新的努力。到了纽约，利兰发现她的这位想入非非、过着新教徒式生活的新丈夫竟是个有影响力的百万富翁，不禁惊喜交集。他们根据亲身经历，拟就一份报告，向美国当局和同行揭发"热带香蕉股份有限公司"的掠夺性政策，并提出了一整套"文明开发计划"以"挽回该公司造成的极坏影响"。科西夫妇的慷慨陈词赢得不少人的赞许，还为他们获取巨额贷款铺平了道路。

"一举成功"的科西雄心勃勃地带着妻子和巨款重返种植园，准备在新的条件下大展宏图，并最终挤垮在他看来已然"声名狼藉"的对手。不料，一场前所未有的特大风暴袭击了中美洲和加勒比地区。疾风过处，翻江倒海，飞沙走石，只留下白茫茫荒漠一片。

香蕉园成了荒漠，昔日的"空前繁荣"成了今天的"枯枝败叶"。无论作者当初的意图如何，也无论当初读者的接受度如何，至少是在现在，在读了《绿色教皇》和《黄金果的土地》之后，在经历了真正的飓风之后，阿斯图里亚斯的疾风总该意味着某种期待的幻灭了吧。

事实上，阿斯图里亚斯的三部曲是"部部"递进、层层深入的。到了《被埋葬者的眼睛》和三部曲之外的《危地马拉的周末》（1956），美帝国主义的侵略本性就更加明朗化了。

1954年，华尔街的垄断资本家和美国驻危地马拉大使纵容其代言人发动政变，并动用雇佣军，对危地马拉进行闪电式武装干涉，以抑制危地马拉的工人运动和民族民主革命浪潮。阿斯图里亚斯再次亡命国外。他的短篇小说集《危地马拉的周末》便是对美帝国主义的血泪控诉。《危地马拉的周末》完稿后，阿斯图里亚斯立即投入了《被埋葬者的眼睛》的创作。

《被埋葬者的眼睛》主要表现拉丁美洲人民的觉醒和反抗。阿斯图里亚斯用充满激情的语言讴歌了全国工人大罢工，塑造了工人运动领袖塔比奥·圣的闪光形象。

小说第一部分写美国"联合果品公司"对危地马拉这个中美洲小国的肆意掠夺，同时表现了香蕉种植园工人的非人生活。第二部分写不堪美帝国主义压迫剥削的香蕉工人在塔比奥的带领下发展秘密组织、壮大革命队伍，以及塔比奥和玛拉娜姑娘的纯朴感人的爱情故事。最后一部分写工人大罢工的爆发，以及独裁者和美帝国主义豢养和扶植的傀儡政府的垮台。在这次史无前例的工人运动中，美国"联合果品公司"遭到了沉重的打击。按照危地马拉及中美洲印第安人的信仰，含恨死去的人只有在所恨的人遭到报应时才会瞑目。拉丁美洲人民的胜利，正可告慰在帝国主义及其走狗的枪弹和鞭子下死去的千万无辜同胞。

诚如前面所说，亚马多和阿斯图里亚斯所描绘的，是拉丁美洲人民的共同遭遇，是拉丁美洲国家的共同社会现实。类似作品不胜枚举，像波多黎各的何塞·路易斯·贡萨莱斯、多米尼加的胡安·包什，以及尼加拉瓜、洪都拉斯、萨尔瓦多、巴拿马和古巴的许多作家，都发表过具有反美倾向的作品。

三 其他社会批判小说

帝国主义和独裁统治所造成的种种社会问题及劳动人民的痛苦更是个写不完道不尽的题材。面对这片深广得令人发怵的海洋和航行在这片海洋上的无数"帆船"，笔者几乎无从下笔，挂一漏万，在所难免，故而只好以小显大，取一斑而窥全豹。

20世纪60年代、70年代和80年代，拉丁美洲有三位诺贝尔文学奖获得者先后声称，为他们赢得殊荣的首先不是他们的才华，而是他们笔下的那个残酷的世界。那是一片被"文明"蹂躏和遗忘的土地，一个充满了野蛮和愚昧的世界。生活在那个世界的各色人等，无论富人穷人，还是男人女人，都无一例外地为各自起码的生存条件而格斗厮杀、忍受煎熬。

文明社会中人的命运尚且因为自然的、社会的、家庭的、个性的种种因素而大都暗淡凄然，更何况这悲惨世界的弃儿！这些弃儿中，印第安人的灾难尤为深重。他们必须承受种族、阶级等多重压迫。包括印第安小说在内的几乎所有涉及印第安人生活的作品，都程度不同地反映了这一现实。

然而，印第安人又数妇女和儿童命运最为悲惨。来看看两个比较典型的例子：多米尼加作家胡安·包什和厄瓜多尔作家库阿德拉。前者的短篇小说《女人》和后者的短篇小说《狗的夜宵》，都是20世纪中叶的社会现实主义作品，充满了现实穿透力和艺术震撼力，却全然没有形式主义雕饰。[①]

《女人》和《狗的夜宵》创作于"香蕉热""咖啡热"过后的那个时代。前者是这样开始的：

> 公路已经死去，没有人，也没有别的什么东西使它复活。它长长地躺着，无止境地向远方延伸，灰色的皮肤毫无生气。太阳像烧红的钢球，烧烤着这具尸体……

居住在这片荒凉的土地上的印第安人生活在赤贫之中。

小说的主人公、印第安人切佩的女人因为没有按照丈夫的要求把羊奶卖掉而用它喂了饥饿的小宝宝，被丈夫打得死去活来。"女人躺在地上，鲜血直流，毫无知觉，跟死人一样……"这时，一位过路的好心人用随身携带的饮用水洗去了女人额头上的血迹，扶起了这位躺在"另一具庞大而又漫长的尸体"上的她，打算将她搀回草房去。可是切佩出来了，他好像根本没有看到陌生人，瞪着充血的眼睛直向他女人扑去。为了阻止切佩继续殴打他女人，陌生人上前干涉并无意中和切佩扭打成了一团。女人见丈夫与那人厮打，顿时"感到一股狂暴的力量充满了全身"，她捡起一块石头，对准那人的脑勺就是一下。随着那清脆的一声，陌生人"双腿一蜷，双臂一伸，无音无息地仰面倒下了"。

被路人解救的女人非但受恩不报，反而倒戈去帮助她那无情无义的丈夫，确有些出人意料。然而它又在情理之中，是作者的高明之处，对典型环境中的典型人物起着画龙点睛的作用。

与《女人》中那条荒废的公路，那片死亡的土地（公路荒废和土地死亡的必然联系在于：土地既被榨干了油水，公路也就失去了存在的意义），那对皮骨已尽的印第安夫妇相比，《狗的夜宵》更令人触目惊心。

这篇小说中的主人公是一家生活在炼狱中的印第安人。父亲是个牧羊人，替"主人"牧羊为生；母亲是个女佣，没日没夜地侍候着"主人"，还要"满足老爷的性欲"。有一天，"主人"的一只羊跑了，父亲连夜出门找寻，却把自己的幼女扔在家里托牧羊犬照看。羊找到了，但当他回到茅屋时，却不见了女儿。他借着月光，看到牧羊犬叼着一团东西。"印第安人一眼就看清被它撕碎的猎物，是他小女儿米奇的深紫色的尿布和一只血淋淋的小胳膊……"

---

① 这篇小说原载包什《短篇小说集》（1964）、库阿德拉的《小说全集》（1958），具体创作时间不详。中译本见柳鸣九主编：《世界短篇小说精品文库 拉美卷》，陈众议编选，海峡文艺出版社，1996 年。

这是一种猪狗不如的生活！

而同时期的"文明"人正在为一条鱼或一只鸟的生存争论不休！

这岂不比《天方夜谭》更加"天方夜谭"！

除个别情况以外，社会现实主义小说大都具有极强的现实意义和思想倾向，而且笔法淋漓，节奏明快，画面简洁，富有振聋发聩、撼人心扉的力量。

这是因为社会现实主义作品所倾吐的无不是在喉之鲠。

这是因为现实就是那般血淋淋、赤裸裸的残酷。

第六节　幻想派

幻想与现实是文学的两个基本端极，是文学赖以飞翔的两只坚韧的翅膀。然而，人们对于二者常常是有所侧重、有所偏废的，古今中外，概莫能外。

由于人类文明的建构是以人本（"人事"）取代神本（"天道"）为前提的，以现实的理性战胜幻想的神话为基础的，因此，作为人类文明重要组成部分的文学非原生形态便不可避免地被赋予了极功利的现实主义精神。"文以载道""理性模拟"，几千年来中外文学流变几乎都是以现实为唯一指向和出发点的。

正因为如此，文学幻想（包括想象）始终未能作为一种相对独立的审美对象而受到应有的重视。

但是，幻想所构筑的座座高楼大厦却有目共睹：远自神话传说，近至科幻小说。

在中国，幻想小说贯穿古今。但迄今为止还很少有人系统论述过它的渊源流变，更谈不上对它做较为全面的审美把握。鲁迅先生在其《中国小说史略》和《中国小说的历史的变迁》中，虽然明确指出了幻想在中国文学中的悠久传统和重要地位，分析了诸如神话传说、志怪传奇、神魔小说产生和兴盛的历史原因和现实意义等等，但终究未及对幻想本身做更多的、美学上的阐释。

在西方，幻想文学同样源远流长，但对幻想及幻想文学的系统考察却是在20世纪60年代方始展开的，而且最终因为无法确定幻想的内涵与外延（也即与现实的区别分野）而卡了壳。

笔者无意于也不可能对浩如烟海的幻想文学或界限模糊的文学幻想做全面系统的审视，而只想借题发挥，对有关论述做一点推导，以便在进入拉丁美洲幻想派小说之前建立一个可供参照的理论框架。

一　幻想美学

文学幻想和文学真实一样，是个含义宽泛的名词，它既可用来指《聊斋志异》那样的志怪小说，也可涵盖神话传说或与之风马牛不相及的科幻小说。在现有的较为系统的稀少著述中，幻想的含义就很不相同。罗·凯卢瓦在《幻想文学选》和其他有关著述中，给文学幻想所下的定义是"异常在习常中突然出现"[1]。路易斯·沃克斯却认为"幻想是没有定义的，它取决于特定时期人们的文化氛围及其对具体作品的认识"[2]。这是一种没有定义的定义。无论是凯卢瓦，还是沃克斯，都有点令人摸不着头脑。要相信凯卢瓦，就得先弄清楚什么叫平常，什么叫异常，而这两个概念恰恰和现实与幻想一样，宽泛、模糊、难以界定。如果接受沃克斯的没有定义的定义，那么也就等于接受了类似于先有母鸡还是先有蛋的悖论：幻想的定义取决于某时某地的文化氛围和对具体作品的接受，然而没有定义又如何知道某时某地的哪些作品属于幻想？

托多罗夫在这个问题上似乎表现得比较明智，他用分类法避免了直接给幻想下定义。在托多罗夫看来，要弄清楚什么是幻想，首先必须缩小人们对幻想的空泛理解。因此，他做了如下分类：

幻想 —— 神奇 —— 怪诞。[3]

他认为神奇者，乃不可理喻者。比如，初民由于对许多自然现象的无知而生发的对自然的崇拜，以及由此产生的神话传说等。像事实上并不存在的神魔、鬼怪、巫术、龙、凤、牛头怪、天堂、地狱等世界之外的世界都属于神奇。怪诞者是不可理喻的，比如梦幻，或者谎言，或者别的什么令人恐惧、惊讶的感觉。幻想者也是不可理喻的，并且同人们的认识无关。也就是说，当超现实产生时，潜在的读者（一般是指作品中的英雄）就会做出反应，这种反应我们姑且名之为"疑惑"。换句话说，所谓幻想，是指那种对人物（其实还有读者）没有解释的"超现实"事物。

这其实也是一种定义。

然而，托多罗夫似乎把我们带进了一个新的死胡同，因为完全不可理喻的幻想（超现实）是不存在的。

鉴于实在难以抽象地给幻想下定义，我们姑且先不理会诸如此类的定义种种，而去看看有关学者是怎样具体界定幻想文学的。卡约斯认为幻想文学（至少在西方）属于纯文学范畴，经历了三个重要发展时期 —— 神奇、虚幻和科幻。在古代，由于人们对生与死、阳光与黑暗等自然现象百思不得其解，遂产生了神话想象，产生了各种传说，使生活中的那些不可理喻的事物如自然力得到了神化。这就有了最初的神话传说。后来，自然力逐步为人们所了解和征服，生

---

[1] Roger Caillois: *Lalittérature fantastique*, Paris: Galimard, 1966, p.12.

[2] Louis Vox: *Lacurieuse tentation*, Paris: Galimard, 1965, p.6.

[3] Tzvetan Todorov: *Introduction á la littérature fantastique*, Paris: Galimard, 1970, p.109.

老病死等自然现象也有了理性的解释,神话传说也就随之消失了。但是,新的问题仍层出不穷,人们仍无法了解和解释来自人自身的许多奇异现象,如梦境、幻觉等等。于是也便有了幻想小说。到了近现代,随着科学技术的发展,人们已经有能力对自身的许多奇异现象做出理性的解释,所以其兴趣便不再局限于自身和所处的自然现实环境。于是导向未来的和世界(认识)之外的科幻小说应运而生,然而它仍不失为一种幻想文学。

当然,认为幻想文学与历史(时间)无关,亦无问题。它源自人的大脑,是一种特殊的精神现象。幻想并不完全受制于理智,任何事物均可被赋予幻想色彩,无论可以理喻与否,幻想文学可以是幻觉、是想象,也可以是一种"心血来潮",一种"非逻辑、非科学、反逻辑、反科学思维"。明证之一是,类似于远古神话的作品现在还可以写,也还有人写,有人读,尽管我们知道,无论地狱还是天堂,神仙还是牛头怪,都是不存在的。

和凯卢瓦一样,托多罗夫也是从历史的角度去框定幻想文学的。但是,诚如前面所说,由于托多罗夫把文学幻想的概念过分地缩小了,因而他所框定的幻想文学也只是从卡佐特(18世纪)到莫泊桑(19世纪)这样一个短暂的历史时期。若问此后何故再无幻想文学,他的回答是因为精神分析。他认为精神分析取代了幻想的功能,使人们不再需要借助魔鬼的诱惑来理解性的冲动,或借助于吸血鬼以隐喻莫名其妙的恐惧。也就是说,精神分析(心理小说)早已把幻想小说赖以表现的不可理喻者阐释得一清二楚。

三者的不同是显而易见的。沃克斯过于唯心,全然不顾文学与现实的关系;凯卢瓦又过于唯物,一切只从存在与认知出发,且不说托多罗夫的局限与大意。

由于出发点不尽相同,所依从的定义迥然有别,具体到幻想文学的特点和种类,诸家的说法就难免更加相去远矣。凯卢瓦把幻想文学的种类(其实也即特点)细分为:

(1)有关魔鬼,如《浮士德》;

(2)有关灵魂,如《哈姆雷特》;

(3)有关幽灵,如王尔德的《坎特镇的幽灵》;

(4)有关死亡,如爱伦·坡的《红死魔的面具》;

(5)有关看不见摸不着的存在物,如莫泊桑的《奥尔拉》;

(6)有关吸血鬼,如霍夫曼的作品;

(7)有关有生命的雕像、画像以及其他,如梅里美的《伊尔的美神》;

(8)有关巫师、巫术,如纪伯伦的作品;

(9)有关女鬼,如中国志怪小说;

(10)有关现实与梦境的转换或二者界限的消解,凯卢瓦认为这类作品还不多见,然而拉美幻想派小说中,最常见的就数这类作品;

（11）有关空间神秘移位与消失，如《一千零一夜》中的某些故事；

（12）有关时间停滞、倒退或超前，如威尔斯《时间机器》。

但是，凯卢瓦的分类法并非无懈可击，这一点他自己也承认。他所概括的幻想文学是不完备的，但他是开拓性的。他涵盖了除神话传说和科幻小说之外几乎所有幻想文学的主要题材及有关作品的内容特点。

然而，依沃克斯看，凯卢瓦的分类法过于琐碎，以至于把该属于同一类型的内容都掰碎了。托多罗夫也认为凯卢瓦过于求全，过于宽泛。在他看来，一种学说（尤其是文学理论）的产生并不在于所指现象的广泛性，更不需要面面俱到，否则就连最基础的研究也无法进行。

同时，沃克斯又认为幻想的内容是无限的，但天然的幻想内容是不存在的。譬如说，爱伦·坡笔下的城堡、地窖，在他人的作品里完全可以是些毫无神秘或恐怖色彩的去处，反之那些习以为常毫无神奇可言的动物、物件在一些民间传说或恐怖小说中却可能成为令人恐惧不安的东西，如巫师的一根绳子、一只猫或一只猫头鹰。当然还有蝙蝠、乌鸦、蟒蛇之类的动物和坟墓、葫芦、镜子之类的物件等等，都常在幻想文学中作为神秘的道具出现，但我们知道，在日常生活中，它们并不神秘。

此外，沃克斯还说，幻想之所以成为幻想，主要取决于读者。这就是说，作者（或凯卢瓦）认为充满了幻想的事物，别人也许未必如是看。这倒使我想起了卡彭铁尔的"神奇现实说"，他说神奇是信仰的产物（幻想又何尝不是一种神奇），不是堂吉诃德就不会得疯魔症。还有那些宗教读物和迷信传说，对一些人来说是幻想，但对虔诚的信徒或迷信者而言，它们就未必不是真实。这是就接受而言。

由于沃克斯完全否认幻想的相对客观的存在，因此他也就无法界定文学幻想、为幻想文学分门别类了。但是，即使如此，沃克斯也曾不无矛盾地指出，幻想的前提是认识的"危机"，即某种不可能性。因为如果作品中的故事是可能的，那么它便不是幻想。这一点和托多罗夫的"怀疑"说有相似之处，或者甚至可以说是一种不谋而合。

前面说过，托多罗夫也不赞同凯卢瓦的分类法，但这并不意味着他完全同意沃克斯的观点。虽然他和沃克斯都认为幻想的关键（也即特点和内容）是神秘（其实凯卢瓦的"异常"说也有这层意思），但托多罗夫从不否认幻想（奇幻事物）的客观存在。在托多罗夫看来，幻想文学中的神秘是自始至终存在的和没有解释的。按照托多罗夫的思路去理解，神话传说之所以不是幻想文学，是因为那是初民对不可理喻的自然力的一种解释。而志怪小说之所以也不是幻想文学，是因为那是古人迷信（也是一种解释）的产物，信则有不信则无。以此类推，侦探小说也不是幻想文学，因为它专门解释神秘，再离奇的"案子"

也总会有一个理智的、令人信服的结局（解释）。而科幻小说就更不是幻想文学了，因为它是今人对未来的解释。未来究竟如何姑且不论，科幻小说本身大都言之成理，顺理成章。在那里，杜撰是有根有据、令人信服的，因而也就没有"自始至终"的神秘（"疑惑"）可言。

为了自圆其说，托多罗夫借用了"超现实"一词。在他看来，只有"超现实"事物才没有解释。但是，诚如前面所说的那样，托多罗夫断言精神分析学的兴起已使幻想文学趋于消亡。由此可见，托多罗夫的所谓"超现实"，仅仅可指那些象征或隐喻 —— 令古人莫名其妙的精神现象（如幻觉、噩梦等等）和神秘的精神现象。

托多罗夫的观点（或者也是一种鉴别分类）显然是建立在作者乃至作品人物立场上的言说，却忽视了对沃克斯来说几乎唯一重要的元素 —— 读者的主观能动性。

虽然前面我们已经随沃克斯看到了读者的作用，却有必要深入一步，看看幻想文学中读者—作品、读者—作者关系的特殊性。

前面说过，无论是托多罗夫的"怀疑"说，还是沃克斯的"危机"说或凯卢瓦的"异常"说，都和神秘有关。但是神秘不仅存在于幻想文学，同样也存在于侦探小说。托多罗夫尽可以认为幻想小说和侦探小说的区别在于结尾有无解释（当然是更加理性的、科学的解释），而依笔者看，二者的区别不仅仅在于结尾，也不仅仅在于有没有解释，而且在于读者的参与方式。在侦探小说中，读者的参与往往是一开始就有的一种相对积极的猜测、推理（比如谁是凶手、谁是无辜者）；然而在幻想小说中，读者只能相对消极地接受或等待神秘事物的出现或消失。此外，侦探小说的结局常常出乎读者意料而又令读者心服口服，但幻想文学的结局不但读者无法预料而且他自己也难以相信。对于古典幻想文学，读者的结论也许是不可能；而面对现代幻想文学，读者往往难于在故事的可能性上下明确的结论。这是因为古典幻想文学的神话传说、志怪传奇和神魔小说中描绘的事物大都是不可能存在和发生的，而现代幻想文学的内容则不同：科幻小说是一个明证，博尔赫斯等幻想派作家的许多作品亦然。综观现当代幻想文学，也许只有卡夫卡是个例外，其所以如此，是因为他的变形是不可能的：具有神话（神话-原型）色彩，尽管其意义并不在幻想而在象征性的表现。

其次，幻想是与真实比较而言的。当然我们所说的真实并不是生活的真实，而是一种近似生活真实的文学真实，因为归根结底，一切文学都不外乎虚构，都不是"真正的现实"（巴尔加斯·略萨语）。确定这种近似程度的最高法官是读者。读者按照其对生活真实的认知，判断作品的文学真实性。他怀疑或者根本不信的或许就是文学幻想（或幻想文学），反之则不然。诚如博尔赫斯所说的那样，"幻想文学的前提是作者尤其是读者不能信以为真，否则就成了写实主义文学"①。但更重要的是不信和怀疑不能影响读者的正常阅读——"参与游戏"。这是就作品的成功与否而言的,适用于所有文学。博尔赫斯打比方说:

> 观众知道悲剧是作家写的,演员演的,发生在舞台上。他还知道这一切与麦克白本人无关。但与此同时,他设法忘掉自己,就像柯尔律治所说的那样,将怀疑暂时搁置,从而参与游戏。②

那么幻想文学究竟拿什么吸引读者呢?凯卢瓦认为幻想小说之所以能够吸引读者,原因在于它能激起情绪(如恐怖、惊骇、惊讶等)而不是信与不信(或者说主要不是信与不信)。相反,一部非幻想文学作品的关键首先是信。比如一部现实主义作品如果不能令人信服,不能让人相信它所叙述的真实,那么它就不可能吸引读者。凯卢瓦甚至断言,一部成功的幻想小说必须"尤其让人怦然心动"。这一点是可以理解的,别的作品不但也能令人怦然心动,而且让人信以为真。

至于如何"尤其让人怦然心动",凯卢瓦没有做具体解释,倒是托多罗夫给出了相关解释。托多罗夫认为其他文学(包括侦探小说)都是可以倒叙的,且并不妨碍我们继续读下去,即便我们已经知道了结尾(知道了谁是凶手),但那些过程仍令我们感兴趣。幻想文学则不然,因为幻想之所以成为幻想,常常是要到结局才能见分晓的。就拿卡夫卡的《变形记》来说,假如它的结尾变成了格里高尔的"南柯一梦",那么它的幻想性就不复存在,或者至少要大打折扣了。我想这恰好与幻想文学(结局)的不可预测性和不可推理性有关,是幻想文学"尤其让人怦然心动"的原因所在。

综上所述,与现实主义一样,幻想是很难有绝对定义的;幻想文学是发展的,它与现实的距离是相对的。"幻由心生",幻想归根结底是依赖于存在而存在的精神现象。就像人不能拽着自己的小辫离开地面一样,幻想最终不可能脱离现实。正因为幻想与现实有这种割舍不断的联系,幻想文学与现实主义文学的界限才会模糊不清,难以截然区分,也才会有20世纪六七十年代西方幻想美学的流产。

唯有博尔赫斯解决了难题,尽管其方法是形而上学的。

博尔赫斯解决了幻想与现实的分界问题并真正创立了幻想美学。

---

① Georges Charbonnier: *El escritor y su obra entrevistas a Jorge Luis Borges*, México: Siglo XXI Editores, 1975, p.7.

② Georges Charbonnier: *El escritor y su obra entrevistas a Jorge Luis Borges*, México: Siglo XXI Editores, 1975, p.7.

博尔赫斯把现实（生活）解释为幻想，认为它和所有游戏一样，是按一定规范运作的生命体验。这同人类文明的"解构师"们（如新历史主义或后现代主义）的唯文本论的"神话"说有异曲同工之妙。

但是，博尔赫斯的幻想美学建构主要不是基于理论，而是基于作品。一如潜心游玩的儿童，博尔赫斯幻想文学（甚或一切幻想文学）的叙述者（或许还有作家本人亦未可知）和接受者便是通过游戏介质（故事）所规定的法则（假设）全身心地投入游戏的，而他们的生活体验、心理感受以至全部想象力也便在此过程中得以充分显示和肯定。也正是在此过程中，人们麻木已久的童心得到了苏醒，从而对习以为常的"现实"施以非礼：换一种角度，倒一个个儿。

在博尔赫斯看来，也许这就是幻想的真谛、幻想的力量、幻想的美。

事情居然如此简单！

二 幻想小说

前面说过，拉美小说起步很晚，再加上这个地区科学不发达并始终没有产生一部像样的科幻小说，这导致了幻想小说的长期空白。所以，当博尔赫斯及众星捧月般聚集在他周围的西班牙语美洲幻想派小说家群诞生时，已经是20世纪40年代的事了。

我们知道，无论在中国还是在欧洲，幻想都是小说的起源，幻想小说的产生都先于写实小说数百年乃至上千年。然而，由于历史的原因，欧洲的幻想小说并没有影响到过去的拉美小说，而过去的印第安传说也没能顺利地发展、遗传。那么在既无传统又没有现实土壤（即托多罗夫所说的心理小说的兴起和幻想小说的衰落）的情况下，拉美幻想派又是怎样产生形成的呢？笔者以为这还得从博尔赫斯说起。

（一）博尔赫斯

豪尔赫·路易斯·博尔赫斯于1899年出生在阿根廷首都布宜诺斯艾利斯近郊一个富有的家庭。笔者这里所说的富有，不仅仅指物质财富，而且指精神财富。他的父亲豪尔赫·博尔赫斯是个才华横溢的律师、学者和无神论者，拥有一个巨大的图书馆和不计其数的英文书籍。他的母亲有英国血统，受过良好的教育，是位很有修养的新教徒。博尔赫斯的早期教育是在家里进行的，他的老师中除了父母，还有一位名叫丁克的英国小姐和一位其名不详的英国老太太。所以，尽管他身在阿根廷，接受的却是正统的英国贵族教育。他阅读英语先于西班牙语，并且很小就学会了用英语写作。九岁那年，他被送进学校上四年级。当时，他除了依然钟情于英语文学，还开始了广泛涉猎世界各种文史哲名著。第一次世界大战期间，他跟随父母去了日内瓦，并留在那里进修法语和德语，直至高中毕业。战后，他进了剑桥大学。其时，他已逐卷通读了《大英百科全书》。

在英国，他接触了叔本华和尼采的哲学，受到了唯意志论的影响，并逐步形成了自己的虚无观。

1920年前后，博尔赫斯自英国南下至西班牙，参加了"极端主义"文学团体。一年后，他回到阿根廷，发表了《极端主义宣言》，加入了佛罗里达派作家的行列。此间，博尔赫斯发表了三部诗集：《布宜诺斯艾利斯的热情》（1923）、《明月当空》（1925）和《圣马丁手册》（1929）。这些诗集的一个显著特点是比喻和意念的堆砌，镜子、迷宫、月光是出现频率很高的名词（当然有着同样的和不尽相同的所指），时间、怀疑、孤独是不断重复的主题。

与此同时，博尔赫斯还先后出版了散文集《探讨集》（1925）、《阿根廷人的语言》（1928）等。散文是博尔赫斯由诗歌走向小说创作的一座桥梁。在博尔赫斯看来，诗歌是宣泄生活隐私的渠道，和日记一样隐秘；散文是抽象的，可用来思考，因此他所关注的问题如时间、哲学、历史等在散文中得以深化；而小说是具体的，适于想象（当然也适于写实，只是博尔赫斯从来都不屑于写实）。

对于博尔赫斯，1930年是非常重要的一年。因为他在这一年结识了阿道夫·比奥伊·卡萨雷斯及其夫人希尔维娜·奥坎波，从而开始了三人在幻想文学研究、创作领域的长时期携手合作。这是西班牙语美洲文坛的一段佳话。

1935年，博尔赫斯发表了第一部短篇小说集《世界丑事》（又译《恶棍列传》）。《世界丑事》尽管奇特甚至不同凡响，却并非幻想小说。它描写不同历史时期臭名昭著的罪犯以及其他奇闻逸事。在这些小说中，作者的某些特征已经体现出来，如故事的跳跃性、大量心理描写（虽然它们不属于心理小说）、玩世不恭的臆造和形而上学的抽象。至于风格，路易斯·哈斯认为它们具有巴洛克色彩。[1]《世界丑事》展现了著名恶棍的放荡和变态，如暴君苏丹，刺客比利·泽基德，奴隶主萨鲁斯·毛雷尔，暴徒蒙克·伊斯门，骗子汤姆·卡斯特罗，女海盗秦寡妇，典仪师小介之助，麻风病患者和预言家哈金·德梅尔夫。描写暴力与受压抑的灵魂在博尔赫斯的这个集子中占据了绝对优势。同时，博尔赫斯表现了他对臆造和抽象的偏爱，二者在他未来的小说中逐步升华为幻想并反复出现。当然也是由于对臆造和抽象的偏爱，博尔赫斯才格外重视散文创作（有时甚至连他的小说也是散文化的）。在《永恒史》（1936）中，博尔赫斯收集了西方自古至今关于永恒的不同观念——从柏拉图主义开始，经过各种各样的唯心主义，直到唯意志论，以及有关周期时间、循环时间和轮回时间观的思索与嬗变。在此，博尔赫斯感兴趣的就不仅仅是西方哲学了，他的思路通向了释道。

---

① Luis Harss: *Los Nuestros*, Buenos Aires: Editorial Sudamericana, 1989, p.148.

有学者认为，1936 年的《永恒史》是打开博尔赫斯世界的一把钥匙。[①] 笔者也有同感，盖因从此往后，博尔赫斯的大部分题材和内容是一以贯之的，尽管他的幻想形式将不断演化并产生类似于窑变的化合。

1938 年对于博尔赫斯来说是一个新的起点。父亲去世了，博尔赫斯不得不自谋生计，在布宜诺斯艾利斯的一个市立图书馆当助理馆员。就在这年的圣诞节，由于视力恶化又患了严重的失眠症，博尔赫斯在自己家的楼梯上发生了意外。他奇怪地摔了一跤，受了伤，住进了医院。在医院里，他高烧不退，神志不清，却萌发了写一篇幻想小说的念头。这就是后来的《特隆，乌克巴尔，奥尔比斯·特蒂乌斯》，他的第一篇幻想小说。

《特隆，乌克巴尔，奥尔比斯·特蒂乌斯》不仅是博氏幻想小说的肇始，而且堪称他幻想小说创作风格的一个缩影。小说是这样开头的：

> 我依靠一面镜子和一部百科全书的偶合，发现了乌克巴尔……这件事发生在五年前。那天晚上，比奥伊·卡萨雷斯和我共进晚餐，我们迟迟没有离开餐桌，为创作一部小说争论不休：这种小说要用第一人称，叙述者要省略许多材料，以引发各种各样的矛盾。只有少数几个读者——极少数几个——能够预见到一个残酷而又平庸的现实。挂在走廊尽头的镜子窥视着我们。我们发现（在深夜，这种发现是不可避免的），镜子有一股子妖气。于是比奥伊·卡萨雷斯想起来，乌克巴尔有一位祭司曾经这样说：镜子和交媾都是可怕的，因这它们都使人口增殖……[②]

为了寻找此语的出处，他们翻遍了百科全书，结果还是没有找到乌克巴尔这个地方。后来，博尔赫斯或"另一个"博尔赫斯——"我"，无意中发现了有关"特隆，乌克巴尔，奥尔比斯·特蒂乌斯"这个地方的描述（以下简称特隆），有了这不为世人所知的星球的全部历史资料，丰富而且系统的片段，包括其建筑和牌戏，其帝王和海洋，其神话的可怕和语言音调，其互相矛盾的神学和逻辑学，其矿产、鸟类、鱼类、代数及焰火。所有这些，都讲得清清楚楚、连连贯贯，看不出有什么教训的目的或嘲讽的口吻。

但这并不是科幻小说所臆想的外星世界，而是一个"由文学家、生物学家、工程师、形而上学家、诗人、化学家、数学家、伦理学家、画家、地理学家等等组

---

① Luis Harss: *Los Nuestros*, Buenos Aires: Editorial Sudamericana, 1989, p.148.

② Borges: *Ficciones*, Buenos Aires: EMECÉ, 1944.

成的秘密社团共同创造的产物"。他们拟定了特隆的天文坐标和天象,给予特隆以思维的存在(而非真正物理的存在)。这就是说,特隆是一个类似于文学乌托邦的理想世界,它的居民对我们的世界一无所知。对他们而言,现实是活动的银河和它独立的特隆、独立的思维。他们的语言是"诗性"的。因果关系在他们的单纯中消失。他们重视无忧无虑的遐想,却不重视科学和理性。因此,在他们那里,真理失去了功能,偶然性及其现象是最要紧的(这也就印证了博尔赫斯常常引用的叔本华的那句名言"现在是全部生命的形式")。

后来,再后来,有关特隆的这些材料在我们这个世界里散布开来,影响了我们这个世界。与特隆的接触以及特隆的风习使这个世界土崩瓦解。人类被它的规范所迷惑,开始并且正在忘掉这种规范是棋手的规范,而非命定天道……英文、法文以及纯粹的西班牙文都将从这个星球上消失。到那时,世界就是特隆。但"我"并不在乎,"我"照样在阿德罗格的旅馆里宁静地修改用克维多文体翻译的托马斯·布朗的《瓮葬》(但"我"根本不想拿去付印)。

此后,博尔赫斯一发而不可收,接二连三地发表了《小径分岔的花园》(又译《交叉小径的花园》,1941)[①]、《阿莱夫》(1949)、《死亡与罗盘》(1951)、《布罗迪的报告》(1970)、《沙之书》(1975)等短篇小说集,其中大部分是幻想小说。此外,他还翻译了爱伦·坡的部分作品和卡夫卡的《变形记》,并与比奥伊·卡萨雷斯夫妇合作,编选了一部《幻想文学集》(1940),创作了《伊西德罗·帕罗迪先生的六个谜题》(1941)、《两种令人怀念的幻想》(1946)等等。

在分析博尔赫斯的具体作品之前,似有必要对博尔赫斯独钟于幻想小说的原因稍加考察,尽管这是个复杂透顶的话题,涉及面很广,有必然性,也有偶然性。笔者想,无论如何,它们至少应当包括以下三点:

第一,博尔赫斯的童年和少年时代几乎是在父亲的图书馆里度过的,和书籍结下了不解之缘,与此同时也养成了他孤独、内向的性格。这种性格不但逐步扩大了他与社会现实的距离,而且使他越来越沉迷于幻想。此外,他父母虽然信仰不同,却从未因此发生纠纷,也从未剥夺或抑制博尔赫斯的正当嗜好和信仰自由,为博尔赫斯的个性发展提供了最初的条件。

第二,20世纪20年代是迷惘的年代,新的国际政治、经济秩序尚未建立,旧的体系却早已土崩瓦解。现代主义、先锋派思潮杂然纷呈,令人困惑无措。浪迹欧洲后回到布宜诺斯艾利斯的博尔赫斯也已从唯心主义者发展成为十足的不可知论者,对一切都持虚无态度。这为他日后的文学创作奠定了哲学基础。

---

① 《特隆,乌克巴尔,奥尔比斯·特蒂乌斯》就被收录在这个集子里。1944年,此书又和《杜撰集》结集出版。

第三，20世纪20年代的布宜诺斯艾利斯，诚如著名评论家路易斯·阿尔贝托·桑切斯所说的那样，是一座"名副其实的世界性城市"。那儿不仅聚集着不同种族——白人、印第安人、高乔人、黑人和黄种人，而且对所有宗教信仰、哲学思潮和文学观念都敞开大门，来者不拒。在这个意义上，它又是一个开放的、自由的城市。它是世界第四大犹太人聚居的城市，第四大穆斯林城市，第一大西班牙裔城市，第二大欧洲裔城市。欧洲裔中包括意大利人、法国人、葡萄牙人和越来越多的日耳曼人。它是一个德语人口众多的城市（这使它后来成了纳粹在美洲的大本营）。它的英语人口仅次于美国和加拿大等英语国家城市。它的新闻媒介发行各种语言的报刊，其中最常见的语言至少有西班牙语、意大利语、德语、法语、英语、阿拉伯语、意第绪语以及某些斯拉夫语。第一次世界大战期间以及结束后的一段时间内，肉类和谷物的价格高得惊人，世界上没有哪一个地方的居民的卡路里摄取量高于布宜诺斯艾利斯居民。当时正值拉美其他国家专制制度泛滥、内战频仍，布宜诺斯艾利斯便自然而然地成了拉丁美洲的文化中心之一，同北边的墨西哥城形成了南北并峙的局面。文化事业以令人目眩的速度向前发展。这一切又成了博尔赫斯幻想的翅膀得以展开的天然环境。

博尔赫斯的一生几乎都是在图书馆里度过的。小时候，他在父亲的图书馆里接受了最初的教育；成年后，他又选择了图书管理员的职业并一直从助理馆员做到后来的阿根廷国家图书馆馆长，同时欧洲和美国许多著名的图书馆都留下了他的足迹。可以说他把毕生精力献给了图书，同时也从这个取之不尽的宝库中得到了用之不竭的创作素材。他横扫了布宜诺斯艾利斯的图书馆，同时横扫了剑桥大学图书馆，博闻强记，让人想起钱锺书前辈，后者据说是我国文坛最早关注博尔赫斯的人。

博尔赫斯的创作素材并非来自生活，而是来自书本。书是他的基本出发点。在他看来，"人类发明的种种工具中，唯有书本为大。除书以外，其他工具都只是人类自身（躯体）的延伸。显微镜和望远镜是眼睛的延伸，电话是嗓门的延伸，而犁和剑是手臂的延伸。书就大不相同了：书是记忆和想象的延伸。"[1] 博尔赫斯还引证柏拉图的话说："一切知识只不过是记忆。"[2] 博尔赫斯认为，从柏拉图到卡莱尔，无数哲人都曾把人类历史视作一部共同创作和阅读的、漫无止境的书。人类在这书里（既是作者也是读者）寻找和解释其存在的意义。对书籍的崇拜甚至使他说过这样一段话："我们都是虚构的书本，是一首诗、一段话或一个字，而这没有终止的书本就是没有终止的世界的唯一见证，确切地说也即

---

① Borges: "El libro", *Siempre*, México, diciembre, 1979, p.11.

② Luis Harss: *Los Nuestros*, Buenos Aires: Editorial Sudamericana, 1989, p.160.

世界本身。""文学之所以没有穷尽也因为这个简单而又充分的道理：它是一本书。"[1]

这就是他从书本中吸取养分，并报以毕生精力、全部智慧的理由。

博尔赫斯钩沉索隐，自古至今，在从西方到东方的各种书本里遨游了一辈子，发现和触发了无数令人击节惊叹的幻想。

他的《世界丑事》几乎完全来自书本。比如《双梦记》采自《一千零一夜》，说从前开罗有一个人，晚上在自家花园的一棵无花果树下睡着了，做了一个梦，梦见有人来告诉他，说他的财富在伊斯法罕。第二天一早，这个人醒来后就出发了。他长途跋涉，历尽千辛万苦，终于找到了伊斯法罕，但刚一进城天就黑了。于是他进了一座清真寺，在院子里躺下睡觉，以待天明。结果来了一群盗匪，惊动了附近的居民。他们一齐呼救，巡警队长便率官兵来到清真寺，把盗匪吓得落荒而逃。队长下令在清真寺搜查，发现了这个陌生人，将他吊打审问。陌生人莫名其妙地挨了打，说出了梦里的故事。队长听了甚觉可笑，对他说，他也曾接二连三地梦见在开罗的一个花园里有棵无花果树，树下有个宝藏，却从未傻到因此而前往找寻。队长释放了这个陌生人。结果这个人照着队长的梦境，在开罗自家花园的无花果树下发现了宝藏。

这是他最初的做法。虽然这只是一种复述（有时也是改写），一种开始，却并非完全徒劳无益，就像后来他的人物梅纳德所做的那样：

梅纳德被多年前阅读的《堂吉诃德》吸引，决定进行一项秘密工作：逐字逐句地改写这部尽人皆知的文学名著。当他致力于这项工作时，发现它异常艰巨。因为塞万提斯在《堂吉诃德》中所从事的是创造性劳动，而今他却要有意识地重复，也就是说用自己的语言和理解对它进行改写。最终的结果是他的复述与原著完全一致，但同时又全然不是原著。

这就是博氏名篇之一的《吉诃德的作者皮埃尔·梅纳德》。

我想，博尔赫斯在这篇小说中不仅要为他最初的做法辩护，而且想说明文学是许多本书，但同时又是同一本书（就像人类与人）。梅纳德的《堂吉诃德》是《堂吉诃德》，但同时又不是《堂吉诃德》，因为它包含了塞万提斯也包含了梅纳德。说穿了，塞万提斯的《堂吉诃德》也是对前人的一种改写，当然它的前身不是作者所说的那部"捡来的阿拉伯文学作品"，而是骑士小说。

同时，博尔赫斯认为作者都有意无意地期待着被后人继承并以此获得新生直至永生。他举例说，霍桑的故事《韦克菲尔德》预想到了弗朗兹·卡夫卡，但卡夫卡对《韦克菲尔德》这本书做了修改加工。福泽是相互的，一个伟大的

---

[1] Luis Harss: *Los Nuestros*, Buenos Aires: Editorial Sudamericana, 1989, p.163.

作家既创造自己和后人，也使先驱获得新生。回首往事能使祖先复活，否则他们将不复存在。

诚然，博尔赫斯更多的不是复述和改写，而是诗一样的联想。他从形形色色的书本中生发灵感、题材和契机，以表现他的或然论和虚无观。

1.有关或然论

"举一反三，就像传道士那样"，博尔赫斯认为这是一切追求永恒的艺术的秘诀。在他看来，艺术要想永恒，就只能暗示，而不可明示。所以他十分强调隐喻（或多种比喻的堆积）。同时，博尔赫斯又一再声明，他"举一反三"的目的不是"说服"，而是"吸引或者感动"读者：

> 我不是而且从不是人们常说的那种寓言家或传道士和"介入作家"。我渴望做一个伊索，但我的故事又像《一千零一夜》，要的是吸引或者感动而不是说服。
>
> ——《〈布罗迪的报告〉序》[①]

在《长城和书》中，秦始皇焚书筑长城的故事引发了诗人的种种联想，例如：

（1）焚书可能不只是为了坑儒，而是出于他的自我作古、唯我独尊或薄古厚今；

（2）焚书可能是为了让人忘记过去，比如他的母亲；也可能是出于对诸子的嫉妒，或对先朝的不屑，或对异己（被统治者和被统一者）的仇视与防范；

（3）焚书可能是为了惊世骇俗，就像筑长城；也可能是出于某种神秘的信仰；

（4）筑长城可能是为了防御外敌入侵，也可能是为了补过（焚书）；

（5）筑长城，一如焚书，可能是为了向神挑战，也可能是为了强迫读书人劳动改造；

（6）筑长城可能是为了阻止未来，就像焚书是为了忘掉过去；没有过去和未来，现时也便获得了永生。

就像《尼罗河惨案》中的侦探，博尔赫斯对同一事件做了多种推测。所不同的是博尔赫斯的推测纯粹是假设性的，并不指向事实，且不下任何结论。在博尔赫斯看来，没有什么是不可能的。因为换而言之，世界便是"一个传说的各种形式""一个名字的各种称呼"（《永恒史》）。

---

① Borges: *El informe de Brodie*, Buenos Aires: EMECÉ, 1970, p.2.

2.有关虚无观

博氏虚无观的明证之一，是他表现不可知论的《巴别图书馆》。

在《巴别图书馆》中，形形色色、自古至今的书整整齐齐地排列着，就像秩序井然的宇宙。然而当你翻开其中一本，企图进一步了解这个宇宙时，你就会发现秩序消解了（或者本不存在），混乱出现了：成千上万贪心的人为它争论不休，互相咒骂。另外有些人则发了疯，或者跳出来阻止别人继续争论。又有一些人，要么为了正本清源而不惜焚毁一切，要么因为无所适从而断言图书馆像"精神错乱的神"。还有一些人却认为一定存在着一本全书，"一种神的类似物"。为了找到这本甲书，他们必须先找到有关甲书所在的乙书，为了找到乙书，先得查阅丙书，以此类推，直到无限……

同时，博氏虚无观还表现在他对时间的认识上。在《小径分岔的花园》中，时间的错位、平行、无规律、不确定性促使"真实"消解，因果关系颠倒：

> 在利德尔·哈特所著的《欧战史》第22页上，有这么一段记载：英军十三个团（配备着一千四百门大炮），原计划于1916年7月24日向塞勒-蒙陶明发动进攻，后来却不得不延期到29日上午。倾泻的大雨是使这次进攻推迟的原因（利德尔·哈特上尉指出）。表面上看来这并没有什么特殊之处，可是下面这段由俞琛博士口述，经过他复合并签名的声明，却给这一事件蒙上了阴影……

小说是这样开始的，随后便是俞琛的声明。俞琛是德军间谍，奉命调查英军行动计划，结果杀死了一个叫阿贝尔的人，而英军行动计划的代号恰恰就是死者的名字。与此同时，也就是说，在另一时间范畴，阿贝尔是一位"中国通"，破译了一个叫崔明的中国人的遗作（这个崔明恰恰又是俞琛的一位祖先），并且住进了崔明亲自设计的迷宫花园。在这个花园里，时间像条条小径，交叉缠绕，无头无尾，无始无终。在其中一个交叉里，阿贝尔成了俞琛的敌人，被俞琛杀死。

但是在另一些故事里，时间是周期性的，甚至停滞的。在《秘密的奇迹》（收入《杜撰集》）中，时间就神话般地停滞了整整一年。

而在更多的作品中，时间常常是不确定的但同时是循环轮回的。比如在《永恒史》中，叙事者马克·弗拉米尼奥·鲁福受那些居住在一个俨然是"世外桃源"里的无名氏居民的影响，随着时间与情节推移不断变换角色，结果使自己成了"永生者"。1066年，他在斯坦福遇到了哈罗德的军队，而后（伊斯兰教历7世纪）他又成了一名阿拉伯法学家，紧接着是在苏马尔干达当一名国际象棋大师，在比卡内尔替别人卜卦，体验过辛巴德的冒险活动……

诸如此类的表现无不证实了博尔赫斯的虚无观，就像他援引叔本华和贝克莱时所说的"一个人又是另一些人，是所有人"或"宇宙是我们心灵的映象，世界在我们每一个人身上"。尤利西斯既是尤利西斯，同时又是荷马（《探讨别集》，1952）；或者博尔赫斯是博尔赫斯，同时又是"另一个"。

此外，博尔赫斯还用现实与梦境、此生与彼生的重叠，表现其虚无观和不可知论。他说："我们有时都会发现此生的某时与前生的某时非常相似。"（《七夜》，1980）

这方面的作品很多，其中较著名的有《爱德华·菲茨杰拉德之谜》《神学家》《另一个我》《等待》。

在小说《等待》中，杀手怕别人报复，逃到布宜诺斯艾利斯郊外藏匿，而且易名毕亚里（被害者的名字）。结果还是每天夜里噩梦缠身，梦见一个像他一样的杀手要谋杀一个叫毕亚里的对手。7月的一个早晨，对手找到了他，那时他刚刚惊醒，分不清是梦是实。正在怀疑之际，对方开枪射击，毕亚里饮弹身亡。

这岂不和"庄周梦蝶"一模一样！

正是出于他的这种或然论和虚无观，迷宫、游戏和镜子成了博氏幻想世界不可缺少的比喻。世界像迷宫，表面上有门有道、秩序井然，事实上陷阱密布、岔口交叠，一旦进入就使人难以自已，如《南方》（收入《杜撰集》中）、《阿莱夫》等等。生活像游戏，看上去公平合理，机会均等，但细细品味，一切都毫无意义：胜利是象征性的，希望是虚无缥缈的，如《巴比伦的抽签游戏》。人类像镜子，两面相加就会产生（繁殖）"无数映象"，如《新考证》。当然，博尔赫斯的高明之处还在于比喻的重叠，它们像镜子那样，重叠起来有无限的可能性。

一般地说，博尔赫斯的这些思想是一贯的，它们保证了他幻想的源泉永不枯竭：探索哲学和历史的文学性。换句话说，他的或然论和虚无观乃是他用诗人的眼光和想象，不断地重新审视哲学和历史使然。对他而言，这是一种严肃的游戏。游戏的唯一规则是放弃现实，拥抱幻想。

至此，我们已经看到了博氏幻想的由来，却尚未归纳出它在具体作品中的表现特征。其实，要归纳博氏幻想小说的特征是有相当难度的。因为他的多数作品都模棱两可、含混至极。有的亦真亦幻，虚实难辨；有的始终轮回，梦境套梦境，想要复述都很困难；而有的只是些有感而发的联想，甚至难以上升为真正的幻想。所以较为明智的办法是去粗存精，选择其中一二，进行分析类比。

3. 特隆世界：意志与存在，孰虚孰实

《特隆，乌克巴尔，奥尔比斯·特蒂乌斯》是博氏小说中最接近科幻小说的一篇。然而，它又明明不是科幻小说，因为特隆这个完整的世界仅仅是某些人的思维结晶，是人类想象的产物，而非真正的物理存在。

同时，和几乎所有博氏幻想小说一样，这部小说有两个层面：作为契机的

427

现实和由现实感发的幻想。在第一层面（现实层面）中，作者提供了详尽、可感的生活细节：他和他的老朋友比奥伊·卡萨雷斯在拉莫斯·梅希亚城的饭后长谈，以及有关布宜诺斯艾利斯的真人真事。第二个层面是非真实的，它便是特隆。特隆是一个由多方面能人组成的秘密社团的幻想。在那里，思维是第一性的，存在是第二性的。一切物质都依赖于思维而存在。而思维永远是现时的，因此，今天的太阳既不可能成为明天的太阳，也不可能是昨天的太阳。换言之，在特隆世界既没有未来也没有过去。现时（现时思维＝思维）即宇宙万物。为了使这个幻想世界在幻想中存活下去，成立于17世纪的秘密社团不断发展延续，直至1947年，幻想影响了现实。

这是博尔赫斯惯用的循环结构，类似结构还见于他的其他作品，如《萨伊尔》和《小径分岔的花园》等等。

4.《圆形废墟》：现实与梦境，梦中之梦

人生如梦，现实即幻想。对存在的本质的怀疑是博氏许多作品的主题。而在这些作品中，《圆形废墟》又是最典型、最能表现这个主题的一篇。

小说是在真与假、梦与实的不断转换中构建故事的。前面说过，博氏幻想小说常常在真实细节的铺垫中展开，然后引出幻想，再用幻想去覆盖真实。但《圆形废墟》不是。它从一开始就置读者于虚虚实实、虚实难分的困惑和怀疑之中：

> 谁也没有看见他是在哪一天晚上上岸的，谁也没有看见那艘竹筏是怎样沉没在沼泽地里的，但是几天以后，没有人不知道这个沉默寡言的人是从南方来的……他昏昏沉沉、鲜血淋漓地爬进了这圆形的废墟……这是一座古庙的遗迹，古庙焚毁后，受到了沼泽和林莽的亵渎……他知道这个废墟就是他不可战胜的意志所需要的地方……他知道他的任务是做梦……这个任务并不是完全不可能完成的；他要梦见一个人，包括他的全部细节。

主人公是个谜，废墟本身也是个谜：

> 这座曾经是火红色的古庙，现在变成了一片死灰。中央有只石虎或者一匹石马……

起初，他做的梦和废墟一样，是纷乱不堪的，不久，这梦便自然而然地恢复了面目，变得合乎逻辑了。他梦见自己在一座圆形的露天剧场（很像他目前所处的废墟），梦见了一群密集如云的学生。于是他梦见自己成了老师，正在给这群学生讲课。经过九个或者十个夜晚连续不断的梦境之后,他对这些被动听讲的学生感到了厌倦和失望,决定永远停课了。

这时,只有一个学生留了下来,这是个神情忧郁、性格倔强的少年,而且和他长得很像。从此,他只给这一个学生授课,把他当作自己的儿子,并教他逐步接近现实。渐渐地,他终于使小伙子习惯了现实。有一次,他命令他去远处山岭上插一面旗。第二天,旗帜果然就在山岭上飘扬了。这时,他明白,他的孩子可以独立存在了。但是,为了永远不让他知道自己仅仅是别人的一个梦,他使孩子忘掉了自己的出生和所有随师学艺的徒弟岁月。儿子离他而去。

可是,有一天他突然想起了巫师的话(巫师说的是神话):只有火能鉴别真实和虚幻。他非常担心自己用了一千零一夜梦出来的孩子有朝一日会因为火而知道自己的身世。

然而,有一天忧虑消失了:他所在的神庙(或者剧场)着了火。起先他想逃到水里躲起来,但后来明白,人到晚年,只有死亡是一种真正的解脱。于是毅然置身火海。但是,奇怪的是火焰并没有损伤他一丝一毫。这时,他惶恐,他明白,他宽慰,他自己也是一个梦,一个别人千方百计做出来的梦。

梦在博尔赫斯的作品中经常出现,就像上帝对莎士比亚所说的那样,"我不是我,我可能是一个梦,但我也做梦,梦我的世界,一如你梦你的作品"。

这些作品也都是循环结构,即我们曾经说过的A人乃B人所梦,又可能是C人梦中之梦。这是一种没完没了的梦的游戏、梦的迷宫。

5.《另一个我》:此我与彼我,似梦非梦

《另一个我》和《圆形废墟》有相似之处(二者都是讲人的存在、人的本质的),但表现形式却很不相同。在《另一个我》这篇小说中,占主导地位的是文学真实。

从某种意义上说,《另一个我》是博氏作品中最接近心理小说的一篇。

这件事发生在1969年2月的剑桥。我当时之所以没有尝试把它写下来,是因为我怕它影响我的头脑。我只想忘掉它。现在,几年过去了,我觉得如果我把这件事写在纸上,别人就可以拿去做小说看。我记得,此事发生的时候是很可怕的,而后的一个个失眠之夜便更不待言……

那是上午十点,我坐在面对查尔斯河的一条长凳上。右边大约五百码远的地方,有一座高楼;我从来不知道那楼叫什么名字……忽然间,我有一种感觉(按照心理学家的说法,这跟疲劳有关),觉得我从前来过这个地方,有过同样的感觉……

一个人在长凳的另一头坐了下来,他吹着口哨。我认出了这个人,不禁吃了一惊，就对他说：

——您是豪尔赫·路易斯·博尔赫斯。我也是豪尔赫·路易斯·博尔赫斯。今年是 1969 年，我们这是在剑桥。

——"不对。"他说，声音是我的，只稍稍有些走样⋯⋯"这是在日内瓦，从 1914 年起，我从未离开过这里⋯⋯奇怪的是，我们很相像，不过您老得多，头发都灰白了。"

为了证明"我"（姑且称之为老博尔赫斯）和"他"（姑且称之为小博尔赫斯）是同一个人，老博尔赫斯列举了 1914 年在日内瓦居住时随身携带的各种书籍、物品乃至某个别人不可能知道的傍晚所发生的一切。不料，小博尔赫斯却振振有词地说："这些证明不了什么。如果我梦见了您，那么您也就知道了我的事情。"

老博尔赫斯只好说："要是今天上午和这次会面都是梦，那么我们都得相信自己既是做梦人同时也是梦中人。"

后来，老博尔赫斯讲起了自己的事情（也就是小博尔赫的未来）。这些事情都是十分贴近生活的文学真实，也即所谓生活真实的再现。

他谈到了去世的父亲和健在的母亲还有做了母亲的姐姐。说着说着，他顺便问了小博尔赫斯一句：

——您呢？

——"都很好。"他答说，"父亲还在开那种亵渎神灵的玩笑。昨晚他说耶稣就像是加乌乔人，他们都不喜欢约束自己。您呢？"

——"⋯⋯写很多书⋯⋯你会写诗⋯⋯也会写带点幻想性质的小说⋯⋯"

小博尔赫斯说他正在编写一本叫作《红色赞歌》（1918）[①] 的诗集。然而又犹豫不决地问道："如果您真的是我，那么您怎么解释您竟然忘了 1918 年曾经遇到过一位老先生，他对您说他就是您，是博尔赫斯？"

老博尔赫斯没有想到小博尔赫斯会提出这么个难题，只好回答说："也许是那件事太奇怪了，所以我才故意把它给忘掉了。"

再往后，老博尔赫斯想起了柯勒律治的故事：有人做梦，去天堂旅行，得到

①　这是博尔赫斯一部早期习作，作品讴歌了苏联十月革命，表现出明显的未来主义激情。

了一朵花。梦醒的时候，发现手上果然有一朵花。于是就给了小博尔赫斯一张1964 年出品的美元，又从小博尔赫斯那儿要回了一枚他那个年代流行的法郎。

他们约好第二天老时候在老地方再见，可心里却知道对方（也是自己）在撒谎：因为奇迹如果发生两次，就不再是奇迹了。他们谁也没有去赴约，并且弄丢了"信物"。

没有证据，也就无法检验谁真谁假、谁是谁非。而现实与幻想之所以难分难解，其根本原因也在于缺乏一枚神奇的钱币，或者它们本身就是一枚钱币的两个面，或者任何钱币——"信物"本身也只是一种假设、一种象征。

至此，博氏小说的幻想形式达到了登峰造极的地步。一切都虚实模糊，但又都合情合理，就像似醒非醒时的梦境与现实、梦中人与做梦人，安知孰真孰假。

"第二天谁也没有去赴约。"两个博尔赫斯是虚是实，是梦是醒，也就永远没有结论，永远模糊下去了。

这就是博尔赫斯独一无二的幻术，也是他的高明和高深之处。

6.《秘密的奇迹》：时间幻术

博尔赫斯的许多作品都是写时间或是从时间切入的。时间的相对性给博尔赫斯插上了幻想的翅膀。在博尔赫斯看来，时间是一切生命的真正本质。我们可以逃避一切，唯独不能逃避对时间的依赖。我们的一举一动、所见所梦都取决于时间。所以与时间做游戏是人类所能做到的最最玩世不恭的举措和想法。《秘密的奇迹》便是博尔赫斯所做的两个典型的时间游戏。

在《秘密的奇迹》中，存在着两种截然不同的时间范畴：人的时间和神的时间。必须说明的是，博尔赫斯所说的神或上帝的本质不同于一般宗教范畴的神和上帝。在博尔赫斯看来，神和人一样，是不可捉摸的和不断变化的，因而也是没有结论的和难以定性的。他可能是一个梦，也可能是一种意念，或由这种意念产生的一种超然的存在。

这两个范畴又与两个梦境密不可分地重叠在一起。小说写一捷克作家哈罗米尔·拉迪克因被德国法西斯查出有犹太人血统而被捕。在此之前，哈罗米尔做了一个梦，梦见两个家族下一盘棋，下了几个世纪也没有下完，醒来一看，第三帝国的装甲部队已经开进了布拉格。哈罗米尔被捕后除了害怕，还担心他的一部得意之作《敌人们》将难以完稿：他将在 3 月 24 日上午 9 时被枪决，只有十天时间了。

《敌人们》是一出悲剧，只写了一个不完整的故事梗概：19 世纪的最后时刻，一个名叫罗谋施塔特的男爵被一些来历不明又似曾相识（也许是在梦中见过）的人搞得晕头转向。他们表面上恭维他，内心深处却暗藏杀机。其中一个来访者叫雅罗斯拉夫，此人不但对男爵不怀好心，而且百般引诱男爵的未婚妻。当然所有这些敌人，都只是男爵的幻觉而已，或者说根本就是男爵自己。

由于哈罗米尔心心念念的就是《敌人们》，竟然不再害怕死亡了。就在枪决执行前的最后一夜，睡梦又一次淹没了哈罗米尔。他梦见自己躲在克莱门农图书馆的一个大厅里，一个外表像博尔赫斯的图书馆员问他要什么，他回答说找上帝。这时图书馆员对他说，上帝在四十万卷图书中的某卷某页的某个字母里。哈罗米尔以为是戏言，并不相信。但这时他在一张印度地图上偶然摸到了那个字母并且听到有个声音在说："给你所需的时间吧。"他记起来，梦是属于上帝的，马伊莫尼达斯曾经说过，梦中的声音是神圣的，只要它清晰可辨，而又来历不明。

清早，他被带到刑场，行刑队举起了枪。他感到的是一种站在照相机前的犹豫。这时，他发现时间停滞了，奇迹发生了：从上士发出射击口令到子弹来到他的胸膛，整整耗费了一年的时间。更令他惊讶的是多少次他睡着了，做了梦，但醒来时世界依然停滞不动。一滴豆大的雨珠落到他的鬓角，慢慢地沿着面颊下滚。他修改了构思，写完了悲剧，连那个难以确定的形容词也终于找到了。那滴雨从他的面颊滚下：哈罗米尔·拉迪克死于3月29日上午9时2分。

妙就妙在时间的处理是与梦境的延展萦绕在一起，就像《等待》中的杀手与死者，都建立在现实与梦幻之间的那个永远模糊不清因而也永远可能的领域。

博尔赫斯说过："否定时间，否定自我，否定宇宙是表面的绝望、内心的宽慰。我们的命运（与斯韦登堡和西藏神话的地狱不同）之所以可怕，并不因为它是虚幻的，而是因为它是不可移易的铁的事实。"（《探讨别集》）

"就像古希腊人早知的那样，人生是梦幻的影子。"

神学否认上帝能够创造没有存在过的过去。那么人呢？博尔赫斯的这篇小说的答案显然是模棱两可的。诚如他在作品中所总结的那样，"变更过去，并不是变更一件简单的事实，而是取消它的所有前因后果；它们可能是无限的"。

除了梦幻，也许只有文学能否定时间。

7. 皇宫寓言：文学与现实，孰真孰假

　　有一天，皇帝带着诗人参观皇宫……它很像一座无法丈量的露天剧场……但宫中错综复杂的通道和柏树围篱又说明它是一个迷宫……这位诗人（他似乎对那些人人惊讶的奇观无动于衷）吟诵了一首短诗。今天我们发现，此诗是和他的名字紧密联系在一起的。按照更加细心的历史学家的说法，它使他丧了命，同时也使他获得了永恒。……这是一首真正的诗，里面耸立着这座雄伟的皇宫，完完整整，巨细俱全，包括每一件著名的瓷器及瓷器上的每一个图案；还包括暮色和晨曦，以及从远古到今天的各色神灵、龙种与凡夫俗子……所有人听完这首诗后都默不作声,唯独皇帝大发雷霆:"你抢走了我的皇宫!"于是,刽子手用钢刀砍下了诗人的脑袋。

"举一反三,这就是一切艺术的秘诀。"博尔赫斯如是说。在《皇宫的寓言》这篇长不过千余字的寓言体小说中,博尔赫斯的有关主题几可一览无遗。你看,世界就像回廊迂曲的皇宫,皇宫又像那无始无终的剧场,人们在扮演各自的角色。同时,世界又像一座迷宫,皇宫构成了秘密通道的始终,无论皇帝还是臣民都仿佛在纡尊降贵地做一场游戏。更有甚者,世界还像是诗人幻想的产物,或者说他的想象包含了皇宫内外的一切现实。于是幻想与现实合二为一,现实与文学水乳交融。在博尔赫斯看来,这就是似是而非、似非而是的世界,也是亦真亦幻、亦虚亦实的文学。因为一方面世界是存在的,被诗人"窃"去而成为文学;但另一方面世界又分明是诗人的创造,是幻想。至于究竟是皇宫造就了诗人还是诗人创造了皇宫,人们便"不得而知";有人甚至说:"只要这位诗人吟一首皇宫消失的诗,那么消失的将不再是诗人的性命而是整个皇宫。"

不言而喻,博尔赫斯的上述作品都构建在现实与幻想之间的模糊领域,也就是说它们属于卡约斯所说的那种少有的幻想小说:因果颠倒,时空错位,亦虚亦实,虚实相生。这就是真真假假、玄之又玄的博氏小说,也是似是而非、似非而是的博氏世界。它们所包含的幻想美学模糊、消解了文学与现实、现实与梦幻的界限,从而对文学进行了新的界定:文学 = 幻想 = 现实 = 游戏,是按一定规范运作的生命体验。还是那个意思:一如潜心游玩的孩童,文学(还有现实)中的各色人等如作家、读者便是通过游戏中介 —— 故事(或者生活)所规定的假设(法则)全身心地投入游戏的,而他们的生活经验、心理感受和全部生命力,正是在此过程中得到充分显示和体现的。也正是在此隐喻和明喻交织的过程中,人们麻木的童心和神经得到了苏醒和恢复。这就是文学美也是生活美之所在。否则,就真的是"太阳下没有新鲜事物了"。

可见,在博尔赫斯那里,幻想与现实没有界限,文学与现实亦然,文学即现实即幻想即游戏即梦,就像在某些心理学家那里,无论正常、异常都是非常实际的心理现象甚或性压抑使然一样。

博尔赫斯熟谙东西方哲学,推崇虚无主义、怀疑主义的唯名论,以及超脱世俗、故作旷达的玄学。他的幻想美学在一定意义上与"庄周梦蝶"一脉相承,是极端主观的、唯心的、虚无的,甚至不乏神秘色彩的。

但是,从文学发展的角度看,博氏理论、博氏小说又是极富价值的:它强调了作为文学重要原生形态的幻想,给几千年来受现实主义浸染和统治的文学创作与阅读提供了新的角度,推动了世界文学尤其是拉美文学的发展,为后来蓬勃兴起的拉美幻想派小说奠定了坚实的基础。

（二）比奥伊·卡萨雷斯和胡利奥·科塔萨尔

博尔赫斯的探索得到了拉丁美洲同时代及年轻一代小说家的响应。早在 20 世纪 40 年代，阿根廷作家阿道夫·比奥伊·卡萨雷斯、希尔维娜·奥坎波、维克托里亚·奥坎波、罗德里格斯·莫内加尔、胡利奥·科塔萨尔等人就众星捧月般地聚集在博尔赫斯周围，创作了许多脍炙人口的幻想小说，其中尤以比奥伊·卡萨雷斯和胡利奥·科塔萨尔的作品令人叹服。

比奥伊·卡萨雷斯是博尔赫斯志同道合的忘年交，1914 年出生于布宜诺斯艾利斯。比奥伊·卡萨雷斯从小嗜书好读，少年时就显示出不凡的文学天赋，尽管他的成名作（也是其代表作）是在 1940 年才问世的。

1940 年，比奥伊·卡萨雷斯发表了第一部长篇小说《莫雷尔的发明》。这是一部非常奇特的幻想小说，以第一人称形式展开。

主人公"我"是拉美某国的一名作家，莫名其妙地被捕入狱后，受尽了折磨。弥留之际，一个偶然的机会为他提供了越狱潜逃的可能。他抓住了这一机会，幸运地逃出了监狱，又在一群印第安人的帮助下偷越国境，摆脱了独裁者的阴影并辗转来到欧洲某国。

为逃避国际刑警组织的通缉追捕，他误入某黑社会组织，但终因良心未泯，不甘沉沦堕落而决心离去。为此，他几经周折，死里逃生，来到西西里岛。在那里，他偷了一只小划艇，毫无目标地漂到了太平洋。经过不知多少时间的漂泊，他的小划艇在一个不知名的小岛搁了浅。当时他已经完全失去了知觉。

当他从昏迷中醒来的时候，发现自己已奇迹般地身处孤岛，简直难以断定是梦是实、是死是活。他看到这是座面积不大的荒岛，岛上长满了青草树木。小岛的中心是一座小山，山顶上有一幢两层建筑，看上去像一幢豪华别墅。离两层建筑不远，有一座小教堂和一个露天游泳池。由于岛上空无一人，所有这些都开始颓败变色。两层建筑和教堂的大理石上长出了青苔，四周长满了野草；游泳池成了一汪污秽的臭水，栖息着无数蛤蟆和其他两栖动物。他战战兢兢地察看了教堂和那座两层建筑。教堂没有什么特别的地方，可那座两层建筑却令他惊叹不已。那是座造型奇诡、材料考究的多功能建筑，一层是图书馆、客厅和厨房，二层是两排豪华舒适的卧房。地下室储藏着一应食物，还有一台供照明用的发电机。

他在相当规模的图书馆里发现，除了一本《波斯人的磨坊》之外，其余的都是科学著作。这使他十分沮丧。好在他每天要做的事情很多，忙忙碌碌的，并没有感到无书可读的孤独难熬。

然而，好景不长，储藏室里的食物很快就吃光了；更糟的是，气候开始反常，水位不断上涨。他又饥又热，不免有些昏昏沉沉。

这时，他看到岛上来了一群不速之客。出于谨慎的考虑，他不得不离开山顶，躲到礁石后悄悄观察动静。他发现来者既不像冒险的游客，也不像遇难的水手，倒像是该岛的主人。他们毫无顾忌地占领了整座大楼，还跳到污秽不堪的游泳池里游泳……与此同时，自然环境进一步恶化。为隐蔽起见，他躲进了沼泽地。潮汐失去了规律，太阳比以往任何时候都灼热，而且延长了日照时间。不久，白天的天空上出现了两个太阳，同样，夜幕降临后众星围绕的也就不再是一个月亮。众多令人费解的奇迹的出现，使他不能不做出种种推测：

（1）他死了：去了另一个世界；

（2）他病了：饥肠辘辘，高烧不退，神志不清；

（3）他疯了：两个太阳的同时出现不是因为他病得不轻，就是因为他疯了；

（4）他在做梦：梦中什么都可能发生。

然而，最大的问题是他发现自己是有感觉的，脑子也常常是清醒的。就在他犹豫、绝望、自以为精神崩溃之际，一个神情忧郁、仪态端方的女人来到了沼泽地前。她并没有发现他，或者根本对他视而不见，只是举目远眺，默默地凝视落日晚霞，直到夜幕降临。

此后，她日复一日，每天都来观看日落。女人的出现给他带来了莫名的安慰。渐渐地，他爱上了这个不知其名的女人，还把脱离这以死鱼烂虾为食的梦魇的希望寄托在她身上。

他决定鼓起勇气去接近她，不料，和她同来的一个大胡子阻碍了他的计划。这时，他知道她叫福斯蒂妮，那大胡子叫莫雷尔。他们是法国人（因为都讲法语），到这儿来是为了度假。他还知道莫雷尔正在苦苦追求福斯蒂妮，弄得福斯蒂妮十分苦恼。

一天夜里，受饥饿和好奇心的驱使，主人公乘着夜色潜回山顶。他在教堂和大楼里东躲西藏，以逃避和那十几个神出鬼没的家伙相遇，最后竟不知不觉地进入了福斯蒂妮的卧室。多年以来，第一次和一个女人单独在一起共享同一房间，不禁使他想入非非

在偷看了福斯蒂妮的一切秘密以后，他便益发钟情于她，也愈来愈妒忌莫雷尔。经过一系列鬼使神差的巧合和长时间的跟踪侦查，他发现莫雷尔是个城府很深的家伙，对福斯蒂妮等人怀有不可告人的目的。不久，他的推测得到了验证。

一天晚上，莫雷尔把所有人召集到大厅里，对他们说，他发明了一种机器，能使人获得永生。原来，莫雷尔发明了一台世界复制器。这台机器借助于潮汐的动力，已将岛上的一切用胶片摄录下来。一旦机器进入播放状态，人们就能看到各自活生生、全方位的立体形象。

然而，莫雷尔的话引起一片哗然。有人指责他不该擅自支配别人的形象；有的出于好奇，请求他播放自己的形象；大多数人（包括福斯蒂妮）则要求莫

雷尔立即停止这闻所未闻的闹剧,并纷纷要求离开海岛。

莫雷尔对此始料未及,顿时气急败坏。第二天,一艘轮船驶近了小岛,众人上船离去。

主人公在莫雷尔的遗物中发现了复制器的设计图纸和使用说明,并且按照图纸和说明找到了深藏在地下室隔墙内的复制器。当他启动播放开关时,时间倒流了,往日的情景重新出现在他的面前。两个太阳、莫雷尔和福斯蒂妮……

经过多次演习,他不但掌握了复制器的摄制和播放原理,而且大胆地搬进了福斯蒂妮的卧室,拥有了福斯蒂妮的一切。为了使福斯蒂妮永远和自己在一起,他用莫雷尔遗留的一台手携式复制器重新复制了莫雷尔的复制品,并把自己和福斯蒂妮在一起的情景插入其中。经过一番精心的编排和剪辑,他完全介入了福斯蒂妮的生活。此外,他还根据复制器的工作原理,摄下了潮汐和不停地运转的发动机。这样,只要机器不损坏,复制的世界、他和福斯蒂妮的爱情将不断循环,直至永远。

一切都合情合理,天衣无缝。他再也不必因失去福斯蒂妮而痛不欲生,他将永远拥有一个年轻的、活生生的福斯蒂妮。

可是,没过多久,他的毛发开始脱落,手指失去了知觉。这时,他忽然想起了多年前在报纸上看到的一条消息:日本飞鱼号巡洋舰在太平洋某岛附近发现一条怪船,船上的十几名人员已经全部死亡,死者的特征是毛发全无,指甲脱落,仿佛受到了某种可怕的瘟疫的袭击。由于和这艘神秘轮船的接触,日本巡洋舰厄运缠身,最后触礁沉没。他曾经怀疑这条由所谓日本舰长临死发出的消息,认为它一定出自哪位三流的幻想作家。而今他打消了一切寻找或者见到真正的福斯蒂妮的念头。他猜想所谓瘟疫乃是复制器辐射所致,并料定自己再也不能活着离开这座孤岛了,聊以自慰的只有他和福斯蒂妮那不断重复的相爱场面,以及他那日臻完善的历险记:《莫雷尔的发明》。

博尔赫斯在他的评论中用"完美"二字概括了这部幻想小说。这的确是一部完善的幻想小说,然而又不仅仅是一部幻想小说。它十分巧妙地逾越了在许多人看来难以逾越的界线,如幻想与现实、故事情节与心理描写等等。

谁也无法确定《莫雷尔的发明》是主人公的虚构还是写真,或者癫狂还是噩梦使然。就连主人公也怀疑这一切可能是高烧所致,梦幻所致,恐惧所致,精神错乱所致,或死亡所致。他甚至怀疑自己从未逃脱独裁者的监狱,因为独裁者的监狱戒备森严,是没有人能逃脱的人间地狱。

恰恰是这种不确定性,造就了《莫雷尔的发明》,并且为"情节消亡""心理小说一统天下"的20世纪40年代的阿根廷文学(乃至整个西方文学)开辟了一条崭新的道路。因为它天才地消解了幻想和现实、故事情节和心理描写的界限,解决了艺术性和可读性之间那常常难以两全的尴尬。

比奥伊·卡萨雷斯后来又接连发表了近十部（本）幻想小说，却都没能超越《莫雷尔的发明》。从某种意义上说，《莫雷尔的发明》为幻想小说树立了一座难以逾越的丰碑。

比奥伊·卡萨雷斯后来的作品主要有：《逃亡计划》（1945）、《天然情节》（1948）、《英雄之梦》（1954）、《梦幻世界》（1956）、《阴影之下》（1962）、《大塞拉芬》（1967）、《猪战日志》（1969）、《向阳而睡》（1973）、《江山美人》（1979）等等。

其中，非常值得一提的有《英雄之梦》和《大塞拉芬》（又译《六翼天使》）。前者是一部在梦境和现实之间做文章的幻想小说，颇有些博尔赫斯小说的味道；后者是一部短篇小说集，从篇幅到内容都参差不齐。在这个集子中，要数《捷径》最奇谲，也最是比奥伊·卡萨雷斯自己。

《捷径》写一个叫古斯曼的推销员发现妻子和他的同事巴蒂拉纳有染后，心理失去了平衡。有一次，他带着比他年轻的巴蒂拉纳出差前往阿根廷和乌拉圭接壤处。途中，古斯曼为了不让同伴舒舒服服地睡大觉，选择了一条早已废弃的旧公路（"捷径"的一层意思就在这里）。经过好一段时间的颠簸，古斯曼的汽车驶进了茫茫荒野。这时，天下起雨来，古斯曼以汽车发生故障为由命令后面的巴蒂拉纳下去推车。巴蒂拉纳无奈，在坑坑洼洼、泥泞不堪的道路上推着车，成了落汤鸡不说，还增添了几分饥饿感。

尽管巴蒂拉纳竭尽全力推车，车子还是抛锚了。巴蒂拉纳四顾茫茫，不禁黯然神伤。古斯曼却颇有些幸灾乐祸，因为即使对方淋一夜雨、推一夜车，也难消他心头之恨。

雨天黑得早，也黑得深。在这伸手不见五指的茫茫夜晚，古斯曼本可以一劳永逸地除掉这心头之患（"捷径"的另一层意思也许就在这里）……

突然，前方出现了一束灯光。那是一座兵营。一个体态丰满的女军官将他们让进门去。此后是一系列令二人目瞪口呆、莫名其妙的盘问与审讯。巴蒂拉纳的那双色眯眯的眼睛一直紧盯着女军官。经过一番令古斯曼恶心的眉来眼去，那女军官带走了巴蒂拉纳。这时在座的另一名军官说，那女军官是他们的教导员，性欲极强且有点变态。她带走巴蒂拉纳一定是为了发泄难以抑制的性欲，然后毫不留情地将他处死。不知是出于什么心理，那人决定放了古斯曼，示意他在女教导员回来之前逃出兵营。古斯曼战战兢兢地逃出了兵营，找到了自己的汽车。这时，他听到一声清脆的枪声。枪声过后，四周恢复了寂静和漆黑。

当黎明悄悄降临的时候，古斯曼已经驾车回到了高速公路，心里盘算着该如何向人们解释所发生的一切。

这显然也是一部极其含混、多义的幻想作品。首先，读者难以确定兵营一幕是古斯曼的想象呢，还是他有预谋的借刀杀人或现实巧合；其次，兵营对于阿根廷人而言，又确有其无可否认的特殊含义：历史上，军事当局曾经使不知多少无辜者永远失踪。

正是这种社会现实与人物心理、动机与结果、偶然与必然的真真假假和真假难辨的神奇与模糊，成功营造了作品的幻想氛围。

和比奥伊·卡萨雷斯一样，胡利奥·科塔萨尔深受博尔赫斯的影响。所不同的是前者是博尔赫斯的莫逆之交，后者是博尔赫斯的得意门生。学生时代，科塔萨尔曾师从博尔赫斯，对博尔赫斯的创作主张可谓心领神会，但走的却是另一条路：博尔赫斯的作品起于观念，耽于钩沉索隐；而科塔萨尔津津乐道、曲尽其妙的却是真实的内心感受。博尔赫斯的名言是"文学即游戏"，而科塔萨尔则认为文学即宣达。换句话说，博尔赫斯走的是"玄之又玄"的"众妙之门"，而科塔萨尔的小说则分明是有感而发的入世之作。但二者的共同之处又是显而易见的，那就是幻想，是模棱两可的象征。

科塔萨尔于1914年生于布鲁塞尔。当时他父亲是阿根廷驻比利时的外交官。1919年，他和母亲及离任的父亲迁回布宜诺斯艾利斯。不久，父亲弃家出走，杳无音信。父亲的行为使母亲蒙受不白之冤，科塔萨尔也因此患上语言障碍（不会发颤音）而备受欺凌。同学们骂他"弃儿"或"比利时佬"，连邻居也对他嗤之以鼻。家庭不幸和社会偏见导致了科塔萨尔孤独、内向的性格，并使他自幼养成嗜书好思的习惯。七岁起，他在母亲的熏陶和帮助下阅读了大量浪漫主义作品和幻想小说。

童年在书的海洋里匆匆流逝，但孤独和痛苦却一如既往侵袭了他的青少年时代。他十岁时对一名同班女生产生了爱慕之情，并化名给她写了一首情诗。不料此事败露，同学们嘲笑他，老师和母亲批评他，他的自尊心遭到了挫伤。此后他常常逃学，在孤独中创作了一部长篇小说和大量诗歌，还撰写了一篇关于济慈的论文。他写了毁，毁了写，聊以填补情感的黑洞。

后来，他虽身高超出常人（近两米，人称"巨人"）而且长了络腮胡子，但内心依然孤独胆怯。1938年，他化名丹尼斯，发表了第一部诗集《现在》。

第二次世界大战爆发后，阿根廷政局动荡，法西斯分子活动猖獗，至1943年亲德的"联合军官团"上台，轴心国势力已完全控制布宜诺斯艾利斯。科塔萨尔不满时局，辞去了他在大学的教学工作，从此失去了经济来源和人身自由，饱尝担惊受怕、颠沛流离之苦。就在这时，他和大学时代的客座教授博尔赫斯重逢，并在后者的鼓励下翻译了爱伦·坡的恐怖小说，创作了短篇小说集《动物寓言》（又译《兽笼》，1951）。

《动物寓言》是写恐惧的，它的问世使科塔萨尔名重一时，却也进一步恶化了他与当局的关系，开始了他艰难困苦的流亡生涯。

科塔萨尔的早期作品大都表现难以名状却又缠绵悱恻的内心感受，具有强烈的荒诞色彩。当人物莫名其妙地逃离"被占领的房子","或有人呕吐出活蹦乱跳的兔子",或感觉到自己变成蝾螈,或分不清楚梦幻与现实的时候,不由你不联想卡夫卡的寓言和博尔赫斯的臆造。但是,与卡夫卡和博尔赫斯不同的是,科塔萨尔的这些作品充满了恐怖气氛。

在《被占领的房子》中,人物——姐弟俩的寓所受到了某种神秘力量(也许是感觉,总之他们并不知道侵占者所为何物)的威胁,惊慌失措,惶惶不可终日,一如胆小的孩子噩梦初醒。他们精神恍惚,草木皆兵,忽而"听到厨房里有动静",忽而"感到卧室里有声音",于是东躲西藏,最后终于逃出家门、流离失所,表现出极其无奈的认命:"我拽住伊雷内的胳膊,把她拉到门口,且始终不敢回头。身后,无声的骚动更加激烈……""我看了看表,是晚上十一点。我挽着伊雷内的腰(我想她在哭泣),一起走向街头……"这种神奇而又可怕的力量似有形又无形,似有声又无声,是客观的、外在的,仿佛又全然滋生于人物心灵。它同漆黑、静谧、可怖的黑夜和激荡、恐惧、哆嗦的人物内心融会贯通,给读者以强烈的感观刺激。

它象征着阿根廷社会的黑暗、恐怖,还是纯粹的噩梦使然?作品本身是没有答案的。

《公共汽车》也是一篇类似的"恐怖小说":主人公莫名其妙地受到其他乘客的"敌视"(或者产生了类似幻觉),她从惊讶疑惑到坐立不安到恐惧失态的情绪变化和感觉升腾,将作品的气氛推向高潮。这一作品令人联想到惯于以小见大、声东击西的博尔赫斯,但恐怖又是爱伦·坡式的。

在《给巴黎一位小姐的信》中,科塔萨尔塑造了一个名叫安德烈的知识青年的形象。他聪颖、正直,可谓德才兼备。然而,弥漫着恐怖气氛的环境,使他终日惶恐不安。结果,在给一位女友写信倾诉其压抑情绪时,他狂吐起来,而呕吐物竟是一群活蹦乱跳的小兔。

短篇小说《美西螈》中也有类似的荒诞情节:人物同情水族馆内的蝾螈,继而在蝾螈身上看到了自己的投影,最终感到自己原来也是一条蝾螈。这种虚虚实实、虚实相生、若即若离、飘忽不定的象征性幻象(或形变),即人物是蝾螈或变成了蝾螈,或误认为自己是蝾螈的不确定状态,同卡夫卡式的变形不尽相同(尽管骨子里不乏卡夫卡式表现主义的躁动),它更像博尔赫斯的游戏(尽管二者的出发点及所指又迥然有别)。科塔萨尔的"变形"(姑且这么说吧)是一种亦真亦幻的境界,用他本人的话说是"荒诞现实的自然形态",是恐怖使然。

类似的作品还有很多,其中《禁门》是他流亡法国以后第一次回南美洲时在蒙得维的亚的一家旅馆里写成的。当时,祖国咫尺天涯。小说的主人公从梦中醒来,听到有一个弃婴在隔壁啼哭,于是触景生情(或者是重返梦境),认为自己也是个孤苦伶仃的弃儿，或者就是隔壁的弃婴。

流亡，是许多拉美作家的共同命运，是拉美社会专制统治及种种戏剧性状态的最好见证。19世纪以来，亡命国外的拉美作家不计其数，科塔萨尔只是其中的一个。但科塔萨尔并不消沉。他诙谐地称流亡是拉美独裁者们颁发给每个热血青年的出国"奖学金"，并借此自慰，不但缓解了无家可归的苦痛，而且开阔了思路。

在科塔萨尔以后的幻想作品中，夸张的荒诞取代了恐惧和噩梦导致的荒诞。《南方高速公路》（1966）是他中晚期幻想小说的代表作，写"南方高速公路"交通堵塞后，人们由焦急到平静到麻木认命到跳下车来，在荒郊野岭建立起一个平等幸福的"乌托邦"。这里既没有现代社会的混乱与冷漠，也没有阶级社会的压迫与不公。所有人都以各自的车辆命名："绿色轿车的小姐""福特轿车的先生"等等。人们相互关心，和睦相处，各倾所有，各尽所能；一切都是那样的和谐与合理。只有一个人"留下汽车""走了"。

时间久了（冬天又来了，还下了雪），一个越来越庞大的"高速公路社会"逐渐形成：××夫人发现××小姐住进了××先生的汽车；××小姐怀了孕，就要分娩……诸如此类，不一而足。

这是一种夸张所导致的荒诞，一种化习常为神奇的想象，令人联想到卡夫卡式的"审判"、贝克特式的"等待"。然而，它又全然没有卡夫卡的悲哀、贝克特的缥缈和早期作品的压抑。因为后来，再后来，道路疏通了，人们便收拾停当，争先恐后地"以八十公里的时速，驶向前方"。

况且，作品所表现的又是非常时期人们返本还原的善良天性，是科塔萨尔一个时期真实思想的大曝光：毫不隐讳地道出了他形而上学的追求，同时也预示着他晚年的形而上学的超越。

（三）其他

当代拉美文坛幻想小说杂然纷呈，幻想作家层出不穷，尽管他们并不都像博尔赫斯、比奥伊·卡萨雷斯或科塔萨尔那样有所创新，有所突破。同时，写实主义依然繁荣不衰、佳作众多。这种情势甚至大大成就了介于幻想文学和写实文学之间的魔幻现实主义。

之所以要这样提到"魔幻现实主义"，是因为它的一位大师不是自命为"写实主义作家"，就是以"幻想作家"自居。这位大师就是加西亚·马尔克斯。不说其他幻想作家无妨，但不能不说说加西亚·马尔克斯这个特殊的"幻想作家"。这倒并非因为他比别的幻想作家名气大，也不是因为他在这方面有多少创新或突破，而完全是因为用他证明笔者在绪论中说过的拉丁美洲当代小说流派的特殊性再好不过：你中有我，我中有你；一个作家可以"横跨"几个"主义"，既是"魔幻现实主义"作家，又是"结构现实主义"或（和）"心理现实主义"

或（和）"幻想派"或（和）"社会现实主义"小说家。

1. 加西亚·马尔克斯

加西亚·马尔克斯说："他活像巨人显圣。"这是20世纪50年代加西亚·马尔克斯流亡法国时在巴黎圣热尔曼大街第一次见到他心目中的偶像——胡利奥·科塔萨尔时的感觉。其时，科塔萨尔已因《动物寓言》等名噪拉美；而加西亚·马尔克斯则正绝望地栖身于廉价妓女出没的廉价旅馆，幻想着成为科塔萨尔那样的"幻想作家"。

不错，加西亚·马尔克斯年轻时一直幻想成为幻想作家，后来则常常以幻想作家自居，而对魔幻现实主义的说法却始终不以为然。他甚至声称：《百年孤独》也不外是"一系列比幻想更幻想的现实故事"。此言真假虚实姑且不论，但青年加西亚·马尔克斯确实创作了不少堪称佳品的幻想小说。

当然，青年加西亚·马尔克斯并没有模仿科塔萨尔，因为当时有比科塔萨尔更值得模仿的人选，那就是卡夫卡。

是的，卡夫卡在加西亚·马尔克斯的早期创作中留下了鲜明的烙印。

> 一天早晨，格里高尔·萨姆沙从不安的睡梦中醒来，发现自己躺在床上变成了一只巨大的甲虫。他仰卧着，那坚硬得像铁甲一般的背贴着床。他稍稍抬了抬头，便看见自己那穹顶似的棕色肚子分成了好多块弧形的硬片，被子几乎盖不住肚子尖，都快滑下来了。比起偌大的身躯来，他那许多只腿真是细得可怜，都在他眼前无可奈何地舞动着。[①]

当加西亚·马尔克斯读到这里的时候，不禁拍案而起："见鬼，居然还有这样写的！"[②] 于是他模仿卡夫卡，创作了《第三次无可奈何》《死亡的另一根肋骨》《夏娃与猫》《镜子对话》《三个梦游者的苦闷》《蓝宝石般的眼睛》《有人糟蹋玫瑰》《鹭鸶的夜晚》《观雨独白》等短篇小说。[③]

卡夫卡的魅力在于荒诞，这种荒诞不是无谓的、哗众取宠的臆想，它来自作者对人的深切关注，表现了异化世界中人的无可奈何的孤独、分裂、扭曲、变形、死亡，具有实实在在的社会内容。

---

① 卡夫卡：《变形记》，李文俊译，《〈世界文学〉三十年优秀作品选　1　小说》，浙江文艺出版社，1983年，第292页。

② García Márquez y Mendoza: *El olor de la guayaba*, Buenos Aires: Editorial Sudamericana, 1982, p.44.

③ 这些短篇小说创作于20世纪40年代末至50年代中。

在前几篇小说（除梦境般的《镜子对话》）及《有人糟蹋玫瑰》中，加西亚·马尔克斯用死亡隐喻人生的孤独：

> 因为是周末，而且雨过天晴，我想替我的墓地搞一束玫瑰。玫瑰有红色的，也有白色的，是她用来供奉祭台或者编了花环出售的……
> ……她俨然还是四十年前站在面前对我说话的那个女孩：
> "进了木箱，怎么还瞪着眼睛？"
> 一点儿没变，仿佛时间停在了那个遥远的八月。那天下午，太太们把她带进了房间，指着我的尸体对她说："哭吧，就当是你的兄弟。"
> …………

于是，通过"死人"的眼睛，作品从那个遥远的下午开始叙述，直至：

> 有一天，这里的一切将会发生变化，因为我必须出门求援，告诉别人，住在这所破屋子里的卖花老妪已经寿终正寝，需要四个年轻力壮的男人将她抬上山去……对于她，那将是个开心的日子。她会知道，每个周末爬上祭台、弄乱玫瑰的，并非无形的风。[1]

《第三次无可奈何》描写死人的无可奈何的孤独；《夏娃与猫》写夏娃死后希望将灵魂依存于生前喂养的猫，但始终找不到它的影子，当明白她死后已经过了好几千年，她绝望了；《死亡的另一根肋骨》写人物在他已故兄弟身上看到了自我，顿时身临其境地感觉到了死亡的痛苦 —— 灵魂的寂寞和肌体的腐烂；《有人糟蹋玫瑰》也是阴魂不堪寂寞，说有人死后常去教堂，还每天偷取玫瑰以装点自己的坟墓；《观雨独白》中马孔多[2]连绵不绝的雨使人物内脏长出了蘑菇……

这些作品意在渲染一种超然的氛围，描写一种荒诞的场景。所以，重要的是表现手法，是象征，是卡夫卡式的意境，而不是别的。

从《三个梦游者的苦闷》到《鹭鸶的夜晚》，加西亚·马尔克斯的荒诞中出现了更多的梦的成分。这也许是加西亚·马尔克斯通过科塔萨尔看到了博尔赫斯亦未可知。

在《三个梦游者的苦闷》中，梦游者们因理想中的少女受伤致残而忧悒不

---

[1] García Márquez: *Antología de cuentos*, Barcelona: Seix Barral Editores, 1983.
[2] 这里第一次出现了马孔多。

堪：她"丧失了女性的表情"，将不能成为家庭主妇，不可能生儿育女，"尽管他们曾经多么盼望，有朝一日她的婴儿呱呱坠地"。《蓝宝石般的眼睛》也是写梦的：人物梦见一个女人并为她蓝宝石般的眼睛所吸引；此后他在梦中经常同她幽会，而她却在生活中徒劳地寻找着他。《鹭鸶的夜晚》虽然是写三个醉鬼的，风格却与《三个梦游者的苦闷》十分相似，因为它是他们模仿鹭鸶叫声而双目失明后似醉非醉的幻觉。

此后，也就是20世纪50年代末，加西亚·马尔克斯发现了海明威、乔伊斯和福克纳，尤其是福克纳，于是开始构筑他的"南方世界"了。

后来，再后来，成熟了，也成名了的加西亚·马尔克斯竟又时不时地回到幻想小说，而且在一些作品中明显地和当时的科塔萨尔殊途同归了。

（1）《巨翅老人》

《巨翅老人》①是加西亚·马尔克斯中后期幻想小说的一种类型，是写"不可能"的。故事发生在一个无名小镇，滂沱大雨使洪水泛滥成灾：

> 贝拉约夫妇在房子里打死了许许多多的螃蟹。……贝拉约扔完螃蟹回来时，费了很大力气才看清那个在院子深处蠕动的东西：一个耄耋之年的老人。……他嘴巴朝下，伏在烂泥里，发出阵阵呻吟。尽管他拼命地挣扎，依然不能站起，因为有张巨大的翅膀妨碍着他的活动。

巨翅老人的消息不胫而走，有人说他是一位天使，但有人说他更像魔鬼，众说纷纭，莫衷一是。贡萨加神父立即修书一封，把情况向主教做了汇报，并请主教务必将此信转呈罗马教皇。

贝拉约的小院顿时门庭若市。好奇的人们从四面八方蜂拥而来。贝拉约太太埃丽森达突然想出一个主意：堵住院门，向观看"天使"的人们收费。她发了财，"屋子里装满了银子"。

久而久之，"天使"失去了吸引力，贝拉约夫妇用来关押他的大鸡笼也渐渐地被岁月侵蚀毁坏。"天使"到处乱爬，糟蹋了地里的庄稼。贝拉约夫妇"用扫帚刚把他从一间屋子里赶出去，可转眼间又在厨房里遇见他。见他同时出现在那么多地方，他们竟以为他会分身法。埃丽森达经常生气地大叫自己是这个充满'天使'的地狱里的一个最最不幸的人"。然而，一天上午，"天使"突然扑棱着沉重的翅膀飞走了。

好一个荒诞的故事！可又不尽是荒诞。除去"天使"，一切都是平淡无奇的：

---

① 以下作品创作于20世纪50年代末至70年代。

连绵不绝的暴雨、泛滥成灾的洪水、比比皆是的爬虫、利欲熏心的市民、煞有介事的神父……但是正因为有了"天使",平淡无奇的真实得到了深化和升华。降下"天使"的暴雨该是多么滂沱的暴雨,出卖"天使"的市民该是多么利欲熏心的市民!

但是,加西亚·马尔克斯的"天使"是此天使而非彼天使。他是一个长着巨翅的"年迈老人",而神话中描绘的天使总是光彩夺目的金童玉女;他是一个羽毛衰败受尽磨难、垂死挣扎才能勉强起飞的"天使",全然没有半点真正天使的尊严与神通。他给贝拉约夫妇带来了恐惧、财富和小小的灾难。他不期然而然地来到人间,又不期然而然地离开人间,给人们留下了一个硕大的问号:他是谁?是没落的宗教?是垂死的上帝?这是作品留给读者的问号。

(2)《漂亮的溺水者》和《雪地上的血迹》

这两篇小说属于加西亚·马尔克斯的另一类幻想小说,其幻想来自夸张和介于可能与不可能之间的荒诞。

在《漂亮的溺水者》中,我们可以看到现实如何转化为荒诞,而荒诞又如何转化为现实,成为它不可分割的组成部分。"海面上渐渐漂过来一个黑乎乎的东西,先发现的孩子们炫耀说那是一艘敌船。"过了一会儿,见那庞然大物上没有旗帜,便以为是鲸鱼。一直到它在海滩上搁浅,他们才看清它是一具巨大的尸体,其之所以如此,"可能是因为它在水里泡的时间太长了"。这是从荒诞到现实的第一次转化,其实并不荒诞。然而真正的荒诞却在现实中产生了:他的魁伟、他的"男性美",使村里的妇女们为之倾倒。

> 她们觉得那天夜里连风都反常,加勒比海从未有过这么大的风,妇女们认为这些异常的变化一定与这位死者有关。这些女人还幻想:如果那漂亮的男人住在这个村子里,他的房子一定有宽大的门;高高的房顶和结实的地板;他睡的床垫一定是以弹簧和铁螺栓为主要材料做成的;他的女人一定是最幸福的。她们想象着:他很有权威,如要海里的鱼,他只消呼唤它们的名字就行了;他是那么热爱劳动,以至于能使最荒凉的石头地里流出水来;他还能在悬崖峭壁上栽种鲜花。她们暗自拿他跟自己的男人比,觉得自己的男人干一辈子也不及他一夜;她们内心里都咒骂自己的男人,觉得他们是世界上最渺小、最没本事的人。

她们终于给死者取了个体面而又响亮的名字——"埃斯特温"。

天快亮时,女人们还面对那具尸体不住地流泪,甚至哀号恸哭。"神圣的上帝,他是我们的,她们哭泣着说。"为此,人们为他举行了他们所能想象到的"最隆重的葬礼"。

> 有些妇女去邻村找花,把这件事情讲给另一些妇女听,她们不相信,也跟来看。当她们见到死者后,就又弄来更多的鲜花,人和花越来越多,挤得几乎无法走路。最后把这可怜人放下水,是人们最难受的时刻。人们选出一位最好的父亲和一位最好的母亲充当他的父母,还为他选出兄弟、叔侄,因此通过他,村子里所有的人相互都成了亲戚。

在去海边悬崖的路上,人们争着抬那死者,送葬队伍浩浩荡荡。这时,人们才发现这里的街道是那么狭窄,房子是那么矮小。但是他们知道,从那以后一切都将不同,他们的房子将建造得美轮美奂,以便埃斯特温可以出入自如。

> 他们还将凿开岩层,在乱石地里挖出泉水来,在悬崖峭壁上栽种鲜花,为了在将来每年的春天,让那些大船上的旅客被这海上花园的芳香所吸引。连船长也下到甲板上,身穿节日礼服,胸前挂着望远镜和各种勋章……指着这坐落在加勒比海岸上满是玫瑰的海角,用十四种语言说道:"你们看那儿,如今风儿是那样平静,太阳是那么明亮,连那些向日葵都不知该朝哪边转。是的,那儿就是埃斯特温村。"

多么富于想象!他们将一切情感和才智都奉献给了一具来历不明的尸体。在夸张中,在诙谐中,在戏谑和嘲讽中,加西亚·马尔克斯表现了这样一个孤独的、扭曲的和荒谬悖理的世界。

《雪地上的血迹》远不如《漂亮的溺水者》精彩,但夸张的形式却十分相似。小说写一个少妇"戴戒指的手指"莫名其妙地血流不止,直到死亡的故事。作者在白雪和鲜血的强烈反差中渐渐渲染,逐步夸大,既令人万分揪心,又叫人莫名其妙。

2. 阿雷奥拉

和夸张的加西亚·马尔克斯一样,墨西哥作家胡安·何塞·阿雷奥拉的幻想在于对日常事物的夸张达到一定程度时所产生的荒诞。

阿雷奥拉于1918年出生在墨西哥哈利斯科州,和著名作家胡安·鲁尔福是同乡。他十二岁开始独立谋生,当过学徒、小贩、教员、编辑和记者。他没有受过正规的教育,却博学多才。1943年他和胡安·鲁尔福等创办了文学杂志《回声》,并于同年走上文学创作的道路。他从一开始就表现出了对幻想文学的偏爱,尤其是接触了卡夫卡和博尔赫斯的作品之后,他的作品便益发充满了幻想色彩。

提纲挈领，阿雷奥拉的作品可粗分为两大类。一类是卡夫卡式的，如《扳道夫》《集市》等等；另一类是对后工业社会的夸张描写，接近于黑色幽默，如《换妻记》《宝贝 H.P.》等。

《扳道夫》（收入《寓言集》中）的故事很简单。一个外国人因为交通问题被困在一个偏远小镇。小镇没有公路，只有一个门可罗雀的火车站。外国人在火车站转悠了老半天也没遇见一个人、一辆车，正在焦急、犹豫，迎面走来一位老扳道夫。这是位尽心尽责的扳道夫，他告诉外国人，最后一辆火车已经走了很长时间，下辆车什么时候到谁也说不清楚。于是外国人开始了一分希望九分绝望的等待。这种等待显然不是贝克特式的，而是卡夫卡式的"审判"。

在阿雷奥拉的另一类幻想小说中，现代社会的物质、商品和技术在夸张中得到幻化。《换妻记》（收入《寓言集》中）就说了这样一个故事：西方某国发明了"人造老婆"。商人们拉着这些"足足二十四开"的金发女郎走街串巷，以新换旧。于是人们沉浸在了狂热的幸福之中。那些新换来的女人一个个金发碧眼、浪声浪气，弄得丈夫们个个神魂颠倒、欲火燃烧。主人公"我"是唯一一没有以旧换新的丈夫，为此夫妻俩成了一对怪人。在街坊四邻眼里，"我"成了一个大傻瓜，本来就寥寥无几的朋友也都离他而去。他的妻子索菲亚则越来越因为内疚而沉默寡言，越来越离群索居。每天晚上，他们便早早上床，你躲着我，我躲着你，活像两个木头人，对一点点可怜的夫妻恩爱都感到十分痛苦。他们终于感到自己在这个极乐世界中所扮演的只是阉人一类的角色。可是，有一天，那些金发女郎开始生锈了。很快地，所有的人造女人的脸上都出现了斑点。锈斑不断扩大，最终蔓延全身。这时，人们方明白他们换来的妻子原来都是些赝品。这样一来，主人公夫妇又成了众人羡慕的丈夫和妻子了。

与此相仿的《宝贝 H.P.》（收入《寓言集》中）不但也有类似的荒诞和夸张，而且形式更接近于黑色幽默：

> 尊敬的家庭主妇们：现在，您可以把孩子们活泼好动的天性变成一种动力了。本厂出产的"宝贝 H.P."已经上市。这种神奇的装置将给家庭经济生活带来革命性的变化……

"宝贝 H.P."是一种轻巧耐用的电子器械，配有舒适的腰带、手镯、指环和母子扣儿，戴在幼儿娇嫩的身体上非常合适。此种器械的各个部件，可将儿童一举一动所释放的能量统统收集起来，输送到一个小小的蓄电瓶里去，……把取下的电瓶插入一个特制的电容器，电瓶即可自动放电……以用来照明、取暖，或带动某些家用电器的运转。如今，数不胜数的家用电器已源源不断地涌进每家每户。

这种戏谑性的"广告"岂不可笑？

幽默源自生活，是人的一种文化属性和需要。在艺术领域中，幽默既有来自审美客体的，也有来自审美主体和取决于表现方式的。《宝贝 H.P.》的幽默取决于表现方式。"'宝贝 H.P.'可以把乳婴一天二十四小时的伸屈蹭蹦转变成电力，足够在宝贵的几秒钟里带动搅拌机，或供您欣赏十五分钟的广播音乐……"这是纯粹的艺术想象，具有幽默喜剧的审美特点，其夸张的手法、怪诞的情境显然又不乏"黑色幽默"的味道。

有人说"黑色幽默"的原则是每一个玩笑都蕴含着一出悲剧。但阿雷奥拉的幽默不一定如此。他的作品多采用荒诞的形式和夸张的手法，以小见大，入木三分地讥笑和幻化习常，揭露疯狂和荒谬的世界。通常"黑色"的幽默是阴沉的、悲哀的、绝望的，因而也是苦涩的、不可笑的玩笑；阿雷奥拉的幽默则不然。他的幽默是令人发笑的，具有喜剧效果和喜剧性审美特征，是徐懋庸所说的那种上品的幽默，即"非但可笑，并且令人深思"。

"宝贝 H.P."和"人造妻子"岂不如此？它们的夸张和怪诞不仅有诙谐、可笑的一面，而且明显是一根含笑的刺，带着讽刺意味。它们不仅讽刺了后工业社会、商品社会即消费社会的荒谬，而且揭露了西方资本在墨西哥等第三世界国家牟取暴利的种种招数，寓意是十分深刻的。

3. 特殊的结构形态：套盒

巴尔加斯·略萨曾经把拉美当代小说的主要结构形式分门别类为"连通式"（也即"平行式"）、"组合式"（也即"复合式"）和"套盒式"。

"剧中剧"是最典型，也是最原始的套盒式结构形式。在传统小说中，"剧中剧"是增强作品真实感和可信性的重要手段。《堂吉诃德》中的《何必追根究底》属于这种传统的"剧中剧"或"书中书"，《红楼梦》中的《西厢记》也是如此。然而，在今天，"剧中剧"常被用来揭示文学的虚幻性。

墨西哥作家维森特·莱涅罗的《加拉巴托》（1967）是一部非常奇特的套盒式作品。叙述者受友人之托，批阅一部小说初稿。初稿的作者叫莫雷诺，叙述了另一位作家的创作：一部未完成的小说初稿。这岂不令人联想到那个没完没了的古老故事：从前有座庙，庙里有群和尚，小和尚听老和尚讲故事，老和尚说，从前有座庙……？

阿根廷作家翁贝托·科斯坦蒂尼的《富内斯》（1970）同《加拉巴托》有相似之处，所不同的是这部小说可读性较强。作品讲的是某小说家叙述一个名叫柯尔蒂的人物从另一个小说家手中得到一批创作卡片；卡片记叙的人物和事件又恰好是柯尔蒂等人和他们的走私贩毒勾当（也许这是一种偶合）。于是柯尔蒂又从自身立场出发，"篡改"了这些卡片，重构了一个故事。这样，人物创造人物，又被人物创造，亦真亦幻，虚实交叉，使作品变得相当复杂。

这种人物创造人物又反过来被人创造的游戏（同博尔赫斯的人梦人又被人梦的游戏十分相似），在豪尔赫·奥内蒂的作品中也有出现。他的《负负得负》（1969）是一部颇具新意的套盒式小说，叙述两个叫伊尔达、佩洛的人在朋友罗伯托·卢博死后幻想他死后复生的故事。故事以虚幻的形式展开（给人的感觉是：卢博的确死了，而伊尔达和佩洛是实实在在地活着的），直至最后卢博在伊尔达和佩洛的想象中复活，并且使伊尔达和佩洛的想象受制于他的想象（也就是说关系倒过来了，现在是卢博想象伊尔达和佩洛，因为要使卢博活着，他们必须首先恢复卢博的想象，使自己存活于卢博的想象中）。这样一来，谁创造谁就不再是个简单的套盒，而是一种难辨始终的连环。它和博尔赫斯许多作品的循环结构有异曲同工之妙。

由于这类作品（结构）所极力避免的正是传统小说（包括某些传统幻想小说）所孜孜以求的真实感和可信性，所以不但是对传统阅读定式的挑战，而且是对幻想小说形态的拓展。

4. 荒诞的黑色幽默：蒙特罗索

"现实永远比文学更不可思议"，这几乎是所有西班牙语美洲和拉丁美洲作家的共识。而危地马拉作家奥古斯托·蒙特罗索（1921—2003）的短篇小说恰恰炫示了这样一种比文学更加不可思议的荒诞。他的《作品全集及其他短篇小说》（1959）、《黑绵羊及其他寓言》（1969）、《永恒的律动》（1972）、《文学与生活》（2004）和长篇小说《其余是沉默》（1978）等大抵印证了这一状态，其中最受关注的作品如《泰勒先生》将荒诞引向了极致。作品写一个美国冒险家来到亚马孙河流域，并突发奇想：做印第安人头骨买卖。为了获得这些价格不菲的"小人头骨"，他不惜挑起战争，借机对印第安部落实施种族灭绝政策。这自然是一种夸张的黑色幽默，其荒诞程度大大超越了阿斯图里亚斯的《危地马拉的周末》。

蒙特罗索为躲避独裁统治，曾长期流亡墨西哥，直至去世。

综上所述，当代西班牙语美洲小说流派已显然不同于传统意义上的文学流派。"幻想派"是一类，似可视为"泛流派"。它超越了传统流派的概念，但所涵盖的作家作品又具有相对近似的艺术倾向或内容，能激发相似的审美感受或情趣。它以博尔赫斯的创作为中心，辐射面遍及几乎所有非写实领域：远自神话传说，近至科幻梦境。魔幻现实主义、结构现实主义、心理现实主义和社会主义是另一类，或可视作"潜流派"。它们既无宣言又无刊物和团体，却在某一时期形成了一定数量（相当规模）具有相似的审美品格或取向、相近的表现形式或内容的作家作品。这些"流派"所体现的倾向，常常难以上升为传统意义上的流派，但它们又分明具有 20 世纪中后期世界文学流派的显著特点：既各具一定的主导倾向，又你中有我、我中有你。

1

　　至于其中的"现实主义"种种，笔者认为它们不外乎源远流长的现实主义在20世纪西班牙语美洲或拉丁美洲文坛的不同变体，或者亦可视作一种深化、拓展了的现实主义在不同视角（侧面）所显示的不同形态。众所周知，现实是发展的、变幻的、没有绝对定义的，作为其真实反映（或者写照、表现、再现等等）的现实主义当然也应该是发展的、变幻的和没有绝对定义的。

　　必须强调的是，20世纪西班牙语美洲文学（乃至整个世界文学）的主要品格之一是内倾，即文学描写由外部转向了内心，从而使许多作品不可避免地具有隐含、晦涩、曲折、无序的特点。另一个重要特点是互文性和元文学取向，雅各布森视之为文学（诗）的主要功能之一。

　　第一，互文性。如果把互文性看作是文学自省式描写的基本形态之一，那么有人会说，它的历史如此久远，几乎可以上溯到文学的起源及其初始形式：神话。不错，希腊神话与罗马神话的亲缘关系便是一个显证。至于希腊神话这个被马克思称作"武库"的东西与后世文学的亲缘关系，更是明摆着的事实。然而，在20世纪以前的几乎所有文学中，后世对前世的参照大都流于直接的援引或模拟，参照者与被参照者不但在意义上保持一致，而且通常是"公开"的和非隐喻性的。

　　20世纪，随着文学由外部走向内心，现代主义由稚嫩走向成熟，隐含、多义的互文性取代了传统的模仿。乔伊斯的《尤利西斯》、卡夫卡的《变形记》、福克纳的《喧哗与骚动》等等所达到的意蕴、境界，均非传统形式可以同日而语。无论是乔伊斯对荷马史诗，还是卡夫卡对奥维德，或者福克纳对基督教仪式（广义的文本）的参照，都是"反义"的甚至多义的（譬如用奥德修斯的英雄业绩和冒险经历反衬布罗姆的心理轨迹，用"灵魂轮回"所导致的神变反衬人性异化的形变，用基督教仪式的节节升华反衬"南方世界"的步步没落，等等，从而使作品平添了深度、力度和高度），隐含的甚至晦涩的（绝非一眼即可一览无余的，而是需要回味的，从而使人思绪万千、浮想联翩）。而且凡此种种似乎无不印证了"神话复归"的推断：无论布鲁姆还是萨姆沙，都不外是神话原型的复现，用荣格的话说，它们乃人类无数典型经验和心理能量的积淀，即"集体无意识"的外化。而拉美魔幻现实主义作品无不是指向原始神话，无不是"集体无意识"的显现。

　　第二，元文学。文学创作（姑且泛称为叙述）和文学评论原本是两个不同的门类。这一点无须多说。然而，在后现代文坛的一片"解构""颠覆""消解"声中，不但传统的体裁界限被一再突破，而且模糊了叙与论的分野。文学作品开始了前所未有的元文学表现，如西班牙语美洲小说中对创作本身的思考。20世纪四五十年代以来，西班牙语美洲小说中确实出现了一大批"元小说"，如博尔赫斯的幻想小说、科塔萨尔的《跳房子》、伊格的《蜘蛛女人之吻》等等；

而在诸多作品中，当首推博尔赫斯的那些模糊了批评与创作的幻想小说。

第三，"返祖现象"。文学并不完全受制于社会生产力的发展，但总体上看，文学的确又对应了人类社会发展的脉络，趋合着它的轨迹：童年的神话、少年的史诗、青年的戏剧或抒情诗、成年的小说……无论观念如何变化、形式怎样翻新，文学终究离不开生活的土壤。

从某种意义上说，20世纪神话"复归"乃是人类（当然还有文学）成熟之后的自省，同时也包含着"返老还童"、回归本源和重新创造神话的诉求。在这过程中，文学印证了人类原本为了自身的解放与发展结果却使自己一步步走向自我失落、异化甚至毁灭的悲哀。譬如马孔多在象征性地概括人类从童年到成年（从原始社会到后资本主义社会）的同时，重构了文学本身，从而实现了文学的全方位回归：从马孔多初创时的神话氛围到后来马孔多人的史诗般的伟业、传奇式的冒险、戏剧性的情爱和最后"预言应验"时的神话般的世界末日。

凡此种种，难道是小说（同时也是文学，如帕斯的《太阳石》和沃尔科特的《奥梅罗斯》）真正成熟并自知老之将至的重要标志？就像人老了会回过头来总结一生，既有反躬自问，也有抚今追昔，或者"返老还童"亦未可知。

然而，另一种"返祖现象"是卡洛斯·富恩特斯在《奥拉》（1962）中所呈现的。《奥拉》用第二人称叙述了一个富于幻想色彩的奇异故事。小说写一老态龙钟的夫人如何借古人的秘方以追回远逝的青春，于是历史在现时中周而复始，循环往复：

> 你（男主人公、年轻的秘书粉墨登场——引者注）看着那则广告：机不可失，时不再来……你立刻拿起文件包，心想其他条件相仿的年轻人看到这则广告后会捷足先登……

男主人公一步步进入老夫人设下的圈套，直至最后的瞬间：

> 你的嘴唇贴近了依偎在你脑袋上的另一颗头颅，你抚摩到了奥拉的长发，你疯狂地搂住女人娇艳的肩膀，全然不顾她尖厉的呵喝，三下两下剥去了她的塔夫绸晨衣，狂热地吻她，感觉她的裸体：瘦小无力的肉体在你的怀抱里变形……你会觉得她的乳房在逐渐松弛……与此同时，柔和的光线使你大吃一惊；你强迫自己离开那张面孔……银色的月光从细小的老鼠洞折射进来，映照着奥拉。于是你看到了一张干枯的洋葱皮脸：苍白、干燥、充满皱纹，宛如煮熟烘干的洋李……

由于作品叙述的是一个古老而又众所周知的巫婆的故事，可以推想作者此时所关心的主要不是写什么,而是怎么写。因此,小说的关键在于如何用新的手法叙述这个古老的传说。

不消说,上述流派在 20 世纪 80 年代已然日薄西山,盛极而衰。有的即便余晖尚存或涟漪偶起,也不再是西班牙语美洲小说的主流,取而代之的是更为宽广的"现实主义回归"。在"题材已经枯竭""形式已经掘尽""小说穷途末路"的一片唏嘘慨叹声中,西班牙语美洲小说开始向传统叙述方法、历史题材和日常生活"回归"。这又不能不说是一种物极必反。

其实,在一些西方作家看来,小说没落的征候早已出现。19 世纪末,当英国作家斯蒂文森预言小说(实际上是指情节小说)行将消亡之际,就有许多人随之唏嘘叹惋,罔知所措。其理由不外乎:从《天方夜谭》到左拉的"家族史""社会史",令人感奋的故事已经掘尽。然而"山重水复疑无路,柳暗花明又一村",斯蒂文森们没有料到 20 世纪会有如此这般的变化:小说不仅峰回路转,进入了内心这个无比广阔的"新天地"(真正开始了阐释斯芬克斯之谜的努力),而且以前所未有的态势繁荣起来:侦探小说、科幻小说、纪实小说、心理小说,以及各种流派、各种技巧杂然纷呈,令人眼花缭乱、目不暇接。诚然,无论如何,小说还没有脱离叙事和言情两大特征,尽管这事不断拓宽,这情不断深化,尽管手法不断翻新,观念不断更迭(而且不是简单的翻新和更迭)。终于,意识满世界流,被称为新、奇、怪的形式探索一发而不可收,小说走到了另一个极端。所以,意大利小说家阿尔贝托·莫拉维亚在意识流小说风行一时后,发出了类似于斯蒂文森的无独有偶的绝望叹息,并称福楼拜和乔伊斯各为传统(即情节)小说和现代(即心理)小说的"最后大师"。殊不知话音刚落,拉丁美洲小说就轰然"炸"开了。

当然,必须强调的是,西班牙语美洲或拉丁美洲小说轰然炸开多少得益于"冷战"。由于以苏联和美国为首的东西方两大阵营展开了旷日持久的"冷战",拉丁美洲自然而然地成了它们的缓冲地带,而后者的文学成就几乎同时为双方所接受。其之所以如此,原因至少有如下几点:一是古巴的存在,它为左翼思想的流播提供了重要支撑,而 20 世纪五六十年代左翼思潮在世界文坛空前兴盛;二是拉丁美洲具有来自西方的文化历史传统,拥有西班牙语和葡萄牙语的优势;三是拉丁美洲的经济奇迹和有关国家大都因"不结盟"姿态而具有巨大的"张力"。诸般缘由,难以尽述。

第八章　世纪之末与世纪之初

西班牙语美洲小说乃至整个拉丁美洲文学的"爆炸"，使一代巨匠饮誉世界。拉美文坛也因而成为世界文学的中心，并引起了各国读者对拉丁美洲这块动荡不安又几乎被人遗忘的神奇大陆的关注。

站在新世纪的高度重新回顾和审视这场轰轰烈烈的"爆炸"，全世界读者都看到了这片发展中国家大陆的文学在世界文学的流变中所肩负的承上和启下的作用，即一方面集现代主义文学之大成，另一方面开后现代主义文学之先河。

例如魔幻现实主义，非但涵盖还拓展了欧美现代主义对题材、主题、语言、结构的种种探索，而且从原始的神话传说到现代人集体无意识中的原型，从写实到虚构，几乎把一切都演绎了一番。正因为如此，在他们的作品中，既有对乔伊斯、普鲁斯特、福克纳等几乎所有现代主义大师的戏谑性模仿，也有对整个文学乃至人类文明的重构（或者也是一种解构）……

然而，正所谓时移世易，物是人非，人是物非，文学一日千里。

第一节　"爆炸"后小说

在谈到小说"爆炸"时，青年一代的悲观失望自不待言，中年作家也自恤自怜地大谈生不逢时。在他们看来，世界读者对西班牙语美洲或拉丁美洲大陆的新奇感已经消失殆尽，于是，这里从一部"没有作家的小说"变成了一部"没有读者的小说"。

何况，小说"爆炸"时期的主将如加西亚·马尔克斯、卡洛斯·富恩特斯、巴尔加斯·略萨、奥内蒂、萨瓦托、多诺索、罗亚·巴斯托斯、贝内德蒂等，有生之年仍才思未竭，笔耕不辍；而后起作家无论多么努力，也还是"矮人半截"的"小字辈"，故而大有怀才不遇、时运不济之感，有的不等"媳妇熬成婆"便"改嫁"的"改嫁"，"离异"的"离异"，去世的去世。

坚持写作——"明知不可为而为之"的，就免不了怨天尤人，甚至自暴自弃，或者打肿脸充胖子，要重起炉灶。他们抱怨令人瞩目的大题材、大主题已经消耗殆尽，再也不会产生《百年孤独》《启蒙世纪》《跳房子》《绿房子》《杜撰集》《阿尔特米奥·克鲁斯之死》那样的传世之作了，再也不可能产生博尔赫斯、卡彭铁尔、加西亚·马尔克斯、巴尔加斯·略萨、科塔萨尔、卡洛斯·富恩特斯那样的世界级大师了。他们甚至悲叹现在的西班牙语美洲和拉丁美洲文坛同西方文坛一样，像个死水潭，虽然哪儿都冒泡，却谁也不长久，谁都不新鲜。各领风骚数十乃至数百、数千年的时代，一去不复返了！

因此，有作家把文学"爆炸"时期的一代巨匠称作"最后的大师"，并将其与最早的荷马、索福克勒斯等相提并论。但令人绝望的是，荷马、索氏之前有丰富、动人、真诚和充满希望的神话传说，博尔赫斯、加西亚·马尔克斯之后却是一片空白——"真正的后之后式蛮荒"！只差世界末日了，能不谓之悲哀乎？

然而，生活在继续，小说亦然。

首先，虽然小说的表现形式已经发育成熟，也就是说，小说作为一种体裁，自身发展也许基本结束；但客体——表现对象却是无穷无尽的，况且"电子艺术"一时还难以完全取代传统文学——文字的魅力和阅读所提供的阐释空间。

其次，虽然文艺已经由口头、印刷等发展到了电子时代，小说也已从文艺主导地位下降至附庸地位，即从属于视听艺术；但视听艺术离不开小说这一最基本的叙述形式，尽管作为综合艺术，视听艺术并不局限于叙述。

还是那句老话，小说（乃至整个文学）是历史的产物，有其诞生之日，也必有其寿终正寝之时，但何时消亡，谁也无法预见，也许是个相当漫长的过程，而且小说等文学形式很可能寄生于影视、网络而长期存活下去，尽管再难有独领风骚的昨日辉煌。

孰长孰短姑且不论，但西班牙语小说依然充满活力却是事实：老的继续写作，年轻一代也人才济济。至于现实主义的全面回归，那也是不争的事实；作为生活影子或有色眼镜的小说也远未消亡。西班牙语美洲文坛也便有了"爆炸"后一代，甚至"后之后"一代。

至于现实主义何以全面回归，简而言之是因为：一是形式探索使小说越来越成为阳春白雪而脱离了广大读者；二是影视和网络等视听艺术的冲击使小说不得不重新正视读者；三是资本和市场终究是当今文化发展的最大推手，它们可以把乔伊斯和毕加索们扶上神坛，但同样可以将一切违背市场规律的作品打入地狱。

其实，早在 20 世纪中叶就出现了这种回归的征兆，它便是包括侦探小说、科幻小说在内的"通俗小说"的流行。在西班牙语美洲，像卡里达德·布拉沃·亚当姆斯、约兰达·巴尔加斯·杜尔切[①]等足以与我国的琼瑶媲美的一代"通俗

---

① 她们分别创作了《冷酷的心》（*El corazón salvaje*，1967）和《叶塞尼娅》（*Yesenia*，1970）等作品。

小说"家，都是 20 世纪六七十年代升起的"红星"。她们在普通读者群及大众媒体如影视界颇具声望，尽管在正统的文学批评家眼里至今"名不见经传"。

然而，诚如前面所说，西班牙语美洲小说的全面"回归"始于 20 世纪 80 年代。其中，传统现实主义"复归"的明证是小说界一代巨匠加西亚·马尔克斯、巴尔加斯·略萨等"一反常态"，同于 80 年代发表了诸如《一桩事先张扬的凶杀案》(1981)、《谁是杀人犯》(1986) 或《霍乱时期的爱情》(1985)、《继母颂》(1988) 之类的情节小说。无论是言情还是叙事，这类小说都注重情节和悬念，叙述手法（包括结构、角度、语言）也有与"通俗小说"趋同的态势。

向历史题材"回归"，是 20 世纪 80 年代以降西班牙语美洲小说出现的另一向度。不言而喻，导致文学"回归"（或演进）的因素是多方面的，但在电子技术取代印刷技术日益成为趋势的 20 世纪末叶，小说舍近求远，似乎势在必行。这是因为，从认知的角度看，一部逼肖于现实的长篇小说，也许还抵不上十几分钟的电视或网络的"实况转播"。然而，若是换一种对象，假如二者表现的客体是历史而非现实，那么小说就可能百倍地超越影视艺术。举个最简单的例子，譬如对我国古代的"四大美女"，小说的艺术想象几近无限，而影视艺术却只能是某个或某几个影星。后者不可能给人以几近无限的审美想象、审美感悟。

这一"回归"产生了巴尔加斯·略萨的《世界末之战》(1981)、加西亚·马尔克斯的《迷宫中的将军》(1989) 等多部有影响的历史小说。

诸如此类，不一而足；花开数朵，各表一枝。

第二节 "爆炸"后作家

一 宝刀不老

20 世纪 80 年代，随着博尔赫斯、科塔萨尔等重量级作家的仙逝，西班牙语美洲小说掀开了新的一页。其最大的特征在于，前面说到的指向现实生活和历史的"回归"。这自然牵涉方法论意义上的转向。且不说"爆炸"后的年轻一代，即使是加西亚·马尔克斯、巴尔加斯·略萨、卡洛斯·富恩特斯等文学"爆炸"时期的代表人物，也明显改变了路径。

（一）加西亚·马尔克斯

加西亚·马尔克斯是当代拉丁美洲文学的代表。他出生于哥伦比亚共和国的滨海小镇阿拉卡塔卡。1982 年，因为"他的小说以丰富的想象编织了一个现实与幻想交相辉映的世界，反映了一个大陆的生命与矛盾"，加西亚·马尔克斯被授予诺贝尔文学奖。

加西亚·马尔克斯创作了十部长篇小说（其实一半是中篇小说）和多部短

篇小说集,包括长篇小说《霍乱时期的爱情》(1985)、《迷宫中的将军》(1989)、《绑架轶事》(1996),中篇小说《爱情及其他魔鬼》(1994)、《追忆忧伤娼妓》(2004),以及短篇小说集《十二篇异国旅行的故事》(1992)。

我们的古人说:"仓颉造字,夜有鬼哭。"加西亚·马尔克斯的早期作品居然大都与死亡有关。关于这一点,前面已有涉及。他的中期小说大抵是写孤独的,晚期(20世纪80年代以降)则基本两条腿走路:一是爱情与拉美历史;二是幻想与奇闻逸事。当然,这是简而言之,实际要复杂得多。

在发表《百年孤独》前,加西亚·马尔克斯远未跻身西班牙语美洲一流作家的行列。但1965年,正当加西亚·马尔克斯躲在墨西哥家中潜心创作《百年孤独》的时候,智利评论家路易斯·哈斯以非凡的洞察力锁定了他。路易斯·哈斯的目的很简单:为当代拉丁美洲最伟大的十个小说家树碑立传。由于范围太小,路易斯·哈斯的选人标准也便近乎苛刻。路易斯·哈斯选定的作家有:危地马拉作家阿斯图里亚斯、古巴作家卡彭铁尔、阿根廷作家博尔赫斯和科塔萨尔、墨西哥作家鲁尔福和卡洛斯·富恩特斯、乌拉圭作家奥内蒂、秘鲁作家巴尔加斯·略萨,以及巴西作家若昂·吉马朗埃斯·罗萨。这足以使加西亚·马尔克斯感到汗颜,因为在这些人当中,只有他名不见经传,其他九位无不声名显赫。卡彭铁尔和阿斯图里亚斯,是魔幻现实主义鼻祖,后者还于1967年获得了诺贝尔文学奖;博尔赫斯和科塔萨尔,早已被欧美读者定于一尊;鲁尔福,虽然作品不多,却含金量极高,是当今世界以少胜多的典范;奥内蒂,发表了七部长篇小说,是乌拉圭文坛当之无愧的泰山北斗;若昂·吉马朗埃斯·罗萨,是公认的巴西现代小说之父;卡洛斯·富恩特斯和巴尔加斯·略萨,虽然年轻,却少年得志,前者有《最明净的地区》和《阿尔特米奥·克鲁斯之死》,后者则是《城市与狗》和《绿房子》两部巨著的作者。正因为如此,路易斯·哈斯对加西亚·马尔克斯不无保留,并且多少有点儿语焉不详。他是这样评价后者的:

> 加夫列尔·加西亚·马尔克斯是一股散绳(这也是文章的标题——引者注),他知道,"文学的关键是语言"。因此,他竭力寻求语言的"纯净"与准确。《没有人给他写信的上校》自始至终体现了这种追求……他是如何实现这种追求的呢?这的确是一个谜,一个难以究诘的问题。也许他继承了哥伦比亚的某种传统。①

路易斯·哈斯后来承认,他之所以会选择加西亚·马尔克斯,多半是因为

---

① Luis Harss: *Los Nuestros*, Buenos Aires: Editorial Sudamericana, 1989, pp.381-419.

卡洛斯·富恩特斯的竭力推荐，卡洛斯·富恩特斯向他保证：加西亚·马尔克斯正在写一部惊世骇俗的巨著。[①]

"像外婆那样讲故事"成了加西亚·马尔克斯的口头禅，同时也成了无数批评家言说魔幻的"关键词"和切入点。现在看来，这句话至少包含了两层意思：一是回到童年，像孩童那样相信一切；二是返璞归真，像古典作家那样重视故事情节。但是，除了语言，哈斯当时几乎无话可说。

然而，和《百年孤独》的诞生过程一样，开始的评价并不一致。时任南美出版社《第一版》周刊主编的阿根廷作家马丁内斯回忆说：

> 那是1967年秋末。几个月前，南美出版社文学部主任弗朗西斯科·波鲁阿收到了一部来自墨西哥的书稿。书稿不分章节，只有一些明显的空白。且不说纸张和邮包何等简陋，关键还在于作者头上高悬着两个沉重的判决：其一是西班牙巴拉尔出版社的断然拒绝，理由是作品没有市场；其二是大作家吉列尔莫·德·托雷的批评，他曾告诫书稿的作者放弃写作。

他还说：

> 我们这儿很少有人听说过他，更没有人见到过他。所能找到的有关材料也只有路易斯·哈斯的《我们的作家》。[②]

不过，传记作家萨尔迪瓦尔在《加西亚·马尔克斯：回归本源》（1997）中否定了马丁内斯的说法，他说早在1966年，南美出版社就通过哈斯与加西亚·马尔克斯取得了联系。萨尔迪瓦尔言之凿凿，称波鲁阿曾有意出版《没有人给他写信的上校》，结果被加西亚·马尔克斯婉言谢绝了；二人于是达成协议：等待下一部，也即《百年孤独》。萨尔迪瓦尔甚至断定加西亚·马尔克斯通过经纪人卡门·巴尔塞尔"接受了南美出版社的预付金——五百美元"[③]。

无论过程如何，重要的是《百年孤独》犹如一颗横空出世的明星，一旦诞生便举世瞩目、好评如潮。这就给他后来的创作设置了障碍。事实上，《族长的没落》和《一桩事先张扬的凶杀案》较之《百年孤独》相去甚远。1982年获

---

① Luis Harss: *Los Nuestros*, Buenos Aires: Editorial Sudamericana, 1989, pp.381-419.

② Martínez: "El día en que empezó todo", *Testimonio de su vida y ensayos sobre su obra*, Gustavo Borda (ed.), Bogotá, 1992, pp.23-27.

③ Dasso: *García Márquez: El viaje a la semilla*, Madrid: Alfaguara, 1997, pp.432-458.

得诺贝尔文学奖后，他的创作就更加举步维艰了。好在他改变了策略，放弃了魔幻现实主义。

1.《霍乱时期的爱情》

较之于《百年孤独》，它只能算是一部通俗小说，但又是一次充满勇气的冒险。该小说从情节到语言皆较为通俗，写一个男人和一个女人的爱情故事。他们二十岁的时候没能结婚，因为他们太年轻了；历尽人生曲折后，到了八十岁时也没能结婚，因为他们太老了。围绕这一主线，作品描写了各种各样的男女关系和爱情纠葛。

小说分六部分。从乌尔比诺医生的棋友、一贫如洗的流亡者阿莫乌尔因"恐老症"用氰化物自杀，首先引申出两种迥然不同的爱情生活画面：死者生前与其女佣的隐私及乌尔比诺与妻子费尔米娜的婚姻。乌尔比诺从死者的遗书中了解到一桩隐情：一直被视作不近女色的圣人阿莫乌尔原来与其女佣有私，但二人历来小心谨慎，从未让人识破他们的关系。自从那女人在太子港的一家医院里同阿乌莫尔邂逅，追随他达二十多年。她不怕贫穷和辛劳，因为她只要有阿莫乌尔的爱情就心满意足、死而无憾了。乌尔比诺医生出身名门望族，是镇上首屈一指的富豪，且为人宽厚，曾慷慨照拂过阿莫乌尔，所以深受人们仰慕。唯独他妻子费尔米娜全不在乎他的财产和地位，两人共同生活了数十年，随着岁月的流逝，反而愈来愈缺乏理解，常为芝麻绿豆大的小事争吵不休。尽管如此，费尔米娜还是恪尽妻子的责任，努力照顾丈夫并设法使生活变得和谐。

现在，"兔死狐悲"，已届耄耋之年的乌尔比诺医生从阿莫乌尔的死中预感到了死亡的恐怖。他情不自禁地打乱了一向井然有序的生活，还不慎放跑了一只鹦鹉。那只鹦鹉不但会说话，而且能唱歌，是远近闻名的纯种珍禽，连共和国总统也曾亲率内阁全体成员前来观赏。不过那只鸟偏偏不赏脸，总统一来就无论如何不肯开口，弄得医生好不难堪。医生见鹦鹉扑翅乱飞，只得派人去找消防队帮忙。当晚，医生就染上了"恐老症"，自感不久于人世。加上消防队捉不住鹦鹉，家里倒被折腾得乱七八糟，更使他觉得懊丧不已。他正闷闷不乐，百无聊赖，忽见那鹦鹉在眼前飞落，于是赶紧登上梯子去抓，不料匆忙中连人带梯子摔将下来，跌个半死。临终，他对妻子说："只有上帝知道我多么爱你。"

乌尔比诺声名显赫，况且的确做过不少好事，他的去世被视为本地的一件大事。他的葬礼十分隆重，连共和国总统也发来了唁电。

参加葬礼的人中间有一个古稀老人，他是费尔米娜的初恋情人、加勒比河运公司董事长兼总经理阿里萨。在守灵的人相继离去后，阿里萨留下来向费尔米娜吐露了隐衷：半个世纪以来，她的倩影一直折磨着他。

小说继而叙述五十年前阿里萨和费尔米娜的初恋。那时他才十八岁，在邮电局当报务员。一天，他给罗伦索·达萨家送电报，遇上了漂亮的妙龄少女费尔米娜，从而一见钟情，导致了一段缠绵悱恻的爱情。

阿里萨同老母特兰茜多·阿里萨相依为命。他是私生子，是母亲和加勒比河运公司总经理洛艾萨的一段风流韵事的产物。费尔米娜年方二八，是本镇教会女子学校的学生。她母亲已谢世多年，父亲罗伦索是个暴发户。父母结婚时，因为父亲家境贫寒、地位卑下，曾遭母亲家长的强烈反对。或许就因为这，父亲拼命奋斗并竭力使自己发迹，还一心按世家小姐的标准培养女儿，希图借助儿女婚事跻身上流社会。

阿里萨不顾一切地追求费尔米娜。费尔米娜的姑姑被他炽热的爱情感动，从中撮合。盖因姑姑年轻时也曾有过一段艳遇，只因家庭干涉，被迫离开了情人，但她至今守身如玉、矢志不渝。阿里萨和费尔米娜正是在她的斡旋和帮助下开始秘密来往的。

阿里萨为爱情神魂颠倒、如痴如醉，工作常出差错，幸亏同事罗泰里奥暗中相助才没有砸了饭碗。罗泰里奥是个好色之徒，精于风月之事，还时常出入花街柳巷。但阿里萨不受这个调情、偷情老手的影响，决意为费尔米娜保住童身。他每天把自己关在办公室里朗诵充满幻想色彩和浪漫情调的爱情诗歌，并且把特别优美动人的段落抄下来送给费尔米娜。沉醉在初恋中的少女也背着父亲和学校里的修女频频给心上人回信。阿里萨深受感动。为了使两人的往来更隐蔽、更浪漫，他开始潜心研究爱情音乐，谱写了一首题为《戴王冠的仙女》的小提琴曲献给情人，然后每天晚上都去她家附近奏这支曲子，风雨无阻。时值内战，阿里萨因此违反戒严令而被捕入狱。在狱中，他有机会对人生、爱情等重大问题做了一番深入的思考。为了将来能让自己的心上人在金浴池里沐浴，他居然心血来潮，要不择手段地发财致富。出狱后，他兴师动众，着手打捞传说中的一艘满载金银财宝的西班牙沉船，结果当然是一无所获。

不觉光阴荏苒。两年后，阿里萨向费尔米娜正式求婚，姑娘顿时不知所措。她支吾半天说，只要不勉强她吃茄子就成。哪知姑娘的父亲听说后勃然大怒，他赶走了妹妹，以致她孤苦伶仃，客死他乡。他还对阿里萨竭尽威逼、恫吓之能事，并且软硬兼施，让女儿忘记这段恋情。无奈两位恋人益发爱得死去活来、难舍难分了。最后，罗伦索只好带着女儿离开小镇，躲进了一个遥远得让人意想不到的庄园。那庄园归他的一个内弟所有，那儿偏僻得能让人冷却所有热情。谁知阿里萨还是借邮局工作之便轻而易举地找到了费尔米娜。他打通各个关节，继续同心上人保持联系。在舅舅家，费尔米娜同表姐妹们处得融洽、过得惬意。她表姐伊尔德布兰达长得最俊俏，心眼也最好。那时节，她正好也受到爱情的折磨。因为她深深地爱上了一个有妇之夫。虽说好事难成，但能相见并暗送秋波，她也就知足了。住在庄园期间，罗伦索还刻意安排女儿同一个富家子弟见面。那小伙子一表人才，而且很有教养。他对费尔米娜大献殷勤，不料却遭到了拒绝。

盖因费尔米娜正一心一意地爱着阿里萨,沉浸在许许多多美好的回忆和同样多的幻想当中。

一年后,费尔米娜回到了小镇。这时,她出落得更标致、更动人了,而且长高了许多。久别重逢,她发现占据她芳心的人竟是个又小又矮、其貌不扬的可怜虫。于是,她断然拒绝了他的爱情。[①]

后来,在漫长的岁月中,他们天各一方,直至她成为未亡人的那个夜晚,过了五十一年九个月零四个日日夜夜,他再一次向她表白矢志不移的爱情……

费尔米娜拒绝阿里萨后不久,乌尔比诺医生从法国学成归来。其时他风华正茂,是上流社会多情女子普遍向往的那种男人;又逢霍乱蔓延,他的高超医术证明他是个勤勉的青年,在欧洲没有虚度光阴。某日,他去罗伦索家检查一个患有霍乱症状的病人,那人就是费尔米娜。他对她一见倾心。尽管费尔米娜对他十分冷漠,他却一心要娶她为妻。他无视门阀之别,委托学校的修女提亲,敦请教区的主教说媒,把能调动的关系都调动了起来。罗伦索也是全心撮合这桩婚事,他正指望有这么一个半子养老送终呢。没有人觉得这桩婚姻有什么不妥,唯独费尔米娜不理不睬、无动于衷。最后,她与其说是因为爱情嫁给了医生,倒不如说是出于气愤:她再也忍受不了别人的唠叨。

阿里萨闻讯后顿时心灰意冷,无地自容,他再也不想当报务员了。后来,母亲把他托付给了自己的老情人洛艾萨,请洛艾萨给儿子谋了一份河运督察的差事。在乘船赴任的途中,阿里萨就自甘堕落地成了一名女乘客的"露水"男人。从此,阿里萨判若两人,竟先后与六百二十二个女人发生关系。她们的名字记满了二十五个本子。他记下的第一个女人是个寡妇,那人因战乱流落到他所在的小镇。母亲收留了她,目的是想让她做自己的儿媳。

费尔米娜和乌尔比诺的婚礼盛况空前,共和国总统亲自充当新郎的傧相。婚礼毕,新郎新娘即登船前往欧洲欢度蜜月。在船上度过的第一个花烛之夜,医生就感觉到费尔米娜实际上并不爱他;而医生之所以继续爱她,并立志做一个称职的丈夫,是因为她确实太漂亮、太高傲了。

费尔米娜旅行回来时已有了身孕。阿里萨见了更加无地自容。他一直以为她之所以拒绝他完全是因为他太穷了。他决心改变自己的地位,做一个富有的人,并诅咒乌尔比诺医生早日死去。他尽心于河运公司,准备干一番事业给费尔米娜看看。工作之余,他还代人写情书,因此很有人缘。

[①]　余华对此有自己的解读,他说一定是男主人公回来后悄悄跟在恋人身后,发现街上的所有男人都用淫荡的目光看着她,于是大为恼怒;而这时她恰好扭头看见了他,顿时觉得他面目可憎,便毅然拒绝了他。

他的地位不断提高，财富也与日俱增，同时，他的"爱情札记"也愈来愈丰富、愈来愈荒唐。他曾和一个风韵尚存的老徐娘寻欢。在一个狂欢节上，他勾引了一个任人摆布，对爱情还一无所知的少女，后来他听说那少女是从疯人院逃出来的病人。在乌尔比诺医生主持的赛诗会上，他结识了一个自命不凡的女诗人；女诗人十八岁时被人抛弃，一直未婚，每次和他做爱都高声背诵自己的大作。他还同一个有夫之妇偷情，事情败露后，女人被戴绿帽子的丈夫杀死，他也差点儿丢了小命。打那时起，阿里萨暗暗告诫自己得处处小心谨慎，并得出结论：风流寡妇最易得手，而且无须承担责任。

五十年间，在他接触的所有女性中，唯独他母亲和一名黑人女仆不曾与他发生关系。那黑女人奇丑无比，却精明能干，和他情同手足，也是他可以毫无顾忌地对之吐露隐私的红颜知己。

阿里萨四十岁上便感体力不支，且颇为性病而苦恼。他母亲则愈来愈年迈体弱、神志不清，常常将爱情和霍乱混为一谈。

乌尔比诺和费尔米娜婚后的生活并不融洽，更谈不上美满。婆家的种种习惯和规矩让费尔米娜难以忍受，学竖琴、吃茄子更使她苦不堪言。而丈夫在家里的顺从与懦弱又令她极为恼怒。但婆婆去世后，她再次怀孕，成了一男一女两个孩子的母亲。

已届不惑的阿里萨旧情难忘，暗暗关注着费尔米娜的生活。他发现她虽风韵依旧却心绪不畅。他甚至常常尾随她，悄悄观察她，默默祝福她。一次，她和家人在饭店进餐，他竟从一扇偏门的立镜后偷偷地注视了她两个多小时，事后还执意买下了那面镜子。费尔米娜见阿里萨发迹不胜宽慰，因为她一直为自己的绝情感到内疚。

与此同时，费尔米娜忽然察觉丈夫的内衣有"野女人"的气味，断定他有了外遇。一天早上，她出其不意，让他交代不轨行为，说自己至少有权知道那人是谁。他只好从实招来：那女人是个黑白混血儿，刚离婚不久。

此后，阿里萨的"爱情札记"收录了又一个情窦未开的少女。这人同他有血缘关系，乌尔比诺溘然长逝的那天，阿里萨刚和她睡完午觉。他听到教堂的钟声，料准是哪位要人死了。果不其然。但此时此刻，他丝毫没有因为一直暗暗诅咒的情敌故去而幸灾乐祸，相反，报复的火焰熄灭了，他感到了衰老的可怕。

丈夫死后，费尔米娜孤独难挨，但还是疾言厉色地拒绝了阿里萨的爱情。阿里萨并不气馁，一连给她写了一百三十封信，而后又用电话向她求爱。整整一年，他等候回信，如坐针毡。终于，在乌尔比诺逝世一周年之际，阿里萨鼓起勇气，闯到费尔米娜家里，从此二人难舍难分，仿佛时光倒流了五十多年。诚然，他们的感情遭到了儿女的非议。阿里萨以为她会再一次退却，不料她对儿女的意见无动于衷。她直言说："以前因为我们年轻，现在又因为我们太老，真是岂有此理！"一天，费尔米娜接受阿里萨的邀请，乘他公司的轮船游览马格达莱纳河。游船溯水而上，费尔米娜克服了年老、羞怯等心理和生理障碍，投入了他的怀抱；他踌躇满志，表示自己一直为她贞守童身。

船到终点，旅客纷纷上岸，费尔米娜不禁惆怅起来。他心领神会，决定空船返航，沿途概不停靠，并在船头挂起黄旗，表示船上有霍乱患者。但是，当游船快抵达终点时，费尔米娜又心烦意乱了。这时，阿里萨命令游船掉头直驶。船长大惑不解："这么开来开去，要开到什么时候为止？"阿里萨便果断地说出了花去他五十三年七个月又十一天才做出的这个回答："永生永世！"

爱情是人类生活的一个基本内容，因此就成了文学的一个永恒的主题。不同时代、不同社会、不同阶级和民族的文人为我们留下了数不胜数的爱情故事。因而打开中外文学的历史，各种各样的爱情形式就会呈现在我们面前，有典雅的，也有粗俗的，有欢喜的，也有悲惨的，有灰姑娘式的，也有柏拉图式的，有排山倒海可歌可泣的，也有空灵飘逸如诗如画的，总之是气象万千，应有尽有。

同样，西班牙语美洲文学史上的爱情作品也不在少数，从修女胡安娜·德·拉·克鲁斯的心理型情诗超尘拔俗的爱，到《堂娜芭芭拉》那女权主义的恩怨情仇，从情感型的《玛丽亚》的感伤主义，到肉欲型《圣女》的自然主义，西班牙语美洲作家对爱情主题进行了多姿多彩的演绎和变奏。

在这样的背景和前提下，要再创作一部爱情名著已非易事，即便是加西亚·马尔克斯这样的大手笔。诚如加西亚·马尔克斯所说的那样，面对爱情这个几乎被"掘尽""写绝"的题材，没有一点冒险精神是不行的。而他就用《霍乱时期的爱情》冒了这个险。

在加西亚·马尔克斯以往的作品中，爱情是游离于人物生活的一种理想境界。盖因马孔多人的男女关系纯粹建立在封建夫权或生理本能的基础之上，常以金钱的、怜悯的、肉欲的甚至乱伦的方式表现出来。

《霍乱时期的爱情》是一部与众不同的爱情小说。其之所以与众不同，首先是因为它的丰富。一如《百年孤独》的孤独意欲涵盖种族的孤独、民族的孤独、家庭的孤独、个人的孤独、历史的孤独、现实的孤独、男人的孤独、女人的孤独等形形色色的孤独，《霍乱时期的爱情》进行了司汤达式的"爱情会演"。用哥伦比亚作家安东尼奥·卡瓦耶罗的话说，它是一部"爱情大全"，集古往今来的男女关系和千姿百态的爱情纠葛于一身，真实、细致、形象地展示了富有的关系、贫贱的关系，合法的关系、非法的关系，崇高的关系、庸俗的关系，隐秘的关系、公开的关系，暧昧的关系、放荡的关系，伟大的关系、卑鄙的关系，纯洁的关系、肮脏的关系，自私的关系、无私的关系，幸福的关系、悲惨的关系，持久的关系、"露水"的关系，尔虞我诈的关系、罗曼蒂克的关系；表现了忠贞不渝的爱、昙花一现的爱、逢场作戏的爱、一见钟情的爱，大胆的爱、怯懦的爱，和谐的爱、矛盾的爱、理智的爱、精神的爱、肉欲的爱、激情的爱、青年的爱、老年的爱、夫妻的爱、婚外的爱；反映了爱情的年龄特性、心理特性、生理特性、情感特性；描写了爱的阴谋、爱的嫉妒、爱的疾病、爱的希望、爱的绝望……总而言之，它是一部充满渴望、欢乐、兴奋、挫折、叹息、悲哀和悬念的关于爱情的爱情小说，有点像司汤达的《论爱情》。只不过《霍乱时期的爱情》是形象的，而《论爱情》却是理性的。

诚然，形形色色的爱情故事又无不打上了时代的、社会的、阶级的和民族的烙印。《霍乱时期的爱情》，顾名思义，也即病态社会的爱情。

无论从它的爱情描写，还是从它的社会、思想意义看，《霍乱时期的爱情》均不失为加西亚·马尔克斯的一次新的冒险。它的出版，标志着魔幻现实主义的终结，因为从此以后，加西亚·马尔克斯将最终离开他的那个活生生的马孔多世界，到历史中爬梳，从别人那里撷取或者无谓地拨动记忆的尘埃，写一些异国风情和奇闻逸事，或者重新捡起记者之笔，当他的"无冕之王"。

2.《迷宫中的将军》

> 多年前，我听阿尔瓦罗·姆蒂斯说起他的一个计划：写一本有关西蒙·玻利瓦尔的书。内容是这位将军在马格达莱纳河上的最后一次旅行。不久，他就发表了该书的一个片段，名曰《最后的面孔》。我读后认为，故事相当成功，文风也非常完美，希望能很快看到全书。但是两年过去了，我得到的印象是他的这个计划已经束之高阁。作家把自己心爱的题材撇在一边是常有的事，于是我斗胆提出了借写的请求。那是守候了十年方才得手的猎物。因此，我首先应该感谢的是他的慷慨。[1]

当他感激万分地从阿尔瓦罗·姆蒂斯手中接过《迷宫中的将军》的时候，加西亚·马尔克斯就多少有些江郎才尽、力不从心了。

除了人物本身的光荣事迹，加西亚·马尔克斯最感兴趣的就是马格达莱纳河。可以说，加西亚·马尔克斯从小在这条河边长大。是这条河最早把他从加勒比海岸送到了外面的世界；在漫长的学生时代，他又在这条河上来来回回走了十多次。

> 坐着由密西西比河岸造船厂制造的汽轮，不由人不抚今追昔。任

---

[1]　García Márquez: "Prólogo", *El general en su laberinto*, Bogotá: Oveja Negra, 1989, pp.1-3.

何作家都难以抗拒它的神话般的感召……

加西亚·马尔克斯承认,《迷宫中的将军》的挑战已经不是生活,而是历史。

> 因为玻利瓦尔最后一次沿河旅行少有记录:这一时期是他生平文献记录最少的时期。他一生著述颇丰,仅信件就有数千逾万,但在那不幸的十四天中却只写下了寥寥几封,陪伴他的人则没有留下任何书面材料……于是,我查阅了有关他生活方式的资料,结果是一个材料引向另一个材料,难以穷源。在整整两年的漫长时间中,我埋首浩如烟海的历史文献……①

显而易见,加西亚·马尔克斯从此彻底地放弃了他的马孔多世界,把笔触伸向了历史和历史人物。

《迷宫中的将军》写拉丁美洲的"解放者"、独立革命的先驱和卓越领导人西蒙·玻利瓦尔。故事从他生命的最后阶段写起:玻利瓦尔乘船沿马格达莱纳河顺流而下,准备从加勒比海岸离开美洲,到欧洲安度晚年。旅行从1830年5月8日开始。是日清晨,贴身侍卫何塞·帕拉西奥斯看到玻利瓦尔漂浮在浴缸里,赤身露体,双目圆睁,一动不动,像个死人。但帕拉西奥斯知道,这是玻利瓦尔冥思苦想的习惯姿势。此时此刻,玻利瓦尔恨不得插翅飞往欧洲,"因为我们在这儿已经不受欢迎"。

《迷宫中的将军》以这次旅行为契机,展示了西蒙·玻利瓦尔富有传奇色彩的一生和悲哀的结局。因此,与其说这是一部人物传记,倒不如说它是作家和人物的一次共同的内心之旅:辉煌之后的孤独。小说的遭遇也恰恰印证了这一点。

玻利瓦尔的生平在《迷宫中的将军》中时隐时现,像一幅朦胧的背景画衬托着他晚年的孤独。在沿河而下的最后旅途中,玻利瓦尔忍受着巨大的生理和心理痛苦。当时他只有四十四岁,可几乎已经体力衰竭,心力交瘁。他的体重只有四十四公斤,患有严重的便秘症,以致面黄肌瘦,高烧不退。过去的战友一个个离他而去,使他陷入了常人难以理解的孤独和沮丧。这是一种由辉煌滑向黑暗、从巅峰跌向深谷带来的失重。他常常在似睡非睡、似醒非醒的状态中回忆过去:战争的胜利、女人的青睐……满脑子的伟大、光明和荣耀。因为他的理想是解放整个拉丁美洲,建立世界上最大、最强的自由王国:从北美的墨西哥到

---

① García Márquez: "Prólogo", *El general en su laberinto*, Bogotá: Oveja Negra, 1989, pp.1-3.

南美的合恩角；而且，他实现了。他曾四次横渡大西洋，为独立革命做准备工作；他率领千军万马，把西班牙人从相当于五个欧洲的土地上驱逐了出去，他发动了几十次起义，指挥了几十次战役，几乎屡战屡胜。他的事业超过了拿破仑，"比华盛顿和任何一位解放者的功绩都要大"……但是，每当他睁开眼睛，面前都是一片灰暗。他已经众叛亲离，病入膏肓，像个流放犯。他觉得自己已经山穷水尽，走投无路。他失去了友谊、信任、身体和一切精神支柱。他只能徒劳地诅咒那些口蜜腹剑、背信弃义的家伙，并不时地梦见他们变成动物、魔鬼或者任何所能梦见的怪物。

作者似乎要在众多的溢美之词中寻找一些黑暗的裂痕，从而把神圣的"解放者"从一个个神话中解放出来。他着力表现人物悲惨、无奈、孤独和痛苦的一面，从而还人物一张真实的面孔。

于是，在加西亚·马尔克斯的笔下，玻利瓦尔不断游离于伟大而走向平凡。他的伟大毋庸置疑，但也许正因为他伟大，他才必须忍受比常人更加痛苦的痛苦、更加孤独的孤独。这就是他的悲剧，他的伟大和他的渺小是成正比的。他的伟大使他注定要被理想托得很高很高，注定要"在迷梦中寻求不存在的事物"，注定要从高处跌落下来，注定要被自己的迷梦砸得粉碎。当他痛心疾首地了悟一切的时候，悲剧已经酿成，正一发而不可收拾：迷梦和不幸之间的追逐已经达到了顶点，"其余的只是一片昏暗"。

"妈的，"他叹息说，"我怎么才能走出迷宫！"但迷宫是由历史和他自己构筑的，他又怎么能够走脱？

加西亚·马尔克斯的可贵之处在于，他摆脱了人们赋予"解放者"的种种光环，非常大胆也相当主观地给出了伟人的另一张面孔：他的洁癖，他的多疑，他的易怒和多愁善感。当然他很幽默，会时常迸出一些令人捧腹的笑话。他和作者一样，酷爱番石榴的芳香，而且胃口大得惊人。他甚至会像贪吃的小孩那样暴饮暴食，然后上吐下泻不止。他和许多美洲的农民一样，喜欢睡吊床（《族长的没落》中的独裁者也是如此）。他非常敏感，且记忆力超人，对曾经发生和正在发生的一切都了如指掌。他性欲极强，有过三十五个情妇和许多被他称为"小鸟"的女子，个个都很漂亮，因为他对女人的外貌要求颇高。每当他遇见一个美丽的姑娘，就会两眼放光，然后不顾一切地将其占为己有。他常常因为女人而贻误战机，但他并不后悔。他的好色使他认为一生中除了独立革命，就没有任何事情比女人更为重要的了。甚至二者同样重要，因为在他看来，征服女人是男人的第一本能。然而，他的洁癖使他经常强迫那些女子没完没了地洗澡，然后用剃须刀将她们的体毛剃得一干二净。有的女子常常因此而苦不堪言，想要离开他。但那是不可能的，在他事业的鼎盛时期，全南美都是他的领土，没有人能逃脱他的控制，除非有朝一日他玩腻了。他最钟爱的女人叫曼努埃拉·赛因斯，一个基多人，是个唐娜芭芭拉式的人物。他是在庆祝基多解放的一次舞会上认识她的，可以说是一见钟情。当时，她就跟定了他，成了他的心腹并替他保管所有文件。此女不爱红装爱武装，性情特别。他对她言听计从，二人整整相爱了八年。但是，最后玻利瓦尔还是无情地抛弃了她。她受到了桑坦德尔（玻利瓦尔的政敌）的迫害，还被终生流放。敌人深知玻利瓦尔的秉性，便不惜以女色做诱饵逼他就范。有一次，他在牙买加遇到了美貌绝伦的英国女人林赛。此女被巧妙地安排在欢迎玻利瓦尔的人群中，果真被玻利瓦尔看中，对她十分倾心。好在林赛被他的热情和人格感动，及时说穿了阴谋，并帮助他逃离了陷阱。

整部小说源自一个形象，或者更确切地说是玻利瓦尔的一句话："在穷困潦倒中赤条条地死去。"多年以前，玻利瓦尔就已经预见到了自己的悲惨结局。小说的所有有关战争的细节都有案可稽，但所有有关玻利瓦尔私生活的片段都纯属想象。没有任何记录涉及这方面的内容，也没有任何女子吐露这方面的秘密。加西亚·马尔克斯给自己的笔以充分自由，从而引来了不少指摘和非议。盖因玻利瓦尔是"神"，在南美的许多国家被称为"国父"，因而生活方面多少有些虚无缥缈。

但作家恰恰因为他的想象而使玻利瓦尔变得可信了。由于他过去的非凡的经历和冒险生涯，作为反衬的老玻利瓦尔的孤独和潦倒不正是一个人、一个普通人所能遭遇的最大也最可信的不幸吗？刚刚独立的南美大地危机四伏、战争频仍，革命队伍内部四分五裂、矛盾重重；玻利瓦尔被历史洪流排斥在外，众叛亲离，心力交瘁，从心底里发出慨叹："我已经不是我"，"我没有朋友，假如有，那也是暂时的"。"这儿什么也没有，这儿是小人的世界。"——岂不与加西亚·马尔克斯的激愤之词如出一辙："我们是由世界的渣滓汇集而成的。"生命的最后一息，他终于明白，他命中注定要在孤独的迷宫中死去：

"妈的，"他叹息说，"我怎么才能走出这座迷宫！"

《迷宫中的将军》是写孤独的。"孤独是一个永恒的主题。"加西亚·马尔克斯如是说。但因这里的孤独并非加西亚·马尔克斯可以纵情挥写的那种种族的、民族的、历史的、现实的孤独，而是一个特殊人物的内心感受，就有点吃力不讨好。因为，从文学的角度看，它少有新意。试想，在浩如烟海的世界文学作品中，伟人的孤独已是个老掉牙的题材，比如麦克白，比如他的家长。他们的权力和荣耀培养了他们的孤独和不幸。也就是说，人越有权、越荣耀，也就越孤独、越不幸。但是，人物的历史真实限制了加西亚·马尔克斯，使他不能像在《百年孤独》或者《族长的没落》时那样挥洒自如。当然，他努力了，用他的想象粉碎、解构了玻利瓦尔这个神话，写出了后者的人性，包括他的好色、他的喜怒无常等等。除此之外，他不可能使人物变得更加有趣了，因为玻利瓦尔早已是个传奇人物，他的冒险经历家喻户晓。而他的这种解构又多少带着一点"打死老虎者"的勇气，和他曾经写出的《一个遇难者的故事》或《米格尔·利丁历险记》不可同日而语。这注定了它必会成为一部很有争议的作品：它的成功或许在于它史实和幻想并重，而它的不足或许也恰恰在于这一点。

小说在墨西哥、哥伦比亚、阿根廷和西班牙等国同时发行，初版只有几十万册，而且反应大大逊色于以前的作品。明证之一是它的第一次印刷几乎是在两年之后才告售罄的，而《族长的没落》《霍乱时期的爱情》的第二次印刷几乎都是在当月，更不用说《百年孤独》了。在评论界（包括史学界），则更是唏嘘之声四起。从此以后，加西亚·马尔克斯似乎不再享有每出一本书都好评如潮的特权。

3. 其他晚期作品

写完《迷宫中的将军》之后，加西亚·马尔克斯从积满尘埃的笔记本和抽屉里翻出了早年旅欧时记下的创作札记，整理出版了短篇小说集《十二篇异国旅行的故事》。作品仍由墨西哥、哥伦比亚、阿根廷和西班牙同时出版，但首版只印了十万册。

用加西亚·马尔克斯的话说，这十二个故事是在 1975 年至 1992 年十八年间陆续完成的。在作为小说出版之前，有几篇是新闻报道和电影脚本或电视剧梗概。其中一篇是在一次电视采访中向观众口述的。后来，节目主持人据此整理了一篇小说。创作这些小说的最初动因是 20 世纪 70 年代作者在巴塞罗那的一个梦。一天早晨，他梦见自己去墓地参加自己的葬礼，他一步一顿地走在朋友们中间。当时的气氛非常奇特，大家有说有笑，仿佛是去参加一次聚会。尤其是他本人，因为死亡而有幸让远在美洲的朋友们聚首巴塞罗那。不少朋友许多年未得一见。葬礼结束时，他们要走了，要离他而去。他绝望地希望他们留下来。他们却示意他"聚会已经结束"。这时，他忽然醒悟：死亡就是永远和朋友分离。他把这个梦当成了自己全部的潜意识，于是萌生了创作这些神奇故事的念头。主人公当是亡命欧洲的拉丁美洲同人。他用了两年多时间收集和回忆有关的奇闻逸事。由于手头没有笔记本，他向孩子借了一本练习本。日积月累，他终于有了六十多个故事框架。后来生活发生了变化，他从巴塞罗那回到了墨西哥。故事被搁置下来，但那些梦境和事件仍幽灵似的纠缠着他。于是他决定写一本不同往常的小说集，要有统一的格式、气氛和内涵，以区别于任何以前的集子。20 世纪 70 年代初，他着手写了前两篇，即《雪地上的血迹》和《福维斯夫人的幸福夏天》，并将它们寄给了不同的刊物。当他开始写有关那次神奇的"葬礼"时，突然产生了创作一部长篇小说的念头。第四篇也是如此。于是，他没有心情继续写短篇小说了。后来他明白，并非每一个人都擅长写短篇小说，就像并非每一个人都擅长写长篇小说。而他本人的阅历和禀赋天生倾向于长篇小说，因此每写一篇短篇小说都像开始一部长篇小说那么费劲和耗神。对加西亚·马尔克斯而言，写长篇小说开始是最艰难的：它意味着结构、语言、节奏和总体风格的设置。其余是顺其自然，是一种享受。短篇小说则不同，它既没有开头，也没有结尾。所以往往开头就是结尾，或者相反，很容易中断、撕毁甚至放弃。有人说过这么一句话，"一个好作家的最佳作品往往在他的纸篓中，而非面世的成品"，可惜笔者记不得它出自哪位之口。

加西亚·马尔克斯既没有撕毁也不想放弃，但他不得不时常中断自己的工作。到了 1978 年，那些故事多半还只是孩子借给他的那本练习本。后来，它们就跌入了忘川。但是，突然有一天，他想起了那个练习本。于是全家人翻箱倒柜寻找了好几天。未果。于是，他相信练习本一定连同他的诸多放弃进入了某年某月某日的垃圾箱。

也许是因为失去的缘故，那些故事突然变得弥足珍贵。于是回忆的欲望压倒了一切。他苦思冥想，绞尽脑汁，终于想起了其中的一些片段。因此，与其说是创作的激情，不如说是忘却的恐惧成就了这些小说。但过程是漫长的。其间，马孔多世界的零零碎碎折磨着他，直至他完成了《一桩事先张扬的凶杀案》和《霍乱时期的爱情》（他是那样的得心应手），唯其如此，才心安理得地回到那些遥远的故事上来。他又写了其中的五个故事，结果被电影界拿去做了脚本。这时他才明白，那些题材更适合于电影。

但是，写一本成功的、有章法的短篇小说集依然是他的一个梦想。他重新创作了六篇小说，其中包括那个神奇的葬礼。但结果仍不理想。这时，他发现电影对他的影响已经超过了应有的范围，他必须正本清源，回到自己的本行。奇怪的是当他着手写中、长篇小说时，所有问题都会迎刃而解。

为了重新找回过去的感觉，他做了一次别出心裁的冒险旅行：不带家眷、不带信用卡、不与任何官方或个人联系，孤身一人从墨西哥飞抵巴塞罗那，再从巴塞罗那乘火车到日内瓦，从日内瓦到罗马，最后到达巴黎。他发现，他的记忆和这些作为小说背景的地方已经毫无关系，一切都变成了他的想象。于是，他推翻了所有成品，放弃了给所有故事注入现实成分的初衷。这样一来，创作重新变成了一种享受。他一边写作，一边产生了升空的感觉（就像《百年孤独》里的神父）。他从一篇小说跳到另一篇，几乎同时创作了这十二个"异国旅行的故事"。

故事包括：《一路顺风，总统先生》《圣女》《飞机上的睡美人》《我来租房做梦》《我只想来打个电话》《八月的鬼怪》《玛利亚·多斯·普拉塞雷斯》《十七个中毒的英国人》《北风》《福维斯夫人的幸福夏天》《似水光阴》《雪地上的血迹》。

前面说过，其中一些故事曾经作为电影脚本问世，本书在以前的章节已有涉及。譬如《雪地上的血迹》，曾被编入《纯真的埃伦蒂拉与残忍的祖母》(1972)，是一篇幻想小说，给出的也是一种电影话语，一种强烈的视觉效果：白雪和鲜血的反差。同时，《一路顺风，总统先生》是一篇非常现实可信的心理小说，写一位流亡政客（某国前总统）的凄凉晚年。他背井离乡，孤立无助，在"尽是陌生人的欧洲充当一个无人理会的陌生人"。而且，他被确诊为脑癌晚期，唯一能做的就是替自己买一块墓地……类似的有《玛利亚·多斯·普拉塞雷斯》。它写一位昔日花枝招展的老妓女，像罗丹手下的那个人物，已然人老珠黄，众叛亲离。为了能在死后有"人"到她的墓前哭泣，她节衣缩食，驯养了一条小狗。《似水的光阴》有点像达里的画：当一群孩子把灯泡打碎后，光线变成了液体，倾泻不止。于是房子变成了海洋……如此的荒诞还出现在《八月的鬼怪》之中：人物一梦醒来是早晨，发现自己躺在了别人的房间里，而且那房间曾经发生过凶杀案，鲜血浸透了他的衣裳……诸如此类，不一而足。

至于《圣女》和《飞机上的睡美人》则几乎是中篇小说《爱情及其他魔鬼》的前奏。《圣女》写一个死亡多年并被埋葬了的少女在坟墓里完好如初；而《飞机上的睡美人》中的睡美人则美貌绝伦，惊为天人，和"圣女"如出一辙，只不过一个躺在棺材里，另一个睡在飞机上。顺便说一句，天生恐高的加西亚·马尔克斯几乎从来都是把飞机当棺材的。

总的说来，这些小说没有什么特别的地方值得赞扬。它们不像他的前期小说那样富有创新精神和现实穿透力，有点儿东拼西凑，缺乏章法。拉美图书市场对它们的接受也显得较为疲软，世界读者对它们更是缺乏热情。

《爱情及其他魔鬼》(1994)是一部中篇小说，由墨西哥迪亚娜出版社独家推出。作品的出版并没有引起多少反响，盖因《圣女》及散落在报刊上的有关文章，使人们对其内容早已耳熟能详。

加西亚·马尔克斯至少还有自知之明。"一是因为担心朋友们不喜欢，二是因为自己觉得不太完满"，他曾经要求出版社慎重考虑，但出版社还是迫不及待、大张旗鼓地把它送到了读者面前。

故事也是老掉牙的，得从 1949 年 10 月 26 日说起。当时加西亚·马尔克斯在卡塔赫纳当记者。那天，编辑部主任萨巴拉派他到正在发掘的圣塔克拉拉修道院走一遭。他奉命去了，但一路上无精打采，对发掘之类的事情毫无兴趣。修道院被拆掉了，人们将在它的基础上兴建五星级饭店。作业方式十分原始：铁锹加箩筐。地基越挖越深，出现了许多腐朽的棺木和大量无名尸骨。负责考古工作的工程师将一堆堆尸骨区分开来，并标上记号，以免混淆。其中有两堆是殖民地时期秘鲁总督及其情妇的遗骸。这使加西亚·马尔克斯感到了时间的可怕。然而，最神奇的是工人们在一具尚未打开的棺木外发现了一缕乌黑的头发，他们像拔河似的把头发拉出了足有二十多米。这时，工程师打开了棺木，发现里面有一具女尸，石碑上刻着"玛利亚·德·所有天使"（意思是"所有天使的玛丽亚"）。按死人的头发每个月生长一厘米的速度计，他推算，那具女尸至少已有二百年的历史。可是，加西亚·马尔克斯听外婆说，她看到过一个因狂犬病死去的十二岁女孩，其头发就像新娘的婚纱……

小说即萌发于这一细节。

故事发生在17世纪的卡塔赫纳。主人公就是那个拖着二十米长发的玛利亚。她是卡萨尔杜尔罗侯爵的千金。在她十二岁生日时，女佣带她去买生日礼物，结果被一条疯狗咬了一口。女佣没敢把此事告诉侯爵，再说当时小姐伤势并不重。很快，玛利亚病倒了，发着高烧，已经无药可救。这时，教区长建议侯爵把女儿送到修道院"驱邪"。虽然侯爵对修士的话将信将疑，但所谓病急乱投医，还是把女儿交给了教区长。

姑娘被描写得"像一朵鲜花"，每个毛孔都充满了生机。"她的牙齿完美无缺，眼睛明亮水灵，走起路来婀娜多姿，双手纤尘不染，乌亮的长发预示着福星高照……"与此同时，这个天仙似的尤物（美好）就这么生生地被蹂躏、被毁灭了。

先是各色庸医的恶作剧。有装神弄鬼的，有捉刀放血的，也有拿尿冲洗伤口的，甚至还有人体抚摩的：巫婆赤身露体，浑身上下涂满油脂，关起门来在玛利亚身上折腾……

修道院原本是宗教裁判所的行刑地，设有牢房和密室。玛利亚被关在一间又脏又潮的密室里，忍受肉体和精神的煎熬。为了防止她发作，修道士们绑住了她的手脚，还剪掉了她的一头秀发。最后，教区长命人扒光了她的衣服，将她赤条条地按在大理石灵台上。他一边在她身上泼圣水，一边大叫大喊，把她折腾得死去活来。终于，一个年轻的生命就这样被活活断送了。

与这一悲剧线索齐头并进的是侯爵和奥拉丽娅的婚姻。他们的婚姻缺乏爱情基础，因而构成了小说的另一出悲剧。

侯爵的父亲临终立下遗嘱，要求儿子娶门当户对的大公之女奥拉丽娅为妻。侯爵不能违抗父亲的旨意，否则将被取消爵位继承权。但他并不爱她，因此一直白天黑夜两君子，未有半点沾染。后来，在一个暴风雨之夜，寂寞难挨的奥拉丽娅突然闯进丈夫的卧室，结果仍被他拒绝了。最后，奥拉丽娅含恨死去。不久，侯爵就同青梅竹马的长工之女佩尔娜达结为夫妻。当时佩尔娜达已经怀上了侯爵的骨肉，即后来的玛利亚。但二人并没像先前想象的那样情投意合。佩尔娜达很快厌倦了侯爵，认为他是个没用的男人。为了满足自己的性欲，她在市场上买了一个牯牛般壮实的黑奴。这还不够，她经常拿钱购买男人的热情，恨不得把世上的男人都玩遍了。后来，侯爵发现他真心爱慕的竟是"疯女人"奥利维娅。这是一个与众不同的女人，也许就因为这，大家都以为她疯了，剥夺了她的自由。她也倾心于侯爵,为他暗生情愫。后来,她以顽强的毅力学会了识字、写字,给他寄去了一封封热情洋溢的情书。

然而,作品最感人的一幕是在修道院。修士德劳拉的理智和情感战胜了宗教所强加的信仰,他对玛利亚的处境深表同情,继而对所谓的"中邪"说产生了怀疑,于是想方设法寻找证据,以便说服同伴们放弃荒唐的做法。为了拯救玛利亚的生命,他冲破教规的束缚,偷偷地关心她、照顾她。这给绝望中的玛利亚带来了莫大的安慰。不久,两人产生了爱慕之情。当然,结果是悲惨的,但悲惨的结果增加了爱情的感染力和传奇色彩。

《爱情及其他魔鬼》或许是加西亚·马尔克斯后期作品中比较成功的一部。它创造了一个新的神话:玛利亚·德·所有天使。而且,不同以往的是,加西亚·马尔克斯并没有一味地沉溺于神奇,而是把侧重点放在了刻画人物性格的传统现实主义上。

小说在人物性格的刻画方面颇具力度、颇显功力。其中较为成功的有卡萨尔杜尔罗侯爵。他贵为侯爵,但一生谨小慎微,唯唯诺诺,是一个被自己的地位和权势异化了的悲剧人物。他从小被灌输了大量"为人之道"和宗教思想,内心极度压抑,以至于白白牺牲了自己的爱情和骨肉。因此,他是个相当复杂的人物,内心和外表、思想和行为的强烈反差使他成为"人格分裂"的典型。

另一个因为充满象征意义而显得入木三分的人物是"疯女人"奥利维娅。这个表面上疯疯癫癫,实则心明似镜的老姑娘颇似鲁尔福笔下的苏姗娜。所不同的是前者装疯卖傻是为了赢得爱情,而后者装疯卖傻是为了逃避爱情。但是,两位作家给出的寓言都有明确的所指:只有装疯才能得到幸福。于是,被颠倒了的世界和理念被重新颠倒了一回。

其他人物如佩尔娜达、德劳拉修士等,也都很有特色。只有玛利亚显得比较单薄,因为她只不过是一个噱头、一种契机。

虽说加西亚·马尔克斯早已在墨西哥定居下来,却从未消释他的"流亡情结"。长期以来,他对自己的经历一直耿耿于怀,对所有的专制形式都深恶痛绝。1986年,他发表了长篇报告文学或谓纪实小说《米格尔·利丁历险记》,以展现独裁统治下的智利社会。

1973年9月,智利三军司令皮诺切特发动军事政变,推翻了民选总统阿连德,从而对智利实行了独裁统治。其间,无数阿连德追随者亡命海外,大批左翼人士(包括一些"二战"时期流亡到智利的西班牙共和党人和共产党人)受到迫害,甚至惨遭杀戮。

为了调查独裁统治的真实情况,加西亚·马尔克斯的挚友米格尔·利丁冒着生命危险,潜回祖国,拍摄了一系列珍贵的新闻电影资料。这就是《米格尔·利丁历险记》的由来。

《米格尔·利丁历险记》用第一人称：

> 长期以来，我就梦想拍摄一部有关祖国近况的影片，以反映十二年来独裁统治下智利社会的真实情况。无有穷期的乡思早已使我对祖国的印象变得虚无缥缈，而要恢复印象，没有比拍摄一部纪录片更好的途径了。然而，在智利政府公布的"无罪流亡人士"的名单中始终没有我的名字，于是我绝望了。梦想变成了梦魇……[①]

作品将利丁如何乔装打扮、如何带着年轻美貌的假夫人潜入智利境内，到如何骗取地方官员的信任、如何深入群众了解社情民意，写得既生动又细致。

在圣地亚哥首都，利丁等人拍摄到了脏乱不堪、物资匮乏的商业区，以及露宿街头的孤儿、沿街乞讨的妇人；拍摄到了广场上荷枪实弹的宪兵和他们不时露出的紧张表情；甚至还拍摄到了趾高气扬的总统卫队。在总统府门前，摄影组被搜了身，还被勒令关闭镜头，利丁眼睁睁地看着皮诺切特从面前走过。

在其他地区，利丁拍摄到了煤矿工人的非人生活。成千上万的"煤黑子"拖儿带女，从事着原始而又繁重的体力劳动。他们惊奇地发现，著名诗人聂鲁达的故居被查封了，但人们还在阅读他的诗文。阿连德总统虽然早已离开人间，但他的事迹依然活在人们心里。摄影组甚至偷拍到了抵抗组织悄悄纪念这位民主斗士的动人场景。

到处笼罩着白色恐怖，可公共场所却始终悬挂着"和平繁荣""智利在前进"之类的大幅标语。与此相对应，人们都戴着假面具生活，把自己的心理隐藏得深深的。

除此以外，加西亚·马尔克斯不吝笔墨，描写利丁等人富有传奇色彩的、险象环生的"历险"经过。前提是利丁仍在智利政府通缉的黑名单上，而且他的这次冒险带有明显的"间谍"嫌疑。一旦被当局识破，他将死无葬身之地。然而，他有惊无险地骗过了海关和警察，躲过了盘查和搜捕……有一次，他和"夫人"驾车行驶在公路上，突然遭遇了一群便衣警察。警察挡住了他们的去路，用手电直射他们的眼睛。利丁表面上安之若素，内心恐惧得要命。好在他们的情侣模样和高级轿车帮了忙。在他们完成拍摄任务启程返回时，严格的海关检查又使他们惊恐万状，出了好几身冷汗……但是，运气、女伴的高贵气质和美貌，一次又一次使他们化险为夷……

---

① García Márquez: *La aventura de Miguel Littín clandestino en Chile*, Bogotá: Oveja Negra, 1986, p.1.

总之,利丁和他的同伴九死一生,他们所显示的非凡胆略和大无畏精神深深地打动了加西亚·马尔克斯,也深深地打动了所有阅读这部"历险记"的人。

然而,历史无常。几年后,皮诺切特在几乎没有任何压力的情况下提出了大选建议和辞职请求。其时,智利国内可以说是"政治稳定,市场繁荣"。经过二十年的苦心经营,他不但在一片谴责声中站稳了脚跟,得到了许多国家(包括中国)的承认,而且躲过了席卷拉美的经济危机,使大多数人逐渐忘却了流血事件。因此,1998年,当前往英国养病的"老爷子"因为西班牙大法官的引渡请求而被英方拘留时,智利国内顿时群情激昂,同情"老爷子"的程度几乎超过了当年对他的愤恨。各界人士,尤其是普通市民纷纷走上街头,参加游行集会,要求英国政府释放这位耄耋老人。

谁也说不清是皮诺切特一朝的放弃消释了人们二十多年的怨恨,还是二十多年的似水岁月和所作所为冲淡、抵消了一切。总之,人们不能容忍别人对他的审判。显然,人们已经原谅了他,或者已经把他看作过去而既往不咎了。唯有那些受害者家属仍对他耿耿于怀。是啊,血债难忘!

斯时斯刻,不知加西亚·马尔克斯做何感想。

此后,他创作了长篇纪实小说《绑架轶事》。

加西亚·马尔克斯在《绑架轶事》的"谢词"中说:

> 玛鲁哈·帕琼和她的丈夫阿尔贝托·维利亚米萨尔于1993年10月建议我写一本书,内容是她被绑架六个月的经历以及他艰难困苦的营救过程。于是我写了一个初稿,但同时又不无遗憾地发现:这一事件与同时发生的另外九起绑架案密不可分……[①]

作品的事实依据便是同时发生在哥伦比亚的十起绑架案。这些绑架计划全部由贩毒集团策划和实施,他们的目的是迫使政府释放被捕的同伙。而这样的现实几乎同时在墨西哥上演。

作品从玛鲁哈和她的小姑子贝阿特丽斯切入:

> 上车之前,玛鲁哈回头看看是否有人盯梢……玛鲁哈已经养成了回头一看的习惯。这种下意识的习惯是从8月起养成的,原因是贩毒集团开始绑架新闻记者了。
> 担心是有道理的。玛鲁哈回头看时,国家公园虽然显得有些荒凉,

---

① García Márquez: *Noticia de un secuestro*, Madrid: Mondadori/ Diana, 1996.

但分明有八个男人在暗中窥视着她俩……

没过多久，两辆来路不明的汽车前后夹击，使她们无法进退。只见有人头戴面具、荷枪实弹地冲到她们面前。没等她们做出任何反应，司机已经饮弹倒在了方向盘上。她们分别被几个彪形大汉拖上了两辆汽车。

就这样，玛鲁哈和贝阿特丽斯被绑架了。

在此之前，玛鲁哈一直从事新闻工作，贝阿特丽斯是她的私人助理。姑嫂俩忙完一天的公事，回家途中遭人绑架，事先没有一丝不祥的预兆。

警方很快发现了玛鲁哈和贝阿特丽斯的汽车及死去的司机。于是，消息迅速传遍了波哥大。

身为议员的阿尔贝托面对妻子和妹妹的突然失踪心急如焚，他立即打电话给共和国总统，请求帮助。总统表示当不遗余力，追查歹徒，营救人质。他当即给国家安全顾问拨通了电话，命他全权负责，不惜一切代价调查这起绑架案。

与此同时，新闻记者闻讯赶来，把阿尔贝托家围个水泄不通。阿尔贝托凭借多年的政治经验，明白绑架者完全是冲着他来的。直接原因该是他不久以前促成议会通过了反恐怖、反贩毒议案。正因为这项议案，他本人已多次遭遇袭击。但他福大命大，一次又一次地粉碎了贩毒集团的阴谋。最近一次是在国外。为了保护他的人身安全，总统特意任命他为哥伦比亚驻印尼大使。然而恐怖分子仍不肯罢手，以至于向海外派出了杀手。由于杀手不慎落网，他得以幸免于难，却万万没有想到灾难终于降临到了家人的头上。他镇定地接受了记者的采访，希望绑架者尊重两位无辜女性的人格，并表示将不惜一切代价营救她们。

当晚，负责反恐行动的国家安全部门负责人马尔克斯将军亲临阿尔贝托家了解事件经过。阿尔贝托当即与他发生分歧。阿尔贝托从保护妻子和妹妹安全的角度出发，反对使用任何形式的武力来解决这起绑架事件。为此，他在把不幸的消息告诉所有亲友的同时，主动与包括共产党在内的所有左派组织取得了联系。所有左派组织和反政府武装都否认与这起绑架事件有关。阿尔贝托更加坚定了他的推测。"这是贩毒集团所为。他们是冲着我来的。"他说。

然而，绑架事件仍在发生。

继玛鲁哈姑嫂失踪以后，又接二连三地有人被绑架或突然失踪。其中有饭店老板娘马里娜。此人虽已年逾花甲，但精力充沛，颇善经营。那天，她的饭店正要打烊，几个绑架者谎称用餐，冲将进去，把她拖上了汽车。另一个被绑架者是杂志主编弗朗西斯科。他和玛鲁哈姑嫂一样，也是在路上遭遇袭击的。而且，他的司机也被绑架者用无声手枪打死了。幸免于难的有贝壳电台的台长亚米特和前总统的千金玛利亚。二者奇迹般地逃脱绑架的唯一解释，是绑架者得到了不许杀害人质的命令。

在此之前，也就是玛鲁哈开始回头一看的 8 月，另一位前总统（图尔巴伊）的千金、新闻记者迪亚娜及其四个同事被一伙身份不明的武装分子骗至山区失踪。当时的情形是这样的：迪亚娜及其工作小组接到一个电话，打电话的人谎称是哥伦比亚民族解放阵线领导人佩雷斯神父的下属。他向迪亚娜转达了佩雷斯神父接受她独家采访的愿望。迪亚娜明知道这很可能是一个骗局，但还是觉得机会难得，决定冒一次险。按照"被采访"者的要求，她带着她的小组，投入了绑架者设下的陷阱。

作品齐头并进，描写被绑架者在不同处所的境遇以及阿尔贝托等家属为营救亲人而展开的疯狂的努力。

最初，玛鲁哈和贝阿特丽斯被分别监禁在农民提供的两所房子里。玛鲁哈是个睿智的女性，但她唯一能做的就是强迫自己不要发疯，把所发生的一切连同感受都存入记忆。贝阿特丽斯太年轻，早已乱了方寸，她不停地哭泣，以为这辈子再也见不到亲人了。

不久，马里娜来了。绑架者为便于看守，终于把玛鲁哈、贝阿特丽斯和马里娜关在了一起。这无疑是她们不幸中的万幸。何况，马里娜生性怯懦，且笃信宗教。她的有意无意的母爱感动了其中一些看守。这时，玛鲁哈也乘机与他们搭讪，以便了解情况。无奈看守都戴着面具，而且对她似乎又格外警惕。

与此同时，被关在另一秘密据点的迪亚娜和她的助手阿苏塞娜不停地记日记。和玛鲁哈一样，迪亚娜是个资深记者，见多识广，而且意志坚强。她利用一切机会接近绑架者，发现他们表面上张牙舞爪，内心却一样的寂寞、恐慌。他们一个个度日如年，百无聊赖，同时又草木皆兵，神经极度紧张。

过了一段时间，阿尔贝托的猜测得到了证实：大毒枭埃斯科巴尔承认所有绑架事件都是由他策划、实施的，目的是迫使当局释放被捕的同伙。阿尔贝托于是开始了一分希望九分绝望的紧张斡旋。

在贩毒集团的秘密据点，玛鲁哈等人失去了几乎所有自由。她们不能高声说话，不能按时充饥，连上厕所的时间都有严格的规定。伙食标准几乎纯粹是为了保证她们不被饿死：早上是牛奶咖啡和一点香肠面包，午餐是赤豆加一小块掺肥搭瘦的肉，晚餐则干脆就是残羹剩饭。

迪亚娜顽强地记着日记。阿苏塞娜由于过分思念家人而精神濒临崩溃。她噩梦缠身，神思恍惚，怀疑丈夫有了外遇，正如何如何。为了表示她的至深至善的爱情，她开始一封封地给他写永远寄不出去的信。

绑架者一个个喜怒无常。他们几乎都有精神分裂的征兆，彼此之间又因为纪律或者比纪律更为严酷的猜忌而关系极其紧张。

迪亚娜深知他们一样孤独难挨，就有意介入了他们的游戏：打扑克或者玩骨牌。

玛鲁哈等人与看守的关系也有了明显的改善，她们可以不定时地喝咖啡、上厕所和看电视了。

阿尔贝托和图尔巴伊等家属不断受到绑架者的威胁。埃斯科巴尔的要求越来越苛刻了。当局还是一筹莫展。

一个月过去了，埃斯科巴尔释放了迪亚娜的一个同事。此人重病在身，需要治疗。不久，阿苏塞娜也被释放了。

转眼到了圣诞节。迪亚娜与看守的关系继续改善，她奉劝他们在当局武装营救的情况下不要抵抗，以免白白丢了性命。看守们居然接受了她的规劝。

玛鲁哈和马里娜也正在和绑架者一起过圣诞节。绑架者们摘掉了面具。他们是那么年轻，以至于让玛鲁哈产生了巨大的怜悯。但贝阿特丽斯似乎和阿苏塞娜患了同样的毛病。她愈来愈忧郁，愈来愈沉默寡言，几乎走到了疯狂的边缘。

这时，绑架分子突然换了看守。迪亚娜和玛鲁哈等人再次陷入困境。玛鲁哈十分恐惧，因为新来的看守一个个色眯眯的，整天沉浸在黄色录像之中。贝阿特丽斯终于病倒了。

埃斯科巴尔失去了耐心。他表示将每三天杀死一个人质，除非政府答应他的要求。

三天后，马里娜被告知可以回家了。玛鲁哈和贝阿特丽斯不知等待她们的是凶是吉，只好强颜欢笑，送她离开了牢房。与此同时，所有的人质被剥夺了收看电视的权利。

不久，警方发现了马里娜的尸体。

警方早已忍无可忍。他们根据所掌握的线索，开始武力营救人质。结果，迪亚娜在混战中身负重伤，经抢救无效而死。她的同伴侥幸获救。

玛鲁哈姑嫂对所发生的一切一无所知。有一天，看守对贝阿特丽斯说："你可以回家了。"他们照例蒙住她的眼睛，把她押上了车。玛鲁哈和她几乎是在沉默中分的手。她们都不知道等待彼此的是祸是福。

贝阿特丽斯神奇地回到了家里。原来阿尔贝托通过种种渠道与埃斯科巴尔取得了联系。释放贝阿特丽斯是后者的一种姿态。

玛鲁哈只身一人被囚禁在不知什么地方。弗朗西斯科的处境和她完全一样。他多次逃跑未果，最后决定割腕自尽，但还是被绑架分子救活了。

最后，教会出面调停。埃斯科巴尔表示他早已厌倦了这种生活，可以交出人质，但条件是政府必须答应绝不将他引渡到美国并为他提供一个安全可靠的避难所。阿尔贝托与他进行了交涉。交涉成功，玛鲁哈在被绑架了六个月之后奇迹般地回到了波哥大。当她被绑架分子释放在波哥大市区时，所遇到的第一个出租车司机像见到了幽灵似的不知如何是好。玛鲁哈于是给家里打了电话。阿尔贝托立即前去迎接。消息不胫而走，全波哥大的记者闻风而至。于是，在玛鲁哈的车前车后，各色车辆排成了一条无始无终的长龙……

不久，埃斯科巴尔自首。关押他的地方顿时变成了"五星级饭店"。政府于是把他转移到了另一所监狱。埃斯科巴尔大为不满，生怕政府背信弃义，向美国妥协，于是越狱潜逃。几年以后，埃斯科巴尔与儿子的一次秘密通话使警方获得了线索。警方以迅雷不及掩耳之势袭击了埃斯科巴尔的秘密住所。大毒枭在混战中饮弹身亡。

这时，阿尔贝托对政治已经完全丧失信心，他辞去了所有职务，退避三舍，潜心阅读。有一天，有人送来一个精致的、用缎带系着的小匣子。阿尔贝托以为是炸弹，正要甩手，匣子倒自己打开了：里面装的竟是玛鲁哈交给绑架者"保管"的那枚结婚戒指。

在林林总总的世界文坛，有关绑架的文字多多，其中不乏神来之笔，加西亚·马尔克斯的《绑架轶事》算不得绝品。它之所以轰动一时，多半是因为名人效应。1996年4月，《绑架轶事》作为马德里书日的重要节目走遍大街小巷，西班牙国王胡安·卡洛斯也自己掏腰包买了一本。此后，这部纪实小说（而且很可能是加西亚·马尔克斯的最后一部小说）便和他的其他作品一样，被搬进了无数翻译合同。但这次加西亚·马尔克斯向媒体郑重申明，他决不将该作的版权卖给中国和哥伦比亚，"因为这两个国家的'海盗'太猖獗了"。

这当然有失公允。顺便说一句，加西亚·马尔克斯曾于20世纪90年代初悄悄来过中国，来意除了浏览名胜和了解社会状况，还包括收集其作品的中文版本。如今，总算由新经典斥资购买了版权，也算在他有生之年给了他一个体面的交代。

《绑架轶事》在西班牙语世界遍地开花，创下了当年图书发行的最高纪录。作品之所以获得巨大成功，除去上面所说的名人效应，还有震惊世界的秘鲁1996—1997年人质危机。读者对这次人质危机一定记忆犹新，当时，秘鲁民族解放阵线占领了日本使馆，将包括日本大使在内的数十名外交官和秘鲁政府高级官员扣为人质，其目的也是逼迫政府释放被捕战友。这是一起颇具讽刺意味且结局惨烈的绑架事件，最后以政府的武力镇压告终。绑架分子全部丧生，被绑架的秘鲁最高法院院长也死于非命（留下了有关人员"杀人灭口"的话柄）。此次恶性事件对《绑架轶事》的发行无疑起到了推波助澜的作用。

此外，作品多次提到M-19等左派组织，虽然这些组织或已解散，或已得到政府的承认，但此番提及，多少有点揭短的目的与嫌疑。也许正因为如此，有人在墨西哥的《宇宙报》发表长文，回眸拉丁美洲历史上的诸多绑架事件。此后又有多家报刊撰文或转载了有关文字。而这时，陷入中等收入陷阱的墨西哥正在成为绑架、撕票的重灾区。

20世纪80年代至世纪之交，拉丁美洲不少国家出现经济危机。从1980年哥伦比亚游击队"M-19"绑架六十名外交官（其中十四名大使）事件到1989年尼加拉瓜反政府武装绑架美洲国家组织首脑事件、1993年尼加拉瓜桑地诺武装绑架政府高级官员及新闻记者事件、1994年苏里南游击队绑架政府高级官员事件、1996年哥斯达黎加游击队绑架最高法院法官事件，再到世纪之交墨西哥北部的上百起绑架事件，无论原因和结果如何，都与美国这个邻居和所谓中等收入陷阱有关。

不难看出，这些专翻陈年旧账的作品几乎都是双关的，即既指向事件本身，也指向惯于视拉美为后院并随时可以去剪羊毛的美国。因为曾几何时，加西亚·马尔克斯同情甚至支持过"M-19"，而且因此受到了政府的通缉；也同情和支持过尼加拉瓜桑地诺民族解放阵线，还做过一篇题为《尼加拉瓜的战争》的长篇报道，为桑地诺阵线喝彩。但是，《绑架轶事》说明加西亚·马尔克斯的立场发生了变化，尽管它矛头所指既非"M-19"，也不是桑地诺阵线，而是让当局和美国人（尤其是美国人）恨之入骨的大毒枭埃斯科巴尔。可话又说回来了，无论是"M-19"还是桑地诺阵线，在官方舆论或美国人眼里，也都曾是"土匪""黑帮""毒枭"或"恐怖分子"。

于是就产生了这样的问题：哪里是革命行动和恐怖主义的界限？而美国又在这些事件中扮演何种角色？由于美国的介入，新自由主义泛滥成灾。且不说钱本位及贫富差距带来的新的社会问题如何取代了专制时期的权本位和精神压迫，关键是美国常常用"民主"这把双刃剑，冠冕堂皇地干涉拉美事务。

加西亚·马尔克斯的作品所隐含的政治、文化信息令人产生这样那样的疑问。回眸20世纪后几十年的历史，能够胁迫政府让步并最终达到目的的力量几乎都依仗了恐怖活动。拉美贩毒集团等恐怖组织的手段各不相同，但矛头所向几乎一直都是各国政权及政权背后的美帝国主义。用一些老百姓的话说，"既然不能用武力打倒美国，那么就用毒品来消灭它吧"（正因为此，美国比任何国家更加痛恨拉丁美洲的贩毒集团）。也就是说，种种迹象表明，拉丁美洲的不少恐怖主义者的终极目标是打击美国，推翻现行制度，有的则"在不得不伤害无辜"的同时表示出谋求社会公平和公正的诉求。正因为如此，拉丁美洲的恐怖组织（包括贩毒集团）并非没有群众基础，否则怎么连政府军队和美国特工都奈何不得呢？尤其是在前一个时期，恐怖组织的行动屡屡得手，有的甚至推翻政府，从而使老百姓拍手称快。

需要特别说明的是，加西亚·马尔克斯已于此前辞去了所有官方、半官方职衔，并且在这部"最后的小说"中"保持了公正和中立"。明证之一是那个作为尾声的"戒指故事"，虽然它更像是虚构，但分明寓意深刻且有所指涉。

此后，由于身体欠佳，加西亚·马尔克斯开始在墨西哥家中深居简出；再以后，除了偶尔到美国治病，便是到哈瓦那看看老朋友卡斯特罗。2000年，因古巴男孩埃连事件牵涉古美关系，他义无反顾地站在卡斯特罗一边，撰写了长篇报道。与此同时，他埋头写作回忆录，几乎不再涉笔其他。于是，冒名之作便随机产生。也许正是为了与久违的读者见面，他竟于2004年推出了中篇小说《追忆忧伤娼妓》。

《追忆忧伤娼妓》写道："我决定给自己九十大寿一个礼物——与一个年轻的处女共度良宵。"小说不足八万字，卷首援引了川端康成《睡美人》中的一段话，但实际指向的却是纳博科夫的《洛丽塔》或老年歌德的那段风流韵事——马丁·瓦尔泽在其新作《恋爱中的男人》中演绎了这个故事。

回到加西亚·马尔克斯的作品：主人公"我"为了实现自己的愿望，找到了一个叫罗莎的鸨母。据说此人神通广大，常有尤物投到她的门下。然而，"我"是个正人君子，此前从未登门造访过她。他拨通了她的电话，提出了那个要求。那天是他生日，九十年的人生经历让他终于有资格也有勇气做这样的事了。他五点起床，先按惯常替报刊写了专栏。中午，他躺在吊床上回想往事，记得一生睡过的女人没有一个不是带着他的钱离开的。二十岁他开始记录这些女人的姓名、年龄、职业等信息。到了五十，他已经有过五百十四个女人。后来，因为身体和经济的原因，这个名单中断了。有一天，他突发奇想，决定写一本书，题目就叫《追忆忧伤娼妓》。傍晚，他又悄悄拨通了罗莎的电话，请她原谅早上的无理。经过一番交涉，晚上十点他遵嘱推开了一扇房门。女孩一丝不挂地躺在床上。她只有十四岁。抚摩着、凝视着那纯洁无瑕的胴体，他终于没能让自己雄起。直到他闭灯安息，小女孩一动没动，以至于他怀疑女孩是不是还有生命。

作家并未就此搁笔。不久，女孩十五岁了。主人公替她过生日，唱生日赞歌，然后一寸寸地吻她的肌肤，让她体温升高，浑身散发出清新的气息。圣诞节降临，女孩要回家了。然而他已经习惯了跟女孩一起生活。圣诞节那天，他一早睁开眼睛，发现了她留下的一只玩具熊。元旦那天，女孩回到了他的身边。此后，他每晚给女孩读小说，并搂着她睡到天亮。一天，罗莎把他从睡梦中叫醒，说妓院里死了人，警察正在调查。从此以后，女孩消失了，妓院关门了。但是，一个月后，罗莎回来了，妓院照常开张。那天，他推门进去，女孩已经像第一次那样一丝不挂地躺在床上了。女孩变了很多，一下子长大了许多，而且开始涂脂抹粉。他禁不住骂了声"婊子"。原来，罗莎表面上涉嫌谋杀被调查，实际是在陪警官度假。他知情后大发雷霆，女孩却淡淡地说："我说过，嫉妒比真理更深刻！"

妒意使然，他决定离开她，但又耐不住寂寞。用一个老情人的话说，孤独莫过于独自死去。于是他又回到了她的身边，并请求她的原谅。

如此，小说以倒叙形式展开，从20世纪50年代中期讲起，讲一个老记者为庆祝自己的九十大寿找了个十四岁的处女圆房，结果被她的胴体征服，竟无条件地爱上了她。而她，用鸨母的话说，也傻爱着他。最后，他决定买下妓院，并且与鸨母商定，百年之后将遗产留给女孩。

这个故事缘起于 1950 年。是年加西亚·马尔克斯在巴兰基利亚当记者，负责一个叫"长颈鹿"的文学评论专栏。由于只拿半份工资，加西亚·马尔克斯生活拮据。他在一座被讽喻为"摩天大楼"的四层简易楼房的顶层租了一间黑咕隆咚的小房间，楼下是酒吧，周围住满了妓女。她们日夜颠倒，为各色人等充当作乐工具。《追忆忧伤娼妓》显然是以那些青楼女子的故事为蓝本的。

此外，老夫聊发少年狂，主人公的"老当益壮"多少承载着加西亚·马尔克斯的某种意识或无意识：多年与病魔抗争，字里行间透着生理与心理分道扬镳的悲苦。如是，与其说是妓女可怜，倒不如说是老的可怜、老的可怕。正所谓人生在世，除了健康，别无大事！

然而，加西亚·马尔克斯早就计划在有生之年写出自己的多卷本传记。《活着为了讲述生活》是第一卷，它依然像一部小说。作品从 1950 年的某一天"母亲叫我陪她去卖房子"开始，到 1955 年在日内瓦的一家旅馆里等待回信结束，客观时间只有短短五年，但主观时间却不断回流，直抵童年。家族的历史、民族的历史在童年的记忆中复活、变形。

比如在谈到外祖父这位"老爹"时，加西亚·马尔克斯以他特有的幽默化腐朽为神奇，化神奇为腐朽。他说：

> 外祖父一言不发，拉着我的小手把我带到泡沫升腾、死鸡浮动的绿色水面。"这就是海。"他对我说。我不无失望地问了句对岸是什么。他毫不犹豫地回答说："没有对岸。"

或者：

> 我说我还没有见过冰泥，祖父于是把我带到马戏团。他教人打开一个冰柜，再让我把手伸进去……我感到一阵战栗，说："里面烫着呢。"

而这凉得发烫的冰，居然成了"世界上最大的钻石"。

又比如"香蕉热"。在谈到由此引发的大罢工和大屠杀时，加西亚·马尔克斯以他惯用的手法将现实与想象、想象与现实融为一体。他说，有关死伤人数的统计大相径庭，有人说几百，有人说几千。这是他儿时人们经常谈论的一件事情。

为了赋予事件以必要的戏剧性，我把人数确定为三千，而生活居然给了我最终的认证：前不久，适值大悲剧多少周年，参议院的一位轮值发言人要求例会中的全体人等为大屠杀中牺牲的三千英雄起立默哀。

再比如故乡阿拉卡塔卡的"热闹"与孤独，那种恍若隔世之感，唯有今天的国人可以感知。不论是知青还是"凤凰男女"，只消你回一趟"老家"，就可以领略一二。梁鸿博士的《中国在梁庄》（江苏人民出版社，2010 年）当是一种佐证。

至此，加西亚·马尔克斯又回到了童年的记忆。也许，他这是在为自己的创作、给自己的生命画一个圆······

（二）巴尔加斯·略萨

马里奥·巴尔加斯·略萨（1936—）以他出神入化的结构重新编织了历史和现实，题材远远超出了他生于斯长于斯的秘鲁。然而，他的个人生活却被演绎得令人困惑。首先是他与表姨（舅妈的胞妹）的婚恋，令人费解；其次是他与表妹婚后儿女成群，却晚节不保，年届八旬与菲律宾裔名媛有染；再次是他与挚友加西亚·马尔克斯的恩怨，让人摸不着头脑，或者刚刚还在竞选秘鲁总统却转眼加入了西班牙国籍。凡此种种，使人猜想他是在用小说的方法结构自己的人生。

巴尔加斯·略萨生于秘鲁阿雷基帕市。和加西亚·马尔克斯的出身相仿，他的父亲居然也是报务员，而且出身贫寒；母亲倒是世家小姐。无独有偶，巴尔加斯·略萨也是在外祖父家长大的，十岁时离开外祖父家，随父母迁至首都利马，不久升入莱昂西奥·普拉多军事学校。在校期间大量阅读文学作品，并开始与舅妈的妹妹胡利娅姨妈相爱。这被校方视为大逆不道，同时遭到了家人的极力反对。1953 年，巴尔加斯·略萨再次违背父母的意愿，考入圣马科斯大学语言文学系。大学毕业后，他的短篇小说《挑战》（1956）斩获法国文学刊物的征文奖并得以赴法旅行。此后他转道西班牙，在马德里大学攻读文学博士学位。1959 年重游法国，在巴黎结识了胡利奥·科塔萨尔等流亡作家。同年完成短篇小说集《首领们》，并获西班牙阿拉斯奖。翌年开始写作长篇小说《城市与狗》，作品发表于 1963 年，获西班牙简明图书奖和西班牙文学评论奖。1965 年，他的第二部长篇小说《绿房子》发表，获罗慕洛·加列戈斯拉丁美洲小说奖。从此作品累累，好评如潮。

20 世纪 70 年代中后期，他明显开始"两条腿走路"：一条在自己的私生活，另一条却伸向了历史。前者有《胡利娅姨妈与作家》（1977）、《继母颂》（1988）、《情爱笔记》（1997）等；后者有《世界末之战》（1981）、《狂人玛伊塔》（1984）、

《谁是杀人犯》（1986）、《利图马在安第斯山》（1993）、《元首的幽会》（又译《公羊的节日》，2000）、《天堂在另一个街角》（2003）、《坏女孩的恶作剧》（2006）、《凯尔特人之梦》（2010）、《卑微的英雄》（2013）、《五街角》（2016）等。

巴尔加斯·略萨20世纪70年代中后期因不可究诘的原因同加西亚·马尔克斯闹翻后，开始了文学观念上的重大转变。当然，因果可能恰好相反，即二人可能正是因为文学观念的分歧而分道扬镳。到了80年代，他甚至五体投地地推崇起博尔赫斯来。他说：

> 当我还是个大学生的时候，曾经狂热地阅读萨特的作品，由衷地相信他断言作家应对时代和社会有所承诺的论点。诸如，"话语即是行动"，写作也是对历史采取行动，等等。现在是1987年，类似的想法可能会令人觉得天真或者感到厌倦，——因为我们对文学的功能和历史本身正经历着一场怀疑的风暴——但是在50年代，世界有可能变得越来越好，文学应该对此有所贡献的想法，曾经让我们许多人认为是有说服力的和令人振奋的。
>
> ……对我来说，博尔赫斯堪称以化学的纯粹方式代表着萨特早已教导我要仇恨的全部东西：他是一个躲进书本和幻想天地里逃避世界和现实的艺术家；他是一个傲视政治、历史和现实的作家，他甚至公开怀疑现实，嘲笑一切非文学的东西；他是个不仅讽刺左派的教条和乌托邦思想，而且把自己嘲弄传统观念的想法实行到了一个极端的知识分子：加入保守党……
>
> ……可以完全肯定地说：博尔赫斯的出现是现代西班牙语文学中最重要的事情，他是当代最值得纪念的艺术家之一。[①]

但这种转变并不意味着背叛，而是一种妥协，甚至是一种十分矛盾的妥协。这一妥协的明证之一是他的从政企图。为了用文学家的理想改变秘鲁现实，他使出了浑身解数，与藤森等人周旋了整整一年，结果以败北告终。更难理解的是，1989年他竞选秘鲁总统败北后，竟不顾舆论压力而选择了定居西班牙，并最终于1993年加入西班牙国籍（同时保留秘鲁国籍）。作为对他的文学成就和政治选择的回报，西班牙把1995年的塞万提斯奖授予了他。

与此同时，他的创作发生了明显的改变。一方面，他继续沿着一贯的思路

---

① 巴尔加斯·略萨：《博尔赫斯的虚构》，赵德明译，《世界文学》1997年第6期，第149—151页。

揭示秘鲁及拉丁美洲历史与社会；另一方面，情爱、性爱和个人生活开始占有相当重要的位置。

首先是《胡利娅姨妈与作家》，写他和前妻胡利娅姨妈的故事。作品由两大部分组成，彼此缺乏必然的联系。一部分是作者与舅姨胡利娅的爱情纠葛，另一部分写广播小说家加马丘。二者分别在奇数章和偶数章交叉进行。奇数部分充满了自传色彩，从人物巴尔加斯·略萨与舅妈之妹胡利娅姨妈从相识到相知直至相爱结婚说起，讲述了一个非常现代的爱情故事。小说发表后立即引起了巨大的反响，胡利娅姨妈对许多细节表示否定并着手创作了《作家与胡利娅姨妈》（1983），一些读者则对巴尔加斯·略萨这种完全交出隐私权的做法颇有异议。

1981 年，《世界末之战》[①]的出版，标志着巴尔加斯·略萨开始放弃当前的社会现实而转向了历史题材。小说写 19 世纪末处在"世界之末"的巴西腹地。著名作家欧克里德斯·达·库尼亚曾以此为题材创作了传世的《腹地》（1902）。巴尔加斯·略萨的选择具有明显的重构意图：展示卡奴杜斯牧民起义的积极意义。但小说的新历史主义取法使他失去了达到预期效果的可能性，从而导致相当一部分读者对作者的"炒冷饭"做法不能理解。

好在以后的两部作品又奇怪地回到了秘鲁现实。其中《狂人玛伊塔》写无政府主义者玛伊塔的所谓革命，《谁是杀人犯》写军事独裁期间发生在空军某部的一起因乱伦导致的谋杀案。但紧接着巴尔加斯·略萨又令人大惑不解地推出了两部性心理小说：《继母颂》和《情爱笔记》。这两部小说堪称姐妹篇。前者写为人继子的少年阿尔丰索千方百计拆散父亲和继母的故事：小阿尔丰索对继母怀恨在心，无论她如何谨小慎微、百般讨好，都未能改变他莫名的仇恨。为了达到目的，他人小鬼大，不择手段，以至于将计就计，利用继母的取悦心理，酝酿了一个狠毒的阴谋。他装出天真烂漫的样子骗取继母信任，然后得寸进尺，从拥抱到亲吻直至占有她的肉体。阴谋得逞后，他假借作文向父亲透露隐情，气得后者暴跳如雷，当即将妻子赶出家门。《情爱笔记》依然从阿尔丰索的角度切入，叙述他与继母的关系。父亲赶走继母以后，小家伙的心理发生了巨大的变化。他逐渐发现自己在蓄意伤害继母的过程中，实际上已经慢慢地爱上了她。这种剪不断理还乱的矛盾关系，在这后一部小说中以十分巧妙的形式敷衍开来：一面尽力消释父亲的"误解"，一面模仿父亲的笔迹和口吻写下"情爱笔记"。它们以信件的形式由小家伙亲自送到继母手中。最后，继母被继子的真

---

① 根据巴尔加斯·略萨在中国社会科学院报告厅的现身说法，"世界末之战"中的"末"既指向时间，也指向空间，即兼具"世界末日"和"世界末端"双重含义。

情感动，重新回到了被两个男人同时爱着的家。这两部小说曾引发争论。有读者甚至攻击巴尔加斯·略萨创作这些"有伤风化"的作品是一种"堕落"。

巴尔加斯·略萨似乎并不在意别人的说法。何况类似情怀并没有淹没他的批判精神和现实理念。2000 年，他的又一部现实主义力作《元首的幽会》问世，尽管紧接着又以《坏女孩的恶作剧》摆向了小布尔乔亚。这才是他，幽伏含讥，并写两面。其中，《凯尔特人之梦》走得远些，写爱尔兰人罗杰·凯斯门特的独立梦想。小说有历史依据。据史书记载，凯斯门特青年时代曾在英国驻外领事馆供职，1904 年在刚果替英国殖民者进行扩张活动，后又在拉丁美洲为英帝国效力，因此受封爵位。他既是爱尔兰厄尔斯特的新教徒，又是爱尔兰主张民族独立的革命者。第一次世界大战爆发后，他认为爱尔兰举行民族起义的时机已经成熟，先后到美国和德国求援。1916 年 4 月，他考虑到爱尔兰革命兄弟会武装起义的时机可能稍纵即逝，遂乘德国潜水艇返回爱尔兰，不料途中被英国当局捕获。后被施以绞刑。巴尔加斯·略萨着墨较多的是人物在非洲和南美如何参透殖民主义玄机，即"以传播文明的名义实施压榨和掠夺"。小说并写两面：一面是他在非洲和南美殖民地的"出色表现"使他得以加官晋爵，另一面是他内心深处的警醒：如果爱尔兰不抓紧为独立而战，将因殖民文化陷入麻木直至彻底同化、灭绝。于是，他辞去英政府给予的高官厚禄，全身心投入爱尔兰独立运动。1916 年起义失败，他被英政府以"叛国罪"拘捕，三个月后被绞死在狱中，死后无名无姓，无碑无冢。作者以历史人物的狱中追忆展开。它既是一部英雄传记，也是一部明显带有虚构色彩的文学作品。其中有书信、日记、内心独白和对话，既有广阔的画面感，也有细节毕露的心理描写。

与之截然不同的是《卑微的英雄》，后者以一种近乎侦探小说的形式展开，叙述皮乌拉的一个名叫菲利西托的运输公司老板的不幸遭际。他有中国血统，一向勤勉努力、奉公守法。然而，忽然有一天，他出门上班时在门口发现了一个蓝色信封。那是一封勒索信，勒令他每月缴纳五百美元的保护费，否则他的公司和家人都将遭遇不测。与此同时，利马的伊斯马埃尔先生，一个最有钱有势、老谋深算的保险公司的老板，决定迎娶他的女仆，以防巨额财产落入两个不肖子的手中。于是，山水相隔的皮乌拉和利马上演了两个相反相成的故事：一个是儿子对父亲的勒索，另一个是父亲对儿子的报复。面对错综复杂的局面，两个老人做出了决绝的选择："永远别让任何人欺负你！"

小说演绎了狄更斯在《双城记》中写下的名言：

> 这是一个最好的时代，这是一个最坏的时代；这是一个智慧的年代，这是一个愚蠢的年代；这是一个信任的时期，这是一个怀疑的时期；这是一个光明的季节，这是一个黑暗的季节；这是希望之春，这是失

望之冬；人们面前应有尽有，人们面前一无所有；人们正踏上天堂之路，人们正走向地狱之门。

《五街角》以真实地名命名。"五个街角"是利马富人区，又称上城，同时聚集了美国、日本、法国、比利时、澳大利亚等国使馆。小说写一个印象派艺术家的摄影展，其中展出了秘鲁某矿山不堪入目的景象，从而引起轩然大波。作品聚焦20世纪最后十年的秘鲁社会。那正是藤森治下的秘鲁社会。作为曾经的政敌，巴尔加斯·略萨毫不吝啬地泼墨挥洒，将秘鲁社会描写成黑暗、伪善、野蛮、堕落、空虚的五丑社会。与此并驾齐驱的是"光辉道路"的恐袭、媒体的低俗和政府的贪腐三位一体。

（三）卡洛斯·富恩特斯

卡洛斯·富恩特斯（1928—2012）也是以魔幻现实主义手法起家的西班牙语美洲作家、拉美"文学爆炸"时期的杰出代表，出生于印欧两大文明交汇的墨西哥城。青少年时代，卡洛斯·富恩特斯便随从事外交工作的父母遍游欧美，成人后又子承父业，开始外交生涯，先后出使瑞士、西班牙、法兰西等国。他经常说："鉴别的结果是：我们就是不纯，就是混杂。"正因为如此，才有了他的处女作、短篇小说集《戴假面具的日子》（1954）。

20世纪70年代中后期，卡洛斯·富恩特斯率先"回归"遥远而模糊的历史。于是，久违了的历史题材在他的笔下焕发出新的生命力，形式主义的色彩逐渐消退。于是，整合代替了冒险，大杂烩治愈了偏食症。于是，也便有了《我们的土地》（1975）、《水蛇头》（1978）、《疏远的一家》（1980）等等。在这些作品中，《我们的土地》无疑是极其重要的。在这部作品中，卡洛斯·富恩特斯恢复了"元气"——历久弥新的巴洛克风格，同时也给自己注入了新的"色彩"——后现代主义的模糊。

在卡洛斯·富恩特斯看来，拉丁美洲文学具有正视历史的传统，譬如征服时期的纪事文学、独立战争以后的叙事体文学，以及后来的反独裁小说和墨西哥革命小说，诸如此类的例子所在皆是。卡洛斯·富恩特斯继承了这一传统。如果说他的前期作品大都以墨西哥革命作为背景的话，那么《我们的土地》显然跳进了历史的海洋，给人以"海阔凭鱼跃，天高任鸟飞"的自由度与放纵感。正史与野史共存，历史与虚构并列；真真假假，虚虚实实。作品由三大部分组成：西班牙帝国与美洲、罗马与墨西哥、基督与凯察尔科阿特尔①。但沉重的历史包袱却是通过三个私生子抖开的。他们都是主的儿子，背上都有一个清晰可辨的

①　羽蛇或蛇神，是阿兹台克人崇拜的主神。

十字标记，脚上又都比一般人多两个脚趾。这些无疑具有虚幻色彩。但它们又不乏历史依据，处处充满了新历史主义的印记。在卡洛斯·富恩特斯看来，美洲的历史本身就是一部人为的作品，充满了幻想。在这样的前提下，虚构历史便势必要成为历史虚构的反动。一种可能是负负得正，另一种可能是负负得负。

通过虚构，现在与过去可以换挡，过去和将来也可以逆转。而作品的戏剧性就在于文学所消解或者拼凑的巧合与模糊、幽默与深邃。《我们的土地》是一部历史和幻想的交响曲，是作者的历史观和艺术观的体现和综合，具有明显的片面性和深刻性。用作者的话说，是尽可能地去发掘一切被埋没和可能被埋没了的历史："可能发生却没有发生的事件。"也许，这就是卡洛斯·富恩特斯的真实动因，而作品的包罗万象的涵盖性也基于此。然而，大量历史细节、片段与人物的议论交叉缠绕，使小说放弃了成为历史小说的可能性。也正因为如此，作品最后一章是关于文学的文学或关于小说的小说。许多西班牙语美洲作家笔下的人物在这里获得重生。作者对他们（同时也是对他们的原作者）进行了别具一格的戏谑性模拟。

进入 20 世纪 80 年代以后，一马当先的是由其小说梗概改编的影视剧《月光下的兰花》（1982）。但是，《月光下的兰花》并没有被搬上荧屏，倒是被英国的一位戏剧导演看中并搬上了舞台。作品在剑桥连续演出六个星期，场场爆满，获得巨大成功。其中的女权主义倾向为方兴未艾的女性主义批评所津津乐道。作品的主人公是两位著名的墨西哥妇女：多洛雷斯·德尔·里奥和玛丽亚·费利克斯。她们以非凡的艺术精神和生活勇气粉碎了拉丁美洲大男子主义的神话和人们对拉丁美洲妇女的印象。她们不屑于同纨绔子弟为伍。玛丽亚·费利克斯是穿裙子的潘乔·维亚；而多洛雷斯作为第一个进入好莱坞的墨西哥演员，始终保持了自尊。

玛丽亚·费利克斯早在 20 世纪 60 年代就曾现身卡洛斯·富恩特斯的作品。她比多洛雷斯更大胆，也更开放、更决绝。她从不隐讳对多洛雷斯的爱，而悲剧的发生往往是在情理之中、意料之外：男人的占有欲使多洛雷斯一次又一次陷入困境。终于进入最后的决战：不同层次的男人轮番向"女人味儿十足"的多洛雷斯发起进攻。最后某权威报刊记者（当然是男性）以十分卑鄙的手段窃取了多洛雷斯的一个"私人拷贝"，扬言要将它公布于世，并以此要挟威逼多洛雷斯就范。多洛雷斯在走投无路的情况下，答应与记者做名义夫妻。多洛雷斯保住了自己的名节和把一切献给玛丽亚的决心。但是，被蒙在鼓里的玛丽亚却因此而自杀身亡。

如果说文学中的玛丽亚扮演了一个"男人味儿十足"的角色，只是因为她的银幕形象大都具有西部女侠的风采。在她与多洛雷斯两人的世界里，她却是个情意缠绵的"十足的女人"。相反，多洛雷斯因在银幕上多扮演风情万种、人见人爱的柔弱女子，常被认为是一个"十足的女人"，实际上她只是"女人味儿十足"，内心深处却隐藏、搏动着一颗"男人样的心"——外柔内刚的身心。因此，多洛雷斯一直面临着自我定位、自我证实的难题。也许，正因为这样，她需要玛丽亚，只有玛丽亚能赋予她、保全她的自我。这种性格的丰富性是卡洛斯·富恩特斯后期创作的明显特征。

和《月光下的兰花》一样，卡洛斯·富恩特斯发表于20世纪80年代的长篇小说《老美国佬》（1985）和《克里斯托巴尔·诺纳托》（1989）等，也都是化合现实和艺术两个不同层面的典范。《老美国佬》是历史的虚构或假设的历史。小说以一名真实的美国作家在墨西哥革命时期的遭遇为契机，给历史填入了种种假设。《克里斯托巴尔·诺纳托》则具有科幻色彩，写多年以后的墨西哥社会——"一部未来史"。除此之外，卡洛斯·富恩特斯的后期小说还有《水晶疆界》（1997）、《和劳拉·迪亚斯在一起的岁月》（1999）、《鹰椅》（2002）、《幸福家庭》（2006）、《意志与运气》（2008）、《伊甸园里的亚当》（2009）、《伏拉德》（2010）和遗作《阳台上的费德里科》（2012）等等。

其中《水晶疆界》是一部短篇小说集，由九篇小说组成。最贴近现实的一篇是《城里姑娘》。该小说写一个家道中落的首都姑娘如何被北方富翁认作义女。原本富翁说好要将她嫁给自己儿子，最后却"阴差阳错"被富得流油的老头大摇大摆地带到更北的美国去了，从此杳无音信。众所周知，墨西哥移民美国始终是一个摆在美墨两国之间的重大现实问题。其根由是19世纪中叶美墨战争（一场类似于"卢沟桥事变"的无耻之尤的战争）使墨西哥丧失了近一半领土，而这些领土构成了美利坚合众国的若干个州。生于斯长于斯的墨西哥人，由于七大姑八大姨等割舍不断的亲缘和美富墨穷等原因，由南向北的移民乃至偷渡始终存在。卡洛斯·富恩特斯用相当温和的方式给移民问题提出了一种答案。这种答案固然牵强，但多少平衡了美国的指责——骨子里的嫌贫爱富。

《和劳拉·迪亚斯在一起的岁月》是一部长篇历史小说，时间跨度从1905年至2000年，几乎涵盖了一个世纪。它的出版，标志着卡洛斯·富恩特斯的一个"时间纪"的结束。譬如"恶时辰"，包括中篇小说《奥拉》、长篇小说《生日》（1969）等；"创始纪"，包括长篇小说《最明净的地区》《我们的土地》；"浪漫纪"，包括长篇小说《钟》（1992）、短篇小说《死去的未婚妻》（1994）等；"革命纪"，包括大部分前期小说和《老美国佬》等；"教育纪"，包括长篇小说《好良心》（1961）和短篇小说集《双重教育》（1991）等；"假面纪"，包括短篇小说集《戴假面具的日子》《水晶疆界》《盲人之歌》（1964）等；"政治纪"，包括长篇小说《阿尔特米奥·克鲁斯之死》《水蛇头》等；"现时纪"，包括长篇小说《迪娅娜或孤独的狩猎者》（1995）和《幸福家庭》等。当然，这仅仅是一种粗略的分类。

　　《鹰椅》表现的是卡洛斯·富恩特斯熟稔的权力主题，但情节也相当扣人心弦。所谓鹰椅，用我们的话说也就是龙椅。作家在这部篇幅有限的小说中编织了一张错综复杂的权力网，充斥其中的除了司空见惯的钩心斗角、尔虞我诈，还有企图挣脱阴谋和交易的神圣爱情。小说情节使我联想到眼下比比皆是的清宫戏，只不过作家把政治比作游乐场中最惊险、刺激的过山车，而鹰椅便是其中那个人人觊觎的"头等舱"。墨西哥的现实和可以预见的未来使他相当悲观。

　　正所谓生命不息，笔耕不辍，卡洛斯·富恩特斯晚年仍有重要作品问世。《幸福家庭》像是一个大杂烩，所呈现的大都是不幸家庭的不幸之人（从乞丐、妓女到杀手、瘾君子等），因此"幸福家庭"是要加引号的。而接下来的《伊甸园里的亚当》恰好道出了墨西哥是如何从天堂沦为地狱的：20世纪80年代拉美国家被"剪羊毛"后掉入"中等收入陷阱"，并从此一蹶不振、不能自拔。《意志与运气》同样以墨西哥现实为背景，写一颗在海边被浪花击打了上千年的头颅反思人与人、人与社会的关系，诘问悲剧之因。《伏拉德》则几乎重新"潜入幻想"，用"吸血鬼"和各色怪异人物将读者带回到了哥特式小说似的恐怖氛围，但真正恐怖的依然是现实悲剧：一切皆发生在当下，在令人绝望的"天堂"——那个风光不再的墨西哥。普鲁斯特说"真正的天堂是失去的时光"，而鲁迅却说"人心很古"。卡洛斯·富恩特斯的怀旧之心可以理解，但美国在拉美经济危机中的角色始终没有被正面提及。何也？

　　卡洛斯·富恩特斯的其他后期作品尚有中篇小说《康斯坦西娅及其他献给处女的故事》（1989）、《伊内斯的直觉》（2001）等。其中，《伊内斯的直觉》是一部爱情小说，写一个男人和一个女人一生当中的三次邂逅。两人的第一次邂逅是在1940年的伦敦，当时希特勒的飞机正在轰炸这座城市。他们的邂逅当然充满了偶然和惊险。但冥冥之中把他们联系在一起的却是美好的音乐。女主人公天籁似的嗓音使男主人公久久不能忘怀。但是战争的硝烟和地位的悬殊使男主人公不得不放弃非分之想。多年以后，他们久别重逢。这时男主人公因为思念女主人公而在一个二流乐队担任指挥；女主人公则已然登上事业的巅峰，在乐坛上红得发紫。两人的差距依然存在。最后，到了1967年，摇滚乐横扫世界乐坛，男主人公如鱼得水，红极一时。这时，歌剧光景不再，歌剧女王也已人老珠黄。三次邂逅，三种情感。男女主人公的爱情真可谓一波三折。卡洛斯·富恩特斯在接受媒体采访时，明确表示要让人类最本真的情感在时间和空间的缝隙中迸发出最自然朴素、美丽动人的火花。小说放弃了《最明净的地区》或者《阿尔特米奥·克鲁斯之死》的那种雄心勃勃的所谓多视角、多层次、多声部式的结构现实主义方法，一切都围绕着一个既简单又复杂的爱情故事展开，充满了偶然和必然、意料之外和情理之中。

　　巨大的文学成就，使卡洛斯·富恩特斯成为炙手可热的作家。他斩获了西班牙语世界的几乎所有重要文学奖项，如 1967 年的西班牙简明图书馆奖、1977 年的罗慕洛·加列戈斯奖、1979 年的阿方索·雷耶斯奖、1984 年的墨西哥国家文学奖、1987 年的塞万提斯奖、1994 年的阿斯图里亚斯亲王奖等等。他在中国的知名度当可与加西亚·马尔克斯、巴尔加斯·略萨和博尔赫斯媲美，但真正喜欢他、理解他的人并不多。这一半归咎于他艰涩的题材（内容），另一半归咎于他多变的方法。也许可以说，很少有人跟得上他"换皮"蜕变的节奏。

逝者已矣，但他的价值和影响不会消失。除了他的文学，热爱文学的人们还会记得他 20 世纪六七十年代在"天堂"墨西哥尽地主之谊帮助和庇护各色流亡作家（包括加西亚·马尔克斯）的诸多佳话；记得他的好辩，他与好辩的卡斯特罗的君子之交，记得他支持劳尔·卡斯特罗的革故鼎新，以及当加西亚·马尔克斯和巴尔加斯·略萨闹得不可开交时从中调停的良苦用心，等等。

二　新人辈出

（一）普伊格

阿根廷作家曼努埃尔·普伊格（1932—1990）被认为是拉美小说"爆炸"后一代的先行者。因此，研究他的审美取向，有助于了解西班牙语美洲小说的嬗变。

前面说过，20 世纪 70 年代，"文学爆炸"尚未结束，各种"现实主义"和"反现实主义"的冲击波继续向全世界辐射。与此同时，某种"反弹"在辽阔的中间地带悄然形成，这在后来被响亮地称作"后爆炸"或"爆炸"后小说。除了卡洛斯·富恩特斯具有明显新历史主义倾向的"历史小说"，要数普伊格的情节小说影响最大。后者"反意识形态"的意识形态，一定程度上契合了来自北方的战略诉求。

这自然是可以商榷的一种多少有些武断的界定。也许有人觉得他的小说要丰富、复杂得多。无论如何，他无疑是西班牙语美洲小说界"后字辈"中最值得关注的一个。其所以值得关注，并非因为他出道或成名早于伊莎贝尔·阿连德，或安赫莱斯·玛斯特雷塔，或安东尼奥·斯卡尔梅达，或豪尔赫·埃德华兹，或阿尔弗雷多·布里斯·埃切尼克，等等，而是因为他的成功曾使行内人士感到无比惊讶。但惊讶过后是一片缄默，因为人们普遍认为普伊格的秘密武器只是他的同性恋倾向。然而，这好像早就不是什么秘密。普伊格曾在布宜诺斯艾利斯大学攻读哲学，其间就被发现有同性恋倾向，后赴罗马进修电影，又被牵扯到一系列同性恋纠葛之中。因此，他的"性问题"几乎是和他的文名一起来到这个世上的。

显然，普伊格的秘密来自他的不同。

首先是情节。从年龄角度看，普伊格不仅出道晚，而且成名也比较晚。前面提到的几部小说尽管都是 20 世纪六七十年代的产物，但因它们在众多炸裂的弹片中并不十分起眼，从而未能引起世界的关注。鉴于前面已经提到了他的早期作品，在此恕不重复。

1982 年,他发表了《情爱之血》,六年后又发表了《热带夜幕已降临》(1988)等长篇小说。它们均以巴西为背景,沿袭了情节至上的基本路数,因而十分畅销。由此,或可说普伊格的秘密武器并不秘密。他只不过是遵循了古老的文学法则:用好听的故事吸引读者,一如《蜘蛛女人之吻》中同性恋者莫利纳用电影故事吸引政治犯瓦伦第。

在巴尔扎克之前,写小说、读小说皆称得上是件乐事。比如塞万提斯,他老人家笔下的《堂吉诃德》不仅叙事人称忽我忽他自由转换,而且整个故事信马由缰、不拘一格,让读者爱不释卷。米兰·昆德拉感慨系之,认为巴尔扎克们建筑师般的谋划破坏了创作自由。[①] 其实所谓自由,也是相对而言的。比如塞万提斯,鲜明的人文主义主题使他不得不夹杂无数的议论和说教。

然而,在中古及中古之前的东西方文学中,主题是相对不明显甚至不确定的,尽管文学母题已经普遍生成。20 世纪的原型批评正是基于这一点或由此出发,对迄今为止的世界文学进行了带有明显神话学和人类学取向的开掘与阐发。就古希腊神话和荷马史诗而言,其自然和社会历史,以及关乎自然和社会历史的各种想象,已然为后来的西方文学建立了武库。古希腊悲剧虽然增加了人事的成分,但本质上并没有脱离神话的土壤。索福克勒斯的那些神奇而悲壮的故事,与其说是人类意志的张扬,毋宁说是诸神犹存的显证。但是,诚如亚里士多德断言的那样,迄当时止,文学首先是模拟而非创造。当然,在古希腊文学中,尤其是在荷马史诗和之后蓬勃产生的悲剧中,个人对命运的抗争又鲜明地折射出了人文精神的光芒。它无疑是文学主题的雏形,无论是人道还是宿命,都蕴含着主体对社会、历史、自然的强烈意识或认知诉求。而自然及社会现象、历史事件本身,无论权力、战争、爱情、死亡等等,常常都只是题材或者母题、故事而已,尚未擢升为文学主题。

及至文艺复兴运动,随着人文精神的勃兴和扩张,文学创作的主体意识才逐渐开始凌驾于题材之上。即便如此,作家对题材尤其是故事的关注程度仍居高不下。

以塞万提斯为例,虽然他在《〈堂吉诃德〉序言》中开宗明义,要把骑士小说的那一套东西扫除干净,但具体到小说本身,他却并不拘泥于这个"反骑士道"的人文主义主题。比如,他既可以用整整两章的篇幅讲述一个无聊丈夫

---

① 米兰·昆德拉:《小说的艺术》,董强译,上海译文出版社,2004 年,第 3—9 页。

的无事生非（这个丈夫为了试验妻子的忠实程度，居然竭尽所能，结果假戏真做，既赔了夫人又丢了朋友），也可以用大量篇幅播弄毫不相干的神话传说。

同样，莎士比亚广采博收，左右逢源。而所谓"莎士比亚化"和"席勒式"的区别，就在于前者并不刻意宣达主题，而是把主题融化在故事情节之中并使之自然而然地流露，却丝毫不影响情节的生动性和丰富性；反之，弗里德里希·席勒为了观念，"把个人变成时代精神的单纯的传声筒"（马克思语）。后者于是也就成了主题先行的代表。

事实上，随着浪漫主义运动的兴起和文学主体意识的擢升，主题一再突现，以至于在某些时期和某些作品中高自标持、匆匆先行，而使题材和故事逐渐成了装饰和躯壳。

除浪漫主义运动而外，20世纪可谓是主题膨胀的世纪。各种主义纷至沓来，观念文学比以往任何时候都更加彰明、显著。乔伊斯的《尤利西斯》也许就因为把某些观念推向了极致而受到顶礼膜拜。这当中有没有"皇帝新装"的迷信？倘使没有，又有多少人真正通读、读懂了这部天书似的鸿篇巨制呢？至于卡夫卡，其小说几乎毫不掩饰地将观念凌驾于情节之上。还有萨特，其文学创作几乎毫无例外地成了存在主义哲学的附庸。

当然，作家或诗人在投入创作的时候，并不总能一贯地、自觉地奉行某种主题、服务某种观念。主题、观念让位于题材、故事的事时有发生，而这曾被恩格斯褒称为巴尔扎克式现实主义的胜利。

此外，文学史上不乏有心者关注主题与题材、主题与故事之间的依存关系。阿根廷作家博尔赫斯自己创作的小说大都思想大于形象，且曾不顾剽窃之嫌，照抄别人的故事以谓它们不可再造、不可超越。同时，也有人出于观念的需要，对相同的故事进行不同程度的重构乃至颠覆。比如巴西作家科埃略，他的《牧羊少年的奇幻之旅》（又译《炼金术士》，1988）昭示了"双梦记"所暗含的一个观念，即真理就在心中，宝藏就在身边，但人们感悟真理、发现真理的路径又往往必先摆脱自身、背弃现有。而法国作家图尼埃对英国作家笛福则是反其道而行之，终以某种后浪漫主义观念（主题）把鲁滨孙演绎成了甘愿放弃文明、认同礼拜五的离群索居者。

从某种意义上说，20世纪文学主题的彰显影响甚至削弱了文学的愉悦功能。所谓"大音希声，大象无形"，若把主题视作思想、精神、灵魂，那么题材和故事必得是蕴含、深藏甚至融化思想、精神和灵魂的有血有肉、有声有色的躯体。

普伊格的作品显然是对文学主题及文学"载道"传统的消解。他的作品中没有好人与坏人、正义与非正义的界限，无论对《天使的阴阜》中的安娜还是波齐、《蜘蛛女人之吻》中的莫利纳还是瓦伦第，概不偏倚；一如荷马史诗，对所有人物都一视同仁：无论阿伽门农还是阿喀琉斯，帕里斯还是赫克托尔——

他们都是顶天立地的英雄。

其次是"单纯"。一如加西亚·马尔克斯在长篇传记《活着为了讲述生活》中将一切归功于童年，普伊格的小说具有童心般的"天真"或"单纯"——因为其"童年意识"是在电影院里产生的，电影业是他表达天真的契机。他多次表示，他的艺术灵感与其说取自文学，毋宁说来自电影。电影令他痴迷，让他回到童年（尽管他对童年的理解完全不同于加西亚·马尔克斯）。奇怪的只是他后来并没有从事令他痴迷的电影，而是选择了小说。个中因缘或许可以在《红红的小嘴巴》里窥见一斑：受制于时间和形式，主人公这个现代唐璜的风流韵事很难在一部电影中淋漓展现。唯有文学，尤其是小说，才可能应付裕如。而且，为获得应有的节奏和快感，普伊格用忏悔和信件解决了故事之外的故事。这样既保全了情节的紧凑和脉络的鲜明，又展示了现代唐璜应有的"风采"。类似做法屡试不爽。

其中最成功的一例是在《蜘蛛女人之吻》这部小说当中。小说的主要情节是在囹圄中完成的。为了保证主线的丰富多彩，普伊格巧妙地插入了六个电影故事。这些电影故事和人物关系的演变互为因果，相得益彰。但是，为了否定一般病理学家、心理学家、社会学家对同性恋者的"误解"和"偏见"，普伊格以脚注的形式，引用了大量与情节和人物变化大相径庭甚至完全背反的心理学、病理学和社会学论述。同性恋者使政治犯互相变成同类的故事紧凑动人，简直自然而然。仿佛儿童游戏，莫利纳和瓦伦第进入角色只需要简单的道具、简单的约定。而这种童话般的单纯已经被近几个世纪的文学扬弃，尤其是在20世纪，文学几乎和哲学、社会学、心理学趋同，并日益抽象，直至电影的诞生。

因此，电影之于普伊格，与其说是一种独立的艺术，不如说是一种小说的拯救。而且，它不仅拯救了小说，还拯救了童心。

古代神话与人类童心的关系自不必说；即便是荷马，也还一如既往地守护着童心。只不过荷马的童心似乎更像李贽的童心。面对大自然的神力和部落间是非莫辨的各种战事，荷马的态度是一视同仁：不偏不倚的历史观和叹为观止的英武颂。如前所述，无论是希腊联军的阿喀琉斯还是特洛伊守将赫克托尔，无论是阿伽门农还是埃阿斯，无论是奥德修斯还是普里阿摩斯，都是荷马热情赞颂的英雄。

荷马以降，仍有一些艺术家自觉不自觉地珍惜童心、偏爱童心。当然，他们的童心已经不是人类童年时代的精神载体，而是变化无穷的艺术重构。在此，历史的真实和艺术的变形相得益彰。比如堂吉诃德，他完全可能是塞万提斯时代的"儿童"。

这样的例子可谓数不胜数。然而，在观念小说甚嚣尘上的20世纪，艺术童心以及由此衍生的生动形象（想象）受到了空前的忽视。文学在形形色色的观念（有时甚至是赤裸裸的意识形态或反意识形态的意识形态）的驱使下愈来愈抽象和"世故"。卡夫卡、贝克特、博尔赫斯也许是这方面的代表人物，而萨特、社会主义现实主义和"高大全"则随着先行的主题走向了极端。他们一方面自觉地使文学与其他上层建筑联姻（至少彻底消解了哲学和文学的界限），另一方面则间接地宣告了文学的"衰老"（文学的抽象化、观念化倾向被不少人视为文学甚至人类"老化"的表征）。而与此相对应的或许便是"返老还童"：像动画，像普伊格，像《哈利·波特》。

当然，普伊格的单纯并非童心可以涵盖，但他讲故事的方式，类似《太平广记》或《天方夜谭》中的某些纯粹的故事，以及讲述这些故事的古老方法。而时间让我们对这种纯粹感到了陌生……于是，阳光下充满了"新鲜"事物。

也许正是因为如此，当普伊格开始为世人所关注时，博尔赫斯表达了他的不屑。比如，在接受媒体访谈时，博尔赫斯就曾对普伊格大加贬抑，称普伊格的小说为"化妆品"。普伊格对此当然极为不满，并从此以"老妖婆"回敬博尔赫斯。[1]然而，博尔赫斯的看法并非完全没有道理，尽管他和普伊格之间也并非完全没有相通之处。用最概要的话说，普伊格和博尔赫斯都是时代的先行者（同时也是倒退者），即早在冷战结束之前就"彻底"地淡化了意识形态，尽管方法很不一样，因为他们一个躲在了艺术的象牙塔里，另一个却张开双臂拥抱了消费大众。

换言之，除了大众文学（也有人称之为"通俗文学"）的基本要素，普伊格给出的最大赌注是"去意识形态"倾向。当然，所谓"去意识形态"其实也是一种意识形态；只不过在冷战正酣，拉丁美洲人民的民族民主运动风起云涌的20世纪六七十年代，就有化外之嫌。在多数西班牙语读者和批评家眼里，博尔赫斯是绝无仅有的，普伊格亦然；前者钻进旧书堆里发思古之幽情，后者则凭借情节和同性恋题材夺人眼球。普伊格的小说甚至没有一般通俗小说的道德含义，有的只是故事本身。而这些"无意义""无主题"或"去意识形态"倾向，恰恰是80年代普伊格赖以火爆的主要原因。

20世纪80年代中后期，随着冷战的终结，全球范围内两大意识形态之间的斗争趋于和缓。局部的、民族的和宗教的矛盾代替了东西之争、劳资之争。在文学领域，这一态势由明显的"反政治"或"去意识形态"的审美活动表现出来。当然，所谓"反政治"或"去意识形态"也依然是政治和意识形态，体现了文学的某种钟摆效应，但背后是更加强大的资本的作用。

这不是简单的好与不好可以界定的。但普伊格的成功既意味着一种超前，

---

[1]　Cabrera Infante: "El sueño cinemático o la historia novelística", *Clarín*, 7/ enero de 2001.

也意味着一种倒退。换言之,他超前地消解了"文学爆炸"时期西班牙语美洲小说的意识形态倾向,又把自己退回到了"口传文学"时代。当然,这又是相对而言的。我们尽可以拿夏志清的《中国现代小说史》屈为比附,即夏氏如何用"反意识形态"的意识形态拉低鲁迅、抬高张爱玲,当可作为我们评价普伊格这类"后"作家的参照。随着美国主导的"淡化意识形态"战略的实施,以资本为导向的文学消费主义风生水起,而被淡化的往往是传统意义上的东方阵营的意识形态和发展中国家的民族认同。这是后话,且先打住。

回到普伊格,其20世纪80年代的小说已大不如前。《情爱之血》是作者流亡巴西时在里约热内卢创作的。主人公是一个名叫何塞马尔的建筑工人,让人想起60年代墨西哥作家维森特·莱涅罗的《泥瓦匠》。作品是人物的一系列内心独白或自问自答,而由此拼贴出的堇色时光和美好初恋成了惨淡现实的哈哈镜。作者的着眼点显然不在现实,他执迷于肥皂泡似的逝水年华。它既是"生活审美化"的见证,也是"审美生活化"的尝试。据说普伊格用类似于"波段小说"的录音术,对人物原型(一个身强力壮的男人)进行了长时间的采访。因此,小说最初也是用葡萄牙语发表的。

《热带夜幕已降临》虽也是一部情节至上的畅销书,但力度稍逊。小说同样以里约热内卢为背景,写一对阿根廷耄耋姐妹的窃窃私语。她们娓娓道来,仿佛踽踽后退,追忆那美好的花样年华。她们一个叫露西,另一个叫尼蒂娅,生长在阿根廷,有过七彩的童年和绚丽的青春。彼此的恋人和生活的情景在她们的记忆中幻化成一幕幕色彩斑斓的画面。而她们共同的朋友或闺蜜西尔维娅无疑是这些画面中最璀璨夺目的"存在"。她们将她比作不同电影的女主角,想象着她可能的故事。而这些电影故事一点点夸大,使梦幻不断延伸。而露西和尼蒂娅,甚至普伊格(别忘了他是自诩女人的同性恋者)何尝不是通过西尔维娅及其故事放大心声、自我实现的呢?

(二)伊莎贝尔·阿连德

　　哦,你对爱的艺术一无所知吗?那么,就来读读这些诗篇吧!读过并且了悟个中奥妙,你就可以去向爱神报到了。艺术的作用有那么大吗?是的,通过艺术,我们可以使船儿插上翅膀;通过艺术,我们可以使车马奔驰如飞。爱情也不例外,它也应当有艺术来引导。我曾被维纳斯女神指定为善爱的导师……①

---

① 奥维德:《爱的艺术》,寒川子编著:《爱的艺术:世界古典性学五种》,寒川子译,内蒙古大学出版社,2007年。2014年,北京联合出版公司出版了戴望舒译本。

这是古罗马诗仙、大鼻子奥维德在《爱经》中的一番自夸。而他所说的维纳斯，也即古希腊神话中的爱神和美神阿弗洛狄特。

且说奥维德因为此书或关涉此书的种种纠葛，被罗马当局流放到多瑙河畔一个叫托米的偏僻、寒冷的地方，罪名是"诲淫"和"淫乱"。据说，他是西方第一位流亡诗人。因为是第一位，而且是大诗人，奥维德于是成了后世流亡文人的鼻祖。文学"爆炸"时期的许多西班牙语美洲作家，从卡彭铁尔、阿斯图里亚斯，到科塔萨尔、加西亚·马尔克斯或巴尔加斯·略萨等等，都有过流亡经历。科塔萨尔曾不无自嘲地以现代奥维德自居，谓流亡是独裁者们无意间颁发给作家的一笔奖学金。智利女作家伊莎贝尔·阿连德（1942—）当有同感。1973 年智利军人发动政变，伊莎贝尔·阿连德的伯父萨尔瓦多·阿连德总统以身殉职。伊莎贝尔·阿连德被迫亡命国外，是年三十一岁。

伊莎贝尔·阿连德出生在智利的一个显赫世家。虽然父亲消失时她年仅三岁，但她并没有因此而受到任何伤害。她是在伯父和母亲的照拂下长大成人的。话说时任外交官的父亲托马斯·阿连德因性丑闻突然失踪，伯父却仕途坦荡，而母亲很快替她找了一个继父。同时，和加西亚·马尔克斯一样，她也有一个神秘的外祖母和一个倔强的外祖父。这为她日后成为"穿裙子的加西亚·马尔克斯"奠定了基础。她的阅读兴趣来自母亲一脉的奇异故事和继父拉蒙赠送的一套《莎士比亚全集》。拉蒙也是位外交官，伊莎贝尔·阿连德从小跟随他和母亲游历了欧洲和美洲。为了尽早自立，她中学毕业后便走上了社会，在圣地亚哥新闻界摸爬滚打。记者生涯使她获得了敏锐的目光和疾恶如仇的品格。无论政治斗争多么复杂，她始终不渝地站在伯父一边。1970 年，伯父作为人民阵线的总统候选人在大选中获胜，但反对势力不甘失败，不仅在经济上破坏捣乱，而且采取各种恐怖手段制造社会恐慌。阿连德总统毫不畏惧，一方面推行政治民主，一方面大胆实施经济改革。1973 年 9 月 13 日，智利军方在美国政府的支持下悍然发动军事政变，用炮火强迫阿连德总统交权。阿连德总统视死如归，直至以身殉职。这是促使伊莎贝尔·阿连德创作《幽灵之家》的第一动因。

而立之年，适值魔幻现实主义和《百年孤独》风靡全球，伊莎贝尔·阿连德决定效仿马尔克斯放弃新闻工作，投入文学创作。她的处女作《幽灵之家》便是在这样的背景下产生的。作者称《幽灵之家》是"写给决定绝食自杀的九十九岁老外公的一封长信"，以埃斯特万·特鲁埃瓦家族的兴衰为轴心，展示了拉丁美洲某国半个多世纪的社会变迁，表现了某些人物的孤独与魔幻。

用伊莎贝尔·阿连德的话说，"有一个马孔多，就会有第二个马孔多；有一个布恩迪亚家族，就会有第二个布恩迪亚家族：我的家族"。但事实上伊莎贝尔·阿连德的家族已经不是布恩迪亚家族。因为魔幻是布恩迪亚家族的标记，或者反过来说，后者是拉丁美洲集体无意识的载体；而伊莎贝尔·阿连德笔下的特鲁埃瓦家族却是魔幻蜕变的结果：摆脱魔幻，回到现实。

然而，这种蜕变并不排斥基因的传承，一如卡彭铁尔和阿斯图里亚斯之于超现实主义。相形之下，《幽灵之家》显然已经不是 20 世纪 60 年代的魔幻现实主义作品，而是一部十分复杂、多维的小说，套用马克思"莎士比亚化"的说法，以情节的生动性和内容的丰富性誉之，当不为过。

她的第二部长篇小说《爱情与阴影》（1984）①是一部内涵丰富的惊悚小说，或可印证笔者的观点。作品取材于皮诺切特军事专制时代的一桩桩令人发指的真实事件。作者事后宣称，小说的主要素材来自 1978 年智利隆根地区的一个重要发现：有人在一座被军警关闭的废矿中发现了十五具尸体。他们被查证是独裁政府秘密处死的民主斗士。消息传来，伊莎贝尔·阿连德义愤填膺，1973 年的惨剧在她眼前一幕幕重现。经过周密调查，她终于发现，在独裁肆虐的拉丁美洲，这样的惨剧天天都在发生。她认为自己有责任将这一切公之于世，哪怕粉身碎骨。小说伪托一个叫埃潘海利娜的姑娘因有特异功能而被军警逮捕、逼供，并秘密处决。热爱并相信她为"圣女"的乡民四处寻找她的踪迹。在女记者伊内斯的帮助下，人们冲破禁令，进入矿山，但出现在他们眼前的不是一具，而是无数具失踪者的尸体。于是，举国震惊，舆论哗然。这时，穷凶极恶的军人政权对伊内斯狠下毒手，她遇刺受伤。最后，重伤初愈的伊内斯和未婚夫古斯塔沃双双逃出国境，开始流亡生涯。

之后，《夏娃·月亮》（1987）保持了既有的风格，写一名叫夏娃·月亮的风尘女子和游击队员一道营救遇难战友的故事。但进入 20 世纪 90 年代以后，伊莎贝尔·阿连德明显转向。其中的《无限计划》（1991）便是她侨居美国之后的一次新的尝试：苏格兰的一个犹太家族开着大篷车在美国宣讲《圣经·旧约》中的"无限计划"。"无限计划"是一个预言。但美国文化不相信古老的预言，并以巨大的魔力融化了这个家族。家族子孙的经历不仅见证了现代文明的强势和不可逆，而且多少反映了伊莎贝尔·阿连德及周遭人等在美国的境遇。

1994 年，伊莎贝尔·阿连德的传记体小说《保拉》发表。作品记叙了她亲生女儿保拉的短暂人生，是作者在女儿的病榻前完成的。作品哀婉凄恻，感人至深，某些地方让人联想起周国平的《妞妞》。此后，她又相继发表了"感官回忆录"《阿佛洛狄特》（1997）和长篇小说《命运的女儿》（1999）。后者写一个智利姑娘在美国的遭遇。故事发生在 19 世纪。受美国梦的蛊惑，世界各地的淘金者纷纷踏上星条旗覆盖的土地。小说的女主人公是个弃婴，长大后爱上了

---

① 在这之前，她还发表了毫无反响的《瓷胖妇》（*La gorda de porcelana*，1984）。

一个不负责任的男人。男人不辞而别，她却痴心不改。一天，她终于女扮男装，走上了寻找情人的不归之路：先是在一船狂热的淘金者中颠簸，继而与小偷、妓女、醉鬼和流浪汉为伍，以致梦醒梦灭，无有终期。最后，她在一个中国医生的指引下，一步步走向了神秘。作为此书的尾声，《褪色的照片》（2000）是写第三代拉美裔移民的。这就很有美国少数族裔作家的味道了。它在作者的"鹰和美洲豹"三部曲《怪兽之城》（2002）、《金龙王国》（2003）、《矮人森林》（2004），以及《佐罗：一个传奇的开始》（2005）和16世纪"命运的女儿"伊内斯《我的心肝》（2006）中，演化为一系列充满神秘色彩的精神冒险。她的这种转向也许同样是受了20世纪90年代意识形态（或"意识形态淡化"），以及美国少数族裔文学和英美新传奇文学的影响，但归根结底是她杂色品性的一种炫示。

瓦格纳对其弟子说："不要模仿，尤其不要模仿我。"伊莎贝尔·阿连德当深谙此理。因此，与其说她模仿加西亚·马尔克斯，毋宁说她摆脱了魔幻现实主义。首先，《幽灵之家》已然是一部充满政治寓意和浪漫情怀的小说。它所影射的皮诺切特则是在超理性的利益驱使下发动政变的，毫无魔幻可言。诚如卡彭铁尔在反独裁小说《方法的根源》中所说的那样，"如今的独裁者已非昔日草莽可比，他们饱读诗书，表面上温文尔雅，内心却残忍无比……"[1]其次，从《爱情与阴影》到《夏娃·月亮》系列，就连权作点缀的魔幻也被她抛弃了。

伊莎贝尔·阿连德常说，旅行和旅途见闻是她文学创作不竭的源泉。她从小浪迹萍踪，到过许多地方，而她身上流淌的又是拉美文化的驳杂血液。出生于近乎中世纪的保守之乡，而后走过了大半个缤纷世界；四十岁前一直想变成男人，四十岁后又奔向了女权主义；漂泊四方使她乡思如织，但扪心自问却是个世界公民。总之，除了令人目眩的情节，没有任何主义可以涵括她的作品。尤其是她的后期作品，因为它们是如此杂色纷呈；而这种杂色，也许正是她的本色。比如《阿佛洛狄特》，它与其说是关于春膳的，毋宁说是指向狂欢的：跨国资本主义时代多元文化和相对主义、消费主义和肉欲主义的狂欢。从远古到现代，从西方到东方，海阔天空，包罗万象，却仿佛处处指向一个"性"字。它用一个个貌似正经的春膳菜谱和一则则似是而非的艳情故事，把读者"骗"个晕乎。

古来温饱而思淫欲，一晃时光如水流到了今天，性解放的旗帜四处飘扬，先是西方，然后是深受天主教文化浸染的拉丁美洲。20世纪90年代，秘鲁作家巴尔加斯·略萨率先抛出一本淫书，称作《情爱笔记》（实系《性爱笔记》），紧接着便是伊莎贝尔·阿连德的这部《阿佛洛狄特》。但是，别以为她迂回曲折、广征博引，只为区区一个"性"字。

---

① Carpentier: *Razón de ser*, Caracas: Universidad Central de Venezuela, 1976, p.114.

众所周知，东方人在这上面做文章的历史远比西方悠久。单就东方最有影响的印度、中国和阿拉伯三大文化（或者还有希伯来和波斯）而言，手法和向度虽各不相同，却同样传自久远。总体说来，印度人比较精神（有 Ananga Ranga 为证），中国人比较物质（有《黄帝内经》和《金瓶梅》等），阿拉伯世界则比较神秘（有阿拉伯"淫乐"）。中国人最物质，其结果却是最保守，以至于孟圣人所说的性，到近代便只剩下一个食字了。[①] 相形之下，西方"性学"起始迟缓，但发展神速，以至于大有君临一切之势。

如果说字面上看不出巴尔加斯·略萨对东方文化有多少了解，那么《阿佛洛狄特》足以证明伊莎贝尔·阿连德不仅深谙西方和拉美关于性（或色）与食的诸多关联，而且对包括中国在内的东方性文化相当了解。用她的话说，记者出身，钩沉索隐是她的本事。她写道：土耳其浴可以帮助女性保持妩媚，印度和中国则用食物保证后宫的繁荣。但是，御厨常因炖出的燕窝汤未能在皇帝身上达成预期效果而丢却脑袋。用罢夜膳，吞下药丸，并由值班太医用金针[②]扎过穴道，枕中书翻阅停当，因为有上千妃子在等着他临幸，尽管即使在最好的情形下，每人每年至多也只能得到一次宠幸。她还列举了许许多多五花八门的催情壮阳菜谱和调情助性情景，但归根结底，炫耀的是她的诘问和怀疑。她借人物之口说出一番朴素的道理："刻意寻找秘方或者求新求变的心态，其实皆始于丧失最简单的品尝番茄天然滋味的能力，肇始于我们没有能力在感官的世界里自然地生存。"是耶非耶，譬如兰陵笑笑生，恐怕只有她自己知道是否乐在其中。

然而，真理总是朴素的。情和性本来就是人类最自然而然的给予和诉求，所有的色、香、味，其实都只在我们最自然的感官接受、最朴素的感情分际，当然还有年龄、身心等自然因素的介入。借用曹雪芹老先生的话说，"假作真时真亦假，无为有处有还无"。伊莎贝尔·阿连德正是用她的诘问和怀疑，把自己"一本正经制作"的古今东西（包括富含印第安传统的拉美，或者尤其是拉美）——春膳全席和感官大考就这么轻而易举地给解构了。但问题是她并不止于解构，因为她相信自己的野蘑菇汤和诸如此类的家传秘方在这方面远胜于任何"灵丹妙药"，可谓"万无一失"。于是，真真假假，假假真真，似是而非，似非而是，全凭读者甄别、取舍。

凡此种种，多少说明了伊莎贝尔·阿连德的蜕变：政治色彩在她晚近创作中日渐淡化，而驳杂而幽忧的想象、广博而智性的游戏冉冉升腾。然而，"闲阅

---

① 故友柏杨在《中国人史纲》中多处提到我国的食文化，认为其之所以如此发达，是因为衣食住行四大需要中唯有食是可以发挥想象力的，别的都有定规，且不许有半点逾越。

② 其实应该是银针。

遗书思惘然，谁知天道有循环"。一如笔者当年追问巴尔加斯·略萨：她这只花蝴蝶还会重新回到过去，完成二度蜕变吗？迄今为止，她显然没有巴尔加斯·略萨的心性和才智。首先，她的"三部曲"（《怪兽之城》《金龙王国》和《矮人森林》）是败笔。它们既没有《魔戒》（又译《指环王》）的风光，也缺乏起码的艺术感染力。问题是，她居然对我国的历史问题指手画脚、说三道四。

近年来，阿连德继续在似是而非、似非而是的"幻想"道路上大步流星，一会儿是《海面下的岛屿》（2010）或《玛雅手册》（2011），一会儿是《日本情人》（2015）或《比冬天更冷》（2017），却乏善可陈。值得一提的可能只有《比冬天更冷》。它使我们隐约看到了当初的阿连德：多少回到现实。小说涉及移民问题，叙述两个拉丁裔女性（一个来自智利，另一个来自危地马拉）和一个美国老头在纽约的遭遇：漫天大雪，但她们的心里却燃着星星点点的希望……

（三）罗贝托·波拉尼奥

从麦田里的塞林格到荒野中的罗贝托·波拉尼奥（1953—2003），西方文学算是完成了一个向度的历程：几乎不加修饰地将逆反后生的日常生活乃至各色调侃和大量脏话请进了文学殿堂。两者之间有过一大批志同道合者，在罗贝托·波拉尼奥成长的墨西哥，就有被称为"波段作家"的那一班嬉皮士，在中国则有王朔一干人等。

罗贝托·波拉尼奥少年时期随家人流亡至墨西哥，青年时代曾在墨西哥参与"本能现实主义"诗潮。虽然这个诗潮在他成名之前几乎不为人知，但它确实是一个类似于"波段小说"的先锋诗派，其主要目标是否定以帕斯为代表的"浪子回头派"诗坛，以便另起炉灶或者"打倒父亲，回归祖父"——标新立异的先锋诗潮。这是文学革命屡试不爽的钟摆效应之一。

与前辈作家相反，罗贝托·波拉尼奥生前否认自己是智利或墨西哥作家，并素以国际诗人自居。在他有意无意地将笔触伸向墨西哥现实时，也往往自觉地将自己与国别、地域划清界限，否则，他记述一个个被害女性时的那种刀劈泥巴般的冷峻也就难以理解了。同时，他对墨西哥并非毫不关心。这是他矛盾和纠结的地方，就像他有意与传统，甚至自己的过去决裂，殊不知它们也有引力，况且他所刻意拥抱的其实正在或已然成为传统，比如国际化写作。关于后者，只消看看我们的近邻村上春树也便可知一二了。

"天时人事日相催，冬至阳生春又来。"（杜甫《小至》）四季往复，人事代谢。因此，阳光下没有新鲜事物；因此，阳光下尽是新鲜事物；所有的人都被称为人，而世上竟没有两个完全一样的人；所有的叶子都被称作叶子，而世上又分明找不出两片完全相同的叶子。此等悖论及其所提供的反排中律空间蕴含着几近无限的可能性。而文学的丰富与变迁，正是这种有限与无限及其巨大中间的最佳见证，盖因它一直在新与旧、实与虚、此在与彼在等等之间的取舍和推演中不断轮回、移易。但时代有所偏侧，时人有所偏爱。

且说罗贝托·波拉尼奥的《2666》于 2004 年问世至今，一直好评如潮。于是一个新的神话诞生了。这是由资本演绎的神话，由神话催生的传统。这就是说，当一个作家、一种文学被定为一尊时，它也就成了新的神话、新的传统。

然而，《2666》就真的那么伟大吗？这也是不少中国作家、读者的疑问。

带着这样的疑问，免不了重新阅读这部被欧美（包括拉美）作家、书评家、出版家捧上了天的皇皇巨著。

首先，需要交代的自然是一些客观或相对客观的事实。比如，当笔者将原版 1125 页《2666》[①]与 859 页赵德明译本[②]并置于书桌时，便又产生了敬畏。但这敬畏主要指向译者。老实说，接受并且高质量地完成这样的翻译任务本身就令人肃然起敬，加之这部"天书"原本不是一般的复杂，译事的艰辛可以想见。

其次，2004 年作品初版不久即蒙同道惠赠，笔者也曾有过"先睹之快"。但此快非彼快。基于对作者前期作品的了解，且笔者努力让自己的阅读不那么从众、不那么追新，拿到《2666》也只不过是随便翻了翻而已。这倒不是因为它秦砖似的厚重，而是其可分可合的结构和纷繁复杂（因为随意或自由）的内容多少影响了笔者的阅读。曾几何时硬着头皮啃《尤利西斯》和《跳房子》的感觉尚且记忆犹新，面对《2666》这感觉又如何不会袭来？但《2666》显然不是《尤利西斯》，它不是古今参照、内外契合的意识流淌；它当然也不是《跳房子》，不是前后腾挪、内外探寻的虚实相生；更不是《追忆逝水年华》，因为它远非记叙世道变迁、家族沉浮的绵绵心路。于是也便有了讨论的理由，至于如何交由同人精读并试图引发讨论则是后来的事。[③]之前的事还得从《荒野侦探》（1998）说起。这是一部相当"叛逆"的小说。时至今日，此类作品多多，足可组成一个庞大的家族，并可能不断地由此推导其鼻祖，牵引其来者。然而，罗贝托·波拉尼奥的逆反并未随着年龄的增长而消退。此公 1953 年生于智利首都一个相当普通的家庭，少年移居墨西哥。适值拉美文学全面"炸开"，一批西班牙语美洲作家迅速走红，并一跃而成为 20 世纪六七十年代世界文学的新坐标、制高点，尽管西班牙语美洲作家几乎悉数从西方现代主义脱胎而出，并蜕变成为雄心勃勃的神话创造者。用加西亚·马尔克斯和巴尔加斯·略萨的话说，他们的共同理想是以各自的方式创造美洲的《圣经》，其宏大叙事倾向不言而喻。

罗贝托·波拉尼奥迟到一步，赶了个晚集。他抵达墨西哥之际，西班牙语

---

① Bolaño: *2666*, Barcelona: Anagrama, 2004.

② 罗贝托·波拉尼奥：《2666》，赵明德译，上海人民出版社，2012 年。

③ 杨玲：《因〈2666〉而永久在场的波拉尼奥》，《外国文学动态》2010 年第 1 期。

美洲文学已然全面"炸开"。"波段作家"虽然有幸跻身"震中",而且高呼着"抓住现时便是空前绝后"之类的响亮的口号,但较之那些有志于创造美洲《圣经》的马尔克斯、略萨们,也只是打了个擦边球而已。顾名思义,"波段"原为电讯术语,20世纪60年代,随着嬉皮士文化的传播,墨西哥刮起了强烈的摇滚旋风。青少年以此为契机,开始了新一轮反潮流运动(此运动稍后因与"68学潮"汇合而达到高潮),他们无视传统,自我作古,接续了中断的先锋思潮,以"摇滚青年"和"嬉皮士"为主要表现对象,主张"现实即文学",追求"纯客观形式"并广泛采用"照相术""录音术"等"超自然主义"手法,从而将日常生活"原封不动地移植至小说",催生了一系列讥嘲社会、调侃时事、忤逆师长、玩世不恭的作品。《荒野侦探》姗姗来迟,却无疑是这类小说的集大成者。

问题是历史的相似并不意味着重复。"人不能两次踏进同一条河流。"而《荒野侦探》中的两个主要人物,便是以罗贝托·波拉尼奥自己和诗友帕帕斯基亚罗为原型的。小说的成就多少归功于那段真实的生活,而先它出现的小说《电话小说》(1997)和早期诗集《浪漫狗》(1980—1998)只能算是练笔。

2009年,世纪文景公司推出1999年罗慕洛·加列戈斯奖获奖作品《荒野侦探》时,便已经打定主意要引进《2666》了。作为出版行为,这不仅无可厚非,而且值得称道。蒙其所赐,我国读者终于可以感同身受地进入罗贝托·波拉尼奥的世界。这又是怎样的一个世界呢?

先说书名,虽然作者在封底说它是一个年份(这个年份将出现在被人记下并迅速遗忘的公墓),但各路评论依然竞相猜测。有的说它像箴言中的一个数字(比如世界末日);也有的说它隐含着某种秘密(比如连环谋杀案的死亡人数,一如老马笔下的"马孔多大屠杀");更有甚者,谓其像数字密码(譬如人物阿玛尔菲塔诺眼中既有限又无限的几何书或镜子书,这或许是罗贝托·波拉尼奥对博尔赫斯的致敬);等等。笔者无意猜测,因为它很可能只是罗贝托·波拉尼奥文学策略或游戏的一部分,一个任意拈来的符码,甚至初稿的页数也未可知。如果非要将简单的问题复杂化,那么笔者宁可将它与20世纪60年代墨西哥作家埃利松多的一本书联系起来。后者名曰《法拉比乌夫》。尽管埃利松多并不属于"波段作家",却从旁支持了年轻人的反叛。

小说中也曾反复出现"六"这个数字,而且是汉字。它取法佛教六道轮回说以演绎三对(三虚三实——六个)场景。这三对场景都以某一瞬间为原点,第一对是"你"和"我"(有时也是"他"和"她")在海滩漫步时看到的一张貌似刑罚的照片(时间为1901年,地点为中国某地),二人因此发生关系;第二对是外科医生和某修女亲眼看见照片中的刑罚(也可能是外科手术)场面;第三对是外科医生(同时也是摄影师)的一个外科手术(或施刑过程),手术或行刑对象皆是照片中的那个中国妇女。埃利松多是几可与卡洛斯·富恩特斯和鲁尔福比肩的墨西哥作家，其代表作《法拉比乌夫》又恰好发表于 20 世纪 60 年代并轰动一时，罗贝托·波拉尼奥不可能不知情。至于三个"6"前面的"2"，倒更像是"倍数"。《2666》作为罗贝托·波拉尼奥的遗作，其创作时间不难查考。也就是说，《荒野侦探》杀青之后的几年，应该是他全身心投入写作《2666》的时间。

世纪之交或新世纪伊始，墨西哥这个曾经的世外桃源陷入了可怕的危机，自 1993 年起，仅北方城市华雷斯就每年都有妇女被暗杀，相当一部分是未满十八岁的少女。迄世纪之交，罹难及失踪人数已经超过三千。这一骇人听闻的事实，成为无数墨西哥文学艺术家讨伐的对象，罗贝托·波拉尼奥只是其中一个。由于触目惊心的事实占据了《2666》的不少篇幅，它既是作品（作为纪实）最夺人眼球的地方，也是作品（作为虚构）最不讨好读者的部分。但它显然不是作品的主要内容或核心。作品的主要内容也许是反写实的写实，反阐释的阐释，甚至是解构宏大叙事的"宏大叙事"，一如《堂吉诃德》对骑士小说的戏仿。

作品由五部分组成，各部分相对独立（作者为生计考虑，曾准备分别发表），其间真正有机关联的只有一个人物、一个地点。地点是墨西哥的圣特莱莎（以华雷斯城为原型），人物是虚构的德国大作家阿琴波尔迪。

阿琴波尔迪的经历颇容易让人联想到"二战"后期潜逃至南美的许多纳粹战犯，但他隐姓埋名却是另有蹊跷。按照叙述者的说法，他是为了远离尘嚣才退避三舍的。实际上，他到墨西哥却是应胞妹所托，去寻找一个外甥，盖因外甥涉嫌少女绑架案吃了官司。

与此相关联，第一部分"文学评论家"讲述四位来自不同国家的阿琴波尔迪研究者及其文学见解和墨西哥之旅；第二部分"阿玛尔菲塔诺"围绕智利流亡哲学家的坎坷人生并揭示书（犹如"宝鉴"）与生活的关系，以及他和女儿在圣特莱莎的遭遇；第三部分"法特"写美国黑人记者在圣特莱莎阴差阳错的经历，直至他最终带着阿玛尔菲塔诺的女儿逃离墨西哥；第四部分"罪行"以新闻报道般的逼真记叙惨绝人寰的连环绑架杀人案；第五部分"阿琴波尔迪"回到阿琴波尔迪的身世。作品以阿琴波尔迪抵达圣特莱莎告终。

如此，小说从评论切入，展开了创作与批评、真实与虚构、传统与鼎新、哲学与数学、此在与彼在、灵魂与肉体，以及是与非、善与恶、美与丑、知与行、生与死等一系列重大问题的阐发和讨论，所涉范围之广、话题之多，非 666 的 2 次方可以道尽。于是，正所谓此亦是非，彼亦是非，罗贝托·波拉尼奥一不小心就使其雄心溢出了《2666》。

与前辈作家相反，罗贝托·波拉尼奥素以国际作家自居。他对生于斯的智利漠不关心，对长于斯的墨西哥同样如此。他选择了国际化路径，却并非没有先例。远的不说，稍长于他的普伊格、阿连德等早就举步在先。如果说《蜘蛛女人之吻》多少还是土生土长的，那么《天使的阴阜》显然已经大踏步地迈向了国际时尚，以至于其穿越（无论时空）都大大超越了威尔斯的想象。至于阿连德，她成名之后也不再拥抱家族和故土，开始大撒把，将目光投向了天南地北。

回到罗贝托·波拉尼奥及其《2666》，奇怪的是西班牙语作家回归情节的趋势并没有在罗贝托·波拉尼奥身上得到体现，这就反证了他与"文学爆炸"的亲缘关系，以及同普伊格、阿连德等人的不同。但是，这并不妨碍我们看出他的国际化用心。小说的重要人物阿琴波尔迪是德国人，他的四位评论家则分别来自英国、法国、意大利和西班牙，再加上一个智利哲学家、一个美国记者（而且是黑人记者），以及墨西哥这个原本种族混杂的地方。如果他的那些"6"真的暗指《法拉比乌夫》，那可就真的是人类大杂烩了。当然，这只是表象。《2666》同时着力于表现爱情（跨国恋、多角恋、同性恋等等）与杀戮的秘密（这又暗合了《法拉比乌夫》的主题）以及前面提到的诸多关系。同时，血腥从世纪之交回溯至法西斯主义、苏联肃反等等。人类的自私、怯懦、冷酷、仇恨和残忍掩盖了仅存的爱与善、真与美。作品将主要笔触指向人性，并多方位地体现悲观，乃至绝望；而赤裸裸的罪行描写（剪报式的拼贴）对读者的承受能力是一种考验。这样的"麻木不仁"（同时是凉水浇背、触目惊心）在狂欢的时代、消费的时代（同时是危机的时代）自然有其讨巧之处。

诚然，问题的揭示是双刃的：一方面体现了历史的循环，即后发达国家正如何亦步亦趋地步人后尘；另一方面又似乎给年轻的国际作家和那些为美加墨自由贸易欢呼雀跃，甚至恨不得将主权拱手相让的人（理由是波多黎各"过得很好"）提供了佐证。小说有趣并且入木三分地写到一个"国际马戏团"（譬如这个时代的好莱坞，或 NBA，或多如牛毛的跨国公司），它由美籍墨西哥裔人士（奇卡诺）创办，吸纳了不同国别的高人、达人、奇人。而最终外国人的逃离标志着灾难的承受者必得是墨西哥人自己；同时，"奇卡诺们"的存在反过来昭示，甚至支持了相当一部分墨西哥人的"幸福观"：去美国，不然加拿大，再不然欧洲或澳大利亚。富有的腆着腰包移民到了北美或欧洲或澳大利亚之类的地方，然后繁衍、消费，过"幸福"的生活；工薪阶层则千方百计让孩子留学美加欧澳，然后落地生根；实在没钱的就偷渡或硬着头皮在国内挨。

从这个意义上说，罗贝托·波拉尼奥又更像是"爆炸"时期的作家，尽管时空的错位和个人的矛盾使他变成了"后辈"。

罗贝托·波拉尼奥的"国际取向"或许就是一种时尚，尽管他骨子里残留着"爆炸"时期的硝烟。2004 年，美国评论家协会破例将评论家协会奖颁给了罗贝托·波拉尼奥。该奖照例是不颁给已故作家的。

无论如何，罗贝托·波拉尼奥是一位值得尊敬的作家，他留下的小说多达十余部，其中相当一部分是在他去世后相继出版的。我们不知道在他生前没有发表的原因。

（四）马斯特雷塔和埃斯基韦尔

安赫莱斯·马斯特雷塔（1949—）、劳拉·埃斯基韦尔（1950—）和她们的前辈波尼亚托夫斯卡大为不同。作为"爆炸"后一代作家，她们身上少了些历史包袱，多了些自我表现精神，却又不像罗贝托·波拉尼奥那么"复杂"。

1. 马斯特雷塔

马斯特雷塔出生于紧邻墨西哥城的布埃勃拉，父亲是意大利后裔；祖父是意大利外交官，因为娶了马斯特雷塔的祖母而留在了墨西哥。据作家回忆，父亲是个勤勉好学的人，曾为当地的文学报刊撰文。受其影响，马斯特雷塔从小酷爱文学，尤其是在父亲谢世后，她便将自己"嫁给了文学"。她一边在墨西哥国立自治大学读书，一边开始文学创作。

处女作为长篇小说《发动我的生命》（1985）。这是一部颇具女权主义色彩的作品，用女性的视角叙述墨西哥妇女的生活。

主人公卡塔丽娜十六岁邂逅一个中年将军，后者对她一见钟情。她的单纯和美貌吸引了将军，于是他开启了感情的闸门。但是，来自农村的卡塔丽娜还是个少不更事的女孩，坠入爱河后有点不知所措。她唯一想到的方法便是向吉卜赛人求教。吉卜赛人替她占卦释惑，告诉她爱情的秘密和女人的天职。这时，将军向卡塔丽娜求婚，得到了卡塔丽娜父母的祝福。本该皆大欢喜；然而，首先是草草举行的婚礼给少女的美梦泼了一盆冷水，其次是婚后的日子既不浪漫，也不惬意。卡塔丽娜被剥夺了自由，成了大门不出二门不迈的家庭主妇。表面上光鲜体面的生活，实际上了无快乐。将军为了自己的政治生涯，只需要卡塔丽娜恪守妇道，对他唯命是从。未几，卡塔丽娜怀上了孩子，她郁郁寡欢，望着臃肿变形的自己，潸然落泪。将军春风得意，而且全然不顾妻子的感受，将欠下的风流债——几个私生子一股脑儿推给了妻子。可怜卡塔丽娜一夜之间成了几个孩子的母亲。

在"偿还了孽债"之后，将军又踌躇满志，准备竞选州长。这时，他学着竞争对手的模样，要求卡塔丽娜抛头露面、强颜欢笑，为他拉票。凭借手中的家伙和太太的厚道，他击败了所有对手，顺利当选州长。从此他大权在握，更加不择手段。他暗杀政敌，以权谋私，可谓无恶不作。卡塔丽娜看在眼里，恨在心里，但为了女儿和几个无辜的孩子，只能忍气吞声。后来，将军在首都买了房子，让卡塔丽娜和孩子们搬了过去。一天，卡塔丽娜在富丽堂皇的美术馆偶遇音乐家卡洛斯，被他精湛的艺术和英俊的外表吸引。两人一来二去，萌发了炽烈的爱情。卡塔丽娜的些微变化和行踪都逃不过将军的耳目。为绝后患，他派人杀害了卡洛斯。卡塔丽娜从此百无聊赖，生趣荡然，犹如行尸走肉。时间一天天过去，孩子们长大了，开始各奔前程；而将军垂垂老矣，开始重病缠生，自知不久于人世，竟善心大发，向卡塔丽娜悔罪，同时感谢她不离不弃的陪伴。最后，将军死了，卡塔丽娜不但没有落泪，反而如释重负地发动生命，开始了"心"的生活：对卡洛斯的无限怀念。

这个故事相当老套，几乎让我想起了《冷酷的心》，但普通读者喜欢，还在评论界赢得了不错的口碑。

1997年，马斯特雷塔发表了《爱之恶》。小说回到了墨西哥革命时期，写小男孩丹尼尔对便盆上的小女孩艾米丽亚的"爱情"。当然，这"爱情"是要加引号的。它见证的是一场狂热而旷日持久的情感冒险，这场冒险从婴儿开始，穿越轰轰烈烈的墨西哥革命，而男孩丹尼尔长大后狂野的军旅生涯使豆蔻年华的艾米丽亚如痴如醉。她爱丹尼尔，为他的冒险而痴狂。与此同时，她又以另一种方式爱上了恬静的安东尼奥医生。后者彬彬有礼，举止文雅，与丹尼尔适成对照。一个女人和两个男人的故事就此敷衍开来。这能不让人联想到亚马多的《弗洛尔太太和她的两个丈夫》吗？

但是，马斯特雷塔获得了评委们的青睐，被授予了罗慕洛·加列戈斯奖。这可是西班牙语美洲首屈一指的小说大奖！该奖以褒奖巴尔加斯·略萨的《绿房子》开始，紧接着是加西亚·马尔克斯的《百年孤独》和卡洛斯·富恩特斯的《我们的土地》等，每五年颁发给一部小说，及至1989年改为两年一届。前后还有不少西班牙语文坛大家，如前面说到的费尔南多·德尔·帕索、哈维埃尔·马里亚斯、维拉-马塔斯等。

2. 埃斯基韦尔

埃斯基韦尔以《沸腾》（又译《情浓似巧克力水》，1989）一举成名。小说相当成功，甫一问世便好评如潮，还被搬上了银幕。作品以沸腾的墨西哥革命为背景，讲述一个如泣如诉的动人故事。

故事发生在墨西哥革命时期的边陲小镇，女主人公的母亲埃莱娜寡居在庄园，并拉扯大三个女儿。风俗使然，家里最小的女儿不能出嫁，而小女儿蒂塔却不由自主地爱上了同镇的小伙子佩德罗。佩德罗也深爱着蒂塔。他们的恋情如火如荼，结果却遭到了埃莱娜的强烈反对。她不仅反对他们恋爱，而且武断地决定将大女儿罗萨乌拉许配给佩德罗。佩德罗为了有机会亲近心上人，万般无奈之下，只好违心地答应了埃莱娜的无理要求。佩德罗入赘蒂塔家后，二人虽然天天相见，却无缘互相倾诉衷肠。埃莱娜像典狱长一样监视着蒂塔和佩德罗的一举一动。这时，蒂塔急中生智，以高超的厨艺，用色、香、味和各种花瓣向心上人传递情愫。佩德罗对蒂塔出神入化的传递心领神会。小说用大量笔墨描写神奇的菜谱。

佩德罗和蒂塔的爱情如痴如醉。大姐罗萨乌拉看在眼里，却无可奈何，终于郁郁寡欢，染上了恶疾。眼看着姐姐和妹妹形同水火，老二赫特卢迪思忍无可忍,决定违逆母亲,逃离家庭的铁笼。她时而把自己打扮成野男孩,时而疯了似的赤身裸体到处奔跑。一天,起义军路经庄园,掳走了赤身露体的赫特卢迪思,谁料想她在起义军中如鱼得水,不仅冲锋陷阵,而且足智多谋。未几,她就晋升为将军了。

这时,罗萨乌拉生下一个孩子后不久忧郁而终。蒂塔虽然感到了良心的谴责,但更多的是将愤怒之火引向了母亲埃莱娜。蒂塔精心养育罗萨乌拉和佩德罗的孩子;而母亲依然我行我素,以铁腕管理着战乱中日渐衰败的庄园。母亲将罗萨乌拉的死归罪于蒂塔,对蒂塔百般虐待,导致其身心受到巨大摧残。不久,军阀混战,蒂塔的母亲为了保卫家园,持枪与侵入庄园的散兵游勇展开激烈的战斗,结果不幸饮弹负伤,并很快不治去世。替蒂塔治病的美国籍医生对蒂塔十分倾心,决定娶她为妻。而蒂塔也有感于医生的呵护,同意了他的请求。但是,她终究无法抵御佩德罗的哀求,二人旧情复燃。蒂塔回到了佩德罗的怀抱,一对相恋多年的有情人终于步入了婚姻的殿堂。婚礼上燃烧着他们炽烈的感情。狂欢中,庄园起火,烈火吞噬了新郎新娘。唯有蒂塔的菜谱神奇地逃过一劫,在墨西哥流传下来。

小说具有鲜明的女性视角。所有女性人物都非常出彩;反之,男性人物皆为陪衬,而且性格相对单薄。在这些女性人物中,又数母亲埃莱娜的性格最为经典。她一方面承袭了传统墨西哥家长的权威,另一方面又一反传统墨西哥女性的柔弱姿态。因此,她是 20 世纪的堂娜芭芭拉。同样,无论女主人公蒂塔还是她的两个姐姐,都各具特色。她们可以说是墨西哥女性的典型形象:老大温婉内向,老二桀骜不驯,老三外柔内刚。小说的成功改变了墨西哥革命小说的向度,这既是时空变迁的结果,也是文学发展的必然。历史事件在距离上给出了想象的可能性,而新一代墨西哥作家对文学的理解也已经大不相同。魔幻、情节、日常生活(如厨艺、菜谱)、女性视角等等,赋予作品以巨大的张力。战争的烽火、爱情的烈焰、厨房的炉火和最后的火灾串联起如火如荼、一波三折的情节,令无数读者和观众为之倾倒。

此后,埃斯基韦尔又接连创作了多部小说,却再也没有堪与《沸腾》比肩的作品出现。《沸腾》出版后不久,她的感情生活出现了危机。她经常带着业已长大的女儿(姐妹花似的一对母女)出入社交场所和公众视线,而笔者正是在一个偶然的朋友派对上和她有过一次近距离的接触与攀谈。

埃斯基韦尔的其他作品主要有中、长篇小说《爱情的法则》(1995)、《心中的美味》(1998)、《激情》(2000)、《渴望般迅捷》(2001)、《玛琳奇》(2006)、《喜欢熨烫的女人》(2014)等等。值得一提的是引起争议的《玛琳奇》。前面说过,史学界一般都视玛琳奇为阿兹台克的叛徒,在西班牙殖民者入侵阿兹台克首都特诺奇蒂特兰时,她成了科尔特斯的情妇并辅佐之。科尔特斯以诡计取胜,并对阿兹台克人大开杀戒，最后特诺奇蒂特兰陷落，阿兹台克国王蒙特苏玛壮烈牺牲。然而，埃斯基韦尔罔顾史学界的评判，将科尔特斯和玛琳奇描写成美洲的亚当和夏娃，并大肆渲染他们"可歌可泣"的爱情。作者甚至写到，玛琳奇误认为满脸络腮胡子的科尔特斯是羽蛇的化身，是战神凯察尔科阿特尔显圣。这倒是 16 世纪最初的传说，但传说是传说，史实是史实。西班牙殖民者对印第安人的残忍杀戮和贪得无厌的掠夺，很快使印第安人认清了不速之客的真面目，于是也便有了顽强的抵抗和来自侵略者更加残酷的杀戮。但小说有意在科尔特斯攻下特诺奇蒂特兰那一刻落下了帷幕。

（五）布里斯·埃切尼克

阿尔弗雷多·布里斯·埃切尼克（1939—）出身名门，祖上出过一位秘鲁总统。他出生在利马的一个富人区，青少年时代曾遍游欧洲和美国，并在法国、西班牙和美国著名高校读书、任教，后长期旅居马德里。他虽早在 20 世纪六七十年代就开始发表作品，但被淹没在了"爆炸"的轰鸣和烟尘之中。及至世纪末喧嚣过后，他才逐渐为批评界所关注，并得到西班牙语读者的广泛认可。

《胡留斯的世界》（1970）是他的第一部长篇小说，于 1972 年获得了秘鲁国家文学奖。作品聚焦秘鲁上流社会，带有鲜明的自传色彩。和大多数 20 世纪六七十年代的西班牙语美洲小说一样，作品缺乏情节，但视角独特：从一个儿童的角度观察秘鲁上流社会。

《佩德罗的情感》[①]（1977）是他的第二部长篇小说，写一名秘鲁旅欧青年的荒唐经历。一天，他在大街上看到了一幅美女画，顿时疯狂地爱上了画中人，并给她起名为卡罗尔。他坚信一定能在巴黎邂逅这个美女，结果遇见了一个叫苏菲的女孩。他认定苏菲就是卡罗尔。这是一部充满幻想色彩且又情有可原的荒诞小说。

1981 年，他的第三部小说《马丁·罗马尼亚的夸张生活》和第四部小说《男人心里的奥克塔维娅·德·加迪斯》（1985）是姐妹篇。前者讲述马丁·罗马尼亚的巴黎寻梦记。他像无数西班牙语美洲青年一样，怀揣着作家梦，不远万里来到巴黎，本以为可以一展抱负，使想象力绚丽绽放，结果却发现自己的所有作品无非是自己和拉丁美洲移民生活的写照。作家梦破碎，马丁·罗马尼亚陷入危机。这时，他作品中的女主人公挽救了他。这个女主人公叫奥克塔维娅。后者一次次将他从沉沦的渊薮中拯救出来。这个"男人心里的奥克塔维娅·德·加迪斯"终于成就了布里斯·埃切尼克的第四部小说。

---

① 作品全称《圣佩德罗·巴尔布埃纳的情感世界，他是那么放荡不羁、来者不拒》（La pasión según San Pedro Balbuena, que tantas veces Pedro, y que nunca pudo negar a nadie）。

《男人心里的奥克塔维娅·德·加迪斯》继续讲述马丁·罗马尼亚在巴黎的生活。通过努力，马丁·罗马尼亚终于跻身大学教授的行列。在课堂上，他因为口吃，不得不用事先准备的录音带播放有关讲义。其中一个叫弗洛伦丝的女生，经常向妹妹奥克塔维娅绘声绘色地谈论这个口吃的老师。结果说者无意听者有心，奥克塔维娅居然爱上了口吃老师。她毅然决然地甩掉了三个恋人，投入马丁·罗马尼亚教授门下。如此，爱情是免不了的，马丁·罗马尼亚的记事本里写满了关于奥克塔维娅以及他们二人世界的无数细节。而这些细节便是小说的主要内容。

布里斯·埃切尼克的第五部长篇小说是《费利佩·伽利略的最后一次乔迁》（1988）。小说围绕一名建筑师和一个寡妇的爱情展开。作者的自传色彩开始退却。这在 1990 年的中篇小说集《两个女人的对话》中再一次得到了验证。在五年之后的《四月别等我》（1995）中，作者将笔触指向了英国移民，讲述第三代英国移民在秘鲁的梦醒梦碎，同时呈现了秘鲁社会半个世纪的风云变幻。

《夜的俘虏》（1997）写一个失眠教授与一个女抢匪的爱情故事。教授失眠，女抢匪抢劫银行，这本无瓜葛的两个人两件事阴差阳错碰到了一起，从而演绎了一出离奇的情感大戏。这样的大戏在后来的作品中不断翻新、上演，《情人的菜园》（2002）、《潘乔·马拉姆比奥的糗事》（2007）等等，都是围绕二人世界展开的。前者讲述一个出身名门的秘鲁少年如何爱上一个大婶级的女人，最后不顾家人反对，毅然投入她的怀抱，住进了她的家 —— 利马郊区的菜园子。后者写一个出身贵族且事业有成的律师突发奇想，要改变自己的生活。于是他决定移居巴塞罗那。他在巴塞罗马拿下一个寓所，还请来了装修工。而这个名叫潘乔·马拉姆比奥的装修工立刻使律师的生活沦为噩梦。

布里斯·埃切尼克写于 2012 年的《让苦闷感到内疚》是一部关于秘鲁淘金者的历史小说。作品以一个家族的发迹和没落史为主线，展示了秘鲁社会的历史由来。

除却最早和最后的少数作品，布里斯·埃切尼克的多数小说都在类似于我国传统相声式的二人世界中展开，无论爱情还是友谊或者别的关系，人物几乎都在逗哏和捧哏状态中彰显不同的精神世界和生活方式。当然，单口相声式的独白也时有出现，但大抵没有了巴尔加斯·略萨式尖锐的社会批判和"无情"的自我袒露。布里斯·埃切尼克拥有的已然是"爆炸"后小说的从容，而这正是他摘取行星奖的理由。①

---

① 2002 年，《情人的菜园》获得行星奖。这是迄今西班牙语世界奖金最为丰厚的小说奖，由西班牙行星出版社颁发。

（六）埃德华兹和斯卡尔梅达

豪尔赫·埃德华兹（1931—）和安东尼奥·斯卡尔梅达（1940—）都是智利作家，并同样于1973年皮诺切特发动军事政变后离开智利，前者流亡西班牙，后者流亡西德。他们作为西班牙语美洲"文学爆炸"的晚到者，童年和少年时期都曾广泛阅读西方文学——这几乎是"文学爆炸"之前西班牙语美洲作家的共同取法。但是，他们和布里斯·埃切尼克一样，运气欠佳，没能跻身于20世纪六七十年代西班牙语美洲作家的第一方阵。

1.埃德华兹

埃德华兹的第一部短篇小说集《院子》发表于1952年，包括八篇小说。这些小说不同于同时期西班牙语美洲其他作家的作品，几乎是19世纪风格的延续。它们没有刻意追求创新，没有那样炫技，那样令人眼花缭乱、魔幻离奇。使他声名鹊起的是长篇小说《主人》（1987）。它重新演绎了《浮士德》，并赋予这个古老的传说以现代色彩。

1999年，埃德华兹凭借六部长篇小说和四部短篇小说集获得塞万提斯奖。其中，长篇小说有《夜的重量》（1967）、《石像》（1978）、《蜡像馆》（1981）、《耽于幻想的女人》（1985）、《世界本原》（1996）和前面提到的《主人》；短篇小说集除了前面说到的《院子》，还有《城里人》（1961）、《面具》（1967）和《有血有肉的幽灵》（1992）。

2000年，埃德华兹又发表了长篇小说《历史之梦》，作品受到意大利建筑师霍金·托艾斯卡的启发，呈现了18世纪末19世纪初智利社会的"繁华"。托艾斯卡曾参与智利首都圣地亚哥大教堂等重要建筑的设计工作，留下了不少脍炙人口的传说。《历史之梦》便是对有关传说的一次充满怀旧的演绎。

2004年，《家族的多余人》出版。小说以作家的堂爷爷埃德华兹·贝略的生平和创作为题材，重塑了一个家族和智利社会的百年历史。埃德华兹·贝略曾以《多余人》为题创作了一部抨击时弊的长篇小说。于是，两人隔空隔代地使历史与现实、小说与生活完成了艺术重构。1968年，埃德华兹·贝略举枪自尽，这给堂孙留下了难以磨灭的印记。多年以后，当埃德华兹重新拾起堂爷爷的笔，并且以笔为枪瞄准智利社会时，历史与现实、小说与生活发生了奇妙的重叠。

埃德华兹的其他长篇小说有《陀思妥耶夫斯基之家》（2008）、《蒙田之死》（2011）、《画的发现》（2013）、《小妹妹》（2016）和事先张扬的《哦，坏女人》（Oh,maligna，2019）等历史题材小说。其中《哦，坏女人》讲的是关于聂鲁达和缅甸情人布利丝的故事。这恰好与斯卡尔梅达的《聂鲁达的邮差》形成了某种有意无意的呼应。

2.斯卡尔梅达

斯卡尔梅达的写作起步于20世纪60年代末，处女作为短篇小说集《屋顶裸体》(1969)。此后紧接着有中篇小说《我梦见雪在燃烧》(1975),长篇小说《起义》(1982)、《火热的耐心》(后更名为《聂鲁达的邮差》或《邮差》,1985)、《麦克白》(后更名为《爱情的速度》,1989)、《诗人的婚礼》（1999)、《长号手的女孩》(2001)、《胜利之舞》(2003)、《一个电影人物似的父亲》(2010)、《彩虹似的日子》(2011),短篇小说集《运动的速度》(2015),等等。

　　处女作《起义》因题材而获得关注。小说写尼加拉瓜人民反对索莫萨独裁政权的武装起义,用诗一样的激情表达了受压迫人民的心声。但是,真正给作家带来声誉的是他的小说《聂鲁达的邮差》。斯卡尔梅达一直尊巴勃罗·聂鲁达为良师益友。后者曾获得诺贝尔文学奖,并深受智利人民的热爱。他晚年在智利太平洋沿海一座名为黑岛的岛礁上修建了住宅,通过邮差与国内外朋友交往。流亡德国后,斯卡尔梅达曾以聂鲁达与其邮差之间的友谊为素材写过一个剧本。1983 年,时值聂鲁达逝世十周年,斯卡尔梅达倡议智利作家每人创作一部作品以纪念这位伟大的诗人。《聂鲁达的邮差》应运而生。令作家本人也始料未及的是,小说甫一发表便好评如潮,被迅速传播,并译成多种文字。1994 年,小说被著名导演搬上银幕,影片斩获 1996 年第 68 届奥斯卡金像奖五项提名。这使得斯卡尔梅达声名大震。

　　此后,他应邀为多名导演创作脚本。1990 年,皮诺切特辞去总统职务,斯卡尔梅达回到智利。他创办了电视节目"书秀",以生动的形式介绍西班牙语美洲文学。该节目后更名为"书塔",曾邀约多名西班牙语美洲作家参加。他的小说《爱情的速度》《诗人的婚礼》《长号手的女孩》《胜利之舞》《一个电影人物似的父亲》《彩虹似的日子》等均未超越《聂鲁达的邮差》,尽管其中不乏雄心壮志的"全景式"移民题材小说,如《诗人的婚礼》。

　　迄今为止,《聂鲁达的邮差》依然被认为是斯卡尔梅达的代表作。小说的情节并不复杂,但情绪渲染得十分浓烈。话说 20 世纪 50 年代聂鲁达流亡意大利期间,居住在一座小岛上,岛上居民以捕鱼为生,过着祥和的生活。然而,诗人的信件常常堆积如山,需要专人投递,精通西班牙语的马洛便自告奋勇成了聂鲁达的专职邮差,每天骑着自行车为他送信。诗人每天都会给世界各地的女粉丝回信,马洛看在眼里。一来二往,马洛渐渐地成了诗人不可或缺的朋友。这时,马洛爱上了旅馆老板娘的漂亮女儿苏西,向诗人讨要一首情诗。但诗人回答说:"写诗需要灵感。"马洛甚是不解,他反诘道:"你不是大诗人吗?怎么不会写情诗呢?"于是,诗人送给邮差一册笔记本。第二天,邮差骑车来到旅馆,当着老板娘一家的面翻开笔记本,上面赫然写着:"送给我的好同志 —— 马洛。聂鲁达。"从此,邮差开始尝试写诗,并用火一样的激情感动了苏西。不久,两个年轻人携手进入教堂。诗人应邀参加婚礼。所谓无巧不成书,在婚礼上,聂鲁达收到了来自祖国智利的大好消息:当局对他解除了通缉令。诗人回到了祖国;

邮差陷入了对诗人的无限思念，并开始潜心写作。未几，在意共的一次秘密集会中，邮差向同志们朗诵了自己的作品，收获了热烈的掌声。然而，集会遭到意大利当局的镇压，马洛和不少同志倒在血泊之中。几年后，诗人回到小岛，当得知邮差的死讯，他难免悲从中来。而苏西遵照马洛的遗愿，给他们的孩子取名为聂鲁达。聂鲁达倾听着马洛为他留下的录音带，欣慰地感到：那是另一个诗人的诞生。

（七）皮格利亚

里卡多·皮格利亚（1940—2016）是当代西班牙语文坛硕果仅存的侦探小说大家。他的侦探小说既秉承传统，又取法形上，是一种介于自己和博尔赫斯之间的后现代写作。

也许，读者记忆犹新的是博尔赫斯关于侦探小说的一些说法[1]；而里卡多·皮格利亚似乎有意违背了前辈的意志，开启了属于自己的侦探小说之路，并接连获得西班牙文学评论奖（2010）、委内瑞拉罗慕洛·加列戈斯奖（2011）、阿根廷作家协会最高荣誉奖（2012）及欧洲福门托文学奖（2015）。后者于1961年问世并将首奖颁给了博尔赫斯和贝克特。

里卡多·皮格利亚先后创作了五部长篇小说：《人工呼吸》（1980）、《隐匿城市》（1992）、《烈焰焚银》（1997）、《夜间目标》（2010）和《艾达之路》（2013），另有短篇小说集若干。

《人工呼吸》最先为里卡多·皮格利亚争得荣誉。它被认为是当代阿根廷十佳小说，从而使皮格利亚成为西班牙语文坛炙手可热的作家。作品集讽喻、政治、悬疑和社会历史元素于一身，讲述了青年作家伦西与舅舅马基之间的一段神秘故事。虽然情节并不复杂，但其中充满了悬疑：伦西以马基的经历为蓝本创作了一部小说。作品发表后，他却意外收到了舅舅的来信，而后者分明已经失踪多年（这一点非常重要）。由此，两代人开始书信往来。他们除了谈论家史，还讨论文学、历史和哲学。一年后，马基约伦西见面，但当后者抵达边境（这一点也非常重要）时，马基并没有出现。等待他的是舅舅的好友塔德维斯基，以及马基留给他的一箱子沉甸甸的资料。小说发表于阿根廷军政府时期，作家

---

① 我国网上谓其于1933年提出了"侦探小说十八法"：一、小说人物不能太过随意；二、把所有问题摆在明面上；三、犯罪方式不能过于张扬；四、作案动机先于作案；五、少洒点血；六、谜底应当是唯一的，却又情理之中、意料之外；七、不过多描写危险征兆；八、不考虑道德评判；九、摒弃偶然因素；十、不必交代警察办案流程；十一、凶手须是已经出现的人物；十二、避免用超自然解释；十三、谜底不包括读者未知因素；十四、省略侦探的私生活，尤其是他的男女私情；十五、如有彩蛋，必须确保其属于层层递进关系；十六、凶手不能是偏执的移民或极端主义人物；十七、避免凶手作为叙事者出现；十八、凶手不能是侦探本人。

巧借侦探小说之名，编织了一个有关失踪者的悬疑故事。作者表面上剑走偏锋、虚晃一枪，将谜团留给了读者；实际上却将矛头直指智利军政府。

《夜间目标》曾斩获 2011 年罗慕洛·加列戈斯奖。小说以一只被丢弃或遗忘在"外省"的皮箱说起，讲述庇隆重返政坛后发生在布宜诺斯艾利斯远郊的一段奇异故事。小说明显借鉴好莱坞编剧大卫·古迪斯的《夜幕降临》（1947）。小说由两部分组成：一部分写主人公之死和由此展开的调查；另一部分则与之若即若离，是关于一位隐姓埋名的作家或历史学家所撰写的一部作品。后者围绕波多黎各人杜朗先生展开。为了爱情，他不远万里来到潘帕斯草原，追寻梦中情人索菲亚和阿达姐妹。而姐妹俩的祖辈，正是小说另一部分所描写的"外省"小镇的创建者。小说由此牵扯出了一系列人物和情节，既有缠绵的爱情，也有贩毒、走私、巧取豪夺、所有制问题等等。且说那只皮箱装满了美金，那是北方资本家用来开发潘帕斯草原的本金。小说遵循了里卡多·皮格利亚的一贯作风，在不动声色中逐渐展开，但最终没有结论，结尾依然开放。小说的叙述方式显然是皮格利亚作品中最为复杂的：本身两部分相互交织，又因作者有意假借阿尔特（《七个疯子》）和比奥伊·卡萨雷斯（《莫雷尔的发明》）的叙事方式，同时增加了不少脚注，使得这部小说更像"文学爆炸"时期的结构现实主义小说。作为侦探，克罗斯陷入了来自不同方向的"证词"。这又颇有加西亚·马尔克斯之风（《一桩事先张扬的凶杀案》）。于是，凶手就像一个夜间目标，或者盲人头上的月亮。即便如此，克罗斯还是被自己的助手出卖，并且被可疑的对手关进了疯人院。在疯人院里，克罗斯回忆着各色真实和虚构的名探，巧妙地帮助继任者伦西，并且通过匿名帖子揭露地方黑恶势力的罪行。

《艾达之路》是里卡多·皮格利亚创作的最后一部长篇小说。主人公伦西化身美国知名大学的文学教授。他讲授阿根廷文学，并与系主任艾达产生感情。然而，就在他们相爱不久，艾达意外罹难。伦西随即展开调查，真相出人意料。除艾达之外，还有多位知名学者死于神秘信件或邮包炸弹。美国联邦调查局也在追踪此案，却多年未果。最终，有个自称蒙克的人通过邮件承认自己是系列谋杀的罪魁祸首，并表明其杀人目的只为发表一篇叫《工业社会及其未来》的论文。而艾达们似乎是他达到这一目标的拦路虎，并且他表示，只要文章发表，他就停止杀人。文章果然获准发表，但同时暴露了蒙克的踪迹，导致蒙克落网。而伦西在翻阅英国作家约瑟夫·康拉德的长篇小说《间谍》时，意外发现艾达在书上所作的标记，与蒙克的犯罪经过有诸多相似之处，于是伦西前往狱中探访蒙克，由此牵出更多的秘密。这些秘密一方面印证了蒙克的犯罪动机，另一方面也将事件引向了更多的谜团。小说以曾经轰动一时的邮件炸弹和作者在普林斯顿大学的教学经历为背景，亦真亦幻，给出了一个相当形而上学的结论，或谓没有结论的结论。读者的问题是：难道真的是蒙克用邮件炸弹杀害了伦西的情人和其他人等？抑或蒙克仅仅是个冒名顶替、借机要挟的偏执狂？

三 其他作家

20 世纪末至今，西班牙语美洲小说家不胜枚举。限于时间和篇幅，望读者原谅笔者不能一一罗列。在此只能撷取其中一小部分，权作例证。是谓聊胜于无。

迄今为止，活跃在西班牙语美洲小说界的作家有上千名。其中较有影响的，除了前面提到的，至少还应包括如下作家：

（一）在我国获奖的小说家

21 世纪伊始，人民文学出版社联合中国外国文学学会创立了"年度最佳外国小说奖"，先后有八位西班牙语美洲作家的八部小说获此荣誉。其中波尼亚托夫斯卡的《天空的皮肤》（2001）[①] 是首批获奖作品之一。考虑到前面已经对该作家有过介绍，恕此不赘。其余获奖者和获奖作品有：

1. 阿根廷作家托马斯·埃洛伊·马丁内斯

托马斯·埃洛伊·马丁内斯（1934—2010）的获奖作品是《蜂王飞翔》（2002）[②]。

小说主人公卡马格是《布宜诺斯艾利斯日报》的创始人，由于经营有道，他在阿根廷传媒界占有举足轻重的地位。所谓"第四权力"，作为主流媒体的日报老板，卡马格大权在握，几可呼风唤雨。他令麾下一切为了报社的利益，而报社的利益就是他的利益。卡马格还摇身一变，成了反腐败"英雄"，敢于弹劾总统，把总统儿子走私军火的案件一查到底。但是，他在自己的"王国"里实行绝对专制，甚至对自己的情人、得力助手雷伊娜小姐都毫不留情。为阻止她泄露报社机密，卡马格不仅雇人对她施暴强奸，还亲自痛下杀手。雷伊娜死后，他却逍遥法外，继续做他的"蜂王"。

托马斯·埃洛伊·马丁内斯的长篇小说还有《庇隆小说》（1985）、《主人的手》（1991）、《圣艾薇塔》（1995）、《将军回忆录》（1996）、《阿根廷之梦》（1999）、《将军的爱情》（2004）等等。此外，他还创作过诗歌、短篇小说和电影剧本。

---

① 波尼亚托夫斯卡：《天空的皮肤》，张广森译，人民文学出版社，2002 年。小说描写一个天文学家的遭遇。出身卑微、性格倔强的洛伦索从哈佛大学深造回国后被安置在一座天文台工作，由于他科研业绩突出，很快被提升为天文台台长。但是，各种繁文缛节和人情世故使他迅速陷入谜团，以至于根本无法进一步展示聪明才智。他不仅身心疲惫，而且情感生活屡屡受挫。此外，她的《列车先行》（*El tren pasa primero*）还获得了 2007 年罗慕洛·加列戈斯奖。

② 托马斯·埃洛伊：《蜂王飞翔》，赵德明译，人民文学出版社，2003 年。

2.哥伦比亚作家埃克托尔·阿瓦德·法西奥林塞

埃克托尔·阿瓦德·法西奥林塞（1958—）的获奖作品是《深谷幽城》（2004）[①]。

小说叙述一座拥有八百万人口的大都会。这是一座深藏于安第斯山脉北端的峡谷之中的城市，四周群山环抱，是热带雨林丛中的一颗明珠。独特的自然环境使那座城市分成了三种气候，分别为寒、温和热，而其中的社会阶层也相应地有了上、中、下三个等级。每个等级（地区）分别聚居着政治、经济、文化状况迥异的社会群体，群体之间横亘着难以逾越的壁垒。小说犹如一个寓言，将世界浓缩于一座城市，绝大多数人物都具明显的所指，其中不仅有暴政乱权、外国干涉、隔离宵禁、作奸犯科等各种问题，也涉及现代人的道德伦理、家庭关系方面的人文危机等。

阿瓦德的其他作品有短篇小说集《坏思想》（1991）、《叛变的记忆》（2009），长篇小说《放荡绅士的那些事儿》（1994）、《忧伤女士烹饪疗法》（1996）、《偷情片段》（1998）、《垃圾》（2000）、《丈夫的早晨》（2008）、《藏匿者》（2014）等等。

3.秘鲁作家阿隆索·奎托

阿隆索·奎托（1954—）的获奖作品是《蓝色时刻》（2006）[②]。

小说叙述职业律师奥马切在清理母亲去世后遗留下来的文件过程中，偶然得知父亲生前担任阿亚库乔驻军司令官期间的一段往事：十多年前，反政府的游击队"光辉道路"异常活跃，政府军时常以剿匪平乱为名捕杀无辜的土著居民。其中，受害者尤以妇女为甚。她们惨遭屠戮之前还要忍受官兵的强奸和蹂躏。奥马切的父亲曾长时间霸占漂亮的土著姑娘米丽娅姆，但那个姑娘后来逃出魔爪并不知所终。为查清事情真相并在一定程度上替父赎罪，奥马切决心找到米丽娅姆。在历经了无数坎坷与波折之后，奥马切终于找到了她，而当时她已是一个十多岁男孩的单身母亲。小说很容易让人想起巴尔加斯·略萨的作品，但显然比后者更注重情节，故而也更具可读性。

奎托的其他主要作品有长篇小说《白虎》（1985）、《目光如炬》（2003）等等。后者于2006年由导演隆巴迪搬上银幕，易名《黑蝴蝶》。

4.智利作家罗伯托·安布埃罗

罗伯托·安布埃罗（1953—）的获奖作品是《希腊激情》（2007）[③]。

---

① 埃克托尔·阿瓦德·法西奥林塞：《深谷幽城》，张广森译，人民文学出版社，2005年。

② 阿隆索·奎托：《蓝色时刻》，刘京胜译，人民文学出版社，2007年。

③ 安布埃罗：《希腊激情》，赵德明译，人民文学出版社，2008年。

　　小说以丈夫寻找出走的妻子为情节主线,揭示了现代社会家庭和爱情的双重危机。智利籍美国教授布鲁诺的妻子突然离家出走。布鲁诺立即踏上寻妻之路。他先到纽约女儿家里打探,旋即又到妻子的故乡危地马拉寻找,最后辗转来到他们当年定情的希腊克里特岛。寻妻途中,他仍然坚持"性与爱分离"理论,先后与两名外国女子发生关系。正是这种性是性爱是爱的理论,曾先后两次使他的婚姻陷入危机:两次婚外恋几乎导致他和妻子分道扬镳、各奔东西。妻子由于自身家世之谜和婚姻危机一直闷闷不乐,因而决定不辞而别。她想让自己清净一下,一边厘清一些问题。最终,他们果然在希腊克里特岛再度相遇。他们能破镜重圆吗?这是一个问题。

　　安布埃罗是位多产作家,出道以来发表作品十余部,其中近一半是侦探小说,如《谁杀死了克里斯蒂安?》(1993)、《哈瓦那的波莱罗舞曲》(1994)、《阿塔卡马的德国佬》(1996)、《蓝水湾之约》(2004)等等。其他重要作品有短篇小说集《麻雀男人》(1997),长篇小说《我们的青涩年华》(1999)、《斯德哥尔摩的情人》(2003)、《夜隼》(2005)、《另一个女人》(2010)、《神秘的海港》(2013)、《阿连德的最后一支探戈》(2014)等等。

　　5. 委内瑞拉作家阿尔贝托·巴雷拉·蒂斯卡

　　阿尔贝托·巴雷拉·蒂斯卡(1960—)的获奖作品是《病魔》(2006)[①]。

　　这既是一部心理小说,也是一部情感小说。它以如何对待健康与疾病问题为主题展开。主张医患关系透明、对病人直言不讳的米兰达大夫同时遇到了两个难题:一是本身健壮如牛的杜兰总爱怀疑自己得了绝症。面对迫不及待地要找他倾诉病情的这个健康人,米兰达既无法使他相信自己的诊断,又不能谎称他果真有病,于是决定避而不见。二是他的父亲确诊患了癌症,而职业操守不允许他欺瞒父亲,可深厚的父子情谊又让他不忍心道出实情。这位诚实的医生和孝顺的儿子深知生死乃自然规律,生命必须尊重,死亡无法避免,于是最终对父亲说了实话。父亲深明大义,坦然面对即将来日无多;与此同时,杜兰也逐渐消除了恐惧,原谅了医生的"冷漠"。

　　巴雷拉·蒂斯卡的作品还包括短篇小说集《肃穆》(1990)、《狗》(2006)、《罪》(2009),长篇小说《心亦有不慎》(2001)、《祖国或死亡》(2015),等等。同时,他还从事诗歌、纪实文学和电视剧写作等。其中纪实文学《不穿戎装的查韦斯》(2005)对查韦斯多有批评。

　　6. 智利作家埃尔南·里维拉·莱特列尔

　　埃尔南·里维拉·莱特列尔(1950—)的获奖作品是《复活的艺术》

---

　　①　巴雷拉:《病魔》,王军宁译,人民文学出版社,2008 年。

（2011）[①]。

顾名思义，小说写复活的故事：无业游民多明戈·萨拉特·维加从小自称受到天启，是基督的化身。他隐世得道后四处布道、显灵、赐福，人称埃尔奇主。一天，他听说智利北部矿区有个笃信圣母的妓女马大拉[②]，便兴奋不已，因为他正要找寻这样一位集圣女与妓女于一身的女子伴随左右。可马大拉不答应埃尔奇，原因在于他们各自的身世。埃尔奇原本是一个农民，又因父母早逝，不仅没有上过学，而且四体不勤。一天，他突发奇想，到山中隐居修炼。几年后，他自诩可与上帝通话，圣经故事也娴熟得能倒背如流，而且掌握了中草药技艺。出山后，他便长袍披肩，蓄须留发，将自己打扮成基督模样，四处布道、讲演。所到之处，万众迎迓。而马大拉来到矿区是为了追寻父亲，她听说自己是矿区神父的私生女，便紧追不舍。但后者死不承认，尽管他的确是个花花神父。马大拉是矿区最漂亮的妓女，矿工都喜欢她。她也宅心仁厚，没钱的矿工可以赊账。因此，每天来找她的人络绎不绝。为了将冒牌基督和马大拉逐出矿区，神父与矿主合谋，先是将埃尔奇逮捕并欲置之于死地，而后又设计赶走了马大拉。马大拉被驱逐出矿区后，在铁路旁搭了个棚屋。埃尔奇也侥幸逃脱魔爪，追随而去。矿工们得知后也尾随而至，在棚屋外排起了长龙。马大拉摇着铃铛，招呼嫖客，直到夜幕降临，才清净下来。埃尔奇和马大拉喝了酒，尽情地亲热了一番。第二天，看见屋外排队的人愈来愈多，埃尔奇都快疯了，他不停地布道。马大拉被接回矿山了，因为矿主的英国太太回英国了，而矿主本人一直喜欢马大拉。埃尔奇却被禁止进入矿区。于是，他又开始了自己孤独的旅程，而且他再也不像先前那么雄心勃勃了。描写基督再世的小说并不少，但《复活的艺术》却以强烈的反讽展示了20世纪智利北部矿区人们的生活状态：伴随贫瘠、愚昧和落后的唯有欺诈、暴力和虚伪。

里维拉·莱特列尔出身贫寒，幼年丧母，生活坎坷，长大后勤工俭学，同时游历智利、秘鲁、玻利维亚、阿根廷等拉美国家，随后开始文学创作。除《复活的艺术》外，主要作品有小说《独脚天使》（1996）、《黑玫瑰》（2007）、《电影女孩》（2009）等等。其中《电影女孩》曾被搬上银幕，取得了不小的成功。小说写一个替人讲电影故事的女孩，她能化身为影片中的每个角色，再大限度地展示精彩剧情。在那个艰苦而贫瘠的年代，她为大家说唱的电影是矿区居民借以脱离现实的美梦。然而，电影总有结束的时候，剧中的肥皂泡般的情景逐渐消散、破碎。时代改变了矿山小镇，人们相继离去，终使一切变得荒芜。

① 埃尔南·里维拉·莱特列尔：《复活的艺术》，崔燕译，人民文学出版社，2011年。
② 与抹达拉圣母谐音。

7. 危地马拉作家罗德里格·雷耶·罗萨

罗德里格·雷耶·罗萨（1958—）的获奖作品是《聋儿》（2012）[①]。

这是一部以中美洲国家危地马拉为背景的现实主义小说。作品继承了土著主义传统，但显然更富有理想主义色彩。小说以一名印第安聋儿和一个银行家女儿的失踪为线索，彰显了危地马拉社会的阶级分化与社会沉疴。但作者笔锋一转，通过银行家的保镖发现了失踪女孩的踪迹。原来后者藏匿起来，是为了和情人秘密创办一家慈善医院，而印第安聋儿就在那里。在人们寻找两个"失踪者"的过程中，"慈善医院"也逐渐露出真面目。

雷耶·罗萨青年时代曾到纽约学习电影，后从事小说创作，并时常"触电"。主要作品有长篇小说《乞丐的匕首》（1986）、《寂静的水面》（1990）、《塞巴斯蒂安逐梦记》（1994）、《好心瘸子》（1996）、《没有圣地》（1998）、《非洲海岸》（1999）、《魔石》（2001）、《另一个动物园》（2005）、《人之物》（2009）、《塞维丽娜》（2011）等等。

8. 阿根廷作家爱德华多·萨切里

爱德华多·萨切里（1967—）的获奖作品是《电厂之夜》（2016）[②]。

故事发生在 21 世纪之初。阿根廷一个小镇上的居民们希望在经济危机中奋发自救。他们首先集资兴建谷仓，因经费不足只好向银行借贷，但又运气不好，撞上了国家实行保护性金融政策和有人中饱私囊。于是，他们不仅贷款未成，而且连集资的本钱也被银行冻结了，现钞则全部落入坏人之手。居民们无法利用正常渠道要回自己的血汗钱，只好铤而走险，耗时三年，共同设计并实施了一起"以盗治盗"的行动，最终在一个月黑风高的夜晚达成了小小的心愿。

萨切里小说不多，却是个成功的电影编剧。他的另一部小说《谜一样的眼睛》（2009）由他本人改编为同名电影，并斩获奥斯卡最佳外语片奖。此外，他也是《挑战者联盟》（2013）和《风中纸》（2015）的编剧。

（二）罗慕洛·加列戈斯奖获得者

前面说过，罗慕洛·加列戈斯奖是西班牙语美洲小说的第一大奖，以《堂娜芭芭拉》的作者、委内瑞拉前总统罗慕洛·加列戈斯的名字命名。它旨在奖掖所有用西班牙语写作的优秀小说家，1964 年设立，迄今已颁奖二十余次。除却前面提到的，还有阿贝尔·波塞（1934—）、门坡·加尔迪内利（1947—）、费尔南多·巴列霍（1942—）、威廉·奥斯皮纳（1954—）、埃德华多·拉罗（1960—）和巴勃罗·蒙托亚（1963—）等。

[①] 罗德里格·雷耶·罗萨：《聋儿》，徐少军译，人民文学出版社，2013 年。
[②] 爱德华多·萨切里：《电厂之夜》，李静译，人民文学出版社，2018 年。

1.阿根廷作家阿贝尔·波塞

其获奖作品是《天堂犬》（1987）。

小说以航海大发现为背景，描写哥伦布时代西方殖民者的冒险经历。为"还原历史"，作者动用了一切资源和手段——书信、文献、档案等各种材料，同时通过人物对话和内心独白等主观元素，杂烩出一部令人目眩的自然、种族与人性的征服史。这也是作者"发现三部曲"中的第二部，同时或许还是最重要的一部。

波塞的其他作品有长篇小说《虎口》（1971）、《守护神》（1978）、《死亡过程》（1979）、《隐匿的魔鬼》（1987）、《拉普拉塔的女王》（1988）、《行者的漫漫黄昏》（1992）、《夏娃的激情》（1994）、《布拉格手册》（1998）、《生活不安之日》（2001）、《白发人送黑发人》（2009）、《狼之夜》（2011）等等。

2.阿根廷作家门坡·加尔迪内利

其获奖作品是《记忆的神圣职责》（1993）。

小说是描写记忆的。记忆无论对个人、国家还是民族都十分重要。加尔迪内利通过不同人物的回忆，重构了家庭和族群的关系。这中间既有意识的选择与摒弃，也有个人潜意识和集体无意识的交织。作者试图以此编织无形而"真实"的民族身份。其中既有源远流长的宗教信仰，也有现实镜像和作为群居动物的人与社会的各种奇妙的关系。

加尔迪内利是一位多产作家，其他长篇小说有《自行车上的革命》（1980）、《手触天空》（1981）、《热月亮》（1983）、《为什么禁止马戏》（1983）、《死人寂寞》（1985）、《不可能的平衡》（1995）、《第十层地狱》（1999）、《内心问题》（2003）、《不速之客》（2004）、《布鲁诺的最后幸福》（2015）等等。同时他还创作了十余部短篇小说集。

3.墨西哥作家费尔南多·巴列霍

其获奖作品是《险境》（2003）。

这是一部关于死亡的小说。作品写哥伦比亚一个家庭的没落：哥哥罹患艾滋病，弟弟拼力抢救，但终究无济于事。小说充满了象征和隐喻，其中既有对母亲（祖国）乃至教皇（宗教）的诘问和影射，也有对童年的眷恋和回忆。而兄弟情谊无疑是贯穿始终的主线，让人联想到余华的《兄弟》。如果有那么一点近似的话，那也是"人同此心，心同此理"。

巴列霍出生在哥伦比亚，后加入墨西哥籍。他的其他作品有长篇小说《蓝色的日子》（1985）、《秘密之火》（1987）、《条条大路通罗马》（1988）、《特赦之年》（1989）、《在幽灵中间》（1993）、《杀手的童贞》（1994）、《平行道》（2002）、《我的市长兄弟》（2004）、《生活之光》（2010）、《美丽的卡萨布兰卡》（2013）、《驾到》（2015）等等。

4. 哥伦比亚作家威廉·奥斯皮纳

其获奖作品是《肉桂树的国家》（2009）。

殖民者皮萨罗占领库斯科后，除了寻找黄金，还有一个愿望：肉桂树。他不能没有桂皮，因为他必须每天闻到桂皮的奇特芳香。因此，他邀请印加俘虏喝酒，酒里浸泡着上等桂皮。他通过印加人的表情就明白了，这是一个遍地肉桂的国家。于是，在印第安人的带领下，皮萨罗派出了整整一支军队去安第斯山脉寻找肉桂树。这支军队包括二百五十名士兵、两千条猎犬以及供士兵享用的无数羊驼和猪。于是，他们发现了浩渺的亚马孙。[①]

奥斯皮纳早年写诗，后来创作了大量评论，小说数量不多，迄今只出版过四部长篇小说。其他三部分别是《乌尔苏亚》（2005）、《无眼蛇》（2012）和《夏天迟迟没有来临的年份》（2015）。

5. 波多黎各作家埃德华多·拉罗

其获奖作品是《西蒙娜》（2013）。

小说以"悬疑"方式展开，写一位作家在波多黎各首都圣胡安的历险。他用笔记记录了无数看似毫不相关的素材，仿佛是在渲染关于自身安全的紧张气氛。直到最后，读者才会明白，那是一种寻找爱情的方式：两个炽热爱恋的情人因故各奔东西了，而作家寻找情人的唯一方式就是整理她留在圣胡安和他记忆中的点点滴滴。这是一个动人的爱情故事，也是对圣胡安的致敬——这座被人遗忘的城市，就像曾经的好莱坞电影《罗马假日》。嗣后，《西蒙娜》也的确被拍成了电影。

拉罗归属存疑。古巴的一些文学史料仍视他为古巴作家，盖因他是在古巴出生并被父母带到波多黎各的。然而，由于从小生活在波多黎各，拉罗早已对波多黎各有了充分的认同，尽管他从不认为自己是美国作家。他的其他作品有文集《诗文》（1992）、长篇小说《无用》（2004）和反映圣胡安人文及自然风景的若干图文集。

6. 哥伦比亚作家巴勃罗·蒙托亚

其获奖作品是《童年三重奏》（2015）。

小说是关于16世纪西班牙的艺术重构。作为人类历史上第一个日不落帝国，16世纪的西班牙傲视群雄、不可一世。但是，囿于政教合一和美洲总督们的离心离德，这个帝国徒有其表。作者用充满视觉效果的"图片式"或"透视式"观照，描绘出一个"黑色"传说的阴郁背面。

截至2019年，蒙托亚创作了五部长篇小说、五部诗集和近十部短篇小说集，

---

① 在其他作家如加西亚·马尔克斯笔下，故事变成了寻找或者运输黄金的探险。

其中比较重要的有长篇小说《眼之渴》（2004）、《战败者》（2008）、《音乐学校》（2018），短篇小说集《交响乐及其他音乐故事》（1997）、《居民》（1999）、《幽灵安魂曲》（2006）、《夜之吻》（2010）等等。

上述作家的共同特点是：（1）他们不再像前辈那样"分工"明确。他们大都不再是单纯的小说家，而是文化工作者、艺术传播者。正因为如此，除了创作小说，他们常常还是诗人、评论家、散文家、翻译家、教授，或研究员，或戏剧、电视、电影工作者，甚至职员、商人、医生、科学家等等。（2）也许是惯性使然，他们中鲜有潜入虚拟空间做"二次元审美"实践的。（3）他们不再相信权威、领袖或偶像，也不再受制于任何团体、模式或主义。作家们大抵以出生时间被归入"70代""80代"或以出道时间被划分为"80代""90代"；即使偶有团体、主义出现，那也是昙花一现，如世纪之交墨西哥的"克拉克派"①。此外，无论是"三无"（"无主义""无主题""无主体"），还是"回归"（日常生活或现实主义），都表现出了极大的随意性和个性化。他们大抵不得不回到自己既平淡无奇又变幻莫测的日常生活，以重新构筑自己的认知、审美和表现空间（用国内一些青年作家曾经的话说是"重建家园"）。于是，社会问题和上班下班、柴米油盐、谈情说爱等平常人平常事都成了小说表现的主要对象，人们重新发现了生活——"阳光下充满了新鲜事物"，是谓"生活审美化"或"审美生活化"。当然，这并不排除西班牙语美洲作家与生俱来的介入情结，他们中仍有不少人致力于揭露政治腐败，伸张社会正义。

为避免更多的挂一漏万，本著不再对尚未定论且人数众多的"70后""80后"作家给予笔墨。此外，有一点必须说明，自从20世纪80年代末拉丁美洲陷入"中等收入陷阱"，西班牙语美洲文坛的情况不容乐观。首先是不少作家移居欧洲和北美（主要是美国），其次是西班牙文坛复兴。两相叠加，导致西班牙语美洲文学风光不再。当然，即便如此，西班牙语美洲当今小说仍具有极大的丰富性。这种丰富性，既来自生活本身的丰富多彩、文化的多元混杂，以及社会发展的不稳定性和不平衡性，也来自各种创作手法的并存与演化。总之，尽管西班牙语美洲社会的民主化进程踽踽前行，经济发展步履维艰，出版也很不景气，但西班牙语美洲小说的发展机制已经形成，其在世界文学中的地位依然显赫。

---

① 克拉克（Crack），意为断裂，由出生于20世纪60年代末70年代初的一小批墨西哥作家以宣言的方式宣告成立，但不久该团体即如鸟兽散。迄今仍坚持创作的已为数不多，其中豪尔赫·沃尔皮（Jorge Volpi, 1968—）、艾罗伊·乌洛斯（Eloy Urroz, 1967—）等获得了不俗的创作业绩。

尾　声

作为一个不是结语的结语，笔者首先想重复《外国文学学术史研究·总序》中说过的一席话：

> 在众多现代学科中，有一门过程学。在各种过程研究中，有一种新兴技术叫生物过程技术，它的任务是用自然科学的最新成就，对生物有机体进行不同层次的定向研究，以求人工控制和操作生命过程，兼而塑造新的物种、新的生命。文学研究很大程度上也是一种过程研究，从作家的创作过程到读者的接受过程，而作品则是其最为重要的介质或对象。问题是，生物有机体虽活犹死，盖因细胞的每一次裂变即意味着一次死亡；而文学作品却往往虽死犹活，因为莎士比亚是"说不尽"的，"一百个读者就有一百个哈姆雷特"。

换言之，文学经典的产生往往建立在对以往经典的传承、翻新，乃至反动（或几者兼有之）的基础之上。传承和翻新不必说；但奇怪的是，即使是反动，也每每无损以往作品的生命力，反而能使它们获得某种新生。这就使得文学不仅迥异于科学，而且迥异于它的近亲——历史。套用阿瑞提的话说，如果没有哥伦布，迟早会有人发现美洲；如果伽利略没有发现太阳黑子，也总会有人发现。同样，历史可以重写，也不断地在重写，用克罗齐的话说，"一切历史都是当代史"。但是，如果没有莎士比亚，又会有谁来创作《哈姆雷特》呢？有了《哈姆雷特》，又会有谁来重写它呢？即使有人重写，他们缘何不仅无损于莎士比亚的光辉，反而能使他获得重生，甚至更加辉煌灿烂呢？

这自然是由文学的特殊性所决定的，盖因文学是加法，是并存，是无数"这一个"之和。鲁迅现身说法，意在用文学破除文学的势利；马克思关于古希腊神话的"童年说"和"武库说"则几可谓众所周知。同时，文学是各民族的认知、价值、情感、审美和语言等诸多因素的综合体现。因此，文学既是民族文化及民族向心力、认同感的重要基础，也是使之立于世界之林而不轻易被同化的鲜活基因。也就是说，大到世界观，小到生活习俗，文学在各民族文化中起到了染色体的功用。独特的染色体保证了各民族在共通或相似的物质文明进程中保持着不断变化却又不可淹没的个性。唯其如此，世界文学和文化生态才丰富多彩，也才需要东西南北的相互交流和借鉴。同时，古今中外，文学终究是一时一地人心民意的艺术呈现，建立在无数个人的基础之上，并潜移默化、润物无声地表达与传递、塑造与提升着各民族活的灵魂。这正是文学不可或缺、无可取代的永久价值和恒久魅力之所在。

于是，文学犹如生活本身，是一篇亘古而来、今犹未竟的大文章。

其次，无论是文学史还是体裁史，一个重要任务是总结经验、发现规律。因此，本著不妨归纳一二，以裨方家、读者讨论教正。

西班牙语小说一路走来，其规律并非羚羊挂角，无迹可寻。童年的神话、少年的史诗、青年的抒情、成年的小说、老年的传记是一种概括；由高向低、由强至弱、由大到小等等，也不失为一种轨辙。当然，这些并不能涵盖文学的复杂性和丰富性。事实上，认知与价值、审美与方法等等的背反或迎合、持守或规避所在皆是。况且，无论"六经注我"还是"我注六经"，经典是说不尽的，这也是由时代社会和经典本身的复杂性与丰富性所生发的。

且说文学由高向低，一路沉降，形而上形态逐渐被形而下倾向取代。倘以古代文学和当代写作所构成的鲜明反差为极点，神话自不必说，东西方史诗也无不传达出天人合一或神人共存的特点，其显著倾向便是先民对神、天、道的想象和尊崇；然而，随着人类自身的发达，尤其是在人本取代神本之后，人性的解放以几乎不可逆转的速率使文学完成了自上而下、由高向低的垂直降落。如今，文学普遍显示出形而下特征，以至于纯物主义和身体写作愈演愈烈。以法国新小说为代表的纯物主义和以当今中国为代表的下半身指涉，无疑是这方面的显证。前者有罗伯·葛里耶的作品。葛里耶说过：

> 我们必须努力构造一个更坚实、更直观的世界，而不是那个"意义"（心理学的、社会的和功能的）世界。首先让物体和姿态按它们的在场确定自己，让这个在场继续战胜任何试图以一个指意系统——指涉情感的、社会学的、弗洛伊德的或形而上学的意义——把它关闭在其中的解释理论。[①]

与此相对应，近二十年中国小说（乃至一般大众文艺）的庸俗化趋势和下半身指向一发而不可收。是谓下现实主义。

---

① 罗伯·葛里耶：《小说的未来》，转引自拉曼·塞尔登编：《文学批评理论——从柏拉图到现在》，刘象愚、陈永国等译，北京大学出版社，2003年第2版，第68页。

由外而内是指文学的叙述范式如何从外部转向内心。关于这一点，现代主义时期的各种讨论已经说得很多。众所周知，外部描写几乎是古典文学的一个共性。亚里士多德在诗学中明确指出，动作（行为）作为情节的主要载体，是诗的核心所在。亚里士多德说："从某个角度来看，索福克勒斯是与荷马同类的模仿艺术家，因为他们都模仿高贵者；而从另一个角度来看，他又和阿里斯托芬相似，因为二者都模仿行动中的和正在做着某件事情的人们。"但同时他又对悲剧和喜剧的价值做出了评判，认为"喜剧模仿低劣的人；这些人不是无恶不作的歹徒——滑稽只是丑陋的一种表现"。这一定程度上道出了古希腊哲人对文学崇高性的理解和界定。此外，在亚里士多德看来，"作为一个整体，悲剧必须包括如下六个决定其性质的成分，即情节、性格、言语、思想、戏景和唱段"，而"事件的组合是成分中最重要的，因为悲剧模仿的不是人，而是行动和生活"。[1]恩格斯关于批判现实主义的论述，也是以典型环境为基础的。但是，随着文学的内倾，外部描写逐渐被内心独白取代，而意识流的盛行可谓文学由外而内的一个明证。

由强到弱则是文学人物由崇高到渺小，即从神至巨人至英雄豪杰至凡人乃至宵小的"弱化"或"矮化"过程。神话对诸神和创世的想象见证了初民对宇宙万物的敬畏。古希腊悲剧也主要是对英雄传说时代的怀想。文艺复兴以降，虽然个人主义开始抬头，但文学并没有立刻放弃载道传统。只是到了20世纪，尤其是在现代主义和后现代主义时期，个人主义和主观主义才开始大行其道。而眼下的跨国资本主义又分明加剧了这一趋势。于是，宏大叙事变成了自话自说。

由宽到窄是指文学人物的活动半径如何由相对宏阔的世界走向相对狭隘的空间。如果说古代神话是以宇宙为对象的，那么如今的文学对象可以说基本上是指向个人的。昆德拉在《受到诋毁的塞万提斯遗产》中就曾指出："堂吉诃德启程前往一个在他面前敞开着的世界……最早的欧洲小说讲的都是一些穿越世界的旅行，而这个世界似乎是无限的。"但是，"在巴尔扎克那里，遥远的视野消失了……再往下，对爱玛·包法利来说，视野更加狭窄……"而"面对着法庭的K，面对着城堡的K，又能做什么？"[2]但是，或许正因为如此，卡夫卡想到了奥维德及其经典的变形与背反。

由大到小，也即由大我到小我的过程。无论是古希腊时期的情感教育还是我国古代的文以载道说，都使文学肩负起了某种集体的、民族的、世界的道义。

---

① 亚里士多德：《诗学》，陈中梅译注，商务印书馆，1996年，第42、58、64页。

② 昆德拉：《小说的艺术》，董强译，上海译文出版社，2004年，第9—11页。

荷马史诗和印度史诗则从不同的角度宣达了东西方先民的外化的大我。但是，随着人本主义的确立与演化，文学逐渐放弃了大我，转而致力于表现小我，致使小我主义愈演愈烈，尤以当今文学为甚。固然，艺贵有我，文学也每每从小我出发，但指向和抱负、方法和视野却大相径庭，而文学经典之所以比史学更真实、比哲学更深广，恰恰在于其以己度人、以小见大的向度与方式。

上述五种倾向在文艺复兴运动和之后的自由主义思潮中呈现出加速发展的态势。众所周知，自由主义思潮自发轫以来，便一直扮演着资本主义快车润滑剂的角色，其对近现代文学思想演进的推动作用同样不可小觑。它甫一降世便以摧枯拉朽之势颠覆了欧洲的封建制度，扫荡了西方的封建残余。但它同时也为资本主义保驾护航，并终使个人主义和拜物教所向披靡，技术主义和文化相对论甚嚣尘上。而文艺复兴运动作为人文主义或人本主义的载体，无疑也是自由主义的温床。14世纪初，但丁在文艺复兴的晨光熹微中窥见了人性（人本）三兽：肉欲、物欲和狂妄自大。未几，伊塔大司铎在《真爱之书》中把金钱描绘得惊心动魄，薄伽丘则以罕见的打着旗帜反旗帜的狡黠创作了一本正经的"人间喜剧"《十日谈》。15世纪初，喜剧在南欧遍地开花，幽默讽刺和玩世不恭的调笑、恶搞充斥文坛。16世纪初，西、葡殖民者带着天花占领大半个美洲，伊拉斯谟复以恶意的快乐在《疯狂颂》中大谈真正的创造者是人类下半身的"那样东西"，唯有"那样东西"。[1]17世纪初，莎士比亚仍在其苦心经营的剧场里左右开弓，而塞万提斯却通过堂吉诃德使人目睹了日下世风和遍地哀鸿。18世纪，自由主义鸣锣开张，从而加速了资本主义在经济基础和上层建筑上的双向拓展……一不留神几百年弹指一挥间。如今，不论你愿意与否，世界被跨国资本主义拽上了飞驰的列车。

在资本和大众媒体的推动下，文化工业迅速发展，学院派本就越来越无能为力，却大有随波逐流之势。文学正在被资本及其主导的文化工业及其图像化、快餐化、低智化引向歧途，而我们的立场正销蚀殆尽。

资本固然是首要因素，但我们有没有趋炎附势，却美其名曰多元、国际？甚至有意无意地选择"淡化意识形态"的意识形态和"为学术而学术"的"无病呻吟"？据笔者所知，西方学界倒是反其道者多多。姑且列举一二。譬如法兰克福学派，再譬如以詹姆逊、伊格尔顿或齐泽克为代表的当代西方马克思主义。由此上溯，又譬如最早提出"大众社会""大众文化"概念的奥尔特加·伊·加塞特，尽管其立场是反向的，却多少在马尔库塞中得到了发扬光大。加塞特在《艺术的去人性化》（1925）一书中，明确否定19世纪的浪漫主义和现实主义

---

① Américo Castro: *El pensamiento de Cervantes*, Madrid: Editorial Taurus, 1957, p.20.

文学，认为它们不是真正的艺术。尤其是现实主义文学，被他嗤之以鼻：无须鉴赏水平，因为它有的只是现实的影子，没有虚构，只有镜像。[①] 显而易见，他所推崇的"真正的艺术"是贵族艺术，那些普通人无法鉴赏的阳春白雪，譬如巴洛克文艺或者现代主义。前者源于南欧，巴洛克即玑子，又称变形珍珠。文艺复兴运动时期玑子一度颇受青睐。一般认为巴洛克是一种艺术风格，兴盛于16世纪中至17世纪末（个别地区如俄国或延至18世纪）。但事实上它远非一种风格可以涵盖，而是文艺复兴运动和启蒙运动之间的一个极其复杂的间隙性流派。它在不同地区、不同艺术门类中表现不尽相同，尽管总体上背弃了文艺复兴运动时期的人文主义情怀，内涵繁复且不无玄奥，形式夸张而富于变化。至于后者，则多少继承了巴洛克遗风，在"新""奇""怪"的路径上做足了文章，以至于产生了《芬尼根守灵夜》那样连一般学者都啃不动、搞不定的"天书"。而这些恰恰是奥尔特加们认为的真正艺术的、审美的对象。当然，从奥尔特加到法兰克福学派（如马尔库塞）所批判的"大众文化"，的确对艺术产生了负面影响。但罪过不在"现实主义"，更不在大众，而在资本和消费主义。关于这一点，笔者已有专文[②] 评述，恕不重复。需要补充并强调的是，现代主义的标新立异是文学远离了大众。后现代主义虽然在某些方面有所收敛，也更具包容性和复杂性，但仍然没有使文学贴近大众。马克思主义的文艺观始终不在提高与普及上采取形而上学和排中律。马克思的"莎士比亚化"是最初的例证，《习近平在文艺工作座谈会上的讲话》是最近的佐证。

其中自然牵涉到立场问题，当然也不仅是立场问题，还有方法和目的。

先说立场。立场使然，奥尔特加站在精英立场上反对大众文化，乃至现实主义文学和方法。这显而易见，也毋庸置疑。用最通俗的话说，奥尔特加出身西班牙的贵族家庭，毕生致力于"生命哲学"，从而一不小心成了海德格尔存在主义哲学的先驱。他自然没能预见到萨特式存在主义对他的背叛。但笔者想说的是，我们的外国文学研究和翻译终究或主要是为了强健中华文学母体的"拿来"。这也是五四新文化运动以来鲁迅高举的旗帜。遗憾的是，这面旗帜正在有意无意地被"世界主义"者们抛弃。他们罔顾历史，罔顾霸权主义和单边主义，大谈所谓的"世界文学"。真不知达姆罗什、卡萨诺瓦们眼中的"世界文学"是否包括《红楼梦》和"鲁郭茅""巴老曹"，是否包括"巴铁"文学和坚持文学介入社会的形形色色的现实主义。这些问题不由得让人思考"民族的就是世

---

① Ortega y Gasset: *La deshumanización del arte y otros ensayos de estética*, Madrid: Editorial Espasa-Calpe, 1987, pp.3-29.

② 陈众议：《武器的批判 —— 马克思主义文艺观刍议（一）》，《外国文学动态研究》2016年第3期，第5—13页。

界的"这个古老的命题。人们大多将此命题归功于鲁迅，但鲁迅的原话是："现在的文学也一样，有地方色彩的，倒容易成为世界的，即为别国所注意。打出世界上去，即于中国之活动有利。可惜中国的青年艺术家，大抵不以为然。"[1]

是的，这的确是那个五四期间曾经矫枉过正的鲁迅。然而，立场使然，他弃医从文、口诛笔伐，为的终究是中华文化母体的康健。批判也罢，挖苦也好，阿Q精神难道不是我们必须唾弃的民族劣根性吗？它与堂吉诃德精神可谓一脉相承。鲁迅倡导的"别求新声于异邦"难道不正是为了改变阻碍中华民族前进的文化糟粕吗？当然，凡人皆有矛盾之处，鲁迅也不例外，而我们不应以偏概全、以小节否定大节。所谓大节，恰是他的主要立场、主要方法、主要目的，以及他为中国新文化、新文学树立的丰碑。

马克思、恩格斯的国家或者国际意识建立在无产阶级立场上，这正是马克思主义对人类社会（尤其是资本主义社会）的基本认知。也正因为强调立场，在承认资本主义作为历史必然的同时，马克思、恩格斯仍坚定地、义无反顾地批判资本主义。

关于方法。众所周知，20 世纪被誉为批评的世纪，有关方法熙熙攘攘、纷纷扰扰，令人目眩。从象征主义到印象派，从形式主义到新批评，从叙事学到符号学，从结构主义到解构主义，从女权主义到生态主义，从新历史主义到后殖民主义，从存在主义到后人道主义，等等，或者流散、空间、身体、创伤、记忆、族裔、性别、身份和文化批评，等等，以及现代主义、后现代主义、后现代主义之后等等，等等，可谓五花八门。

在学术界潮起潮落，"城头变幻大王旗"的时代，外国文学研究不仅立场悄然裂变，而且方法呈现出发散性态势。二者相辅相成，难以截然分割。于是，笔者的问题是：我们是否有意无意地抛弃了文学这个偏正结构中的"大学之道"，使之既不"明明德"，也不"亲民"，更不用说"止于至善"？一定程度上，乃至很大范围内，我们是否已经使绝对的相对性取代了相对的绝对性，使批评成了毫无标准的自话自说、哗众取宠？伟大的传统 —— 马克思主义是否已被轻易忽略？曾几何时，马克思用他的伟大发明揭示了人类社会发展的基本规律，但是他老人家并不因为资本主义是其中的必然环节而放弃对它的批判。这就是立场。立场使然，马克思早在资本完成国家垄断和国际垄断之前，就已经用历史唯物主义方法揭示了资本的本质，并毅然决然地站在大多数人的立场上对它口诛笔伐。这也是马克思褒奖巴尔扎克和狄更斯等批判现实主义作家的重要因由。同时，从方法论的角度，恩格斯对欧洲工人作家展开了善意的批评，认为巴

---

[1]　《鲁迅全集》第十三卷，人民文学出版社，2005 年，第 81 页。

尔扎克式现实主义的胜利多少蕴含着对世俗、时流的明确背反。尽管巴尔扎克的立场是保守的，但恩格斯却从方法论的角度使他成了无产阶级的"同谋"。这便是文学的奇妙。方法有时也可以"改变"立场。这时，方法也便获得了一定的独立性。在致哈克奈斯的信中，恩格斯说：

> 我决不是责备您没有写出一部直截了当的社会主义的小说，一部像我们德国人所说的"倾向性小说"，来鼓吹作者的社会观点和政治观点。我的意思决不是这样。作者的见解越隐蔽，对艺术作品来说就越好。我所指的现实主义甚至可以不顾作者的见解而表露出来。让我举一个例子。巴尔扎克，我认为他是比过去、现在和未来的一切左拉都要伟大得多的现实主义大师。①

因此，恩格斯借马克思的"莎士比亚化"和"席勒式"之说以提醒工人作家。相形之下，我们的立场何如？我们的方法又如何？

事实是，马克思主义经典作家心目中的经典作家如巴尔扎克、托尔斯泰等逐渐受到冷落。与此同时，夏志清的一部《中国现代小说史》轻而易举地颠覆了我国现代文学历经数十年建构的经典谱系，从而将张爱玲代表的"自我写作"者们奉为典范。这种"反意识形态"的意识形态招摇过市，不知道蒙骗或者迎合了多少同行的心志。顺着这个思路推演，当代美国和西方主流学界冷落巴尔扎克们、托尔斯泰们当可理解，而我们紧随其后、欲罢不能地无视和轻慢这些经典作家就难以理解了。这中间除了对传统意识形态的逆反，恐怕还有更为深层的根由。顺便举个例子，在我们的一些同行忘却弗洛伊德对陀思妥耶夫斯基的尖锐批评的同时，另一些正兴高采烈地拿弗氏理论解构和恶搞屈原。

也正是在这种"反意识形态"的意识形态驱使下，唯文本论大行其道。这种拔起萝卜不带泥的做法，与源远流长的形式主义不谋而合，或者变本加厉地沿袭和发展了形式主义，作者被"死了"（见罗兰·巴特《作者之死》），形形色色的方法凌驾于文学本体之上。有心的同行、读者可以对近三四十年的外国文学评论稍加检索，当不难发现，其中大多是自说自话和从理论到理论的"空手道"，或者罔顾中国文学这个母体的人云亦云。

而目前盛行的学术评价体系推波助澜，正欲使文学批评家成为"纯粹"的工匠。量化和所谓"核刊"以某种标准化生产机制为导向，将批评引向千篇一律、千人一面的"模块化"劳作。我们是否进入了只问出处不讲内容的怪圈？是否

---

① 《马克思恩格斯文集》第十卷，人民出版社，2009年，第570—571页。

让一本正经的钻牛角尖和煞有介事的言不由衷，或者模块写作、理论套用、为做文章而做文章、为外国文学而外国文学的现象充斥学苑？其中的作用和反作用是否已经形成恶性循环？

这些问题足以让我们毛骨悚然。说到这里，笔者想，一个更大的恶性循环也许正在或者已然出现，它便是对读者乃至中国作家的疏虞。本来，他们应该是我们最大的服务对象。我们的工作应该或者首先是为了中国文学、中国作家、中国读者的需要，而不是关起门来在越来越狭隘的"螺蛳壳里做道场"，或者一门心思地去讨好洋人，为洋人涂脂抹粉。除了前面说到的资本影响，我们本身的问题也每每使我们的读者、我们的作家望而却步。面对商家的吆喝，他们本已无所适从，隔空隔时的"空手道"式的外国文学研究更使其莫衷一是。经典的边际被空前地模糊，尽管外国文学作品的翻译引进依然如火如荼。于是，泥沙俱下、鱼龙混杂自不待言，三流四流乃至末流文学所制造的皇帝新装也不可避免。于是，中国作家饕餮般的胃口倒了，已经鲜有关心外国文学研究的；而普通读者，不是浅阅读盛行，就是微阅读成瘾：我们这个发明了书的民族，终于使阅读成了一个问题。呜呼哀哉！这对谁有利呢？也许还是资本。

最后，我要感谢浙江工商大学出版社各位编辑的催促，让我对西班牙语小说进行了一次粗略的总结，同时有了上述思考和议论。所憾时间和篇幅有限，面对二十来个西班牙语国家的小说，本著难免挂一漏万，更未及对当下纷繁复杂的动态样貌进行系统梳理。故此推荐由沈石岩先生撰写的《西班牙文学史》（北京大学出版社，2006 年）、赵德明和赵振江等先生撰写的《拉丁美洲文学史》（北京大学出版社，2001 年）、郑书九教授主编的《拉丁美洲"文学爆炸"后小说研究》（商务印书馆，2013 年）、王军教授撰写的《20 世纪西班牙小说》（北京大学出版社，2007 年）和杨玲教授撰写的一系列"西班牙和西班牙语美洲文情报告"（《外国文学动态研究》，2008—）。同时，我要由衷地感谢宗笑飞研究员在阿拉伯语文学方面给予的帮助。

此外，本著作者恳请读者方家批评赐教，以裨日后修改订正。

附录一　年表

西班牙重要小说（类小说）年表

时间	重要历史事件	作家、作品
1330	"光复战争"呈胶着状态	胡安·鲁伊斯开始创作《真爱之书》
1335	阿拉伯人开始退守安达鲁西亚	胡安·马努埃尔：《卢卡诺尔伯爵》
1490	热兵器全面取代冷兵器	佚名：《骑士帝郎》
1491		迭戈·德·圣佩德罗：《阿纳尔特和卢森达的爱情故事》
1492	阿拉伯人被逐出伊比利亚半岛	迭戈·德·圣佩德罗：《爱情牢笼》
1499	哥伦布完成"新大陆"探险	费尔南多·德·罗哈斯：《塞莱斯蒂娜》
1508	西班牙开辟美洲殖民地	佚名：《阿马迪斯》
1510	西班牙占领圣多明各	佚名：《埃斯普兰迪安的英雄业绩》
1511	西班牙占领古巴	佚名：《帕尔梅林·德·奥利瓦》
1512	西班牙继续在美洲拓展殖民地	佚名：《西法尔骑士之书》
1514	西班牙占领巴拿马	佚名：《希腊人堂利苏阿尔特》
1552	西班牙征服印加帝国	佚名：《克拉雷奥和弗罗里莎的爱情故事》
1554	西班牙社会两极分化	佚名：《小癞子》
1560	穆斯林和犹太人遭迫害	佚名：《阿本塞拉赫和美女哈里发的故事》
1563	埃斯科里亚尔皇家修道院开建	阿隆索·佩雷斯：《续狄亚娜》
1563	秘鲁发现水银	胡安·德·蒂莫内达：《饭后读本，又名行者消遣》

时间	重要历史事件	作家、作品
1564	洛佩斯从墨西哥出发远征菲律宾	加斯帕尔·希尔·坡罗：《恋爱中的狄亚娜》
1565	西班牙占领菲律宾	赫罗尼莫·德·孔特雷拉斯：《冒险丛林》
1569	西班牙在菲律宾设总督区	胡安·德·蒂莫内达：《劝善书和故事会》
1574	菲律宾总督上疏请求攻打中国	梅尔乔·德·圣克鲁斯：《故事集锦》
1582	传教士桑切斯请求攻打中国	加尔维斯·德·蒙塔尔沃：《菲利达》
1585	"无敌舰队"建成	塞万提斯：《伽拉苔娅》
1595		希内斯·佩雷斯·德·伊塔：《塞格里埃斯和阿本塞拉赫家族的故事》
1598	西班牙舰队抵达澳门	洛佩·德·维加：《阿卡迪亚》
1599		马特奥·阿莱曼：《古斯曼·德·阿尔法拉切的一生》第一部
1602		马特奥·阿莱曼：《古斯曼·德·阿尔法拉切的一生》第二部
1604	西英战争结束，西班牙惨败	克维多：《骗子外传》
1605	腓力四世降生	洛佩斯·德·乌贝塔：《流浪妇胡斯蒂娜》
1605	中国商船抵达马尼拉	塞万提斯：《堂吉诃德》第一部
1612—1614	西班牙人将宫廷礼仪和巧克力传入法国宫廷	阿隆索·赫罗尼莫·德·萨拉斯·巴尔巴蒂略：《虔婆之女或奇情异想的埃莱娜》
1613	日本开始与西班牙交好	塞万提斯：《训诫小说集》（含《吉卜赛女郎》《慷慨的情人》《英格兰的西班牙女郎》《林孔内特和科尔塔迪略》《玻璃硕士》《血的力量》《大名鼎鼎的洗碗女》《两姑娘》《科尔奈丽小姐》《骗婚记》《双狗对话录》《埃斯特拉马都拉炉翁》）
1615	伪作《堂吉诃德续集》流行	塞万提斯：《堂吉诃德》第二部
1616	西班牙战胜奥斯曼海军	塞万提斯：《贝雪莱斯和西吉斯蒙达历险记》
1618	"三十年宗教战争"爆发	维森特·埃斯皮内尔：《马尔科斯·德·奥夫雷贡》
1619	马德里兴建大广场	卡洛斯·加西亚：《贪如饕餮》
1620	西班牙番茄狂欢节发轫	卢纳：《小癞子》第二部
1620	墨西哥遭遇特大洪水	科尔特斯·德·托罗萨：《曼萨纳雷斯的小癞子及其他小说五篇》

续　表

时间	重要历史事件	作家、作品
1624	荷兰侵占南台湾	阿尔卡拉·亚涅斯:《众人之仆阿隆索》
1626	西班牙侵占北台湾	阿尔卡拉·亚涅斯:《众人之仆阿隆索》第二部
1632	西班牙殖民者制造"宜兰惨案"	卡斯蒂略·索罗尔萨诺:《小骗子特雷莎·德·曼萨纳雷斯》
1644	西班牙在西法战争中败北	恩里盖斯·戈梅斯:《堂格雷戈里奥·瓜达尼亚的一生》
1646	那不勒斯发动抗西起义	佚名:《小埃斯特万·贡萨莱斯的生平事迹》
1660	委拉斯开兹逝世	希内斯·佩雷斯·德·伊塔:《格拉纳达内战》
1668	葡萄牙再次摆脱西班牙,宣告独立	桑托斯:《鸡窝里的鹦鹉》
18 世纪		西班牙小说乏善可陈
1812	西属美洲殖民地独立战争爆发	弗朗西斯科·德·马丁内斯:《帕蒂利亚寡妇》
1821	西班牙美洲殖民地宣告独立	特莱斯弗罗·德·特鲁埃尔:《托莱多的犹太女人》
1832		马里亚诺·何塞·德·拉腊:《饶舌小可怜》
1834	西班牙颁布《王国宪章》	马里亚诺·何塞·德·拉腊:《病夫堂恩里克的侍从》
1835		拉蒙·德·梅索内罗·罗马诺斯:《马德里手册》
1837	西班牙王国正式命名,传统邦联制结束	何塞·德·埃斯普隆塞达:《萨拉曼卡的学生》
1838		拉蒙·德·梅索内罗·罗马诺斯:《马德里情景》
1839		拉蒙·德·梅索内罗·罗马诺斯:《马德里旧事》
1843	西班牙民主革命失败	
1844	西班牙开始闭关锁国直至第一次资产阶级革命爆发	何塞·索里亚:《唐璜·特诺里奥》
1857		佩德罗·安东尼奥·德·阿拉尔孔:《浪荡公子》
1859		佩德罗·安东尼奥·德·阿拉尔孔:《非洲战事目击记》
1861		佩德罗·安东尼奥·德·阿拉尔孔:《从马德里到那不勒斯》
1873	西班牙爆发第一次资产阶级革命	贝尼托·佩雷斯·加尔多斯:《民族轶事》

时间	重要历史事件	作家、作品
1874		佩德罗·安东尼奥·德·阿拉尔孔：《三角帽》
1874		胡安·巴莱拉：《佩比塔·希梅内斯》
1875		佩德罗·安东尼奥·德·阿拉尔孔：《丑闻》
1875		胡安·巴莱拉：《小浮士德博士的幻想》
1876		贝尼托·佩雷斯·加尔多斯：《裴翡达夫人》
1877		贝尼托·佩雷斯·加尔多斯：《格罗丽娅》
1878		贝尼托·佩雷斯·加尔多斯：《玛利亚内拉》
1879		巴莱拉：《卢斯夫人》
1879		埃米利娅·帕尔多·巴桑：《帕斯瓜尔·罗佩斯》
1880		佩德罗·安东尼奥·德·阿拉尔孔：《孩子》
1881		阿尔曼多·帕拉西奥·巴尔德斯：《奥克塔维奥公子》
1882		贝尼托·佩雷斯·加尔多斯：《曼索朋友》
1882		佩德罗·安东尼奥·德·阿拉尔孔：《荡妇》
1882		何塞·玛利亚·德·佩雷达：《桑坦德山区印象》
1883		阿尔曼多·帕拉西奥·巴尔德斯：《玛尔塔和玛利亚》
1883		埃米利娅·帕尔多·巴桑：《法庭》
1884		克拉林：《市长夫人》
1884		何塞·玛利亚·德·佩雷达：《索蒂莱莎》
1884		阿尔曼多·帕拉西奥·巴尔德斯：《一个病人的胡思乱想》
1884		埃米利娅·帕尔多·巴桑：《天鹅》
1886		阿尔曼多·帕拉西奥·巴尔德斯：《里维里塔》
1886		埃米利娅·帕尔多·巴桑：《侯爵府》
1887		贝尼托·佩雷斯·加尔多斯：《两个女人的命运》

时间	重要历史事件	作家、作品
1887		阿尔曼多·帕拉西奥·巴尔德斯：《马克西米纳》
1887		埃米利娅·帕尔多·巴桑：《本能》
1888		阿尔曼多·帕拉西奥·巴尔德斯：《第四权力》
1889		贝尼托·佩雷斯·加尔多斯：《隐情》
1889		何塞·玛利亚·德·佩雷达：《杂烩》
1889		埃米利娅·帕尔多·巴桑：《中暑》
1890		克拉林：《独生子》
1891		贝尼托·佩雷斯·加尔多斯：《安赫尔盖拉》
1891		阿尔曼多·帕拉西奥·巴尔德斯：《泡沫》
1891		埃米利娅·帕尔多·巴桑：《转角石》
1892		阿尔曼多·帕拉西奥·巴尔德斯：《信仰》
1893		维森特·布拉斯科·伊巴涅斯：《巴伦西亚的故事》
1893		阿尔曼多·帕拉西奥·巴尔德斯：《马术俱乐部会员》
1894		维森特·布拉斯科·伊巴涅斯：《米及单桨船》
1895		贝尼托·佩雷斯·加尔多斯：《阿尔玛》
1895		贝尼托·佩雷斯·加尔多斯：《纳萨林》
1895		何塞·玛利亚·德·佩雷达：《石山行》
1895		维森特·布拉斯科·伊巴涅斯：《五月花》
1895		拉蒙·德尔·巴列-因克兰：《女性，爱情故事六则》
1896		阿尔曼多·帕拉西奥·巴尔德斯：《卡迪斯的小市民》
1897		贝尼托·佩雷斯·加尔多斯：《慈悲》
1897		米格尔·德·乌纳穆诺：《战争中的和平》
1897		曼努埃尔·布埃诺：《活着》

时间	重要历史事件	作家、作品
1898	美西太平洋战争爆发，西班牙败北并失去了古巴、菲律宾等最后几个殖民地	维森特·布拉斯科·伊巴涅斯：《茅屋》
1898		阿索林：《孤寂》
1898		阿索林：《政客佩斯切特》
1899		阿尔曼多·帕拉西奥·巴尔德斯：《船长的快乐》
1900		皮奥·巴罗哈：《阿依斯戈里一家》
1900		曼努埃尔·布埃诺：《灵魂与风景》
1901		维森特·布拉斯科·伊巴涅斯：《橘树间》
1901		阿索林：《患者日记》
1902		维森特·布拉斯科·伊巴涅斯：《芦苇和泥淖》
1902		阿索林：《意志》
1902		米格尔·德·乌纳穆诺：《爱情与教育》
1902—1905		拉蒙·德尔·巴列-因克兰："季节四重奏"《秋天奏鸣曲》《夏天奏鸣曲》《春天奏鸣曲》《冬天奏鸣曲》
1903		阿尔曼多·帕拉西奥·巴尔德斯：《遗失的村庄》
1903		阿索林：《安东尼奥·阿索林》
1903		皮奥·巴罗哈：《拉布拉兹的总管》
1903		维森特·布拉斯科·伊巴涅斯：《大教堂》
1904		阿索林：《小哲学家的忏悔》
1904		皮奥·巴罗哈：《寻找》
1904		皮奥·巴罗哈：《莠草》
1904		皮奥·巴罗哈：《红霞》
1904		维森特·布拉斯科·伊巴涅斯：《闯入者》
1905		埃米利娅·帕尔多·巴桑：《梦想》
1905		阿索林：《堂吉诃德之路》

时间	重要历史事件	作家、作品
1905		皮奥·巴罗哈:《慎者的集市》
1905		维森特·布拉斯科·伊巴涅斯:《酿造厂》
1905		维森特·布拉斯科·伊巴涅斯:《游民》
1906		阿尔曼多·帕拉西奥·巴尔德斯:《特里斯当》
1906		曼努埃尔·布埃诺:《内心》
1906		维森特·布拉斯科·伊巴涅斯:《裸美人》
1907		弗朗西斯科·维利亚埃斯佩萨:《玫瑰的奇迹》
1908		埃米利娅·帕尔多·巴桑:《黑色美人鱼》
1908		皮奥·巴罗哈:《冒险家萨拉卡因》
1908		维森特·布拉斯科·伊巴涅斯:《血与沙》
1908		维森特·布拉斯科·伊巴涅斯:《死人主宰》
1909		拉蒙·戈麦斯·德·拉·塞尔纳:《黑白寡妇》
1909		维森特·布拉斯科·伊巴涅斯:《月亮》
1910		皮奥·巴罗哈:《塞萨尔或虚无》
1910		拉蒙·佩雷斯·德·阿亚拉:《为了上帝的光荣》
1910		加夫列尔·米罗·费雷尔:《墓地樱桃》
1911		阿尔曼多·帕拉西奥·巴尔德斯:《神医笔记》
1911		埃米利娅·帕尔多·巴桑:《甜美的主人》
1911		皮奥·巴罗哈:《桑蒂·安迪亚的担忧》
1911		皮奥·巴罗哈:《科学之树》
1911		弗朗西斯科·维利亚埃斯佩萨:《温柔的奇迹》
1911		弗朗西斯科·维利亚埃斯佩萨:《爱莎的报复》
1912		拉蒙·德尔·巴列－因克兰:《英雄之声》
1912		拉蒙·戈麦斯·德·拉·塞尔纳:《不可信的大夫》

时间	重要历史事件	作家、作品
1913		米格尔·德·乌纳穆诺：《死亡的镜子》
1913		拉蒙·佩雷斯·德·阿亚拉：《疾风和舞蹈》
1913—1935		皮奥·巴罗哈：《行动者的记忆》
1914		米格尔·德·乌纳穆诺：《迷雾》
1914		维森特·布拉斯科·伊巴涅斯：《亚尔古号的英雄们》
1915		阿索林：《玻璃硕士》
1916		弗朗西斯科·维利亚埃斯佩萨：《奇迹骑士》
1916		拉蒙·佩雷斯·德·阿亚拉："西班牙生活三部曲"《普罗米修斯》《周日之光》《柠檬落》
1916		维森特·布拉斯科·伊巴涅斯：《四骑士启示录》
1916		加夫列尔·米罗·费雷尔：《耶稣受难图》
1917		米格尔·德·乌纳穆诺：《阿贝尔·桑切斯》
1917		加夫列尔·米罗·费雷尔：《西衮萨之书》
1918		曼努埃尔·布埃诺：《在人生的门槛》
1920		米格尔·德·乌纳穆诺：《经典三小说》
1920		米格尔·德·乌纳穆诺：《图利奥·蒙塔尔班》
1921		米格尔·德·乌纳穆诺：《图拉姨妈》
1921		拉蒙·佩雷斯·德·阿亚拉：《贝拉米诺和阿波罗尼奥》
1922		阿索林：《唐璜》
1922		拉蒙·戈麦斯·德·拉·塞尔纳：《秘密渠道》
1922		拉蒙·戈麦斯·德·拉·塞尔纳：《大饭店》
1922		拉蒙·戈麦斯·德·拉·塞尔纳：《自相矛盾者》
1922		维森特·布拉斯科·伊巴涅斯：《女人的天堂》
1923		拉蒙·戈麦斯·德·拉·塞尔纳：《帕尔米拉的庄园》

时间	重要历史事件	作家、作品
1923		拉蒙·戈麦斯·德·拉·塞尔纳:《小说家》
1923		拉蒙·佩雷斯·德·阿亚拉:《乌巴诺和西莫娜历险记》
1924		阿尔曼多·帕拉西奥·巴尔德斯:《纳塔里亚的女儿》
1924		拉蒙·德尔·巴列-因克兰:《放荡之光》
1924		曼努埃尔·布埃诺:《生活的痛苦》
1924		拉蒙·佩雷斯·德·阿亚拉:《世界之脐》
1925		阿尔曼多·帕拉西奥·巴尔德斯:《雪中鸟和其他故事》
1925		阿索林:《堂娜伊内斯》
1925		曼努埃尔·布埃诺:《面对面》
1926		阿尔曼多·帕拉西奥·巴尔德斯:《罗赫里亚修女》
1926		拉蒙·德尔·巴列-因克兰:《暴君班德拉斯》
1926		曼努埃尔·布埃诺:《甜蜜的谎言》
1926		拉蒙·戈麦斯·德·拉·塞尔纳:《玫瑰衫》
1926		维森特·布拉斯科·伊巴涅斯:《在维纳斯的脚下》
1927		阿尔曼多·帕拉西奥·巴尔德斯:《格拉纳达的圣衣会》
1927		拉蒙·戈麦斯·德·拉·塞尔纳:《影城》
1927		拉蒙·戈麦斯·德·拉·塞尔纳:《斗牛士卡拉乔》
1927		拉蒙·戈麦斯·德·拉·塞尔纳:《琥珀女》
1927—1932		拉蒙·德尔·巴列-因克兰:《伊比利亚之环》
1928		拉蒙·戈麦斯·德·拉·塞尔纳:《蘑菇骑士》
1928		加夫列尔·米罗·费雷尔:《时间与距离》
1929		阿索林:《蓝中之白》
1930		曼努埃尔·布埃诺:《最后的爱情》

时间	重要历史事件	作家、作品
1931		阿尔曼多·帕拉西奥·巴尔德斯：《牧童交响曲》
1931		加夫列尔·米罗·费雷尔：《我们的圣达尼埃尔神父》
1932		拉蒙·戈麦斯·德·拉·塞尔纳：《波利塞发罗和夫人》
1934		拉蒙·戈麦斯·德·拉·塞尔纳：《娜尔多》
1935		曼努埃尔·布埃诺：《罪孽的滋味》
1936	西班牙内战爆发，佛朗哥领导的长枪党在德、意法西斯的帮助下推翻了西班牙人民阵线	拉蒙·戈麦斯·德·拉·塞尔纳：《蕾贝卡》
1936		拉蒙·佩雷斯·德·阿亚拉：《老虎胡安》
1936		拉蒙·佩雷斯·德·阿亚拉：《名誉创伤医疗师》
1936		加夫列尔·米罗·费雷尔：《麻风主教》
1938		阿尔图罗·巴雷阿：《勇气与恐惧》
1939	第二次世界大战爆发	拉蒙·森德尔：《一个人的位置》
1941—1944		阿尔图罗·巴雷阿：《叛逆者的成长》
1942		阿索林：《作家》
1942		卡米洛·何塞·塞拉：《帕斯瓜尔·杜阿尔特一家》
1942		曼努埃尔·安杜哈尔：《集中营》
1943		阿索林：《病人》
1943		贡萨罗·托伦特·巴耶斯特尔：《哈维埃尔·马里诺》
1943		马克斯·奥普：《禁闭营》
1944		拉蒙·戈麦斯·德·拉·塞尔纳：《浪子》
1944		卡米洛·何塞·塞拉：《静心阁》
1944		卡米洛·何塞·塞拉：《小癞子新传》
1944		卡门·拉福雷特：《无》

时间	重要历史事件	作家、作品
1944		曼努埃尔·安杜哈尔：《神秘预兆，缘起沮丧》
1944—1949		皮奥·巴罗哈：《从回归说起》
1945		罗莎·查塞尔：《莱蒂西娅·巴列的回忆》
1945		曼努埃尔·安杜哈尔：《受损的水晶》
1947		何塞·玛利亚·希隆内利亚：《一个人》
1947		米格尔·德利维斯：《柏影长长》
1947		拉蒙·森德尔：《星球》
1947		曼努埃尔·安杜哈尔：《原野》
1949		拉蒙·戈麦斯·德·拉·塞尔纳：《三种天资》
1949		弗朗西斯科·阿亚拉：《强取豪夺者》
1949		弗朗西斯科·阿亚拉：《羊头》
1949		拉蒙·森德尔：《国王和王后》
1949		曼努埃尔·安杜哈尔：《被战胜者》
1951		卡米洛·何塞·塞拉：《蜂房》
1951		马克斯·奥普：《开放营》
1952		拉蒙·森德尔：《和蔼的刽子手》
1953		何塞·玛利亚·希隆内利亚：《柏树信神》
1954		伊格纳西奥·阿尔德科阿：《光与血》
1954		胡安·戈伊蒂索洛：《戏法》
1954		弗朗西斯科·阿亚拉：《马尾猴的故事》
1955		卡米洛·何塞·塞拉：《金发女郎》
1955		米格尔·德利维斯：《猎人日记》
1955		胡安·戈伊蒂索洛：《天堂决斗》
1955		阿尔图罗·巴雷阿：《根断》

时间	重要历史事件	作家、作品
1955		卡门·马丁·盖特：《浴场》
1956		伊格纳西奥·阿尔德科阿：《随东风而去》
1956		拉法埃尔·桑切斯·费尔罗西奥：《哈拉马河》
1956—1958		胡安·戈伊蒂索洛：《未来三部曲》
1957		拉蒙·戈麦斯·德·拉·塞尔纳：《底层》
1957		伊格纳西奥·阿尔德科阿：《大太阳》
1957		卡门·马丁·盖特：《星火丛中》
1957—1962		贡萨罗·托伦特·巴耶斯特尔：《欢乐和阴影》三部曲
1958		米格尔·德利维斯：《侨民日记》
1958		弗朗西斯科·阿亚拉：《狗之死》
1959		米格尔·德利维斯：《红叶》
1959		安娜·玛利亚·马图特：《初忆》
1959		曼努埃尔·安杜哈尔：《拉萨罗的命运》
1959		卡门·马丁·盖特：《捆绑》
1960		米格尔·德利维斯：《溺水者寓言》
1960		罗莎·查塞尔：《非理性》
1961		何塞·玛利亚·希隆内利亚：《死人百万》
1961		胡安·戈伊蒂索洛：《岛屿》
1961		罗莎·查塞尔：《献给一位疯狂的圣女》
1962		米格尔·德利维斯：《鼠》
1962		路易斯·马丁·桑托斯：《沉默的年代》
1962		弗朗西斯科·阿亚拉：《杯底》
1963		安娜·玛利亚·马图特：《夜间哭泣的士兵》
1963		弗朗西斯科·阿亚拉：《巴斯托斯的阿斯》

时间	重要历史事件	作家、作品
1963		拉蒙·森德尔：《沉默寡言的人》
1963		马克斯·奥普：《鲜血营》
1963		卡门·马丁·盖特：《慢节奏》
1964		安娜·玛利亚·马图特：《一些少年》
1965		米格尔·德利维斯：《与马里奥在一起的五个小时》
1965		马克斯·奥普：《法国营》
1966		何塞·玛利亚·希隆内利亚：《和平爆发》
1966		胡安·戈伊蒂索洛：《个性标记》
1966		胡安·马尔塞：《与特雷莎在一起的最后几个傍晚》
1966		弗朗西斯科·阿亚拉：《绑架》
1966		马克斯·奥普：《摩尔营》
1968		马克斯·奥普：《扁桃营》
1969		卡米洛·何塞·塞拉：《1936 年圣卡米罗节》
1969		伊格纳西奥·阿尔德科阿：《历史片段》
1969		安娜·玛利亚·马图特：《陷阱》
1970		胡安·戈伊蒂索洛：《堂胡利安伯爵的救赎》
1971		安娜·玛利亚·马图特：《维希亚塔》
1971		弗朗西斯科·阿亚拉：《珍稀花园》
1972		贡萨罗·托伦特·巴耶斯特尔：《J.B. 萨迦——逃遁》
1972		弗朗西斯科·翁布拉尔：《爱在马德里》
1972		弗朗西斯科·翁布拉尔：《马德里之脾》
1973	中国同西班牙建交	曼努埃尔·安杜哈尔：《故事的故事》
1973		卡米洛·何塞·塞拉：《复活节早祷式 5》
1973		恩里克·维拉－马塔斯：《借镜子观赏风景的女人》

时间	重要历史事件	作家、作品
1974		弗朗西斯科·翁布拉尔:《丑陋的国家博物馆》
1974		卡门·马丁·盖特:《系列》
1975	西班牙独裁者佛朗哥去世	弗朗西斯科·翁布拉尔:《体面的右翼》
1975		安娜·玛利亚·马图特:《河流》
1975		胡安·戈伊蒂索洛:《没有土地的胡安》
1975		弗朗西斯科·翁布拉尔:《西班牙倦人的日记》
1975		弗朗西斯科·翁布拉尔:《西班牙的叹息》
1975		弗朗西斯科·翁布拉尔:《疯疯的脑袋,红红的嘴巴,孤寂的心儿》
1976		罗莎·查塞尔:《奇迹街区》
1976		路易斯·戈伊蒂索洛:《五月绿色到海边》
1976		弗朗西斯科·翁布拉尔:《后佛朗哥纪事》
1976		弗朗西斯科·翁布拉尔:《政客》
1976		弗朗西斯科·翁布拉尔:《谦谦淑女》
1976		弗朗西斯科·翁布拉尔:《我去买面包》
1976		卡门·马丁·盖特:《内心片段》
1976		何塞·玛利亚·梅里诺:《安德列斯·乔斯的小说》
1977		贡萨罗·托伦特·巴耶斯特尔:《末日碎片》
1977		巴斯克斯·蒙塔尔万:《总经理的孤独》
1977		阿尔瓦罗·蓬博:《关于缺乏内涵的故事》
1977		胡安·何塞·米亚斯:《溺死者的视角》
1977		恩里克·维拉-马塔斯:《高雅女杀手》
1977		贡萨罗·托伦特·巴耶斯特尔:《全集》
1977		拉蒙·阿耶拉:《西班牙帝国》
1978		胡安·马尔塞:《穿金色短裤的姑娘》

时间	重要历史事件	作家、作品
1978		拉蒙·森德尔：《幸存者》
1978		卡门·马丁·盖特：《后面的房间》
1978		费利克斯·德·阿苏亚：《事实的报复》
1978		哈维埃尔·马里亚斯：《时代王国》
1978		拉蒙·阿耶拉：《和塞西莉亚一起快乐熬夜》
1978		埃斯特尔·图斯盖茨：《年年夏日那片海》
1979		贡萨罗·托伦特·巴耶斯特尔：《复活的阴影》
1979		路易斯·戈伊蒂索洛：《阿喀琉斯的愤怒》
1979		巴斯克斯·蒙塔尔万：《南方的海》
1979		阿尔瓦罗·蓬博：《相似者》
1979		埃德华多·门多萨：《魔鬼地下室的奥秘》
1979		拉蒙·阿耶拉：《彩色老鼠》
1979		埃斯特尔·图斯盖茨：《爱情是孤独的游戏》
1979		埃斯特尔·图斯盖茨：《游戏或画蝶的男人》
1979		埃斯特尔·图斯盖茨：《小兔子马塞拉》
1979		罗莎·蒙特罗：《失恋记事》
1979		玛丽娜·马约拉尔：《又一次纯真》
1980		胡安·戈伊蒂索洛：《玛克巴拉》
1980		贡萨罗·托伦特·巴耶斯特尔：《风信子被折的小岛》
1980		胡安·贝内特：《罪犯的气息》
1980		弗朗西斯科·翁布拉尔：《马德里原理》
1980		胡安·马德里：《朋友之吻》
1980		恩里克·维拉－马塔斯：《向着南方眨眼》
1980		拉蒙·阿耶拉：《悲催事件纪实》

时间	重要历史事件	作家、作品
1980		拉蒙·阿耶拉：《晨光熹微》
1980		埃斯特尔·图斯盖茨：《最后一次海难以后的搁浅》
1980		克里斯蒂娜·费尔南德斯·库巴斯：《我的姐妹埃尔瓦》
1980		玛丽娜·马约拉尔：《另一边》
1981		路易斯·戈伊蒂索洛：《认知理论》
1981		卡门·马丁·盖特：《三面墙城堡》
1981		巴斯克斯·蒙塔尔万：《委员会总部谋杀案》
1981		何塞·玛利亚·盖尔本苏：《月亮河》
1981		胡安·何塞·米亚斯：《空寂的花园》
1981		赫苏斯·费雷罗：《阴差阳错》
1981		拉蒙·阿耶拉：《恐怖分子》
1981		拉蒙·阿耶拉：《万国花园》
1981		罗莎·蒙特罗：《德尔塔功能》
1981		玛丽娜·马约拉尔：《种一棵树及其他故事》
1982	西班牙加入"北约"	胡安·戈伊蒂索洛：《战后风景》
1982		胡安·马德里：《表象不假》
1982		拉蒙·阿耶拉：《都市》
1982		拉蒙·阿耶拉：《荷兰思维》
1982		埃斯特尔·图斯盖茨：《萨福的记忆》
1982		玛丽娜·马约拉尔：《唯一的自由》
1983		卡米洛·何塞·塞拉：《为两个死者演奏的玛祖卡舞曲》
1983		贡萨罗·托伦特·巴耶斯特尔：《达佛涅与梦境》
1983		胡安·贝内特：《生锈的长矛》
1983		巴斯克斯·蒙塔尔万：《曼谷的鸟》

时间	重要历史事件	作家、作品
1983		阿尔瓦罗·蓬博:《曼萨尔德楼上的好汉》
1983		埃德华多·门多萨:《油橄榄迷宫》
1983		哈维埃尔·马里亚斯:《世纪》
1983		克里斯蒂娜·费尔南德斯·库巴斯:《布鲁马尔的山丘》
1983		罗莎·蒙特罗:《我会把你当王后》
1984		胡安·马尔塞:《吉纳尔多巡逻队》
1984		罗莎·查塞尔:《卫城》
1984		曼努埃尔·安杜哈尔:《声音与血》
1984		曼努埃尔·安杜哈尔:《幽灵之约》
1984		贡萨罗·托伦特·巴耶斯特尔:《也许被风带往无边无际》
1984		路易斯·戈伊蒂索洛:《火墙远去》
1984		弗朗西斯科·翁布拉尔:《马德里三部曲》
1984		巴斯克斯·蒙塔尔万:《亚历山大的玫瑰》
1984		费利克斯·德·阿苏亚:《忍耐》
1984		胡安·何塞·米亚斯:《死符》
1984		恩里克·维拉–马塔斯:《中伤》
1984		拉蒙·阿耶拉:《无谓之争》
1984		拉蒙·阿耶拉:《关于老师的注疏》
1984		阿尔丰斯·塞尔维亚:《吸血鬼和其他爱情故事》
1985		贡萨罗·托伦特·巴耶斯特尔:《风玫瑰》
1985		路易斯·戈伊蒂索洛:《候鸟的悖论》
1985		弗朗西斯科·翁布拉尔:《我可爱的魔鬼》
1985		卡门·马丁·盖特:《魔鬼的蛋糕》
1985		巴斯克斯·蒙塔尔万:《钢琴家》

时间	重要历史事件	作家、作品
1985		恩里克·维拉-马塔斯:《便携式文学简史——虚构与写实》
1985		阿尔丰斯·塞尔维亚:《四月碎片》
1985		埃斯特尔·图斯盖茨:《为了不再回来》
1985		克里斯蒂娜·费尔南德斯·库巴斯:《天赐之年》
1985		阿德拉伊达·加西亚·莫拉雷斯:《南方》
1985		阿德拉伊达·加西亚·莫拉雷斯:《塞壬的沉默》
1985		玛丽娜·马约拉尔:《防范死亡与爱情》
1986	西班牙加入欧盟	何塞·玛利亚·梅里诺:《黑暗的岸》
1986		卡门·马丁·盖特:《两则幻想故事》
1986		费利克斯·德·阿苏亚:《傻瓜自传或傻人有傻福》
1986		胡安·马德里:《家庭礼物》
1986		赫苏斯·费雷罗:《鸦片》
1986		阿尔图罗·佩雷斯-雷韦尔特:《轻骑兵》
1986		哈维埃尔·马里亚斯:《情感男人》
1986		安东尼奥·穆纽斯·莫利纳:《福地》
1986		罗莎·蒙特罗:《爱之所爱》
1986		马鲁哈·托雷斯:《哦,是他!奔向胡里奥·伊格莱西亚斯》
1987		安东尼奥·穆纽斯·莫利纳:《里斯本的冬天》
1987		胡安·何塞·米亚斯:《你错乱的名字》
1987		贡萨罗·托伦特·巴耶斯特尔:《我自然非我》
1987		弗朗西斯科·翁布拉尔:《世纪之子回忆》
1987		埃德华多·门多萨:《奇迹都会》
1987		费利克斯·德·阿苏亚:《卑贱者日记》
1987		何塞·玛利亚·盖尔本苏:《目光》

时间	重要历史事件	作家、作品
1987		哈维埃尔·塞尔卡斯：《手机》
1987		阿尔丰斯·塞尔维亚：《黑暗的城市》
1987		阿尔丰斯·塞尔维亚：《从未见识如此孤独的心》
1987		埃斯特尔·图斯盖茨：《摩西之书》
1987		罗莎·雷加斯：《日内瓦》
1988		卡米洛·何塞·塞拉：《基督摈弃亚利桑那》
1988		胡安·戈伊蒂索洛：《孤鸟的美德》
1988		弗朗西斯科·阿亚拉：《丑恶花园》
1988		罗莎·查塞尔：《自然科学》
1988		贡萨罗·托伦特·巴耶斯特尔：《费洛梅诺，我可怜的》
1988		赫苏斯·费雷罗：《佩帕夫人》
1988		阿尔图罗·佩雷斯－雷韦尔特：《剑师》
1988		安东尼奥·穆纽斯·莫利纳：《另一些生命》
1988		拉蒙·阿耶拉：《遥远的旅途》
1988		克里斯蒂娜·费尔南德斯·库巴斯：《兜售影子的人》
1988		玛丽娜·马约拉尔：《塔钟》
1989	柏林墙倒塌	玛丽娜·马约拉尔：《死在他的怀里及其他》
1989		卡门·马丁·盖特：《西比尔·瓦内》
1989		埃德华多·门多萨：《神秘岛》
1989		哈维埃尔·马里亚斯：《所有灵魂》
1989		哈维埃尔·塞尔卡斯：《房客》
1989		阿尔丰斯·塞尔维亚：《驯狮人》
1989		埃斯特尔·图斯盖茨：《摩西之后》
1989		阿尔姆德纳·格兰德斯：《露露的年龄》

时间	重要历史事件	作家、作品
1990		胡安·马尔塞:《双语情人》
1990		卡门·马丁·盖特:《曼哈顿的尖顶》
1990		阿尔瓦罗·蓬博:《韵律》
1990		埃德华多·门多萨:《古博音信全无》
1990		胡安·何塞·米亚斯:《孤独如斯》
1990		胡安·何塞·米亚斯:《回家》
1990		赫苏斯·费雷罗:《爱在柏林》
1990		赫苏斯·费雷罗:《多普勒效应》
1990		赫苏斯·费雷罗:《雾霾时代》
1990		阿尔图罗·佩雷斯-雷韦尔特:《佛兰德棋局》
1990		拉蒙·阿耶拉:《倒霉的日子》
1990		克里斯蒂娜·费尔南德斯·库巴斯:《恐怖的角度》
1990		阿德拉伊达·加西亚·莫拉雷斯:《吸血鬼的逻辑》
1990		罗莎·蒙特罗:《震荡》
1991	海湾战争爆发	何塞·玛利亚·梅里诺:《空气中心》
1991	苏联解体	阿尔姆德纳·格兰德斯:《我周五给你打电话》
1991		胡安·戈伊蒂索洛:《徐娘半老》
1991		贡萨罗·托伦特·巴耶斯特尔:《神奇岛屿》
1991		弗朗西斯科·翁布拉尔:《体面人纪事》
1991		费利克斯·德·阿苏亚:《易帜》
1991		费利克斯·德·阿苏亚:《邮差的长途跋涉》
1991		何塞·玛利亚·盖尔本苏:《福地》
1991		赫苏斯·费雷罗:《野人阿利斯》
1991		安东尼奥·穆纽斯·莫利纳:《波兰骑士》

时间	重要历史事件	作家、作品
1991		拉蒙·阿耶拉：《哈瓦那滨海大道上的罪恶》
1991		马鲁哈·托雷斯：《爱之盲》
1991		罗莎·雷加斯：《阿尔玛托尔回忆录》
1991		玛丽娜·马约拉尔：《鲨鱼、天使及其他》
1992		贡萨罗·托伦特·巴耶斯特尔：《系主任之死》
1992		弗朗西斯科·翁布拉尔：《从98年到胡安·卡洛斯》
1992		卡门·马丁·盖特：《变化的多云》
1992		埃德华多·门多萨：《洪荒岁月》
1992		阿尔图罗·佩雷斯－雷韦尔特：《大仲马俱乐部》
1992		哈维埃尔·马里亚斯：《如此苍白的心》
1992		安东尼奥·穆纽斯·莫利纳：《神秘马德里》
1992		拉蒙·阿耶拉：《葡萄牙人》
1993		胡安·马尔塞：《上海巫师》
1993		贡萨罗·托伦特·巴耶斯特尔：《善神酒店》
1993		阿尔瓦罗·蓬博：《国王陛下讲述永恒的女性》
1993		胡安·马德里：《来日无多》
1993		胡安·马德里：《旧情》
1993		赫苏斯·费雷罗：《春秋战国》
1993		赫苏斯·费雷罗：《神的秘密》
1993		阿尔图罗·佩雷斯－雷韦尔特：《鹰影》
1993		阿尔丰斯·塞尔维亚：《我们在巴黎见》
1993		埃斯特尔·图斯盖茨：《猫王后》
1993		罗莎·蒙特罗：《美女和黑丫头》
1993		贝伦·科佩吉：《地图的比例》

时间	重要历史事件	作家、作品
1993		卡门·德·波萨达斯：《天窗》
1994		卡米洛·何塞·塞拉：《对堕落者的谋杀》
1994		贡萨罗·托伦特·巴耶斯特尔：《贝贝安苏雷斯的小说》
1994		弗朗西斯科·翁布拉尔：《我的欢乐，我的日子》
1994		卡门·马丁·盖特：《白雪王后》
1994		费利克斯·德·阿苏亚：《问题太多》
1994		阿尔图罗·佩雷斯－雷韦尔特：《科曼恰领地》
1994		哈维埃尔·马里亚斯：《来日上战场别忘了想我》
1994		安东尼奥·穆纽斯·莫利纳：《秘密主人》
1994		克里斯蒂娜·费尔南德斯·库巴斯：《和阿加莎在伊斯坦布尔》
1994		阿德拉伊达·加西亚·莫拉雷斯：《埃克托的情妇们》
1994		罗莎·蒙特罗：《食人者的女儿》
1994		罗莎·雷加斯：《蓝色》
1994		玛丽娜·马约拉尔：《隐秘的和谐》
1994		阿尔姆德纳·格兰德斯：《马莱娜是探戈曲名》
1995		阿尔瓦罗·蓬博：《塞西莉娅的网愁》
1995		何塞·玛利亚·盖尔本苏：《感情》
1995		胡安·马德里：《坏时光》
1995		恩里克·维拉－马塔斯：《远离委拉克鲁斯》
1995		阿尔图罗·佩雷斯－雷韦尔特：《鼓皮》
1995		安东尼奥·穆纽斯·莫利纳：《武士的疯狂》
1995		阿尔丰斯·塞尔维亚：《黄昏的颜色》
1995		阿尔丰斯·塞尔维亚：《虚幻的天堂》

时间	重要历史事件	作家、作品
1995		克里斯蒂娜·费尔南德斯·库巴斯：《秋千》
1995		阿德拉伊达·加西亚·莫拉雷斯：《阿格达姨妈》
1995		罗莎·蒙特罗：《女性小传》
1995		贝伦·科佩吉：《碰脸》
1995		罗莎·雷加斯：《爱情与战争之歌》
1995		玛丽娜·马约拉尔：《亲爱的朋友》
1995		玛丽娜·马约拉尔：《他曾经叫路易斯》
1995		玛丽娜·马约拉尔：《我只想着你》
1995		玛丽娜·马约拉尔：《从早到晚》
1995		埃尔维拉·林多：《可怜的马诺利托》
1996		安娜·玛利亚·马图特：《被遗忘的古都王》
1996		阿尔瓦罗·蓬博：《圣方济各生平》
1996		阿尔瓦罗·蓬博：《妇人所在》
1996		何塞·玛利亚·梅里诺：《卢克莱西亚的偏见》
1996		赫苏斯·费雷罗：《爱神或幸运者自述》
1996		阿德拉伊达·加西亚·莫拉雷斯：《纳斯米亚》
1996		杜尔塞·恰孔：《有某种爱你不能灭》
1996		罗莎·雷加斯：《可怜的心》
1996		玛丽娜·马约拉尔：《付出身心》
1996		埃尔维拉·林多：《太坏了!》
1996		埃尔维拉·林多：《奥利维娅致东方三博士》
1996		卡门·德·波萨达斯：《五只蓝色苍蝇》
1997		贡萨罗·托伦特·巴耶斯特尔：《犹疑岁月》
1997		弗朗西斯科·翁布拉尔：《右派大妈》

时间	重要历史事件	作家、作品
1997		卡门·马丁·盖特：《怪异人生》
1997		巴斯克斯·蒙塔尔万：《布宜诺斯艾利斯五重唱》
1997		阿尔瓦罗·蓬博：《故事新编》
1997		胡安·马德里：《丹吉尔，阿森托，马德里》
1997		恩里克·维拉-马塔斯：《奇怪的生活》
1997		赫苏斯·费雷罗：《最后的宴会》
1997		阿尔图罗·佩雷斯-雷韦尔特：《血统纯洁》
1997		安东尼奥·穆纽斯·莫利纳：《满月》
1997		哈维埃尔·塞尔卡斯：《鲸腹》
1997		阿尔丰斯·塞尔维亚：《马基斯》
1997		埃斯特尔·图斯盖茨：《嘴上涂蜜》
1997		阿德拉伊达·加西亚·莫拉雷斯：《飞来横祸》
1997		阿德拉伊达·加西亚·莫拉雷斯：《梅迪纳小姐》
1997		杜尔塞·恰孔：《布兰卡明天飞》
1997		罗莎·雷加斯：《来自大海》
1997		埃尔维拉·林多：《奥利维娅丢了外婆》
1998		卡门·马丁·盖特：《离家出走》
1998		巴斯克斯·蒙塔尔万：《要么做恺撒，要么什么也不是》
1998		胡安·何塞·米亚斯：《字母顺序》
1998		赫苏斯·费雷罗：《眼中的魔鬼》
1998		阿尔图罗·佩雷斯-雷韦尔特：《布雷达的太阳》
1998		哈维埃尔·马里亚斯：《时间的黑色背影》
1998		拉蒙·阿耶拉：《有教养的骑士》
1998		马鲁哈·托雷斯：《融融暖意》

时间	重要历史事件	作家、作品
1998		杜尔塞·恰孔:《女斗牛士》
1998		杜尔塞·恰孔:《缪斯啊,跟我说说那个男人》
1998		贝伦·科佩吉:《抓住空气》
1998		罗莎·雷加斯:《血之血:孩子们的冒险》
1998		罗莎·雷加斯:《影子而已》
1998		玛丽娜·马约拉尔:《请记住,身体》
1998		埃尔维拉·林多:《另一个街区》
1998		阿尔姆德纳·格兰德斯:《人类地理手册》
1998		卡门·德·波萨达斯:《名厨之死》
1999		卡米洛·何塞·塞拉:《黄杨木》
1999		路易斯·戈伊蒂索洛:《通天梯》
1999		巴斯克斯·蒙塔尔万:《盆景先生》
1999		阿尔瓦罗·蓬博:《方形圈子》
1999		何塞·玛利亚·盖尔本苏:《世上一块钱》
1999		胡安·何塞·米亚斯:《别看床下》
1999		胡安·马德里:《胭脂残迹》
1999		恩里克·维拉－马塔斯:《垂直之旅》
1999		恩里克·维拉－马塔斯:《巴托比症候群》
1999		安东尼奥·穆纽斯·莫利纳:《卡洛塔·费因博格》
1999		阿尔丰斯·塞尔维亚:《静夜》
1999		阿德拉伊达·加西亚·莫拉雷斯:《埃丽莎的秘密》
1999		杜尔塞·恰孔:《土做的天》
1999		罗莎·雷加斯:《月之月》
2000		胡安·马尔塞:《蜥蜴的尾巴》

时间	重要历史事件	作家、作品
2000		路易斯·戈伊蒂索洛:《360度日记》
2000		卡门·马丁·盖特:《亲戚》
2000		巴斯克斯·蒙塔尔万:《生命中的男人》
2000		何塞·玛利亚·梅里诺:《看不见的人》
2000		费利克斯·德·阿苏亚:《关键时刻》
2000		赫苏斯·费雷罗:《华内罗或新人》
2000		阿尔图罗·佩雷斯-雷韦尔特:《国王的金子》
2000		阿尔图罗·佩雷斯-雷韦尔特:《球面信》
2000		阿尔丰斯·塞尔维亚:《傻瓜的笑》
2000		阿德拉伊达·加西亚·莫拉雷斯:《邪恶的故事》
2000		马鲁哈·托雷斯:《当我们还活着》
2000		玛丽娜·马约拉尔:《天使的影子》
2000		哈维埃尔·谢拉:《拿破仑的埃及秘密》
2001	"9·11"事件发生	阿尔瓦罗·蓬博:《光天化日》
2001		卡门·马丁·盖特:《多罗那美女》
2001		埃德华多·门多萨:《猥亵者的冒险经历》
2001		何塞·玛利亚·盖尔本苏:《别惹杀人犯》
2001		胡安·马德里:《怪人》
2001		赫苏斯·费雷罗:《无边的森林》
2001		安东尼奥·穆纽斯·莫利纳:《在布兰卡离别的日子里》
2001		安东尼奥·穆纽斯·莫利纳:《西法底》
2001		哈维埃尔·塞尔卡斯:《萨拉米纳的士兵》
2001		阿尔丰斯·塞尔维亚:《死人》
2001		卡洛斯·鲁伊斯·萨丰:《风之影》

时间	重要历史事件	作家、作品
2001		阿德拉伊达·加西亚·莫拉雷斯：《雷希娜的遗嘱》
2001		罗莎·蒙特罗：《地狱中心》
2001		贝伦·科佩吉：《真实》
2001		罗莎·雷加斯：《多罗泰娅之歌》
2001		玛丽娜·马约拉尔：《悲苦的武器》
2001		卡门·德·波萨达斯：《美丽的奥赛罗夫人》
2002		埃德华多·门多萨：《贺拉斯第二的最后计划》
2002		胡安·何塞·米亚斯：《布拉格的两个女人》
2002		恩里克·维拉－马塔斯：《蒙塔诺的问题》
2002		恩里克·维拉－马塔斯：《没完没了的巴黎》
2002		阿尔图罗·佩雷斯－雷韦尔特：《南方的王后》
2002		哈维埃尔·马里亚斯：《狂热与长矛》
2002		杜尔塞·恰孔：《沉睡的声音》
2002		埃尔维拉·林多：《不期而至》
2002		阿尔姆德纳·格兰德斯：《紧张空气》
2003	伊拉克战争爆发	阿尔丰斯·塞尔维亚：《天影》
2003		路易斯·戈伊蒂索洛：《解放》
2003		何塞·玛利亚·梅里诺：《继承人》
2003		何塞·玛利亚·盖尔本苏：《熟睡的大脑》
2003		赫苏斯·费雷罗：《净土高速公路》
2003		赫苏斯·费雷罗：《十三支玫瑰》
2003		拉蒙·阿耶拉：《尼尔森公园》
2003		罗莎·蒙特罗：《家有疯女》
2003		卡门·德·波萨达斯：《好仆人》

时间	重要历史事件	作家、作品
2004		弗朗西斯科·翁布拉尔:《莱昂的地窖》
2004		巴斯克斯·蒙塔尔万:《千年佩佩·卡尔瓦罗之一》
2004		巴斯克斯·蒙塔尔万:《千年佩佩·卡尔瓦罗之二》
2004		阿尔瓦罗·蓬博:《朝北的窗户》
2004		何塞·玛利亚·盖尔本苏:《死亡从远处走来》
2004		哈维埃尔·马里亚斯:《舞蹈与梦想》
2004		拉蒙·阿耶拉:《上尉与荣耀》
2004		马鲁哈·托雷斯:《雨人》
2004		贝伦·科佩吉:《清冷枕畔》
2004		罗莎·雷加斯:《一个姥姥的夏日志:时光流逝》
2004		罗莎·雷加斯:《抗议的价值:生活的承诺》
2004		玛丽娜·马约拉尔:《木兰之下》
2004		阿尔姆德纳·格兰德斯:《纸板城堡》
2004		哈维埃尔·谢拉:《神秘晚餐》
2005		胡安·马尔塞:《洛丽塔俱乐部的情歌》
2005		阿尔瓦罗·蓬博:《反自然》
2005		何塞·玛利亚·盖尔本苏:《冰墙》
2005		胡安·何塞·米亚斯:《城市》
2005		恩里克·维拉－马塔斯:《帕萨温托博士》
2005		赫苏斯·费雷罗:《深渊里的天使》
2005		哈维埃尔·塞尔卡斯:《光速》
2005		阿尔丰斯·塞尔维亚:《那个冬天》
2005		罗莎·蒙特罗:《透明王外传》
2005		罗莎·雷加斯:《沉睡的火山:中美洲之旅》

时间	重要历史事件	作家、作品
2005		玛丽娜·马约拉尔：《女人上路》
2005		埃尔维拉·林多：《你的一句话》
2006		路易斯·戈伊蒂索洛：《倾听小鸟啁啾》
2006		阿尔瓦罗·蓬博：《马蒂尔达的运气》
2006		埃德华多·门多萨：《毛乌里西奥或初选竞争》
2006		胡安·何塞·米亚斯：《对镜成三人》
2006		阿尔图罗·佩雷斯－雷韦尔特：《战争画师》
2006		安东尼奥·穆纽斯·莫利纳：《月亮风》
2006		克里斯蒂娜·费尔南德斯·库巴斯：《魔鬼的穷亲戚》
2006		罗莎·雷加斯：《布拉瓦海滩纪事》
2006		卡门·德·波萨达斯：《儿童游戏》
2007		卡门·马丁·盖特：《发烧书》
2007		何塞·玛利亚·盖尔本苏：《后悔的尸体》
2007		胡安·何塞·米亚斯：《世界》
2007		胡安·马德里：《手中鸟》
2007		阿尔图罗·佩雷斯－雷韦尔特：《愤懑的一天》
2007		哈维埃尔·马里亚斯：《毒、影、别》
2007		阿尔丰斯·塞尔维亚：《间谍的耐性》
2007		埃斯特尔·图斯盖茨：《对！》
2007		马鲁哈·托雷斯：《战争中的情侣》
2007		贝伦·科佩吉：《白雪公主的父亲》
2007		阿尔姆德纳·格兰德斯：《冰心》
2008		埃德华多·门多萨：《彭博尼奥的恐怖旅行》
2008		何塞·玛利亚·盖尔本苏：《善意的谋杀》

时间	重要历史事件	作家、作品
2008		恩里克·维拉－马塔斯:《纷杂流水账》
2008		赫苏斯·费雷罗:《太平洋之泉》
2008		拉蒙·阿耶拉:《生与死》
2008		卡洛斯·鲁伊斯·萨丰:《天使的游戏》
2008		罗莎·蒙特罗:《拯救世界之方》
2008		贝伦·科佩吉:《球击》
2008		卡门·德·波萨达斯:《红带》
2009		路易斯·戈伊蒂索洛:《时过境迁》
2009		阿尔瓦罗·蓬博:《维吉尼亚或内心世界》
2009		阿尔瓦罗·蓬博:《阿鲁夫代理的英年早逝》
2009		何塞·玛利亚·梅里诺:《深渊》
2009		赫苏斯·费雷罗:《黑美人鱼之吻》
2009		阿尔图罗·佩雷斯－雷韦尔特:《蓝眼睛》
2009		哈维埃尔·马里亚斯:《明天的脸庞》
2009		安东尼奥·穆纽斯·莫利纳:《时间之夜》
2009		哈维埃尔·塞尔卡斯:《时间解剖》
2009		阿尔丰斯·塞尔维亚:《这些人生》
2009		马鲁哈·托雷斯:《在天堂等着我》
2009		贝伦·科佩吉:《好想成为朋克》
2009		玛丽娜·马约拉尔:《谁杀死了无辜的西尔维亚?》
2010		埃德华多·门多萨:《猫斗》
2010		何塞·玛利亚·盖尔本苏:《真爱》
2010		胡安·何塞·米亚斯:《关于小人》
2010		恩里克·维拉－马塔斯:《都柏林女人》

续　表

时间	重要历史事件	作家、作品
2010		赫苏斯·费雷罗:《狂欢夜叙事曲》
2010		阿尔图罗·佩雷斯-雷韦尔特:《围困》
2010		埃尔维拉·林多:《我未来的日子》
2010		阿尔姆德纳·格兰德斯:《伊内斯和愉悦》
2010		卡门·德·波萨达斯:《邀请谋杀》
2011		胡安·马尔塞:《梦幻书法》
2011		何塞·玛利亚·盖尔本苏:《小弟弟》
2011		何塞·玛利亚·盖尔本苏:《一级死亡》
2011		恩里克·维拉-马塔斯:《在一个寂寞的地方》
2011		阿尔图罗·佩雷斯-雷韦尔特:《杀手的桥》
2011		哈维埃尔·马里亚斯:《恋爱》
2011		卡洛斯·鲁伊斯·萨丰:《天庭囚徒》
2011		罗莎·蒙特罗:《泪雨》
2011		马鲁哈·托雷斯:《杀戮》
2011		贝伦·科佩吉:《未经允许的介入》
2011		埃尔维拉·林多:《不想与人分享的私密处所》
2011		哈维埃尔·谢拉:《消失的天使》
2012		路易斯·戈伊蒂索洛:《明眸如水》
2012		阿尔瓦罗·蓬博:《好汉的战栗》
2012		何塞·玛利亚·梅里诺:《伊甸园之河》
2012		埃德华多·门多萨:《口袋与生活的纠缠》
2012		恩里克·维拉-马塔斯:《一个作家的错误记忆》
2012		赫苏斯·费雷罗:《布莱恩·琼斯之子》
2012		阿尔图罗·佩雷斯-雷韦尔特:《老兵探戈》

续　表

时间	重要历史事件	作家、作品
2012		哈维埃尔·塞尔卡斯：《边疆法》
2012		阿尔丰斯·塞尔维亚：《从此泪如泉涌》
2012		马鲁哈·托雷斯：《没心没肝》
2012		贝伦·科佩吉：《来自旧电脑的朋友》
2012		罗莎·雷加斯：《反金元专制》
2012		阿尔姆德纳·格兰德斯：《凡尔纳的读者》
2013		阿尔瓦罗·蓬博：《先生，太晚了，留在我们这儿吧》
2013		何塞·玛利亚·盖尔本苏：《被接受的谎言》
2013		胡安·马德里：《光脚的不怕湿》
2013		赫苏斯·费雷罗：《奥拉亚之夜》
2013		阿尔图罗·佩雷斯－雷韦尔特：《耐心的枪手》
2013		阿尔丰斯·塞尔维亚：《飘忽的嗓音》
2013		罗莎·蒙特罗：《不再见你的荒唐念头》
2013		罗莎·雷加斯：《管风琴曲》
2013		卡门·德·波萨达斯：《隐形证人》
2013		哈维埃尔·谢拉：《普拉多的大师》
2014		胡安·马尔塞：《纸质飞机的幸福信息》
2014		阿尔瓦罗·蓬博：《乔安娜的蜕变》
2014		何塞·玛利亚·盖尔本苏：《千万别帮陌生女人》
2014		胡安·何塞·米亚斯：《疯女人》
2014		恩里克·维拉－马塔斯：《凯瑟尔》
2014		赫苏斯·费雷罗：《兹贝留斯博士》
2014		哈维埃尔·马里亚斯：《坏事这样开始》
2014		安东尼奥·穆纽斯·莫利纳：《像影子一样消失》

时间	重要历史事件	作家、作品
2014		哈维埃尔·塞尔卡斯:《骗子》
2014		阿尔丰斯·塞尔维亚:《一切都在远去》
2014		马鲁哈·托雷斯:《十次七》
2014		贝伦·科佩吉:《委员会之夜》
2014		阿尔姆德纳·格兰德斯:《马诺丽塔的三次婚礼》
2014		哈维埃尔·谢拉:《不朽的金字塔》
2015		弗朗西斯科·翁布拉尔:《可逆的时间》
2015		弗朗西斯科·翁布拉尔:《梦游者日志》
2015		阿尔瓦罗·蓬博:《大世界》
2015		埃德华多·门多萨:《迷路模特的秘密》
2015		赫苏斯·费雷罗:《雪与氛》
2015		阿尔图罗·佩雷斯-雷韦尔特:《好人》
2015		克里斯蒂娜·费尔南德斯·库巴斯:《诺娜的房间》
2015		罗莎·蒙特罗:《心灵的分量》
2015		罗莎·雷加斯:《漫长的少年》
2015		埃尔维拉·林多:《无眠之夜》
2015		阿尔姆德纳·格兰德斯:《亲吻面包》
2016	特朗普当选美国总统	路易斯·戈伊蒂索洛:《交通堵塞及其他寓言》
2016		胡安·马尔塞:《出色妓女》
2016		阿尔瓦罗·蓬博:《钟表店》
2016		何塞·玛利亚·梅里诺:《第十缪斯》
2016		何塞·玛利亚·盖尔本苏:《贪婪的权力》
2016		胡安·何塞·米亚斯:《从暗处窥视》
2016		卡洛斯·鲁伊斯·萨丰:《灵魂迷宫》

续 表

时间	重要历史事件	作家、作品
2016		罗莎·蒙特罗:《肉》
2016		卡门·德·波萨达斯:《卡耶塔娜的女儿》
2017		路易斯·戈伊蒂索洛:《巧合》
2017		弗朗西斯科·翁布拉尔:《我可爱的政客》
2017		何塞·玛利亚·盖尔本苏:《绝望的杀手》
2017		胡安·何塞·米亚斯:《我的正史》
2017		胡安·马德里:《沉睡的狗》
2017		恩里克·维拉-马塔斯:《马克及其反时间》
2017		哈维埃尔·马里亚斯:《贝尔塔·伊斯拉》
2017		哈维埃尔·塞尔卡斯:《影子王国》
2017		贝伦·科佩吉:《泡沫之外》
2017		贝伦·科佩吉:《今日今夜请你和我在一起》
2017		阿尔姆德纳·格兰德斯:《加西亚医生的病人》
2017		哈维埃尔·谢拉:《无形之火》
2018		埃德华多·门多萨:《国王接见》
2018		胡安·何塞·米亚斯:《谁也别睡》
2018		阿尔图罗·佩雷斯-雷韦尔特:《不叫的狗咬人》
2018		安东尼奥·穆纽斯·莫利纳:《在人间孤独走一遭》
2018		阿尔丰斯·塞尔维亚:《甲壳虫乐队抵达巴塞罗那的那个夜晚》

西班牙语美洲重要小说（类小说）年表

时间	重要历史事件	作家、作品
1492	西班牙完成"光复"，西班牙女王资助哥伦布航海冒险；16世纪伊始大批西班牙殖民者奔赴美洲"新大陆"	哥伦布：《航海日记》
1552		巴尔托洛梅·德·拉斯·卡萨斯：《西印度毁灭述略》
1568		贝尔纳尔·迪亚斯·德尔·卡斯蒂略：《征服新西班牙信史》
1569、1578、1589		阿隆索·德·埃尔西利亚·伊·苏尼加：《阿劳加纳》
1577		贝尔纳尔迪诺·德·萨阿贡：《新西班牙物志》
1609—1617		印加·加尔西拉索·德·拉·维加：《王家述评》
1815—1816		费尔南德斯·德·利萨尔迪：《癞皮鹦鹉》
1838	罗萨斯在阿根廷实行独裁统治	苏亚雷斯·伊·罗梅罗：《弗朗西斯科》
1840		埃切维里亚：《屠场》
1845	美国屯兵墨西哥边境，翌年美墨战争爆发	马努埃尔·帕依诺：《魔鬼的别针》
1845		多明戈·福斯蒂诺·萨米恩托：《法昆多：文明与野蛮》
1851		何塞·马莫尔：《阿玛利亚》
1854		维森特·菲德尔·洛佩斯：《异教徒的新娘》
1861		马努埃尔·帕依诺：《情景中人》
1862		布莱斯特·加纳：《马丁·里瓦斯》
1867		豪尔赫·伊萨克斯：《玛丽亚》
1869		伊格纳西奥·马努埃尔·阿尔塔米拉诺：《克莱门西娅》
1879		爱德华多·古铁雷斯：《胡安·莫雷拉》
1879		拉法埃尔·德尔加多：《我孤独的人生》

时间	重要历史事件	作家、作品
1883		何塞·洛佩斯·波利略:《六则传说》
1886		伊格纳西奥·马努埃尔·阿尔塔米拉诺:《蓝眼盗》
1887		埃米利奥·拉巴萨:《球》
1887		埃米利奥·拉巴萨:《大学问》
1888		埃米利奥·拉巴萨:《第四权力》
1888		埃米利奥·拉巴萨:《假币》
1888		费德里科·甘博亚:《本性》
1888		爱德华多·迪亚斯:《伊斯迈尔》
1889		马努埃尔·帕依诺:《寒水岭大盗》
1890		托马斯·卡拉斯基亚:《芒果西蒙》
1891		拉法埃尔·德尔加多:《云雀》
1892		费德里科·甘博亚:《外表》
1895		费德里科·甘博亚:《最高法则》
1895		拉法埃尔·德尔加多:《安赫利娜》
1896		托马斯·卡拉斯基亚:《家乡的果子》
1896		托马斯·卡拉斯基亚:《孤魂》
1896		哈维尔·德·比亚纳:《原野》
1898	美西战争爆发	何塞·洛佩斯·波利略:《土地》
1899		哈维尔·德·比亚纳:《高乔姑娘》
1899		费德里科·甘博亚:《变形记》
1900		何塞·洛佩斯·波利略:《短篇小说集》
1903		拉法埃尔·德尔加多:《富亲戚》
1903		费德里科·甘博亚:《圣女》
1904		拉法埃尔·德尔加多:《庸俗故事》

时间	重要历史事件	作家、作品
1907		马里亚诺·阿苏埃拉:《马丽亚·路易莎》
1908		费德里科·甘博亚:《征服》
1908		马里亚诺·阿苏埃拉:《失败者》
1909		马里亚诺·阿苏埃拉:《莠草》
1910	墨西哥革命爆发	费德里科·甘博亚:《溃疡》
1910		马里亚诺·阿苏埃拉:《无情》
1911		哈维尔·德·比亚纳:《干柴》
1911		马里亚诺·阿苏埃拉:《马德罗主义者安德列斯·佩雷斯》
1912		哈维尔·德·比亚纳:《玉月》
1914	第一次世界大战爆发	马里亚诺·阿苏埃拉:《卡西克》
1916		马里亚诺·阿苏埃拉:《在底层的人们》
1917		曼努埃尔·加尔维斯:《修道院的阴影》
1918		马里亚诺·阿苏埃拉:《苍蝇》
1918		马里亚诺·阿苏埃拉:《多米蒂洛想当议员》
1918		马里亚诺·阿苏埃拉:《一个体面人家的苦恼》
1918		奥拉西奥·基罗加:《森林故事》
1921		奥拉西奥·基罗加:《阿纳孔达》
1923		马里亚诺·阿苏埃拉:《恶时辰》
1924		贝尼托·林奇:《掘骨头英国佬》
1924		特奥多罗·托雷斯:《潘乔·维亚的风流与悲哀》
1924		何塞·埃乌斯塔西奥·里维拉:《旋涡》
1924		奥拉西奥·基罗加:《广漠》
1925		奥拉西奥·基罗加:《被砍头的母鸡及其他》
1926		吉拉尔德斯:《堂塞贡多·松布拉》

时间	重要历史事件	作家、作品
1926		奥拉西奥·基罗加:《流放者》
1926		埃德华多·马耶阿:《献给一位绝望的英国女人》
1927		马乌里西奥·马格达莱纳:《马皮米 37》
1928		马丁·路易斯·古斯曼:《鹰与蛇》
1928		哈维埃尔·伊卡萨:《潘奇托小黑子》
1929	世界经济危机爆发	马丁·路易斯·古斯曼:《考迪略的影子》
1929		巴西利奥·巴迪略:《钟楼》
1929		罗慕洛·加列戈斯:《堂娜芭芭拉》
1929		马塞多尼奥·费尔南德斯:《新人手稿》
1930		米格尔·安赫尔·阿斯图里亚斯:《危地马拉传说》
1931		格雷戈里奥·洛佩斯·伊·富恩特斯:《军营》
1931		拉法埃尔·穆纽斯:《追随潘乔·维亚》
1931		迪埃戈·阿雷纳斯·古斯曼:《众议员先生》
1932		马里亚诺·阿苏埃拉:《萤火虫》
1934		格雷戈里奥·洛佩斯·伊·富恩特斯:《印第安人》
1934		格雷戈里奥·洛佩斯·伊·富恩特斯:《我的将军》
1934		豪尔赫·伊卡萨:《瓦西蓬戈》
1935		西罗·阿莱格里亚:《金蛇》
1935		豪尔赫·路易斯·博尔赫斯:《世界丑事》(又译《恶棍列传》)
1936	西班牙内战爆发	何塞·巴斯康塞洛斯:《风暴》
1937		内利埃·坎波贝略:《妈妈的手》
1937		何塞·巴斯康塞洛斯:《灾难》
1938		何塞·卢文·罗梅洛:《皮托·佩雷斯的无用的一生》
1939		胡安·卡洛斯·奥内蒂:《井》

时间	重要历史事件	作家、作品
1940		阿道夫·比奥伊·卡萨雷斯：《莫雷尔的发明》
1941		西罗·阿莱格里亚：《广漠的世界》
1941		马塞多尼奥·费尔南德斯：《一部开始的小说》
1941		豪尔赫·路易斯·博尔赫斯:《小径分岔的花园》(又译《交叉小径的花园》)
1941		豪尔赫·路易斯·博尔赫斯：《伊西德罗·帕罗迪先生的六个谜题》
1942		胡安·卡洛斯·奥内蒂：《无主的土地》
1943		埃德华多·马耶阿：《一切绿色终将枯萎》
1944		豪尔赫·路易斯·博尔赫斯：《杜撰集》
1944		阿莱霍·卡彭铁尔：《回归种子》
1945		阿道夫·比奥伊·卡萨雷斯：《逃亡计划》
1946		埃德华多·马耶阿：《回归》
1946		米格尔·安赫尔·阿斯图里亚斯：《总统先生》
1946		豪尔赫·路易斯·博尔赫斯：《两种令人怀念的幻想》
1947		阿古斯丁·亚涅斯：《山雨欲来》
1948		阿道夫·比奥伊·卡萨雷斯：《天然情节》
1948		埃内斯托·萨瓦托：《地洞》
1948		莱奥波尔多·马雷查尔：《亚当·布宜诺斯艾利斯》
1949	中华人民共和国成立	豪尔赫·路易斯·博尔赫斯：《阿莱夫》
1949		胡安·何塞·阿雷奥拉：《臆想种种》
1949		玛尔塔·布鲁内特：《梦之根》
1949		阿莱霍·卡彭铁尔：《这个世界的王国》
1949		米格尔·安赫尔·阿斯图里亚斯：《玉米人》
1949		曼努埃尔·加尔维斯：《横死街头》

时间	重要历史事件	作家、作品
1949		阿尔图罗·乌斯拉尔·彼特里:《三十个人及其影子》
1950		埃德华多·马耶阿:《灵魂的敌人》
1950		胡安·卡洛斯·奥内蒂:《短暂的生命》
1950—1960		米格尔·安赫尔·阿斯图里亚斯:《香蕉三部曲》(含《疾风》《绿色教皇》《被埋葬者的眼睛》)
1951		埃德华多·马耶阿:《塔》
1951		胡利奥·科塔萨尔:《动物寓言》
1951		豪尔赫·路易斯·博尔赫斯:《死亡与罗盘》
1952		胡安·何塞·阿雷奥拉:《寓言集》
1952		埃德华多·卡巴耶罗·卡尔德隆《背后的基督》
1953		阿莱霍·卡彭铁尔:《消逝的脚步》
1953		胡安·鲁尔福:《燃烧的平原》
1954		阿道夫·比奥伊·卡萨雷斯:《英雄之梦》
1954		卡洛斯·富恩特斯:《戴假面具的日子》
1954		贝阿特丽斯·吉多:《天使之家》
1955		胡安·鲁尔福:《佩德罗·巴拉莫》
1956		阿道夫·比奥伊·卡萨雷斯:《梦幻世界》
1956		胡利奥·科塔萨尔:《游戏的结局》
1956		马丁内斯·埃斯特拉达:《玛尔塔·里盖尔梅》
1956		若昂·吉马朗埃斯·罗萨:《广阔的腹地:条条小路》
1956		米格尔·安赫尔·阿斯图里亚斯:《危地马拉的周末》
1957		罗莎里奥·卡斯特利亚诺斯:《巴龙·伽南》
1957		戴维·维尼亚斯:《日常琐神》
1958		何塞菲娜·维森斯:《空洞的书》

时间	重要历史事件	作家、作品
1958		何塞·马里亚·阿格达斯:《深沉的河流》
1958		卡洛斯·富恩特斯:《最明净的地区》
1959	古巴革命胜利	塞尔西奥·皮托尔:《被困的时光》
1959		奥古斯托·蒙特罗索:《泰勒先生》
1959		奥古斯托·蒙特罗索:《作品全集及其他短篇小说》
1960	古巴同我国建交,成为第一个同新中国建交的拉美国家	马里奥·贝内蒂:《情断》
1960		罗亚·巴斯托斯:《人子》
1961		胡安·卡洛斯·奥内蒂:《造船厂》
1961		加夫列尔·加西亚·马尔克斯:《没有人给他写信的上校》
1961		卡洛斯·富恩特斯:《好良心》
1961		埃内斯托·萨瓦托:《英雄与坟墓》
1962		阿道夫·比奥伊·卡萨雷斯:《阴影之下》
1962		阿莱霍·卡彭铁尔:《启蒙世纪》
1962		卡洛斯·富恩特斯:《阿尔特米奥·克鲁斯之死》
1962		阿尔图罗·乌斯拉尔·彼特里:《一张地图》
1962		马尔塔·林奇:《红色地毯》
1962		卡洛斯·富恩特斯:《奥拉》
1963		马里奥·巴尔加斯·略萨:《城市与狗》
1963		胡利奥·科塔萨尔:《跳房子》
1963		米格尔·安赫尔·阿斯图里亚斯:《混血姑娘》
1963		塞维罗·萨尔图伊:《表情》
1963		利桑德罗·奥特罗:《状态》
1963		维森特·莱涅罗:《泥瓦匠》
1964		胡安·卡洛斯·奥内蒂:《收尸人》

时间	重要历史事件	作家、作品
1964		何塞·马里亚·阿格达斯：《所有的血》
1964		阿尔图罗·乌斯拉尔·彼特里：《戴假面具的季节》
1964		马里奥·贝内特蒂：《感谢火》
1964		塞尔西奥·加林多：《龙套》
1964		加西亚·蓬塞：《稻草人》
1964		卡洛斯·富恩特斯：《盲人之歌》
1965		古斯塔沃·萨因斯：《加萨波》
1965		维森特·莱涅罗：《Q 学》
1965		阿尔瓦罗·穆蒂斯：《失去的工作》
1965		萨尔瓦多·埃利松多：《法拉比乌夫》
1965		马里奥·巴尔加斯·略萨：《绿房子》
1966		何塞·多诺索：《周末轶事》
1966		莱萨马·利马：《天堂》
1966		何塞·阿古斯丁：《侧面》
1966		费尔南多·德尔·帕索：《何塞·特里戈》
1966		胡利奥·科塔萨尔：《护士柯拉》
1967	切·格瓦拉牺牲	加夫列尔·加西亚·马尔克斯：《百年孤独》
1967		阿道夫·比奥伊·卡萨雷斯：《大塞拉芬》
1967		加夫列拉·因方特：《三只悲虎》
1967		费里斯佩尔多·埃尔南德斯：《记忆的土地》
1967		何塞·埃米利奥·帕切科：《你将客死他乡》
1967		豪尔赫·埃德华兹：《夜的重量》
1967		埃德华多·马耶阿：《冰船》
1967		胡利奥·科塔萨尔：《追求者》

时间	重要历史事件	作家、作品
1967		卡洛斯·富恩特斯:《换皮》
1967		塞维罗·萨尔图伊:《歌手诞生的地方》
1967		维森特·莱涅罗的《加拉巴托》
1968		路易斯·思波塔:《往事》
1968		阿德里亚诺·贡萨莱斯·莱昂:《便携式国家》
1968		何塞·阿古斯丁:《杜撰梦境》
1968		曼努埃尔·普伊格:《丽塔·海沃思的背叛》
1968		加夫列尔·加西亚·马尔克斯:《巨翅老人》
1968		加夫列尔·加西亚·马尔克斯:《漂亮的溺水者》
1968		胡利奥·科塔萨尔:《组合的第62章》
1969		古铁雷斯·科雷阿:《隐去的老蜥蜴》
1969		阿道夫·比奥伊·卡萨雷斯:《猪战日志》
1969		米格尔·安赫尔·阿斯图里亚斯:《马拉德龙》
1969		曼努埃尔·普伊格:《红红的小嘴巴》
1969		罗多尔福·沃尔什:《谁杀死了罗森多》
1969		拉法埃尔·贝内特:《蒙古阴谋》
1969		雷伊纳尔多·阿雷纳斯:《迷幻世界》
1969		安东尼奥·斯卡尔梅达:《屋顶裸体》
1969		卡洛斯·富恩特斯:《生日》
1969		奥古斯托·蒙特罗索:《黑绵羊及其他寓言》
1969		马里奥·巴尔加斯·略萨:《酒吧长谈》
1970		豪尔赫·路易斯·博尔赫斯:《布罗迪的报告》
1970		塞尔西奥·皮托尔:《洞房花烛》
1970		何塞·多诺索:《污秽的夜鸟》

续 表

时间	重要历史事件	作家、作品
1970		曼努埃尔·普伊格：《蜘蛛女人之吻》
1970		利桑德罗·奥特罗：《寻找越南》
1970		德梅德里奥·阿吉莱拉·马尔塔：《七个月亮七条蛇》
1970		塞尔西奥·加林多：《结》
1970		塞尔西奥·拉米雷斯：《峥嵘岁月》
1970		奥斯瓦尔多·雷伊诺索：《金龟子与人》
1970		奥特罗·西尔瓦：《欲泣无泪》
1970		阿尔弗雷多·布里斯·埃切尼克：《胡留斯的世界》
1971		何塞·马里亚·阿格达斯：《山上山下的狐狸》
1971		阿贝尔·波塞：《虎口》
1972		米格尔·安赫尔·阿斯图里亚斯：《多洛雷斯的周五》
1972		塞维罗·萨尔图伊：《眼镜蛇》
1972		何塞·路易斯·贡萨莱斯：《画廊》
1972		加西亚·蓬塞：《邀请》
1972		奥古斯托·蒙特罗索：《永恒的律动》
1973	智利发生军事政变	胡安·卡洛斯·奥内蒂：《死亡与女孩》
1973		阿道夫·比奥伊·卡萨雷斯：《向阳而睡》
1973		埃内斯托·萨瓦托：《屠夫阿巴顿》
1973		马里奥·巴尔加斯·略萨：《劳军女郎》
1973		德梅德里奥·阿吉莱拉·马尔塔：《将军绑架案》
1973		何塞·埃米利奥·帕切科：《你将有去无回》
1973		路易斯·思波塔：《盒子》
1973		何塞·阿古斯丁：《就要晚了》
1974		阿莱霍·卡彭铁尔：《方法的根源》

时间	重要历史事件	作家、作品
1974		罗亚·巴斯托斯:《我,至高无上者》
1975		豪尔赫·路易斯·博尔赫斯:《沙之书》
1975		卡洛斯·富恩特斯:《我们的土地》
1975		安东尼奥·斯卡尔梅达:《我梦见雪在燃烧》
1975		加夫列尔·加西亚·马尔克斯:《族长的没落》
1976		阿尔图罗·乌斯拉尔·彼特里:《独裁者的葬礼》
1977		马里奥·巴尔加斯·略萨:《胡利娅姨妈与作家》
1977		费尔南多·德尔·帕索:《墨西哥的帕里努罗》
1977		阿尔弗雷多·布里斯·埃切尼克:《佩德罗的情感》
1978		卡洛斯·富恩特斯:《水蛇头》
1978		豪尔赫·伊巴尔古恩戈伊蒂亚:《废墟》
1978		豪尔赫·埃德华兹:《石像》
1978		阿贝尔·波塞:《守护神》
1978		奥古斯托·蒙特罗索:《其余是沉默》
1979		阿道夫·比奥伊·卡萨雷斯:《江山美人》
1979		曼努埃尔·普伊格:《天使的阴阜》
1979		阿贝尔·波塞:《死亡过程》
1980		卡洛斯·富恩特斯:《疏远的一家》
1980		里卡多·皮格利亚:《人工呼吸》
1980		门坡·加尔迪内利:《自行车上的革命》
1981		阿尔弗雷多·布里斯·埃切尼克:《马丁·罗马尼亚的夸张生活》
1981		豪尔赫·埃德华兹:《蜡像馆》
1981		门坡·加尔迪内利:《手触天空》
1981		加夫列尔·加西亚·马尔克斯:《一桩事先张扬的凶杀案》

时间	重要历史事件	作家、作品
1981		卡洛斯·富恩特斯:《烧焦的水》
1981		马里奥·巴尔加斯·略萨:《世界末之战》
1982	拉美经济危机爆发	卡洛斯·富恩特斯:《月光下的兰花》
1982		曼努埃尔·普伊格:《情爱之血》
1982		伊莎贝尔·阿连德:《幽灵之家》
1982		安东尼奥·斯卡尔梅达:《起义》
1982		何塞菲娜·维森斯:《虚无的岁月》
1983		门坡·加尔迪内利:《热月亮》
1983		门坡·加尔迪内利:《为什么禁止马戏》
1984		马里奥·巴尔加斯·略萨:《狂人玛伊塔》
1984		伊莎贝尔·阿连德:《爱情与阴影》
1985		加夫列尔·加西亚·马尔克斯:《霍乱时期的爱情》
1985		卡洛斯·富恩特斯:《老美国佬》
1985		安赫莱斯·马斯特雷塔:《发动我的生命》
1985		阿尔弗雷多·布里斯·埃切尼克:《男人心里的奥克塔维娅·德·加迪斯》
1985		豪尔赫·埃德华兹:《耽于幻想的女人》
1985		安东尼奥·斯卡尔梅达:《聂鲁达的邮差》
1985		托马斯·埃洛伊·马丁内斯:《庇隆小说》
1985		阿隆索·奎托:《白虎》
1985		门坡·加尔迪内利:《死人寂寞》
1985		费尔南多·巴列霍:《蓝色的日子》
1986		马里奥·巴尔加斯·略萨:《谁是杀人犯》
1986		罗德里格·雷耶·罗萨:《乞丐的匕首》
1987		伊莎贝尔·阿连德:《夏娃·月亮》

时间	重要历史事件	作家、作品
1987		豪尔赫·埃德华兹:《主人》
1987		阿贝尔·波塞:《隐匿的魔鬼》
1987		阿贝尔·波塞:《天堂犬》
1987		费尔南多·巴列霍:《秘密之火》
1987		费尔南多·德尔·帕索:《帝国轶闻》
1988		马里奥·巴尔加斯·略萨:《继母颂》
1988		曼努埃尔·普伊格:《热带夜幕已降临》
1988		阿尔弗雷多·布里斯·埃切尼克:《费利佩·伽利略的最后一次乔迁》
1988		阿贝尔·波塞:《拉普拉塔的女王》
1988		费尔南多·巴列霍:《条条大路通罗马》
1988		塞尔西奥·拉米雷斯:《天谴》
1989	美国出兵巴拿马,将其总统抓捕	卡洛斯·富恩特斯:《克里斯托巴尔·诺纳托》
1989		卡洛斯·富恩特斯:《康斯坦西娅及其他献给处女的故事》
1989		加夫列尔·加西亚·马尔克斯:《迷宫中的将军》
1989		劳拉·埃斯基韦尔:《沸腾》
1989		安东尼奥·斯卡尔梅达:《爱情的速度》
1989		费尔南多·巴列霍:《特赦之年》
1990		阿尔弗雷多·布里斯·埃切尼克:《两个女人的对话》
1990		阿尔贝托·巴雷拉·蒂斯卡:《肃穆》
1990		罗德里格·雷耶·罗萨:《寂静的水面》
1991		伊莎贝尔·阿连德:《无限计划》
1991		托马斯·埃洛伊·马丁内斯:《主人的手》
1991		埃克托尔·阿瓦德·法西奥林塞:《坏思想》

时间	重要历史事件	作家、作品
1991		卡洛斯·富恩特斯:《双重教育》
1992		加夫列尔·加西亚·马尔克斯:《十二篇异国旅行的故事》(《一路顺风,总统先生》《圣女》《飞机上的睡美人》《我来租房做梦》《我只想来打个电话》《八月的鬼怪》《玛利亚·多斯·普拉塞雷斯》《十七个中毒的英国人》《北风》《福维斯夫人的幸福夏天》《似水光阴》《雪地上的血迹》)
1992		里卡多·皮格利亚:《隐匿城市》
1992		阿贝尔·波塞:《行者的漫漫黄昏》
1992		卡洛斯·富恩特斯:《钟》
1993		马里奥·巴尔加斯·略萨:《利图马在安第斯山》
1993		罗伯托·安布埃罗:《谁杀死了克里斯蒂安?》
1993		门坡·加尔迪内利:《记忆的神圣职责》
1993		费尔南多·巴列霍:《在幽灵中间》
1994		加夫列尔·加西亚·马尔克斯:《爱情及其他魔鬼》
1994		伊莎贝尔·阿连德:《保拉》
1994		埃克托尔·阿瓦德·法西奥林塞:《放荡绅士的那些事儿》
1994		罗伯托·安布埃罗:《哈瓦那的波莱罗舞曲》
1994		罗德里格·雷耶·罗萨:《塞巴斯蒂安逐梦记》
1994		阿贝尔·波塞:《夏娃的激情》
1994		费尔南多·巴列霍:《杀手的童贞》
1994		卡洛斯·富恩特斯:《死去的未婚妻》
1995		劳拉·埃斯基韦尔:《爱情的法则》
1995		阿尔弗雷多·布里斯·埃切尼克:《四月别等我》
1995		托马斯·埃洛伊·马丁内斯:《圣艾薇塔》
1995		门坡·加尔迪内利:《不可能的平衡》
1995		卡洛斯·富恩特斯:《迪娅娜或孤独的狩猎者》

时间	重要历史事件	作家、作品
1996		加夫列尔·加西亚·马尔克斯:《绑架轶事》
1996		豪尔赫·埃德华兹:《世界本原》
1996		托马斯·埃洛伊·马丁内斯:《将军回忆录》
1996		埃克托尔·阿瓦德·法西奥林塞:《忧伤女士烹饪疗法》
1996		罗伯托·安布埃罗:《阿塔卡马的德国佬》
1996		埃尔南·里维拉·莱特列尔:《独脚天使》
1996		罗德里格·雷耶·罗萨:《好心瘸子》
1997		卡洛斯·富恩特斯:《水晶疆界》
1997		马里奥·巴尔加斯·略萨:《情爱笔记》
1997		伊莎贝尔·阿连德:《阿佛洛狄特》
1997		安赫莱斯·马斯特雷塔:《爱之恶》
1997		阿尔弗雷多·布里斯·埃切尼克:《夜的俘虏》
1997		里卡多·皮格利亚:《烈焰焚银》
1997		罗伯托·安布埃罗:《麻雀男人》
1997		巴勃罗·蒙托亚:《交响乐及其他音乐故事》
1997		罗贝托·波拉尼奥:《电话小说》
1998		罗贝托·波拉尼奥:《荒野侦探》
1998		劳拉·埃斯基韦尔:《心中的美味》
1998		埃克托尔·阿瓦德·法西奥林塞:《偷情片段》
1998		罗德里格·雷耶·罗萨:《没有圣地》
1998		阿贝尔·波塞:《布拉格手册》
1999		卡洛斯·富恩特斯:《和劳拉·迪亚斯在一起的岁月》
1999		伊莎贝尔·阿连德:《命运的女儿》
1999		安东尼奥·斯卡尔梅达:《诗人的婚礼》

续　表

时间	重要历史事件	作家、作品
1999		托马斯·埃洛伊·马丁内斯:《阿根廷之梦》
1999		罗伯托·安布埃罗:《我们的青涩年华》
1999		罗德里格·雷耶·罗萨:《非洲海岸》
1999		门坡·加尔迪内利:《第十层地狱》
1999		巴勃罗·蒙托亚:《居民》
2000		马里奥·巴尔加斯·略萨:《元首的幽会》
2000		伊莎贝尔·阿连德:《褪色的照片》
2000		劳拉·埃斯基韦尔:《激情》
2000		豪尔赫·埃德华兹:《历史之梦》
2000		埃克托尔·阿瓦德·法西奥林塞:《垃圾》
2001	"9·11"事件爆发	劳拉·埃斯基韦尔:《渴望般迅捷》
2001		安东尼奥·斯卡尔梅达:《长号手的女孩》
2001		罗德里格·雷耶·罗萨:《魔石》
2001		阿贝尔·波塞:《生活不安之日》
2001		阿尔贝托·巴雷拉·蒂斯卡:《心亦有不慎》
2001		卡洛斯·富恩特斯:《伊内斯的直觉》
2002		卡洛斯·富恩特斯:《鹰椅》
2002		伊莎贝尔·阿连德:《怪兽之城》
2002		阿尔弗雷多·布里斯·埃切尼克:《情人的菜园》
2002		托马斯·埃洛伊·马丁内斯:《蜂王飞翔》
2002		费尔南多·巴列霍:《平行道》
2003	伊拉克战争爆发	马里奥·巴尔加斯·略萨:《天堂在另一个街角》
2003		伊莎贝尔·阿连德:《金龙王国》
2003		安东尼奥·斯卡尔梅达:《胜利之舞》

时间	重要历史事件	作家、作品
2003		阿隆索·奎托：《目光如炬》
2003		罗伯托·安布埃罗：《斯德哥尔摩的情人》
2003		门坡·加尔迪内利：《内心问题》
2003		费尔南多·巴列霍：《险境》
2004		加夫列尔·加西亚·马尔克斯：《追忆忧伤娼妓》
2004		伊莎贝尔·阿连德：《矮人森林》
2004		罗贝托·波拉尼奥：《2666》
2004		豪尔赫·埃德华兹：《家族的多余人》
2004		托马斯·埃洛伊·马丁内斯：《将军的爱情》
2004		埃克托尔·阿瓦德·法西奥林塞：《深谷幽城》
2004		罗伯托·安布埃罗：《蓝水湾之约》
2004		门坡·加尔迪内利：《不速之客》
2004		费尔南多·巴列霍：《我的市长兄弟》
2004		埃德华多·拉罗：《无用》
2004		巴勃罗·蒙托亚：《眼之渴》
2004		奥古斯托·蒙特罗索：《文学与生活》
2005		伊莎贝尔·阿连德：《佐罗：一个传奇的开始》
2005		罗伯托·安布埃罗：《夜隼》
2005		罗德里格·雷耶·罗萨：《另一个动物园》
2005		威廉·奥斯皮纳：《乌尔苏亚》
2006		卡洛斯·富恩特斯：《幸福家庭》
2006		马里奥·巴尔加斯·略萨：《坏女孩的恶作剧》
2006		伊莎贝尔·阿连德：《我的心肝》
2006		罗贝托·波拉尼奥：《远方星辰》

时间	重要历史事件	作家、作品
2006		劳拉·埃斯基韦尔：《玛琳奇》
2006		阿隆索·奎托：《蓝色时刻》
2006		阿尔贝托·巴雷拉·蒂斯卡：《病魔》
2006		阿尔贝托·巴雷拉·蒂斯卡：《狗》
2006		巴勃罗·蒙托亚：《幽灵安魂曲》
2007		阿尔弗雷多·布里斯·埃切尼克：《潘乔·马拉姆比奥的糗事》
2007		罗伯托·安布埃罗：《希腊激情》
2007		埃尔南·里维拉·莱特列尔：《黑玫瑰》
2008		卡洛斯·富恩特斯：《意志与运气》
2008		豪尔赫·埃德华兹：《陀思妥耶夫斯基之家》
2008		埃克托尔·阿瓦德·法西奥林塞：《丈夫的早晨》
2008		巴勃罗·蒙托亚：《战败者》
2009		卡洛斯·富恩特斯：《伊甸园里的亚当》
2009		埃克托尔·阿瓦德·法西奥林塞：《叛变的记忆》
2009		阿尔贝托·巴雷拉·蒂斯卡：《罪》
2009		埃尔南·里维拉·莱特列尔：《电影女孩》
2009		罗德里格·雷耶·罗萨：《人之物》
2009		爱德华多·萨切里：《谜一样的眼睛》
2009		阿贝尔·波塞：《白发人送黑发人》
2009		威廉·奥斯皮纳：《肉桂树的国家》
2010		卡洛斯·富恩特斯：《伏拉德》
2010		马里奥·巴尔加斯·略萨：《凯尔特人之梦》
2010		伊莎贝尔·阿连德：《海面下的岛屿》
2010		安东尼奥·斯卡尔梅达：《一个电影人物似的父亲》

时间	重要历史事件	作家、作品
2010		里卡多·皮格利亚:《夜间目标》
2010		罗伯托·安布埃罗:《另一个女人》
2010		费尔南多·巴列霍:《生活之光》
2010		巴勃罗·蒙托亚:《夜之吻》
2011		伊莎贝尔·阿连德:《玛雅手册》
2011		豪尔赫·埃德华兹:《蒙田之死》
2011		安东尼奥·斯卡尔梅达:《彩虹似的日子》
2011		埃尔南·里维拉·莱特列尔:《复活的艺术》
2011		罗德里格·雷耶·罗萨:《塞维丽娜》
2011		阿贝尔·波塞:《狼之夜》
2012		卡洛斯·富恩特斯:《阳台上的费德里科》
2012		阿尔弗雷多·布里斯·埃切尼克:《让苦闷感到内疚》
2012		罗德里格·雷耶·罗萨:《聋儿》
2012		威廉·奥斯皮纳:《无眼蛇》
2013		马里奥·巴尔加斯·略萨:《卑微的英雄》
2013		豪尔赫·埃德华兹:《画的发现》
2013		里卡多·皮格利亚:《艾达之路》
2013		罗伯托·安布埃罗:《神秘的海港》
2013		爱德华多·萨切里:《挑战者联盟》
2013		费尔南多·巴列霍:《美丽的卡萨布兰卡》
2013		埃德华多·拉罗:《西蒙娜》
2014		劳拉·埃斯基韦尔:《喜欢熨烫的女人》
2014		埃克托尔·阿瓦德·法西奥林塞:《藏匿者》
2014		罗伯托·安布埃罗:《阿连德的最后一支探戈》

时间	重要历史事件	作家、作品
2015		伊莎贝尔·阿连德：《日本情人》
2015		安东尼奥·斯卡尔梅达：《运动的速度》
2015		阿尔贝托·巴雷拉·蒂斯卡：《祖国或死亡》
2015		爱德华多·萨切里：《风中纸》
2015		门坡·加尔迪内利：《布鲁诺的最后幸福》
2015		费尔南多·巴列霍：《驾到》
2015		威廉·奥斯皮纳：《夏天迟迟没有来临的年份》
2015		巴勃罗·蒙托亚：《童年三重奏》
2016		豪尔赫·埃德华兹：《小妹妹》
2016		爱德华多·萨切里：《电厂之夜》
2017	特朗普始建边境墙	伊莎贝尔·阿连德：《比冬天更冷》
2018		巴勃罗·蒙托亚：《音乐学校》
2019		豪尔赫·埃德华兹：《哦，坏女人》

附录二　索引

西班牙重要作家及其小说（类小说）索引

（以拼音为序）

西班牙语美洲重要作家及其小说（类小说）索引

（以拼音为序）

J

主要参考书目

［01］AAVV. Historia de la literatura argentina：cinco tomos ［M］. Buenos Aires：
Ceal，1982.

［02］AGUIRRE M. La obra narrativa de Cervantes ［M］. La Habana：Editorial Arte
y Literatura，1971.

［03］ALBORG J L. Historia de la literatura española ［M］. Madrid：Editorial
Gredos，1986.

［04］ALEGRIA F. Historia de la novela hispanoamericana ［M］. Hanover：Ediciones
Norte，1986.

［05］ALLEN J J. The Reconstruction of a Spanish Golden Age Playhouse ［M］.
Florida：University of Florida Press，1983.

［06］ALONSO D. La novela cervantina ［M］. Santander：UIMP，1969.

［07］ALTAMAR A C. Evolución de la novela en Colombia ［M］. Bogotá：Instituto
colombiano de cultura，1975.

［08］ALTAMIRANO C，SARLO B. Ensayos argentinos ［M］. Buenos Aires：Ceal，
1983.

［09］AVALLE-ARCE J B. La novela pastoral Española ［M］. Madrid：Editorial
Istmo，1973.

［10］AVELLANEDA A. El habla de la ideología ［M］. Buenos Aires：Sudamericana，
1983.

［11］BELLINI G. Nueva historia de la literatura hispanoamericana ［M］. Madrid：
Editorial Castalia，1961.

［12］BLANCO J J. Crónica de la literatura reciente en México（1950-1980）：
Cuaderno de Trabajo，42 ［M］. México：Instituto Nacional de Antropología e
Historia，1983.

［13］CANAVAGGIO J. Historia de la literatura española：Vols.I-VI ［M］. Barcelona：
Grupo Planeta，1993-1998.

［14］CASTRO A. La verdad histórica de España ［M］. México：Editorial Porrúa，
1954.

［15］Diccionario enciclopédico de las Letras de América Latina ［M］. Venezuela: Biblioteca Ayacucho/Monte Ávila Editores, 1995.

［16］Diccionario de Escritores Mexicanos: Desde las generaciones del Ateneo y novelistas de la revolución hasta nuestros días ［M］. México: Universidad Nacional Autónoma de México, 1993.

［17］DIEZ-BORQUE J M. Historia de la literatura Española ［M］. Madrid: Editorial Guadiana, 1974.

［18］FERNÁNDEZ T, MILLARES S, BECERRA E. Historia de la literatura hispanoamericana ［M］. Madrid: Editorial Universitas, 1995.

［19］FERNÁNDEZ-FRAILE M. Historia de la literatura chilena: tomos I ［M］. Santiago de Chile: Salesiana, 1996.

［20］FERNÁNDEZ-FRAILE M. Historia de la literatura chilena: tomos II ［M］. Santiago de Chile: Salesiana, 1996.

［21］FERNANDEZ-MORENO C. América Latina en su literatura ［M］. México: Siglo Veintiuno Editores, 1980.

［22］FLORES Á. Narrativa hispanoamericana 1816-1981: Historia y antología, 2a.ed. ［M］. México: Siglo XXI, 1985.

［23］FRANCO J. Historia de la literatura hispanoamericana ［M］. Barcelona: Ariel, 1984.

［24］FUENTES C. La nueva novela hispanoamericana ［M］. México: Joaquin Mortiz, 1969.

［25］GARCÍA G. La literatura hispanoamericana del siglo XX ［D］. Webside, Grin Publishing, 2014.

［26］La generación del 50 en la literatura peruana del siglo XX: tomos I, Vol.I ［M］. Lima: Universidad Nacional de Educación Enrique Guzmán, Valle La Cantutas, 1989.

［27］GIRALDO L M. La novela colombiana ante la crítica.1975—1990 ［M］. Bogotá-Cali: Ceja-Univalle, 1994.

［28］GOIC C. Historia de la literatura hispanoamericana: tomos III Época contemporánea ［M］. Barcelona: Crítica, 1988.

［29］GOIC C. La novela chilena; los mitos degradados: El saber y la Cultura ［M］. Santiago: Editorial Universitaria, 1991.

［30］GONZÁLEZ-ECHEVARRÍA R, PUPO-WALKER E. Historia de la literatura hispanoamericana ［M］. Madrid: Gredos, 2006.

［31］GUZMÁN N. Autorretrato de Chile ［M］. Santiago de Chile: Zig Zag, 1974.

［32］Historia social de la literatura argentina, dirigida por David Viñas ［M］. Buenos Aires: Contrapunto, 1989.

［33］LAFFORGUE J. Nueva novela latinoamericana: 2 ［M］. Buenos Aires: Paidós, 1974.

［34］LÓPEZ-PARADA E. Una mirada al sesgo: Literatura hispanoamericana desde los márgenes ［M］. Iberoamericana-Vervuert, Madrid-Frankfurt, 1999.

［35］MARTÍNEZ J L. Literatura mexicana.Siglo XX （1910—1949）, Lecturas mexicanas ［M］. México: Consejo Nacional para la Cultura y las Artes de México, 1990.

［36］MARTINEZ-CACHERO J M. Historia de la novela española entre 1936 y 1975 ［M］. Madrid: Castalia, 1980.

［37］MASIELLO F. Lenguaje e ideología; Las escuelas argentinas de vanguardia ［M］. Buenos Aires: Hachette, 1986.

［38］MONTALDO G, COLABORADORES. Yrigoyen, entre Borges y Arlt （1916-1930）, en Historia social de la literatura argentina, dirigida por David Viñas: tomos VII ［M］. Buenos Aires: Contrapunto, 1989.

［39］MONTES H, ORLANDI J. Historia de la literatura chilena: Libro de Bolsillo ［M］. Santiago de Chile: Zig Zag, 1974.

［40］MORA G. En torno al cuento: de la teoría general y de su práctica en Hispanoamérica ［M］. Madrid: Porrúa Turanzas, 1985.

［41］MORA VALCÁRCEL, CARMEN DE, EN BREVE. Estudios sobre el cuento hispanoamericano contemporáneo ［M］. Sevilla: Universidad de Sevilla, 1995.

［42］ORJUELA H. El desierto prodigioso y prodigio del desierto ［M］// Pedro Solís, Valenzuela. Primera novela hispanoamericana. Bogotá: Instituto Caro y Cuervo, 1984.

［43］OVIEDO J M. Historia de la literatura hispanoamericana: 4 De Borges al presente ［M］. Alianza, Madrid, 2001.

［44］PEDRAZA-JIMÉNEZ F B. Manual de literatura hispanoamericana: Vol.VI La época contemporánea: prosa ［M］. Berriozar: Cénlit, 2007.

［45］PEIRÓ-BARCO J V. Literatura y sociedad.La narrativa paraguaya actual （1980-1995） ［D］. Madrid: Universidad Nacional de Educación a Distancia, 2001.

［46］PEZZONI E. El texto y sus voces ［M］. Buenos Aires: Sudamericana, 1986.

［47］PIGLIA R. Crítica y ficción ［M］. Buenos Aires: Siglo Veinte, 1990.

［48］PRIETO A. El discurso criollista en la formación de la Argentina moderna ［M］.

Buenos Aires: Sudamericana, 1988.

[49] PIOTROWSKY B. La realidad nacional colombiana en su narrativa contemporánea（aspectos Antropológico-culturales e históricos）[M]. Bogotá: Instituto Caroy Cuervo, 1988.

[50] REST J. El cuarto en el recoveco [M]. Buenos Aires: Ceal, 1982.

[51] RICO F. Historia y crítica de la literatura Española [M]. Barcelona: Editorial Crítica, 1981-1992.

[52] RODRÍGUEZ J A. Autoconciencia y posmodernidad: Metaficción en la novela colombiana [M]. Bogotá: SÍEd., 1995.

[53] RODRÍGUEZ J C, SALVADOR Á. Introducción al estudio de la literatura hispanoamericana [M]. Madrid: Akal, 1987.

[54] SÁINZDEMEDRANO L. Historia de la literatura hispanoamericana [M]. Madrid: Taurus, 1989.

[55] SARLO B. El imperio de los sentimientos [M]. Buenos Aires: Catálogos, 1985.

[56] SARLO B. Una modernidad periférica: Buenos Aires 1920 y 1930 [M]. Buenos Aires: Nueva Visión, 1988.

[57] SARLO B. La imaginación técnica [M]. Buenos Aires: Nueva Visión, 1992.

[58] SCHWARTZ J. Vanguardia y cosmopolitismo en la década del veinte [M]. Buenos Aires: Beatriz Viterbo, 1993.

[59] SPILLER R. La novela argentina de los años 80.Lateinamerika-Studien29 [M]. Frankfurtam Main: Vervuert Verlang-Universitat Erlangen-Nurnberg, 1991.

[60] TORO-MONTALVO C. Historia de la literatura peruana: tomos I [M]. Lima: San Marcos, 1991.

[61] TORO-MONTALVO C. Historia de la literatura peruana: tomos II [M]. Lima: San Marcos, 1991.

[62] TORO-MONTALVO C. Historia de la literatura peruana: tomos X [M]. Lima: AFA Editores, 1996.

[63] TORO-MONTALVO C. Historia de la literatura peruana: tomos XI [M]. Lima: AFA Editores, 1996.

[64] TORO-MONTALVO C. Historia de la literatura peruana: tomos VII [M]. Lima: AFA Editores, 1996.

[65] TORO-MONTALVO C. Historia de la literatura peruana: tomos VIII [M]. Lima: AFA Editores, 1996.

[66] VALBUENA-PRAT A. La literatura castellana [M]. Barcelona: Editorial

Juventud, 1974.

[67] VARGAS-LLOSA M. Historia de un deicidio: Gabriel García Márquez [M]. Barcelona: Seix Barral, 1971.

[68] VILLAR-RASO M. Historia de la literatura hispanoamericana [M]. Madrid: Edelsa, 1987.

[69] VIÑAS D. Literatura argentina y realidad política [M]. Buenos Aires: Jorge Álvarez, 1964.

[70] VIÑAS D. Literatura argentina y realidad política.De Sarmiento a Cortázar [M]. Buenos Aires: Siglo Veinte, 1971.